INFERNO
& DANAÇÃO

INFERNO & DANAÇÃO

I — A queda irreal no funil de Nietzsche

Aaron Salles Torres

Copyright © 2022 by Aaron Salles Torres

Por questões conceituais inspiradas pela obra do alfabetizador Paulo Freire e discutidas ao longo deste trabalho, a grafia não segue necessariamente o Acordo Ortográfico da Língua Portuguesa de 1990, que entrou em vigor no Brasil em 2009.

Capa e projeto gráfico
Aline Maya

Arte da capa
As Sete Obras de Misericórdia, de Michelangelo Merisi da Caravaggio
Interferência: Aaron Salles Torres
Fotomanipulação: Jair Santos
Visagismo: Manoel Neto
Fotografia: Luis Facina

Preparação
Dine Nantes

Revisão
Sandra Garcia
Regina Stocklen
Gabriel Ramos

Dados Internacionais de Catalogação na Publicação (CIP)
Bibliotecária Juliana Farias Motta CRB7/5880

S168i Salles Torres, Aaron,
      Inferno e danação: Volume I – a queda irreal no funil de Nietzsche /
Aaron Salles Torres. — 1. ed. — Três Lagoas (MS): Georgois Livros, 2022.

    904 p.; 16 × 23 cm

  ISBN: 978-65-998761-0-3

    1. Ficção científica. 2. Ensaios brasileiros. 3. Pós-modernismo. 4. Fascismo – Brasil. 5. Nietzsche, Friedrich, 1844-1900. 6. Bolsonarismo.
    Título: volume I – aqueda irreal no funil de Nietzsche

CDD B869.3

Índice para catálogo sistemático:
1. Ficção científica
2. Ensaios brasileiros
3. Pós-modernismo
4. Fascismo – Brasil
5. Nietzsche, Friedrich, 1844-1900
6. Bolsonarismo

*Degrada, desmoraliza e quanto mais degradado,
mais eficiente se torna o discurso contra a democracia.*
Heloisa M. Starling

*As ideias se aperfeiçoam. O sentido das palavras também. Plagiar é necessário.
O avanço implica-o. Ele acerca-se estreitamente da frase de um autor, serve-se das suas
expressões, suprime uma ideia falsa, substitui-a pela ideia justa.*

Guy Debord

*Na escrita, não se trata da manifestação ou da exaltação do gesto de escrever, nem da fixação
de um sujeito numa linguagem; é uma questão de abertura de um espaço onde o sujeito de escrita
está sempre a desaparecer.*

Michel Foucault

O avesso da cultura é sangue, tortura, morte e terror.

Fredric Jameson

*Esta é uma obra de ficção. Qualquer semelhança com nomes, pessoas ou acontecimentos reais
terá sido mera coincidência.*

Bráulio Pedroso [?]/TV Globo. 1971.[*]

---

[*] O aviso "surgiu durante a novela *O Cafona*, de Bráulio Pedroso, em 1971, após protestos de figurões da alta sociedade do Rio de Janeiro, que se sentiram retratados em alguns personagens". Verificar Notas e Referências Bibliográficas.

SUMÁRIO

1. 9

2. 35

    A 47

    B 76

3. 81

4. 167

    C 187

    D 208

5. 221

    E 225

    F 276

6. 279

    G 309

    H 323

7. 355

    I 361

    J 390

    K 393

    L 447

8. 479

    Parte I 479

    Parte II 614

9. 715

Notas e Referências Bibliográficas 880

1

Sim! — Sou muito nervoso, espantosamente nervoso, mesmo — e sempre o fui; mas por que me suppõem doido? A doença tornou mais finos os meus sentidos — não os destruiu, não os embotou. Mais do que todos os outros, tenho finíssimo o sentido do ouvido. Ouço admiravelmente bem todos os sons produzidos no céu e na terra. Tenho ouvido até bastantes coisas do inferno. Como posso, pois, ser um doido? Attenção! Reparem bem com que perfeita lucidez, com que socego de espírito eu vou contar-lhes toda a história. Ser-me hia completamente impossível dizer-lhes como primitivamente a idéa entrou no meu cérebro; mas, uma vez concebida, nunca mais me abandonou, noite e dia. Fim, não tinha algum. A paixão não foi estranha ao caso, não por completo. Eu estimava deveras João, até o amava. Creio que foi o seu olho! Sim, foi isso, de certo! Um dos olhos delle parecia vácuo — um olho marron claro, mais claro do que o outro, recoberto por uma película nevoenta o entregava. De cada vez que esse olho me fitava, sentia gelar-se-me o sangue; e assim, lentamente — por gráus —, metteu-se-me na cabeça arrancar a vida a João Bosco para, por essa forma, livrar-me para sempre daquelle olho vácuo — e, por que não, do outro?

Aqui, agora, é que bate o ponto. Os senhores suppõem-me doido. Os doidos nada sabem de cousa alguma. Se me vissem! Se vissem com que intelligência eu procedia! — com que precaução, com que prudência, com quanta dissimulação eu metti mãos à obra! Nunca fôra mais solícito para João do que durante a semana inteira que precedeu o crime. E todas as noites, pela meia-noite, levantava meu celular do criado-mudo e colocava meus pés nas havaianas — oh! tão devagarinho! E então, depois de dar a volta no móvel que ficava diante da cama, colocava do outro lado dela — onde ele dormia — minha mão com o celular-lanterna. As cortinas blackout fechadas, hermeticamente fechadas por toda a lateral/ frente do estúdio, não deixavam passar o menor raio de luz; em seguida mettia a cabeça pelo lado do móvel e via João. Oh! se vissem, teriam rido da destreza com que eu mettia a cabeça! Movia-se lentamente — muito, muito lentamente —, de maneira a não perturbar o sono de João Bosco. Necessitava seguramente de mais de dez minutos para metter a cabeça pelo lado do móvel, muito antes de o poder ver deitado no leito. Ah! um doido seria, por ventura, tão prudente? Depois, quando tinha a cabeça já a o olhar do outro lado da cama, ligava a lanterna do celular com precaução — oh! com que precaução! — porque o celular parece que rangia. Levantava então a lanterna por forma que o raio de luz fosse justamente incidir no olho maldito.

E isto, fil-o eu durante sete longas noites — cada noite, à meia-noite, sempre que o ouvia cair no estágio mais profundo do sono —, mas encontrei sempre o olho vácuo fechado, não podendo, portanto, completar a minha obra; foi por isso que disse não odiar eu João; o que eu odiava era o seu Olho Vácuo! E todas as manhãs, logo que o dia nascia, fallava-lhe corajosamente, sempre enunciando seu nome n'um tom cordealíssimo, e informando-lhe de como passára a noite. Bem vêem que elle seria possuidor de uma dissimulação rara, se desconfiasse que cada noite, à meia-noite, sempre em seu estágio mais profundo do sono, eu o examinava enquanto dormia.

Na oitava noite fui ainda mais prudente: calcei as havaianas com mais precaução. A minha mão não fazia mover o celular no criado-mudo com mais rapidez do que se move o ponteiro d'um relógio. Nunca, como nessa noite, senti tão perfeitamente o poder das minhas faculdades, da minha sagacidade. A muito custo continha as sensações que o triumpho produzia em mim. Pensar que eu estava alli, a dar a volta pouco a pouco no móvel e me aproximar de seu lado da cama, sem que elle pudesse sonhar as minhas acções ou os meus pensamentos secretos! Ao ter esta idéa não pude deixar de rir um pouco, abafadamente: elle ouviu-me, talvez, porque se voltou pesadamente no leito, como se tivesse acordado. Pensam por acaso que eu me retirei para meu lado da cama por isso? Mas não. O quarto, tanto as trevas eram profundas, estava negro como pez, porque as cortinas tinham sido fechadas cuidadosamente, por medo das câmeras; e, sabendo que elle não podia me ver do outro lado do móvel, continuei passo após passo. Passára já a cabeça pelo móvel e estava para ligar a lanterna do celular, quando o polegar me resvalou pela tela, e João gritou no sono: "Quem está aí?".

Eu fiquei completamente immovel e não disse nada. Durante uma hora inteira não movi um só músculo, mas, tambem, durante esse tempo, não ouvi João respirar. Continuava, de certo, de ouvido à escuta, justamente como eu fizera durante sete noites inteiras, escutando o ruído que fazia o relógio digital. Mas de repente ouvi um gemido fraco, que reconheci como ser o gemido resultante de um terror mortal. Não era um gemido de dòr ou de pesar; — oh! não, — era o ruído surdo e suffocado que se desprende do fundo de uma alma apavorada. Conhecia bem aquelle gemido. Muitas noites, no meio da madrugada, quando toda a gente dormia, soltára-se do meu próprio peito um gemido egual àquelle, excitando com o seu terrível ecco os terrores que me atormentavam. Repito que conhecia bem aquelle ruído. Calculava o que o pobre João sentia, e tinha piedade delle, ainda que interiormente risse commigo mesmo. Sabia que elle continuava acordado desde que se voltára no leito ao primeiro ruído que eu fizera. Desde então o seu pavor augmentára sempre de intensidade. Tentára persuadir-se de que não tinha razão para se assustar, mas não podera conseguil-o — eu não estava deitado ao seu lado.

Dissera a si mesmo: "Não foi nada, apenas o ruído do vento entrando pela porta da sacada ou a Maga que atravessou o quarto"; ou então: "Talvez um carro que passou arrastando os pneus na Santo Antônio". Sim, sim, elle esforçára-se por se encorajar com estas hypotheses; mas tudo fôra em vão. "Tudo fôra em vão" porque a Morte que se approximava passava deante d'elle com a sua grande sombra negra envolvendo assim a sua víctima. Era a influência fúnebre da sombra que não percebera, que lhe fazia sentir — apesar de nada ver nem ouvir — a minha cabeça ao seu lado da cama. Depois de esperar por muito tempo, impacientemente, que elle dormisse de novo, resolvi-me a ligar e levantar um pouco a lanterna — mas muito pouco, um quasi nada. Levantei-a com tanta cautella como dificilmente podem imaginar, até que por fim um pállido raio de luz, como um fio de teia d'aranha, subiu do celular, incidindo sobre o olho maldito.

O Olho Vácuo estava aberto, muito aberto, o que fez-me enfurecer logo que o fitei. Vi-o com uma perfeita nitidez — o marron claro coberto com hediondo véu que me gelava o sangue nas veias; mas nada mais podia ver do rosto ou do corpo de Bosco, porque dirigira o raio de luz, como por instincto, sobre o logar maldito. Em seguida — não lhes disse eu que o que os senhores tomavam por loucura era apenas uma grande penetração dos meus sentidos? —, em seguida ouvi um outro ruído surdo, suffocado, contínuo, semelhante ao ruído que pode fazer a pêndula d'um relógio envolvido em algodão. Esse som, reconheci-o eu tambem. Era o bater do coração de João Bosco? Esse som augmentou o meu furor como o rufar do tambor augmenta a coragem do soldado. Mas contive-me ainda, e continuei alli sem bullir. Respirava apenas, conservando a lanterna do celular immovel para que o raio de luz sahído dela continuasse a iluminar o olho maldito. Entretanto, o infernal bater do coração era cada vez mais forte, a cada instante mais precipitado. O terror de João devia ser extremo! O bater do coração, disse eu, era cada vez mais forte, de instante para instante! Repararam bem para tudo o que lhes disse? Então devem lembrar-se que lhes declarei ser excessivamente nervoso, e sou-o com effeito. Portanto, em plena noite, no meio do silêncio terrível daquelle estúdio fechado com as pesadas cortinas blackout, um tão extranho ruído fez com que se apossasse de mim um irresistível terror. Durante alguns minutos ainda, contive-me e continuei socegado. Mas o ruído era cada vez mais forte, sempre mais forte! Cheguei a suppòr, até, que o coração ia rebentar. E, então, apoderou-se de mim uma nova angústia: o ruído poderia ser ouvido por algum vizinho! A hora de João Bosco chegára, pois!

Soltando um grande grito, pulei ao seu lado da cama. João deu apenas um grito — um só, porque eu precipitei-o no assoalho, virando-o e pondo-lhe sobre o corpo a pesada cabeceira da cama em que pouco antes dormia tranqüilamente. Sorri, então, sentindo-me feliz por ver a minha obra tão adeantada. Mas, durante alguns instantes ainda, o coração bateu, produzindo um som abafado, que não me incommodou, porque não podia ser ouvido atravez d'uma parede. Por fim, cessou. João Bosco estava morto. Levantei a cabeceira e examinei o corpo. Sim, estava morto — a cabeça havia se rachado com o peso da madeira. Colloquei-lhe a mão sobre o coração, conservando-a ali durante alguns minutos. Nem uma pulsação. Elle estava morto e inteiriçado. O seu olho, portanto, não me atormentaria mais!

Se persistirem ainda em me suppòr-me doido, essa supposição evaporar se-ha ao descrever-lhes as intelligentíssimas precauções que tomei para ocultar o cadáver. A noite avançava; comecei, pois, a trabalhar apressadamente, mas em silêncio. Cortei-lhe a cabeça, depois os braços, depois as pernas. Em seguida, despreguei trez taboas do assoalho e metti todos os bocados do cadáver pelo buraco que ellas tinham deixado. Depois preguei de novo as taboas tão habilmente, tão cuidadosamente que nenhum olho — nem mesmo o delle — poderia descobrir no assoalho o mais pequenino signal de terem sido levantadas. Nada havia que limpar — nem uma mancha, nem um pingo de sangue. Procedera muito prudentemente para deixar qualquer vestígio. A tina em que cortára o cadáver absorvera todo o sangue — ha! ha! Quando acabei a minha obra, pelas cinco horas da madrugada, a escuridão era tão profunda no quarto como à meia-noite.

No momento exacto em que o relógio digital dava uma hora da tarde, bateram à porta. Abri alegremente — porque nada tinha a temer d'alli em diante. Entraram trez homens que com toda a delicadeza se apresentaram como agentes de polícia. Um vizinho ouvira um grito, na noite anterior, o que levára a suspeitar ter-se praticado um crime; como fizera a respectiva denúncia na delegacia de polícia, tinham ordenado àquelles senhores que revistassem o apartamento. Ao saber qual o fim dos policiaes, sorri — porque o que tinha eu a temer? Declarei-lhes que sentia um verdadeiro prazer em lhes fallar, e disse-lhes que o grito ouvido pelo tal vizinho fôra eu que o soltára durante um sonho. O meu namorado, acrescentei, tinha partido para uma viagem a Brasília. Depois destas explicações mostrei toda a casa aos policiaes, convidando-os a procurarem bem. Por último conduzi-os ao quarto, e mostrei-lhes tudo quanto era de João, perfeitamente intacto. No enthusiasmo de minha confiança, instei com os policiaes para que se sentassem, para que descansassem um instante; e com a louca audácia d'um triumpho completo, peguei n'uma cadeira e sentei-me, depois de a ter colocado exactamente sobre as taboas que cobriam o corpo da víctima. Os agentes de polícia estavam satisfeitíssimos. A forma clara e precisa por que eu fizera as declarações convencera-os. Sentia-me singularmente à vontade. Sentaram-se e começaram a fallar de cousas triviaes, a que eu respondia alegremente.

Pouco tempo depois, porém, percebi que empallidecia, e só pensei em me livrar deles. Sentia insuportáveis dores de cabeça, e grandes badaladas nos ouvidos; mas os policiaes continuavam sentados, fallando sempre. As badaladas não acabavam e, pelo contrário, eram cada vez mais distinctas. Comecei a fallar mais alto para me livrar daquella sensação; mas as badaladas persistiam, tomando um caracter tão puramente definido que, por fim, percebi se produzir o som dentro e fora dos meus ouvidos. Eu estava muito pállido, sem dúvida, mas fallava sempre, levantando a voz cada vez mais. O som augmentava sempre — o que podia eu fazer? Era um ruído surdo, suffocado, freqüente, semelhante ao ruído que pode fazer a pêndula de um relógio envolvida em algodão. Eu respirava a custo. Os policiaes ainda nada tinham ouvido. Conversei com mais verbosidade — com mais vehemência —, mas o ruído augmentava incessantemente. Levantei-me e comecei a questionar sobre ninharias, o tráfico, a milícia, n'um diapasão elevadíssimo e com uma violenta gesticulação; mas o ruído augmentava, augmentava sempre. Por que não queriam eles ir-se embora? E passeava desesperadamente pelo estúdio, a grandes passadas, batendo surdamente com os pés no chão, como exasperado pelas observações de meus contradictores; mas o ruído crescia regularmente. Oh, meu Deus! O que eu podia fazer? Enraivecia-me, espumava, praguejava. Movia em todos os sentidos a cadeira em que de novo me sentára, fazendo-a ranger sobre o assoalho; mas o ruído augmentava sempre, crescia indefinidamente, tornava-se de instante para instante mais forte — mais forte! —, sempre mais forte! E os policiaes, sorrindo e palestrando sempre prazenteiramente. Seria possível, por ventura, que elles nada ouvissem? Deus omnipotente! Não, não! Elles ouviam! Elles suspeitavam! Elles sabiam! Elles divertiam-se com o meu terror! Foi isto que suppuz então, e é isto que ainda hoje supponho. Nada mais intolerável para mim do que aquella descarada zombaria! Não podia mais supportar por mais tempo aquelles sorrisos hypócritas! Eram milicianos! Senti que, para não morrer, necessitava gritar! E agora ainda, não ouvem? "Escutem! Mais alto! Sempre mais alto! Sempre mais alto, miseráveis!", gritei em pânico para os policiaes. "Não desdenhem por mais tempo! Confesso o crime! Arranquem as taboas! É ahí que elle está, é ahí. E tambem aqui dentro de meu cérebro, a me causar pânico! É esse o som que ouvem, é o bater do seu execrável coração!"

"Após a sua prisão em flagrante, dar ciência ao curso processual de modo que eles seguirão pra fase de processo e julgamento e no curso processual [...] até a conclusão do processo criminal" — Natacha Alves de Oliveira, da 14ª Delegacia da Polícia Civil do Estado do Rio de Janeiro (Leblon), em entrevista à RecordTV.[1]

O tio de Michelle Bolsonaro é miliciano, mas não tem nada a ver com o vizinho de Jair Bolsonaro que também é miliciano nem com o ex-funcionário do Flávio Bolsonaro, parente de miliciano, nem com o Queiroz ligado a milicianos e nem tem relação com as homenagens a milicianos feitas pela família. Tá ok?[2]

Para compreender a delegada Natacha Alves de Oliveira, em primeiro lugar é necessário entender quem a nomeou para a 14ª DP do Leblon, o secretário da Polícia Civil Allan Turnowski. Segundo reportagem da *Veja*, por Marina Lang em 14 de setembro de 2020, intitulada "Cláudio Castro [PSC — Partido Social Cristão] muda secretário da Polícia Civil e mais três pastas no Rio":

Delegado Allan Turnowski assume Secretaria da Polícia Civil; *Veja* antecipou que a pasta, alvo de interesse do bolsonarismo, sofreria mudanças.

O governo do Rio de Janeiro anunciou, na noite desta segunda-feira, 14, quatro mudanças no comando das secretarias estaduais, que serão publicadas no *Diário Oficial* do estado amanhã. De acordo com informações da assessoria do governador interino, na Polícia Civil, que estava sob o comando do delegado Flávio Brito, assume Allan Turnowski. Na Procuradoria-Geral do Estado, Bruno Dubeux substitui Reinaldo Silveira. A Controladoria-Geral do Estado, antes liderada por Hormindo Bicudo Neto, será comandada por Francisco Ricardo Soares. O delegado federal Marcelo Bertolucci assume o Gabinete de Segurança Institucional, que até então era chefiado pelo contra-almirante José Luiz Corrêa.

Troca esperada na Polícia Civil: A troca na pasta da Secretaria da Polícia Civil já era esperada, como antecipou *Veja* na última sexta-feira, 11. O nome de Turnowski começou a ser ventilado na sexta e ganhou força ao longo do final de semana nos bastidores da Polícia Civil. A reportagem apurou que outros dois policiais também estavam sendo cotados para a pasta [...]. Mas o governador em exercício bateu o martelo e decidiu convidar Turnowski para a Secretaria da Polícia Civil nesta segunda-feira. A escolha teve o aval do senador Flávio Bolsonaro (Republicanos) que vem acompanhando de perto as mudanças na alta cúpula do poder fluminense. Turnowski tem bom trânsito entre deputados estaduais bolsonaristas. Em outubro do ano passado, o deputado estadual Anderson Moraes (PSL), integrante do núcleo duro do bolsonarismo, concedeu a Medalha Tiradentes ao agora novo Secretário da Polícia Civil na Assembleia

Legislativa do Rio de Janeiro (Alerj). Trata-se da honra mais alta concedida pela casa. Ele foi chefe de polícia entre 2010 e 2011. Sua carreira, contudo, foi marcada por uma polêmica em 2011, quando a Operação Guilhotina foi deflagrada e prendeu 30 policiais por suspeita de corrupção e envolvimento com o jogo do bicho, milícia e traficantes.

Turnowski ficou oito anos distante, mas retornou ao corpo policial em 2019, no começo da gestão do governador afastado Wilson Witzel (PSC). Até o anúncio de seu nome hoje, ele chefiava o Departamento Geral de Polícia da Capital (DGPC), que administra todas as delegacias da cidade do Rio. Ele também voltou aos holofotes ano passado na época da prisão de Ronnie Lessa, policial reformado que é réu pelo duplo homicídio da vereadora Marielle Franco (Psol) e de seu motorista, Anderson Gomes. Conforme mostrou *Veja*, mensagens de WhatsApp encontradas no celular de Lessa apontavam para uma relação entre ele e Turnowski. "Dr. Allan manda um abraço", dizia uma das mensagens enviadas pelo inspetor Vinícius Lima, amigo de infância de Lessa. Em outro momento, o policial diz que "dr. Allan" perguntou por Lessa. Em um terceiro contato, Vinícius Lima diz que tem uma "proposta boa de trabalho" para Lessa. À época Turnowski se justificou: afirmou não ter qualquer relação pessoal com o suposto executor, e que, por ter sido chefe da corporação, conhece muitos policiais. "Operacionalmente, ele (Lessa) sempre foi reconhecido como um cara muito bom", declarou.[3]

Em seguida, o *Extra* noticiou[4] em "Novo secretário de Polícia Civil do Rio muda titulares de 68 unidades" que Allan Turnowski havia nomeado Natacha Alves de Oliveira para a 14ª Delegacia de Polícia do Leblon:

Dando seguimento ao processo de mudanças no comando de unidades da Polícia Civil, o novo secretário estadual da pasta, o delegado Allan Turnowski, mudou a titularidade de 68 delegacias e departamentos. Ele disse que as mudanças, feitas pelos subsecretários e diretores de departamentos escolhidos por ele, seguem critérios técnicos e de produtividade e que vai cobrar isso deles e dos novos titulares das unidades. — Da mesma forma que escolhi os meus subsecretários e diretores de departamentos, não interferi nas substituições que eles vêm fazendo. Eles sabem que exigirei deles a produtividade. É natural que eles escolham pessoas de confiança e que assumam esse compromisso com eles [...] — diz Turnowski. Entre as mudanças, [...] Daniel Freitas da Rosa deixou a DHC e vai assumir a titularidade da 15ª DP (Gávea), no lugar da delegada Monique Vidal, que foi dispensada; [...] Natacha Alves de Oliveira ficará como titular da 14ª DP (Leblon).

A única delegada dispensada, Monique Vidal — próxima da classe artística —, em 13 de março de 2012 tweetou: "Dilma diz que o século 21 é o século das mulheres". Em 2013, assumiu como titular da 9ª DP (Catete) após declarações machistas de um colega:

> a partir desta terça-feira, a delegada Monique Vidal assume a função de titular da 9ª DP (Catete) da Polícia Civil no Rio de Janeiro. Por mais que ela não comente a polêmica em torno do ex-titular do posto, o também delegado Pedro Paulo Pontes Pinho — retirado do cargo pela chefe da Polícia Civil fluminense, delegada Martha Rocha, após fazer críticas, via Twitter, à atuação de mulheres na corporação —, Monique se diz completamente capaz para a nova responsabilidade que assume. "Não vou comentar as declarações dele, não faz sentido, mas o que eu posso dizer é que sou totalmente capaz. Sou mãe solteira de dois filhos, e já sou delegada há 10 anos. Acho que isso já diz tudo", declarou, em entrevista ao Terra. Monique Vidal já atuou como titular da 12ª DP (Copacabana), 13ª DP (Ipanema), 28ª DP (Campinho), 17ª DP (São Cristóvão) e da Delegacia de Proteção à Criança e ao Adolescente (DPCA). "Para ser um bom servidor público, o sexo independe. É preciso, sobretudo, dedicação. Em alguns casos de força, os homens nos superam, mas isso não me impede de fazer o meu melhor, assim como os meus colegas. Tem que ter vontade de trabalhar, afinco mesmo. Sou delegada desde 2003", afirmou Monique Vidal, sem medo do novo desafio. "Missão dada é missão cumprida", completou. A delegada da Polícia Civil do Rio é figura conhecida da cúpula da segurança pública fluminense, principalmente por sua atuação em delegacias de bairros turísticos do Rio de Janeiro, como Copacabana e Ipanema, na Zona Sul do município. Trabalhadora árdua, também desperta atenção por sua beleza e vigor físico, a ponto de servir de inspiração para a personagem da atriz Giovanna Antonelli, na novela global *Salve Jorge*. "Sou amiga da Glória (Perez, autora), que me consultou sobre a personagem. A gente conversa sobre ela", conta Monique sobre Helô, delegada linha dura da ficção que tenta desvendar o tráfico de mulheres que centraliza a trama.[5]

Posteriormente, Vidal esteve à frente da 14ª DP (Leblon, mesma delegacia que Natacha Alves de Oliveira viria a comandar) até o dia 1º de janeiro de 2019, quando tomou posse o governador Wilson Witzel [assim como seu vice e substituto, Cláudio Castro, também do PSC] — eleito na mesma onda fascista que colocou Jair Bolsonaro na Presidência da República. Então a "nova cúpula da pasta da Polícia Civil disse que a instituição, que passaria a ter status de secretaria, deveria viver uma das 'maiores revoluções das últimas décadas'". Vidal foi transferida para a 10ª DP (Botafogo) e, depois, para a 15ª DP (Gávea) antes de ser demitida por Allan Turnowski; era conhecida por curtir o Carnaval carioca e vinha denunciando perfis falsos criados em seu nome no Facebook desde 2016 — quando a milícia virtual fascista começava a escolher seus alvos visando a ascensão de 2018: "'Monique Boladona', 'Monique Vidal

Histérica' e 'Monique Intervencionista', entre outros. Num deles, ela aparece pedindo dinheiro para comprar papel higiênico para a delegacia. 'Esses perfis prejudicam a minha imagem e o meu trabalho como delegada de polícia'".[6]

As maquinações do bolsonarismo já apontavam para suas intenções de remover policiais éticos e progressistas e de beneficiar a milícia no estado do Rio de Janeiro, como registrou a reportagem da *Veja*. De fato, em 6 de junho de 2021, Allan Turnowski defenderia a Chacina do Jacarezinho, operação da Polícia Civil que resultou em 29 mortes e foi a ação policial mais letal da história do Rio de Janeiro. Foram relatadas execuções e a perícia nos locais dos assassinatos não foi possível pela não preservação das cenas dos crimes.[7] Organizações como Anistia Internacional, Fórum Brasileiro de Segurança Pública, Human Rights Watch Brasil e integrantes da Defensoria Pública do Estado do Rio de Janeiro fizeram severas críticas à operação; o escritório de Direitos Humanos da Organização das Nações Unidas (ONU), por meio do porta-voz Rubert Colville, pediu uma investigação independente de acordo com os padrões internacionais sobre a operação policial no Rio de Janeiro, citando um "histórico de uso desproporcional e desnecessário da força pela polícia":[8] "É particularmente preocupante que a operação tenha ocorrido apesar de uma decisão do Supremo Tribunal Federal (STF) de 2020 restringindo as operações policiais em favelas durante a pandemia de COVID-19", afirmou Colville. Turnowski retrucou. "Muito mais do que uma operação da polícia em uma comunidade, o que a gente vive hoje é uma batalha entre o Estado do Rio e uma facção criminosa. [...] Há um discurso politizado de determinados especialistas em Segurança Pública, que é: 'vocês não combatem milícia, só vão em nossas áreas'"[9] — Turnowski tentou distorcer o discurso a respeito da mesma, conhecida ligação entre a polícia bolsonarista e a mais poderosa milícia do Rio de Janeiro, que por sua vez é associada ao tráfico do Terceiro Comando Puro (TCP), este aliado ao Primeiro Comando da Capital (PCC) de São Paulo.

> Onde tem operações policiais, normalmente, são em áreas tomadas pelo CV [Comando Vermelho] e que passam a ter atuação das milícias ou do TCP, o que acaba dando no mesmo porque o TCP sempre teve uma relação de negociação de venda dessas áreas com a polícia e com a milícia.[10]

O que "determinados especialistas em Segurança Pública" tentam dizer, mas muitos têm medo de falar, é justamente isso: o Estado do Rio de Janeiro sob Witzel e Cláudio Castro passou a significar a mesma coisa que "milícia", dada a maneira como esta se infiltrou no Poder Público; a polícia toma territórios do Comando Vermelho para os entregar à ação do TCP, que em retorno beneficia a milícia à qual os policiais pertencem. A propósito, sobre a Operação Exceptis, que resultou na chacina do Jacarezinho, Allan Turnowski afirmou: "Os nomes das operações são dados pelos delegados que as planejam. A minha visão, quando eu vi o nome, foi uma questão de respeito: a gente está fazendo uma operação que está dentro da exceção, então, era para passar essa mensagem. Quando você tem uma investigação de uma delegacia de proteção à criança e ao adolescente, que identifica tráfico de drogas e corrupção de menores, isso se traduz como estado de excepcionalidade". Veja, a Delegacia de Proteção à Criança e ao Adolescente foi justamente a cadeira ocupada por Natacha Alves de Oliveira antes de ela chegar à 14ª Delegacia da Polícia Civil do Estado do Rio de Janeiro (Leblon).

A partir do século XVIII, a função autoral afasta-se daquela vigente no Medievo e na Renascença na medida em que o "autor" passa a ser historicamente compreendido como proprietário de textos originais que, dadas as condições institucionais adequadas podem ser ideologicamente naturalizados e legitimados por valores universalizantes que atendem tanto a exigências culturais como mercadológicas. É esse processo ideológico de naturalização, particularmente visível em autores canônicos como William Shakespeare e James Joyce, que é radicalmente questionado pela crítica pós-estruturalista a partir da década de 1960. Em "A Morte do Autor", Barthes percebe no texto, agora pensado enquanto tecido de citações, precisamente aquele local de diluição de autores, origens e presenças na qual o sujeito autoral desaparece. Em "O Que É um Autor?", Foucault expande e qualifica a proposta de Barthes ao insistir na necessidade de suplementar a mera afirmação do desaparecimento do autor com um estudo sistemático da dinâmica de sua morte e ressurreição no espaço textual. O questionamento da função autoral nos dois autores pode ser ainda hoje lido com proveito na medida em que deixa entrever a proposta de uma ética alternativa de leitura capaz de ir além do modo de ler que tem no autor uma modalidade controladora do discurso.[*]

---

[*] PRADO BELLEI, Sérgio Luiz. A morte do autor: Um retorno à cena do crime. *Criação & Crítica*, São Paulo, n. 12, pp. 161-71, jun. 2014. Verificar Notas e Referências Bibliográficas: i.

Desceu atrás de João Bosco para a piscina — estava a poucos passos dele. Mas parou quando as portas de vidro se abriram e se deparou com o restaurante cheio sob os ombrelones à direita — e também à esquerda, onde mais cedo se serviu de farto café da manhã. A água, antes cheia de vida, então jazia esquecida ao centro. Pessoas em roupas de banho haviam aberto espaço para gente distinta em trajes de gala. Afinal, do Réveillon não se passavam mais que quatro dias. E o desfile de corpos à mostra havia sido substituído por recatados *diners* que riam e se divertiam alegremente enquanto a tudo observavam. "Gente fina é outra coisa, entende? Hoje não se fazem mais *countries* como antigamente, não é, queridinha? Ai, que chique é o Jazz! Meu Deus!"* João Bosco não se deteve e seguiu até uma fileira de cadeiras de sol que restava próxima ao parapeito do prédio, à margem da água. Antes de se sentar, virou e fez um sinal passando os dedos em 90 graus próximos ao pescoço — "morreu" — para um homem de tez parda e cabelo ondulado e oleoso que estava ao celular rente à piscina, na outra banda, e que imediatamente falou algo no aparelho. Francisco de Sales continuou até Bosco, que lhe disse "você não sabe com quem está mexendo" e se virou para admirar a esplendorosa vista de Copacabana disposta como um livro aberto a sua frente. Para espanto do homem ao telefone, no entanto, Sales deu a volta na piscina e se dirigiu até ele, próximo aos ombrelones. Em milésimos de segundos, Sales o confrontou como soubesse de tudo. O homem ficou pálido e desligou o aparelho quando Sales o mirou firmemente nos olhos, sacou seu próprio celular e fez um breve vídeo "para ficar registrado". O homem de rosto quadrado e traços marcados engoliu em seco: era um VIP. Francisco de Sales não ousou dizer mais porque em sua cabeça as peças começavam a se encaixar e ele passava a *assessar* real perigo. Rapidamente se retirou, andando colado a uma mulher que ficou espantada com os olhos de horror dele. Assustaram-se mutuamente. Ela tinha algo a esconder? Estava ao celular também. O que tinha ficado registrado em vídeo quanto ao homem quadrado de cabelo oleoso foi a reticência causada pelo medo que já corroía Sales — aquilo que não poderia ser exposto — e um rosto. Algo naquele sinal que João Bosco havia feito ao atento indivíduo ao telefone comunicava a Francisco que existia muito mais em jogo do que ele poderia ter sonhado. Sales estava sendo monitorado.

---

* LEE, Rita; CARVALHO, Roberto de. "Alô, Alô, Marciano", 1980. Na interpretação de Elis Regina.

Ao esperar pelo elevador para subir de volta ao quarto, já ciente da urgência de sair dali, Sales viu Bosco se dirigir ao elevador dos fundos do lobby do sexto andar acompanhado por dois homens vestidos com uniformes da manutenção do hotel. Eles falavam rapidamente entre si, preocupados — os homens, em seus rádios com fones aos ouvidos. Sales enviou em segundos várias mensagens a seus amigos mais próximos para saber quem o poderia abrigar por uma noite, aquela noite, na cidade em que havia vivido por quase dez anos e que o expelia. Já era tarde. Ninguém sabia que ele estava ali. Uma amiga taiwanesa respondeu. Retornando ao andar da suíte, Francisco entrou rapidamente nela e se dirigiu para pegar seus cartões e documento e o celular de João Bosco que estavam sobre a mesa, escondidos sob uma bandeja diante da porta, que mal se fechava, Sales já ouvia Bosco se dirigindo aos "homens da manutenção" enquanto se aproximavam abafadamente pelo corredor acarpetado. Iria juntar seus pertences e se compor, porém o senso de perigo o impediu — nem sequer tinha vestido uma cueca sob a bermuda quando seguiu Bosco à piscina minutos antes. Virou-se rapidamente e partia em retirada quando ele chegou. Cruzaram-se à porta. "Aonde você vai? Me devolve meu celular." João o ameaçou, palavras de que Francisco não se lembrou. João Bosco continuava acompanhado dos homens vestidos de *marron*[*] e amarelo, alguns passos atrás falando em tom de alerta em seus rádios. O celular de Bosco estava mal escondido junto aos *pêlos* pubianos de Sales. E Francisco continuou em passos firmes cruzando pelos homens uniformizados, "não me toquem". Quase sem fôlego chegou ao elevador. Exasperado, acuado e ansioso.

Digitava sem parar com seus amigos ao descer, e ao tentar passar desapercebidamente pela recepção do térreo um homem de uniforme azul lhe disse imediatamente de trás da bancada que Bosco o aguardava na suíte. Sales ignorou o homem, "seria um gerente?", e continuou a caminhar rapidamente até a saída, mas ao chegar à porta do Hotel Moulineaux, da rede Rocca Hotels, o quarteirão inteiro estava em escuridão completa e dois sujeitos caminhavam em sua direção — um de cada lado. Recuou até o saguão. Dois rapazes então desciam do elevador já com olhos fixos nele e atentos também a seus respectivos aparelhos de celular. Trocaram olhares exatos com o indivíduo da recepção, o que Francisco de Sales tomou como mais uma indicação da iminência do perigo. Os rapazes faziam parte do grupo

---

[*] Pontos de discordância quanto ao Acordo Ortográfico da Língua Portuguesa de 1990 e estrangeirismos terão suas três primeiras ocorrências neste texto salientadas em itálico.

que o havia testemunhado, transtornado, na área da piscina e restaurante. Sales escaneou o seu redor, pensando em se sentar em algum local exposto no lobby até a chegada de alguém que o resgatasse: um terceiro rapaz casualmente vestido entrou pelas portas de vidro e agilmente tomou a cadeira que ele considerava ocupar. O terceiro rapaz também acompanhava atentamente a tela do telefone na palma da mão, e Francisco o contornou e se dirigiu a uma parte do saguão mais escondida à lateral — haviam-no acurralado a retrair. Antes de se sentar, viu que o celular às mãos do terceiro rapaz tinha uma imagem ao vivo de uma câmera daquele mesmo recinto — Sales em evidência nela. Um tanto chocado, Francisco sentou-se com as costas à parede e os dois rapazes vindos do elevador cruzaram olhares ameaçadores com ele ao passo que se dirigiam à entrada-saída. Dali, Sales continuava a ver a movimentação do lobby inteiro e, através da porta de vidro, do exterior também. Conversava por mensagem com um amigo, Deco, tentando esconder a tela de seu telefone de uma câmera posicionada atrás de seu corpo: Francisco combinava que o amigo viesse pegar o celular de Bosco que estava sob sua posse, conforme assistia à intensa movimentação de indivíduos que desciam do restaurante em veloz retirada. Homens e mulheres abastados de diversas faixas etárias que entravam em carros — que estacionavam e saíam rapidamente ocupados diante da porta automática. Os chiques frequentadores sempre olhavam para ele nervosamente. *"Down, down, down the high society."*

Francisco de Sales chamou um carro de aplicativo e se dirigiu à calçada da entrada para aguardar o veículo — suas costas apoiadas em uma barra de metal porque seus joelhos tremiam e talvez não o pudessem sustentar. Uma senhora distinta sorriu para ele durante a caminhada a seu carro, que chegava no momento exato de a encontrar. Algum segurança do hotel se aproximou de Sales e perguntou maliciosamente se tudo estava bem. Ele respondeu com a cabeça que "sim" enquanto temia ser subjugado pelo funcionário com uma chave de pescoço. Tentando manter a tela de seu celular fora do alcance das câmeras de segurança e dos funcionários, e posicionando seu próprio corpo de forma que não fosse violentamente abordado por trás e levado para os interiores obscuros do Hotel Moulineaux através de uma daquelas portas cinzas, Sales combinava com Deco que chamasse mais um carro de aplicativo para a frente do estabelecimento e que viesse em um terceiro automóvel, porém que não parasse — Francisco atiraria o celular de Bosco dentro do veículo em movimento para que ninguém notasse e este seguiria direto. O amigo entendia o perigo e daria uma volta pelo Rio de Janeiro posteriormente, trocando de veículo em algum ponto, antes de retornar a seu apartamento com o dispositivo.

Mas Deco demorava. O motorista do primeiro carro que Sales havia chamado desistiu da corrida. Mesmo com pouca bateria restando em seu aparelho, Francisco de Sales abriu o Instagram e começou a transmitir ao vivo as imagens do lobby e da entrada do estabelecimento, digitando frequentemente a palavra "perigo" e pedindo para que seus seguidores — que não eram poucos — tirassem prints da tela, compartilhando também sua localização. Escancarava na rede social os clientes diferenciados do restaurante, que rapidamente evacuavam o hotel como se este tivesse sido infestado por pulgas. *Qui cum canibus concumbunt cum pulicibus surgent.* Trajados a rigor, abriam para ele sorrisos amarelos. Por fim, saiu apressadamente da unidade da rede Rocca o homem oleoso de rosto quadrado e cabelo ondulado — carregado com três ou quatro grandes malas pretas e ajudado por funcionários do lugar. O VIP escapou tentando ao máximo evitar a câmera de Sales em um carro que surgiu de forma eficaz e que ainda mais urgentemente partiu; não passou pela recepção ou fez check-out [naquelehorárioabsolutamenteestranhoparasedeixarumhotel]. Por que possuía tantas malas, tão grandes? E para onde se dirigia àquela hora? Certamente, não para o aeroporto. Uma amiga famosa de Sales que acompanhava a *live* digitou para todos lerem que o rosto daquele indivíduo não lhe era estranho. Contudo ali o telefone interrompeu a transmissão avisando que possuía pouco tempo de bateria restante. Sales voltou a falar com Deco, que avisou que estava chegando. Francisco, que havia entrado de volta no saguão logo após a saída do VIP das malas pretas, saiu rapidamente em direção ao carro que diminuía a velocidade diante do Hotel Moulineaux. Os funcionários o acompanharam com similar agilidade, no entanto ele lançou o celular de João Bosco tão logo avistou seu amigo, que fez um movimento de aproximação do banco de trás do veículo — e os encarregados aparentemente não perceberam o que houve naquele instante. O carro seguiu sem ter efetivamente parado. Por sua vez, Sales sabia que não poderia permanecer no local por muito mais tempo — não com qualquer segurança. Chamou mais dois carros de aplicativos diferentes simultaneamente e entrou sem demora no que julgou ser o menos provável deles para quem acompanhava seus movimentos.

Considerava estar a caminho da segurança da casa de uma amiga taiwanesa na Gávea, entretanto já no primeiro quarteirão do trajeto notou que o motorista dirigia demasiadamente devagar. Imediatamente percebeu que dois carros o seguiam desde o Moulineaux e, por mais que pedisse que o homem ao volante acelerasse para despistar os outros veículos, entendia que este rateava propositalmente. Seguiram a rua que ligava aquela ponta de Copacabana a Ipanema e viraram na Vieira Souto, quando surgiu um terceiro carro atrás deles — um Fiat Doblò prata. E o motorista do aplicativo insistia em parar em todos os sinais vermelhos, por mais que no Rio de Janeiro ninguém atrás de um volante sequer diminuísse a velocidade nos semáforos após as 23h devido ao alto risco de assaltos. Em um sinaleiro, o homem quase puxou para estacionar à direita e Francisco temia que fosse arrancado do veículo e transferido para um dos outros carros — e que assim sumissem com sua pessoa. Gritou com o motorista, disse que corria risco de vida, ainda assim este não pareceu sequer alarmado. No próximo semáforo, já quase no canal que separa Ipanema do Leblon, o carro parou completamente na escuridão e Francisco de Sales, ciente de que seus minutos de vida pareciam cada vez mais raros, abriu a porta do veículo e saltou. Correu em direção a um hotel de frente à praia — também parte da rede Rocca —, no entanto, conforme se aproximava viu que as luzes de seu interior eram apagadas e que o funcionário da recepção saía da mesma. Sales entrou mesmo assim e disse a um outro homem — que casualmente ocupou o lugar do funcionário — que corria risco de sequestro e que precisava ligar para a polícia, pois seu celular estava sem bateria. O suposto recepcionista disse que não poderia emprestar o telefone ao passo que Francisco via por detrás de seus próprios ombros que dois dos carros que o seguiam estacionavam. Saiu do hotel apressado, antes que os motoristas saltassem, e virou à esquerda na estreita Avenida Henrique Dumont, que seria contramão para os veículos.

Correu por dois quarteirões até um bar que já fechava suas portas. Primeiro dirigiu-se a uma funcionária e depois, a uma cliente. Pediu ajuda para que emprestassem o telefone de forma que ligasse para a polícia, pois seu aparelho celular se encontrava sem bateria. Talvez seus olhos de pânico as tenham assustado; talvez tenha sido a falta de empatia e o individualismo delas — negaram-se. Não estava acostumado a ser tratado com tamanha indiferença, em especial quando seu corpo dava claras indicações de sua extrema consternação. Temendo que os carros chegassem pela rua Prudente de Moraes, correu mais dois quarteirões até o obelisco de Ipanema e depois na contramão até a avenida Ataulfo de Paiva, a alcançar o Leblon. Desejava ser visto e lembrado caso algo acontecesse consigo aquela noite. O Doblò passou por ele novamente. Por fim, Francisco entrou em um táxi comum e pediu que o levasse até a casa de sua amiga taiwanesa. Por uns instantes, quis crer que talvez estivesse a salvo, embora a escuridão das castanheiras à beira do canal do Jardim de Alah trouxesse o medo de que pudesse desaparecer por ali mesmo, durante o percurso em direção à lagoa. Uma mulher passava por uma esquina iluminada de uma favela vertical — quisera poder trocar de lugar com ela. Chegando à Gávea, porém, um homem de rádio fingia conversar casualmente com um indivíduo diante do prédio da amiga — e um carro estava estacionado próximo, ligado. Pediu que o motorista do táxi não parasse, todavia este quis teimar. Sales gritou e disse que seria sequestrado se o motorista estacionasse e, assim, o condutor desistiu de frear no último instante. Enquanto fazia o retorno para a Lagoa-Barra diante do Planetário e o taxista insistia calmamente que não estavam sendo seguidos, Francisco teve quase certeza de que quem fosse que o perseguia "fecharia" o veículo e o levaria embora. Viveu um momento de alívio quando pegaram a agulha que levava de volta à autoestrada no sentido Lagoa. Entretanto, não poderia voltar a Ipanema ou Copacabana. Mandou o taxista parar o carro e, quando este se negou, abriu a porta e falou energicamente que então pularia do automóvel em movimento. O condutor afinal diminuiu a velocidade, e Sales saltou e correu pela avenida Bartolomeu Mitre em direção à casa de outra amiga — Catarina Abdalla, a mesma que reconhecera o rosto do VIP oleoso. Não obstante, um dos veículos familiares daquela noite chegava ali e o portão do prédio encontrava-se fechado e as luzes da portaria, todas apagadas. Nunca havia visto a portaria de Catarina daquele jeito. Um casal estranho se aproximava. Não diminuiu o passo e cruzou por eles. Teve quase certeza de que haviam de alguma maneira interceptado seu telefone ou participado de sua *live* — quem quer que eles fossem — e que sabiam com quais amigos havia conversado. O cerco estava se fechando. Pensou em seguir até o prédio de Ney Matogrosso, a dois quarteirões de distância, mas a via escura fez com que mudasse de ideia. E se lembrou de que não haviam se passado mais de seis meses desde que se mudara da vizinhança para São Paulo — aquele Leblon e aquele Rio de Janeiro que lhe eram tão inóspitos.

Mesmo para alguém com seu condicionamento físico, a maratona e todo o alarme traziam marcas: o suor, os olhos arregalados, o cabelo desgrenhado, a falta de fôlego. Foi assim que chegou diante do bar mais movimentado do Leblon, o Jiba, onde imaginava que, por menos que recebesse ajuda, teria testemunhas até as cinco, talvez seis da manhã. A luz verde da placa refletia em sua pele molhada enquanto pedia ao gerente, que o conhecia de outros tempos, que permitisse que carregasse a bateria de seu celular. Contudo o homem se negou, a não ser que ele tivesse o próprio carregador. Sales não havia trazido. Pediu a outros frequentadores do local que lhe emprestassem seus aparelhos ou carregadores, mas apenas recebia negativas. Não possuía de cor os números de telefone daqueles que talvez pudessem lhe oferecer ajuda — seria necessário buscá-los em uma rede social sua se tentasse se comunicar com eles de um aparelho de um desconhecido. Aos poucos, porém, percebia que entre o público já existente naquele bar da avenida Ataulfo de Paiva começavam a surgir rostos reconhecíveis: eram várias das mesmas pessoas que haviam estado no Hotel Moulineaux. Sentia-se inserido em um episódio de uma de suas séries favoritas. Aquele *Black Mirror*, no entanto, era tão irreal quanto desagradável. Os mesmos carros que o haviam seguido a noite toda também agora circulavam os quarteirões. O Doblò prata parou na esquina, delimitando seu território. Quanto mais se passavam os minutos, mais as faces conhecidas do hotel ocupavam as calçadas. Eram como figurantes de um comercial bizarro. Um carro preto enorme se estacionou diante da farmácia do outro lado da rua — caberiam três franciscos em seu porta-malas. Sales pediu ajuda àquele que parecia um funcionário do bar, entretanto este organizava um cordão de veículos que começava a se formar diante do estabelecimento, atrás do Doblò, como que a criar uma cortina para encobrir do mundo o que aconteceria ali aquela noite. Imaginou o pior dos cenários. Não permanecia no mesmo local por muito tempo e temia que a qualquer momento fosse jogado dentro de um bagageiro e simplesmente levado embora, escondido por olhares cúmplices da figuração contratada. Não sabia em que vespeiro havia colocado a mão; tinha certeza de que havia deixado alguns insetos muito zangados. E quanto mais tempo circulasse por aquele lugar, mais perderia sua credibilidade — os que não eram cúmplices daquele universo irreal que se revelava diante de si logo achariam que não passava de um paranoico esquizofrênico ou drogado que atravessava alguma bad trip; os leitores deste livro logo não pensarão isto. Por ora, sua expressão de puro pânico não inspirava ajuda e sim, suspeição, até zombaria. Ouviu um grupo falando inglês. Eles haveriam de lhe dar ouvidos. Mas foram tão ou mais insensíveis do que o resto. Lembrou-se do rosto daquele rapaz loiro, estadunidense — ele também havia estado no hotel da rede Rocca.

Quanto estariam recebendo aqueles figurantes? Ou faziam parte de uma sociedade secreta? Jamais havia se deparado com aquilo. E o cinismo explícito em seus rostos indicava que não se tratava de um problema corriqueiro aquele em que havia se metido. A multiplicação dos mesmos rostos o levava à autodúvida. Estaria ele tendo seu primeiro surto psicótico? Seria um surto extremamente grave para alguém que não possuía qualquer histórico, nem sequer antecedentes na família. Afinal, tinha o que aparentava ser alucinações visuais e auditivas sem fim. Aqueles figurantes repetidos do Moulineaux eram persistentes — não desapareciam dali ou sequer tentavam fingir que eram outra coisa senão um amontoado vindo de um culto maligno. Tingiam a rua de amarelo. O irreal era real demais e surpreendentemente traiçoeiro. Uma moça — esta, sim, parecia real — encontrou sua amiga da Gávea em seu Instagram e lhe mandou mensagem dizendo que Sales ali estava a aguardar por ela. Surgia uma ponta de esperança. Em três minutos a amiga poderia chegar naquele lugar para o resgatar. Ele olhava fixamente para a esquina da pizzaria Baía, esperando que a taiwanesa surgisse em um carro. Porém, o tempo passava e a amiga demorava a aparecer. A esperança se esvaía tão rapidamente quanto seria feito o trajeto entre o apartamento dela e o bar Jiba, onde aguardava Francisco.

Ele não podia parar de andar. Pedia na loja adjacente — onde em inúmeras ocasiões havia sido freguês a comprar meias coloridas e cerveja — que lhe oferecessem ajuda e que ligassem para sua amiga da Gávea mais uma vez, já que ela era frequentadora assídua do local. Mas se negavam a tentar contactá-la, ou a polícia. Ela, por sua vez, tampouco demonstrara interesse em ir atrás de o ajudar. Isso se tornava patente porque o tempo se extinguia. Tão amiga a taiwanesa! Que abismo do universo se revelava diante de si, preenchido por indiferença e podridão? A moça qualquer que havia parecido inicialmente interessada em o ajudar e que contactara sua "amiga" nas redes sociais agora tentava segurá-lo pelo braço para que ele permanecesse parado em um lugar. Certamente seria para que alguém o subjugasse, imaginou, e insistiu com firmeza para que ela o soltasse, pois já quase o agarrava. Fosse ele uma mulher e ela um homem, alguém teria intervindo por assédio. Ou não. Cruzou a rua e pediu auxílio na farmácia para carregar seu telefone; ali também recebeu um "não". Mirou nos olhos do motorista do grande carro preto e fúnebre ali estacionado e não enxergou nada além de maldade. Olhos vácuos de profunda maldade. Mais uma vez cruzou a rua em busca de alguém que lhe emprestasse o telefone ou entrasse em contato com qualquer outro amigo, um amigo de verdade. Foi quando avistou um indivíduo de camiseta amarela que se aproximava por sua esquerda — que mantinha contato visual com outro capanga à direita de Sales —, e que começava a levantar uma arma da cintura a menos de dois metros dele. Francisco de Sales seria alvejado no meio de todos, morto com um tiro enquanto encobririam o crime com alguma acusação inventada contra sua pessoa [talvez que, em seu "surto psicótico", teria atacado alguma cliente comprada diante de testemunhas também cúmplices]. Correu a tempo. Aquela noite era seu pior pesadelo e não parecia ter um fim. Circulou os clientes, que se reduziam aos figurantes conforme as horas passavam, e conseguiu se utilizar de um momento de distração para atravessar até uma rua perpendicular. Tocou a campainha de um prédio e pediu ajuda ao porteiro, que se recusou a fazer qualquer coisa, e então se escondeu atrás de um jardim de calçada. Ali conseguiu, por um momento, respirar.

Sales seria considerado um homem enérgico e de personalidade forte de acordo com qualquer critério. Mesmo o fato de ser gay, que culturalmente o colocaria em uma posição mais frágil ou vitimizável, havia sido incapaz de fazer com que andasse de cabeça baixa pela vida. No entanto, a situação daquela noite parecia ter sido projetada para quebrar sua espinha — e talvez sua alma. Era um leão artificialmente colocado em um meio onde seus rugidos e patadas não surtiriam nenhum efeito; enjaulado sem espaço para conseguir distância de pular e atacar; num cerco onde, por fora, os fracos o feriam cruelmente com suas pontas de lanças enquanto riam com ódio e cinismo. Não havia nada de natural naquele habitat manipulado. As forças que ali ditavam as regras eram outras, ocultas — certamente o dinheiro, a sordidez e um sadismo autojustificado por via perturbada. Havia sido transformado em presa em um video game perverso com regras maleáveis que ainda desconhecia, mas cujas amostras já eram capazes de o enojar. Sabia que aquele jogo havia sido planejado de supetão, e se encontrava pasmo com a habilidade de seus criadores de movimentar as peças criando vácuos, cúmplices, silêncios e dobrando as leis. Naquelas últimas horas havia sido um brinquedo em um passatempo doentio e violento, porém silencioso, que corria por fora da constituição de qualquer tribunal e que implodia a dignidade da pessoa humana. O medo tomava conta de cada célula em seu corpo. Sentir-se-ia patético e impotente diante de situação tão degradante, se acreditasse que aquilo representava a realidade e não estivesse mesmo já em choque devido à incessante tortura psicológica que sofria desde que havia deixado a piscina do Moulineaux. Não tinha tempo de se envergonhar e nem de quem, pois já não discernia entre quem fazia parte do jogo e quem seria uma eventual testemunha do universo irreal. Apenas tinha a certeza de que não lhe pouppariam sequer a vida caso ele lhes desse a oportunidade. E tentava sobreviver até a manhã.

Pela esquina viu passar rostos conhecidos — eram sentinelas que desde o hotel da rede Rocca faziam parte daquela realidade alternativa montada para seu jogo. [Leia-se: jogo do qual fazia parte como personagem involuntário, que havia sido pensado para o entretenimento alheio e não, para o seu próprio.] Lembrou-se de que um diretor conhecido havia morado em um apartamento do outro lado da rua, e ao tocar a campainha a moça da portaria o reconheceu e deixou entrar. Em pânico e com a respiração ofegante — ele, um corredor —, teve de explicar a ela algumas vezes sua situação para que o entendesse. Apesar disso, em sua humanidade ela compreendeu a gravidade de tudo. Não possuía um carregador de iPhone que ele pudesse usar no telefone dele, contudo permitiu que permanecesse ali até algum morador aparecer e lhe emprestar um, ainda que fosse apenas de manhã, de forma que um amigo verdadeiro o viesse resgatar. A intuição de Francisco dizia que não deveria confiar em muita gente, pois o que havia vivido até ali insinuava que mesmo velhos conhecidos poderiam se virar contra ele. Pensou novamente em ligar para a polícia. A porteira lhe deu seu próprio telefone para que ele pudesse telefonar e assim ele fez, mas algo estranho na ligação — uma aparente transferência de um atendente a outro — lhe fez pensar que ela havia sido interceptada. Não podia menosprezar a tecnologia envolvida naquele video game! Sales desligou e resolveu esperar amanhecer. A moça insistiu e também tentou chamar a polícia, todavia teve a mesma sensação que ele de que as chamadas eram interceptadas e transferidas para outro local. Enquanto os fatos faziam com que ela concordasse com o rapaz de que corria perigo iminente, Sales conseguia recuperar o fôlego. Viam que as sentinelas começavam a andar para cima e para baixo pela rua Rainha Guilhermina: já haviam trocado informações de que ele tinha fugido por ali. A porteira começava a sentir o medo dele ao ver aqueles rostos vazios de olhares vácuos irem e voltarem em frente ao prédio em percursos cada vez mais curtos, como farejassem com mais e mais exatidão onde se escondia a presa. Por fim, o Doblò prata estacionou quase diante da portaria — o carro funerário estava pronto para receber o rapaz. Francisco de Sales teve certeza: haviam descoberto seu paradeiro e apenas aguardariam que saísse para colocarem as mãos sobre ele.

Às cinco da manhã foi surpreendido pela troca de turnos dos porteiros. A moça que entendia seu pavor daria lugar a alguém que parecia compreender bem demais o lado inimigo, justamente pela forma como a tudo negava. O novo porteiro repetia incansavelmente que toda a ideia de sequestro era fruto da cabeça do rapaz, que não existia o que temer, que ninguém o aguardava do lado de fora... Fazia questão de abrir o portão e pisar os pés na calçada e voltar. Abrir e fechar. Ir e voltar. Sinalizar. Tinha prazer em ver como essa ação enchia Sales de pavor, porque o rapaz sabia o quão facilmente alguém poderia se utilizar da ocasião para irromper portão adentro e o levar dali para sempre. Gravações de segurança seriam apagadas. O funcionário da manhã era a cara da propina e Francisco sabia que por ele seria entregue a seus algozes — era uma questão de tempo. Se antes suspeitavam, agora tinham certeza de que ele estava ali. Mas o rapaz conseguiu convencer a moça que estendesse seu horário até o raiar do sol para obter o carregador emprestado que ela lhe havia prometido e de que ele precisava para ligar seu celular. Assim ela fez, e lhe entregou. Sales pôde dar uma carga de menos de dez minutos no aparelho, pois o porteiro inventava motivos para que ele não pudesse permanecer no hall do prédio até a chegada da polícia. Ligou para a síndica e o denunciou. O homem tinha uma expressão estampada em seu rosto que rapidamente havia se tornado triste conhecida de Sales aquela noite — era um tipo de sadismo misturado às benesses da corrupção: mal conseguia esperar para entregar a presa aos monstros e pôr as mãos em altas somas. Francisco ligou para a polícia mais uma vez e esperou em linha a despeito de suas suspeitas. Orientaram que aguardasse na avenida principal, a poucos metros do bar onde havia passado horrorosas horas. Tentou falar com seus amigos, porém todos continuavam dormindo. Leu a mensagem de Lícia — uma produtora —, enviada durante a madrugada, que dizia que "a placa do Doblò prata era fria". Sua família, no entanto, permanecia acordada — apavorada como ele; em outro canto do país, não poderia ajudar muito. Ainda assim, seu pai, que era advogado e tinha sido ameaçado de morte dentro da delegacia do Leblon juntamente com ele havia pouco mais de dois anos, seguia informado sobre seus passos. Apressado pelo porteiro a sair do prédio, Sales surpreendeu os três ou quatro indivíduos que o aguardavam do lado de fora quando entrou diretamente em um café recém-aberto no andar térreo do mesmo edifício. Ali, informou as atendentes que sofria risco de vida, que havia ligado para a polícia e pediu para que elas repetissem a ligação. Disse que aguardaria a polícia no interior daquele estabelecimento. Porém, tal qual o porteiro da manhã que o tinha jogado para as piranhas, notou que uma das atendentes sorria com escárnio cada vez que ouvia uma frase sua.

Da calçada um sujeito de cara ruim sinalizou a Francisco que estava pronto a se vingar dele por ter feito todos da Rede de tolos aquela noite inteira. Era loiro, de olhos claros, parrudo, de estatura mediana, quase alto. Queria fazer crer que havia sido uma vã fuga, porque Sales não escaparia com vida das mãos do grupo. O rapaz, temendo que entrassem no estabelecimento para o arrancar à força em plena vista, foi para o banheiro e se trancou. Sabia que mais cedo ou mais tarde teria de encarar seu destino — e que este deveria ser um fim violento e doloroso. Ainda mal compreendia o que de tão grave poderia ter feito para merecer uma noite como aquela, de intenso terrorismo psicológico e de tentativa de execução, seguida do que faziam crer que seria sua violenta morte lenta. No pequeno banheiro, apagou as luzes e apenas ouviu. Tinha a audição muito aguçada. Iam e vinham aqueles que indagavam se ele estava ali dentro — as atendentes apenas respondiam que sim, e saíam para conversar do lado de fora. Se pudesse enxergá-los, por certo Francisco veria as mesmas caras de olhares vácuos que haviam vindo atrás dele desde o hotel. Sentinelas. E, por fim, as vozes de um bando de homens — que o arrastariam para seu fim. Ouviu as portas de metal do estabelecimento sendo fechadas. Em sua mente, as mensagens de João Bosco que se atropelaram em seu celular quando rapidamente o tinha ligado minutos antes e as quais mal conseguiu ler enquanto ele lhe ligava repetidas vezes — ligações as quais Sales se negava a atender. "Onde você está? [...] Se eu fosse você, voltava para o hotel agora. [...] O Rio de Janeiro inteiro está atrás de você. [...] Você não sabe com quem está mexendo." Escondido dos olhos públicos, Francisco de Sales sabia que o café seria transformado no açougue de sua carnificina. Os policiais do 23º Batalhão de Polícia Militar do Leblon haviam chegado.

Transcrições das conversas de WhatsApp e Instagram entre João Bosco e Francisco de Sales na manhã do dia 5 de janeiro de 2020:

[05/01/2020 05:04:29] João Bosco: Está atrás de você a polícia, seu irmão e todos
[05/01/2020 05:04:50] João Bosco: Presta bem atenção no que está fazendo
[05/01/2020 05:04:53] João Bosco: <ligação de voz perdida>
[05/01/2020 05:05:34] João Bosco: Você saiu daqui completamente louco
[05/01/2020 05:08:28] João Bosco: Lembre-se que tudo seu está aqui
[05/01/2020 05:08:38] João Bosco: Seus documentos todos
[05/01/2020 05:09:33] João Bosco: <ligação de voz perdida>
[05/01/2020 05:08:38] João Bosco: Tem padê nas suas coisas
[05/01/2020 05:15:50] João Bosco: Entregarei tudo para eles

05 January 6:16 AM
Joao_boscodf: Aaron, cara, é muito sério o que você fez, tá? Eu não sei se você tá com o celular, mas o hotel inteiro, a polícia inteira, atrás de você. Leva em consideração tudo isso que você tá fazendo, tá? Eu tô com todos os seus documentos e tudo seu aqui no hotel

[05/01/2020 07:38:26] João Bosco: Avisei a Cata… onde está meu celular?
[05/01/2020 07:38:42] João Bosco: A cidade está atrás de ti
[05/01/2020 07:38:43] João Bosco: <ligação de voz perdida>
[05/01/2020 07:39:17] João Bosco: Tem noção mais uma vez?
[05/01/2020 07:39:55] João Bosco: Você saiu daqui completamente intorpecido, sua mala tem padê e tudo
[05/01/2020 07:40:56] João Bosco: Tudo está aqui… vai ficar aí?
[05/01/2020 07:41:10] João Bosco: Eu gosto de você e só quero seu bem!!!
[05/01/2020 07:41:20] João Bosco: Seja homem
[05/01/2020 07:41:40] João Bosco: <ligação de voz perdida>
[05/01/2020 07:49:43] João Bosco: Grandíssima merda.
[05/01/2020 07:52:05] João Bosco: Detalhe, independentemente de onde esteja, todos os seus cartões e documentos estão aqui, é um grande hotel que tem responsabilidade por você
[05/01/2020 07:52:26] João Bosco: B, faça o que quiser
[05/01/2020 07:53:03] João Bosco: Só não quero ser pintado de ouro
[05/01/2020 07:53:12] João Bosco: Quanta humilhação
[05/01/2020 07:53:38] João Bosco: Fui,
[05/01/2020 07:59:47] João Bosco: Vou entregar pra quem chegar primeiro
[05/01/2020 08:00:00] João Bosco: <ligação de voz perdida>
[05/01/2020 08:01:17] João Bosco: Vou entregar pra quem chegar primeiro

09:05 AM
joao_boscodf: Você está super colocado. Olha a merda.
joao_boscodf started a video chat. Video chat ended.
joao_boscodf started a video chat. Video chat ended.
joao_boscodf started a video chat. Video chat ended.
joao_boscodf: Cata te ligou? Sua mãe e seu irmão tbm? Você tomou uma bala. Você está desconfigurado. Em que posso te ajudar?

{Não é verdade. Tomei meia bala.}

09:15 AM

joao_boscodf: Você precisa me ligar hoje. Eu preciso entender pq isso? Meu celular, estou sem passagem de volta, pois a passagem que você comprou tá cancelada, não consigo fazer nenhuma transação sem telefone.

E muito importante que você me ligue.

joao_boscodf started a video chat. Video chat ended.

joao_boscodf started a video chat. Video chat ended.

joao_boscodf: Aproveita que sua mãe não vai nem seu irmão. Devo deletar, e você vem tomar um banho. A polícia e o hotel estão inteiro atrás de ti. Preocupado

joao_boscodf started a video chat. Video chat ended.

joao_boscodf started a video chat. Video chat ended.

joao_boscodf started a video chat. Video chat ended.

[05/01/2020 12:29:35] João Bosco: <ligação de voz perdida>
[05/01/2020 12:30:45] João Bosco: <ligação de voz perdida>
[05/01/2020 13:06:25] João Bosco: Poderia ter ficado com seus pais
[05/01/2020 13:12:42] João Bosco: <ligação de voz perdida>
[05/01/2020 13:13:48] João Bosco: <ligação de voz perdida>
[05/01/2020 15:33:15] João Bosco: Fala comigo
[05/01/2020 18:24:38] João Bosco: Fala comigo

{Gostaria, mas não consigo mais…}

[05/01/2020 18:25:09] João Bosco: <ligação de voz perdida>
[05/01/2020 18:32:22] João Bosco: Surreal, você fazer isso comigo
[05/01/2020 20:35:08] João Bosco: <ligação de voz perdida>
[06/01/2020 00:09:48] João Bosco: <ligação de voz perdida>

2

O Rio de Janeiro não era mais o mesmo lugar que havia recebido Francisco de Sales quando ele tinha retornado ao Brasil, em 2011. Veio ao mundo dois anos antes do fim da ditadura civil-militar brasileira, e cresceu enquanto ela e seu legado de silêncio definhavam. Na escola e em casa, sempre foi estimulado a ser um pensador livre e a se expressar. No ensino, os professores — que haviam conhecido muito bem os anos de chumbo — guiavam-no na direção das artes, e nelas, desde seus sete anos de idade, prosperava: foi quando a educadora Lúcia Sferra o fez enxergar seu dom para a escrita. Em casa, escutava com atenção a história oral e causos que lhe eram transmitidos por sua mãe, avós e tios-avós; e se interessava muito, pois a existência de sua família havia por séculos e séculos sido perpassada pela história do Brasil. Pelo lado materno, seus ancestrais bandeirantes (judeus, cristãos-novos, protestantes e outros revolucionários e malquistos fugidos da Europa) em São Paulo se casaram com as filhas de grandes caciques e dali forjaram boa parte do país tal como ele é conhecido rumo ao oeste, no estado em que Sales nasceu, Mato Grosso do Sul [sabidamente, à custa de muito sangue indígena de tribos rivais às de suas matriarcas]. A família paterna possuía uma narrativa de um ponto de vista radicalmente diferente — a dos fidalgos que tentaram, a partir da Bahia, criar no Brasil uma continuação aristocrática do Reino de Portugal, conceito de colonização que se estendeu até o estado do Rio de Janeiro, ao sul.

[Sem artilharia, nem aviões para enfrentar as tropas legalistas, os tenentes rebeldes se retiraram para Bauru na madrugada de 28 de julho de 1924, onde] Izidoro Dias Lopes soube que havia uma grande tropa federal em Três Lagoas. Os rebeldes arremeteriam contra a concentração governista. O ataque a Três Lagoas seria conduzido por Juarez Távora [posterior comandante das forças tenentistas nordestinas e nortistas no Golpe de 1930]. Em Porto Epitácio, seu batalhão reforçado por 570 homens embarcou em dois vapores rumo às vizinhanças de Três Lagoas. Ao amanhecer do dia seguinte, os soldados de Juarez movimentaram-se para atacar. Os comandados de Juarez podiam ouvir o resfolegar das locomotivas da Estrada de Ferro Noroeste do Brasil. O encontro em Três Lagoas deixou um terço do batalhão tenentista revoltoso morto, ferido, aprisionado ou desaparecido. Juarez tinha perdido a mais sangrenta batalha da Revolta de 1924. Talvez tenha sido, também, a batalha decisiva da revolução.[1]

Mas pelo Golpe de 1930 — culminação do tenentismo, em que os legalistas foram derrotados — e a subsequente Revolução Constitucionalista de

1932 — em que os legalistas se levantariam novamente em prol da Constituição, dessa vez contra as forças federais —, os dois lados do DNA de Francisco de Sales foram igualmente afetados. E, geralmente, "a maçã não cai longe do pé".[2]

O bisavô paterno, Joaquim Gomes da Silva Torres, que na cidade baiana de Alagoinhas ocupava um cargo público, perdeu fortuna e status ao lutar pela resistência legalista ao lado de cinco centenas de homens no município — contra aproximadamente sete mil membros do exército golpista enraizado no tenentismo, liderados localmente por Juracy Magalhães e que permitiram a ascensão de Getúlio Vargas ao poder:

> Para o tenente coronel Agildo Barata aquele contato prenunciava uma luta pesada e difícil: "Estou para mim que, em Alagoinhas, iria travar-se a batalha decisiva da Revolução de Outubro, no Norte do país".[3] Àquela altura, o movimento revolucionário liderado por Juarez Távora já tinha derrubado praticamente todos os governos do Norte. Sergipe, Alagoas, Pernambuco, Paraíba, Rio Grande do Norte, Ceará, Maranhão e Piauí já estavam submetidos. O Amazonas estava isolado e o Pará, sob investidas do tenente Landry Salles já se entregava. Restava a Bahia.[4]
>
> A essa altura tínhamos conseguido a adesão de muitas tropas. Desci com seis mil e quinhentos homens sob meu comando. Agildo, à frente de um outro batalhão [vindo do Norte, por Sergipe], entrou de surpresa na estação de Sauípe. Manobra extremamente arriscada, porque os legalistas tinham montado suas posições na parte alta da cidade, dominando o local. Sem possibilidade de avançar, [Agildo] ficou encurralado na estação. O fogo adversário logo mostrou-se fortíssimo. Em poucos minutos vi o Agildo sair com os melhores atiradores do batalhão, fazendo fogo em círculos e pulando como um desesperado. Os inimigos viram que enfrentariam muitas tropas nesse local da estação e decidiram fazer um pequeno recuo. Foi seu grande erro. Nesse momento conseguimos ocupar os espaços desguarnecidos e iniciamos um ataque maciço que os desnorteou completamente. Perdemos alguns homens e registramos numerosos feridos, mas as tropas do Governo sofreram um número bem mais significativo de baixas.[5]

Depois de um combate de quatro horas no distrito de Sauípe, ao fim da tarde de 24 de outubro o exército golpista avançou sobre a cidade de Alagoinhas em si. Entre as forças do 21º Batalhão, formada por civis e elementos da polícia baiana que lutaram do lado legalista, encontrava-se também Bento Mendes da Silva, natural de Inhambupe e cuja família possuía entrelaçamentos com a do Barão de Jeremoabo, sogro de Joaquim Gomes da Silva Torres e sargento em Alagoinhas desde sua designação para comandar o destacamento militar daquele município em 1923 [provavelmente já em resposta ao nascimento do tenentismo no ano anterior]. De fato, a Queda de Alagoinhas significou o desmoronamento da última barreira da resistência legalista no Brasil[6] contra o Golpe de 1930. Naquela noite caótica e escura, as propriedades e os documentos de Silva Torres foram todos queimados e ele se perdeu de sua esposa, Alice, para sempre. Joaquim faleceu de pneumonia na cidade paulista de Bauru após uma fuga de dois longos anos para salvar a vida de seus dois filhos dos vários braços de Vargas. Sua esposa passaria o restante da vida — 55 anos, para ser exato — em busca da família. Alice Mendes da Silva veio a falecer em 1985, na cidade de Andradina, São Paulo, após ter morado por décadas do outro lado do rio Paraná da cidade de Três Lagoas, onde residiam seus dois filhos, apenas três meses depois de os ter finalmente reencontrado.

Já a bisavó materna de Sales, Zulmira Maria de Jesus, que na fazenda Beltrão — na zona rural do município de Três Lagoas — havia levantado um pequeno império de grande indústria, morreu também de pneumonia no mesmo ano de 1932, porque a cidade *sulmatogrossense*, que sua família havia fundado, lutava na Revolução Constitucionalista ao lado dos paulistas contra o regime centralizador e autoritário de Vargas — e Três Lagoas tinha sido, por isso, sitiada pelo Exército brasileiro [é importante lembrar que as tropas federais, que protegeram a cidade quando da Revolta de 1924, haviam trocado de lado desde 1930, a proteger então o golpismo]. Os protestos tinham se iniciado porque no golpe Getúlio Vargas havia prometido "mais igualdade social e medidas que pudessem alcançar maior desenvolvimento em muitos setores da vida pública, política e econômica", mas a nova Constituição tinha ficado somente na promessa.

> O levante armado foi deflagrado na cidade de São Paulo às oito horas e trinta minutos da noite de 9 de julho de 1932, com o engajamento da Força Pública de São Paulo, unidades do Exército da 2ª Região Militar e grupos civis armados.[7]
>
> Apesar do apoio dos mineiros, paranaenses e *sulmatogrossense*s, apenas os últimos efetivamente participaram da Revolução com o estado vizinho, enviando tropas, materiais bélicos, alimentos e sendo um bastião de resistência nos principais pontos nevrálgicos do conflito: a ponte de Três Lagoas e a ligação com Minas Gerais por Paranaíba. Guarneceram a passagem de entrada para o centro do país e impediram a entrada das forças federais varguistas no principal foco do conflito, São Paulo. Toda a trajetória da Revolução Constitucionalista de 1932 foi relatada pelo jornal *O Diário*. Desde a mobilização militar, transcrição dos telegramas dos comandos que aderiram ao chamado de Bertoldo Klinger, as relações de voluntários civis que formaram as colunas, baixas de soldados e oficiais, arrecadação de objetos de valor para a campanha "Pro Ouro da Vitória", doação de cavalos e

bovinos para transporte e alimentação, confecção de roupas e distribuição de remédios pelos voluntários da Cruz Vermelha. A conexão do sul do estado de Mato Grosso com as notícias do *front* de batalha é constante e a importância da participação dos nossos voluntários é relatada pelo informativo impresso, na medida em que os voluntários paulistas eram treinados em Três Lagoas e remetidos ao principal palco da luta, São Paulo. "Mato-grossenses a postos! Lutemos pela constitucionalização do País". Foi esta frase, no alto, acima do nome do jornal *O Diário*, órgão de propaganda constitucionalista, que circulou durante todo o período da participação do sul de Mato Grosso na insurreição paulista contra o governo de Getúlio Vargas em 1932. Foi o meio de comunicação dos simpatizantes da causa; posteriormente, tornou-se o *Diário Oficial do Estado de Mato Grosso*, durante o período em que esteve no poder o dr. Vespasiano B. Martins.

Após a deflagração do levante, a região sul do estado, atualmente contemplada pelo Mato Grosso do Sul, emancipou-se ao declarar a sua autonomia e apoiar o levante. O novo estado passou a ser denominado Estado de Maracaju, cuja capital era Campo Grande e tendo Vespasiano Barbosa Martins a cargo da chefia do governo estadual. Desde os primeiros combates, os destacamentos constitucionalistas de Maracaju assumiram a ofensiva para garantir posições estratégicas para o controle da região. A leste, aquela tropa desbaratou uma coluna de soldados federais em Santana de Paranaíba, e também outra vinda de Goiás, com vários elementos tendo sido presos. Igualmente repeliram forças federais em Três Lagoas e Porto xv de Novembro.[8]

Essa batalha impediu que Zulmira Maria de Jesus tivesse acesso a cuidados médicos básicos, e mesmo a viagem a cavalo — da fazenda Beltrão até o limite da cidade — e a travessia do rio Sucuriú a nado por seu filho Pedro (porque a ponte se encontrava impedida) foram em vão: a matriarca veio a falecer na mesma data que o aviador Santos Dumont — como Pedro, tio-avô de Francisco, veria estampado nas capas de jornal em Três Lagoas na manhã seguinte a sua jornada.

Ao norte, em Coxim, as forças do estado de Maracaju também debelaram uma coluna vinda de Cuiabá, composta por uma cia reduzida do 16º B.C. do Exército e outra do 1º B.C. da Força Pública, que visavam a tomada de Campo Grande. Mais ao sul, em Bela Vista, os rebeldes tomaram a cidade após súbita resistência do interventor municipal Mário Garcia e do comandante do 10º R.C.I., que inicialmente haviam declarado apoio à Revolução. A oeste, os combates foram mais intensos, tendo as tropas revolucionárias tomado a cidade de Corumbá, a Base Fluvial de Ladário, Porto Esperança, o Forte Coimbra e, por fim, Porto Murtinho, em 12 de setembro de 1932, onde desbarataram a flotilha liderada pelo monitor fluvial Pernambuco e o destacamento governista comandado pelo coronel do Exército Leopoldo Nery da Fonseca Junior. A vitória também trouxe para os rebeldes o controle de toda a região atualmente contemplada pelo Estado do Mato Grosso do Sul. Além disso, garantiram o acesso ao Oceano Atlântico pelo Rio Paraguai ao Rio Paraná, e a fronteira brasileira com a Bolívia e o Paraguai para viabilizar a entrada de recursos bélicos em favor das tropas revolucionárias, uma vez que o Porto de Santos estava sob bloqueio da esquadra naval governista. Ainda em meados de setembro, parte daquela força mato-grossense viria dar reforço na frente sul e na frente leste paulista de combate, com o Batalhão Visconde de Taunay junto a uma unidade de artilharia se deslocando para Capão Bonito para combater tropas gaúchas. O controle da região sul do então Estado do Mato Grosso viabilizou o acesso dos revolucionários ao estrangeiro, algo que até então estava restrito, inclusive por meio dele conseguiram realizar o translado dos novos aviões adquiridos dos EUA. A atuação das tropas de Maracaju foi mais tarde reconhecida como notável pelos comandantes paulistas. Até a data de rendição, ocorrida em 2 de outubro, o território do estado de Maracaju permaneceu com livre-trânsito para os paulistas, tendo inclusive boa parte dos líderes do levante fugido via Campo Grande do cerco governista na véspera do armistício. Entre 3 e 4 de outubro, as tropas rebeldes situadas em Campo Grande, após tomarem conhecimento do armistício em São Paulo, se amotinaram e prenderam o seu comandante, o coronel Nicolau Horta Barbosa. No entanto, as demais regiões do estado continuaram nas mãos dos revoltosos por mais algumas semanas até negociarem a deposição de armas e sua rendição às tropas federais. O último reduto revolucionário foi na região de Bela Vista e Ponta Porã, cujo destacamento constitucionalista comandado pelo coronel Jaguaribe de Mattos se rendeu somente no dia 25 de outubro perante as tropas federais comandadas pelo tenente-coronel Francisco Gil Castelo Branco. Apesar da derrota militar dos rebeldes, a partir de 1977 a divisão regional ocorrida em 1932 foi consumada com a criação dos estados de Mato Grosso e Mato Grosso do Sul, uma divisão desejada desde o término da Guerra do Paraguai.[*]

Com efeito, os pais de Francisco de Sales não poderiam representar lados mais diferentes da irregular, inconstante e conflitante história política e econômica do Brasil — um país antigo mas precipitado, quiçá desorientado, e mal resolvido em suas veladas guerras de tons de pele e lutas de classe e idiossincrasias políticas; um país que tentava imitar o presidencialismo e a modernidade dos Estados Unidos da América ao passo que suas raízes eram muito mais parlamentaristas, europeias e antiquadas [não que a última destas palavras seja sinônima das outras], porém imensamente mais miscigenadas e heterogêneas; um país que ia se resolvendo desde o fim da ditadura militar

---

[*] Por isso e pela Constituição de 1934, que marcou a breve volta da Democracia e do Estado de Direito ao Brasil até o Estado Novo de Vargas em 1937, diz-se que a Revolução Constitucionalista foi politicamente vitoriosa.[9][ii]

no presidencialismo de coalisão. Após ter vivenciado em sua juventude a social-democracia de Fernando Henrique Cardoso, a arte de Sales exigiu uma formação que não poderia ser obtida na região — àquele tempo rural — de seu nascimento. Dessa maneira, simultaneamente ao início da era Lula, foi estudar no exterior, onde em Chicago passou uma década absorvendo ideias progressistas e estadunidenses [novamente, não que uma destas palavras seja sinônima da outra]. Sempre teve o desejo de retornar ao Brasil, país sobre o qual alimentava uma ideia romantizada — uma visão, aliás, fomentada por Lula, a quem apoiava a despeito da aversão dos seus por ele e do grande tabu que o líder representava em meio à classe mais alta do Brasil. Sabia, no entanto, que o choque cultural do retorno seria muito grande, após tantos anos fora, e por isso escolheu o Rio de Janeiro, pois quando lhe abatesse a depressão trazida pela mudança poderia respirar a liberdade das belas paisagens. Compreendia, apesar da pujança e do desenvolvimento dos anos Lula, que o Rio não deixava de ser uma vila bairrista e atrasada, quase congelada no tempo pelo classismo estampado em sua própria topografia. Mesmo assim, a cidade possuía outra vantagem — a seu ver, naquele momento histórico — sobre a segunda opção (São Paulo, a primeira cidade brasileira e de fato uma metrópole), que era a de ainda ser o centro da indústria do entretenimento no país.

Em um setor conhecido por suas "panelinhas", Sales orgulhou-se de ter alcançado os mais altos patamares por próprio merecimento — seguindo a ética de sua família católica do Centro-Oeste brasileiro, aliás extremamente parecida com a ética protestante do Centro-Oeste estadunidense onde se havia enxertado ainda na adolescência. De fato, conseguiu sua primeira e única entrevista formal de emprego com a diretora Carolina Jabor — filha do cineasta Arnaldo Jabor, formado no Cinema Novo, e esposa do também diretor Guel Arraes —, no Rio de Janeiro, sem a indicação de ninguém, e conquistou a posição por meio de seu currículo e mérito [três noções raramente ouvidas em uma mesma frase na indústria do entretenimento carioca: "entrevista de emprego", "currículo" e "mérito"]. Escutou de uma recém-conhecida figurinista que "ele então era o sortudo 'Francisco de Sales', que tinha conseguido um emprego por meio de uma entrevista com a respeitada diretora". Ofendido, Francisco refutou: "não, ele seria 'sortudo' se fosse irmão da cineasta, ou próximo dela, ou se tivesse um *affair* com ela, e nenhum desses era o caso — Carolina era uma profissional séria e o havia entrevistado por ter enxergado talento nele". Por representar uma negação do trivial, já em sua chegada tinha virado motivo de curiosidade e interesse. Contudo, a noção da figurinista era baseada em fatos tão recorrentes que imperavam quase como leis no estreito meio artístico em que então circulava; quanto mais o tempo passava e mais se aprofundava naquela cultura carioca, mais Sales se dava conta de que realmente havia sido uma exceção à regra. Pois ali, se alguém não fosse diretamente conhecido de outro, no máximo haveria um indivíduo entre eles que faria uma ponte entre os dois. E ninguém conhecia Francisco de Sales pessoalmente até sua chegada — o que gerava desconfiança e não, curiosidade sobre sua pessoa (que teria sido o caso, por exemplo, em Chicago). Isso intrigava o rapaz, por ser uma particularidade cultural que não havia encontrado anteriormente: uma desconfiança aparentemente excessiva. O Rio de Janeiro tal como é conhecido, apesar de se apresentar como uma grande região metropolitana, na verdade consiste de menos de dez bairros da Zona Sul: Leblon, Ipanema, Gávea, Copacabana, Leme, Jardim Botânico, Lagoa, Humaitá, Botafogo — que em termos práticos excluem e/ou segregam Catete, Flamengo, Glória, Laranjeiras, Cosme Velho, São Conrado, Rocinha, Vidigal; totaliza por volta de 390 mil habitantes, ou seja, o mesmo que uma cidade do interior. Daí a possibilidade de se deparar com um mesmo indivíduo cinco vezes ao longo de um mesmo dia em diversas ocasiões e lugares, e uma consequente supervalorização das aparências. Por muitos, em um ambiente extremamente *cut-throat*, Francisco passou a ser considerado uma ameaça. Por uma "condessa" que desejava — por motivos de ego — deixar seu nome registrado em algum lugar na história, foi colocado de lado. Após ter se mudado para a cidade, cansou de se sentir amigo das pessoas em um primeiro momento e em um segundo encontro ser tratado como um completo estranho, e jamais ser convidado para ir à casa de alguém. Depois entendeu que quem se esmera tanto por manter aparências, como o carioca, não quer que o outro pise em sua residência — a desvendar suas verdadeiras condições de vida e as revelar para os 389.999 indivíduos restantes da seleta casta da Zona Sul do Rio.

A cada dia ficava mais claro que Sales participava de um desfile de máscaras sociais cuidadosamente construídas. E, embora subisse rapidamente os degraus de sua carreira, negava-se a fazer parte de qualquer jogo que considerasse antiquado ou antiético — muitos, como a condessa, ofendiam-se com seus valores anticlassistas e anti-hierárquicos —, apesar de ao longo de sua vida ter se beneficiado, sim, de sua posição social privilegiada em várias ocasiões e de vários modos, consciente ou despropositadamente. Mesmo sendo abertamente gay desde seus 24 anos, Francisco era cisgênero, considerado masculino e conduzia sua pessoa, em termos de linguagem corporal e vestimenta, de forma que era identificado como alguém pertencente a uma classe social mais alta — o que não é novidade entre os brasileiros, acostumados ao sistema de classes. Tampouco se pode dizer que chegou a tal estereótipo masculino por acidente. Descobriu que se atraía por pessoas do mesmo sexo aos quatro anos, quando, assistindo a uma telenovela na sala da família, deu-se racionalmente conta pela primeira vez de uma ereção ao ver uma bela e quadrada bunda masculina. Disse: "Papai, fiquei com o pipi duro vendo o bumbum do homem". O que seu pai imediatamente corrigiu: "Não, você ficou de pipi duro porque viu o bumbum da *mulher*". Soube que tinha tocado em um grande tabu e, para sobreviver à adolescência e chegar à fase adulta em um país perigosamente homofóbico, teria de esconder quaisquer traços de sua homossexualidade e se afastar de toda e qualquer característica feminina — já bastavam seu amor pelas artes e pelos livros e seu desgosto pelo futebol. Fato foi que Sales atingiu seu objetivo, e para isso treinou se gravando em fitas vhs e depois assistindo a si próprio, e se observando em fotografias, enfim modificando qualquer traço que pudesse torná-lo identificável como gay — na voz, no sorriso, nos olhos, no portar dos músculos, ossos e articulações, nos tiques nervosos, em toda a linguagem corporal. "Enquanto em pé, não descansar sobre um joelho só." Por conseguinte — e este foi um resultado inesperado —, com frequência era confundido, na Europa ou nos Estados Unidos, com um europeu. Cansou de ser questionado se era italiano ou francês, nunca brasileiro ou argentino. Sua pele alva também contava a seu favor no mundo dos privilégios do homem branco. "Eu nunca poderei dizer que vim de origens humildes e tenho completa noção disso", constatou. "Pois é — é importante essa honestidade", concordou um amigo. No Brasil, simplesmente era tido como "abastado", ou "sofisticado". E, ao passo que o meio gay do Rio de Janeiro o considerava quase um ermitão em seu apartamento do Leblon, supostamente negando-se a se socializar com os lindos corpos de Ipanema, ao menos não era chamado de "bichinha" pelas costas no trabalho — motivo pelo qual lhe foi permitida a ascensão profissional em uma indústria quase tão homofóbica quanto o país como um todo. Disse "não" a quaisquer insinuações que recebeu de míticos "testes do sofá": jamais usaria o sexo como moeda de troca. A totalidade de seu portar-se socialmente funcionava como uma faca de dois gumes, contudo, pois o liam por sua aparência como um reacionário aristocrata quando, na verdade, não passava de um esquerdista democrata — e essas primeiras impressões infelizmente também serviam para criar distância entre sua pessoa e outros que admirava, até que houvesse uma verdadeira oportunidade de aprofundado conhecimento.

Por mérito ou sorte, acabou trabalhando em projetos de entretenimento de grande repercussão nacional e popularidade, e isso lhe trouxe bastante atenção — especialmente entre os gays. Em 2013, aos trinta anos, o convite para participar do projeto *Vai que Cola* se deu da maneira mais inusitada, e foi uma sorte de entrevista de emprego em que não poderia ter se saído pior, porém com o melhor resultado. Nem sequer se tratou de uma entrevista propriamente dita. Após longo período trabalhando como assistente de direção em uma coprodução Brasil/ França/ Canadá/ Portugal, havia voltado à publicidade. Dirigia um teste de elenco quando recebeu a ligação do diretor-geral do nascente projeto. Saiu ao terraço do estúdio para atender o telefonema e o diretor se apresentou, e prosseguiu: "Estou trabalhando em um novo projeto, o *Vai que Cola*, e procurando um assistente. Aqui na Conspiração recomendaram você". Sales não soube o que dizer, nunca havia ouvido falar de tal projeto e tampouco gostou instantaneamente do nome. "Você poderia se encontrar comigo para fazer uma entrevista?", continuou César Rodrigues. "Não", Sales disse, "estou no meio de um teste de elenco com quase duzentas pessoas". "Depois de sair daí pode passar aqui na produtora para conversarmos?", insistiu o diretor-geral. "Também não, porque vou sair muito tarde e tenho de editar tudo para apresentar o teste de elenco amanhã cedo", Francisco respondeu de maneira quase deselegante, porém reta. "Tudo bem. Me falaram muito bem de você para o projeto. Você se interessa?", o diretor perguntou. "Sim", Sales respondeu prontamente, sem saber em que estaria se metendo. "Então, está contratado", o diretor finalizou: "Me liga quando você tiver acabado o comercial e a gente conversa melhor". Francisco de Sales agradeceu e encerrou o telefonema incrédulo; estava tão estressado com o trabalho que o cercava que não pôde dar a mínima atenção ao novo chefe, mas acabou "pegando o job". E, como sempre, no projeto que nascia deu tudo de si — pois o compreendeu e passou a acreditar nele. Tratava-se de um formato inovador de *sitcom* que seria gravado ao vivo com plateia de mais de trezentas pessoas em ambiente de teatro, e possuía um palco giratório de 360 graus. O elenco contava com oito integrantes, dos mais promissores do humor nacional — talentos muito diferentes entre si. Quatro eram humoristas, uma era uma atriz e comediante com experiência na TV e no teatro, dois eram atores relativamente desconhecidos — um deles com carreira já no teatro, no entanto ambos recentemente vindos de um sucesso na TV —, e uma era atriz ainda principiante. A narrativa estava aparentemente centrada em

Valdomiro Lacerda, personagem que coube a Paulo Gustavo — humorista solo com então 34 anos, que já tinha certa projeção nacional devido a um monólogo no teatro, e que era considerado o mais importante nome da nova geração da comédia brasileira. O grande desafio, entretanto, e algo inesperado por PG, era sua necessariamente intensa interação com os sete outros membros do grupo. Não poderia atuar como um solista; e realmente, como foi esclarecido em experimentos perante a plateia, o sucesso do programa dependia do desempenho equilibrado do todo. Porque, da maneira como *Vai que Cola* se consolidou, e diversamente do que vendia a sinopse, Valdomiro Lacerda não era na prática o protagonista da série: o protagonismo era compartilhado com os outros artistas. Talvez a maior lição para o já enorme Paulo Gustavo tenha sido sua interação com a veterana Catarina Abdalla, que interpretava o coração da pensão onde se ambientava a história e representava a maior interlocutora de Valdomiro, dona Jô. PG teve de se esforçar muito para jogar em cena com Catarina, e vice-versa, sem que deixassem a bola cair — apesar de terem métodos de trabalho completamente distintos, ela levantava a bola para ele cortar. Em certo momento, Paulo se desapontou muito com as dificuldades impostas pelo projeto, porque talvez esperasse que o jogo de cena com os outros intérpretes não tivesse tanto peso — e que *Vai que Cola*, nesse aspecto, fosse menos custoso. Frustrado, chegou a considerar sair do programa. Não somente ele: dado que o formato — tanto narrativo, quanto logístico — estava sendo desenvolvido em tempo real conjuntamente pela equipe durante os ensaios, em determinado momento vários membros do elenco acreditaram que estavam a bordo de um navio que tinha o naufrágio como destino certo. Todavia, pela alta demanda e grande carga de trabalho — todos haviam se comprometido a fazer o equivalente a três peças de teatro de 45 páginas por semana, a tempo de fechar a temporada de quarenta episódios —, o restante do elenco necessariamente tinha seu peso a carregar, e esse era um motivo legítimo para o protagonismo dos episódios ser alternado e compartilhado. Assim, tampouco os outros artistas eram menos requisitados e o todo acabou por proteger o indivíduo. PG pediu folga de alguns episódios, e ocorreu igual com Emiliano d'Ávila, Fernando Caruso, Marcus Majella, Fiorella Mattheis e mesmo Catarina Abdalla. Veio ao elenco um nono elemento que pudesse ajudar Cacau Protázio e companhia a dividir as responsabilidades — o ator Sílvio Guindane. E Paulinho e Catarina conseguiram desenvolver uma relação especial em cena — comparável à de mãe e filho. Quanto a Sales, além de seu envolvimento profundo em todas as decisões da pré-produção e de sua íntima e intensa relação com o elenco desde a escalação, com os quais também descobria os personagens, tinha liberdade para fazer sugestões acerca de figurino, maquiagem, cenário, trilha sonora e marcações dos atores em cena, além de passar horas ao lado do diretor-geral editando e reeditando cada episódio, fazendo experimentações sem fim e afinações na ilha de edição, haja vista que esse era um de seus fortes. Também abarcou a função de coordenador de uma imensa equipe de roteiristas [em uma temporada, o número chegou a quase cinquenta] e, conhecendo já muito bem os personagens e o funcionamento da máquina que estavam a criar, lia e relia inúmeras versões de cada roteiro até que chegassem ao ponto certo daquele formato tão específico e se acertassem as vozes dos personagens — uma chave. Eram grandes incumbências para quem havia iniciado o projeto como mero assistente de direção de César Rodrigues e João Fonseca. Por fim, aconteceu a estreia, e todos se surpreenderam: o suposto fracasso anunciado tornou-se subitamente — desde o primeiro dia no ar — o maior sucesso da história da televisão a cabo no Brasil. Foi uma popularidade retumbante, que atingiu em cheio todas as classes sociais do país. Parte disso se devia à jovem idade de muitos membros de todos os departamentos da equipe, da mesma geração de Francisco de Sales ou mais novos. Dessa forma, conseguiram preencher uma necessidade latente na TV do Brasil e entregar algo que o povo brasileiro buscava sem ainda o saber. Valdo, Dona Jô, Ferdinando, Terezinha, Máicol, Wilson, Velna, Jéssica, Lacraia… personagens que passaram a fazer parte das famílias brasileiras. A carreira de Paulo Gustavo foi catapultada a outras alturas com o projeto, e o mesmo ocorreu com todos. Assim, *Vai que Cola* se tornou "o fracasso de maior sucesso da história da televisão do Brasil" — segundo o diretor-geral Césinha. À época, PG não havia se assumido ao público como gay, mas o programa uniu à frente da TV o Brasil careta e o Brasil progressista em torno de uma narrativa cativante que muito fez para trazer avanço às causas LGBT+ nacionalmente, por meio de seu universo lúdico. "O humor é a arma das pessoas desarmadas" — dizia Paulo Gustavo. A carreira de Sales não foi exceção e também teve grande impulso, e foi de assistente de direção a diretor-assistente a codiretor e, então, a diretor. Para ele os títulos pouco significavam, entretanto, pois desde sua formatação havia tido a mesma participação profunda e integral no projeto, dada a horizontalidade democrática da comunicação que conseguiram criar e a abertura às ideias de todos no ambiente de trabalho.

Certo domingo, por acidente, Francisco tirou uma foto que se tornou polêmica. Tinha o laptop sobre as pernas, tomava café e fazia a leitura matinal das notícias, com sua gata Emília deitada em seu colo. A tela do computador entrou em modo de descanso e nela foi possível Sales se ver no reflexo, formando uma interessante composição. Com o celular, fotografou a curiosidade visual. No Instagram postou a imagem, onde era possível ver a gata, sua cueca Hugo Boss, o computador Apple com seu torso refletido e sua sala no Leblon. Era 3 de setembro de 2016. Imediatamente, recebeu uma onda de likes na rede social e, mais rapidamente ainda, inúmeras reprimendas segundo as quais aquela foto "não era digna de alguém com seu status de diretor". "Por quê?", ele perguntava. "Porque aparece sua cueca." Achou as abordagens hipócritas, pois nas entrelinhas lhe era permitido que fosse gay, desde que nas linhas escritas de sua profissão não deixasse rastro da existência de sua sexualidade. Um rapaz gay não podia ser fálico; era indecente. Já lhe haviam pedido anteriormente que crescesse uma barba para aparentar mais idade, haja vista que pessoas ocupando o mesmo cargo que o seu eram, em média, vinte e tantos anos mais velhas. Por nunca ter sido alguém que se encaixasse facilmente em colunas e também por ser um profundo questionador das convenções sociais, questões que sempre levantava em sua expressão artística no trabalho, resolveu explorar a discussão do que era apropriado ou não no aspecto pessoal/público de sua vida. Pois, se sua genitália ficava em evidência quando usava uma sunga para ir à praia e isso não era proposital, não poderia tirar fotos ou exibi-las no Instagramumaplicativosocial? Deveria ser um eunuco para ser um gay aceito em sua posição? Ao contrário, crescentemente se utilizou das redes sociais: descobriu nelas um instrumento de comunicação direta com a sociedade e começou a cunhar um público que se interessava por seus temas e debates. Passou a usar imagens de seu corpo para colocar em prova limites que lhe eram social e hierarquicamente impostos, a despeito de encontrar muita resistência, iniciando-se por sua indústria — ele deveria ser invisível nos bastidores, em vez de expressar ideias diretamente para milhares de seguidores ou ser "polêmico". Na prática, precisavam que fosse um gay silenciado.

A

Um exemplo do tipo de mentalidade com a qual Sales lidava pode ser encontrado no artigo "Repórteres fazem vídeo com piadas dúbias e causam mal-estar na Globo", por Gabriel Oliveira do site TV Pop, datado de cinco anos depois do que Francisco enfrentou:

Os repórteres Vinícius Leal e Welington Valadão provocaram um grande constrangimento no departamento de Jornalismo da Globo em Brasília. Durante a tarde de domingo (18), Leal usou uma de suas redes sociais para publicar uma filmagem ao lado do colega de trabalho e do também jornalista Clayton Sousa, que é âncora da TV Brasília, afiliada da RedeTV! na cidade. No vídeo, que dura pouco menos de meio minuto, o trio protagoniza um diálogo repleto de piadas impróprias para menores. [Welington Valadão, atrás da câmera, pergunta: "O que você está fazendo no seu dia livre, Clayton Souza?" Clayton Souza, que olha Vinícius Leal fixamente e segura uma furadeira para cima, ligada — algo fálico —, diz: "Estou sendo explorado, né?".] Em uma parte da gravação, Valadão mostra o traseiro do repórter do *Jornal Nacional* e brinca com a situação. "E essa bundinha?", questiona ele. A filmagem foi feita na casa do apresentador da afiliada da RedeTV!. Nas imagens, Vinícius Leal aparece em um sofá, enquanto calculava as dimensões da parede para a fixação de um quadro. É nesse momento que Valadão se aproxima do colega de emissora e, de supetão, dá um zoom no bumbum dele. "Isso a Globo não mostra", ironiza Sousa, pouco antes do trio debater o que seria colocado na parede. "O que você vai botar na parede ali?", questiona Welington Valadão. "Um quadro, um nicho [objeto de decoração], outro quadro e a guitarra", responde Clayton Sousa. Leal, ainda calculando métricas no sofá, interpela os colegas e dá sugestões para a casa do amigo. "Um unicórnio! E a sua bunda. Eu vou botar a sua bunda aqui", bradou ele. Em uma parte da filmagem, o funcionário da TV Brasília fala para Valadão que "chegou a pensar que ele postaria isso". Ele, realmente, não publicou o vídeo. As imagens foram divulgadas no perfil de Vinícius Leal, que arriscou brincadeiras com a situação nas legendas da publicação. "Pra que servem os amigos, senão para amolar e botar areia em tudo que você tenta fazer de bom na vida? Vou dizer o que vou botar e onde", afirmou ele, ironizando a ideia de colocar o traseiro do colega da concorrente na parede. Era pra ser apenas uma brincadeira entre amigos, mas o vídeo caseiro acabou virando um problemão nos bastidores da Globo. A reportagem do TV Pop apurou que a filmagem viralizou quase que imediatamente nos grupos da equipe do Jornalismo da emissora em Brasília, e que muitos questionaram se a rede teria abolido suas rígidas normas de conduta nas redes sociais. De acordo com o regimento interno da empresa, o conteúdo compartilhado pelo repórter do *Jornal Nacional* é inadequado e jamais deveria ter se transformado em algo público. Além do questionamento sobre a rigidez (ou falta dela) na cobrança de normas para plataformas digitais, não foram poucos os que se incomodaram com as brincadeiras de duplo sentido protagonizadas por Vinícius Leal e Welington Valadão. Para uma ala mais conservadora da emissora, a filmagem só serviu para dar mais munição na eterna guerra dos apoiadores da presidência contra o canal. "São dois repórteres da emissora líder de audiência fazendo piadas da quinta série. Você imagina o William Bonner fazendo algo assim?", questionou um editor da rede, que pediu para ter a sua identidade preservada.[10]

Indo além, Sales passava a ter noção de sua função pública como artista, e cada vez mais recebia mensagens de meninos gays do interior do Brasil e de vários outros países — muitos mal compreendidos, isolados, deprimidos e outros expulsos de casa —, que o agradeciam por demonstrar como era possível ser gay e ao mesmo tempo ser uma pessoa de sucesso. Como colocou uma amiga sua quando ele aceitou em fevereiro de 2019 um convite para posar nu e expor sua ereção em uma revista de arte, Francisco "mostrava que um corpo político deveria ser usado como meio de expressão artística". Sales trabalhava no *sitcom* mais evidentemente LGBT+ e de maior sucesso da história da TV por assinatura brasileira. No episódio piloto de *Vai que Cola*, em que um dos cômodos se encontrava vazio durante um giro de 360 graus, perguntou ao colega ator — que interpretava Ferdinando, um personagem gay com grande afinidade com o feminino — se ele não estaria interessado em se travestir "às escondidas" no banheiro e fazer um número dublando uma canção de Lady Gaga ou Shakira para "preencher o giro". O ator aceitou, o público veio abaixo em gargalhadas com a liberdade, e essa se tornou uma das características mais marcantes do personagem — e do projeto; talvez tenha sido justamente esse caminho gay que deu ao programa todo o impulso que teve. Através da comédia, ajudava a expandir os horizontes da comunidade LGBT+ em uma obra de TV de alta repercussão e acompanhada por milhões de brasileiros de todos os cantos do país, em lares onde muitas vezes uma criança ou adolescente gay ou transgênero cresceria com maior aceitação e entendimento por seus familiares. Se podia fazer isso no trabalho, não tinha o direito de ocupar o lugar de fala para levantar questões pertinentes em sua vida como a pessoa pública *artista* em que se desenvolvia? Embora sua independência de pensamento gerasse grande incômodo entre aqueles que discordavam dele — trabalhassem com ele ou não —, também passou a ser visto como um pilar da resistência LGBT+ por seus pares na comunidade.

Enquanto se impunha como uma força gay tanto em seu meio de trabalho [o Brasil ainda era tão arcaico que Sales ouvia nos bastidores com frequência que sua orientação sexual fazia dele "uma mulher", apesar de nunca ter se identificado transgênero] quanto publicamente, Francisco deixava de perceber dois fatores importantes. Em primeiro lugar, sua proeminência pública e seu pulso firme na condução do programa de TV passaram a causar desconforto entre alguns superiores — que tinham mais e mais necessidade de trazer o mérito do sucesso para si, para o avanço de suas carreiras corporativas. Isso se tornava um problema maior conforme a imagem do rapaz ia sendo profundamente associada ao projeto, algo que ocorria de forma socialmente espontânea e que fugia a seu controle. Em segundo lugar, a despeito de nunca ter sido alienado, seu posicionamento político era cada vez mais isolado — devido a um caminhar da imprensa e conglomerados de mídia brasileiros para a direita e a uma rápida movimentação do jogo de xadrez em Brasília e a como isso se refletia em irracionalidade em nível nacional. Mesmo sendo um apoiador das ações do governo Lula, divergia de como a figura de Dilma Rousseff havia despontado ao lado do governante mediante investigações de corrupção que tiraram de cena importantes aliados do presidente no escândalo do Mensalão. Para Sales, o "escândalo" nada tinha de surpreendente, haja vista que a cultura brasileira e a composição social e política do país eram altamente heterogêneas e que o presidencialismo havia sido uma ideia artificialmente imposta ao sistema de governo do Brasil pela complexa influência ideológico-militar que os Estados Unidos exerciam em seu quintal. Não parecia exótico, a um indivíduo que enxergava o mundo com transparência, que um partido político — para *governar de fato* no presidencialismo de coalisão — tivesse de usar de meios não previstos em lei para conseguir o apoio necessário no fracionado sistema político brasileiro, que possuía dezenas de partidos no Congresso. Deputados de outras bandeiras receberam R$ 30 mil por mês para apoiar legislação do Partido dos Trabalhadores (PT), de Lula, na Câmara dos Deputados — algo que um sistema parlamentarista ou semipresidencialista, que abarcaria de maneira muito mais natural as idiossincrasias políticas do país, tenderia a fazer se resolver mais às claras. Dilma, por sua vez, ao ocupar o vácuo deixado pelos vários braços direitos de Lula, era reducionista e pouco diplomática ou política sob o ponto de vista de Sales e, muitas vezes, trilhava o caminho mais fácil — o que ficou muito claro na construção que ela promoveu de usinas hidrelétricas na Amazônia a despeito de seu alto impacto ambiental, esmagando forças internas do governo que se opunham às obras — como a ministra do Meio Ambiente, Marina Silva. Não obstante, Sales continuou a apoiar as conquistas promovidas por Lula e pelo Partido dos Trabalhadores, que tiraram milhões de brasileiros da extrema pobreza e os inseriram, de fato, na economia — algo que fez com que esta crescesse a níveis nunca vistos desde a ditadura militar. Para as classes média e alta do país, no entanto, era inaceitável que um presidente — "semianalfabeto", nordestino e vindo da classe operária — e sua provável sucessora — do sexo feminino, ex-combatente da luta armada contra a ditadura e ex-presa política — almejassem realizar tal distribuição de renda no país. Os elitistas se sentiam confrontados e o discurso já era o de que "estão tirando de nós para dar para vagabundos" — diziam isso sobre o Bolsa Família desde que foi criado, apesar de o programa ter sido reconhecido pelas Nações Unidas e pelo Banco Mundial e seguido por Nova York, e de o crescimento econômico ter tido impacto positivo para todas as classes em âmbito nacional. Em verdade, as dondocas não aceitavam que suas domésticas viessem trabalhar pelas novas linhas de metrô a economizar preciosas horas de seus dias que poderiam usar, por exemplo, para namorar vitrines e talvez comprar nas mesmas lojas de sapatos que as patroas. A subserviência do Brasil aos Estados Unidos e a admiração das classes média e alta brasileiras pelos estadunidenses cessavam no momento em que o sistema classista de seu próprio país era ameaçado. Os elitistas não entendiam, ou não queriam entender que, para que o Brasil se transformasse em uma potência econômica próspera [e parecida com os Estados Unidos, como eles mesmos supostamente desejavam], mais e mais cidadãos precisavam ser inseridos na economia formal. E, assim, preferiam continuar pegando voos para fazer compras na Flórida e blindando carros contra tentativas de sequestro em seu país a apoiar um plano de nação que tornasse o Brasil mais social, política e economicamente democrático. Sales percebia isso nos fortes tons usados no grupo de WhatsApp*aplicativosocial* da família por seu pai e irmãos, todos advogados, ao se referir a Lula, um "bandido" odiado [afinal, na sequência lógica do raciocínio, quem "tira de nós" é "um bandido"] — palavras que sempre geravam atrito e discussões porque Francisco nunca foi homem de engolir sapos, mesmo fazendo sempre parte da minoria. Quando Lula se agarrou ao poder, contudo, e formalmente nomeou Dilma Rousseff como sua candidata na linha de sucessão, Sales discordou porque acreditava que o correto teria sido a alternância do PT com outros partidos de centro-esquerda no poder — ou qualquer partido, desde que defensor dos princípios democráticos e democraticamente eleito, algo que seria saudável para a Democracia do país —, e também porque nunca enxergou em Rousseff uma líder visionária e sim, uma administradora ou burocrata, executora de tarefas, embora admirasse sua biografia. Ademais, presidenta frágil que se tornou por não ser uma política de carreira, cedendo à oposição e às demandas da mídia corporativa de direita em troca de apoio que se provou passageiro, senão nitidamente falso, e contrariando aprendizados das ações fiscais anticíclicas da administração Lula e mesmo do presidente estadunidense Barack Obama, Dilma adotou um plano econômico incoerente, keynesiano em seus propósitos porém neoliberal em seus aspectos. Ao mesmo tempo que tentou "fortalecer bancos públicos, o conteúdo nacional e construiu habitações populares", cortou investimentos governamentais que retornariam aos cofres do governo em forma de mais impostos coletados com a expansão do Produto Interno Bruto.

> O primeiro ano do mandato de Dilma Rousseff foi marcado por um forte ajuste fiscal e por outras medidas contracionistas. Em 2011, o investimento público teve queda real de 12% e o investimento das estatais, de 8,6%. Essa contração ocorreu em um cenário de desaceleração da economia mundial e do ciclo doméstico de consumo e crédito. Ou seja, o governo adotou uma política fiscal pró-cíclica — logo, anti-keynesiana —, que contribuiu para a recessão.[11]

Sales havia retornado ao país no início do governo Dilma, mas estava imerso em seu trabalho durante as Manifestações dos 20 Centavos de 2013, em que uma revolta contra o aumento da tarifa nos transportes públicos cresceu a englobar várias outras insatisfações — como o uso de dinheiro público em eventos internacionais de esporte e a baixa qualidade dos serviços oferecidos pelo governo. As classes D e E trouxeram à mesa demandas antigas que não podiam esperar mais para que se tornassem conquistas adquiridas [como outras conquistas tinham sido adquiridas durante anos anteriores de governo do PT], porém que então se demoravam devido às medidas contracionistas de Rousseff. Tais demandas, abraçadas pelas esquerdas à esquerda do Partido dos Trabalhadores, foram sequestradas pela direita dominante com poder sobre a grande mídia, que por sua vez tomou a liderança do discurso e manipulou o povo de forma que o foco dos protestos se tornasse a "corrupção" em geral — apontada como motivo do atraso nas conquistas populares, ao invés do real motivo: a escolha econômica antikeynesiana de dois anos antes. Pois, se existe "um bandido" (quem "tira de nós" das classes média e alta), esse discurso precisa ser apoiado mais amplamente em "roubos", ou seja: acusações abstratas de corrupção colocadas inclusive nas bocas dos pobres. Dilma Rousseff viu uma queda substancial de 27 pontos de sua aprovação — ela, que, por cálculos errados de autoconfiança administrativa e falta de visão das profundezas da política brasileira, já havia retirado cargos do partido de "centrão", PMDB [o termo "centrão" se refere a partidos fisiológicos, sem verdadeira ideologia política, frequentemente envolvidos em escândalos de compras de votos entre o Poder Legislativo e o Poder Executivo nos governos presidencialistas de coalizão; como membro do centrão, o PMDB era um partido cujo apoio se fazia essencial nesse sistema pseudopresidencialista], e enfrentado o sistema bancário no país pela queda dos juros, isolou-se no poder. Seu "aperto no cinto" vinha tendo reflexos na economia nacional desde 2011: como retaliação por parte dos agentes econômicos, teve de lidar com um desinvestimento generalizado — que não passava de uma sabotagem do crescimento do Brasil, que possuía como propósito um aumento ainda maior da insatisfação popular contra seu governo. Paralelamente, os conglomerados de mídia de direita, que faziam pressão constante por "cortes de gastos" radicais, tornaram-se os primeiros a criticar as consequências negativas desses atos quando do desaquecimento econômico: incentivaram o antipetismo — associando profundamente o partido à corrupção — e o fortalecimento da direita extrema. É paradoxal, mas quem acompanha o noticiário brasileiro rapidamente começa a achar tudo muito previsível.

> Antes e depois das eleições, a Carta ao Povo Brasileiro, de Dilma Rousseff foi, de fato, oposta à de Lula, mas suas primeiras nomeações como candidata eleita surpreenderam quase todos, assim como a meta fiscal anunciada por seu novo Ministro da Fazenda: 1,2% do PIB de acordo com as estatísticas do Banco Central, ou seja, sem descontar investimentos do Programa de Aceleração do Crescimento (PAC). Lembre-se que, na Casa Civil de Lula, o desconto de investimentos públicos da meta fiscal foi o motivo central de conflito com o Ministério da Fazenda chefiado por Pallocci. Tamanha reviravolta era necessária? Pode ela ser contraproducente, agravando os problemas que quer resolver, particularmente a trajetória da dívida pública? Não parece que a reviravolta fosse necessária. É verdade que a retórica contra os banqueiros na campanha presidencial apenas aprofundou o desconforto mútuo gerado pela politização da redução da taxa básica de juros e, principalmente, o uso dos bancos públicos para forçar a redução dos *spreads* dos bancos comerciais em 2012. Alguma reaproximação era esperada, uma vez que o governo Dilma pretende ampliar concessões de serviços públicos e enfrenta tanto grande rejeição entre investidores quanto oposição no Congresso Nacional e na sociedade disposta a paralisar a administração. Dito isso, a conjuntura atual não exige contração fiscal até cinco vezes maior do que a variação de 0,36% do PIB e do superávit primário entre 2002 e 2003, dependendo do resultado de 2014; nem se a meta de 1,2% do PIB anunciada para 2015 for "cheia" ou não.[12]

Como resposta ao desagrado então generalizado e para retomar seu apoio público, Dilma facilitou a aprovação de inúmeras medidas anticorrupção e o avanço de investigações como a Operação Lava Jato, que surgiu em 2014 e acabou por perseguir empresários que lidavam com o Governo Federal petista e os prender até que delatassem políticos com quem possuíam supostas relações de suborno. O que nem Rousseff, nem as esquerdas, nem os movimentos populares enxergaram foi que a direita dominante — através dos conglomerados de imprensa e mídia — tinha sido habilidosa em deturpar as Manifestações dos 20 Centavos para legitimar a grande teoria conspiratória em que se calcou a ressurgência do fascismo no Brasil (sua aparição inicial tinha sido na Era Vargas), que mirou justamente nas classes D e E: sim, as mesmas que não podiam esperar mais para adquirir novas conquistas, entretanto que, de acordo com a direita e as classes média e alta, já tinham adquirido tanto, tão rapidamente e de maneira quase ilegal, de tão desafiassustadora! Sérgio Moro, um juiz de primeira instância em Curitiba, que agia "contra a corrupção" — ainda que nitidamente guiado por questionáveis motivações ideológicas de *extremadireita* —, através da Operação Lava Jato releu os anos de administração petista de forma a declarar, oficialmente, juridicamente ilegais as maneiras como mesmo conquistas dos anos 2000 das classes D e E haviam sido adquiridas (anteriormente à Lava Jato, tais conquistas adquiridas eram malfaladas e questionadas somente não oficialmente, apesar do extremo furor, e tampouco tinha se encontrado um jeito de as ilegalizar de fato), e a operação metastizou para atuar como uma caça às bruxas ao sistema político como um todo — um basta àqueles que haviam permitido a integração socioeconômica das classes D e E e a própria existência democrática do governo petista. Toda essa perseguição foi apoiada pela mídia corporativa: a integração socioeconômica dos pobres e a democracia mais justa se tornavam alvos justificados da ascendente e cada vez mais oficial *extremadireita* brasileira. O porém era que o Brasil presidencialista havia sido construído sobre um princípio de suborno e de corrupção que vinha desde antes da ditadura militar, da Era Vargas, da Política do Café com Leite — não era nenhuma novidade petista, e uma guinada tão drástica à direita não se poderia dar sem uma freada abrupta nos rumos do país [social, política e economicamente]. Necessário teria sido realizar uma profunda reforma política que tornasse o sistema mais transparente, talvez até semipresidencialista — o que Lula não havia feito. Reinventar a história do Brasil de outra forma seria hipocrisia, no entanto a *extremadireita* era antipolítica: criou terrorismo midiático e jurídico e queria mesmo um forte abalo sísmico. Sales questionava, no grupo de família, a constitucionalidade de várias ações da Lava Jato, contudo mesmo seu pai — advogado honesto que sempre havia recebido ameaças de morte por denunciar juízes corruptos e traficantes de drogas — fazia vista grossa a tais indagações legais, *desde que Lula fosse preso*. Assim, mesmo Dilma havendo sido reeleita, sofreu um impeachment inconstitucional no ano de

2016 — foi julgada não por quaisquer crimes que tenha cometido, mas por uma demonização do PT, partido que, *segundo o discurso propagado pela mídia,* havia "inventado" a corrupção no Brasil; para além do antikeynesianismo, seu erro foi superestimar a estabilidade dos três poderes de um Estado recém-democrático e subestimar o projeto de poder ilegal que constituiu a Lava Jato desde o princípio. Por um lado, o impeachment foi uma *resposta política* do centrão, da direita e da direita extrema *à caça às bruxas* que a presidenta permitiu que se desse *contra os políticos,* ao mesmo tempo que *entregavam* às classes média e alta e à extremadireita — que continuavam a idealizavar tanto a Flórida — seu *bode expiatório* que "tirou de nós para dar para vagabundo". Por outro lado, o impeachment se tratou de um velado e vagaroso *freio à Lava Jato,* que de outra forma correria soltamente e imploديria por completo o sistema político no país. Todavia, o Golpe de 2016 funcionou como um band-aid vagabundo em profunda ferida, com o agravante de servir de *ruptura constitucional:* não conseguiu impedir que se abrissem as portas para o fascismo. Entre seus próprios pares do audiovisual, historicamente de esquerda, Sales apontava para os perigosos precedentes que tal ato abria na redemocratização ainda recente do Brasil: enfraquecia suas instituições como um todo, além de ser fortemente embasado no já mencionado classismo e no sexismo. Dilma Rousseff jamais teria sofrido esse processo se fosse um homem. E Lula jamais teria sido preso se não fosse nordestino e operário. O sentimento misógino, *regionofóbico,* classista e antipetista canalizado pela desfigurada e ilógica performance sensacionalista anticorrupção era tão forte que o mero questionamento da gravidade do que se passava havia se tornado um imenso tabu. De acordo com o pernicioso discurso da imprensa corporativa, ou se estava com a Operação Lava Jato ou se era "a favor de bandidos". Francisco de Sales enxergava as profundezas abissais da rachadura criada pelo intenso abalo sísmico: poucos possuíam pensamento sóbrio à época, ou uma visão clara dos problemas que o movimento que gerou o lavajatismo — que havia surgido na direita pouco democrática da segunda metade dos anos 1990 como uma reação à democratização social-econômica do país iniciada por FHC e representada pelo PT — traria para o país: a legalização da extremadireita e do milicianismo, a desobstrução das fendas do inferno e a emerção de cavaleiros do centrão e da besta alucinada Jair Bolsonaro, "o mito".

Durante o ano de 2017, Sales havia se afastado da televisão para se dedicar ao seu primeiro longa-metragem, um *thriller* psicológico independente que foi bem recebido pela crítica especializada. No dia do pré-lançamento para familiares, equipe e convidados de *Quando o Galo Cantar Pela Terceira Vez Renegarás Tua Mãe*, em 21 de novembro, com amigos e o então namorado, estendeu a comemoração de estreia madrugada de 22 adentro para um conhecido bar na principal avenida do bairro do Leblon — o Jiba, mesmo bar onde posteriormente conheceria a irrealidade do inferno. Então, já era respeitado pelo compromisso com a comunidade LGBT+, pela personalidade questionadora e pela capacidade de identificar o que ainda estava latente ou era incipiente na sociedade — e isso poderia utilizar tanto para fins comerciais, como o êxito de um projeto, quanto para fins políticos, como a defesa de uma ideia. Sales havia já sido, àquela altura, apresentado formalmente ao meio gay carioca através do namorado, Tiago, amplamente inserido nos círculos de Ipanema, e ambos despertavam bastante atenção. Na loja ao lado do bar — Vazio, que durante o dia vendia peças descoladas de roupa e à noite vendia cerveja — houve um alvoroço inicial. Um colega de seu namorado, Estevão, chamou a atenção de Sales, a dizer que um homem baixote estava batendo na namorada. Francisco imediatamente se levantou quando viu que um segurança do Jiba fazia um táxi parar — o mesmo veículo onde havia acabado de entrar a moça, em fuga — para que nele pudesse entrar também o baixote, justamente o agressor do qual ela fugia. Sales se dirigiu ao segurança, "Por que você fez o táxi parar para o namorado dela entrar? Não vê que ela estava fugindo dele?". Mas, sem se demorar, abriu a porta de trás do veículo, deu um gancho de esquerda no namorado da moça, arrancou-o do carro pelo colarinho e lhe deu um outro soco, que fez com que ele caísse do outro lado de uma motocicleta ali estacionada; quando ele se levantou, Francisco arrematou com um terceiro gancho de esquerda. Os colegas do baixote vieram contra Sales, porém os amigos dele o defenderam e depois de alguns poucos murros a briga de bar chegou a um fim. A moça, no entanto, em vez de prosseguir no carro, saiu correndo e dobrou a esquina da pizzaria Baía, e o baixote foi atrás dela. Sales, enquanto tirava satisfações com o gerente do bar sobre que tipo de instruções dava a seus funcionários em casos como aquele de violência contra a mulher, discava 190 a fim de pedir socorro para a moça. Ouviu do gerente e do segurança do Jiba que "a vagabunda apanhava ali todo dia e continuava com o namorado" — como se mais machismo justificasse a conivência deles para com tal violência. Dois policiais militares do Leblon chegaram ao bar, entretanto se negaram a fazer qualquer coisa. Impulsivamente, após alguns drinques, Francisco de Sales sacou o celular do bolso e começou a gravar, dizendo que postaria tudo em suas redes sociais. Mostrou a placa do carro da polícia e inseriu o celular no veículo para mostrar os rostos dos dois agentes do 23º BPM e seus nomes. Disse, por fim, em vídeo que, se algo ocorresse àquela moça naquela noite a culpa seria dos policiais, que se negavam a tomar qualquer atitude. Contudo, não postou coisa nenhuma — queria apenas que os policiais fizessem seu trabalho. Retornou à mesa para beber com seus amigos. Logo seu namorado o abordou: "Francisco, me entrega o seu celular destravado". Sales, sem pensar duas vezes, assim o fez e em seguida Tiago devolveu o eletrônico: "Pronto. Apaguei o vídeo". Francisco ficou revoltado, pois para ele a privacidade de seu aparelho celular era inviolável; era inaceitável a ideia de alguém apagar seus conteúdos. "Eles disseram que se ele não apagasse iriam matar vocês dois", arguiu Estevão a defender o amigo. Isso não foi suficiente para evitar uma discussão entre o casal. Caminhando para casa bufando — morava a poucos quarteirões dali —, Sales não podia deixar aquilo passar. Ligou pela segunda vez para a polícia, relatou o que acontecera e disse que tinha sido ameaçado de morte pelos policiais que haviam sido chamados para ajudar na primeira ocorrência; falou que voltaria à esquina do bar e que esperaria novamente pela polícia. Nunca deveria ter sido tão inocente a ponto de acreditar na idoneidade da polícia carioca. No local marcado, os mesmos dois policiais militares que o haviam ameaçado chegaram para averiguar sua denúncia: "Que bom que vocês voltaram, porque fizeram meu namorado apagar o vídeo anterior. Vou aproveitar para fazer de novo" — e fez um segundo vídeo mostrando os rostos dos agentes e a placa do carro, ao passo que narrava o que se tinha passado. Repetiu: "se algo ocorresse àquela moça naquela noite, a culpa seria dos policiais, que se negavam a tomar qualquer atitude contra o baixote". Desta vez, em vez de apenas salvar em seu celular, postou diretamente o material e pediu a seus seguidores do Instagramumaplicativosocial que o gravassem em seus próprios telefones. Um superior deles, outro homem baixo, veio em um camburão da PM insistiu que Sales entrasse no mesmo para seguir até a delegacia do Leblon, haja vista que "tinha acusado os policiais de o terem ameaçado". Sales registrou em vídeo o rosto desse sujeito também, explicou o que estava se passando a seus seguidores e disse que "se algo acontecesse consigo, a polícia teria sido responsável". Postou. Os policiais pressionaram para que ele entrasse no camburão. Sales ligou a seu pai, que estava no Rio de Janeiro para a ocasião do pré-lançamento do filme e que pediu que o filho não entrasse no camburão da polícia: "iriam desaparecer com ele em um matagal"; recomendou que Francisco pegasse um carro de aplicativo e que os policiais o seguissem à 14ª Delegacia da Polícia Civil do Estado do Rio de Janeiro (Leblon). Quando Sales chegou lá, de alguma forma seu pai já estava presente. O advogado foi convocado pelo policial da primeira ocorrência para o lado de fora da delegacia e voltou ao rapaz com uma mensagem clara: "Francisco, apague esses vídeos imediatamente do seu celular e do Instagram porque, se eles encontrarem, vão te matar". Logo em seguida, foi a vez do baixo superior, de forte sotaque carioca, marrento, convocar o pai de Sales para uma conversa. Este em poucos minutos retornou novamente: "Vamos embora para casa. O primeiro policial falou que é ameaçado de morte todos os dias aqui dentro da delegacia pelo baixinho, chefe dele, que é miliciano. Falou que mora numa favela. Se esse vídeo vazar e algo acontecer com a moça, ele vai ser morto. Aquele baixinho é o maior bandido aqui. Disse que sabe quem você é, que sabe onde você mora, e que vai te matar e que eu também vou ser morto em Mato Grosso do Sul". Em sua primeira ameaça de morte, Francisco de Sales descobriu que a milícia estava infiltrada nas polícias do Leblon, bairro mais rico e chamado — sem ironia intencional — de "o mais europeu" do Rio de Janeiro. Ao chegar a seu apartamento acompanhado do pai com o raiar do sol, a mãe o recebeu na sala e perguntou "o que ele havia feito, se não estava arrependido por ter estragado uma noite que era para ter sido tão positiva, como a do pré-lançamento de seu primeiro longa-metragem, tendo acabado em uma delegacia". Sales discorreu sobre os fatos e respondeu que não sentia arrependimento, que havia feito o que achava certo quando telefonou à polícia para auxiliar em um caso de violência contra a mulher, e que jamais imaginaria que a conclusão disso pudesse ter sido uma ameaça de morte pelos policiais contra sua própria pessoa. Sem demora, tratou de fazer as pazes com o namorado.

No início do ano seguinte, Sales viveu o explosivo término com Tiago. Havia sido um relacionamento surpreendentemente passional, do tipo que Francisco não esperava. Conhecera-o no *walk-in closet* de um namorado anterior, Giordano. Eram amigos os dois, Giordano e Tiago. Um dia, Giordano — veterano influenciador de redes sociais — preparava-se para uma festa diante do espelho de sua penteadeira. Francisco estava atrás dele, observando-o se maquiar; por trás de si, à porta refletida no espelho, surgiu Tiago, e Sales não apenas se surpreendeu com a beleza do rapaz, como fez um *double take*: olhou uma e outra vez de rebate, sem pestanejar. Havia sido uma atração instantânea, espelhada por Tiago. Este último era alguns centímetros mais alto e possuía uma estrutura grande e forte, diferente do corpo franzino de Giordano. No primeiro momento em que se viu sozinho novamente com o então namorado, Sales perguntou acerca do amigo, e Giordano respondeu que Tiago era "um drogadinho aí". Francisco chocou-se com a maneira como o influenciador se referia a um "amigo", mas não estendeu a conversa. Aquela noite, na festa que ocupou a Sapucaí, Sales experimentou K. Aspirou uma vez, nada sentiu. Aspirou pela segunda vez, nada sentiu. Aspirou pela terceira vez e foi quase que instantaneamente levado a outro planeta. Sentindo a substância tomar conta de si, alastrando-se por seu sistema, e com medo de todo o julgamento público em um local absolutamente lotado de pessoas que o conheciam, Francisco saiu andando, deseducadamente pedindo que as pessoas lhe dessem licença na longa fila do banheiro, e foi abrindo caminho. Teve apenas tempo de chegar à última cabine com Giordano e se sentiu congelado nas horas, grudado à parede como uma lagartixa, enquanto o espaço parecia girar em torno da cabeça, como se ele fosse o centro de uma esfera. Giordano teve alucinações e contou a Sales que viu a mãe deste apresentada em sua frente como Nossa Senhora. Relatou que via o quão pálido Francisco se encontrava, todavia não conseguia se mover para o ajudar. Assim permaneceram por mais de uma hora, até que Sales voltou de seu "buraco de ketamina". Suava horrores no quente banheiro móvel e, quando saiu, ainda caminhando como um astronauta, tratou logo de se escorar em uma barreira de metal, pois a parte superior de seu corpo funcionava absolutamente bem, entretanto a metade inferior não respondia de forma adequada. Ali permaneceu durante quase o tempo inteiro da festa, cumprimentando os presentes e se comportando como se nada acontecesse. Porém, jurou que nunca mais usaria K. Posteriormente, Tiago diria publicamente que ele e Francisco ficaram pela primeira vez naquele evento e isso causou grande buchicho nas redes sociais. Era apenas uma mentira para provocar Giordano, com quem Sales terminaria o namoro no final de 2016.

Ao retornar de uma viagem à Grécia com Giordano, em agosto daquele ano, assim que pousaram no Rio de Janeiro o influenciador pediu a ajuda de Francisco de Sales para realizar um bazar beneficente que, segundo ele, já era uma tradição — algo que fazia em prol de uma ONG que apoiava havia algum tempo. Francisco não teria por que negar. Contactou seus amigos, em boa parte artistas, e coletou grande quantidade de doações de vestuário com aqueles que já estavam envolvidos em trabalhos de caridade, como Fiorella Mattheis e Márcia Cabrita. Giordano e uma amiga próxima sua, a maior influenciadora digital do

Brasil à época, fizeram também limpas em seus próprios guarda-roupas e arrecadaram, além disso, peças junto a grandes marcas, como a Osklen. Em algum momento, contudo, Giordano disse que não mais privilegiaria a instituição que costumava auxiliar e Sales, sem uma resposta concreta sobre o porquê da mudança de ideia, sugeriu duas organizações para a substituir. Pediu que o então namorado amarrasse todos os detalhes, pois tiraria férias pela primeira vez em cinco anos e, havia meses — desde antes do início do namoro —, tinha combinado uma viagem com seus amigos. Partiu sozinho para Assis, na Itália, e posteriormente encontrou os amigos em Veneza para um cruzeiro gay pela Europa. Simultaneamente, o influenciador afirmou que havia ido pessoalmente até as duas instituições propostas e que tudo estava ok para o evento. Quando Francisco retornou ao Brasil, o Bazar do Bem foi realizado em um final de semana de outubro em uma clínica de estética em Ipanema, da qual Giordano era sócio — embora sua amiga influenciadora e o namorado dela, modelo que fazia parte de uma corrente indiana de exercícios, não tivessem vindo de São Paulo para participar [Giordano havia ido até eles buscar suas partes das doações]. Num sábado, Francisco e o namoradinho abriram e administraram todo o bazar. Ao final do dia, Sales perguntou o quanto tinham arrecadado para já dar satisfações à sociedade, mas o influenciador afirmou não saber com certeza porque havia usado as máquinas de cartão da clínica e, dessa maneira, os valores tinham se misturado às finanças do negócio e somente a contadora saberia informar na segunda ou terça-feira da semana que começaria. Uma vez que não haviam vendido todas as peças doadas, combinaram estender o bazar pelo domingo, e essa foi a primeira vez que Francisco lidou com a falta de confiabilidade de Giordano — que tomava medicações para déficit de atenção e outras questões e, aos domingos, ainda que mais costumeiramente às segundas-feiras, simplesmente tinha um crash e se desligava do mundo em seu quarto escuro. Francisco tocou tudo sozinho. Ao fim do dia, fechou as portas da clínica, encerrando o bazar definitivamente, e foi informado — por meio de postagens da influenciadora nas redes sociais — sobre o valor que a ação havia angariado: R$ 15 mil. Francisco ficou revoltado e perguntou como a amiga do namorado teria tido acesso a essa informação se mesmo ele, que estava presente no evento, não havia conseguido obter os números exatos. Giordano argumentou que ela tinha feito uma estimativa superficial por conta própria e repetiu que teriam certeza com relação à quantia exata na semana que se iniciaria. Sales confiou no que ouviu. A contadora da clínica, no entanto, não informava o valor, o que começou a causar incômodo porque o diretor sentia necessidade de prestar contas imediatamente, não somente ao público e às ONGs, como aos artistas que haviam feito doações e que usaram suas redes para divulgar o bazar também. Giordano afirmou que a administração da clínica de estética era péssima, alegou que continuava cobrando e conseguiu ganhar tempo junto ao companheiro. Durante a espera, tocaram juntos outro projeto: dessa vez uma iniciativa privada, ideia de Sales, que seria um aplicativo gay de sexo e namoro. Para tal finalidade, foram juntos a São Paulo se encontrar com possíveis sócios e também se reunir com a firma que desenvolveria o software. Entretanto, Francisco passava a desconfiar de Giordano, que lhe havia revelado que respondia a um processo por ter desviado uma quantia de aproximadamente R$ 5 milhões de uma empresa privada para a qual costumava trabalhar. Uma vez que o influenciador se dizia assessorado juridicamente, Sales pediu que o namorado permitisse que seu pai — advogado treslagoense que atuava nacionalmente — ajudasse, dando-lhe acesso aos autos. Giordano acatou o pedido. Na capital paulista, o namorado se encontrou com a amiga e o companheiro dela e Francisco ficou chocado com o modo como a veterana influenciadora tratava todos pessimamente mal — inclusive a própria mãe — e também com a falta de qualquer entrosamento entre ela e o modelo que tanto amava nas redes sociais. Sales sentiu pena do rapaz, tão pisado, e ficou patente que o que mantinha o casal junto eram unicamente questões de interesse e o desejo da influenciadora de ter filhos arianos (nos termos de Hitler, pois o modelo — também influenciador fitness — tinha cabelos e olhos claros, além de ser alto). Francisco perguntou a Giordano o que ele achava do assunto e aventou sua impressão de que o modelo pudesse ser gay; o namorado não comentou sobre o arianismo, mas confirmou que o amigo também era gay, o que não era problema porque sua amiga, na verdade, era lésbica. Sales ficou mais surpreso ainda com o que ouviu, a considerar que o relacionamento seria puramente baseado em frieza de cálculos e racismo. No dia seguinte, quando ele e Giordano estavam em um táxi voltando de uma reunião a respeito do aplicativo que estavam a criar, recebeu uma ligação do pai: "Francisco, você está ao lado do Giordano?" — indagou o advogado. "Sim, papai" — respondeu inocentemente o rapaz. "Afaste-se dele agora!" — ordenou o pai, que jamais havia se envolvido em sua vida amorosa anteriormente. Sales virou vagarosamente a cabeça para Giordano, literalmente ao seu lado no banco de trás do veículo, em um movimento que mereceria a trilha sonora de um filme de terror: "Coloque-o na linha, por favor" — continuou o pai. E assim Francisco fez. Sales não soube o que foi dito na conversa, somente notou que o influenciador ficou absolutamente pálido, silencioso e que encerrou o telefonema com "sim, doutor".

Retornaram ao hotel em que estavam hospedados e Giordano foi dormir em outra cama, o que o diretor estranhou, todavia não questionou, dado o tom de seu pai horas antes. O acordo havia sido que Sales arcaria com os custos das passagens aéreas a São Paulo e o influenciador, com a hospedagem, porém quando acordou de manhã o rapaz não encontrou nem rastro de Giordano: descobriu que o influenciador havia feito o check-out do hotel e deixado a conta para ele pagar na íntegra. Então, Francisco foi entender o que o pai havia dito ao namorado, e o advogado respondeu que o influenciador digital era responsável por todos os crimes de que tinha sido acusado pela empresa em que trabalhou, pedindo ao filho que mantivesse distância dele. Sales retornou sozinho ao Rio de Janeiro e Giordano se manteve mudo: nem atendia suas ligações nem passava informações sobre os resultados do bazar beneficente. O diretor se preocupava mais e mais, pois tinha o dever ético de revelar os resultados da arrecadação aos amigos e artistas que lhe haviam apoiado, e também à sociedade e às ONGs. Sem lhe dar satisfação, o influenciador digital viajou com a amiga, o namorado dela e um grande grupo para a Flórida, onde — na chegada ao aeroporto — quase foram presos porque alguém os tinha denunciado por tráfico internacional de drogas; o que a polícia encontrou, entretanto, foi apenas um pouco de maconha com o modelo para uso pessoal, e após algumas horas foram liberados. Indiferentemente, Sales sentia pessoalmente a pressão dos seguidores e dos haters deles — grandes influenciadores —, que cobravam respostas acerca dos valores, e descobriu que as duas instituições que seriam beneficiadas não haviam sido nem avisadas por Giordano quanto ao bazar. Sua preocupação se transformava em consternação diante da irresponsabilidade demonstrada pelo trio, sobretudo quando uma revista de circulação nacional entrou em contato para lhe pedir uma entrevista para uma matéria que seria publicada naquela mesma semana sobre o evento — a acusar Giordano, a influenciadora e o namorado de fachada dela de terem desviado os recursos: a jornalista tinha recebido denúncias e já havia apurado toda a história. Francisco constatou o sério risco que aquela leviandade impunha a sua reputação; sua intuição e desejo de prestar contas o mais breve possível haviam estado corretos. Ligou insistentemente para o então/ [ex?] namorado na Flórida e exigiu dele informações a respeito do que tinha sido efetivamente arrecadado; este as negou. O diretor decidiu finalmente romper a relação que havia ficado em aberto, pois estava claro que os valores levantados no bazar estavam a bancar a viagem do trio, por isso o silêncio, e no dia seguinte foi pessoalmente às ONGs pedir desculpas e esclarecer o que havia acontecido. Sales doou, do próprio bolso, o valor de R$ 15 mil às duas instituições — e teve a consideração de verificar com o casal de amigos se eles desejavam acompanhá-lo para coletar os recibos e compartilhar as fotos em suas redes de forma que tudo ficasse resolvido, ao menos junto aos trabalhos de caridade, aos artistas envolvidos e ao público, a pôr um fim àquele mal-estar que rapidamente se inflamava em um enorme incêndio. A influenciadora se negou, alegando que o diretor "queria aparecer mais do que ela". Francisco se enfureceu ao se dar conta do verdadeiramente gigantesco ego da moça que, mesmo após ter desviado somas de duas *non-profits* para fazer uma fútil viagem à Flórida e ter seu crime "resolvido" por um terceiro, ousava acusá-lo de querer "se aparecer"; perguntou se Giordano, ao menos, gostaria de buscar os recibos dos depósitos feitos por ele. Temendo retaliação da amiga, o rapaz arrazoou que seria melhor não ir e se justificou dizendo que ele e a influenciadora eram "perseguidos por haters" — como se haters tivessem feito o uso do dinheiro. Sentindo-se mais usado do que o dinheiro, Sales rebateu que o namoro dos dois realmente não significava nada e foi sozinho às instituições coletar os recibos. Postou a foto junto ao responsável por uma das organizações, pondo fim ao assunto, e soube que a influenciadora teve um chilique quando ele foi ovacionado nas redes dela — alguns afirmavam que as instituições teriam levado calote se a situação tivesse ficado a cargo de Giordano, da moça e do modelo. Francisco e o influenciador não mais se viram, porque o primeiro realizava que o segundo apenas desejava tirar dele vantagem financeira e profissional, insistindo também em ser dirigido por ele em um programa de TV para um canal de celebridades. O diretor se negou. Giordano ainda tentou retomar o relacionamento, convidando Francisco para o Réveillon em um resort remoto no Nordeste, ao qual os dois casais chegariam de helicóptero. Isso não ocorreu: Sales declinou o convite, não se sentia bem ao redor daquela gente; no início de dezembro, rompeu definitivamente com o influenciador. Na virada do ano, estampou revistas e sites de fofoca a notícia de que o modelo fitness da corrente indiana de exercícios tinha sido flagrado fazendo um a três na praia do resort com um atorquasegalã e um outro indivíduo. Alívio: Sales havia tomado a decisão certa ao se afastar do questionável grupo.

Duas semanas depois, em janeiro de 2017, Francisco reencontrou Tiago na festa de aniversário de um amigo em comum, ator, no Leblon. O rapaz perguntou se poderia beijar Sales e este, surpreso pela pergunta, disse que sim. No entanto, preocupado que pudessem ser fotografados por paparazzi e que Giordano usasse isso a seu favor por qualquer publicidade, argumentando que teria sido traído pelo ex e que isso teria motivado o recente término, Francisco foi frio. Tiago depois confidenciou a uma prima que Sales "era gostoso e legal, mas beijava mal". Francisco na ocasião explicou ao rapaz que, havendo recentemente terminado com Giordano, não possuía qualquer compromisso com ele, porém que o indivíduo era amigo de Tiago, e tinha se sentido desconfortável por medo de que o primeiro criasse uma narrativa para as capas de revista de fofoca — e por esse motivo achava melhor que não se vissem. No início de abril, Tiago voltou a contactar Sales após ver um post dele no Instagramumaredesocial. Em poucos meses, Sales havia ganhado novo status e era considerado uma sorte de ícone sexual gay, valorizado nas redes — era garoto-propaganda de camisinha (uma responsabilidade pública, como ele via) e de marcas de chocolate, cerveja, roupas, redes de e-commerce... Decidiram se encontrar novamente, no mesmo bar — Jiba — de sempre. Foi um primeiro date entediante, com direito a uma vela falante, e Sales não esperava muito mais quando Tiago sugeriu dirigir até sua casa na Lagoa, onde pegou algumas coisas e voltou com Francisco até seu apartamento. Ali, transaram. Ao fim, Tiago abriu um enorme sorriso e disse "Meu Deus", aquele havia sido "o melhor sexo de sua vida". Sales não achou muito da transa e apenas ficou calado; não possuía um pau descomunalmente cavalar, no entanto seu membro era bem formado e tinha uma estratégica curvatura à esquerda — como o dono — que fazia levar ao clímax. Sentiu-se lisonjeado com as palavras, pois alguém belo como Tiago certamente havia experimentado sua parcela de ativos. Transaram uma segunda vez porque Tiago quis. E uma terceira vez. E uma quarta. Alguma coisa aconteceu naquele quarto encontro, que Francisco por fim sentiu a exata imensa química que Tiago vinha experimentando desde a primeira vez. A partir de então, desenvolveram um relacionamento capaz de tirar toda a racionalidade de Sales, uma pessoa de outra maneira cerebral. Tiago se autoproclamava "a piranha mais rodada do Rio de Janeiro", frase que, quando começaram a namorar, Francisco deixou de apreciar. Porque, quando iam a qualquer lugar, os olhos de todos se voltavam a Tiago — ele possuía um tipo de beleza magnética, gerava um interesse semelhante ao que Sales recebia por suas fotos e por sua vida pessoal. Francisco passou a brigar em postos de gasolina por Tiago, saindo aos murros com qualquer cara que ousasse fazer qualquer mal ao parceiro. Morria de ciúmes dele. Tiago tinha bastante ciúmes em seu turno e dizia que Sales possuía "o pau de um ator pornô". Também testemunhava que "ativo é filho da puta. Faz para machucar". Dito isso, Francisco não machucava, era diferente — conseguia trazer prazer ao parceiro por meio da sua total entrega e acreditava que homem que tentasse se demonstrar superior no sexo pela dor não era homem, mas sim um garoto inseguro, incapaz de se fazer sentir de outra forma. Desde que havia aberto um relacionamento longo uns anos antes, e depois se alforriado solteiro, Sales tinha provado dos passivos mais bonitos do Rio de Janeiro — e talvez do planeta, haja vista que rodou continentes em viagens de que havia se privado durante o casamento de treze anos com M. No entanto Tiago, muito inocentemente, acabou por estimular — entre os cariocas — ainda mais curiosidade sobre a capacidade de Francisco de Sales na cama. Falava das habilidades sexuais do namorado não aos quatro, e sim aos sete ventos — inocentemente porque seus próprios "amigos" tentavam com crescente esforço puxar seu tapete para lhe roubar o namorado. [Fato curioso: os gays criam listas de homens "lendários" com quem devem a qualquer custo dormir. É uma checklist do sexo, similar à daqueles que riscam as cidades que já visitaram pelo mundo.] Francisco, contudo, nunca foi visto socialmente como um cara com quem apenas transar, mas com quem se casar. De qualquer maneira, os gays possuíam cada vez menos qualquer respeito pelo relacionamento alheio — o que muito o irritava. Talvez Sales fosse "respeitador" por sua carga cultural *sulmatogrossense*. Tiago, por sua vez, era um *bon vivant*. Bem-nascido em uma família de sobrenome, porém falida e psicologicamente desestruturada, gabava-se de ser um "carioca de verrrdade" — com "r" arrastado —, diferentemente de Sales e de outros forasteiros. O rapaz também era viciado em cocaína, o que Francisco descobriu apenas após o início do namoro, quando já o amava, e o problema maior era que Tiago se tornava inadministrável sob o efeito da droga. Por isso brigavam e Tiago desaparecia por dias a fio. No domingo faziam as pazes e Tiago não conseguia esperar até quinta-feira para cheirar novamente. Sales, durante toda a relação, tinha a sensação de estar segurando pelos braços alguém que escorregava, prestes a cair em um poço. Quando em casa durante a semana, o convívio era harmonioso e tinham uma vida sexual plenamente satisfatória. Eram companheiros. Entretanto, ao perceber que Tiago o traía quando usava *padê*, Francisco jurou a ele que a cada traição que descobrisse o trairia cinco vezes. E assim iam vivendo. Possuíam uma vida socialmente ativa e um relacionamento extremamente público. Aos sábados, costumavam frequentar a balada mais requisitada da cidade. Sales tomava uma bala. Tiago tomava uma bala, cheirava *padê* e misturava com K e álcool. Ficavam numa posição no corredor superior da festa de onde Sales podia observar a todos — seu passatempo favorito. De pau duro o tempo inteiro, roçava em Tiago, este dançando encostado na barra de segurança e flertando com os caras abaixo. Ambos sem camisa. Certa feita, voltando de uma dessas festas, a canção "Without You" na voz de Mariah Carey começou a tocar no rádio. Francisco teve uma visão triste do futuro e chegou à conclusão de que precisava se preparar para o término com o namorado, porque o amava demais, mas Tiago era muito imaturo para sustentar o relacionamento — e, se rompesse com ele repentinamente, Sales pensaria em cometer suicídio como os dois autores da música em questão. Quatro meses depois, o término de Francisco e Tiago se tornou algo muito mais público do que Francisco de Sales poderia imaginar. Tiago havia usado muita cocaína na pizzaria Baía, teve um surto e destruiu todo o apartamento de Francisco — quebrou absolutamente tudo, de jarras e lustres a televisores. Queria a chave do carro, a qual Sales não entregou porque temia que Tiago se envolvesse em um acidente e matasse alguém [o carro estava registrado no nome de Francisco, portanto ele seria criminalmente responsável]. Pelo carro, influenciado por sua família, Tiago ameaçou Sales. E em abril de 2018 colocou pela segunda vez a milícia atrás do rapaz: uma prima de Tiago, garota de índole questionável, era filha de um lutador de jiu-jitsu associado ao grupo da Barra da Tijuca. "A rua é terra de ninguém. Cuidado quando sair de casa porque a polícia vai te espancar até a morte, ou você vai levar um tiro sem ver de onde veio…" foi uma das ameaças que Francisco recebeu. Pelo que ouviu, supôs que a milícia da Barra tivesse estreita ligação com a do Leblon, ou que fossem uma só milícia — afinal, era ali que ele morava e a ameaça vinha até sua rua. Compreende-se o mesmo ao se cruzar as relações da chefia da polícia carioca com membros-chave do bolsonarismo com seus respectivos históricos com a milícia com seus respectivos domínios geográficos — isso consta de reportagens trazidas desde o início deste livro. Após ficar trancado em casa por três dias, Sales levou as gravações das ameaças a público e o Rio de Janeiro parou — ao menos, o rapaz conseguiu sair de casa e andar pela cidade. Quase fez notícia nos programas e nas revistas populares de fofoca, no entanto se negou a dar entrevistas. O conglomerado de mídia para o qual trabalhava argumentou que não teria sido necessário que ele tornasse públicas tais ameaças, que estava acostumado a lidar com elas, mas que entendia Francisco diante da gravidade dos fatos. Realmente, a empresa havia lidado com situações semelhantes antes — o caso mais notório e extremo talvez tivesse sido o do jornalista Tim Lopes. De toda forma, um aparato de segurança especial foi montado no *Vai que Cola* para que Sales pudesse ir e voltar do trabalho, pois lidava com gente nacionalmente famosa — e eles também poderiam se tornar alvos, assim como equipe e público em suas chegadas e saídas. Apesar de tudo, e mesmo após quatro meses de preparação, Francisco não soube administrar o término e toda a pressão, e chorava por uma hora inteira durante seu intervalo de almoço, todos os dias, ao lado de sua assistente de anos, Carla, e de um amigo, Pedrinho. Devido à preocupação da família, sua mãe foi passar uma temporada com ele. Meses depois, quando Sales conseguiu alcançar um lugar em sua fundamentação emocional em que sentia que seu valor humano era mais alto do que o de um veículo, entregou o objeto a Tiago. Transferiu o registro para o nome dele e o viu partir pela última vez. Para Francisco, o cerne da questão nunca tinha sido o valor material do carro, e sim o valor de uma pessoa — no caso, dele próprio, que precisava se amar e valorizar acima de tudo. Se não estivesse tão emocionalmente abalado, em meio àqueles acontecimentos teria feito uma constatação a respeito de como até mesmo a classe média alta carioca se encontra permeada pela milícia que empesteia a cidade — a mesma milícia intimamente ligada à família Bolsonaro, da Barra da Tijuca.

Até aquele início do ano de 2018, Sales não tinha dado muita atenção aos nomes que saltavam do populista movimento antipolítica. Tendo em vista sua vida pessoal movimentada, lutava para manter sua intimidade longe das revistas e dos programas de fofoca, mesmo que com dificuldade. Começava a entender mais um motivo para os cariocas raramente levarem outros para o interior de seus lares, pois ele próprio passava a lidar com um grande número de oportunistas, indivíduos que se aproximavam em busca de uma chance de carreira televisiva, ou alguns segundos de fama ou dinheiro ou simplesmente status. Francisco de Sales jamais havia prometido nada disso a qualquer pessoa e separava absolutamente sua vida pessoal da profissional, contudo havia aqueles que confundiam o pensador e artista questionador que ele trazia à tona nas redes sociais com uma celebridade — o que nunca almejou ser e do que tentava a todo custo se distanciar, pela superficialidade grotesca daquela cultura crescentemente descartável [quando parecia impossível ser ainda mais descartável]. Era "representante de um alto nível de criação televisiva", no entanto o interesse público por sua vida pessoal fugia de seu controle. Chegou a ser convidado a participar de um reality show orwelliano em rede nacional de TV pertencente a uma Igreja evangélica associada ao bolsonarismo — que se fortalecia. Sales recusou e fez piada, mas decerto haveria sido uma tentativa inaugural de execrar sua figura publicamente por seus posicionamentos políticos pró-democracia, antimilícia e antifascismo, os quais sempre compartilhou abertamente [os milicianos e os evangélicos fascistas entrelaçavam-se por demais no Rio de Janeiro]. Após o rompimento de seu relacionamento, deu-se início a um longo período de extrema depressão e perplexidade. Ouvia de Tiago que ele também estava muito deprimido, porque supostamente se amavam, entretanto as atitudes do rapaz comunicavam algo diferente — existia muito ódio e não sabia se quem falava era ele ou os interesses financeiros de sua famigerada família: Tiago tinha uma mãe cruel e materialista e um padrasto indescritivelmente estranho. Se o rapaz não chegou a tentar o suicídio, como afirmou, ao menos o havia contemplado profundamente: Tiago sofreu um acidente automobilístico grave ao voltar para casa de uma festa, causando perda total do carro da mãe no Jardim Botânico — a intuição de Francisco novamente se provava correta e chegou a pensar que tivesse de alguma forma salvado a vida do ex quando lhe negou as chaves do veículo no dia em que ele surtou devido à cocaína. Sales era repreendido pelos amigos por ter permitido que Tiago se aproximasse e começava a se questionar se seu humanismo exacerbado não o tornava um péssimo juiz de caráter. Era um colecionador de pássaros feridos, os quais sempre tentava — sem sucesso — curar, arcando com os custos. Depois de alguns flertes e de uma tentativa de namoro com um admirador de longa data, Paulo (outro que não Paulo Gustavo), foi arrebatado pela emergência vigorosa do fascismo no Brasil — com pouco resquício de qualquer véu que o disfarçasse e com uma aderência surpreendentemente virulenta. Tinha conhecimento de que tais tendências nefastas efervesciam no país; jamais imaginaria que tamanho retrocesso pudesse ser historicamente possível de eruptir com a força e instantaneidade de um vulcão de proporções federais — assim como um homem vendado não poderia supor que o haviam colocado à base do Vesúvio em 79 d.C. O nome Bolsonaro era um que havia ouvido vez ou outra, nunca de maneira que lhe inspirasse qualquer credibilidade ou que sequer justificasse séria atenção; de toda forma, surgia o vulto agigantado daquele sujeito sexista, homofóbico e racista com seu futuro ministro da Economia classista e seu discurso do ódio e medo a arrebatar milhões de brasileiros. Como poderiam esses cidadãos ser tão inocentes a ponto de não enxergar a verdadeira face daquele movimento que para Francisco de Sales era tão evidente? Queria crer que não conseguissem ver, que seguissem o rebanho... Decepcionou-se profundamente ao saber que membros de sua própria família apoiavam o candidato. E amigos de infância... E mesmo pessoas com quem trabalhava... Ao descobrir que a equipe digital de Bolsonaro distribuía conteúdo através de 1.500 grupos de WhatsApp, cada qual com 256 indivíduos, além das inúmeras páginas de Facebookumaredetambémsocial, entendeu o poder da máquina atrás da lavagem cerebral fascista. Diretamente, seriam no mínimo 384.000 pessoas compartilhando material pró-bolsonarista e antipetista sociedade brasileira adentro, além de disparos em massa bancados por dezenas de empresas — que pagavam até R$ 12 milhões cada e que haviam em agosto de 2018 fechado um pacto em uma reunião com o candidato em São Paulo. Os crimes gravíssimos foram denunciados pela *Folha de S.Paulo* — aliás, dos poucos jornais de penetração nacional com o posicionamento firme de levar a verdade aos brasileiros no momento que aqueles graves fatos estavam acontecendo, a tempo de serem interrompidos:

Folha de S.Paulo, 18 de outubro de 2018 — por Patrícia Campos Mello[13]

Empresários bancam campanha contra o PT pelo WhatsApp — Com contratos de R$ 12 milhões, prática viola a lei por ser doação não declarada.

Empresas estão comprando pacotes de disparos em massa de mensagens contra o PT no WhatsApp e preparam uma grande operação na semana anterior ao segundo turno. A prática é ilegal, pois se trata de doação de campanha por empresas, vedada pela legislação eleitoral, e não declarada. A *Folha* apurou que cada contrato chega a R$ 12 milhões e, entre as empresas compradoras, está a Havan. Os contratos são para disparos de centenas de milhões de mensagens. As empresas apoiando o candidato Jair Bolsonaro (PSL) compram um serviço chamado "disparo em massa", usando a base de usuários do próprio candidato ou bases vendidas por agências de estratégia digital. Isso também é ilegal, pois a legislação eleitoral proíbe compra de base de terceiros, só permitindo o uso das listas de apoiadores do próprio candidato (números cedidos de forma voluntária). Quando usam bases de terceiros, essas agências oferecem segmentação por região geográfica e, às vezes, por renda. Enviam ao cliente relatórios de entrega contendo data, hora e conteúdo disparado. Entre as agências prestando esse tipo de serviços estão a Quickmobile, a Yacows, Croc Services e SMS Market. Os preços variam de R$ 0,08 a R$ 0,12 por disparo de mensagem para a base própria do candidato e de R$ 0,30 a R$ 0,40 quando a base é fornecida pela agência. As bases de usuários muitas vezes são fornecidas ilegalmente por empresas de cobrança ou por funcionários de empresas telefônicas. Empresas investigadas pela reportagem afirmaram não poder aceitar pedidos antes do dia 28 de outubro, data da eleição, afirmando ter serviços enormes de disparos de WhatsApp na semana anterior ao segundo turno comprados por empresas privadas. Questionado se fez disparo em massa, Luciano Hang, dono da Havan, disse que não sabe "o que é isso". "Não temos essa necessidade. Fiz uma 'live' aqui agora. Não está impulsionada e já deu 1,3 milhão de pessoas. Qual é a necessidade de impulsionar? Digamos que eu tenha 2.000 amigos. Mando para meus amigos e viraliza." Procurado, o sócio da QuickMobile, Peterson Rosa, afirma que a empresa não está atuando na política neste ano e que seu foco é apenas a mídia corporativa. Ele nega ter fechado contrato com empresas para disparo de conteúdo político. Richard Papadimitriou, da Yacows, afirmou que não iria se manifestar. A sms Market não respondeu aos pedidos de entrevista. Na prestação de contas do candidato Jair Bolsonaro (PSL), consta apenas a empresa AM4 Brasil Inteligência Digital, como tendo recebido R$ 115 mil para mídias digitais.

Os crimes não foram devidamente averiguados pela justiça brasileira, que agiu com outra velocidade e interesse quando em abril do mesmo ano o então juiz da Operação Lava Jato, Sérgio Moro, ordenou a prisão de Lula de forma a desmontar a única candidatura capaz de vencer o fascista, terminando de abrir os portões do Inferno e soltar outros demônios. Sales lutou arduamente contra a eleição de Bolsonaro, noite e dia, utilizando-se de toda a sua agenda de contatos, de todos os seus truques e estratégias, de todas as suas redes sociais e de todo o seu tempo. Criava vídeos, dando a própria cara a tapa: neles explicava em termos muito básicos as características do fascismo; falava do discurso do ódio e do medo, da homofobia, da apologia à violência, do sexismo, do racismo, da milícia, das teorias da conspiração... e ia dormir às cinco da manhã. No mesmo dia, acordava às 9h. E às 17h, seus vídeos já haviam circulado por Minas Gerais, pela Paraíba e pelo Nordeste e voltado à Rocinha, comunidade vizinha ao Leblon e onde moravam seus porteiros — que os repassavam a ele. Não tinha outra maneira de lidar com a realidade que o Brasil lhe revelava, algo completamente oposto do conceito de nação com que havia sido ensinado a se identificar desde criança. Aparentemente, os brasileiros não tinham nenhum orgulho de sua miscigenação como tinha sido levado a crer. Apesar da tez morena e de serem mestiços, enxergavam-se talvez arianos ao se olharem no espelho e ao aceitarem as palavras horrorosas advindas da boca do candidato do Partido Social Liberal (PSL). Francisco de Sales brigou com amigos de infância, primos, pai e irmãos. Argumentando com uma amiga com a qual havia estudado desde seus cinco anos de idade, perguntou a ela: "Como pode você, uma mulher preta* [14] com formação superior, votar em uma pessoa que diz coisas tão machistas e racistas?". Ao que ela respondeu: "Você está me acusando de ser preta?". Sales ficou chocado. "Acusando"? Acusa-se alguém

---

* Prefiro usar "preto" em vez de "negro", palavra que no Brasil foi historicamente utilizada em contextos racistas. Quando índios e pretos eram escravizados no país, ambos eram chamados de "negros", considerados "sem alma" e "não humanos" pelos Jesuítas. Na Argentina, também usam *negro* como termo pejorativo. Nos EUA, a palavra aceitável é "*black*", preto — "negro" virou "*nigger*", termo racista.

de um crime. Ter a pele preta então havia virado crime no Brasil? Desolado, apenas respondeu: "Não estou acusando, estou apenas dizendo o que meus olhos veem... Também sou africano e indígena. Talvez não se perceba por minha cor de pele, mas posso provar com um exame de DNA. Não vejo nenhum crime em ser preto".

> "Raça" é um importante instrumento analítico para a sociologia, pois entende-se que as percepções e concepções de raça podem afetar e organizar a vida social das pessoas, sendo responsável principalmente pela criação e manutenção de um sistema de desigualdade social.
>
> [...] Alguns estudiosos argumentam que embora "raça" seja um conceito taxonômico válido em outras espécies, não pode ser aplicada a humanos. Muitos cientistas têm argumentado que definições de raça são imprecisas, arbitrárias, oriundas do costume, possuem muitas exceções, têm muitas gradações e que o número de raças descritas varia de acordo com a cultura que está fazendo as diferenciações raciais; assim, rejeitaram a noção de que qualquer definição de raça pertinente a humanos possa ter rigor taxonômico e validade. Hoje em dia, a maioria dos cientistas estudam as variações genotípicas e fenotípicas humanas usando conceitos tais como "população" e "gradação clinal". Muitos antropólogos debatem se, enquanto os aspectos nos quais as caracterizações raciais são feitas podem ser baseados em fatores genéticos, a ideia de raça em si, e a divisão real de pessoas em grupos de características hereditárias selecionadas, seriam construções sociais.[15][iii]

Era com muito pesar que recebia tudo aquilo: "ser fenotipicamente preto" ou ter a pigmentação da pele mais escura era equivalente a "um crime" no Brasil em 2018. Sales compreendeu, então, que acreditar na existência de "raças" que separam os humanos seria o ato rascista inaugural. Nesse mesmo sentido, "Asad Haider avalia que as lutas políticas auto-organizadas dos oprimidos contra a supremacia branca conseguiram enfraquecê-la significativamente, mas sem eliminá-la. Simultaneamente a falta de uma organização coletiva de massa no campo do socialismo que reconheça as singularidades dos trabalhadores é preenchida pela ideologia racial, fortalecendo o racismo em vez da luta de classes".[16] Por esses motivos e por razões mais bem elaboradas posteriormente, o escritor evitará os termos "raça", "racial" neste livro. Utilizará "fenótipo", "fenotípico", "tons de pele".

O lava-jatismo da mídia corporativa e da extremadireita havia conseguido maniqueizar o país de tal forma que quem não apoiasse Jair Bolsonaro, "o mito", estaria votando a favor da corrupção. Todos os outros critérios — inclusive aqueles que diziam respeito ao fascismo — ficavam à margem enquanto noções sócio-gênero-fenotípico-histórico-econômico-culturais eram deturpadas. Sales tampouco era *humanista* a ponto de verdadeiramente crer que todos os brasileiros que escolhiam o candidato do ódio eram realmente ingênuos. Pesquisa após pesquisa, revelava-se que uma fatia de aproximadamente 30% da população concordava em todos os termos com os princípios do fascismo e apoiava o retorno da ditadura militar. Não podia aceitar que o maior conglomerado de mídia do Brasil, justamente seu empregador, não se posicionasse de maneira mais incisiva contra o fascista Jair Bolsonaro naquele momento imediatamente anterior às eleições, que era tão decisivo. Afinal, de acordo com a RecordTV — sob o comando do mais rico bispo evangélico do país — e com grupos bolsonaristas por toda a parte, a TV Globo/Globosat não era apenas petista, mas comunista. #GloboLixo foi a hashtag que robôs e bolsonaristas levaram aos trending topics do Twitter. Então, por que tamanha resistência do conglomerado em se posicionar? A Globo apostava todas as fichas no candidato a futuro ministro da Economia fascista, Paulo Guedes? O debate havia se reduzido a ideias das mais anacrônicas, contudo a elite se agarrava a promessas de política econômica neoliberal para tentar se justificar. Por outro lado, os intelectuais de centro-esquerda gastavam seu tempo discutindo filosófica e historicamente o uso dos termos "fascismo", "neofascismo", "bolsonarismo" — distraíam-se em preciosismos e resultavam em inação. Francisco de Sales não acreditava que tinha tempo a perder com tanta afetação. Criou alianças com membros da comunidade LGBT+ no Rio, em São Paulo, em Mato Grosso do Sul e país afora para criar um *Think Tank* capaz de lutar contra a desinformação — reunia profissionais liberais, engenheiros, professores, cientistas, jornalistas, advogados, artistas… Ia a reuniões; viajava para encontros; telefonava para empresários que se beneficiavam com o *pink money* para exigir que se posicionassem; organizava boicotes às empresas que haviam dado seus milhões para a candidatura do fascista; estimulava manifestações de artistas e pedia que emprestassem suas redes para a divulgação de material pró-democrático; ajudava na organização de grupos de funcionários públicos; trazia moradores da Maré para seu apartamento para conversas; ia a marchas da Frente Democrática com sua bandeira do arco-íris e promovia eventos; postou uma foto de shortinho de praia, abaixando-o a quase revelar os *pêlos* pubianos — que estavam tapados pelo adesivo do "13" do PT [a legenda lia: "Se você deu zoom na foto e/ou curtiu, então deveria votar no número que está ali. É bem simples: vote para defender seus direitos mais básicos…", de maneira que se autoquestionassem mulheres e gays eleitores do fascista]. Fazia tudo isso com o maior cuidado para não disparar minas de bombas psicológicas que haviam sido instaladas pelo discurso da mídia e da extremadireita. Qualquer palavra errada, qualquer deslize colocava o interlocutor que havia sofrido lavagem cerebral a repetir as palavras "comunista", "Lula", "petista", "Cuba", "Venezuela", "corrupção" como um papagaio — e a se ensurdecer para o verdadeiro diálogo. Era realmente uma batalha do racional contra o irracional, algo muito mais difícil do que Sales jamais pudera supor. Se tivessem tido mais três semanas antes do segundo turno, acreditava que os moderados teriam conseguido esclarecer futuros eleitores "do 17" — que não eram de fato fascistas — sobre os perigos de se votar em alguém como Bolsonaro (ele teve 55,13% dos votos válidos); o resultado das eleições teria sido diferente, com maioria dos votos totais para o candidato petista Haddad contra trinta e tantos por cento da besta. Porém, o discurso do ódio e o terrorismo jurídico venceram. Francisco foi jogado profundamente no abismo da depressão — não antes de ter recebido sua terceira ameaça de morte pelas milícias cariocas tão íntimas do bolsonarismo, desta vez através das redes sociais. Era um alvo fácil desses milicianos que, recentemente a mídia tinha denunciado, haviam sido responsáveis pela execução da política preta e lésbica Marielle Franco e de seu motorista Anderson Gomes.

Folha de S.Paulo, 22 de novembro de 2018 — Da Redação no Rio de Janeiro[17]

Secretário diz que polícia identificou participantes do assassinato de Marielle — General Richard Nunes confirma suspeita de envolvimento de milicianos

O secretário de Segurança Pública do Rio, general da ativa Richard Nunes, afirmou que a Polícia Civil já identificou alguns participantes do assassinato da vereadora Marielle Franco (PSOL), morta a tiros no centro do Rio em 14 de março. Oito meses após o ocorrido, o crime ainda não foi esclarecido. Segundo Nunes, a polícia ainda não fez nenhuma prisão porque acredita que se pelo menos um dos envolvidos for preso, é possível que os outros escapem. Na tentativa de capturar todos de uma só vez, a polícia ainda não prendeu suspeitos. O objetivo é levar o inquérito à Justiça com um conjunto de evidências que dificulte que os acusados escapem de uma condenação no tribunal do júri, explicou Nunes. O secretário afirmou que pretende entregar o caso solucionado ao final do período da intervenção federal, em 31 de dezembro.

Em 16 de fevereiro o presidente Michel Temer (MDB) assinou decreto determinando a intervenção federal na segurança pública do estado, com o apoio do governador do Rio, Luiz Fernando Pezão, do mesmo partido. O general da ativa do Exército Walter Braga Netto tem o comando da secretaria, além de acumular a chefia dos agentes penitenciários e bombeiros. O secretário afirmou que pretende entregar o caso solucionado ao final do período da intervenção federal, que será encerrada em 31 de dezembro, conforme determina o decreto assinado em fevereiro pelo presidente Michel Temer. O termo autoriza o governo federal assumir a segurança pública do Rio, de responsabilidade do governo do estado, por meio de um interventor. Temer nomeou o general da ativa Walter Braga Netto como interventor que, por sua vez, nomeou outro general da ativa, Richard Nunes, para o cargo de secretário de Segurança Pública. "Esperamos que [vamos concluir o inquérito em 31 de dezembro] sim. Não podemos ser precipitados. No momento que prende um [suspeito], não prende os demais. Alguns participantes nós temos. Temos que criar uma narrativa consistente com provas cabais que não sejam contestadas em juízo. Seria um fracasso que a sociedade não observasse essas pessoas como criminosas e elas não fossem condenadas no tribunal do júri", disse Nunes em entrevista concedida à Globo-News que foi ao ar nesta quinta-feira (22). Nunes confirmou também a suspeita de que grupos milicianos estariam envolvidos no crime.

Marielle militava pelos direitos humanos e, principalmente, pelo direito das pessoas negras e de favela. O secretário disse que é certo que grupos milicianos tiveram alguma participação. Ele não sabe ainda se eles atuaram como mandantes ou somente executores. Nunes disse ainda que "provavelmente" tem político envolvido na morte da vereadora. "Não é um crime de ódio. É um crime que tem a ver com a atuação política e a contrariedade de alguns interesses. Se a milícia não está a mando, está na execução. Provavelmente [tem político envolvido]." A entrevista para a GloboNews ocorre *em momento em que a TV Globo e seus veículos associados estão proibidos por uma decisão judicial de noticiar qualquer informação referente ao inquérito* que investiga a morte da vereadora. *Equipes de jornalistas da Globo obtiveram a íntegra da investigação, que tem 14 volumes,* mas a Justiça do Rio atendeu a pedido da Delegacia de Homicídios para que nenhuma informação fosse divulgada.

O secretário, que tem como meta reduzir os indicadores de violência e reestruturar as polícias do Rio, afirmou que a intervenção também está atuando na corrupção policial, por meio do fortalecimento das corregedorias. Ele disse que a sociedade não identificou ainda este movimento porque a intervenção não seria dada a "atos espetaculares". Ele lembrou que o estado do Rio é conhecido pela corrupção entranhada em diversas camadas da sociedade. Ele mencionou o jogo do bicho como exemplo. Atualmente, o jogo do bicho, que é uma contravenção e não um crime, está ligado às escolas de samba e à exploração ilegal de máquinas caça-níqueis. "A polícia não é sequer é o pior problema. Hoje temos presos no Rio autoridades de todos os poderes e todos os escalões. A corrupção se alastrou de maneira completa. Seria até estranho que a polícia não estivesse envolvida nisso. Nossa ação foi de reforçar os instrumentos de controle, sabendo que não é com atos espetaculares que vai se resolver isso", disse.

Sobre a gestão que assumirá o Rio a partir do 1º de janeiro, Nunes disse concordar com o chamado "abate" de criminosos que estejam portando fuzis pelas ruas. A proposta é do governador eleito Wilson Witzel (PSC), que promete utilizar atiradores de elite para matar criminosos em áreas carentes. Apesar de encontrar apoio no meio policial e em parte da sociedade, o atual ministro da Segurança Pública Raul Jungman afirmou que a medida demandaria uma mudança na lei, já que a Constituição Federal não prevê a pena de morte e define que todo o cidadão que comete crime terá de ser submetido a julgamento justo. Nunes não chegou a ser categórico ao dizer se apoia ou não a medida. Disse apenas que um criminoso que porta o fuzil, mesmo se não estiver disparando, representa "tremenda ameaça à sociedade".

B

Blogosfera UOL, 30 de junho de 2020 — por Bruno Frederico Müller[18]

Por que o bolsonarismo é um fascismo.

[...] Robert Paxton, no seu "A Anatomia do Fascismo", destaca que o fascismo é uma ideologia *sui generis*. Diferente do liberalismo, socialismo, anarquismo, que são herdeiros diretos do Iluminismo, o fascismo é uma ideologia movida antes pelas paixões que pela razão. Toda tentativa de sistematizar o ideário fascista se deu posteriormente à sua chegada ao poder, e nenhuma obra pode ser tida como "canônica" — nem mesmo Mein Kampf, de Adolf Hitler.

Paxton, então, diz que o fascismo é definido por "paixões mobilizantes", dentre elas: um sentimento de crise sem precedentes, para a qual a ordem constituída não tem respostas; um sentimento de vitimização e decadência da nação e ameaça à comunidade que só pode ser contornado por meio do estreitamento dos laços internos e a neutralização de todos os elementos que ameaçam a coesão interna; um desejo de purificação, que pode ser étnico, ideológico, religioso e de tudo aquilo que diverge da nação idealizada; anti-intelectualismo, antiliberalismo, anticomunismo e aversão à democracia. Essas paixões culminam num movimento de massas potencialmente violento, que não tem inibições morais ou legais para atingir seus objetivos, estruturado em torno do culto à figura do líder que encarna o destino da nação.

Há que se destacar também os métodos de propaganda fascista. Diferente de forças políticas democráticas, os fascistas não têm medo de espalhar mentiras. É verdade que mente-se muito em épocas de campanha eleitoral, por exemplo, e isso foi testemunhado pela campanha difamatória contra Marina Silva nas eleições presidenciais de 2014. Mas o fascista é um mentiroso sistemático, que faz da mentira e desinformação uma arma preferencial, primeiro porque não tem compromisso com a democracia, segundo porque é levado por uma sede de poder a qualquer custo.

Além disso, os fascistas historicamente exploram temas associados à esquerda, para atrair eleitores desiludidos desse campo: abusam da retórica populista e apontam para um inimigo externo que impede a nação (ou o povo, mais genericamente) de progredir, só que, em vez da "burguesia", dos "banqueiros" e dos "imperialistas", vão acusar os "judeus", o "comunismo internacional", a "ONU" ou o "George Soros". Em vez da "luta de classes", o fascista vai apelar para a luta entre os povos ou vai apontar inimigos internos — sendo alvos preferenciais as minorias e a esquerda.

Por fim, vale ressaltar as condições sociais e históricas para o surgimento de movimentos fascistas. Nenhum país precisa passar por uma Grande Guerra, um Tratado de Versalhes ou uma Grande Depressão. Essas são as formas específicas para condições mais gerais que explicam a ascensão do fascismo: democracias recentes, como eram o caso da Alemanha, Itália e outros países que eram regimes fechados até a guerra.

A rápida e ampla inclusão de grande parte da população no processo político traz desafios: o ressentimento daqueles que têm de ceder nos seus privilégios, a ânsia dos antes desprovidos de direitos de que a democracia atenda rapidamente às suas demandas e a falta de uma cultura democrática, de tolerância mútua, de bom entendimento das regras do jogo democrático, que se vê em todas as partes. Uma crise política ou econômica que jogue dúvidas sobre a capacidade de resposta de uma democracia já combalida é a faísca para incendiar esse barril de pólvora.

Outro fator é o papel que a esquerda joga nesse contexto. Ela encarna a esperança de muitos nas mudanças sociais, tão necessárias para fazer com que à inclusão política se siga a inclusão social. Porém, ela também desperta medo de uma parcela poderosa da população, e pode vir também a despertar a desilusão de ex-apoiadores, se não entregar o que prometeu. E, nesse momento, muitos desses apoiadores voltar-se-ão para soluções radicais à direita, que por sua vez acabam sendo aceitas pela direita tradicional como aliados táticos na luta contra a esquerda. Foi assim que aconteceu na Itália em 1922 e na Alemanha em 1932. E foi assim que aconteceu no Brasil em 2018.

Jair Bolsonaro não era o candidato ideal do mercado financeiro, nem dos grandes industriais e empresários. Tinha maior aceitação entre os ruralistas, mas isso não seria suficiente para catapultá-lo ao poder. Assim, ele moldou seu discurso para atrair partes diferentes do eleitorado: a direita religiosa, a população desiludida com a corrupção e empobrecida pela crise econômica, o discurso liberal para atrair os capitalistas urbanos e parte da juventude que se encantou por este ideário. Embalou tudo isso numa forte retórica antiesquerda, antiminorias e antissistêmica, para se parecer com uma ruptura radical "contra tudo que está aí".

Quando foi ao segundo turno contra Fernando Haddad, do PT, o cenário estava armado para uma adesão em massa da direita, mesmo a dita democrática, à sua candidatura. Explorou-se sistematicamente o anacrônico medo do comunismo, a ideia de que o Brasil iria virar uma "nova Venezuela", e os escândalos de corrupção. O desgaste natural do PT com uma parcela do eleitorado que costumava votar com o partido nos centros urbanos do Sul e Sudeste fez o resto do trabalho.

Em termos de propaganda, sabemos que seus estrategistas aperfeiçoaram o disparo em massa de notícias falsas pelo Whatsapp, Facebook e YouTube, sempre jogando com o medo do PT e dos movimentos sociais. Essa tática não parou com as eleições, e não vai parar jamais. É o *modus operandi* do bolsonarismo.

Em termos de paixões mobilizadoras, a ideia de um Brasil na sua "mais grave" crise econômica, política e moral é repetida por Bolsonaro e seus apoiadores em todas as ocasiões possíveis. Há um sentimento de que o Brasil foi 'vítima' da esquerda, do Foro de São Paulo, do socialismo, dos movimentos sociais que querem dividir a nação e destruir os valores tradicionais e cristãos.

Essa vitimização se estendeu ao líder após o atentado que sofreu em 6 de setembro de 2018. Jair Bolsonaro jamais escondeu seu desejo de "purificar" e "unir" a nação: "as minorias se adequam ou desaparecem", disse ele em campanha. A esquerda deve ser fuzilada; os índios, assimilados ou (isso fica nas entrelinhas) mortos; o racismo é negado; as artes, censuradas — somente manifestações artísticas em linha com os "valores da nação" devem ser aceitos.

Por fim, fica claro que, considerando as cinco características do fascismo segundo Michael Mann, Bolsonaro e seus aliados se encaixam em todas elas:

1. Nacionalismo: além da exploração de símbolos nacionais e motes como "Brasil acima de tudo", esse nacionalismo também se manifesta na visão que o presidente tem da cultura. Se há uma aparente incoerência desse nacionalismo com a política econômica liberal, isso se deve a dois fatores: primeiro, o oportunismo; foi o preço que Bolsonaro aceitou pagar para se eleger presidente; segundo, o nacionalismo econômico não é o mais importante para um fascismo: sua prioridade é a construção de uma identidade nacional homogênea, num projeto político que tem a grandeza do país como grande motivador. Cabe a ressalva, porém, que em reuniões privadas Bolsonaro segue resistindo ao programa de privatizações de Paulo Guedes, e durante a pandemia os militares do governo apresentaram o programa "Pró-Brasil" nada liberal. Hoje, todos sabem que o liberalismo de Bolsonaro é de ocasião.

2. Estatismo: a essa altura até o mais cauteloso dos analistas percebe que o projeto político de Bolsonaro é autoritário, e que esse autoritarismo não é do tipo clássico — simplesmente fechar os demais poderes e governar isolado do povo —, mas tem pretensões de interferir na vida dos cidadãos para implantar sua visão de nação, secundado pela sua multidão de apoiadores.

3. Transcendência dos conflitos: foi um tema recorrente de campanha, quando ele acusou a esquerda de dividir o povo em "ricos e pobres, brancos e negros, homens e mulheres", destacando que isso enfraquecia a nação. No poder, ele faz seu trabalho de fortalecimento das hierarquias sociais, em favor dos mais ricos, é claro, negando outros conflitos ou tentando aboli-los artificialmente, recusando qualquer tipo de diálogo com representantes de minorias e, claro, usando da ameaça da violência.

4. Expurgos: o governo Bolsonaro é muito recente e fraco para embarcar em ondas de violência parecida com as que conhecemos na história do fascismo clássico. Mas cabem ressalvas: a primeira é a do tempo. O governo ainda não consolidou sua ambição ditatorial, e foi depois dessa consolidação que aconteceram as grandes atrocidades dos fascistas e nazistas.[iv] A segunda é a do tempo histórico. Hoje um governo autoritário detém de mais meios para se impor sem precisar recorrer de forma tão frequente à violência. A tecnologia, o alcance das forças policiais e o uso da justiça e do poder econômico como força dissuasória podem tornar a violência um recurso menos necessário. A terceira é a devida atenção às notícias que aparecem nos jornais: tortura sistemática em presídios sob intervenção federal; atentados contra indígenas; aumento do uso de força letal pelas polícias. A escalada de violência do Estado ou sancionada pelo Estado

está aí, para quem quiser ver, e sempre contra os alvos que Bolsonaro elegeu como preferenciais: a esquerda, as minorias, os pretos e pobres que vivem nas comunidades e são suspeitos de práticas ilícitas por definição.

5. Paramilitarismo: não bastasse a associação de Jair Bolsonaro com as milícias que controlam regiões inteiras do estado do Rio de Janeiro, o presidente, que também já defendeu grupos de extermínio, conta com o apoio tácito das polícias militares, e incentiva o armamento civil no campo e nas cidades, para combater os seus inimigos: do MST aos prefeitos que impõem as regras de isolamento social. Uma das grandes mentiras popularizadas pela extremadireita é que o fascismo é desarmamentista. Veja, como pode um movimento que depende de forças armadas que desafiam o monopólio da violência do Estado sê-lo? Bolsonaro incentivou o armamento da população pelas mesmas razões que os fascistas clássicos: para ter, junto à população civil, um braço armado para submeter seus inimigos e lhe dar apoio no assalto às instituições. Vale destacar também o uso das milícias digitais. Numa era em que as redes sociais cumprem importante papel como arena de debate público, milícias bolsonaristas invadem esses espaços, sequestram grupos de Facebook e disseminam mentiras pela internet.

Por fim, como todo fascismo, o bolsonarismo é um movimento de massas. A direita tradicional sempre suspeitou da política de massas, que considera irracional, incontrolável, imprevisível, vulgar. A direita prefere os gabinetes onde se reúnem os líderes, os intelectuais, os empresários, os técnicos, para então apresentar um programa a ser referendado pelas massas, ordenadamente, no período eleitoral. Qualquer coisa fora disso desperta nela ressalvas de ordem prática, ética e até estética — diferente do fascista, que se rejubila de estar cercado de uma multidão uniforme, entoando slogans e louvando seu líder — Il Duce, Der Führer, O Mito.

É claro que existem diferenças com o fascismo clássico. Mas o objetivo de um conceito não é que ele seja um objeto rígido e inflexível que só se aplique a casos muito específicos. É apontar para as semelhanças que permitam identificar fenômenos de natureza parecida — e como lidar com eles.

Desde que Jair Bolsonaro começou a ser recebido em aeroportos por multidões a gritos de "Mito! Mito! Mito!", o sinal de alerta deveria ter sido acendido junto aos analistas da imprensa, cientistas sociais e os próprios políticos. Um diagnóstico preciso sobre o que é o fenômeno do bolsonarismo teria dado maiores chances ao esclarecimento do público, aquele ávido por mudanças e cansado dos governos petistas, sobre o que representaria para o Brasil um governo Bolsonaro: não uma incógnita, nem uma esperança, mas uma ameaça tão previsível quanto grave.

Talvez possibilitasse a formação de uma frente democrática ainda no primeiro turno. Ou que, no segundo, mesmo diante de uma "escolha difícil", como a rotularam certos liberais e democratas de direita, eles decidissem não pela omissão ou pela afinidade ideológica, mas pelo candidato que oferecesse melhores garantias à Democracia — como aconteceu na França, nas duas vezes em que a neofascista Frente Nacional chegou ao segundo turno das eleições, e direita e esquerda democráticas, sem renunciar às suas diferenças, se uniram para derrotar uma candidatura antidemocrática.

Mas, mesmo se todas essas medidas não impedissem a vitória de Jair Bolsonaro, serviriam de alerta para como ele e seus seguidores se portariam no poder: de forma sectária, indisponível ao diálogo, impossível de manobrar, pois seus objetivos e valores são fundamentalmente distintos daqueles de qualquer democrata.

O correto diagnóstico do bolsonarismo também é necessário e urgente neste momento em que o ataque às instituições e o descaso à vida vêm acompanhados da resiliência de sua popularidade num patamar considerado alto demais para viabilizar um processo de impeachment — um raciocínio sem qualquer fundamento exceto o da experiência dos casos Collor e Dilma e o da prudência.

Esse raciocínio joga a favor de atores contrários às regras do regime democrático. O vínculo das massas com o líder, no fascismo, não é algo tão fácil de se romper. São laços atados por paixões potentes e potencialmente destrutivas — ódio, ressentimento e medo de uma crise sem precedentes e de um inimigo terrível. Era de se esperar que os apoiadores orgânicos do presidente Bolsonaro fossem assim resilientes, e aguardar sua desilusão é dar menos tempo para a democracia reagir, e dar-lhes mais tempo para sufocá-la. No fascismo clássico, tal ruptura dependeu do desastre, da destruição da guerra. Recuar diante do medo de confrontar um presidente com 30% de popularidade é ignorar o risco de avançar cada vez mais neste caminho do desastre, é recusar a realidade de que nunca é fácil remover do poder um aspirante a autocrata.

Ignorar o conhecimento histórico, ignorar sua cientificidade, vai de encontro ao propalado objetivo da sociedade contemporânea de evitar que as atrocidades do passado se repitam. Essa noção anticientífica e falaciosa de que o fascismo morreu com a Segunda Guerra Mundial fez com que esse fenômeno, embora um dos mais estudados, seja também um dos mais incompreendidos da atualidade.

Paxton e Mann concordam que o fascismo é um fenômeno que não depende de circunstâncias históricas extremamente específicas, mas de certas circunstâncias sociais que favoreçam o seu surgimento. Essas condições estão presentes no Brasil contemporâneo.

Saber definir e descrever um fenômeno, por sua vez, é fundamental para saber como reagir a ele. O cientista social e o analista político precisam saber definir o bolsonarismo para entender como ele funciona, prever seu comportamento e propor uma resposta adequada ao desafio que ele impõe à democracia.

3

Profundamente desiludido com seu país, que tinha se revelado o oposto da terra relativamente livre, sincrética e universalista, empenhada na luta contra a desigualdade à qual ele havia acreditado pertencer, e similarmente desapontado com muitas pessoas que lhe eram próximas, afogando-se em sua tristeza, Sales recebeu nessa mesma época, do final de 2018, conselhos de consultores de carreira que achavam que ele deveria se distanciar da televisão — muito industrial — e se dedicar a trabalhos mais sofisticados e autorais que lhe permitissem criar sua marca. Bolsonaro havia prometido destruir o Ministério da Cultura e a caça às bruxas então se alastrava contra artistas e intelectuais, pessoas que os apoiadores do regime fascista julgavam ser nada mais que sanguessugas que "viviam às custas do governo". Os bolsonaristas não enxergavam qualquer valor na arte que não defendesse os "bons costumes" ou que não tivesse caráter religioso [por religioso leia-se, especificamente, evangélico]. Aquele movimento era, também em seus fundamentos, uma vingança anunciada contra os pensadores independentes como Francisco de Sales, que sempre haviam se expressado publicamente contra a submersão da nação nas lavas do fascismo. Como pena, eles deveriam morrer de fome, porque o regime não aceitava a existência de vozes críticas. Em resposta, no início de 2019 Francisco audaciosamente posou nu e usou sua ereção como um bastião cultural gay em uma zine de edição limitada que fazia parte do marketing de seu projeto de longa-metragem sobre o aplicativo Grindr — em negociações com produtores internacionais independentes no mercado do Festival de Cannes nos anos anteriores, um dos maiores investidores do filme havia pedido que o rapaz não apenas escrevesse e dirigisse a obra, como atuasse nela, pois se tratava de pura autoficção que retratava os meses imediatamente posteriores ao fim de seu casamento de treze anos. Levando também fortemente em consideração as ameaças da milícia e sua segurança pessoal, achou por bem deixar o Rio de Janeiro pelo exterior. Logo após o ensaio, Sales voou para Chicago, onde pensou que talvez conseguiria se curar da depressão que o abatia. Não foi o que aconteceu.

Embora nunca tivesse deixado de trabalhar, dedicando-se à escrita dos roteiros de dois projetos cinematográficos que teria de apresentar no próximo festival, encontrou-se ainda mais melancólico no escuro e cinzento inverno do Centro-Oeste estadunidense, hospedado no apartamento que lá possuía com seu ex e sentado ao computador ao lado de seu gato Tito. Certo dia, caiu no sono com o laptop no colo e foi acordado na mesma exata posição por seu ex: *"Francisco, are you alright?"* — M. perguntou. *"Yes,"* Sales respondeu — *"I fell asleep on the sopha"*. Era por volta de 18h. *"You've been asleep since yesterday. I didn't wanna wake you up, but today you got me worried"* — M. retrucou. Francisco havia dormido nada menos que vinte e oito horas sem se mover um milímetro e sem ter tomado qualquer medicamento — ainda tinha o laptop no colo e Tito permanecia ao seu lado. Nunca havia sido alguém de dormir tão profunda ou prolongadamente — de três a cinco horas diárias de sono lhe bastavam quando estava filmando, embora precisasse de oito horas nas fases de escrita. Tampouco encontrava motivação para prosseguir se preparando para participar do Festival de Cannes — seguia apenas porque era um comprometimento profissional. À exceção de Tito, sentia-se extremamente sozinho e não tinha alguém com quem compartilhar seus feitos ou dar notícia de seus dias — que pareciam se emendar em um só. Ainda elaborava o rompimento com Tiago e sentia falta de um amigo íntimo, que também dividisse sua cama e que pudesse dar um maior sentido a sua vida. Sua reconciliação com seu ex-companheiro M. não ocorreu. Aquele antigo amor por Tiago morreria por completo, sabia ele, todavia era uma morte lenta e custosa. Viajou para a Flórida, onde havia combinado de se encontrar com um argentino com quem tentava iniciar algo, acreditando que o sol talvez lhe trouxesse de volta o necessário ânimo de vida, mas foi provavelmente a viagem mais sofrida de sua história [o estado estadunidense havia sido um ponto de insistência de HR., neste aspecto muito parecido com os brasileiros]. Testemunhou com os próprios olhos a supremacia branca em um dos fétidos berços do trumpismo e ali recebeu notícia por M. de que Tito tinha sucumbido repentinamente. Sales havia tido um pressentimento de que algo de ruim rondava — viu algo muito escuro no canto de seu quarto de hotel, sobre o que comentou com o argentino HR. A morte foi a realização daquilo. Perdeu seu "grande companheirinho" — um gato que, quando alguém se sentava no lugar de Francisco no sofá, partia para defender o posto com tapas pesados até que a pessoa se levantasse e se desse conta de seu próprio lugar na casa. O rapaz tinha dispensado uns três possíveis namorados por não terem recebido a aprovação de Tito — ria-se ao lembrar. E o falecimento do gato se transformou em imenso e arrastado processo de luto, somado às outras complexas elaborações de perda que enfrentava simultaneamente. Sales sempre havia compartilhado das ideias e princípios simples, porém libertários, de São Francisco de Assis e dessa forma possuía imenso apreço pelos animais — em especial, pelos felinos. Enterrou Tito no topo de uma serena colina de Hanover Park com vista para o belo pôr do sol do lugar e um parque, em um dos cemitérios de animais mais antigos de Chicago, datado do início do século XX. Ao lado do local plantou uma grande muda de carvalho de alfinete do norte, espécie nativa das planícies de Illinois e que dá de comer à fauna. Na estrada de volta para casa do cemitério, por seu rosto escorriam lágrimas enquanto escutava "Song for Zula": *"See, honey, I saw love. You see, it came to me. It puts its face up to my face so I could see. Yeah, then I saw love disfigure me into something I am not recognizing. See the cage, it called. I said, come on in. I will not open myself up this way again, nor lay my face to the soil, nor my teeth to the sand. I will not lay like this for days now upon end. You will not see me fall, nor see me struggle to stand to be acknowledged by some touch from his gnarled hands".* Perdido na falta de amor-próprio, rompeu com o argentino e recaiu em um antigo vício — o sexo — e seu Grindrumaplicativodesexo retomou o antigo e autodestrutivo uso.

Muitas vezes, após escrever, e na vã tentativa de se reencontrar na madrugada, descobria-se em encontros com estranhos que por fim nada significavam, no entanto que preenchiam momentaneamente um vazio psicológico. Certa feita, deparou-se com um arquiteto que estava cansado da companhia de um garoto de programa e que procurava um "ativo", nos termos simplistas do aplicativo. Francisco saiu de sua casa para ir até ele, e na bem decorada residência o homem fazia uso de algumas drogas. Francisco agradeceu e declinou as que lhe foram oferecidas, porém então o arquiteto foi fumar algo em um *pipe* que o rapaz não sabia do que se tratava. *"Crystal"*, o homem disse. E Sales respondeu "ok", e provou. Nada sentiu de imediato. Transaram, contudo o belo e alto arquiteto em nenhum momento se permitiu ser conduzido. Já Francisco de Sales, este apenas encontrava verdadeiro prazer quando os passivos se entregavam completamente nas mãos dele, um homem — portanto, terminou o encontro frustrado. Despediu-se do estranho quando este gozou e se encaminhou ao seu carro. Ao entrar no veículo, Francisco sentiu o efeito da metanfetamina e foi surpreendido pela vontade de se entregar a um homem ele próprio, algo que raramente experimentava — a se contar em poucos dedos. Voltou ao aplicativo e topou com um advogado, que também consumia *crystal*. Sales deu para ele e, não

---

* HOUCK, Matthew. "Song for Zula", 2013.

satisfeito, encontrou-se com um irlandês na sequência, quando o advogado precisou ir trabalhar às sete da manhã. No início da tarde, o rapaz retornou a seu veículo e se deu conta do perigo daquela droga. Para alguém que já era extremamente sexual como ele, um produto químico que o fazia se dedicar ao sexo por horas — potencialmente dias a fio — era extremamente perigoso. Dirigiu para casa sentindo-se pior do que quando havia partido, como era de costume naqueles encontros sexuais com estranhos — exceto quando conhecia alguém com quem pudesse, de fato, conversar e estabelecer uma conexão, geralmente no pós-sexo. Pronto, fez uma pesquisa sobre o *crystal meth* que havia usado sem saber bem o que era, e leu sobre como a metanfetamina estava destruindo a estrutura da comunidade gay estadunidense: homens valorosos que caíam ajoelhados diante do vício e perdiam tudo, inclusive seus empregos e lares. Sim, deveria se distanciar.

Foi para a França cumprir sua agenda de trabalho e de lá resolveu não voltar aos Estados Unidos. Fez as pazes com o argentino e seguiu de Cannes para Madrid, onde se encontrou com HR. para uma *road trip* pela Ibéria. O passeio em si foi um deleite, e não fosse a falta de intimidade sexual com a outra pessoa teria aproveitado muito mais. Chegando a Portugal, fez uma peregrinação pelas cidades e vilarejos de seus antepassados: Setúbal, Lisboa, Sintra, Guimarães, Barcelos, Braga, Gilmonde, Santo Emilião de Mariz, Esposende… O único pedido do argentino foi Fátima — Sales não era religioso e não sentiu nenhuma vibração especial ali. As terras ancestrais lhe fizeram muito melhor e permitiram um reencontro consigo próprio de que tanto necessitava; a viagem também possibilitou um breve levantar do véu da depressão. HR., porém, era extremamente rancoroso e insistia que Francisco o havia estado a trair quando caía no sono inesperadamente durante sua depressão em Chicago. Por esse motivo, o argentino inventava desculpas para não transar. Diante da impensável falta de sexo com o companheiro de viagem, e uma vez que nunca tinha feito juramento de celibato, Francisco se deliciava com a ótima companhia dos portugueses — demônios na cama, o que ele muito apreciava. A cada trepada, era relembrado do porquê de o Brasil ser um país feito nas coxas, com muito gosto mesmo que a muito custo posterior. Uma vez, em Lisboa, Sales demorou-se demais com um rapaz dos mais másculos e se esqueceu do horário do check-out do hotel. Voltou para encontrar suas malas esparramadas pela rua e um par de óculos perdido, ao que se seguiu mais uma longa, complicada e enlouquecedora discussão com HR., que tentava se transformar em seu namorado, mas que desenterrava ossos do armário e exigia paciência e virginalidade que Francisco não tinha. Ainda assim, Sales estava melhor o suficiente para tomar a acertada decisão de deixar o Rio de Janeiro por São Paulo — ao menos parecia a opção mais segura, uma vez que havia optado por retornar ao Brasil após a Europa. Demoraria algumas semanas apenas para organizar as coisas, embalar seus móveis e fechar o apartamento no Leblon. E seguiria com seus outros dois gatos, Oliver e Emília, e suas plantas para terras paulistas.

Francisco de Sales foi atingido por mais um golpe nesse pouco tempo desde que havia chegado ao Brasil, entretanto. Três ou quatro dias antes de sua abrupta partida para Chicago, não sabia ainda o que fazer com o apartamento no Rio quando foi contactado por Giordano pela primeira vez desde que haviam rompido, mais de dois anos antes. Este lhe disse que passava por dificuldades financeiras extremas e que havia sido despejado de seu luxuoso apartamento no Alto Leblon, em cuja reforma havia gastado por volta de R$ 1 milhão — Sales não acreditava completamente em suas palavras, porém teve acesso a algumas notas fiscais da obra, e até os cabides eram de grife, portanto se inclinava a crer que o gasto havia sido tão fútil quanto tremendo, fosse de 1 milhão ou de R$ 500 mil. Giordano já tinha vendido boa parte de seus móveis na internet e se encontrava em um apartamento alugado por "uma amiga", apenas com seus bens pessoais e restos de mobília. Propôs a Francisco que o deixasse permanecer em seu apartamento enquanto estivesse no exterior e o ex-influenciador se reerguesse financeiramente e, em troca, pagaria uma parte do aluguel do imóvel da avenida Visconde de Albuquerque. Sales não estava de saída para o exterior por opção, mas porque as circunstâncias o forçavam e, deprimido, ficou extremamente comovido com a situação de Giordano — que dormia no chão em meio ao pouco que lhe havia sobrado. Assim, o rapaz foi buscar o ex-namorado de carro, onde colocaram o que cabia — e Giordano deixou para trás, no apartamento "da amiga", tudo o que não podia carregar. Francisco nunca recebeu uma resposta direta e objetiva sobre qual era a real história envolvendo aquele local que o ex-namorado deixava para trás; Giordano apenas dizia que tinha se desentendido com a tal amiga e que preferia não vê-la mais. No apartamento do Leblon, instalou-se no quarto de Sales e continuaram em contato enquanto este se encontrava em Chicago. Uma das condições impostas por Francisco para que o ex-namorado permanecesse lá hospedado era que ele mantivesse o emprego da faxineira Loures, e Giordano aceitou. No entanto, em três semanas o rapaz arranjou uma desculpa para não mais a chamar para a limpeza, e Sales não quis se impor demais. Até tentou envolver Giordano no marketing do projeto sobre o Grindr, de forma que ele catapultasse suas finanças, contudo, após um sumiço de dias o ex-influenciador criou uma estranha confusão com um parceiro do projeto que encontraria Francisco em Cannes, e a relação profissional se encerrou ali. Giordano, então, sumiu de vez — havia enviado comprovantes de seus depósitos do aluguel, que Francisco logo descobriu que eram falsos, e o ex parou de responder e-mail e telefone. Sales pediu que Loures fosse verificar o que se passava no apartamento, e esta lhe contou que nunca tinha encontrado o local em tamanho estado de desarranjo, e que havia um outro indivíduo morando com o ex-influenciador ali — o cenário narrado era algo vindo de um reality show de acumuladores, em que nem o lixo é retirado, nem a louça suja é lavada. Francisco se apavorou, fez os pagamentos do aluguel que não tinham sido realizados e conseguiu, finalmente, falar com Giordano, que informou que realmente não havia tido condições de realizar os depósitos combinados, mas que já tinha feito uma limpeza na casa. Sales perguntou-lhe o porquê de não ter lhe contado a verdade em vez de ter falsificado os comprovantes e mais uma vez recebeu uma reposta vaga, que também se aplicou ao estranho que vivia com Giordano no apartamento.

Dessa maneira, quando Francisco retornou ao Rio de Janeiro, não sabia o que encontraria. Deparou-se com teatro semelhante ao que lhe era apresentado quando namorou o ex-influenciador: o local limpo e uma cara feliz. Conheceu o estranho que estava residindo em sua casa: Dennis, um sujeito de uns vinte e poucos anos, tão submisso quanto tacanho. Não entendia qual podia ser a relação de Giordano com ele, e a *estória* era que haviam se conhecido em uma festa e que o ex se afeiçoara ao rapaz, que não conhecia ninguém nem tinha lugar para ficar no Rio. Sales não quis se meter, apesar de não ter comprado a *estória*: estava apenas focado em seus compromissos profissionais e na mudança para São Paulo. Giordano lhe contou algo de verdadeiro: estava criando um novo modelo de negócio, um aplicativo onde se poderia contratar *personal shoppers* para realizar compras na rua Vinte e Cinco de Março, em São Paulo, conhecida por seus produtos populares — muitas vezes pirateados, no entanto almejados por brasileiros de todos os cantos do país —; seria uma maneira de os consumidores evitarem longas viagens até a capital paulista apenas para ter acesso aos produtos do local. Francisco não fez juízo de valor, porque aquele seria um trabalho tão honesto quanto qualquer outro desde que os clientes soubessem que os produtos que compravam não eram "autênticos". Ademais, as autoridades nunca de fato fecharam a Vinte e Cinco de Março devido a suas mercadorias "falsas" — policiais apenas a invadiam rotineiramente para lucrarem com as propinas que os comerciantes ali estabelecidos eram obrigados a lhes pagar. Um motivo a mais para não haver um conflito ético ou moral por parte de Sales era que as grandes grifes — pertencentes a conglomerados multinacionais, que choramingavam acerca dos produtos falsificados — lucravam bilhões de dólares com suas marcas, porém se beneficiavam de mão de obra (trabalho escravo ou muito próximo ao escravo) e matéria-prima de baixo custo em países pobres ao redor do planeta, e levavam as mercadorias baratas prontas até a Europa apenas para serem etiquetadas e receberem seus afamados certificados de autenticidade, e então serem reexportadas a preços exorbitantes; essas mesmas grifes, contudo, pouco ou nada faziam para reinvestir ao menos parte de seu gigantesco lucro em programas sociais nesses lugares de verdadeira origem de seus produtos, além de se beneficiarem de outros tipos de iniquidades e instabilidades nessas nações "de terceiro mundo". A necessidade do cartão de autenticidade acabava por provar que existia pouca ou nenhuma diferença entre as mercadorias "originais" e as "falsificadas", e muitas vezes os produtos piratas eram manufaturados nas mesmas fábricas onde os produtos ditos autênticos eram fabricados, e geralmente pelas mesmas mãos e se utilizando dos mesmos fornecedores, e por vezes até da mesma matéria-prima, nas horas em que as grandes grifes deixavam as fábricas e seus trabalhadores ociosos. Justamente por isso, Sales aceitou fazer um investimento na start-up de *personal shoppers* enquanto passava boa parte do tempo já em São Paulo, preparando a mudança, tentando fazer decolar seu relacionamento com HR., e onde em julho de 2019 já havia iniciado as pesquisas para um novo projeto — uma investida no teatro sobre a ativista trans Brenda Lee e a epidemia de HIV na década de 1980. Giordano parecia estável, confiante no novo negócio, e sugeriu que compartilhassem um apartamento na capital paulista, o que Francisco achou que poderia funcionar desde que Dennis não fosse com ele — e Giordano lhe informou que o rapaz sabia que não fazia parte dos planos. Dessa maneira, o ex-influenciador acabou por se aproximar também de HR., trocando com este confidências, além de se responsabilizar por procurar e contratar a nova casa. Quando Sales retornou para o Rio para se mudar por fim, descobriu que Giordano não estava tão bem quanto aparentava — tinha um atestado médico sobre um surto psicótico recente e apresentava problemas com anfetaminas e remédios para déficit de atenção. Ainda assim, os planos se mantiveram, e Francisco focou em afinar os pormenores da grande mudança. No dia em que os empacotadores chegaram com o caminhão e tudo estava sendo embalado para seguir rumo a São Paulo, Giordano se aproveitou da distração de Sales e fugiu com Dennis e todo o investimento feito na start-up, de milhares de reais. Não atendia seu celular e Francisco de Sales descobriu que o imóvel que teria sido alugado na capital paulista, para cuja finalidade também havia feito depósitos, jamais tinha existido. Ficou pasmo com o golpe de Giordano, porque, no dia em que o fora buscar para lhe dar um teto, este tinha dito que nem a família havia feito nada por ele, que passava a considerar Francisco "um irmão" e jamais faria qualquer mal contra o rapaz. Tendo combinado de entregar o apartamento no Leblon naquela mesma data, Sales fez o que pôde, com lágrimas nos olhos e a voz embargada durante todo o processo. Alugou um carro em que colocou o que seguiria com ele, os gatos e as plantas para São Paulo e mudou o acordo com a companhia de mudanças para que sua mobília ficasse estocada no Rio até segunda ordem. Ao fim do dia, Loures terminou a faxina do apartamento e Francisco se despediu dela e daquele lugar onde havia vivido tantos importantes anos de sua vida. Quando se colocou atrás do volante, já no começo da noite, seus olhos estavam tão embaçados pelas lágrimas que escorriam que mal conseguia enxergar a estrada. Considerou suas possibilidades e telefonou a HR., contando-lhe o que havia acontecido. Este convidou Francisco, os gatos e as plantas a passarem a noite em seu novo apartamento — mudança com a qual Sales também havia ajudado. Uma vez chegando a seu destino, Francisco preparou um canto para os animais, abraçou HR. e o choro reprimido veio. Na manhã seguinte, descobriu que Giordano vinha se organizando para o golpe havia cerca de dez dias, e os clientes que compraram nesse período não tinham recebido suas mercadorias — nem sequer tiveram resposta da start-up quando entraram em contato pedindo satisfações. Sales, então, conseguiu se logar no perfil de Instagram do negócio e instruiu que os clientes não fizessem mais pedidos ou pagamentos, pois Giordano não planejava realizar quaisquer entregas, e que pedissem a devolução das quantias pagas através da empresa que intermediava as transações e que denunciassem o ex-influenciador; mudou a senha e retirou a página do ar. Giordano, que Francisco teve finalmente certeza se tratar de um verdadeiro sociopata, ficou furioso, porque se achava certo a despeito de tudo o que havia feito e dos milhares de reais que mais uma vez tinha embolsado do "irmão" e dos clientes, mais ainda quando o Instagram decidiu que Sales era o proprietário por direito da página.

Francisco e HR., por sua vez, apesar da menos que romântica *road trip* pela Península Ibérica, decidiram que levariam o namoro a sério e que morariam juntos — o rapaz deixaria sua mobília armazenada no Rio pelo momento. Mas a depressão retornou com toda a força depois do novo baque, e o pretenso namorado colocou em sua própria cabeça que Sales participava às escondidas de festinhas de sexo, o que não era verídico, por mais que Francisco tivesse dado suas escapadas na Europa e no Rio após a retomada — em solo paulista, esforçava-se para ser fiel, embora o sexo no relacionamento continuasse a simplesmente não existir. Celibatário, um dia não se aguentou e acessou seu aplicativo de sexo em plena rua Frei Caneca, o ponto mais gay da cidade de São Paulo. Falou abertamente com alguns caras [pelas fotos, atraentes] a respeito de suas próprias fantasias enquanto as imaginava realizadas, de pau duro, babando ao telefone. E não poderia supor que o meio gay de Sampa fosse uma panelinha tão pequena, menor ainda que a do Rio de Janeiro: em apenas poucas horas, prints de suas conversas estavam circulando por vários lados e chegaram até HR. e mesmo a seus irmãos em Mato Grosso do Sul. Quanta hipocrisia, concluiu Sales, pois por ser um membro conhecido da comunidade LGBT+ não podia sequer aventar fantasias? Anos antes, heterossexuais haviam lhe negado o exercício de sua sexualidade e então isso se repetia entre os próprios gays. Esperavam também que fosse assexuado? Negou-se a virar assunto na boca de sujeitos que o criticavam por ser sexual, porém que não seguiam as próprias cartilhas — porque não somente possuíam relacionamentos abertos, como todos os finais de semana participavam de orgias regadas a G (GHB, GBL) e *crystal meth*, entre outros entorpecentes. Os indivíduos haviam alimentado as conversas apenas para tirar confissões das mais íntimas de Francisco e o expor, fazendo parecer que fosse um depravado simplesmente por expressar suas ideias e desejos. Fato mais grave ainda: tiveram a baixeza de inventar que Francisco de Sales era HIV positivo e que havia infectado HR.

A verdade era que Francisco, desde a segunda metade de 2018, vinha fazendo uma campanha massiva em favor da PrEP (Profilaxia *Pré*-Exposição ao HIV), utilizando-se de todas as suas redes sociais e de seus grupos de resistência LGBT+. Antecipava, perante a homofobia proferida pelo "mito" fascista, que o programa de HIV do Governo Federal seria seu primeiro alvo — pois os bolsonaristas defendiam que a medicação a indivíduos soropositivos não mais deveria ser distribuída de forma gratuita pelo Sistema Único de Saúde e sim, vendida. Na realidade econômica do Brasil, isso significava que muitas pessoas seriam incapazes de pagar e efetivamente pereceriam sem os medicamentos. A morte sempre fez parte do ideário da extremadireita. Veja: o Brasil, durante o governo FHC sob o ministro da Saúde José Serra, havia estado à frente do mundo inteiro quando "investiu na produção de medicamentos genéricos e negociou firmemente com as indústrias farmacêuticas, o que, entre outros resultados, permitiu acordos com os laboratórios Merk Sharp & Dohme e Roche", para que antirretrovirais pudessem ser distribuídos gratuitamente pelo SUS;[1] sob Lula e o ministro José Gomes Temporão, em 2006, o Brasil quebrou a patente do medicamento Efavirenz, também para uso gratuito pelos soropositivos.[2] Nascido em 1983, Sales cresceu sob intensa comunicação a respeito do uso da camisinha e foi ele mesmo um grande garoto-propaganda. E além disso, quando passou a advogar pela PrEP para que o regime fascista não a provasse falsamente inútil, ou subutilizada [e consequentemente a retirasse de oferta pelo SUS], Francisco pessoalmente passou a fazer uso dessa. Também compartilhava de forma pública os resultados dos exames que tinha de realizar trimestralmente para que fosse aprovada a continuada utilização da medicação profilática por sua pessoa. Testes para HIV, sífilis, gonorreia, hepatites... todos negativos a cada três meses e disponibilizados para quem quisesse ver em suas redes sociais. E como havia previsto, de fato, um dos primeiros servidores públicos a serem demitidos no novo regime fascista foi uma funcionária do Ministério da Saúde responsável por uma cartilha sobre o uso da PrEP para o público trans: a médica sanitarista Adele Schwartz Benzaken.[3] A campanha encabeçada por ativistas como Sales, no entanto, teve tamanho sucesso que se criaram filas de pessoas que buscavam o uso da medida profilática contra o HIV em vários cantos do país. A PrEP, até então obscura, ganhou a atenção das massas: as agendas dos centros de atendimento do programa, de vazias que estavam, encheram-se, e a procura aumentou vertiginosamente, criando-se listas de espera de três meses ou mais.

HR., porém, era de fato soropositivo e ficou absolutamente abalado com a maldosa fofoca que haviam espalhado [e que havia partido de algum confessor, "amigo" seu]. O rapaz, apesar de se tratar e de ser indetectável, temia o estigma associado ao HIV — que Francisco conheceu muito bem, devido à pesquisa para a peça de teatro que coincidentemente vinha fazendo. A intenção com o boato era realmente afetar Sales ou a armadilha havia sido preparada para HR., por alguém que possivelmente desejava Sales? Giordano, que aparentemente ia e voltava entre Rio e São Paulo, tinha se aproximado de HR. antes de ter dado seu último golpe. E curiosamente, um "amigo" de HR. também vinha repetidamente acusando Francisco de o assediar, o que era uma grande mentira — Sales jamais deu nenhuma abertura a amigo ou colega de qualquer um de seus parceiros durante os relacionamentos, por mais interessante que fosse o indivíduo, porque achava esse comportamento antiético. Muito menos iria ativamente atrás de alguém nessas condições. Cada acusação de Thor (o tal "amigo"), entretanto, criava grandes cismas no quase namoro já desestruturado. E a única curiosidade que Francisco nutria em relação a Thor, para fins posteriores ao anunciado término do *soi-disant* namoro, foi sanada quando soube que o rapaz possuía um pau mediano e fino, similar ao de Giordano — o que mataria instantaneamente qualquer interesse que pudesse ter existido, mas que jamais existiu. Thor, tendo em vista sua propensão a mentiras, havia agido com Giordano para atingir HR. por meio de Sales [ou Sales por meio de HR.]? Era possível. Francisco descobriu que o ex-influenciador participava de festinhas de sexo regadas a metanfetamina, assim como Thor, e que em uma delas conheceu Dennis, e que provavelmente as havia levado ao apartamento do Leblon — esse teria sido um dos motivos da chocante imundície que Loures encontrou quando surgiu para a visita surpresa. Naquela panelinha que era a elite gay paulistana, todos se conheciam e, mesmo que expor a condição HIV+ de alguém fosse crime no Brasil, Giordano se julgou no direito de tal vingança. Para prejudicar ainda mais Sales e HR. sem incorrer na tipificação da lei, o caminho inteligente foi acusar Francisco de ser soropositivo [pois ele comprovadamente não o era], ao espalhar o boato de que *ele* havia contaminado "seu atual namorado" (notadamente, HR.). Foi tudo extremamente perverso, similar ao que havia ocorrido no dia da mudança. Giordano também enviou e-mails e mensagens por Facebook e Instagram para familiares, amigos e colegas de trabalho de Sales, em que fazia outras acusações graves a respeito de sua pessoa, como a de que Francisco tinha estuprado Dennis, sujeito que o rapaz jamais tocou e que passava a suspeitar ser namorado do ex-influenciador; e Giordano enviava prints e arquivos forjados de conversas de WhatsApp, tal como havia falsificado comprovantes de depósitos bancários e de envios de mercadorias. Por que, em uma situação geral já tão difícil, alguém tomaria atitudes tão antiéticas e, simplesmente, maldosas? Por que ser desonesto quanto à start-up e mesmo sobre sua relação com Dennis? Quais seriam os limites de tamanha destrutividade e sociopatia? Giordano estava a ter surtos psicóticos desengatilhados pelo uso da metanfetamina misturado a Venvanse? Sales jurou para si próprio que jamais daria uma segunda chance ou estenderia a mão para alguém como havia feito para com o ex-namorado, porque "cobras que picam uma vez o farão novamente". Em defesa de HR., imediatamente publicou novos vídeos falando da PrEP e de seu uso pessoal dela: Francisco de Sales utilizava-se das medidas profiláticas justamente por ser HIV negativo, testando-se a cada três meses e compartilhando publicamente todos os resultados. Logicamente, não poderia ter transmitido a ninguém um vírus que não portava. Por consequência desse pensamento, seu "namorado" HR. seria também negativo para o vírus, pois não havia sido infectado por Sales. Foi um bom uso do discurso e da mídia. E assim, Sales conseguiu evitar que HR. fosse estigmatizado, livrando-se da primeira armadilha que lhe haviam aprontado em São Paulo, sua nova cidade. Entretanto, ainda que Giordano tivesse cometido erros, deixado rastros e criado provas suficientes contra si, HR. se negou a prosseguir com uma ação criminal contra ele por ter sido exposto, ainda que essa ação corresse em segredo de justiça. Um erro, pois teria sido a oportunidade de fazer o ex-influenciador pagar por *um* de seus inúmeros crimes.

Por todas as interferências externas e também pelo rancor, desconfiança e projeções de HR. — que havia sido infectado pelo HIV através de seu namorado anterior, que o traía, e tinha descoberto que carregava o vírus poucas semanas antes de conhecer Francisco —, o relacionamento não chegou a florescer, apesar de todos os esforços. E Sales sentiu que, sem querer, HR. tinha plantado subliminarmente uma ideia em sua cabeça — a curiosidade pelas festinhas de sexo, a maior e mais constante desconfiança do outro rapaz. Era uma área que restava a ser explorada na sexualidade de Francisco, que organizou algumas para satisfazer fantasias e fetiches que havia tido desde sempre, porém que nunca pudera realizar ou alimentar. No total, não passaram de umas quatro ou cinco: "Já pensava que você era bem bonito" — disse André Anderson na primeira vez que o viu —, "mas você é melhor na vida real do que nas fotos". Seu amigo Otho cuidava da logística dos eventos, ao passo que colocava Sales a atuar no aplicativo de sexo, porque o rapaz precisava entre oito e dez minutos para juntar de seis a oito homens bonitos e bem-dotados em um quarto, não mais do que isso. Suas "festinhas", que passavam a incluir em sua coordenação os rapazes de pensamento similar que ia conhecendo via aplicativo, tinham uma única condição: a de que os participantes fossem pauzudos. Sempre namorou rapazes de pau grande [à exceção de Giordano], pois adorava vê-los, passivos, com seus paus inflados e sacos balançando — deitados sobre suas costas, de pernas para o ar — enquanto eram penetrados, cheios de prazer. Por essa visão do todo, sua posição favorita sempre foi "de frango". Se esperavam que ele fosse passivo, tampouco lhe inspiravam desejo homens de pau pequeno. Sales nunca havia sido manjarrola. Contudo, na transa, o falo fazia parte importante de seu tesão — um aspecto pessoal de sua sexualidade. Fora isso, em suas experimentações era extremamente democrático. A autoproclamada elite gay paulistana, no entanto, amplamente branca, continuava a tentar rotulá-lo. Não que eles não participassem semanalmente de suas cotas de orgias — como escrito, sentavam em seus próprios rabos. Diziam que Francisco era "sem critério" por ser avesso ao classismo e ao racismo. Sim, o fato de Sales promover festinhas nas quais eram bem-vindos pretos ou nordestinos ou pobres os incomodava. Porque para os elitistas tais homens eram automaticamente feios, não pelas particularidades físicas de seus corpos, mas por sua mera condição de existência. Francisco de Sales não se importava com o que os outros pensavam, pois encontrava prazer e beleza onde muitos somente viam um grande defeito. E essa não conformação irritava os gays de classe alta tanto quanto a popularidade das poucas festas organizadas por Sales — que logo acabaram "roubando" membros das festinhas da dita elite, aumentando vertiginosamente a danação com ele. Estava morando em um flat nos Jardins devido a um novo projeto na TV — algo *cult* —, todavia preferia levar a diversão para motéis, outro motivo para ser criticado — já que os burgueses utilizavam as próprias residências para os *rendez-vous*. Motéis eram lugares "baratos" e "vulgares", segundo eles, porém do que se tratava qualquer "festinha" senão do cúmulo da vulgaridade? Homens nus, drogados, penetrando-se alucinadamente e à vista de todos se revezando. Francisco nunca gostou de levar estranhos para dentro de casa e preferia motéis porque eram cheios de espelhos, e ele era um indivíduo extremamente visual — simples assim. Os motéis abraçavam o conceito de uma vulgaridade intrínseca às festinhas. Sales também sempre nutriu adoração pela bunda masculina e nesse aspecto era muito brasileiro [se tivesse nascido heterossexual, teria tido ao menos isso em comum com o grupo]. No sexo, adorava *ver* a penetração além de a sentir. Assistia ao passivo se entregando e gostava também de ver a bunda do ativo enquanto este metia, porque para ele essa visão comunicava muita coisa: achava a trepada entre dois homens extremamente bela — formas quadradas entrelaçadas em uma luta ou entrega, uma grande demonstração de poder. O clímax dessa estética era o gozo para ele, e assim também não deixava de considerar o cinema pornô uma forma de arte — uma ideia sua muito controversa, que reverberava na escola experimental de cinema que cursou em Chicago. Uma boa cena de pornografia, bem dirigida e decupada, com verdadeira química entre os atores, era algo difícil de encontrar, mas possuía um poder catártico gigantesco. Por isso, nas festinhas de Francisco de Sales sempre existia pornô além de música. Tinha uma antiga vontade, aliás, de criar um trabalho narrativo que se utilizasse da estética e da linguagem pornográficas — um projeto para o futuro. Pelo momento, talvez a maior questão da burguesia gay paulistana com o moço fosse o fato de ele ser *livre demais* no que dizia respeito à sua sexualidade, e de ter conquistado a capacidade de se encontrar sempre à vontade consigo próprio e com os outros, sem ter vergonha de ser transparente e sem encontrar problema em se aceitar com todos os seus desejos e admiti-los aos parceiros. Haveria sempre gente disposta a condenar. Já Sales achava que o sexo, para ser prazeroso, deveria ser uma das maiores expressões da liberdade — impossível estar em um ambiente em busca de prazer tendo de se preocupar a respeito de um outro que está julgando; pela mesma razão, o que acontecia em suas festinhas permanecia nelas.

Para Foucault, em 1976, a "sexualidade" não é um dado da natureza, mas o nome de um dispositivo histórico, datado da metade do século XVIII: o dispositivo de sexualidade. Trata-se de uma rede trançada por um conjunto de práticas, discursos e técnicas de estimulação dos corpos, intensificação dos prazeres e formação de conhecimentos [1]. Esse dispositivo teria se estabelecido como meio de afirmação da burguesia, que não desqualificou ou anulou seu corpo, instituindo-o, antes, como fonte de inquietação e cuidado. Se anteriormente a nobreza se distinguia pelo "sangue", a burguesia marcou sua diferença e hegemonia atribuindo-se um corpo específico com saúde e higiene. A valorização de seus prazeres e a proteção de seu corpo contra perigos e contatos, além de garantirem seu vigor, descendência e longevidade, serviam como emblema de respeito e poder social. Afinal, diz Foucault, sua supremacia, além de depender da exploração econômica, requeria uma dominação física, já que "uma das formas primordiais da consciência de classe é a afirmação do corpo; a burguesia converteu o sangue azul dos nobres em um organismo são e uma sexualidade sadia" [2]. A sexualidade torna-se referência fundamental no processo de produção da verdade e da subjetividade dos indivíduos na era moderna: "segundo círculos cada vez mais estreitos, o projeto de uma ciência do sujeito começou a gravitar em torno da questão do sexo. A causalidade no sujeito, o inconsciente do sujeito, a verdade do sujeito no outro que sabe, o saber, nele, daquilo que ele próprio ignora, tudo isso foi possível desenrolar-se no discurso do sexo. Contudo, não devido a alguma propriedade natural, inerente ao próprio sexo, mas em função das táticas de poder imanentes a tal discurso" [3]. Assim, se antes não se distinguia o sodomita no vasto domínio dos hereges ou dos infratores jurídicos, no século XIX o homossexual é individualizado como uma espécie. Ele se torna "uma personagem: um passado, uma história, uma infância, um caráter, uma forma de vida. Nada daquilo que ele é escapa à sua sexualidade. Ela está presente nele todo: subjacente a todas as suas condutas. É-lhe consubstancial, não tanto como pecado habitual, porém como natureza singular" [4]. A hipótese de Foucault é clara: a emergência da ciência do sujeito faz parte da expansão do dispositivo de sexualidade, que abre novas possibilidades para a infiltração do poder nos aspectos mais particulares e íntimos da vida. Assim, o que parecia ser liberação do silêncio imposto por um poder "repressivo", participação dos sujeitos no processo de sua constituição, revela-se como um insidioso mecanismo de sujeição. Trata-se de uma forma individualizante de poder, que classifica os indivíduos em categorias e os fixa à sua própria identidade. Essa é uma forma de poder que "transforma os indivíduos em sujeitos. Entendendo que há dois sentidos para a palavra 'sujeito': sujeito submetido ao outro pelo controle e dependência e sujeito fixado à sua própria identidade pela consciência ou conhecimento de si. Nos dois casos, a palavra sugere uma forma de poder que subjuga e sujeita" [5]. No início dos anos 80, Foucault, apesar de considerar a importância das lutas dos homossexuais para reconhecer sua identidade, apontava para o risco de tais movimentos ficarem confinados a uma noção definida pela "perspectiva médico-jurídica". Por isso, julgava importante ir além, ao propôr "novos modos de vida e de prazer" que escapassem às questões da "identidade" sexual ou do "desejo": "Acredito que ser gay não é identificar-se com os traços psicológicos e com as máscaras visíveis do homossexual, mas procurar definir e desenvolver um modo de vida. Um modo de vida pode ser compartilhado entre indivíduos de idade, status e atividades sociais diferentes. Pode favorecer relações intensas, pode produzir uma cultura e uma ética" [6]. O prazer, sua intensidade e plenitude, assim como a invenção de novas possibilidades no campo erótico são considerados experiências politicamente importantes: "Creio que é politicamente importante que a sexualidade possa funcionar como funciona nas saunas, onde, sem que se esteja aprisionado em sua própria identidade, em seu próprio passado, em seu próprio rosto, encontram-se pessoas que são para você o que você é para elas: nada mais do que corpos, com os quais combinações, fabricações de prazer serão possíveis"[7].*

Talvez Francisco de Sales fosse hedonista ou até um hedonista utilitarista — e suas festinhas eram nitidamente antiburguesas: "nada mais do que corpos, com os quais combinações, fabricações de prazer eram possíveis". Agia

---

* CIRINO, Oscar. O desejo, os corpos e os prazeres em Michel Foucault. *Mental*, Barbacena, n. 8, pp. 77-89, jun. 2007. Verificar nota v.

contra a própria classe e provavelmente por punição foi maldosa e paradoxalmente taxado como alguém que se achava superior e que pretendia impor um modo de vida aos outros — por sua apresentação um tanto aristocrática mencionada anteriormente; pela liberdade politicamente incorreta com que sempre se expressou; e também pela amplitude a uma primeira vista contraditória de suas ideias, que tomava de surpresa quem não o conhecesse bem. Seu propósito, sua fala e seus atos eram distorcidos e deturpados pelos elitistas burgueses, e isso gerava resistência contra ele em alguns ingênuos — limitações da comunicação, certamente: não era fácil de ler. Mas continuava a se considerar a pessoa mais libertária que conhecia. E nem sequer se interessava pela condução pessoal de terceiros desde que esses cidadãos não causassem o mal alheio. Outra questão que talvez doesse era que a autoproclamada elite se achava o suprassumo daquele modo de vida gay e Sales, quando chegou de vez a São Paulo, não foi pedir a bênção deles — pelo contrário, evitou-os e levou consigo parte de seus seguidores. Sobre o tema, o rapper Emicida, que é preto de origens não burguesas, diria:

> Não uso a palavra "elite" porque o significado da palavra elite é "o que uma categoria tem de melhor"... A palavra correta é burguesia. A diferença dessas pessoas para outras é o dinheiro. E várias dessas só tem o dinheiro. Para cada Emicida que chegou até aqui, quantos vão para a vala?[4]

Além do classismo, do racismo e do preconceito regionalista, Francisco encontrava estranhas manifestações de machismo entre aqueles que deveriam ser os principais críticos dessa tradição — e foi ele também uma vítima desse machismo. Tratava-se de uma grave questão cultural brasileira, ele já sabia. O valor da carne no mercado gay era menor quanto mais um indivíduo se identificasse como ou fosse "passivo". Por isso era tão comum encontrar sujeitos que, por pressão social acima de tudo, descreviam-se como versáteis ou bissexuais. Não porque de fato encontrassem prazer em duas coisas, e sim porque a grande maioria tinha medo de ser rotulada como "passiva" ou até "gay", a um grande custo social entre os próprios gays. Estranhamente, principalmente para os que se assumiam 100% passivos, era inadmissível que o "ativo" tivesse sequer curiosidade em dar o cu. O "ativo" ideal seria um heterossexual sem conhecimento de sua região anal ou de sua próstata ou de sua anatomia, alguém que apenas por um passe de mágica desenvolvesse uma ereção na presença de outro homem — e que deveria concretamente desconsiderar o falo alheio. Quanto aos ativos por ventura desejosos de dar, estes deveriam as suas vivências a qualquer custo manter debaixo de panos quentes — sob o risco de maldades dos mais hipócritas, que poderiam arruinar por completo suas "reputações" no meio. Sales sabia muito bem da prática inexistência de ativos que não davam o cu eventualmente [sinto que os preconceituosos fiquem desapontados ao ler esta passagem] — e "quem come quieto, almoça e janta", diria o ditado: por isso, era um ativo que outros ativos buscavam quando queriam provar o outro lado e simplesmente dar, sem julgamentos; da mesma maneira, era nítido o quanto ativos ficavam excitados quando presenteados com o convite para comer outro ativo. Um homem que comesse todos os passivos era um herói desejado, "garanhão". Um homem que desse desavergonhadamente era "uma piranha" apedrejada, com referências no feminino. UmA piranhA. "Fiz muito sexo, fui muito julgada e sofri horrores por causa disso" — disse a atriz Deborah Secco em uma entrevista. Através da exposição do exercício de sua sexualidade pelos gays burgueses em rodas virtuais de fofocas, Francisco viu sua vida íntima se transformar em espetáculo — muitas vezes uma imagem vazia do que havia realmente sido, carregada de juízos de valor e inverdades. Eventualmente, os burgueses conseguiram constrangê-lo de tal forma que ele resolveu colocar um breve fim em suas experimentações com as "festinhas", pois sua liberdade sexual questionadora passou, pela maldade alheia, a colocar em risco sua figura pública em um país cada vez mais guiado pelo elitismo e pelos valores cristãos e da família. A ele era negado o direito à privacidade. Difícil acreditar que o próprio meio LGBT+ fosse tão falsamente moralista, além de machista, classista e racista, e que eles próprios se expusessem, tolhessem e ferissem — ainda mais em tempos tão absolutistas e homofóbicos. Eram autodestrutivos como Giordano havia sido — ele que, apesar de sociopata, tinha mordido a mão que o alimentava —; não existia uma noção racional de coletivo.

> O espetáculo é o herdeiro de toda a fraqueza do projeto filosófico ocidental, que foi uma compreensão da atividade, dominada pelas categorias do ver. Ele não realiza a filosofia, ele filosofa a realidade. É a vida concreta de todos que se degradou em universo especulativo.[*]

Acima está o trecho de um texto que se transformou em um clichê que levou ao suicídio de seu próprio autor. "Guy Debord não se matou. Ele foi

---

[*] DEBORD, Guy. *A Sociedade do Espetáculo*. Paris: Buchet-Chastel, 1967.

assassinado pela falta de pensamento e egoísmo dos chamados acadêmicos (em sua maior parte traças da literatura de modinha) que colonizaram suas ideias brilhantes e transformaram sua política radical em um símbolo de status acadêmico que não vale a polpa do papel em que é impressa."[5] O pensamento de Debord, entretanto, é fundamental para a compreensão do trilho histórico que a sociedade e a Arte ocidentais seguiram nas últimas décadas, inclusive no Brasil — sendo necessário para contextualizar os personagens aqui trazidos à luz. Revisitar clichês é necessário quando eles não ainda frutificaram em seu verdadeiro potencial.

Foi em uma de suas últimas festinhas que Sales conheceu João Bosco — depararam-se no Grindr e Francisco compareceu com um amigo a um *rendez-vous* em sua casa [hoje, maio de 2021, Bosco argumenta que o convite se deu por seu amigo que falava com Sales através de seu perfil no aplicativo, e não por ele próprio]. Sim, como membro da tal burguesia gay, João Bosco oferecia festinhas em sua residência e não, em motéis. Seu amigo abriu a porta do compacto estúdio na Bela Vista e foi o primeiro a pôr os olhos em Francisco — chamava-se Duda, era primo de uma cantora nacionalmente conhecida e se agradou com o que viu. Sales também achou o rapaz interessante — porém, muito menor e menos encorpado do que tinha sido levado a se sentir atraído pelas imagens trocadas na conversa virtual —, e apresentou Duda a Otho, que trouxe a tiracolo sem prévio aviso. Talvez Sales tivesse esperado encontrar em Duda uma nova versão de Tiago, porque pelas fotografias aparentava possuir o mesmo biótipo que este — mesmo que àquela altura, em 19 outubro de 2019, Francisco já não amasse Tiago nem se lembrasse dele com frequência [aquele biótipo em específico simplesmente sempre havia agradado e continuava a agradar Sales]. Alheio a tudo isso, logo veio Bosco do quarto, portando um biótipo completamente diferente daquele que Francisco inconscientemente buscava, mas com um imenso sorriso no rosto, e, ao o mirar em seus olhos pretos, Sales viu o interesse pelo encontro se reacender e a figura de Duda reduzir-se ainda mais em comparação com a do dono do apartamento. A atração parecia ser mútua e instantânea, travaram olhares logo de cara [embora posteriormente João tenha alegado que não sentiu a mesma atração imediata, e que aceitou a presença de Francisco apenas porque ele possuía *tina* — portanto, ou as testemunhas desta narrativa são tendenciosas, ou mentem, e/ou omitem]. "Tinha ouvido falar de você" — falou Bosco. "Bem ou mal?" — rebateu Sales. João Bosco era uns oito centímetros mais baixo do que Francisco de Sales; tinha tônus muscular e quase nada de gordura; a pele, morena; e os cabelos e barba, tão pretos quanto os olhos. Um belo exemplar ibérico no Brasil, perfeitamente misturado com o sangue indígena, e dono de uma alegria transparente. Sales deu uma passeada pela festa, no entanto acabou ficando mesmo foi com Bosco. Este dizia estar experimentando proximidade sexual com Duda, seu "amigo", pela primeira vez, contudo não se tocavam — ao menos Bosco não queria tocar Duda. Este último, em seu turno, estimulava Francisco a criar situações em que pudesse bolinar o amigo e se dar com ele sexualmente. Sales sentiu-se em uma sinuca de bico porque, então, era o único elo entre os dois amigos — e Otho, que havia levado consigo, não satisfizera nem Bosco nem Duda. Assim, quando João entrava no quarto e via Sales se divertindo com Duda, aparentemente se encabulava. Em tais eventos, Francisco de Sales não era exatamente o mais comportado de todos os seres — pelo contrário, era a vida da festa e, uma vez que o objetivo era se satisfazer sexualmente, passava cada minuto ativamente em busca do prazer, estimulando os outros a fazerem o mesmo. Era um demônio sexual, a própria encarnação de Baco. Realmente, um hedonista. João Bosco trancou-se no banheiro por um longo período, enquanto Otho permanecia na sala ao celular. E quando Bosco retornou para a área comum e se deparou com Francisco e Duda na cama novamente, todos se constrangeram: era como se Duda já soubesse que João havia se interessado por Francisco, e demonstrou culpa e incômodo como se estivesse traindo Bosco de alguma forma [novamente, posso estar enganado em minha interpretação dos eventos narrados]; Duda se retirou do quarto e, de fato, logo Bosco foi ter com Sales. Depois, Duda se ofereceu para gravar a ação dos dois no celular de Francisco. Tudo parecia correr bem, mas, inesperadamente em seguida, João tomou uma dose de G para "capotar" — dose maior à que teve efeito retumbante também em Francisco. Este último não sabia que era costume de João Bosco tomar altas doses de GHB/GBL para cair no sono propositalmente durante festinhas, e que seu combinado com Duda era que tais situações fossem sinalizações para que ele se retirasse do apartamento com quaisquer convidados. Duda o fez, apesar dos pedidos de Francisco para que esperassem a "onda" dele passar. Sales também ficou verdadeiramente preocupado com Bosco e foi até a cama verificar se ele se encontrava bem — um raro momento terno naquelas orgias. Vestiram-se, deixaram João e o prédio e seguiram até o apartamento de Duda — onde, para a frustração de Francisco, nada acontecia. O dono do lugar e Otho permaneceram aos seus telefones o tempo todo, tentando encontrar outros convidados, enquanto Sales teve de se entreter com pornografia. Passado um longo tempo, chegaram outros sujeitos, ninguém que despertasse a atenção do rapaz. Um deles chegou a urinar na cama de Duda durante uma transa, para a revolta deste. Francisco achou engraçado e surpreendente, talvez deprimente, de qualquer forma inaceitável. Coisas de festinha, enfim... cercar-se de estranhos — esse era um dos motivos práticos para ele preferir os motéis, pois não precisaria se preocupar com a limpeza mais tarde, por exemplo; e, diferentemente de Duda [que posteriormente passaria a chamá-lo de "sem critério"], Sales jamais convidou alguém a suas festinhas que urinasse em qualquer lugar que não em um banheiro. Veio, por fim, alguém que intrigou Sales — Henrique, um rapaz que se rodeava de mistério e que Duda deixou claro que estava em um relacionamento e que somente participava porque, excepcionalmente, seu companheiro lhe havia permitido aquele arroubo. Gerou-se um grande buchicho em torno desse suposto estado de exceção. Henrique dizia-se versátil e possuía um príncipe albert, motivo adicional para a curiosidade de Sales, que nunca havia visto um piercing daqueles pessoalmente. Como Francisco logo aferiu, o convidado não era nada versátil, porém o tipo de passivo que demonstra completa indiferença à penetração de qualquer ativo, independentemente de seu dote, tal um Andy Star que mora ao lado. Curioso e dado a experimentações, tão logo o penetrou e gozou — embora tenham experimentado certa química —, Sales estimulou que todos os presentes fizessem igual, somente para analisar a reação — ou a falta dela — de Henrique sob a performance de cada um. Do mesmo jeito indiferente ele se portou com todos, à exceção de um dos rapazes — que o passivo considerou muito pequeno e rejeitou. Por fim, Francisco se deitou na cama ao lado dele e passaram um longo tempo assistindo juntos a vídeos pornográficos e os debatendo (Henrique também era apreciador deles). Após o amanhecer chegou João Bosco, todo renovado e trazendo uma torta de limão — dizia estar interessado no bem-estar dos outros. Sales animou-se com a ideia de que estariam juntos novamente, entretanto um dos presentes — dançarino — raptou o recém-chegado e passaram quase uma hora no banheiro, do que Francisco se ressentiu. Pensara que sua conexão com João havia sido especial e tinha ficado triste ao ter de o abandonar em seu estúdio, desmaiado de G na cama. Imaginou que, já que o rapaz tinha retornado, curtiriam juntos — daí o tamanho de sua decepção quando Bosco se deixou facilmente levar pelo outro. Francisco de Sales, em sua essência, sempre foi um romântico e naquelas circunstâncias e em outras João, quanto a suas motivações, provou que Sales estava errado nas interpretações dele. *"Stackars Francisco!"*, diria um personagem de Ingmar Bergman. Quando Bosco finalmente voltou ao quarto, Francisco insistiu para que ele então penetrasse Henrique — não apenas porque assim objetificava João Bosco em vingança a seu aconchego com o outro, distanciando-se emocionalmente dele, mas também porque queria testar se ele seria o Caio Veyron de Henrique. Supostamente irritado pela persistência de Sales, Bosco por fim cedeu e, como havia sido com todos, o dono do príncipe albert nem sequer demonstrou sentir a penetração. Francisco se sentiu vingado, ao mesmo tempo que ferido. No início, João fazia tudo mecanicamente, como se similarmente ao passivo não sentisse nada, e Sales assistiu de camarote; depois, Francisco testemunhou quando Bosco sentiu prazer e evitou gozar. Presenciar aquilo era algo que doía em seu ego, porém ao mesmo tempo sentia curiosidade, matava uma sede de estranha vingança e se forçava a atiçar: Henrique demonstrava para com João a mesma indiferença que este havia demonstrado para com Sales; simultaneamente, Bosco não conseguia fingir a mesma indiferença para com Henrique que pretendia demonstrar — esconder que sentia prazer. Era uma forma de Francisco se ferir antecipadamente para não se iludir com João e não se machucar mais tarde. O dançarino espevitado constantemente tentava se colocar no meio de tudo, e Francisco de Sales se irritava crescentemente com ele, porque o sujeito insistia em simular publicamente uma coisa que não era: tentava se provar versátil diante de todos, encaixando-se em um trenzinho, contudo queria mesmo era roubar a rola do outro passivo que também se dizia versátil — tanto, que logo brochou e somente levou. Brevemente, João Bosco anunciou que estava de partida: aparentava tédio; Francisco de Sales também decidiu ir embora para a solidão de seu flat onde, por sorte, seus gatos Oliver e Emília o esperavam e demonstrariam saudades. Sales e Bosco — duas almas perdidas que haviam tido a oportunidade de se encontrar em uma das maiores metrópoles do mundo, no entanto que partiam separadamente, cada uma para seu próprio isolamento. Algo comum em São Paulo. Francisco se deu conta de que as festinhas haviam se tornado a única forma de socialização com que podia contar naquela cidade gigantesca, à exceção do trabalho, e percebia os riscos e a tristeza daquilo. Sabia, ademais, que continuava deprimido. Dormiu a tarde toda, como sempre fazia, para estar bem no trabalho no dia seguinte.

"Desejas o martírio como eu também o quis. Mas, como eu, não o terás. Terás que te tornar um instrumento de teu próprio martírio."* Sales recebeu as investidas de Bosco algumas vezes no decorrer das semanas seguintes, entretanto declinou os convites para se encontrar com ele novamente [a versão de João seria que Francisco o abordou em primeiro lugar]. Francisco estava recluso, dedicado ao trabalho, e também adoeceu um pouco — era intolerante a glúten e havia exagerado na socialização [as negativas de fato existiram, independentemente de quem partiram as primeiras abordagens]. Bosco não recebeu bem essas declinações e acreditava que Francisco continuava participando de festinhas ou se encontrando com outros, apenas não com ele — uma inverdade. Fato era que Sales pensava que João Bosco talvez fosse um canalha — e como tinha uma queda por canalhas continuava a temer, por consequência, cair por ele e se ferir novamente quando, havia pouco, tinha acabado de se curar dos machucados deixados por Tiago. Não esperava, porém, que João se abstivesse de participar de festinhas enquanto ele próprio se distanciava delas. Bosco tinha um discurso de que era recolhido e do lar e de que possuía um nível de exigência alto — tudo moralismo infundado porque não conseguia lidar com suas próprias verdades. Tinha encontros do Grindr quase todos os dias da semana, incluindo com casais — três, quatro, cinco caras por noite —, participava de algumas festinhas semanais e além disso estava se relacionando com dois ou três "peguetes" ao mesmo tempo que investia em Francisco naqueles meses de outubro e novembro — como Sales depois confirmou. Abaixo o romantismo. Ao passo que ambos eram originários do Centro-Oeste do Brasil, João no fundo possuía uma sexualidade reprimida ao extremo, diferentemente de Sales. Este último havia passado os anos da adolescência fechado em seu próprio casulo, aceitando sua homossexualidade e fortalecendo sua autoestima; já Bosco havia se entregado aos próprios hormônios desde muito cedo — porém internalizou por completo os julgamentos da família extremamente conservadora que o marginalizava e destratava por ser gay, apesar de sua aparente doçura inerente. Assim, João Bosco tinha em si uma grande disparidade entre seus desejos lascivos — e sua entrega compulsiva a eles — e a maneira como olhava para si próprio, e tinha sérios problemas com sua autoestima. Havia cursado o ensino superior também fora do Brasil, na Espanha, e se passava por espanhol quando queria, com seu grande talento para o "estilo". Sim, um de

---

* De São Francisco de Assis a São Francisco de Sales em aparição a este em Évian, margem sul do Lago Genebra.

seus fortes era sua percepção do belo e do *cool*. Da Europa, retornou ao Brasil em 2009, diretamente para São Paulo — onde dividiu apartamento com o namorado de Walter, um amigo de infância também gay. Ocupando cargos de relações públicas nos bares e restaurantes mais badalados da cidade, rapidamente tornou-se conhecido no meio gay paulistano. Ademais, era bem-dotado e, à época, ativo — e fotos de seu pau circulavam pelos celulares de todos [como ele próprio dizia], colocando-o na famosa lista de homens "para dizer que já peguei" que os gays têm por costume cultivar em seus pequenos mundos autorreferentes. Esteve com atores, apresentadores de TV, músicos, diversos artistas… Era, ainda, extremamente sensível, apesar de ter se tornado muito bom no jogo do descarte — embora responsabilizasse sempre os outros pelas atitudes canalhas. Adepto da solteirice, havia tido inúmeros casos e se deliciou incansavelmente com os gays de São Paulo — famosos e também não famosos, como Sales tinha feito no Rio. Pelos idos de 2015, Bosco planejava permanecer solteiro, segundo suas próprias palavras, mas se casou com um médico [tecnicamente, tratou-se de uma união estável]. Foi quando iniciou suas mais prolongadas experimentações com o crystal meth, e o casal passava dias transando [João havia feito uso de metanfetamina pela primeira vez ainda em 2009 na Europa, em Berlim, todavia o consumo se tornou algo cada mais regular em São Paulo a partir dessa relação — pois o médico "usava de tudo"]. Certa vez, o carro do doutor quebrou na garagem do prédio e "ele deu para o porteiro ali mesmo, enquanto João resolveu subir para o apartamento" [em uma versão anterior da *estória*, o sexo havia se dado com um mecânico]. Esse médico teria sido o homem que João Bosco "mais amou" — depois, o rapaz alegou não necessariamente conhecer o verdadeiro significado desse verbo. Entre as inúmeras viagens que fez por essa época, Bosco posteriormente confidenciou a Francisco que "havia sido filmado" transando com o ex-marido Vinícius no The Standard, *High Line*, em Nova York. Quando perguntado sobre o que quisera dizer por "haver sido filmado", desconversou. Experimentou ser passivo, o marido meteu para machucar, no que trocaram de posições e João se vingou — ali mesmo na vidraça, como no filme *Shame*, para que todos vissem. Foram tempos áureos de muitas e grandes festas internacionais e tudo mais o que o dinheiro pudesse comprar. O relacionamento durou dois anos e terminou em ciúmes, traições e uma crescente falta de interesse mútua após uma viagem ao Chile. Bosco passou a fazer uso de crystal sozinho e, por volta de 2017 em diante, com seus grupos de amigos — primeiro com Walter, depois com Duda e com ficantes e "namoradinhos" também. A *tina* se espalhava pelo meio gay de São Paulo. Em certo momento, não conseguia mais despertar sem a metanfetamina, e passou a utilizá-la no início do dia como alguém faz uso do café, para ir trabalhar. Fumava também na empresa, com Walter, mas "quase nunca à noite". Deixava o trabalho frequentemente para transar, pois o sexo era associado ao crystal [embora em versões de sua própria história negue isso veementemente]. Logo em 2018, passou a fazer parte de festinhas de sexo com um então ficante, Goy. Transando juntos a noite toda, em certo momento chamavam outros — e João comia e dava, ainda que não admitisse que fazia o papel de passivo: a verdade é que não conseguia relaxar o suficiente para ter prazer completo, motivo maior de sua inconstância nessa função. Francisco de Sales também descobriria que João Bosco havia compartilhado apartamento com um grande amigo de Tiago, e de fato, por trabalharem quase que no mesmo meio (publicidade versus televisão), conheciam tanta gente em comum que era surpreendente não terem cruzado os caminhos antes — como o próprio João pontuaria. Ao contrário de Sales, Bosco vivia bem solteiro — e sua vida sexual tinha sido bem mais movimentada que a de Francisco, por mais que este tenha "enlouquecido" ao encontrar a liberdade no sexo aos 33 anos. Mesmo assim, João repetia incansavelmente que não ficava com estranhos e que nas festinhas de sexo "permanecia vestido, intocável" — essa continuava a ser uma imagem que insistia em projetar e na qual talvez precisasse acreditar. Na verdade, Bosco possuía incontáveis contatos naquela imensa cidade, e sua cama se encontrava tomada por ao menos três outros homens praticamente todos os dias da semana. Sim, era trabalhador, no entanto fugia durante o dia e sabia ocupar ainda mais as suas noites. Por esses motivos, e por intuitivamente enxergar João Bosco como verdadeiramente era, a despeito da insistência dele na imagem de recatado, Sales preferia não pensar em João no período em que dizia "não" às suas investidas. De fato, para tirá-lo de sua cabeça, organizou um *rendez-vous* com Otho em um motel qualquer. Em certo momento, o amigo começou a dizer que um tal Walter viria. O nome não soava estranho para Francisco, e Otho dizia que Walter era "lindo e bem-dotado" e que Sales ficaria impressionado com ele. Quando Walter chegou ao quarto, Francisco de Sales se deu conta por inferência se tratar da mesma pessoa que era amiga de infância de Bosco — e se fazia presente não porque queria aproveitar o momento com eles, mas porque queria ver Sales em ação com os próprios olhos. Curiosidade mórbida, Francisco pensou, típica da burguesia gay paulistana. Poucos eram mais conectados do que Walter, ele próprio um grande anfitrião das festinhas. E enquanto Walter tinha a bunda chupada por um belo homem e não desenvolvia uma ereção ou demonstrava qualquer prazer, Sales não se segurou: "Um macho bonito desses chupando seu rabo e você fazendo cu doce, com frescura? Aproveita". Foi o suficiente para Walter se vestir e deixar o local, irritadiço — e, embora a *tina* deixe humores instáveis, Otho ficou muito desapontado e culpou Francisco. Para este último, a ausência não fazia diferença e, além de estranho, Walter não era nada "bem-dotado" como se promovia. De toda maneira, Sales não se surpreendeu quando Bosco soube imediatamente de sua festinha — e a profecia dele de que Francisco estava a participar de orgias de forma a evitá-lo se concretizou. Assim, Francisco aceitou se encontrar com João novamente. E Bosco avisou, de última hora, que um "amigo" viria ter com ele de outra cidade.

[08/11/2019 14:27:48] João Bosco: Tá vindo um amigo de Campinas
[08/11/2019 14:28:02] João Bosco: Mas nada programado
[08/11/2019 14:28:16] Francisco: Amigo ou ficante
[08/11/2019 14:28:30] João Bosco: Amigo
[08/11/2019 14:28:35] Francisco: Legal!
[08/11/2019 14:28:57] João Bosco: Acho que o objetivo dele é me levar pra alguma festinha
[08/11/2019 14:29:10] Francisco: Festinha de sexo?
[08/11/2019 14:29:25] João Bosco: Mas não sei se estou afim (sic)
[08/11/2019 14:29:28] João Bosco: Sim [Francisco: Festinha de sexo?]
[08/11/2019 14:29:40] Francisco: Entendi
[08/11/2019 14:29:50] João Bosco: E você?
[08/11/2019 14:30:23] Francisco: Ia perguntar se estava a fim de fazer algo nós 2, já que vc supostamente não gosta de festas de sexo (principalmente com amigos)
[08/11/2019 14:30:50] João Bosco: Para de ser assim, onde você tah?

Quando Francisco chegou, no entanto, sem delongas o "amigo Renan" se colocou de joelhos a chupar seu pau — mais uma relação recalcada, como parecia ser a de João com Duda, imaginou. Pois, se havia algo que Sales estranhava no modo de vida gay, era o uso da palavra "amigo". Para ele, amigo era alguém com quem se mantinha *tudo*, à exceção de relações sexuais. Mas havia aprendido a duras penas, em seu relacionamento com Tiago, que "amigo" era uma palavra usada como cortina de fumaça para esconder, muitas vezes, um peguete ou ficante. Dada a não reação de João Bosco, que não apenas foi indiferente ao boquete em Sales como logo entrou na brincadeira,

Francisco julgou sua própria permissividade como apropriada e dali seguiram para o apartamento de Duda — debruçado em seu aplicativo a chamar outros caras. Um deles disse que conhecia Sales do Rio de Janeiro — e Sales o comeu, assim como comeu seu namorado. Dessa vez, Bosco de fato permaneceu o tempo todo vestido, fazendo o bom-moço, à exceção dos momentos com Francisco. Este, por outro lado, aproveitou-se de todos os convidados, incluindo o tal amigo Renan — de quem logo se cansou e que, ao ser rejeitado pelos outros presentes também, foi se dar em outra festinha. João e Francisco ficaram, por fim, a sós na lavanderia — e João o comeu em um banquinho de altura perfeita que ali estava e ambos tiveram prazer indescritível. [*"Stackars Francisco!"* Sales depois se desapontou ao saber que Bosco sempre comia caras naquele mesmo banquinho em todas as festinhas promovidas por Duda, como seu quase namorado, Dáy — que ficava com Francisco naquele mesmo período de novembro em que quase namorava João. "Terminei com ele quando percebi que ele só queria rola, de qualquer um" — depois se abriu Bosco a respeito do rapaz.] Entretanto, relembro o leitor que João também ficava com dois ou três indivíduos diferentes ao mesmo tempo a essa altura, portanto, baseado em que esperava que Dáy agisse diferente? Havia se tornado praxe essa simultaneidade, embora Francisco de Sales àquela época, feliz ou infelizmente, não soubesse disso. E tiveram um final de semana agradável apesar de tudo e trocaram mensagens semana adentro, cada um de seu respetivo trabalho. Demorariam a se encontrar novamente, porém, porque Sales suspeitava cada vez mais que Bosco fosse cafajeste e pretendia evitar novas ocasiões em que ele pudesse envolvê-lo.

João Bosco e Francisco frequentaram juntos outra festinha de Duda na noite do dia 30 de novembro para 1º de dezembro, novamente acompanhados por Renan. Este havia contactado Bosco perguntando se poderia ir a sua casa "dar uma aprontada <carinha de diabinho sorridente>". E João propôs isso imediatamente a Francisco, que sem pensar duas vezes boicotou a ideia: "Não quero fazer tina, não. E seu amigo, se quiser fazer, vai atacar a gente. Só deixa bem claro pra ele que não estou a fim. E tenho de estar 100% para semana que vem. Meu corpo não tira isso do organismo tão rápido". João Bosco repassou a mensagem a Renan, seguida da expressão: ":/" — do que o "amigo" se ressentiu. Dessa maneira, nessa ocasião não deram abertura a este último — apenas porque Sales colocava um freio àquilo. Duda organizava uma festinha de alta rotatividade em sua casa — os caras, em vez de se acumularem, iam se revezando. O anfitrião se gabava de ser exigente, no entanto era mais preconceituoso do que qualquer outra coisa — pois os homens que ali apareciam estavam rigorosamente muito menos em forma do que nas fotos de anos antes que tinham enviado via aplicativo, e também eram muito maldotados (talvez suas "fotos de pau" tivessem sido *photoshopadas*, como também havia se tornado o costume no aplicativo); simplesmente, eram brancos. Por falta de interesse dos outros convidados, mais uma vez o amigo Renan foi se dar em outra festa. Bosco e Sales se retiraram e foram assistir TV no sofá, mas os que chegavam iam diretamente lhes pagar boquete — Francisco permitia; João se distanciava. Foi com o raiar do sol, quando Bosco foi à padaria "comprar cigarro" [sempre inventava motivos para sair e Sales desconfiava que se encontrasse com outros caras nessas escapadas], que Duda fez o grande acerto da festa. Encontrou um passivo que Francisco de pronto aprovou. Quando o bonito rapaz chegou, Duda se dedicava a outra coisa e foi Francisco quem o recebeu. Falaram inglês e Sales descobriu que era eslovaco. O alto visitante possuía um belo sorriso e, quando Francisco levou o dedo ao seu cu, percebeu que este estava molhado e bastante relaxado. Perguntou ao eslovaco se ele havia acabado de dar, e este lhe respondeu que estava usando seu brinquedo. Sales imediatamente se interessou e pediu que pegasse tal brinquedo, e o rapaz deitou-se de frango na cama para o jogo. Nunca antes Francisco havia encontrado um passivo com um sorriso tão satisfatório, de orelha a orelha, enquanto tinha seu rabo bolinado. Sales perguntou se o eslovaco era adepto ao *fisting*, haja vista que *fistar* lhe trazia grande prazer. O visitante respondeu que sim e Francisco chamou Duda que, a despeito de se gabar de ser um amante de *fisting*, fez apenas por obrigação e logo se retirou. Sales, contudo, de fato se animou: *fistava* o eslovaco e o comia, intercaladamente, numa brincadeira extremamente prazerosa para ambos. Quando Bosco retornou muito tempo depois [?], Francisco convidou-o a participar (pois imaginava que ele gostaria de o ver comendo outro cara); João se negou e saiu secamente do quarto. Francisco não se avexou, porque estava aproveitando demais a interação com o convidado. Quando este parecia relaxado o suficiente, Sales pediu que ele apertasse seu punho com o ânus, e ficou surpreso com a habilidade do rapaz de se abrir inteiramente para o *fisting* e ao mesmo tempo manter tanta força no esfíncter — era um adepto do pompoarismo, decerto: quase machucou o punho de Francisco. Por fim, durante o revezamento entre punho e pênis, Sales e o rapaz gozaram, e este lhe sorriu imensamente agradecido. Bosco pediu que o eslovaco se retirasse de pronto. Se morassem no mesmo país poderiam namorar, Francisco deixou escapar ao convidado em inglês, verdadeiramente encantado, sem ser compreendido por João. De qualquer forma, aquela interação tão genuinamente prazerosa enfureceu Bosco. Dessa maneira, naquela manhã Sales e João tiveram sua primeira discussão de relacionamento — Bosco dizia que Francisco era sexual ao extremo e o criticava por não conseguir dizer "não" aos convidados. Francisco de Sales, por sua vez, questionava o sentido de participar de uma festinha de sexo para servir somente de espectador — em sua opinião, o voyeurismo e a provocação eram também uma forma de participação; porém, ele próprio não encontrava prazer em ser apenas provocado. Além disso, João Bosco sempre "ia à padaria comprar cigarro…". Sales "já era voyeur por profissão, queria mais era participar". Por fim, os dois transaram e se curtiram no sofá, diante do espelho [algo tão esteticamente aprazível que Francisco permitiu que João gravasse usando seu celular, nunca o do outro]. Por mais que Bosco e Duda insistissem em continuar "festando" ali dia afora, já eram oito da manhã e Sales lhes informou que não gostava de varar noites daquela maneira — qualquer coisa a mais do que haviam já feito seria um tremendo exagero. João Bosco, tentando ser racional, concordou, e retornaram juntos a seu estúdio. Mesmo sendo domingo, Sales precisou passar na base de produção da série que dirigia para fazer algo de trabalho, porém prometeu que voltaria a tempo de almoçarem juntos. Na saída do trabalho, entrou no aplicativo e se deparou com *outra* festinha, e não conseguiu resistir à tentação. Ao chegar ao local, deu-se conta de que se tratava de afamados membros do meio gay paulistano, mas estavam havia tantos dias usando drogas e sem dormir que pareciam zumbis sem ereção. Francisco teve o ímpeto de dar meia-volta e partir, pois era um ambiente deprimente, no entanto ali estavam presentes não apenas o amigo Renan, com quem começara a noite, como também Henrique e seu marido, José Mário. Um tanto por obrigação, Sales comeu todos, com a única exceção de Renan, que imediatamente se retirou ao telefone — Francisco *incontinenti* intuiu que era para cochichar nos ouvidos de Bosco. E acertou. Assim, terminada a função de servir de ativo para a festa inteira, tão logo Sales pisou na calçada à espera do übe recebeu uma ligação de João, que já sabia do que havia se passado. Francisco de Sales se encontrava tão arrependido de ter aceitado o convite de participar de tal festinha que seria desnecessária qualquer reprimenda. Mas a fofoca do ressentido Renan, que havia guardado cólera desde o início da noite, por Francisco o ter excluído das intimidades do casal, tinha sido eficiente, e embora Francisco tenha insistido em seguir até o estúdio de Bosco para conversarem, este não deixou o rancor de lado para se acertarem. Para Sales, eram estranhas as exigências de João para que ele fosse puro e santo, principalmente à luz de que lidava com alguém que, apesar de tanto esforço para posar de recatado, participava de tanta putaria às suas costas — contestada e encoberta. Não apenas isso, Francisco sabia que João se dedicaria a se vingar. Negando-se a repetir erros do passado em que havia participado de jogos de vingança, Sales admitiu uma última vez a Bosco seu erro, pediu desculpas sinceras e disse que se retiraria a sua casa e que passaria a semana trabalhando. Chegou a afirmar que não transaria com mais ninguém. Em seu flat, como sempre abraçado a seus gatos, dormiu para estar bem no dia seguinte.

Eventualmente, João Bosco se referiria àquela como a fase mais difícil de toda a sua existência — e não gostaria de ter seus erros de alguns meses elevados à mesma altura dos méritos conquistados ao longo de vários anos de vida. Francisco concordaria com ele. Mas Bosco aparentemente sofria de um mal que acometia os muitos indivíduos que faziam uso habitual da metanfetamina — a perda de si próprios e dos princípios éticos que sempre os havia guiado. Sales perceberia isso ao longo da semana que seguiria. Na primeira segunda-feira de dezembro, no dia seguinte à discussão devido ao exagero sexual de Francisco, João foi demitido de seu emprego. Sempre acreditou que a homofobia havia tido um peso na questão, o que consistiria em um crime por parte de seus empregadores — que quis levar à Justiça, não estivesse isso se tornando cada vez mais comum no regime fascista.

Transcrição da conversa entre João Bosco e seu chefe:

[02/12/2019 18:00:15] Ricardo: Cara, eu fui embora… fiquei muito incomodado com tudo isso. Lamento mesmo. Boa sorte. Quando você vier assinar a rescisão, me avise antes e tomamos um café com calma, OK? Abraços

[02/12/2019 18:01:09] João Bosco: Acontece, eu sentia faz tempo. Sinto uma vibe meio preconceituosa

[02/12/2019 18:01:22] João Bosco: Amanhã quero ouvir da Eva até pra crescimento. Ela sempre deu vários conselhos

[02/12/2019 18:02:40] João Bosco: Eu só tenho um Ap de 20 anos pra pagar e uma cachorra. Tu acha que posso ficar sem trabalhar?

[02/12/2019 18:04:36] Ricardo: Preconceituoso eu não senti. Senti escrotidão mesmo.

[02/12/2019 18:04:40] João Bosco: Não sei eu me sentia muito coagido com ele

E a conversa entre João Bosco e a diretora da agência BarMetria, onde trabalhava, no dia seguinte:

[03/12/2019 15:07:33] Eva: João, sorry, não confirmei o horário com você
[03/12/2019 15:07:38] Eva: eu declinei
[03/12/2019 15:07:53] Eva: não consigo falar com vc essa semana
[03/12/2019 15:07:58] João Bosco: Sem problemas
[03/12/2019 15:08:10] João Bosco: Só queria mesmo um feedback do que aconteceu
[03/12/2019 15:08:15] Eva: o RH não te deu?
[03/12/2019 15:08:20] Eva: nem o Ricardo?
[03/12/2019 15:08:25] João Bosco: Para mim foi uma surpresa
[03/12/2019 15:08:30] Eva: gente...
[03/12/2019 15:08:40] João Bosco: Só falou que o cliente pediu minha cabeça
[Eva: nem o Ricardo?]
[03/12/2019 15:08:45] Eva: gente...
[03/12/2019 15:08:48] Eva: ah neim
[03/12/2019 15:08:58] Eva: eu vou falar com o RH
[03/12/2019 15:09:14] Eva: lógico que vc merece um feedback estruturado
[03/12/2019 15:09:29] Eva: e o RH falou o que com vc
[03/12/2019 15:10:17] João Bosco: Sempre achei o Enrico estranho comigo e nunca olhou nos meus olhos, inclusive disse que não gostava de atendimento homem. Bem homofóbico ele
[03/12/2019 15:10:23] Eva: não é isso
[03/12/2019 15:10:35] Eva: você não merece um feedback "cliente pediu minha cabeça"
[03/12/2019 15:10:40] Eva: o que foi que o RH te disse
[03/12/2019 15:10:43] João Bosco: Mas vida que segue...
[03/12/2019 15:10:48] João Bosco: O RH não falou nada
[03/12/2019 15:10:53] João Bosco: Só pra eu deixar o computador
[03/12/2019 15:10:59] João Bosco: E a H [...] nem sabia
[03/12/2019 15:12:12] João Bosco: O Ricardo tinha me tirado do face com o cliente pq ele estava causando, mas segundo ele tudo ia se ajustar
[03/12/2019 15:13:01] João Bosco: Nem férias eu tirei pra acompanhar as gravações. Pra mim estava tudo certo
[03/12/2019 15:13:19] Eva: já pedi ao RH para te chamar e te dar um feedback estruturado

Sim, existia homofobia por parte do cliente da rede Rocca e também permissividade crescente perante tais crimes no regime fascista — em São Paulo e no Brasil como um todo. A diretora e a agência tiravam vantagem do estado depressivo e fragilizado de Bosco não apenas para demiti-lo sem justa causa — utilizando-o para um sacrifício em homenagem a um cliente pouco ético e homofóbico —, como para demiti-lo por homofobia e para empurrar com a barriga a apuração do caso no qual eles próprios teriam cometido crime. Simplesmente iriam perder a conta da rede de hotéis por insatisfação do cliente homofóbico e resolveram entregar a cabeça do colaborador gay de bandeja para ele; foram cúmplices e foram além. Seu crime foi mais grave do que o do próprio cliente porque usaram a homofobia como base para uma demissão sob seu controle, na verdade. A diretora tinha sido cínica em suas respostas às questões levantadas por João. Nem ela nem seu funcionário jamais investigariam o ocorrido com a devida seriedade por estarem envolvidos até o pescoço! Ainda mais deprimido pelo baque, João Bosco tampouco deu sequência ao assunto. Ele não percebia o quanto seu comportamento andava errático por aqueles tempos, ou o quão atropeladamente metia os pés pelas mãos em sua vida pessoal, erro sobre erro, devido à metanfetamina. Na noite da demissão, foi até o flat de Sales dar a notícia do ocorrido e conversar sobre o que se havia passado no dia anterior, 1º de dezembro, quando Francisco se desculpou por tê-lo deixado esperando no almoço e por seus próprios excessos e pediu para que Bosco o perdoasse. Sales havia convidado João para jantar aquele dia 2 e insistiu que este não cedesse a uma vingança fácil, pois o próprio Francisco, mais do que ninguém, entendia seus exageros e se envergonhava deles. Bosco, que havia já feito sua própria festinha na própria noite de domingo, na segunda-feira tinha aceitado o convite de Sales para jantar e foi até ali com essa finalidade. No entanto, repentinamente aparentou estar obstinado a tomar outra direção — a todo tempo verificando o horário —, e surpreendeu o interlocutor com a notícia de que já possuía um compromisso, um outro "jantar com um amigo". Francisco pressentiu imediatamente que se trataria de um encontro de sexo, assim como teve clareza de uma represália maior ainda de João que estava por vir, porque ambos aparentemente já se gostavam a ponto de se machucar e Sales tinha noção de que Bosco se encontrava, de fato, ferido por seus atos [por mais que o sexo para o publicitário havia tempos fosse uma compulsão velada, e que ele exigisse uma abstinência e respeito de Francisco que ele próprio não exercitava]. Entendia, ademais, que transas com estranhos não fariam João se sentir melhor, contudo, por mais que tenha argumentado, o outro rapaz deixou seu flat sem jantar e com sexo e vingança em mente. Mecânico. Automático. Alucinado de metanfetamina. De fato, Bosco participou de ao menos cinco *ménage à trois* aquela semana [talvez até um encontro a quatro, pois um tal "Lu" se mostrava insaciável e queria mais duplas penetrações]. Bezerro, Lu, Ronda, Túrio, Gio e muitos outros... Lu era um "amigo" (na realidade, superficialmente conhecido, colega de festinhas) de Duda. E, sabendo que João se encontrava em um princípio de relacionamento — ainda que turbulento — com Francisco, mesmo assim achou por bem tirar fotos no estúdio e condomínio de Bosco e compartilhar em suas redes sociais, sua maneira mesquinha de esfregar sal na ferida de alguém que nem sequer conhecia, mas sobre o qual possuía já juízo de valores. Sales, que nunca teve sangue de barata — pelo contrário, podia ser explosivo —, considerou tal atitude de Lu de extremo mau gosto. Duda e Lu, entretanto, compactuaram para o rotular de "louco". João Bosco também se negou a tomar partido de Francisco. Porém, Sales continuava focado em seu trabalho e não quis participar de qualquer tipo de jogo imaturo de baixo nível. Gostaria de, posteriormente, orgulhar-se de suas escolhas e de ter sido honesto e sincero — sabia que isso seria importante para sua consciência futura se aquele relacionamento florescesse. Apesar disso, a desesperança que então abatia João Bosco (que, tendo nascido em 1985, era apenas dois anos mais novo que Sales) se alastrava por muitos outros jovens da geração Y. Depressão fragilizante.

Era o efeito dominó da caça às bruxas do regime fascista. Após o freio do centrão e da direita à Operação Lava Jato, esses setores pútridos da política brasileira efetivamente bloquearam quaisquer iniciativas anticorrupção e permitiram a metástase desta nos ministérios e nas secretarias de um regime supostamente apolítico e idôneo, por ser extremamente militarizado [não que qualquer cidadão intelectualmente honesto acreditasse que os Bolsonaro, que viviam desde 1989 à base de rachadinhas e outros tipos de degradações milicianas, estabeleceriam de fato uma administração autocrática escrupulosa ou politicamente não apodrecida]. Tendo iniciado sua inquisição pelas artes imediatamente quando da posse presidencial em 1º de janeiro de 2019, o bolsonarismo afetou uma indústria responsável por 2,6% do PIB brasileiro e nada menos que 1,6 milhão de empregos [em comparação, a indústria automobilística gerava 245 mil empregos, necessitando de seis vezes mais incentivo público]. A inquisição fascista e as medidas neoliberais de seu Ministério da Economia se alastraram a prejudicar outras áreas do PIB além das artes — como se um governo medíocre pudesse abrir mão de tamanha atividade econômica [nem mesmo os governos hábeis conseguiriam contornar tamanha perda — na verdade, estes jamais a contemplariam!]. De fato, no final de 2019 a incompetência de Bolsonaro (a quem os questionadores do regime sempre apelidaram de Bozo, um famoso palhaço da TV), antes sequer de completar um ano de governo, começava a trazer danos à economia brasileira como um todo — esta que já tinha sido prejudicada pelas decisões antikeynesianas de Dilma Rousseff em 2011, seguidas pela sabotagem do empresariado em 2013 e por uma condução ainda mais neoliberal desde o impeachment inconstitucional de 2016. Em 2019, outras indústrias estavam descrentes de uma melhora macroeconômica e seguiam desinvestindo — e o poder da rede Rocca Hotels sobre assuntos internos da agência de publicidade BarMetria, demonstrado pela demissão de João Bosco como bode expiatório mesmo que sob o risco de processo indenizatório por homofobia, refletia isso em parte. Já naquele momento, os que haviam votado em Bolsonaro por pragmatismo se distanciavam de sua administração crescentemente questionável, e até parte da direita extrema que apoiava a Operação Lava Jato fazia reflexões superficiais sobre as consequências de seus atos. Evidências foram encontradas nas trocas de mensagens entre a procuradora Jerusa Viecili e o procurador Deltan Dallagnol, braço direito de Sérgio Moro na operação, em 28 de março de 2019. Enviou Jerusa por WhatsAppumaplicativosocial:

Delta, sobre a reaproximação com os jornalistas minha opinião é de que precisamos nos desvincular de Bozo, só assim os jornalistas vão ver a credibilidade e apoiar a Lava Jato (LJ). Temos que entender que a força-tarefa (FT) ajudou a eleger Bozo, e que, se ele atropelar a democracia a LJ será lembrada como apoiadora. Eu, pessoalmente, me preocupo muito com isso (vc sabe). Veja que, no passado, em pelo menos duas oportunidades poderíamos ter nos desvinculado um pouco de Bozo nas redes sociais.

1. Caso Flávio [Bolsonaro, filho do presidente, envolvido no escândalo das Rachadinhas — prática comum em toda sua família de deputados e políticos do baixo clero em que abocanhavam significante parte do pagamento de seus assessores] (se fosse qualquer outro político envolvido, nossa cobrança por apuração teria sido muito mais forte);

2. Caso da Lei de Acesso à Informação que o Bozo, por decreto, ampliou rol de legitimados para decretar sigilo e depois a Câmara derrubou o decreto. A TI fez nota técnica e tudo e nossa reação foi bem fraca (meros retweets). (Ao lado do caso Flávio, o próprio caso de Onyx Lorenzoni). Agora, com a 'comemoração da Ditadura' (embora não tenha vinculação direta com o combate à corrupção), estamos em silêncio nas redes sociais. Não prezamos a Democracia? Concordamos, como os defensores de Bozo, que ditadura foram os treze anos do governo PT? A LJ teria se desenvolvido numa ditadura? Sei que há uma preocupação com a perda de apoio dos bolsominions [apelido dado aos apoiadores de Bolsonaro em referência ao filme *Minions*], mas eles diminuem a cada dia. O governo perde força, pelos atropelos, recuos e trapalhadas, a cada dia. Converse com as pessoas: poucos ainda admitem que votaram no Bozo (não sei como Amoedo não foi eleito no 1º turno porque, ultimamente, só me falam que votaram nele). Enfim, acho que defender a Democracia, nesse momento, seria um bom início de

reaproximação com a grande imprensa. Com relação a defender a Democracia, também seria importante um discurso de defesa das instituições. Atacamos muito o STF e seus ministros, mas sabemos que a democracia só existe com respeito às instituições. E o STF precisa ser preservado, como órgão máximo do Poder Judiciário. Pense com carinho.

Ao que Deltan respondeu: "Concordo, Je. E se fizermos artigos de opinião? Acho que não dá para bater, mas dá para firmar posição numa abordagem mais ampla". Jerusa replicou: "Isso. Defender, sem atacar". Irônico que a comunicação virtual dos brasileiros continuasse a se basear no WhatsApp, mesma plataforma pertencente ao Facebook (Meta), que havia sido instrumental na instituição do fascismo, com o auxílio de Steve Bannon e através de fake news, do discurso do medo e do ódio e da lavagem cerebral em massa. Ainda mais intrigante que, apesar de sua preocupação com a credibilidade da direita extrema diante da péssima administração bolsonarista, a reflexão dos procuradores da Lava Jato era rasa: não demonstravam qualquer autopercepção de que eles próprios, fantoches que eram de Sérgio Moro, haviam oficializado e juridicamente possibilitado a erosão da democracia brasileira ao promover interpretações ideológicas deturpadas (que serviam a interesses próprios), inconstitucionais e por vezes ilegais de jurisprudências; não demonstravam nem ao menos autocrítica por com suas próprias mãos terem desemperrado os portões do inferno, os quais Moro por fim abriu. Não era de se espantar que, eles próprios representantes de uma posição ideológica caracterizada pela falta de empatia, não parecessem se importar com o quanto o regime passava a desestruturar jovens adultos país afora, que tomavam questões macro que impediam seu sucesso no mercado de trabalho, por exemplo, como problemas intrinsecamente individuais e passavam a se enxergar como não dignos do que era esperado deles, internalizando tal aumento da exclusão social em forma de profunda depressão. Na verdade, essa mesma extremadireita que tinha trazido à tona o mal apontava os fuzis para uma geração Y que caía ajoelhada, pronta para levar balas na nuca, e assinalava suas fraquezas e a reprovava por seus erros, mas não dava o tiro de misericórdia.

Era uma geração inteira que se perdia na contradição entre os ideais sob os quais foram criados — de liberdade sexual e de expressão; inclusão social, econômica e de gênero; igualdade; paridade de gênero; valorização do ser humano a despeito de fenótipo, credo ou origem regional — e o que lhes tinha sido apresentado da maneira mais repugnante pelos intestinos obstruídos da sociedade brasileira e de Bolsonaro pós-facada.* [6] A fétida ideologia que saía da bolsa de colostomia do fascista havia contaminado seus próprios pais, *baby boomers*, o que era incompreensível, pois eles haviam testemunhado as barbáries da ditadura militar — e tinham sido eles próprios a transmitir valores mais democráticos e igualitários a seus filhos da geração Y [alguns dos quais adotavam noções de equidade]. Os jovens gays, especificamente, sofriam marginalização institucionalizada — e voltavam a ser aceitáveis afrontas à dignidade dos indivíduos LGBT+, com as quais haviam lidado em suas infâncias e adolescências e as quais tinham combatido e começado a ultrapassar tão recentemente quanto a partir de 2011... Sales, do alto de seu status social e privilégios de classe, cor e sexo, esqueceu o carro estacionado errado na garagem de seu prédio e foi chamado de "bichinha" por uma vizinha — no Leblon, "o bairro mais europeu do Brasil" — em 2018 ainda, antes de deixar temporariamente o país. Era a primeira vez que isso lhe ocorria. Aos seus trinta e tantos anos, indivíduos como ele e Bosco eram surpreendidos por um turbilhão que afetava suas estruturas psicológicas, sua ordem social e as fundações de seus próprios motivos de ser. Todo o potencial que tinham e que outrora havia sido exaltado parecia ser descartável no regime autocrático. Em choque, encontravam-se no centro do que parecia ser um tipo de esquizofrenia de massa, e a tal profundidade mergulhados que já não sabiam se podiam acreditar em suas percepções individuais dos fatos. Foi assim que Francisco de Sales, também muito desiludido com a verdadeira face do Brasil, distanciou-se mesmo de seu ativismo por medo de represálias e até descrença nos resultados de sua militância. Foi se fechando em seu casulo, focado no trabalho e voltado para sua vida pessoal — que passava a abranger João Bosco. E não imaginava que em pouco mais de um ano colocaria todos os seus projetos de lado para se dedicar a registrar em livro os eventos que vivenciaria, devido a um surpreendente agravamento de todo o quadro.

---

* "Em 6 de setembro de 2018, o então deputado federal Jair Bolsonaro sofreu um atentado durante um comício que promovia sua campanha eleitoral para a presidência do Brasil. Enquanto era carregado em meio à uma multidão de apoiadores, o deputado sofreu um golpe de faca na região do abdômen desferido por Adélio Bispo de Oliveira" — muito provavelmente, esquizofrênico.

Deixei avisado a Bosco de que aquela sexta-feira, dia 6 de dezembro, estaria exaurido devido às extenuantes filmagens da série do Canal Brasil. E perguntei a ele se mesmo assim gostaria de me encontrar ou se preferiria me ver apenas no sábado. Ele insistiu que eu fosse ter com ele na própria sexta — nunca entendi o motivo, já que ele havia ido à forra a semana inteira em intermináveis orgias que se emendavam umas nas outras, e sexta-feira seria uma noite ideal para juntar um exército ainda maior de homens nus em seu estúdio. Simultaneamente, eu não queria permitir que sua importância em minha vida aumentasse a tal grau que ele me ferisse com ainda maior facilidade — porque, como as coisas estavam, já me machucava, e também porque suas atitudes eram crescentemente imprudentes. Por esse motivo, infectado pelo individualismo que imperava e em um gesto de autodefesa chula, eu mesmo me traí [e às minhas promessas] e me neguei a dizer não a meus próprios clamores por prazer. Golpeado, organizei uma pequena festinha em meu flat em plena quinta-feira e mal dormi para trabalhar no dia seguinte — a primeira vez que tinha feito isso. Foi uma maneira de desagigantar as putarias de João Bosco em meu inconsciente [me dei conta disso somente agora, enquanto digito. Mas me encontro neste momento sem meu computador e sem meu celular, escrevendo de um laptop alugado — dessa forma, sem acesso a diversas fontes e a meu "diário", como acaba por funcionar o álbum de fotografias do meu telefone —; tenho de confiar muitas vezes na memória — ¿é preciso lembrar o leitor de que a memória não é assim tão confiável?].

Na noite de sexta, havendo praticamente emendado a diversão em um dia de filmagem árdua, quando cheguei ao estúdio de João eu estava física e psicologicamente exausto. Não tinha a mesma resistência que ele, que colava noites de trepadas a fio com a química da metanfetamina, sem precisar fechar os olhos. Conversamos por breves minutos e necessitei pedir licença para tirar um rápido cochilo antes do jantar. Acabei dormindo mais do que o previsto, no entanto não me sentia seguro para me permitir um sono profundo. Notei que Bosco havia estado ao telefone por um longo tempo na varanda, tinha tomado banho e se vestia para sair. Despertei. Havia o ouvido dizer ao celular em conversa com Duda que eu tinha "capotado", que ele "queria mesmo era se divertir" e que "eu sequer notaria"; "iria me deixar dormindo" — talvez o registro dessas palavras em meu inconsciente, aliado a minha intuição, tivesse sido o que não permitiu que eu desse o devido descanso ao meu consciente. Seria mais uma festinha de sexo, sem sombra de dúvidas — Duda as promovia em seu apartamento todos os finais de semana; era sua sorte de religião. Até quando se estenderia aquela vingança pelo meu erro de domingo? Qual era, afinal, a natureza de nossa relação? Beirava o esculacho aquilo. Levantei-me e confrontei João sobre o que havia escutado em meu semissono. Discutimos e ele negou ter dito tais coisas, por mais que posteriormente eu tenha encontrado a conversa com esse exato teor em seu WhatsAppumaredesocial:

[06/12/2019 22:37:40] João Bosco: <imagem: Namorar é bom, ser solteiro é bom, ser casado é bom também. A vida não é uma competição de quem está melhor. Saiba encontrar a felicidade no seu estado atual>
[06/12/2019 22:37:50] Duda: Ele [ex] tava me fazendo ter uma DR todo dia
[06/12/2019 22:38:00] João Bosco: Eu não tenho dr eu simplesmente sumo
[06/12/2019 22:38:10] João Bosco: Se eu pegar aquele BONG eu fico poderoso
[06/12/2019 22:39:26] Duda: Super puta
[06/12/2019 22:40:11] João Bosco: Pois é
[06/12/2019 22:40:18] João Bosco: Farei isso já

Neste momento refletindo, foi já nessa semana que as nossas interpretações da realidade — minha e de João Bosco — começaram a divergir, e essas cisões chegariam a tal ponto de ele negar a presença de certos "personagens" em "cenas" ou até mesmo a existência de "cenas" inteiras. No final das contas, de forma muito católica consegui fazer com que Bosco se sentisse culpado por sua tentativa de escapada — talvez por minha ameaça velada de que se ele saísse eu retornaria a meu flat, onde promoveria uma festinha própria [o que em realidade eu não teria energia para fazer, nem interesse]. Frustrado, João foi dormir comigo cedo nessa noite, após eu ter devorado o jantar que ele havia preparado — ele se disse sem fome para sequer provar (a metanfetamina aumenta exponencialmente o apetite sexual ao passo que mata o apetite por comida). No dia seguinte, acordou mais cedo do que eu. E eu, que tenho grande dificuldade em esquecer dos fatos, tinha ficado desde a noite anterior com a desconfiança de que Bosco se usaria de qualquer distração minha para me "trair" mais uma vez — se é que nosso relacionamento já tivesse, de fato, nascido. Com o passar do tempo, contudo, eu chegaria a me esquecer dessa suspeita, para o meu próprio revés. Embora a lembrança de todas as sessões de sexo grupal que João havia hospedado aquela semana viesse a me assombrar por longo tempo depois disso, resolvi relevar e aproveitar o sábado com ele após o trabalho — apenas passei em meu flat para pegar algumas coisas e retornei a seu estúdio. Como se não tivéssemos transado com inúmeros outros durante a semana, ele muito mais do que eu, tivemos grande prazer em ficar um com o outro aquela noite do dia 7 — e como todo casal em início de namoro (suponho que seja assim com os outros também), transamos em cada cômodo do apartamento. Certa hora, fomos para a varanda e, durante o ato sexual, enquanto eu me encontrava deitado sobre uma mesa, reparei constantes olhares de João para a sua direita — do que eu, no momento, nada suspeitei. Mais tarde, quando voltamos à sacada, percebi que Bosco se masturbava e se exibia na direção da cobertura do prédio vizinho, e ao olhar verifiquei que ali se encontrava um homem de cabelos cacheados que assistia a ele. Quando ficou claro que havia notado que o homem estava acompanhando tudo de seu "camarote", João Bosco disse para mim: "Eu gosto de me exibir. Você não gosta?". Eu disse que "não" (ao menos, não naquelas circunstâncias), e Bosco se virou para sua esquerda e retornou ao interior do estúdio, interrompendo de imediato a conversa. Foi digitar em seu celular e o clima da transa morreu por um tempo. Quando conseguimos recuperar o *momentum* e mais uma vez nos dirigimos para o lado de fora para trepar, perguntei sobre onde — naquele momento — se encontrava o homem que assistia a nós dois e quem era ele. João desconversou: "Que homem?". Relembrei-o do que tinha se passado poucos minutos antes e ele alegou não se lembrar de absolutamente nada, como se aquele momento jamais tivesse existido. Afirmou que não gostava de se exibir, todavia continuava a se masturbar voltando-se à direção da cobertura — e dali, por detrás da cortina semiaberta, o homem vez ou outra colocava a cabeça para espiar pela janela enquanto transava com sua própria esposa no sofá. A partir de nossa conversa sobre esse indivíduo, no entanto, o vizinho passou a praticar seu voyeurismo escondido de mim. E sempre que podia, Bosco se encaminhava ao celular, onde em seu WhatsApp recebia frequentes mensagens de alguém que, em vez se identificar por seu próprio nome no aplicativo — como "Francisco de Sales", por exemplo —, somente se apresentava com o símbolo ~* que aparecia na tela do aparelho travado. Esse símbolo me marcou. Estranhei, e também passei a me incomodar que a cada distração minha as cortinas da extensa vidraça fossem abertas em pontos específicos pelos quais se podia ver estúdio adentro [o estúdio era basicamente um retângulo cuja única divisória física era a porta do banheiro, cômodo que também ficava exposto quando esta não estava fechada, já que o apartamento todo era uma caixa exposta por um grande pedaço de vidro transparente que cobria toda a sua largura — e que dava acesso à varanda]. O espaço havia sido arquitetonicamente disposto de tal maneira que, olhando-se por essa varanda/sacada, sua metade esquerda era constituída da sala com a cozinha e porta de entrada aos fundos, e sua metade direita possuía o quarto com a cama e o banheiro atrás — entre a sala e o quarto, apenas uma estante vazada que servia e dividia os dois cômodos, com uma tv de cada lado. Devo admitir que possuo, sim, uma forte veia exibicionista no sexo, porém com grandes reservas. Assusta-me a ideia de pessoas assistirem a mim da escuridão, sem que eu possa vê-las ou saber quem são — e minha experiência com Bosco aumentou ainda mais esse receio, transformando-o em trauma. Meu prazer em ser admirado vem especificamente do fato de esse público voyeur consistir de pessoas pelas quais me sinta sexualmente atraído (ou seja, homens para mim belos) — um público no qual o vizinho misterioso não se encaixava, e piorava muito o fato de ele me consumir de trás de sua cortina, sem o meu consentimento ou sequer conhecimento. Passava a ser para mim uma figura um tanto mítica com relação à qual eu nutriria medo e desconfiança, o que se estendeu a João Bosco também. Pois, se iríamos transar no quarto e eu me distraísse ou me retirasse ao banheiro por uns minutos, quando dava por mim no meio do sexo, uma parte da blackout que dava ampla visão à cama estava escancarada. Eu interrompia tudo e fechava a cortina. E João se colocava no celular. O mesmo ocorria quando íamos ao sofá da sala ou à cozinha. E, à primeira distração, a blackout "se abria" novamente. Dessa maneira, fui sentindo cada vez mais que não podia relaxar, ao passo que Bosco se justificava: não sabia como a cortina havia se aberto, ou mesmo dizia que *ela tinha se aberto* acidentalmente. Fato é que, certa vez — antes de isso tudo acontecer —, ao telefone, João distraidamente me havia convidado a transar com ele para o vizinho servir de plateia. Perguntei a que vizinho ele se referia e Bosco foi propositalmente vago, declarando ser alguém da terceira ou quarta janela do prédio da frente, sem deixar claro a qual dos prédios se referia — havia dois (um deles era o da tal cobertura). Afirmou, ainda, que se tratava de um vizinho que Duda sempre provocava, masturbando-se para ele da varanda quando visitava, "para tirar onda". Efetivamente, passou a proposta — que era séria — como uma brincadeira ao se dar conta de como eu encarava aquilo com extrema reserva.

O Studio 1984, onde Bosco morava desde o início do ano, era um novo empreendimento que fazia parte do processo de revitalização do centro de São Paulo. Localizado na Bela Vista, a poucos quarteirões da rua Frei Caneca, da praça Roosevelt e ao lado da badalada rua Avanhandava, possuía vista para a avenida Paulista, para o viaduto Júlio de Mesquita Filho e também tinha um mirante de 180° para São Paulo. De forma retangular, o enorme edifício de esquina cobria a largura do quarteirão, desde o viaduto sobre a avenida Nove de Julho da rua Martinho Prado — onde se encontrava seu acesso alternativo e também a entrada da garagem — até a rua Santo Antônio, 1984 — onde se localizavam a entrada principal do prédio e a saída da garagem. Destacava-se de seus entornos envelhecidos por sua arquitetura contemporânea. Desenhado por arquitetos de renome e decorado com bom gosto e obras de arte, possuía sauna, piscina coberta, academia e lavanderia no andar térreo — andar este de pé-direito alto e que se apresentava através de uma imponente fachada de vidro. O prédio possuía catorze apartamentos por andar distribuídos por seus quatro lados — um com vista para a rua Santo Antônio; outro para a Martinho Prado; outro para a Nove de Julho; e o quarto (um dos dois lados mais extensos do retângulo) tinha vista para a piscina aberta e deck, que faziam divisa com dois prédios decadentes quarteirão adentro. Um deles, cor-de-rosa e mais baixo, com uma cobertura habitada, estava localizado à Santo Antônio — e seu topo ficava quase que exatamente à altura do andar de Bosco. O segundo, branco e mais alto, tinha acesso pela Nove de Julho. Ambos possuíam suas inúmeras janelas laterais voltadas para a imensa construção de 29 andares, que por suas vidraças provia vista quase que indevassada para o interior de mais da metade dos apartamentos. Por ser tão descolado, o novo projeto atraía muitos jovens profissionais. O Studio 1984 era, de fato, muito popular entre os gays na faixa dos vinte e trinta anos, que ocupavam os estúdios menores, e também entre gays mais velhos, que moravam nos apartamentos maiores. Não era de surpreender que um edifício com tantos homens abrigasse inúmeras festinhas todos os finais de semana e fosse um dos *hotspots* do Grindrumaplicativodesexo no centro de São Paulo. Com seus cinco elevadores — dois sociais próximos à entrada da rua Santo Antônio, mais dois sociais ao centro da construção e um de serviço aos fundos —, era fácil que os moradores se deslocassem em segundos de seus apartamentos para outros, onde estivesse acontecendo sexo, e voltassem em minutos para seus estúdios. Nem os corredores internos, nem as escadas de incêndio possuíam câmeras de segurança — uma vez dentro do prédio, a movimentação era anônima e desimpedida. Fazia-se perfeitamente compreensível como aquele local havia se tornado um dos polos da vida social da burguesia gay paulistana — advogados, jornalistas, publicitários, artistas, médicos, personal trainers, influenciadores, empresários...

O condomínio lembrava-me de um navio de cruzeiro — na vertical e com a facilidade dos elevadores. Assim que eu tinha ficado solteiro, aos 33 anos, após dois longos relacionamentos, no início de minha relação com Giordano, em que não existiu confiança, participei de um cruzeiro pelo Mediterrâneo com a nata gay mundial. Eram apresentadores da CNN, atores, diretores (de cinema, TV, universidades e o que mais se possa imaginar), modelos, empresários, advogados, médicos, contadores, príncipes árabes... Em meu primeiro dia no navio, como o personagem Cyclops do cartoon *X-Men*, escaneei (sem destruir) as centenas de belos passageiros do navio e criei minha própria *short list*. Nesse dia, não peguei ninguém. A partir do segundo dia, no entanto, fiz apenas strikes. Acordava às sete da manhã e participava, com meus amigos europeus, de todo o turismo nas belas cidades costeiras que visitamos em Montenegro, Croácia, Grécia, Itália, França e Espanha. Almoçávamos em terra e retornávamos ao navio sempre por volta das 16h, quando nos banhávamos. Então, eu comia algo e a "pegação" acontecia de forma solta, nas festas e nas cabines. Eu ia até as cinco da manhã do dia seguinte transando, dormia duas horas e às sete horas estava em pé fazendo os tours novamente. Era somente ativo e devo ter comido 75 dos homens mais belos a bordo ao longo de uma semana, em festinhas ou encontros individuais — com camisinha, pois não fazia uso da PrEP à época. O número teria sido muito maior se, como no Studio 1984, no cruzeiro houvesse cinco elevadores e eu não tivesse de seguir a pé pelos quilométricos corredores horizontais, de uma cabine a outra. Lembro-me de um belo ator nórdico em quem eu havia posto os olhos ainda no primeiro dia, mas de quem mantinha distância por ele ter namorado — sempre respeitei relacionamentos (até quando convidado a partilhar de momentos com casais, eu seguia toda uma etiqueta para não perturbar sua dinâmica). Por isso, mesmo dividindo a mesa com o tal ator — amigo, como seu namorado dinamarquês, de meus amigos —, jamais tomei qualquer liberdade. Um dia, fiquei sabendo que a relação era aberta e que ele era "o boqueteiro do navio" — e ele próprio me abordou dizendo que gostaria de me chupar. Respondi que não me satisfazia com sexo oral unicamente, e que ele poderia me chupar se eu pudesse comê-lo antes. Ele aceitou, e deitado de frango no banco de minha cabine gozou tanto e com tanta força a ponto de deixar o espelho atrás de si todo estrelado, sem se tocar. Sorriu. E depois correu ao que lhe interessava. Tirou minha camisinha e começou a me chupar. O tempo inteiro, porém, eu tinha de pedir ao amigo com quem eu compartilhava a cabine que não entrasse no quarto porque estava ocupado. O "amigo", entretanto, havia se enamorado de um australiano no primeiro dia da viagem e não ficou com ninguém a bordo, apesar de ter sido rejeitado pelo indivíduo, e por ter se enciumado de mim quis atrapalhar meu date — principalmente depois que soube que o australiano estava interessado em minha pessoa. [Por respeito a meu companheiro de cabine, não fiquei com o rapaz e até hoje não provei ninguém proveniente do continente australiano — apesar de ser grande fã das coxas dos jogadores de rúgbi.] Ainda assim, meu companheiro de cabine passou a me julgar por minha elevada performance. Fato foi que, desde que o ator pisou em meu território, meu amigo — que após o episódio deixou de o ser — começou a me importunar dizendo que invadiria o quarto a qualquer momento. Conseguiu, e abriu a porta no exato instante em que, de joelhos, o ator lambia meu saco e explodi em gozo em seu rosto inteiro. O *timing* não poderia ter sido mais perfeito — e esta daria uma ótima cena de comédia. Meu companheiro de cabine deixou o queixo cair, em choque, e se enfiou no banheiro: "Huh". O ator apenas se levantou e saiu, sem se preocupar com meu esperma que escorria por sua face. Divago. Desde que havia conhecido a solteirice aos meus 33 anos, altura em que tinha ficado com somente dois homens — o último deles por treze anos —, naveguei pela nata gay mundial em inúmeras viagens — e ela em nada se assemelhava à burguesia gay de São Paulo. Porque entre os gays cosmopolitas mundo afora eu me sentia à vontade e o peso do julgamento não me forçava para baixo. Era verdadeiramente livre. Na cidade supostamente mais cosmopolita do Brasil, contudo, sentia-me invariavelmente monitorado e julgado — por mais que me esforçasse para manter minha vida pessoal o mais privada possível, comentários surgiam sobre meus passos. No Studio 1984, onde ocorriam bacanais históricos, não foi diferente. Eu não sabia quem assistia a mim e quem me condenava; de qualquer forma, sempre tive a sensação de estar sendo observado [e comentado]. Uma noite, Bosco disse que precisava ir ao estúdio de um amigo pegar uma ferramenta emprestada. Fui com ele. Tomamos o elevador e em segundos estávamos diante da porta do outro apartamento. O amigo era Walter, que reconheci e que fingiu que jamais havia me encontrado antes — diante do namorado dele e de João. Eu lidava com ele com ironia, tentando fazer com que "escorregasse" e entregasse a verdade em algum momento. Walter manteve-se firme. João Bosco continuaria a me acusar de tê-lo evitado em outubro e novembro porque eu participava de festinhas com outros caras, dizendo que tinha sabido disso em primeira mão. Admiti que participei de uma e disse mais: que Walter havia tido a curiosidade devassa de a frequentar apenas para me observar de perto. Perguntei a João se ele não achava aquela obsessão por minha pessoa estranha — ou mesmo se não considerava aquilo uma traição por parte de seu próprio "amigo". Ele não pareceu sequer perturbado pelo pensamento. Algum tempo depois, João Bosco me mostrou fotos em seu celular em que agarrava o namorado de Walter, os dois deitados no sofá deste — e Bosco fazia questão de mostrar na foto seu pau duro. Perguntei do que se tratava e se Walter não se incomodava. João respondeu que ele e o namorado do amigo de infância eram "amigos de rola" — e que não existia nada de anormal naquilo. Disse, por fim, que Walter tinha "estragado" o rapaz ao introduzi-lo ao hábito das festinhas e das drogas. Entretanto, admitiu que ele e o namorado de Walter se chupavam na frente dele e que isso não gerava quaisquer questões nos relacionamentos [esta versão seria posteriormente desmentida]. Talvez eu, apesar de minha fama de libertino, tenha um conservadorismo que ainda não descobri em mim mesmo. Princípios e barreiras éticos? Nunca fiquei com o namorado de meus amigos, muito menos na presença deles, e acho mesmo a imaginação de tais cenas perturbadora. Amigos são quase como irmãos para mim... Tampouco pratiquei o incesto. No Studio 1984, no entanto, acontecia de um tudo — como eu depois descobriria.

Bosco me convenceu a alugar um carro — uma espaçosa SUV — para que pudéssemos aproveitar juntos a semana seguinte. Eu havia acabado de filmar meu projeto na sexta anterior e o planejado era que o trabalho passasse por uma veloz fase de pós-produção — não por isso impactando o alongamento de nosso cronograma de trabalho, que tinha sido detectado meses antes pela produção. Além de ter de ir quase que diariamente até a O2 na distante Vila Leopoldina para a edição — o que me custaria uma fortuna em taxas de carros de aplicativo —, eu também teria de deixar o flat na rua Ouro Branco, n. 129 — 105, na esquina da sede do PSDB (Partido da Social Democracia Brasileira) nos Jardins [que ironia]; o flat havia sido contratado por tempo determinado, a despeito de o tempo de execução do projeto ter aumentado muito desde a assinatura do contrato. O aluguel da SUV foi oportuno, no final das contas. Passei meu tempo vago a visitar apartamentos — alguns até no próprio Studio 1984, pois gostaria de morar próximo a João, e isso acabou me permitindo conhecer melhor o prédio. Na velocidade em que nosso relacionamento caminhava, apesar de todos os confrontos e choques de realidade [o que posso escrever a respeito da paixão que ainda não foi escrito?], Bosco me convenceu a me mudar para seu estúdio; dividiríamos um teto — afinal, ele tinha perdido o emprego e eu suavizaria bastante seus gastos. Empacotei minhas coisas, as quais enviaria junto com meus gatos para a casa de minha família em Mato Grosso do Sul, e fui com duas malas morar com aquele que se transformava em meu namorado. Bosco era tutor de uma cachorrinha, Margarida, uma galga italiana que eu adorava. Nunca fui muito apegado a cachorros, porque acho que a eles falta sutileza, todavia ela era diferente e me conquistou desde o primeiro dia, como seu dono. Maga, como a chamamos, morre de medo de gatos. A ideia era, tão logo vencesse o contrato de Bosco, mudar-nos para um apartamento maior, talvez no próprio 1984 ou em Higienópolis. Em tal momento, eu traria meus gatos Oliver e Emília de volta — e Maga teria de aprender a lidar com eles. No convívio diário com João, contudo, quando voltava da edição na produtora, sempre achava o estúdio em ordem perfeita demais — quase inabitado —, e Bosco se preocupava em passar a impressão de ser um homem demasiadamente bem-comportado para alguém que apenas na semana anterior havia transado com um grande número de caras diferentes — talvez chegando a nove ou dez. Em certo momento, deparei-me com a troca de mensagens entre João e um "amigo", Túrio:

[05/12/2019 13:04:29] Túrio: <vídeo de sexo em que penetra alguém>
[05/12/2019 13:05:37] Túrio: C fez algum video com eles?
[05/12/2019 13:05:50] Túrio: Manda aí
[05/12/2019 13:05:37] João Bosco: Vem
[05/12/2019 13:10:11] João Bosco: <vídeo em que Lu tem seu rabo chupado por Gio>
[05/12/2019 13:11:22] Túrio: Queria ter visto seu pau tbm. Sdd
[05/12/2019 13:12:10] João Bosco: Vou encerrar aqui
[05/12/2019 13:20:30] João Bosco: <vídeo de Lu sentado na rola de João>
[05/12/2019 13:20:40] Túrio: Poxa
[05/12/2019 13:20:42] Túrio: Pena
[05/12/2019 13:20:51] Túrio: Mas a gente arma a nossa
[05/12/2019 13:21:02] João Bosco: <contato de Lu>
[05/12/2019 13:21:09] João Bosco: Eles irão continuar
[05/12/2019 13:21:20] Túrio: Relaxa. Prefiro com você junto
[05/12/2019 13:22:18] Túrio: E meu amigo ainda tá aqui
[05/12/2019 13:24:13] João Bosco: Ele quer você
[05/12/2019 13:24:17] João Bosco: Chama ele

Minha intuição me levava a questionar as aparências. Era uma mudança muito rápida… Porém, João Bosco tinha vindo até os Jardins de carro de aplicativo e não somente auxiliou a guardar item a item que restava como ajudou a carregar as caixas que iriam para Mato Grosso do Sul. Depois de tudo despachado, deixamos meus gatos em um hotel para animais — onde meu irmão os buscaria para a viagem — e João então guiou a SUV para a rua Santo Antônio. Havia sido uma gentileza digna de um príncipe e certamente teve enorme peso na conquista inicial. Eu não esperava tamanha cavalheirice em meio ao individualismo que imperava em São Paulo, mesmo em início de relacionamento, e a partir desse momento me entreguei rapidamente a Bosco. O que aconteceu entre essa data, no início de dezembro, para justificar a transmutação para a pessoa com quem me deparei no final do mês, nunca pude explicar, apenas especular.

Eu teria dias mais leves no trabalho, incluindo uma breve folga. Conseguimos planejar uma rápida viagem: Bosco desejava ir ao Rio de Janeiro, onde passaríamos um final de semana estendido em um hotel localizado em Santa Tereza — o TPortal, pertencente à Rocca Hotels. Aquele lugar era um sonho de consumo para João Bosco, mesmo que eu não conseguisse compreender bem o motivo... talvez fosse porque, como publicitário que havia prestado serviços para a rede, ele a conhecesse bem e tinha um ranking de seus hotéis mais bem avaliados. Eu já tinha me hospedado naquela unidade do TPortal em alguns finais de semana de escapadas da cidade quando morava no Rio, e inclusive quase havia fechado com eles uma negociação de parceria para divulgação do local em meu perfil de Instagram, da mesma maneira como fazia com destinos rústicos Brasil afora — a publicidade apenas não ocorreu devido a incompatibilidades de agenda. De qualquer forma, uma vez que significava algo especial para João, não questionei sua escolha de destino. Colocamos Maga no carro e fui guiando, pois conhecia bem a tortuosa estrada que ligava São Paulo ao Rio. Chegamos em terras cariocas já era noite, e Bosco — como bom cavalheiro — fez o pagamento de toda a estadia e consumação. Deixamos a cachorra no quarto e nos dirigimos à área externa, onde tomamos uns drinques e comecei a falar sobre uma quase relação que tentei construir enquanto, de meus modos tortos, lidava com o estendido e doloroso término de meu relacionamento mais longo. Era meu jeito de me abrir e ser transparente, imaginando que isso contribuiria em algo no nascente namoro.

O rapaz em discussão se chamava Anderson (outro que não André Anderson) — alguém que posteriormente descobri ser bem conhecido de João Bosco e em quem eu tinha me inspirado para construir o protagonista sociopata da série *Noturnos* — que tinha acabado de filmar e ainda estava editando. Aconteceu que, tentando alternativas para o fim de meu relacionamento de treze anos, e havendo com meu ex-parceiro resolvido abri-lo, conheci o Grindr e mergulhei em várias experimentações sexuais que até então eu me tinha negado. Deparei-me com Anderson no aplicativo de sexo e planejamos de supetão um a três com um passivo da Lagoa. Anderson morava na rua Dias Ferreira, a poucos quarteirões de meu apartamento, e eu o pegaria de carro para o encontro no local do terceiro rapaz. Mas Anderson se atrasou — ele sempre demorava duas ou três horas na Smart Fit da rua Visconde de Pirajá, próximo à praça General Osório, em Ipanema, que depois descobri ambientar um "banheirão" importante ao modo de vida gay carioca. A academia, apesar de voltada ao público LGBT+ masculino, contraditoriamente pertencia a um dos futuros financiadores da campanha de Jair Bolsonaro, e provavelmente então (2015/2016) já estava envolvida na derrocada de Dilma Rousseff. Permaneci estacionado na Dias Ferreira e, quando estava cansado de esperar, Anderson subitamente bateu em minha janela. Baixei o vidro do carro e, ao mirar em seus olhos, meu coração acelerou. Foi paixão à primeira vista. [Mais tarde, conversando sobre o quão forte era o que sentia por ele, Anderson demonstrou simplesmente não entender meu sentimento, o que — somado a vários outros elementos — reforçou minha teoria de que ele fosse um sociopata.] Ele pediu que eu o aguardasse uns minutos mais: iria tomar banho e logo viria. Continuei lá pelo que pareciam ser infindáveis minutos até Anderson finalmente entrar em meu carro usando sua peculiar colônia, a qual associei a uma batida mais forte de meu músculo cardíaco. Dirigi até a Lagoa, no entanto o terceiro rapaz também pediu que esperássemos — não estava pronto. Anderson se mostrou impaciente e sugeriu que nos encontrássemos outro dia, quando tivéssemos em mente "outro passivo", e saiu do carro para atender a um telefonema. Eu gostaria que nosso encontro acontecesse o mais breve possível, em meu turno; queria conhecê-lo mais intimamente, e insisti para que o terceiro rapaz se acelerasse — o que ele fez. Anderson e eu entramos no prédio e subimos. Ao chegar à porta do apartamento, contudo, a pessoa que nos recebeu era bastante diferente de como havia se apresentado nas fotos. Era o que no meio gay seria chamado de um "urso", extremamente peludo — com *pêlo* inclusive nas costas, o que não fazia meu gosto —, e com porte físico mais parrudo. Educado, o rapaz nos convidou para dentro e foi prender seu cachorro. Anderson e eu seguimos até a varanda e lá, admirando a Lagoa Rodrigo de Freitas, indaguei se ele tinha gostado do passivo. "Ah, tanto faz." Perguntei se ele preferiria ir embora, ao que respondeu que, como já nos encontrávamos ali, "o educado" seria seguir adiante. O anfitrião voltou com água para bebermos, e o seguimos até a suíte. Ali, não consegui desenvolver uma ereção [meu pau sempre foi muito espontâneo, e se não houver atração física ou se o clima não estiver certo ele simplesmente não demonstra sinais de vida]. O terceiro elemento gostou de Anderson, e o beijou e chupou, absorvendo as ressalvas de minha parte. Ocorreu que Anderson insistiu para que ele me chupasse, o que obedeceu; mas meu pau insistiu em não subir e me recolhi a um canto do quarto — tentando sem sucesso me excitar enquanto assistia aos dois. Anderson comia de maneira meio bruta o rapaz, que gostava de ser manuseado daquele jeito. Percebendo que eu havia me removido de cena, Anderson me chamou de volta. Quando me aproximei, ele me colocou de quatro na cama e me penetrou, para minha surpresa. Senti que houve uma química entre nós. {Devo explicar melhor: eu sentia prazer nele, e ele ao menos demonstrava sentir maior prazer comigo do que com o dono do apartamento. Posteriormente também compreendi que Anderson era o tipo de homem [que invejo] que consegue ficar de pau duro mesmo com uma árvore — não é pansexual. Seria um ideal garoto de programa.} Porém, como aparentemente nos aproveitássemos demais mutuamente, o dono do apartamento começava a se ressentir daquilo. Anderson voltou a comer o anfitrião, e me retirei ao banheiro. Quando retornei, Anderson me puxou para a cama e me penetrou novamente. Era a primeira vez que aquilo acontecia — raramente havia sentido tanto prazer em dar e nunca o tinha feito na frente de um terceiro. Meu pau ficou duro. Anderson avisou que estava chegando ao orgasmo e mandou o outro rapaz se sentar na cama de forma a não o excluir, pondo-se em pé a gozar nas costas peludas dele [um fetiche para alguns]. Saí dali agradecido por tudo ter finalmente terminado; ao mesmo tempo, estava extremamente constrangido por haver brochado diante do passivo [deveria ter seguido meus instintos e me retirado de pronto], e contraditoriamente feliz porque tinha gostado bastante da companhia de Anderson. Que primeira impressão eu tinha causado nele? Entrando no carro, já demonstrou frieza com relação a mim. Perguntei se tinha gostado da experiência e ele me respondeu que tinha sido "ok". Depois que o deixei em casa, foi uma brincadeira de gato e rato para nos encontrarmos novamente. Fim de semana sim, fim de semana não Anderson viajava a São Paulo, pois possuía "amigos muito próximos" lá. Sempre que nos víamos, transávamos e ele insistia para que eu passasse a noite. Eu não conseguia dormir com o barulho dos catadores de lixo da Dias Ferreira — uma rua cheia de restaurantes — e voltava caminhando no meio da madrugada para meu apartamento. Anderson se ressentia daquilo e usava o fato para fazer chantagem emocional comigo e não me encontrar de novo. Descobri, de todo modo, que ele era muito mais viciado em sexo que eu — e não somente no horário do almoço levava estranhos para o banheiro do banco onde trabalhava, no centro da cidade, como transava com terceiros todas as noites em que dizia "não" para mim — além de possuir um namorado na capital paulista cuja existência havia escondido. [Eu, por outro lado, tinha sido sempre claro sobre o fato de estar vivenciando o término arrastado e difícil de um longo relacionamento — "aberto" naquele momento.] Um sábado, expressei a Anderson que gostaria de vê-lo — e que aguardaria na praia de Ipanema, estudando os roteiros de *Vai que Cola* que gravaria durante a semana, enquanto ele concluía seu treino na academia da Visconde de Pirajá. Aluguei uma cadeira no Posto 9 e ali perdurei mais de duas horas e meia. Como eu descobriria depois, grande parte dos gays que frequentavam o Posto 9 sabia quem eu era, no entanto eu não tinha noção de que era reconhecido nem conhecia ninguém. Finalmente, Anderson chegou acompanhado de um rapaz que fazia parte de seu afamado círculo de amigos — todos conhecidos de Bosco, do Rio de Janeiro e de São Paulo inteiras, não de mim. Para minha surpresa, não foi se sentar comigo: em vez disso, acampou-se com o amigo a uns cinco metros de distância e ignorou minha presença por completo. Injuriado, mesmo sem entender o que se passava, fechei meu roteiro e resolvi me retirar. Fui entrar na água uma última vez, bem na frente dele para provocá-lo. Como se nada tivesse acontecido e fingindo me ver pela primeira vez, Anderson me deu um grande abraço, em tom de brincadeira e romance. Após, convidou-me para sentar com ele e César — o que fiz. Lembro que os dois ficaram juntos a sós em dois momentos — uma vez, quando voltei para a água sozinho e outra vez, quando eles foram para a água e permaneci na areia. Com o pôr do sol, Anderson nos convidou para a casa dele, para que tomássemos banho e fôssemos jantar. Fizemos isso e, para minha surpresa, quando saí do banho usando um par de shorts emprestado pelo próprio, seu amigo começou a me paquerar escancaradamente, na frente do dono da casa — avanços que evitei porque eu era, no mínimo, um "ficante" de Anderson e não queria criar uma desavença entre companheiros. Jantamos em um restaurante mexicano na avenida Ataulfo de Paiva, que eu frequentava, e onde conheci pessoalmente o tal círculo íntimo de amigos. Ao fim, despedi-me — na sequência, Anderson iria a outro compromisso, ao qual eu não fui convidado, como de costume. Depois disso, não nos vimos por um longo tempo, até que uma noite César me abordou na balada. Coloquei um freio: não ficaria com ele, pois estava em uma situação não determinada com alguém de seu círculo, e César retrucou que eu não deveria me preocupar com aquilo, porque o próprio Anderson o havia encorajado a "investir em mim". Perguntei a que ele se referia. Ele explicou que no dia em que havíamos estado na praia juntos, duas vezes enquanto eu estava separado dos dois e mais uma vez enquanto eu estava no banho no apartamento de Anderson, este tinha dito que César "deveria investir em mim". Não acreditei em César em um primeiro instante e mandei mensagens a questionar Anderson — que me falou que César o entendera errado; segundo ele, havia dito que eu era "alguém em que se valia a pena investir"... Não obstante, César me relembrou que o amigo possuía namorado em São Paulo, que o havia escondido de mim e que não tinha a menor intenção de terminar o relacionamento. Eu, nesse momento, entendi qual era o jogo de Anderson: criar desejo em seus amigos por mim para que eu dissesse não a eles e me mantivesse fiel a ele. Dessa maneira, mesmo jamais sendo seu namorado, eu seria seu troféu — aquele que era valorizado pelos outros mas que queria apenas ele, e que seria por ele devidamente tratado como um dejeto. "Anderson, o maior e mais desejado!". Resolvi virar o jogo, pois a vingança corre em minhas veias, e mesmo sem desejo algum fiquei com César. Não apenas isso, dei abertura a todos os amigos de Anderson que estavam na festa. Transei com César em seu apartamento em Copacabana (o comi de uma forma que os americanos descreveriam como "*grudge fuck*" ou "*revenge fuck*" — e, para minha surpresa, César ficou absolutamente gamado), e rapidamente a notícia se espalhou entre o grupo de amigos. Anderson veio me cobrar esclarecimentos, quando o confrontei com todas as mentiras que havia me contado, com seu namoro escondido, e com o fato ter sido ele mesmo que tinha estimulado a situação. Ao contrário de seu troféu, eu tinha me mostrado a seus amigos como "um puto" nos termos mais preconceituosos da expressão — alguém que ficava com qualquer um sem nenhum critério mesmo, e nesse grupo de quaisquer se incluiria o próprio Anderson, que, dessa forma, era apenas mais um, sem valor. Inconformado, ele foi a seu amigo exigir explicações, e César o enfrentou diante do círculo e manteve sua versão da história, de que havia sido Anderson quem tinha dito que ele "deveria investir em mim". Ao mesmo tempo, eu informava os amigos que vinham falar comigo sobre todas as formas e todas as ocasiões que Anderson havia mentido para mim. Enquanto dizia a todos que eu o perseguia (o que fiquei sabendo depois), ele me dava demonstrações claras de interesse e, além de sempre esconder o namorado de mim, alimentava meus sentimentos falando que desejava ter algo comigo — e vivíamos o que para mim parecia ser quase um amor impossível. Por fim, Anderson foi desmascarado como o grande mentiroso que era perante todos em seu grupo — porque César era alguém de credibilidade e as mentiras [ou incongruências] do amigo já deveriam ser famosas entre eles. Descobri, além disso, que Anderson — que propagandeava aos quatro ventos ser "100% ativo" — gostava de dar para homens pretos e bem-dotados, e somente para pretos bem-dotados. Não vi nada de errado nesse gosto, pelo contrário — a ideia me dava tesão —, entretanto por que a imensa necessidade de esconder o fato? Por que Anderson somente assumia namoros com rapazes loiros, se ficava de pau duro com qualquer coisa e tinha particular tesão em homens pretos? Olhando por esse aspecto, enxerguei uma objetificação nada saudável de homens pretos, quiçá racismo por toda a negação e todo o segredo; e a divulgação de uma coisa que não se era ("100% ativo"), além de uma atitude machista, era desnecessária: eu em momento algum o julgaria por isso. Ademais, finalmente entendi que Anderson era alguém disposto a fazer qualquer coisa desde que se beneficiasse no final, sem levar em consideração princípios éticos. Por isso, namorava um médico em Sampa e, como plano B, possuía um diretor no Rio — duas pessoas com status social e financeiro para o elevar, apesar de que nunca me namoraria porque eu não era loiro como os outros. Provavelmente, desejava o médico e eu como desejava uma árvore, todavia era capaz de ficar de pau duro quando quisesse e dizia exatamente o que gostaríamos de ouvir. Um amigo dele e participante de seu círculo mais íntimo, Jesus, ao me encontrar meses depois em uma festa — quando eu já namorava Tiago —, veio me pedir desculpas pelo julgamento de valor errado que havia feito a meu respeito e pela atitude do amigo também. Respeitei-o por isso.

Quando casualmente contei a história para Bosco em nossa chegada a Santa Tereza, contudo, ele exaltou a versão de Anderson — que possuía alguém próximo, membro de seu círculo íntimo, que era o melhor amigo do ex-marido de João, o médico Vinícius. Confesso que fiquei surpreso que Bosco não tivesse dado para Anderson a despeito dos respectivos relacionamentos [Anderson não daria para João porque este era pardo, não, preto]. Percebi que nessas ocasiões a intenção de João Bosco era fazer mal a minha autoestima, uma forma de me controlar. Tão assim que interrompeu nossa conversa para atender em minha presença ao telefonema de um "peguete". Inicialmente me afastei e fui apreciar a lua. Alongava-se no telefonema. Recolhi-me no quarto e abri o Grindr. João Bosco logo parou de me ignorar e me seguiu, e ao ligar seu aplicativo me encontrou online — e a isso se seguiu uma longa discussão, em que ele se achou no direito de me chamar de volúvel e ameaçou retornar a São Paulo. Já havia sugerido que eu era "fácil" quando lhe contei a história de Anderson, e insinuou que tinha sido por isso que o último "me dispensara". Foi o exato argumento machista que Anderson havia usado a meu respeito, ao não compreender minha paixão à primeira vista e implicitamente me acusar de dizer o mesmo a todos. Era como se ambos fossem castos e tivessem qualquer direito de me criticar por me envolver, em vez de transar com três a cinco sujeitos por dia. Esse flagrante do Grindr no quarto do hotel seria um assunto revisitado por João durante um longo tempo para colocar em xeque minha verdade, assim como sua acusação de que eu era inconstante — como tal, não o amaria (de novo, a mesma ferramenta machista e psicologicamente abusiva, de dois pesos e duas medidas, de que Anderson havia se utilizado para ter poder sobre mim). Ao se colocar ao telefone com um "peguete", Bosco fazia uso de liberdades, as quais não deveriam ser estendidas para mim — que lhe tinha contado um caso muito pessoal, acontecido três anos antes, o que ele tomava efetivamente como uma traição recente pela qual novamente teria o direito de se vingar. Ainda assim, no final das contas, conseguimos deixar as ofensas de lado e fomos suficientemente racionais para aproveitar a estadia e contraditoriamente perder toda a racionalidade.

Em meu primeiro encontro com João Bosco, já em sua cama e me divertindo, admirava sua bunda e perguntei a ele se gostava de ser passivo. Ficou tímido e, antes mesmo que pudesse me responder, meu amigo Otho interrompeu e me aconselhou a "não tentar converter um ativo". Suponho que: quando desapareceu no banheiro ainda então, João estava se preparando para dar para mim; Otho e Duda continuaram tentando envergonhá-lo quanto a seus verdadeiros desejos; ele preferiu desmaiar de G e me contactar futuramente a respeito. Na realidade, penso que a proposta havia sido tentadora o suficiente a ponto de ter sido o principal motivo para que Bosco quisesse me ver de novo — mais uma vez, fuzilando meu romantismo. Ele, como muitos outros, por ter pau grande (22 centímetros, de excelente calibre) dizia que raramente havia tido a oportunidade de dar, pois todos "viam sua rola e queriam sentar". Um conhecido, Xavier, contava-me a mesma estória — foi uma estória com a qual me deparei algumas vezes. João Bosco, em específico, inicialmente me disse que tinha dado para, no máximo, quatro caras em sua vida. Não era uma história real, porque ele próprio ao longo do tempo foi admitindo ter sido passivo em um número infinitamente maior de ocasiões do que eu, e desde muito mais cedo — com seus primos, com seu "ex-marido", com seus vários ex-namoradinhos, com Goy, com Dáy, com diversos caras em incontáveis festinhas — a três, a quatro, a cinco… —, com garotos de programa pagos especificamente para comê-lo (como um tal de Franco), com Túrio, enfim… Talvez não tivesse conseguido dar por tempo suficiente que o satisfizesse, ou em maratonas — nisso eu acreditaria. Eu entendia que existia uma pressão social para que ele mantivesse sua "boa reputação" no machista meio gay como ativo — a mesma pressão exercida sobre muitos outros como ele: Xavier; Anderson; eu não era uma exceção. Esses indivíduos, tal qual garotos de programa e atores pornográficos, rotulavam-se ativos e muitas vezes escondiam a vontade de serem passivos para não terem seus preços diminuídos no mercado chauvinista da carne; porém, a absolvição entre os gays por seus "deslizes" tinha relação direta com seus dotes: se vazasse a história de que um ativo de dezesseis centímetros havia dado uma vez na vida, este jamais seria perdoado e não comeria mais ninguém "de primeira linha"; no entanto, se um "ativo" de 24 centímetros desse diversas vezes por semana em festinhas, no auge de brisas de metanfetamina, os passivos da autoproclamada elite gay facilmente fariam vistas grossas desde que ele continuasse a comê-los — principalmente se o indivíduo tivesse boa entrada nesse mundo burguês. Essa pressão de minha parte era inexistente: não estimo ou deixo de valorizar pessoas por suas predileções ou exercícios sexuais. Não julgo o desejo. Aprecio a verdade direta e reta. Não tenho por costume falar da vida alheia. E gosto de passivos. Quiçá o próprio machismo de João Bosco existisse porque, para manter uma boa autoestima, precisasse *se ver* como "ativo". Já eu, nunca me intitulei versátil. Considerei-me sempre ativo — e haviam sido as degustações de metanfetamina que despertaram em mim a curiosidade e a capacidade de dar, não apenas por alguma reação química que afetava minhas zonas erógenas, mas também por terem me liberado de meu próprio machismo. Antes de usar a droga pela primeira vez, em Chicago, nas pouquíssimas vezes em que tinha sido passivo me sentia imensamente envergonhado por qualquer demonstração de prazer que pudesse dar ao ativo: estaria reconhecendo que estava gostando de me entregar a outro homem ou, em outras palavras, curtindo me deixar subjugar simbolicamente por ele — ativo que, em minha mente, iria me julgar por essa rendição. De fato, fui muito julgado por puro machismo quando ousei experimentar dar, e a rejeição que encontrei ao chegar a São Paulo foi parcialmente uma demonstração disso: eu era um ativo descobrindo os prazeres do outro lado, não tentava esconder isso e trazia legiões de outros ativos para minhas festinhas, desviando-os dos rendez-vous da burguesia gay. A tina me permitiu encontrar segurança para reconhecer para mim e para o outro o prazer que eu encontrava em me deixar ter por um outro homem. E, embora criasse grandes intervalos entre esses usos recreacionais da droga, de três semanas a três meses de cada vez, havia sido um aprendizado que tinha vindo para fazer parte do meu ser. O preconceito e o machismo que eu pensava que receberia dos ativos na realidade partiram dos passivos. Quando conheci Bosco, eu passava por essa fase de degustação. Não sentia vontade de dar em meu dia a dia e continuava me autoconhecendo ativo, porém essa verdade em uma São Paulo ao mesmo tempo gay e machista teve sua importância diminuída diante de minha admissão que, especificamente nessas experimentações, queria praticar dar. Tivesse sido eu hipócrita ou mentiroso, teria encontrado menos resistência. Surpreendi-me profundamente ao constatar que os mais intransigentes eram justamente aqueles que se submetiam rotineiramente ao falo — e os cientistas sociais hão de um dia entender o porquê de o machismo ecoar mais forte entre os passivos. Competitividade, talvez, e faziam uso das armas que lhes eram dadas prontas pela sociedade, sem questionar o fato de que estavam replicando algo que, no todo, representava o seu próprio mal. Conheci João Bosco em uma situação dessas em que fui confessadamente passivo — isso dito, meu interesse em comê-lo e a fama que me precedia despertaram nele um inquestionável interesse, e veio atrás de mim e insistiu! João foi surpreendentemente capaz de se desviar da percepção reducionista a que se apegaram alguns outros nas quatro ou cinco festinhas paulistanas de que participei. Sempre tive imenso prazer em deter o falo: simplesmente ocorreu que, naquelas circunstâncias específicas, consegui ser versátil por meio da entrega que alcancei.

Em toda a minha vida, conheci apenas outro versátil verdadeiro — talvez dois. Mencionei anteriormente que, de acordo com minha vivência e observação, por medo de serem taxados de passivos, muitos rapazes dizem que são versáteis, no entanto sentem prazer quase exclusivo em dar. Devido à escassez de ativos [eu brinco, entretanto não deixo de dizer verdades quando estipulo que para cada nove passivos/ versáteis deva haver um ativo — e o Censo do IBGE um dia há de provar isso], homens se intitulam versáteis para não perder oportunidades. Por sua vez, o uso cada vez mais popularizado da metanfetamina na comunidade LGBT+ tem "convertido" muitos "ativos" — que não somente perdem a inibição e quebram o tabu de dar o cu, como também têm seu limiar de dor aumentado e exploram os limites do próprio corpo na marra. Não foi exatamente assim comigo porque sempre tive um conhecimento profundo de meu corpo. Certa vez, estava trabalhando sem parar no Rio de Janeiro — como de costume — e vinha me privando de sexo. Os hormônios em meu sistema criaram em mim um desejo acumulado e a vontade de dar — não usava qualquer químico; nem sabia da existência de metanfetamina. Rapidamente, juntei no aplicativo outros três homens — dois ativos e um versátil — para um rendez-vous em um motel na Barra da Tijuca. Saí da ilha de edição, peguei-os com meu carro e fomos direto para a cama. Não me lembro com exatidão — talvez tivesse sido após meu primeiro encontro com Anderson, em que havia dado para ele na frente do urso e encontrado prazer naquilo —; meu tesão aquele dia excepcionalmente consistia em dar com outros caras admirando. No motel, todavia, um dos indivíduos se pôs de lado — sentou-se em um banco e apenas observou. O outro ativo estava ávido por me comer, como estava o versátil — um uruguaio que muito fez o meu gosto. Depois de dar um pouco e ainda com muito tesão, quis comer o uruguaio. E ele me deu com tanto prazer quanto tinha me comido, e depois insistiu para que revezássemos. Foi o único homem autointitulado "versátil" que me demonstrou tanto prazer em dar quanto em comer — e que não restem dúvidas, depois organizamos um encontro a dois apenas dedicado ao troca-troca (de que me havia privado em minha adolescência). Mantemos contato desde então, contudo não tivemos oportunidade de repetir a vivência. Com Bosco era diferente. Tenho para mim que seu grande prazer jaz em ser passivo, embora não admita isso nem para si mesmo — e muito menos aos outros — e continue a se rotular como "ativo". Na viagem ao Rio de Janeiro, no hotel TPortal em Santa Tereza, o verdadeiro interesse dele já era dar. Passei a João alguns truques — principalmente, ensinei com toda a gentileza como confiar e relaxar por inteiro para se entregar a outro homem e levar rola. [Sempre explorei muito meu próprio corpo e conheço cada milímetro dele, assim como suas limitações, e por extensão também entendo bem como o corpo do outro funciona — essa compreensão é indispensável para alguém ser "bom de cama" ou não, em minha visão.] Colocamos um pornô na TV, que sempre me inspira tanto em termos de tesão quanto a experimentar posições inovadoras, e João me deu. Esteve tenso no início; com minha postura e técnicas aprimoradas ao longo de anos, consegui não apenas que confiasse em mim, como com a cabeça de meu pau fiz com que fosse se abrindo aos poucos, inicialmente indo sem muita sede ao pote — e o penetrei até que ficasse bem lasseado. Bosco se mostrou um ávido aprendiz e não conseguia parar. Era isso que lhe havia faltado, ele me confessou, essa oportunidade de confiar o suficiente para ser capaz de relaxar e se entregar e *ser* passivo. Certa hora, quando mostrei a ele como um ator pornô sentava na rola do outro e deslizava, João Bosco se ofendeu — acusou-me de não encontrar prazer nele, apenas no filme. Foi uma DR que durou mais do que deveria. Quando retomamos, João estava mais no controle de si e dono de suas próprias técnicas. Sentou em minha rola e deslizou tal como o ator pornô. Era um dedicado passivo e deu durante os três dias que permanecemos no hotel. Foi o início efetivo de sua "conversão" e ele nunca mais seria o ativo conhecido por toda São Paulo — conquanto sua fama perdurasse.

Durante o dia, permanecíamos na piscina e recebemos a visita de Théo e Luciana, supostos amigos de Bosco. A situação era, como eu havia me acostumado, inusitada. Luciana se tratava de uma *dealer* que transitava entre o Rio de Janeiro e São Paulo, e grande usuária de metanfetamina. Théo era alguém que eu havia conhecido através de Tiago e que namorava um conhecido próximo dele — Carlos Ahola. Moravam em Ipanema e, embora mal me lembrasse do casal, quando meu relacionamento com Tiago terminou, Carlos passou a me assediar incansavelmente. Afinal, eu havia comido quase todo o Rio de Janeiro — ele não queria ser privado da experiência. Um dia, topamo-nos no aplicativo de sexo. Apresentaram-se como um casal composto de um ativo e um passivo, que buscava um terceiro. Mandaram fotos, das quais gostei; por ter péssima memória, tanto para rostos quanto para nomes, eu me dirigi ao encontro sem saber que se tratava, de fato, de conhecidos de meu ex — ou não teria ido. Dei-me conta disso apenas quando me encontrei com eles já em seu apartamento: Théo logo se abriu comigo, dizendo que nunca suportou Tiago [um dos poucos "ativos" na cidade que não se davam com meu ex]. Carlos Ahola começou a me chupar e partimos para o sexo. Antes sequer que eu metesse, Théo me avisou que seu namorado apenas "aguentava isso aqui [e me mostrou menos de dez centímetros] de rola" — e "somente na posição frango assado". Comecei a comer Ahola; não demorou para que me frustrasse com todas as regras. E me perguntei como poderia alguém que se descrevia "100% passivo" nem minimamente levar o pau inteiro de seu namorado — e Théo era um cara bonito e relativamente dotado e certamente assediado pelos passivos do Rio de Janeiro à época. Théo também tinha pouca paciência para com seu namorado, e queria mesmo era me comer. Dei para ele e, desrespeitando a etiqueta que sempre honrava quando me encontrava com casais, deixei explícito o quanto estava gostando mais de um do que do outro. Eu já então tomava PrEP, e Théo e eu transamos pela sala inteira e gozamos por todo o chão próximo a uma mesinha — seria o céu estrelado da noite no Japão, do outro lado do planeta. Ahola admiravelmente não se chateou com a situação; aliás, passou a me assediar ainda mais — e enchia meu inbox de mensagens toda vez que me via em uma padaria, que fosse.

Quando me deparei com Théo novamente, dessa vez na presença de João Bosco, senti-me um pouco desconsertado. Devo ter mesmo um senso ético antiquado: tais ocasiões são extremamente comuns no modo de vida gay — e o próprio Bosco tinha ficado com o "amigo" Théo no banheiro da casa deste, às escondidas, durante uma festa promovida por Carlos Ahola [nunca descobri quem deu para quem, alegadamente apenas se chuparam, mas essa versão não me convenceu, pois então eram dois "ativos" tentando manter suas "reputações"]. Nas visitas de Théo e Luciana ao hotel nada demais se passou, nem na piscina nem no quarto — apesar de eu ter desenvolvido a teoria de que Théo e Bosco possuíssem desejo incubado um pelo outro (prova havia sido sua traição a Ahola), desejo esse que foi pelo ralo quando ambos se descobriram passivos — por falta de melhor expressão —, por volta da mesma época. Já em dezembro de 2019, Théo tinha se tornado um usuário compulsivo de metanfetamina [é válido ressaltar que eu, àquele tempo, não sabia de sua adquirida preferência por dar o cu].

Como autor, provavelmente não deveria adiantar o *plot*. Entretanto se trata de uma observação de campo de minha parte sobre os gays — ao menos, os brasileiros [é uma leitura baseada em minha experiência somente, sem método ou pretensão científicos]: muitos homens, quando descobrem sua passividade, perdem crescentemente e completamente o verdadeiro tesão em meter. De tal modo que indivíduos, que antes se atraíam pela masculinidade mútua e pela possibilidade de se enfrentar em "duelo" e se penetrar, enterram de vez o interesse pelo outro quando dão por si que esse outro se descobriu igualmente passivo. Dessa forma provavelmente morreram vários romances antes mesmo de terem nascido. Tiago tinha uma sexualidade interessante nesse aspecto. Embora fosse somente passivo, possuía ainda interesse sexual em seus "amigos" passivos — os mais másculos. Segundo ele, o elo entre os dois, que consistia em uma fantasia que ele sempre nutriu, seria o de um ativo que penetrasse ambos em uma situação a três, em que o ativo se revezaria de um a outro — e isso traria a Tiago tal prazer que ele seria capaz de aproveitar da masculinidade de seu colega na cama, por mais passivo que este também fosse. Foi uma proposta que me fez inúmeras vezes durante nosso relacionamento; eu, por ciúmes e por medo das consequências que isso poderia trazer à relação, neguei repetidamente a realização de seu desejo. Um ano e meio depois, com João Bosco, minha mentalidade tinha mudado. Houve uma ocasião — quando ainda achava que ele era ativo, no Studio 1984 — em que havíamos acabado de transar e ele aparentemente se entediou comigo; fui largado assistindo a um filme pornô — tecnicamente de escanteio — ao passo que Bosco digitava alucinadamente em seu telefone, escondendo o conteúdo de mim. Minha intuição me dizia — e a experiência me revelou que eu não estava errado; mais uma vez adianto o *plot* — que ele estava trocando mensagens e materiais de conteúdo pornográfico com outro sujeito, provocações a serem realizadas, talvez com o rapaz que eu conheceria na fachada do prédio dias depois. Expressei a ele que, em vez de esconder de mim, preferiria que compartilhasse tais fetiches comigo; se quisesse comer um cara, eu aceitava que fizesse isso em minha presença, ou até que se revezasse entre nós dois. João levou aquilo como um grande insulto e afirmou que não me entendia: que eu alegava que buscava um relacionamento, contudo "queria apenas oba--oba". Argumentei que havia amadurecido e que simplesmente estava disposto, pelo bem da relação e para evitar mentiras, a eventualmente aceitar a realização de um desejo dele sem cobrar nada em troca. Nem escutava o que eu dizia: essa era a fúria que minha conversa aberta e direta sobre sexo havia criado. Foi então que comecei a perceber o quanto João Bosco era reprimido, e que se sentia o dono de mim. Situações a três, a quatro, a cinco e a muito mais eram extremamente comuns em sua vida — ele teimava em refutá-las, tamanho seu próprio autojulgamento —, e vim a descobrir uma a uma posteriormente (quando ele estava *high* de G e eu o inquiria, narrava-me os acontecimentos com riqueza de detalhes). Porém, por eu já ser seu suposto namorado, *comigo* aquelas "infrações" eram inaceitáveis. "A mulher com aliança no dedo deve ser a santa; só se pode ter prazer com a puta" — esse era o pensamento machista que imperava em sua mente. Após longa e cansativa discussão que eu nunca poderia ter previsto, ele me reafirmou com todas as letras que não desejava ninguém além de mim e que transar com outro jamais havia passado por sua cabeça — e insistiu que não estava falando com ninguém, apenas navegando pelo aplicativo LinkedIn em busca de emprego. Precisava respirar um ar! Colocou seus shorts de poliéster, sem cueca por baixo, a deixar o volume genital completamente à mostra, e desceu até a padaria da Santo Antônio "para comprar cigarro". Eu demoraria muito tempo a me atentar a esses passeios sem cueca que se repetiam quase todas as manhãs depois de transarmos...

No TPortal em Santa Tereza, estávamos aparentemente protegidos em uma bolha — isolados do restante do mundo enquanto Bosco experimentava com sua passividade. Tentações a dezesseis metros, ou a dois andares de elevador de distância não nos assolavam. Foram momentos, em sua maior parte, amenos. E uma bela escultura de tigre em formato extremamente anatômico, sobre a qual João se deitava para levar rola, recebeu nosso carinhoso apelido de "Tigrão". Quisera eu ter conseguido colocar Tigrão em uma mala e tê-lo trazido conosco — teria justificado o fato de eu posteriormente ter sido "preso" naquele mesmo hotel.

No retorno de Santa Tereza a São Paulo, João Bosco pediu para guiar o veículo. Encontrava-se cansado e agitado, e em uma ultrapassagem quase nos envolveu em um grave acidente. Admitiu que não estava bem e aceitou que eu tomasse o volante. Gostava de dirigir velozmente — não era o mais cauteloso dos motoristas, nem possuía os reflexos mais ágeis ou precisos —; isso me causava certa apreensão. Logo que ocupei o assento do motorista, tudo ficou bem e chegamos os três (ele, Maga e eu) em segurança na capital paulista: com meu famoso "pé de chumbo", sempre tive agilidade quase felina — talvez por ser grande admirador dos gatos, talvez por ter os genes de meu pai e de minha avó...

No dia seguinte, Bosco e eu fomos almoçar em um shopping no bairro de Higienópolis — algo romântico — e Maga foi conosco. Ele tentava, havia algum tempo, marcar um encontro com uma colega de seu ex-emprego para discutir a homofobia de que tinha sido vítima e falar de prospectos, entretanto a pessoa se encontrava ocupada demais e a reunião nunca se realizava de fato. Individualismo contemporâneo. João estava muito angustiado, o que havia escondido bem de mim em nossa viagem. Ao deixarmos o Studio 1984, no entanto, ele repentinamente caiu no choro. Abriu-se comigo: estava se sentindo muito mal por ter sido demitido, não entendia o porquê daquilo. Era um ótimo trabalhador, dedicado e competente, chegava pontualmente ao escritório — um dos primeiros a entrar e dos últimos a sair. Brilhava na conta que tinha administrado anteriormente, de uma grande marca de veículos, e era adorado pelos clientes. Não obstante, foi transferido para a conta dos hotéis Rocca, e o cliente Enrico se mostrava não apenas extremamente rigoroso e minucioso, como prepotente, grosseiro e homofóbico, usando de tom ofensivo em suas comunicações. Por ser Bosco alguém muito visionário, e nesse aspecto um tanto inocente, não temia discordar abertamente do sujeito — que não parecia ter um entendimento macro tão claro do que desenvolviam [ou, ao menos em várias ocasiões, demonstrava-se precipitado mesmo em suas decisões micro]. João, crente de que o sucesso do projeto seria algo bom para todos e também adepto de um tipo de comunicação mais livre e aberta — ao menos profissionalmente —, acabava por desafiar hierarquias e na agência tomou a frente dos questionamentos relacionados a certas decisões de Enrico. Foi assim que, quando o indivíduo se demonstrou insatisfeito com o trabalho da BarMetria — que não ia ao encontro de seus anseios, mesmo que errôneos —, o chefe de Bosco resolveu entregá-lo como boi de piranha para que a empresa não perdesse a conta. E João foi mandado sumariamente embora em uma segunda-feira. Posteriormente, as suspeitas de João Bosco sobre homofobia se confirmaram quando teve acesso a e-mails e prints de conversas de WhatsApp em que o cliente, representante da rede Rocca, escrevia que não se sentia à vontade trabalhando com um homem gay em sua conta na agência, e que preferia lidar com mulheres — certamente, por seu machismo supunha que o sexo feminino seria mais submisso a seus [des]comandos e dessa forma seria feita sua plena vontade. As informações que Bosco acessou também contextualizavam o tom inaceitavelmente abusivo do cliente. No estado de atropelo em que se encontrava sua vida pessoal na segunda metade de 2019, afundando sem perceber na depressão e na metanfetamina e se distraindo nas frequentes festinhas de sexo, porém, João Bosco tinha deixado passar desapercebido o jogo político que se havia instaurado em seu trabalho — e em expressões livres de suas opiniões profissionais acabou sendo usado por seu chefe para confrontar a desorientação de Enrico, e depois foi ilegalmente sacrificado pela pacificação dele. Continuava a não enxergar, todavia, como os acontecimentos faziam perfeito sentido no Brasil que se havia revelado a sua volta desde 2018. Segundo publicaram em seu artigo "Em Nome do Pai...", os sociólogos Reginaldo Prandi e João Luiz Carneiro, da Universidade de São Paulo, averiguaram que, na votação da Câmara dos Deputados de 17 de abril de 2016 que autorizara o processo de impeachment de Dilma Rouseff, as justificativas dos 367 deputados evangélicos e não evangélicos que votaram "sim" se guiaram "pela representação de família, tradição e valores conservadores, em contraste com as ideias progressistas que dominavam a pauta política até então. 'O Brasil em sua maioria é um país de gente com mentalidade atrasada', [definiu] Prandi" em entrevista à coluna de Chico Alves no UOL:[7]

> "E foi essa mentalidade atrasada que derrubou a chefe de governo cujo partido e o presidente que a precedeu davam mostras que queriam dar igualdade às mulheres, aos negros, aos gays, pautas de esquerda." Para o sociólogo, as justificativas dos deputados são a prova de que Dilma não foi retirada do poder por causa das alegadas pedaladas fiscais ou pela crise econômica. O verdadeiro motivo foi a reação de uma parcela de brasileiros, até então sem voz, a avanços na agenda de costumes.

João Bosco tinha continuado silenciosamente a patinar naqueles fatos e revivia em círculos a emboscada homofóbica em que havia sido colocado, sem conseguir elaborar o conjunto dos acontecimentos desde nossa primeira semana juntos. Eu nunca tinha visto qualquer demonstração transparente do impacto de sua demissão em sua pessoa, o que estranhava e cheguei a questionar algumas vezes; sua primeira comprovação frontal do abalo que aquilo tudo havia causado veio com as lágrimas a caminho do shopping. Embora eu tentasse fazer sentido do contexto e demonstrar a Bosco que o que havia ocorrido não tinha a ver com sua dedicação ou competência, sua autoestima baixa o levava a internalizar o fracasso e a se sentir ainda pior. O pranto ao volante a caminho do restaurante veio com as forças de uma cachoeira e foi uma surpresa para mim, pois se iniciou de uma ebulição interna que ele vinha mascarando. Confesso que me senti lisonjeado: Bosco me considerava digno para comigo compartilhar suas maiores fraquezas! Senti-me tão lisonjeado, que não me atentei a algo importante que se passava no inconsciente de meu namorado: ele se sentia inferior porque foi demitido da conta da rede Rocca, e tinha sido justamente em um hotel dessa rede que fomos nos hospedar no Rio de Janeiro. Não era coincidência. João desenvolvia em sua mente uma necessidade de aceitação de quem o fizera se sentir tão impróprio. Hospedar-se em um hotel da rede Rocca e ser tratado como cliente *Gold* era sua forma de conseguir uma aprovação que lhe havia sido negada. De fato, ser "afirmado" pelos hotéis Rocca e outras empresas parceiras, como a rede de veículos Adivom, na qual eu tinha alugado a SUV, tornar-se-ia uma maneira doentia de alimentar sua autoestima com a piora trazida pela crescente marginalização do regime da extremadireita, principalmente porque essa afirmação ocorreria de forma cada vez mais distorcida. Isso — algo de profunda importância — me escapou devido às minhas próprias inseguranças. Como exemplo: o almoço foi bom, mas não deixei de notar que João correspondia aos olhares de homens interessados como se estivesse solteiro — o que me incomodava e quase tinha me levado à loucura em minha relação com Tiago [algo que este posteriormente foi capaz de corrigir, ainda assim não impedindo o rompimento].

Meu forte nunca foi o flerte — sempre preferi abordar qualquer indivíduo desejado com palavras, a deixar claras minhas intenções; quando recebia olhares interessados, intimidava-me, mesmo que tivesse eu, também, interesse. Isso levou muitos pretendentes a presumirem que eu me encontrava fechado quando, na verdade, estava aberto a investidas. Certa feita, em minha adolescência, fui com minha mãe ao banco. Eu vinha experimentando usar cuecas samba-canção — o que se provou uma péssima ideia, pois, com os hormônios nas alturas, tinha ereções quase que constantemente, e esse tipo de cueca não fazia nada para as disfarçar. O mero movimento do carro fazia meu pau ficar duro [o que ainda hoje acontece comigo]. Na hora de descer do automóvel, não conseguia fazê-lo sem me expor, e demorei o máximo que pude fingindo que procurava algo que [não] havia perdido no chão. Pensei em matemática, notícias tristes, coisas que pudessem fazer com que meu mastro abaixasse... Funcionou parcialmente. Caminhando ao Banco do Brasil na principal rua de Três Lagoas, contudo, passamos por dois soldados uniformizados, e um deles não conseguiu tirar os olhos de mim. Notei-o; desviei imediatamente o olhar. [Minha mãe sempre foi uma águia na percepção de meus olhares, e nessa época, por volta de meus dezesseis anos, ambos tentávamos esconder um do outro que sabíamos que eu era gay.] "Nossa, Francisco, aquele soldado encarou você...". Fui curto: "Nem vi" — e, realmente, não teria a autorização dela para perceber. Anos depois, eu continuaria a ser muito "discreto" em meus olhares [e uso essa palavra com cuidado]; seria melhor colocar que sou tímido em tais circunstâncias. Especialmente durante uma relação, minha linguagem e meu olhar fulminam qualquer investida de terceiros — porque considero que a mera correspondência enfraquece e desrespeita publicamente aquele que está ao meu lado. Por esse respeito e essa consideração, difiro da maioria dos caras com quem estive: poucos me retribuíram a gentileza.

Naquele dia, certamente João Bosco não foi muito sensível a minhas próprias suscetibilidades. Isso alimentou minha insegurança, que já vinha desde os acontecimentos anteriores à viagem. Via-me feio, magro devido ao trabalho excessivo, e indigno de olhares — e talvez por isso encontrava-me cego a meus próprios pretendentes, e me sentia ainda pior. A despeito desses coeficientes, Bosco havia me convidado a almoçar e parecia querer que eu me sentisse bem. Tirou uma foto com Maga em meu colo e eu me lembraria dessa tarde com ternura.

No auge de nossa viagem romântica ao Rio de Janeiro, João Bosco e eu planejamos de última hora uma viagem para passar Natal e Réveillon na Argentina, em um hotel adorado por ele em Buenos Aires. Eu pagaria pela viagem — porque ele havia arcado com a estadia em Santa Tereza. Não poderíamos adivinhar que nossa "lua de mel" acabaria de maneira tão súbita e inesperada. O almoço em Higienópolis à parte, fomos novamente inseridos no irreal dia a dia do Studio 1984. Ali, o discurso ético de Bosco sobre os princípios do relacionamento, que tanto encontravam respaldo em meus próprios valores, parecia ser crescentemente deturpado. A cumulativa disparidade entre a fala e os acontecimentos diários gerava um contorcionismo difícil de ignorar, tornando seu posicionamento teórico cada vez menos fundamentado na realidade — a começar pelo vizinho da cobertura do outro prédio, que eu sempre apanhava observando Bosco, que se masturbava *para ele* durante nossos momentos íntimos. Eu podia ver pela janela de seu apartamento de cobertura que atrás do homem estava localizado algo em formato retangular, que inicialmente imaginei se tratar de um espelho. Cheguei a fotografar o homem diante desse retângulo. Um maior escrutínio fez com que eu entendesse que se tratava, na verdade, de uma tela de TV — pois se preenchia de azul em certos momentos, quando parecia haver uma falha de sinal. Em raros momentos essa televisão transmitia conteúdo televisionado, e observei o homem jogando video game ali uma vez ou outra. Na maioria das ocasiões em que Bosco e eu transávamos e as cortinas do estúdio misteriosamente se escancaravam em pontos exatos, ampliando o campo de visão desde o exterior para a área interna da cama e do sofá/cozinha, o grande monitor apresentava um tom acinzentado que eu podia observar a distância; ocorria que esse tom de cinza era muito parecido com aquele das paredes de "nosso" apartamento. Foi uma apuração que me intrigou. Repetia-se, também, um comportamento que eu havia observado na primeira feita em que flagrei João se exibindo para o vizinho: sempre que me aproximava, Bosco disfarçava e seguia para seu telefone, a digitar — era uma conversa que tinha indícios de ser sequencial aos acontecimentos, eu não podia deixar de reparar. João escrevia, ia se expor; quando me aproximava, ele voltava para o interior e digitava; passado algum tempo, eu me distraía; Bosco enviava breve mensagem e saía à varanda; quando eu o via se exibindo, o vizinho virava de costas para mim e de frente para o monitor; João novamente se colocava ao celular. Nessas situações, o abrir e fechar das cortinas também me mantinha ocupado. Confrontei Bosco inúmeras vezes sobre essa conduta, e em todas elas ele se negava a admitir que conhecia o sujeito — indo além, *aqueles fatos jamais tinham acontecido.* Argumentava que nem sequer enxergava o indivíduo e que não sabia a que eu estava me referindo, muito menos podia explicar como as cortinas haviam se aberto. Nossas versões dos acontecimentos e visões da [ir]realidade passavam a divergir cada vez mais. No período diurno, quando nos dedicávamos a nossas atividades rotineiras, notei outra coisa que me intrigou: João Bosco, mesmo desempregado, passava uma gigantesca parte de seu tempo ao telefone — muito mais tempo do que eu, que administrava grupos antifascistas, LGBT+, pró-democracia e pró-cultura, e que trabalhava na pós-produção do projeto para a TV e na pesquisa de minha peça teatral. Percebi que, apesar de notificações surgirem na tela do seu celular — mensagens recebidas por WhatsApp de indivíduos específicos —, quando João abria o aplicativo próximo a mim vários desses indivíduos e suas mensagens não constavam das comunicações realizadas no software; eu não sabia explicar aquelas desaparições instantâneas de mensagens, e um dia o confrontei sobre um caso específico — salvo engano, o interlocutor se chamava Renato Sampaio. Bosco negou conhecer qualquer pessoa com esse nome. Seria uma alucinação visual de minha parte? Estava eu apresentando sinais de psicose? Tinha dificuldades em duvidar tanto assim de meus próprios olhos pois jamais havia sofrido de quaisquer transtornos mentais — com exceção da depressão. De fato, achei Sampaio no Instagram — era produtor de festas que Bosco costumava frequentar. Outro indivíduo que passou a protagonizar meus crescentes questionamentos foi o tal Túrio, que constava da lista de contatos de João como "Túrio Hrd". Certa vez, Bosco tomou uma quantidade alta de G e novamente caiu no sono diante de mim, então peguei seu celular desbloqueado. Nele encontrei mensagens

143

desse indivíduo — e João comumente o convidava a assistir suas transas, como as orgias promovidas na primeira semana de dezembro, quando havia se divertido com Lu e outros inúmeros caras. Após essa fase, Bosco e Túrio continuaram a se comunicar — trocas de mensagens parcialmente apagadas que me levavam a crer que tais sessões de voyeurismo tiveram prosseguimento; não conseguia precisar como ou quando; provavelmente ocorriam enquanto me encontrava na produtora. Vendo a foto de Túrio no WhatsApp, descobri que se tratava de um indivíduo que no Grindr se identificava como "Voyeur" e que relatava estar descobrindo prazer maior em assistir ao sexo alheio, pondo-se à disposição para, inclusive, gravar sessões. Essas descobertas colocavam em xeque as repetidas afirmações de João Bosco de que não sentia prazer em se exibir. [Finalmente hoje, dia de retrabalho do texto, 21 de abril de 2021, Bosco não somente me admitiu que gostou de se exibir para Túrio durante suas transas como que este as gravava e que também lhe enviava gravações suas. Antes tarde do que nunca. João persiste em se negar a me contar como se encontraram pela primeira vez e continua a não assumir que tenham transado — embora em uma das mensagens Túrio tenha afirmado que sentia saudades do pau de Bosco, e este tenha deixado escapar que apreciava o pau do outro também. "Quem me dera" — respondeu João quando perguntei se dava para Túrio. A intenção era ser irônico, mas foi uma constatação da realidade. O mistério que envolve esse indivíduo em específico sempre me trouxe questionamentos. Por que Bosco menciona outros nomes, às vezes abertamente quando high de G, mas não *este*? Em meio a nossa discussão, João Bosco chegou a ligar para Túrio e, antes que este dissesse "alô", prontamente disse: "Túrio, diz para o Francisco que nós *não* transamos, que *nós nunca transamos*. Não é verdade?". Túrio encontrou liberdade para se pronunciar: "o relacionamento de Bosco comigo é tóxico" e ele "não dá palco para maluco". Há semelhanças com o caso de Henrique.]

Ao passo que minha desconfiança crescia exponencialmente, um novo hábito de João me causava ainda mais estranhamento — um elemento adicional que eu era incapaz de explicar. [É imperativo abrir um novo e breve colchete para dizer que, simultaneamente, nos olhos de João rapidamente se esvaía aquela alegria translúcida que me havia arrebatado de imediato. Eu via naquelas íris negras uma crescente maldade e um vazio — a mesma crueldade impessoal que encontraria, apenas algumas semanas depois, nas sentinelas do Hotel Moulineaux, no Rio de Janeiro.] Quando indagava Bosco sobre questões para as quais eu não conseguia explicação, ou que eram incongruentes demais para meu entendimento, como por exemplo seu exibicionismo para o vizinho da cobertura ou as mensagens de desconhecidos que simplesmente desapareciam de seu aplicativo de mensagens, ele inicialmente tudo negava. Depois, posicionava-se em um ponto da sala/cozinha de forma que eu estivesse virado de frente para a vidraça da varanda; empostava a voz, e tal como em uma entrevista televisionada, retomava a discussão em um formato de síntese para depois fazer sua pergunta: "Então, Francisco, você está falando que eu fico conversando com o vizinho da cobertura e que ele assiste à gente transando?". Eu tinha a imediata impressão de que não era o tom natural de uma conversa, mas sim, uma recapitulação da briga que se antecedia e uma maneira maliciosa de me retratar para quem estivesse do lado de fora da relação. Porém, me retratar para quem e como? Era quase um pequeno clipe de entrevista para se usar em um telejornal, com pergunta e resposta que se apresentariam como um todo independente — que poderia ser utilizado para pintar minha figura para quem não me conhecesse. Seria uma zombaria descomunal porque, se de fato aquilo estivesse sendo gravado ou transmitido, eu estaria sendo apresentado como psicótico para indivíduos que sabiam que minhas dúvidas possuíam pé na realidade; no entanto, por não poder prová-las, eu desacreditava em mim mesmo. Ademais João Bosco, se estivesse participando de um jogo, utilizar-se-ia daquilo para, sendo a única pessoa com quem eu realmente interagia fora do trabalho, efetivamente me rotular como louco. Enquanto eu questionava minha percepção da realidade com grande frequência e tentava fazer sentido do que era exposto diante de mim, Bosco então desenvolveu outro hábito, mais um. Tudo se iniciou em um dia que saímos para fazer compras para o apartamento na Tok&Stok e passamos algumas horas longe de casa. Quando retornamos ao estúdio, ele começou a olhar para pontos específicos dos cômodos, como que em fase de reconhecimento, e depois passou a se comunicar através desses pontos. Percebi pela primeira vez em uma de suas perguntas capciosas. Posteriormente, notei quando o peguei em flagrante se exibindo para o vizinho da cobertura: ele retornou ao interior do estúdio e, durante o sexo, olhava para os mesmos pontos fixos com frequência, quando me encontrava distraído.

Como diretor de cinema e TV e uma sorte de *voyeur* por profissão, trabalho com atores — que sabem que estão sendo observados e que evitam certas direções de olhar, justamente para não se depararem com a lente da câmera. É a chamada *quarta parede*. Às vezes, porém, cometem erros, pois é quase impossível ignorar em tempo integral quem a eles assiste, e por isso temos de refazer o trecho. Quando "desmontam" e saem de personagem, os atores também encaram a câmera para se comunicar diretamente com o diretor — que sabem estar do outro lado. Dessa maneira, alguém treinado como eu conseguiria diferenciar outro que sabe que está sendo gravado ou transmitido, não apenas pelas direções de olhar que evita quando está em ação, como pelas direções em que olha quando acha que há uma pausa ou distração na ação. No início, era tudo muito sutil, não o suficiente para escapar da minha percepção. O Studio se transformara em um estúdio?

Não demorou muito para que confrontasse Bosco por esse novo costume dele — o de olhar para específicos pontos fixos com frequência. No tom jocoso com o qual já se acostumava a me tratar, encarou exatamente uma dessas áreas no armário aberto da cozinha (local onde se encontrava um parafuso) e perguntou cinicamente: "Francisco, então você acha que meu apartamento está cheio de câmeras?". Desconfiado de quem pudesse estar "do outro lado", temeroso de algo, desconversei: "Jamais, isso não faz sentido". João lidava comigo cada vez mais dissimuladamente, e o apreço que um dia havia demonstrado sentir por mim — quando foi pessoalmente me ajudar a empacotar minhas coisas no flat do Jardins para me trazer para morar com ele, ou em nossa estadia em Santa Tereza, ou no almoço romântico em Higienópolis — parecia ter se transformado em desprezo. Foi uma mudança mais rápida do que um piscar de olhos. O que havia acontecido? Eu simplesmente não possuía explicação para aquilo e para todas as "ilusões" que estavam me acometendo ininterruptamente: vizinho que assistia a meu namorado e que virava as costas quando eu surgia, para encarar um telão; mensagens de WhatsApp parcialmente apagadas ou conversas que desapareciam por completo; saídas frequentes e urgentes de Bosco após frenética digitação ao celular; escapadas que tinham horário marcado; novas interfaces que eu via de relance no telefone de João e que não correspondiam a aplicativos que eu reconhecia; pontos fixos com os quais João Bosco interagia no interior e no exterior do apartamento... "Cuidado, você está ficando maluco" — ele se acostumou a me alertar com escárnio. Inicialmente, supus que o tal vizinho e o enigmático Túrio tinham compactuado com Bosco de forma a assistirem a nossos momentos de intimidade. Contudo, lembrei-me de outras mensagens que havia encontrado em seu celular, mensagens vindas de rapazes desconhecidos cujos perfis no Instagram eram cheios de fotos sem camisa, e supus que o voyeurismo não se aplicasse somente a mim, que havia mais em jogo. Quando eu me fazia de tolo e deixava parecer que a desconfiança tinha se esvaído, João compartilhava comigo que, em sua função de relações-públicas de locais concorridos da noite de São Paulo e também nas produções de eventos que havia realizado, tinha conhecido inúmeros indivíduos nacionalmente famosos — alguns dos quais havia levado para sua teia para transar —; não eram todos eles artistas e celebridades abertamente gays — muitos encontravam-se "no armário" e frequentemente eram casados com mulheres —; de qualquer forma, por serem homens em sua maior parte bonitos ou atraentes, deveriam despertar o interesse de terceiros por seus momentos íntimos, tal como Kim Kardashian havia despertado. Esses encontros com João Bosco tinham sido transmitidos para o vizinho, sua esposa, Túrio e seu clubinho? Havia um mercado consumidor de tais intimidades? Aquele apartamento se tratava de um "matadouro" para onde eram encaminhadas presas e onde elas eram indevidamente expostas? Qual a natureza daquelas transmissões? Era uma transmissão contínua — que se estendia ininterruptamente 24 horas por dia — ou eram várias pequenas transmissões — que se iniciavam apenas quando Bosco acionava A Rede através de seu celular? Eu podia afirmar com certo grau de confiança que, se tivessem acontecido antes de mim (como também tinha quase certeza), essas transmissões haviam sido interrompidas momentaneamente até depois de minha chegada, tendo sido retomadas na tal data das compras para o apartamento em meados de dezembro. O porquê da interrupção eu desconhecia — o porquê da retomada hoje posso especular. Um dia, dei-me conta de que o telão do vizinho da cobertura transmitia, em tempo real, o que ocorria no estúdio — consegui enxergar apartamento nosso adentro, e não apenas parte da parede. Por esse motivo, quando me via me aproximar, o homem se virava de costas: nem por isso deixava de assistir a nós dois. Também pude identificar que, no espaço externo da cobertura dele, havia duas câmeras voltadas para o Studio 1984 — em específico, para a varanda de Bosco. Tentei, a partir desse momento, entender como o video game era jogado e causar frustrações propositais, para tirar dos trilhos os planos em andamento e compreender melhor, por meio das mudanças que eu acarretava, o que de fato se passava. Como havia sido confrontado com muita coisa de uma vez só e era tudo tão complexo a ponto de questionar minha própria sanidade, em retrospecto fui demasiado inocente; isso dito, outra pessoa em meu lugar teria talvez sequer conseguido identificar que algo de anormal acontecia — e aconteceu com uma quantidade considerável de "famosos". Eu notava, havia algum tempo, que João se colocava no celular a digitar alucinadamente e que era muito importante para ele saber exatamente *quando* transaríamos, ou *que horas* eu partiria para o trabalho, ou deixar claro que *em um horário específico* ele precisaria sair para realizar determinada tarefa. Certa feita, avisei que necessitaria sair a trabalho no final da tarde, e João se colocou ao telefone — marcava algo, era óbvio. Fui me atrasando para a ocasião que havia inventado, de forma a observar como Bosco se comportava. Ele ficava cada vez mais impaciente e, haja vista que o horário determinado se aproximava, porém eu não saía, ele então disse que faria uma visita a seu amigo Duda. Perguntou se eu gostaria de ir junto, na expectativa de eu dizer "não" e de se livrar de mim. Para frustrá-lo, disse que iria, sim, pois havia me livrado de meu compromisso. Bosco dirigiu a SUV alugada até o apartamento de Duda em Higienópolis — e, no caminho, seu telefone (que estava conectado ao carro por *bluetooth*) tocou. Era uma ligação via WhatsApp. Inicialmente, ele tentou disfarçar com naturalidade e simplesmente não atendeu. Tampouco questionei. No painel do carro aparecia apenas o símbolo ~*. Mas, logo recebeu várias mensagens desse mesmo indivíduo no aplicativo de mensagens, seguidas de novos telefonemas insistentes — quando ele, por fim, apertou o botão de "não atender" no celular. Não havia conseguido deixar o interlocutor satisfeito com relação a seu atraso? — me questionava. Ou havia causado indignação ao ter tido de cancelar o compromisso? Havia conseguido se explicar, a dizer que o namorado o impossibilitava de agir livremente? Em todo caso, fingi que não me afetei. Apenas subimos ao apartamento de Duda, que nos recebeu com toda a naturalidade do mundo — como faria para acobertar qualquer mentira de João —, e Bosco inventou imediatamente uma desculpa: a de que precisava descer para comprar cigarros. Levou o celular. Demorou-se um pouco e, ao volver, tomou G e deixou o telefone destravado. Não perdi a oportunidade: ao acessar o WhatsApp dele, não encontrei nenhum registro da ligação de "~*", ou de suas mensagens por volta do horário de 19h46 — que tinha memorizado —, ou de qualquer conversa com "~*"... jamais! Existiam duas possíveis explicações, ou uma terceira que misturasse as duas. Ou Bosco havia limpado o histórico do aparelho, ou possuía dois WhatsApps — o segundo, escondido tão bem em seu iPhone que eu não conseguia encontrar. Entretanto, se possuísse dois WhatsApps, as notificações apareceriam separadamente em sua tela, e não juntas, como se vindas de um aplicativo só, tal era o caso — portanto, haveria de existir um sistema operacional que permitisse isso. Uma certeza eu tinha: João havia deixado o eletrônico destravado propositalmente para que eu o inspecionasse e nada encontrasse, porque ele não tinha acreditado na desimportância que dei ao ocorrido no carro — queria que eu me duvidasse sobre a realidade. Nunca fui um leigo em tecnologia, tampouco sou um hacker. Quanto a João Bosco, este havia trabalhado em proximidade com experts em *business intelligence*. Para comprovar a mim mesmo minha sanidade, meu foco passou a ser seu aparelho celular: eu precisava destrinchá-lo.

Bosco tinha combinado com a traficante Luciana que ele passaria dez gramas da metanfetamina dela em São Paulo, e com aquilo buscava recuperar parte da renda que havia perdido com sua demissão. "Circunstâncias são o que nos traem — você deve discernir entre elas. Abraçamos o mal antes do bem. Desejamos o oposto do que uma vez desejamos. Nossas orações estão em guerra com nossas orações, nossos planos com nossos planos" (Sêneca, *Epístolas morais*, 45.6) — uma leitura que meu ex M. insistia que eu fizesse. Questionei a escolha de meu namorado; era tarde demais: estava tudo arranjado com Luciana quando tive conhecimento e ele já estava em posse do produto. Somente me restava torcer para que tudo acabasse bem e rápido, e que não trouxesse ainda mais prejuízo — que poderia vir de várias formas. Havia, mesmo entre os usuários de tina, uma crença de que a substância trazia mau agouro — e ninguém gostava de ter aquilo em casa. Por essa crença isoladamente estaríamos em contradição com nossos valores, contudo existiam muitas outras razões para isso — João estava em maior contradição do que eu, pois era dele a iniciativa e também a responsabilidade. Além disso, a distribuição era uma tarefa que demandava diferentes técnicas e organização, entre outras características que João Bosco não possuía. Confesso que fui conivente — não deveria ter sido; não havia tanta opção. Eu muito menos iria comprar aquela quantidade de droga para me livrar do problema, porque não tinha me organizado financeiramente para aquilo e não queria crystal à disposição de João (e consequentemente à minha, sem nunca a retirar de nossa casa) em tempo integral. Assim, Bosco acabou se metendo em uma dívida sem fim: não encontrava compradores para se dispor logo e, quando passava o material adiante, não repassava o valor imediatamente a Luciana, gerando caos financeiro e criando com ela uma dívida que o assolaria. Seria essa uma das primeiras visões do precipício. Nesse período, reaproximou-se de seu amigo de infância, Walter, e lidava com contatos indicados por ele e outros amigos e colegas que buscavam a droga. Recebíamos visitas de pessoas que eu não conhecia, que tocavam a campainha e adentravam o apartamento — o que para mim era uma invasão, haja vista que poucos eram os convidados bem-vindos no meu lar, além de uma péssima exposição: na maioria das vezes, trancava-me no banheiro. Eu apenas desejava que aquele estoque se esgotasse, no entanto ele parecia aumentar. Certa vez, Walter subiu com seu namorado e dois amigos para provar o produto de Luciana — eram um atendente de bordo e um outro rapaz que visitava de Londres (que fazia justamente o meu tipo). Sabendo já então que João e o namorado de Walter eram "amigos de rola", eu me permiti flertar não somente com esse namorado, mas também com o londrino. Fui retribuído. Porém apenas me autorizei a sentir o cheiro doce da vingança — não fui adiante; respeitei João. A decisão errada de Bosco de revender metanfetamina me preocupava e trazia inúmeros problemas — em função disso, João saía diversas vezes com incumbências, e eu não confiava nele o suficiente para deixá-lo chegar sozinho na casa de um estranho, uma tentação por si só, e onde provavelmente estaria rolando uma festinha: ele poderia facilmente embarcar no bacanal. Ainda assim, não me oferecia para acompanhá-lo; não gostaria de me envolver naquilo — já me bastava que viessem ao que sabiam ser meu apartamento [eu, uma figura pública e um ativista LGBT+]; mesmo que me escondesse no banheiro, tinham ciência de que Bosco e eu mantínhamos uma relação e de que aquela era "minha casa".

A despeito de minhas rezas, os malditos dez gramas não escoavam... Era um sinal do quanto nossa geração estava rapidamente se perdendo. Possuíamos grandes ideais e potencial, apesar disso éramos cada vez mais encurralados [principalmente pelo aperto financeiro que se acirrava] e direcionados à lama — como gado cujo valor da arroba está tão baixo que vale mais a pena sacrificar do que alimentar. O plano da extremadireita era bem-sucedido, e os jovens que não carregavam a bandeira dos valores cristãos e da família brasileira eram empurrados à margem, escorregando no barro para mais e mais próximo do abismo. Com quantos brasileiros de nossa geração Y isso não se repetia? Não poderíamos ser inocentes a ponto de crer que éramos um caso isolado — e eu percebia isso não apenas através de meus contatos com jovens gays menos privilegiados país adentro, que me escreviam narrando suas dificuldades e pedindo sugestões para inserção na economia de forma mais criativa, como também pelos mais abastados amigos de João, cujas situações financeiras se complicavam e que se mostravam perplexos com a marginalização que lhes era crescentemente imposta: perdiam os empregos e, despreparados para lidar com a dura realidade que nunca lhes havia sido anunciada, afundavam-se nas drogas e se atropelavam em seus erros. Tal como Bosco. Afinal, éramos a geração de ouro, a quem havia sido prometido um futuro brilhante durante as administrações de Fernando Henrique Cardoso e Lula. No regime Bolsonaro, sofríamos duros golpes de pessoas de nossa infância e de nossos próprios pais, que tinham passado por lavagem cerebral fascista em seus distintos meios e maçonarias, e então nos renegavam por nossas diferenças. Ser gay era, sim, um problema: voltavam atrás em sua própria aceitação de seus filhos, irmãos e amigos e insinuavam que nossa orientação sexual era indício de "defeitos" mais profundos — que começavam a se manifestar enquanto nos sufocávamos com a falta daquilo que havíamos aprendido a tanto valorizar, dinheiro. Realmente, arremessados em armadilhas e perdidos em desesperança, traíamos nossos mais valiosos princípios e já passávamos a nos perder de quem éramos. Rapidamente, seríamos engolfados completamente pela depressão e contemplaríamos o suicídio. *"Da mihi animas, caetera tolle"* ("Dai-me almas e ficai com o resto").*

Sábado. Precisávamos levar as roupas à lavanderia do térreo e Bosco me convidou para tomar sol na piscina. Eu também possuía já minhas ressalvas com relação àquele lugar. Pois, das vezes em que mexi no celular de João, deparei-me com fotos tiradas da varanda de seu estúdio de indivíduos que do deck da piscina acenavam para ele — e o contexto das mensagens me levava a crer que se tratava de um lugar aonde alguém ia para se ser visto: dali tais sujeitos exibiam seus corpos e eram convidados para subir aos apartamentos para encontros sexuais. Sobretudo, a disposição de João para me expor — sem meu consentimento ou mesmo conhecimento — em meus momentos mais íntimos gerava cada vez mais dúvidas a respeito de suas reais intenções comigo, somadas ao sadismo crescente que ele revelava com relação a mim, destratando-me e me chamando de "louco" e "maluco" [e, até hoje, apenas Bosco e Deus sabem quem ouviu]. Eu tinha noção de que na piscina seria colocado à mostra de ao menos um quarto de todos os apartamentos do prédio — os voltados para a área de lazer — e o número não era pequeno (seriam, segundo minhas contas, mais de cem estúdios). Quem surgiria às varandas? Eu não poderia adivinhar. Relutante, tentei relaxar e me deitei com João ao sol. Tomar

---

* SALES, São Francisco de. Ver adiante.

sol não era o verdadeiro propósito dele: Bosco em momento algum deixou de lado seu telefone. E subitamente foi acometido de algum mal e se desculpou, alegando que precisava se deitar. Havíamos descido aproximadamente às 15h, e ele pediu que eu pegasse as roupas na lavanderia às 16h26 — quando estariam secas. Atentando-me ao fato de que algo estranho acontecia, deixei claro que não ficaria no sol mais do que uma hora — ou seja, subiria às 16h: eu me queimava muito rapidamente. Assim, frustraria qualquer plano que pudesse fazer e tentava diminuir as janelas de tempo em que ele permaneceria sozinho para levar alguém a "nosso" estúdio. Eu já havia anunciado que precisava ir a Higienópolis terminar de fazer minhas compras de Natal — e ele possuía aquele tempo livre a mais com que contar. Dessa forma, João subiu ao apartamento — antes, passaria pela lavanderia para pegar os itens que não poderiam entrar nas secadoras. Quando chegou ao oitavo andar, veio à varanda e aproveitou para verificar se eu ainda estava na piscina; volveu ao interior do estúdio. Às 16h, como havia informado, subi pontualmente para tomar banho e me vestir para ir às compras. Encontrei Bosco debaixo de pesadas cobertas e com uma voz amuada: dizia estar com frio em pleno verão brasileiro. Estranhei, pois sua aparência era ótima; entrei no banheiro mesmo assim. Liguei o chuveiro e pela fresta da porta entreaberta vi que ele, na cama, imediatamente pegou o celular de sob as cobertas e começou a digitar incessantemente em um aplicativo que possuía interface que eu jamais tinha visto antes. Abri a porta do banheiro repentinamente e perguntei com quem ele falava; em milésimos de segundo, travou a tela do celular e respondeu que conversava "com Duda"; desconfiado, pedi que ele me mostrasse a conversa; quando ele destravou o telefone novamente, o WhatsApp estava aberto e o constrangi de forma a abrir a suposta troca com o amigo: de fato, era a pessoa com quem havia falado mais recentemente *naquele* aplicativo, mas os horários da conversa não batiam com o que eu tinha acabado de testemunhar, porque haviam trocado mensagens mais de dez minutos antes. Isso fez com que eu duvidasse ainda mais. Tivemos uma pequena discussão. A despeito disso, arrumei-me e desci para pegar as roupas secas na lavanderia. Quando retornei ao estúdio, perguntei onde se encontrava meu roupão — do qual eu havia dado falta. João me surpreendeu quando disse que tinha colocado a peça para secar no deck da piscina. De novo estranhei — afinal, possuíamos um varal na varanda e nunca colocamos nenhum item de roupa para secar na piscina, o que violaria as regras do condomínio. Além do mais, quando ele tinha feito isso? No caminho de volta da piscina ao apartamento eu havia passado pelo lugar do deck onde, da varanda então, ele apontava estar meu roupão (em uma cadeira, à mostra para todos verem). Quem o tinha posto lá no tempo em que eu estava no banheiro ou na lavanderia? Desci e busquei a peça, ciente de que era o motivo de alguma piada: para pegar o roupão, mais uma vez me colocaria à mostra de quem quisesse ver — alguém com quem Bosco possuía algum combinado sádico, sem equívoco. Eu já não tinha a mínima fé nele. Retornei ao estúdio com o item e logo saí de carro para as compras. Fiz tudo às pressas. Voltei em apenas uma hora e ao entrar no apartamento encontrei João ajeitando a cama de forma apressada. Desconfiei; nada disse. Iríamos visitar Duda, conforme ele supostamente havia combinado enquanto eu estava no banheiro. Ao descer para a garagem do Studio 1984, no entanto, subitamente pediu para dirigir o veículo — o que permiti. Deixamos o prédio pela rua Santo Antônio — única saída existente da garagem — e ele parou o carro, ainda no sinal amarelo, bem rente à fachada do edifício, na qual se encontrava encostado um rapaz de uns trinta anos, com o joelho dobrado e pé na parede. Bosco olhou para ele e o sujeito o encarou de volta e olhou para mim. Contei: Bosco e o rapaz trocaram olhares cinco vezes até o sujeito cair na gargalhada e baixar a cabeça — ao me olhar pela última vez. João Bosco tampouco segurou o riso. Perguntei se ele conhecia o rapaz e João disse que "não"; foi além: perguntou a quem eu estava me referindo, como se o sujeito ao nosso lado fosse invisível. Inicialmente, aquilo pareceu se tratar de um *double take*, porém, em milésimos de segundo senti um frio no estômago e a ação aparentou indicar algo mais cabuloso do que parecia. Meu inconsciente liberou a noção de que não somente Bosco e o rapaz tinham acabado de transar, como fazia parte do jogo deles humilhar o traído — no caso, eu. Havia começado desde a piscina e tinha feito parte da brincadeira a "piada" com o roupão [quem o utilizara na transa, o rapaz ou Bosco?]; depois do feito, João pararia o carro bem próximo ao sujeito para me expor a ele, de maneira que pudessem rir juntos de minha diminuída pessoa. A essa época, todavia, era importante que eu não me desse conta de que tal humilhação estivesse a acontecer — e o que para minha aguçada percepção foi escancarado para eles havia sido um esforço de sutilidade. Além de questionar a estranheza do fato, eu nada poderia fazer. Seria "paranoia" de minha parte. O rosto do rapaz me era conhecido, apesar de não conseguir identificá-lo. Arrebatou-me igualmente o sadismo daquele jogo — de não somente trair, como de vexar o traído. Quem, além de Bosco e do sujeito, saberia que eu tinha sido traído? Os seguranças do edifício? A pessoa da portaria? O vizinho da cobertura e sua esposa? Túrio? E qual o motivo para se humilhar alguém daquela forma, uma pessoa que nada havia feito para merecer tamanha vergonha? Existia na portaria um tal de Zé, que tinha dificuldade em esconder que desgostava de mim e que sempre me tratava com cinismo, e a partir de então tive a nítida impressão de que, quando me aproximava do prédio, fosse pela garagem ou qualquer uma das entradas, João imediatamente ficava sabendo — por rádio dos seguranças entre si e após, por mensagem, interfone ou ligação. Dessa maneira, a lidar sozinho contra um esquadrão, seria impossível eu jamais pegar João Bosco no flagra caso ele estivesse fazendo qualquer coisa às escondidas. E pairava sobre minha cabeça cada vez mais desconfiança. A valer, desde aquela ocasião em que nos deparamos com o "desconhecido íntimo" ao deixar o prédio, em meados de dezembro, Bosco se transformou definitivamente em outra pessoa. Foi uma mudança muito veloz, e a pessoa com quem convivi na segunda metade daquele mês não era mais o príncipe que havia ido pessoalmente me "resgatar" em meu flat nos Jardins. À noite, tivemos longa e extenuante discussão. Quando Bosco caiu no sono, peguei seu celular e me escondi na escadaria do condomínio para examinar o aparelho. Eu precisava de alguma forma comprovar o que tinha vivenciado aquele dia. Envergonho-me em admitir que me rebaixei a esse ponto, no entanto já àquela altura os fatos eram tão estranhos e me geravam tanta dúvida que eu não podia simplesmente virar as costas, ou estaria aceitando que existiam problemas com minha sanidade — como meu namorado repetidamente afirmava. Meu próprio orgulho me levava a me permitir rebaixar de tal maneira — por mais contraditório que isso pareça. Gostaria de ter deixado o prédio com o telefone para submetê-lo a uma análise técnica; João havia acordado e avisado os seguranças para que não me deixassem sair do edifício com o item sob minha posse. Não me sentia protegido ali — pelo contrário, passei a me sentir em uma espécie de cárcere privado no 1984. Momentaneamente, haja vista que não podia enviar o aparelho a um expert que pudesse destrinchá-lo, eu mesmo me coloquei a avaliar item a item, software a software, passando pelas galerias de fotos, WhatsApp, Grindr e quase todos os aplicativos disponíveis. Encontrei informações e imagens referentes às orgias de Bosco na primeira semana de dezembro e anteriormente a isso. Deparei-me com outras trocas, recentes, em que João enviava material íntimo nosso para peguetes. Ele tinha sido a primeira pessoa que eu havia deixado me gravar em seu próprio celular; eu jamais tinha lhe dado permissão para enviar esses vídeos a alguém e me perguntei com quem mais ele os havia trocado via WhatsApp e deletado do histórico, ou enviado por softwares ocultos. Aliás, eu tinha dito expressamente que ele não possuía autorização para compartilhar vídeos meus. Deletei-os do aparelho — embora eles já estivessem em circulação com outros e pudessem estar arquivados em alguma nuvem. Sim, meus vídeos íntimos estavam na internet. No mais, nas três ou quatro horas em que revirei o celular, apenas me deparei com algo circunstancial. Era um passo a passo de como mascarar um software ou pasta no aparelho — no caso, Bosco havia se utilizado dos prints da interface de um aplicativo de entregas para esconder no software camaleão outra coisa. Quando eu tentava abrir o tal aplicativo mascarado, uma forma específica de clique era necessária para que ele se revelasse para mim em sua real natureza, ou talvez fosse necessária a biometria de João Bosco [pelo que averiguei, seria seu olhar direto e ininterrupto para a câmera do aparelho por um período de tempo]. De outra maneira, ocorria um erro e o software apontava *timeout*. Retornei ao estúdio humilhado e sem nenhuma prova que pudesse corroborar minha versão dos fatos. Quase pusemos um ponto-final à relação esse dia — mas resolvi ficar. E ele se comprometeu a fazer uma transição para colocar um fim a seu uso de metanfetamina. Mesmo assim, cancelei a viagem à Argentina (voos, hotel etc.) — uma forma de atingir Bosco onde lhe doía, pois eu sabia que aquele passeio lhe era caro. Era a punição que eu era capaz de lhe trazer naquele momento.

O término viria brevemente. Com a mudança repentina em nossos planos de viagem, João decidiu passar o Natal em São Paulo — me senti mal e, para não o deixar só, também decidi não viajar para estar com minha família em Mato Grosso do Sul. De qualquer maneira, meu irmão encontrava-se na Vila Madalena para celebrar a data com a família de sua esposa e meu pequeno sobrinho, e combinei que almoçaria com eles no dia 24. Nessa data, desde logo cedo Bosco se colocou ao celular, digitando alucinadamente como sempre e me perguntando repetidamente que horas, exatamente, eu me encontraria com minha família. Não pude deixar de, mais uma vez, desconfiar de que estava tramando algo, e forneci informações e horários errados, que fui alterando no decorrer da manhã conforme ele perguntava, de forma a estorvá-lo em seus planos. Na última hora, acabei por cancelar o almoço e disse a meu irmão que então jantaria com ele e sua família. Eu havia convidado João para vir comigo; ele não tinha demonstrado interesse. Em vez disso, disse-me quando soube do cancelamento do almoço que iríamos transar às três da tarde. Aquilo vinha quase como uma imposição; eu era avisado de um dever: estar pronto para o sexo às 15h00. Eu o tinha forçado a cancelar uma transa com qualquer estranho que estava marcada para o mesmo horário de meu almoço e então, para honrar com seu "compromisso", ele "me escalou" para a "participação especial" no "evento"? Apesar de muito sexual, sou muito psicológico quando se trata de sexo — considero-me um pouco feminino nesse aspecto. Não sei se o termo correto é "feminino": se não houver clima ou se algo estiver errado, simplesmente não me sinto excitado. Meu pênis não fica ereto senão espontaneamente; não consigo me objetificar dessa maneira. Por isso, considerei o informe de João Bosco de que transaríamos às quinze horas quase como uma afronta, porque eu possuía meus motivos para crer que o horário e o próprio ato haviam sido pensados para satisfazer outrem que não a mim, ou mesmo ele. Além do quê, algo ainda mais estranho ocorria. A cobertura do prédio vizinho era ocupada por um grande número de pessoas. Eles não estavam ali realizando uma ceia de Natal ou sequer bebendo ou socializando: encontravam-se voltados para o Studio 1984 — como que postos na plateia de um teatro, prontos a assistir a um espetáculo. Era um grupo heterogêneo formado de homens e mulheres de variadas idades, em sua maioria acima dos 45 anos. E eu passava a me questionar se o "evento" a que eles assistiriam de camarote seria o meu. Estava eu verdadeiramente "doido"? Era irreal demais, por isso tive de levar a dúvida em consideração. Novamente frustrei João e disse que não estava no clima para sexo, considerando o que havia ocorrido nos últimos dias. Ficou enfurecido e discutimos. Mensagens não paravam de estourar em seu WhatsApp — de Renato Sampaio, Marcelo Correia, Diego, ~*, Túrio… Teriam eles confirmado presença para assistir a um show, ou mesmo para participar do evento, e agora se mostravam descontentes com o atraso? João se explicava para eles? Para jogar ainda mais lenha na fogueira e alimentar expectativas, marquei o horário do jantar com meu irmão para as sete da noite. Aproximadamente às quatro e meia da tarde, a pequena multidão se dispersou do prédio vizinho — descontente, pensava eu. Em nenhum momento Bosco colocou de lado seu aparelho celular: continuava a digitar enlouquecidamente. Com quem teria tanto assunto? Quando pedia que me mostrasse seu aplicativo de conversas, como de costume os nomes que eu tinha visto saltar na tela não constavam dele — meu namorado certamente se utilizava de outra versão do aplicativo instalada no aparelho. Falou que precisava sair para passear com Maga. Deixei que saísse e, subindo até a cobertura do edifício vi que, ao deixar o prédio pela garagem na rua Martinho Prado, soltou a cachorrinha na grama adjacente ao edifício e — sempre a digitar ao telefone — acenou para alguém em um apartamento voltado àquela rua. Por um momento, pensei que ele tivesse sido informado pela equipe de segurança do 1984 — através das câmeras de monitoramento do prédio — que eu estava a acompanhá-lo, e que tinha acenado para mim; quando retornou ao apartamento, não demonstrou qualquer conhecimento de minha ida até o último andar. Finalmente, após outros atrasos, pouco antes das 20h me desculpei com meu irmão e disse que não estava me sentindo muito bem; cancelei o jantar. E, refletindo em uma estratégia que permitisse a João exercitar sua veia exibicionista de uma maneira que tivesse o meu consentimento e que não implicasse no fim de nossa relação, sugeri a ele que nos víssemos durante a transa em sua própria TV. Fizemos várias tentativas, no entanto o equipamento dele era mais velho e não se conectava com nossos telefones para um espelhamento em tempo real. Pensamos que com meu antigo Apple TV seríamos capazes de transmitir da câmera do celular para a televisão ao vivo; ele havia emprestado o controle de meu aparelho para um amigo que estava fora da cidade (especificamente, Walter). Supostamente mandou mensagem a Duda, pedindo que este lhe emprestasse o seu controle remoto. Duda se encontrava com a família em Niterói, contudo deu autorização para que João entrasse em seu apartamento, e velozmente este se vestiu e saiu. Não me demorei e fui atrás. Desci até o térreo e telefonei para Bosco perguntando-lhe algo bobo — uma mera desculpa para o ter na linha. Eram 21h34. Ele alegou que se encontrava no carro de aplicativo já a caminho do apartamento do amigo, todavia a acústica que eu ouvia não era a de um veículo em movimento e sim, de um apartamento em que alguém conversava ao fundo. Ouvi também o som de um isqueiro. Inteligentemente, atravessei a rua Santo Antônio até a outra esquina da Martinho Prado, de onde eu tinha visão do lado do prédio para onde João tinha acenado mais cedo. O porteiro Zé, que se encontrava guardando a frente do edifício, observou-me atentamente. E, de fato, avistei Bosco ao lado de um rapaz, em um apartamento daquela lateral da construção. Fotografei os dois e liguei de novo para João sob outro pretexto qualquer, e ele mais uma vez alegou que estava no veículo de aplicativo, já chegando no apartamento de Duda. Quando encerrei a ligação, o rapaz na sacada do estúdio (João Bosco) também saiu do telefone. Imediatamente, ele pôs-se a digitar no aparelho, a deixar o segundo indivíduo de lado. Para me certificar por fim, telefonei uma terceira vez para ele — que me atendeu da sacada e disse já estar no apartamento de Duda. Quando o permiti desligar, rapidamente me dirigi a Zé e mostrei a ele a foto que tinha tirado de João na sacada do desconhecido rapaz. Indaguei ao porteiro de que andar se tratava e ele dissimulou que não sabia (devido ao pé-direito alto e a um andar intermediário que existia entre o térreo e o primeiro andar de apartamentos, era difícil para eu especificar em qual andar Bosco se encontrava, entretanto Zé trabalhava no prédio havia anos e claramente se fazia de desentendido. Que motivo ele teria para aquilo, se não proteger alguém?). Coloquei o porteiro contra a parede, sugerindo que ele obviamente evitava me responder, e Zé entregou que se tratava do sexto andar. Pedi, então, que ele especulasse que apartamento seria — e ele me disse "606 ou 608". Voltei a entrar no Studio 1984 e Zé de pronto se colocou ao próprio telefone. Diante dos elevadores centrais, notei que um deles se encontrava preso no sexto piso — eu estava sozinho e somente tive a opção de pegar o outro elevador e subir (em vez de, por exemplo, deixar alguém de guarda ali no térreo para ver quem desceria). Quando alcancei o andar correto, o outro elevador tinha descido — que surpresa! Dirigi-me para os números de apartamento apontados por Zé e notei que ele havia me despistado. O verdadeiro número do estúdio onde Bosco se encontrava (ou se encontrara) era o 604. Bati à porta e quando o tal rapaz que estava na sacada a abriu, simplesmente invadi o lugar. Fui até a varanda e averiguei que realmente se tratava do rapaz e do apartamento que constavam de minha foto. O sujeito tinha se despido e estava apenas de cueca — porém, então se encontrava só, e repetia que ninguém havia estado com ele, algo descabido. Saí e retornei ao estúdio de João. Enviei a ele a fotografia que tinha tirado: negou que se tratasse dele na imagem (apesar da vestimenta idêntica, incluindo as meias) e argumentou que se demorava no apartamento de Duda porque havia digitado o endereço errado no aplicativo. Mandou-me um print do 1001 Táxi, em que constava como o horário do pedido da corrida o exato momento (21:35:33) de minha segunda ligação a ele — quando já deveria ter sido alertado pelo porteiro Zé que eu o espreitava de algum lugar. Discutimos por horas e mesmo diante de tantas evidências — e de seu registro na sacada do apartamento 604 —, Bosco continuou a negar que tivesse estado no local e afirmou que à tarde, do gramado, acenara para Walter em seu estúdio (o mesmo que "estava fora da cidade"). Concluí que era impossível dar prosseguimento a nosso relacionamento, fiz minha mala rapidamente e me dirigi a um hotel onde ficaria hospedado até o dia seguinte, quando voaria para a casa de minha família. Ao chegar ao lugar, minha vontade era de me divertir sexualmente — pois tinha certeza de que o "espetáculo" que João havia marcado e desmarcado tantas vezes durante o dia seria com o morador do estúdio 604. E que, dado o fato de que eu havia frustrado seus planos, ele tinha passado lá para algo mais rápido — um boquete, talvez, ou uma rapidinha?, ou para se desculpar. Eu não conseguia, infelizmente, dispor-me para o sexo, porque estava extremamente triste. Loguei no Grindr e observei que Túrio ("Voyeur") estava online.

Por mais que desejasse dormir e tivesse tomado uma quantidade enorme de clonazepam, eu me encontrava demasiado agitado para tal. Ao telefone, apenas acompanhei os movimentos de Bosco em um de seus aplicativos de sexo. Por fim, ele ficou offline por um tempo e voltou a ficar on por volta duas da manhã, quando me contatou pelo WhatsApp. Pediu que eu retornasse ao estúdio. Escrevi que não voltaria, mas estava muito curioso para saber como aquela noite havia se desenrolado. Cedi; ele disse que viria me buscar: minha exigência foi que no momento em que nos encontrássemos ele entregaria seu aparelho de telefone, que permaneceria desligado em minha posse e seria enviado a uma equipe técnica para análise. Também exigi que as cortinas do estúdio estivessem fechadas quando eu retornasse ao 1984. Não foi bem assim que aconteceu. Quando chegou a meu quarto de hotel, João se negou a alienar seu celular — somente cedeu quando me aferrei e disse que poderia retornar sozinho, pois não iria com ele. Fiz o check-out e seguimos de volta a seu edifício. Ao entrar no estúdio, notei que as cortinas encontravam-se escancaradamente abertas. Perdi minha paciência, disse que sabia que aquilo fazia parte de alguma jogada e eu mesmo as fechei sem demora. Bosco, por sua vez, entrou de pronto no banho e escondeu sua cueca na parte mais funda do cesto — admissão de que tinha acabado de transar [o motivo de seu Grindr, em certos momentos, ter mudado de geolocalização] e de que precisava se livrar das evidências. Apesar disso, saiu do banheiro disposto a ter relações comigo; eu me neguei: sentia-me enojado e permaneci sentado no sofá todo o tempo. Confrontado com minha negativa, João exigiu que eu lhe devolvesse o eletrônico, o que também me neguei a fazer porque a entrega do celular havia sido condição *sine qua non* para o meu regresso. Ele vasculhou o lugar em busca do telefone, inclusive me inspecionando corporalmente. Em algum momento de seu passeio frenético pelo apartamento, conseguiu abrir a cortina sem que eu me desse conta: posicionando-se do lado da cama próximo porta do banheiro, fez um sinal para fora passando a mão com os dedos em 90° rentes ao pescoço — "morreu". Questionei-o. Discutimos mais uma hora e meia e ele se mostrou inquieto, no entanto muito cansado; desligou as luzes do apartamento e se deitou. Teve um sono muito agitado enquanto tomei posse de seu aparelho de celular novamente e me coloquei a investigá-lo. Bosco havia chamado carros de aplicativo três vezes aquela noite após minha partida para o hotel — uma vez para a avenida Brigadeiro Luís Antônio, 2791, e duas vezes voltas completas pelo Studio 1984 [o que indicava que ele tinha ido até alguém ou mandado buscar alguém em um endereço que não gostaria que fosse descoberto]. Sua conversa com "Túrio Hrd" também havia sido deletada do WhatsApp "oficial", o que indicava que minhas suspeitas estavam corretas e que os planos tinham incluído o sujeito. Arrependi-me de ter voltado àquele edifício e passava a não me sentir seguro ali. Sabia, ademais, que a verdade apenas poderia ser extraída caso aquele aparelho de telefone fosse submetido a uma perícia. Às quatro e meia da manhã, contactei meu irmão do meio — que se encontrava na Vila Madalena — e pedi para que ele viesse buscar o celular, entretanto ao conhecer melhor a situação se negou: argumentava temer por sua vida, possuía um filho para criar. Eu estava ciente de que não me permitiriam deixar o prédio com o eletrônico e, realmente, logo Bosco acordou e me perguntou sobre seu celular. Eu disse que ele estava em um "lugar seguro", e João passou a me ameaçar dizendo que "eu não sabia com quem estava mexendo", exigindo o telefone. Confrontado de novo com minha negativa, pela segunda vez arreganhou as cortinas e fez sinal de "morreu" para o exterior. Indaguei com quem estava se comunicando — ele se negou a responder, igualmente pela segunda vez. Dirigi-me à porta da varanda e notei que havia uma câmera montada em um aparelho que parecia ser um drone, voltada para nosso apartamento; ela seguia nossos movimentos pelo estúdio: quando estávamos no quarto, ela se direcionava para sua direita, e quando íamos para a sala, ela se virava para a esquerda. João então ligou o aparelho de TV e navegou para o site do iCloud. Ali, movia o cursor de forma a passar sobre as teclas que formavam o endereço de sua conta, mas não as digitava. Eu me perguntei: se não era a intenção dele logar no site dali, estava ensinando a alguém seu login e senha? Como? A única possibilidade seria: ele se comunicava com alguém por meio de uma câmera que eu sempre tinha desconfiado que estivesse posicionada em um de dois quadros sobre a cabeceira da cama, cobrindo a área dela e da TV (adicionalmente, talvez a TV tivesse sua tela gravada). Concluí que éramos monitorados em tempo real. Gravei tudo com meu próprio aparelho de celular. Ele saía dali, ia até a varanda, fazia sinais e retornava. Bosco insistiu acerca da localização de seu eletrônico, e menti que meu irmão havia vindo buscá-lo — porque fora nosso combinado, ao me pegar no hotel, que esse não somente ficaria sob minha posse como seria submetido a uma inspeção técnica. João Bosco ficou nervosíssimo e interfonou para a equipe de segurança do edifício, dizendo que eu não sairia dali vivo se ele não tivesse seu telefone em mãos. Os homens apareceram à porta do apartamento, colocando-me sob forte pressão; sentindo que tinha minha vida em risco, pedi que meu irmão chamasse a polícia. Quando esta chegou, Bosco tentou evitar que subisse ao apartamento, contudo rebati: estaria sendo mantido em cárcere privado, cobrei que viessem em meu socorro. Ele correu e jogou parte da metanfetamina em sua posse no vaso sanitário, escondeu outra parte em uma gaveta e encobriu uma terceira porção debaixo de uns panos de limpeza, próximo ao ar-condicionado na varanda. Os policiais entraram. João, nesse momento, interfonou a seu "amigo" Pedro Lume, um advogado de meia-idade que morava no condomínio e cuja ligação com Bosco eu sempre havia questionado. [Alegavam ser amigos, no entanto posteriormente descobri que se relacionavam sexualmente — durante o casamento aberto de Pedro com seu companheiro anterior, ao menos.] Os policiais indagaram sobre o que se passava, e pedi que me escoltassem até que eu saísse a salvo do 1984. João afirmou que isso não era necessário e me acusou de ter "roubado" seu celular. Voltei atrás em minha estória e disse que o aparelho não havia deixado o prédio: estava escondido no apartamento. Lume chamou um dos policiais ao corredor e conversou com ele. Ao final, compartilhou um último olhar cúmplice com Bosco, acenou e saiu. João então exigiu que eu fizesse a polícia ir embora, argumentando que se tratava de uma disputa doméstica e que não era necessária a presença deles ali. Os policiais, influenciados pelo advogado, tentaram concordar e se retirar — a me deixar à mercê dos seguranças do edifício. Eu, como única saída, informei ao grupo que João estava traficando metanfetamina. Eles perguntaram a Bosco se era verdade e, pálido, ele disse que não sabia ao que me referia. João volveu a mim e temeu: "O que você está fazendo?". Ao que o confrontei: "Você vai me dizer a verdade?" (referia-me a ser violado em vídeo por terceiros ou não). Ele se negou a se comprometer. Os policiais, então, questionaram-no sobre a quantidade de drogas que ele possuía. Bosco contou que era usuário e alegou que tinha quantia apenas suficiente para seu consumo, e mostrou o que havia dentro da gaveta. Revelei que era mentira e que existia muito mais. Eles pediram para que João abrisse caminho. Sugeri que inspecionassem o vaso sanitário: os saquinhos decerto ainda estariam ali boiando. E também indiquei onde Bosco havia escondido o restante do material na varanda. Eles encontraram ambos os estoques. Quiseram saber se eu seguiria com eles até a delegacia para testemunhar contra João. Minha intenção era meramente que Bosco me contasse a verdade: indaguei se ele falaria, então; ele finalmente concordou. Respondi que não acusaria meu namorado formalmente, e sem denúncia ou testemunho meus os agentes decidiram que não registrariam a ocorrência — já estavam inclinados a não fazer nada com relação àquela chamada desde a troca com Lume; na realidade, existia uma intimidação para que eu não levasse a acusação adiante pois, "uma vez que o assunto saísse dali, não poderiam me proteger". Pedi que os policiais me aguardassem no térreo, porque eu apenas organizaria minha mala e sem demora me retiraria — temia os seguranças do Studio. Quando eles saíram seguidos pelos guardas, eu sugeri a Bosco que, se ele temesse estar sendo gravado, poderíamos conversar na escada de incêndio. Ele topou. Ali chegando, João Bosco pela primeira vez na vida falou diretamente: "Se você me pergunta se estamos sendo filmados, a resposta é sim. Se você me pergunta se estou recebendo para isso, a resposta é não. E se você quer saber o nome da pessoa que fala comigo, o nome dele é *Alain*, mas eu não sei nada sobre ele". Virou as costas e saiu. Eu o segui até o apartamento, entreguei-lhe seu eletrônico que se encontrava escondido entre o colchão e a cama, peguei uma mala minha que estava pronta e saí. Na rua, os policiais ainda aguardavam; tomei um übe de volta para o hotel onde estivera hospedado na noite anterior. Consegui uma passagem rumo a Mato Grosso do Sul apenas para o dia seguinte, mas João imediatamente embarcou para o Rio de Janeiro — Niterói. Estava certo de que Bosco e eu nunca mais nos veríamos.

Transcrição de minha conversa via WhatsApp com João Bosco em 26 de dezembro de 2019:

[26/12/2019 15:27:33] Francisco: Sempre fui fiel a você. Não vou afogar minhas mágoas em drogas ou sexo compulsivo. Você poderia ter facilitado muito que eu te amasse. Era só ser honesto comigo. Nunca te pedi nada além disso.

[26/12/2019 15:31:40] João Bosco: Fui muito honesto com você. Você que jogou muito sujo. Desculpe mas a vida vai te mostrar isso já que você idealizou desta forma com essas viagens mirabolantes

[26/12/2019 15:33:20] João Bosco: Tomara que você consiga sair dessa insegurança para que você possa encontrar alguém legal. Outra dica: não ache que você sempre sairá por cima e pare de querer fuder a vida de quem só te quer o bem.

[26/12/2019 15:34:00] João Bosco: Aqui se faz, aqui se paga!

[26/12/2019 15:35:07] João Bosco: Lembre-se sempre do reflexo no espelho. Tudo isso que você projetou pra mim é insegurança sua pois faz ou fez com alguém.

[26/12/2019 15:37:42] João Bosco: Apesar de tudo que me falou sobre drogas e personalidade eu estava desenvolvendo dentro de mim carinho por você sem medida. Acordava planejando tudo com você. Do café da manhã ao jantar e você colocou tudo a perder por ser inseguro e cabeça fraca.

[26/12/2019 16:01:25] João Bosco: Me avisa quando for na minha casa

[26/12/2019 16:01:30] Francisco: Eu também estava desenvolvendo por você algo muito forte. Mas todos esses segredos… Coloque na balança o que você ganha e o que você perde com eles. Individualidade é uma coisa. Pasta secreta em celular, mensagens de WhatsApp apagadas e vizinho que filma escondido são outras. Se você de fato gosta de mim (no sentido de me amar) e se sente atraído por mim, abra mão de todos esses segredos. De verdade. Mande o cara da cobertura se foder com as câmeras dele. E seja só meu. Como eu fui só seu. Eu não sou apenas uma cifra. Eu posso fazer muito bem a você e você sabe disso. Você também sabe que meu sentimento por você é verdadeiro. Apenas abra o jogo comigo. Se esse cara da cobertura te paga, isso é mais do que eu posso te trazer? E se você quer transar com outros, eu quero o mesmo direito. Ou a gente é monogâmico de verdade. Não é justo comigo.

[26/12/2019 16:01:34] Francisco: Eu estou aqui na sua casa.

[26/12/2019 16:04:15] João Bosco: 1- esse cara da cobertura não existe. 2- eu adoro você, Aaron. 3- minha vida não existe segredos. Não tenho interesse no seu dinheiro e não penso em ter nada com você. Infelizmente acabou

[26/12/2019 16:04:46] Francisco: Você deixou a TV e o ar ligados. É para desligar?

[26/12/2019 16:04:58] João Bosco: Pliiis
[26/12/2019 16:05:10] João Bosco: Molha minhas plantas
[26/12/2019 16:05:18] João Bosco: Eu saí daí completamente alterado
[26/12/2019 16:05:38] Francisco: <foto do vizinho da cobertura de perfil, voltado para a televisão (~*)> O cara da cobertura. Possuo outras.
[26/12/2019 16:15:20] João Bosco: Vai lá
[26/12/2019 16:15:40] Francisco: Você se contradiz o tempo todo. [João Bosco: 1- esse cara da cobertura não existe. 2- eu adoro você, Aaron. 3- minha vida não existe segredos. Não tenho interesse no seu dinheiro e não penso em ter nada com você. Infelizmente acabou]
[26/12/2019 16:15:50] Francisco: Quando eu abro meu coração para você, você volta a insistir nessa.
[26/12/2019 16:16:01] Francisco: Eu não vou te processar, seu idiota. Apenas tire esse cara da sua vida.
[26/12/2019 16:16:51] João Bosco: Kkkkkkkk [Francisco: Eu não vou te processar, seu idiota. Apenas tire esse cara da sua vida.]
[26/12/2019 16:16:57] João Bosco: *Pára* de ser louco

Em qui, 26 de dez de 2019 16:37, Francisco de Sales <salescisco@yahoo.com>
escreveu:

Título: Aguei as plantas e…

Aguei as plantas.
Deixei meus papeis sobre o sofá. Nos meus pertences no subsolo há uma caixa.
Cabe tudo lá.
Como você sabe onde colocou minhas coisas, ficarei muito grato se puder em-
pacotá-las de volta. Mandarei um Übe buscar assim que você disser que pode.
Desliguei o ar-condicionado, desliguei as luzes, estendi a toalha molhada e abri
as cortinas. Não há muito o que filmar agora.
A sua cueca da noite com o Túrio Hrd (de quando foi me buscar no hotel) está
suja de porra. Creio que foi com ele, pois o do 604 não deu muito tempo.
Que em sua vida você aprenda a valorizar quem te dá valor. Se vai um grande
cara sua porta afora devido a todas as suas mentiras. E se você tivesse sentido
qualquer coisa por mim, não teria me feito passar por nenhuma dessas humilhações e pela exposição não consentida da minha imagem. Você nunca enxergou
o ser humano. Apenas dinheiro e objeto.

Francisco

4

É um quadro admirável contemplar as pombas, tão belas, expostas aos raios do sol. Vêde: mudam de cor, segundo as diversas posições em que as examinamos, porque as suas penas são tão sensíveis à luz, que o sol dardejando-as forma uma surpreendente variedade de matizes; cores tão agradáveis, que excedem em formosura o esmalte das mais preciosas predarias; tão deslumbrantes e tão delicadamente douradas que o seu ouro as torna mais vivamente coloridas. É por isso que o Profeta-Rei diz aos Israelitas:

> *Seja embora a vossa face macerada pela dor,*
> *Como as asas da pombinha d'oravante se há de ver,*
> *Quando aos raios do sol expostas, variando a sua cor,*
> *Ora de prata, ora de ouro parecem as penas ser.*[*]

Diferentemente do norte de Mato Grosso, que se centrava em Cuiabá, o sul havia tido sua "colonização" a cargo de descendentes de bandeirantes, a partir da travessia do rio Paranaíba de José Garcia Leal, Luís Correia Neves Filho e Januário Garcia Leal Sobrinho com suas famílias e as famílias associadas Rodrigues da Costa e Barbosa e o sertanista Joaquim Francisco Lopes, em 1829. Na ocasião, criaram o Arraial de Sete Fogos (posteriormente, chamado Sant'Ana de Paranaíba) às margens do rio Paranaíba. Dissiparam os indígenas Caiapó para o norte/oeste e os Ofaié para o sul. As famílias implantaram a pecuária na terra, ao passo que o norte da província havia sido colonizado durante a Corrida do Ouro no século XVIII.

A Guerra do Paraguai trouxe grandes perdas ao sul do Mato Grosso — e de fato a região leste deste (atualmente chamada de "Bolsão *Sulmatogrossense*", que faz divisa com os estados de Goiás, Minas Gerais e São Paulo) foi a única área que permaneceu ocupada durante e após a guerra, pelo núcleo da família Garcia Leal e daqueles com eles entrelaçados. Em visita à área de Paranaíba, no ano de 1872 o Visconde de Taunay publicou o livro *Inocência* — a retratar também as dificuldades trazidas pela guerra às famílias colonizadoras, que demoraram algumas décadas para se restabelecer. "A obra-prima de Taunay reunia tudo que se apreciava no século XIX: bom enredo, verossimilhança, uma dose de moral e descrição através de real observação. Tais valores eram reconhecidos dentro e fora do Brasil, tanto que, segundo

---

[*] SALES, São Francisco de. *Tratado do Amor de Deus* (1616). Porto: Livraria Apostolado da Imprensa, 1950.

várias fontes da época, *Inocência* foi o romance brasileiro mais vezes traduzido, perdendo, em literatura da língua portuguesa, apenas para *Os Lusíadas*, de Camões."[1] No final do século XIX e início do século XX, o Ciclo do Gado viria a trazer de volta a fartura e a catapultar a região nacionalmente.

Contudo, o estado de Mato Grosso do Sul não era o mesmo lugar idílico de minha infância. Cresci e fui criado na cidade de Três Lagoas, quase uma ilha margeada por três rios — Verde, Sucuriú e Paraná. Situada na divisa com o estado de São Paulo, a cidade havia tido três grandes *booms* de crescimento até minha partida para cursar a universidade.

O primeiro *boom* se deu com a migração na década de 1880, a partir da antiga vila de Sant'Ana do Paranaíba e rumo ao sul, da tríade de famílias pertencente ao núcleo dos Garcia Leal: as casas de Luís Correia Neves Neto, Antônio Trajano dos Santos e Protázio Garcia Leal. Efetivou-se com o nascimento de Zulmira Maria de Jesus em 1882, filha de Correia Neves — a primeira treslagoense. Igualmente focado na pecuária, esse movimento forçou os indígenas Ofaié ainda mais ao sul do território.

> Corta extensa e quasi despovoada zona da parte sul-oriental da vastíssima província de Mato Grosso a estrada que da Vila de Sant'Ana do Paranaíba vai ter ao sítio abandonado de Camapoan. Desde aquela povoação, assente próximo ao vértice do ângulo em que confinam os territórios de São Paulo, Minas Gerais, Goiaz e Mato Grosso até o rio Sucuriú, afluente do majestoso Paraná, isto é, no desenvolvimento de muitas dezenas de léguas, anda-se comodamente, de habitação em habitação, mais ou menos chegadas umas às outras [...].*

Fizeram parte do novo povoado de Três Lagoas baianos, paulistas e mineiros, como José Silvério Borges, Necésio Ferreira de Melo, Antônio Ferreira Bueno, Antônio Paulino, Carlos de Castro, Miguel Pântano, Marcolino Marques, Isaías Borges, Joaquim e José Machado, Jerônimo e Isaías Coimbra, Jerônimo Rosa, Manuel e Francisco Fabiano, Bernardo Barbosa Sandoval, os irmãos José, Urias, Francisco e Antônio Queiroz, Juscelino Ferreira Guimarães, o padre Francisco de Sales Fleury — todos com suas respectivas esposas e filhos —, além dos Latta e dos Fernandes, Pereira, Camargo, Otoni, Damasceno, Oliveira, Barbosa, Lopes, Rosa e Mariano.

> A estrada que atravessa essas regiões incultas desenrola-se à maneira de alvejante faixa, aberta que é na areia, elemento dominante na composição de todo aquele solo, fertilizado aliás por um sem-número de límpidos e borbulhantes regatos,

---

* TAUNAY, Visconde de. *Inocência* (1872). São Paulo: Edições Melhoramentos, 1944.

ribeirões e rios, cujos contingentes são outros tantos tributários do claro e fundo Paraná. Se parece sempre igual o aspecto do caminho, em compensação mui variadas se mostram as paisagens em tôrno. Ora é a perspectiva dos cerrados, não dêsses cerrados de arbustos raquíticos, enfezados e retorcidos de São Paulo e Minas Gerais, mas de garbosas e elevadas árvores que, se bem não tomem, todas, o corpo de que são capazes à beira das águas correntes ou regadas pela linfa dos córregos, contudo ensombram com folhuda rama o terreno que lhes fica em derredor e mostram na casca lisa a fôrça da seiva que as alimenta; ora são campos a perder de vista, cobertos de macega alta e alourada, ou de viridente e mimosa grama, toda salpicada de silvestres flores; ora sucessões de luxuriantes capões, tão regulares e simétricos em sua disposição que surpreendem e embelezam os olhos; ora, enfim, charnecas meio apauladas, meio sêcas, onde nasce o altivo buriti e o gravatá entrança o seu tapume espinhoso. Nesses campos, tão diversos pelo matiz das cores, o capim crescido e ressecado pelo ardor do sol transforma-se em vicejante tapête de relva, quando lavra o incêndio que algum tropeiro, por acaso ou mero desenfado, atea com uma faúlha do seu isqueiro.

[…] Por toda a parte melancolia; de todos os lados tétricas perspectivas. É cair, porém, daí a dias copiosa chuva, e parece que uma varinha de fada andou por aqueles sombrios recantos a traçar às pressas jardins encantados e nunca vistos. Entra tudo num trabalho íntimo de espantosa atividade. Transborda a vida. Não há ponto em que não brote o capim, em que não desabrochem rebentões com o olhar sôfrego de quem espreita azada ocasião para buscar a liberdade, despedaçando as prisões de penosa clausura. Àquela instantânea ressurreição nada, nada pode pôr peias. Basta uma noite para que formosa alfombra verde, verde-claro, verde-gaio, acetinado, cubra todas as tristezas de há pouco. Aprimoram-se depois os esforços; rompem as flores do campo que desabotoam às carícias da brisa as delicadas corolas e lhe entregam as primícias dos seus cândidos perfumes.

Com que gôsto demanda então o sertanejo os capões que lá de bem longe se avistam nas encostas das colinas e baixuras, ao redor de alguma nascente orlada de pindaíbas e buritis?! Com que alegria não saúda os formosos coqueirais, núncios da linfa que lhe há de estancar a sede e banhar o afogueado rosto?! Enfileiram-se às vezes as palmeiras com singular regularidade na altura e conformação; mas não raro amontoam-se em compactos maciços, dos quais se segregam algumas mais e mais, a acompanhar com as raízes qualquer tênue fio d'água, que colea falto de fôrças e quasi a sumir-se na ávida areia. Desde longe dão na vista êsses capões. É a princípio um ponto negro, depois uma cúpula de verdura, afinal, mais de perto, uma ilha de luxuriante rama, oasis para os membros lassos do viajante exausto de fadiga, para os seus olhos encandeados e sua garganta abrasada. Então, com sofreguidão natural, acolhe-se êle ao sombreado retiro, onde prestes desarreia a cavalgadura, à qual dá liberdade para ir pastar, entregando-se sem demora ao sono reparador que lhe trará novo alento para prosseguir na cansativa jornada. Ao homem do sertão afiguram-se tais momentos incomparáveis, acima de tudo quanto possa idear a imaginação no mais vasto círculo de ambições. Satisfeita a sêde que lhe secara as fauces, e comidas umas colheres de farinha de mandioca ou de milho, adoçada com rapadura, estira-se a-fio comprido sôbre os arreios desdobrados e contempla descuidoso o firmamento azul, as nuvens que se espacejam nos ares, a folhagem lustrosa e os troncos brancos das pindaíbas a copa dos ipês e as palmas dos buritis a ciciar a modo de harpas eólias, músicas sem conta com o perpassar da brisa. Como são belas aquelas palmeiras! O estípite liso, pardacento, sem manchas mais que pontuadas estrias, sustenta denso feixe de pecíolos longos e canulados, em que assentam flabelas abertas como um leque, cujas pontas se acurvam flexíveis e tremulantes. Na base em tôrno da coma, pendem, amparados por largas espatas, densos cachos de côcos tão duros, que a casca luzidia, revestida de escamas romboidais e de um amarelo alaranjado, desafia por algum tempo o férreo bico das araras. Também, com que vigor trabalham as barulhentas aves antes de conseguir a apetecida e saborosa amêndoa! Em grupos juntam-se elas, umas vermelhas como chispas sôltas de intensa labareda, outras versicolores, outras, pelo contrário, de todo azues, de maior viso e que, por parecerem negras em distância, têm o nome de araraúnas. Ali ficam alcandoradas, balouçando-se gravemente e atirando, de espaço a espaço, às imensidades das dilatadas campinas notas estridentes, quando não seja um clamor sem fim, ao quererem muitas disputar o mesmo cacho. Quasi sempre, porém, estão a namorar-se aos pares, pousadas uma bem encostadinha à outra.

Bom! exclama em voz alta e alegre ao avistar algum madeiro agigantado ou uma disposição especial de terras, lá está a peúva grande... Cheguei ao Barranco Alto. Até ao pouso de Jacaré há quatro léguas bem puxadas.

E, olhando para o Sol, conclue:

— Daqui a três horas estou batendo fogo.

Ocasiões há em que o sertanejo dá para assobiar. Cantar, é raro; ainda assim, à surdina; mais uma voz íntima, um rumorejar consigo, do que notas saídas do robusto peito. Responder ao pio das perdizes ou ao chamado agoniado da esquiva jaó é o seu divertimento em dias de bom humor. É-lhe indiferente o urro da onça. Só por demais repara nas muitas pegadas, que em todos os sentidos ficam marcadas na areia da estrada.

— Que bichão! murmura ele contemplando um rasto mais fortemente impresso no solo. Ninguém pode comigo, exclama êle enfaticamente. Nos campos da Vacaria, no sertão do Mimoso e nos pantános do Pequiri, sou rei.

E esta presunção de realeza infunde-lhe certo modo de falar e de gesticular majestático em sua singela manifestação. A certeza que tem de que nunca poderá perder-se na vastidão, como que o liberta da obsessão do desconhecido, o exalta e lhe dá foros de infalibilidade. Se estende o braço, aponta com segurança no espaço e declara peremptoriamente:

— Neste rumo, daqui a 20 léguas, fica o espigão mestre de uma serra braba, depois um rio grosso; dali a cinco léguas outro mato sujo que vai findar num brejal. Se vassuncê frechar direitinho assim umas duas horas, topa com o pouso do Tatú, no caminho que vai a Cuiabá.

O que faz numa direção, com a mesma imperturbável serenidade e firmeza, indica em qualquer outra. A única interrupção que aos outros consente, quando conta os inúmeros descobrimentos, é a da admiração. À mínima suspeita de dúvida ou pouco caso, incendem-se-lhe de cólera as faces e no gesto denuncia indignação.

— Vassuncê não credita! protesta então com calor. Pois encilhe o seu bicho e caminhe como eu lhe disser. Mas assunte bem, que no terceiro dia de viagem ficará decidido quem é cavouqueiro e embromador. Uma coisa é mapiar à toa, outra andar com tento por êstes mundos de Cristo.[2]

A região se transformou em uma grande potência econômica baseada na agropecuária e na indústria, sobrepondo o primeiro e o segundo *booms*. Haja vista que o local tem a marca de minha família, cito novamente o exemplo de minha bisavó Zulmira, que ergueu uma inovadora fábrica de aguardente e rapadura com Jovino José Fernandes, seu esposo.

O segundo *boom* veio com a construção da Estrada de Ferro Noroeste do Brasil (N.O.B.), já em 1909, trazendo novas famílias e imigrantes — como meu bisavô paterno Ale Ahmad, industrialista sírio que no Brasil adotou o nome Martins Rocha e que no Jupiá inaugurou uma olaria sobre a maior reserva de argila da América Latina (com os tijolos MR seria literalmente construída Três Lagoas); Justino Rangel de França, que demarcou o sítio urbano; Oscar Guimarães, que fez o plano urbanístico do povoado de Três Lagoas; Bernardino Caldeiras; o dr. Sebastião Fenelon Costa… A cidade foi fundada em terras de Antônio Trajano dos Santos, em 15 de junho de 1915. Na década de 1920, meu outro bisavô — Francisco Salles da Rocha, de Macaúbas, Bahia — no município criaria um pernoite para os tropeiros, dos maiores símbolos do Ciclo do Gado:

— Olá! o amigo viaja à fidalga, observou o mineiro com gesto folgazão.
— Qual!… Bastantes privações tenho já curtido.
— De-certo não as sentirá em nossa casa todo o tempo que lá quiser ficar. Não encontrará luxarias nem coisas da capital, unicamente o que pode ter nestes mundos: quatro paredes de pau-a-pique mal rebocadas, uma cama de vento, bom feijão a fartar, ervas a mineira, arroz de papa, farinha de milho torradinha, café com rapadura e talvez até um lombo fresco de porco.
— Olá! exclamou o moço rindo-se com expansão, vou passar vida de capitão-mór.[*]

---

[*] TAUNAY, op. cit.

Após a cidade de Três Lagoas e o breve estado de Maracaju terem servido de bastião constitucionalista e lutado ao lado de São Paulo contra o ditador Getúlio Vargas, em meados do século xx a principal insatisfação popular se tornou que o "Bolsão Sulmatogrossense", formado pelas cidades de Paranaíba, Três Lagoas e suas vizinhas, consistia do grande arrecadador de impostos do estado de Mato Grosso, "carregando" o empobrecido norte.

O terceiro *boom* treslagoense aconteceu com a construção da Usina Hidrelétrica do Jupiá na década de 1960, logo abaixo da intersecção dos rios Sucuriú e Paraná — a terceira mais eficiente hidrelétrica do Brasil. As manifestações de poder do "Bolsão" então se retomaram com a seleção de Filadelfo Garcia à Câmara dos Deputados do Brasil e continuaram com a eleição de Pedro Pedrossian ao cargo de governador, em 1965. O processo de emancipação do sul de Mato Grosso por fim se deu em 1977, por reunião entre o governador José Garcia Neto e o ditador do Brasil, Ernesto Geisel.

Nasci seis anos depois, mas nos anos 1980 o novo estado de Mato Grosso do Sul já sofria dos incontáveis e profundos males que assolavam o Brasil como um todo devido à péssima condução do país durante a ditadura militar, que se utilizava de projetos colossais para realizar sua propaganda enquanto piorava a concentração de renda, a economia (incluindo inflação avassaladora), a educação, a infraestrutura em geral, a violência e a corrupção no país. Por lobby das grandes montadoras multinacionais de veículos, ferrovias como a N.O.B. definhavam por falta de manutenção e investimentos, ao passo que as rodovias de péssima engenharia e construção se expandiam com seus altíssimos índices de acidente — o país caminhava em direção contrária à do restante do planeta. Assim, lembro-me vagamente de ter feito aos dois anos e nove meses de idade meu único passeio de trem em família — o mesmo trem cujos trilhos haviam sido instalados pelo meu bisavô, Ale Ahmed, e cuja manutenção de engenharia tinha sido de responsabilidade de meu avô materno Hugo, à época recentemente aposentado. Depois disso, a estrada de ferro e Três Lagoas passaram por certa estagnação econômica, o que paradoxalmente significava um ambiente tranquilo para minha infância e desenvolvimento. Fazia grandes passeios pelas partes mais antigas da cidade, andava de bicicleta para cima e para baixo e brincava nos antigos carros de trem estacionados na garagem da N.O.B.; passava calmas tardes na companhia de meu vô Hugo, de minha tia Lena e de meus primos enquanto meus pais trabalhavam; ou explorava com meus irmãos e amigas, sob os cuidados de minha babá Cá, os remanescentes de construções no subsolo do bairro onde eu morava, Santos Dumont — erguido sobre um antigo aeroporto. Nas férias, íamos em família para a fazenda de meus tios-avós Pedro e Lúcia, próximo à antiga Fazenda Beltrão, de meus bisavós, e alegrávamos visão, olfato, paladar, tato, audição... enfim, todos os sentidos, com a natureza. Mato Grosso do Sul possuía mais vacas do que habitantes e o verde era resplandecente. Pássaros lindos voavam sobre nossas cabeças com seus distintos cantos — araras, papagaios, periquitos, canarinhos, tucanos, pica-paus, galitos, soldadinhos, joões-bobos, joões-de-barros, corujas, gaviões, águias, garças, urubus, tuiuiús... No solo nos deparávamos com marcas de patas de onças, antas, queixadas, seriemas, gatos-maracajás, jaguatiricas, tamanduás, emas, lobos-guarás, veados-mateiros, pacas... Os campos eram floridos de ipês roxo, branco, rosa e amarelo, caliandras, para-tudos, canelas-de-ema, chuveirinhos, jacarandás, umburuçus, paus-terra, lobeiras e nos serviam de pequis, guaviras, jatobás, jenipapos, mangabas, coquinhos, cagaitas, barus, buritis, araticuns, amoras, jabuticabas... Imensa biodiversidade! "As jaboticabas são as mais saborosas entre todas as frutas indígenas do Brasil; são açucaradas sem ser enjoativas, agradavelmente mucilaginosas e de extrema frescura."* Natureza que resistia como a força da aroeira desde as veredas até as pindaíbas.

Todavia, o quarto boom econômico de Três Lagoas, prometido no governo Fernando Henrique Cardoso já em minha adolescência, iniciou-se com um grande desastre ecológico — o enchimento do lago da Usina Hidrelétrica Engenheiro Sérgio Motta sem a permissão do Ibama,[3] que deixou submersos 118 sítios arqueológicos, uma imensa área que comportava a maior reserva de argila da América do Sul e a Lagoa São Paulo, lar de muitas espécies endêmicas e considerada um dos ecossistemas mais ricos do planeta. "O varjão inundado tratava-se do habitat de ao menos quatorze espécies de animais em extinção, como a onça-pintada, o jacaré-de-papo-amarelo e o nhambu-guaçu. Viviam ali cervos do Pantanal, mais de uma centena de onças-pretas e pardas, bugios, macacos-prego, jaguatiricas, tamanduás, gambás, cuícas, pacas, cutias e tatus. Também havia inúmeras espécies vegetais. Quando, em novembro de 1998, a CESP (Companhia Energética de São Paulo) conseguiu derrubar a liminar do Ministério Público do município paulista de Presidente Prudente que a impedia de encher o lago, partiu para uma apressada inundação da área, iniciada no dia 7 do mesmo mês. Deu

---

* SAINT-HILAIRE, Auguste de. *Viagem à Província de São Paulo* (1830-1851). São Paulo: Livraria Martins Editora, 1940.

seguimento ao processo sem terminar de realocar as espécies animais ali presentes."[4] Centenas de animais morreram afogados durante o alagamento da área, feita da noite para o dia de forma a evitar a Justiça e as prefeituras e ONGS que se colocavam contra o projeto. "Os poucos animais realocados para a construção da Usina Hidrelétrica de Porto Primavera foram levados a áreas pecuaristas em suas proximidades, possuindo chips que rastreavam sua localização. Nesses locais, onças — por exemplo — passaram a se alimentar do gado. Os criadores, por sua vez, acabavam por abatê-las e, para que seus corpos não fossem localizados, queimavam-nos, destruindo os chips. [...] Era a intenção da CESP, sob a presidência de Angelo Andrea Matarazzo, realizar o enchimento do lago artificial a tempo da onda de privatizações do governo de Fernando Henrique Cardoso, de forma a incluir a Usina Hidrelétrica de Porto Primavera (Engenheiro Sérgio Motta) em um pacote com as usinas de Jupiá e Ilha Solteira. O valor esperado pela usina em leilão era de quatro bilhões de dólares ao passo que o custo da obra — extremamente ineficaz e idealizada durante a ditadura militar — havia sido de quase dez bilhões. Conseguiu a licença para o enchimento do lago em 4 de dezembro de 2000, mais de dois anos após a maior parte deste ter sido completado. A obtenção da licença se deu dois dias antes de a companhia ir a leilão para sua privatização na Bovespa." Sua barragem é a mais extensa do Brasil, possui o tamanho de sete vezes a baía de Guanabara, e "25 mil hectares a mais que o lago de Itaipu, mas gera sete vezes menos energia que esta última usina. Segundo a Ordem dos Advogados do Brasil (OAB), o enchimento do lago da Usina Hidrelétrica de Porto Primavera foi um 'desastre ambiental sem precedentes no Brasil, afetando 22 espécies de anfíbios, 37 de répteis, 298 de aves e sessenta espécies de mamíferos, muitos ameaçados de extinção, além de causar erosões e assoreamento do rio, comprometendo a qualidade da água e gerando problemas de oxigenação do lago'. Para com a opinião pública a CESP utilizou-se do argumento de que o não enchimento imediato do lago artificial causaria um blecaute na região Centro-Sul do Brasil. De acordo com um técnico da Universidade de São Paulo, no entanto, a energia produzida pela Usina Hidrelétrica de Porto Primavera seria facilmente substituível se usinas como a de Jupiá e Três Irmãos operassem com a capacidade prevista em seus projetos e tivessem todas as suas turbinas instaladas".[5]

Deixei Três Lagoas aos dezessete anos, em 2000, e retornaria em 2004 durante uma pausa mais longa em meus estudos em cinema nos

EUA. Já então, verificava uma mudança na cidade que, por sua posição estratégica com acesso a matéria-prima, muita água e escoamento [hidroviário, ferroviário — por mais sucateado — e rodoviário], foi o local escolhido para a implantação das duas maiores fábricas de papel e celulose do mundo, Suzano e Eldorado. A monocultura do eucalipto para essa indústria é uma atividade que causa imensa destruição ambiental — porque gera completa aniquilação da flora, degradação do solo e do lençol freático e não sustenta a fauna local, acelerando a extinção de espécies endêmicas. Testemunhei a substituição dos campos de pecuária por essas plantações com muita tristeza — maior ainda porque todo o leste de Mato Grosso do Sul é lar para a intersecção de dois grandes biomas brasileiros. Trechos da suntuosa e exótica Mata Atlântica se esticam estado adentro como longos dedos, de São Paulo através do rio Paraná rumo ao Oeste, trazendo consigo ricas flora e fauna que contrastam com a beleza resiliente do Cerrado, de árvores mais retorcidas e de cascas grossas, arbustos um tanto rasteiros e espinhosos e animais preparados para enfrentar o calor e períodos de estiagem — natureza muito bem descrita por Taunay em 1872 e que até aquela época havia sobrevivido. Esse retorno em 2004 foi também uma oportunidade de partilhar mais uma vez da companhia de meu avô Hugo, muito próximo a mim, e de meu tio-avô — pecuarista, seu irmão —, ambos empenhados mantenedores da história oral local. Seria um grande adeus, pois meu tio-avô Pedro faleceria em dezembro daquele ano, sinal da mudança dos tempos que trazia o epílogo do Ciclo do Gado na região. Os bovinos se adaptam bem ao Cerrado e tinham sido um tipo de agrossilvicultura praticada desde a chegada dos Garcia Leal a Mato Grosso do Sul, em 1829, sem grande derrubada de árvores; ademais, apesar das emissões de metano, a devastação causada pela pecuária ao meio ambiente é menor do que aquela causada pelo eucalipto, por permitir a preservação dos lençóis freáticos e que a vida silvestre continue a existir em seu meio de alguma forma. Porém, a desvalorização da carne no início dos anos 2000 tinha levado fazendeiros a abaterem seu gado — incluindo reprodutores — ainda jovem, porque era mais barato livrar-se dele do que o engordar para a venda, e isso ajudou a esvaziar um imenso espaço que era estratégico à monocultura do eucalipto. Intrigante a maneira como o que houve com o gado em MS nos anos 2000 serve como ótima analogia ao que aconteceria com os jovens gays em 2020: em vez de fazendeiros, pais. Ainda em 2005, logo após meu retorno aos Estados Unidos, perdi meu vô Hugo, que se afundou em depressão depois do falecimento de seu irmão. Não pude me despedir. Passados alguns meses, faleceria a irmã deles, tia Abadia — a última filha de Zulmira Maria de Jesus: definitivamente, o fim de uma era.

Hoje, 20 de maio de 2021, em que faço mais um retrabalho da primeira parte deste livro, completam-se dezesseis anos do falecimento de meu avô. Ganhei de meu então companheiro M. o gato Tito naquele mesmo dia, pois meu ex não sabia como me consolar por minha dor e achou que um gato poderia ajudar, dado meu notório amor pelos felinos. Tito estava disponível para adoção havia um tempo; por seu temperamento "difícil", era preterido. Meu ex-companheiro, ao ouvir essa estória, achou-a curiosa; pediu que ficasse a sós com o gato em uma sala fechada, e Tito conseguiu relaxar. M. entendeu que a ansiedade do animal era devido à presença de outros felinos — com os quais ele não lidava bem. E trouxe Tito até mim, que tenho temperamento considerado similarmente difícil, por não me dar tão facilmente com humanos. Fomos um *match* perfeito desde o primeiro instante, e Tito me acompanhou desse momento de dor pela alegria adiante.

Meu avô tinha sentido um forte desconforto abdominal e telefonou para minha mãe, que o levou ao hospital. Lá, os médicos o diagnosticaram com problemas cardíacos e o entubaram — um erro crasso, pois Hugo ia à academia três vezes por semana, além de ser um atleta de caminhadas e no ciclismo: Brad Pitt se pareceu bastante com ele em *Inglourious Basterds*, de Tarantino. Meu avô foi acometido, na realidade, por pancreatite — devido a uma mistura de medicamentos rotineiros a antidepressivos após a morte de seu irmão. [De nota: sintomas de pancreatite são bem diferentes daqueles de questões no coração (a dor abdominal, em específico, é atípica em ataques cardíacos).] Quando da internação de Hugo, dois outros indivíduos — um de 30, e outro de 31 anos — foram levados à UTI do Hospital Nossa Senhora Auxiliadora em Três Lagoas, também por pancreatite. O de 31 anos faleceu rapidamente. Meu avô de 84 anos se curou da pancreatite, tamanha sua saúde, contudo, devido à entubação desnecessária, contraiu uma pneumonia (infecção hospitalar) — ao passo que o indivíduo de 30 anos recebia alta. Minha mãe pontuava em nossas conversas a falta de higiene dos médicos que saíam da Unidade de Terapia Intensiva e passeavam pelas ruas e comiam em botequins com seus jalecos, pegando inclusive animais no colo e retornando ao centro médico sem maiores cuidados ou uso de equipamentos de proteção, a expor dessa forma todos os pacientes. Devido à cepa de bactérias hospitalares altamente resistente a antibióticos, Hugo permaneceu internado um longo período, e por sua saúde de atleta quase se curou — quando houve melhora, eu, que tentava retornar ao Brasil para estar com ele, mudei os planos e permaneci em Chicago. No entanto, piorou inesperadamente e faleceu em poucas horas. Assim, não pude ver meu avô antes de sua partida para matar as saudades — as minhas e as dele. Aparentemente, a grande chance para a despedida me tinha sido dada pelo destino meses antes, em 2004 — e eu intuitivamente havia feito bom uso dela, usufruindo da feliz cumplicidade de irmãos de Hugo, Pedro e Abadia. Insisti, de 2005 em diante, que minha família de advogados processasse o hospital e profissionais envolvidos na morte de meu avô por más práticas médicas, na tentativa de forçar a instituição a revisar o conjunto de falhas grosseiras que levava a tão elevadas taxas de infecção. Meu avô nem sequer precisava ter sido entubado, não fosse um grave erro médico já de início. Minha revolta ainda é gigantesca, mas, haja vista que em casa de ferreiro o espeto é de pau, fui voto vencido. A vida vale tão pouco no Brasil! Dessa maneira, mantenho a imagem de nossa última visita juntos. Meu avô Hugo, que tinha sido uma grande figura masculina de minha infância, foi um trabalhador, um homem de honra, coragem e mente aberta, que me acompanhou em deliciosas tardes regadas a café, Coca-Cola e chá-mate — muita cafeína! —, e que emprestava sua casa e recursos para minhas incursões experimentais em cinema desde minha pré-adolescência. Nunca me repreendeu por minha latente homossexualidade e, quando de sua morte, minha escova de dentes vermelha ainda se encontrava ao lado da sua no gabinete de seu banheiro. Nele baseei o que esperaria de um companheiro em minha fase adulta — alguém leal, verdadeiro e forte —, e nossos diálogos e sessões assistindo juntos ao *Jornal Nacional* fariam imensa falta. [De fato, durante anos Três Lagoas foi uma das recordistas em índices de infecção hospitalar no Brasil. Em 2017, o Hospital Nossa Senhora Auxiliadora, que atendia à época uma população aproximada de 250 mil cidadãos, "foi selecionado a participar do projeto 'Melhorando a Segurança do Paciente em Larga Escala no Brasil', uma realização do Ministério da Saúde que visava qualificar e capacitar profissionais de saúde para reduzir o número de infecções relacionadas com a assistência à saúde e também acidentes adversos. O Projeto Colaborativo teve duração de três anos nos 120 hospitais selecionados pelo Ministério da Saúde. O Hospital Auxiliadora teve como mentor o Hcor (Hospital do Coração) por dezoito meses, através da superintendente de Qualidade e Reponsabilidade Social, Dra. Bernadete Weber".[6]]

Mato Grosso do Sul, com grande presença e forte atuação de bancários e professores e seus respectivos sindicatos na política, esteve de certa forma na vanguarda da experimentação brasileira com a esquerda ao eleger um governador do PT, em 1999. Um estado que aderia ao centro político, MS era progressista em vários aspectos, porém conservador no que tangia à reforma agrária e a questões econômicas. A reforma agrária foi justamente um assunto muito mexido durante o governo Zeca do PT, e a administração petista foi massacrada pela mídia sob o discurso de que indivíduos sem qualquer conhecimento de como produzir no campo passavam a aderir ao Movimento dos Trabalhadores Rurais Sem Terra somente para ganhar pedaços de fazendas, com o pronto intuito de repassar as propriedades para frente. Nessa administração estadual que coincidiu parcialmente com o governo Lula, a fazenda Itamaraty — que possuía 50 mil hectares — foi dividida e depois completamente desapropriada. Em 2000, "o senador Ramez Tebet (PMDB-MS) disse que a divisão da Fazenda Itamaraty é 'uma excelente oportunidade' para que o governo defina um projeto modelo de assentamento agrário. Segundo o senador, a porção dividida da fazenda tem 25 mil hectares de terras consideradas boas para a agricultura e conta com excelente infraestrutura, além de um moderno sistema de irrigação. 'A divisão dessa fazenda chegou em boa hora, pois o Mato Grosso do Sul enfrenta graves problemas no meio rural, sendo apontado como o estado com maior número de invasões de terra', frisou Ramez Tebet".[7] "Em 1973, Olacyr de Moraes implantou a empresa Itamaraty Agro Pecuária S.A. na cidade de Ponta Porã, onde posteriormente, em 2002, foi instalado o Assentamento Itamaraty, atualmente com 15.867 habitantes. Na fazenda eram cultivados principalmente soja, milho, arroz, trigo e algodão, e uma área menor da propriedade era destinada a estudos, produção e desenvolvimento de sementes certificadas de arroz, soja, trigo, algodão, feijão, girassol e sorgo. Na época, o solo da região não era o ideal para os espécimes de soja produzidos no Brasil e, para tornar o projeto viável, Olacyr teve que investir muito em pesquisa em laboratórios próprios construídos para isso, que contaram com a colaboração de um convênio feito com a Embrapa (Empresa Brasileira de Pesquisa Agropecuária) e a Universidade Federal de Viçosa. Foram desenvolvidas mais de 3 mil linhagens diferentes de soja e trigo. As técnicas de otimização desenvolvidas por ele e aplicadas na Fazenda Itamaraty e na empresa Itamaraty Norte S/A Agropecuária, inaugurada em 1975 no município de Diamantino, obtiveram tanto sucesso que garantiram a Olacyr o título de 'Rei da Soja'. Atualmente, o assentamento já possui unidades básicas de saúde, escolas e um comércio potente. A maior demanda do local ainda é a infraestrutura. As ruas ficam constantemente alagadas e nas residências ainda falta rede de esgoto, iluminação pública e água de melhor qualidade. O assentamento também se destaca pela pecuária, com a criação de 36 mil cabeças de gado e cerca de 500 ovelhas, além da produção de 30 mil litros de leite por dia. A agricultura ainda não conseguiu se desenvolver de forma eficaz e alguns moradores arrendam as terras para grandes fazendeiros para garantir seu sustento."[8] Em 2004, foi comprada pelo Instituto Nacional de Colonização e Reforma Agrária (Incra) a Fazenda Eldorado — do Grupo Agropecuário Bertin —, "com 24.783 hectares, em Sidrolândia (a 70 quilômetros de Campo Grande), por R$ 179 milhões. O local tinha como destino o assentamento de 1904 famílias".[9] Em 2007, foi a vez da Fazenda Santo Antônio, "com área de 16.700 hectares, em Itaquiraí, na divisa entre Mato Grosso do Sul e o Paraguai. Segundo norma federal, imóvel adquirido para a reforma agrária acima de 10 mil hectares não pode ser quitado em menos de 20 anos. O superintendente do Incra em Mato Grosso do Sul, Luiz Carlos Bonelli, explicou que cada uma das duas fazendas foi dividida em quatro áreas, para que o prazo de pagamento fosse reduzido. 'É um recurso legal, que tivemos que usar diante da necessidade urgente de assentamento dos sem-terra nas duas regiões do Estado'. Na próxima segunda-feira, as 1.600 famílias que estão acampadas em barracas de lona plástica em frente à Fazenda Santo Antônio começam a transferir o acampamento para dentro do imóvel, até que o Incra conclua a construção das moradias. A mesma situação acontece até hoje na Fazenda Eldorado. A entrega da Santo Antônio aos sem-terra seria feita solenemente com a presença do presidente do Incra, Rolf Hackbart, que cancelou a viagem ontem devido às condições meteorológicas. Ele também assinaria contratos, no valor de R$ 40 milhões, para construção e reforma de 3.900 casas em assentamentos do Estado. Os contratos foram assinados pelo superintendente do Incra. Bonelli anunciou, ainda, a liberação de mais R$ 89 milhões para construção de mais casas para os assentados. 'É uma prova de que o Incra não atua apenas na distribuição de terras. Estamos trabalhando para garantir qualidade de vida aos assentados', disse. Desde 2003, conforme dados fornecidos pelo Incra, o governo federal investiu R$ 800 milhões para assentar 11.692 famílias de sem-terra em Mato Grosso do Sul".[10] A esquerda e a administração petista continuaram a ser duramente criticadas pela mídia e pelas classes média e alta locais, e o PT foi substituído no governo do estado em 2007, pelo PMDB — e posteriormente, pelo PSDB. Dessa maneira, é curioso que o estado tenha se adiantado ao restante do país no sentimento antipetista que se disseminaria na década de 2010. De fato, a transição da mentalidade de centro-esquerda para a direita extrema em Mato Grosso do Sul a partir de 1999 foi paulatina, às vezes dando velozes saltos. Um exemplo nítido de retrocesso no estado nesse período toca a chamada agenda de costumes, algo que não era uma questão anteriormente; houve também uma série de ações que hoje vejo como indicativas do nascimento e fortalecimento do fascismo local. Por esse motivo, considero o alinhamento à direita de Mato Grosso do Sul um exemplo didático que antecedeu o que se daria em maior escala no Brasil como um todo.

O eucalipto se alastrava ainda mais por Três Lagoas e região. Quando faleceu meu avô e meu pai transformou sua residência em escritório de advocacia, isso representou um abalo ao lugar que eu chamava de lar nas profundezas de minha psique. Não foi pela conversão para o uso em si do espaço. A residência de meu avô era um dos mais belos e sólidos exemplos da Arquitetura Moderna de Três Lagoas — todavia, para a instalação do escritório, a despeito dos meus inúmeros e desesperados apelos a 8 mil quilômetros de distância, meu pai se decidiu por uma obra que descaracterizou completamente o edifício. Não lhe permitiu envelhecer — e envelheceria muito bem, como acontece com os melhores exemplos arquitetônicos nas mais belas cidades do mundo. Não apenas rasurou o lugar de minha infância e de minhas mais acalentadoras memórias, como eliminou sua relevância como peça do patrimônio histórico local. A partir de 2005, uma prefeita de centro-direita — Simone Tebet, do PMDB — atuaria fortemente para agilizar a industrialização de Três Lagoas — que já possuía a manufatura em sua constituição desde sua fundação. Em 2007, em viagens de carro de Campo Grande a minha cidade, cheguei a não ver uma cabeça de gado sequer em mais de trezentos quilômetros de rodovia. Campos abandonados, pecuária em decadência — em parte, resultado dos erros da política agrária do governo petista [precisamos ser capazes de autocrítica]. Tive a sensação de que cada vez mais minha âncora se soltava, e fui imediatamente visitar o túmulo de meu avô. Não me satisfiz com aquela despedida — gostaria de poder ter lhe dado um abraço. Partiu meu coração chegar a sua casa e me dar conta de que não somente aquele não era mais o lugar dele como a mais esplêndida intervenção física que havia deixado em sua passagem pela terra tinha sido desfigurada. A demolição das altas torres da Igreja Matriz da cidade, com suas ameias regionalmente conhecidas e que simbolizavam Três Lagoas [visíveis de todo canto da área urbana], havia representado em 2001 o início desse movimento de obliteração arquitetônica e foi recebido como um choque por toda a população; à época, a Igreja se utilizou de uma desculpa "estrutural", e a destruição foi levada a cabo a despeito de imenso protesto dos cidadãos — ocorreu também total deformação do interior do local, inclusive com a ruína de esculturas, transformando o lugar de oração que tinha servido a várias gerações treslagoenses quase em um hangar. As imagens — sim, imagens — do *antes e depois* da "obra" continuam a ser absolutamente chocantes mesmo hoje [estão no Google: igreja matriz Três Lagoas]. Curiosamente, o padre responsável por essa destruição — Valério Utel — era italiano e, nascido em 1934, havia vivido o fascismo de Mussolini, portanto uma investigação histórica poderia se aprofundar em suas propensões para essa ideologia.[11] Recordo-me de, em minha adolescência, ter ficado pasmo com o tom profundamente antissemítico de suas pregações. Comentei com meus familiares. Retornei à igreja posteriormente para verificar se não havia me enganado, pois costumo dormir durante missas, mas eu estava correto. Não volto a missas desde então e meu pai não me culpou, por ter pavor de padres. Também é [triste e] extremamente didático que a aniquilação da arquitetura e da história de Três Lagoas tenha tido seu pontapé inicial por um "fascista original". As torres caíam de um lado enquanto a direita extrema, ponta do iceberg da extremadireita, surgia do outro — o índice de rejeição à esquerda no governo estadual era cada vez mais alto e se comentava que o governador era alcoólatra, alguém que supostamente se escondia em bares e que colocava outros para cumprir compromissos de sua agenda... Nunca pude verificar a veracidade desses boatos que destruíam sua reputação e credibilidade. De toda forma, tais demolições passaram a ocorrer em inúmeros pontos da cidade durante a administração municipal de centro-direita e as suntuosas construções do Ciclo do Gado, desde a década de 1910 até os anos 1980 — dezenas de prédios maciços erigidos para durarem séculos e séculos —, eram simplesmente postas abaixo com tratores e substituídas por baratos galpões, símbolos de uma arquitetura comercial completamente descartável. Por vezes, os lotes eram deixados vagos, cobertos por ervas daninhas. A impressão que se teria era de que a cidade era habitada por filhos que odiavam seus pais e avós ou que talvez odiassem o passado como um todo, que de qualquer maneira queriam apagar ou no mínimo rasurar tudo. Até a praça central da cidade, com seu lindo coreto, foi derrubada e semitransformada em estacionamento. Simultaneamente, estátuas dismórficas — fracassos artísticos que não têm qualquer apelo estético — eram erguidas em homenagem a certas figuras importantes. Os cidadãos perdiam suas referências, porque não se tratava apenas de espaços públicos, lares e escritórios de personagens históricas locais: eram marcos geográficos utilizados diariamente pelos habitantes, peças em art nouveau, art déco, international style, modernismo brasileiro e variantes desses estilos adaptados à cultura treslagoense. "A casa da Eulália e do Jorge Elias na Rua Generoso Siqueira; a casa do dr. Pelópidas Gouveia na avenida Antônio Trajano; a casa da Belinha, na rua Monir Thomé…", exemplifica minha avó Tereza. Era o que a direita chamava de progresso no município e representava como o patrimônio artístico passava a ser tratado no Brasil como um todo — a uma peça de arquitetura não é conferido o status de marco público nem é dada o direito de envelhecer elegantemente. A propósito, as construções recebiam o mesmo tratamento dado a nossa história, vítima de crescente revisionismo. Três Lagoas jamais seria uma cidade lembrada por seus belos e requintados edifícios ou pela significância de seu patrimônio histórico durante um período em que havia tido extrema relevância e produzido encorpado legado de tijolo e concreto: essa robustez se transformou em pó e tudo o que dizia respeito a um século inteiro de vivências seria deixado para fotografias e livros, se estes um dia fossem escritos — e raramente o são. Pois a direita possui aversão ao conhecimento, e ainda mais ao acúmulo dele, seja de qual forma for — no Brasil, em que nunca existiu uma tradição de preservação da memória, menos e menos haveria uma valorização da própria cultura. [Uma confirmação de como tal tratamento de apagamento — como tudo no fascismo — é irracional e ilógico há de ser encontrada nos registros acerca do turismo local, que nunca será qualificado justamente por a cidade ter sofrido tais estragos irreparáveis.]

> Em um trabalho clássico, "A Imagem da Cidade", Kevin Lynch nos ensinou que a cidade alienada é, acima de tudo, um espaço onde as pessoas são incapazes de mapear (em suas mentes) sua própria posição ou a totalidade urbana na qual se encontram: redes urbanas como a de Jersey City, em que não se encontra nenhum dos marcos tradicionais (monumentos, pontos centrais, limites naturais, perspectivas construídas), são os exemplos mais óbvios. A desalienação na cidade tradicional envolve, então, a reconquista prática de um sentido de localização e de reconstrução de um conjunto articulado que pode ser retido na memória e que o sujeito individual pode mapear e remapear, a cada momento das trajetórias variáveis e opcionais.[*]

Escrevo sobre reconhecer como a destruição do patrimônio arquitetônico era um indicativo de uma ininterrupta caminhada ao radicalismo de direita, que apagava o passado da comunidade para posteriormente fazer apologia aos anos da ditadura militar: hoje, as peças que sumiram

---

[*] JAMESON, Fredric. *Pós-Modernismo, a Lógica Cultural do Capitalismo Tardio.* São Paulo: Ática, 1996.

se manifestam pelos vazios deixados, tal como silêncios em um discurso. Uma análise semelhante à de Lynch poderia ser didaticamente feita por um urbanista sobre Três Lagoas, com os *antes* e os *depois* da *grande destruição* — realmente, o termo "grande destruição" descreve com exatidão o período desde a derrubada das torres da Igreja Matriz em 2001 até, ao menos, 2013. Fugia de minha compreensão, sobretudo, como pessoas educacionalmente instruídas aderiam à mentalidade de rebanho sem maiores questionamentos, por mais que pudessem ter tido críticas aos governos de esquerda nas esferas estadual e federal. Esse crescente apagamento histórico e a contínua alienação da cidade se davam em meio a confusas manifestações de saudosismo — pois eu recebia via WhatsApp, simultaneamente, fotos antigas de Três Lagoas e do "velho modo treslagoense de viver". Ali estavam imagens do Cine Santa Helena, construção em estilo art déco que foi deformada para a conversão do prédio ao uso do comércio varejista, quando do grande declínio do cinema brasileiro nos anos de chumbo. As expressões saudosistas no aplicativo de mensagens exalavam o luto dos treslagoenses, que lamentavam as perdas entretanto seguiam sua programação de destruir a história para a substituir por imagens e nomes — como alguém que chora mas continua a se açoitar com a chibata em autopunição. Era o resultado da lavagem cerebral de uma ideologia torpe. Já a arte do cinema em si, esta seria brevemente revalorizada no país durante os anos dos governos FHC, Lula e Dilma, até que a extremadireita argumentasse que esse tipo de expressão artística, mais até do que as outras, era nociva para os brasileiros — que, além do mais, haviam sido obrigados a "sustentar" com dinheiro público os artistas (todos eles "vagabundos", "comunistas" e "drogados").

Quando das manifestações de 2013, que desembocaram no Golpe de 2016, o caminhar para a extremadireita em Mato Grosso do Sul já estava completo e o estado tem apenas se aprofundado no radicalismo desde então — novamente, antecipando o que se daria no país. O governador é Reinaldo Azambuja, do PSDB, e, tendo em vista todos os casos de corrupção pelos quais é investigado pela Justiça, também já estava evidente — exatamente por ser tão notório e contraditório — que o que movia os sulmatogrossenses a votarem em Jair Bolsonaro não era de fato a bandeira anticorrupção que este carregava. Bolsonaro e suas rachadinhas poderiam até ser parcialmente desconhecidos em Mato Grosso do Sul em 2018, no entanto a suposta corrupção de Azambuja não era quando foi reeleito no mesmo ano. O argumento lavajatista, anticorrupção usado no estado é extremamente falho: dois pesos, duas medidas; o que move os eleitores sulmatogrossenses há praticamente duas décadas é a ideologia fascista, pura e simples. Talvez eu não tenha notado em tempo real essa ebulição dos preceitos do fascismo no estado porque não participava do círculo mais fechado de conversa entre meu pai e irmãos — não somente porque, em razão de minha sexualidade, eu me guardava para mim e tinha me mudado para o exterior, como porque, por causa dela, eu era excluído do clube dos meninos, da mesma maneira que obviamente era minha mãe. Fomos os dois salvos da lavagem cerebral, por sorte.

Todos os anos, nos meses de dezembro e janeiro, meu avô — que adorava caminhar pela cidade e era um homem bastante alto e forte — vinha aos domingos nos visitar trazendo sacos abarrotados de frutos de um belo abacateiro que existia em seu quintal. Era outra lembrança aconchegante que nutríamos dele, parte de nossa memória coletiva; porém, paralelamente à reforma de sua casa, meu pai decidiu podar a planta. Desavisadamente contratou alguém incapaz de realizar o trabalho e, quando foi verificar o serviço concluído, deu-se conta de que o sujeito tinha deixado para trás apenas o toco do que um dia havia sido o abacateiro. Com essa visão, meu pai sentou no chão e chorou, pois percebeu que outra das últimas marcas de meu avô na terra — uma frondosa árvore que tinha nela estampada a identidade dele — tinha sido como sua casa arrasada. Chorei também quando ouvi ao telefone, de Chicago, o seu relato, contudo meu pai se empenhou em trazer a árvore de volta à vida. E o fez, de forma que, quando voltei a Três Lagoas — pisei no novo escritório em 2007 e rejeitei o que havia sido feito do lugar lúdico de minha infância —, de pronto segui ao quintal e me deparei com a renascida planta, que rendia frutos. Colhi os abacates, preparei deliciosas vitaminas e fiz dos caroços mudas, as quais entreguei aos meus tios — eram pedaços de meu vô; sua memória sobrevivia. Como moeda de troca pela anulação arquitetônica da casa de meu avô Hugo, meu pai me "deu de presente" a restauração da casa de meus tios-avós Pedro e Lúcia, na rua Generoso Siqueira — um prédio bem mais antigo e humilde, porque meus tios viviam quase em tempo integral em sua fazenda, e que tinha passado por modificações anteriores, como a troca das portas e janelas originais da década de 1940 ou 30; seus alto-relevos do reboco continuavam intactos, apesar disso. Senti-me grato. Além disso, meu pai — talvez por identificar o grande luto que eu e todos atravessávamos, talvez por se lembrar de mim e de meu avô — passou a acolher no quintal os gatos da comunidade. Providencia-lhes todos os cuidados veterinários necessários, castra-os, alimenta-os e troca sua água duas vezes ao dia, todos os dias, inclusive aos sábados e domingos. Faz isso há quase dezessete anos e há dezessete gatos no total sob seu cuidado. Durante minha infância, existia uma lenda de que meu avô Hugo tinha ojeriza aos felinos. Entretanto, depois descobrimos que se tratava de um trauma: em sua meninice na Fazenda Beltrão, teve um gato que fazia de um tudo para mimar. Caçava passarinhos com estilingue para lhe dar de comer, até. Mas esse gato sumiu, ou mais provavelmente foi morto por algum animal; meu avô, com medo de se apegar a outro que tivesse o mesmo fim, nunca mais os teve como bichos de estimação. Meus dois primeiros gatos — General e Tino, este um gato que talvez tenha sido trans, pois seria fêmea, todavia se portava [e possivelmente se reconhecia] como macho — também desapareceram... [Infelizmente, os gatos continuam a ser dos maiores alvos da violência contra animais no Brasil.] Minha terceira gata, Mimi, surgiu ainda bebê na casa de meu avô, e, por medo da lenda, meus primos Nana e Vê e eu a escondemos e dávamos de mamar para ela molhando o dedo mindinho no leite e lhe levando à boca — e eu a carreguei para casa. Mimi gerou longa descendência! Foi em nossa casa, no final dos anos 1990, que meu avô por fim se apegou ao primeiro gato desde sua infância: Geninho, um gatinho branco e laranjado — provável descendente de Mimi —, que ia recebê-lo ao portão e passava horas em seu colo aos domingos. Foi dessa maneira que se jogou luz sobre o lendário mal-entendido a respeito de Hugo e dos felinos. Hoje mesmo recebi de minha mãe foto de um abrigo que meu pai mandou construir para os gatinhos se esquentarem nas noites de inverno no quintal do escritório — e eles todos se amontoam lá dentro, sem brigar.

De volta a Chicago, de volta a 2007, cinco anos adentro de meu relacionamento de treze, ao telefone "saí do armário" para meus pais. Ambos receberam a notícia a demonstrar grande choque, ao simultaneamente dizer que "já sabiam". Meu pai proferiu palavras fortes e se preocupou a respeito de uma antiga noção — questionou se eu me portava em meu dia a dia como travesti ou se me identificava como pessoa transgênero, apesar de haver me conhecido ao longo daqueles meus 24 anos de idade e de eu jamais ter me reconhecido como pessoa trans ou me travestido. Custou a acreditar quando lhe relembrei desses fatos. Então, pegou o telefone e contou a meus irmãos, e juntos "decidiram que me aceitariam como eu era" — foi um alívio para mim. Minha mãe, que inicialmente havia reagido melhor à notícia, depois me confidenciou que rezava diariamente para que eu descobrisse que estava enganado quanto a minha sexualidade, e somente passados vários meses conseguiu enxergar que isso não aconteceria — assim como conciliar a ideia de que minha orientação sexual não retirava dela um filho homem [ou transferiu meu falo para meus irmãos mais novos ao longo do tempo, não sei precisar]. A principal preocupação de todos era com relação a como a sociedade iria me tratar, segundo argumentavam. A despeito de eu deixar bem claro que conseguia me defender, meu pai afirmava que diante de qualquer manifestação preconceituosa contra a minha pessoa "cairia no braço" para me proteger. Ele havia sido bem explosivo durante sua juventude, e sou igual a ele na minha. De toda forma, violência física não se fez necessária: eu sempre tinha inspirado nos outros respeito a minha pessoa, da mesma maneira como tinha defendido as diversas manifestações das orientações sexuais e das identidades de gênero. Certa feita, minha avó paterna retornou "do cabeleireiro" — uma profissional transexual que era tratada no masculino e que havia vindo com ela até sua casa tomar conosco o chá da tarde, servido todos os dias pontualmente às 17h. Enquanto a profissional esteve à mesa, meus tios falaram de coisas rotineiras e a vida seguiu normalmente. Logo que a cabeleireira saiu, no entanto, de pronto se colocaram a fazer piadas sobre ela. Meu sangue ferveu e intervi: "Se são tão homens, por que não falam essas coisas na frente 'do cabeleireiro'?". Todos se calaram e engoliram em seco. Nunca mais ouvi essas manifestações preconceituosas nas confraternizações em família.

Passaria outra temporada em Mato Grosso do Sul em setembro de 2019, pouco antes de minha mudança para o flat no Jardins — após ter rompido com HR. e precedendo meu encontro com João Bosco. Estive lá por quase um mês. Era a primeira temporada desde a tomada do poder pelo regime fascista e, aliás, desde 2007. À distância, do Rio de Janeiro eu havia testemunhado uma ainda mais drástica e explícita guinada à extremadireita por parte de minha família no ano de 2018, depois do discorrido — vagaroso, porém constante — caminhar à direita desde a primeira década do século. As exceções eram minha mãe, uma cunhada e alguns tios e primos que tinham horror à família Bolsonaro e ao que representavam; os outros pareciam acompanhar o próprio movimento do PSDB (Partido da Social Democracia Brasileira), partido de sua antiga predileção.

C

Nas eleições de 1994, Fernando Henrique Cardoso afirmou: "Eu sou social-democrata. Estou fazendo uma aliança com o setor liberal, porém com um setor liberal que tem sensibilidade social. Eu não quero fisiologia, não quero clientelismo". FHC e Lula se

conheciam desde 1977 e se aproximaram muito nesse período, que ficou marcado, entre outras coisas, pelas greves operárias lideradas pelo movimento sindical do ABC. Estiveram juntos na Assembleia Constituinte (1987-88), que foi concluída em 5 de outubro de 1988 com a promulgação da chamada "Constituição Cidadã", em decorrência de seu caráter social. [...] Os anos FHC marcaram o início de uma oposição formal entre PSDB e PT. O primeiro, inspirado originalmente na social-democracia europeia, adotou um programa econômico em consonância com o neoliberalismo, então em seu auge. Teve, nisso, forte oposição do PT, sobretudo em relação às privatizações, um dos símbolos do período.[12]

Com a eleição de Lula, em 2002 — que representou a primeira real alternância de poder desde a redemocratização —, "Fernando Henrique Cardoso, que não atacou Lula na campanha, disse que estava emocionado com a eleição de um líder da classe trabalhadora".[13] Lula não retribuiu a gentileza. Em um churrasco com o PTB (Partido Trabalhista Brasileiro, presidido pelo questionável Roberto Jefferson, do centrão hoje apoiador de Bolsonaro) em 28 de abril de 2004 [baseado em um encontro ocorrido quinze dias antes com Armínio Fraga, presidente do Banco Central no governo do tucano (PSDB), que teria feito o diagnóstico de que o Brasil estava na UTI], Luiz Inácio Lula da Silva afirmou: "A herança [do governo FHC] não é maldita, é para lá de maldita".

Num discurso de cerca de 50 minutos, Lula atacou duramente FHC, declarando que recebeu o país em condições muito piores do que pôde falar publicamente. "Mas agora já saímos da UTI e estamos andando pelo hospital sem ajuda da enfermeira", afirmou, segundo relato de petebistas.[14]

Após a cisma entre FHC e Lula, o PSDB caminhou consistentemente para o limiar da direita extrema — empurrado pela mídia corporativa —, enquanto o próprio PT adotava medidas consideradas neoliberais. Com isso, o PSDB se neutralizou ao se extraviar de sua ideologia social-democrata — acabou sequestrado pelo oportunista João Dória e vários outros bolsonaristas vira-casacas, perdendo consequentemente sua identidade perante os eleitores no nível nacional; hoje se mistura ao centrão. Os "tucanos" (apelido dado aos membros do PSDB) se cruzaram com os urubus: durante o regime Jair Bolsonaro, "o mito", o PSDB apresentou alinhamento de 93% com o governo em 179 votações da câmara até setembro de 2019.[15] Talvez isso se tenha dado pelo infindável neoliberalismo tucano para se distanciar do também cada vez mais neoliberal PT (temido, "comunista", "radical") — nunca se pode esquecer das constantes exigências e pressões que a imprensa dos conglomerados faz aos políticos nessa direção —, e pelo aparente neoliberalismo do candidato Bolsonaro. Fato é que alguns tucanos trocaram de partido e hoje fazem parte de ministérios sob o fascismo, da mesma forma que vários outros membros do PSDB encorpam a base de apoio do bolsonarismo — para a tristeza de dirigentes e fundadores do partido, que assim constatam que este realmente caiu no precipício.[16] Justamente por essa degradante falta de identidade (similar ao que houve com o PMDB/MDB), torna-se cada vez menos provável que o PSDB volte a ter qualquer representatividade notável em eleições presidenciais, o que é ruim para a Democracia — quanto menos os partidos de centro-direita e centro-esquerda agirem por ideologia(s) política(s) e forem identificáveis por ela(s), maiores serão os riscos à estabilidade institucional do país, pois então agirão por mera fisiologia: cada vez mais forte e avacalhador, o centrão não possui qualquer ética ou compromisso com as instituições democráticas e não se envergonha disso, pelo contrário. O histórico enfraquecimento dos partidos políticos, piorado vertiginosamente na última década, é péssimo para o Brasil. Por mais neoliberal que seu governo tenha sido, Fernando Henrique Cardoso não merecia ver seu partido perder até os laços que o amarravam à democracia tão valorizada por ele [olhemos para o outro lado quanto a seu apoio ao Golpe de 2016 contra Dilma Rousseff]. Talvez hoje FHC se encaixe, de fato, bem melhor no PT — partido *ainda* social-democrata, por mais neoliberal.

Já o ultraliberalismo do atual ministro da Economia Paulo Guedes no regime Bolsonaro, este não passou de maquiagem da imprensa dos conglomerados para que o candidato fascista recebesse "o apoio do mercado, dos ultrarricos e dos setores que queriam varrer a esquerda do comando do País. Isso se relaciona também com a questão de chamar essa ideologia, ou essa forma de gerir o Estado, de fascista. No fascismo clássico, aqueles movimentos políticos que deram origem ao termo eram supernacionalistas. Esse nosso, não. Ele é hierárquico, é autoritário, mas no nacionalismo, mesmo o do Bolsonaro, é um nacionalismo de fachada. Porque o sujeito que é nacionalista não bate continência para a bandeira [norte-] americana, muito menos para um assessor nível cinco do presidente americano" — esclareceu a ex-secretária de Finanças de São Paulo, economista Leda Paulani, no programa *No Jardim da Política,* da rádio Brasil de Fato.[17]

Alguns dos primeiros efeitos da ideologia de extremadireita foram sentidos na área cultural, além da Saúde. O Ministério da Cultura, criado em 15 de março de 1985 durante a transição democrática, foi extinto logo no segundo dia do regime fascista, em 2 de janeiro de 2019. Na sequência, Jair Bolsonaro afirmou que "se não puder ter filtro, nós extinguiremos a Ancine". O que ocorreu, por fim, foi uma profunda interferência na Agência Nacional de Cinema, com grande foco no controle ideológico dos projetos por ela aprovados. "A transferência da sede da Agência Nacional de Cinema (Ancine) do Rio de Janeiro para Brasília é uma das sugestões que constam no documento 'O Caos da Cultura', produzido pelo Movimento Brasil 2100"[18] — um relatório de dezessete páginas criado por um grupo de "artistas bolsonaristas", anônimos e/ou sem expressão, que sugeriu ações "imediatas para romper o ciclo viciante, desmoralizante e vexatório da cultura brasileira", ações estas prontamente seguidas pelo Governo Federal. A ocasião da transferência da Ancine para Brasília, sob forte tutela do regime, foi acompanhada de uma mudança na composição do Conselho Superior de Cinema, reduzindo o número de membros do setor audiovisual pela metade — de seis para três — e o de membros da sociedade civil de três para dois; o número de representantes do governo aumentou de sete para oito. Como resultado, foram criadas grandes barreiras para filmes que tratassem de questões de gênero, política e meio ambiente. A livre produção audiovisual no país efetivamente cessou, e dois projetos de longa-metragem meus foram cancelados. Recebi mínimo apoio emocional e crítico de minha família perante tais fatos que tanto me afetaram. Meu pai tentou, entretanto falhou em enxergar como o cinema é uma arte que requer no Brasil — para fazer frente a Hollywood — suporte público por meio das leis de incentivo bloqueadas; de certa maneira ele ecoa o que dizem os bolsonaristas sobre "artistas mamarem nas tetas do governo" e sobre deverem se manter como faz a iniciativa privada. O que mais se pode dizer sobre a necessidade dos mecenas, que não foi demonstrado desde a Idade Média? Minha mãe também tentou, no entanto o efeito em mim do movimento antiarte foi muito profundo.

Nesse mês de setembro de 2019, enfim, testemunhei presencialmente como o discurso homofóbico do ódio passava a afetar a percepção daqueles mais próximos a mim — eles, veladamente em sua narrativa, começariam a ligar minha orientação sexual a míticas deformações em meu caráter e se valeriam de meus relacionamentos fracassados para fortalecer seus argumentos: essas tentativas de relacionamento haveriam sido erros indignos de minha parte e teriam representado o despontar de tais "problemas profundos" para os quais minha homossexualidade supostamente apontava; o iceberg viria à tona em sua totalidade mais cedo ou mais tarde... Era uma profecia absolutamente preconceituosa — um preconceito do qual imaginei que estivessem livres desde que tinha me declarado gay, aos meus 24 anos. Afinal, haviam tido doze anos para elaborar minha orientação sexual e o que ela significava. ¿Nunca se deram ao trabalho de analisar como o modo de vida gay é diferente do modo de vida hétero [mesmo se levando em consideração o retrocesso na agenda de costumes em Mato Grosso do Sul e no Brasil]? O que difere alguém sexualmente livre de alguém promíscuo, e por que isso importa? Utilizariam de sua posição heterossexual protegida pela santidade do casamento para rotular como problemáticas minha solteirice, minhas tentativas de estabelecer novas relações [apesar de meu dedo para relacionamentos ter realmente andado podre], assim como minha experimentação sexual a partir do término de meu longo relacionamento monogâmico, três anos antes. Uma vez que sempre me mantive próximo a meu ex-companheiro M., tampouco entendiam como isso era possível, pois tínhamos tecnicamente nos separado, nem demonstravam qualquer compreensão de minhas dificuldades para navegar [e encontrar o parceiro acertado] em uma sociedade mascarada e oportunista no Rio e em São Paulo, haja vista o fato de eu ser figura pública visada e majoritariamente solitária. Meu primeiro erro imperdoável havia sido a separação em si — o esperado era que vivesse em um relacionamento insatisfatório pelo resto de minha vida. De fato, meu ex-companheiro foi uma pessoa excepcional ao meu lado, porém a chama sexual entre nós se apagou e, aos meus 33 anos, eu não conseguia viver em celibato. Crucificaram-me por cada um de meus passos subsequentes, como por ter permitido que indivíduos como Giordano e Tiago, vistos genericamente por eles como seres de péssimo caráter, sequer se aproximassem de mim. Todavia, como eu iria saber que não eram as pessoas certas sem os ter conhecido? Como poderia diferenciar um do outro dos outros? Jamais possuí alguém que me servisse de escudo social — como um empresário protetor, por exemplo — ou fui adivinha. Giordano tinha se aproximado de mim usando uma máscara, como um míssil se guia invisível na direção de seu alvo. Teria sido mais construtivo se os meus tivessem identificado em meu relacionamento com Tiago, e depois com João Bosco [por mais que este tivesse me abordado de maneira semelhante à de Giordano], uma problemática aplicação real e deslocada de minha *fantasia de salvamento*, apontada por Freud:

> Quando a criança ouve dizer que deve sua vida aos pais, ou que sua mãe lhe deu a vida, seus sentimentos de ternura aliam-se a impulsos que lutam pelo poder e pela independência, e geram o desejo de retribuir essa dádiva aos pais e de compensá-los com outra de igual valor. Essa fantasia, via de regra, é muito deslocada em direção a um imperador, rei ou outro grande homem; depois de haver sido assim destorcida torna-se admissível à consciência, e pode até ser utilizada pelos escritores de ficção. Nessa aplicação ao pai do menino, o sentido desafiador da idéia de salvamento é de longe o mais importante; no que diz respeito à mãe, o mais importante é, geralmente, o sentido da ternura. A mãe deu à criança a vida, e não é fácil encontrar um substituto de igual valor para essa dádiva sem par. Com uma ligeira modificação do significado, tal como é facilmente realizado no inconsciente, e é comparável à maneira pela qual os conceitos da consciência se diluem uns nos outros, salvar a mãe adquire o significado de lhe dar uma criança [...]. Todos os seus instintos, os de ternura, gratidão, lascívia, desafio e independência encontram satisfação no desejo único de ser o próprio pai. Mesmo o elemento de perigo não se perdeu na modificação de significado; pois o próprio ato do nascimento é o perigo de que foi salvo pelos esforços da mãe. O nascimento é tanto o primeiro de todos os perigos de sua vida, como o protótipo de todos os subseqüentes que nos levam a sentir ansiedade, e a experiência do nascimento, provavelmente, nos legou a expressão de afeto que chamamos de ansiedade.[*]

De fato, meus familiares demonstravam pouca empatia pelo naufrágio que eu havia sofrido por estar no centro da indústria audiovisual brasileira — um dos alvos principais da extremadireita cuja bandeira carregavam ou tinham carregado. Tudo começou ainda em meus tempos de faculdade, em meados dos anos 2000, com perguntas aparentemente inocentes do tipo: "Por que os artistas são todos esquerdistas?". Eu respondia com singeleza que era porque tínhamos mais empatia e, consequentemente, maior preocupação para com causas sociais. Já em 2019, o fato de eu ser artista passava a ser quase o equivalente do temido "comunista", mais uma confirmação dos tais "defeitos intrínsecos" que o fascismo via em minha homossexualidade,

---

[*] FREUD, Sigmund. *Cinco Lições de Psicanálise, Leonardo da Vinci e Outros Trabalhos* [1910 (1909)]. Trad.: Durval Marcondes e J. Barbosa Corrêa, revista por Jayme Salomão. Rio de Janeiro: Imago, 1970.

"em minha deturpada psicologia" — questões que os meus, por caridade, por anos haviam escolhido ignorar, mas não por muito tempo mais. Na mente gay, supostamente também se encontraria a pedofilia, transtorno psiquiátrico que os fascistas conseguiram associar a minha orientação sexual de forma demasiadamente perigosa através da teoria conspiratória do "kit gay", a gerar danos irreparáveis. Bolsonaro representava um rompimento histórico na chamada Nova República (período caracterizado pela redemocratização do país a partir de 1985 e por sua estabilização e desenvolvimento políticos e econômicos), e essa rachadura do fascismo se refletiria cada vez mais no seio de minha própria família. Isso justificava minha crescente marginalização por parte daqueles mais próximos a mim devido a supostos defeitos intrínsecos [e/ou deformações morais e/ou desestrutura/deturpação psicológica] que viriam no pacote de minha homossexualidade. O incômodo crescia. Meu irmão caçula e eu tentávamos realizar juntos atividades saudáveis, como ir à academia, e assim nos reaproximar. E estive ao seu lado no dia do nascimento de seu primeiro filho, dia também em que sofri nova rasteira de Giordano — que no Rio de Janeiro clonou meus documentos e chip de celular para me aplicar um novo golpe, o que somente foi evitado devido à ação imediata e alinhada por mim e meu irmão. No entanto, por exemplo, esse mesmo irmão jamais percebeu a significância de meu ensaio fotográfico com o pênis ereto à mostra para as conquistas da comunidade LGBT+ no início daquele ano de 2019, em contrapeso aos avanços do bolsonarismo. Alguns comparavam meu ativismo (a luta pelo direito do transparente exercício de minha sexualidade LGBT+) a mera pornografia; não chegaram perto de entender que "um corpo político [LGBT+] deveria ser usado como meio de expressão artística", como escreveu a artista plástica Christiana Moraes sobre esse meu trabalho. Para eles, tudo não era senão uma sinalização, impressa em papel, de que eu precisava de "atenção psiquiátrica". De fato, ao princípio de minha militância contra a ascensão do regime fascista começaram a me ver como um problema com o qual se deveria lidar. Eu era uma ovelha negra a ser devidamente silenciada. Um doente que no momento certo seria separado da "sociedade virtuosa" e curado pelas mãos da medicina. Ser normalizado. Possuía menos e menos alguém com quem dividir minhas dificuldades ou onde encontrasse apoio — à exceção de minha mãe, que demonstrou um continuado esforço de compreensão do Everest que eu era forçado a escalar. Ela fazia um exercício de empatia; a maioria deixava claro que eu apenas encontraria uma luz guia caso me entregasse à "normalização". Muitos mergulhariam em individualismo materialista ao longo do ano que se seguiria. Veria neles a mesma aridez vazia deixada nos campos de eucalipto quando este era arrancado da terra, que então se consumia em poeira vermelha carregada pela ventania. Terra arrasada. Desde que havia me atentado à eclosão do ovo podre do fascismo em meu próprio núcleo familiar, não pude deixar de ignorar o fato de que isso tinha acontecido simultaneamente à decisão de meu pai e irmão do meio de tomar parte na Maçonaria — grupo que meu pai sua vida inteira havia desprezado. Certa vez, em uma acalorada discussão, pedi a ele para que me mostrasse o grupo dos maçons em seu WhatsApp para me provar que o bolsonarismo não era disseminado por ali — ou que o apoio a ele não fosse até exigido dos membros por coação. Meu pai se negou a fazer isso, ofendidíssimo por minha afronta e insolência. Eu era realmente doido ao ousar questionar a maçonaria e os preceitos da extremadireita! *Para muitos, não mais era suficiente o posicionamento de* [quase extrema] *direita*, ainda semirracional, de membros de partidos já fisiológicos como o MDB ou o PSDB. A burguesia classista e, por conseguinte, sua imprensa dos conglomerados lograram cooptar quase todos os partidos brasileiros, do antigo PFL [DEM(o), que provou que era possível ser mais de direita], ao MDB e PSDB (novamente), até o PT. Das privatizações de FHC e da eleição de um Lula estetizado e neoliberal, às Manifestações dos 20 Centavos de 2013 até o lavajatismo, que subjugou os últimos que não tinham consentido: o papel da mídia foi capital com seus pensamentos de curto prazo, suas ações desestabilizantes e seus flertes com o golpismo e a autocracia. O resultado da normalização do radicalismo de direita se tornava óbvio: "quando todos são de direita, *apenas a extremadireita possui o diferencial da salvação!*"

Eu não tinha ainda, em setembro de 2019, ciência da circulação entre meus irmãos de minhas conversas e exercícios de fantasia no aplicativo de sexo — eles possuíam amigos em São Paulo, a quem haviam chegado os maldosos prints feitos da rua Frei Caneca meses antes. Portanto, não conseguia colocar bem o dedo no assunto de que consistia o elefante no meio da sala. Mas sentia que o respeito que um dia tinham nutrido por mim se esvaía e era substituído por distância e julgamento. Quem era eu para me permitir liberdade sexual sendo um homossexual? Antes da ascensão do fascismo, desde que — em um relacionamento monogâmico e eterno — o exercício ativo de minha sexualidade não viesse à tona, o fato de eu ser gay poderia ser esquecido às margens enquanto meus sucessos profissionais e artísticos eram comemorados por todos — constituía motivo de orgulho para a família, amigos e mesmo para Três Lagoas e o Mato Grosso do Sul. A partir do momento, porém, que pelas mãos bolsonaristas as artes saíram dos pedestais do país para serem atiradas ao chão, minhas conquistas deixaram de ter qualquer valor. Meu ativismo passou a ser mais indesejável ainda. Eu trazia atenção a minha família, que por suas escolhas profissionais então exigia discrição. Não existia argumentação que conseguisse trazer meu pai — um advogado, PhD, ex-conselheiro federal da OAB — de volta à racionalidade, e suas explosões raivosas se tornariam cada vez mais frequentes. Ele se aproximaria do pai com que eu havia me confrontado algumas vezes em minha infância. Dada minha homossexualidade latente aos meus quatro, cinco, seis, sete... anos de idade, meu pai projetou em mim incômodos relacionados à sua própria sexualidade, talvez. Por exemplo, quando meus irmãos e eu nos encontrávamos em casa a sós com a babá, um deles gostava de entrar no quarto de meus pais e vestir peças — meia-calça, sapatos de salto alto... — de minha mãe. Eu me sentava na cama e apenas assistia àquilo, pois nunca tive inclinação a me travestir, contudo achava interessante observar. Meu pai, entretanto, ao descobrir tais feitos, apesar de minhas negativas, insistia que tinha sido eu quem havia implantado essas ideias inaceitáveis na mente de meu pobre irmão — e por isso eu deveria ser punido. Ignorando protestos de minha mãe, arrastava-me para meu quarto, onde trancava a porta, baixava minha calça, colocava-me em seu colo e me cobria de chineladas, a exigir que eu admitisse ter sido o mentor de tais subversões. Eu negava e chorava e resistia às chineladas; ele não parava até que eu admitisse algo que não tinha, de fato, feito; soltava-me, abria a porta do quarto e saía. Minha mãe vinha para acalmar meu choro. Depois de esfriar a cabeça, meu pai retornava arrependido e pedia que eu jurasse que não repetiria algo que jamais fiz, e se desculpava. Eu expiava pelos desvios sexuais — não deveria chamá-los assim, todavia assim eram vistos — da família inteira. Essa situação se repetiu duas ou três vezes e gerou um inevitável distanciamento entre mim e minha figura paterna — porque eu sabia desde muito cedo, quando admiti ter tido uma ereção ao ver uma bela bunda masculina, que com meu pai não poderia me abrir sobre meus sentimentos mais profundos ou sobre minha sexualidade. Minha babá Cá, que se fundiu a minha figura materna, notava certas injustiças que eu sofria e um dia se lamentou comigo: "Poxa, Nonon... seu pai te culpa por tudo o que seus irmãos fazem". Dois anos mais velho do que meu irmão do meio e quatro anos mais velho do que o caçula, eu era o responsável por eles, pois meus pais somente nos viam à noite. Nunca fui santo — pelo contrário —, e de minha infância até minha saída do ensino médio alimentei mentes alheias — de irmãos a colegas de escola a amigos — com indisciplina e minhas ideias traquinas, insuflando bagunça quando criança e pequenas revoltas na adolescência. Com exceção das três ocasiões acima mencionadas em que eu havia levado a culpa apesar de ter sido inocente, das outras insurgências escapei, porque quem quebrou o braço duas vezes ao imitar minhas brincadeiras arriscadas foi meu irmão do meio, e em seu choro ele não tinha tempo para narrar os ocorridos; ademais, sempre fui extremamente polido, com cara de bem-comportado, e cobria bem meus rastros. Jamais me conformei à norma e rotineiramente questionei hierarquias, regras e tudo mais que me era imposto. Volta e meia ignorava códigos sociais. Posteriormente me perguntariam se estava no espectro autista, se me encaixava na Síndrome de Asperger; quiçá tenha sido pura e simplesmente por minha impaciência, fácil irritação e contestação do modo de rebanho que nunca tenha suportado futebol... ou sertanejo universitário; não deixa de ser pelo mesmo motivo que registro neste livro o meu relato. Ao passo que participava da vida social por meio de meus questionamentos e de minha forte veia lúdica, isolava-me no que tangia à minha sexualidade — e esse isolamento foi crescendo conforme me aproximei da adolescência. Era o melhor aluno da turma — e da escola — por ter uma excelente memória e ser altamente interdisciplinar, e fui o editor-chefe do jornal estudantil — no qual debatia bastante política e escrevia abertamente sobre o sexo dos outros. Os meninos se reuniam em suas casas durante as tardes para sessões de troca-troca; eu era excluído dos convites — tanto por ser respeitado como "o nerd" como por suspeitarem que eu era, realmente, gay: troca-troca era somente para os héteros! Era isolado e me isolava — certamente, não fazia parte do círculo dos garotos e fui muito mais próximo das meninas, mas não era uma delas. Quando chegou o momento de sair em grupo para me iniciar no álcool e em demonstrações de minhas habilidades sexuais, de novo me retirei da manada: limitava minha interação às circunstâncias escolares, já que não queria ser constrangido a ficar com garotas ou forjar algo que não desejava apenas para me curvar perante a heterossexualidade coletiva. Ouvia dos professores que na adolescência eram normais experimentações bissexuais, que estas depois abririam espaço para a verdadeira orientação sexual de cada um. Eu me abstinha das experimentações vespertinas, porém esperançava em segredo que meu gosto por rapazes acabasse com aquela fase, pois isso facilitaria bastante a minha vida ao me fazer, contraditoriamente, parte do gado de que eu desdenhava. De toda maneira, logicamente tinha quase certeza de que tal mudança em minha orientação sexual jamais ocorreria. Tinha sonhos molhados em que me deitava sobre um rapaz cujo pênis estava tão ereto quanto o meu, apertado contra o meu, e foi um dos primeiros desejos que realizei quando perdi minha virgindade com meu primeiro namorado, aos dezessete anos. Também sonhava com sessões de *gangbang*, até hoje um forte fetiche — talvez nutrido por meu consumo de pornografia em longos domingos de porta trancada diante da tela do computador, desde meus doze anos. Ia a videolocadoras somente para me infiltrar na sessão adulta e me deliciar com as capas dos filmes gays e imaginar seu conteúdo. O primeiro VHS pornô que aluguei às escondidas usando a conta de meu pai se chamava *A Essência do Homem* — o que hoje penso ser um nome demasiado apropriado. Foi ali que vi, pela primeira vez, a posição "frango assado", que desconhecia até então e cuja mera visão me levou ao gozo imediato, o corpo masculino entregue em sua total fragilidade — continua a ser minha posição sexual favorita por excitar os olhos. No dia seguinte, pedi ajuda a Cá para devolver a fita: desacumulada toda a testosterona, morri de medo de ser descoberto; ela o fez sem me questionar, mesmo sabendo que a estória mirabolante sobre o aluguel do vídeo era inventada e que o fato de eu assistir a pornografia gay indicava que eu próprio era gay. Com as exceções dos "domingos gays" em que — quase sempre cautelosamente — dava vazão a todo o tesão de um jovem de treze ou catorze anos, era muito hábil em guardar para mim essa tensão sexual. Em especial, guardava esses segredos de meu pai, que aos meus doze anos havia me convidado a sair de casa se não lhe obedecesse; continuei a me negar, por discordar de seus argumentos — sobre um assunto que, de tão banal, hoje nem me recordo —, e boquejei que nesse caso de ser expulso iria morar com meu avô; em tal momento, meu pai cedeu. Dessa forma, mantinha-me para mim — e meus debates sobre minha própria sexualidade aconteciam apenas em minha cabeça. Lia e era bastante reservado. Muitas vezes, passava as tardes em uma árvore ou no telhado de casa, olhando para o horizonte vermelho de Três Lagoas e simplesmente refletindo e contemplando a vida. Bandos de araras, papagaios ou periquitos sobrevoavam minha cabeça com o pôr do sol. Outras tardes, meu vô Hugo me contava histórias e compartilhava comigo suas próprias divagações… Sentávamos à mesa da copa ou às cadeiras da varanda, cada um vendo o tempo passar com seu copo americano de Coca-Cola à mão, por longas horas. Eu o ouvia atentamente e fazia inúmeras perguntas. Não poderia imaginar que anos depois a liberdade que ele tanto incutiu em mim ser-me-ia retirada pelo bolsonarismo, que removeu também os avanços que havíamos realizado como sociedade no sentido do diálogo, da expressão de ideias e do exercício da sexualidade — que mais uma vez me seria negada —, entre outros.

Meus próprios pais tinham sido um casal à frente de seu tempo e vinha daí, além de tudo, meu inconformismo com relação à aderência daqueles próximos a mim ao discurso fascista — que representava um retrocesso de cem anos na história: replicávamos o que se deu na Itália de Mussolini e, pior ainda, replicaríamos apenas em escala um tanto menor o que se deu na URSS de Stalin e na Alemanha de Hitler. De fato, essa mancha na história de toda a nossa família e do Brasil não poderia ser esquecida ou apagada. Minha mãe sempre foi uma mulher independente — vinda de uma família com profundo vínculo com a terra, havia sido estimulada por meu avô Hugo a ter formação universitária de maneira que nunca dependesse de um homem; e meu vô se orgulhava muito dela, pois assim minha mãe o fez. No entanto, em sua vida amorosa ela não se mostrava tão satisfeita porque se envolvia repetidamente com rapazes mais novos — e quando se dava conta disso, prontamente cortava os vínculos. Elza teve um flerte com o cantor Raul Seixas quando ele passou por Três Lagoas, pouco antes de se tornar nacionalmente famoso. E tendo começado a namorar meu pai, também tentou romper quando descobriu que o moço era cinco anos mais jovem. Por insistência dele, continuaram. Atravessaram momentos difíceis juntos, haja vista que por uma desavença meu pai foi excluído dos negócios de sua família e ficou sem nada — aproximando-se, dessa maneira, muito de meu avô materno e da família de minha mãe como um todo, que o acolheram. Com a ajuda de Elza, que sustentava o lar, meu pai pôde estudar direito e se tornar advogado. Aos trinta anos, todavia, ela era muito apreensiva quanto a ter filhos, e por um período chegou a acreditar que fosse infértil após quase dois anos de tentativas malsucedidas de gravidez que se sucederam ao casamento. O médico insistia que poderia se tratar puramente de ansiedade dela, e antes de recorrerem a outros métodos pediu que o casal tentasse uma última vez pelo método natural: realizariam o coito em dia e horário determinados, e em condições específicas. Meus pais seguiram as recomendações — e por isso sei o dia e a hora exatos em que fui concebido: pouco depois das cinco da manhã do dia 15 de junho, aniversário de Três Lagoas. Curiosamente, eu nasceria em 31 de março — data que os militares brasileiros mentirosamente clamaram como a da fundação da Ditadura Militar no país; na realidade, o Golpe de 1964 foi dado na madrugada de 1º de abril de

1964: o Dia da Mentira. Para evitar que a risível verdade fosse revelada sobre a destituição — de que tanto se orgulhavam — do regime democrático, as Forças Armadas forjariam de pronto seu primeiro revisionismo histórico: espalhando a mentira de que a ruptura com a democracia se teria dado no dia anterior, na data de meu aniversário. Sim, às 23h15 de 31 de março de 1983 — 45 minutos *antes* do Dia da Mentira e do real aniversário dos dezenove anos do golpe de Estado —, após minha mãe e eu quase termos morrido juntos por minha cabeça ser muito grande para a estrutura óssea dela, nasci em um parto cesárea empreendido de última hora. Realmente, sempre fui cabeçudo. À época, uma epidemia no hospital impedia que me levassem da maternidade ao quarto. Meu pai foi o primeiro a me ver através do vidro e disse que eu "tinha uma cara feia" e que parecia extremamente "mal-humorado". Minha mãe teimou e desceu as rampas do hospital, cheia de pontos da cirurgia, para pôr os olhos em mim e concordar com meu pai — o bom humor não é um dos meus fortes, principalmente logo que acordo. Posteriormente a meu nascimento, entretanto, Elza não se demonstrou uma dona do lar ou mãe tradicional — para além de ter aversão a todo tipo de trabalho doméstico, ela tampouco me banhava ou acordava de madrugada para me alimentar. Quem fazia isso tudo era meu pai. Assim foi que minha relação com meus pais possuiu características muito próprias: meu pai exercia funções sócio-historicas femininas e minha mãe, as masculinas — aos seus 26 anos de idade, era de esperar que meu pai tivesse menos maturidade para lidar com um filho gay do que minha mãe, que então tinha 31 anos, especialmente no contexto profundamente homofóbico em que vivíamos nacionalmente. A história da homossexualidade no Brasil similarmente me parece muito única. Conquanto no país a prática de relações entre pessoas do mesmo sexo jamais tenha sido proibida, o homossexualismo foi associado a travestis ou a indivíduos transgêneros — fácil de identificar, eles não representavam uma grave ameaça à sociedade. Desde que se submetessem *com gosto* a piadas e humilhações públicas, os gays (leia-se travestis, transexuais ou homens cisgêneros de características muito femininas) seriam aceitos pelos brasileiros — permanecendo devidamente marginalizados. Dessa forma torta, por séculos o Brasil esteve à frente de países da Europa e da América do Norte, que proibiam a sodomia e perseguiam os homossexuais. O problema no país passou a existir a partir do instante em que homens cisgêneros começaram a se revelar "gays" — e isso em grande parte se deu com a epidemia de HIV durante os anos 1980, quando muitos brasileiros se chocaram com o que descobriram. Sodomitas não eram somente travestis, transexuais ou homens femininos que seguiam sendo apontados e achincalhados nas ruas, mas também filhos insuspeitos, rapazes bonitos, cantores, galãs de TV, homens casados, pais de família... Aos brasileiros, essa ousadia dos gays de se "camuflar" como "homens comuns" (leia-se masculinos e cisgêneros) na sociedade como um todo foi por muito tempo inconciliável: fazia-se necessário que continuassem a ser as "bichinhas" humilhadas nas ruas, que não causassem confusão. Isso explica, em parte, o despreparo de meu pai para lidar com minha homossexualidade: temia sobretudo que eu fosse transgênero, e que como os trans fosse prostituído e ridicularizado. Por essa razão, embora para mim as raras chineladas tenham sido traumáticas, não guardei mágoa — minha mãe costumava ralhar com mais frequência do que meu pai. Compreendi os minutos de truculência em seu contexto com o decorrer do tempo, ainda que em autodefesa houvesse me recolhido em casulo. Não mostrava meus ângulos. Meu pai nunca entendeu esse meu fechamento em mim mesmo, principalmente porque seu amor por mim sempre foi muito materno — pelo que narrei acima —, e por isso continuadamente nutriu muito ciúmes de minha relação com minha mãe, com quem eu me sentia mais confortável para compartilhar eventuais fraquezas. Ele cobrou inúmeras vezes ao longo dos anos demonstrações de afeto, que eu repetidamente fui incapaz de lhe dar — não somente a ele, a todos, pois, uma vez versado em me fechar em mim, verdadeiramente sou falho em mostrar aos outros o quanto os estimo, e essa incapacidade igualmente se aplica a meus relacionamentos. Raramente aparento o que sinto. E por mais que meus pais tenham sido extremamente competentes em me demonstrar aprovação pelos meus acertos, em comemorar os meus feitos, em me encorajar para encarar a vida, enfim em me proporcionar reforço positivo (*positive reinforcement*), a permitir que eu desenvolvesse uma saudável autoestima, eu próprio — por ser extremamente crítico e mirar a fraqueza e o erro com o foco na melhora — tenho dificuldades em elevar os bons feitos do outro, e preciso continuamente me policiar com relação a isso, porque é algo que tende a fazer falta na manutenção da autoestima alheia. Quando, aos meus dezessete anos, eu me afastaria de casa para ingressar na universidade — inicialmente, estudei ciências sociais na Universidade Estadual de Londrina antes de me mudar para os Estados Unidos para me formar em cinema —, meu pai se opôs veementemente. Ele não conseguiria lidar com meu afastamento de casa e argumentava haver outras opções — especificamente, cursar direito, o que me permitiria permanecer na terra natal. Eu era o filho mais velho e, portanto, o primeiro a deixar o ninho. Nesse aspecto, tive de abrir as portas que meus irmãos usariam; ademais, eu possuía sede de liberdade e ansiava poder dar vazão a minha sexualidade. Sim, meu pai sentiria muita falta se eu me fosse; por outro lado, temia justamente que a distância permitisse que eu extravasasse minha homossexualidade — cuja existência ele conhecia, apesar de até então não haver sido informado formalmente por mim. Em sua mente, a ideia do que consistia ser gay continuava atrelada ao travestismo e à transexualidade — e o Brasil é o país que mais mata pessoas trans no mundo (em 2020, foram 175 assassinadas aqui[19]), eu não podia desconsiderar sua preocupação. Por medo de que a feminilidade em mim aflorasse, tentou a todo custo que eu não me fosse e me convocou incontáveis vezes para conversas a dois em que deixou quase explícito seu medo de que eu me descobriria gay quando tivesse o mundo aberto a minha frente. *Deixou quase explícito...* jamais teve coragem de dizer isso literalmente, pelo que respirei aliviado, pois à época a mera ideia de discutir esse assunto abertamente com meu pai me aterrorizava. Eu já havia me compreendido gay aos quatro anos de idade — aquilo não era nenhuma novidade —, e insisti saudavelmente que precisava partir; sem demora, comecei a trilhar meu caminho. Meu pai estava certo de certa forma porque, sim, a primeira coisa que fiz longe de casa foi arranjar um namorado — psicólogo, sete anos mais velho do que eu: o namoro foi mais uma questão de ocasião do que escolha; não me sentia fisicamente atraído por ele e tampouco o amava; mas meus hormônios estavam à flor da pele e o simples deslizar de sua mão por minha perna do banco da frente do carro, enquanto seu amigo dirigia, desencadeava em mim uma ereção no banco de trás. Porém, meu pai todo o tempo esteve errado ao pensar que eu me descobriria travesti ou transgênero — eu tinha protestado contra isso todas as vezes que levei as chineladas, quando criança: sabia que não fazia parte de minha identidade, embora ele continuasse a ter dúvidas. Sempre me percebi masculino; não gosto de ser tratado no feminino nem por brincadeira — trata-se de um desrespeito a quem de fato é feminina. Retornei ao lar e apresentei meu primeiro namorado a meu pai — eu aleguei se tratar apenas de um "amigo" —; ele imediatamente me chamou em reservado para apontar que "meu colega era gay, haja vista que era afeminado. Eu não tinha percebido?". Menti a meu pai que não, que ele estava completamente enganado, e mudei de tema.

Não por coincidência, o tio materno desse meu primeiro namorado era também uma pessoa gay afeminada — talvez transexual se lhe fossem dadas as oportunidades na vida, não posso afirmar — e havia sofrido a mais cruel violência de que eu tinha ouvido falar até aquele momento, por três indivíduos homofóbicos [ou transfóbicos] na cidade de Ourinhos, São Paulo. Aqui não relato a violência para nutrir a curiosidade sensacionalista do leitor, muito menos para levar outros a repetirem tal ato asqueroso; narro, sim, com o intuito de que o leitor reflita sobre o machismo profundo de nossa sociedade que age dentro da própria comunidade gay — e é necessário que se entenda como esse mesmo machismo fundamenta repugnante e virulenta LGBTfobia. Utilizaram-se de um caibro de 10 × 10 cm de espessura (quadrado, cheio de farpas, não sei quanto de comprimento) e o introduziram inteiramente no ânus da vítima, que após o ato foi estuprado pelos três criminosos. Resgatado depois do crime brutal, o tio de meu primeiro namorado teve de passar por sucessivas cirurgias reconstrutivas. É enfermeiro. Os facínoras nem foram presos, pois existia a ameaça de que, se algo fosse feito contra eles, a vítima sofreria novamente. Eu jurei então, aos meus dezessete anos, que escreveria sobre esse caso para que ele não passasse em vão. Tudo isso devido à orientação sexual, quiçá à identidade de gênero de alguém — as preocupações de meus pais quando souberam que eu era gay alguns anos mais tarde possuíam, portanto, uma justificativa. Contudo, aquele namoro não foi a melhor relação de minha vida. O psicólogo diagnosticava algo de errado comigo por não o amar e argumentava que eu "buscava o ideal", algo irreal; por quase dois anos fiz terapia e me questionei, temendo que ele estivesse certo e que eu fosse, de alguma forma, doente. Não fui bem-sucedido ao tentar me forçar a amá-lo e, em busca de minha felicidade e para fugir dele e de sua manipulação, transferi-me para a School of the Art Institute of Chicago — porque eu não conseguia simplesmente romper com ele: das duas vezes que tinha tentado, o psicólogo engoliu enorme quantidade de Valium, que fiz com que vomitasse para interromper as tentativas de suicídio. A ida para Chicago seria minha libertação. Foi onde conheci o amor; de pronto estabeleci um relacionamento que duraria treze anos com M. Apesar de os Estados Unidos estarem sob a administração de um dos piores presidentes de sua história, George W. Bush — o antecessor do trumpismo —, os tempos eram áureos para mim e para o Brasil, que vivia o ápice de sua redemocratização.

Deixei Mato Grosso do Sul no início de outubro e meu retorno para São Paulo para retomar o trabalho me lembraria dessa minha partida para Chicago anos antes, no sentido de ter significado uma fuga dos rótulos — principalmente dos que eu próprio poderia, inadvertida e inconscientemente, aceitar para mim.

Vila Velha, 21 de janeiro de 2021

Dia desses, acordei com leves manchas vermelhas por todo o corpo, por sob a pele. A primeira coisa que veio a minha mente foi dengue hemorrágica, pois já devo ter tido dengue ao menos uma vez, quando morava no Rio de Janeiro, e nas infecções posteriores os casos costumam se agravar. Fiquei preocupado. Não falei nada para João, que pediu para me fotografar sentado na nova poltrona de designer que comprou para nossa nova sala do novo apartamento da rua Itaóca — eu também havia comprado algo, mais singelo: uma cueca amarela que o deixou enlouquecido.

Em pouco tempo, as manchas ficaram mais nítidas; João Bosco notou quando eu me analisava no espelho do quarto e afirmou com toda a certeza, surpreendendo-me: "Sífilis!". Eu lhe respondi que não era possível, porque me tinha testado em Campo Grande em 5 de novembro de 2020 e o resultado havia sido negativo para todas as IST's. Desde então, apenas transei com ele, e nem sequer beijei qualquer outra pessoa. Pedi que me fotografasse novamente quando voltei do trabalho, dessa vez para registrar as marcas, o que ele fez.

Alguns dias se passaram, entretanto, e as manchas continuaram. Eu revelei minha preocupação: não sabia do que se tratava. Ele disse novamente: "Sífilis!". Perguntei como poderia ter tanta certeza, e ele me respondeu: "É sífilis". Redargui que, se fosse sífilis, somente poderia ter sido infectado por ele: não tinha estado com ninguém mais e sífilis não se transmite pelo ar.

De qualquer forma, a dúvida que plantou em minha cabeça foi tamanha que encontrei uma farmácia onde se vende remédios sem prescrição médica e tomei uma injeção dupla de benzetacil por precaução.

Não creio que tomarei a dose prevista para a semana que vem, porque não acredito na possibilidade de sífilis. Nunca tive nenhuma IST.

Vila Velha, 3 de agosto de 2021

Certas coisas nos dão esperança. Estava a caminho da farmácia quando passei por duas meninas de idade colegial indo para a escola de mãos dadas, namoradinhas. Isso jamais teria sido possível nos anos 1990, em minha geração — eu, um senhor de 38 anos de óculos e com muitos fios de cabelo grisalhos que os episódios têm me trazido. Michel Foucault escreveu em 1983, no ano de meu nascimento: "Eu não fui sempre esperto, eu era na verdade muito estúpido na escola... Aqui estava um garoto que era muito atraente e que era ainda mais estúpido do que eu era. E pra cair nas graças desse garoto que era muito bonito, eu comecei a fazer seu dever de casa para ele — e foi assim que eu me tornei esperto, eu tinha que fazer todo esse trabalho só pra me manter à frente dele um pouquinho, para o ajudar. De uma maneira, todo o resto da minha vida eu tenho tentado fazer coisas intelectuais que atraiam rapazes bonitos". Eu, por minha vez, adotei a estratégia de ser esperto desde cedo para ocupar um lugar privilegiado na escola que me defendesse de toda a rejeição que encontraria por ser gay, rejeição esta que viria não somente dos garotos, como de todos — eu estaria, assim, acima do "não". Mas fico feliz que a geração de Foucault, as anteriores e as que a sucederam e tanto sofreram com o preconceito e a epidemia de HIV, e depois a minha [que havia tido pronto acesso a camisinhas e ao coquetel anti-HIV, já conseguiu "sair do armário" aos seus vinte e poucos anos de idade e aderiu massivamente à PrEP] tenham aberto caminho para essa geração de jovens LGBT+ que hoje pode ir à escola de mãos dadas — enquanto o fascismo permitir. A propósito, ciente de que Foucault está enterrado no mesmo túmulo de sua mãe, fico me perguntando o que ela dizia a respeito da vida privada e de toda a expressão libertária da sexualidade de seu filho — que, pelo que leio, possui muitos aspectos em comum com minhas buscas de liberdade sexual, pelas quais fui repetidamente condenado. Não sei se meus pais iriam me querer enterrado em seus túmulos.[*]

---

[*] Entrada melancólica narrativa e cronologicamente descontínua, pois o capítulo foi escrito meses antes deste retrabalho.

Em 26 de dezembro de 2019, um dia após meu confronto com João Bosco e minha partida do Studio 1984 sob escolta policial, cheguei de volta à casa de minha família em Campo Grande, com os presentes de Natal que havia comprado — e os quais distribuí. Minha vinda era inesperada, porque eu tinha informado que passaria o final do ano e Réveillon na Argentina, contudo minha mudança repentina de planos certamente foi parcialmente explicada pelos relatos de meu irmão do meio sobre o que havia se passado na madrugada anterior em São Paulo — quando ele próprio tinha chamado a polícia a meu pedido. Instantaneamente fui questionado por meus pais sobre os detalhes do que havia ocorrido e tive com eles uma conversa muito franca. A reação que obtive, entretanto, não foi a esperada. Cada vez mais eu sentia que ter sido transmitido durante o sexo sem o meu consentimento ou sequer conhecimento [como houve com Túrio, o vizinho da cobertura e possíveis outros] transformava-se em um trauma que ganhava proporções maiores conforme minha psique tinha tempo para elaborar os acontecimentos. Em minha constituição psicológica, ser exposto para desconhecidos daquela forma em meus momentos íntimos equivalia a um tipo de estupro — não o tipo de violência atroz que sofreu o tio de meu primeiro namorado; um estupro, não obstante. Eu nutria tremenda revolta — e nojo de minha própria pessoa —, ao mesmo tempo que crescia em mim repugnância por João Bosco e pelos seus. Conversei com psicanalistas, psicólogos e psiquiatras: nunca encontrei a resposta adequada a essa minha maneira de *sentir* o que fizeram comigo. Talvez apenas uma outra vítima de estupro compreenda realmente o que aquela ação causou em meu âmago, pois em meu entendimento emocional os espectadores desconhecidos haviam feito, de alguma forma, parte da relação sexual — e a eles eu não tinha dado permissão. Havia sido, assim, uma tremenda violência grupal para comigo. Durante quase uma semana, somente me tranquei no quarto e chorei noite e dia, ao passo que via fotos e stories compartilhados por Bosco do Hotel Moulineaux, a dividir luxuosos momentos com Duda e o amigo deste, Lu. Para me provocar, Lu postava fotos em meio à *high society* com legendas como a batida *"para quem achava que eu estava na pior..."*.

A primeira fase da dominação da economia sobre a vida social levou, na definição de toda a realização humana, a uma evidente degradação do *ser* em *ter*. A fase presente da ocupação total da vida social em busca da acumulação de resultados econômicos conduz a um deslizar generalizado do *ter* em *parecer*, de forma que todo o "ter" efetivo perde o seu prestígio imediato e a sua função última. Assim, toda a realidade individual se tornou social, diretamente dependente do poderio social obtido. Somente naquilo que ela não é, a realidade pode aparecer.*

Meu asco crescia e crescia, porque enquanto eu vivia o luto do término de um intenso relacionamento e ainda elaborava uma violação, João Bosco não demonstrava nenhuma dor e se esbaldava em continuadas festinhas de sexo. Eu havia convivido com mais um sociopata? Ou a metanfetamina o transformava naquilo? Quando tentei compartilhar com meus pais a analogia do que eu tinha sofrido a um estupro, esperava não somente que entendessem como eu me sentia, como que se propusessem a procurar justiça de alguma maneira [certamente, se eu tivesse um filho ou filha que tivesse passado por tal abuso, minha reação instantânea seria buscar reparação para o ato]. Simplesmente não conseguia entender a apatia deles. Meu pai me aconselhava a "esquecer tudo" e a "não mexer mais com aquilo", pois, pelo que eu narrava e por sua extensa experiência como advogado, a rede em que Bosco estava inserido poderia ser muito maior e muito mais perigosa do que eu imaginava. Pedi que usasse suas conexões no meio judiciário para iniciar algum tipo de investigação, ou até que contratasse um detetive particular para descobrir por que meio e para quem meus momentos íntimos haviam sido transmitidos — nem a isso se dispôs. Eu sentia uma distância que partia de minha família como jamais tinha sentido antes — e apenas depois suspeitei que isso já seria resultado do compartilhamento por meu irmão de minhas conversas printadas do aplicativo de sexo, e ele deveria debater com os outros sua noção de que minha vida se resumia a orgias e drogas. Tratava-se de uma grande inverdade usada como se justificasse aquilo de que eu havia sido vítima... para eles, eu provavelmente já era um "perdido" e se confirmavam suas suspeitas de que meus desvios psicológicos profundos, advindos de minha homossexualidade, estavam a se apresentar mais claramente. Sim, tinha provado maconha e cocaína durante meu namoro com Tiago. À maconha nunca fui afeito. Quanto à cocaína, experimentei somente para tentar compreender o vício de meu ex pela droga — sem sucesso, porque nunca senti qualquer efeito prazeroso. Eu havia gostado mesmo era de ecstasy — quanto menos tivesse anfetamina, melhor, pois apurava meu tato e audição e trazia sentimentos à tona com a força de um gêiser. Porém fazia uso ocasional, quando íamos a alguma boate. Sim, tinha provado metanfetamina desavisadamente em Chicago e vi na droga um risco — e brinquei com esse risco em tentativas

---

* DEBORD, 1967.

de socialização durante solitários finais de semana em São Paulo, e também pelo enorme prazer sexual que me acarretava, e talvez até, nessas mesmas ocasiões, eu a tivesse usado para tapar com a peneira minha depressão... Todavia, havia feito uso cuidadosamente esporádico, justamente para evitar cair em qualquer vício. E, para além de minhas próprias experimentações pelas quais me condenavam, pesava muito o conhecimento de que eu estava cercado de pessoas que eram "usuárias de drogas", e para minha família pouco diferia a maconha do craque ou da heroína. Surpreendia-me muito que meus pais, que tinham vivido os anos 1960 e 1970, permitissem que a maconha ainda constituísse tamanho tabu. Haver provado a erva para eles era algo repreensível, porque seria "a porta para drogas pesadas" — não é o caso, especialistas argumentam que esse papel é do álcool. Meus pais, no entanto, desde muito tempo já faziam vista grossa para o consumo de álcool entre meus irmãos e seus colegas. Meus irmãos, mais ainda, criavam uma grande divisão entre seu uso frequente de drogas "lícitas" e minhas incursões espaçadas em drogas "ilícitas". Quais interesses ideológicos levam à taxação, em determinada sociedade, do que constitui uma droga lícita ver-sus uma droga ilícita? Existia extremo julgamento de valores sem qualquer lógica, pensamento crítico ou fundamento científico. Eu era marginalizado em minha própria família como "alguém que fazia escolhas impróprias", e nesse imaginário coletivo me tinham tornado um "drogado que vivia em orgias". Justamente por conhecer as dimensões das injustiças, eu ignorava as condenações — nunca tentei debater, somente me isolei mais.

Pesquisava sobre o tipo criminoso de voyeurismo — o que se dá em redes da *deep web*. Quanto menos ciência a vítima tiver de que está sendo exposta, descobri, mais rentável é o negócio. Na Coreia do Sul, dois incidentes envolvendo *spycams* (minicâmeras escondidas com o propósito de gravar a vida íntima e sexual das vítimas) trouxeram o assunto à tona na comunidade internacional no segundo semestre de 2019: os suicídios de Lee Yu-jung e da estrela pop Goo Hara. O pai de Lee disse à mídia que a gravação desses momentos íntimos deveria ser equiparável ao estupro perante a lei[20] — justamente minha opinião como vítima —, e que, antes do suicídio, sua filha passara a abusar do álcool e de antidepressivos como maneira de trazer algum alívio ao seu trauma. Quando Goo Hara descobriu que havia sido vítima de câmeras escondidas plantadas por seu então namorado, lutou violentamente por *justiça*. Por sua luta, foi assediada e apedrejada publicamente. Seu último post foi "boa noite".[21] Milhares de mulheres tomaram as ruas da Coreia do

Sul em protesto, e naquele momento da pesquisa tive quase certeza de que algo parecido estava a acontecer no meio gay paulistano — um médico de nome Caio havia sido recentemente flagrado utilizando *spycams* e fazendo tais transmissões durante seus encontros sexuais e festinhas em uma rede que tinha sido formada para compartilhar secretamente essa classe de conteúdo. Muitas dessas minicâmeras são sensíveis à luz infravermelha para filmar no escuro e podem estar camufladas em carregadores de USB, pen drives, espelhos de tomadas, parafusos, relógios, detectores de fumaça, quadros, secadores de cabelo, TVs, caixas de rede de TV a cabo, roteadores de internet, espelhos, *abajoures*, ganchos de roupa, lâmpadas, escovas de dentes, pequenos buracos em paredes, vasos de plantas, controles remotos, latas de desodorantes, vidros de shampoo, aparelhos de ar-condicionado, canetas... Basta fazer uma pesquisa no Google ou na Amazon.[22] Os valores são módicos e o conteúdo é geralmente enviado por radiofrequência ou wi-fi diretamente para sites nos quais o material pode ser transmitido ao vivo ou ficar gravado, e seus usuários assistem a tudo perante o pagamento de mensalidade. Pelos suicídios ocorridos em outros países que foram comprovadamente ligados a esses tipos de gravação e transmissão às escondidas, para mim ficou evidente que o efeito na saúde mental daquelas vítimas do sexo feminino era muito semelhante ao que eu vivenciava. Portanto, dada a inação de minha família em tomar qualquer tipo de providência perante a violência psicológica a que fui submetido, porque aparentemente eu havia "feito por merecer", eu secava as lágrimas enquanto tentava me situar para agir — fragilizado, por boa parte do tempo permanecia mesmo imóvel. Quando algumas vezes se levantava da cama para admirar o vermelho horizonte sulmatogrossense, minha mãe tirava fotos e falava do belo ao passo que araras e papagaios atravessavam, preparando-se para se empoleirar e dormir; eu concordava que existia beleza, mas não podia ignorar que aquele vermelho particularmente intenso havia se formado pelo solo solto que chegava de grandes distâncias e a imensas altitudes. A devastação do meio ambiente ao meu redor refletia a minha, interna — e, no fundo, ambas possuíam a mesma causa: eram os efeitos da ideologia da extremadireita.

D

A poeira vinda dos campos de soja que se espalham desde Dourados — campos que substituem o gado, a destruir valiosos microbiomas que com ele subsistiam como o do entorno da Serra da Bodoquena, em Bonito — na época mais seca do ano se encontra com a poeira das plantações de eucalipto a partir de Três Lagoas — que tomam o estado rumo ao oeste, também roubam o lugar da pecuária e devastam flora e fauna silvestres. Naquele dezembro, época de chuva, bastavam algumas horas de sol forte para a camada mais superficial do solo se desprender com o vento nos campos de onde haviam sido arrancados os pés de eucalipto, todos geneticamente modificados e clonados, como a soja. As toras eram carregadas em treminhões por centenas de quilômetros até as duas gigantescas fábricas de papel e celulose em minha cidade natal. Ambas as culturas demandam a aniquilação completa da vegetação original, a deixar imensas áreas absolutamente nuas quando das colheitas e dar origem a gigantescas nuvens de terra. Eu havia crescido ouvindo falar da poeira que tomava conta da cidade de Rondonópolis devido à monocultura da soja, no estado vizinho de Mato Grosso, contudo nunca tinha imaginado que testemunharia o mesmo em Mato Grosso do Sul. De fato, há um *modus operandi* usado pelo agronegócio na destruição desses biomas. Primeiro, são criadas as áreas de pastagens para o gado, preservando em parte a flora local. O desmatamento é usado para ampliar os terrenos em áreas limítrofes — muitas vezes se utilizando da grilagem de terras — e criar mais pastagem, enquanto a área de pastagem original é lambida pelo fogo na época mais seca do ano (de abril a setembro).

Minando à surda na touceira, queda a vívida centelha. Corra daí a instantes qualquer aragem, por débil que seja, e levanta-se a língua de fogo esguia e trêmula, como que a contemplar medrosa e vacilante os espaços imensos que se alongam diante dela. Soprem então as auras com mais fôrça e, de mil pontos, a um tempo, rebentam sôfregas labaredas que se enroscam umas nas outras, de súbito se dividem, deslizam, lambem vastas superfícies, despedem ao céu rolos de negrejante fumo e voam, roncando pelos matagais de tabocas e taquaras, até esbarrarem de encontro a alguma margem de rio que não possam transpor, caso não as tanja para além o vento, ajudando com valente fôlego a larga obra de destruição. Acalmado aquele ímpeto por falta de alimento, fica tudo debaixo de espessa camada de cinzas. O fogo, detido em pontos, aqui, ali, a consumir com mais lentidão algum estôrvo, vai aos poucos morrendo até se extinguir de todo, deixando como sinal da avassaladora passagem o alvacento lençol, que lhe foi seguindo os velozes passos. Através da atmosfera enublada mal pode então coar a luz do sol. A incineração é completa, o calor intenso, e nos ares revoltos volitam palhinhas carboretadas, detritos, argueiros e grânulos de carvão que redemoinham, sobem, descem e se emaranham nos sorvedouros e adelgaçadas trombas, caprichosamente formadas pelas aragens, ao embaterem umas de encontro às outras. [...] Se falham chuvas vivificadoras, então, por muitos e muitos meses, aí ficam aquelas campinas, devastadas pelo fogo, lugubremente iluminadas por avermelhados clarões, sem uma sombra, um sorriso, uma esperança de vida, com todas as suas opulências e verdejantes pimpolhos ocultos, como que raladas de dôr e mudo desespêro por não poderem ostentar as riquezas e galas encerradas no ubertoso seio. Nessas aflitas paragens, não mais se ouve o piar da esquiva perdiz, tão freqüente antes do incêndio. Só de vez em quando ecoa o arrastado guincho de algum gavião, que paira lá em cima ou bordeja ao chegar-se à terra, a fim de agarrar um ou outro réptil chamuscado do fogo que lavrou. Rompe também o silêncio o grasnido do carcará, que aos pulos procura insetos e cobrinhas ou, junto ao solo, segue o vôo dos urubus, cujos negrejantes bandos, guiados pelo fino olfato, buscam a carniça putrefata. É o carcará comensal do urubu. De parceria se atira, quando urgido pela fome, à rês morta e, intrometido como é, a custo de alguma bicada do pouco amável conviva, belisca do seu lado no imundo repasto. Se passa o carcará à vista do gavião, precipita-se êste sobre ele com vôo firme, dá-lhe com a ponta da asa, atordoa-o, atormenta-o só pelo gôsto de lhe mostrar a incontestada superioridade. Nada, com efeito, o mete em brios. Pelo contrário, mal levou dois ou três encontrões do miúdo, mas audaz adversário, baixa prudente à terra e põe-se aí desajeitadamente aos saltos, apresentando o adunco bico ao antagonista, que com a extremidade das asas levanta pó e cinza, tão de perto as arrasta ao chão. Afinal, de cansado, deixa o gavião o folguedo, segurando de um bote a serpentesinha, que em custoso rasto, procurava algum buraco onde fosse, mais a salvo, pensar as fundas queimaduras.[*]

Uma vez arrasada, a terra passa a ser utilizada para o plantio da soja.

Conhecido como a "savana brasileira", o Cerrado é o bioma que vem sendo mais impactado pelo desmatamento no país. Cerca de 10 mil km² são devastados na região por ano, o que corresponde a 1 milhão de campos de futebol — área equivalente a quase duas cidades de Brasília. De acordo com dados do Instituto de Pesquisa Ambiental da Amazônia (Ipam), o Cerrado está sendo desmatado cinco vezes mais rápido do que a Amazônia, bioma com o dobro de extensão. Entre os fatores que favorecem essa exploração está a vegetação de pequeno e médio portes do Cerrado, que pode ser retirada com maior facilidade. A derrubada de vegetação nativa, a expansão rural e a baixa quantidade de áreas protegidas faz com que o Cerrado seja uma das principais fontes de

---

[*] TAUNAY, op. cit.

emissões de Gases do Efeito Estufa (GEE) no Brasil: 7 bilhões de toneladas de gases nos últimos 30 anos. Atualmente, 45% da área original é ocupada por pastagens e cultivos agrícolas, enquanto apenas 7,7% do território possui áreas públicas com proteção integral para conservar habitats naturais.[23]

Haja vista que, em Mato Grosso do Sul e em Mato Grosso, o Cerrado faz divisa com três outros importantes biomas brasileiros — a Mata Atlântica, o Pantanal e a Amazônia —, ele é usado para expandir a devastação tanto em Mato Grosso do Sul em direção ao Pantanal e à Mata Atlântica, quanto no Mato Grosso — abrindo ao norte espaço para a destruição da Amazônia, no Amazonas e no Pará. O mesmo ocorre em outros biomas que ladeiam o Cerrado nos demais estados brasileiros.

Um dos dados mais preocupantes sobre o desmatamento no Cerrado é a velocidade com que a derrubada de vegetação nativa ocorreu na região em 2019. Esse processo foi mais rápido no Cerrado do que em qualquer outro bioma do país: uma média de 1.119,6 hectares desmatados por dia e vinte alertas diários. Esse indicador é calculado a partir da razão entre a área desmatada e o número de dias decorridos entre as imagens de antes e depois do desmatamento e pode ser ainda maior. A média de área desmatada em cada alerta no Cerrado foi de 55 hectares, a segunda maior do país, atrás apenas do Pantanal, com uma média de 77 hectares desmatados a cada alerta.[24]

Durante o regime Jair Bolsonaro, sob seu ministro do Meio Ambiente Ricardo Salles, o desmatamento cresceu enormemente no Brasil. Um dos mais notórios passos no sentido da escancarada destruição do meio ambiente foi a exoneração de Ricardo Galvão, presidente do Instituto Nacional de Pesquisas Espaciais (Inpe), em 7 de agosto de 2019. No dia 15 de agosto, Bolsonaro disse que a Noruega deveria usar o dinheiro que era destinado ao Fundo Amazônia para reflorestar a Alemanha, depois de, no dia 10 do mesmo mês, o Ministério do Meio Ambiente da chanceler alemã Angela Merkel ter decidido suspender o financiamento de projetos para a proteção da floresta e da biodiversidade em nosso país devido ao crescente arrasamento do bioma amazônico pelos fascistas. O valor do repasse norueguês era de R$ 132,5 milhões e o alemão, de R$ 155 milhões.

O Inpe é o principal responsável por monitorar e produzir dados sobre as queimadas em biomas brasileiros. Galvão foi exonerado do cargo ao defender a credibilidade do monitoramento realizado pelo Instituto — que trouxe a informação do aumento em 88% no desmatamento da Amazônia [em 2019, primeiro ano do regime Bolsonaro] — após o presidente Jair Bolsonaro (sem partido) vir a público afirmar que eram mentirosos. Bolsonaro, inclusive, chegou a acusar Galvão de estar "a serviço de alguma ONG".

Galvão argumentou que

> o principal trabalho do Inpe é o monitoramento do desmatamento em todos os biomas brasileiros e também as queimadas. O Instituto iniciou essa atividade em 1988. Foi a instituição pioneira no Brasil com uso de imagens de satélite para esse monitoramento. E isso sem ser pedido pelo governo, foi uma iniciativa dos próprios cientistas. Com o andar dos trabalhos, o Inpe acabou criando um centro de estudos da Terra que não só se preocupa em monitorar o que acontece na Amazônia, mas também faz estudos do que pode acontecer no futuro, por exemplo, por causa do aquecimento global. Ele é responsável por fazer o atlas solar do Brasil — se alguém quer fazer alguma instalação de produção de energia solar, usa os dados do Inpe. Tem o SOS Mata Atlântica em que produz dados sobre desmatamento do bioma, entre outras coisas. Temos visto diversos embates com governos por causa desses dados. O INPE está provendo dados sólidos, científicos que desagradam as autoridades. Que vai contra o que eles dizem. E essa é a parte difícil. Isso não é só no Brasil, na história da ciência sempre aconteceu. Sempre aconteceu embate entre cientistas e governantes quando os dados desagradaram o que os governantes queriam. Então, torna-se difícil do ponto de vista político. Mas é fácil do ponto de vista internacional de ciência. A ciência do Inpe é respeitadíssima no mundo todo. Para citar alguns exemplos, já em 2007, a revista *Science* publicou um comentário afirmando que o sistema produzido pelo Brasil, pelo Inpe e Ibama, mais precisamente, era de causar inveja. Era o melhor sistema disponível de monitoramento e ação para coibir o desmatamento na Amazônia. Alguns anos mais tarde, a revista *Nature*, quando o Brasil conseguiu decrescer o desmatamento de 27 mil km², em 2004, para pouco mais 4 mil km², em 2012, considerou esse o maior exemplo nos últimos 10 anos de preservação do meio ambiente. [...] O que complicou ainda mais a situação foi o desmonte do Ibama e do ICMBio. O ministro Ricardo Salles, quando entrou, demitiu um grande número de pessoas. Muitos coordenadores estaduais foram demitidos. Em alguns casos, não colocaram ninguém no lugar e, em outros, quando colocaram, a pessoa não era especialista, era algum militar. O desmonte do Ibama foi enorme, e o próprio ministro dizia que o órgão só servia para aplicar multas, seguindo o conselho do Bolsonaro. O ministro Ricardo Salles sempre dá desculpas. Ele é especialista em dar desculpas. Não está marcado no coração dele a necessidade de preservar o meio ambiente.[25]

A propósito da Mata Atlântica, bioma de que restam apenas 12% da cobertura nativa, entre 2019 e 2020 o aumento da desflorestação cresceu mais de 400% em dezessete estados brasileiros, em uma linha reta de Mato Grosso do Sul até o Ceará e tomando todo o leste do Brasil — com foco em São Paulo e no Espírito Santo.[26] Aquela poeira do desmatamento também tentava tomar o espaço de meu emocional — era o trauma clamando seu lugar, cada vez mais se assentando em forma de medo, tristeza e revolta. E o vazio deixado na terra foi o que senti quando fiz os relatos do que havia acontecido comigo a minha família — sem receber um *abraço, calor, chão, abrigo*. Pelo exercício de minha sexualidade gay, o que ocorrera tinha sido, na mente deles, um resultado esperado em um meio corrompido por sua própria natureza. Fosse eu heterossexual, prints em aplicativo de sexo jamais teriam sido feitos, muito menos circulado por minha família, tampouco seriam lidos como se indicassem algum tipo de deformação de caráter por meramente expressarem fantasias. E minhas raras experimentações com drogas teriam passado sob grossas vistas, como o uso de álcool por meus irmãos. Eu estava isolado, gritava por ajuda, mas o som era abafado ao sair de meu corpo.

> Quanta melancolia baixa à terra com o cair da tarde! Parece que a solidão alarga os seus limites para se tornar acabrunhadora. Enegrece o solo; formam os matagais sombrios, maciços, e ao longe se desdobra tênue véu de um roxo uniforme e desmaiado, no qual, como linhas a meio apagadas, ressaltam os troncos de uma ou outra palmeira mais alterosa. É a hora em que se aperta de inexplicável receio o coração. Qualquer ruído nos causa sobressalto; ora o grito aflito da zabelê nas matas, ora as plangentes notas do bacurau a cruzar os ares. Frequente é também amiudarem-se os pios angustiados de alguma perdiz, chamando ao ninho o companheiro extraviado, antes que a escuridão de todo lhe impossibilite a volta. Quem viaja atento às impressões íntimas, estremece mau grado seu ao ouvir nesse momento de saudades o tanger de um sino muito, muito ao longe, ou o silvar distante de uma locomotiva impossível. São insetos ocultos na maceca que trazem essa ilusão, por tal modo viva e perfeita que a imaginação, embora desabusada e prevenida, ergue o vôo e lá vai por estes mundos afora a doidejar e a criar mil fantasias.*

Uma ampla ação deveria ser posta em prática pelo governo estadual, Ministério do Meio Ambiente, Executivo e Legislativo federais para a criação de um enorme "Parque Nacional da Onça-Pintada", na região da Fazenda Beltrão — local onde nasceu o primeiro impulso de Três Lagoas — para a proteção do ecossistema de intersecção entre Mata Atlântica e Cerrado ao longo do rio Paraná, ao norte do rio Sucuriú, tão famosamente registrado pelo Visconde de Taunay, antes que ele se extinga de vez. Seria, ao menos, uma maneira de recompensar a região pelos imensos danos ecológicos trazidos pelas fábricas de

---

* TAUNAY, op. cit.

papel e fertilizantes, termoelétrica a carvão, siderúrgica, entre outras, e pelas usinas de Jupiá e Engenheiro Sérgio Motta. À época da morte de meu tio-avô Pedro, em dezembro de 2004, ele me contava que o histórico ribeirão Beltrão já se encontrava assoreado e que os próprios fazendeiros tentavam resgatá-lo... Ao sul, a infame Usina Engenheiro Sérgio Motta implora para ser posta abaixo e políticos, ecologistas e cientistas deveriam se empenhar para encontrar uma maneira de reconstruir o habitat da Lagoa São Paulo, afastando dali também o eucalipto e a poluição industrial a ver se suas espécies endêmicas de alguma maneira ressurgem do lamaçal que se tornou o lugar. A natureza opera milagres. Seria lindo ver a Reserva São Paulo voltar a efetivamente existir, plena e gigante, trazendo consigo a vida mais uma vez para o rio Paraná abaixo do Sucuriú, onde os Ofaiés — que hoje vivem em condições sub-humanas em uma reserva que não passa de um pequeno rancho aleatório sem sequer um riacho — poderiam também se restabelecer e novamente viver! Acredito que Mato Grosso do Sul ainda deva a si próprio, à humanidade e à natureza, além desses parques e da ampliação daquele presente na Serra da Bodoquena — a abraçar toda a área de Bonito e dos municípios a cem quilômetros em seu entorno —, outro na região da Serra de Maracaju e um, ampliado, no Pantanal, para preservar minimamente os três biomas existentes no estado — Cerrado, Mata Atlântica e Pantanal — e seus microbiomas tão únicos quanto assolados. Talvez MS, nesse ensejo de resgate da natureza, devesse mudar seu próprio nome e também se redimir perante a própria história: estado de Maracaju, MC. *Mil fantasias*! Divago como fuga da profunda realidade desta narrativa completamente fictícia.

Nos últimos dias de 2019 e primeiros dias de 2020, pensei em abandonar em definitivo o Brasil como tentativa de deixar para trás o imenso trauma que me corroía. Liguei para M. aos prantos: pela segunda vez em menos de seis meses, São Paulo provava que não tinha sido longe o bastante. No entanto, em minhas crises de choro me dava conta de que não seria possível escapar de uma ferida já lancetada. Era tarde demais: a única opção haveria sido eu nunca ter voltado ao Brasil *at all* depois de Cannes, contudo essa não era mais uma opção. Era? Eu já tinha conhecido João Bosco! Nem nesta obra de ficção é possível voltar no tempo. Tampouco me entregaria tão facilmente ao suicídio, pois imaginava que os mesmos sádicos que haviam me consumido como produto em suas telas e monitores debochariam disso em vez de se envergonhar do que tinham causado. Eram sujeitos, no meu entender, que certamente sabiam quem eu era. Eu, pessoa pública, artista, havia sido "encomendado" para Bosco — assim supus — ou no dia em que pus os pés em seu estúdio pela primeira vez, ou em meados de dezembro, quando São Paulo inteira sabia de nosso relacionamento e João mudou completamente seu comportamento para comigo — por volta do dia das compras, no qual, ao retornar ao 1984, começou a olhar sistematicamente para pontos fixos específicos (*spycams*). Eu não sabia, porém, se haviam me encomendado por *apreciarem* minhas qualidades físicas, que conheciam de minhas postagens e ensaios como parte de meu ativismo, ou se por me *odiarem* por esse mesmo ativismo. "O espetáculo apresenta-se como uma enorme positividade indiscutível e inacessível. Ele nada mais diz senão que 'o que aparece é bom, o que é bom aparece'. A atitude que ele exige por princípio é esta aceitação passiva que, na verdade, ele já obteve pela sua maneira de aparecer sem réplica, pelo seu monopólio da aparência."* Havia muitas coisas que necessitava entender, e para provar a mim mesmo que não estava louco era imprescindível comprovar que A Rede de transmissão ilegal de conteúdo íntimo de fato existia. Além disso, no dia 2 de janeiro eu deveria estar de volta em São Paulo porque precisava retomar os trabalhos de pós-produção da série, que se encontravam em ritmo acelerado. E logo disse "não" [definitivomomentaneamente] ao trauma, à depressão e à morte.

Em 30 de dezembro retomei conversas com Bosco e ele sugeriu que eu o viesse encontrar no Rio de Janeiro, no Hotel Moulineaux, onde estava hospedado com Duda, para passarmos juntos o Réveillon [estaria me dando

---

* DEBORD, op. cit.

uma "segunda chance", em suas palavras]. Eu disse que não podia chegar a tempo do Ano-Novo, que tentaria mais tarde. Veria vídeos de Lu comemorando a virada do ano nas areias de Copacabana — postados com o intuito de ostentar perante seus seguidores no Instagramumaredesocial. Duda, por sua vez, tinha "tomado ódio de mim" — pois eu "havia convocado a polícia ao apartamento de seu amigo", o mesmo "amigo" que ele tinha insinuado que eu convencesse a comê-lo em nosso primeiro encontro. Supus que Duda, no mínimo, não soubesse que João Bosco havia usado os seguranças do Studio 1984 para me ameaçar e manter em cárcere privado — motivo este, sim, de eu sentir que minha vida corria risco e pelo qual tinha pedido a meu irmão para *chamar a polícia para me escoltar*. O "ódio" de Duda por mim era complexo e misturava ciúmes e proteção. Segundo Bosco, havia sido Duda quem tinha convidado Lu para passar o tempo com sua pessoa no hotel [inquestionavelmente para me ferir], entretanto eu desconfiava — e depois comprovei — que os amigos também estavam promovendo inúmeras festinhas regadas a muita droga. A primeira prova veio quando fiz uma ligação por vídeo para Bosco de forma a surpreendê-lo — e o que vi foi Théo correndo para se esconder atrás de uma poltrona. Indaguei de quem se tratava, e João Bosco desconversou repetidamente até que *insisti* que "fizesse uma panorâmica do quarto e me mostrasse quem tinha se escondido atrás da poltrona". Ele disse: "Théo, o Francisco te viu". E Théo pulou de trás da poltrona, a vestir apenas uma cueca e gritar "Surpresa!" [provavelmente, haviam ganhado tempo para que pudesse vestir ao menos uma cueca]. Após, tentaram sustentar a ideia de que tudo não tinha passado de uma brincadeira planejada para comigo. Não acreditei, como também não acreditei na versão de Bosco de que ele havia se mantido celibatário desde nossa briga no dia 25. A linha do tempo acabou por se fazer clara para mim. Não demorei para descobrir que, em sua chegada no hotel no dia 27 de dezembro, Bosco e Duda toparam com Mou — um ex-colega de trabalho de João — enquanto saíam para comprar cigarros. Duda convidou Mou para que subisse ao quarto com eles, e todos consumiram tina. Então, Duda comeu Mou, ao que João Bosco assistiu. Mou chupou Bosco — e fizeram toda sorte de putarias gravando-se na frente do espelho com o celular de João. Mou permaneceu dias com eles no hotel e na sequência veio Lu — que se transformava em "melhor amigo" de Duda devido ao ódio que este tinha inventado por mim, e principalmente porque ambos souberam o quanto eu havia ficado ultrajado ao me deparar com a postagem do rapaz do apartamento de Bosco. Lu tinha feito tudo propositalmente, a começar em dezembro, sem dúvida, porque já possuía algum juízo de valor a meu respeito sem que nem nos conhecêssemos, mas Duda queria me fazer sofrer ainda mais, e por isso fez questão de registrar o rapaz em todos os pontos do hotel para que este continuasse a exibir tal material em suas redes sociais. João Bosco, de sua parte, sempre mentiujurou não ter transado com Lu e continua a dizer "écate" ou "credo" quando o nome do rapaz é mencionado. Por fim, vieram o *dealer* Flavinho e o casal Henrique e José Mário (JM). Théo ia e vinha. Flavinho, além de *dealer*, era amigo de Duda e, de acordo com João, desmaiou no sofá ao tomar uma dose cavalar de G. Henrique e JM chegaram — já brigando — e, Duda e Flavinho no quarto, Henrique chupou Bosco na varanda do Moulineaux para que todos vissem. Entraram no cômodo de forma que João comesse Henrique na frente de JM e de Duda; este último teria interrompido o bacanal que se iniciava a argumentar que João Bosco criaria outra discussão entre o casal — o par se desentendeu novamente e JM foi embora. Juntos, Bosco e Henrique fizeram *booty bump* (injeção no reto de metanfetamina diluída em água), "passaram umas vinte horas conversando" e foram tomar café da manhã; JM retornou e se juntou aos dois na piscina. Eu havia sido o culpado pela atração entre Henrique e João ao insistir que este comesse o rapaz no dia de nosso primeiro encontro, por pirraça; não poderia ter imaginado que, no ínterim que eu passava o pior Réveillon de minha vida por conta de suas ações, Bosco fosse tão frio e insensível a ponto de transar com tanta gente em seguida a nosso término, mesmo que tivéssemos morado menos de um mês juntos. João posteriormente cobraria de mim fidelidade nesse período, ao passo que para ele claramente valiam dois pesos e duas medidas: desde que eu me mantivesse casto, ele poderia fazer de um tudo — e todo o resto estaria bem. Machismo, egoísmo e hipocrisia maior não existiriam. Para mim, a coisa não funcionava bem assim — para além do abuso que havia sofrido, o que era o mais grave.

Transcrição da troca entre meu amigo Deco, em personagem, e João Bosco:

[01/01/2020 17:10:16] Deco: Cara sou muito safado sim
[01/01/2020 17:10:25] Deco: <emojis: três demônios alegres, um soquinho e uma berinjela>
[01/01/2020 17:14:08] Deco: Podemos filmar a gente sem rosto claro?
[01/01/2020 17:19:47] João Bosco: Podemos
[01/01/2020 17:33:19] Deco: Tem vídeos de vcs não? <emojis: dois demônios alegres>
[01/01/2020 17:35:06] João Bosco: Não deixo no celular

[01/01/2020 17:37:35] Deco: Queria ver
[01/01/2020 17:38:55] Deco: Tenho maior tesão hehe
[01/01/2020 17:39:07] Deco: Então tu grava escondido dele [do namorado] safado? Hehe <emojis: quatro demônios alegres>
[01/01/2020 17:47:42] João Bosco: Não, nós gravamos e subimos no HD

Muitas informações chegaram até minha pessoa por meio de amigos e colegas — entre eles, Deco — que moravam próximos do hotel em Copacabana e que falavam com os participantes das festinhas no aplicativo de sexo, sendo por eles convidados a participar. Carlos Ahola também me contou sobre as aventuras de Théo e João. Com mais fatos me esbarrei ao analisar o próprio celular de Bosco — ou ele me relatou acontecimentos em um ou outro momento enquanto consumia G, como de costume. Por fim, há coisas que jamais saberei. João Bosco não possuía sentimentos à época, e quanto mais eu descobria, mais suspeitava de sua possível sociopatia. A ele apenas importavam o sexo nas festinhas, a metanfetamina, o G e talvez aquilo que eu estava sedento para provar que ocorria: os "shows" para as spycams. Isso havia constituído o cerne do transtorno psicológico gerado durante o tempo em que moramos juntos, e ainda me acometia. Embora eu tivesse prometido a meus pais que não investigaria essa história adiante, meu trauma havia sido profundo demais para que eu simplesmente o ignorasse. Todavia, eu não iria despreparado.

A vontade domina a memória, o entendimento e a imaginação, não pela violência mas pela autoridade, de forma que nem sempre é obedecida, como nem sempre o é o pai de família por seus filhos e seus servos. Ora acontece o mesmo com apetite sensual, que, como diz S. Agostinho, em nós, pecadores, tem o nome de concupiscência, e está sujeito à vontade e ao espírito, como a mulher a seu marido; porque, assim como foi dito à mulher: "Tu estarás no poder do teu marido e ele te dominará", também foi dito a Caim que a sua concupiscência se voltaria contra ele, mas que a podia dominar e submeter. "Ó homem", diz S. Bernardo, "está na tua mão, se quiseres, fazer do teu inimigo teu servo, de forma que todas as coisas volvam em teu benefício: o teu apetite está debaixo do teu domínio e o subjugarás. O teu inimigo pode excitar em ti o sentimento da tentação, mas tu podes, se quiseres, dar-lhe ou recusar-lhe o consentimento". Se permites ao apetite que te conduza ao pecado, então ficarás sujeito a ele e ele te subjugará, porque todo aquele que comete o pecado é escravo do pecado; porém antes que o cometas, enquanto ainda não está em teu consentimento, mas só em teu sentimento, quer dizer que só está em teu apetite e não na tua vontade, o teu apetite está sujeito a ti e o subjugarás. O imperador antes de ser elevado à dignidade imperial depende dos eleitores, que dominam sobre ele, podendo escolhê-lo ou rejeitá-lo; mas uma vez eleito, fica logo governando e domina sobre eles. Antes da vontade dar o consentimento ao apetite, domina sobre ele; porém, depois do consentimento, a vontade torna-se sua escrava. Em suma, este apetite sensual é na verdade um súdito rebelde, sedicioso, inquieto; e devemos confessar que não podemos nunca desfazer-nos dele, de maneira que não ataque e assalte a razão.*

---

* SALES, 1616.

Vila Velha, 26 de abril de 2021

As manchas vermelhas desapareceram sutil e vagarosamente após eu ter tomado benzetacil, entretanto voltaram a surgir — preocupando-me. A insistência de João Bosco de que se trata de sífilis, sobretudo, deixou dúvida permanente em minha cabeça. Soube que ele andou transando sem profilaxia alguma nos intervalos de nosso relacionamento, anteriormente a minha última testagem, e resolvi que iríamos juntos nos testar para todas as ISTs.

Nesta segunda-feira fomos ao Centro de Referência DST/HIV e Hepatites Virais e verificamos que continuamos HIV soronegativos, como apontou o último teste que eu havia realizado em novembro de 2020 em meu acompanhamento para o uso da PrEP. Contudo, descobrimos que Bosco de fato me infectou com sífilis desde aquele meu último exame, a qual estamos tratando. Espero voltar a testar "não reagente" em breve.

[No dia em que faço este novo retrabalho do texto, em 20 de maio de 2021, sou levado a pensar que foi Henrique quem transmitiu sífilis a João Bosco.

> Em São Paulo, muitos indivíduos encontrei com a pele amarelada e ar doentio. As moléstias da pele são ali extremamente comuns, principalmente uma espécie de sarna que se apresenta sob a forma de pequenas espinhas e que é, ao que se diz, de grande perigo curá-la com remédios de aplicação externa, só cedendo com o uso de banhos de mar. Nada é mais comum, na região, do que as moléstias venéreas, contra as quais as pessoas das classes inferiores, principalmente, nenhum cuidado têm. Interrogada uma prostituta se estava afetada de sífilis: — Quem não sofre de tal moléstia? — respondeu a mesma.[*]

Não entrarei neste mérito agora para não adiantar o *plot* mais uma vez. Fecho colchetes.]

Quanto a Bosco, ele parece ter aprendido — depois de longas conversas — que não pode simplesmente confiar na palavra alheia e abrir mão de fazer seu próprio uso de métodos profiláticos. Ouço de muitos críticos da PrEP que essa medida não protege contra outras ISTs como a própria sífilis, ou gonorreia, clamídia ou hepatites. Parece-me, no entanto, que na década de 2020 a PrEP sofre de preconceito similar ao que sofreu a pílula contraceptiva nos anos 1960 — quando era argumentado que as mulheres, então, tornar-se-iam promíscuas

---

[*] SAINT-HILAIRE, 1830-1851.

por poderem se relacionar sexualmente sem se preocupar que gerariam filhos. O que as mulheres fariam com a liberdade sexual que lhes tinha trazido o anticoncepcional era problema delas, a despeito da consternação dos machistas: a pílula cumpria sua função apesar dos falsos moralismos. Com relação à PrEP não proteger contra outras ISTS além do HIV, este não é o propósito dela — e vale lembrar que sífilis, gonorreia e clamídia são também transmissíveis por sexo oral. E quantos, entre os críticos da PrEP, usam preservativo ao realizar sexo oral? Sobre as hepatites, contra a A e a B existem vacinas. Já a hepatite C possui como principal método de transmissão o contato sanguíneo direto — por exemplo, compartilhamento de agulhas para uso de drogas injetáveis. Por esses, entre outros motivos, usar a crítica de que a PrEP não protege contra outras ISTS como razão para não se fazer uso dela comprova ser hipocrisia moralista e anacrônica.

5

No dia 2 de janeiro de 2020 retornei a São Paulo, como previsto. "Não creio também que o cuidado pela minha reputação me fizesse agir; arrastava-me uma espécie de teimosia; queria acabar, porque começara; quiçá continuaria, porque muito difícil me parecia acabar."* Possuía um plano. Após ter ido à produtora para acompanhar o processo de edição da série *Noturnos*, fui me reunir no final da tarde com um autoproclamado detetive particular que surgiu como primeiro resultado na busca do Google, Elyas. Discorri sobre tudo o que estava acontecendo e quis saber como poderia me ajudar. Ele propôs a elaboração de um relatório a respeito de quem me perseguia e aterrorizava, que incluiria uma pesquisa no histórico de ligações e no uso de internet do número de telefone de Bosco — isso pouco traria de informação, pois João fazia ligações principalmente por meio do WhatsApp e outros aplicativos, o que não ficava registrado na empresa telefônica. Por mais superficial, tal relatório custaria R$ 8 mil. Caro e insuficiente! Questionei sobre a possibilidade da análise do celular em si de Bosco, como tinha sido o combinado com meu namorado em 25 de dezembro, desfeito. Por isso, o suposto investigador me cobraria a absurda quantia de R$ 32 mil! A varredura no eletrônico se fazia necessária, porém tentei negociar o preço. O detetive se utilizou de meu trauma e pré-estado de pânico e não me deu tempo: alegou que a inspeção seria realizada no exterior e que precisava resolver inúmeros detalhes da operação. Quase me pôs para correr. Por conta própria, declarou o negócio fechado. Ficou combinado que eu iria ao Rio de Janeiro, subtrairia o celular de João Bosco e o remeteria — através de meu amigo Deco — a Elyas, de forma que ele fosse submetido a uma análise profunda com software de ponta em Israel, Cellebrite [pouco mais de um ano depois, através do Gabinete do Ódio de Carlos Bolsonaro, o que era tecnologia quase desconhecida corre às soltas com uso pelas polícias — muitas vezes, sem autorização judicial — e criminosos brasileiros, indistintamente: porque frequentemente policial = criminoso, dada a metástase da milícia carioca e do PCC]. Eu tinha certeza de que o programa de spycams que permanecia escondido naquele aparelho seria revelado então, assim como toda a atividade de João na Rede: transmissões, conversas, trocas de fotos e vídeos, o site onde tudo era disponibilizado e as identidades de outros membros. Elyas foi se levantando apressado; eu o imitei. Pediu que eu lhe fizesse uma transferência de R$ 40 mil — argui que não possuía aquele valor em

---

* SAINT-HILAIRE, op. cit.

conta. Indagou-me se eu "trabalhava com cheques". Respondi que não, contudo me lembrei que carregava em minha bolsa da Banana Republic duas folhas antigas, desde o *Galo*. Sentei-me novamente para preencher os títulos e soltei que "nem me lembrava de como fazê-lo". O investigador tampouco me deu tempo. Esticou as mãos e retirou as duas folhas de cheque de mim, que em meu terror não o contestei. Sequer me recordo de as ter assinado. O detetive me volveu um novo aparelho de celular — com um aplicativo de espionagem instalado — e um gravador de som ambiente extremamente discreto. Deixei a mansão do Pacaembu com a pressa e o temor adicional que Elyas havia incutido em mim. Ficou decidido, pelo momento, que não seria feita uma varredura no apartamento de Bosco pelas câmeras escondidas, para não alertar "A Rede" ou os seguranças do Studio 1984 — que eu suspeitava que faziam parte do esquema —, pois aquele não deveria ser o único apartamento monitorado em um prédio onde ocorriam tantas orgias simultâneas. Veja: um dos moradores do edifício, lindo e jovem pediatra chamado Peter P. — frequentador de algumas dessas festinhas —, já era alvo de uma traiçoeira campanha de destruição de reputação e credibilidade que teria um final trágico. Embora o rapaz fosse são e completamente apto para o trabalho, passava a ser tratado como depressivo e louco, e espalhavam estórias a seu respeito pelo edifício — porque ele interferia de alguma maneira no funcionamento da Rede e/ou porque oferecia um risco no sentido de a desmascarar. Isso incomodava não somente A Rede em si, como certos prestadores de serviços que recebiam valores para fazer vista grossa para ela, e também outros moradores que faziam parte dela. Peter P. foi ameaçado pela organização criminosa para que se silenciasse… [Retorno a este assunto no tempo cronológico da narrativa.]

Após o apressurado encontro com Elyas, eu, que já contava com a ajuda de Deco, informei-o de que havia comprado uma passagem para o Rio e que no dia seguinte estaria lá. Deco sempre foi um homem sério e extremamente ético, além de comprometido ativista político das causas LGBT+, entre outras, e tinha sido um dos fundadores do *Think Tank* Flor de Cá comigo; não era usuário de drogas e tampouco adepto de festinhas. Em uma ocasião, depois de ter rompido com Tiago, deparei-me com Deco no Grindrumaplicativodesexo — somente após trocarmos fotos nos demos conta de que se tratava de um e do outro: ele também havia brigado com seu namorado e, ao descobrirmos que tínhamos tesão mútuo, resolvemos nos encontrar em meu apartamento no Leblon. Transamos por quatro horas sem parar, em inúmeras posições do *Kama Sutra*, e entendemos que toda a atração que sentíamos possuía respaldo químico — os hormônios haviam comprovado isso. De qualquer maneira, ele provavelmente faria as pazes com seu namorado de longa data, logo resolvemos continuar apenas amigos — realmente,

Deco retomou seu relacionamento, que virou casamento. Mas, por morar perto do Moulineaux, a meu pedido e sem o conhecimento de seu marido, desde o finalzinho de dezembro Deco entrava no aplicativo de sexo para observar os passos de João Bosco. Ele fazia o tipo de João: era musculoso, peludo, macho.

[03/01/2020 08:53] Deco: Que pena ser atv
[03/01/2020 08:53] Deco: Rs
[03/01/2020 08:53] Deco: <foto da rola>
[03/01/2020 08:53] João Bosco: Tô aprendendo a dar.

No Grindr, João deixou claro seu interesse e trocaram números de WhatsApp. Apesar de muita conversa, Bosco alegava que não podia convidar Deco ao hotel, pois seu "namorado" chegaria e não queria ter comigo mais problemas (já passávamos por momentos difíceis) — como se um a mais em suas festinhas fosse fazer diferença. Minha intenção e de meu amigo era, se Deco conseguisse penetrar em um desses rendez-vous, esperar João "capotar de G" — como era rotina — e sair com o telefone dele, sem deixar rastro. Deco insistia e Bosco quase cedia...

Simultaneamente, João deu permissão para que eu, em São Paulo, entrasse no 1984 e dormisse em seu apartamento, já que meu voo seria no outro dia — 3 de janeiro —; não fazia caridade, porque eu havia pagado metade do aluguel e condomínio do 1984 no mês de dezembro, além de outros custos referentes àquele período. Quando cheguei ao estúdio, achei-o completamente diferente de como o tinha deixado: havia sido revirado de cima a baixo e muita coisa estava espalhada pelo chão. Bosco disse que os culpados teriam sido ele, em sua pressa para deixar o lugar e ir se dar com Duda em Niterói [mas ele não havia partido antes de mim e pedido para eu aguar as plantas?], e Walter, que teria ido buscar a metanfetamina que se encontrava escondida no local [para dar qual fim?]. Devo admitir, aqui, que muito menos me mantive uma donzela virginal para João Bosco — especialmente por saber de [quase] tudo o que estava desfrutando no Moulineaux. Necessitava me sentir menos trapaceado e idiota. Transei com alguns conhecidos na cama de João e até na sacada — sim, afogava minhas mágoas em sexo, em desacordo com o que havia prometido a mim mesmo. Isso serviu também para esclarecer se Bosco tomaria ciência dos fatos através da Rede, no caso de as spycams continuarem em funcionamento — seu sentimento de posse sobre mim era muito forte para que pudesse esconder, se soubesse de algo. Todavia me pareceu, porque o apartamento estava de pernas para o ar e porque Bosco não tomou ciência, que o sistema se encontrava desligado e que as câmeras tinham sido removidas — tal como eu havia suposto em meu e-mail: tinham sido remanejadas para um local onde teriam melhor serventia... Nem o vizinho da cobertura surgiu à janela ou ligou a TV — porque ninguém lhe avisou por mensagem das atividades, eu subentendi. João fez uma ligação de vídeo a sugerir que eu havia usado metanfetamina que estaria por lá; mostrei a ele o único saquinho da droga que tinha sido deixado para trás, por ele ou por Walter, e esse se encontrava vazio — colado, por algum motivo, com *silver tape*: tirei foto para manter o registro. A única coisa que usei foram *poppers*, que comprei de um morador do prédio que o vendia no aplicativo. Bosco insistia em ser informado do horário que eu chegaria no dia seguinte; eu, por saber que ele queria mesmo era entender quando interromper a festinha em andamento para mandar limpar o quarto do hotel, evitava lhe responder. A despeito tudo isso, de certa forma eu possuía alguma esperança de deixar toda a desconfiança e briga para trás e aproveitar o curto tempo em terras cariocas para fazer as pazes com João. Com essa intenção em mente, enviei uma foto minha ao lado de meu cartão de crédito Amex para que fosse realizada a reserva no Moulineaux: pagaria também com transferência bancária e dinheiro mais de R$ 3.600 por uma diária de estadia — e Bosco me afirmou que também usava pontos de fidelidade, pois era cliente *Gold* da rede Rocca e tinha acesso a todo tipo de benefícios.

Eu havia presenciado o declínio do Rio de Janeiro desde a crise econômica — trazida à tona pelo desinvestimento do empresariado durante o governo de Dilma Rouseff, que levou o Brasil a uma recessão até o ano de 2016 — e da crise na Petrobras gerada pela Operação Lava Jato — Petrobras de que a economia fluminense é extremamente dependente. As dificuldades econômicas do estado e da cidade eram visíveis: existia uma quantidade imensa de pessoas dormindo sob as marquises do centro — algo que marcou minha memória ao passar pela avenida Getúlio Vargas de carro, ainda antes de minha partida para o exterior em 2019.

> A estagnação dificulta o pagamento da dívida que o estado tem com a União, que hoje é de R$ 118 bilhões, e que teve o pagamento suspenso temporariamente graças à adesão ao Regime de Recuperação Fiscal, em 2017. A agência de classificação e risco Fitch Ratings atribuiu ao Rio a pior nota individual de crédito possível, por considerar que, sem a atual ajuda do Governo Federal, o estado não tem como pagar o que deve.[1]

No início de 2020, a realidade era ainda pior. A sensação era de abandono e de crescente insegurança, pelo aumento da criminalidade e das forças paralelas. A milícia, que tinha nascido na comunidade carioca de Rio das Pedras, fortaleceu-se como jamais esperado e havia alcançado Brasília através da família Bolsonaro.

E

De acordo com o relato de um morador,

no fim da década de 1990 e início dos anos 2000, uma aliança formada por Nadinho (presidente da AMARP — Associação de Moradores e Amigos de Rio das Pedras) e pelo inspetor da polícia civil Félix Tostes deu início ao que hoje passamos a conhecer como a milícia. Tostes era muito influente no meio da polícia e ganhou muita projeção e fama atuando em Rio das Pedras, ao ponto de ter nas mãos as cúpulas das polícias civil e militar, que não saíam de Rio das Pedras. [...] Certa vez, presenciei uma conversa entre Tostes e Álvaro Lins, então comandante da Polícia Militar. Ele perguntou a Lins como estavam as investigações contra a milícia de Rio das Pedras, e o PM respondeu, com tranquilidade: "Fica frio, que nada vai acontecer". Na época, a imprensa começou a pegar no pé do Tostes, e ele foi aconselhado por seus homens a deixar o bairro. Foi então que, depois de uma divergência política com o Nadinho, que era uma espécie de sócio no comando da milícia, a relação dos dois começou a se desgastar. Nadinho tinha fome de dinheiro, e Tostes, de poder. Foi nesse período que a mulher de Tostes sofreu um pequeno acidente de trânsito com a caminhonete dele, que era blindada. O carro precisou ficar na oficina, porque ele tinha uma viagem marcada com outros membros da milícia, para poucos dias depois. Um dia antes da viagem, no entanto, ele foi morto no Recreio com 70 tiros. Ficou muito claro na época que Nadinho armou a emboscada. Imediatamente ele tomou o controle do grupo e passou a atuar no cargo de presidente da Associação de Moradores. Ele se valia muito da influência e do comando que exercia na comunidade de Rio das Pedras. Nadinho se candidatou algumas vezes a vereador, até conseguir [pelo Partido da Frente Liberal, PFL, cujo nome foi mudado para DEM e que se fundiu ao PSL para formar o União Brasil, de direita extrema]. E foi aí que o império dele começou a cair. Ele sofreu atentados, e o próprio grupo descobriu que ele pretendia vender o comando de Rio das Pedras para a milícia dos irmãos Gerominho, a que marcava muros com o símbolo do Batman. Perseguido, ele deixou o bairro, mas não foi parar muito longe. Foi viver no Condomínio Rio 2, na Barra, onde foi assassinado a tiros pouco depois. Foi aí que entrou em cena essa geração que hoje faz o que quer na comunidade: Fininho, que antigamente era segurança do Tostes, assumiu o controle com dois irmãos, conhecidos como Dalmir e Dalcemir. Depois, apareceu Beto Bomba, que usava o cargo de presidente da Associação de Moradores como fachada. Em seguida, o Maurição. A milícia começou a crescer de tal maneira que hoje é isto que estamos vendo: agentes públicos envolvidos, entre eles PMs e, principalmente, fiscais da prefeitura. Esses caras impõem medo. Eles estão lidando com você numa boa, mas, qualquer coisa, do nada, pode acontecer algo e eles viram seu inimigo e te perseguem. Podem simplesmente cismar com a tua cara. A

Associação de Moradores de Rio das Pedras virou uma verdadeira base para lavagem de dinheiro, um quartel-general deles, com três andares, academia, lojas, até funerárias. O campo de futebol, que na época a prefeitura ajudou a construir, hoje é alugado por R$ 600, virou mais um negócio da quadrilha. É lamentável. Vivo isso há muitos anos. E ainda temos de ver autoridades envolvidas, policiais o tempo todo parando e conversando amigavelmente com homens da milícia... Sabemos aqui que, quando eles vão matar alguém, a polícia já sabe e combina de só chegar depois... Vivo com medo. Vivemos com medo. Enquanto dava este relato, pensei às vezes que poderia estar sendo grampeado, que poderiam estar me vigiando. Que o repórter poderia ser ligado a alguém da quadrilha. Só torço pelo fim desta bandidagem. Rio das Pedras hoje é uma terra sem lei. Ou melhor, sob a lei deles.[2]

O grupo paramilitar, que se formou com a promessa à população local de que manteria o tráfico de drogas longe, logo começou a cobrar uma "taxa de proteção" aos moradores da comunidade, e depois mais taxas, como a do gás de cozinha, da luz elétrica, da internet... "A [taxa] do flanelinha é, por exemplo, de R$ 10 por semana. A taxa cobrada da tia da pipoca é de R$ 15. Uma farmácia tem que dar R$ 500" — explicou o delegado William Pena da Delegacia de Repressão ao Crime Organizado (Draco). Da milícia de Rio das Pedras nasceu o Escritório do Crime através de uma aliança entre Adriano Magalhães Nóbrega, o ex-capitão do Batalhão de Operações Especiais (BOPE), e Maurício Silva da Costa, o Maurição. Com a renda gerada pelo aluguel de pistoleiros de elite e de matadores de que dispunham, construções irregulares foram bancadas e o líder do Escritório, Adriano, passou a disponibilizar de dezenas de imóveis para alugar na região. Em 2008, foram implantadas as Unidades de Polícia Pacificadoras (UPPs), com a intenção de enfraquecer o tráfico ao levar a polícia para dentro das favelas — o que aconteceu foi, curiosamente, a implantação das milícias nessas comunidades por meio desses mesmos policiais, e sua associação com certos grupos do tráfico (TCP — Terceiro Comando Puro) em detrimento de outros (Comando Vermelho, por exemplo), aumentando o poder e fortalecendo as finanças dos milicianos pela venda de drogas. Em 2019, o Rio de Janeiro teve o maior número de mortes por intervenção policial de sua história: 1.810. Assim, a milícia se alastrou para várias áreas da cidade, a administrar inúmeros imóveis, como motéis e padarias, e controlar 57,5% do território do município até alcançar o 23º Batalhão de Polícia Militar e a 14ª Delegacia de Polícia Civil do Leblon — no interior da qual meu pai e eu fomos ameaçados de morte em 2017 —, dentre todas as outras delegacias da Zona Sul. Uma pesquisa de

2019 indicou que os moradores das favelas cariocas tinham mais medo das milícias do que dos traficantes. A milícia chegou às polícias Militar e Civil, à Câmara de Vereadores, à Alerj (Assembleia Legislativa do Estado do Rio de Janeiro), à Câmara dos Deputados, ao Senado Federal e à Presidência da República. "Não é preciso ir a Caracas para entender o projeto bolsonarista. Basta passar em Rio das Pedras, a três quilômetros em linha reta do condomínio Vivendas da Barra [onde morou Jair Bolsonaro antes de ser eleito e se mudar para o Palácio da Alvorada (Brasília), onde mora seu filho Carlos e onde também morou Ronnie Lessa — miliciano ligado ao Escritório do Crime e ao contraventor Rogério Costa de Andrade e Silva (Rogério Andrade) —, até sua prisão]. A favela foi o berço das máfias que se infiltraram na polícia e na política fluminenses. Quando o esquema da rachadinha veio à tona, foi lá que se escondeu Fabrício Queiroz, o faz-tudo da família presidencial. No livro *A República das Milícias*, Bruno Paes Manso sustenta que o milicianismo está na raiz da extremadireita no poder. Ele desenvolve a tese no ensaio *República Federativa de Rio das Pedras*, que será publicado na próxima edição da revista *Serrote*. O texto traça semelhanças entre o modelo econômico das milícias e as práticas do governo atual. Nas favelas, os paramilitares começaram extorquindo moradores com a conivência das autoridades. Depois passaram a contrabandear mercadorias, negociar drogas e invadir áreas verdes para construir à margem da lei. Em escala nacional, o bolsonarismo também incentiva um capitalismo predatório e sem controle. Estimula a destruição de florestas e a invasão de terras indígenas, favorece o garimpo ilegal, protege grileiros e madeireiros. 'Tudo em benefício do lucro de quadrilhas simpáticas aos valores milicianistas, sempre passando por cima do interesse das minorias ou de valores coletivos democráticos', escreve o pesquisador"[3]. Milicianos estiveram envolvidos na execução sumária, que de tão chocante se tornou internacionalmente conhecida, da vereadora carioca Marielle Franco, em 14 de março de 2018 — não coincidentemente durante a ascensão ao Palácio do Planalto da família Bolsonaro. Mulher preta e lésbica, professora e socióloga, filiada ao Partido Socialismo e Liberdade (Psol), tinha se elegido vereadora do Rio de Janeiro em 2016, com a quinta maior votação. Era defensora do feminismo, dos direitos humanos, e criticava a Polícia Militar e a intervenção federal no Rio de Janeiro [sob o comando do general de Exército Walter Souza Braga Netto, posteriormente ministro-chefe da Casa Civil e ministro da Defesa durante o governo Bolsonaro], além de "denunciar vários casos de abuso de autoridade por parte de policiais contra moradores de comunidades carentes. Foi assassinada a tiros junto de seu motorista, Anderson Pedro Mathias Gomes, no Estácio, Região Central do Rio de Janeiro".[4] Um artigo do site de notícias paulista Brasil de Fato, por Igor Carvalho, explica melhor a relação entre a milícia, o assassinato de Marielle e a família Bolsonaro, portanto o cito na íntegra. Intitulado "Marielle, Bolsonaro e a milícia: os fatos que escancaram o submundo do presidente — Dois anos após a morte da vereadora, investigações expõem relações de Bolsonaro com criminosos", o texto de 2020 segue:

Neste sábado, a execução da vereadora Marielle Franco (PSOL) e de seu motorista, Anderson Gomes, completa dois anos. Neste período, a apuração do crime avançou em alguns aspectos, mesmo que lentamente. No mapa da investigação, ainda que de forma confusa, milicianos das forças de segurança e políticos do Rio de Janeiro figuram como suspeitos. Uma leitura atenta sobre os nomes divulgados revela a relação intrínseca dos acusados com a família Bolsonaro. Desde 14 de março de 2019, o policial reformado Ronnie Lessa e o ex-policial militar Élcio Queiroz estão detidos, acusados de serem os executores de Marielle Franco. No dia 26 de outubro do mesmo ano, em seu último ato à frente da Procuradoria Geral da República (PGR), Raquel Dodge apresentou uma denúncia ao Superior Tribunal de Justiça (STJ) apontando Domingos Inácio Brazão, ex-deputado [MDB] e conselheiro do Tribunal de Contas do Rio de Janeiro, como mandante do assassinato da vereadora.

Essa primeira informação, da prisão dos suspeitos, já fez o país atentar para a relação entre os milicianos, o assassinato de Marielle Franco e o presidente Jair Bolsonaro (sem partido). Lessa é vizinho do presidente no condomínio Vivendas da Barra, na Barra da Tijuca, zona oeste do Rio de Janeiro. Nas redes sociais, Élcio Queiroz exalta o mandatário brasileiro e expõe fotos com ele. Na mesma ocasião da denúncia contra Brazão, Dodge recomendou que o caso fosse federalizado. Isso significa que a investigação sairia das mãos da Polícia Civil e do Ministério Público do Estado do Rio de Janeiro (MPRJ) e iria para a Polícia Federal (PF). A federalização do processo é uma reivindicação antiga da família de Marielle Franco. Porém, com a chegada Bolsonaro à presidência, os parentes da vereadora mudaram de ideia. "Acreditamos que [o ministro da Justiça e Segurança Pública] Sérgio Moro contribuirá muito mais se ele permanecer afastado das apurações", afirmou a família em nota divulgada à imprensa. "O Ministério Público do estado do Rio de Janeiro obteve avanços importantes e por isso somos favoráveis a que a instituição permaneça responsável pela elucidação do caso." À época da denúncia de Dodge, o chefe do Departamento Geral de Homicídios e Proteção à Pessoa (DGHPP), o delegado Antônio Ricardo Nunes, responsável pela investigação da Polícia Civil, não descartou a possibilidade de que Brazão seja o mandante do crime. "Essa é uma linha de investigação que nós seguiremos também", declarou o agente. Os investigadores se aproximaram de Domingos Brazão após interceptações feitas pela Polícia Federal no telefone do miliciano Jorge Alberto Moreth, o Beto Bomba.

Em diálogo com o vereador Marcello Siciliano (PHS), que ocorreu em 8 de fevereiro de 2019, divulgado pelo UOL, o miliciano afirma que Brazão é o mandante do crime e que teria pago R$ 500 mil pela execução da vereadora. "Só que o sr. Brazão veio aqui fazer um pedido para um dos nossos aqui, que fez contato com o pessoal do Escritório do Crime, fora do Adriano [da Nóbrega], sem consentimento do Adriano. Os moleques foram lá, montaram uma cabrazinha, fizeram o trabalho de casa, tudo bonitinho, ba-ba-ba, escoltaram, esperaram, papa-pa, pa-pa-pa pum. Foram lá e tacaram fogo nela [Marielle]", afirma Beto Bomba, na conversa com Siciliano. Empresário da construção civil e cumprindo seu primeiro mandato na Câmara Municipal do Rio de Janeiro, Marcello Siciliano se elegeu em 2016, com votação expressiva na zona oeste do município, em regiões controladas pelas milícias, como Rio das Pedras. Em dezembro de 2018, a Câmara Municipal aprovou um projeto de Marcello Siciliano, em parceria com os vereadores Felipe Michel (PSDB) e Inaldo Silva (PRB), que autorizava a Igreja Batista Atitude, na Barra da Tijuca, a construir um templo novo e maior, que já foi inaugurado. A igreja é frequentada por Michelle Bolsonaro e Jair Bolsonaro, que receberam, inclusive, uma festa de despedida dos fieis quando foram morar em Brasília.

Em relatório da Polícia Federal, o miliciano Rodrigo Jorge Ferreira, o Ferreirinha, que também foi interceptado pela PF, fala sobre a disputa eleitoral na região da Barra da Tijuca como uma possível motivação de Brazão para matar Marielle Franco. "A mesma análise dá conta de outra disputa territorial: observou-se proximidade entre as zonas eleitorais onde Marielle Franco e Chiquinho Brazão [irmão mais velho de Domingos e até 2018 também no MDB] obtiveram a maioria de votos", aponta o relatório. Ainda de acordo com o documento, o conselheiro do TCE é próximo dos milicianos. Chiquinho Brazão, hoje deputado federal pelo Avante, que é sócio do irmão em uma rede de postos de gasolina, recebeu do governo de Jair Bolsonaro três passaportes diplomáticos, em março de 2019. De acordo com as revelações feitas pelo Brasil de Fato, o benefício foi concedido ao parlamentar, a Dalila Maria de Moraes Brazão, sua esposa, e a João Vitor de Moraes Brazão, seu filho. Em outro trecho do texto, o delegado da PF Leandro Almada, que assina o relatório, não hesita em apontar o conselheiro do TCE como responsável pela execução. "Domingos Inácio Brazão é, efetivamente, por outros dados e informações que dispomos, o principal suspeito de ser o autor intelectual dos crimes contra Marielle e Anderson."

Na interceptação telefônica feita pela PF, o miliciano Beto Bomba aponta outros executores para o assassinato de Marielle: Edmilson Gomes Menezes, o Macaquinho, Leonardo Gouveia da Silva, o Mad, e Leonardo Luccas Pereira, o Leléo. O major da Polícia Militar Ronald Alves Pereira teria comandado a operação. Um mês após a conversa, Ronnie Lessa e Élcio Queiroz foram presos no Rio de Janeiro. Para o MPRJ e a Polícia Civil, a dupla é responsável pela execução da vereadora psolista no dia 14 de março de 2018. Os dois negam a autoria do crime, mas seguem presos e irão a júri popular. Ronnie Lessa, Élcio Queiroz, Mad, Leléo e Macaquinho estão no catálogo de matadores de aluguel do Escritório do Crime, grupo de agentes das forças de segurança que atuam na região de Rio das Pedras, zona oeste do Rio de Janeiro, há pelo menos 20 anos.

Citado por Beto Bomba, Adriano Magalhães da Nóbrega, ex-oficial do BOPE, é apontado como chefe da organização criminosa. Assassinado no dia 9 de fevereiro deste ano, após uma operação policial que tentava capturá-lo na Bahia, depois de um ano foragido, Adriano da Nóbrega é figura-chave para compreender diversos crimes, mas também para entender a relação do clã Bolsonaro com as milícias cariocas. O advogado do ex-agente do BOPE, Paulo Emílio Catta Preta, em entrevista ao *Globo*, levantou a possibilidade de que seu cliente tenha morrido por saber demais. Porém, não especificou os segredos de Nóbrega. "Ele me disse assim: 'doutor, ninguém está aqui para me prender. Eles querem me matar. Se me prenderem, vão matar na prisão. Tenho certeza que vão me matar por queima de arquivo'. Palavras dele", afirmou o defensor. Com Adriano, foram apreendidos 13 celulares, que estão com a Polícia Civil do Rio de Janeiro, mas que ainda não foram periciados. Nóbrega já havia sido citado no noticiário, pois é apontado pelo MPRJ como beneficiário do esquema de "rachadinha" no gabinete do então deputado estadual Flávio Bolsonaro, filho de Jair Bolsonaro, que hoje é senador da República. É chamado de "rachadinha" um esquema que ocorre quando funcionários do gabinete de um parlamentar repassam parte de seus salários para o político. O Ministério Público usou informações do Conselho de Controle de Atividades Financeiras (Coaf) para indicar que Fabrício Queiroz, enquanto era assessor no gabinete de Flávio Bolsonaro, teria recebido R$ 2 milhões em sua conta, divididos em 483 depósitos. No mesmo mandato na Assembleia Legislativa do Rio de Janeiro (Alerj), trabalharam a ex-esposa e a mãe de Nóbrega, Danielle Mendonça da Costa e Raimunda Veras Magalhães, respectivamente. Elas receberam um total de R$ 1.029.042,48 em salários e repassaram R$ 203 mil para Fabrício Queiroz, respeitando o esquema estabelecido no gabinete para beneficiar o parlamentar, de acordo com a denúncia do MPE.

Ao todo, Queiroz movimentou R$ 7 milhões em três anos. Entre janeiro de 2016 e janeiro de 2017, o ex-assessor de Flávio Bolsonaro fez diversos depósitos e saques que somam R$ 1,2 milhão. Um dos depósitos, de R$ 24 mil, foi feito na conta da primeira dama Michelle Bolsonaro, no ano de 2016. Questionado sobre o repasse à sua esposa, Jair Bolsonaro informou que fez um empréstimo a Queiroz e o depósito seria parte do pagamento. O presidente lembrou, em entrevista, que é amigo do ex-assessor do filho desde 1984. A amizade também é a natureza da relação entre Adriano da Nóbrega e Queiroz, que se conhecem desde 2003, quando serviram juntos no 18º Batalhão da Polícia Militar do Rio de Janeiro (PMRJ). Justamente neste, Nóbrega recebeu a primeira homenagem de Flávio Bolsonaro na Alerj. A segunda viria em 2005, ano em que o ex-agente do BOPE foi julgado e condenado por um júri popular, por conta de um homicídio. O miliciano não compareceu à premiação por estar preso.

Durante o seu julgamento, Nóbrega recebeu um apoio importante, do então deputado federal Jair Bolsonaro. Após a audiência que culminou na condenação do miliciano, o atual presidente da República foi até a tribuna da Câmara dos Deputados e defendeu o militar. "Ele sempre foi um brilhante oficial." Em 2007, Nóbrega recorreu da decisão e foi inocentado. Em 2013, foi expulso da PM, por conta de seu envolvimento com o jogo do bicho. Outro importante personagem do Escritório do Crime, o major Ronald Paulo Alves, apontado por Beto Bomba como responsável por organizar o grupo de assassinos que executariam Marielle Franco e Anderson Gomes, também foi homenageado por Flávio Bolsonaro na Alerj. Em 2004, o filho do presidente celebrou uma ação comandada por Alves que terminou com três mortes. Um ano antes, em 2003, o major teria participado da chacina de cinco jovens dentro da boate Via Show, em São João de Meriti. Quatro policiais já foram condenados pelo caso e somente o agente condecorado por Flávio Bolsonaro ainda não foi julgado.

No último dia 15 de fevereiro, após a morte de Nóbrega, Bolsonaro foi interpelado sobre sua relação com milicianos e negou qualquer vínculo. "Eu não conheço a milícia no Rio de Janeiro. Desconheço. Não existe nenhuma ligação minha com a milícia do Rio de Janeiro", afirmou.[*][5]

---

* Hoje se sabe que a organização criminosa responsável pela execução de Marielle Franco e de seu motorista Anderson Gomes atuou e atua para plantar diversas pistas e informações falsas ou irrelevantes ao longo das investigações, entre outros inúmeros artifícios utilizados para dificultar o trabalho dos investigadores e impedir que cheguem até os mandantes do crime. Portanto, textos escritos durante todo o processo investigativo serão intrinsecamente falhos, por estarem transpassados — como que por lanças — por essas inverdades e estórias trazidas para confundir. É bastante possível que, quando o trabalho investigativo for concluído, mesmo assim não se alcance a verdade, pois a alta cúpula dessa organização criminosa continua a agir livremente para obstruir a Justiça, nacional e internacionalmente. Exemplo disso foi a fuga de Carlos Bolsonaro para os Estados Unidos, tão recentemente quanto dezembro de 2022, por medo de também ser executado em uma possível queima de arquivo.

Tendo em vista o poder exercido pelos milicianos, sua extrema violência e as ameaças de morte que eu tinha sofrido ao combater a eleição de Jair Bolsonaro, "o mito", por meio de meu ativismo político — somente depois descobri que era alvo do mesmo grupo de indivíduos que havia executado Marielle Franco —, é compreensível que eu volvesse com muito receio ao Rio de Janeiro, uma terra controlada por eles. Tentava manter o máximo de sigilo sobre minha visita e não a compartilhei via redes sociais ou com nenhum amigo, à exceção de Deco. Não tinha tido o mesmo temor quando estive em Santa Tereza algumas semanas antes, talvez por estar distraído pela paixão e por não ter noção [novamente, apenas poucos dias antes!] do possível envolvimento de João Bosco com A Rede criminosa. Em 3 de janeiro de 2020, eu já não confiava em João e gritava alto minha intuição, porém me neguei a ouvir.

"Enquanto dava este relato, pensei às vezes que poderia estar sendo grampeado, que poderiam estar me vigiando. Que o repórter poderia ser ligado a alguém da quadrilha." O medo do morador de Rio das Pedras ecoa forte em mim ao desenvolver esta narrativa. Mantenho o computador alugado trancado e escondido durante pausas na escrita, e quase não uso e-mail, contudo preciso enviar os escritos à Biblioteca Nacional, no Rio de Janeiro, para registro. ¿Este trabalho pode gerar retaliações contra mim no inquérito que se originou de meu desaparecimento de três dias [chamado pela polícia e pela mídia corporativa de "prisão em flagrante", ainda que sem provas ou evidências] no Rio em 9 de dezembro de 2020, em que também se deram as apreensões de meu iPhone e de meu MacBook de trabalho? São preocupações que aterrorizam o escritor enquanto ele escreve. Vai fazer seis meses que o inquérito se encontra aparentemente parado, todavia no dia 15 de abril de 2021 a Polícia Civil carioca tentou legitimar o afastamento do sigilo de meus dados telefônicos, informáticos e telemáticos, o que seria ironicamente possível justamente através do software Cellebrite — afastamento de sigilo este que o Ministério Público do Rio de Janeiro negou no dia 25 do mesmo mês porque a polícia não cumpria seus deveres constitucionais na investigação. Alguém da Biblioteca Nacional levará estas páginas à atenção dos milicianos da Polícia Civil que me prendeu? Um mero exercício de ficção pode ser usado como prova sob este regime fascista? Ou serei executado quando o trabalho vier à tona? Estou paranoico? Não consigo contabilizar as vezes que o medo neutralizou passagens do registro que estou a realizar. Adiciono e tiro informações. Dou nomes aos bois e depois apago ou mudo os nomes. Não sei quanta ficção preciso injetar na ficção para que se chegue a um grau de ficção interpretado como satisfatoriamente mirabolante para que eu possa garantir minha vida. Mantenho certas informações em sigilo. É o suficiente para me manter seguro? Altero tanto meu relato que ele já não é uma fonte fiável de nada. É ficção acima de tudo. Tantos já me chamaram de doido por seguir uma suposta linha investigativa... dizem que "arranjo encrenca". Outros afirmam que tive surtos psicóticos! Possuo laudos psiquiátricos. Sinto a necessidade de escrever para me distanciar do caminho da loucura que insiste em dar em mim pelos traumas reais que vivi. Não sei se me afasto da loucura ou se mergulho cada vez mais nela neste livro que, quanto mais ficcional, mais se torna absolutamente fiel aos fatos — com fontes, transcrições *ipsis litteris* e datas e locais verificáveis. Uma vez publicado, em vez de sentença de morte este trabalho talvez poderá me servir até como seguro de vida — como serviu a live no Instagram de minha saída do hotel da Rocca em 4 de janeiro. Eu me adianto.

quando me ponho aqui a relatar o que se passou comigo no Rio de Janeiro sigo até onde consigo ir pois mais cedo ou mais tarde se instaura um princípio de crise de pânico e preciso parar às vezes tomar um ansiolítico para só retomar quiçá no dia seguinte esse é o tamanho de meu trauma

Ao colocar os pés no Rio após seis meses distante, a sensação não foi de volta ao lar — ainda que fosse o lugar onde eu vivi por quase dez anos e experienciei tanta felicidade e tantos momentos memoráveis. Sim, a aterrisagem no Aeroporto Santos Dumont tinha sido linda; por outro lado, a cidade em si parecia menos acolhedora do que quando a deixei: muito empobrecida, diria até árida. Não foi alegria que senti ao ver o azul céu carioca, ou ao ser banhado por seu sol brilhante, ou ao passar de carro pelo Aterro do Flamengo, ou ao rever Bosco, ou ao ser levado por ele diretamente para pagar pela luxuosa suíte que tanto o fascinava, ou ao entrar na bela piscina do Hotel Moulineaux. Era um quarto grandioso, maior do que muitas residências, no entanto, por natureza, não sou apegado ao mundo material nem me apetece a ostentação. Sempre valorizei a qualidade dos momentos e das companhias muito mais do que o luxo em si — embora tenha, sim, ao longo de minha vida me acostumado a tudo do bom e do melhor que o dinheiro me permitiu pagar; aliás, havia gozado de luxo infinitamente superior ao daquele hotel que tanto hipnotizava João. Entretanto, não posso negar que senti um friozinho no estômago ao rever aquele rapaz, era paixão e eram saudades, mesmo que lembrar de tudo o que ele tinha feito durante aqueles poucos dias distante me causasse repulsa — e, embora eu tivesse uma missão, torcia secretamente para estar errado sobre minhas teorias. Tomamos café da manhã no lugar onde à noite funcionava o restaurante. O quarto parecia quase intocado; imediatamente pedi para usar o banheiro para o inspecionar e na lixeira encontrei agulhas e seringas, além de embalagens vazias de drogas e camisinhas (não usadas para proteção, rasgadas para servirem de *cock rings*). Perguntei a Bosco do que se tratava, porque segundo ele encontrava-se sozinho à minha espera: admitiu que Duda havia deixado o hotel com o raiar do dia depois de uma discussão — João tinha feito objeção a que ele fizesse *slam* e Duda evitaria a todo custo me encontrar. Théo também havia partido em algum momento durante a madrugada para "fazer um atendimento" — como eles se referiam aos encontros de sexo. Sem demora, João Bosco me perguntou se eu gostaria de fazer *booty bump* com ele — e seu domínio desse termo era mais um indicativo de que havia aprendido várias coisas novas em minha curta ausência. [Não serei hipócrita: ele conheceu a prática comigo; a terminologia em si quem lhe ensinou foi outra pessoa, pois eu até então a desconhecia.] Nosso momento juntos, nada obstante, foi morno. De meu lado, existia reserva e não sabia se era um inimigo aquele com quem estava me deitando. Do lado de Bosco, tinha praticado tanto sexo ao longo daqueles dias que certamente não lhe faria falta ter prazer comigo. Convenceu-me a transar na varanda da suíte, e o tempo todo olhava em direção ao Clube dos Marimbás e às pessoas que praticavam atividades físicas na orla, que passavam e nos viam — estávamos em um andar alto, mas ele gostava de se exibir. Apesar da distância do chão, fiquei desconfortável e pedi que retornássemos ao quarto [uma lente *zoom* nos captaria] — João logo se desinteressou do sexo. Sugeriu que descêssemos à piscina para tomar um banho de sol, o que acatei. Mencionou que havia visitado a capelinha com a imagem de Nossa Senhora de Copacabana e que a tinha achado bela, parecida com sua mãe. Ele possuía uma cópia de meu romance *Dissecado* em um móvel e de alguma forma conseguiu tempo para lê-lo inteiro naqueles sete dias em que estivemos afastados — pelo que eu deveria me sentir lisonjeado ou enternecido [coincidentemente, o livro trata de uma morte trágica e de um espetáculo de mídia em torno dela]. Não deixava de ser uma demonstração de que seu interesse por mim possuía certa veracidade. Talvez tivesse feito tanto sexo como fuga porque verdadeiramente houvesse se sentido ferido quando eu trouxe a polícia a seu estúdio? — tento entender o outro lado até demais. Enquanto vestia a sunga, mexi em minha bolsa e deixei propositalmente em evidência o telefone que me havia sido dado pelo detetive — Bosco perguntou sobre o objeto, e eu inventei que era um celular velho enviado por minha mãe para que eu entregasse à minha ex-diarista Loures. Também instalei o despretencioso aparelho de gravação de áudio próximo à cama, atrás de um *abajour*. Ao chegarmos à piscina, criei uma desculpa para descer e discretamente retornar com Deco — que me encontrou na esquina da praia — sem que João nos visse juntos: nosso combinado era de que eu entreteria Bosco de maneira que ele se esquecesse do próprio celular para que meu amigo pudesse levá-lo. Porém, João não parava de digitar e de fazer contato visual com um rapaz ao nosso lado — que parecia ser a pessoa com quem estava conversando por mensagem. Nos poucos minutos que consegui que meu "namorado" se afastasse da cadeira e do aparelho, Deco não teve coragem de levá-lo embora, para minha frustração. Não passou muito tempo e Bosco falou que iria à suíte pegar algo e que retornaria em breve.

Assim que João se levantou e se dirigiu ao interior do hotel, o rapaz com quem eu percebi que se comunicava fez o mesmo. Eu os segui e tentei surpreendê-los na sauna; João retornou no meio do caminho e me encontrou no labirinto que era aquela ala do hotel, o que me fez crer que eu estava sendo observado e que ele havia sido avisado de que eu o seguia. Evitei me explicar, não queria entrar no mérito do que poderia ser rotulado por Bosco como uma "perseguição" de minha parte, e ele apenas me convidou para subir à suíte. Acompanhei-o e pedi que Deco continuasse a insistir por WhatsApp que se encontrassem — o que meu amigo fez e João quase cedia. Trocavam mensagens e João se colocou na sacada a se exibir para Deco, que permanecia na piscina o encarando, enquanto digitavam. Pelo prazer de pegar João Bosco mentindo, saí à varanda momentaneamente e perguntei o que ele fazia — e ele trocou de tela no celular e entrou em um aplicativo qualquer, alegando que "não fazia nada". Deco sorriu ironicamente e acenou para mim sem que João visse. Retornei ao interior da suíte a esperar que Bosco viesse com alguma desculpa para sair [e ir se encontrar com Deco]. Para nossa frustração, João não desenvolvia o cara a cara com meu amigo, e Deco teve de ir embora antes que seu próprio marido desconfiasse de sua prolongada ausência — afinal, ele fazia aquele favor (de seduzir Bosco) às escondidas —; isso acabou pondo abaixo as tratativas do encontro. Eu agradeci a meu amigo, e combinamos que Deco não me deixaria desassessorado.

Logo, João voltou para a suíte, ainda digitando no telefone e irritado comigo — essas oscilações de humor aconteciam com frequência quando ele usava metanfetamina e, além do mais, apesar de seu diagnóstico do final (de dezembro de depressão, bipolaridade e esquizofrenia), certamente não estava tomando seus medicamentos com a regularidade devida.

Transcrição de nosso diálogo em 24 de dezembro de 2019:

[24/12/19 10:55:13] João Bosco: Não deixe de ir no natal da sua família
[24/12/19 10:56:24] Francisco: Jamais irei deixar vc sozinho no Natal. Vc mesmo disse que deixou de ir com sua família por minha causa. A não ser que não queira minha companhia.
[24/12/19 10:57:07] João Bosco: <imagem do novo cabelo cortado>
[24/12/19 10:57:20] João Bosco: Não só por isso
[24/12/19 10:58:04] João Bosco: Como não quero sua cia? Tá maluco?
[24/12/19 10:58:40] João Bosco: O que você tem pra fazer hj?
[24/12/19 11:05:07] Francisco: Gostei do look! Apenas vc está com cara de tristinho. Queria ver um sorriso nesse rosto!
[24/12/19 11:05:46] Francisco: Não estou, nem estive maluco. Apenas paniquei um pouco - reação não ideal, mas tb não sem motivo.
[24/12/19 11:05:59] Francisco: Véspera de Natal… apenas umas coisinhas
[24/12/19 11:06:53] João Bosco: Eu vou sorrir, pode deixar
[24/12/19 11:56:28] Francisco: Eu quero te apoiar nesse momento de transição que você se propôs. Não quero que o que houve ontem nos afaste, nem irá se repetir. Não quero que você sinta que tenha motivo para esconder qualquer coisa de mim, nem que se sinta desconfortável em sua própria casa. Vim para somar. Também respeitarei sua individualidade. Fique tranquilo. Estou fazendo o que me propus na nossa conversa de anteontem - e que foi o que Catarina também me aconselhou. Quero te ver feliz!
[24/12/19 11:57:38] João Bosco: Eu não estou triste lindo quem falou?
[24/12/19 11:57:55] João Bosco: Eu odeio esse remédio que me deixa pra baixo e com jeito de triste
[24/12/19 11:58:05] João Bosco: Ele tira a minha personalidade
[24/12/19 11:58:14] João Bosco: Já não vou tomar mais
[24/12/19 11:58:17] Francisco: É só um momento de transição. Logo seu organismo se acostuma a ele.
[24/12/19 11:58:22] Francisco: Não pare o remédio.
[24/12/19 11:58:26] Francisco: Confie no seu médico.
[24/12/19 11:58:31] João Bosco: Já parei
[24/12/19 11:58:39] João Bosco: Até pq vou usar [metanfetamina]
[24/12/19 11:58:50] Francisco: Usar onde?

[24/12/19 11:59:03] João Bosco: Aí em casa com você
[24/12/19 11:59:09] João Bosco: Nosso natal transante
[24/12/19 12:01:03] João Bosco: Já vou chegar capetinha
[24/12/19 12:01:22] João Bosco: Natal com peru bem duro

Assim, repentinamente, João Bosco colocou de lado seu tratamento para abandonar a metanfetamina — algo com que havia se empenhado apenas um dia antes. Suas flutuações de intenções funcionavam nessa velocidade. No Moulineaux, entendi que o motivo do ódio súbito com que João retornou à suíte era minha própria presença, que tinha inviabilizado seu encontro com Deco e causado frustração, e não demorou dois minutos para que Bosco mencionasse o vizinho da cobertura, em uma conversa que surgiu do nada. Disse que o tal vizinho se encontrava furioso porque eu havia enviado uma comunicação ao prédio dele reclamando de seu comportamento, ainda em dezembro. Durante essa conversa, o símbolo ~* apareceu em minhas notificações de WhatsApp: era o próprio vizinho da cobertura a dizer que me processaria por eu ter exposto seu comportamento voyeurístico invasivo à síndica de seu condomínio [sim, eu tinha enviado uma comunicação nada reverente sobre o indivíduo a ela, antes de partir]. Obviamente, meu anfitrião e o sujeito se comunicavam ao mesmo tempo que o músico me mandava as mensagens. João permanecia em pé próximo da porta da varanda, a digitar enquanto falava comigo: ele sentia prazer em saber pelo músico das ameaças que eu sofria, simultaneamente a nosso diálogo, e afirmava concordar com o indivíduo, a despeito do fato de não ainda haver sido informado por mim sobre o conteúdo das comunicações — às vezes, João esquecia-se de manter as aparências de seu jogo doentio. Ao passo que eu era fuzilado com intimidações vazias do vizinho no aplicativo de mensagens, meu *namorado* [palavra dele] dizia que eu "tinha de ser processado mesmo", que eu "havia passado dos limites". Eu não temia, pois por ser filho de advogado sabia que a vaga difamação de que eu poderia ser acusado era muito pouco para justificar qualquer processo — e o músico teria que arcar com as custas, caso perdesse a ação. Acima de tudo, aquilo para mim era prova de que: não somente Bosco e o vizinho tinham sempre se comunicado, como no dia em que estávamos a caminho da casa de Duda havia sido o músico quem tinha ligado, assim como eu de fato havia estragado os planos de ambos. Afinal, "~*" tinha surgido várias vezes na tela do painel do carro e João teve de descer sob a desculpa de ir comprar cigarros para retornar as ligações dele — e depois voltou com o histórico de chamadas apagado [ou havia usado seu segundo aplicativo de WhatsApp]. Decepcionei-me, sobretudo, com o fato de que alguém que supostamente queria ter um relacionamento comigo desejasse o meu mal. Eu não era mais tão inocente com relação a João Bosco — e estava no Rio de Janeiro para conseguir submeter seu aparelho de celular a análise; não poderia me perder em clima de romance. Tampouco dei atenção ao músico, que não era mais tão enigmático e cujas intimidações se assemelhavam às de um senhor de senzala com o fim de amedrontar um escravizado que não lhe havia servido "da maneira correta". João queria mais drogas e, como de costume, quando se interessava que eu comprasse algo para ele, seu humor mudava para extremamente afável. Se eu me negasse, ele "virava o bicho". Fiz o pedido de metanfetamina e de GBL que ele desejava a um dealer conhecido meu (chamado Paulo) e também pedi uma bala para mim [confidenciei a Bosco que gostaria de experimentar dar usando bala]. Desci até o carro do entregador e, quando subi, João se pôs logo a usar tudo e me passou uma imensa lista de itens de farmácia: estava "indisposto". Deixei-o a usar suas drogas e saí a fazer suas compras — desconfiava de que estivesse a aprontar algo e necessitava de Deco, infelizmente ausente. Voltei, após quase quarenta minutos, a imaginar que teríamos algum momento de intimidade; Bosco afirmou estar com fome e me convidou a ir ao *lounge* para comer. Era pouco antes das 18h e eu o acompanhei. Saímos de nosso quarto número 1384; no caminho até o elevador, cruzamos o mesmo rapaz com quem João havia tentado se encontrar na área da sauna; o caminhar foi tenso até que ele desaparecesse em um quarto a poucas portas do nosso (número 1368) — minha presença os constrangia e o corredor parecia ter se esticado em alguns quilômetros. Teriam finalmente fodido a se aproveitar de minha ida às diversas farmácias para executar a longa lista? Minha tentativa de obstrução de nada tinha valido. Comecei a suspeitar de que várias festinhas de sexo aconteciam naquele hotel simultaneamente durante o período de Réveillon e de que toda vez que João usava uma desculpa para sair ou para fumar um cigarro, ou pedia para que eu saísse, era para fazer "participação especial" em alguma delas. Passei a acreditar que era o mesmo jogo sádico de quando tínhamos passado de carro, na esquina do Studio 1984, pelo rapaz encostado na fachada. Eu era *o corno* e, quanto mais ficasse marcado como tal e mais humilhante fosse para mim, mais gostoso seria o jogo para os outros. Senão, para que me expor tanto para o vizinho da cobertura e qual o motivo de tamanho prazer ao tempo que este tentava me amedrontar por eu ter reclamado de suas "invasões" a nossa privacidade? Ou: por que Bosco instigaria o homem a me ameaçar? Subentendi que minha presença incomodava mais do que agradava e que João se arrependia de ter me convidado a reencontrá-lo [como havia insinuado quando questionei sobre os itens encontrados na lixeira]; eu impedia que ele realizasse os encontros sexuais a seu modo — talvez algum outro cara ele conseguisse fazer de trouxa mais tranquilamente do que eu, podendo ir e vir com mais facilidade. Nesse caso, quem pagaria pelas drogas? Sem dúvida, faltava-lhe outro provedor. Criou-se uma dinâmica clara: quando as drogas eram fartas, Bosco se fartava de mim. Quando havia escassez delas, João me desejava. Eu era um mal utilitário.

A "pequena refeição" deixava de ser servida às 18h. Subimos à suíte e Bosco revelou que precisava dormir, o que não me surpreendia: decerto não tinha tido uma noite inteira de sono desde que nos despedíramos no dia 26 de dezembro. Eu o acompanhei — afinal, eu também não havia dormido direito na noite anterior —, fechamos as cortinas e nos deitamos. Quarenta minutos depois João se levantou, começou a se vestir: iria "caminhar pelo hotel". Estranhei tal comportamento; opus-me e o relembrei de que ele mesmo tinha acabado de sugerir que dormíssemos, e que por isso eu havia me despido — e pedi que não me deixasse sozinho no quarto, um pedido que ele não poderia recusar. Senti que frustrava algum plano porque sua presença parecia ser requerida em algum outro ponto do hotel naquele horário: a intenção de Bosco ao nos deitarmos era que eu caísse no sono e que ele saísse desapercebidamente (como tinha tentado na ocasião da festinha de Duda na noite de 6 de dezembro — menos de um mês antes), porém eu não havia tomado Rivotril e desde pequeno sofro de insônia. Dessa maneira, João digitou algo ao celular, colocou-o de volta para carregar, removeu as roupas que vestira e se deitou novamente ao meu lado. Ligou a TV e escolheu um espetáculo de música clássica no YouTube. Então conheci um lado seu que ainda me era obscuro — sua paixão pela música clássica e seu conhecimento dela. Tinha estudado violino quando criança e falava com propriedade sobre o que ouvíamos — uma peça de Vivaldi, seu compositor favorito. Ele observava a relação, durante a performance, entre o spalla e o maestro, apontava os olhares trocados entre eles e explicava o quão importante era o primeiro violinista para o condutor da orquestra. Falava, também, dos primeiros violinos e dos segundos violinos — e eu admirava aquele seu gosto. Assistimos também a algumas apresentações de harpa. Raramente o havia visto tão interessado em algum assunto fora de seu celular e tivemos uma troca real naquele momento: João Bosco me lembrava do motivo de eu ter me apaixonado por ele — não foi apenas a atração física e a química entre nós, como também sua retórica em favor de um relacionamento sólido de muita lealdade e seus aspectos mais delicados, trazidos à tona, por exemplo, quando foi pessoalmente me buscar em meu flat para morarmos juntos. Certa vez, após termos transado, Bosco lavava a louça e a canção "Paciência", de Lenine, começou a tocar em seu celular. Ele se entregou à música e disse que era uma de suas canções favoritas — tínhamos isso em comum. Enquanto ouvíamos juntos à bela instrumentação da gravação, eu prestava também atenção à letra:

Mesmo quando tudo pede um pouco mais de calma
Até quando o corpo pede um pouco mais de alma
A vida não para
Enquanto o tempo acelera e pede pressa
Eu me recuso, faço hora, vou na valsa
A vida é tão rara

Enquanto todo mundo espera a cura do mal
E a loucura finge que isso tudo é normal
Eu finjo ter paciência
O mundo vai girando cada vez mais veloz
A gente espera do mundo e o mundo espera de nós
Um pouco mais de paciência

Será que é tempo que lhe falta pra perceber?
Será que temos esse tempo pra perder?
E quem quer saber?
A vida é tão rara, tão rara

Mesmo quando tudo pede um pouco mais de calma
Mesmo quando o corpo pede um pouco mais de alma
Eu sei, a vida não para
A vida não para não

Será que é tempo que lhe falta pra perceber?
Será que temos esse tempo pra perder?
E quem quer saber?
A vida é tão rara, tão rara

Mesmo quando tudo pede um pouco mais de calma
Até quando o corpo pede um pouco mais de alma
Eu sei, a vida não para
A vida não para não
A vida não para
A vida é tão rara[*]

---

[*] LENINE; FALCÃO, Dudu. "Paciência", 1999.

A canção parecia falar ao mesmo tempo de nós dois, tão diferentes e tão parecidos. João Bosco, extremamente impaciente, havia sido diagnosticado com déficit de atenção e medicado para hiperatividade em sua infância — essa tinha sido sua introdução ao mundo das anfetaminas, as quais ele trocaria pela metanfetamina para se manter atento no trabalho [a propósito, encontrei vários casos similares em nossa geração de gays nascidos a partir de 1981 — Giordano entre eles]. João demoraria a perceber o quanto essa metanfetamina o prejudicava, na verdade, e o quanto suas ações eram, naquele momento, governadas por ela. Atropelar-se-ia cada vez mais, até o tombo final. Em sua normalidade, Bosco era uma formiga operária, e cada segundo de um indivíduo normal para ele se multiplicava por dez — era como se cada dia fosse dez vezes mais longo. Por outro lado, sua dificuldade para lidar com momentos vazios era imensa. Havia nascido para o trabalho, foi formado para ele, e até depois de retornar do emprego para casa não conseguia parar — cuidava das plantas, cozinhava, limpava; depois, mergulhava no sexo como fuga nas horas que uma pessoa comum reservaria ao sono. João se orgulhava em dizer que dormia apenas três horas por dia [assim como eu, mas nunca precisei de drogas para não cair no sono]. Era o tipo de indivíduo que, quanto mais estimulado — quiçá, sobrecarregado —, mais satisfeito — por ser incapaz de encarar suas questões existenciais maiores. Talvez eu possa escrever que ele de fato desconhecesse quais eram essas questões, dado seu esforço para não olhar para elas. *Mesmo quando tudo pedia um pouco mais de calma, até quando o corpo pedia um pouco mais de alma* Bosco se atropelava. Sua constante necessidade de preencher o tempo era sua forma de calar seu inconsciente, e para sua infelicidade — com a perda do emprego — esse tempo tinha se multiplicado. *Enquanto o tempo acelerava e pedia pressa*, Bosco acelerava ainda mais. *Enquanto todo mundo esperava a cura do mal e a loucura fingia que isso tudo era normal*, Bosco não conseguia fingir ter paciência e, em vez de fechar as portas, abria-as e dava espaço para esse mal. *Será que era tempo que lhe faltava pra perceber? Será que tínhamos esse tempo pra perder? E quem queria saber?* Bosco certamente não queria saber — e fazia tudo para não perceber. Seu tempo deveria ser gasto em qualquer coisa que o distraísse e não o permitisse olhar para si. Estava ainda menos disposto a encarar seus erros, mesmo que em um exercício solitário — e muito menos aberto ainda a algum tipo de conversa franca comigo. Pelo contrário, insistia nos erros como se isso fosse transformá-los em acertos. A despeito de mim, a despeito de si próprio, João Bosco não percebia o quanto a vida era rara, ou o quanto ela deveria ser cara. Eu era o oposto. Embora sempre tenha tido *stamina* invejável, frequentemente consegui direcionar o excesso dela à autoanálise e à compreensão do próximo e do contexto em que estávamos inseridos, em vez de buscar constante distração. Desde muito cedo tornou-se claro para mim o quanto a vida era rara, e aqueles que me conhecem [não tão bem] acreditam, curiosamente, que eu seja alguém muito paciente. Já os que me conhecem bem sabem que eu não tenho nem um pouco de paciência — sou apenas extremamente controlado e crio barreiras entre mim e o mundo —; possuo uma inquietação interior que transformo, na maioria dos casos, em obstinação para nadar contra a correnteza. No fracasso, como Bosco, por vezes busco refúgio no sexo; posteriormente me arrependo. Jamais acreditei que as respostas verdadeiras fossem fáceis de serem encontradas e inúmeras vezes fui prejudicado por dizer aquilo que as pessoas não estavam prontas para ouvir. Lembro-me de quando marchei em Chicago contra a Guerra do Iraque em 2003, ou de quando questionei as reais intenções de George W. Bush ao instigar essa invasão — era um tabu que eu não podia trazer à mesa com certos colegas e amigos de meu ex-companheiro M. —; foi da mesma maneira quando do impeachment de Dilma Rousseff em 2016 — eu questionava a constitucionalidade daquilo e os perigosos precedentes que ele abria, mas não podia discutir isso nem no meio dos trabalhadores da indústria do cinema, geralmente de esquerda, sem ser chamado de "petista" —; muito mais grave do que isso, fui ameaçado de morte ao lutar contra a tomada do Brasil pelo fascismo na eleição de Bolsonaro em 2018. *Será que era tempo que me faltava pra perceber? Será que tinha esse tempo pra perder? E quem queria saber?* Tempo nunca faltou a meu cérebro hiperativo, que me mantém acordado madrugadas afora. Tampouco tenho medo em despendê-lo naquilo que eu julgo importante. Sempre quis saber — e era por isso que estava no Rio de Janeiro.

Noite agradável. João caiu no sono ao som de música clássica e eu me demorei bem mais, acometido, como sempre, pela insônia. Os planos para o dia seguinte de como extraviar o celular de Bosco e o enviar para análise ocupavam minha mente, e eu traçava inúmeras táticas. Não poderia imaginar o que estava por me esperar! Acordamos cedo — como era costume de João —, no melhor momento de meu sono. Ele tinha fome, e fomos tomar o café da manhã. Ali nos deparamos com o hóspede da suíte 1368, com quem ele se comunicava visualmente [e possivelmente através do telefone] na piscina no dia anterior — o rapaz estava sentado em uma mesa com um homem mais velho, seu *sugar daddy*, supunha eu, pois não se relacionavam como pai e filho ou avô e neto. O rosto do mais velho não me era estranho; não consegui reconhecer de imediato. Bosco, no entanto, evitava a direção de olhar do idoso, embora continuasse a mirar o rapaz. Os olhares trocados insistiam em me remeter a outros, entre João e o sujeito encostado na fachada do Studio 1984, porque apontavam para uma cumplicidade que me intrigava — contudo, dessa vez não existia escárnio descarado com relação a mim. Eu entendia que a natureza desses olhares comprovava que o hóspede do quarto 1368 e Bosco haviam se relacionado sexualmente — entre os outros rendez-vous promovidos por João —, ou que planejavam fazê-lo. E, dada a complacência do *sugar daddy*, pensava que tudo era feito com seu conhecimento e, muito provavelmente, em sua presença — tal como havia sido construída a relação de Bosco com o voyeur Túrio [estes formavam um duo, o terceiro elemento variava], e de meu "namorado" como terceiro elemento junto a incontáveis outros casais. Ao seguirmos do restaurante para brevemente nos sentar à piscina, perguntei a João se lhe aprazia aquele homem de idade. Ele, que se sentia atraído por indivíduos mais velhos [seu ex-marido Vinícius tinha por volta de 65 anos], respondeu com desprezo, "écate", após por muito tempo ter-se feito de desentendido a respeito de quem eu me referia — como se não tivesse sequer enxergado o rapaz e seu companheiro. Então, *sugar baby* e seu *daddy* vieram se sentar em cadeiras à nossa frente para tomar sol, e tão logo o mais moço trocou um olhar com Bosco, este pegou o celular e sugeriu que subíssemos para nos trocar — não trajávamos sungas. No banheiro, João Bosco se vestia enquanto na cama eu lia as notícias diárias, um costume meu de todas as manhãs. Em um dos meus sites de notícias favoritos, estava exposta justamente a foto do *daddy* ao lado de sua esposa, sob a legenda: "Guararapes é eleita a marca de moda mais valiosa do Brasil". Claro! Como eu poderia não ter me atentado, mesmo considerando que sou péssimo com nomes e rostos? O homem mais velho que encontráramos no café da manhã era Edwin Küster Gurgel, rico empresário do estado de Santa Catarina — estado de onde proporcionalmente saíram mais votos, dentre todas as unidades da Federação, para "o mito" no primeiro turno das eleições de 2018 (61,42% de todos os votos dos catarinenses). Gritei a João, que ainda estava no banheiro: "Consegui dar o nome ao boi! Você sabia que o tiozão que estava no café da manhã e depois foi para a piscina com aquele carinha que você vive encarando é o Edwin Küster?". Bosco não respondeu. Eu insisti: "Não me ouviu?". Silêncio. "João, você não me ouviu?". Ele retornou ao quarto, irritadiço: "O quê?". Eu repeti, quase *ipsis litteris*: "Você sabia que o tiozão que estava no café da manhã e depois foi para a piscina com aquele carinha que você vive encarando é o Edwin Küster, das Lojas Guararapes?".

Ele retrucou: "Claro que não. Eu sou amigo da herdeira das Lojas Guararapes, ela é lá de Brasília". Fiz uma pesquisa em banco de imagens: o rosto cheio de preenchimentos de ácido hialurônico, completo com harmonização facial e enxerto de cabelo do indivíduo era inconfundível para quem acabava de o ver. Eu reiterei: "É ele, sim. Um dos empresários que deram R$ 12 milhões para a campanha de disparos de fake news no WhatsApp de Bolsonaro". Impaciente, Bosco quis pôr fim à conversa: "Tá bom, Francisco". Emendou: "O que é aquilo ali?". E apontou para o gravador de som que eu tinha colocado sobre a moldura da parede, atrás do *abajour*. Dissimulei: "Não sei. Deve ser de algum hóspede que esqueceu aí". E comecei a me vestir. Como eu me demorasse, João pegou seu celular, cartão do quarto e se direcionou à saída, a alegar que desceria para fumar e que me encontraria na piscina. Não me apressei, mesmo tendo quase certeza de que Bosco estava a tramar algo com o *baby* Guararapes. *Loguei* em minha conta do Instagram e repostei em meus *Stories* a infame

Lista de Empresas que Apoiam o Fascismo: 1- Hirota Supermercados / Hirota Food Express; 2- Gazim; 3- Tecnisa; 4- Artefacto; 5- Centauro / By Tenis / Amax Sports / Nike Store (Operador-Representante no Brasil); 6- Havan; 7- Brinquedos Estrela; 8- UPS Transportes; 9- Habib's / Ragazzo / Arabian Bread / Ice Lips / Promilat / Vox Line; 10- Bio Ritmo / Smart Fit; 11- Grupo Gouvêa de Souza; 12- Lojas Riachuelo / Midway Financeira / Transportadora Casa Verde / Shopping Midway Mall; 13- Jr Diesel; 14- Dudalina; 15- Polishop; 16- Ale Combustíveis; 17- Hemmer; 18- Grupo Newcomm / Y&R Grey Brasil / Wunderman / VML / Red Fuse / Ação Premedia e Tecnologia; 19- Holding Clube: Banco de Eventos / Rio360 / Samba.Pro / Lynx / Cross Networking / The Aubergine Panda; 20- Grupo Marisol: Mineral / Pakaloko / Rosa Chá; 21- Estácio; 22- Óticas Carol / General Optical; 23- Ranking dos Políticos / Multilaser / Aluno 10; 24- Anapre / CIESP Campinas / Soleproxy Ind. e Com. de Resinas; 25- Raia Drogasil; 26- Schneider Electric; 27- Barilla; 28- Victor Vicenzza; 29- Dolce Gabanna; 30- Sergio K; 31- Purina; 32- Cinemark; 33- Localiza; 34- Chilli Pepper Single Hotel; 35- Coco Bambu; 36- Movement Fitness Equipment; 37- Biscoitos Zezé; 38- Anjos Colchões; 39- Curtume Moderno S.A.; 40- IBMEC; 41- Grupo Bozano; 42- Condor Hipermercados; 43- Rede Bandeirantes; 44- SBT; 45- RecordTV.

Fiz isso com a #boicote, relembrando a população LGBT+ (e preta, e miscigenada, e do sexo feminino) de quem redirecionava o dinheiro deles, incluindo o dito *pink money*, para apoiar um regime que destruía seus direitos humanos e constitucionais. Por coincidência, na sequência fui impactado por uma repostagem aleatória de *tweet* de Jair Bolsonaro que dizia "Conhecereis a verdade e a verdade vos libertará", a respeito da notícia de que "Porteiro mentiu sobre a ida de suspeito de morte de Marielle Franco à casa de Bolsonaro — Procuradora confirmou que o funcionário que envolveu o nome do presidente em assassinato da vereadora não falou a verdade à Polícia Civil". Perguntei-me: de que consiste a verdade?

Passamos, Bosco e eu, um bom tempo à margem da água. Tomamos Aperol sob o ombrelone, que ele pediu a um funcionário que abrisse. Comemos algo no bar e assim foi se passando o dia… João realizou diversas pequenas saídas, todas com um quê de imediatismo. Em conversas com Deco, consegui que ele novamente "se juntasse a nós" na piscina. Deitou-se atrás de mim e de Bosco anonimamente — Bosco, por sua vez, havia se posicionado a poucos metros de Küster e de seu *sugar baby*, com quem trocava olhares frequentes. Durante todo o período, João se portava de maneira muito próxima a alguns funcionários do hotel, que vinham conversar com ele e lhe davam extrema atenção — algo a que não me atinei como deveria. Fato era que eu continuava a ser fuzilado com mensagens de ~* (o músico): "Boa noite. Seu nome é Francisco de Sales, certo? Sou o morador do prédio na Rua Santo Antonio em SP ao qual você tem tentado coagir a síndica para obter informações minhas e sobre o imóvel que moro usando um número de telefone de um anúncio de venda que fica exposto na rua. Fui avisado por ela de suas mensagens (que já estão todas printadas) me chamando de criminoso e invadindo a minha privacidade tentando obter mediante coação informações privadas a meu respeito. Até agora estou tentando entender quem é você e porque está fazendo isto, mas só pelo trabalho que você me deu nas minhas férias e numa sexta à noite, vou denunciá-lo e processá-lo por calúnia e difamação, além de entrar com uma medida restritiva, juntamente também processarei o proprietário do apartamento no Studio 1984 onde você foi visitante e acabo de descobrir que você é PROIBIDO de entrar por alguma merda que fez por lá. Já tenho sua ficha completa. Pode procurar um bom advogado". De tal forma o sujeito tinha começado no final da tarde anterior; havia disparado mensagens desde então sem parar; mencionava que seu pai era advogado e se utilizava de toda e qualquer tática para me desestabilizar emocionalmente… Embora eu soubesse que não haveria processo algum e nunca tenha temido advogados ["quem tem medo de lobo mau, lobo mau, lobo mau?"], a orquestração entre o músico e Bosco atingia seu propósito de se tornar um terrorismo psicológico e ia me tirando de meu eixo. Eu tentava permanecer focado em colocar em prática meu plano para ter acesso à verdade, somente a verdade — porém, nisso em si já existia um medo de retaliação por parte de "você não sabe com quem está mexendo", que meu pai havia previsto: A Rede em que "meu namorado" estava inserido poderia ser muito maior e mais perigosa do que eu imaginava. Apesar do terror que ia se agigantando, persisti. Em certo momento, quando João se levantou para ir à água, Deco foi atrás dele e o engajou em uma conversa. Aguardei o instante certo, peguei o celular de Bosco e parti em retirada. Dirigi-me diretamente ao elevador do lobby, com a intenção de descer e esconder o aparelho em algum lugar nas ruas para que meu amigo mais tarde o recuperasse. Fui surpreendido por João Bosco — extremamente ágil: "Aonde você está indo com meu celular?", abordou-me no elevador; tinha deixado Deco sozinho no mesmo segundo para vir atrás de mim. Alguns funcionários do hotel assistiram à situação com atenção. Minha versão foi a de que eu estava subindo ao quarto e, não querendo interromper sua conversa com seu novo amigo, tampouco deixaria o telefone para trás — de maneira a evitar que ele fosse roubado. João não acreditou e disse que não me deixaria a sós novamente com seu telefone [por que tamanha preocupação?]; adicionalmente, informou-me que subiria comigo.

Da varanda do quarto, vi que Deco permanecia na piscina sem saber qual o próximo passo a tomar. Enquanto Bosco se ocupava com suas mensagens, pedi a meu amigo que investisse em *sugar baby*, a ver se descobria alguma coisa. Àquele tempo, *daddy* Küster Gurgel havia ido se dar em outro lugar, como era seu costume. Ainda da sacada, observei Deco se deitar — coxas grossas e sunga branca, volumosa — ao lado de baby, e começar a conversar com ele. Perdi contato com meu amigo: dali acompanhou o jovem à suíte 1368. Tendo permanecido por algumas horas sem se comunicar comigo, Deco viveu uma situação reveladora. Enquanto sugar baby o chupava, o próprio rapaz ligou a TV com o navegador conectado em um site que fazia uma transmissão de sexo ao vivo: *"It's going on here at the hotel, in the room next door"* — o rapaz de no máximo vinte anos comunicou a meu amigo sobre o *broadcast* de uma festinha em formato multicâmera. Era 16h14; de seu celular, baby fez login em uma atividade marcada para as 16h utilizando o aplicativo "calendário" — Deco estranhou. Em outra TV na suíte, o rapaz abriu o que aparentava ser o YouTube e colocou um videoclipe para tocar. Todavia, além de estarem indo longe demais para Deco — que mantinha um relacionamento fechado —, meu amigo ficou extremamente receoso quando foram para a cama e baby por fim ajustou a posição do relógio digital, virando-o na direção dos dois. Tendo já ouvido meus relatos sobre a experiência com Bosco, Deco desculpou-se, vestiu-se e se colocou em retirada. Apenas me contaria o ocorrido quase duas horas depois — devido ao "sumiço", teve de enfrentar uma longa discussão com seu marido.

Ao perder Deco de vista pouco após as 16h, entrei novamente no quarto e João Bosco não estava ali. Pensei que tivesse saído a se aproveitar de minha distração... Esparramei as cortinas que velavam a outra varanda, virada para o Clube dos Marimbás (e, atrás dele, o Forte de Copacabana), e o encontrei se masturbando, sentado na cadeira. Bosco havia usado metanfetamina e G e parecia se exibir aos visitantes do clube. Quando abri a porta, não demonstrou hesitação, continuou firme em sua atividade, nem sequer moveu os olhos da direção do Marimbás. Um tanto chocado com aquela desfaçatez, vi-me forçado a indagar redundantemente: "O que está fazendo?". Rapidamente, Bosco puxou os shorts para cima e, em uma mudança de comportamento abrupta — desta vez a mirar um ponto específico do guarda-corpo da sacada —, começou a me interrogar a respeito de minha tomada de seu celular minutos antes. Seu tom era diferente — como me inquirisse perante um júri, empostava a voz com superioridade e trazia do além um inquisidor espanhol ao me confrontar —, tratando-me com o desdém que a psiquiatria dirige a um paranoico esquizofrênico. Haja vista que Bosco encarava o paracorpo e encarnava um personagem defunto o tempo inteiro, não lhe dei assunto e tentei permanecer o mais neutro possível, mantendo a versão de minha preocupação sobre um possível furto do eletrônico. Considerei de pronto que nossa discussão não era privada. Discretamente, passei a mão pelo metal da grade e ajoelhei à altura de meu interlocutor para verificar se encontrava algo ali ou no vidro; sentei-me no chão como desculpa — não achei nada, somente uma peça de vidro emendada na outra e um parafuso. João olhou para cima, dessa feita fitando uma luminária, e desenterrou os acontecimentos do final do ano: "Você está ficando maluco de novo, né? Veio para cá dizendo que queria fazer as pazes, mas já está mexendo no meu celular" — zombava de mim, queria que eu mirasse a luminária também. Expliquei que não conversaria ali fora, não estava me sentindo confortável, e pedi licença para entrar. Ele riu. Bosco me seguiu ao interior do quarto e avisou que daria uma volta. Rebati: tinha vindo para fazermos as pazes, entretanto havíamos compartilhado de apenas um momento de qualidade juntos. Ele digitava incessantemente ao celular e insistiu que precisava sair, retornaria em cinco minutos. Sugeriu: "Compre gel, o nosso está acabando" (que eu ligasse para a *frontdesk*, porque não acreditava que permitiriam que o entregador subisse à suíte). Deixou-me. Foi de pau semiereto marcando no calção, sem cueca, ainda high de G. Destino: desconhecido. Tentei me comunicar com Deco simultaneamente a minha comunicação com a recepção do lobby *Gold*; telefonariam à farmácia — não obtive resposta de meu amigo. João não tardou a retornar (o tempo tinha sido quase cronometrado) e questionou se eu já havia comprado o gel. Respondi que não, que a pessoa da recepção se encarregaria disso; ele novamente implicou que eu teria de descer: sabia que não queria me separar dele, criava essa ansiedade propositalmente. Bateram à nossa porta. Era um funcionário mais velho, que com um largo sorriso trazia uma bandeja com dois cafés cremosos da cafeteria do Clube e um bilhete escrito à mão para demonstrar o quanto apreciavam nossa estadia no Moulineaux. Entregou o presente para mim, pois "meu namorado" se encontrava em outro cômodo [?]. Pareceu um gesto um tanto quanto exagerado. Não questionei, porque concebi ser mais um dos mimos de que Bosco usufruía naquele local por ser cliente Gold. João veio antes que o funcionário se fosse, e este último aguardou somente para lhe cumprimentar — ainda com o imenso sorriso — e fechar o botão de seu paletó — que apenas então notei que havia estado o tempo todo aberto —, e cerrar a porta.

João Bosco ficou extasiado e posso preencher a página com onomatopeias que metralhou enquanto se deliciava com um dos cremosos cafés — certas vezes, a encarar pontos fixos. Perguntou se eu não beberia o outro. Julgando a situação suspeita, falei que não era meu costume beber café após o meio-dia porque afetava meu sono — e deixei a bandeja sobre a mesa da sala. Jamais colocaria na boca o que de cremoso havia naquela xícara. Logo me ligaram da recepção, a avisar que a farmácia tinha chegado; pedi que viessem buscar meu cartão de crédito e entreguei este, juntamente com a senha, a um funcionário — outro indivíduo, com uma aparência mais crível de trabalhador do que aquele que havia trazido os mimos. João fez uso de mais G e estava *higher* quando trouxeram o gel e meu cartão de volta. Subentendi que era esperado que transássemos naquele momento... Bosco começou a abrir todas as cortinas — a luz do sol já caía. Assustei-me ao me dar conta das luzes acesas nos interiores dos outros quartos do hotel, cujas janelas e sacadas ficavam voltadas para o nosso apartamento devido ao formato em U da construção, e realizei que os outros hóspedes poderiam nos ver de suas suítes todo o tempo: estivéssemos em nossas varandas ou no interior de nossas acomodações — se nossas cortinas permanecessem abertas —, dia e — se nossas cortinas permanecessem abertas e nossas luzes interiores também estivessem acesas — noite. Não me senti confortável para me despir naquele aquário, muito menos para transar diante dos incontáveis espectadores do hotel, de nosso andar e de outros, que enxergavam nitidamente nossa suíte adentro. Fechei as cortinas e Bosco retrucou que eu "estava cortando o clima"; sugeriu que fôssemos comer. Argumentei que não estava com fome e que ainda faltavam trinta minutos para as 18h, horário do término da pequena refeição. João insistiu que descêssemos; ao seu celular, aceitou aguardar uns minutos. Permaneci na sala, imerso em meus pensamentos e olhando para as xícaras de café que jaziam na bandeja sobre a mesa — uma vazia com as marcas dos lábios de João, e a outra, cujo conteúdo esfriava. "Já que você não vai beber, eu vou" — retornou à sala Bosco, que não era consumidor de café e vivia dizendo que o produto lhe causava dor no estômago; sorveu o líquido e balbuciou mais onomatopeias. Senti-me absolutamente incomodado — porém, era incapaz de colocar o dedo no que me causava o desconforto: minha imaginação não conseguia ilustrar toda a sordidez —; foi uma sorte de embaraço intuitivo. Descemos ao saguão para o chá. Repunham a comida. João atacou o buffet e se serviu com fartura do que havia disponível. Resolvi me sentar à mesa e aguardar: ali estava o sugar baby. Observei: ele e João trocaram olhares discretamente. Lembrei-me de averiguar o que tinha sido de Deco, e ele pediu que eu lhe ligasse. Saí à varanda, onde vi Edwin Küster à espera de seu amante, e rapidamente meu amigo me pôs a par de tudo o que havia ocorrido com baby na suíte do casal pouco mais cedo. Fiquei reflexivo. Quando retornei ao lounge, João terminava de comer e já se colocava de partida: "me encontraria lá em cima". Tive de repreendê-lo por sua falta de polidez e perguntei qual o motivo de toda a pressa. Ele alegou que eu "demorava para comer" e que ele só queria voltar para o quarto. Constrangido por mim, no entanto, resolveu esperar. Comi pouco; nesse meio-tempo, ele conversava animadamente com o funcionário responsável pela recepção do andar Gold. Subimos brevemente, e Bosco continuava a acompanhar com muita atenção o que se passava em seu celular. Entrou no banho — iríamos transar, essa era a determinação — e, ao sair, apressou-me para que eu tomasse uma ducha também. Não fechei por completo a porta do banheiro, pois tentava entreouvir as conversas dele — as trocas por voz somente se davam da varanda mais longe (do lado da piscina), quando eu me encontrava distante; quando eu estava por perto, na maioria das vezes digitava, apesar da porta à prova de som da sacada —; contudo [e como esperado por João], falhei em fazer qualquer sentido dos sons semiabafados. Retornei ao quarto a me secar e ele estava pronto para sair — não me esclareceu aonde iria, supus que à suíte 1368 ou a alguma outra acomodação próxima onde acontecesse algum tipo de festinha. Fiz objeção, e ele não teve maneira de contra-argumentar; também usei de minha capacidade de intimidação para evitar que ele se colocasse ao telefone mais uma vez. Eu estava nu, e logo Bosco se despiu também. Possuía já uma ereção e aparentava estar tranquilo — talvez tenha sido o GBL que o tenha de fato distraído do aparelho e dos horários. Eu o lembrei de que tinha comprado ecstasy na tardinha anterior e pela segunda vez compartilhei [porque ele sempre se esquecia de meus desejos e/ou predileções] que possuía curiosidade em dar após ter tomado uma bala — haja vista que, quando de minhas raras oportunidades sob o efeito do ecstasy, havia todas as vezes atuado como ativo. Quis saber se poderia tomar metade da bala que tinha comprado e se poderíamos nos distanciar dos celulares momentaneamente, para evitar quaisquer brigas e curtir nossa mútua companhia sem sobressaltos. João me afirmou que sim. Pedi que desse sua palavra que não tocaria em seu aparelho telefônico e assim jurou. Eu ainda esperançava que fosse possível termos uma noite de diversão e paz. Colocamos uma música para tocar, beijamo-nos, ficamos… Senti minha bala "bater" e João provavelmente percebeu: imediatamente, começou a se vestir — aproveitava-se de minha fraqueza como tivesse se dado conta de que estava atrasado para algo.

Sobressaltei-me; estava entrando em meu momento mais delicado da ação do ecstasy e indaguei o que ele fazia. Ele respondeu vagamente que havia se lembrado de que "precisava resolver uma coisa". Por minha vez, relembrei Bosco de nosso combinado; ele me ignorou: caminhou até o telefone fixo da sala, discou para a recepção do saguão Gold, comunicou-se em códigos e me informou que iria até lá, que retornaria. Fiquei indignado e me vesti apressadamente, para que ele não usasse de minha fragilidade para desaparecer no Moulineaux como tinha feito diversas vezes, em um piscar de olhos, desde minha chegada — tal qual um rato some em labirintos pelos buracos das paredes. Jamais, a partir do instante que ele tinha colocado suas roupas de volta, permiti que ficasse a sós com seu eletrônico, ou que respondesse nenhuma sequer mensagem; permaneci sempre colado nele. Segui Bosco pelos corredores, revoltado, e expressei que recebia sua atitude como tremenda falta de consideração: ele havia me assegurado que eu poderia tomar minha bala tranquilamente e que simplesmente curtiríamos juntos.

João não me deu ouvidos, preocupado que estava com seu problema misterioso. Inúmeras vezes tentei ver o que se passava na tela de seu aparelho telefônico; ele a escondia de mim. Àquela altura, parecia incontestável que tinha se dado conta de que possuía um daqueles eventos que demandavam tanto sua presença — motivos de seus "perdidos" frequentes. Recebia repetidos alertas em seu celular, que vibrava sem parar — os quais, devido à minha presença colada à sua, era forçado a ignorar. Quanto mais o aparelho chacoalhava [sim, era um vibrar cada vez mais forte], mais João suava frio, como se perdesse uma audiência na mais alta *côrte* — e, não estando presente nessa audiência, seria réu confesso assinando sua sentença de morte. Para seu alívio, chegamos à recepção do andar Gold, e lá o funcionário de sempre foi seu cúmplice. Gastaram mais de vinte minutos em um jogo ridículo: João Bosco fazia uma pergunta esdrúxula após a outra e o homem dava-lhe uma eternidade de atenção, como se argumentassem em um julgamento internacional de crimes de guerra com detalhes minuciosos a serem tratados — entretanto, era um tema obtuso, sobre o programa fidelidade da rede e seu sistema de pontuação, uma forma de ganhar tempo [distante de mim] ou auxílio [em último caso]. Bosco já havia sinalizado ao indivíduo que estava ali porque precisava, de alguma maneira, livrar-se de minha pessoa — e pedia ao funcionário que ajudasse a me convencer de que eu poderia retornar ao quarto e aguardar lá. O sujeito insistia para que eu subisse: eu "não aparentava estar bem" — e falava assertivamente em nome de João que este em breve se reuniria comigo na suíte. Tentavam, paralelamente, vencer minha determinação pelo entediante conteúdo da troca. Eu, ao invés de me retirar como o ecstasy quase me exigia e como eles urgiam, finquei os pés junto aos dois, analisando com cuidado tudo o que podia ver do que se passava na tela do aparelho de celular — tela que João fazia questão de mostrar ao sujeito e de esconder de mim. Devido a minha perspicácia, adotaram uma nova tática *desfavorável a um só*: o funcionário principiou a digitar coisas em seu computador e mostrava seu próprio monitor a Bosco, conteúdo com o qual este concordava ou não — é desnecessário escrever que obstruíam minha visão desse monitor; escrevo mesmo assim. O iPhone continuava a vibrar nervoso e várias notificações surgiam ali, as quais João fazia rapidamente desparecer para que eu não tivesse tempo de ler; nem sequer ele tinha tempo, todavia sabia a que diziam respeito — vinham talvez do aplicativo calendário, mas no aparelho restava aberto apenas o navegador de internet, logado no site da rede Rocca. O interlocutor de Bosco sorria amarelo, compartilhava da ansiedade dele — quiçá por saber o que ele perdia e a gravidade daquilo. Eram já inquestionavelmente cúmplices. Quase que exatamente trinta minutos passados da desesperada urgência de João de se vestir e sair, seu celular chacoalhou uma última vez, e na parte inferior da tela surgiu: "*panic mode on*". Bosco pressionou o alerta e seu aparelho telefônico sossegou, finalmente. Meu namorado sorriu aliviado; o funcionário disse algo desimportante e riu [da situação e de mim]: o urgentíssimo assunto sobre a pontuação do programa de fidelidade da Rocca estava parcialmente resolvido e eu tinha sido feito de tolo mais uma vez — escrevo "parcialmente" porque alguma hora João Bosco precisaria se redimir por sua falta; escrevo "tolo" porque eu não tinha prova concreta de nada do que tinha acabado de se passar. Bosco mirou meus olhos pela primeira vez desde sua saída às pressas da suíte: "Vamos subir?". Eu me encontrava furioso; segui-o até o elevador e externei: "Espero que o que você precisava tanto resolver tenha valido muito a pena. O efeito de minha bala passou. Não acredito que fez isso comigo". Não me lembro de sua resposta esfarrapada. Quando retornamos ao 13º andar, ele encarou fixamente a câmera que ficava ao final do corredor — quase à porta de nosso quarto —, como a dizer à Rede: "Eis aqui a serva do senhor".

Imediatamente ao entrarmos na suíte, tentei me certificar de que toda a bizarrice estava de fato resolvida: "Pronto? Podemos agora curtir a noite?". Ele concordou e foi preparar uma nova dose de G para si. Deixei claro que estava colocando os celulares de lado — e os escondi sob a bandeja com as xícaras vazias de café. João recuperou sua ereção, um efeito instantâneo do GBL em si; queria transar ali mesmo na sala e arreganhou as cortinas. Eu estava absolutamente fora do clima. Fechei as cortinas: "com as cortinas abertas e as luzes acesas, todos os hóspedes do hotel conseguiriam nos ver; se a ideia era ver a praia de Copacabana e o Pão de Açúcar durante a transa, como ele argumentava, que desligássemos as luzes internas". Bosco se apresentava irritável e irredutível, e quando me dei conta ele já estava completamente nu, masturbando-se na sacada do quarto virada à área da piscina e restaurante, para que todos pudessem ver — homens, mulheres, jovens, velhos… Fiquei pela segunda vez chocado naquele mesmo dia e perguntei, sendo novamente redundante: "O que você está fazendo?". João desconversou e voltou ao interior do quarto, crescentemente frustrado comigo: de uma varanda, um homem e sua esposa assistiam a ele; de outro quarto, admiravam-no os participantes de um rendez-vous. Ligou a TV do quarto e conectou o You-Tube. Eu, tendo ouvido a narrativa de Deco a respeito de sua experiência com o sugar baby no 1368, encontrava-me completamente sóbrio e descon-fiado. Desliguei a TV e perguntei a Bosco se poderíamos fazer algo *low-tech* aquela noite. Ele se sentiu recorrentemente impedido e voltou à sala, onde reabriu todas as cortinas a se exibir e tentou botar para tocar outra coisa no YouTube. Uma mensagem de falha no sistema surgiu na tela e revelou inesperadamente que a plataforma de vídeos na televisão não era o YouTube verdadeiro, e tampouco servia como mais do que um *proxy* (estava sendo utilizada para mascarar o site verdadeiro a que estávamos conectados). Como eu havia rapidamente aprendido com o detetive Elyas, todas aquelas TVs vi-nham com câmeras embutidas; assim, desconectei todos os cabos de ethernet: João Bosco me mirou nos olhos — dessa vez, era ele quem estava estupefato com o que eu podia ou não ter ciência. Acima de tudo, sua frustração se transformava em ódio; voltou ao quarto; antes que pudesse conectar aquele aparelho de televisão a qualquer plataforma, desliguei todos os cabos. Ele se ressentiu: "Então, tá". Ao se deitar na cama para cumprirmos com o que era mais e mais evidente ser nossa *obrigação* de transar, casualmente ajustou a po-sição do relógio digital, virando-o em nossa direção, com sua luz vermelha acesa. Não botou nenhuma música para tocar, nada: meramente apontou o aparelho para onde transaríamos. As coisas clicaram em minha cabeça. Eu me levantei e virei o relógio para a parede. Aquela foi a gota d'água. João se vestiu com rapidez tamanha e se pôs em retirada da suíte de uma vez por todas. Eu, de maneira a não o perder, coloquei minhas roupas como pude e o segui. Caminhamos até o elevador. Ele estava absolutamente possuído pelo ódio, alegava que precisava "tomar um ar".

Que o leitor repasse aqui os acontecimentos da piscina e da fuga do Hotel Moulineaux até o final do capítulo 1, em primeira pessoa.

Trancado naquele banheiro escuro do café, eu ouvia os risos irônicos dos homens que conversavam do lado de fora e que se preparavam para pôr a porta abaixo — todo o tom era pensado para me aterrorizar ainda mais: eu, que já estava em pânico. Mencionavam os horrores que fariam comigo quando me arrancassem dali: me encheriam de porrada, eu aprenderia minha lição, entre outras ações que minha psique bloqueou devido ao trauma... Consequentemente, eu nem sequer poderia crer que se tratava mesmo da polícia. Ninguém havia denunciado qualquer ato ilícito de minha parte, tinha sido eu próprio a discar 190 e a pedir ajuda porque minha vida corria risco: policiais de verdade teriam uma troca comigo para entender o que se passava — a saber quem me representava risco, e de que tipo —, e apresentariam seus crachás por entre os vãos horizontais da velha porta que se colocava entre nós, vãos que deixavam entrar ar e um pouco de luz. o que meus pais vão saber sobre o meu fim meu deus me ajude eu vou morrer eles vão arrombar tudo e me matar aqui mesmo e carregar só meu corpo para fora Começaram a chutar a porta, gabando-se de que seria muito fácil colocá-la abaixo e a falar mais coisas para me deixar horrorizado, sob gargalhadas cínicas. Logo as risadas transformaram-se em frustração, pois a porta e eu resistíamos — antiga, ela possuía construção sólida e não era nada frágil como poderia parecer; protegendo minha vida firmemente, encostava-me contra ela, apoiava minhas pernas (que tremiam sem parar) no vaso sanitário, e dessa forma criava uma contraforça. "Vamos ver se ele vai aguentar isto aqui? Tem gás lacrimogêneo aí?" Cobri o rosto com a camiseta roxa enquanto eles enchiam o banheiro com gás ardido; negava-me a me entregar; eles próprios já tossiam e me xingavam. E quanto mais eu resistia, mais se enfureciam. Uma vez que não conseguiram colocar a porta abaixo com as negras botas que usariam para me chutar rigorosamente, lançaram mão de um pé de cabra e de um martelo para quebrá-la em mil pedaços — que caíam sobre mim. Ao abrirem um buraco grande o suficiente, usaram o mesmo martelo para me atingir na cabeça repetidamente. Os golpes eram tão fortes que pensei que fossem quebrar meu crânio. Podiam me ver e voltaram a rir. Torturaram-me por mera diversão: disparam em mim inúmeros jatos de extintor de incêndio (havia acabado o gás) e me deram mais golpes na cabeça — socos e pancadas com martelo, com pé de cabra e com o próprio extintor. Novamente, surpreendi-me por aparentemente não ter sofrido politraumatismo craniano; fiquei certamente desorientado. Por fim, quando aumentaram o buraco na porta, agarraram-me e me arremessaram ao chão do café.

Rasgaram por completo minha camiseta e me deram mais porradas e chutes na cabeça, no torso, nas costas e nas pernas. Protestei antes que me deixassem inconsciente: "Fui eu quem pedi ajuda", quando pude ver que se tratava da Polícia Militar. Eles imediatamente tiraram minha identidade e meu celular, que se encontrava desligado, sem bateria. Eu não conseguia parar de tremer devido ao terror e a toda a adrenalina. Já me entregara à morte — que deveria vir por suas mãos. Algemaram-me e subiram a porta do café. Um grupo de moças estrangeiras vestidas de roxo e amarelo estava sentado a tomar café da manhã em um estabelecimento de esquina, onde eu rotineiramente lanchava quando morava no Rio. Elas e alguns dos rostos vácuos que tinham me perseguido durante toda a madrugada riram ao me observar ser arrastado até o carro azul e branco da polícia, que se encontrava do outro lado da rua. "Vai pro micro-ondas" — um dos policiais falou. Os homens da lei fizeram tudo de forma que eu fosse muito bem exposto. As turistas e os de olhos vácuos fotografaram de diversos ângulos. Enfiado no banco de trás do veículo, depois de a porta bater senti meus pulsos doerem: as algemas estavam extremamente apertadas. Eu ouvia ordens pelo rádio para que me levassem para a Rocinha — era a premonição de meu pai de dois anos antes se realizando: na favela me colocariam no tal "micro-ondas", ou seja, no centro de uma torre de pneus velhos a ser queimado vivo (como é praxe da polícia/milícia e também dos traficantes), de maneira que não sobrasse nem sequer pó de osso para a realização de testes de DNA. Mas um dos policiais abriu a porta do veículo e me perguntou quem eu era. Respondi que era Francisco de Sales, e que era diretor de programas de TV para o conglomerado de mídia mais importante do país; aproveitei para ressaltar que vários amigos meus sabiam que estava ali, entre eles Ney Matogrosso — que, por instinto de sobrevivência, disse se tratar de meu namorado, a me aguardar (eu não mentia por completo). O policial bateu a porta do carro outra vez e retornou após um instante: "Sua sorte é que você é conhecido" — havia achado as chamadas perdidas de Ney e de Catarina e de vários outros, depois de breve carga de bateria em meu telefone. De fato, pensava eu então que voltava a respirar, seria grande ousadia me matar tendo eu feito uma live diretamente do Hotel Moulineaux, a dizer que minha vida corria risco. O *broadcast* de meu Instagram havia pelo momento me salvado.

Fui levado pelos policiais militares à 14ª Delegacia de Polícia Civil do Leblon, onde colocaram meu aparelho de celular imediatamente para recarregar. Mal fui colocado sentado, um policial alto, branco, passou e riu da minha cara — certamente me conhecia e a situação, apesar de ser o início de seu turno; tentei me lembrar se reconhecia a cara dele de algum lugar. Permaneci aguardando: a repartição foi fechada ao público. Quando meu eletrônico se restabeleceu satisfatoriamente, os policiais uniformizados que tinham me trazido à DP levaram-no para um carro branco que foi estacionado do lado de fora do prédio [posteriormente, em minha conta telefônica da Voz, averiguaria que naquela ocasião fizeram download de mais de 340 megabytes de informação usando meu 4G]. Estranhei a atenção dada ao meu telefone; após cerca de vinte minutos, trouxeram meu aparelho para dentro. Então, uma investigadora [ou inspetora, ou o que era?] de nome Cristiane me chamou até sua mesa. Iniciou a conversa tentando me amedrontar: "Digita a sua senha e destrava seu celular!" — usou o tom que provavelmente estava acostumada a usar com jovens pretos que eram presos por furtar carteiras de turistas na praia, cidadãos sobre os quais a polícia da Zona Sul carioca geralmente debruça sua atenção. "Destravar para quê?" — perguntei desafiadoramente. "Porque preciso ver sua CNH digital." Contra-argumentei: "Vocês já estão com minha CNH física. Para que precisam da digital? Eu não tenho carteira de habilitação digital". Sem o que dizer, ela me reenviou para onde eu estava sentado e voltou a digitar e falar baixo em seu telefone — sempre a olhar para mim de soslaio. Mantive a compostura, usufruindo de maneira proposital de minhas condições socioeconômicas privilegiadas — que tocavam também em sexo e fenótipo —; eu, antes daquele dia, nunca havia sido vítima de violência policial, somente tinha recebido ameaças de morte da polícia, e havia ouvido que "minha sorte era que eu era conhecido". Se tinham me levado à delegacia, era porque não se sentiam seguros em me dar um fim *ainda*. Em certo ponto, um homem entrou com uma escada e passou a instalar algo diretamente sobre a mesa da mulher. A policial me convocou novamente a sua área de trabalho ao passo que fez sinal para que o sujeito continuasse com o serviço: "Digita a sua senha". Insisti em minha pergunta: "Para quê?". Cristiane aumentou o tom de voz, como todos os policiais que desejam esculachar e pôr medo: "Anda, mandei digitar sua senha!". Muito desconfiado, expliquei calmamente algo que inventei na hora: "Eu fui perseguido por sequestradores noite passada. Quando estava correndo por Ipanema, meu celular caiu no chão, trincou a tela. Está trocando o zero pelo nove quando digito" {o início da frase era verdadeiro, ela bem sabia [ou teriam sido executores atrás de mim? — Cristiane saberia melhor do que eu]; o que criei foi a respeito da troca dos números quando da digitação}. Ela retrucou: "Estou mandando!". Levei a porção mentirosa do discurso adiante: inseri uma senha que bolei e que tinha 0 entre os dígitos, exatamente por onde atravessava o trincado na tela — e o resultado foi obviamente "senha inválida". Meu celular estava extremamente quente, muito mais do que quando o esquecia carregando por horas! Cristiane retomou o ridículo teatro autoritário com seu forte sotaque carioca: "Digita de novo". E digitei algumas vezes a mesma senha falsa. A policial recorrentemente olhava para o homem que implantava algo misterioso sobre nossas cabeças e eles se comunicavam com movimentos poucos sutis [no Brasil, onde itens básicos como impressoras não funcionam e nem sequer são consertados em repartições públicas durante dias úteis, era raríssimo que aparelhagem fosse montada em pleno domingo em uma delegacia, mais raro ainda no sucateado estado do Rio de Janeiro, e era sobretudo incrível que fosse exatamente sobre a mesa daquela mulher]. Eu estava certo de que era uma câmera a ser instalada, para capturar aquele momento e a senha que eu digitava. Queriam saber que tipo de imagem eu possuía do que ocorria no hotel, pensava eu, incluindo os registros do VIP oleoso — que teriam sido guardados em compartimento seguro do celular que não conseguiram acessar e que não haviam subido ainda para a nuvem porque minha bateria tinha acabado —, e verificar para quem eu havia enviado tal material, para decidirem se me permitiriam escapar vivo ou não. "Você está digitando a senha errada. *Pára*, ou vai bloquear o telefone" — Cristiane tentou frustrar minha estratégia. Teimei que a senha que inseria estava correta e prossegui digitando, deixando-a irritada. Ela *mandou* que eu voltasse a me sentar. Segui preservando minha compostura. De sua mesa, falou para eu informar o telefone de alguém para que ela avisasse onde eu me encontrava. Mencionei que tinha me comunicado com vários amigos durante a madrugada, dando-lhes ciência de que pedia ajuda à polícia do Leblon porque minha vida corria risco — e que eles deveriam estar procurando por mim àquela hora. Cristiane me ignorou. Eu lembrava de cor apenas do número de telefone de minha mãe, o qual repassei. A policial discou, aterrorizou minha mãe e repetia em voz alta o que ela dizia, de maneira que eu me sentisse mal e informasse, por fim, a senha de meu celular: "Não, senhora. A senhora não vai ter um infarto, não. Seu filho está bem...". [Não sei com quem adquiriu essa mania: minha mãe, que nunca sofreu de problemas cardíacos, diz em diversas oportunidades ao longo do dia que "vai infartar" ou que "quase infartou". É um costume que muito me irrita; não adianta pedir para o abandonar. Serviu para eu de pronto me certificar de que Cristiane realmente falava com ela.] Em pouco tempo, a mulher desligou o telefone e tentou ser irônica: "Engraçado! Você me disse que todo mundo sabe que você está aqui, mas ninguém ligou na delegacia atrás de você!". [Posteriormente, os amigos a quem eu havia enviado mensagens durante a madrugada me contaram que telefonavam insistentemente para a repartição do Leblon enquanto eu lá estava e a polícia negava minha presença. O próprio João Bosco teria ido até a porta da delegacia e encontrado esta fechada — e não teriam lhe autorizado que entrasse, a mentir que eu não tinha passado pelo local.] Então, Cristiane (a quem falta a inteligência necessária para a arte da ironia, é melhor dotada para a mentira) trouxe meu telefone até o balcão — existiam inúmeras chamadas perdidas. Porém, os meus contatos haviam aparentemente desaparecido do celular — ao passo que o aparelho deveria mostrar os nomes de quem tinha me ligado, apontava apenas os números [e números eu não possuía na memória]. Tive certeza, naquele instante, de que haviam hackeado o eletrônico quando o levaram ao veículo branco do lado de fora da repartição, logo que fui trazido. Decerto pegaram todos os nomes dos amigos para quem eu tinha pedido ajuda e ligavam para eles, paralelamente, ameaçando-os e fazendo chantagem. "Você disse que falou com um monte de gente, mas ninguém aparece para te buscar" — aterrorizou a policial, sugestionando que eu seria esquecido ali. "Se ninguém aparecer em meia hora, vou te jogar numa cela. Retorna as ligações." Para retornar as ligações, eu teria de destravar o telefone. Digitei a senha inválida mais duas ou três vezes. "Está vendo? Não está aceitando... O telefone caiu no chão ontem à noite. Se quiser me colocar em uma cela, pode colocar. Eu não fiz nada de errado." Nesse momento, entraram na delegacia uma das funcionárias do café e o suposto dono — que eu sabia não ser de fato o dono, mas sim, um encarregado —; conservavam as cabeças abaixadas — não ousavam me mirar nos olhos, nem a policial. "Ele está sóbrio. Não está drogado, não" — Cristiane falou ao telefone para alguém. A mulher passou a "colher o depoimento" deles: "O que aconteceu?". A atendente respondeu: "Ele entrou com muito medo, pedindo para chamar a polícia". Após esse início, entretanto, a ordem que a policial aparentemente recebeu por seu telefone mudou mais uma vez: deveria voltar a me amedrontar. E manipulou as perguntas de forma a obter certas respostas, já subentendidas pelos funcionários: "Então, ele entrou muito louco no café e te ameaçou?". "Sim, ele me ameaçou."

E o homem, que sequer estava presente, deu sua contribuição: "Ele ameaçou todo mundo e começou a quebrar tudo". "Mas ele não agrediu ninguém?" — pontuou Cristiane. "Não" — responderam os dois. Eu lutava para manter minha calma, a cabeça baixa, e fingia não ouvir a conversa — dessa maneira, a tática do medo não me atingiria além. [A ser mais exato, ao menos eu não aparentaria ser atingido por ela.] Posso certamente afirmar que o que sofri aquela manhã e, principalmente, na madrugada e noite anteriores foi um tipo de tortura psicológica que, segundo relatório da Comissão Nacional da Verdade que investigou violações de direitos humanos durante a ditadura militar, objetivava "provocar danos sensoriais, com consequências na esfera psíquica, tais como alucinações e confusão mental".

> "A tortura é tão desagregadora que a pessoa nem sempre vai encontrar recursos psíquicos para se defender, por isso enlouquece", diz a psicanalista Maria Cristina Ocariz, uma das coordenadoras da Clínica do Testemunho — projeto de atenção psicológica para vítimas de violência do Estado durante a ditadura.[*] [6]

Outro policial sentou-se ao meu lado e ocupou bastante espaço, de forma a me afetar mais; Cristiane trouxe meu celular até mim: "Aqui". A expectativa era — refleti — que eu digitasse a senha correta, pensando estar a salvo, e nesse instante o indivíduo arrancaria o telefone de minha mão: destravado. Não deixei margem para futuras ações da polícia: digitei a mesma sequência de números errados novamente e o aparelho se bloqueou. A policial se colocou a falar com meu pai: alegou que eu tinha quebrado o café inteiro, contudo não iria registrar um boletim de ocorrência, haja vista que eu não tinha feito mal a ninguém — desde que ele aceitasse pagar pelos danos. Aos 36 anos, era tratado como uma criança não responsável por mim mesmo; achei curioso. Meu pai acatou pagar alguns milhares de reais por uma porta naquela extorsão miliciana. Fechado o acordo, Cristiane informou que os meus haviam dito que alguém viria me buscar — e, se ninguém aparecesse, ela me colocaria na rua: voltava a me apavorar. Apesar de eu ainda temer possíveis sequestradores/ executores que rondassem, não sabia quem eram os maiores bandidos, se eles ou a própria polícia; possivelmente agiam juntos [depois aprenderia que eu estava correto neste sentido]: por que mais, sendo eu a verdadeira vítima, teria sido tratado como um real criminoso? Supus que dentro da delegacia restava marginalmente uma responsabilidade

---

[*] ROSSI, Amanda (14 de junho de 2021)."Da tortura à loucura: Ditadura internou 24 presos políticos em manicômios." UOL Política.

institucional para comigo; meu maior pânico seria de novo ser exposto e perseguido nas ruas. Sem demora, Paulo surgiu à porta, lívido [outro Paulo, não o dealer]: "Francisco, vim te buscar. Já falei com seus pais, vamos embora daqui." Eu o segui sem dizer uma palavra. Quando chegamos à calçada, informou que já havia chamado o übe. "É aquele ali" — apontou. Para meu espanto, era o mesmo Doblò prata que me tinha perseguido a noite inteira. "Vocês estão de brincadeira com a minha cara!" — protestei. "Entra. Você está seguro comigo" — insistiu. Sentia-me ainda assim um tanto aliviado e, quando coloquei os pés no veículo, foi minha vez de ser irônico: "Vou te dizer 'oi' como se não tivesse te visto a noite inteira" — dirigi-me ao motorista. O homem ao volante sorriu, cinicamente.

é pesado mesmo agora a relembrar desses terríveis momentos fico perplexo ao relatar que ao pedir socorro à polícia por estar correndo risco de vida fui recebido com marteladas na cabeça e publicamente humilhado naquele que se tornava o motivo de minhas crises de pânico em que outro país do mundo alguém pede ajuda à polícia em uma ocasião tão grave e encontra em vez de apoio marteladas socos chutes e outros golpes com pés de cabra extintores de incêndio aquela dor se faz presente em minha memória jamais havia sofrido violência física daquela maneira em que outro lugar do mundo a polícia age assim apenas no Rio de Janeiro apenas a milícia e a polícia corrupta do Rio de Janeiro que atuam por interesses que não são os mesmos do Estado de Direito

Paulo era um caso à parte. Amigo de Tiago, tinha me acompanhado desde sempre pelo Instagram e me conheceu pessoalmente em um dia em que eu estava muito irritado com meu então namorado, que flertava abertamente com todos em uma festa. Pensei que fosse mais um "amigo ativo" de meu ex que, na realidade, era um ficante ou ex-peguete, somente no aguardo de uma oportunidade para materializar o desejo. [Descobri do que se tratava, na verdade, os "amigos" de Tiago em outra festa que frequentamos, a bordo de um barco que velejou pela baía de Guanabara. Os frequentadores eram quase todos gays, muitos conhecidos de vista daquela Rio de Janeiro tão pequena em que vivíamos. Um círculo se formou comigo, Tiago e seus "amigos" — estávamos próximos ao bar. Saí por um instante e quando retornei com bebidas, um desses *amigos* se dirigiu a mim: "Francisco, me dá um beijo". Pensei que tivesse voltado no meio de uma brincadeira e apenas sorri. O amigo de Tiago insistiu: "Me dá um beijo". Chacoalhei os ombros, permitindo que ele me desse um selinho. O amigo voltou a pedir: "Não! Me dá um beijo". Mirei meu namorado com pontos de interrogação em meus olhos, porém ele nada fez e seu amigo me beijou mais demoradamente, ainda que eu conservasse distância. O amigo pela segunda vez não ficou satisfeito: "Me dá um beijo direito!", e finalmente me beijou à francesa. Ao se afastar de mim, as pessoas do círculo inteiro estavam em choque — acima de todas elas, Tiago. Eu me aproximei e perguntei baixinho a meu namorado de que tipo de brincadeira se tinha tratado; ele me informou que não havia sido uma brincadeira: que o rapaz queria ficar comigo e simplesmente me beijou. Quem ficou surpreso fui eu, ao perceber que um "amigo" faria isso com o namorado do outro na frente de todos — que sabiam que éramos monogâmicos, ou que ao menos era essa a proposta. Tiago ficou humilhado e acabou por admitir que o rapaz não era seu amigo coisa nenhuma, somente alguém com quem tinha transado no passado. Assim aprendi o verdadeiro significado da palavra "amigo" no meio gay — para nunca mais esquecer. Foi uma descoberta significativa em meu processo de absorção pelo modo de vida gay — no qual, até pouco tempo antes do início desse namoro, eu não estava inserido.] Por essa razão, no primeiro encontro não tratei Paulo, *amigo* de Tiago, muito bem. Encontramo-nos em outra circunstância, contudo, em que ficou mais claro para mim que não havia interesse dele em meu namorado, mas sim, em mim. A terceira vez em que nos deparamos foi em uma festa de Carnaval no MAM. Paulo estava lindo: alto, malhado, cabelos castanho-claros, vestido de anjo negro. Não consegui me segurar — uma de minhas raras reações espontâneas nessas ocasiões — e deixei escapar um "Wow". Tiago me repreendeu: "O quê?". Simplesmente chacoalhei a cabeça e me calei. Meu ex ficou inconformado e brigamos durante a festa inteira — e voltei para casa sozinho; Tiago saiu para me trair ao lado de outro "amigo", Estevão, na maior balada de sábado à noite da cidade. Pouco tempo após meu rompimento com ele, Paulo entrou em contato comigo via Instagram e ficamos. Estive muito satisfeito, tanto por apreciar o físico de Paulo — um passivo delicioso — quanto por gostar de sua companhia — era uma pessoa muito agradável, de humor leve. Nascido e criado em Mato Grosso do Sul, como eu, Paulo morava no apartamento de sua família em Ipanema e quase engatou um namoro comigo algumas vezes, mas sempre repentinamente se afastava. Chegamos a apresentar nossas famílias uma à outra, todavia pela terceira e última vez ele se distanciou, sem que eu conseguisse entender a razão; era dezembro de 2018, e por raiva prontamente o substituí por HR. Na segunda metade de 2019, eu já me encontrava morando e trabalhando em São Paulo, oficialmente solteiro; Paulo me telefonou e se abriu, de maneira inesperada, depois de todos aqueles meses sem contato: emocionado, contou-me sobre um evento muito traumático de sua vida que nunca havia compartilhado com nenhum outro homem — e que teria sido o motivo de ter se afastado de mim nas três ocasiões anteriores. Nessa feita, resolvemos tentar o que deixei claro que seria uma última vez. No entanto, muito caseiro, ele não se permitia vir do Rio de Janeiro para me encontrar em São Paulo — onde eu continuava extremamente só —; eu tampouco podia me deslocar para o Rio de Janeiro, devido ao trabalho. Nesse meio-tempo, conheci João Bosco (em outubro). No mês seguinte, novembro, consegui uma oportunidade para ir ter com Paulo no Rio. O rapaz e eu tivemos dois dias agradáveis; em certo momento, ele bebeu demais e começou a cheirar cocaína para contrabalancear o álcool. Eu não tinha problema com seu consumo de maconha; com relação à cocaína, existia um grande trauma devido a Tiago. E, de fato, a noite não acabou bem. Paulo e eu fomos a uma festa na praça Nossa Senhora da Paz e, sendo ele a pessoa mais alta ali — e também das mais apresentáveis —, recebia investidas frequentes de mulheres, que pediam beijos mesmo sabendo que estávamos juntos (aos olhos delas éramos um casal gay). Ele realizava os desejos de todas como se eu não estivesse presente e exercitava um falso heterossexualismo. Senti-me desrespeitado, pois eu era sua companhia e principalmente porque ele havia me apresentado a todas as suas amigas, que nos acompanhavam, como seu "namoradinho"; não era, portanto, uma humilhação que poderia guardar para mim. As amigas notavam o quanto eu me incomodava e pediam para que eu tivesse paciência. Paulo veio tentar me beijar; senti-me repelido pelo conceito e pela prática de suas ações anteriores — beijar uma boca que tinha beijado tantas outras bocas estranhas — e me distanciei para outro canto da praça enquanto ele continuava a interpretar o rapaz hétero. Trabalhei de meu celular um bom tempo, quando recebi uma rara ligação de João — que se encontrava em Florianópolis se dedicando a um projeto da rede Rocca. Posteriormente, descobriria que Bosco realizou festinhas naquela viagem [do mesmo modo que teria feito se não tivesse viajado]; não obstante, sua lembrança de mim e o jeito delicado como me telefonou me tocaram. Foi dessa forma que meu interesse por Paulo encolheu, e o que sentia por João Bosco passou a crescer fora de controle. No dia seguinte, retornei a Sampa e tentei inúmeras vezes que Paulo fosse me visitar para apararmos as arestas: ele sempre possuía outros planos; em meu turno, trabalhava alucinadamente e acabei por preencher meus finais de semana solitários com festinhas e com João. Assim, ao pisar no Rio no início de janeiro de 2020, eu não havia terminado oficialmente com Paulo, e ele teria ficado surpreso em me encontrar ali, além de irritado por ter de ir em meu resgate. Escrevo "teria" por um motivo complexo.

Quando chegamos ao hall de seu prédio, saía do elevador um sujeito a carregar uma grande mala preta — poderia facilmente ser usada para transportar equipamentos; pelo som que gerava e por sua leveza, aparentava estar vazia e muito me lembrou aquelas que o VIP oleoso havia retirado às pressas do Hotel Moulineaux na noite anterior [a diferença era que as outras estavam cheíssimas e pesadas]. Não pude evitar grande desconfiança após a viagem no Doblò prata — na realidade, estava completamente cético e sabia que faria parte de um outro teleteatro. Ao entrarmos no apartamento, deparamo-nos com o pai de Paulo, que cozinhava o almoço. Senti-me constrangido, haja vista que os policiais tinham rasgado minhas roupas e eu possuía incontáveis marcas em meu corpo da violência física que havia sofrido. Cumprimentei o senhor, agradeci por me hospedar e segui direto para o quarto de seu filho. Não deixei de reparar como Paulo olhava — aparentemente pela primeira vez — para lugares específicos, como a reconhecer pontos fixos: aludia ao que João Bosco tinha feito em meados de dezembro, quando deu início a esse comportamento. A situação era mais grave do que ter de encenar: eu ainda corria perigo. Eu me depararia mais tarde com uma mensagem de Bosco à dealer Luciana: "Agradeça ao Paulo. Vai ser ótimo para os pais dele verem quem é o Francisco" [por "pais dele", João se referia a meus pais — que descobririam, por meio de meu quase-ex sulmatogrossense, sobre um "verdadeiro eu" que não tinha vindo à tona em 36 anos]. Efetivamente, não usufruí de um segundo de paz. Imediatamente ao ficar sozinho com Paulo em suas acomodações, ele partiu para cima de mim: "Ligou seu celular? Desbloqueia seu celular!". A imaginar que com uma nova estratégia teria um mínimo de tempo para descansar, encenei um ataque de frustração, removi o chip do telefone e disse: "Esta merda não funciona!" — e quebrei a peça (que, de qualquer forma, a polícia havia manuseado). Paulo ficou um pouco sem reação: "verificaria como estava a comida"; saiu do ambiente e retornou para me convidar para almoçar: "Meu pai foi encontrar minha mãe na praia. Vem". Fomos comer e meu quase-ex indagou o que eu fazia em Copacabana; respondi que tinha ido resolver algo pessoal e ele tentou falar de temas mais leves; eu percebia que não era ele mesmo — não estava à vontade. Volvi ao quarto e me deitei. Paulo permaneceu na sala, onde recebeu alguém. Não ousei levantar da cama para esclarecer quem era, porque se assuntasse demais o que se desenrolava poderiam me arrancar dali instantaneamente. Quando voltou para estar comigo, meu quase-ex reprisava a mesma ação de olhar para lugares fixos e identifiquei de pronto quais eram: um quadro próximo à porta, o espelho do closet, o aparelho de ar-condicionado *split*, uma luminária no canto da cama, um ponto da cortina ou da janela. Para quem trabalha com roteiro e atores como eu, também é fácil constatar quando há algo de errado na *voz do personagem*: o Paulo que estava comigo naquela passagem não era o mesmo com quem eu havia me relacionado, e parecia começar a gostar da atenção que recebia de outrem. Não apenas isso, usavam de minha exaustão para serem ainda mais ostensivos — era como se o rapaz carregasse um ponto no ouvido, pois respondia aos interlocutores sem parar: "Aham"; "sim". Além do que, dava-me lições de moral de novela, com palavras que não eram suas: abraçava-me em momentos arbitrários e me segurava muito forte, como a evitar que eu virasse a cabeça e visse algo atrás de mim, e simplesmente lia ou repetia; isso aconteceu várias vezes. "Como um homem de minha idade (36 anos) poderia ter se encontrado em situação tão vexatória?", e "O que se passava por minha cabeça?" — a resposta que todos conheciam, porém que eu não ousava externalizar era que não tinha "me encontrado em uma situação", tinha *sido colocado nela*. A intenção de Paulo não era dialogar ou me ajudar; desejava me humilhar e expor o "maluco" perante os espectadores da sórdida apresentação; fazia o que o *script* mandava. No passado, superficialmente havia comentado comigo que gostaria de ser ator; seus quinze minutos de fama sardonicamente vieram quando acusou um famoso novelista de assédio sexual. Ciente de que a estória seguia uma continuidade desde o estúdio de João Bosco, pelo hotel, noite de horrores afora, eu era neutro como arroz sem sal e absolutamente obtuso nas conversas — não transparecia emoção ou transmitia qualquer informação. Para comigo, não me envergonhava nem um pouco de meus atos, somente me arrependia da ingenuidade que poderia acabar me custando a vida — meu pai estivera correto e A Rede era pior do que eu jamais poderia ter imaginado ser. Minha família ligava para o celular de Paulo incansavelmente, uma vez que minha linha telefônica não mais estava em funcionamento; meus familiares pediam — um a um, ao invés de compartilharem as notícias entre si — para que ele passasse o aparelho para mim e me questionavam sobre o que havia ocorrido: eu narrava que tinha tido um desentendimento com João Bosco e que, então, tinha vivido uma noite infernal porque havia sofrido uma tentativa de sequestro — não entrava em detalhes. Tentava fazer com que os meus entendessem que eu não podia contar toda a história: era difícil dizer sem poder usar palavras, comunicar que estava sendo monitorado por alguém ao meu lado; mais complexo, era expressar minha suspeita de que a linha de Paulo possuía um grampo. No mínimo, tiravam a paz do indivíduo, que teria menos tempo livre para cometer maldades. Minha mãe foi quem melhor compreendeu — "diga aos outros que *não posso falar*", eu frisava — e ela me relatou que, quando telefonara para Paulo a pedir que me buscasse na delegacia, teve a nítida impressão de que ele já sabia do que se tratava. Eu não o tinha contactado — meu quase-ex supostamente nem atinaria que eu me encontrava no Rio de Janeiro, entretanto, a conversa entre Bosco e Luciana que eu viria a achar comprovaria que existia uma ligação entre os três. Qual ligação? Eu não conseguia explicar. Em determinada altura, Paulo deixou escapar: "O que você estava fazendo no hotel com *meu amigo*?". "*Seu amigo*?" — não pude me segurar e inquiri —, "O João Bosco é *seu amigo*?" — fui incisivo. Paulo não se esforçou para inventar algo — A Rede não precisava fingir mais nada para mim porque *eles sabiam que eu sabia que eles sabiam que eu sabia* que eu era refém, e deveria acatar o que me era dado: "Amigo? Eu não disse amigo. Não conheço esse tal de Bosco". E saiu do ambiente. Paulo foi o único que os policiais tinham permitido entrar na delegacia — a meus amigos e mesmo a João era mentido que eu não me encontrava, enquanto a policial Cristiane também mentia que ninguém buscava por mim: na verdade, ninguém era autorizado a sequer passar pela porta da repartição. Recorrentemente, do nada, Paulo dizia: "Tá" — como ele seguisse ordens que recebia ao pé do ouvido —; "Tá bom". Ao menos, Bosco nunca havia sido escrachado a ponto de se comunicar verbalmente com seu diretor no meio da cena; Paulo era muito pior ator do que ele. Como João, Paulo digitava incessantemente no celular — nem era em um aplicativo que eu reconhecia. Desapontei-me ao extremo ao me dar conta de que ele também fazia parte daquele *sex ring*; talvez por isso corresse à boca ~~miúda~~ gigante que Paulo era garoto de programa — o que eu sempre tinha protestado baseando-me na noção de que ele era um rico herdeiro. Havia sido ingênuo: era bastante provável que tivesse sido encomendado pela Rede a Paulo e a Bosco ao mesmo tempo — aquilo constituía uma concorrência, não havia para onde correr; quem me fisgasse ganharia a gorjeta mais gorda. Momentaneamente, eu não podia deixar vir à tona o turbilhão que consumia minha mente — carecia interpretar o sonso se quisesse preservar minha vida. Pedi que Paulo sintonizasse o National Geographic e me conservei na cama, imóvel, durante horas, tentando controlar uma crise de pânico sem demonstrar nenhum sentimento — justamente por já captar quão sádico era o público que assistia a mim. Meu quase-ex saía, fechava a porta, conversava com alguém na sala, retornava para o quarto e insistia: o que eu fazia no hotel e por que tinha saído de lá daquela maneira? Simplesmente respondia que tinha vindo passar uns dias com João Bosco e que havíamos tido um desentendimento, sem deixar evidente a Paulo ou a alguém que nos ouvisse que eu possuía qualquer ciência do que se passava no jogo. A dúvida a respeito do que eu sabia [ou não] me era benéfica. Já naquela manhã, circulava no Rio de Janeiro a notícia de que eu tinha sofrido um "surto psicótico" na noite anterior — notícia essa plantada não apenas por João e pelos seus, como Duda e Luciana, e sim por toda A Rede atrás deles; a clara intenção era me descredibilizar de forma que tudo o que eu havia vivido não fosse tomado com a devida seriedade por ninguém.

Paulo voltava a demandar que desbloqueasse meu telefone e eu continuava a não transparecer que entendia a gravidade do que transcorria: não me deixariam sair do Rio de Janeiro com vida se houvesse a mínima chance de que restasse comigo material daquele hotel que pudesse comprometê-los. Eu pensava em uma estratégia de emergência. Não sabia que, após ter hackeado meu aparelho na delegacia no Leblon, A Rede ligava para Deco e o assediava, ameaçando-o e todos em sua família. Como haveriam descoberto que ele tinha posse do telefone de João, se o próprio Bosco era incapaz de localizar o objeto desligado através de sua nuvem? — uma possibilidade teria sido através de acesso a meu WhatsApp, pois fora a única forma de comunicação com meu amigo. Deco, agilmente então, conseguiu mudar as informações de login do iCloud de João. O homem que tinha telefonado para meu amigo apresentava um sotaque carioca e Deco o identificou como gay, mas seu número era de São Paulo — posteriormente me contaria: o indivíduo dizia que "aquele aparelho tinha dono e que esse dono não era João Bosco". Então, outro sujeito interfonou ao apartamento de Deco aquele domingo para reforçar as ameaças e explicitar que, caso ele não estivesse às 12h30 em determinada esquina da avenida Atlântica, em Copacabana, para entregar o celular, mataria não somente ele, como seus pais, seu esposo e sua sobrinha. Sob tal coação, Deco caminhou até o local no horário marcado e se dispôs do telefone nas mãos de um indivíduo "branco e alto" — que não possuía a mesma voz de quem havia falado com ele por telefone ou interfone e a quem desconhecia. Ao mesmo tempo, Paulo me convencia — ou intimidava — a ir com ele à loja de minha empresa telefônica Voz, no Shopping Leblon, a requerer um outro chip para meu aparelho. Emprestou-me uma camiseta sua e fomos. Na portaria do prédio, ele abriu seu übe e, antes mesmo de o aplicativo informar qual veículo nos buscaria, Paulo apontou para um carro: "Aquele ali!". Estranhei: "Como você sabe, se ainda não aparece no seu übe a placa do carro?". E, com atraso, o aplicativo mostrou aquela mesma placa: "Tá aqui" — meu quase-ex zombou de minha inteligência. Entramos no veículo, que tocava alto uma pregação evangélica sobre os castigos que fazem por merecer os pecadores — em particular, "os homossexuais". O motorista simultaneamente discorria sobre seu ponto de vista do mundo, a se utilizar de subtexto ameaçador: aquilo era uma mensagem premeditada pela Rede, porque boa parcela da base da direita extrema que apoiou a ascensão do fascismo no Brasil era evangélica. Em outra situação, eu pediria para desligar o rádio: "Não sou obrigado a ouvir pregações de qualquer religião ou culto em um carro de aluguel"; permaneci calado, haja vista que o *chauffeur* buscava briga e trazia uma arma no porta-luvas semiaberto. Levantei questões importantes apenas para comigo mesmo: quem eram aqueles membros da Rede, meros prestadores de serviços ou também espectadores?; se consumidores de material, de qual tipo de pornografia evangelicamente aceita: heterossexual, infantil, zoofílica, ou transmissões ao vivo de tortura, esquartejamento e morte, ou todas as acima? Ao chegarmos à loja da Voz no shopping, conhecida por sua cor roxa, fomos imediatamente admitidos por um funcionário que veio dos fundos diretamente para lidar conosco — um tratamento diferenciado daquele recebido por outros clientes, que precisavam retirar uma senha e aguardar em fila para serem atendidos. Soube de pronto que meu atendente se tratava de alguém que havia aceitado propina para fazer "o que fosse necessário" em minha conta, embora eu não soubesse ainda do que isso consistiria. Fiz uma pergunta-teste a respeito de algo de minha conta a que ele não teria acesso da loja, senão da central telefônica, e o indivíduo digitou um laudo falso, que me entregou. Impaciente como nunca, Paulo ditou a mensagem por mim: eu desejava um novo chip. Assinei os papéis sob coação. Rapidamente, o atendente providenciou o que foi pedido: veio mais uma vez da sala dos fundos com dois chips — entregou-me um e ficou com o outro. Fiz uma piada sobre "a maneira descarada de A Rede fazer as coisas ultimamente". O número de protocolo desse atendimento de 15h01 da tarde de 5 de janeiro de 2020 foi 20205665153448 e consta da empresa telefônica como "troca de aparelho e chip e cancelamento por pouca utilização". Eu não troquei de aparelho, não pedi cancelamento algum e o que ganhei foi um chip inútil, ao passo que o funcionário manteve o chip verdadeiro para que seus senhores da Rede obtivessem acesso a todas as minhas contas de aplicativos e redes sociais por meio dos números de confirmação enviados por SMS. Retornamos à casa de Paulo e, dessa vez, entramos pela garagem. Avistei ali estacionados vários carros de luxo que tinham me rondado a noite inteira — era *mais uma* forma de intimidação, transmitiam de novo e de novo um recado que já era claro havia muito: eu não estava a salvo. Os psicólogos a trabalho da organização criminosa faziam o impossível para desengatilhar em mim uma crise de pânico, e que fosse pública — A Rede estava disposta a me punir severamente por ter me rebelado contra minha exposição desconsentida, e destruir de vez minha reputação e credibilidade. [O entendimento a respeito do acionamento proposital de crises de pânico em mim é algo posterior a esses eventos que narro.]

Paulo indagou uma única vez se meu telefone havia recuperado o sinal, e a óbvia resposta que já antecipávamos de ambos os lados — por motivos diferentes — foi "não". Como João Bosco, ele era cruel e tinha prazer [recém-descoberto?, creio que não — seu ego o precedia] em fazer parte do jogo, como se, ao trair nosso relacionamento de anos daquela maneira, avolumasse seu status junto a um grupo poderoso que lhe abriria portas. Novamente em seu quarto, em sua cama, colocou-se a navegar no Instagram ao meu lado e deu um like em uma foto que me chamou atenção: a de um grupo de moças vestidas de roxo e amarelo (o grupo que tinha rido de mim e me fotografado quando fui arrastado do café pelos policiais). Perguntei de quem se tratava, e ele informou que eram *suas amigas* que estavam a visitar o Rio de Janeiro em um cruzeiro — o like foi calculado para intimidar e era mais uma prova de que A Rede era internacional e muito maior do que eu jamais poderia ter suposto, novamente como meu pai havia me alertado. Porém, mesmo sabendo que Paulo direcionava seu sadismo a mim — não somente por se sentir traído por minha presença em terras cariocas com João Bosco, como por ser membro potencialmente antigo da Rede —, eu possuía em mente que ele era meu passaporte para sair com vida do Rio, pois minha família e meus amigos tinham conhecimento de que eu me encontrava com ele, e conheciam a família dele e os círculos desta. Ademais, era notável a condenação de Paulo pela subentendida posição que eu havia ocupado na cama com João, apesar de eu nunca ter expressado nada a esse respeito e de essa suposição [de que eu era passivo porque Bosco era mais bem-dotado] ser falsa: o machismo era quase palpável.

Meu irmão comprou uma passagem para que eu deixasse o Rio de Janeiro aquele dia — aproximadamente às 18h. No entanto, João Bosco se negava a enviar minhas coisas — despachou por übe apenas meus cartões [manteve o do Citibank e o Amex]. Paulo, por sua vez, insistia que eu voltasse ao Moulineaux para buscar meus pertences — o que eu me negava a fazer por concatenar que o que A Rede mais desejava era um vídeo de câmera de segurança, com testemunhas, em que eu deixava o hotel bem e com vida, com tudo meu. Uma vez que tais imagens fossem gravadas, dois dias após a live em que havia afirmado que corria perigo ali, eu tinha certeza: seria morto "por resistir a alguma tentativa de sequestro ou assalto" — provavelmente, a caminho do aeroporto. Dado que meu irmão me pressionava e Paulo me intimidava, diversas vezes peguei emprestado o aparelho celular deste último para ligar ao hotel e pedir que Bosco levasse minha mala até um übe que meu quase-ex colocaria em rota, como João havia feito com os cartões — em algumas ocasiões, a pessoa que atendia o telefone encontrava Bosco no quarto; em outras, não; e, quando eu conseguia falar com ele, ou João se atrasava, ou o übe desistia. Pedir a um motorista de aplicativo que buscasse algo em algum lugar era simples — o Übe inclusive passou a oferecer esse serviço —, portanto deparar-me com tantas impossibilidades era sinal de que A Rede não permitiria que eu saísse do Rio de Janeiro aquele domingo — a não ser que eu fizesse o que Paulo reclamava. [Na realidade, nesse caso, a liberação de meu corpo pelo IML para ser enterrado em Mato Grosso do Sul demoraria alguns dias mais, se restasse algum cadáver.] Enfrentei dificuldades em comunicar essa noção a meu irmão caçula, que praticamente gritava ao telefone sem entender o porquê de eu próprio não ir buscar as malas o mais rápido possível para ir embora; ele se preocupava comigo, contudo não compreendia meu uso do verbo "poder" naquela situação: "Não *posso*. Eu não piso lá outra vez". "Mande um carro de aplicativo" — ele teimava. "Já tentei várias vezes. *Eles* não querem entregar minhas malas: *eles* não querem que eu vá embora hoje" — eu respondia vagamente. Assim como eu tinha brigado com meu pai quando abriu mão de me defender no final de dezembro ("A Rede em que João Bosco estava inserido poderia ser muito maior e muito mais perigosa do que eu imaginava"), meu irmão discutiu comigo por não realizar a profunda seriedade do contexto. Já meu pai, preocupadíssimo, ligava também para o celular de Paulo e avisava que viria me buscar de carro se eu não embarcasse naquele voo; eu o fiz prometer que não viria, porque se o fizesse matariam não somente a mim, como a ele; nem ele atinava para a verdadeira gravidade da coisa: estes não eram os traficantes ou juízes corruptos que o haviam ameaçado de morte anteriormente, esta era uma organização criminosa internacional poderosa com ramificações Deus sabe onde. Como de praxe, eu podia dizer muito pouco. ¿Era mais enervante lidar com a possibilidade de morte real apresentada pela Rede ou com o estresse de minha família? Estava absolutamente exausto. Concebi que A Rede não aceitaria nada menos que o conteúdo completo de meu iPhone. Mesmo tendo acessado o aparelho na delegacia e minhas contas, pelo chip original e pelo clonado, e mesmo tendo deletado arquivos no iCloud e impedido que outros novos subissem na nuvem, havia coisas cuja existência ou não (no eletrônico em si) deveria os deixar demasiado preocupados. Mal posso imaginar a sordidez e a ilegalidade das outras coisas que se passaram naquele hotel no dia e meio em que estive lá. Paulo voltava a bater na mesma tecla de me fazer desbloquear o aparelho, sob o falso pretexto de saber se o chip funcionava [o chip que *ele sabia* ser nulo]. "Eu tinha bloqueado o celular definitivamente ao digitar a senha errada o número máximo de vezes! Era tão difícil assim de entender?" Meu quase-ex repetidamente indagava se o telefone havia se conectado ao 4G da Voz. "Não!" — eu respondia pela enésima vez. Isso ele sabia. O que eu não conseguia era convencê-lo — e a seus superiores — de que não existia mais nada em meu aparelho, de que este se encontrava bloqueado permanentemente, e de que eu não faria uso algum de qualquer material, se existisse algo. Em verdade, havia um elogio para mim em algum lugar ali: eu tinha sido astuto a ponto de *quase* desmascarar uma das maiores redes — se não a maior — de pornografia ilegal do planeta: teria sido o caso se Deco não houvesse tido de devolver o celular de Bosco; àquela hora, o eletrônico já estaria voando a Israel via DHL, se tivessem se cumprido meus planos. O VIP oleoso de rosto quadrado deveria ser o fio da meada e muito afamado, como Catarina apontou. Como previ, perdi o voo, pois Bosco e/ou a Rede Rocca não remetiam minhas coisas a tempo, e Paulo se negava a ir buscá-las para mim, e meu irmão não admitia que eu partisse sem elas. Eu tinha medo, além de tudo, de que plantassem drogas em meus pertences e me denunciassem à PF — por vingança e maldade. Fui forçado a permanecer no Rio: aquela viria a ser a segunda pior noite de minha vida.

Do apartamento do andar de cima, que supostamente estava vazio para alugar, precisamente de sobre minha cabeça, vinham sons de terror — como se uma mulher estivesse sendo esquartejada em vida. No desocupado terreno vizinho ao prédio, uma serra elétrica girava a noite inteira — ininterruptamente. A tortura psicológica que havia se iniciado na noite anterior continuava, para que eu passasse mais uma noite acordado e submerso em horror, preocupado que a qualquer momento me arrastariam da cama para a serra. Subentendia que A Rede acompanhava aquilo de perto através de seus olhos vácuos. Apenas uma vez Paulo foi honesto comigo: por alguns minutos, a luz de "gravando" do aparelho de ar-condicionado se apagou e tive a impressão de que interromperam a transmissão de minha sessão de pânico velado [a audiência deveria ser baixa, dada minha contida inexpressividade; os sorrisos deveriam ter brochado diante do receio de uma revelação com provas cabais]. Meu quase-ex me perguntou diretamente, de maneira incisiva como teria sido natural no início [se não fosse mais importante a notícia de que seu amigo João Bosco tivesse presumivelmente saído vencedor no jogo], por que eu não o havia avisado de que estaria no Rio de Janeiro. Argumentei que tinha interpretado suas negativas a ir me visitar na capital paulista como falta de interesse em dar prosseguimento a nossa relação: ele sabia que eu trabalhava muito e que não poderia vir ao Rio como havia feito no início de novembro. Ele quis saber se eu estava namorando João; neguei, e disse que estava ali porque viera *resolver uma pendência* com Bosco. [Como meu seguro de vida, era necessário que Paulo não se entregasse completamente ao outro lado — embora fosse nítido que ele dominava informações privilegiadas a respeito do que eu tinha vivido com João, e me desprezava até... em certos aspectos, com base nisso. Eu não podia, porém, permitir que meu quase-ex me odiasse por completo.] Repentinamente, Paulo voltou a se comunicar em voz alta com o ponto em seu ouvido: "Não... Aham... Sim... Tá"; e saiu para falar mais — provavelmente, necessitavam se certificar de que meu telefone estava realmente bloqueado, de que eu não estava fingindo. Desde o início, eu havia dito para Paulo o mesmo que para a policial Cristiane: que a tela se encontrava trincada e que, por essa razão, não tinha conseguido digitar a senha correta. Ele sempre soube que o chip que se encontrava comigo não funcionava — existiu ciência quando da quebra do antigo e quando da clonagem do novo pelo funcionário na loja. A questão que restava, já que eu não conseguiria fazer o upload de nada em qualquer nuvem, era acerca do material mais recente — por algum motivo à invasão inacessível — que havia ficado registrado no hardware em si. Eu tinha de fato digitado a senha errada onze vezes, a inativar definitivamente o aparelho e fazer com que ele precisasse ser restaurado por meio do iTunes? Ou restavam ainda uma ou duas tentativas, que eu faria quando estivesse a salvo da Rede, a acessar por fim esses arquivos locais? Era a dúvida derradeira. Paulo conversava com um homem nessas saídas do quarto, sujeito esse que meu quase-ex perguntou se eu conhecia por nome. Não conhecia — neguei —; sua voz, que eu escutava do outro cômodo, não me era estranha — silenciei. Paulo me convidou para o apresentar a mim, o que eu também neguei — por antecipar ser uma tentativa adicional de intimidação —, sob a desculpa de "não estar apresentável". Pelo que pude ouvir, meu quase-ex tratava o homem com deferência. O importante indivíduo estaria "visitando" e se encontrava hospedado no quarto ao lado — era "muito próximo de Paulo", sobre quem ele nunca havia me comentado nada em anos. Os pais de meu quase-ex também administravam o sujeito, e tarde da noite discutiram acaloradamente: o hóspede parecia nervoso e tentavam acalmá-lo, demonstravam temor, suas palavras eram calculadas. Paulo sugeriu beberem uma cerveja, e escutei suas nervosas risadas. O homem entrava e saía. Supus ser alguém da alta hierarquia da Rede, quem no final das contas decidiria o meu destino. Enfim, Paulo regressou ao quarto: o importante hóspede havia "saído" (em uma noite de domingo). Assistindo à TV juntos, meu quase-ex tentava me acalmar para que eu abaixasse a guarda; em meu turno, tinha cada vez menos certeza de que me deixariam viver para pegar o voo para MS no dia seguinte. Paulo desligou as luzes por volta de meia-noite, mas não dormia — ele, cujo sono vinha tão rápido, permanecia propositalmente acordado. Aproximadamente à 1h, o importante hóspede reapareceu e Paulo o recebeu. "Foi dormir", ele disse. Mais ou menos às 2h30, meu quase-ex caiu no sono. O cansaço o vencia antes de mim; alguém gritava no ponto ao ouvido dele e ele respondia: "Aham", completamente sonâmbulo. Aguardei. No instante que o sono dele se tornou mais intenso — o que notei pela respiração —, em um piscar de olhos desliguei o abajur e me levantei e fui ao banheiro. Minha intenção ao interferir inesperadamente na iluminação foi confundir as câmeras, haja vista que a mudança para o sistema infravermelho levaria uma fração de segundos — tempo suficiente para eu esconder o telefone e o levar comigo. Sentado no vaso, quebrei meu celular sob mim e, aos pedaços, joguei-o na água. Urinei em cima: esperava, dessa forma, que as informações ali contidas fossem corrompidas por algum tipo de reação química; e que Paulo, ao se deparar com aquilo, articulasse com A Rede para que eu partisse com vida. Retornei à cama, tirei meus shorts (onde havia os meus cartões e minha carteira de habilitação) e me deitei sobre eles para ficar mais confortável. Não pude evitar: cochilei brevemente; em algum momento, ouvi Paulo batendo boca com alguém — no entanto, meu cansaço era extremo e não consegui despertar direito. Acordei somente quando o rapaz, ríspido, *mandou* que eu me levantasse para ir ao aeroporto — ele jamais tinha me tratado daquela maneira. Notei que todos os meus cartões de crédito haviam sumido: aparentemente, devido a minha exaustão, eu havia dormido mais profundamente do que imaginei — de forma que Paulo os removera dos shorts sob mim. Fiquei furioso! Meu quase-ex então me confrontou com o aparelho celular quebrado, mostrando que o tinha pescado do vaso sanitário, e o colocou na pia: o motivo de sua irritação, além de minha "loucura", seria que eu poderia ter entupido seu encanamento. Percebi que uma parte do eletrônico — aquela referente à memória — havia sido cuidadosamente cortada do telefone com uma tesoura. Perguntei a ele a respeito: Paulo mentiu que não sabia ao que eu me referia. Mencionou que o importante hóspede tinha partido antes do nascer do sol [certamente de posse da peça do meu celular]. Minha família retomava as ligações para o celular dele, a indagar se eu já estava a caminho do Santos Dumont: respondi que sim. Estendi a questão a Paulo: ele me levaria? Disse-me que não. Penetrante, mirei em seus olhos: "Você vai deixar eles fazerem isso comigo?". Sabia que, se meu quase-ex me despachasse em um carro de aplicativo, eu seria vítima de alguma emboscada no caminho entre seu apartamento na Zona Sul e o aeroporto; ou desapareceria... era "psicótico"; e Paulo teria lavado suas mãos, porque eu não haveria estado sob seus cuidados. Minha mãe telefonou novamente e eu falei por ele: "Tudo bem, mamãe. O Paulo disse que vai me acompanhar ao Santos Dumont" — dessa maneira, constrangendo-o perante minha família, garantia que estaria vivo ao menos até o embarque.

Assim entramos no veículo que nos levaria: tratava-se do mesmo da ida à Voz, e trazia outra pregação evangélica sobre os castigos de Deus. Eu era o gay pecador a ser fustigado. Ao passo que desfilávamos pelas estreitas ruas de Ipanema, carros parados às laterais — com sinais de alerta piscando sem parar — entravam em nossa frente ou nos seguiam. Aquilo se transformava em um cortejo: eu tinha enfurecido muitas pessoas demasiadamente poderosas que faziam parte daquela Rede, e elas gostariam de — a qualquer custo — demonstrar que eu definitivamente não era mais bem-vindo no Rio de Janeiro. Escoltavam-me, literalmente, para fora da cidade. Pisando no aeroporto, fomos imprimir o cartão de embarque: pedi ao atendente da Matal que ficasse explícito no sistema que eu não possuía bagagem — pois continuava a temer que plantassem drogas em qualquer item [que alegariam que eu carregava] como desculpa para me levarem preso. João Bosco, no dia anterior, quando eu tentava reaver minhas coisas, afirmava que "havia encontrado padê em minha bolsa". Nunca fui consumidor de cocaína, e creio que esse medo de prisão por tráfico de que jamais participei tenha sido mais um gatilho de pânico subliminarmente enraizado em minha cabeça. De toda forma, em meu bilhete ficou registrado: "somente inclui bagagem de mão" [nenhuma]. Paulo, que previsivelmente havia se irritado por minha insistência com o atendente da empresa aérea, apressou-se em me acompanhar até o embarque: para meu quase-ex, era como trilhar o caminho da vergonha ao meu lado. Cruzávamos com inúmeros indivíduos distintos que eram os mesmos que tinham estado no hotel e participado de minha perseguição na madrugada de sábado para domingo — decerto, haviam participado de meu cortejo. Olhavam para nossa cara e riam cinicamente de minha humilhação, a sair escorraçado da cidade apenas com a roupa do corpo e um documento — sem malas, cartões, nem telefone eu era um quase indigente. Tal foi minha punição por ter tentado expor A Rede. Paulo também se sentia diminuído, porque seu quase "namoradinho" diretor tinha se tornado o mais marginalizado dos cidadãos; fotografou-me enquanto eu passava pelo portão de embarque e enviou para minha mãe o registro, a finalmente se livrar de mim. Ela digitou: "Que cena triste".

Mesmo no avião, não me sentia seguro. A impressão era de que continuava a participar do reality show — transmitido pela Matal, desta feita. Sem celular e sem ter como me comunicar com minha família, temia que me arrancassem do voo na conexão em Guarulhos. Agi o mais tranquilamente possível, porque tinha ciência de que o prazer dos membros daquela Rede estava fundamentado no sadismo por eu simplesmente ser quem eu era: um respeitado ativista de esquerda, artista antifascista. Havia sido reduzido a nada por ter me negado a participar de seu sórdido esquema de exploração sexual. No ar, consumi os produtos da Coca-Cola e o café Três Corações. *Merchand*: "Eu sei que não existe milagre, mas que ele (Jair Bolsonaro) consiga criar uma aura positiva" — disse o empresário Pedro Lima em entrevista para a *Tribuna do Norte* em 16 de dezembro de 2018.[*][7] Para meu alívio, não *fui desaparecido* em Guarulhos. Consegui fechar os olhos e dormir por alguns minutos — melhor dito, "variar" brevemente, sem mais forças para lutar por minha vida, de volta a Mato Grosso do Sul.

---

* Presidente do Grupo Três Corações.

F

A propósito da tortura, em *Linguagem da Destruição*: A democracia brasileira em crise, de Heloisa Starling, Miguel Lago e Newton Bignotto,[*] Lago argumenta que "Bolsonaro elimina as construções coletivas que limitam o poder dos mais fortes, devolvendo a eles o direito de devorar os mais fracos". A obra converge nas ideias de que "o bolsonarismo seria uma nova linguagem e o fascista possuiria um único norte: a destruição". Bolsonaro teria uma linguagem memética voltada para as redes sociais, ao passo que os políticos brasileiros tradicionais apresentariam uma linguagem moldada para debates, discursos e a televisão; a linguagem do fascista não possuiria qualquer limitação ética: "carrega no sensacionalismo e na viralização, e amplia o que seria aceitável [ou não] de se dizer publicamente sob o ponto de vista da dignidade humana, do respeito ao outro, e da reação à morte". Bolsonaro governaria e mobilizaria por meio dessa linguagem rumo à perseguição de pessoas específicas — inclusive, por parte da polícia e de suas outras milícias, civis [virtuais e físicas] — com o único fim da destruição. Em relação ao deboche feito pelo filho dele, Eduardo, sobre a tortura sofrida pela jornalista Miriam Leitão durante a ditadura militar, Starling argumenta que o resultado seria mais grave do que aparenta: ao insistir em comparar o torturador Coronel Ustra ao herói nacional Duque de Caxias, essa linguagem articularia o mal na política — dessa maneira, esgarçando a consciência e borrando a fronteira entre a realidade e a mentira. Criar-se-ia um vazio de pensamento pela deterioração das figuras de autoridade, banalização da opinião e demolição e descarte do conhecimento — o que funcionaria para acabar com a capacidade de pensar, para fazer medíocres o entendimento e a existência pessoais, para matar o desejo futuro, para aniquilar as formas de o indivíduo se posicionar dentro da comunidade e também para criar o que seria o mal totalitário: quanto mais borrada a fronteira entre a realidade e a mentira, mais difícil se tornariam a formação do juízo, a consciência social e a própria compreensão do real. Outro aspecto da linguagem fascista seria sua disseminação na sociedade por afetos tristes ao invés de pela racionalidade, e estaria aí sua eficiência: a metástase de tal linguagem se daria pelo ressentimento e pela nostalgia de um passado que nunca existiu. Através das

---

[*] STARLING, Heloisa Murgel; LAGO, Miguel Lago, BIGNOTTO, Newton. *Linguagem da Destruição*: A democracia brasileira em crise. São Paulo: Companhia das Letras, 2022.

redes sociais, gerar-se-ia um simulacro do espaço público; este, o local de debates públicos: nessas redes não haveria verdadeiro debate, muito menos a incorporação do ponto de vista do outro — "que parte do pressuposto de que eu posso estar errado e que preciso ouvir seu argumento para que juntos possamos formar uma opinião". A linguagem bolsonarista não teria consequência e tampouco limites — outro motivo para se expandir tão facilmente, a favorecer o autoritarismo e a degradação da democracia —, também devido à apatia política da sociedade refletida no aparelhamento de parte das instituições e na inação de outras. Como exemplo, a imprensa estaria simplificando o discurso ao usar o termo "polarização" enquanto a democracia brasileira estaria sendo corroída por dentro, de maneira como nunca haveria acontecido antes. "Por que parcela da população brasileira apoia Bolsonaro e deseja sua reeleição", a despeito de toda a destruição que causa, ao passo que a outra parcela "assiste a tudo de maneira apática sem estabelecer limites dentro do processo republicano e democrático"? A eleição de Bolsonaro teria representado uma ruptura sob o aspecto da imprensa e das instituições, que não estariam programadas para rupturas, e a excepcionalidade fascista, por esse motivo, não repercutiria devidamente: Bolsonaro *contra todo o campo democrático*. Para tentar transparecer neutralidade e objetividade, a imprensa tentaria criar equivalências onde não existem, contudo, a normalidade democrática teria cessado e uma equivalência entre o fascista e qualquer político do campo democrático não seria válida. As instituições já haveriam falhado e a própria candidatura de Bolsonaro seria a prova disso — candidatura à presidência esta que teria sido lançada ainda no Golpe de 2016, justamente quando o fascista realizou o ultraviolento e antidemocrático discurso durante a votação do impeachment de Rousseff: "Pela memória do [torturador] coronel Carlos Alberto Brilhante Ustra, o pavor de Dilma Rousseff, pelo exército de Caxias, pelas Forças Armadas, pelo Brasil acima de tudo e por Deus acima de todos, o meu voto é sim". O fascista recebeu o merecido cuspe do então também deputado federal Jean Willys, mas o mandato de Bolsonaro não foi cassado como à época defenderam a Ordem dos Advogados do Brasil, ONGs de Direitos Humanos e ativistas. Aí já estaria o início das falhas das instituições.[8]

6

Pecarás e volverás.

Quando pousei em Campo Grande, saí do avião e fui ao encontro de meus pais — que me esperavam do lado de fora do desembarque, extremamente angustiados. Abraçaram-me e caminhamos até o carro. Perguntaram-me o que havia acontecido. Eu ainda tinha medo de estarmos sendo ouvidos e pedi para falarmos em algum lugar ao ar livre, longe de todos. Continuava a não saber o que era seguro ou não — um dos efeitos da tortura desagregadora, física e psicológica, de que tinha sido vítima. Havia fechado os olhos por poucos minutos durante o voo; não estava em total posse de mim, privado de sono por dias. Meu pai dirigiu seu jipe até uma pequena praça sob uma grande árvore, e a meu pedido ele e minha mãe verificavam se não tínhamos sido seguidos. Preocupavam-se sobre eu estar delirante e/ou paranoico, porém não haviam vivido o que vivi e era difícil para eles se colocarem em meu lugar. [Ao ler, sem minha autorização, o Primeiro Ato ainda em rascunho do livro, minha mãe faz questão de pedir que enfatize que eu estava *completamente paranoico* e que *minha aparência era desesperadora*.] Contei-lhes tudo o que tinha acontecido e o que de estranho havia testemunhado, e fui repreendido por não ter cumprido com minha promessa de *não* ir tirar aquela história a limpo. Arguí o que tinha entendido comigo próprio antes da viagem: que não poderia virar as costas, aquilo seria o mesmo que aceitar que eu estava realmente doido — como João Bosco acusava. Pedi que me levassem para casa porque eu precisava, acima de tudo, dormir para começar a me recuperar. Insistiram, todavia, que eu comesse, haja vista eu tinha passado quase dois dias sem tomar água ou me alimentar direito — estava muito magro, seriamente desidratado após hercúleos esforços físicos [além de ter um metabolismo demasiadamente acelerado por natureza]. Eu concordava que precisava muito tomar água; contra-argumentava que não conseguiria comer. Também pedi que evitássemos espaços públicos — afinal, possuía motivos para acreditar que ainda pudessem querer realizar queima de arquivo comigo, dados os esforços que A Rede havia feito para hackear meu telefone e se assegurar de que eu não saísse do Rio de Janeiro com materiais comprometedores no aparelho; em segundo lugar, a milícia carioca e o PCC [e, consequentemente, A Rede] tinham braços em diversos estados brasileiros, entre eles Mato Grosso do Sul (onde certamente contavam com matadores de aluguel, como meu pai ouvira em primeira mão dentro da mesma 14ª Delegacia de Polícia do Leblon); em conclusão, as violências que sofri haviam me causado pânico e seria simplesmente uma delicadeza para comigo levar meu pedido em consideração. Meus pais não me escutaram. Contra a minha vontade nos direcionaram a um restaurante; informaram, ademais, que já tinham agendado uma consulta com um psiquiatra para logo depois do almoço. Voltei a pedir que me deixassem dormir antes de qualquer coisa, pois existem sintomas severos associados à privação crônica de sono — e isso certamente afetaria minha consulta com qualquer especialista; acrescentei que um profissional sério da saúde mental saberia disso e não deveria aceitar me ver antes que eu pusesse meu sono em dia. De nada adiantaram meus protestos: estava sob o controle de minha família como nunca tinha estado antes — era como se fosse uma criança que não pudesse governar a si própria, contudo mesmo em minha infância havia tido mais influência nas decisões relacionadas a mim do que naquele momento. Aos olhos de meus pais, eu estava simplesmente "doente".

Foi nesse contexto que chegamos ao restaurante de sua escolha. Servi-me no buffet e me sentei em uma mesa afastada. Imediatamente, percebi os olhares estranhos de dois sujeitos se voltarem para mim — estávamos muito próximos do apartamento de nossa família, portanto seria muito fácil para qualquer matador de aluguel me encontrar ali. Após o que tinha sofrido no Jiba, era capaz de reconhecer os olhares de pistoleiros — quase fui alvejado por um deles diante de todos; e, tendo sido perseguido por uma noite inteira, tinha aprendido que tipo de linguagem corporal evitar para salvar minha pele. Eu havia sido muito hábil — e somente por isso estava vivo para contar história. Os dois indivíduos se sentaram em lugares estratégicos de onde podiam me ver, formando comigo um triângulo — e a eles se juntaram uma mulher e um outro homem, que olhou para o primeiro sujeito como a questionar quem eu era. O primeiro respondeu: "É aquele ali" — e tornaram sua atenção para mim enquanto os recém-chegados se aconchegavam em uma mesa ainda mais próxima à minha. Rapidamente pedi a meus pais que nos retirássemos do local. Meu pai teimou comigo, disse que tinha estado ao meu lado o tempo todo e que não tinha visto ou ouvido nada incomum [problemas genéticos de audição vêm surgindo com a idade]. Eu, sob o medo, tinha certeza de que, se mencionasse qualquer coisa referente ao que havia acontecido no Rio de Janeiro e fosse ouvido, isso seria entendido como uma obstinação minha em levar o assunto adiante — pelo que certamente me matariam. Seria muito fácil para A Rede se livrar de mim no meu estado natal, distanciado de tudo o que tinha ocorrido no Rio — dificilmente uma investigação, por mais séria que fosse, encontraria qualquer vínculo de uma situação com a outra [investigação que, de qualquer maneira, eu duvidava que aconteceria]. Dessa vez, fiz valer minha vontade, a despeito do fato de que minha mãe tinha sua glicemia baixa. Abandonei meu prato e me pus em retirada, seguido por meus pais — ele comprou uma barra de chocolate para ela e pagou a conta [eu não possuía nenhum cartão de crédito ou sequer dinheiro com minha pessoa]. Dali seguimos, pela teimosia de meus pais, diretamente ao psiquiatra, e o profissional me consultou na frente ambos — não me foi concedida nenhuma privacidade. Ressentido, confrontei o médico sobre sua decisão de me diagnosticar apesar de minha privação de sono, e ele insistiu que, mesmo assim, iria me medicar para que nos víssemos novamente, passada uma semana. Narrei, pela segunda vez aquele dia, todo o trauma que havia vivido. O profissional fez questão de me perguntar a respeito do uso de drogas [o que apenas reafirmava que eu me encontrava rotulado no ambiente familiar]. O diagnóstico foi "CID 10 — F43: Reação aguda ao estresse" (após quatro semanas, ao persistirem os sintomas, o diagnóstico poderia se agravar para transtorno do estresse pós-traumático). E tive de aceitar a realização de um teste toxicológico que fizesse minha privacidade ainda mais pública. Medicado, ao menos meus pais — satisfeitos — me permitiram dormir.

— Minha mãe diz que não devo estar com gente que não conheço, sem sua licença; por isso, dizei-me vosso nome.

— Pergunta-o à minha mãe.

Nesse momento vi a seu lado uma mulher de majestosa aparência, vestida de um manto todo resplandecente, como se cada um desses pontos fosse fulgidíssima estrela. Percebendo-me cada vez mais confuso em minhas perguntas e respostas, acenou [um homem venerando, nobremente vestido] para que me aproximasse e, tomando-me com bondade pela mão, disse: — Olha. Vi, então, que todos os meninos haviam fugido, e em lugar deles estava uma multidão de cabritos, cães, gatos, ursos e outros animais. — Eis o teu campo onde deves trabalhar. Torna-te humilde, forte, robusto, e o que agora vês acontecer a esses animais, deve fazê-lo a meus filhos.

Tornei então a olhar, e em vez de animais ferozes apareceram mansos cordeirinhos que, saltitando e balindo, corriam ao redor daquele homem e daquela senhora como a fazer-lhes festa.

Nesse ponto, sempre no sonho, pus-me a chorar, e pedi que falassem de maneira que pudesse compreender, porque não sabia o que tudo aquilo significava. Então ela descansou a mão em minha cabeça dizendo: — A seu tempo tudo compreenderás.[*]

Deitei-me. Inicialmente, o sono era mais um tipo de delírio — em que revivia, com horror, o que me havia passado. Lembrava-me dos momentos mais

---

[*] BOSCO, São João. *Memórias do Oratório de São Francisco de Sales 1815-1855* (1873-1876). São Paulo: Editora Salesiana Dom Bosco, 1982.

tenebrosos e despertava, assustado. O médico tinha me prescrevido clonazepam, que utilizava havia anos para dormir em dose mínima de 1 mg e que tinha evitado pedir a Paulo — porque não me sentia seguro nem para fechar os olhos. No apartamento dele, pensava em mil cenários em que invadiam o quarto para uma execução sumária ou para me arrastar a uma morte lenta e dolorosa — desmembrado com uma serra elétrica ou queimado em pneus —, terror sexualizado e transmitido ao vivo para os sádicos da Rede. Qualquer que fosse o cenário, resistiria com todas as forças que me restavam. Ali, na cama da casa de minha família, continuava em pânico ao conjecturar que os sujeitos com quem havíamos nos deparado no restaurante — possíveis matadores de aluguel — tivessem nos seguido e fizessem algo contra minha família — que é conhecida na cidade, ou, se não a conhecessem, somente por nos terem seguido desde o estabelecimento teriam identificado. Eu me recordava de um homem que estacionava um Gol branco e caminhava de seu carro rumo ao local e que, ao nos ver sair no jipe de meu pai subitamente, velozmente retornou para seu veículo e se pôs atrás de nós; eu logo o perdi de vista. Isso dito, não me encontrava em condições de proteger nem a mim mesmo, nem de fazer um julgamento confiável da realidade. Apenas pedi a minha mãe que tomasse cuidado com estranhos que pudessem estar a observar — da rua — nossos movimentos de entrada e saída no prédio. Ela não compartilhava de minha preocupação, a seus olhos exacerbada, mas ao menos era cauta. Somente eu sabia o quão perigoso, maldoso e vingativo era o vespeiro em que havia colocado a mão — e não conseguiria precisar como se daria a sequência daquilo, uma vez que tinha deixado o território carioca e, atrás de mim, meu celular devidamente destruído e minhas contas na nuvem e nas redes sociais provavelmente invadidas. Minha cabeça não parava de maquinar, e acordava muito assustado todas as vezes que as memórias me vinham à mente em um início de sonho/pesadelo. Meu corpo, por outro lado, tremia-se todo de exaustão muscular e mesmo me manter deitado parecia um esforço. Levantei-me e fui ao banheiro urinar uma última vez — um líquido muito escuro e denso. Meu reflexo no espelho de fato era desesperador, como minha mãe pontuou — eu próprio não sabia o que tinha sido feito de mim —, e compreendi o choque de meus pais. "Aquela sua imagem nunca saiu da minha mente", minha mãe diria: marcas em minha testa, cabeça e pescoço deixadas pela polícia; eu era um esqueleto desidratado e mal alimentado, de cabelos alvoroçados e olhos de gigantesco e duradouro espanto; havia perdido uns três ou quatro quilos naqueles poucos dias. A passar pelo corredor de volta para o quarto, deparei-me com um quadro da Beata Laura Vicuña pendurado na parede, com o qual eu tinha me acostumado desde criança, vez no meu quarto e de meus irmãos — sobre minha cama —, vez no quarto de meus pais — sobre a cômoda. "Não quero passar com indiferença perto de ninguém", dizia o texto abaixo da imagem.

> Nosso tempo, sem dúvida… prefere a imagem à coisa, a cópia ao original, a representação à realidade, a aparência ao ser… O que é "sagrado" para ele não passa de "ilusão", pois a *verdade* está no profano. Ou seja, à medida que decresce a verdade a ilusão aumenta, e o sagrado cresce a seus olhos de forma que o "cúmulo da ilusão é também o cúmulo do sagrado".[1]

Laura Vicuña possuía um olhar doce que sempre achei muito parecido com o de minha própria mãe, que em minha criancice havia inspirado muito a fé em mim, em um lar católico. Elza havia feito tantas promessas a Deus e aos santos durante a curta e sofrida vida de minha avó, sua mãe… O quadro tinha chegado a nossa casa em 1988, por mãos de minha tia Lena como presente do Hospital Nossa Senhora Auxiliadora — dado por irmã Geni —, quando eu e meus dois irmãos lá ficamos internados; a instituição era administrada pelas freiras salesianas das Filhas de Maria Auxiliadora, fundação criada por São João Bosco em 1872. A ocasião da distribuição de tais materiais era a beatificação de Vicuña em 3 de setembro daquele ano. Laura Vicuña, embora chilena, havia sido aluna do colégio Las Hijas de María Auxiliadora, pertencente à Congregação Salesiana em Neuquén, na Argentina, o que explica a divulgação no hospital treslagoense durante seu processo de canonização; a imagem distribuída pela Igreja, infelizmente, retirava da menina traços de uma ancestralidade indígena e impunha características europeizantes — olhos claros, pele alva, cabelos levemente castanhos. Quanto a São João Bosco, embora o patrono de Três Lagoas seja Santo Antônio, a influência de Dom Bosco na cidade havia sido desde o princípio muito grande — assim como sua espiritualidade e filosofia inspiradas em São Francisco de Sales e sua devoção a Nossa Senhora Auxiliadora [a cidade foi fundada em 1915 e o hospital foi construído em 1919, com recursos da própria comunidade, para atender a dez cidades do Bolsão Sulmatogrossense]. Em realidade, a influência de Dom Bosco e dos salesianos parecia se estender a muitos cantos do Brasil — meu próprio bisavô, nascido na Bahia, chamava-se Francisco Salles da Rocha, em homenagem a São Francisco de Sales. Patrono dos editores católicos, São João Bosco também emprestava seu nome a uma gráfica em Três Lagoas.

Desde muito pequeno, amei os animais e, da maneira que me ensinava o dizer de *Laurinha,* eu não passava indiferente perto de nenhum deles. Resgatava-os das ruas para lhes procurar donos — gatos e cachorros. [É uma triste realidade brasileira os animais abandonados pelas ruas, e mudou pouco desde minha infância. As pessoas possuem o péssimo costume de ignorar um animal abandonado — feio, faminto e maltratado —, todavia ao se levar este a um veterinário e se lhe encher de cuidados e da hidratação e da nutrição necessárias, seus *pêlos* se tornam macios, seus olhos se enchem de vida e a beleza retoma seu corpo — e, então, todos os desejam.] Devido ao meu frequente contato com animais de rua que lutavam contra a morte, era muito costumeiro, igualmente, que em minha infância caísse no sono orando a Laura e a São Francisco de Assis (com quem sempre me identifiquei), a pedir pela saúde de algum animal enfermo ou por outros milagres; apesar de ter me distanciado da religião na fase adulta, ainda utilizo orações como mantras vez ou outra, para conseguir dormir. Isso eu fiz aquele dia após me deparar com o quadro de Laura Vicuña, sendo remetido à meninice após ter tomado uma dose cavalar de Rivotril.

When I look back upon my life
it's always with a sense of shame
I've always been the one to blame
For everything I long to do
no matter when or where or who
has one thing in common too

It's a, it's a, it's a, it's a sin
It's a sin
Everything I've ever done
Everything I ever do
Every place I've ever been
Everywhere I'm going to
It's a sin

At [home] they taught me how to be
so pure in thought and word and deed
They didn't quite succeed
For everything I long to do
no matter when or where or who
has one thing in common too

It's a, it's a, it's a, it's a sin
It's a sin
Everything I've ever done
Everything I ever do
Every place I've ever been

Everywhere I'm going to
It's a sin

Father forgive me
I tried not to do it
Turned over a new leaf
then tore right through it
Whatever you taught me
I didn't believe it
Father you fought me
'cause I didn't care
and I still don't understand

So I look back upon my life
forever with a sense of shame
I've always been the one to blame
For everything I long to do
no matter when or where or who
has one thing in common too

It's a, it's a, it's a, it's a sin
It's a sin
Everything I've ever done
Everything I ever do
Every place I've ever been
Everywhere I'm going to
It's a sin

Confiteor Deo o mnipotenti vobis fratres quia peccavi nimis cogitatione, verbo, opere et omissione. Mea culpa, mea culpa, mea maxima culpa.*

Aos poucos me esqueci dos barulhos ambientes — que me acordavam, assustado, junto às memórias cariocas… E consegui dormir. Meus sonhos não foram mais guiados por aqueles eventos traumáticos recentes, começaram a fazer reverência a minha infância.

Sempre sonhei muito com meu avô Hugo e com minha babá, Cá. Uma eu perdi aos 15 anos e o outro faleceu aos meus 22 anos, porém, foram figuras enormes durante meus anos de formação. Os sonhos daqueles dias pós-traumáticos foram especialmente vívidos, e o repertório era farto — diferentemente de sonhos 100% repetitivos que eu tinha sobre outros assuntos. Cá chegou a nossa casa devido à astúcia de minha mãe: na ocasião do nascimento de meu irmão caçula, eu tinha quatro anos e nós nos encontrávamos sem uma babá — personagem necessária, pois minha mãe trabalhava em tempo integral e, efetivamente, sustentava a casa. Lembro-me de minha mãe ter-nos juntado todos, e fomos a um bairro próximo, onde de porta em porta ela batia palmas e perguntava: "É aqui que mora uma moça que está procurando emprego de babá?, É aqui que mora uma moça procurando emprego de babá?". Recebemos alguns nãos, mas, finalmente, um "sim" — e a moça era Cá, então com dezoito anos. Dessa forma, ela entrou em nossas vidas e não apenas ajudou a trocar as fraldas de meu irmão caçula como foi mãe adotiva para ele, para meu irmão do meio e para mim. Cá, além disso, alertou-me para o racismo ainda aos meus quatro anos: havíamos voltado da feira e eu tomava uma Coca-Cola gelada na garrafinha de vidro; era um sábado de forte sol, mais um dia quente em Três Lagoas, e eu lhe ofereci a bebida; ela aceitou e bebeu do bico, assim como eu fazia; devolveu-me o frasco e, antes que eu voltasse a beber, limpei a boca da garrafa; Cá me flagrou e, muito triste, volveu a mim "Nossa, Nonon. Você tem nojo de mim?". Não me esqueço dessas palavras e de sua expressão jamais e poucas vezes me senti tão envergonhado em minha vida. Ali aprendi que os seres humanos eram todos iguais, a despeito dos diferentes tons de suas peles, e que todos doíam igual. No Brasil — um país dividido em classes fortemente associadas à questão da cor, onde a grande maioria das crianças de classe média alta cresce sob a tutela de uma babá preta —, essa lição significou muito para mim e aparentemente me diferenciou de meus amigos — socioeconomicamente privilegiados como eu —, que em 2018 negariam até seus *próprios*

---

* LOWE, Christopher Sean. TENNANT, Neil Francis. "It's a Sin", 1987.

tons de pele e heranças genéticas mestiças para apoiarem o discurso racista e consequentemente classista de Jair Bolsonaro, "o mito". [Hoje, dia 13 de maio de 2021, em que é comemorado o Dia da Libertação dos Escravizados, tenho uma sensação de *déjà-vu* em mais um retrabalho deste parágrafo.] Eu, entretanto, não me curvei ao ódio e ao racismo nunca. Cá se colocava lado a lado no sofá conosco — os três irmãos — e comíamos os quatro do mesmo prato, com a mesma colher, enquanto assistíamos ao *Chaves* na TV. Lembro-me como se fosse hoje. E em minha adolescência, ao me distanciar de todos para manter protegido o desenvolvimento de minha sexualidade, nela eu podia confiar com relação a certos assuntos — não foi somente no caso da fita pornô gay, que pedi que retornasse à videolocadora. Nunca cheguei a dizer com todas as palavras que era gay: ela pressentia e não saía de meu lado. Em certo momento, passou a chamar a mim e a meus irmãos de "filhos". Por isso, foi com profundo choque que a perdi antes, sequer, de me tornar adulto.

A morte de Cá, aos 32 anos de idade, para mim trouxe à tona, em um primeiro momento, as falhas do Sistema Público de Saúde (SUS) no Brasil — porque foi algo evitável. Ela tinha pressão alta e, provavelmente, um aneurisma cerebral de nascença que, se pertencesse a uma classe privilegiada com acesso a plano de saúde particular, teria sido diagnosticado em algum exame. Eu, que havia sido criado sob o pensamento multicultural que imperava no sistema de ensino, comecei a me dar cada vez mais conta, para além de um racismo puro, do grave problema da desigualdade fenotípica no Brasil; como pessoa pública, meu tratamento da dialética igualdade/desigualdade viria a desagradar a muitos. Ficamos inconsoláveis com o precoce falecimento de Cá, a família toda, e me recordo de meu pai dizer — com suas influências do espiritismo — que existia uma razão para Deus tê-la levado tão cedo. Não sei se posso comparar minha dor à dos outros. Absolutamente desolado fiquei: perdi uma mãe e também minha grande confessora. Tinha conseguido gerar com Cá um vínculo humano extremamente forte. Na madrugada de sua morte, Três Lagoas teve talvez uma das noites mais geladas de sua história; não me lembro se foi a temperatura em si ou a sensação térmica que atingiu −4°C. Cá era velada na sala de sua humilde casa; eu permaneci no carro de minha mãe — não tinha coragem de vê-la no caixão. Mesmo com o aquecedor do veículo ligado fazia muito frio, e eu estava aos prantos. Em certo horário, minha mãe nos dirigiu de volta para casa para que dormíssemos, e retornou ao velório. A partir daquele dia, parei de sentir o gosto dos alimentos — o que era um sintoma revelador e *sui generis*: Cá, além de babá, era nossa cozinheira. Meu inconsciente protestava, em luto. De fato, caí em depressão e, sem comer direito por alguns meses, fui internado com princípio de pneumonia. Recuperei-me da doença — o paladar demorei um bom tempo para recobrar. Confesso que me sentia péssimo por uma causa mais. Sempre fui muito intuitivo e, em uma segunda-feira de manhã, mal podia esperar para contar para Cá algo que tinha ocorrido no final de semana. Imediatamente, a voz de meu inconsciente me comunicou: "Mas, Francisco, a Cá não vem trabalhar hoje". Quinze minutos depois do prenúncio, seu marido tocou a campainha de casa: Cá havia tido um acidente vascular cerebral no dia anterior, contudo ainda vivia. Uma vez que se encontrava internada no Hospital Nossa Senhora Auxiliadora pelo SUS, o único dia de visita seria quarta-feira. Como combinado, meu pai veio nos buscar para que a visitássemos no período de almoço esse dia. Entretanto, aos meus quinze anos recém-completados, tive medo de ver Cá com sequelas do AVC. Não queria aquela memória triste de uma pessoa que amava tanto! Supus que ela melhoraria e que eu teria outra oportunidade de me reunir com Cá; faltou-me coragem para ir ao hospital e posso imaginar sua decepção em não haver encontrado "seus filhos" na visita, sem qualquer explicação; deve ter mantido os olhos fixos na porta, em nosso aguardo... A vida me pregou uma peça, pois aquela teria sido a última ocasião para nos vermos. Na sexta-feira, Cá sofreu uma nova hemorragia cerebral e veio a falecer — sem saber que nos importávamos, a supor que talvez a tivéssemos esquecido ou descartado... Era dia Primeiro de Maio, Dia do Trabalho. Assim, a consternação da perda para mim vinha acompanhada de culpa, uma culpa da qual demorei anos para me libertar — nunca completamente. Aquele dia em Campo Grande, sonhei que Cá ainda trabalhava em nosso lar em Três Lagoas; eu, porém, não tinha ciência disso: ela havia trabalhado lá nos últimos 22 anos sem meu [re]conhecimento!; encontrava-me verdadeiramente envergonhado, como no dia do refrigerante, porque a tinha ignorado durante aquele tempo todo; quebrava a cabeça, a pensar no que fazer para remendar a situação; tinha saudades; não sabia como agir, o que contar, como me portar, se deveria pedir desculpas; ao mesmo tempo, somente queria abraçá-la e a observava de longe, admirando-a e prestando atenção a cada movimento seu — como alguém que acabou de descobrir outro alguém; mas, no sonho meu avô também chegava — e despertei.

Levantei-me da cama e precisava lidar com três fatos sem tardar. O primeiro: sentia-me agudamente humilhado por ter chegado à casa de meus pais nas circunstâncias em que cheguei. Diz-se que essa vergonha é comum entre vítimas de violência — que também tendem a trazer a culpa dos atos cometidos contra elas, por terceiros, para si próprias. Em meu caso, constrangia-me por ter permitido que subtraíssem a dignidade de minha pessoa humana: não era mais do que um farrapo quando pisei em minha terra natal. E ali, mais uma vez não havia sido dono de mim quando não tive escolha senão acatar que me levassem ao restaurante e, em seguida, a um psiquiatra. Os episódios que conduziram até aquela situação me traziam arrependimento — como se houvesse alguma maneira de evitar que aquilo tivesse acontecido sem desistir de entender o que se passava ao meu redor, sem ir atrás dos algozes do que por mim foi assimilado como um estupro. Talvez se tivesse ouvido Elyas, o detetive, que — quando a tentativa com Deco na piscina falhou — sugeriu que eu deixasse a extração do celular de Bosco para outro ensejo, eu tivesse sido poupado. Contudo, nada me garantiria que A Rede teria me liberado se eu houvesse postergado essa tentativa: eles descobririam, em um momento ou outro, que o aparelho de João tinha desaparecido em decorrência de minhas ações. Porque haveriam de saber que eu era cabeça-dura demais para ignorar a bizarra conjuntura e abrir mão de sua investigação. Porque — mesmo se eu tivesse colocado em prática outro plano que possuía, que era o de pagar alguém para furtar casualmente o telefone enquanto João estivesse em alguma atividade sem importância — pela exclusão de outras possibilidades haveriam de mais cedo ou mais tarde chegar até mim, ao averiguar o ocorrido e me acompanhando e interceptando minhas comunicações com Elyas — se este estivesse, realmente, sendo honesto comigo — e a concluir que eu tinha descoberto tudo. Sabendo que eu tinha como provar, iriam me executar. Eu seria exterminado como queima de arquivo, como quase fui — e apenas não fui porque expus o risco que corria no Hotel Moulineaux na live pelo Instagram; porque pessoas como Ney e Catarina ligavam desesperadamente atrás de mim; porque depois consegui convencer A Rede, com a destruição de meu próprio celular, de que não estava disposto a levar a inquirição adiante; e também porque, perante as inúmeras armadilhas implementadas por Paulo, fui capaz de sustentar a persona de alguém que era confuso demais para ligar os pontos, por mais esperto que tivesse tentado ser. Eu deveria agradecer pelas técnicas que havia acumulado em minha vida como escritor e diretor — e ator! [quem diria?]. O que se passava no hotel — que eu ainda desconhecia em suas profundezas abissais — era suficientemente grave para terem ido às distâncias que foram comigo, pela mera dúvida do que eu tinha sido capaz de gravar em meu telefone ("para ficar registrado") e que pudesse comprometê-los, o que indicava que questionavam o que eu de fato havia testemunhado, por menos que eu compreendesse. Meu personagem tinha agido em um arroubo inconsequente, e pelo suadouro de sábado à noite nem conseguiram gargalhar de mim direito, à exceção da tortura policial a que não puderam assistir. O restante do tempo, fui um zumbi como os sentinelas de olhos vácuos. Se rir de mim não havia sido possível, A Rede fez questão de deixar claríssimo, em tudo o que perpetrou contra minha pessoa, que por minha tentativa de a desnovelar, de a expor, eles me tornavam *sub-humano* — algo que nunca havia sido e que à psique de qualquer um causaria sérios danos. Eu assim fui exposto ao mundo — a Paulo; às pessoas que me perseguiram; às testemunhas oculares do bar, da delegacia, do shopping, do aeroporto e do avião; ao médico; e a minha família. Tinha vergonha de colocar os pés para fora do quarto, de mirar minha própria mãe nos olhos. Indo além, expor-me a todos como um sub-humano não era o bastante: minha *vida* não possuía nenhum valor! "Deus, fizeram questão de martelar isso em minha cabeça!". Nunca havia levado tamanho golpe em minha autoestima. O segundo fato: eu precisava convencer a todos de que não tinha sofrido um surto psicótico, como prontamente foi espalhado no Rio na manhã do dia 5 de janeiro. Meus colegas e amigos mandavam mensagens a minha família a perguntar se eu estava bem, e quando tentei ser transparente com alguns deles tive a sensação de que não me davam credibilidade, de que me tratavam como um doente mental. O simples ato de enviar um atestado psiquiátrico ao trabalho (por mais que esse registrasse que eu não era psicótico) seria uma declaração de loucura em uma sociedade onde, como expressou Foucault, *a psiquiatria é uma ferramenta extrajudicial usada para separar pessoas indesejáveis da boa sociedade*:

> As forças socioeconômicas que promoveram o confinamento institucional incluíram a necessidade legalística de um mecanismo social extrajudicial com autoridade para separar fisicamente pessoas socialmente indesejáveis da sociedade convencional; e para controlar as remunerações e o emprego de pessoas pobres vivendo em casas de correção, cuja disponibilidade diminuiu a renda de trabalhadores livres. A distinção conceitual entre os mentalmente loucos e os mentalmente sãos foi uma construção social produzida pelas práticas de separação extrajudicial de um ser humano da sociedade livre para o confinamento institucional. Por sua vez, o confinamento institucional convenientemente disponibilizou pessoas

loucas para doutores de medicina que então começavam a ver a loucura como um objeto natural de estudo, e então uma doença a ser curada.* **

Ao menos eu não havia sido institucionalizado, ainda... A produtora Lícia, que eu considerava minha amiga e que tinha confirmado que o Doblò prata tinha placa fria, mudou completamente seu comportamento para comigo após as primeiras horas de 5 de janeiro, e o atestado do respeitado psiquiatra (CID 10 — F43: Reação aguda ao estresse) não fez nada para reparar o dano causado. Afastei-me do trabalho. Essa era a humilhação duradoura. Como descobri, é muito complexo combater a noção de que não se está louco, pois quanto mais tentamos comunicar isso, mais as pessoas nos acusam de não estarmos bem. É irritante — além de demasiado problemático. Uma vez afastado do trabalho, ao compreender esse fato resolvi dar tempo ao tempo — permitir que as pessoas se distraíssem com outros assuntos e se esquecessem tanto de mim quanto da versão usada para explicar o ocorrido e simultaneamente destruir minha credibilidade [qualquer que fosse essa versão e, principalmente, ¿espalhada por quem a serviço da Rede?]. [Lembro aqui das mentiras contadas sobre o inocente Peter P., a preparar para seu trágico evento de 3 de junho de 2020 e depois a justificar esse evento.] Com relação a minha família, a história era outra, porque não podia me afastar deles. Eu estava ali. Pela fé que eu tinha colocado em João Bosco, havia aberto mão de ter *o meu lugar* para compartilhar um apartamento com ele. Isso desde minha adolescência não acontecia, não ter um lugar que pudesse chamar de meu. Por esse motivo, precisava encarar os meus familiares dia após dia, o tempo inteiro — e o simples jeito como me olhavam de volta indicava que não criam em meu bem-estar psicológico. Eu era grato pela atenção que despendiam a mim, mas queria mesmo desaparecer da face da terra; tinha vontade de me isolar até compreender, por completo, o que havia se passado. [Isolamento não me traria respostas.] Elaborar os acontecimentos era uma tarefa árdua em si — tentar fazer sentido desses acontecimentos era uma tarefa hercúlea. Por mais que tivesse ido ao Rio de Janeiro para obter informações e compreender a que me tinham submetido, eu não havia conseguido juntar

---

* KHALFA, J. em FOUCAULT, M. *History of Madness*. Nova York: Routledge; 2009. Introdução. pp. 13-25 Tradução minha.

** GUTTING, Gary. Michel Foucault. *The Stanford Encyclopedia of Philosophy* (Edição: verão de 2013), editado por E. N. Zalta. 2013.

peças suficientes para visualizar o mosaico em seu todo; tinham se criado mais perguntas; o pouco que havia coletado e que compartilhava com os outros fazia com que me tratassem como alguém que, em delírio, dizia coisas mirabolantes. Dessa forma, continuava a questionar minha própria sanidade — da mesma maneira que fiz quando estivera em Mato Grosso do Sul na virada do ano. Não era paciente comigo — tinham se passado menos de dez dias desde minha briga com João no Natal, no entanto não ter certezas a respeito da própria saúde mental é aflitivo. Em busca de respostas, o tremendo trauma que sofri apenas piorou minhas dúvidas a respeito de mim mesmo. Minha tábua de salvação acabou sendo Deco, com quem consegui falar brevemente ao telefone. Ele se encontrava absolutamente preocupado, e desde o ocorrido havia deixado o Rio e vivia em degredo em Niterói — somente então, relatou as ameaças que sofreu e revelou que havia tido de entregar o aparelho telefônico: uma imensa decepção, pois até aquele momento eu nutria a vã esperança de que o celular estivesse em sua posse. Meu pobre amigo... senti-me culpado, principalmente por ter apenas posteriormente entendido que o risco que ele tinha corrido havia sido realmente extremamente alto [e eu não sabia se continuava a ser]. Ainda assim, poder compartilhar com ele o que tanto me angustiava me dava certo conforto, e saber que Deco vivenciava algo muito similar a minha experiência descartava a possibilidade que haviam plantado de eu estar psicótico — e haviam plantado essa possibilidade até em minha própria cabeça. O psiquiatra não acreditava que o caso era de psicose. Minha mãe tampouco: juntava o que tinha coletado sobre Paulo ao conhecimento do acontecido com Deco. Por mais que o mundo me rotulasse de "maluco" — como João Bosco me havia chamado diversas vezes, o primeiro de todos —, eu sabia que a verdade ia além disso. Somente necessitaria ter paciência para entender e repensar meus próximos passos. Vivendo cada dia de uma vez, conseguiria elaborar aquele trauma — que tinha sido o maior de todos até então. E talvez em meu inconsciente eu tivesse mais luz para jogar sobre o ocorrido do que pudesse supor em minha ânsia por esclarecer tudo racionalmente... O passar do tempo também permitia que mais informações chegassem até mim. Descobri que, para mais de meus próprios cartões de crédito, um cartão de minha mãe foi cancelado por meio de uma ligação anônima: era uma informação intrigante, porque eu tinha feito uso emprestado desse cartão havia algum tempo já — e minha mãe o compartilhou comigo somente via mensagem de WhatsApp, ele nunca tinha saído do poder dela. Estava ali prova de que haviam, sim, mexido em minhas mensagens e outros dados armazenados na nuvem. Isso corroborava a ideia de que eu de fato tinha sido expulso do Rio de Janeiro — e quem fizera isso mandava o recado de que não me queria de volta, comprasse eu passagem com meus próprios cartões ou com o de alguém de minha família. Aproveitei o tempo ocioso para pedir meus cartões de substituição e fui com minha mãe à loja da empresa Voz, no Shopping Campo Grande, para verificar o que se passava em minha linha telefônica: ali soubemos, pela atendente, que existiam, sim, coisas estranhas em meu atendimento na loja do Shopping Leblon; o atendente carioca não tinha poder para fazer o que havia feito em minha conta. Respirava aliviado quanto mais surgiam evidências de que eu não tinha estado tão fora de mim — sim, eu possuía tanta dúvida acerca de mim mesmo que contava cada uma dessas pequenas vitórias. Apenas ficava cada vez mais claro que havia muito mais o que compreender e que eu precisaria de mais tempo do que me dava. Tempo, tempo, tempo: o passar do tempo. O terceiro fato: minha segurança e a de minha família. Não sabia se, uma vez restabelecido em terras sulmatogrossenses, eu estava a salvo — se o risco a minha vida tinha realmente acabado quando Paulo se livrou de mim no portão de embarque; não queria me entregar à paranoia e ficar relembrando os indivíduos do restaurante, tampouco podia ignorá-los. E como diria meu ex-companheiro M.: *"There is no such thing as enough caution"*. Vez ou outra, eu me colocava às janelas ou à varanda do apartamento de minha mãe a observar o movimento do lado de fora do prédio. No segundo dia após ter me levantado, minha cunhada veio fazer uma visita; da sacada, eu a vi se aproximar com seu carro e estacionar: nesse instante, um indivíduo que ali havia estado boa parte da tarde — com um uniforme azul, como se realizasse algum tipo de serviço — sinalizou a outro, sentado casualmente na esquina do outro lado da rua, e enviou uma mensagem. Achei estranho. Recebi minha cunhada que, médica, teve comigo uma conversa casual — contudo, sempre atenta a meu estado mental; senti-me devidamente examinado. Durante sua saída, voltei à varanda para observar novamente: o homem de uniforme azul fez um novo gesto e entrou em um carro, estacionado sob uma árvore; logo, ele se foi também. Ela estaria sendo, a partir de então, seguida? Angustiado, contei a minha mãe. Preocupado para não ser taxado de paranoico, silenciei minhas dúvidas.

Algo que eu próprio tinha notado era o quanto falava atropelado quando narrava os eventos ocorridos no Rio, e isso certamente não faria bem à percepção do grupo sobre meu estado.

> Na psicose, há um impasse na relação do sujeito com o significante, pois há uma perplexidade em relação ao mesmo. Nesse ponto, Lacan diz que o problema é que o Outro enquanto detentor do significante está excluído, ocorrendo aí os fenômenos de linguagem, tais como as frases interrompidas, "já que há um uso, por assim dizer, implicante do significante". Ou seja, diante da impossibilidade de formular verdadeiramente um enigma que possa amarrar as significações, o que surge é o significante como tal, em estado puro e que não significa nada, mas que só engana.[*]

Apesar de jamais terem existido problemas em minha relação com o significante e de minhas frases não serem interrompidas, havia ansiedade trazida à tona pelo tema da tentativa de sequestro/ execução e sessão de tortura — assunto este que as pessoas sequer assimilavam e que servia de gatilho para inícios de crises de pânico relacionadas ao estabelecimento do transtorno do estresse pós-traumático —; a incompreensão do grupo quanto ao assunto, somada à ansiedade que me levava a me atropelar na fala, fazia claro que o silêncio era o melhor caminho para me afastar das acusações que restassem de psicose — o psiquiatra campo-grandense sabia diferenciar o início de uma crise de pânico de psicose; as pessoas comuns tendiam a ser mais facilmente impressionáveis.

Desde que saí do hotel e passei a ser perseguido, paradoxalmente me preocupei muito com João Bosco — sempre que me possibilitavam um breve respiro. Pensava que, por ter cometido tamanho erro comigo, ele poderia estar correndo risco de vida ou até ter sido executado ao mesmo tempo que meu amigo Deco passou a sofrer ameaças. Por fim, lembrei-me do telefone que havia deixado no hotel sobre minhas coisas — o aparelho que tinha me sido dado pelo detetive para ser utilizado por Bosco justamente quando este não tivesse mais seu próprio celular. Não me lembrava do site ou da senha para acessar o telefone espião, e liguei para Elyas para perguntar a ele. Todavia, cauteloso, abri a conversa com o discurso de que as coisas no Rio não tinham ido como o planejado; questionei o detetive se ele havia tido qualquer notícia do que tinha acontecido comigo em terras cariocas e ele negou, o que imediatamente acendeu uma luz vermelha para mim: afinal, amigos que — como ele — eu tinha contactado na madrugada do dia 5 de janeiro haviam

---

[*] GENEROSO, Cláudia Maria. O funcionamento da linguagem na esquizofrenia: Um estudo lacaniano. *Ágora:* Estudos em Teoria Psicanalítica, Rio de Janeiro, vol. 11, n. 2, pp. 267-281, dez. 2008.

me confirmado que foram abordados por terceiros a meu respeito. Lícia, a produtora que tinha descoberto a respeito da placa fria do Doblò prata, mudou radicalmente seu discurso de uma hora para outra, o que me levava a crer que houvesse sido ameaçada, no melhor dos casos. Ademais, o próprio Paulo havia sido informado sobre o ocorrido antes mesmo que minha mãe lhe telefonasse — e eu nem sequer tinha me comunicado com ele... Assim, seria possível que somente Elyas — entre aqueles a quem eu tinha pedido socorro — não tivesse sido interpelado com relação a mim? Não me parecia crível — era mais plausível que o detetive se encontrasse comprometido. Propina, meu caro, propina! Dessa maneira, simplesmente disse que "não realizaria o envio do aparelho de João para análise em Israel porque o mesmo havia se perdido"; e cancelei *todo* o acordo com Elyas, pois "eu não desejava levar a investigação adiante"; encerrei também minhas trocas com ele imediatamente. Um tempo mais tarde, meu pai concordaria comigo no sentido de que o detetive havia provavelmente recebido dinheiro da Rede e estaria vazando a ela informações a meu respeito — e talvez tivesse sido ele próprio quem tinha entregado meu plano inteiro e Deco junto, porque sabia que este me ajudava. Elyas seria, nesse caso, um "agente duplo". Eu havia sido inocente, mas aos poucos aprendia a ler os sinais. Imaginava que a mensagem de minha falta de interesse em levar a averiguação do caso adiante chegaria até A Rede, e que isso ajudasse a convencê-los a me deixar em paz. Ademais, minha iniciativa no Rio não tinha sido de todo uma perda de tempo: por sorte, recordei-me de que havia tirado uma fotografia do Post-it com endereço e senha anotados de onde poderia me conectar ao aparelho hackeado. E, com mais sorte, essa imagem ainda estaria em minha nuvem — A Rede não teria feito sentido dela. Também me recordei do quanto Deco havia sido hábil em mudar os acessos do iCloud de Bosco sob a pressão de entregar o celular ao bandido. Achei-me muito ansioso com a mera ideia de me sentar diante de uma tela de laptop conectado à internet. E, realmente, ao acessar o iCloud pelo computador de minha mãe, encontrei algumas coisas esclarecedoras.

Primeiramente, deparei-me com a conversa inicial que Bosco e eu havíamos tido no WhatsApp, recém-saídos do aplicativo de sexo e antes de termos nosso primeiro encontro:

[19/10/19 20:17:02] João Bosco: *Messages to this chat and calls are now secured with end-to-end encryption.*
[19/10/19 20:17:02] Francisco: Opa
[19/10/19 20:17:18] João Bosco: E ae

[19/10/19 20:17:24] João Bosco: Qual sua idade?

[19/10/19 20:17:28] Francisco: 36, vcs

[19/10/19 20:17:46] João Bosco: 35 eu, Duda 37

[19/10/19 20:17:56] Francisco: Boa. Manda rola dele

[19/10/19 20:18:16] João Bosco: Ele vai mandar

[19/10/19 20:18:29] João Bosco: Vai gostar bastante

[19/10/19 20:18:34] Francisco: Meteram em quantos hj e ontem?

[19/10/19 20:18:41] João Bosco: Ele tem uma rola imensa

{É comprida, não possui calibre.}

[19/10/19 20:18:50] João Bosco: Eu em ninguém [Francisco: Meteram em quantos hj e ontem?]

[19/10/19 20:19:14] Francisco: Pq não?

[19/10/19 20:19:28] Francisco: Ele meteu em vc?

[19/10/19 20:19:31] João Bosco: Sou sussa, me predisponho pouco

[19/10/19 20:19:37] Francisco: Que pena

[19/10/19 20:19:38] João Bosco: Não [Francisco: Ele meteu em vc?]

[19/10/19 20:19:44] João Bosco: Sou só ativo

[19/10/19 20:19:47] João Bosco: Ele tbm

{Ambos eram, no mínimo, versáteis — não no meu entendimento do "versátil verdadeiro", como era o caso de meu companheiro uruguaio —, embora cada um fosse "versátil" à sua maneira. Bosco possuía já uma grande, mesmo que reprimida e ainda não satisfeita, propensão à passividade, e Duda sempre se tornava mais passivo no decorrer da noite.}

[19/10/19 20:19:52] Francisco: Pensei que vc fosse putão

[19/10/19 20:19:56] Francisco: Mas nem meteu

[19/10/19 20:20:00] Francisco: Usaram aditivos?

[19/10/19 20:20:08] João Bosco: Sou, mas trabalho bastante [Francisco: Pensei que vc fosse putão]

[19/10/19 20:20:12] João Bosco: Sim [Francisco: Usaram aditivos?]

[19/10/19 20:20:28] Francisco: Então, não está a fim de meter?

[19/10/19 20:20:35] João Bosco: Bastante

[19/10/19 20:20:45] João Bosco: Tá inseguro?

[19/10/19 20:21:04] Francisco: Não, apenas quero curtir e que todo mundo participe

[19/10/19 20:21:08] Francisco: Ou não tem graça

[19/10/19 20:21:38] João Bosco: Fique tranquilo que disposição aqui é grande

Na madrugada, Duda contactou João Bosco após o termos deixado desmaiado de G em sua cama:

[20/10/19 05:21:57] Duda: Amigo

[20/10/19 05:22:03] Duda: Não acordou ainda?

[20/10/19 05:22:10] Duda: Tô preocupado

[20/10/19 05:22:19] Duda: Deixei vc dormindo bonitinho

[20/10/19 05:22:22] Duda: De lado

[20/10/19 05:22:25] Duda: Me liga

[20/10/19 05:26:14] João Bosco: Acordei agora

[20/10/19 05:29:02] João Bosco: Tks
[20/10/19 05:29:09] João Bosco: Vou dormir mais
[20/10/19 05:30:46] João Bosco: Nem pensar em fumar

Como narrado, não foi desse jeito que o dia 20 se desenrolou. Reli a conversa que se seguiu ao triste primeiro encontro, e nem Bosco nem eu estávamos corretos em nossas recordações do que tinha se dado. João errou ou induziu ao erro ao dizer que a atração não havia sido mútua e instantânea, e que somente me aceitou em seu apartamento "porque eu possuía tina". Minha memória, por sua vez, cometeu um erro de registro ao me levar a acreditar que tinha sido Bosco a me abordar depois desse momento inicial. Entretanto, estive correto ao escrever que depois disso ele insistiu para me ver e que fui eu quem negou, justamente por temer que ele fosse cafajeste e que me apaixonaria.

[20/10/19 16:55:26] Francisco: Curti bastante vc. Gostaria de te encontrar a dois esta semana se tiver interesse <emoji de piscada de olho>
[20/10/19 17:05:24] João Bosco: <emoji olhos de coração>
[20/10/19 17:05:28] João Bosco: Quero muito
[20/10/19 17:05:40] João Bosco: Ia te propor mas fiquei sem jeito nenhum
[20/10/19 18:12:10] Francisco: Curti muito você e a sua vibe.
[20/10/19 18:29:56] João Bosco: Como são seus horários?
[20/10/19 18:36:29] Francisco: Trabalho na produtora até umas 20h00. Mas esta terça e quarta estarei em visita de locação fora de SP. Talvez quarta à noite? Ou quinta? E os seus?
[20/10/19 18:47:24] João Bosco: <sua agenda de reuniões na BarMetria>
[20/10/19 18:47:30] João Bosco: Minha agenda amanhã
[20/10/19 18:47:52] João Bosco: Terça eu vou pro Rio e volta na sexta
[20/10/19 18:48:12] Francisco: Poxa… não nos conseguiremos nos ver esta semana então…
[20/10/19 18:48:18] Francisco: Que tal sexta?
[20/10/19 18:48:26] João Bosco: Tô na merda
[20/10/19 18:48:37] Francisco: Vc precisa criar um tempo para sua vida pessoal!
{Releio minha frase acima sabendo o que hoje sei, e que Bosco se relacionava com vários simultaneamente à época — incluindo Dáy, que se dava com nós dois ao mesmo tempo por essas semanas. Dessa forma, seria acertado supor que, na verdade, João já tivesse um *date* para a sexta-feira em questão.}
[20/10/19 18:48:58] João Bosco: Amanhã se eu não for pra aula
[20/10/19 18:49:33] Francisco: Qual aula?
[20/10/19 18:49:43] Francisco: E o que vc gostaria de fazer?
[20/10/19 18:50:24] João Bosco: Já foi pra casa?
[20/10/19 18:50:38] João Bosco: Ficar em casa hahaha [Francisco: E o que vc gostaria de fazer?]
[20/10/19 18:50:50] Francisco: Sim, há um tempo! [João Bosco: Já foi pra casa?]
[20/10/19 18:50:59] João Bosco: Nunca fico em casa

[20/10/19 18:51:10] Francisco: Boa! Podemos pedir algo para comer? Gosta de que?

[20/10/19 18:51:51] João Bosco: Quando estou livre preciso dar atenção pra minha dog

[20/10/19 18:51:58] João Bosco: Gosto muito de sair pra comer

{As contradições são curiosas.}

[20/10/19 18:52:14] Francisco: Entendo! Tb tenho gatos. Adoro sair para comer

[20/10/19 18:52:52] João Bosco: Adoro conhecer lugares novos

[20/10/19 18:53:09] Francisco: Amanhã acho que consigo me livrar por volta das 19h00 e estar pronto às 20h00

[20/10/19 18:53:20] Francisco: Eu também! Adoraria seguir sua lista <emoji de piscada de olho> [João Bosco: Adoro conhecer lugares novos]

[20/10/19 18:53:29] Francisco: Sou novo por aqui

[20/10/19 18:54:26] Francisco: Bem, estou indo dormir porque amanhã tenho nada menos do que 9 reuniões

[20/10/19 18:54:32] Francisco: Boa noite e te aviso amanhã

[20/10/19 18:54:35] Francisco: <emoji de sono>

[20/10/19 18:54:40] João Bosco: Ebaaa

[20/10/19 18:54:53] João Bosco: Tá bom, depois te mostro minha listinha

Cada vez que recordamos, interpretamos e agregamos ou suprimimos dados.[2]

Nas primeiras horas após sua aquisição, as memórias são lábeis e suscetíveis à interferência por numerosos fatores, desde traumatismos cranianos ou eletrochoques convulsivos até uma variedade enorme de drogas ou mesmo à ocorrência de outras memórias.[3]

Ao contrário do pensado pelo senso comum, a memória humana não produz recordações tais quais um vídeo; não podem ser recordadas a qualquer momento, remontando, de maneira idêntica, o evento vivenciado. As falsas memórias diferem das verdadeiras por se constituírem de informações ou eventos que na verdade não ocorreram total ou parcialmente como recordado, sendo distorções do passado. Ressalte-se que tal fenômeno faz parte do funcionamento normal de nossa memória. Nas palavras de Julia Shaw: "erros na memória podem ser considerados a regra, e não a exceção". Assim, constata-se que a memória não possui tal grau de confiabilidade. Além das falhas no estágio aquisitivo e no de retenção, a memória revela-se como um constante processo de remodelação, de modo que, uma vez formada, uma recordação pode ser submetida a inúmeras e sucessivas "revisões, alterações e reconfigurações". Desse modo, a lembrança, na maioria das vezes, não corresponde ao que de fato ocorreu. Nesse contexto, as falsas memórias consistem em recordar-se distorcidamente dos fatos ou ainda de fatos que não ocorreram. Em outras palavras, trata-se de recordações nítidas de fatos que não são realidade ou, ao menos, não ocorreram total ou parcialmente da maneira lembrada.[4]

A falsificação de memórias é muito mais frequente do que se pensa, e muitas coisas que pensamos recordar costumam ser verdadeiras só em parte ou ser totalmente falsas. Enquanto 'dormem' no cérebro, as memórias sofrem misturas, combinações e recombinações, até o ponto em que o que lembramos não é mais verdadeiro.[5]

Dizem que tenho "memória de elefante" [talvez não mais porque, desde o início dos eventos aqui narrados, dopo-me com Rivotril frequentemente; havia levado marteladas na cabeça; o psiquiatra me prescrevera outro fármaco]. Felizmente, também sempre tive por costume salvar em algum local muitas de minhas informações mais relevantes para reverificação, e elas se encontram na nuvem — não preciso confiar apenas em minhas próprias lembranças, ou, pior ainda, nas recordações de outros para contar esta história. Relendo certos materiais, dou-me conta de como os contextos emocionais de cada momento são influentes fatores no que tange à nossa análise dos eventos quando os percebemos inicialmente. Encontrei na nuvem uma curiosa troca entre Bosco e Duda a meu respeito na ocasião de minha discussão com Lu sobre a foto postada pelo sujeito, da sacada de Bosco, para me provocar ["Cara, na boa. Sua foto está me expondo. Já ouvi bem uns quatro comentários porque meus amigos sabem que estou com João. A varanda é muito identificável. Está ficando chato para mim, especialmente porque essa festinha vazou por Whats para Deus e o mundo" — argumentei. Realmente, os vídeos de Lu levando, que mostravam rosto e tudo, haviam circulado demais.] À conversa entre João e Duda eu tinha tido acesso em algum momento quando João Bosco capotou de G, e fotografei sua tela:

[05/12/19 23:13:14] João Bosco: Quem falou pro Francisco que eu fiz festinha aqui, será?
[05/12/19 23:13:23] Duda: Quem?
[05/12/19 23:13:46] João Bosco: Tô negando até a morte.
[05/12/19 23:13:54] João Bosco: Não imagino quem possa ter sido
[05/12/19 23:15:26] João Bosco: Eu já tinha dito que eu tinha ficado com duas pessoas
[05/12/19 23:15:35] João Bosco: Enfim saco
[05/12/19 23:15:48] Duda: Ele acordou com essa?
[05/12/19 23:22:02] João Bosco: Soltou essa
[05/12/19 23:25:08] Duda: Chega de se cobrar, né
[05/12/19 23:25:14] Duda: Ou assumem que fechou a paradinha
[05/12/19 23:25:19] Duda: Hahaha
[05/12/19 23:25:26] Duda: A paradinha paradinha paradinha
[05/12/19 23:27:14] João Bosco: Me ajuda a descobrir
[05/12/19 23:28:41] Duda: Alguém que estava aí
[05/12/19 23:28:45] Duda: Descobre quem

[05/12/19 23:28:50] Duda: Não deve ser difícil
[05/12/19 23:28:54] João Bosco: Lu? Ele não conhece o Francisco
[05/12/19 23:28:59] Duda: Não. Deve ser outro

O diálogo demonstrava que o desgosto de Duda por mim de fato se deu a partir do momento que chamei a polícia ao apartamento de Bosco, vinte dias após essa conversa. Até então, o rapaz parecia ser a favor de um relacionamento de seu amigo comigo; depois, Duda passou a tramar contra mim. Não obstante, meu protesto contra Lu e meu pedido de remoção da tal fotografia eram pertinentes. Antes da primeira semana de dezembro, os gays todos de São Paulo sabiam que João Bosco e eu andávamos juntos — antecipando até mesmo nosso namoro —, como provou uma conversa com que me deparei entre João e um conhecido membro da comunidade:

[28/11/19 16:41:51] Membro: Namoradinho do Rio?
[28/11/19 16:41:53] Membro: <emoji: olhos atentos>
[28/11/19 16:41:57] João Bosco: Sim, como você sabe?
[28/11/19 16:41:59] João Bosco: KKK
[28/11/19 16:42:04] Membro: <foto minha no Festival de Cannes>
[28/11/19 16:42:05] Membro: Esse
[28/11/19 16:44:08] João Bosco: Sim
[28/11/19 16:45:12] Membro: Tô sabendo
[28/11/19 16:45:17] Membro: Mana, as bixas falam
[28/11/19 16:45:25] Membro: E as sras são famosinhas

Lu havia, sim, postado a foto com a intenção de me constranger socialmente. Ela já me conhecia a distância de alguma maneira. Outra demonstração do quão pequeno era o chamado "meio gay" em São Paulo veio através da preocupação cínica de outro membro — ele próprio, usuário de metanfetamina — acerca do uso da droga por Duda, como demonstrou não a este, e sim, a Bosco, com o óbvio propósito de difundir fofoca:

[07/12/19 15:56:16] Lucas C.: Migo
[07/12/19 15:56:20] Lucas C.: Td bem?
[07/12/19 15:56:25] Lucas C.: Tá td bem com o Duda?
[07/12/19 16:01:40] João Bosco: Oi amore
[07/12/19 16:04:32] João Bosco: Sim está, pq?
[07/12/19 16:13:04] Lucas C.: Pessoas falando da vila (sic) alheia
[07/12/19 16:13:09] Lucas C.: Nem vou comentar
[07/12/19 16:13:14] Lucas C.: Nem comenta com ele
[07/12/19 16:15:17] João Bosco: Falem bem ou falem mal, falem de nós!!!
[07/12/19 16:22:52] João Bosco: Impossível eu não comentar com ele, né? Ahhah

São Paulo até parecia a mesma "vila", *sic erat scriptum*, descrita por Robert Avé-Lallement no século xix:

> Cheguei a São Paulo ao meio-dia... Que devo dizer da cidade? Muita coisa me contaram da elegância das ruas, da limpeza das casas, do esplendor das igrejas e certa aparência aristocrática da população em geral, muita coisa que, a vários respeitos, não devia ver enganosamente. Algumas ruas, um ou outro bairro bonito e às vezes até magníficos, em alguns lugares, fileiras de casas assobradadas e, além disso, bom empedramento com calçadas, mas em geral ruas estreitas e a cidade absolutamente irregular. As igrejas que vi são bonitas, algumas ornadas, no entanto nenhuma me causou grande impressão. A Faculdade de Direito dá uma boa impressão e parece-me o mais notável de todos os edifícios da cidade.[*]

Em 1828, quando da fundação da Academia de Direito,

> a cidade de São Paulo possuía o título imponente de Cidade Imperial devido ao fato de em suas proximidades ter sido proclamada a Independência, mas era uma antiga e pequena cidade, com os irregulares traçados coloniais, casas de taipa de pilão, térreas, marcada apenas pelas torres das igrejas, que eram as construções de maior destaque, ocupando pequena área numa colina entre os rios Tamanduateí e Anhangabaú, próxima ao rio Tietê e cercada por várzeas que ficavam inundadas quase o ano inteiro. Era de pequeno porte fisicamente e por volta do início do oitocentos contava com cerca de 10.000 habitantes, incluindo escravos.[6]

Nem condições geográficas, nem as circunstâncias históricas concorreram para o crescimento da cidade de São Paulo, nas três centúrias iniciais de sua existência. Por isso mesmo, na primeira metade do século xix, a capital paulista pouco diferia da vila e cidade dos tempos coloniais. [...] Da cidade fechada, voltada sôbre si mesma, resultante de seu próprio isolamento no planalto, veio a tornar-se São Paulo, depois da instalação da Academia de Direito, uma cidade procurada por jovens procedentes de todos os recantos do Brasil. Basta dizer que, dos 1.776 bacharéis formados entre 1831 e 1875, apenas 20% eram nascidos em terras paulistas, 33% eram do Rio de Janeiro, repartindo-se os 47% restantes pelas outras províncias do Império. A presença dêsse estabelecimento de ensino superior transformou, desde logo, a fisionomia da Paulicéia, dando uma vida e um alvorôço que nunca dantes conhecera. E, por isso mesmo, apenas como cidade acadêmica foi que São Paulo alcançou a segunda metade do século xix, época de importância capital para sua evólução urbana. "A presença física de centenas de jovens do sexo masculino teve repercussões mais imediatas na vida da cidade do que as doutrinas professadas pelos seus mestres. A produção literária e política dos estudantes, começando com o Amigo das Letras, em 1830, atingiu

---

[*] AVÉ-LALLEMENT, Robert. *Viagens pelas Províncias de Santa Catarina, Paraná e São Paulo* (1858). Belo Horizonte: Itatiaia, 1980. pp. 331-52.

proporções surpreendentes. A irregular e ruidosa vida de república provocou um rompimento do austero código do sobrado e da família. Os estudantes introduziram novas modas no vestuário. A caçada, a natação, os *flirts*, as bebidas, as orgias e o hábito de se reunirem para discussão e divertimento levariam a vida para as ruas, ao ar livre, criaram a necessidade de tavernas e de livrarias, e inauguraram o sentimento de comunidade."[7] [vi]

Com relação às orgias, em uma troca entre Bosco e a *dealer* Luciana, ele enviou a ela um nu seu e de outros dois rapazes com quem transava — Lu e Ronda —, sacos e cus à mostra. Essa atitude me chamou a atenção: uma coisa era enviar nus e vídeos pornográficos caseiros a outros gays, a atiçá-los ou convidar para participar da ação; outra era enviar para alguém do sexo feminino que, segundo o próprio João Bosco, não seria desejado na festinha gay. Além do mais, sua proximidade com Luciana me intrigava: tinham se conhecido havia pouco — em outubro ou novembro de 2019 —; segundo João, ao introduzi-la a mim em dezembro, ela já se tratava de sua "melhor amiga". Por muito tempo, ele nem sequer me revelou o nome real da mulher, referindo-se a ela como "Lea" inclusive no dia de nossa apresentação — com o que ela conveio. Foi a essa mesma Luciana que Bosco pediu que agradecesse a Paulo por ter ido me encontrar na delegacia do Leblon na manhã seguinte à pior noite de minha vida:

[06/12/19 01:31:31] João Bosco: Falei que você não estava aqui
[06/12/19 02:58:43] Luciana: Manaaa acordada bee?
[06/12/19 02:58:44] Luciana: Kkk
[06/12/19 02:58:48] Luciana: Saudades
[06/12/19 03:11:11] João Bosco: Kkk
[06/12/19 03:11:58] Luciana: Gatos
[06/12/19 03:12:04] Luciana: Arrasou muito mana
[06/12/19 03:12:06] Luciana: <emoji de aplausos>
[06/12/19 03:16:57] João Bosco: <mensagem de voz (3:12)>
[06/12/19 03:20:32] João Bosco: Encaminhada {Minha mensagem da noite de domingo, 1º de dezembro, após eu ter comparecido à festinha em que, mesmo arrependido de antemão, comi Henrique e companhia; no texto, já previa que Bosco se dedicaria a uma vingança devido à fofoca do amigo Renan. [Francisco: Eu não sou um filho da puta. Me envolvi com você desde o início. Até fugi desse envolvimento porque me feri muito nos últimos anos. Tive medo. Hoje de madrugada eu me entreguei para você e fui para as nuvens. Não apenas sexualmente. Eu te coloquei para dormir no meu peito. Essa compulsão sexual é algo antigo que eu já havia elaborado faz muito tempo sem a metanfetamina, que é uma experimentação recente. Na presença da droga a compulsão voltou forte. Mas ontem e hoje

de manhã você me satisfez. Não senti falta de nada. Apenas não consegui me levar a dizer não...] Print cortado}.

Já era de meu conhecimento que João Bosco tinha flertado com o bissexualismo no passado — no sentido de tentar arregimentar supostos heterossexuais para extravasarem sua homossexualidade latente, não de se relacionar sexualmente com mulheres. Afinal, havia iniciado sua vida sexual aos dez ou onze anos com primos e irmão: todos presumidamente heterossexuais. Também me contou sobre uma ocasião durante uma festa em Barcelona, em que um desconhecido o tinha convidado a participar de um a três com sua esposa, o que ele aceitou a princípio; todavia, quando chegaram à casa do casal, Bosco rapidamente mudou de ideia, antes mesmo de terem se despido, justamente por seu desconforto em interagir com alguém do sexo feminino no âmbito sexual; prontamente se retirou. Possuía um "amigo", Iran H., "heterossexual" com quem frequentemente trocava flertes e a quem chegou a convidar para passarem juntos um fim de semana na casa de praia que compartilhava com seu ex-namorado Sotto, no litoral paulistano, para "tentar desenrolar algo"; uma vez lá, João fez de tudo para que as provocações chegassem às vias de fato entre ele e o amigo — Iran se esquivou o feriado todo. As tentações por parte de Iran H. continuavam, porém, inclusive após Bosco e eu termos nos conhecido. Aproveitaram certa tarde de novembro juntos na piscina do Studio 1984 [o rapaz havia chegado vestido em um terno preto estiloso, com lenço branco no bolso, a tensionar o bíceps com punho fechado para a foto, e saiu com pouca roupa e calção levantado para mostrar as coxas, como registravam suas imagens com um Bosco gamado no elevador — Iran quase fungava em seu cangote; Iran H. certamente fazia isso por saber que exercia sobre João um controle sexual, e esse nítido poder sobre o desejo do outro o excitava e levava a provocar ainda mais]. Bosco suspirava ao fazer repetidas menções ao rapaz, que não saía de sua cabeça. Chamava-o de "príncipe", "Nossa, gato!". Ouvindo isso, fiquei curioso a ponto de vascular o perfil de Iran H. no Instagram: embora seu rosto fosse ameno com um nariz afilado e uma barba da moda, sua *physique* sem camisa não inspirava meu tesão por melhor que fossem suas coxas. Iran H. não poderia negar que se sentia no mínimo instigado pelo mesmo sexo, por mais que uma internalizada homofobia o impedisse de realizar seus desejos com conhecidos — minha propensão era de pensar que o rapaz já tivesse se realizado anonimamente com *desconhecidos* do sexo masculino; seu cuidado quanto a *conhecidos* se baseava no medo de "manchar" sua reputação hétero. Fato foi que nessa tarde da piscina o indivíduo sugeriu a João um a três com uma pessoa do sexo feminino, e chegou a enviar para ele um print de sua conversa com ela:

[30/11/19 15:40:02] Iran H.: E esse!? <foto de João Bosco>
[30/11/19 15:41:31] Flávia Pinto: Esse a gente conhece demais [Iran H.: E esse!? <foto de João Bosco>]
[30/11/19 15:44:22] Flávia Pinto: Gato o João Bosco, hein? Hétero?
[30/11/19 15:49:11] Iran H.: Anima um 3some? [Flávia Pinto: Gato o João Bosco, hein? Hétero?]
[30/11/19 15:56:26] Flávia Pinto: Eita
[30/11/19 16:00:02] Flávia Pinto: Preciso pensar
[30/11/19 16:00:06] Flávia Pinto: Mas gosto da Ideia
[30/11/19 16:08:57] Iran H.: Olhaaaa
[30/11/19 16:09:08] Iran H.: Mas voltando a sua pergunta ele é gay. Mas posso ver se ele topa a ideia

João Bosco declinou o convite para o *3some* bissexual. Contudo, ficou tão excitado pela provocação do "amigo heterossexual" a que havia se submetido o dia inteiro que, não por coincidência, nessa mesma noite, repassou a mim o convite para ir a uma festinha com um outro "amigo", Renan. Sua proposta era que usássemos tina e que acompanhássemos o rapaz ao rendez-vous gay — deixava implícito o pedido para eu não tocar em ninguém. Adverti João de que não gostaria de fazer uso de metanfetamina, e pertinentemente e intuitivamente debati o conceito da provocação sexual e como lidava com ela de forma diferente da dele:

[30/11/19 16:27:14] João Bosco: Mas tbm não vou te privar de nada [no caso, interagir sexualmente com outros caras da tal festinha]. Eu sei o que eu quero.
[30/11/19 16:39:41] Francisco: "Festinha" para mim implica estar rodeado de caras transando. Com tina, fico ensandecido de tesão e minha inibição abaixa. Eu, sem tina, nunca estaria nessa situação (não participo de surubas). Então, com você e sem tina, não vejo razão para me circular de pessoas trepando. Geralmente sou bastante "quadrado" com relação a isso (nunca nem fiz a 3 com namorado). Nesse sentido são algumas combinações novas para mim de uma vez só (tina/não tina, companheiro e festinha, sexo/não sexo). E não há maneira "apropriada" de se portar - apenas a possibilidade de se ferir alguém. E não estou com vc porque estou atrás de suruba <emoji de carinha com linguinha>
[30/11/19 16:40:47] João Bosco: Não sabe fazer tina e não transar?
[30/11/19 16:40:55] João Bosco: Ou ficar só comigo?

[30/11/19 16:43:01] Francisco: 1- Não sei ficar no meio de uma suruba e assistir aos outros sem deixar as pessoas me tocarem; 2- Tina é novo para mim, portanto prefiro evitar [tanto ela, quanto a festinha] a fazer algo que possa machucar alguém porque "não soube me portar"; 3- Vc é mais que o suficiente para mim <emoji de carinha com linguinha>

Não constitui surpresa que tenha sido nessa ocasião que me deixei seduzir pelo passivo eslovaco e que, no dia seguinte, acabei — depois do serviço — em outra festinha, em que o amigo Renan me caguetou, o que levou a uma grave situação entre Bosco e mim e a ferimentos duradouros de ambos os lados. Renan plantou a sementinha do mal e nós a colhemos, mesmo que reticentes. Eu havia anunciado desde o início que não gostaria de usar tina e que não sabia lidar com a situação proposta; e acertei quando previ que aquilo daria errado. Também era curioso João dizer que "sabia o que queria" — referindo-se a mim — ao passo que, se seu amigo Iran H. tivesse se permitido, certamente teria transado com ele aquela tarde. O que Bosco queria dizer, apontaria Freud, é que *não* sabia o que queria e já projetava essa mesma hesitação em mim... Que bem a leitura dos fatos — quantas vezes for necessária — faz à memória! Era fácil perder meu foco enquanto descobria tantos materiais novos na nuvem de João Bosco e em minha própria; em minha ânsia de fazer sentido da realidade após tamanho trauma que quase me havia posto doido e que ainda insistia em querer me enlouquecer, era importante entender com maior profundidade a sexualidade de João, por mais que os registros me sobrecarregassem naquele momento — até porque essa sua sexualidade seria peça-chave para a compreensão da participação ou não dele em uma rede ilegal de voyeurs, que incluiria, segundo indícios me levavam a acreditar, não apenas homens gays, como autoproclamados "heterossexuais" e também mulheres. Nesse sentido, a descoberta de Flávia Pinto em uma conversa referente a sexo, se não esclarecedora, acendia uma luz amarela em minha mente: esse nome havia surgido inúmeras vezes no WhatsApp, na tela do celular de João Bosco, no período em que estivemos juntos, e parecia dizer respeito a duas contas diferentes com que ele se comunicava; isso porque eu já tinha lido conversas entre João e ela, e aparentava ser uma pessoa com quem ele possuía contato puramente profissional; por outro lado, mensagens vindas supostamente dessa mesma pessoa pululavam no celular com enorme frequência em momentos-chave, como havia sido o caso com " ~* ", entre outros — justamente quando eu tinha a estranha sensação de que minha presença impedia Bosco de comparecer a compromissos agendados, por mim desconhecidos; eventualmente, quando questionei João Bosco sobre Flávia em uma das discussões mais graves que acabaram levando ao nosso término no final de dezembro, ele me ridicularizou e alegou que se tratava apenas de "uma amiga". Verifiquei o perfil dela no Instagram, e era legítimo — novamente aparentava ser uma mulher comum com seus desejos sexuais comuns, como tinha ficado explícito na troca com Iran. Mas, por um descuido de João Bosco, em uma das inúmeras situações em que mexi em seu celular, o registro *oficial* da conversa com Flávia — no qual eu nunca havia encontrado aquelas inúmeras e frequentes *outras* mensagens que tinham pululado em horários específicos que, de tão importantes, cheguei a memorizar — havia sido inteiramente apagado. Partiam da real Flávia Pinto aquelas várias mensagens misteriosas da outra conversa, à qual eu nunca tive acesso? Ou João tinha usado esse nome para encobrir outro contato? A terceira e última curiosidade se referia ao porquê de Bosco ter deletado mesmo a versão isenta da conversa com Flávia — algo similar ao que acabaria fazendo com seu diálogo com Túrio na noite de Natal. Talvez Flávia tivesse, sim, também dois WhatsApps! — e por acidente houvesse dito coisas que não deveria dizer na "conta isenta", que por isso teve de ser deletada às pressas. O caso de Túrio seria idêntico, e eu não havia me atentado à possibilidade de uma segunda conta dele. As duas conjunturas constituíam novas incógnitas que eu possivelmente nunca seria capaz de destrinchar. De toda maneira, o apagamento de conversas inteiras dos aplicativos de mensagens eram a [des]materialização de algo que se tornou habitual para João Bosco: o ato de *desdizer*, como se a negação de algo apagasse tal fato da realidade — a insistência nisso, na discordância quanto a *fatos* básicos, era o que aprofundava em mim a sensação do *irreal* e a autodúvida sobre a possibilidade de estar "maluco".

Interrompo brevemente a narrativa porque vejo necessidade de voltar meu olhar também para minha própria sexualidade, de forma a não problematizar o outro. Tive grande cuidado para compreender, desde o início de minha adolescência até a aceitação — aos meus dezessete anos — de que era gay, minha relação com o gênero feminino. Além de não possuir comum tesão no sexo oposto, não me atiça a ideia de me exibir sexualmente para mulheres. Acho interessante que algumas mulheres se excitem ao assistir ao sexo gay — pois, apesar de consistir de ato com dois ou mais homens (supostos objetos de seu desejo), a relação sexual entre dois indivíduos do gênero masculino acaba por colocar em xeque o conceito de masculinidade propagado pela cultura ocidental atual. Um homem, ao se relacionar com outro, torna-se "uma mulher"? — isso ouvi de muitas mulheres no Brasil, mesmo em meu meio profissional, no qual há pessoas supostamente mais "esclarecidas". Se sim, sob esse ponto de vista, esse homem passaria a ser *menos homem* e, logo, menos desejável a alguém que busca *homens*. Existe outra compreensão quase tão machista — porém igualmente em voga no Brasil contemporâneo — de que, no sexo entre dois homens, o ativo seja *mais homem* do que o passivo. [Não entro aqui no amplo debate de homens heterossexuais que são capazes — em circunstâncias específicas — de desenvolver uma ereção estimulada por outro indivíduo do mesmo sexo, porque então teria de me aprofundar em minha polêmica teoria da sexualidade masculina em geral, o que não é o foco neste momento.] O *ponto extremo* dessa compreensão específica do machismo — de que o ativo seja *mais homem* do que o passivo — é o entendimento de que o ativo, aquele que penetra o outro, nem sequer seja gay, por mais que o ato sexual se origine de sua livre e espontânea escolha e que esse ativo seja reincidente em tais atos. Nesse aspecto, há aqueles que desejam esse ativo em detrimento do outro indivíduo: isso é algo muito comum entre os gays, como eu próprio já testemunhei, não devido ao valor utilitário do "ativo" como objeto, somente devido a tal conceito enviesado de masculinidade. Por que mais tantos ativos teriam maior tesão em comer outro ativo do que em comer um passivo? É possível que seja o caso de algumas mulheres — que se valeriam dessa [falsa] premissa machista para se excitarem pela figura do ativo ao assistir ao ato sexual gay. No entanto, essas variantes do machismo aplicadas ao modo de vida gay e que transpassam o meio feminino não me interessam tanto; são lugares-comuns. As mulheres que mais me deixam intrigado são as que possuem tesão também no passivo — e isso acho genuinamente curioso, pois trata de duas quebras simultâneas de tabus impostos pelo machismo —; e me atraio por tabus jogados ao chão e estraçalhados. Aqui abro uma exceção a minha diretriz: nesse pequeno âmbito me excitaria, sim, o voyeurismo feminino — desde que, obviamente, elas estivessem assistindo a mim com o meu conhecimento e de comum acordo —; reduziria ainda mais essa possibilidade meu nível de atração por essa pessoa voyeur. Abro mais uma exceção: haveria uma situação específica em que o sexo com uma mulher me excitaria, um tipo de ocasião parecido com o que consistia o fetiche de Tiago [ele desejava compartilhar um ativo com outro companheiro passivo e assim exercitar seu tesão neste passivo]. E minhas exceções, aparentemente incoerentes, vão além: já tive tesão em mulheres — principalmente nas poderosas e donas de si, como a diretora que foi minha primeira contratante. É possível, sim, que um homem gay sinta atração por uma mulher. Isso dito, nunca enviei vídeo meu trepando para nenhuma mulher — como João, para Luciana —, ou para qualquer outro gênero a propósito, por autoproteção. A sexualidade é fluida, portanto não posso traçar, nem sobre a minha própria, regras muito rígidas — apenas aponto certos direcionamentos como referências mais gerais. Creio que o desejo feminino seja comumente mais fluido do que o masculino, baseado em minha própria experiência como homem e em alguns estudos que li [homens têm maior tendência a serem exclusivamente homossexuais do que a se atraírem pelos dois sexos, ao passo que mulheres tendem mais a se sentirem atraídas por ambos os sexos do que a serem exclusivamente homossexuais[8, 9, 10]]. Como já mencionei, não fico de pau duro com qualquer coisa, e em meu caso a ereção é comumente a cristalização de meu tesão — embora já tenha também ocorrido de eu ter ficado extremamente excitado sem ter meu pênis ereto. Não acredito na existência de sexualidades intransigentes, somente na existência de ideologias de intransigência que tolhem essas sexualidades. Sem mudar o foco, para concluir: identifico-me com mulheres que exercitam seu tesão ao assistir ao sexo gay quando penso que, se eu fosse hétero, sentiria tesão em assistir ao sexo lésbico. Contudo, diferentemente do que acontece com os gays, é mais raro uma mulher ser considerada menos mulher simplesmente por se relacionar sexualmente com outra mulher — para isso, é necessário que ela se masculinize em seu exterior —, por conseguinte tenho dúvidas se esses dois atos homossexuais consistem de tabus de similares proporções — ao menos no Brasil, onde me encaixo no ano de 2021. Ainda, para completar, já me encontrei excitado assistindo a pornôs em que uma mulher transgênero come um homem — quanto mais "macho" o indivíduo sendo comido, maior meu tesão. Neste caso, meu tesão jazeria apenas em assistir à cena, não em participar dela — parte de meu lado voyeur. É pertinente registrar que tampouco fiquei muito empolgado ao experimentar comer uma pessoa transexual. São somente meus próprios tesões e desejos, e eles não são melhores ou mais válidos do que os de qualquer outro indivíduo. Acredito na diversidade e me interesso por ela. Talvez a completa subversão dos tabus e daquilo que é socialmente esperado me excite sobretudo — desde que signifique o prazer pelo prazer e que não seja em detrimento do outro, sem causar mal algum a ninguém. Já escrevi que é possível que eu seja hedonista? No mínimo, sexualmente sou muito subversivo.

Retomo. Em meu silêncio sulmatogrossense, simultaneamente a minha busca de registros de vivências que validassem ou corrigissem minhas memórias — de uma maneira ou de outra as solidificando como *fatos* não psicótico-esquizofrênicos [ou seja, *não irreais*] —, sentia a necessidade de diferenciar a exceção, o contraditório e mesmo o paradoxal do "desdizer" de que João Bosco se tornou adepto — até para o compreender em sua *verdade*. Marilyn Monroe, rotulada pelo FBI como "de esquerda" e "comunista", a antecipar o que Guy Debord viria a escrever anos depois, disse: "*The true things rarely get into circulation. It's usually the false things. It's hard to know where to start if you don't start with the truth*" [Debord colocaria assim: "Somente naquilo que ela não é, a realidade pode aparecer".] Eu procurava ter acesso ao João Bosco real — e conciliava com facilidade o paradoxal, porém não o aceitaria em seus "desditos". Não me daria por satisfeito com nada menos do que a *verdade*. Entretanto, há algo mais tristemente contemporâneo, ordinário do que o ato de "desdizer", de que o fascismo tão frequentemente lança mão justamente para turvar a verdade? Se, por um lado se faz necessário diferenciar a exceção, o contraditório e o paradoxal do "desdizer", por outro não é possível desassociar o fascismo daquilo que convenientemente há quase oitenta anos viemos chamando de "pós-modernismo". Este último abriu mão de ferramentas com as quais seria possível lidar com as já mencionadas exceções, contradições e mesmo com os paradoxos. No atual momento histórico, podemos enxergar com clareza o "desdizer" entre todas as outras armadilhas plantadas pelo pós-modernismo para nós; muitas vezes, não foram armadilhas plantadas propositalmente, ao menos não por aqueles que aderiram com ideais benéficos à lógica pós-modernista depois da Segunda Guerra: foram brechas de ceticismo deixadas abertas que permitiram sua deturpação, ingênua ou mal-intencionada.

G

Todo movimento artístico-social possui sua ingenuidade intrínseca inicial — e aqueles que fazem parte desses instantes muitas vezes não conseguem ver isso por estarem muito imersos, pois propõem algo "novo". De qualquer maneira, esse "novo" traz consigo questões que precisam ser abordadas — e, quando esses debates não são feitos adequadamente pelas gerações subsequentes dentro do próprio movimento [no caso do pós-modernismo, devido a sua característica e persistente negação do *fato* e da *verdade* e a sua subsequente *não autoafirmação* como movimento artístico-social em si], então se permite a deterioração de tais questões e princípios. É necessário reiterar que, pelo momento, refiro-me a "pós-modernismo" como aquilo que as gerações de artistas e filósofos *acreditavam que estavam fundando após 1941* — irei me aprofundar em sua genealogia em instantes. Quando algo é ultrapassado, todavia, pode-se ver suas engrenagens através dele. Se o pós-modernismo possuiria hoje no mínimo quase oitenta anos, é tão óbvio para um artista contemporâneo que mesmo suas armadilhas se tornaram nítidas, como em um exame de raio-X. [Uso a grafia raio-X propositalmente, porque discordo do apagamento do hífen.] Alguns estudiosos argumentam que o pós-modernismo se tratou, ao invés de um movimento, de uma devastação ampla por parte de críticos da Modernidade — depois dos horrores da Primeira e Segunda Guerra Mundiais e do que se tornou a União Soviética —, críticos esses que defendiam que algo deveria substituir tal modernidade, porém que apenas legitimaram os escombros dela. O chamado "pós-modernismo", logicamente, não seria algo "novo" — apenas uma fase de decadência... Uma fase de decadência *do quê*? Artisticamente, nada ocupou o lugar do Modernismo [que *supostamente* teria antecedido cronologicamente o *pós*-modernismo], senão uma reticência em se ocupar qualquer lugar; já, o que tomou conta sociopoliticamente [por motivos não aleatórios] foi um insidioso alastramento dos preceitos da direita ultrarradical por vários países, usando dos exatos mesmos métodos do tal "pós-modernismo" — que coincidem com os métodos do fascismo. Por isso, não é mais aceitável que o artista na década de 2020 "desdiga" no sentido pós-modernista de relativizar, ou negar, ou apagar. É possível apontar *exceções*, que *não são negações ou apagamentos*, apesar de muitas vezes serem *contradições* vivas ou mesmo *paradoxos*: de uma forma ou de outra, nada mais *são* do que *fatos* adicionais que fogem a uma diretriz geral componente da *verdade*; são como pequenas fendas no forte e imponente paredão de uma montanha — como as da formação rochosa da Serra da Baliza, em Alto Paraíso de Goiás, que trilhei em outubro passado.

Existe a Serra da Baliza — assim como existe a verdade. Essa serra é uma só [e faz parte de um todo geológico maior] e em si é composta de rochas diversas, assim como a verdade é composta de fatos plurais — o que se pode mudar são as perspectivas de que olhamos para essa serra e para a verdade e as abordagens que utilizamos para com suas rochas e para com seus fatos. Essas perspectivas e abordagens não se negam umas às outras, muito menos se anulam — elas adicionam várias dimensões a nosso conhecimento sobre tal serra, que possui muitos aspectos (mineralogia, topografia, vida silvestre…) assim como a verdade (fatos, contextos, discursos…). De carro, ao transitar pelas estradas que rodeiam a Serra da Baliza, podemos contorná-la e ter uma visão à distância ou mesmo subir até certo ponto… a pé, de um ponto escolhido nos aproximamos ainda mais da serra e chegamos até ela: a vivenciamos. As perspectivas que temos da serra estão, assim, imersas em determinados contextos de abordagem — assim como é o caso da verdade. É verdade que em 22 de outubro de 2020 eu estive na Serra da Baliza. Vou me utilizar do caminho que fiz, que tiveram dois contextos de abordagem: primeiramente me aproximei de carro e à distância, daquela estrada específica, vi a serra de longe — visões únicas daqueles pontos que passei; e então a margeá-la cada vez mais próximo, pude ver certas facetas pelas janelas do carro. Segui no veículo até a Mariri Jungle Lodge, um retiro de artistas que, como o próprio nome indica, está em uma área de reflorestamento. Dali, debaixo das árvores, não é possível ver a Serra da Baliza, o que não significa que ela não esteja bem atrás de nós, imponente. Da casa de árvore onde me hospedei, pude averiguar que após a mata encontra-se a serra. Deixei Bosco e saí em um grupo para a trilha. Em certos pontos, há paredões rochosos íngremes que podem ser escalados até o topo e, de outros pontos, pode-se subir na serra como por uma rampa. Segui inicialmente pela mata e alcancei o "Portal da Baliza" em um nível mais alto, com Maga, a cachorrinha: são duas pedras altas por entre as quais pode se ver vasta extensão da Chapada dos Veadeiros de um lado, e a serra imediatamente do outro. Havíamos chegado literalmente ao pé da serra. [Eu poderia ter descido de helicóptero e ter tido outra perspectiva, em contexto diferente — ainda que complementar — de abordagem; gosto de fazer trilhas.] Deparamo-nos com um desses paredões rochosos, que por sua formação geológica possui fendas. Olhei dentro delas, umas maiores, outras menores — a largura não possui qualquer relação fixa com a profundidade de cada fenda. Em certo ponto, uma dessas fendas tinha largura suficiente para que pudéssemos entrar nela. E, uma vez dentro, havia outra fenda, ainda maior. Por fim, dentro desta, nela havia/ ela abria para um corredorfenda — e enxerguei através da serra. Porque por essa fenda trilhei como uma rampa por dentro da serra, cada vez mais íngreme e habitada por belas árvores, até toparmos com um paredão interior à direita e com a visão dos Veadeiros que se abria ao fim do vão. No paredão, existia uma escada de corda estendida. Escalei com Maga no braço e chegamos ao topo, de onde era possível ver a serra por cima e, mais uma vez, a Chapada abaixo. A Serra da Baliza, formação rochosa de quartzitos, possui pontos mais altos e pontos mais baixos, pois tem sido esculpida pela natureza há mais de 1 bilhão de anos. É *fato* que eu experienciei várias perspectivas e diversos aspectos da serra em meus contextos de abordagem que culminaram nessa escalada. Ali ocorreram vários outros fatos, não apenas os mencionados. Assim, é *verdade* que a serra existiu em 22 de outubro de 2020 e continua a existir hoje. Diferentemente do que prega o pós-modernismo, no entanto, nem todas as "versões da verdade" são válidas, nem semelhantes no teor de *verdade* que carregam. A possível *versão* de que a serra não existia em 22 de outubro 2020 quando lá fiz trilha [e neste dia em que escrevo, de 23 de julho de 2021] *não equivale à verdade* de que ela existe. A própria expressão "versão da verdade" é problemática, porque carrega em si permissibilidade. Mesmo qualquer "perspectiva da verdade" de que a serra não existiu nos momentos mencionados nas coordenadas -14.110509, -47.451123, por dentro da qual escalei, trata-se de uma *inverdade*. Uma inverdade nada mais é do que uma *mentira. A filosofia de Friedrich Nietzsche (1844-1900) com sua afirmação de que "não há fatos, apenas interpretações" fundamentou não somente o perspectivismo, como o relativismo intelectual, o pós-modernismo e o fascismo.* A filosofia de Nietzsche embasou *mentiras* e acarretou *imensa destruição* à sociedade contemporânea. Está aí o ovo podre da *verdadeira decadência.*

Por que a direita alternativa ama Nietzsche?

Tradução de Gabriel Carvalho da Resenha de Erik Baker do livro de Ronald Beiner, *Dangerous Minds:* Nietzsche, Heidegger and the return of the Far Right.

Friedrich Nietzsche pensava que havia duas formas de responder ao que ele chamava de "eterno retorno de todas as coisas". Esta era a ideia de que, como afirmou em "A Gaia Ciência", "esta vida como você agora a vive e tem vivido, você terá de viver mais uma vez e mais inúmeras vezes". Se você fosse um típico humano fraco, poderia "jogar-se ao chão e ranger seus dentes e amaldiçoar o demônio que o disse". Mas haviam outros espíritos, maiores e mais fortes. Eles poderiam elevar-se do rebanho, fitar aquele mesmo demônio nos olhos, e responder: "És um deus e nunca antes ouvi nada mais divino". Uma certa dose do amor *fati* n*ietzscheano* é necessária para a tarefa a que se propôs o teórico político Ronald Beiner em seu novo livro, "Dangerous Minds: Nietzsche, Heidegger, and the return of the Far Right" ("Mentes Perigosas: Nietzsche, Heidegger e o retorno da Extremadireita").* Seu tema é a relação entre, por um lado, Nietzsche e o filósofo alemão do século 20, Martin Heidegger e, por outro lado, o Nazismo — uma questão de conscrição póstuma no caso de Nietzsche, e de intensa admiração mútua no caso de Heidegger.

Beiner quer mostrar que a política de extremadireita foi assada no bolo de suas filosofias. Como resultado, tentativas pós-modernas de estilizar um "*nietzscheanismo* de esquerda" ou um "*heideggerianismo* de esquerda" estão condenadas ao equívoco. Nós já vivemos, de fato, essa polêmica antes e a viveremos mais uma vez, talvez inúmeras vezes mais. É *terra muito explorada, sem efeito*, por uma gama impressionante de filósofos e historiadores intelectuais: Georg Lukács, Jürgen Habermas, Zeev Sternhell, Richard Wolin e muitos outros. E Beiner recorre a muitos de seus predecessores ao longo de "Mentes Perigosas". Mas ele tem um toque a acrescentar, um novo elemento que lhe dá esperança de que sua crítica será bem-sucedida onde a outros não foram dados ouvidos. Críticos anteriores, ele nota, têm focado na questão de como as visões de direita de Nietzsche e Heidegger devem moldar nossa avaliação de seus acólitos de esquerda, hoje. Mas, ao focar tão tenazmente nos "*radicais professores*", estes críticos parecem inferir que o *nietzscheanismo* ou *heideggerismo* de direita autoconsciente é uma coisa do passado. Talvez, polemistas do passado não foram bem-sucedidos pois eles concederam, sem se aperceber, um terreno-chave aos seus oponentes. Afinal, se é verdade que o típico leitor de Nietzsche ou Heidegger hoje é de esquerda — se as visões de extremadireita dos próprios pensadores são compreendidas como uma aberração, rápida e permanentemente corrigidas cedo em sua subseqüente história receptiva — então a afirmação de que há algo de intrinsecamente reacionário em sua filosofia parece, *sim*, um tanto implausível. É o descontentamento de Beiner com *essa* suposição histórica que explica a última parte do seu subtítulo: o retorno da extremadireita.

Beiner quer mudar sua imagem do típico *nietzscheano*, ou *heideggeriano*. Ele cita o ressurgimento fascista mundial de hoje e seus porta-vozes pseudointelectuais: Richard Spencer, Aleksandr Dugin e seus aliados (todos leitores árduos de Nietzsche e Heidegger). Sua aposta é de que acadêmicos de esquerda ficarão menos empolgados com a expectativa de reaproveitar Heidegger e Nietzsche se estes nomes passarem a conjurar imagens de multidões com tochas, como

---

* Livro ainda sem publicação em português (Philadelphia: University of Pennsylvania Press, 2018). Artigo original em inglês disponível em *Jacobin*. [Minhas correções à tradução original e ênfases encontram-se em itálico.]

as da manifestação Unificar a Direita em Charlottesville, reproduzidas na capa do livro, ao invés de seminários e cafés parisienses. Apenas faça! É uma criativa e promissora estratégia — o que torna ainda mais decepcionante que Beiner não realmente lhe dê continuidade após a introdução. A vasta maior parte do livro é dedicada à exegese textual de Nietzsche e Heidegger. Os títulos de seus dois longos capítulos, "Lendo [Nietzsche e Heidegger] numa era de Fascismo ressurgente", terminam por ser decepcionantemente literais. Os capítulos *são* leituras; não são *sobre* leituras, ou leitores. Com exceção de umas poucas frases ou parágrafos aqui e ali, poderiam ter sido escritos em praticamente qualquer época. O lado bom é que a leituras de Beiner são claras, acessíveis, e convincentes. São compreensíveis para os leitores iniciantes de Nietzsche ou Heidegger, sem sacrificar fidelidade textual ou sofisticação. Ambos capítulos fazem uma sólida defesa do que Beiner toma como a preocupação central, motivante de cada filósofo. Estas análises sublinham o quanto eles têm em comum e quanto suas semelhanças refletem suas partilhadas *políticas de direita*.

Nas mãos de Beiner, Nietzsche e Heidegger tornam-se, em primeiro lugar e mais importante, críticos reacionários da cultura. Seu projeto se origina de um uivo de desprezo pelo mundo moderno, e especialmente os ideais da Revolução Francesa. Liberdade, igualdade e fraternidade foram uma catástrofe. O que se anunciou como emancipador se provou espiritualmente fatal. A ênfase do Iluminismo na democracia e na racionalidade humana inata pariu uma epidemia de mediocridade arrogante. Pessoas ordinárias grandemente superestimando sua capacidade de *racionalizar*, de saber das coisas, e de usar seu conhecimento para melhorar o mundo. Uma sociedade de massa, na qual toda distinção foi nivelada, é também uma em que se perdeu o senso do *trágico*, de um mundo que deve ser aceito ao invés de transformado. Precisamos de uma nova autoridade, uma capaz de revitalizar nossa cultura, de restaurar a ordem cuja ausência tem aleijado o espírito moderno.

Você tem de quebrar alguns ovos para fazer um omelete existencial. Para Nietzsche, Beiner escreve, a raiz do problema é a "falta de horizonte" da modernidade. Nietzsche é, muitas vezes, entendido por amigos e inimigos como um profeta da desestabilização de todas as certezas fixas — valores, religiões, fatos, a própria *noção de verdade*. Beiner mostra que, se Nietzsche era tal profeta, era mais aos moldes do Velho Testamento do que dos "TED Talks" [conferências de influenciadores da tecnologia, entretenimento e design, muito semelhantes às palestras motivacionais]. Ou, talvez, aos moldes do velho esquisito no começo de um filme de terror. Nietzsche pensava, de fato, que todas essas convicções orientadoras careciam de "fundamento" — mas ele também pensava que era necessário que abraçássemos um tipo de "horizonte" de qualquer forma. Sem horizontes não podemos agir, ou agir de forma suficientemente vigorosa, *no sentido de "afirmação da vida"*. Nossos horizontes ainda careciam de fundamentos antes da modernidade. Só que numa era de paganismo, patriarcado inquestionado, e teatro trágico, ninguém se afligia por isso. O mundo moderno mudou tudo isso, ao trazer a preocupação Platônica e Cristã com a metafísica ao seu ponto febril.

Começamos a duvidar de nós mesmos e a buscar *razões* para fazer as coisas ao invés de virar homens e fazê-las.

Cedo no livro, Beiner cita, Nietzsche descreve a conseqüência, o homem moderno que "não mais consegue desprender-se da delicada teia de judiciosidade e verdade por um simples ato de vontade e desejo". A esperança redentora de Nietzsche são os famosos *Übermenschen* [Super-homens], os indivíduos que podem nos salvar ao resistir ao "niilismo" moderno e exercitar a força necessária para criar seus próprios, novos horizontes — aos quais o restante do rebanho moderno pode alegremente se submeter. Beiner insiste que é importante não deixar que as extensas e ambivalentes afirmações de Heidegger sobre Nietzsche obscureçam até que nível ele buscou contar uma história surpreendentemente similar sobre a modernidade. Sim, Heidegger, no fim das contas, conclui que Nietzsche representa o "ponto culminante" e não a superação da metafísica. Sim, eles diferem em várias questões específicas — se o Renascimento foi bom, por exemplo. Nietzsche explicitamente rejeita o nacionalismo alemão que Heidegger defendia. Mas, como Beiner escreve, no geral "os paralelos entre Nietzsche e Heidegger são, de fato, impressionantes". Em particular, eles partilhavam o mesmo *diagnóstico*: uma visão da modernidade onde a experiência tornou-se rasa e banal pela sufocante hegemonia da metafísica Platônica e Cristã, do racionalismo, e do universalismo.

Para Heidegger, como para Nietzsche, a modernidade é cega ante a nossa mais básica existência como *fazedores* mais do que como *sabedores*. E, como Nietzsche, Heidegger pensa que o resultado é excesso de confiança e falta de confiança ao mesmo tempo. Somos pouco confiantes nas *não valorizadas* pressuposições que nos permitem navegar o mundo no dia-a-dia — nós as sujeitamos à crítica racionalista; presumimos que elas ficam entre nós *e* uma compreensão precisa do mundo, quando elas são, na verdade, a única forma que o mundo nos é "revelado". O resultado é um excesso de confiança no entendimento do mundo *produzido* por nossa reflexão racional, e uma fé arrogante em nossa habilidade de planejar e controlar tudo e qualquer coisa. Heidegger preferiria que respondêssemos às avarias em nossa habilidade prática entrando em uma experiência mais "autêntica" de nossa limitação e "enraizamento", maravilhando-nos com o incompreensível mistério do "Ser" — o mistério de que o nosso mundo *é*.

A grande aspiração de Heidegger por como alcançar a *recuperação espiritual* do enraizamento na Alemanha foi, é claro, o movimento nazista. O potencial da liderança Nazista de guiar os alemães de volta ao lar do Ser foi o que Heidegger chamou de "verdade interna e grandeza" do nazismo. Beiner sintetiza a imensa quantidade de evidências que veio à luz sobre o quão fiel era Heidegger ao Partido Nazista, sua admiração pessoal por Hitler, e, a contragosto da insistência de uma geração de apologistas, seu profundo antissemitismo. A análise de Beiner deixa claro, de uma maneira que antigos críticos nem sempre tiveram sucesso em fazer, a *lógica* do antissemitismo de Heidegger. A carapuça serve. Não é apenas uma questão de reavaliar "aspectos" da filosofia de Heidegger, ou entrar em conflito a respeito da "ética" em apreciar a obra de uma pessoa realmente terrível. Beiner mostra que toda a filosofia de Heidegger brotou de uma *estória*, uma estória sobre cosmopolitismo desenraizado orquestrando perturbadores desenvolvimentos políticos na União Soviética e Estados Unidos, e alienando o *Volk* [povo] alemão de sua experiência autêntica. Por que sempre foi difícil vê-lo pelo que realmente era?

Sem alternativa — Esta não é, no entanto, exatamente a questão que Beiner propõe. Ele está mais interessado no porque Nietzsche e Heidegger achavam suas próprias visões atraentes, pra início de conversa. "Devemos ler os grandes teóricos antiliberais", ele propõe, "para podermos chegar a uma compreensão mais profunda do porquê, precisamente, eles viram as costas para o liberalismo burguês e, portanto, por que muitos de nossos compatriotas são facilmente tentados a fazer o mesmo". O problema é que, *ao presumir que a explicação pode ser encontrada dentro dos textos em si, Beiner os considera por demais em seus aspectos superficiais*. Ele acena com uma sociologia da reação que se dá nos termos dos reacionários. Como resultado, em sua conclusão, Beiner parece fazer uma desconcertante reviravolta em sua anterior insistência de que a lógica da visão de mundo de Nietzsche e Heidegger levam inexoravelmente à catástrofe política. A razão de tanta gente ser atraída pelo diagnóstico da modernidade deles, ele agora anuncia, é que ele está basicamente correto. Realmente, há "um vazio espiritual no coração da modernidade". E a tarefa do liberal democrata é defender a modernidade apesar da esmagadora evidência de seu "vazio espiritual ou cultural". Beiner não pensa, como Jürgen Habermas nos lembra, que a modernidade permanece um "projeto inacabado", realizável apenas sob certas condições materiais. Ou Charles Mills, que insiste que os valores Iluministas de igualdade e liberdade podem, sim, ser *alcançados*, mas apenas ao confrontar as formas pelas quais a supremacia branca estruturou o pensamento Iluminista desde sua origem. Não, o argumento final de Beiner é o de Margaret Thatcher: não há alternativa.

"Então o gerencialismo centrista liberal é insatisfatório", ele admite. "Não é inspirador o suficiente. Não move a alma. É banal; é a política do homem medíocre. Tudo bem. E com o quê nos comprometemos para substituí-lo?" Como se o gerencialismo centrista liberal fosse tudo que a modernidade sempre foi, ou pudesse ser! Ao chegar às últimas páginas, o erro fatal de Nietzsche e Heidegger não é mais seu desgosto *automático* pela razão, igualdade e democracia. É a sua tola presunção de que os problemas com esses valores, que eles corretamente identificaram, pudessem ser sanados. "É a esperança e arrogância deles que é perigosa", Beiner escreve — a traição vacilante de último minuto deles de seu próprio compromisso com a tragédia e *amor fati*. "Quem nos deu garantia de que o problema da condição humana admite uma solução?" Beiner termina por questionar. Ele abraça o "ou isso, ou aquilo" *nietzscheano* e *heideggeriano* por completo: ou o delírio dos *Übermenschen* e do Nacional-Socialismo, ou a ordem política atual, eternamente inalterada.

Beiner nunca chega, explicitamente, a aceitar o fato de que ele termina por endossar um centrismo *nietzscheano*, ou o quanto ele retrocede no objetivo a que se propõe na introdução. Ele, porém, sublinha o pedigree nietzscheano de Max

Weber, seu grande modelo de um liberalismo trágico. E ele pouco se esforça em esconder o elitismo nietzscheano de sua própria visão política. Eis uma clássica doutrina da verdade dupla. O que Nietzsche e Heidegger expõem sobre a modernidade é seguro e até salutar para que comprometidos, iluminados liberais entendam. O "perigo" do título se apresenta quando a verdade perturbadora deles se revela "em um contexto onde tal compromisso não é de todo seguro ou é ativamente inseguro". Pode-se discutir, mas apenas em tom silencioso, longe dos ouvidos da "multidão vulgar" — o que Beiner chama, citando um neonazista frustrado, de *"white trash"* [lixo branco, termo para se referir às pessoas brancas pobres, pouco letradas, geralmente de regiões rurais ou em submoradia urbana, dos EUA]. Mas a aspiração inicial de Beiner nunca é abandonada de fato. Ele continua a *falar* como se estivesse em busca de *um projeto intelectual emancipador*, um *cujos contornos sejam mais bem definidos por uma mais completa apreciação da lógica de seu oposto, incompatível e reacionário, em Nietzsche e Heidegger*. Acontece que, ao fim do livro, seu entendimento de emancipação começa a parecer estranhamente com devoção ao *status quo*. No momento em que ele elenca Karl Marx em sua lista de "teóricos antiliberais" a quem não se deve tentar "apropriar [...] para projetos intelectuais liberais ou de esquerda", você pode se considerar perdoado por se perguntar exatamente de que Beiner pensa que a esquerda consiste.

Liberalismo Iliberal — O que é frustrante a respeito desse atoleiro é que Beiner se deparou, de fato, com algo significativo. Beiner está absolutamente certo quando diz ser possível oferecer uma defesa nietzscheana coerente de um capitalismo liberal, tendo Weber como um modelo. Beiner aponta para um liberalismo centrista que pode se distinguir da extremadireita apenas por uma *decisão sobre valores, ao invés de uma diferença de visão de mundo profunda*. Isso não incomoda muito Beiner. Ele parece confiante que as boas pessoas podem se apegar, indefinidamente, ao compromisso basicamente *não racional* que os separa das más pessoas. Ou, pelo menos, é a melhor esperança que temos. Mas se fizéssemos o que Beiner nos pede na introdução — olhar mais de perto a história do *nietzscheanismo* ou *heideggerianismo* realmente existente — poderia se mostrar mais difícil de se manter tal crença. Acharíamos perturbadoramente difícil, na prática, separar o trigo liberal do joio de extremadireita.

Veja Max Weber, por exemplo. Ele torna-se o herói improvável de "Mentes Perigosas", capaz de ver a "jaula de ferro" da modernidade tão claramente quanto Nietzsche e Heidegger e a "afirma" mesmo assim. "Por não repousar na cogitação de fantasias sobre a transcendência da modernidade", Beiner elogia, "a nobreza de Weber é, em última análise, mais nobre que a nobreza nietzscheana". E, ainda assim, um ardente nacionalismo alemão perpassava a obra deste *"liberal muito pessimista"* como uma linha vermelha e preta. Lida na contramão, a obra de Weber mostra menos uma determinação estoica em face da inevitabilidade da modernidade, e mais um terror frente à sua precariedade, ao menos em sua encarnação Alemã Imperial. Para Weber, a jaula de ferro estava sempre sob ameaça de um perigo não alemão. Em sua aula inaugural de 1895 na universidade de Friburgo (da qual Heidegger, mais tarde, se tornaria reitor sob o regime nazista), eram os fazendeiros poloneses. Eles estavam migrando para o leste da Prússia e ameaçando a subsistência dos trabalhadores alemães nativos com sua vontade, determinada pela raça, de trabalhar sob condições mais degradantes. A solução que Weber propôs em 1893 era nada menos que a "absoluta exclusão dos trabalhadores Russos e Poloneses do leste da Alemanha". Perto do fim de sua vida, a ameaça eram as forças racialmente depravadas combatendo a Alemanha na I Guerra Mundial. Ele alertava um público em 1917 "que a Alemanha lutava por sua própria vida contra um exército composto de negros, Ghurkas, e toda espécie de bárbaros que saíram de seus esconderijos por todo mundo e estão, agora, amontoados nas fronteiras da Alemanha, prontos para dar cabo de nossa nação". Nesse meio tempo, Weber desenvolveu uma elaborada narrativa teórica da "afinidade eletiva" entre a modernidade capitalista e os traços *culturais* únicos dos europeus. O capitalismo não *aconteceu* por acaso na Europa. Ele nasceu da distinta capacidade religiosa e cultural dos Europeus para a disciplina e para a racionalidade instrumental, em oposição ao que Weber chamava de "ganância sem limites dos Asiáticos". A crença de Weber no destino histórico mundial do Estado alemão não era, como Beiner afirma, uma aberração, mas uma extensão lógica do que era central em seu pensamento.

Weber não é, nem de longe, o único "liberal" nietzscheano a ter *paquerado consistentemente* por sob os panos a direita autoritária ou nacionalista. Estudiosos notaram uma trajetória similar na história da escola austríaca de economia, a pedra angular intelectual do movimento neoliberal do século 20. O teórico político Corey Robin provocou uma tempestade de controvérsias em 2013, principalmente com escritores libertários, por um ensaio sublinhando paralelos entre Nietzsche e os Austríacos. Mas *alguma* similaridade é clara como a luz do dia, não apenas (ou em especial) a respeito pessoalmente de Nietzsche, mas da subsequente tradição nietzscheana. Weber, por exemplo, foi um interlocutor do líder desta escola no início do século 20, Ludwig von Mises, e uma inspiração para os membros mais jovens como Alfred Schütz e Joseph Schumpeter. O mais importante economista austríaco do século 20, F. A. Hayek, lançou denúncias contra o "racionalismo" tão fortes quanto qualquer uma feita por Nietzsche ou Heidegger. (O teórico político Michael Oakeshott, a quem Hayek é comumente, *justamente*, comparado, tem sido chamado de "Heidegger inglês"). Mais recentemente, tivemos Don Lavoie, um mentor de vários seguidores influentes da escola austríaca nos EUA e, quando da sua morte, era professor da escola Charles Koch de Economia na universidade George Mason. Lavoie passou sua carreira a defender uma afinidade entre a metodologia da escola austríaca e a filosofia "hermenêutica" de Heidegger e seu seguidor Hans-Georg Gadamer.

O mais forte ponto de contato entre muitos liberais austríacos e nietzscheanos como Heidegger é a convicção compartilhada de que o autoritarismo político pode ser tolerável ou até necessário frente ao avanço da esquerda. Os "Cadernos Negros" de Heidegger, publicados recentemente, mostram até que ponto seu apoio ao nazismo estava ligado ao medo de um "bolchevismo" rastejante, que ele via (é claro) como alimentado por um judaísmo mundial. Considerações similares, *sans* [sem] antissemitismo, levaram Ludwig von Mises a declarar em 1927 que o fascismo "tem, por ora, resgatado a civilização Europeia" ao reprimir levantes comunistas na Itália. "O mérito que o fascismo tem, portanto, conquistado para si, permanecerá vivo, eternamente, na história", pronunciou. O historiador Quinn Slobodian demonstrou como essa lógica continuou a dar suporte ao apoio neoliberal a regimes autoritários como o *apartheid* sul-africano e o de Augusto Pinochet no Chile. Seja motivado pelo medo do economista Wilhelm Röpke da possibilidade de um governo da maioria negra de "canibais" sul-africanos, ou pelo desalento perante o apoio popular de que gozava o presidente marxista do Chile, democraticamente eleito, Salvador Allende, a tradição austríaca provou-se mais que disposta a fazer as pazes com a ideia de um "ditador liberal", como Hayek uma vez chamou Pinochet. Então, é menos surpreendente que a início pareça que Ludwig von Mises tenha unido-se a Nietzsche e Heidegger no panteão da direita alternativa de hoje. Richard Spencer tem recomendado aos seus acólitos a leitura de von Mises e seu aluno estadunidense Murray Rothbard. Mencius Moldbug, o tipo preferido de líderes neofascistas pseudo-intelectuais, concorda: "Mises é um titã; Rothbard é um gigante", ele escreveu. O presidente do Instituto Ludwig von Mises em Auburn, Alabama, é Lew Rockwell, que você deve recordar por ser escritor fantasma de uma série de escritos racistas nos *newsletters* [boletins informativos] de Ron Paul. O mais notório afiliado do Mises Institute é Hans-Hermann Hoppe, cuja arenga de 2001, "Democracy: The god that failed" [Democracia: O deus que falhou] tornou-se uma espécie de bíblia do movimento de direita alternativa. Não se trata, apenas, de liberais capitalistas retrocedendo ao fascismo, em outras palavras. Os fascistas têm dificuldade pra se afastar do "liberalismo" capitalista, também.

A jaula irônica — Beiner supõe que o dilema central da política moderna é entre ser "a favor" ou "contra" a modernidade liberal. Mas, em "Mentes Perigosas" ele chama nossa atenção para uma história que sugere que a escolha não é, nem de longe, tão simples. Acontece que defensores e oponentes da modernidade podem encontrar muitas posições intelectuais e programáticas em comum. A linha que separa o centrismo liberal da direita fascista parece perturbadoramente instável na prática. Isto porque <u>a modernidade em si é instável</u>. Weber estava errado. A modernidade não é uma jaula de ferro, que se torna inexoravelmente mais homogênea e previsível. <u>Ela é complexa; ela é contraditória; ela contém multitudes</u>.

"O moderno não dá satisfação", Marx escreveu: há um implacável movimento em seu coração. *A modernidade profere promessas de democracia, liberdade e igualdade*, enquanto entrincheira um sistema político-econômico que é estruturalmente incapaz de realizá-las. Ela oferece uma visão tentadora de um mundo coletivamente guiado à satisfação das necessidades humanas, enquanto opera no curto prazo na intensificação da exploração em uma escala sem precedentes. Como Marx foi o primeiro a explicar, o capitalismo moderno cria as condições de sua própria superação, mesmo que tomar vantagem dessas condições tenha-se provado mais desafiador do que Marx esperava.

A inércia do status quo não o mantém em estado estacionário, o move em direção à transformação revolucionária. Por isso, os defensores do status quo têm tantas vezes achado necessário regredir ao recurso do poder despótico "pré-moderno" para reprimir o clamor por democracia, liberdade, ou igualdade de um tipo que lhes sabe impalatável [grifos meus]. Não é nenhuma coincidência que Nietzsche e Heidegger só começaram a ganhar um grupo ávido de leitores radicais do meio para o fim do século 20, quando o projeto de esquerda tradicional começava a parecer um sonho distante destinado a acabar ou na deturpação stalinista ou em derrota para o thatcherismo. É compreensível que o uivo antimodernista possa parecer atrativo se você vem a acreditar que a única alternativa é a submissão relutante ao capitalismo dos anos 1970 e 1980. (Embora, se esse instinto te leva a retroceder a um entusiasmo qualificado pelo neoliberalismo de Gary Becker entre outros, como fez com Michel Foucault, pode-se razoavelmente esperar que você reavalie suas premissas).

Na cabeça de Beiner, é ainda a mesma escolha que nos é posta hoje. Ele acha que avaliar o "retorno da extremadireita" nos ajudará a fazer o giro necessário para tomar a pouco inspiradora decisão em favor do status quo. Mas *há* uma alternativa. Podemos, *em vez disso*, olhar para a extremadireita de hoje como prova de que o status quo não é autoidêntico, que ele contém as sementes de sua própria destruição, para o bem ou para o mal. Ao invés de tratar a revitalização da ultradireita pós-nietzscheana como outro giro da roda do eterno retorno, podemos tratá-la como prova de que o anti-modernismo reacionário acompanhará o capitalismo, nas palavras de Marx, ao seu abençoado fim. Podemos propor uma outra dicotomia: socialismo ou barbárie. Como um grande fascista, w.b. Yeats disse, o centro não pode segurar.[11]

Permitir que o antimodernismo da extremadireita "acompanhe o capitalismo a seu abençoado fim" significaria nos acumpliciar do imenso sofrimento humano que traz o fascismo, sofrimento que se alastra para fazer padecer o reino animal, o reino vegetal, o domínio eukaryota, o meio ambiente como um todo e o próprio planeta: tudo é reduzido a nada em sua destruição avassaladora. Não podemos aceitar Nietzsche por falta de escolha, "o profeta da desestabilização de todas as certezas fixas — *valores*, religiões, *fatos*, a própria *noção de verdade*" —, e se faz preciso debater um pouco de vocabulário neste atual contexto. Não creio que o uso de "perspectiva" seja adequado, pois tal palavra carrega em si validação ao sugerir uma relação com o *real*, a levar a uma conclusão equivocada por trazer consigo uma pisada teórica em falso no pós-moderno nietzscheano* em que vivemos. No pós-modernismo, caberia o uso da palavra "interpretação" — que é igualmente subjetiva, mas, não: um

---

* Opto pela grafia "nietzscheano", que não é a forma dicionarizada, por ser fiel à escrita do nome (que termina naturalmente com a vogal "e" em alemão) e porque a pronúncia correta é "niːtʃə" ("NietzschA"). Assim, lê-se "nietzschaano", quase com dois "a"s.

conjunto de interpretações não necessariamente implica qualquer "experiência autêntica". Porque certas *interpretações da realidade* se fundamentam em teor *errôneo* e são não apenas *falsas*, como possivelmente *irreais* [a irrealidade tem se tornado comum] — a experimentação e a comprovação com a realidade concreta podem determinar isso. Uma "interpretação" incorre ainda em alguma interação com a realidade, e pode ser tão precipitada como uma crença, que não incorre em quase nenhuma ou em absolutamente nenhuma. A propósito, a palavra "opinião" [do latim *opinio, onis*, que significa modo de pensar] deveria ser similarmente abarcada pelo termo "interpretação" [do latim *interpretatio, onis*, que significa modo de interpretar] no pós-moderno nietzscheano: o uso banalizado do vocábulo "opinião" tem levado à "deteriorização das figuras de autoridade" e à consequente "demolição do conhecimento" acumulado, e ao seu descarte. Se alguém tem uma *opinião*, baseia-se em pensamento supostamente *lógico*, logo válido, ao passo que "interpretação" não requer uso da *razão*. Valores morais ou pareceres pessoais, no máximo, podem levar a *interpretações* da verdade e do real — que estão submetidas a irracionalidade, ideologias, processos históricos, completa subjetividade e que precisam trazer consigo a probabilidade de serem *errôneas*. Inverdades existem, assim como mentiras. Portanto, *neguemos* Nietzsche mais uma vez: "*Há fatos, e também interpretações*". Pois se um fato ocorre/ existe ou existiu/ ocorreu em determinado momento e se consiste/consistiu da verdade é algo *verificável*. Desde Sócrates, Platão e Aristóteles a civilização ocidental tem se dedicado à busca dessa *verdade* e desse *acúmulo de conhecimento verdadeiro*. Interpretações são aceitáveis, todavia não são imperiosamente equiparáveis no que trazem [ou não] de conhecimento, ou mesmo de pensamento e de razão. A verdade pode ser manipulada de várias formas: ela e/ou suas pretensões existem como analisado por Foucault em vários discursos — e para este há muito mais do que somente discursos, porque tomou por base documentos e investigações empíricas. O futuro também existe apesar das guerras mundiais e do fracasso da utopia comunista que levaram ao ceticismo dos *pós-modernos bem-intencionados*. Não podemos aceitar a visão de Nietzsche e Heidegger "da modernidade onde a experiência tornou-se rasa e banal pela sufocante hegemonia da metafísica platônica e cristã, do racionalismo, e do universalismo". Não devemos abandonar o racionalismo. Não devemos implodir milênios de trabalho no sentido do acúmulo de um conhecimento verdadeiro em nome de uma filosofia cínica e autoritária, que vem causando danos há 150 anos. *A verdade existe*: realmente ela possui fendas, penetrações, subterrâneos, camadas, perspectivas, contextos... porém todos esses aspectos fazem dela um todo complexo — ao contrário de onde nos trouxe o pós-modernismo ingênuo em conjunto com o pós-modernismo mal-intencionado: ao momento histórico em que nos encontramos, em que a *verdade* é igualada ao *desdizer*, ou a qualquer *interpretação*. Em mil anos, a *verdade* sobre a existência da Serra da Baliza no dia em que escrevo este texto continuará válida — até então, a serra poderá ter sido explodida ou submersa por água, mas *neste momento histórico* ela *existe*: essa é a verdade única e maior sobre a serra, formada por fatos e contextos menores e complementares. Como fiz com a Serra da Baliza, hoje posso ver através do chamado pós-modernismo [sempre escrito em minúsculas por ser uma mera fase decrépita, quiçá até de um outro movimento que não o Modernismo] pois também o deixei para trás. Para ser *verdade*, ela necessita ser totalmente *livre*.

É muito ilustrativo um curto texto de autoria coletiva com que acabo de me reencontrar:

> Os regimes fascistas italiano e alemão estavam ansiosos por se apropriar das ideias de Nietzsche e por se colocar como inspirados por eles. Em 1932, a irmã de Nietzsche, Elisabeth Förster-Nietzsche, recebeu um bouquet de rosas de Adolf Hitler durante a estreia alemã de "Os 100 Dias" ("Campo di Maggio") de Benito Mussolini e, em 1934, Hitler pessoalmente a presenteou com uma coroa de flores para o túmulo de Nietzsche com as palavras: "Para um Grande Lutador". Também em 1934, Elisabeth deu a Hitler a bengala favorita de Nietzsche, e Hitler foi fotografado olhando nos olhos de um busto de mármore branco de Nietzsche. A popular biografia de Heinrich Hoffmann "Hitler como Ninguém o Conhece" (que vendeu quase meio milhão de cópias até 1938) continha essa foto e a legenda lia: "O Führer diante do busto do filósofo alemão cujas ideias têm fertilizado dois grandes movimentos populares: o nacional-socialismo da Alemanha e o fascismo da Itália.[12]

Os simplistas/ simplórios e ofuscadores mal-intencionados da verdade costumam culpar a irmã de Nietzsche por essa apropriação fascista do trabalho dele, porque haveria aqui e ali discordâncias entre o que escreveu o filósofo e a aplicação prática de tal teoria pelo nazismo. Entretanto, hoje enxerga-se claramente que Nietzsche não apenas abriu todas as possibilidades para a assimilação de suas ideias pelo nazifascismo como embasou seu nascimento filosoficamente: com propósito lhe deu cria por *seu desgosto automático pela razão, igualdade e democracia*. É, consequentemente, o verdadeiro *pai do fascismo e do pós-modernismo*. Somos assim confrontados com a hipótese de que o pós-modernismo possuiria raízes muito anteriores à desilusão causada pela Segunda

Guerra — já se negava a modernidade desde o século XIX, antes de o próprio movimento modernista existir. Artistas e filósofos que sucederam cronologicamente ao Modernismo, dos anos 1940 em diante, foram guiados à crença de que criavam algo "novo" quando somente aderiam à antiga antimodernidade de Nietzsche. Por esse motivo, como expressa Erik Baker, *faz-se necessário que pós-modernistas ingênuos* (pensadores de esquerda, centristas liberais *democratas*, e artistas *bem-intencionados*) *cessem de tentar fazer reapropriações da obra desse autor*, pois nela sempre haverá *o ovo da antimodernidade*. Não apenas isso, devem questionar e *expurgar sua influência direta ou indireta* que chega a nós através de vários filósofos e historiadores intelectuais — alguns citados por Baker —, e também através de artistas, jornalistas, políticos, juristas e multinacionais. Há que se aplicar uma leitura extremamente crítica, sobretudo neste momento histórico: *razão, fatos, verdade, liberdade, igualdade* e *democracia* — todos esses grãos precisam estar simultaneamente presentes no *filtro antinietzscheano*. Não defendo que livros ou trabalhos de arte sejam queimados, conquanto algumas obras inteiras terão de ser colocadas definitivamente de lado, sim: aposentadas, arquivadas. *Há de se extrair o ovo nietzscheano* que jaz em nosso corpo artístico-científico-econômico-político-social contemporâneo como um tumor *e também todos os tentáculos desse tumor* que, como em metástase, espalham-se nesse corpo, sem, no entanto, danificar áreas imediatamente adjacentes ou órgãos que estão saudáveis — e, mais importante de tudo, *sem levar à morte do ser civilização moderna.* Sim, ainda vivemos na *Modernidade!* E o nietzscheanismo — nas formas do pós-modernismo e do fascismo — é nosso câncer metastático. Eu ousaria escrever, sob o risco de cair em uma armadilha pós-moderna, que existem certos tumores benignos deixados por esses tentáculos que nos são úteis [enxergo três, os quais discutirei]. Por fim, para encerrar o círculo vicioso do pós-modernismo e do fascismo necessitamos responder à questão-chave posta por Karl Marx de que "o moderno não dá satisfação". É necessário que a Modernidade entregue suas promessas de democracia, liberdade e igualdade! Em vez de uma coroa de flores, coloco uma enorme pedra retirada da Serra da Baliza sobre o túmulo de Nietzsche: está aí uma proposta de obra de arte, uma intervenção [re]modernista. Porque o oposto do "des" do pós não é o neo — é o "re".

Busco um mecenas. Proponho a [re]Tomada.

H

Muitos teóricos do pós-modernismo ainda não conseguem ou não querem realizar a conexão entre esse "não movimento" e toda a desestabilização das chamadas certezas fixas trazida por Nietzsche ainda no século XIX. Em um artigo no *The Washington Post*, por exemplo, sobre o pós-modernismo e Trump, datado de 31 de agosto de 2018 — quando o Brasil despencava no abismo —, o autor Aaron Hanlon demonstra um misto de ingenuidade, negação e arrependimento já a partir do título do texto, "O pós-modernismo não causou Trump. Ele o explica".[13] Escreve:

> É claro que as tendências atuais precedem em muito nossas teorias do pós-modernismo. [Michiko] Kakutani abre seu ensaio no *Guardian* com uma citação de Hannah Arendt de 1951, "As Origens do Totalitarismo": "O sujeito ideal do governo totalitário não é o nazista convencido nem o comunista convencido [convertido, acirrado], mas pessoas para quem a distinção entre fato e ficção… e a distinção entre verdade e falsidade… não mais existe." Mas a própria Arendt pensava que a dissimulação política era muito mais velha. "A falsidade deliberada e a mentira escancarada usada como meios legítimos para atingir fins políticos," escreve Arendt em seu ensaio de 1971 "Mentindo na Política", "tem estado conosco desde o início da história registrada".

Abramos também com Hannah Arendt. É preciso evidenciar que Arendt possuía uma visão moldada por Heidegger [e, logo, por Nietzsche], de quem havia sido aluna e amante. Posteriormente a Heidegger, foi estudar diretamente sob Edmund Husserl. Era, dessa maneira, uma pós-modernista raiz: nivelar a mentira usada por políticos comuns (que provém do uso de qualquer ser humano da mentira) em um contexto social sadio com a mentira usada por políticos fascistas no contexto da *in*capacidade das pessoas de distinguir "entre fato e ficção" e "entre verdade e falsidade" constitui *simplismo* e *malícia* de sua parte (em outras palavras, *pós-modernismo*). Existe maldade em seu trecho de discurso *propositalmente* deturpado porque: um "nazista convencido" não é nada mais nada menos que alguém que sofreu a lavagem cerebral fascista, exatamente essa pessoa "para quem a distinção entre fato e ficção e a distinção entre verdade e falsidade não mais existe". Arendt age para normalizar as mentiras de um político fascista e o modo de rebanho irracional de seus seguidores ao afirmar que essa conjuntura "tem estado conosco desde o início da história registrada". Não é verdade. O fascismo surgiu a partir da década de 1890, e sua primeira manifestação foi na França.

Hanlon também escreve sobre um ídolo dos pós-modernistas [propositados ou ingênuos]:

> Obtemos o termo "pós-moderno", ao menos em seu sentido filosófico atual, do título do livro de 1979 de Jean-François Lyotard, "A Condição Pós-Moderna: Um informe sobre conhecimento". Descreveu o estado de nossa era ao desenvolver as observações de Lyotard de que a sociedade estava se tornando uma "sociedade de consumo", uma "sociedade de mídia" e uma "sociedade pós-industrial", como o teórico pós-moderno Fredric Jameson aponta em seu prefácio do livro de Lyotard. Lyotard viu essas mudanças em larga escala como tendo virado a mesa da arte, ciência e a questão mais ampla de como sabemos o que sabemos. Isso era um diagnóstico, não um resultado político que ele e outros teóricos pós-modernistas se agitavam para trazer à tona.

A "questão mais ampla de como sabemos o que sabemos" estava na coluna central desestabilizada por Nietzsche [em sua crítica da metafísica platônica, do racionalismo, e do universalismo e em sua corrosão das certezas fixas], pouco mais de um século antes do livro de Lyotard: não vejo nada de novo no que traz este ídolo pós-moderno, a não ser a constatação de que o pós-modernismo existia [ou não, segundo eles próprios, pois não haveria mais distinção entre verdade e falsidade]. Fredric Jameson menciona "as análises de Jean-François Lyotard, cuja conceituação de pós-modernismo — a substituição da narrativa histórica pelos efêmeros jogos de linguagem — já se transformou na direção de um conceito de presentismo. Seu último trabalho sobre o sublime afiou o foco para uma direção ainda mais interessante: ele propôs adicionar temporalidade à descrição kantiana do sublime e descrevê-la como a presença do choque, o que desperta uma estância de espera ou antecipação que ninguém segue. É uma formalização apropriada *da desilusão revolucionária* — de muitas maneiras, Lyotard tornou-se o verdadeiro filósofo e teórico dessa *desilusão* — e certamente tem sua relevância para o nosso atual momento; mas também ilustra o tipo de efeito ideológico que a tematização — nesse caso, uma insistência na temporalidade — pode produzir".[*] Ao escrever que Lyotard faz a "formalização apropriada da desilusão revolucionária", Jameson chega perto de relacionar o pós-modernismo ao fascismo.

---

[*] JAMESON, Fredric. A estética da singularidade. *The New Left Review*, mar./abr. 2015. Trad.: Ricardo Lísias.

Fredric Jameson continua: "Mas os termos pós-modernismo e pós-modernidade têm sido muito criticados ao longo dos anos, e talvez, na rápida obsolescência da cultura intelectual hoje, pareçam fora de moda e antiquados". Isto porque, no ano em que o texto de Jameson foi escrito, 2015, e mesmo em 1999 — como demonstrou a cineasta experimental Shellie Fleming, o que narrarei mais tarde —, *o pós-modernismo,* com suas desilusões, escombros, relativismos e não respostas, *estava sendo de fato ultrapassado,* se já não havia sido em grande parte. Não era uma questão apenas "dos termos" serem antiquados e sim, do conjunto de [não] ideias que [não] abarcavam. O pós-modernismo nunca tentou ser, e portanto nunca foi, satisfatório — contudo, já então se tornava *in*satisfatório e quase totalmente *im*aceitável. Pois o pós-modernismo jamais correspondeu às problemáticas do capitalismo tardio e da sociedade contemporânea — além da resistência pós-modernista em ocupar o lugar deixado vazio pelo próprio pós-modernismo, a Modernidade continua e traz consigo desafios cada vez maiores com a crescente globalização, o avanço das multinacionais e a emergência simultânea do fascismo em várias nações [este último crescentemente fundamentado por quem mais, se não pelos filósofos pós-modernistas?]. Retornamos, desta forma, à questão-chave elaborada por Karl Marx de que "o moderno não dá satisfação". Necessitamos de uma filosofia e de uma arte que *não somente reflitam sobre a realidade atual* {e que [*não*] tornem tudo relativo} e *sim, que enfaticamente proponham mudanças efetivas.* Uma consideração sobre esta passagem é que teimo em insistir em enxergar no trabalho de Jameson muito mais uma tentativa de compreender o pós-modernismo de forma a se sair dele do que uma intenção de se mergulhar ainda mais profundamente nesse buraco escuro. Hanlon aponta justamente para isso quando nos lembra de que:

> Marx havia escrito, "Filósofos têm até aqui apenas *interpretado* o mundo em várias maneiras; o ponto é mudá-lo." Mas filósofos da pós-modernidade inverteram esse objetivo, procurando principalmente *interpretar* o mundo.

Porém, todo o texto de Aaron Hanlon se baseia em uma não resposta, que é pós-modernista por si só:

> Nós não podemos dizer que "meditações" acadêmicas sobre a pós-modernidade não tem tido influência na cultura em sua amplitude — é só que a evidência factual de seu impacto é rara. É uma coisa ajudar as pessoas entenderem que fatos não surgem em um vácuo e que as grandes narrativas não são sempre

explicações exatas para a forma como as coisas são. Mas é outra coisa sugerir que tais ideias encorajaram a sociedade como um todo a rejeitar o fato científico como "apenas mais uma opinião".

O autor alega que evidências *factuais* a respeito do impacto do pós-modernismo na sociedade como um todo são *raras*... Espere! Um pós-modernista exigindo evidências factuais? Conflitantemente, defende que os pós-modernos tentaram "ajudar" as pessoas a entenderem que "fatos não surgem em um vácuo" quando, em realidade, esses autores obscureceram a distinção entre fato e ficção, e Hanlon admite justamente isso por linhas tortas quando retoma o batido tema pós-modernista de que "as grandes narrativas não são sempre explicações exatas...": faz o uso das mesmas distorções e ferramentas de Arendt, em outras palavras, relativismo e "tudo é ficção" embaraçados pelo pós-modernismo. Renega, por outro lado, o resultado do acúmulo de esforços pós-modernistas, que é o de o povo "rejeitar o fato científico como apenas mais uma opinião". Do que se trata seu texto, senão de realização (mesmo que pela negação) e de mais uma evidência factual do impacto do pós-modernismo "na cultura em sua amplitude"? Sua conclusão, obviamente, é de que o trumpismo não emergiu do pós-modernismo. Existe uma utilização falsamente ingênua e ao mesmo tempo arrependida das táticas pós-modernistas no texto — que inclui o revisionismo da história do não movimento de forma a rejeitar responsabilidade por suas consequências —, o que demonstra que *não podemos esperar nada dos pós-modernos* [e me refiro a todo e qualquer pensador, jornalista, artista, jurista e político a atuar, ou acriticamente ou maliciosamente ou contritamente, no pós-modernismo] — uma vez que seu intuito e o resultado de seu trabalho acabam por ser a amplificação de uma ingenuidade forjada. Há inúmeros estudos a respeito de como se dá a disseminação cultural na sociedade e não é nenhuma surpresa, muito menos nenhum fenômeno inexplicável, que uma deturpação criada por um filósofo [no caso, Nietzsche] na segunda metade do século XIX — e fortemente abraçada e difundida pelos fascismos francês, de Mussolini e de Hitler e por seus artistas e pensadores ao menos a partir da última década do século XIX [o movimento boulangista ocorreu durante a era Dreyfus nos anos 1890, Marinetti lançou o futurismo em 1909, Heidegger lançou seu primeiro livro em 1912] — tenha atingido toda a população ocidental de forma massiva, insidiosa e profunda em 2018, inclusive através da chamada indústria cultural.

Para que os historiadores intelectuais reflitam: como se penetra o pensamento de Weber no trabalho de György Lukács, apesar de que em *A Destruição da Razão* (1954) este tenha tentado destrinchar o irracionalismo de Schelling, Schopenhauer, Kierkegaard, Nietzsche, Dilthey, Simmel, Schiller, Heidegger, Jasper, e de Weber em si, que era seu amigo desde 1913? O fato de que Lukács tinha ojeriza pelos trabalhos de Kafka, Joyce e Beckett nos dá uma pista. Por mais marxista que Lukács tenha sido, Erik Baker relata a incongruência de "que o típico leitor de Nietzsche ou Heidegger é de esquerda". Trata-se de uma questão em aberto. A meu ver, há de se realizar um levantamento genealógico abrangente acerca da descendência filosófica, jornalística, artística, jurídica, política, social e econômica [incluindo o que tange às multinacionais autocráticas] de todo o pensamento nietzscheano. Bato mais uma vez nas teclas sobre a necessidade da extração do tumor e de seus tentáculos. As ferramentas emergenciais contra os sintomas irreais que vivemos nos foram dadas por Marx e Freud, tão desdenhados pelo centro e pela direita liberais mas que terão de ser revistos por estes para que a democracia tenha alguma chance de sobreviver — isto irá, aliás, diferenciar o centro político sadio do centro político apodrecido de onde repetidamente tem se levantado o fascismo.

Ao comparar as possibilidades de expressão em meu trabalho artístico, o que a literatura me proporciona de mais prazeroso em relação a roteiros de cinema e televisão é justamente a possibilidade de revisitar assuntos e de adicionar perspectivas ao longo da escrita, pois existem inúmeros temas em nós mesmos que não são muito redondos, nem possuem as arestas tão aparadas. Escrevo isso principalmente no que tange à exposição de temas incongruentes ou contraditórios ou paradoxais, porém que não se desdizem nem se negam uns aos outros, o que nas técnicas televisivas e cinematográficas tem certas limitações. Os roteiros costumam dar mais naturalmente espaço à oposição entre fatos do que a prolongados debates internos, porque geralmente se apoiam no diálogo ou naquilo que é de outra maneira externalizado, imagético, e acima de tudo demandam precisão devido à relação entre o número de páginas e o tempo [limitado por ser altamente custoso]. O processo de descoberta, no entanto, possui sua função, causas e efeitos — na vida real e na ficção —, e sua importância na literatura é inegável. Há outros prazeres que os roteiros de cinema proporcionam. Por isso, para mim são tipos de escrita complementares — não é à toa que se trata de meios de expressão artística diferentes.

Um grande músico brasileiro conta-me com frequência que seu pau fica muito babão após uma apresentação diante da plateia — o que demonstra o quão sexualmente catártico o show é para ele. Para mim, nem o ato de escrever nem o de filmar conotam algo tão explicitamente sexual — embora quanto mais sexualmente represado eu esteja, mais eu escreva. E quanto mais eu filme, mais eu represe o sexo [nos dias de folga torno-me um tanto indomável]. A energia dispendida no sexo e a catarse que ocorre nele acabam por trazer momentaneamente parte da realização que se daria na escrita. Portanto, também há, ainda que não tão claramente como para esse cantor, uma forte ligação entre o tesão e o trabalho artístico para mim: trata-se de partes da mesma energia e da mesma catarse, apesar de meu inconsciente talvez reprimir mais o gozo que encontro por meio da escrita e da filmagem do que reprime o inconsciente do músico no palco.

Continuei debruçado sobre a enorme quantidade de material nas nuvens e, ao ser confrontada com aqueles registros virtuais do passado, minha mente por vezes divagava e pedia tempo e paciência para elaborar tudo — que, por sua vez, quase se consubstanciava na minha frente [Lenine será eternamente parafraseado desde que escreveu a canção, pois a expressão o antecede]. Por fim, entre uma nuvem e outra, localizei a fotografia do Post-it com o endereço que monitorava o aparelho que eu havia deixado no hotel — anotação completa com login e senha. Dirigi-me ao site espião. O plano tinha funcionado — plano este de que Elyas provavelmente se havia esquecido, ou que nunca informou à Rede por não acreditar que tinha sido implementado. Sim! João Bosco, tão logo ficou sem seu celular, começou a fazer uso do tal "telefone que minha mãe havia enviado para minha ex-faxineira". Entretanto, em vez de esclarecer minhas dúvidas a respeito da suposta Rede, o conteúdo das conversas me levou a entender que João estava realmente perdido. Mesmo com meu desencanto com a sociedade que me rodeava, e com a crescente suspeição de que sua podridão poderia ser ainda mais penetrante do que eu sequer havia podido imaginar, eu tinha servido como uma espécie de corda de salvamento para João no curto período em que estivemos juntos no final de 2019, porque então ele próprio se deparava com seu desencanto e se afogava. Eu também me afogava, mas a maior parte do tempo mantinha minha cabeça fora da água podre do fascismo, e assim era uma referência no escuro rio de lama. Estendi-lhe algo a que se agarrar e o guiei: choquei-me com a sordidez que lhe embaçava a visão e que o puxava mais e mais, trazendo-me junto. Tentei desvendar a origem dessa força que nos afundava em meio à forte correnteza: eu a sentia e ela era real, embora não fosse sólida — de minha perspectiva, era como uma mão feita de água nojenta que me tragava dentro da própria água bolsonarista que podia me engolir. Não havia sido capaz de provar a existência dessa Rede, dado que ela era quase translúcida, implacável à única arma que eu possuía em mãos: meu celular, com que podia fotografar e registrar a realidade que me cercava, para então fazer qualquer denúncia. Eu tampouco podia agarrar essa força e a levar perante as autoridades competentes. Em quem poderia confiar? Era Davi contra Golias. Uma vez que Bosco insistia em se deixar levar pela correnteza, cego por sua sujeira, acabei por soltar a corda para que ao menos eu pudesse nadar até a margem. Ele se ia… com a corda flutuando na água marrom. Eu me erguia; a terra da margem que um dia tinha sido firme transformara-se em um lamaçal que me prendia — similar à imagem do arraso depois do rompimento da barragem em Brumadinho, uma metáfora datada ainda de janeiro de 2019 (primeiro mês do governo fascista) do que seria a passagem do regime Bolsonaro pela história. Centenas de milhares foram engolidos pela lama. Via outros muito próximos no mesmo lamaçal em que eu me encontrava: poucos nem sequer tinham a capacidade de olhar para os próprios pés ou de enxergar que também se atolavam. Era uma sensação horrível não conseguir compartilhar com o outro essa realidade desesperadora que eu enxergava; e pior, não conseguir provar que um monstro quase invisível havia tentado me tragar naquele rio imundo que se arrastava pelo tempo a deixar para trás sua lama; mais triste ainda foi testemunhar o quão desestruturado João se encontrava, sendo levado por aquela podridão corrente. Ele ainda não entendia o porquê de sua demissão da BarMetria onde trabalhava, como apontou sua conversa com a diretora da agência:

[07/01/2020 15:40:32] Eva: João, tudo bem?

[07/01/2020 15:40:37] Eva: que dia as meninas falaram para vc vir até aqui?

[07/01/2020 15:41:10] João Bosco: Oie

[07/01/2020 15:41:17] João Bosco: Que meninas do DP?

[07/01/2020 15:41:22] Eva: isso mesmo

[07/01/2020 15:41:30] Eva: ou ainda não te marcaram data?

[07/01/2020 15:41:33] João Bosco: Não marcaram

[07/01/2020 15:45:12] João Bosco: Tudo muito estranho, eva nunca tive um feedback estruturado

[07/01/2020 15:46:43] João Bosco: Não fazia três meses que tinha mudado de conta

[07/01/2020 15:46:52] João Bosco: Só sei que o cliente "pediu a minha cabeça"

[07/01/2020 15:47:26] Eva: isso não é feedback, né?

[07/01/2020 15:48:17] João Bosco: Tô bem triste. Mas bola pra frente

[07/01/2020 15:48:29] Eva: me avisa quando vc estiver por aqui

[07/01/2020 15:48:35] João Bosco: Ah mas agora não adianta mais

[07/01/2020 15:48:42] Eva: o Ricardo falou que o Enrico reclamou que você fez um *by-pass* nele na última reunião de novembro

[07/01/2020 15:48:46] João Bosco: Na reunião com o Arthur?

[07/01/2020 15:48:48] Eva: sim

[07/01/2020 15:49:03] João Bosco: Eu conheço o Arthur de anos. O Enrico tava errado e eu falei. E o Arthur concordou comigo

[07/01/2020 15:49:17] Eva: você está no Rio, né? me avisa quando estiver por aqui

[07/01/2020 15:49:33] Eva: vou juntar o máximo de informações possível pra que você tenha informações suficientes pra entender onde vc possa ter falhado, e possa trabalhar nesses pontos

[07/01/2020 15:49:43] João Bosco: Feedback é pra construir quando ainda existe ajuste

[07/01/2020 15:49:46] Eva: eu mesma vou te passar esses pontos

[07/01/2020 15:49:59] Eva: pra construir sempre [João Bosco: Feedback é pra construir quando ainda existe ajuste]

De alguma maneira, João tinha tido acesso a prints da conversa ocorrida entre Enrico Constâncio — gerente de Mídia e Publicidade e Conteúdos Sociais na América do Sul e seu contato na rede Rocca — e Arthur Scalercio — gerente de Marketing da rede e chefe de Enrico — sobre as circunstâncias da tal reunião:

[02/12/2019 08:25:01] Arthur Scalercio: Fala Enrico. Da uma olhadinha no email que mandei.
[02/12/2019 08:26:30] Arthur Scalercio: Nas últimas semanas 3 furos pesados: - DNN; - Planejamento 2020; - dados do plano da Everyone. Cara, a Sofia ta doida pra pegar isso mas eu entreguei p vc pois acredito que faz mais sentido.
[02/12/2019 08:26:48] Arthur Scalercio: Se vc não conseguir dar conta de entender p tocar a bola com a BarMetria eu infelizmente vou ter que reorganizar o departamento.
[02/12/2019 08:26:58] Arthur Scalercio: Vc pisou na bola feio naquela reunião da semana passada.

No mesmo dia em que conversou com Eva, João enviou seu currículo para Felipe — conhecido seu [e talvez peguete] de uma agência concorrente da BarMetria, que respondeu:

[07/01/2020 17:05:14] Felipe Leandro: Precisamos reforçar planejamento e ter algo no criativo, mas aqui o foco é majoritariamente PR
[07/01/2020 17:05:17] João Bosco: Sim, mas vai que
[07/01/2020 17:06:00] João Bosco: Eu tenho um perfil de jobs digitais
[07/01/2020 17:06:05] Felipe Leandro: Por acaso era a Sofia da Rocca?
[07/01/2020 17:06:08] João Bosco: Enrico
[07/01/2020 17:06:15] Felipe Leandro: Me manda no e-mail, pls
[07/01/2020 17:06:19] João Bosco: Preconceituoso
[07/01/2020 17:06:21] Felipe Leandro: [endereço de e-mail]
[07/01/2020 17:07:29] João Bosco: <foto de perfil de Enrico no WhatsApp, indivíduo que tenta esbanjar masculinidade atrás de óculos escuros, a dirigir um modelo de carro típico de quem busca status>
[07/01/2020 17:07:37] Felipe Leandro: Aff... melhor sair do caminho desse aí mesmo [João Bosco: <foto de Enrico>]

Para alguém que via a situação do lado de fora como eu e que tinha acompanhado os acontecimentos próximo a João, tendo ouvido sua descrição do indivíduo que havia "pedido sua cabeça" na agência em que trabalhava, lido em mais detalhes o que tinha acontecido, e — principalmente — visto a foto do tal Enrico e observado como Felipe Leandro [alguém que eu não conhecia, mas que era gay como nós] também reagia a ela e ao sujeito, ficava claro que o *by-pass* que João Bosco realizou durante a tal reunião havia sido o ponto determinante para que este quisesse Bosco fora da conta, sob a ameaça de levar os hotéis Rocca para outra agência caso isso não ocorresse, porque precisava culpar alguém por sua própria mediocridade. O fato de João ser gay era um complicador, pois para um indivíduo que sentia a necessidade de reafirmar constantemente sua macheza como era o caso de Enrico, deveria ter sido particularmente humilhante ser provado errado por "um gay" perante seu chefe. Apesar de que Bosco pudesse ter sido mais astuto na maneira de se portar em uma reunião de trabalho, principalmente no tocante à forma de confrontar um cliente — que se encontrava presencialmente subordinado a seu próprio chefe —, a verdade era que sim, João havia sido despedido por ser melhor no que fazia do que seu cliente e também que sim, a BarMetria tinha sido covarde e criminosa na maneira como agiu com ele — desde seu chefe direto, Ricardo, à diretora, Eva. Porque a agência — por meio dos superiores de Bosco — poderia ter sido mais firme com Enrico, ou ter tomado a frente nas tratativas, ou ter defendido seu funcionário, ou ao menos não o ter usado como escudo, ou por fim ter transferido João de volta para a conta de veículos que administrava anteriormente com muito sucesso. Contudo, Ricardo foi submisso e atuou com dolo ao entregar a cabeça demitida de Bosco em uma bandeja para satisfazer o sadismo homofóbico de Enrico, sujeito malsucedido no que fazia e provavelmente frustrado em sua masculinidade. Eva fez vista grossa: a homofobia era uma das bandeiras do regime fascista e as pessoas não mais se sentiam constrangidas em demonstrar quem realmente eram... Enrico, Ricardo, Eva... Para algum leitor que possa não compreender o contexto da homofobia propagada e generalizada durante o regime Bolsonaro, trago aqui algumas manifestações do presidente da República sobre o assunto e outros trechos colhidos pela revista *Lado A*:[14]

"Não vou combater nem discriminar, mas, se eu vir dois homens se beijando na rua, vou bater", disse Bolsonaro depois que FHC posou com a bandeira gay em 2002. O então Deputado Federal usou sua boca para vomitar baboseiras em resposta contra o projeto de lei que defendia punições contra ações homofóbicas. Ele disse que não dá para saber que uma pessoa é gay, transexual, lésbica ou travesti antes de agredi-la e que só porque uma pessoa faz sexo com o órgão excretor não merece uma lei de proteção. Em um debate na TV Câmara, em 2010, ele sugeriu que a melhor forma de corrigir a homossexualidade seria através da violência. "O filho começa a ficar assim, meio gayzinho, leva um couro e muda o comportamento dele. Olha, eu vejo muita gente por aí dizendo: 'ainda bem que eu levei umas palmadas, meu pai me ensinou a ser homem. A gente precisa agir'."

Por outro lado, na pesquisa sobre a demografia das orientações sexuais realizada pelo Datafolha em 1998, demonstra-se que os protestantes pentecostais haviam tido mais experiências homossexuais (11%) do que os católicos (8%),[15] o que aponta que essa violência com crianças gays pode gerar adultos recalcados e religiosamente radicais. Sim, há muitos gays enrustidos Brasil afora, como a própria Rede veio a comprovar.

"O que esse pessoal tem para oferecer para a sociedade? Casamento gay? Adoção de filhos? Dizer que se seus jovens, um dia, forem ter um filho, que se for gay é legal? Esse pessoal não tem nada a oferecer." Sobre a união gay, disse: "O próximo passo será a adoção de crianças por casais homossexuais e a legalização da pedofilia". "90% dos adotados vão ser homossexuais e vão ser garotos de programa deste casal." "Se eu for contratar um motorista para levar o meu filho em uma escola e descobrir que ele é gay... eu vou contratar?" "Sou preconceituoso, com muito orgulho." "Seria incapaz de amar um filho homossexual. Não vou dar uma de hipócrita aqui: prefiro que um filho meu morra num acidente do que apareça com um bigodudo por aí. Para mim ele vai ter morrido mesmo." Sobre o beijo gay, disse: "A sociedade é ofendida, a família é ofendida..." "A sociedade é conservadora. Eu considero agressivo." "Lógico que me incomoda."

Não devo continuar com essas aberradoras manifestações indefinidamente. Concluo:

"Não existe homofobia no Brasil" e "a sociedade brasileira não gosta de homossexuais". "O sangue de um homossexual pode contaminar o sangue de um heterossexual."

Além da normalização da LGBTfobia e indícios da sistematização dela, algo mais que me intrigou na conversa entre João e Eva foi a aparição do nome "Arthur Scalercio", pois já havia ouvido falar desse indivíduo, entretanto não sabia que era gerente de Marketing da rede Rocca. Conhecia seu nome da boca de Bosco, que me tinha dito que Arthur era um amigo de seu ex-marido, o médico Vinícius. Por que João nunca havia mencionado que trabalhava com Scalercio, mesmo que indiretamente? Bosco tinha me contado algumas histórias interessantes a respeito de seu relacionamento anterior com o tal médico: enquanto eu conversava com ele acerca de meu processo de compreensão do significado da palavra "amigo" no modo de vida gay, João me disse que, em seu casamento com Vinícius, suspeitava de que este pedisse a seus amigos que o seduzissem nos momentos de confraternização, a sondar se Bosco cedia e traía. Ao que me pareceu então, João nunca tinha chegado a uma conclusão sobre se haviam ocorrido tais pedidos ou não, porém deixei claro que meu entendimento diferia do seu [talvez eu fosse menos romântico]: em minha análise, os tais "amigos" estariam agindo pelas costas do médico e realmente tentando "roubar" — ainda que para uso sexual e rápido descarte — seu companheiro. Desse círculo também fazia parte Anderson; João e ele nunca foram próximos, nem chegaram a transar — de fato, após saber do que houve entre nós, Bosco nutriu ciúmes de Anderson, porque é muito possessivo. Ao me falar dessa confraria, que se reunia ao redor de mesas postas com refinados jantares regados a caros vinhos e que viajava pelo planeta, João se referia aos indivíduos como se constituíssem uma classe superior. Bem mais pé no chão, Valesca Popozuda — através de mim, presença frequente na trilha sonora do *Vai que Cola* — chamaria a todos de "periguetes recalcadas" por darem em cima do marido alheio. Eu usaria o termo "fura-olho" [em espanhol, *traidora*, ou em inglês, *backstabber*" — minha expressão favorita: aquele que dá facada nas costas do outro], haja vista que, pelo que eu próprio conhecia de alguns deles, não eram particularmente sofisticados. *Rala, sua mandada.* Arthur Scalercio, satélite nesse universo, era "heterossexual" e casado — sem filhos — e se encontrava com Vinícius e João Bosco em momentos mais reservados e ortodoxos. De meia-idade, cuidava bem do corpo, era hiperbranco (rosado), alto, possuía cabelos grisalhos e aparentava ser "másculo", além de extremamente "bem relacionado" — não no sentido de se dar com boas pessoas, no de orbitar indivíduos influentes, especialmente no conservador mundo bolsonarista. Tinha fotos ao lado dos empresários Carlos Wizard, Paulo Skaf, Rubens Ometto, Rubens Menin (dono da CNN Brasil), Tutinha Carvalho, José Roberto Maciel, David Safra;[16] sua jovem esposa, ao lado de Michelle Bolsonaro e de Raíssa Volataro. Posteriormente, destrinchei que Scalercio era acionista da Oshio, dona da BarMetria, o que representava um conflito de interesses devido a seu cargo na Rocca [seu subordinado, Enrico, blefava com suas bravatas de levar a conta da rede de hotéis para outra agência e isso era sabido por Ricardo e Eva, portanto a demissão de João tinha sido ainda mais descabida; Giordano havia montado um esquema vantajoso semelhante onde trabalhou e foi processado pelo desvio de milhões]. E descobri que Scalercio morava na rua Avanhandava: suas janelas davam de frente para a área do deck e piscina do Studio 1984, do outro lado da Nove de Julho, sendo inclusive possível ver seus janelões da sacada de Bosco. Aliás, João nutria por ele grande admiração — semelhante à outra, pelo advogado Pedro Lume, não por coincidência também amigo de Arthur. Se Bosco admitiu ter transado com Lume durante o relacionamento anterior desse [ao menos], poderia ter se deitado com o "heterossexual" Scalercio? Confesso que jamais apreendi o motivo de tamanho arrebatamento de João por qualquer um dos dois: para mim, o simples fato de estamparem imagens com fascistas era vergonhoso — e, vez ou outra, Bosco os usava como métrica ao tentar me fazer sentir mal por algo, principalmente em ocasiões em que eu me abria a respeito do exercício de minha sexualidade. João valorizava os sexualmente reprimidos, ou nebulosos, e hipócritas… A mera comparação seria para mim pejorativa não apontasse justamente os contrastes; preferia eu ser vulgar como Valesca Popozuda em minha maneira livre e honesta de comunicar minhas ideias [se é que ser verdadeiro ao falar de sexo realmente significa "ser vulgar"] a ser guiado pelo falso moralismo que se alastrava pelo Brasil. *Naquele exato instante*, Bosco se encontrava psicologicamente desmantelado — eu era lembrado pelo que lia —, e com relação a isso, sim, eu me sentia mal por de certa forma ter piorado a situação. Pois se seu mundo então fosse uma torre de baralho, eu era das últimas cartas que me prestava a restar em pé, a apoiá-lo. Todavia, os estranhos eventos de dezembro e o trauma daquela noite de sábado e daquele domingo no Rio de Janeiro haviam me posto de joelhos na lama. João Bosco, por mais cego ou mal influenciado que estivesse, indicava nutrir por mim uma paixão tão avassaladora quanto eu por ele e, tendo despencado de seu próprio mundo, quanto mais braçadas dava naquela água podre e marron que continuava a correr, mais afundava. Eu o havia deixado ir…

[05/01/2020 21:28:06] João Bosco: Eu estou muito magoado
[05/01/2020 21:28:29] João Bosco: Até minha passagem que dei o dinheiro pra ele comprar foi cancelada
[05/01/2020 21:29:04] João Bosco: Ele jogou meu celular do 13 andar
[05/01/2020 21:29:54] João Bosco: Mas enfim, eu sou muito coração
[05/01/2020 21:30:45] João Bosco: Hj ele me perguntou se eu me vingaria dele e eu disse que a vida se encarregava disso…
[05/01/2020 21:32:38] João Bosco: Ontem eu estava super carinhoso, fiz várias surpresas
[05/01/2020 21:32:41] João Bosco: E olha o que eu recebo
[05/01/2020 21:32:58] João Bosco: Chega a doer
[05/01/2020 21:33:07] João Bosco: De tanta ingratidão

[05/01/2020 21:34:16] João Bosco: Ele não aceitava que era um surto
[05/01/2020 21:34:36] João Bosco: Eu forcei levar ao médico

João se abria com Catarina, amiga a quem apresentei quando estivemos no Rio em dezembro. Havíamos jantado no Quadrucci, na Dias Ferreira, em perfeita harmonia, e ela gostou muito dele. Pertenciam ambos ao signo de Câncer — esse era o mesmo signo de Tiago. Não podíamos imaginar, Bosco e eu, naquela época em que estávamos aparentemente tão bem e fazíamos planos para desfrutar o Réveillon em Buenos Aires, toda a força da turbulência que iríamos atravessar. Talvez nessas mensagens João realmente acreditasse que tinha sido carinhoso comigo e que havia me dado dinheiro para comprar sua passagem e que eu tinha simplesmente surtado; ou talvez deturpasse propositalmente a realidade ou tivesse falsificado memórias: havia "forçado" minha família a me levar do Rio para que eu consultasse um médico... Bem, isso de certa forma aconteceu. Catarina acreditava nele porque não tinha ouvido minha perspectiva dos fatos — que divergia muito da de Bosco. Eu não possuía mais celular.

[06/01/2020 11:19:50] João Bosco: Estou desde ontem neste pânico sem saber o que será...
[06/01/2020 11:20:27] Cata: <mensagem de áudio (0:27)>
[06/01/2020 11:22:28] João Bosco: Ele está internado?
[06/01/2020 11:27:49] Cata: <mensagem de áudio (0:48)>
[06/01/2020 11:40:42] Cata: <chamada de áudio recebida>
[06/01/2020 16:36:29] João Bosco: Por mais educado que eu seja, ele não me responde e nem me atende. Difícil
[06/01/2020 17:52:24] Cata: O pai?
[06/01/2020 18:03:37] João Bosco: Me fazer pagar 9 mil reais em um celular da empresa é duro, né?

Catarina me tinha como um verdadeiro irmão, ou como um filho — assim muitas vezes expressou. E éramos ou irmã/irmão, ou mãe/filho — não sabíamos precisar qual par. Confidentes, atuávamos também como conselheiros mútuos e protegíamos muito um ao outro, por sermos bastante parecidos: impulsivos, emotivos e sexuais. Contudo, eu não havia compartilhado nada com Cata a respeito das dificuldades que vinha vivendo com João desde meados de dezembro, justamente por meu medo de estar ficando doido. Dessa forma, quando — a aproveitar o Natal e a virada de ano fora do Rio — ela assistiu a minha live de 4 de janeiro diretamente do Hotel Moulineaux, em que revelei estar em perigo, reconheceu o VIP e ficou surpresa e extremamente agoniada.

Confusa por eu não estar em Buenos Aires como planejado, desesperou-se ao receber mensagens minhas do Rio de Janeiro a pedir ajuda. A bateria de meu telefone morreu e foi Bosco o primeiro a fazer contato. Depois, ela conseguiu se comunicar com minha família. Então em diálogo constante com meu pai — de quem ficou inesperadamente próxima —, acalmava Ney, João e todos com informações sobre mim enquanto eu dormia — com a perspectiva de meu pai da história, ao menos. Existia uma preocupação coletiva comigo, pois nunca foi esclarecido — até o presente momento — exatamente o que se passou entre a noite do dia 4 e o dia 5 de janeiro de 2020 na Cidade Maravilhosa. Bosco, por sua vez, com a visão mais e mais turva pelo uso continuado da metanfetamina e do GBL, oscilava entre o amor e o ódio por mim: uma hora dizia a Deus e ao mundo que me amava, outra hora mentia que eu tinha sofrido um surto e por fim passou a alegar que eu lhe devia enormes quantias — como a justificar as dívidas crescentes em que se afundava durante sua danação no Rio de Janeiro. Catarina, que inicialmente estava disposta a auxiliá-lo a retornar para São Paulo, perdia confiança nele dadas suas variações de humor e mudanças rápidas de tema, além das negações de meu pai das versões conflitantes de João para a história. De fato, ela praticou um jogo duplo com Bosco — sem saber se era a tina a exercer seu poder sobre ele, ou se era A Rede, ou se eram ambas: a análise de meu pai do ocorrido, a que minha amiga ganhava acesso, destoava demais do que arguia João para que ela depositasse fé nos bizarros relatos de um quase desconhecido.

Após despertar, eu me dava conta de que ele era um desconhecido para mim também.

[06/01/2020 14:27:33] João Bosco: Amor
[06/01/2020 14:32:44] Luciana: Vai ficar mais um dia aí?
[06/01/2020 15:48:56] João Bosco: Eu estou desesperado
[06/01/2020 15:52:22] Luciana: Vc tá onde?
[06/01/2020 15:52:32] Luciana: Vc me falou que renovou mais um dia
[06/01/2020 15:52:44] Luciana: Estou entendendo nada
[06/01/2020 15:52:54] João Bosco: Vou renovar
[06/01/2020 15:52:58] João Bosco: Está caríssimo
[06/01/2020 15:53:08] João Bosco: Os pais do maluco não me respondem
[06/01/2020 15:53:16] João Bosco: Sem celular
[06/01/2020 15:58:43] Luciana: Preciso pagar meu aluguel hoje
[06/01/2020 16:52:18] João Bosco: Vou pedir a um amigo emprestado

[06/01/2020 18:05:08] Moulineaux: Já tinha sido pontuado o que estava faltando
[06/01/2020 18:06:40] Moulineaux: Tem 7500 pontos
[06/01/2020 18:08:12] João Bosco: Putz só isso

Cercado de pessoas estranhas, [por mim] também desconhecidas…

[06/01/2020 18:09:25] João Bosco: Oie
[06/01/2020 18:09:30] João Bosco: Está no Rio
[06/01/2020 18:10:07] NovoA: Em São Paulo. Acabei de voltar do exterior. Voo pro Rio daqui a pouco
[06/01/2020 18:10:22] NovoA: Está no Moulineaux ainda? Dei uma olhadinha
[06/01/2020 18:13:14] João Bosco: Ebaaa. Com a esposa? [NovoA: Em São Paulo. Acabei de voltar do exterior. Voo pro Rio daqui a pouco]
[06/01/2020 18:13:20] João Bosco: To. Meu namorado foi embora, não levou nem as malas [NovoA: Está no Moulineaux ainda? Dei uma olhadinha]
[06/01/2020 18:13:55] NovoA: Pena que não vai continuar rolando os pontos então
[06/01/2020 18:13:59] João Bosco: Eu namorava um psicopata
[06/01/2020 18:14:03] NovoA: Passou por louco!
[06/01/2020 18:14:05] João Bosco: Você tem contato de alguém que vende pontos fidelidade [NovoA: Pena que não vai continuar rolando os pontos então]
[06/01/2020 18:14:07] João Bosco: Vc vem aqui?
[06/01/2020 18:14:15] NovoA: Nunca tenho muito tempo só. Você sabe [João Bosco: Ebaaa. Com a esposa?]
[06/01/2020 18:14:20] João Bosco: A gente dá um jeito
[06/01/2020 18:14:35] NovoA: <contato de Kaliu>
[06/01/2020 18:14:20] João Bosco: Esse é o mesmo Kaliu que eu conheci quando tava fazendo campanha da Rocca em Floripa será? Se for já estou falando com ele. Queria um preço melhor

Ou mais ou menos conhecidas…

[06/01/2020 17:59:16] João Bosco: Agora que arrumei um telefone sem chip pedi o número do Duda pra falar contigo
[06/01/2020 18:01:21] Mou: Tá beleza
[06/01/2020 18:02:31] João Bosco: Ontem eu estava em choque e só chorava hoje eu já estou uma puta rampeira
[06/01/2020 18:02:45] João Bosco: <mensagem de voz (0:13)>
[06/01/2020 18:20:02] Mou: Eu não consigo imaginar uma pessoa está consciente fazendo tudo isso
[06/01/2020 18:20:21] João Bosco: <mensagem de voz (0:18)>
[06/01/2020 18:20:45] Mou: Não deu problema pra vc no hotel né?
[06/01/2020 18:21:12] João Bosco: <mensagem de voz (0:36)>
[06/01/2020 18:47:57] Mou: <mensagem de voz (0:12)>
[06/01/2020 19:01:10] João Bosco: Ué você não vem?
[06/01/2020 19:01:16] João Bosco: Passa o número do Sérgio amigo
[06/01/2020 19:03:02] Mou: <mensagem de voz (0:05)>
[06/01/2020 19:07:32] João Bosco: Eu posso ir… É longe?
[06/01/2020 19:07:55] João Bosco: Falei que eu vou
[06/01/2020 19:11:20] Mou: Blz

Na madrugada, depois de ter usado ainda mais metanfetamina com Mou e seu namorado Sérgio — traficante da droga —, e possivelmente ter trepado com eles, papeava com um desconhecido que havia encontrado no Grindr. *Cristina* deixava João Bosco sexualmente insaciável — "não tem esse efeito em mim", ele tinha declarado no passado para me fazer me sentir mal quanto a minha reação à droga. Eu entendia definitivamente que, apesar de talvez acreditar no contrário ou de mentir sobre isso, João não estava imune a esse exato efeito.

[07/01/2020 01:27:04] Fernando Rio: João?
[07/01/2020 01:27:35] Fernando Rio: Cam pra agilizar?
[07/01/2020 01:27:50] João Bosco: Telefone velho
[07/01/2020 01:29:00] Fernando Rio: Mas não tem câmera?
[07/01/2020 01:29:32] João Bosco: Eu não vou sair daqui, você viria?
[07/01/2020 01:30:24] Fernando Rio: <chamada de vídeo recebida>
[07/01/2020 01:57:31] Fernando Rio: Vixe
[07/01/2020 01:59:28] Fernando Rio: Que história
[07/01/2020 01:59:54] João Bosco: Prejuízo
[07/01/2020 02:00:29] Fernando Rio: Sexo ajuda a relaxar
[07/01/2020 02:00:36] Fernando Rio: <emoji de carinha de diabinho sorrindo>
[07/01/2020 05:34:02] Fernando Rio: Vai mesmo me deixar no vácuo?

Além de fazer uso compulsivo do crystal, do G e do próprio sexo, Bosco rapidamente se metia com as piores influências locais e perdia seu Norte. Nos últimos tempos eu, de certa forma — ainda que também desorientado pela perda de minhas próprias referências —, havia servido como uma bússola para ele.

[07/01/2020 03:05:40] João Bosco: Amigo. Ta aí
[07/01/2020 03:05:45] João Bosco: Acabei de transar com um cara que a rola dele tem 22cm. Parece um anzol
[07/01/2020 03:07:54] Mou: Que delícia
[07/01/2020 03:07:59] Mou: Aguentou?
[07/01/2020 03:09:08] João Bosco: Já conhecia ele
[07/01/2020 03:09:12] João Bosco: Eu agora aguento rola amor
[07/01/2020 03:09:18] João Bosco: Meu tipao mas é casado
[07/01/2020 03:09:21] Mou: Delícia
[07/01/2020 03:09:29] João Bosco: Falou que tô muito apertado. Mas é porque fazia três dias já que não dava

Sem mim, simultaneamente a um crescente emaranhamento — perigosamente complexo — com Mou e Sérgio, entrelaçava-se mais ainda com Luciana — a tal traficante que ia e vinha entre o Rio e São Paulo com mercadorias e que, como eu tinha descoberto, servia de intrigante elo entre João, Paulo (meu quase-ex) e o que havia acontecido comigo na noite do dia 4 e, no mínimo, madrugada e manhã do dia 5.

[07/01/2020 04:24:57] Luciana: Seu celular o Aaron não jogou do 13 andar como falou… Ele deve tá com seu cel… Pq a mensagem que eu te mandei foi entregue

De fato, o celular de Bosco — que Deco tivera de entregar ao "seu verdadeiro dono" na tarde do dia 5, domingo — foi ligado novamente na segunda-feira, dia 6, e apenas desligado terminalmente no dia 8 de janeiro, uma quarta-feira. Com o passar do tempo, fui convencido de que João realmente não sabia do paradeiro do aparelho — e quem quer que tivesse cometido aqueles horrendos atos contra mim talvez o houvesse feito sem seu [completo?] conhecimento. Com a mensagem do dia 7, Luciana tampouco demonstrava ter total compreensão da tentativa de sequestro/execução — embora pudesse estar dissimulando. Pelo momento, mesmo após tamanho trauma, eu era mais capaz de fazer uma leitura razoavelmente factível da realidade do que Bosco, que cada vez dormia menos e se drogava mais a despeito dos alertas feitos até pelos próprios traficantes sobre os perigos da metanfetamina, como era o caso de Ximenez — um "amigo" seu de São Paulo e também dealer —, que lhe enviou o seguinte print de sua conversa com um cliente e usuário:

[07/01/2020 01:49:12] Ximenez: Ae gostoso
[07/01/2020 01:49:16] Ximenez: Só na <emoji de seringa>
[07/01/2020 02:50:50] Ximenez: <emoji de diamante (*crystal*)>
[07/01/2020 03:39:42] Ximenez: ?
[07/01/2020 03:42:44] Leo: Na fissura. Traz
[07/01/2020 08:28:20] Ximenez: Na próx do *slam* convida
[07/01/2020 09:12:45] Leo: Ximenez. Eu espero que nunca mais… cara eu to destruído. Esse ano que entrei nisso [da tina], minha vida desabou. E não tem um dia sequer que eu não pense em tirar a minha vida. Preciso sair disso definitivamente. Papo bad, desculpe. Mas eu to precisando de ajuda. Um beijo. E por favor, tome cuidado tb! Vc é um cara do bem.

Slam se trata da diluição de metanfetamina em água e injeção diretamente no sistema sanguíneo; costuma representar o auge do vício — preferência de Duda que tinha motivado sua discussão com João antes de minha chegada ao Moulineaux. Era cruel ler como o traficante Ximenez havia insistentemente atiçado o cliente — que permaneceu duas horas sem lhe responder — até que este cedesse, comprasse e consumisse a droga somente para se sentir um lixo depois. Os avisos pouco serviam a Bosco: ele tinha mergulhado tão profundamente na água podre que só lhe restava engolir mais podridão. Pegava de um traficante para devolver ao outro, sempre desviando um pouco para si no caminho e emburacando também nas dívidas, as quais não conseguia pagar desde que havia feito seu primeiro combinado com Luciana ainda em dezembro.

[07/01/2020 09:47:47] Luciana: <print de conversa> Olha mana! O proprietário cobrando hoje cedo a diferença que eu tinha que fazer hoje... Eu fiz a maluca e mandei a dos 1.500,00 que fiz na sexta-feira dizendo que faria o restante hoje... Pelo amor de deus tenta solucionar isso por favor, sei que vc está cheio de problemas, mais infelizmente eu não tenho como arcar essa diferença, pois o que eu tinha de reserva é justamente que deixei com vc. Eu não tenho de onde tirar...

A soma de tais dívidas João Bosco cobrava de minha família — pois, por me encontrar sem acesso a meu celular, cartões bancários, computador e muitos de meus registros de pagamentos feitos, não conseguia comprovar o quanto já lhe tinha pago pela curta estadia em seu apartamento no mês anterior. Mesmo assim, eu protestava aos meus que havia realizado os pagamentos devidos, sim, como também havia quitado minha hospedagem no Moulineaux — ainda mais curta. Minha família, dessa maneira, sabia que a versão de Bosco não era verdadeira e se negava a enviar qualquer valor, simplesmente protelando o assunto. Apenas o que restava a ser reembolsado era o iPhone extraviado. Por minha vez, desapontava-me a forma famigerada como João corria atrás de meu dinheiro e sujava minha imagem a mentir que eu não cumpria com minhas obrigações financeiras. Revoltava-me. Esse comportamento fez com que os meus — incluindo Catarina e outros amigos — tomassem ojeriza por ele: porque se importava com dinheiro acima de tudo, mais do que demonstrava se preocupar comigo, para além do que eles já questionavam seu caráter pelo que eu tinha sofrido desde dezembro em sua companhia. Eu constatava que em suas oscilações de humor Bosco denotava, sim, consternação desde a noite do dia 4 — entre uma demonstração de fúria e outra demonstração de desejo de vingança —; por não saber qual a real participação dele no jogo da Rede, minha família evitava repassar quaisquer informações acuradas a meu respeito, e Catarina fazia o mesmo; minha interpretação era de que ele não se atentava para a gravidade daquilo a que eu tinha sido submetido — aparentava enxergar apenas a ponta do iceberg. Essa imprecisão das informações acabou por criar em João muito ressentimento — pois, somada à paranoia causada pelo uso contínuo de metanfetamina e G, fez com que ele sentisse que eu havia sido e continuava a ser dissimulado de alguma forma, que eu tinha forjado os acontecimentos da noite do dia 4 e da madrugada do dia 5 como mera desculpa para não estar com ele, e que eu estava "sendo acobertado por todos" com relação a um suposto *affair* com Paulo [de que ele tomava conhecimento através de suas comunicações com Luciana]. Curiosamente, meu quase-ex [Paulo] parecia se sentir o perdedor da encomenda da Rede em minha presença ao passo que [meu atual] Bosco parecia se sentir o perdedor em minha ausência. Haveria como sair vencedor daquele jogo? Sendo perverso em seu turno — afinal, era o jogo dos perversos —, João pressionava por dinheiro: era sua maneira de me atingir, dado que não tinha contato direto comigo. Esta se trata de minha leitura mais verossímil do que se passava, apesar de todas as dúvidas — às quais ainda não possuo respostas.

[07/01/2020 16:04:33] Meu pai: Boa tarde. Como desconheço o que ocorreu, primeiramente vou me encarregar dos cuidados com meu filho, que é do que estou me ocupando, com exclusividade, no momento. Peço-lhe que não me envie mais mensagens, por favor. Quanto a seu celular, vc sabe, sim, o que houve. Caso consiga me inteirar corretamente do que ocorreu, e se verificar a existência de crédito seu perante Francisco, resolveremos oportunamente. Não se preocupe quanto a isso. Peço-lhe a fineza e sensibilidade de não mais me enviar mensagens, pois está me causando transtornos. Assim que tiver um posicionamento, não tenho ideia de quando, farei contato para solucionar isso. Não tenho, por ora, qualquer condição de avaliar isso, ok?

Sem acesso a dinheiro — porque sua família tampouco lhe enviava nenhum —, João Bosco não conseguia pagar sequer pelos pontos de fidelidade que comprava do tal Kaliu para permanecer no hotel. Eu não entendia o porquê da insistência de João em permanecer no Moulineaux, a pagar milhares de reais em pontos *reward* se, por R$ 89,99, poderia comprar uma passagem de ônibus e em seis horas estaria de volta a seu apartamento em São Paulo.

Não se pode opor abstratamente o espetáculo e a atividade social efetiva; este desdobramento está ele próprio desdobrado. O espetáculo que inverte o real é efetivamente produzido. Ao mesmo tempo, a realidade vivida é materialmente invadida pela contemplação do espetáculo, e retoma em si própria a ordem espetacular dando-lhe uma adesão positiva. A realidade objetiva está presente nos dois lados. Cada noção assim fixada não tem por fundamento senão a sua passagem ao oposto: a realidade surge no espetáculo, e o espetáculo é real. Esta alienação recíproca é a essência e o sustento da sociedade existente.*

Talvez não mensurasse o real dano psicológico que eu próprio havia causado a Bosco ao chamar a polícia a sua casa no dia de Natal — ele dizia que o estrago mental tinha sido enorme, por isso havia deixado o local quase mais rapidamente do que eu. Não queria retornar; ¿esperava que aquele sádico jogo fosse sem riscos? Naquele mundo paralelo do Hotel Moulineaux, João Bosco de alguma forma se sentia seguro em um castelo de metanfetamina, e em seu quase delírio chegava a acreditar que conseguisse viver ali sem custo. Ao circular a droga de um dealer para o outro para tirar de vista suas dívidas, criava um furacão de traficantes de categoria cada vez maior, e revendia mais e mais tina deles para usuários, ou trocava a droga por pontos de fidelidade na rede Rocca — a se entregar ao sexo de seus frequentes visitantes.

[06/01/2020 18:14:23] João Bosco: Ai eu vou fazer uma tina pra dar um tchan
[06/01/2020 18:14:33] Luciana: Trás p mim mana
[06/01/2020 18:14:43] Luciana: P eu provar
[06/01/2020 18:14:48] João Bosco: Nossaaaaaa
[06/01/2020 19:05:02] João Bosco: Eu provei das duas
[06/01/2020 18:15:15] João Bosco: Eu e o Théo ficamos loucas né?
[06/01/2020 18:15:17] João Bosco: Tanto é que a outra foi internada
[06/01/2020 18:15:33] João Bosco: Hahaha
[06/01/2020 18:15:49] João Bosco: De tão forte
[06/01/2020 18:15:52] Luciana: A outra não pode com nada
[06/01/2020 18:16:12] João Bosco: Agradeça ao Paulo. Vai ser ótimo para os pais dele verem quem é o Francisco
[06/01/2020 19:03:22] João Bosco: Me dá o telefone do Théo
[06/01/2020 19:03:30] João Bosco: Théo de raday
[06/01/2020 19:08:33] João Bosco: Quero bong migues
[06/01/2020 19:09:45] Luciana: Louca d+
[06/01/2020 19:09:47] Luciana: Kkk
[06/01/2020 19:10:05] Luciana: <contato de Théo Ahola>
[06/01/2020 19:10:11] Luciana: Paulo só falou comigo oi amiga e não falou mais nada
[06/01/2020 19:10:16] Luciana: Deve tá ocupado

[06/01/2020 19:04:03] Sérgio: Opa amigo Sérgio aqui
[06/01/2020 19:04:09] Sérgio: Mou falou que quer falar comigo
[06/01/2020 19:04:31] João Bosco: Oi Sérgio
[06/01/2020 19:04:32] Sérgio: Diga

---

* DEBORD, op. cit.

[06/01/2020 19:04:34] Sérgio: Quer tina?
[06/01/2020 19:04:35] João Bosco: Querer eu quero sempre
[06/01/2020 19:04:39] João Bosco: Quero mais meia tina e gi
[06/01/2020 19:04:49] Sérgio: Pode vim pegar
[06/01/2020 19:07:42] João Bosco: Vou
[06/01/2020 19:10:52] João Bosco: Tô tremendo já
[06/01/2020 19:12:02] Sérgio: Rsrs
[06/01/2020 19:12:05] Sérgio: Seu corpo já tá acustumado
[06/01/2020 19:14:15] João Bosco: Vou de táxi hahah
[06/01/2020 19:14:42] Sérgio: Vem de Übe é mais barato
[06/01/2020 19:16:39] Sérgio: 1250 anterior 200 ½ Tina 250 gi puro Total 1650
[06/01/2020 19:16:48] Sérgio: Vou separar aqui
[06/01/2020 19:17:15] João Bosco: Eu sou vegana tá kkk
[06/01/2020 19:30:05] Sérgio: Vem pra cá
[06/01/2020 19:31:37] João Bosco: Indo
[06/01/2020 19:32:20] Sérgio: Vem mesmo vive o momento
[06/01/2020 19:32:36] Sérgio: Se dá pra vim venha

[06/01/2020 19:44:27] Mou: Delícia

[06/01/2020 15:50:18] Paulo: [Mensagem Automática] Quem me indicou? Antes
de qualquer contato favor pedir para que seu amigo confir-
me comigo a indicação
[07/01/2020 04:10:41] João Bosco: <mensagem de voz (0:14)>
[07/01/2020 04:38:12] Paulo: Falae amigo, eu nem consegui falar com ela [Lucia-
na] hj direito
[07/01/2020 04:38:53] João Bosco: Precisando levantar uma grana depois do preju
[07/01/2020 04:39:43] João Bosco: <mensagem de voz (0:41)>
[07/01/2020 08:52:56] Paulo: Amigo eu não consigo melhorar valor em 5g mas de
10g consigo sim
[07/01/2020 08:53:20] João Bosco: Pensei em 20
[07/01/2020 08:53:29] João Bosco: <mensagem de voz (0:07)>
[07/01/2020 08:55:18] Paulo: Não tenho como amigo, infelizmente :/
[07/01/2020 08:55:31] Paulo: Mas vc pode parcelar esse valor no cartão em ate
12x
[07/01/2020 05:55:35] João Bosco: Nem 1 semana? É tempo pra liberação de uma
grana que tenho
[07/01/2020 08:56:14] João Bosco: Já é algo dividir mas a ideia é pagar de 1x
[07/01/2020 08:57:49] Paulo: Infelizmente não posso mesmo deixar nada pra depois senão não tenho produto nem dinheiro

[07/01/2020 09:57:24] João Bosco: Amor eu consegui 300 reais até agora
[07/01/2020 09:57:41] Luciana: Mana
[07/01/2020 09:58:05] Luciana: Hildo tá puto
[07/01/2020 10:01:41] Luciana: <chamada de voz recebida>

[07/01/2020 10:13:07] Sérgio: Amigo seu amigo de Londrina já transferiu o dinheiro
eu vou enviar a ele amanhã pois estou enrolado com ap

[07/01/2020 10:13:08] Rexxx: o cu já tá piscando esperando a tina
[07/01/2020 10:13:13] Rexxx: vou armar um fisting
[07/01/2020 10:20:31] Rexxx: obrigado Joãozinho <emoji de coração>
[07/01/2020 10:20:34] Rexxx: sabe quanto custa o G aqui em Brasília?

[07/01/2020 10:41:46] Théo: Acabei de enfiar uma tininha no cu pra ver se levanto
[07/01/2020 10:41:55] Théo: Ahahaha
[07/01/2020 10:41:59] João Bosco: Quer vir pra k
[07/01/2020 10:42:05] João Bosco: Estou na 1385
[07/01/2020 10:42:09] Théo: Mudou??
[07/01/2020 10:43:30] João Bosco: Mudei
[07/01/2020 10:43:38] João Bosco: Quero tb pq tô deitado. Vou fazer um *bump* já.
  [Théo: Acabei de enfiar uma tininha no cu pra ver se levanto]
[07/01/2020 10:43:41] João Bosco: Mas não tem graça só
[07/01/2020 10:43:45] Théo: Vc ta sozinho?
[07/01/2020 10:43:49] Théo: Fiquei mt high
[07/01/2020 10:43:53] Théo: Mt lokona
[07/01/2020 10:43:58] João Bosco: Vem siri
[07/01/2020 10:44:02] João Bosco: Tô mandei vazar [Théo: Vc ta sozinho?]
[07/01/2020 10:43:58] Théo: Vou já preparada
[07/01/2020 10:43:58] Théo: Chama uns boy
[07/01/2020 10:44:00] Théo: Ahahaha
[07/01/2020 10:44:02] Théo: Alokaa
[07/01/2020 10:44:05] João Bosco: Vem siri logo
[07/01/2020 10:44:10] João Bosco: É essa a ideia [Théo: Chama uns boy]
[07/01/2020 10:44:14] João Bosco: Antes a gente faz mais tininha
[07/01/2020 10:44:18] João Bosco: Só nossa corre
[07/01/2020 10:44:19] Théo: Uiiii
[07/01/2020 10:44:22] João Bosco: Deboxada
[07/01/2020 10:52:04] João Bosco: Amigo espero ou não
[07/01/2020 10:52:53] João Bosco: Tô doida já
[07/01/2020 10:53:00] Théo: Indo

[07/01/2020 14:49:35] João Bosco: Aqui é o único lugar que não gasto em reais
  na vida
[07/01/2020 14:49:39] Sérgio: Bom né
[07/01/2020 14:49:55] João Bosco: Em sp gasto em casa mais que aqui

[07/01/2020 18:46:39] Luciana: Estou falando com o Paulo... Depois falamos

Eu me confundia com o fato de existirem dois Paulos: um que foi meu quase-ex, nossa confiança mútua tendo sido estraçalhada; e outro que era dealer, que conheci quando ainda morava no Rio e do qual havia comprado a tal bala. Até então, eu não sabia que o Paulo da bala também vendia Crystal. Aparentemente, ambos os Paulos eram contatos comuns entre Luciana, João e eu.

Crystal, Cristina, metanfetamina, tina.

[07/01/2020 18:46:39] João Bosco: Amor eu falei com ele
[07/01/2020 18:46:39] João Bosco: Eu tenho um dinheiro guardado e pensei em usar pra comprar
[07/01/2020 18:46:39] Luciana: Hum...
[07/01/2020 18:46:39] João Bosco: Mas estou com medo
[07/01/2020 18:46:39] João Bosco: Igual você falou mexendo com tina a vida não anda
[07/01/2020 18:46:39] João Bosco: Ah sei lá
[07/01/2020 18:46:39] Luciana: Você viu meu desespero hoje
[07/01/2020 18:46:39] Luciana: <chamada de voz recebida>
[07/01/2020 22:34:13] Luciana: <chamada de voz recebida>
[07/01/2020 22:38:30] Luciana: Pq está estourado
[07/01/2020 22:39:22] João Bosco: Vou agilizar o máximo que puder na sexta quando eu chegar em SP
[07/01/2020 22:43:09] Luciana: Eu gosto d+ de vc mesmo... Eu não sei fingir sentimento

[07/01/2020 14:51:09] João Bosco: Cara o pai do meu ex não quer ajudar a pagar a diarista acredita?
[07/01/2020 14:51:17] João Bosco: Passava roupa do filho dele
[07/01/2020 14:51:27] João Bosco: Surreal
[07/01/2020 14:51:34] João Bosco: Ele morou dois meses na minha casa
[07/01/2020 14:51:38] João Bosco: Eu namorava um psicopata
[07/01/2020 14:51:43] Sérgio: Foda né
[07/01/2020 14:52:06] Sérgio: Merece uma surra kk
[07/01/2020 14:52:16] João Bosco: Detesto atrasar o pagamento delas, poxa é tão difícil
[07/01/2020 14:52:44] Sérgio: Contam com salário né
[07/01/2020 14:53:22] Sérgio: Não ligou pro gerente?
[07/01/2020 14:54:49] João Bosco: Eu não tinha muito não hahah
[07/01/2020 14:52:06] João Bosco: 5 mil só

Teu mal é comentar o passado
Ninguém precisa saber
*O que houve entre nós dois**

A resposta de Herivelto Martins a Dalva de Oliveira era bem próxima à que eu gostaria de ter dado a João Bosco em 5 de janeiro, quando ele passou a enviar mensagens para o mundo com sua versão distorcida sobre o que tinha ocorrido, difamando-me. Entretanto, no dia 5 eu era refém, e além disso estaria sendo reducionista se culpasse apenas João por espalhar informações falsas a meu respeito. Escrevo isto, pois tive a nítida impressão

---

* MARTINS, Herivelto; PINTO, Marino. "Segredo". 1947.

de que tais fofocas começaram a ser difundidas ainda na noite de 4 de janeiro, antes mesmo de eu deixar o hotel — quando João não possuía outro celular —, com a função de convencer as pessoas, especialmente amigos próximos e familiares que eu contactava pedindo socorro, de que eu teria tido algum "surto psicótico": uma pré-justificativa instantânea, a tempo de A Rede lidar com o problema que eu representava, para algo "trágico" que viesse a suceder — um atropelamento, uma queda ou um tiro recebido pelo segurança de um bar por "comportamento suspeito". O escárnio estampado no sorriso dos indivíduos de olhares vácuos não me sai da memória: eles conheciam a estratégia, que somente não foi posta em prática por eu ter feito a live em que afirmava que corria perigo no Moulineaux [e não ter sido registrado publicamente lá depois disso], por eu ter conseguido me esconder no ex-prédio de um colega até o raiar do dia e por eu "ter a sorte de ser conhecido". Bosco continuava a indicar não ter noção de meu lado da história — apenas poderia preencher as lacunas com seus devaneios rancorosos... Eu era capaz de me colocar no lugar em que ele se pintava e imaginar a dor de ter sido deixado sem maiores explicações por alguém que em seguida desapareceu de *meu* mundo — para este caso, havia três suposições: que ele era totalmente inocente e que não existia nenhuma Rede, ou que não fizesse voluntariamente parte de algo tão sórdido ou que no mínimo era alienado de muita coisa que acontecia nela. Porém, apesar do que apontava essa apuração das mensagens, minha consideração sobre João não constituía certeza: eu possuía pouca ou nenhuma convicção quanto a ele. Questionava sua sinceridade. O que eu havia testemunhado e vivido não era suficiente para comprovar ao menos a existência de algo muito estranho? Que lógica seguiram as atitudes dele no hotel? Minha memória não valia de nada? Ou eu tinha alucinado sobre aqueles terríveis olhares e sorrisos maléficos? Também haviam ameaçado Deco, cancelado o cartão de minha mãe e clonado meu chip de celular na Voz. Quem teria sido responsável por todos esses atos senão A Rede? Eu gostaria de acreditar em minhas suposições de que Bosco não participava dessa Rede, ou que de alguma maneira o tivessem obrigado, ou que ele soubesse muito pouco. Contudo, eu não acreditava completamente nem em mim. Pensava em círculos. Havia levado marteladas na cabeça! Doía ler um traficante de metanfetamina dizer que eu merecia levar uma surra. Eu possuía empatia demais? A despeito de minha participação no enorme abalo emocional que João atravessava, perturbavam-me suas deturpações dos fatos, umas intencionais e outras desatinadas, e sobretudo as repetidas afirmações de que eu era "maluco". Tais deformações da verdade e da realidade colocavam-me a duvidar de mim ainda mais — eu que já possuía pouquíssima autocrença. Por outro lado, João parecia crer cada vez mais em sua estória — quanto mais a contava... Doía-me sobremaneira ver-me pintado com tintas tão insensíveis e ser colocado perante estranhos sob uma luz tão dura quanto a da loucura. Em parte a agir passionalmente pela raiva que aqueles diálogos despertavam, em parte a buscar a leitura de outros sobre os fatos com que me deparava, compartilhei algumas de minhas descobertas com minha família, a averiguar a confiabilidade de minhas próprias interpretações. Acima de tudo, no entanto, essa dança de Bosco — delirante que estava — com traficantes seria para os meus algo imperdoável, e eu me arrependeria futuramente de ter me aberto com eles.

[07/01/2020 05:40:38] João Bosco: Amigo, conheci uns gringos do fazano que querem comprar 10g
[07/01/2020 05:40:46] Sérgio: O q acha

[07/01/2020 06:51:43] Kaliu: Amigo, por favor, foca no dinheiro hoje, tô precisando
[07/01/2020 06:52:28] Kaliu: Tô fazendo a moça de jequiti
[07/01/2020 06:52:51] Kaliu: Vendendo perfumes pra não entrar na dívida ativa da minha empresa
[07/01/2020 06:53:05] Kaliu: Amigo, consegue pelo menos 2g pra mim aí no rio
[07/01/2020 07:36:55] Kaliu: Sabe q comigo o papo é reto
[07/01/2020 07:37:01] Kaliu: Preciso de um telefone buxga
[07/01/2020 07:37:06] Kaliu: Bem surrado
[07/01/2020 07:37:08] Kaliu: Tela quebrada
[07/01/2020 07:37:15] Kaliu: Pra fazer uma antena

[07/01/2020 15:41:18] João Bosco: Gente eu acho que e pré eu ir embora mesmo
[07/01/2020 15:42:13] João Bosco: Agora querem cobrar 2000 reais de pré autorização aqui...

[07/01/2020 16:21:23] João Bosco: Sérgio quer fazer 10g consignado em dois dias? Cara aqui eu consigo vender muito fácil rs
[07/01/2020 16:24:44] João Bosco: Vou tentar fazer essa venda de 5 de uma vez
[07/01/2020 16:27:34] Sérgio: Fica com 100g de cada kkk
[07/01/2020 16:35:45] Sérgio: Só não pode demorar muito pra não ficar parado
[07/01/2020 17:55:09] João Bosco: Te trago hj ainda o dindin
[07/01/2020 17:55:19] João Bosco: Só vou fazer o câmbio
[07/01/2020 17:55:57] João Bosco: Os australianos estão eufóricos

[07/01/2020 17:30:02] Kaliu: 2 mil na minha conta do Itaú
[07/01/2020 17:30:10] Kaliu: Não vacila
[07/01/2020 17:30:16] Kaliu: João se vacilar perdeu os pontos

[07/01/2020 17:30:21] Kaliu: Já separa as tina aí
[07/01/2020 17:30:24] Kaliu: Vai aí buscar
[07/01/2020 17:31:01] Kaliu: Separa a tina aí, vou mandar buscar
[07/01/2020 17:34:19] Kaliu: Qual número do seu apt?

[07/01/2020 16:18:08] João Bosco: Paulo, consigo pegar 10 para pagar dentro de 2 dias? Os gringos pra quem vou vender chegam hj, entrego para eles amanhã e quinta te pago!
[07/01/2020 17:17:05] Paulo: Amigo, comigo a mercadoria só sai mediante pagamento

[07/01/2020 17:58:34] João Bosco: Separa 2 de 5g bem bonitinho
[07/01/2020 18:09:13] João Bosco: Rola ir andando
[07/01/2020 18:10:05] Sérgio: Sim
[07/01/2020 18:51:07] João Bosco: Sérgio, desculpe nem te avisei que ia levar o Marcos
[07/01/2020 18:51:47] Sérgio: Sim é de confiança tranquilo
[07/01/2020 19:07:53] João Bosco: Sérgio fui lá... eles fizeram uma confusão com dólar e euro e eu pedi para eles irem trocar e me ligar
[07/01/2020 19:08:09] João Bosco: Quer que eu deixe aí contigo?
[07/01/2020 19:09:09] Sérgio: Não tá beleza
[07/01/2020 19:09:15] João Bosco: Pode confiar

[07/01/2020 22:43:50] Luciana: Vc disse que estava com dinheiro p investir... Mais estava com medo
[07/01/2020 22:45:04] João Bosco: Lu, eu não estou aqui pq tenho dinheiro são pontos que acumulo no trabalho. Eu vou ter herança quando meus pais morrerem. O resto é dívida
[07/01/2020 22:45:34] Luciana: Mana... Não quero saber quanto vc tem... ou deixa de ter
[07/01/2020 22:45:36] João Bosco: Eu tenho 40 reais na minha conta
[07/01/2020 22:44:51] Luciana: Que estava até sem cartão
[07/01/2020 22:46:07] Luciana: Agora vc acabou de dizer que está vivendo de cartão de crédito
[07/01/2020 22:46:29] João Bosco: Cartão que sou dependente do meu pai
[07/01/2020 22:46:43] João Bosco: Se compro uma bala ele sabe
[07/01/2020 22:46:52] Luciana: Uma hora vc fala uma coisa mana, uma hora vc fala outra
[07/01/2020 22:47:00] Luciana: Tá deixando minha cabeça doida
[07/01/2020 22:47:06] Luciana: Eu cheguei a pensar que você tava sem lugar pra ficar mas vc tá hospedado em hotel cinco estrelas

Errei, sim
Manchei o teu nome
Mas foste tu mesmo o culpado
Deixavas-me em casa
Me trocando pela orgia

Faltando sempre
*Com a tua companhia**

[08/01/2020 12:32:36] João Bosco: Lu, consegue mandar o trem pra Goiânia? Tá
    mais calma?
[08/01/2020 12:37:52] João Bosco: [endereço de um amigo usuário]
[08/01/2020 13:36:08] Luciana: Oi amigo.
[08/01/2020 13:36:29] Luciana: Amanhã é dia 9 espero que vc honre com a sua
    palavra. Pq eu já me prejudiquei d+ e agora afetou o Hildo
[08/01/2020 13:36:34] Luciana: Isso foi dito por vc…
[08/01/2020 13:36:38] Luciana: Inclusive o Hildo quer falar com vc

[08/01/2020 12:47:00] João Bosco: Oi
[08/01/2020 12:47:39] João Bosco: Amigo, tudo bem? Tá tudo certo eles me avi-
    saram ontem. Só que ainda parecem estar dormindo
[08/01/2020 12:50:09] Sérgio: Blz
[08/01/2020 13:04:09] João Bosco: Amigo já mandou pelos correios?
[08/01/2020 13:04:29] João Bosco: Tem um amigo pedindo, você faria isso?
[08/01/2020 13:09:30] Sérgio: O q enviar pra onde
[08/01/2020 13:10:56] João Bosco: Comprar um brinquedo e colocar dentro sabe?
[08/01/2020 13:12:38] João Bosco: O que acha? Da trabalho ne?
[08/01/2020 13:12:52] Sérgio: Nada
[08/01/2020 13:13:11] João Bosco: Sempre mando dentro das Barbies
[08/01/2020 13:13:17] Sérgio: É só botar na caixinha do correio e enviar é de boa
[08/01/2020 13:19:57] João Bosco: Ele paga 500
[08/01/2020 13:21:46] Sérgio: Eu só faço isso mediante pagamento antecipado
    quando tá na minha conta eu envio
[08/01/2020 13:21:55] Sérgio: Fora isso não faço
[08/01/2020 13:21:58] João Bosco: Dou seu contato pro meu amigo
[08/01/2020 13:22:04] Sérgio: Pode
[08/01/2020 13:22:33] João Bosco: Vem pegar piscina bixa aqui
[08/01/2020 13:22:48] João Bosco: Cadê a loira do tchan?
[08/01/2020 13:22:56] João Bosco: Ah ela não toma sol né?
[08/01/2020 13:23:16] Sérgio: Estamos resolvendo problema do outro apartamento
[08/01/2020 13:23:43] Sérgio: Nem to podendo sair
[08/01/2020 13:23:59] João Bosco: Eu ia até oferecer uma diária em troco de tina
    hahahahaha
[08/01/2020 13:24:27] Sérgio: Kkk
[08/01/2020 13:24:48] João Bosco: Aquela bixa não me deu nenhuma. Mas deixa
    ele chegar aqui com o dinheiro
[08/01/2020 13:25:25] Sérgio: E como ficou essas 10g o dinheiro vem hoje
[08/01/2020 13:25:53] João Bosco: Sim amoré, te dou 5 mil hj
[08/01/2020 13:26:01] João Bosco: Pra abater minha dívida
[08/01/2020 13:26:07] João Bosco: *Fofura*
[08/01/2020 13:26:55] João Bosco: *Você tem alma boa* [grifos meus]

---

* ALVES, Ataulfo. "Errei, Sim", 1950. Canção encomendada por Dalva de Oliveira como resposta a
Herivelto Martins.

[08/01/2020 13:26:59] João Bosco: E o Mou tbm
[08/01/2020 13:27:01] Sérgio: Sou assim quando eu gosto
[08/01/2020 13:27:02] João Bosco: Sério
[08/01/2020 13:27:14] João Bosco: Muito grato
[08/01/2020 13:27:21] João Bosco: Confiar assim
[08/01/2020 13:27:28] João Bosco: Eu que o diga

Sim, grandes fofuras.

[08/01/2020 14:13:33] Sérgio: Vendi 500 mais o sedex 60 100 é seu
[08/01/2020 14:13:50] João Bosco: Para
[08/01/2020 14:13:58] João Bosco: Tem gente querendo Mas eu não vou ficar te dando função
[08/01/2020 14:14:33] João Bosco: Não abate na dívida [Sérgio: Vendi 500 mais o sedex 60 100 é seu]
[08/01/2020 14:16:01] João Bosco: Eu vendi a 400 para eles
[08/01/2020 17:52:24] João Bosco: <chamando...>
[08/01/2020 17:54:15] Sérgio: Mais tarde tô em casa
[08/01/2020 18:01:33] João Bosco: Blz me avisa que vou aí
[08/01/2020 18:52:20] João Bosco: Eu vou passar o cartão dos meus pais foda... Difícil vai ser explicar isso a eles... Mas eles não chegaram
[08/01/2020 18:52:50] João Bosco: Nunca mais
[08/01/2020 18:53:10] Sérgio: Quem não chegou?
[08/01/2020 18:55:35] João Bosco: Mil desculpas
[08/01/2020 18:55:56] João Bosco: Uma vez deu certo em sp e eles venderam 20 de uma vez
[08/01/2020 18:56:23] João Bosco: Até pediram pra ficar mais 1 dia eu disse que se te pagassem
[08/01/2020 18:56:40] João Bosco: Prefiro te devolver, você fica chateado?
[08/01/2020 18:57:03] João Bosco: Claro que eu já tinha tirado uma pedrinha
[08/01/2020 18:57:08] João Bosco: Essa eu fico
[08/01/2020 18:57:24] João Bosco: <emoji de carinha frustrada>
[08/01/2020 18:59:39] Sérgio: Putz
[08/01/2020 19:00:41] João Bosco: Espera
[08/01/2020 19:00:54] Sérgio: Mais de boa to na rua assim que chegar te falo e vc leva
[08/01/2020 19:01:08] João Bosco: Amigo eu posso passar o cartão dos meus pais que está comig
[08/01/2020 19:01:15] João Bosco: Vai ser terrível
[08/01/2020 19:01:24] Sérgio: Nada
[08/01/2020 19:01:34] João Bosco: Ou eu mesmo vendo mas não consigo tudo hj
[08/01/2020 19:02:02] João Bosco: Até sexta te garanto que vendo metade
[08/01/2020 19:02:31] Sérgio: Tmj
[08/01/2020 19:02:36] João Bosco: Eu não vou deixar na mão deles
[08/01/2020 19:03:03] João Bosco: Vou oferecer aqui
[08/01/2020 19:05:45] Sérgio: Relaxa amigo

[08/01/2020 19:05:50] João Bosco: Blz, mas eu tô vendo se eles não compram a metade

[08/01/2020 19:06:55] Sérgio: Sim vê e me diz

[08/01/2020 19:07:29] João Bosco: Quanta zica... se você permitir eu tento vender aqui pra te pagar e poder pegar 1 Gi

[08/01/2020 19:07:46] João Bosco: Meu gi já acabou

[08/01/2020 19:11:39] Sérgio: Vê o q consegue resgatar e leva pra mim e pode pegar o gi só me dá uma data pra acertar a tua parte

[08/01/2020 19:13:37] João Bosco: E quando volto a trabalhar eu já recebo

{Voltar a trabalhar em breve era mais um devaneio, porque Bosco havia sido demitido recentemente. Na economia gerida pelo regime fascista, o desemprego era crescente, a levar muitos indivíduos à marginalidade — inclusive, a se envolverem com o tráfico, que dava aos desesperançosos a distração de que tanto necessitavam da ainda mais fétida realidade.}

[08/01/2020 19:13:52] João Bosco: É muito longe? Daqui 10 dias

[08/01/2020 19:15:25] João Bosco: Minha conta já está funcionando mas tenho 8 reais até agora

[08/01/2020 19:16:16] João Bosco: Posso ver com minha amiga mas eu fico mal de pedir dinheiro pra isso sabe?

[08/01/2020 19:51:57] João Bosco: Tô esperando as bunita

[08/01/2020 19:52:20] João Bosco: Que estresse o dia todo preocupado sabe?

[08/01/2020 20:03:44] Sérgio: Sim imagino amigo

[08/01/2020 20:14:47] Sérgio: <chamada de voz recebida>

[08/01/2020 20:19:09] Sérgio: <chamada de voz recebida>

[08/01/2020 20:54:23] Sérgio: Total 2100 – 100 comissão Total 2000

[08/01/2020 21:14:14] João Bosco: Mostrar pra eles

[08/01/2020 21:14:29] João Bosco: Não é surreal?

[08/01/2020 21:16:13] João Bosco: Envio amanhã o primeiro que acordar avisa

[08/01/2020 21:16:16] Sérgio: <chamada de voz recebida>

[08/01/2020 21:21:10] João Bosco: Vou me vestir pra passar aí

[09/01/2020 01:09:38] João Bosco: Ele quer que leve

[09/01/2020 05:02:19] João Bosco: Ele quer que leve

[09/01/2020 07:06:17] João Bosco: Tive que ir lá deixar pro dealer meu escapulário de rubi que minha vó me deixou. Tô meio mal por isso... Vou tentar vender tbm

[09/01/2020 07:21:34] João Bosco: Amigo, eu não tenho como te pagar hj, de verdade não tenho de onde tirar. Tá muito foda eu vou precisar vender essa tina hj e te dar a grana. Não tem outra maneira vou ver se um amigo não quer ficar com algumas

[09/01/2020 07:22:01] Kaliu: <mensagem de áudio (0:20)>

[09/01/2020 07:22:38] João Bosco: Eu fiz o compromisso com você sim, porém eu tive que pagar toda a dívida da bixa aqui e os pais dela só vão me pagar sei lá quando

[09/01/2020 07:23:03] João Bosco: Eu tinha 10 mil na minha conta e hoje eu tenho 1,80

[09/01/2020 07:25:50] Kaliu: <mensagem de áudio (0:47)>

[09/01/2020 07:26:02] João Bosco: Eu sei que o TED não caiu, o valor que te devo e jamais deixarei de te pagar. MESMO! tenho me desdobrado com esses fornecedores tudo e até me queimado para conseguir algo. Vejo que a vida só vai pra trás. Dia 20 volto a trabalhar e aí a coisa vai mudar pois eu fiquei muito mal com dívida e tals. Desculpe pela falha e vou tentar vender pra te pagar

[09/01/2020 07:53:31] João Bosco: Não fique enfurecido, eu sei bem como é… Estou esperando uma grana da família do Francisco que me deve e não pagam

[09/01/2020 07:58:54] Kaliu: <mensagem de voz (3:29)>

[09/01/2020 08:15:19] João Bosco: Você tá certo, tenho que entrar no eixo novamente… a vida não é fácil e eu sei disso!!!

[09/01/2020 07:15:26] João Bosco: FOCO

[09/01/2020 08:24:32] João Bosco: Consegui vender 3 gr pra Goiás devo conseguir te pagar se o pessoal transferir agora

[09/01/2020 09:25:16] João Bosco: Acho que você está meio desconfiado de algo. Eu sou super transparente com qlqr um amigo. Sério! Pode ser que eu esteja noiado mas da maneira que você me disse parece que quero te enganar

[09/01/2020 09:25:32] João Bosco: Jamais…

[09/01/2020 10:17:50] João Bosco: Você tá muito ríspido, eu fico me sentindo mal. Não ache que estou atrás do seu dinheiro não

[09/01/2020 10:18:32] João Bosco: Eu estou atrás sim, cobrando todos que me devem tbm

Mesmo tendo entregado seu escapulário como garantia de pagamento para o "casal fofura", João continuava a babar ovo deles — cada vez por mais medo de se indispor. Realmente, todos eram indivíduos perigosos sob um verniz de doçura: Sérgio, Mou, Paulo, Luciana, Hildo, Kaliu. Surras encomendadas até se quebrar os dentes, ou execuções em casos mais graves não são raras em um país onde traficantes se confundem crescentemente com policiais — exponencialmente mais na terra da institucionalização do crime organizado que havia se tornado o Rio de Janeiro: o Rio da milícia de Jair Bolsonaro, "o mito". O sexo também poderia ser uma moeda de troca para com aqueles com quem não se gostaria de perder o bom grado, a existir outras…

[09/01/2020 10:46:10] Mou: <chamada recebida>

[09/01/2020 10:49:04] João Bosco: Me manda o documento seu e da sua amiga

[09/01/2020 10:49:33] João Bosco: O Sérgio eu vou dar a chave e ele fica como hóspede

[09/01/2020 10:54:39] Mou: <mensagem de voz (0:15)>

[09/01/2020 10:55:40] João Bosco: Ainda bem que o gi me derrubou

[09/01/2020 10:55:42] Mou: Eu também
[09/01/2020 10:56:12] Mou: Pq ele não ia me deixar dormir um segundo
[09/01/2020 10:56:16] Mou: Vc deixou ele com o demônio
[09/01/2020 11:19:49] Mou: <imagem de documento da amiga>
[09/01/2020 11:27:31] Mou: <imagem do documento de Sérgio>
[09/01/2020 12:03:23] Mou: Faltou a minha
[09/01/2020 12:27:26] João Bosco: Vocês entram direto nem fala nada
[09/01/2020 12:27:32] João Bosco: Como se fosse hóspede
[09/01/2020 12:27:40] João Bosco: Ele vem antes que já está cadastrado
[09/01/2020 12:27:51] Mou: Qual quarto?
[09/01/2020 12:27:47] João Bosco: 1385
[09/01/2020 12:30:57] Mou: Bicha
[09/01/2020 12:31:05] Mou: Eu ia aí
[09/01/2020 12:31:09] Mou: Fazíamos uma função antes
[09/01/2020 12:31:13] Mou: E depois chamávamos eles
[09/01/2020 12:31:40] João Bosco: Você mandou o dela primeiro
[09/01/2020 12:32:02] João Bosco: Achei que você mandaria logo o seu
[09/01/2020 12:32:15] Mou: <documento escaneado (2 páginas)>
[09/01/2020 12:33:56] João Bosco: Tá vindo
[09/01/2020 12:35:22] Mou: <chamada de vídeo recebida>
[09/01/2020 12:42:40] João Bosco: Já levantei
[09/01/2020 12:42:42] João Bosco: Te esperando
[09/01/2020 12:45:28] Mou: Vou usando meu escapulário novo

7

Com relação a mim, em algum momento saíram os resultados do exame toxicológico a que me submeti — não saberia precisar quando, exceto agora, em que releio a [desimportante] data estampada na página.

Conclusão: Foram detectadas as presenças de Cocaína (987,8 pg/mg) e Benzoilecgonina (348,7 pg/mg) entre os parâmetros listados, considerando seus respectivos limites de corte (cut-off) e janela de detecção MÍNIMA de 90 dias (podendo ultrapassar 180 dias em caso de pelos). Relação entre Benzoilecgonina (Metabólito Biotransformado) / Cocaína (Droga inalterada) = 0,35 (São considerados excludentes de contaminação passiva valores ≥ 0,05 para esta relação).

Uma vez que nunca fui usuário de cocaína, somente posso supor que a substância estivesse presente na *meia* bala que tomei no hotel, ou que tivesse sido misturada a alguma outra coisa que consumi sem saber — o valor de 987,8 pg/mg é considerado "baixo" pelo que pesquisei.[1] Nos testes realizados em meus pêlos ("Comp. do Segmento de Material Analisado: 2,5cm") não foi encontrada nenhuma outra substância, incluindo metanfetamina ou MDMA (ingrediente ativo do ecstasy) — embora ambas possam ser detectadas por até noventa dias após o uso. Intrigava-me essa bala, que havia comprado do dealer Paulo... Para minha família, o exame indicava algo mais simplista [os valores eram "muito altos", segundo o psiquiatra a quem coube fazer a análise dos resultados — diferentemente do que apontavam estudos científicos]. Meu ex-companheiro estadunidense atestava aos meus que eu jamais fui usuário de cocaína; como Tiago o era, eles pouco acreditavam em M. — como se eu, por ter namorado um consumidor, automaticamente tivesse me transformado em um. Gay, intelectual, artista, drogado... verdadeiramente um perdido! Minha família havia me condenado. Era quase palpável a elaboração de seu luto, e eu não sabia por quanto tempo mais continuariam do meu lado, pois eu feria quase todos — senão todos — os seus princípios ideológicos.

[09/01/2020 18:52:45] Kaliu: <mensagem de voz (1:37)>
[09/01/2020 18:53:35] João Bosco: Amigo já foram 4 reservas a 2k correto?
[09/01/2020 18:53:49] João Bosco: Sendo que 2 eu já fiz, farei mais mil
[09/01/2020 19:39:35] João Bosco: Só me avisa do crystal pq o Sérgio está esperando. Não quero breckar a venda dele.
[09/01/2020 19:45:43] Kaliu: <mensagem de voz (1:17)>
[09/01/2020 19:48:40] João Bosco: Ai Kaliu entendo super o lado profissional, mas você tbm fica ali na ferida pra me fazer sentir mal. Eu

> sei da dívida, do TED que não compensou, do atraso tudo
> isso…
>
> [09/01/2020 19:51:21] João Bosco: Tive um acontecimento grave. Imagina que estou com uma pessoa que me deve internada

Pelo tom usado por Bosco, a admitir ao indivíduo que este o fazia "se sentir mal" — João, que nunca foi de reconhecer seus próprios sentimentos —, eu percebia que se sentia aterrorizado por Kaliu. Tinha se cercado de pessoas criminosas e possivelmente violentas e se dava conta disso. Atolado desprevenidamente em débito, era impossível eu não levar em consideração que fizesse muita coisa por se sentir coagido, porque, na tentativa de sanar as dívidas com um bandido, acabava por se encrencar com outros; e buscava seus conhecidos dependentes químicos num desesperado esforço de satisfazer de alguma maneira os traficantes, trazendo-lhes uma nova cartela de clientes por não os poder efetivamente pagar; no entanto, a cada cem reais que conseguia abater das dívidas se afundava em milhares de reais mais… No Rio de Janeiro, Bosco se tornava refém desses indivíduos e se iludia ao pensar que, ao estender sua estadia na cidade, resolveria os problemas. Eu não poderia deixar de questionar se ele sofria de alguma sorte de Síndrome de Estocolmo porque, "submetido a intimidação, medo, tensão e até mesmo ao risco de agressões, passava a ter empatia e sentimento de amor e amizade por seus agressores"[2] e tentava gerar neles semelhante empatia. De certa forma, seguia conseguindo, pois Sérgio, em vez de lhe causar algum mal maior, havia exigido *apenas* uma joia de João — ainda que ela lhe fosse cara e que Mou fizesse questão de usá-la e se fotografar com ela, para agredir emocionalmente o "amigo". Não tento aqui retirar a responsabilidade de Bosco pelo que ocorria, porém tampouco poderia condená-lo como fez minha família quando eu, inadvertidamente, compartilhei algumas dessas trocas de mensagens dele com os meus: eles rotularam João como "traficante" — entre outras catalogações —, mas ele nunca tinha praticado aquilo antes de meados de dezembro e jamais o repetiu desde que deixou o Rio de Janeiro. Devido a sua idade, bipolaridade, depressão e crescente marginalização na era bolsonarista por sua homossexualidade, João fazia parte de um grupo vulnerável aos entorpecentes; dessa maneira, sinto que a contextualização seja importante, sim, e não creio que haveria maior punição para seus crimes, porque assim seriam tipificados pela polícia carioca, ela mesma criminosa, tomada pela milícia e intrinsecamente envolvida com o tráfico… Não creio que haveria maior punição para seus crimes do que sua própria vergonha por aquelas ações sob o efeito prolongado da metanfetamina; eu conhecia Bosco suficientemente para saber disso, por mais decepcionante que para mim fosse a leitura dos diálogos.

Um artigo intitulado "O mito do bom jornalismo", de Marco Vito Oddo, do Observatório da Imprensa, fez, ainda em 31 de dezembro de 2012, uma interessante análise não somente da abordagem contemporânea do tema "drogas" no Brasil, como também do tipo de jornalismo que foi essencial para a ascensão da extremadireita no país [note que o texto foi escrito durante o primeiro mandato de Dilma Rousseff]:

Na penúltima semana de dezembro, o jornal Extra publicou uma série de quatro reportagens sob o título de "Os mitos do crack". Dentre as promessas estampadas na capa da edição que inaugurou a série, na segunda-feira (17/12), constava a desconstrução dos lugares-comuns que afirmam que a "maioria dos viciados morre pelo uso da droga" e que a "internação compulsória resolve o problema". O que parecia uma tentativa de mostrar um discurso diferenciado frente à cruzada contra o crack visível na mídia hegemônica acabou por ser apenas uma confirmação do que já é dito, repetidamente: o crack destrói a identidade dos usuários, reduzidos a animais em meio a uma violência que não só os afeta, mas também a toda a sociedade. A solução, apresentada na quinta-feira (20/12), é a aplicação de medidas imediatas e autoritárias. Não poderia deixar de ser. A progressão dos assuntos ao longo da semana conduz o leitor por uma realidade de violência e sofrimento que tende a aumentar se não houver uma ação incisiva sobre a epidemia que se alastra.

A reiteração dos mitos — O primeiro "mito" derrubado pela série de reportagens, assinadas pelas jornalistas Paolla Serra e Carolina Heringer, é de que a venda do crack não é rentável para os traficantes. Resta saber se algum dia alguém imaginou que as facções criminosas distribuiriam qualquer droga por caridade. É a lei do mercado, seguida à risca no caso da venda de entorpecentes: se existe um público-consumidor, e se o preço permite pagar a matéria-prima e garantir uma margem de lucros satisfatória, o produto permanece em circulação. Se o crack não movimentasse dinheiro, não haveria motivos para sua venda. O segundo "mito" do qual se ocupam as reportagens trata da animalização dos usuários da droga. O crack modifica a identidade, faz com que o indivíduo passe a "ter reações animais", e para manter o vício o usuário se torna capaz de qualquer coisa, inclusive cometer crimes. Novamente não se trata de uma desmistificação, já que esse discurso é cansativamente reiterado pela grande mídia. Mas os "mitos" continuam a ser desvendados: a droga age em questão de segundos; a droga causa um pequeno apagão cerebral que impede o indivíduo de pensar; sob o efeito da droga, os viciados não conseguem nem mesmo lembrar de seu próprio nome. A droga tem efeitos imediatos, que incluem a perda de peso, alterações na pele e dentes destruídos (talvez fosse o caso de perguntar o que significa exatamente um "efeito imediato", e se os usuários murcham instantaneamente após usarem a droga uma única vez). O vício em crack é um perigo, para a sociedade e para quem usa, já que mais da metade morre assassinada.

O mito da verdade jornalística: só resta agora salvarmos a todos. Eles porque não são capazes de pensar, não têm vontade própria e acabam vítimas de sua própria condição animal. Nós porque sofremos com a violência causada pela venda e consumo de crack, mesmo que sejamos inocentes nesse processo (não importa que o narcotráfico seja, na realidade, um problema social complexo, e não a escolha errada de um indivíduo e que, por isso, a inocência do corpo social precise ser relativizada). A internação compulsória, mesmo que apoiada por 82% dos cariocas, não é a medida mais eficiente. O número de reincidentes é alto nos abrigos: 24% considerando o número total de pacientes e 90% quando só os adultos são levados em conta. Como prometido na primeira capa sobre a série, a última reportagem mostra as alternativas. "Para cariocas, saída está na internação de viciados. Para a Justiça, em penas mais duras." As únicas duas opções evidenciadas são o acolhimento obrigatório ou o aumento de ações repressivas; e a primeira opção nem mesmo é efetiva.

A prometida desmistificação representa claramente uma estratégia publicitária, uma forma de chamar a atenção para um assunto abordado dezenas de vezes sob a mesma perspectiva. Porém, ao prometer "derrubar mitos", o jornal se coloca na função de um suposto detentor da verdade, capaz de esclarecer aquilo que foi mal colocado, e de explicar a realidade complexa na qual se relacionam os inúmeros fatores causadores do fenômeno dos entorpecentes. Não foi o que ocorreu nesse caso. A droga continua a ser abordada como um problema isolado, culpa dos traficantes e dos viciados; nada se fala sobre as causas. Eliminar o problema, seja lá de que forma, é a única solução possível. E assim permanecem os mitos.[3]

A jornalista Paolla Serra, autora do texto considerado "mítico" por Oddo, recebeu dois "Prêmios Direitos Humanos de Jornalismo" — um em segundo lugar em 2012 e outro em primeiro lugar em 2014, ambos da Ordem dos Advogados do Brasil/Rio Grande do Sul, apesar de atuar no Rio de Janeiro — e outros dois prêmios pelo seguinte trabalho, também de 2012:

A série "O trabalho compensa" mostrou que, com a economia aquecida e a pacificação das favelas do Rio, jovens moradores de comunidades carentes começaram a ver uma oportunidade para deixar a vida de crimes — ou nem entrar nela.[4] [Por "pacificação das favelas do Rio" entenda-se: UPPs. A primeira Unidade de Polícia Pacificadora foi implantada em meados de 2008 no morro do Dona Marta — em Botafogo, na Zona Sul do Rio de Janeiro — durante o Governo Estadual de Sérgio Cabral, "preso em 2016 pela Operação Lava Jato quando tornou-se réu por corrupção passiva, lavagem de dinheiro e evasão de divisas".][5]

Nunca compartilhei dessa necessidade de uma superioridade moral que foi amplamente apregoada com a ascensão do fascismo, muito menos acreditei que o palhaço do mal escolhido para trazer esse moralismo à tona possuísse um caminho predestinado como salvador de todos; pelo contrário, "o mito" Bolsonaro era *o oco*: o fascista-mor operou fortemente para excluir da sociedade jovens gays como nós — em especial, aqueles que atuavam como pensadores, ativistas e lidavam com cultura e comunicação. Nós. João Bosco havia chegado ao fundo da lama por essa marginalização, pela homofobia que sofreu no trabalho, por seu desencanto com tal inferno que emergia das fendas e, provavelmente em parte — não posso ser novamente omisso —, por meu abandono: a depressão o levava a usar cada vez mais metanfetamina e a quantidade acumulada dessa em seu sistema fazia com que tomasse decisões piores e piores, num círculo vicioso, despreparado que deveria ser como qualquer outro jovem adulto para lidar com gente tão macabra [a não ser que fosse tão sinistro quanto eles, o que sempre resisti em crer]. Foi algo que ocorreu ao redor do planeta, coincidentemente ou não ao mesmo tempo que a extremadireita se levantou em inúmeros países: me parecia possível que a desilusão com essa tenebrosa irrealidade e o crescente apartheid de determinados grupos sociais tivessem levado ao suposto aumento de 30% no consumo de substâncias proibidas em uma década, segundo relatório mundial de 2020 divulgado pelo Escritório das Nações Unidas Sobre Drogas e Crime (UNODC) [que este relatório seja cientificamente confiável é questionável, o que não é questionável é que ele é ideologicamente contaminado, como aponta o próprio nome do escritório que o produziu]. A extremadireita tentava rotular essa aparente alta no uso de entorpecentes como uma "epidemia", de maneira a fazer uso político dela [um possível ganho ideológico ao quadrado, pois os fascistas já haviam *ganhado* — grifo porque o conceito do que constitui um ganho neste contexto é contestável — quando excluíram grupos indesejáveis de sua "sociedade virtuosa": além dos mencionados artistas, pensadores, jovens questionadores e membros da comunidade LGBT+, também profissionais de segurança pública independentes (membros das polícias Federal e Civil, responsáveis por investigações-chave, que foram afastados), certos jornalistas desafiadores da mídia corporativa, influenciadores antifascistas, pretos, nordestinos e feministas; a estigmatização desses cidadãos viria como justificativa retroativa às ações excludentes e aniquiladoras dos fascistas, pois em seu revisionismo a direita radical então haveria estado sempre correta a respeito desses "marginais"]. É compreensível que em busca de distrações para seus naufrágios pessoais os indivíduos se automediquem: qual diferença faz que seja com álcool, com cigarro, com remédios tarja-preta [prescritos por psiquiatras ou comprados sem receita] ou com substâncias vendidas por dealers? *"Please don't try to find me through my dealer — he won't pick up his phone."*[6]

É extremamente grave que posições ideológicas tenham levado governos do planeta inteiro a condenar moralmente *alguns* usuários e a criminalizar o uso e a venda de *algumas* drogas, tornando-as ilícitas enquanto abraçavam outras: atualmente o que diferencia tais entorpecentes ilícitos dos lícitos na maioria dos países, como o Brasil, não é nada mais do que dogma. Na história da civilização, a ciência raramente guiou a chamada "política de drogas" — e a expressão é sintomática ao denunciar que se faz dos entorpecentes um uso político —: há pouquíssima verba — pública ou privada — destinada à pesquisa científica dos efeitos de cada um desses químicos [ilícitos *e* lícitos] nos respectivos usuários; e existe ainda menos interesse em se combater as causas sociais que levam ao uso dos químicos cientificamente comprovados como mais destrutivos; pelo contrário, como discorrido, a marginalização de certos grupos cimentada em suas relações com determinadas "drogas" tem sido cada vez mais usada como arma econômico-político-social nos fascismos ao redor do planeta. A criminalização sem embasamento científico leva, no mínimo, a três grandes problemas. Em primeiro lugar, o consumidor não sabe o que está de fato colocando em seu corpo — um pino de cocaína, por exemplo, pode conter inúmeras outras substâncias, até caco de vidro —, o que acarreta danos físicos talvez permanentes aos usuários e altos custos de longo prazo aos sistemas de saúde. Em segundo lugar, o Estado abre mão de coletar impostos, de regulamentar a distribuição de entorpecentes e de gerar empregos legais: porque há, sim, indivíduos vulnerabilizados que se enveredaram pelo comércio de "drogas" devido a dificuldades financeiras debilitantes, e que teriam feito outras escolhas se tivessem tido oportunidades de inserção na economia formal — e isso abarca majoritariamente, no Brasil, jovens pardos e pretos agenciados pelo tráfico. O Estado cede seu espaço e autoridade a organizações criminosas que se infiltram no poder público e que subsequentemente influenciam as políticas públicas: no Rio de Janeiro, a milícia tão proximamente relacionada à família Bolsonaro e ao jogo do bicho e que lucra com o tráfico do Terceiro Comando Puro (TCP) penetrou a polícia e as diversas esferas de governo. Isso diz o sociólogo José Cláudio Souza Alves, professor da Universidade Federal Rural do Rio de Janeiro, estudioso de milícias no estado e autor do livro *Dos Barões ao Extermínio* — Uma história da violência na Baixada Fluminense. Em uma crítica na ocasião do relançamento do livro de Souza Alves, que narra o que aconteceu no subúrbio [que, por sua vez, resultou do processo ocorrido na cidade do Rio de Janeiro em si], o *Valor Econômico* profetizou:

> É o laço entre contravenção, política e polícia que será pela primeira vez revelado nesta obra [publicada originalmente em 2003]. Capítulo a capítulo, o autor demonstra como esse desvio gerado na ditadura se transformará em um monstro após a redemocratização. O autor realiza cuidadosa pesquisa de campo e revela as transformações da Baixada com as novas configurações das milícias e com a migração do tráfico para regiões periféricas (fugindo das UPPs e dos exércitos paramilitares milicianos, muitas vezes atuando em conjunto com a polícia). Para o autor, mais de 50 anos de descaso diante dessas populações da Baixada criaram uma sociedade onde o crime não é exceção, é a regra. O abandono resulta em comunidades desfiguradas, com suas sociabilidades construídas sob a sombra da tirania. Os grupos de extermínio converteram-se em poder político. Seus matadores tornaram-se prefeitos, vereadores, deputados. Alves mostra que somos todos culpados por esse esquecimento. E o castigo veio a cavalo ou caiu de paraquedas: o Brasil aos poucos talvez se converta em uma grande Baixada, com seus políticos justiceiros e seus falsos moralismos.[7]

É notório que membros da polícia também lideram o tráfico de metanfetamina na cidade de São Paulo. A propósito, por meio de sua ligação com o TCP e com a milícia carioca, durante o regime Bolsonaro o Primeiro Comando da Capital (PCC) de SP alcançou todos os estados brasileiros e o Paraguai, Bolívia, Colômbia e Venezuela, e hoje opera até os garimpos ilegais em terras dos povos Yanomami, na Amazônia. O PCC

> possui cerca de 30 mil membros, sendo 8 mil apenas no estado de São Paulo. A organização é financiada principalmente pelo tráfico de maconha e cocaína, mas roubos de cargas, assaltos a bancos e sequestros também são fontes de faturamento. O grupo está presente em 90% dos presídios paulistas, os negócios particulares dos líderes e da própria facção têm um faturamento estimado pela inteligência policial em, no mínimo, 400 milhões de reais por ano. Alguns policiais e promotores acreditam que esse número pode chegar a cerca de 800 milhões de reais.[8]

De acordo com o jurista Wálter Maierovitch, em janeiro de 2018 — portanto antes da eleição do fascista, o PCC

> ainda não alcançou o peso econômico de antigos grupos mafiosos italianos ou de cartéis colombianos e marroquinos. Mas a facção paulista vem expandido sua atuação e tem força suficiente para influenciar a votação em outubro de 2018. Segundo o desembargador, há relatos de que o PCC patrocina eventos de igrejas na periferia de São Paulo. Afirma ainda que facções criminosas têm interesse

em se infiltrar no poder político para costurar acordos que reduzam a repressão policial em certas áreas. Segundo ele, um acordo desse tipo já vigora na periferia de São Paulo. "A polícia não vai à periferia, onde o PCC atua livre, leve e solto. Há uma lei do silêncio na periferia de São Paulo".[9]

De acordo com a Polícia Federal,

o Rio de Janeiro é um estado ao qual o Primeiro Comando da Capital atribui o status de focado, ou seja, a facção de São Paulo considera um objetivo estratégico dentro do planejamento macro. Para alcançar esse objetivo, o PCC se aliou ao TCP (Terceiro Comando Puro), do Rio, dentro das prisões fluminenses e também em algumas comunidades cariocas, principalmente na zona oeste, por causa da proximidade com o Complexo Prisional de Bangu. Até a década passada, o PCC era aliado ao CV (Comando Vermelho). As duas facções entraram em conflito por causa da disputa pelo controle da rota e do mercado de drogas nas regiões de fronteira do Brasil com Paraguai e Bolívia. [...] Ainda de acordo com a Polícia Federal, ao menos 74 integrantes do PCC formam a célula Sintonia RJ. A principal missão deles é ajudar a expandir e fortalecer os negócios ilícitos da organização paulista, como tráfico de drogas e armas, roubos e fraudes no Rio de Janeiro. As investigações da PF apontaram ainda que o paulista Luciano Iatauro, 39, o Da Leste, é o principal integrante da Sintonia RJ e sempre exerceu liderança, mesmo preso na Penitenciária Esmeraldino Bandeira [em Bangu]. Ele foi apontado pela PF como o chefe do PCC no Rio de Janeiro. Os agentes apuraram que Da Leste mantém contato com faccionados do PCC nas ruas e prisões e que negocia com comparsas remessas de drogas, armas e munição para serem distribuídas em favelas cariocas dominadas pelo Terceiro Comando Puro. A PF descobriu também que Da Leste, Edmar 130 e Velhote [outros chefes da célula Singonia RJ] criaram no WhatsApp um grupo de comunicação denominado "Família PCC — 1533". Os integrantes participavam pelo celular de conferências com criminosos em liberdade e com presos dos estados do Rio de Janeiro, São Paulo, Minas Gerais, Espírito Santo, Mato Grosso do Sul, Pernambuco e Pará. Em uma das conferências monitoradas pela PF, um alvo diz que um comparsa foi preso em flagrante transportando 430 kg de cocaína para o PCC, mas no final acabou libertado mediante pagamento de R$ 1,5 milhão de propina para os policiais que o detiveram.[10]

Pelos relatos, é seguro teorizar que PCC, TCP [que em breve deverá ser assimilado pelo primeiro] e milícia carioca atuem quase que como uma organização criminosa maior em sua impregnação na Segurança Pública, nas Câmaras de Vereadores, nas Assembleias Legislativas, na Câmara dos Deputados, no Senado Federal, na Justiça e no Palácio do Planalto do Brasil de hoje. Trata-se de uma *merger* do crime em andamento. O deputado federal Marcelo Freixo (então do Psol-RJ) disse em entrevista ao sul21:

Eu venho denunciando a milícia como o crime organizado e máfia mais perigoso à ordem democrática brasileira desde 2008, quando presidi a CPI das Milícias [na Assembleia Legislativa do Rio de Janeiro] e nós indiciamos ali mais de 200 milicianos, entre eles deputados e vereadores. Todos os líderes de milícia foram presos na CPI das Milícias e a gente continuou defendendo a democracia nessas áreas mais pobres e vulneráveis.

A Ponte Jornalismo adicionou:

Com o relatório, o parlamentar viajou à Alemanha e à Itália para explicar o conteúdo para políticos desses países e relatou experiências opostas. "Na Alemanha, eu dizia que as milícias eram formadas por policiais e eles não entendiam. 'Por que não chamam a polícia e prendem eles?', me perguntavam. Eu explicava que era por serem policiais e eles não entendiam. Na Itália, falei a mesma coisa e eles: 'ah, nós sabemos como funciona', ao conectarem com a ação da máfia local", relembra.[11]

Ao se entranharem no poder público, as organizações criminosas também penetram os meios de formação de opinião com a paradoxal intenção de gerar posicionamento [não cientificamente embasado] *contra as "drogas"*, pois essa é a forma de manter o controle sobre seu modelo de negócios. O prejuízo gerado pela quantidade mínima de drogas eventualmente perdida em apreensões policiais é insignificante em comparação ao lucro que esse *modelo de negócios* gera através da mão da obra barata e descartável e da autoconsumação dos usuários e de sua "cura" — ou tal modelo não teria se mantido por tantas décadas. Consequentemente, em terceiro lugar, o Estado abre mão de apoiar psicologicamente os dependentes químicos — o que lhes permitiria sair de seus ciclos viciosos —: existem grupos religiosos radicais e coligações de crenças — especificamente, evangélicos relacionados à milícia e ao tráfico, como aponta o jurista Wálter Maierovitch — que junto à mídia corporativa, ao obscurecer o debate, cegar a sociedade e antagonizar uma política pública de entorpecentes fundamentada na ciência, acabam por criar com as organizações criminosas uma relação simbiótica, exponenciando suas próprias receitas e trazendo a religião para dentro do estado laico. Os ganhos financeiros e políticos de tais grupos com a criminalização das drogas e a dogmatização da população sobre o tema são visíveis, de acordo com especialistas como Ilona Szabó. A entrevista ao sul21 com Freixo continuou:

A milícia não é um estado paralelo, a milícia é um estado leiloado, interessa a muita gente. A milícia elege senadores, elege prefeitos, ajuda a eleger presidentes, inclusive.

Então, é muito grave, é o domínio de território transformado em domínio eleitoral, domínio econômico sobre a vida das pessoas, com um poder de fogo muito grande e com carteira do Estado. Então, é máfia. Sem dúvida, a situação do Rio piorou muito nos últimos anos, exatamente pelos acordos entre crime, polícia e política, de onde tanta gente surgiu ultimamente.

O regime fascista brasileiro, beneficiado pelo tráfico como é por meio da milícia carioca, insistiu no *medo* a respeito de uma suposta "epidemia de drogas" como forma não somente de evitar uma discussão bem informada sobre entorpecentes entre cientistas e especialistas e as famílias e o país como um todo, como também de fortalecer financeiramente as comunidades evangélicas radicais (um dos pilares bolsonaristas) e sobretudo permitir sua influência nas políticas públicas — com isso, ainda a trazer a esses novos membros que sofreriam obrigatoriamente a conhecida lavagem cerebral. Reproduzo na íntegra uma reportagem do site Direto da Ciência, de 29 de maio de 2019, que tem como título "A metodologia científica do ministro Osmar Terra: O rolezinho". A foto que a ilustra foi divulgada pelo Ministério da Cidadania e mostra "o ministro da Cidadania, Osmar Terra (dir.), a ministra da Mulher, da Família e dos Direitos Humanos, Damares Alves, e representantes do Rio de Janeiro (RJ) em reunião sobre iniciativas com usuários de drogas". O texto do editor Maurício Tuffani segue:

O ministro da Cidadania, Osmar Terra (MDB), acaba de fortalecer com uma nova metodologia científica o vigoroso desafio anticiência e negacionista do governo do presidente Jair Bolsonaro. A inovação veio em boa hora. Faltava fundamentação teórica para essa frente de combate do bolsonarismo, que vem sendo enfrentada brava e empiricamente por Ernesto Araújo, Abraham Weintraub, Damares Alves, Ricardo Salles e pelo próprio presidente. Já se mostrava esgotada a esperança de apoio filosófico pelas reflexões de Olavo de Carvalho, que têm sido dedicadas ao campo da escatologia. Eu estava à procura, desde hoje cedo, de um nome para essa metodologia inovadora. Devido à minha deformação intelectual no ambiente gramscista-darwinista-climatista-globalista--uspiano, minha busca certamente acabaria em alguma coisa sem graça, como "perambulação refutatória" ou "refutacionismo peripatético". Nesta tarde, em meio a uma rápida zapeada na TV, tive a sorte de ver no *Estúdio I*, da Globo News, o comentarista Octavio Guedes se referir ao "rolezinho do ministro". É isso! Obrigado, Guedes!

A refutação da validade de uma pesquisa científica por meio do rolezinho metodológico foi noticiada ontem pelo jornal *O Globo*. Na reportagem "Ministro ataca Fiocruz e diz que *não confia* em estudo sobre drogas, engavetado pelo governo", a jornalista Audrey Furlaneto apresentou as reflexões do ministro

Osmar Terra sobre a Fundação Oswaldo Cruz (Fiocruz) e seu estudo 3º Levantamento Nacional sobre o Uso de Drogas pela População Brasileira. Segue um trecho dessa mudança de paradigma metodológico que não só demoliu o estudo realizado durante três anos, envolvendo 16 mil entrevistas e 500 pesquisadores a um custo de cerca de R$ 7 milhões, mas também apontou na Fiocruz "viés ideológico para liberar drogas". "Eu não confio nas pesquisas da Fiocruz. Se tu falares para as mães desses meninos drogados pelo Brasil que a Fiocruz diz que não tem uma epidemia de drogas, elas vão dar risada. É óbvio para a população que tem uma epidemia de drogas nas ruas. Eu andei nas ruas de Copacabana, e estavam vazias. Se isso não é uma epidemia de violência que tem a ver com as drogas, eu não entendo mais nada. Temos que nos basear em evidências" [diz Terra]. Já podemos imaginar, por exemplo, rolezinhos de inverno programados pelo chanceler Ernesto Araújo para refutar a teoria do aquecimento global antropogênico. Já dá para imaginar também textos de Olavo de Carvalho reconhecendo o ministro da Cidadania como um legítimo pensador peripatético (do grego *περιπατητικός*, caminhante, itinerante) na tradição de Aristóteles.

O engavetamento — A pesquisa está desde novembro de 2017, ou seja, há 18 meses, engavetada pela Secretaria Nacional de Políticas sobre Drogas (Senad), do Ministério da Justiça e Segurança Pública, que contratou o trabalho da Fiocruz. Uma cláusula no contrato estabelece que o estudo só pode ser divulgado com anuência da Senad. Em setembro de 2018, quando a *Folha de S.Paulo* publicou a reportagem "Governo Temer engaveta pesquisa sobre uso de drogas que custou R$ 7 milhões", de Ana Estela de Souza Pinto, o Ministério da Justiça divulgou nota oficial afirmando que "[...] a metodologia usada pela Fiocruz no 3º Levantamento não é comparável nem com o segundo nem com o primeiro levantamento. Esta opção, que não era admitida no edital, compromete a série histórica, traz prejuízos para a Política Nacional sobre Drogas e para a integração do Brasil nos fóruns internacionais atinentes a este tema. Não é possível, por exemplo, saber se o uso de cada droga específica no Brasil aumentou ou diminuiu nos últimos anos, tanto no território nacional quanto em determinadas frações dele, o que era presente nos levantamentos anteriores". Ontem, logo após a repercussão da *metodologia* do ministro Osmar Terra, a Fiocruz soltou a nota "Fiocruz assegura qualidade de pesquisa nacional sobre drogas", afirmando: "O 3º Levantamento Nacional sobre o Uso de Drogas pela População Brasileira é mais robusto e abrangente que os dois anteriores, pois inclui, além dos pouco mais de 100 municípios de maior porte presentes nos anteriores, municípios de médio e pequeno porte, áreas rurais e faixas de fronteira. Foram entrevistados mais de 16 mil indivíduos. Essa abrangência só foi possível graças à utilização, exigida no próprio edital, do mesmo plano amostral adotado pelo Instituto Brasileiro de Geografia e Estatística (IBGE) para realização da já reconhecida Pesquisa Nacional por Amostra de Domicílios (Pnad). O plano amostral adotado permite, portanto, um cruzamento desses resultados com dados oficiais do país. Vale destacar que a abrangência amostral foi solicitada pelo próprio edital e que todos os critérios solicitados foram devidamente atendidos". No entanto, em relação à metodologia do rolezinho refutatório, a Fiocruz não se manifestou. Por que será?

O motivo — Faltou *O Globo* e outros veículos que repercutiram sua notícia lembrar ou explorar ainda mais o que foi revelado em abril pela jornalista Inês Garçoni em sua reportagem "Guerra à pesquisa — Aqui estão os números que o governo escondeu e que mostram que não há epidemia de drogas no Brasil", no *Intercept Brasil*: "Com a troca de governo em janeiro, o embargo da pesquisa, que se arrasta desde 2016, ganhou novos contornos. No dia 19 de março, Osmar Terra e a ministra Damares Alves anunciaram a assinatura de contratos com 216 novas comunidades terapêuticas para tratamento de dependentes químicos, ao custo de R$ 153,7 milhões por ano para 10.883 vagas. 'Elas são decisivas para enfrentar a epidemia das drogas que destrói a nossa juventude, que causa a violência que o país vive e que está se propagando em uma escala gigantesca', disse Terra na cerimônia. Damares Alves completou: 'Neste ato, o estado laico reconhece a importância das comunidades religiosas. É o retrato de um novo Brasil'." A reportagem do *Intercept* informou que o Brasil possui quase 2 mil comunidades terapêuticas, em sua maioria ligadas a igrejas evangélicas e católicas, segundo um estudo do Instituto de Pesquisa Econômica e Aplicada (Ipea). E acrescenta que o ministro Osmar Terra — defensor do modelo de clínicas religiosas como solução para "a epidemia de drogas no país" — é contra qualquer política de redução de danos, preferindo a abstinência e a internação compulsória.

Reserva de mercado — Em 2010, quando era deputado federal (MDB-RS), Osmar Terra apresentou um projeto de lei para obrigar os dependentes de drogas a serem internados, já aprovado na Câmara e no Senado. Segundo a jornalista Cida de Oliveira em sua reportagem "Avança no Senado projeto de penas mais duras e internação compulsória de usuários", para a Rede Brasil Atual. "[...] a proposta traz de volta a abstinência como objetivo do tratamento, quando as políticas mais modernas voltadas ao tratamento de saúde de usuários estão focadas na redução de danos e investimentos nas determinantes do sofrimento psíquico que empurra as pessoas para o uso excessivo de drogas e ao rompimento de laços afetivos e familiares." De acordo com a reportagem da RBA, ao estimular as comunidades terapêuticas, que já existem e recebem recursos públicos, iniciativas como o projeto de lei de Osmar Terra visam inserir essas instituições no Sistema Nacional de Políticas Públicas sobre Drogas (Sisnad), "possibilitando que esse setor dominado por igrejas evangélicas possa vir a influir nas políticas para o setor como forma de garantir reserva de mercado". Enquanto nos distraímos com o peripatético ministro e seus rolezinhos, sua proposta para o futuro dos usuários de drogas brasileiros e suas famílias está desde o dia 16 no Palácio do Planalto aguardando pela sanção ou veto do presidente Bolsonaro.[12]

A propósito da *especialista em segurança pública e política de drogas*, Ilona Szabó, no início de 2019 foi nomeada pelo ministro da Justiça e Segurança Pública Sergio Moro como membro suplente do Conselho Nacional de Política Criminal e Penitenciária, órgão de consulta do governo que avalia o sistema penitenciário, propõe diretrizes de política criminal e faz inspeções em estabelecimentos penais, entre outras funções. Mas, devido a manifestações de apoiadores da ala ideológica do governo nas mídias sociais, Ilona foi, por ordem do presidente Jair Bolsonaro, afastada do conselho pelo ministro.[13]

Então, resolveu deixar o país após sofrer ataques de milícias virtuais. "Tive oportunidade de fazer uma pesquisa sobre o fechamento do espaço cívico no Brasil. Conversei com pessoas: jornalistas, artistas, gente que havia saído do governo, para saber dos desdobramentos dos ataques online na vida pessoal delas. E são muitos. Inclusive porque tem chantagens, intimidações, outro tipo de monitoramento que nos coloca em um momento bastante crítico. Os ataques não são só online, vão para a vida pessoal, institucional e profissional", disse Illona em entrevista à revista *IstoÉ*.[14] O mesmo ocorreu comigo, porém não posso me eximir de deixar registrada minha vivência nestes anos sob o regime fascista — e meu testemunho sobre a tomada do Brasil pela milícia e da comunidade gay pela metanfetamina faz parte disso. Embora não seja propriamente ator, gosto muito de uma frase da atriz Eva Wilma que abrange a função pública do artista: "Hoje em dia, com a democracia, todo mundo é livre para escolher o que quer e se manifestar como quer, mas quem é ator deve saber sempre que a popularidade traz responsabilidade". Eu amplificaria a o comentário: "quem é artista (figura pública) *deve saber sempre que possui responsabilidades* para com o todo", e essas responsabilidades em minha vida por várias ocasiões falaram mais alto até do que minha necessidade de autodefesa. Apenas *sou livre para escolher quem e o que quero* em minha própria vida — portanto, quanto ao uso por terceiros de químicos definidos "ilícitos" sem respaldo científico, não faço julgamento de valor porque "cada um sabe a dor e a alegria de ser o que é"* e porque

a criminalização do uso de drogas viola de forma incontestável a intimidade do usuário por tornar pública uma conduta que diz respeito tão somente a sua pessoa, além de lesionar a sua liberdade em razão de ficar impedido de praticar certas condutas que causarão danos apenas a si próprio. O que a sociedade não enxerga, ou não quer enxergar, é que a violência não está relacionada às drogas, mas sim à própria proibição, tão verdade que os usuários, principalmente os desfavorecidos, lotam os presídios acusados de

---

* VELOSO, Caetano. "Dom de Iludir", 1977.

tráfico de entorpecentes. *Atualmente, a lei de drogas que está vigente no Brasil é a nº 11.343/2006, onde há a despenalização dos usuários e a criminalização do comércio de entorpecentes previsto nos artigos 28 e 33, respectivamente. Muito embora a referida lei faça uma diferenciação entre o consumidor e o traficante, não há um critério objetivo que permita fazer essa análise, como a definição da quantidade máxima para cada substância permitida para posse e uso pessoal. Portanto, como não há um critério de diferenciação, quem decide é [primeiramente o policial e posteriormente] o juiz, levando a arbitrariedades e insegurança jurídica, até porque o tráfico de drogas é considerado um delito equiparado ao hediondo.*[*]

Por esses fatores, possuo convicção de que a única maneira responsável e sustentável de enfrentar a questão dos entorpecentes seja por meio de aprofundadas pesquisas científicas, da desdogmatização, do debate informado, da descriminalização esclarecida e de sua consequente regulamentação, do adequado acompanhamento psicológico dos usuários e de sua reinserção social, inclusive com o restabelecimento de laços afetivos rompidos — pois isso não somente atingiria o calcanhar de Aquiles de grupos criminosos e de radicais religiosos globalmente, como diminuiria a corrupção política e a violência policial, estimularia a economia formal e também reduziria em muito os custos do uso de substâncias adulteradas para os sistemas de saúde, uma vez que a cocaína, o ecstasy ou a metanfetamina — produzidos em laboratórios legais com controle de qualidade e vendidos em farmácia em quantidades preestabelecidas por prescrição médica — trariam muito menos efeitos indesejáveis aos consumidores e àqueles em seu entorno. O cigarro e o álcool, entre outros, deveriam em teoria ser sujeitados às mesmas regras, embora estes sejam comercializados *legalmente* de maneira descontrolada. Surpreende-me que a indústria farmacêutica não exerça forte *lobby* no sentido supradiscorrido de descriminalização e regulamentação das substâncias aleatoriamente consideradas *ilícitas* planeta afora.

Portugal obteve resultados satisfatórios com a descriminalização das drogas [a posse e consumo são infrações, a venda continuou criminalizada], quais sejam, a diminuição expressiva de mortes por overdose, bem como das doenças transmissíveis através das seringas para aplicação das substâncias injetáveis, além dos delitos relacionados aos entorpecentes. O país foi surpreendido por não haver o aumento do consumo após a descriminalização e também não virou um país de turismo de drogas.[**]

---

[*] SIMONETTO GONÇALVES, Renata. O efeito contrário da guerra às drogas: Aumento da violência e propagação do preconceito. *Conteúdo Jurídico*, Brasília, v. 11, pp. 01-03, mar. 2019.

[**] Ibidem.

Experiências em outros países e estudos científicos corroboraram — diferentemente do que alegam ideólogos e seus dogmatizados com base apenas em crenças e em falsos moralismos — os resultados obtidos em Portugal.[15] A líder do Partido Liberal e ministra da Educação e Integração Guri Melby, da Noruega, "reagiu, em artigo recente, às criticas formuladas pelo Partido de Centro, na figura de Kjersti Toppe, dizendo que 'eles têm uma crença ideológica em punir as pessoas nas políticas de drogas e vivem de um sonho utópico de uma sociedade sem drogas. O Partido Liberal e o governo baseiam nossa reforma da política de drogas em bases científicas sólidas que afirmam ser muito improvável que a descriminalização leve a um aumento no uso de drogas. Sabemos muito bem que o atual regime penal é prejudicial. É por isso que a OMS e a comunidade profissional internacional unida nos apoiam na descriminalização das drogas ilegais'. [...] Um dos exemplos que a Noruega busca é o de Portugal. É permitida a posse de determinado limite de substâncias, como até 25 gramas de maconha, 2 gramas de cocaína, 5 gramas de haxixe ou 1 grama de heroína ou anfetaminas. O tráfico de drogas continua sendo processado como crime. Diversos estudos indicam que a descriminalização não teve efeitos adversos nas taxas de consumo de drogas em Portugal, que, em várias categorias, estão agora entre as mais baixas da União Europeia, ainda mais quando comparadas com países que têm regimes de criminalização rigorosos. O consumo de heroína e cocaína, duas das substâncias mais problemáticas, que afetava 1% da população portuguesa antes de 2001, quando foi iniciado o processo de descriminalização, caiu para 0,3%. As contaminações por HIV entre os usuários de drogas caíram pela metade, passando, na população, de 104 novos casos por milhão ao ano em 1999 para 4,2 em 2015, segundo dados da Agência Piaget para o Desenvolvimento (Apdes)".[16] Resta saber quais seriam os efeitos da regulamentação da produção e da venda de entorpecentes, como sugeri acima. O resultado de sua continuada criminalização já é conhecido: "a Suécia é um dos Estados citados pelas autoridades norueguesas como exemplo negativo. Além de não reduzir o consumo, a lei do país não impede que os crimes relacionados com as drogas tenham as taxas mais altas da Europa. Somente em 2019 ocorreram mais de 300 tiroteios com 37 mortos e centenas de feridos. Cerca de 600 pessoas morrem a cada ano de overdoses, uma taxa de 90 por milhão de habitantes entre 15 e 64 anos de idade. A média europeia, segundo dados da Comissão Europeia, é de 22,6 mortes por overdoses por milhão de habitantes".[17]

A lei brasileira, como analisado, incorre em consequências ainda mais graves e leva ao entrelaçamento do tráfico com setores corrompidos da polícia e da imprensa com a destruição da Amazônia com o jogo do bicho:

Sobre o assassinato da Marielle eu não tenho a menor dúvida de que nós vamos chegar à autoria. Vamos chegar a quem mandou matar, e não só a quem apertou o gatilho. A investigação tem um tempo demasiado, a gente sabe disso. São mais de dois anos, esse é um tempo inaceitável para todos nós, mas a gente sabe que o crime foi um crime sofisticado, um crime encomendado e feito por algum grupo político poderoso e violento.[18]

A execução de Marielle Franco teria uma "causa maior", segundo o deputado Marcelo Freixo.[19] O próprio Freixo teria sido executado em 15 de dezembro de 2018, após Marielle, não fosse a interceptação dos planos da milícia.[20] Na entrevista "Milícia tem digitais de Bolsonaro...", dessa vez ao Congresso em Foco, o deputado federal complementou:

Mais de 70% da população está dominada por algum grupo criminoso na cidade do Rio de Janeiro. Isso é um projeto de poder. Um projeto de poder que tem as digitais da família que hoje está no Palácio do Planalto. Porque vem de lá esta relação de crime, polícia e política que se nacionalizou através da eleição de Bolsonaro. Não é um Estado paralelo. É um projeto de sociedade miliciana que interessa a muita gente, que se interessa pela fragilidade das instituições, pela violência policial, pela fragilidade da lei. É um projeto de sociedade que está em disputa no Brasil. Esse projeto de mexicanização, que hoje tem seu representante da relação entre crime, polícia e política no Palácio do Planalto tem que ser enfrentado.[21]

Freixo conclui, no *El País*:

As autoridades não tiveram coragem, nem interesse de retirar deles o mais importante, que é o domínio econômico. Não fizeram o enfrentamento que deveria ter sido feito. Faz com que o crime continue sendo lucrativo.[22]

Sem mais.

Tudo isso sugere uma hipótese histórica mais geral: que conceitos como ansiedade e alienação (e as experiências a que correspondem, como em *O Grito*) não são mais possíveis no mundo pós-moderno. As grandes figuras de Warhol — a própria Marilyn ou Edie Sedgewich —, os casos notórios de autodestruição e *burnouts* do final dos anos 60 e a proliferação das experiências com drogas e a esquizofrenia pareceriam não ter mais quase nada em comum com as histéricas e neuróticas do tempo de Freud, ou com aquelas experiências canônicas de isolamento radical e solidão, de revolta individual, de loucura como a de Van Gogh, que dominaram o período do Alto Modernismo. Essa mudança na dinâmica da patologia cultural pode ser caracterizada como aquela em que a alienação do sujeito é deslocada pela sua fragmentação.*

No tocante ao fato de Bosco ter visivelmente demonstrado aspectos da Síndrome de Estocolmo em sua relação com os traficantes, eu considerava a possibilidade de que ocorresse em seu inconsciente algo semelhante com relação à Rede, daí tantas tomadas de decisões que pareciam contrárias a seus próprios interesses.

[09/01/2020 20:45:44] João Bosco: Blz amigo, pra fazer a reserva tanto faz 1 ou 2 dias é o mesmo valor?
[09/01/2020 20:46:41] João Bosco: Eu vou precisar ao menos 1 diária pq não estou conseguindo nem pra pagar no hotel
[09/01/2020 21:36:39] João Bosco: Amigo o rapaz tá esperando aqui
[09/01/2020 22:32:29] Kaliu: <chamada recebida>
[10/01/2020 00:32:59] Kaliu: Amigo tô em situação complicada
[10/01/2020 00:33:08] Kaliu: Tô em uma favela
[10/01/2020 00:33:55] Kaliu: Quando digo q minha vida é complicada é foda

[10/01/2020 08:57:12] Théo: A senhora vai fuder agr ou já vai descer?
[10/01/2020 08:59:46] João Bosco: Fazer um bump pra acordar e fuder
[10/01/2020 09:02:30] Théo: Isso
[10/01/2020 09:02:34] João Bosco: Vem. Vou te apresentar o A*
[10/01/2020 09:02:37] Théo: Qro mtt
[10/01/2020 09:50:05] Théo: To com pena da Ahola

Li repetidamente essa conversa e me questionava sobre quem poderia ser A*. Seria o mesmo sujeito identificado no WhatsApp de João como NovoA, que teria chegado ao Rio de Janeiro no dia 6? Na escada de incêndio do Studio 1984, Bosco havia feito menção a um tal Alain quando me contou o nome da pessoa que o tinha arregimentado para fazer as gravações escondidas. "Se você me pergunta se estamos sendo gravados, a resposta é sim.

---

* JAMESON, 1996.

Se você me pergunta se eu estou recebendo para isso, a resposta é não. E se você quer saber o nome da pessoa que fala comigo, o nome dele é *Alain*, mas eu não sei nada sobre ele" — fim de *flashback*. Lembro-me até hoje, palavra por palavra. Grafei "Alain" porque eu à época gostaria de acreditar que *um* dos indivíduos [que eu imaginava que seria capaz de contar em no máximo duas mãos] que haviam assistido a mim sem meu consentimento fosse minimamente sexy — e me veio à mente Alain Delon —, em vez de alguém grotesco como daddy Küster Gurgel ou a inteira classe AAA de perversos do Brasil e demais sórdidos, como crescentemente parecia ser o caso ("Dr. Allan manda um abraço"). Delon foi o nome de meu gato que tragicamente caiu do oitavo andar de meu apartamento em Londrina, próximo ao colégio de freiras de Educação Schoenstattiana, outro motivo para eu não querer pisar novamente naquela terra. Encontrei na nuvem de João Bosco, cujo login Deco tinha modificado, capturas de tela da conversa de um grupo do qual participavam, no mínimo, além de João e NovoA: Arthur Scalercio, Pedro Lume, Duda e Lico — este último, um amigo de João que era garoto de programa e também dealer —; esses eram somente os nomes que constavam do cabeçalho do grupo *Mecs* (do francês, caras) e da comunicação printada (provavelmente havia mais membros cujos nomes não cabiam naquele espaço e que não tinham participado daquele bate-papo em específico).

[28/11/19 17:42:19] NovoA: Eu conheço minha mulher faz anos. É novinha. Tem a idade do meu filho
[28/11/19 17:42:25] NovoA: Já apaixonei, pirei por amor
[28/11/19 17:42:41] NovoA: Eu tinha jurado que eu não ia falar sobre assuntos particulares
[28/11/19 17:43:00] Pedro Lume: relaxa, aqui você pode ficar à vontade
[28/11/19 17:43:05] NovoA: Ela tem a buceta dela, eu tenho o meu pau
[28/11/19 17:43:10] NovoA: Ela foi fazer ginástica, vai voltar tesuda
[28/11/19 17:43:14] NovoA: Sabe o que eu sou contra? Nada
[28/11/19 17:43:16] Arthur Scalercio: Eu tb não
[28/11/19 17:43:19] Pedro Lume: nós também não
[28/11/19 17:43:20] Pedro Lume: rs <emoji de carinha de demônio feliz>
[28/11/19 18:04:23] Arthur Scalercio: <vídeo caseiro de dois homens fazendo dupla penetração em uma mulher>
[28/11/19 18:04:28] Arthur Scalercio: Você tava nessa com minha mulher
[28/11/19 18:06:22] NovoA: Tesão. Hoje tô com a minha. Botei ela pra dar pros seguranças, pro feijão... Vocês assistiram*
[28/11/19 18:06:33] NovoA: Não quer passar aqui no hotel, João

---

* "Os caras querem mais o quê? Ganham dinheiro, trabalham com o puto do Brasil, e ainda fodem a gostosa da mulher dele, a pedido do cara? Não vão largar esse emprego nunca."

[28/11/19 18:10:56] João Bosco: Não posso. Estou na agência ainda. O Ricardo tá de mau-humor

[28/11/19 18:12:07] João Bosco: O Lico não pode? Ou o Saulo ["o membro"]

[28/11/19 18:12:54] Arthur Scalercio: Posso após às 20

[28/11/19 18:13:42] Lico: posso. tô saindo da academia

[28/11/19 18:14:04] NovoA: Queria que vcs tivessem aqui bebendo uma taça de vinho comigo

[28/11/19 18:14:16] NovoA: Senão parece que eu tô louco

[28/11/19 18:14:26] NovoA: Aí eu começo a falar um monte de besteira

[28/11/19 18:14:53] Lico: a gente bebe vinho ue rsrs

[28/11/19 18:17:20] Arthur Scalercio: To numa reunião. Rola dura aqui

[28/11/19 18:17:32] Arthur Scalercio: <imagem de ereção sob a calça>

[28/11/19 18:19:01] NovoA: Caralho! Lico vc vem

[28/11/19 18:23:08] Lico: vou. 8 então

[28/11/19 19:15:01] NovoA: João, posso te fazer uma pergunta?

[28/11/19 19:15:17] NovoA: Como você consegue resistir o Dáy todo dia dando em cima de você

[28/11/19 19:26:18] João Bosco: Ele só quer saber de mim quando eu tenho alguma coisa [metanfetamina]. Maior putona. Tô fora

[28/11/19 19:26:22] João Bosco: Tô namorandinho com o Aaron agora

[28/11/19 19:26:25] NovoA: Sério? Ele

[28/11/19 19:26:33] NovoA: Segunda pergunta. Posso?

[28/11/19 19:26:45] NovoA: Ah… eu não sei como perguntar. Posso fazer

[28/11/19 19:31:23] João Bosco: Pode rs

[28/11/19 19:32:37] NovoA: O Aaron se masturba?

[28/11/19 19:32:43] Pedro Lume: deve se masturbar. como todo mundo rs

[28/11/19 19:32:56] Arthur Scalercio: Parece que não

[28/11/19 19:32:58] NovoA: Manda vid

[28/11/19 19:33:03] NovoA: Eu sou horroroso?

[28/11/19 19:37:39] João Bosco: Não quero saber do que o Aaron faz quando a gente não tá junto

[28/11/19 19:37:45] Pedro Lume: que isso! [NovoA: Eu sou horroroso?]

[28/11/19 19:37:54] Pedro Lume: como ser horroroso com 22cms

[28/11/19 20:08:20] Arthur Scalercio: Saindo do escritório

[28/11/19 20:23:12] Lico: tô pronto. posso ir?

Guy Debord escreveu:

Lá onde o mundo real se converte em simples imagens, as simples imagens tornam-se seres reais e motivações eficientes de um comportamento hipnótico. O espetáculo, como tendência para fazer ver por diferentes mediações especializadas o mundo que já não é diretamente apreensível, encontra normalmente na visão o sentido humano privilegiado que noutras épocas foi o tato; o sentido mais abstrato, e o mais mistificável, corresponde à abstração generalizada da sociedade atual. Mas o espetáculo não é identificável ao simples olhar, mesmo combinado com o ouvido. Ele é o que escapa à atividade dos homens, à reconsideração e à correção da sua obra. É o contrário do diálogo. Em toda a parte onde há representação independente, o espetáculo reconstitui-se.[*]

A degradação e a decomposição da vida cotidiana correspondem à transformação do capitalismo moderno. Nas sociedades de produção do século XIX (cuja racionalidade era a acumulação de capital), a mercadoria tinha se tornado um fetiche na medida em que era considerada como figurando um produto (objeto), e não uma relação social. Nas sociedades modernas, em que o consumo é a ultima ratio, todas as relações humanas têm sido impregnadas da racionalidade do intercâmbio mercantil. É o motivo por que o vivido se afastou ainda mais numa representação: tudo aí é representação. É a este fenômeno que os situacionistas chamam espetáculo (a concepção de Lefebvre é mais neutra: o espetáculo moderno, para ele, deve-se simplesmente à atitude contemplativa dos seus participantes). O espetáculo instaura-se quando a mercadoria vem ocupar totalmente a vida social. É assim que, numa economia mercantil-espetacular, à produção alienada vem juntar-se o consumo alienado. O pária moderno, o proletário de Marx, não é já tanto o produtor separado do seu produto como o consumidor. O valor de troca das mercadorias acabou por dirigir o seu uso. O consumidor tornou-se consumidor de ilusões.[**]

Por que NovoA perguntava se eu me masturbava? Eu havia me tornado um objeto de consumo, uma representação independente de mim mesmo? Quanto aos tais membros sofisticados da "high society" paulistana [e da carioca?], eles não estavam assim tão acima dos outros mortais de quem tanto desdenhavam...: trocavam putarias; eram não apenas vulgares, como ordinários; e se envolviam até com os garotos de programa "de baixa classe" que Bosco tanto desprezava — o próprio Lico era um e João, paradoxalmente, tinha-o como seu *amigo*. Nunca entendi certos paradoxos de João Bosco! Como era possível desprezar um grupo com o qual se deitava com tanta frequência? Se havia tamanho desprezo, de onde surgia o tesão? Dos centímetros? Por que não transformava o desprezo em mais sincera adoração? O que as capturas de tela vinham a provar — para mais da hipocrisia — era que existia, sim, algo sexual entre João e Scalercio, tal como tinha existido entre João e Lume e seu namorado anterior; do mesmo jeito, era factível supor que NovoA fosse o mesmo A[*] que Bosco introduziria a Théo. Quem seria Alain? Os prints também traziam resposta a uma dúvida de Bosco que eu havia pensado que fosse legítima, e que entendia ser insincera: ele sabia que aqueles não eram amigos verdadeiros de Vinícius, seu

---

[*] DEBORD, op. cit.

[**] GOMBIN, Richard. *As Origens do Esquerdismo*. Lisboa: Publicações Dom Quixote, 1972.

ex — Arthur Scalercio era um gay recalcado ou hétero de fachada; Pedro Lume era alguém que mantinha a porta de seu quarto constantemente aberta para João; NovoA eu não sabia quem era —; as tentações dos "amigos" do médico ao marido deste à época não constituíam testes de fidelidade em um relacionamento "monogâmico", senão convites escancarados. Se houvesse quaisquer incertezas quanto a supostas pegadinhas implementadas por Vinícius, "o tolo", estas somente revelariam o medo de Bosco de *ser pego* dizendo "sim" a um desses indivíduos — uma arapuca entre quantas entradas gratuitas? Similarmente a João não ter recusado Lume, era quase impossível que Bosco não tivesse trepado com Scalercio durante seu casamento com o médico; se houvesse uma única possibilidade de que isso não tivesse acontecido, haveria sido devido à esposa do gerente de marketing da Rocca — que teria estado de modo subentendido presente no encontro proposto, outro *ménage à trois*. Conhecendo João como eu passava a conhecer, ele facilmente haveria achado uma maneira de contornar essa presença feminina indesejada dando-se com Arthur Scalercio em qualquer sauna ou escada de incêndio. Pensamento idêntico seria aplicável a Pedro Lume e seu relacionamento "monogâmico" contemporâneo: no dia 25 de dezembro de 2019, em que chamei os policiais ao apartamento de João Bosco, notei uma peculiar intimidade nos olhares trocados entre o advogado e meu namorado — como se o sujeito conhecesse os fatos recentes que motivavam a briga —; era razoável pensar que Pedro tivesse traído seu parceiro e participado do sexo com João e Túrio [e quem mais?] durante as horas em que Bosco havia sumido na noite anterior e naquela madrugada. Minha intuição inicial tinha estado correta. Eu começava a enxergar um padrão. Com relação a NovoA, tratava-se concretamente de uma nova incógnita no jogo e naquele momento não existiam pistas sobre ele em lugar algum — eu não poderia sequer afirmar que tivesse pertencido ao círculo de Vinícius. Apenas havia uma grande probabilidade de que estivesse a comer João e Théo enquanto eles "aprendiam a dar" no Rio, e de que fosse carioca. Ademais, em lugar nenhum eu tinha encontrado, no "WhatsApp isento" de João Bosco, tal grupo com que me deparei nos prints — mais um indicativo de que havia existido um aplicativo de mensagens paralelo, ou quase um outro telefone inteiro dentro de um aparelho só. Eu começaria a me referir às duas caras do celular de Bosco — aquele aparelho que *havia sido* ou que *havia se ido* — a usar metáforas que resgatei da novela *Mulheres de Areia*, de Ivani Ribeiro. Ruth era a irmã gêmea boa da estória, interpretada por Eva Wilma na versão original de 1973 da novela e por Glória Pires, na versão de 1993; e Raquel era a irmã gêmea má, igualmente interpretada por essas atrizes, com penteados e figurinos diferentes, nas respectivas versões. Os aspectos que podiam vir à tona e com os quais era aceitável que eu me defrontasse quando vasculhasse o telefone de João ficavam no lado "Ruth" (isento) do celular. O conteúdo sórdido era armazenado no lado "Raquel" (paralelo) do sistema operacional hackeado, e por mais que eu fuçasse jamais conseguiria ter acesso, pois tal sistema aparentemente requeria que o próprio Bosco olhasse de maneira direta e ininterrupta para a câmera por um certo tempo para começar a funcionar e rodar comandos, além de somente ser destravado com sua digital. Esses prints, portanto, eram das poucas provas da existência do hackeamento e do funcionamento do sistema operacional Ruth/Raquel às quais eu teria acesso. Todavia esse celular já se achava com "seu verdadeiro dono" e então restava apenas "o telefone da diarista":

[10/01/2020 13:00:05] Kaliu: Eu trabalho com datas
[10/01/2020 13:00:28] Kaliu: Normalmente eu não vendo fiado
[10/01/2020 13:00:32] Kaliu: Pq eu perco dinheiro, tempo e as vezes até a amizade
[10/01/2020 13:00:37] Kaliu: Mas quero te ajudar pq vc tá enrolado
[10/01/2020 13:00:50] Kaliu: Porém vc não ta passando fome e frio
[10/01/2020 13:00:56] Kaliu: Então vamos lá
[10/01/2020 13:01:22] Kaliu: Vc já me deve 4 (R$4.000) e T
[10/01/2020 13:01:29] Kaliu: Parece que virei uma espécie de Salvador de todos
[10/01/2020 13:01:35] Kaliu: Todo mundo me pedindo algo

Ficava também estabelecido que o tal Kaliu ia de operador de viagens que vendia pontos de fidelidade da rede Rocca a agiota e extorquidor, aproveitando-se dos delírios metanfetamínicos alheios. João Bosco realmente havia perdido qualquer bom senso. Hora ou outra, entretanto, mesmo desfigurado pela droga, parecia se lembrar de mim quando ligava para o número de minha mãe para falar comigo — ligações essas que eram interceptadas por meu irmão.

[09/01/2020 13:59:39] Meu irmão caçula: Ele está sem celular, sem chip, trancado em casa, sem conversar... A situação está MUITO complicada.
[09/01/2020 14:00:55] João Bosco: Bom, eu acho que socializar e voltar a vida aos poucos é importante
[09/01/2020 14:01:06] Meu irmão caçula: Também
[09/01/2020 14:01:48] João Bosco: Ele fica mais doente
[09/01/2020 14:01:56] Meu irmão caçula: Seria bom, mas impossível no momento

[09/01/2020 14:01:59] João Bosco: É a minha opinião
[09/01/2020 14:02:11] Meu irmão caçula: Não me leve a mal... Não te conheço
[09/01/2020 14:02:27] Meu irmão caçula: Quando ele esteve contigo, teve 2 surtos.
[09/01/2020 14:02:48] Meu irmão caçula: Nós iremos cuidar dele
[09/01/2020 14:03:09] João Bosco: <emoji de oração>
[09/01/2020 14:06:58] João Bosco: Sem querer me intrometer, conheço um médico psiquiatra da USP muito bom. Vocês permitiriam essa consulta?
[09/01/2020 14:07:20] Meu irmão caçula: Melhor não, no momento não. Obrigado
[09/01/2020 14:07:35] Meu irmão caçula: Já está consultando com um, vamos manter
[09/01/2020 14:07:40] João Bosco: O cara que cuida de todos esses globais que ficam doentes
[09/01/2020 14:07:44] João Bosco: Blz
[09/01/2020 14:07:56] João Bosco: Valeu
[09/01/2020 14:07:59] Meu irmão caçula: Obrigado

Meu irmão exagerava nas tintas para descrever minha situação em uma tentativa de me proteger, ao passo que eu próprio me isolava do mundo — para evitar julgamento, pelo medo que ainda me rondava e pelo trauma que mal tinha começado a elaborar: eu levaria anos de análise para isso... Realmente, havia me trancado na casa de minha mãe e minhas caminhadas diárias consistiam somente dos poucos passos entre meu quarto e o computador dela. Lendo as frases acima, contudo, sinto ternura e preocupação genuínas em João. Talvez intuitivamente — algo que apenas a alma pode explicar —, por volta daquele mesmo horário em que Bosco e meu irmão trocavam mensagens, eu compunha um e-mail secreto a responder a um texto anterior de João, intitulado "Me desbloqueia ou me liga" — secreto porque, pela segunda vez, tinha tido de prometer a minha família que nunca mais entraria em contato com ele.

On Monday, January 6, 2020, 10:24:44 PM GMT-4, João Bosco <joaobosco_df@gmail.com> wrote:

Preciso falar com você urgente.
Não quero envolver seus pais.
Tks

Em qui, 9 de jan de 2020 14:28, Francisco de Sales <salescisco@yahoo.com> escreveu:

Eu estou sem telefone e sem minha lista de contatos.

Qual o seu número, por favor?

Francisco

On Thursday, January 9, 2020, 06:39:55 PM GMT-4, João Bosco <joaobosco_df@gmail.com> wrote:

Oie, como você está?
Você jogou fora meu telefone, lembra?
Tô fudido que terei que dar outro pra agência e pra fazer a ocorrência, que vou dizer?
Você não está com ele mesmo? Me ajuda como mais esse prejuízo.
Tô desesperado, sério... Me conta por aqui. Você já está com telefone?
Estou com aquele telefone da diarista.

Em qui, 9 de jan de 2020 00:32, Francisco de Sales <salescisco@yahoo.com> escreveu:

Quem ficou com seu celular foram as pessoas que você mandou atrás de mim.
Quem foram? Você sabe melhor do que ninguém que eu não sou maluco.
Com certeza tudo o que aconteceu se tornou maior do que você. Mas isso não o exime das responsabilidades. Por isso, meu pedido de conversa olho no olho com total transparência. Ainda que meu pedido seja negado (por mais que eu meraça a verdade), peço que reflita.
Reflita por você, pelo seu futuro, por sua vida.
Reflita.

Francisco.

João ameaçava envolver a polícia... novamente! O pedido para que eu deixasse um registro escrito sobre o que havia acontecido com o telefone me parecia mal-intencionado, dado que eu já tinha quase morrido por aquele maldito aparelho na noite de 4 de janeiro e madrugada do dia 5 adentro. Não, jamais faria isso — exceto agora.

Em qui, 9 de jan de 2020 14:45, Francisco de Sales <salescisco@yahoo.com> escreveu:

Como eu lhe disse, estou sem telefone.
Eu não possuo seu telefone, pela enésima vez.
Prefiro falar ao telefone, se possível. Me informe seu número.

Francisco

Em qui, 9 de jan de 2020 14:49, João Bosco <joaobosco_df@gmail.com> escreveu:

Liga aqui no Moulineaux 1384 meu quarto

On Thursday, January 9, 2020, 06:52:16 PM GMT-4, João Bosco <joaobosco_df@gmail.com> wrote:

1385 hehe

Em qui, 9 de jan de 2020 14:58, Francisco de Sales <salescisco@yahoo.com> escreveu:

Me liga no 67 XXXXX XXXX. Estou com este número agora.

On Thursday, January 9, 2020, 07:01:31 PM GMT-4, João Bosco <joaobosco_df@gmail.com> wrote:

Não atende

Atendi. E, depois de uma conversa marcada pela distância, em que não me sentia seguro para dizer muito, nem sobre o que se passava emocionalmente comigo, havendo sido quase abstrato por medo de estar sendo gravado, enviei novo e-mail — mais uma vez, praticamente criptografado —, que deixava registrado, de toda forma, o persistente temor de que minha vida corresse risco. Ia além. A apresentar, eu próprio, sinais da Síndrome de Estocolmo — que somente mais tarde vim a identificar —, demonstrava para qualquer meio entendedor minha completa disposição em cooperar com A Rede para — se não poupassem minha vida — que ao menos nunca mais me submetessem ao que me tinham feito sofrer naquela fatídica passagem no Rio. Sim, a morte seria melhor que aquilo.

Em qui, 9 de jan de 2020 16:24, Francisco de Sales <salescisco@yahoo.com> escreveu:

Fico me perguntando como você deixaria algo assim acontecer à pessoa que lhe possuía como um plano de longo prazo para que você brilhasse... Alguém que apenas quis o seu bem.
Creio que você tenha notado na minha voz a sinceridade, porque isso é algo difícil de se encontrar.

Por favor, comunique que eu peço desculpas. Estou disposto a cooperar para consertar qualquer problema que eu tenha causado. Nunca quis prejudicar ninguém.

Se alguém da Rocca quiser me ligar para falar sobre o que eu puder fazer para corrigir e amenizar essa questão de imagem que eu criei em meu estado de pânico [todo o Instagram sabia que eu havia corrido risco ali], que estou disponível. Sou um indivíduo e profissional competente, confiável e leal. Repito que nunca quis prejudicar ninguém, muito menos você. Estou bem e restaurado, pronto para trabalhar.

Estou me esforçando para reacessar minhas contas ou para que minha família lhe transfira aquele valor. Deve dar tudo certo nos próximos dias.

Francisco

Não. Por mais que quisesse, eu não estava bem, muito menos restaurado. Ademais, o meu conceito da Rede era demasiado limitado, então.

On Thursday, January 9, 2020, 08:50:49 PM GMT-4, João Bosco <joaobosco_df@gmail.com> wrote:

Lindo,

Ninguém da rocca sabe.
Eu não chamei polícia e eles são super discretos.
Fique tranquilo. Queria que meu médico fosse até aí, porém seu irmão não permitiu.
Você não pode ficar isolado.
Tô preocupado.
Te adoro muito e fique bem.
Tá tudo certo só o aperto que tá foda, e o Ted que você fez voltou.

Bju

Tampouco estava tudo certo com João Bosco. Ele, apesar de meu pedido de não informar minha família sobre nossas comunicações, entrou imediatamente em contato com meu irmão — provavelmente para insistir no assunto financeiro, sobre o qual eu havia desconversado por saber que não lhe devia nada além do valor do celular, mas principalmente por entender que qualquer valor que lhe fosse enviado não seria destinado à compra de outro aparelho… esse dinheiro teria outros fins. Eu não compreendia, porém, em minha rápida leitura de incontáveis trocas de mensagens sem fim — mínima porção das quais reproduzo aqui —, que João efetivamente corria risco devido às dívidas que tinha adquirido; eu não compreendia porque a elaboração dos acontecimentos recentes me levava à exaustão psíquica, e detalhes e sutilezas me escapavam! Em minha apuração à época, travava-se *apenas de dealers* — gente pequena e inofensiva —; não me havia atentado ao fato de que Bosco agia por coação e que lidava com indivíduos tão perigosos, ou teria providenciado alguma quantia, por mais mal que ele tivesse me feito. Para mim, perigosa era A Rede: por mais que minha imaginação seja das mais férteis que se possa encontrar na face da terra, ela ainda assim não era fértil o suficiente para visualizar o organograma daquilo em que João havia se metido — eu somente ligaria os pontos após meu desaparecimento/prisão em dezembro de 2020. Decerto, Bosco estava desesperado para se livrar dos traficantes no Rio de Janeiro por perceber que apenas após a quitação de suas dívidas teria "permissão" para retornar a São Paulo — sob essa lógica, seria um tipo de refém; talvez seu pretenso paraíso fora do sistema capitalista tivesse da noite para o dia se transformado em uma prisão... Por menos que eu fosse capaz de imaginar o complexo e gigantesco organograma, não podia deixar de me questionar se minha disrupção dos planos de minha transmissão pela Rede se transformava para Bosco em algum tipo de débito junto a essa, e com os hotéis da rede Rocca também — que a pareciam abrigar como sob um guarda-chuva. De que tipo de transações consistiam aqueles "shows" para as spycams? Aliás, quase me fugiu: quando João Bosco comunicara ao indivíduo (apelidado em seu WhatsApp de NovoA) que eu havia deixado o Hotel Moulineaux, NovoA tinha respondido "Pena que não vai continuar rolando os pontos então". O que significava aquilo em termos profundos? Quiçá A Rede fosse o guarda-chuva sob o qual a Rocca funcionava, e não o oposto, quiçá o modelo de negócios fosse bem mais abrangente; neste sentido, certos quartos dos hotéis da Rocca seriam a realização física de salas virtuais da *dark web* e mesmo a contabilidade da Rocca Hotels serviria para lavagem de dinheiro de outras fontes. A propósito, especialistas em lavagem de dinheiro hão de convir que hotéis são uma excelente maneira de fazer o serviço. Eu tinha feito meu dever de casa e sabia que, na Coreia do Sul, as spycams instaladas em hotéis tinham se transformado em uma epidemia, tanto como havia ocorrido em ambientes domésticos — como reportou a BBC em março de 2019, "Hóspedes de hotéis secretamente filmados e transmitidos ao vivo":

A atividade ilícita foi descoberta em 30 hotéis diferentes por 10 cidades sul-coreanas. As câmeras estavam escondidas em decodificadores de TV a cabo (caixas de TV), espelhos de tomadas e suportes de secadores de cabelo, e as imagens eram transmitidas para um *site* com mais de 4.000 membros. Membros pagavam um valor mensal para ter acesso aos vídeos.[23]

Teria havido um "especial de Réveillon" de sexo ilegalmente *broadcasteado* pela *dark web* somente no Moulineaux? Ou esse especial também se dava, através da Rede, em outros hotéis do imenso conglomerado que atraíam gente bonita? Existiriam especiais em outras datas? E essas transmissões, para além dos "especiais" de *Spring Break*, Natal, Ano-Novo etc., poderiam ser mais rotineiras? Seriam transmissões originadas apenas no Brasil ou se transmitia de locações no exterior também? Não sabia dizer. Enquanto quebrava minha cabeça a pensar, meu irmão respondeu às tentativas de Bosco de levantar dinheiro:

[09/01/2020 18:19:24] Meu irmão caçula: João, se vc está falando com o Francisco por e-mail, pq me chamou para conversar?
[09/01/2020 18:31:29] Meu irmão caçula: Te lembro q ele está delirando, incapaz. Se tomar qualquer ato com reflexos financeiros, ou de qualquer outro tipo, vc será responsabilizado.

A essas mensagens João não respondeu. Retornei para o quarto e, transitando pelo quadro de Laura Vicuña, abaixei a cabeça com vergonha. Sempre que cruzava a imagem da beata, tinha a sensação de ela estar me acompanhando com os olhos, pois é um tipo de retrato que nesse aspecto muito se assemelha à *Mona Lisa* — em uma trajetória de quase 180° completos, a impressão que se tem é de que Laura mira de volta quem aprecia a obra. Desde quando eu era criança, a primeira coisa que ocorria quando entrava no cômodo onde estava a reprodução em alto-relevo da pintura era direcionar meus olhos para ela e receber em retribuição aquele olhar — e, se houvesse algo de que me orgulhar, sentiria que Laura estava sorrindo, a me aprovar, mas, se me sentisse mal ou me envergonhasse de alguma coisa, a sensação era de que a beata estava se solidarizando comigo com uma expressão de ponderação e consequente pena. De fato, o autor desconhecido daquele trabalho possuía uma técnica muito inspirada em Leonardo da Vinci, porque a expressão completa de Vicuña, desde os olhos aos músculos da face à boca, mudava de acordo com a projeção mental de quem olhasse para ela. Somava-se a isso ser uma imagem religiosa, a trazer a minha atenção todo o julgamento que estaria recebendo caso abrisse minha boca para me confessar com alguém, um irmão, um padre, minha mãe…: era minha cultura católica — fui criado cercado por ela, ela se impregnou em mim, e a culpa que a acompanha continuará a me seguir pelo resto de meus dias. Desde minha adolescência me afastei do cristianismo para tentar fugir do remorso por supostas transgressões. Contudo, ao perceber que a religião e, principalmente, a culpa jamais me deixariam por completo, experimentei diferentes métodos para conviver com elas; o mais bem-sucedido foi o de tentar abraçar certas filosofias propagadas por entes do catolicismo que eram condizentes com meu modo de vida, como a de São Francisco de Assis, a de São Francisco de Sales e a da própria Laura Vicuña — esta última, com a qual eu me deparava inúmeras vezes todos os dias e que fazia, havia muito tempo, parte de meu inconsciente: "Não quero passar com indiferença perto de ninguém". Realmente eu não podia passar intocado por aquele ícone, porém, ao menos dessa forma, a culpa não me perseguiria pelos pecados que são inerentes à existência humana; isso somente aconteceria quando eu fizesse mal ao outro. Os "pecados" particularmente inerentes à minha existência eram os carnais — afinal, meus pais não poderiam esperar que eu me tornasse um ser não lascivo tendo crescido com *Baco*, por Caravaggio, pendurado na sala de jantar de nossa casa! Entretanto, meu sexo nunca fez mal a ninguém. Consegui, também, transformar pai-nossos e ave-marias em mantras que me traziam conforto em fases de maior desassossego ou na hora de dormir, para acalmar meu cérebro. Ainda muito jovem, refletia sobre o que seria a vida de alguém que crescesse em uma casa sem a presença de Jesus na cruz, e tenho uma amiga — Domitila — que é filha de pais ateus; em nossa infância, pelo menos externamente, ela demonstrava sentir muito menos culpa do que eu, que invejava — e muito — essa sua liberdade; planejava criar meus filhos daquela maneira, no país mais livre de religião que houvesse no planeta — e a Suécia me vinha à mente, pois além disso admirava a liberdade com que lidavam com a nudez e a sexualidade. Sempre pensava em uma geração futura, seres abstratos, porque sabia que eu mesmo jamais me veria livre de todo aquele ranço católico; no entanto, questionava-me até que ponto o cristianismo não permeava, por seus séculos de existência e quantidade de devotos ao redor dos ateus/ agnósticos, qualquer cultura — fosse a treslagoense [no caso de minha amiga Domitila], ou a sueca [por mais ateus que pudessem ser no início do século XXI, seu meio havia sido moldado por crentes; talvez algo cultural tivesse restado do paganismo politeísta viking… sendo assim, por que as venerações indígenas não nos tinham salvado do cristianismo?]. Eu, que já possuí religião, sei que existe conforto em crer que as coisas ocorrem por motivos certos e que o bem e a justiça prevalecerão; todavia o meu próprio desenvolvimento intelectual, no sentido que havia tomado, impedia que eu continuasse a me agarrar àquilo — ainda que, muitas vezes, tivesse tido a vontade de voltar atrás nos passos dados rumo ao agnosticismo, algo que havia feito para o meu próprio bem. O retorno do Rio de Janeiro foi um daqueles momentos em que me senti como se tivesse sido abandonado por Deus [apesar de agnóstico, em grande parte de minha vida intuí a companhia de algo melhor que não podia explicar, quiçá a energia positiva que vinha de estar em paz e em sintonia com o Universo; sempre respeitei aquilo que fugia à compreensão humana]. Mesmo a tentar utilizar meus mantras para esquecer dos traumas e conseguir cair no sono, não sentia que Deus/Universo me pegava em seu colo; continuava a mirar nos olhos da imagem de Laura Vicuña em meus retornos para a cama e esses refletiam tudo o que eu pensava sobre mim naquele exato instante. Não me sentia amparado; pelo contrário, não existia qualquer sensação de pertencimento — o que julgo ser um outro ponto que para muitos conta a favor da religião, aquele de fazer parte de um grupo de iguais. Esse sentimento nunca tive, e isso ficou evidente quando ainda era muito criança e me submetia à catequese apenas para cumprir com aquilo que minha família e a sociedade esperavam de mim. Jamais cri em um Deus homem sentado em um trono ou em seu filho pregado em uma cruz para salvar a humanidade (teria essa cruz o formato de T como foi representada historicamente, ou teve a forma de um X?). Devido a minha necessidade maior de sintonia do indivíduo com o Universo, nunca saí a destruir árvores ou a maltratar animais — e poluí ar ou água o mínimo que pude [como carne somente por ser um tanto hipócrita e por possuir metabolismo extremamente acelerado, pois esse costume é incondizente com minha visão de mundo]. Os monstros de olhos vácuos haviam conseguido com que me sentisse expelido pelo próprio cosmo. A culpa imperava. Tomei para mim a condenação por "atrair a violência" (minha sensação de ter sido estuprado por aquela exposição não consentida e semidesconhecida): "foi a roupa que usei", ou "foi meu modo de me portar?". Em meu caso, deveria ter sido uma combinação "da roupa que eu usei = sunga" com "meu modo de me portar = livre, democrático e antifascista" com "o fato de eu simplesmente ser = gay, independente e questionador". Minha família me fazia jurar repetidamente que eu manteria distância de João Bosco, como se aquilo fosse resolver a imensa disfunção social que tinha se revelado para de mim. Minha atribulada relação com João era também um reflexo da doentia sociedade em que nos víamos inseridos, e ter essa ciência nos prendia de maneira menos saudável ainda. Eu, naquele momento, a despeito de todos os juramentos, apegava-me a Bosco de forma quase utilitarista, haja vista que era o único meio de obter respostas sobre o porquê e o como daquele "estupro": não obstante o atestado psiquiátrico expressar que eu não havia estado doido, continuava a entender que a obtenção de respostas verdadeiras seria a única salvação de minha sanidade, um ato de misericórdia.

Se existia uma Rede, quais tinham sido as condições que permitiram o desenvolvimento de algo tão perverso? As mesmas que haviam entregado a eleição ao fascista Bolsonaro, por certo! — e Mato Grosso do Sul estava entre os dez estados que mais tinham dado votos ao umavezcandidato à Presidência da República, com 51,99% (os outros foram, por ordem: Santa Catarina, Roraima, Acre, Rondônia, Mato Grosso, Distrito Federal, Rio de Janeiro, Paraná, Goiás e Espírito Santo). Rio Grande do Sul e São Paulo não ficavam muito atrás.[24] Em São Paulo ou em Mato Grosso do Sul eu estava cercado por quase todos esses estados, com a exceção de apenas três (Roraima, Acre e Rondônia). Ou seja, em um lugar ou outro eu seria marginalizado pelas maiorias bolsonaristas que me rodeavam — por simplesmente ser quem eu era: LGBT+, democrata, antifascista, artista [e esquerdista]. *Como deveria me sentir a ser ejetado da "sociedade virtuosa", sendo arrastado como um excremento que se joga em um vaso sanitário diretamente para um imenso valão de esgoto não tratado a céu aberto? Nessa minha frágil posição social, poderia então ser violado por quem de direita desejasse.* Culpava-me adicionalmente por, em minhas tentativas de manter minha cabeça fora d'água, estender as mãos aos meus em busca de ajuda, involuntariamente envolvendo naquele naufrágio minha família — por quem deveria ser cada vez menos quisto —; porém, eu era puxado por forças obscuras — e não somente por João, porque, embora ele ajudasse a me puxar, era puxado como eu. De certa maneira, ele havia aberto os meus olhos, por mais que os traumas tivessem sido imensos. Antes dele, eu, uma pessoa pública, estava fazia muito tempo exposto a todos aqueles que aderiam ao discurso do ódio, que por anos vinha se metastizando veladamente: não tinha sido por acaso que recebi ameaças de morte da milícia ainda em 2017, não foi apenas por tentar defender uma moça que era abusada pelo namorado — foi porque eu já confrontava frequente e publicamente setores organizados na direita extrema. Meu ativismo e luta contra o fascismo descarado me expuseram mais; contudo, sempre fui um alvo fácil, desprotegido politicamente, e haveria sido arrastado pela água podre mais cedo ou mais tarde. Quando e em quais circunstâncias atraí os olhares da Rede, não saberia responder. Se eu morasse só poderiam igualmente ter-me feito seu objeto de consumo/ representação de mim mesmo, fosse pagando propina para que o porteiro permitisse entrada enquanto eu não me encontrava para a instalação de spycams em meu apartamento ou para qualquer outro rapaz que mais cedo ou mais tarde se aproximaria de mim. Continuava intrigado: por que "NovoA" gostaria de saber se eu me masturbava? Não teriam perdido a oportunidade de me capturar — haviam se apegado a mim e desempenhado tremendo esforço para me fazer refém até pisar em Campo Grande: queriam mostrar o quão onipresentes eram, diferentemente do Deus/Universo que eu tinha perdido. Paulo ligava para o telefone de minha mãe e pedia para falar comigo, a se portar em um primeiro momento como se nada houvesse acontecido e perguntar com voz doce como eu estava; eu evitava entrar em qualquer assunto, distanciava-me, e dizia em tom ao máximo convincente que "meu estado tinha melhorado" [subentendia que admitia que o problema havia sido eu, minha cabeça]: era obrigado a fingir cegueira e surdez. Seu pai traria minhas coisas do Rio e Paulo ganhava acidez ao listar, item a item, "coisas que tinha encontrado na bagagem"; eu não sabia quem realmente havia colocado objetos fálicos em minha mala, ou mesmo se eles existiam — o objetivo deveria ser somente me constranger mais; Paulo me "tinha feito o favor" de revistar tudo pessoalmente. A mensagem era que eu não havia sido esquecido e que continuava a ser julgado, como afirmavam as pregações dos rádios nos carros do Übe que tomamos [? — não estava claro se pertenciam ao aplicativo]. Minha família fazia me sentir ainda pior ao me atribuir a responsabilidade de ter trazido tudo aquilo para mim: pois eu não deveria ter nem sequer conhecido João Bosco, eu não deveria ter contactado Bosco e ido até o Hotel Moulineaux buscar explicações, porque eu "deveria ter deixado pra lá!" — os meus nutririam crescente ressentimento por eu supostamente tê-los exposto e arrastado. Em um estado deprimido e muito frágil, absorvia todas as acusações extras. *A culpa é de quem é estuprado, que atraiu o estuprador e se pôs ao alcance dele! Não, não existe estupro culposo.* Já existia em mim um enorme vazio deixado pelos ideais que em minha vida sempre havia alimentado e que tinham sido pelos fascistas jogados ao chão, a se estilhaçar. E persistia tanta culpa mais profunda! Culpa, culpa, culpa… A única forma de não trazer minha família comigo seria rasgar um buraco na rede que protegia os gatos das janelas do apartamento e me jogar de lá de cima, sozinho. Pois "as condições que permitiram o desenvolvimento de algo tão perverso" como A Rede não se deram apenas no Brasil: a extremadireita avançava pelo planeta inteiro — a Rocca era uma multinacional sediada na Europa! Talvez Laura Vicuña ainda me pegasse de canto de olho durante a queda...

Sou culpado, sim, de tentar me apegar à religião enquanto o Brasil em particular despencava, porque mesmo a comédia me parecia anacrônica em 2020. Por sorte, terminamos de gravar minha última temporada do *Vai que Cola* antes das eleições de 2018 — eu não teria conseguido dirigir o projeto após presenciar o redespertar do fascismo em terras tupiniquins. Não consigo mais sorrir. Logo, não creio mais em uma mudança não estrutural do status quo. A comédia possui imenso poder, mas perante o desastre que nos abateu com a ascensão ao Governo Federal da família Bolsonaro, rir parece ser quase de mau gosto e/ou alienante, haja vista que geralmente se leva muitos anos para sermos capazes de fazer piada sobre grandes tragédias. Somente nos anos 2000 alguém com o brilhantismo e o grau de humor ácido de Sarah Silverman conseguiu consistentemente gerar risadas a partir do nazismo de sessenta anos antes... Ela é judia e ainda assim causava imenso incômodo nas plateias [não que isso represente um problema para mim]. O que acontece no Brasil é extremamente grave e desde muito cedo esteve claro: a única maneira de nos livrar deste lamaçal podre é o povo bem-informado a lutar pela volta da democracia. É o confronto imediato e ferrenho, mesmo que isso custe nossa vida. Minha mãe demonstrou sua preocupação:

[14/05/2021 20:25:24] Minha mãe: Vc continua tentando resolver as coisas pelo lado errado. Por favor, não publique livro nenhum que vai te complicar mais ainda. E não vai adiantar ir para outro país.
[14/05/2021 20:27:18] Francisco: Eu estou ficcionalizando tudo...
[14/05/2021 20:28:01] Minha mãe: Filhão, pelo amor de Deus, pare com isso. Cada vez, vc se afunda mais. Agora é hora de deixar a poeira baixar. Não vá se complicar mais ainda. Agora sim, minha paz se acabou.
[14/05/2021 20:30:56] Francisco: O registro histórico do que acontece com um artista e ativista LGBT+ no regisme fascista de Bolsonaro em pleno século XXI é extremamente importante. Eu não posso escapar ao meu dever. Todo o livro está sendo escrito em absoluto sigilo e com todas as precauções ficcionais. Fundamentado em material jornalístico.
[14/05/2021 20:32:40] Minha mãe: Ainda vai citar o governo. Como se não bastasse a perseguição que está sofrendo, ainda vêm mais bolsonaristas.
[14/05/2021 20:33:17] Francisco: As armas deles já são conhecidas até pelo STF (Felipe Neto, as fake news...). O livro possui muita participação do jornalismo. Aliás, se seu fosse jornalista não

poderiam ter apreendido meu computador e celular sem motivo. Acho até que vou transferir meus créditos da SAIC para cá e obter um diploma em jornalismo.

[14/05/2021 20:34:36] Minha mãe: Sabe... dá vontade de trancar vc em casa e jogar a chave fora. Como gosta de briga! Sabe que corre perigo e continua.

[14/05/2021 20:35:18] Francisco: Eu estou apenas escrevendo... Até ser publicado, Bolsonaro já sofreu impeachment, ou Lula será eleito ano que vem. Amém.

[14/05/2021 20:36:09] Minha mãe: Você não deve nada a ninguém, a não ser o direito de vivermos em paz. Imagina se não vão querer te prender se publicar algo contra [o regime]...

[14/05/2021 20:36:36] Francisco: Minha preocupação é apenas agora, enquanto escrevo. Tento ser o mais silencioso possível. Minha preocupação é com a milícia.

Não, eu não rasgaria a rede da janela nem me entregaria à tragédia! Lutaria para que pudéssemos voltar a rir! Viveria para retornar eventualmente à comédia. Contudo, quanto ao vazio que a religião não ocupava em mim, ela tomava nos outros ao redor.

J

A porcentagem de evangélicos, da vertente mais radical do protestantismo, havia crescido de 2,8% entre os brasileiros em 1940 a 31,8% em 2020 — e, segundo o demógrafo José Eustáquio Alves, professor aposentado da Escola Nacional de Ciências Estatísticas do IBGE, "o número de brasileiros adeptos da religião evangélica cresce em média 0,8% ao ano desde 2010, enquanto a quantidade de católicos diminui 1,2% no mesmo período".[25] O crescimento do número de evangélicos ocorreu também como consequência

> da reação conservadora por parte da cúpula da Igreja, a partir de orientação direta do papa João Paulo II (1920-2005), que, juntamente com o então prefeito da Congregação para a Doutrina da Fé, cardeal Joseph Ratzinger (depois papa Bento XVI), "varreu do mapa brasileiro, aos poucos, os líderes do movimento progressista, dentro do espírito da cruzada anticomunista que levou aos quatro cantos do planeta".

Tal movimento progressista ("comunista") dentro da Igreja católica dizia respeito à

> Teologia da Libertação, emergida na América Latina [a partir das ideias do Concílio Vaticano II (1962-1965)], com os teólogos Gutierrez, José Comblin, D. Pedro Casaldáliga, Segundo Galiléia, Leonardo Boff, Frei Betto, entre outros, que passou a influenciar religiosos e leigos mais sensibilizados com as questões sociais e críticos em relação aos governos militares. Vários segmentos vinculados à Teologia da Libertação, inclusive a CPT [Comissão Pastoral da Terra], sofreram intensa crítica por parte da hierarquia da Igreja, num processo em que foram silenciados e isolados, sofreram críticas dos órgãos de imprensa de grande circulação — como *O Estado de São Paulo* [Estadão] —, além de serem alvos da repressão e violência praticadas por instituições e grupos vinculados ao regime militar.*

Essa repressão reacionária fez com que, desde os anos 1990,

> outros movimentos ganhassem espaços nas organizações religiosas. Nesse sentido, assistimos ao crescimento de Igrejas Pentecostais Evangélicas, hegemonicamente vinculadas à dimensão espiritual e pouco preocupadas com as lutas políticas comprometidas com a transformação social. Do mesmo modo, na Igreja Católica, houve um forte movimento de encontro com as práticas evangélicas

---

* CASTELANO, Maria José. Cristianismo e marxismo no Brasil. XXIX *Simpósio Nacional de História*, 2017.

referidas acima, no movimento denominado carismático, ao lado do fortalecimento hierárquico da Opus Dei, dentre outros movimentos de cunho conservador.[*]

Eu mesmo presenciei a ascensão da Renovação Carismática católica em Três Lagoas ao cursar a catequese, e depois vi que para muitos dos membros desse movimento o conservadorismo passou a não ser mais suficiente. Testemunhei, então, a ida de vários indivíduos dessa juventude para igrejas evangélicas. Chega a ser até óbvio que muitas dessas mesmas pessoas se tornaram apoiadoras do fascismo em 2018...

> Jair Bolsonaro (63 anos) é o primeiro presidente "cristão", com discurso evangélico pentecostal, a chegar ao Palácio do Planalto pelo voto popular. No primeiro discurso que deu após ser eleito presidente do Brasil, no dia 28 de outubro de 2018, Bolsonaro citou Deus várias vezes e afirmou: "O nosso slogan eu fui buscar naquilo que muitos chamam de caixa de ferramenta para consertar o homem e a mulher, que é a Bíblia Sagrada. Fomos em João 8:32: e conhecereis a verdade, e a verdade vos libertará". Embora se declare católico, em 12 de maio de 2016, Bolsonaro se deixou batizar nas águas do rio Jordão (onde diz a Bíblia que Jesus teria sido batizado). A cerimônia de batismo foi realizada pelo Pastor Everaldo, presidente do Partido Social Cristão (PSC). O lado inquestionavelmente evangélico da família vem da primeira-dama, Michelle de Paula Firmo Reinaldo Bolsonaro (38 anos) — terceira esposa de Bolsonaro — que frequenta de maneira regular os templos evangélicos e é acompanhada pelo marido. Se existe dúvida sobre a fé do novo presidente brasileiro, os resultados eleitorais não deixam dúvida de que Jair Bolsonaro foi eleito, fundamentalmente, com o voto evangélico, quando se considera a variável religião. No segundo turno houve 104,8 milhões de votos válidos, sendo que Jair Bolsonaro obteve 57,8 milhões de votos (55,13%) e Fernando Haddad obteve 47,0 milhões (44,87%). A diferença foi de 10,76 milhões de votos. [...] Os 11,6 milhões de votos que Bolsonaro obteve a mais do que Haddad entre os evangélicos foi maior que a diferença total registrada entre os dois candidatos, no resultado final. Mesmo sendo menos de um terço do eleitorado, as lideranças evangélicas são muito atuantes na política e estão colhendo o resultado de anos de ativismo religioso na sociedade.[26]

O papa João Paulo II, com seu marketing pop e sua visão pós-modernista de mundo, atuou como importante instrumento na radicalização política, social e religiosa na América Latina, certamente no Brasil. Isso ocorreu também porque o extremismo religioso preencheu o vazio deixado pela ciência

---

[*] MENEZES NETO, Antonio Julio. A Igreja católica e os movimentos sociais do campo: A Teologia da Libertação e o Movimento dos Trabalhadores Rurais sem Terra. *Caderno CRH*, Salvador, vol. 20, n. 50, nov. 2007.

— sobretudo a história — no deficitário sistema de ensino brasileiro. Pois, se na Alemanha existem inúmeros museus dedicados ao Holocausto espalhados por várias cidades do país, no Brasil não existe sequer um Museu da ditadura militar [existe, sim, um único Memorial da Resistência na cidade de São Paulo, no entanto o próprio ato pós-moderno de se evitar o termo "ditadura militar" no nome do memorial indica que políticos e intelectuais acreditaram ingenuamente que poderíamos passar uma borracha nos aspectos mais sombrios de nosso passado e impedir que eles se repetissem simplesmente através do esquecimento]. Foi um dos grandes erros dos anos Fernando Henrique Cardoso, Lula e Dilma Rousseff [apesar de esta última possuir o mérito das Comissões da Verdade], uma vez que essa política de esquecimento permitiu que a ascensão fascista fizesse uso da falta de conhecimento geral para enaltecer a ditadura e pedir o seu retorno, por meio de revisionismo histórico e consequente saudosismo de algo que nunca, de fato, existiu nesses termos românticos.

K

Há uma distância enorme entre o que os brasileiros aprendem na escola e a realidade que vivem. Isso dá um aspecto tão abstrato, vago àquilo que é transmitido nas salas de aula, que é como se a história não fosse o que nos tivesse trazido ao presente, mas algo quase sobrenatural que a nós jamais tivesse dito diretamente respeito: um fantasma que paira entre nossas cabeças e todo o céu. "A educação [aqui não] é um regulamento do processo de vir a partilhar a consciência social" —* consciência econômica-histórica-social no Brasil não existe. Além de a *história recente* ser quase nula nos livros escolares, ela é depositada nos alunos como se fosse completamente desconexa das vivências individuais e coletivas. "Transformar os alunos em objetos receptores é uma tentativa de controlar o pensamento e a ação, leva homens e mulheres a ajustarem-se ao mundo e inibe o seu poder criativo."**

Tomo minha educação por exemplo. Estudei em Três Lagoas, Mato Grosso do Sul até minha ida para a faculdade, e em nenhum livro aprendi sobre os povos originais locais Ofaié ou Caiapó; sobre o núcleo dos Garcia Leal; sobre como a Guerra do Paraguai teve impacto direto no povoado de Paranaíba e nos povos originários através da cólera, fome e outras perturbações e moléstias; sobre como o Ciclo do Gado foi chave para o desenvolvimento do leste de Mato Grosso do Sul e para o estado como um todo; sobre Três Lagoas ter sido cercada pelas tropas rebeldes da Revolta Paulista de 1924 [parte do movimento tenentista] e então ter sido o palco de sua maior e final batalha; sobre o impacto do Golpe de 1930 e os efeitos da ditadura então implantada na região; sobre como Três Lagoas esteve novamente sitiada, desta vez pelo Exército brasileiro, em 1932, por combater ao lado de São Paulo na Revolução Constitucionalista o ditador Getúlio Vargas; sobre a ida de pracinhas locais para lutar ao lado dos Aliados na Segunda Guerra Mundial, após ultimato estadunidense sobre o fascista Vargas, ou sobre as consequências diretas dessa guerra (racionamento de comida na cidade, entre outras); sobre como "o município de Três Lagoas, durante a ditadura militar, foi considerado 'Área de Segurança Nacional' pelo Decreto-Lei nº 1105, de 20 de maio de 1970"; sobre como "os prefeitos treslagoenses passaram então a ser nomeados pelo

---

* DEWEY, John. *My Pedagogic Creed*. Nova York: E.L. Kellogg & Company, 1897.

** FREIRE, Paulo. *Pedagogia do Oprimido* (1970). São Paulo: Paz e Terra, 1974.

governador do estado, mediante aprovação do *ditador da República*"; sobre como a Revolução Constitucionalista, o Ciclo do Gado e a ditadura militar tiveram impacto na divisão do estado em 1977; sobre a vida política e social estadual durante a ditadura; ou sobre como "os treslagoenses somente voltaram a eleger seus prefeitos em 1985".[27] São lacunas muito profundas de conhecimento no que tange, principalmente, a como a história macro possui impactos micro no cidadão atual e naqueles ao seu imediato redor. Tal falta de ligação entre o passado ("o distante", ainda que recente) e "o real" (o presente) faz com que muitos estudantes vejam a história como uma ciência desnecessária e abstrata.[*] Em um exemplo dos mais elementares, indivíduos de atuação nacional e mesmo os de origem local que têm seus nomes usados para designar vias urbanas são de nós desconhecidos; alguns poderiam ter sido rejeitados se os cidadãos tivessem conhecimento de suas biografias, como Filinto Müller — torturador que nomeia uma das principais avenidas de Três Lagoas —; ou, por fim, outros poderiam ser trazidos para nomear ruas por terem tido, realmente, impacto positivo na história local e deixado um legado respeitável.

O único livro a que tive acesso em minha infância e adolescência que fazia referência ao estado de Mato Grosso do Sul — e, em específico, à região leste onde nasci e cresci — foi *Inocência*, do Visconde de Taunay, romance de transição entre o regionalismo e o naturalismo que menciona indivíduos que mais de um século depois ainda eram lembrados pela *história oral* local, como Albino Lata e "o Leal" — este poderia ter sido qualquer um entre centenas de Garcia Leal em Paranaíba àquela época, não fosse o trabalho esclarecedor de Élio Garcia Barbosa baseado nas memórias do autor, pesquisa com a qual minha mãe e eu colaboramos em 2008: o Leal foi baseado em João Pedro Garcia Leal; sua neta Jacinta Garcia inspirou a personagem-título. Também li por inciativa própria os registros de Auguste de Saint-Hilaire. A educação que recebi nos anos 1980 e 1990 era sintomática de algo maior, pois estudei na mais cara escola particular que fazia uso dos sistemas Positivo e Anglo de Ensino, considerados dos melhores do país [30% dos ingressos na Universidade de São Paulo em 2005 estudaram no Anglo]. De acordo com o

---

[*] "A origem do espetáculo é a perda da unidade do mundo, e a expansão gigantesca do espetáculo moderno exprime a totalidade desta perda: a abstração de todo o trabalho particular e a abstração geral da produção do conjunto traduzem-se perfeitamente no espetáculo, cujo modo de ser concreto é justamente a abstração. No espetáculo, uma parte do mundo representa-se perante o mundo, e é-lhe superior. O espetáculo não é mais do que a linguagem comum desta separação. O que une os espectadores não é mais do que uma relação irreversível no próprio centro que mantém o seu isolamento. O espetáculo reúne o separado, mas reúne-o enquanto separado" (DEBORD, op. cit.).

sociólogo Darcy Ribeiro nas palavras do historiador André Luan Nunes de Macedo, em que nos aprofundaremos posteriormente, "os anos 1990 foram expressão maior da marcha já em curso de recolonização política e cultural do Brasil pela metrópole norte-americana".* Sigo com a análise de Jameson (1996), trazida aqui desde o capítulo 4:

> Lacan descreve a esquizofrenia como sendo a ruptura na cadeia dos significantes, isto é, as séries sintagmáticas encadeadas de significantes que constituem um enunciado ou um significado. Devo omitir o pano de fundo familiar ou mais ortodoxamente psicanalítico dessa situação, que Lacan transcodifica em linguagem ao descrever a rivalidade edipiana em termos não tanto do indivíduo biológico, o rival na atenção da mãe, mas sim o que ele chama de Nome-do-Pai — a autoridade paterna agora considerada como uma função linguística. Sua concepção da cadeia da significação pressupõe, essencialmente, um dos princípios básicos (e uma das grandes descobertas) do estruturalismo saussuriano, a saber, a proposição de que o significado não é uma relação unívoca entre o significante e o significado, entre a materialidade da língua, entre uma palavra ou um nome, e seu referente ou conceito. O significado, nessa nova visão, é gerado no movimento do significante ao significado. O que geralmente chamamos de significado — o sentido ou conteúdo conceitual de uma enunciação — é agora visto como um efeito-de-significado, como a miragem objetiva da significação gerada e projetada pela relação interna dos significantes. Quando essa relação se rompe, quando se quebram as cadeias da significação, então temos a esquizofrenia sob forma de um amontoado de significantes distintos e não relacionados. A conexão entre esse tipo de disfunção linguística e a psique do esquizofrênico pode ser entendida por meio de uma proposição de dois níveis: primeiro, *a identidade pessoal é, em si mesma, efeito de uma certa unificação temporal entre o presente, o passado e o futuro da pessoa*; em segundo lugar, *essa própria unificação temporal ativa é uma função da linguagem, ou melhor, da sentença, na medida em que esta se move no tempo*, ao redor de seu círculo hermenêutico. *Se somos incapazes de unificar passado, presente e futuro da sentença, então somos também incapazes de unificar o passado, o presente e o futuro de nossa própria experiência biográfica, ou de nossa vida psíquic*a. Com a ruptura da cadeia de significação, o esquizofrênico se reduz à experiência dos puros significantes materiais, ou, em outras palavras, *a uma série de puros presentes, não relacionados no tempo*.

Via-se pelo caminhar educacional do Brasil que estávamos fadados ao fascismo ao sermos guiados a uma abstratificação da história em que perdíamos a "unificação temporal entre o presente, o passado e o futuro da pessoa", e subsequentemente nos era retirada a capacidade de fazer uma análise crítica dessa história: o que apontei como uma deturpação ideológica

---

* RIBEIRO, Darcy. *A Universidade Necessária*. Rio de Janeiro: Civilização Brasileira, 1978.

no ensino brasileiro, no sentido de alienar o indivíduo, também foi notado por Ribeiro, porque o país havia décadas servia como fonte de matéria-prima e mercado consumidor para as multinacionais norte-americanas — uma das provas disso foi o profundo envolvimento estadunidense no golpe da madrugada de 1º de abril de 1964, que estabeleceu a ditadura militar no Brasil. Apesar de Neil Macaulay ter brevemente mencionado Três Lagoas em seu livro *A Coluna Prestes*, de 1977, e a despeito da [rara] produção de trabalhos por historiadores da Universidade Federal de Mato Grosso do Sul e do Instituto Histórico e Geográfico de Mato Grosso do Sul, a historiografia e a etnografia regionais eram pouco disponíveis aos estudantes ou quase inexistentes; quanto à produção literária local, possuía alguns traços contemporâneos, no entanto era herdeira direta do romantismo, com exceções como as poesias de Flora Thomé e de Manoel de Barros (neste último caso, representante do Pantanal e não do leste sulmatogrossense). Visconde de Taunay continuava sendo o principal autor [de história ou literatura] a registrar a realidade do leste sulmatogrossense, ainda no século XIX. Por isso, era muito difícil fazer quaisquer contraposições históricas. "O espírito crítico faz distinções, e isso é uma forma de modernismo. Na cultura moderna, a comunidade científica elogia a discordância como uma forma de aprimorar o conhecimento. O fascismo pode ser definido como irracionalismo, em que pensar é uma forma de emasculação",* conforme Umberto Eco.

As falhas no sistema educacional brasileiro são inúmeras, propositais na dominação ideológica que geram — a falta de estímulo e de condições financeiras, de trabalho e até de existência oferecidos a professores e pesquisadores é uma maneira de o sistema se certificar de que essa dominação não correrá o risco de ser posta em xeque. Como escreveu Erik Baker: "A inércia do status quo não o mantém em estado estacionário, o move em direção à transformação revolucionária. Por isso, os defensores do status quo tem tantas vezes achado necessário regredir ao recurso do poder despótico 'pré-moderno' para reprimir o clamor por democracia, liberdade, ou igualdade de um tipo que lhes sabe impalatável". Vê-se que os resultados da desconexão extrema entre "o real" e "o distante", entre a pessoa no presente e sua história, entre o cidadão e seu meio social, ou entre a sociedade e a ciência como um todo, são muito mais graves do que uma mera "superdominação da massa" por parte do capitalismo multinacional contemporâneo.

---

* ECO, Umberto. Ur-Fascism: Freedom and liberation are an unending task. *The New York Review of Books*, 22 de junho de 1995.

Isso porque, como será tratado em breve, o próprio espaço em que opera esse sistema multinacional, acima das regras democráticas das nações individuais, tende a ser regido por ideologias destrutivas e de fato tem se alinhado cada vez mais com o ideário fascista — em que psiques são fragmentadas a ponto de se tornarem a-utilitárias de tão esquizofrênicas por um excesso de alienação, e o conhecimento científico e artístico acumulado passa a ser obliterado por opiniões anacrônicas —; somos levados a genocídios ao redor do planeta. Nos desastres a que leva o fascismo, sociedades inteiras são jogadas em tempos de trevas e o próprio capitalismo se torna impraticável, todavia: foi o que comprovou o bolsonarismo e me remete ao que aconteceu na transição entre o Império Romano e a Idade Média. Na *The New York Review of Books*, Eco escreveu:

> Apesar da imprecisão do termo, acho que é possível fazer uma lista de elementos que são típicos do que eu gostaria de chamar de Fascismo Eterno. Esses elementos não podem ser organizados em um sistema; muitos deles contradizem uns aos outros, e também são típicos de outros tipos de despotismo ou fanatismo. Mas basta que um deles esteja presente para permitir que o fascismo se organize em torno dele: *culto à tradição, rejeição ao Modernismo, culto à ação pela ação, discordância é traição, medo das diferenças, apelo à frustração social da classe média, obsessão pelo golpismo, os inimigos são ao mesmo tempo muito fortes e muito fracos, pacifismo é envolvimento com o inimigo — a vida é uma guerra permanente, desprezo pelo mais fraco/elitismo de massa, educação para o heroísmo, machismo com desprezo às mulheres e homossexuais onde as armas desempenham uma brincadeira fálica, populismo seletivo, uso de novilíngua.*[*]

Identidades pessoais esquizofrênicas não eram o caso em meu estado de origem isoladamente, ou mesmo somente nos estados onde Bolsonaro havia recebido a maioria dos votos: eu argumentaria que esse fenômeno resultante dos fracassos propositais do sistema educacional brasileiro requer análise em todos os estados onde o candidato fascista recebeu uma quantidade estatisticamente significante de votos (mais de um terço) — ou seja, em quase todos os estados brasileiros e no Distrito Federal. "Com a ruptura da cadeia de significação, o esquizofrênico se reduz à experiência dos puros significantes materiais, ou, em outras palavras, a uma série de puros presentes, não relacionados no tempo..." Vivíamos uma esquizofrenia nacional.

Curiosamente, os estados do Nordeste tinham sido os menos atingidos pelo fascismo em 2018 [Piauí (com 19,8%), Ceará, Bahia, Maranhão, Sergipe, Rio Grande do Norte, Pernambuco e Paraíba (com 31,3%), nesta

---

[*] Ibidem.

ordem, haviam dado ao candidato Bolsonaro menos de um terço dos votos no primeiro turno].[28] Talvez isso tenha a ver com a resistência cultural, nessa região do país, da história oral que ainda permitia aos cidadãos "unificarem o passado, o presente e o futuro de sua própria experiência biográfica", a despeito do sistema de ensino a que eram submetidos — ou não! Pois, não coincidentemente, os índices de alfabetização nesses estados são os mais baixos do Brasil: Piauí é o segundo no ranking, com 16,6% de "analfabetos", seguido por Maranhão, Paraíba (com 16,1%), Sergipe, Ceará, Rio Grande do Norte, Bahia e Pernambuco (com 11,9%).[29] Isso reforça a hipótese de que existe uma deturpação no ensino do Brasil que desconecta os indivíduos de sua história, conexão que nesses estados era mantida pela oralidade histórica.* Há outro fator a se levar em consideração sobre o Nordeste aqui, referente ao Modernismo, que levantarei depois. Mas que tipo de história é esse que assimilamos através do sistema educacional do país e que não permite aos cidadãos criticamente se enxergarem inseridos no meio em que surgiram, a levar à sensação a-histórica de um "presente eterno" e a tal fragmentação de identidade? Impõe-se a questão lógica de quem são verdadeiramente os "analfabetos": os que foram excluídos do sistema brasileiro de ensino ou os que fizeram parte dele?

O mais famoso educador brasileiro, Paulo Freire, acreditava que ensinar era como despertar o aluno para ler o mundo. Ou seja, possibilitaria a formação da consciência sobre quem o sujeito é no meio em que ele vive. Para ele, as grandes transformações partem desse princípio. A alfabetização era, para o educador, um dos modos de os desfavorecidos romperem o silêncio em que são colocados, podendo ser, então, os protagonistas da própria história, como escreveu em seu livro "Pedagogia do Oprimido".[30]

Em 2016, duas pesquisas demonstram o impacto de sua obra no nível mundial. A Open Syllabus pesquisou em mais de um milhão de programas de estudos de universidades dos Estados Unidos, Reino Unido, Austrália e Nova Zelândia e descobriu que "Pedagogia do Oprimido" é o 99º livro mais citado, fazendo do pedagogo o único brasileiro entre os 100 mais citados e o segundo melhor colocado no campo da educação, perdendo apenas para "Teaching for Quality Learning in University: What the student does", de John Biggs.[31] Uma pesquisa da London School of Economics descobriu que "Pedagogia do Oprimido" é o terceiro livro mais citado mundialmente na área das Ciências Sociais, segundo dados do Google Acadêmico.[32]

---

* A exceção nos estados do Nordeste é Alagoas que, apesar de possuir o índice mais alto de analfabetismo (17,2%), dedicou 34,4% dos votos ao candidato fascista, mais de um terço.

Apesar de Paulo Freire ser inspirador e de ter se transformado em patrono da educação brasileira, suas ideias são usadas pontualmente e não, como uma política pública aplicada ao sistema educacional brasileiro como um todo. Os governos anteriores ao regime Jair Bolsonaro, por mais que tivessem nas ideias de Freire um norte, não quiseram aplicar suas teorias em nosso sistema educacional.[33]

Em 1961, Paulo Freire tornou-se diretor do Departamento de Extensões Culturais da Universidade do Recife e, no mesmo ano, realizou junto com sua equipe as primeiras experiências de alfabetização popular que levariam à constituição do Método Paulo Freire. Seu grupo foi responsável pela alfabetização de 300 cortadores de cana em apenas 45 dias. Em resposta aos eficazes resultados, o governo brasileiro (que, sob o presidente João Goulart, empenhava-se na realização das reformas de base) aprovou a multiplicação dessas primeiras experiências num Plano Nacional de Alfabetização, que previa a formação de educadores em massa e a rápida implantação de 20 mil núcleos (os "círculos de cultura") pelo País. Em 1964, meses depois de iniciada a implantação do Plano, o golpe militar extinguiu esse esforço. Freire foi encarcerado como traidor por 70 dias. Em seguida, passou por um breve exílio na Bolívia e trabalhou no Chile por cinco anos para o Movimento de Reforma Agrária da Democracia Cristã e para a Organização das Nações Unidas para a Agricultura e a Alimentação. Em 1967, durante o exílio chileno, publicou no Brasil seu primeiro livro, "Educação como Prática da Liberdade", baseado fundamentalmente na tese Educação e Atualidade Brasileira, com a qual concorrera, em 1959, à cadeira de História e Filosofia da Educação na Escola de Belas Artes da Universidade do Recife. O livro foi bem recebido, e Freire foi convidado para ser professor visitante da Universidade Harvard em 1969. No ano anterior, ele havia concluído a redação de seu mais famoso livro, "Pedagogia do Oprimido", que foi publicado em várias línguas como o espanhol, o inglês (em 1970) e até o hebraico (em 1981). Em razão da rixa política entre a Ditadura Militar e o socialismo cristão de Paulo Freire, ele não foi publicado no Brasil até 1974, quando o general Geisel assumiu a presidência do país e iniciou o processo de abertura política. Depois de um ano em Cambridge, Freire mudou-se para Genebra, na Suíça, trabalhando como consultor educacional do Conselho Mundial de Igrejas. Durante esse tempo, atuou como consultor em reforma educacional em colônias portuguesas na África, particularmente na Guiné-Bissau e em Moçambique. Com a Anistia em 1979, Freire pôde retornar ao Brasil, mas só o fez em 1980.[34][vii]

O pensamento pedagógico do educador sempre se assumiu como político, uma vez que seus estudos se concentravam nas classes sociais menos favorecidas e que, na época, não eram totalmente atendidas pelas escolas públicas. Os estudos e atuações de Paulo Freire, então, faziam sentido na realidade em que ele estava inserido. Em 1950, metade dos brasileiros eram analfabetos. Hoje, entre as pessoas com 15 anos ou mais no país, 7% não sabem ler e escrever, segundo o IBGE. Apesar da queda gradativa ao passar das últimas décadas, esse número significa que o Brasil ainda está entre os dez países com mais analfabetos no mundo, segundo a Organização das Nações Unidas para a Educação, a Ciência e a Cultura (Unesco). Assim, o estudo de Freire continua sendo atual. Um abaixo-assinado enviado ao Congresso Nacional em 2017, apoiando o projeto de lei Escola Sem Partido, afirma que o método Paulo Freire "já demonstrou em todas as avaliações internacionais que é um fracasso retumbante", recebendo 21 mil assinaturas apenas no primeiro mês de coleta de apoio virtual e pedindo para que a condecoração de Patrono da Educação Brasileira seja retirada. Em abril do ano passado [2017], a convite do deputado Eduardo Bolsonaro (PSC-RJ), filho do candidato à presidência Jair Bolsonaro, a criadora da petição participou de audiência pública na Câmara dos Deputados.[35]

Por esse motivo, reproduzo na íntegra o artigo do *Le Monde Diplomatique Brasil*, "O saber sob ataque — Por que o sistema educacional brasileiro nunca adotou Paulo Freire na prática?", de Raphael Silva Fagundes e Wendel Barbosa:[viii]

Ao longo da vida, passamos por um processo permanente de transmissão, assimilação e aprendizagem de valores e comportamentos dentro de uma mesma cultura. Esse processo de endoculturação se dá geralmente por duas vias: 1ª) o condicionamento do meio social; e 2ª) a educação. Muitas vezes, porém, esse condicionamento social faz que sejam criadas regras que dificultam a circulação de certas ideias no ambiente escolar. Certos assuntos, por uma moralidade atrelada a bases fundamentalistas que moldam o consciente coletivo, acabam sofrendo limitações discursivas. Nesse sentido, esses saberes são limados — dentro desses princípios morais — ou excluídos. Assim, apesar de a escola — diante de todas as instituições que hoje monopolizam certas instâncias do conhecimento — possibilitar a democratização da construção desses saberes, sendo vista como "um instrumento de equalização de oportunidades" [1], esses valores sociais acabam por diminuir esse impacto, ao buscarem formatar e condicionar o que é passado dentro dessas instituições. Os debates sobre os limites que se devem impor a esses espaços motivaram, em 2004, um movimento político, criado pelo advogado Miguel Nagib, de nome Programa Escola sem Partido. O pensamento sobre o papel da escola é bem simplório: ela seria um lugar reservado apenas para ensinar e aprender Matemática, Português, História etc. — enfim, as disciplinas que compõem a grade curricular. Sem grilhões ideológicos. Sem partidarismo. Sem doutrinação. O mundialmente renomado pedagogo brasileiro, Paulo Freire, buscou formular a ideia de uma educação libertadora que se realiza como "um processo pelo qual o educador convida os educandos a reconhecer e desvelar a realidade criticamente" [2]. Para Freire, a prática pedagógica é dialógica. Logo, é um espaço de contradições. O conhecimento só é construído mediante essas trocas. Somente por meio dessa dialética é que se formam seres críticos. No entanto, sob uma suposta égide ideológica encabeçada pelas teorias do pedagogo, construiu-se toda uma pauta política, absorvida pelo programa de governo do presidente Jair Bolsonaro, que visa abolir Paulo Freire das escolas.

Ignorando a "liberdade de cátedra" e atendendo aos pedidos de Bolsonaro — nas redes sociais — e de figuras como a deputada estadual eleita Ana Caroline Campagnolo (PSL), de Santa Catarina, os professores começaram a ser "supervisionados" e atacados por pais e alunos. Ensaiou-se um linchamento moral diante dessa visão política. Pesquisa divulgada pela Varkey Foundation — entidade dedicada à melhoria da educação mundial — evidenciou que menos de um em cada dez brasileiros acredita que o professor é respeitado em sala de aula [3]. Um levantamento feito em 2018 pela Organização para a Cooperação e o Desenvolvimento Econômico (OCDE) indica que a profissão de professor desperta interesse em menos de 3% de nossos jovens [4]. A falta de estrutura, os baixos salários, a necessidade de trabalhar em dois ou três lugares diferentes, o acúmulo de funções e o desrespeito citado são alguns fatores que explicam essa falta de interesse na profissão. Com o acréscimo agora da pecha de doutrinador. Algo lamentável, tendo em vista o papel social que acabou adquirindo, pois a escola vem absorvendo, há tempos, uma gama de funções que originalmente seriam de responsabilidade da família. O estreitamento dessas relações gera, por exemplo, a chamada "transferência", quando alguém toma as percepções e expectativas de uma pessoa e as projeta em outra. Ela, então, interage com essa pessoa como se a outra fosse o padrão transferido. Vemos muito isso nas crianças do primeiro segmento do ensino fundamental que chamam seus professores de "tio" ou "tia". O espaço escolar assumiu um papel social muito mais abrangente do que os determinados pela Constituição Federal (1988) e pelas Leis de Diretrizes e Bases da Educação (LDB/1996). A absorção dessas funções, em muito, é fruto da falência das relações familiares. Um desarranjo fomentado por políticas públicas incapazes de promover justiça social.

Em países classificados pela Unesco como tendo os melhores sistemas educacionais (Coreia do Sul, Finlândia, Estados Unidos, etc.), aplica-se a pedagogia de Freire. Ele é o terceiro teórico mais citado em trabalhos acadêmicos no mundo. Ele dá nome a institutos acadêmicos em países como Finlândia, Inglaterra, Estados Unidos, África do Sul e Espanha. Sua obra "Pedagogia do Oprimido" é o livro mais lido no mundo na área das Ciências Sociais. Apesar de ser inspirador e de ter se transformado em patrono da educação brasileira, suas ideias são usadas pontualmente, e não como uma política pública aplicada ao sistema educacional brasileiro como um todo. Os governos anteriores, por mais que tivessem nas ideias de Freire um norte, não quiseram (ou não souberam) aplicar suas teorias em nosso sistema educacional. O diretor-fundador do Instituto Paulo Freire e professor do Programa de Pós-Graduação em Educação da Universidade Nove de Julho (Uninove), José Eustáquio Romão, diz que *"o fracasso da educação brasileira atual é justamente porque não se aplica Paulo Freire"* [5].

O pedagogo, na verdade, sempre foi atacado. A manutenção de sua imagem em nosso sistema educacional criou a falsa impressão de uma educação libertadora. A escola deveria ser um ambiente onde "privilégios de classe, de dinheiro e de herança não fossem barreiras para que o indivíduo pudesse buscar sua posição na vida social" [6], que orientasse nossos jovens a pensar criticamente a sociedade em que vivem. Mas, na prática, não é isso que acontece. Se assim o fosse não veríamos tantas pessoas aplaudirem o desengajamento moral do presidente. Não veríamos tantos jovens com uma visão tão deturpada sobre os problemas socioeconômicos que afligem nosso país. Não veríamos tantos discursos discriminatórios disfarçados de opinião. Não! A escola brasileira não é crítica. Ela continua a reproduzir a ideologia dominante. Continua servindo aos interesses de quem detém o poder econômico. O patrono da educação brasileira, para "Fernandos", "Lulas", "Dilmas" ou "Temers", nada mais é do que um amontoado de frases de efeito que serviam para a consolidação da retórica de uma educação livre da opressão. Nunca foi! Para Marcos F. Martins, "o aspecto essencial da hegemonia da classe dirigente está em seu monopólio intelectual" [7]. Então, por que promover a igualdade por meio da escola? O que interessaria à classe dominante perder sua hegemonia no campo ideológico do saber? Não seria interessante dar um instrumento intelectual (saber) às massas, pois tal fato desestruturaria a concepção dicotômica da sociedade. O que queremos dizer é que a construção de seres críticos e pensantes atrapalha os interesses dos poderosos. Bolsonaro pensa igual. A diferença é que, para ele, há a necessidade de se desvencilhar de qualquer elemento que possa lembrar as políticas públicas que tanto criticou e que o levaram ao poder. Ele não se importa em manter Freire, mesmo como artifício retórico. Portanto, não há pudor nenhum, por parte dele, em execrá-lo. Infelizmente, retirar ou não seus postulados do sistema educacional brasileiro, na prática, não muda nada. Se somos orientados por uma base ideológica, a nossa sempre foi excludente.

Para Moacir Gadotti, nenhum pedagogo ou educador tem a intenção de "fazer escravos ou [...] domesticar homens para a obediência e a submissão" [8]. O professor veria na educação um processo que possui como norte o desenvolvimento do ser humano. Paulo Freire dizia que educar é impregnar de sentido o que fazemos a cada instante. No entanto, qual é o significado disso atualmente? Há mais de trinta anos o próprio pedagogo apontava que a tarefa principal da educação é reproduzir a ideologia dominante. Mas como um espaço de contradições há outra tarefa a ser cumprida: denunciar e atuar contra a tarefa de reproduzir essa ideologia. E essa segunda tarefa é do professor [9], que mesmo sozinho nessa batalha continua a ter como sonho político a libertação. Educar para a liberdade: "Os alunos devem ser encorajados a buscar mais conhecimento", coloca o professor Carlos Libâneo. Eles devem ser avaliados pela compreensão, originalidade, capacidade de resolver problemas e, sobretudo, pela "capacidade de fazer relações entre fatos e ideias" [10]. Paulo Freire diz que, se não há a "possibilidade de reflexão sobre si", o profissional da educação "não é capaz de compromisso". *O indivíduo preso à sua realidade, aquele que não consegue "distanciar-se" do seu contexto, está "fora" do tempo, preso a um "perpétuo presente". A imersão na realidade torna-o um ser a-histórico* e, "em lugar de relacionar-se com o mundo, o ser imerso nele somente está em contato com ele. Seus contatos não chegam a transformar o mundo, pois deles não resultam produtos significativos, capazes de (inclusive, voltando-se sobre ele) marcá-los" [11]. Essas reformas na educação têm o objetivo de inserir o aluno no contexto, trabalhar com indivíduos (professor/aluno) que apenas entram em contato com o mundo.

O próprio ensino de História, por exemplo, acaba sendo moldado do jeito que o sistema quer. Passa a servir apenas para que o indivíduo se reconheça como parte de uma sociedade que se desenvolveu tecnologicamente e que deve continuar a se desenvolver. O indivíduo é treinado para dar sua contribuição nesse desenvolvimento tecnológico. Pretende-se apenas inseri-lo no sistema para este ser reforçado [12]. Jamais pensar sobre ele. Além disso, deparamo-nos com a perversão de uma escola que não está aberta a vários discursos que, conseqüentemente, acabam por incitar o preconceito e a exclusão. Uma violência simbólica é cultuada porque todos são condenados a uma única maneira de conceber a realidade.

As esquerdas perderam muito tempo teorizando sobre a educação e não para a educação. Agora é preciso disseminar a ideia de que o professor é um intelectual e a escola, um centro de contestação. *O professor tem o dever de criticar o objetivo geral do sistema escolar que pretende preservar uma sociedade de classe*, a qual exclui certos grupos, *de forma a identificar os objetivos que convergem para a efetiva democratização escolar.* A escola não deve ser um local de mera reprodução dos interesses dominantes, mas onde grupos sociais se confrontam. Nesse sentido, ela não pode ser ideologicamente neutra. "A neutralidade frente ao mundo, frente ao histórico, frente aos valores, reflete apenas o medo que se tem de revelar o compromisso", nos diz Paulo Freire. Os que se dizem neutros "estão 'comprometidos' consigo mesmos, com seus interesses ou com os interesses dos grupos aos quais pertencem" [13]. É necessário evidenciar a contradição entre a aprendizagem casual e a aprendizagem organizada, chocar a cultura de sala de aula com a cultura de esquina, os *diversos discursos da cultura popular* com os da cultura dominante. Somente assim conseguiremos despertar no aluno um discurso subversivo, crítico, que não quer fazer apenas a sociedade funcionar, mas melhorá-la.

Assim sendo, *o projeto Escola sem Partido propõe uma mudança fictícia*. Um novo que é forjado pelo velho, ou melhor, como a frase que conduz todo o filme de Luchino Visconti baseado no romance "O Leopardo", de Giuseppe Tomasi di Lampedusa: *"Se queremos que tudo fique como está, é preciso que tudo mude"*.[36]

A história oral no Nordeste, que reflete menos os interesses dominantes justamente por não ter sofrido interferências ou a manipulação da "neutra" escola brasileira — de muitos lugares do mundo, curiosamente o país onde *não* se aplica Paulo Freire —, segue como um bastião de resistência na crise da historicidade do Brasil pós-moderno do capitalismo globalizado.

Para mim, a educação é simultaneamente um ato de conhecimento, um ato político e um evento artístico. Não falo mais de uma dimensão política da educação. Não falo mais da dimensão do conhecimento da educação. Também não falo da educação através da arte. Pelo contrário, digo que educação é política, arte e conhecimento.[*]

Se, de fato, o sujeito perdeu sua capacidade de entender de forma ativa suas protensões e retensões em um complexo temporal e organizar seu passado e seu futuro como uma experiência coerente, fica bastante difícil perceber como a produção cultural de tal sujeito poderia resultar em outra coisa que não um "amontoado de fragmentos" e em uma prática da heterogeneidade a esmo do fragmentário, do aleatório. Esses são, no entanto, alguns dos termos privilegiados pelos quais a produção pós-moderna tem sido analisada (e até defendida por seus apologistas). Mas são atributos que ainda denotam uma carência: as formulações mais substantivas têm nomes como textualidade, *écritture* ou escrita esquizofrênica.[**]

Que o leitor perdoe o escritor deste trabalho de ficção por trazer tantas citações acadêmicas, jornalísticas e artísticas — muitas vezes até em sua integralidade. Ocorre que o autor se encontra por vezes tão dessituado neste momento histórico, ou "presente eterno" fascista, quanto os próprios personagens do livro. Alguns críticos do pós-modernismo poderiam descartar esta obra como apenas mais um "amontoado de fragmentos" por tal razão — porém, este não é um texto pós-modernista. A meu ver, os pensadores, acadêmicos, jornalistas, juristas, políticos e artistas contemporâneos aqui transcritos — por estarem tão presos quanto eu nesta esquizofrenia de massa que domina o Brasil — tornam-se personagens assim como o próprio autor e todos os outros, cujos nomes da vida real me dei ao tolo trabalho de substituir por codinomes. Contraponho esses materiais justamente em uma tentativa de recuperar "minha capacidade de entender de forma ativa minhas protensões e retensões em um complexo temporal e organizar meu passado e meu futuro como uma experiência coerente". Já em 2007, a educadora Helena de Moraes Fernandes encontrou essa desorganização de pensamento em sala de aula em Passo Fundo, no estado do Rio Grande do Sul: "Observamos entre alunos adolescentes uma espécie de conduta que coincide com a descrição feita por Jameson de 'esquizofrenia'. Tais alunos mostram-se incapazes de fazer associações entre passado, presente e futuro, desconhecendo praticamente todos ou até mesmo todos os fatos históricos que costumamos mencionar em aula a fim de facilitar a 'organização mental' e a compreensão dos

---

[*] GIROUX, H.; MCLAREN, P. "Paulo Freire, postmodernism, and the utopian imagination: A Blochian reading". *In*: J. O. Daniel and T. Moylan (eds.). *Not Yet*: Reconsidering Ernst Bloch. Londres: Verso, 1997.

[**] JAMESON, 1996.

conteúdos. Entretanto, é como se um tipo de esquizofrenia não orgânica, mas cultural-educacional estivesse se manifestando".[37] * Indo além, por estarmos tentando relatar — sob diferentes perspectivas — o mesmo fenômeno, como Helena praticamente todos os outros escritores de publicações citadas neste livro não são somente personagens como se transformam em narradores desta obra — por que não? Sim, tornaram-se narradores desta obra e como escritor apenas me esforço para, evitando criar uma descontinuidade no trabalho, demarcar o ponto de vista e a interpretação de cada um; as vezes em que faço questão de trazer os escritos na íntegra são porque se trata de referências sólidas, literais de um tempo presente desorganizado e irreal que de outra maneira seriam perdidas durante uma leitura que se dê em um futuro em que isto aqui já virou parte do passado. Tento apreender em meu texto esses testemunhos pessoais como marcos de temporalidade e contextualização; prefiro a heterogeneidade coerente no livro a permitir que os parâmetros se esvaiam se me referisse a eles externamente ao meu documento de Word [e deixasse a cargo do leitor encontrar aquilo que me dá sentido, ou não]. Afinal, há uma semana na Fundação Palmares ("Fundação Federal Brasileira de Promoção da Afro-Brasilidade") o presidente Sérgio Camargo (preto, nomeado por Jair Bolsonaro, "o mito") — que já havia retirado da lista de homenageados nomes como Benedita da Silva, Marielle Franco e o próprio Zumbi dos Palmares que dá nome à instituição, além de classificar o movimento preto como "escória maldita" — removeu do acervo trezentos livros por serem "obras marxistas". Através de sua conta de Facebook, também afirmou "que o Brasil tem 'racismo nutella' e que 'racismo real existe nos EUA'".[38] De fato, um grau extremo de incoerência nos engolfou como sociedade e isso se torna desorganização mental no nível do indivíduo. Ao menos me traz uma sensação de segurança, ainda que falsa, deixar gravado aqui dentro deste pequeno todo: não sou apenas eu quem está colapsando.

Por que registrar? Para que não se repita.

O nobre Manuel teve certa ocasião uma disenteria; quando chegamos ao pouso, recomendei-lhe que bebesse água de arroz e saí a erborizar. À minha volta, perguntei-lhe se cumprira minha prescrição. — Não havia água — respondeu-me. Um regato corria a quatro ou cinco passos do local em que nos encontrávamos, mas Firmiano tinha se ausentado. Tomei de uma cafeteira, enchí-a d'agua, que

---

* No Brasil, a legislação considera como "adolescentes" os indivíduos na faixa etária entre os doze e os dezoito anos. Haja vista que Helena publicou o texto em 2007, estava se referindo a pessoas nascidas anteriormente a 1995 ou 1994.

ofereci ao mesmo. Manuel ficou profundamente surpreendido; mas duvido bastante que tivesse compreendido a lição. Inteiramente imbuído de incómodos preconceitos, não viu, provavelmente, senão baixeza ou extravagância na ação de um homem branco, indo buscar água para dar a um homem preto. Um dos mais tristes resultados da escravidão é o aviltamento do trabalho.[*]

Havia ocorrido uma profunda ruptura histórico-filosófica entre os períodos anteriores a 2013, ou posteriores ao início do século XX, e onde me encontrava em 2020. Essa ruptura que vivi abrangeu majoritariamente três gerações brasileiras, da *baby boom* (nascida entre 1946 a 1964) até a geração Y, minha própria ("geração do milênio", nascida entre 1981 e 1996), passando pela geração X (nascida entre 1965 e 1980). [Acredito que, neste país, seja apropriado utilizar a nomenclatura e as quebras das gerações no mesmo modelo utilizado na América do Norte e na Europa a partir da Segunda Guerra Mundial:

> Já em meio à Segunda Guerra Mundial surgiu, em 1941, um dos primeiros sintomas da globalização das comunicações: o pacote cultural-ideológico dos Estados Unidos incluía várias edições diárias de *O Repórter Esso*, uma síntese noticiosa de cinco minutos rigidamente cronometrados, a primeira de caráter global, transmitido em 14 países do continente americano por 59 estações de rádio, constituindo-se na mais ampla rede radiofônica mundial. É tido, como início da globalização moderna, o fim da Segunda Guerra Mundial, e a vontade de impedir que uma monstruosidade como ela ocorresse novamente no futuro, sendo que as nações vitoriosas da guerra e as devastadas potências do Eixo chegaram à conclusão que era de suma importância, para o futuro da humanidade, a criação de mecanismos diplomáticos e comerciais para aproximar, cada vez mais, as nações uma das outras. Deste consenso, nasceu as Nações Unidas.[39]

O Brasil, assim, apesar das disparidades econômico-sociais da época, por meio da exposição tecnológica de sua população às ideias estadunidenses vigentes, foi incluso no mesmo relógio que cobria o mundo ocidental mais rico e cujo centro se deslocava para os EUA — com uma convergência crescente de pensamentos e ideologias. Anteriormente à geração *baby boom*, creio ser necessário estudo aprofundado e descontínuo de nossas gerações ancestrais, porque elas possivelmente seguiam ritmo e cronologia mais próprios — mesmo que tocadas pela Primeira Guerra Mundial, imperialismo europeu (sem as mesmas tecnologias), ou até movimentos migratórios europeus cada vez mais frequentes desde o século XIX.] Prossigo.

---

[*] SAINT-HILAIRE, op. cit.

De acordo com a pesquisa Datafolha de 25 de outubro de 2018, com as intenções de voto para o segundo turno,[40] a geração Z — que, nascida a partir de 1997, já tinha eleitores com mais de dezesseis anos em 2018 — e os membros mais novos da geração Y — nascidos a partir de 1994 — pretendiam votar em sua maioria no candidato Fernando Haddad (45% contra 42% no candidato fascista). Membros da geração Y nascidos entre 1983 e 1994 votariam predominantemente no candidato fascista (49% dos votos contra 39% do candidato Haddad). Os membros mais velhos da geração Y — nascido antes de 1983 — e os mais novos da geração X — nascidos depois de 1974 — também expressivamente direcionariam seus votos a Bolsonaro, com 50% das intenções de voto. É válido recordar que essa fatia das duas gerações aproveitou menos das melhorias sócio-econômico-educacionais implantadas nos governos FHC e Lula, e sua "visão da prosperidade" veio mais tardiamente no governo Dilma; assim, é possível que tenha se sentido abandonada pelo sistema político e se ressentido dele. Os indivíduos mais velhos da geração X, nascidos antes de 1974, e os mais novos da geração baby boom — nascidos a partir de 1959 — tiveram 47% das intenções de voto destinadas ao candidato fascista. Mesmo sendo alta, tratou-se da menor porcentagem de votos em Bolsonaro com a exceção da geração Z; logo, é necessário investigar a hipótese se isso teria sido fruto de terem sido traumatizados, na infância, pelo golpe militar e seus primeiros anos mais duros. E os *baby boomers* nascidos antes de 1959 e o restante das gerações anteriores que ainda estavam vivas tiveram também 50% das intenções de voto destinadas ao fascista. É provável que esse comportamento do eleitorado mais velho estivesse relacionado a sua educação e ideologização moldadas pelo regime Vargas e regime militar e à falta de visão crítica da história que vivenciaram — submetidos que estavam também à propaganda varguista e da ditadura e à censura da imprensa e incapazes, em sua maioria, de captar mensagens mais refinadas sobre o regime ditatorial emitidas por artistas que se distanciavam da linguagem da massa para escapar, justamente, à censura. Surpreendentemente, indivíduos com ensino médio e superior eram os que mais pretendiam votar no candidato fascista, com 51% e 54% das intenções de voto, respectivamente, e também aqueles com renda maior: 55% das intenções de votos dos que ganhavam de dois a cinco salários mínimos, e 61% dos que ganhavam de cinco a dez salários e também acima de dez salários.

Ou seja, além do fator religião, que já examinei, o que todos os eleitores do candidato fascista possuíam em comum era a educação moldada nos períodos de Vargas e da ditadura militar. Pois 51% dos indivíduos com ensino médio possuíam intenção de votar no candidato fascista, e mesmo os mais velhos dos *baby boomers* (nascidos em 1946) estariam ainda cursando o antigo segundo grau quando foi aprovada a Primeira Lei de Diretrizes e Bases, em 1961 sob João Goulart — porém sem a influência de Paulo Freire, porque além de a lei ter sido idealizada por partidos de centro-direita, "foi apresentada ao Congresso Nacional em 1948 e aprovada somente 13 anos depois, após várias discussões entre os setores interessados da sociedade".[41]

> A discussão inflamada sobre a escola pública é, em verdade, a retomada da bandeira do Movimento dos Pioneiros da Escola Nova que, na década de 1920, defendia a democratização do acesso à educação e a montagem de um sistema de âmbito nacional que garantisse aos cidadãos o direito à escola pública, laica, obrigatória e gratuita. Essas preocupações são consubstanciadas em 1932, com o lançamento do "Manifesto dos Pioneiros da Educação Nacional" [sob a propaganda da era Vargas]. Portanto quando, em 1959, os educadores voltam à cena para lançar o segundo manifesto — "Uma vez mais convocados" — estão sintonizados com uma luta antiga, cujo eixo era, uma vez mais, o direito à escola pública, obrigatória, laica e gratuita. O debate, desta feita, ficou concentrado em duas lideranças nacionais: pelo lado da defesa da escola pública, Darcy Ribeiro; em defesa da escola privada, o deputado Carlos Lacerda. A imprensa da época registra a veemência desta polêmica, com cartas trocadas, convicções assinaladas, de lado e outro, e acaloradas acusações de parte a parte. A Lei de Diretrizes e Bases da Educação Nacional, promulgada em dezembro de 1961, acaba dando ganho de causa à emenda de Carlos Lacerda.[42]

Que Carlos Lacerda tenha feito oposição a Vargas não significa que não tenha sido tocado pelas inclinações fascistas de seu regime, pois viveu por dezenove anos sob elas, relação semelhante ao que parece ser o caso entre Lukács e Nietzsche. Após o Golpe de 1964, a Segunda Lei de Diretrizes e Bases entrou em vigor em 11 de agosto de 1971:

> A principal mudança introduzida, com relação à lei anterior, dizia respeito à unificação do ensino primário com o ginásio, constituindo o primeiro grau, o que significou o prolongamento da escola única, comum e contínua de oito séries. Apesar de representar um ganho significativo para a sociedade ao acabar com a necessidade do exame de admissão para a passagem do primário para o ginásio, isto também se refletiu em problemas muito sérios que acarretariam, mais tarde, na diminuição da qualidade do ensino, notadamente nas escolas públicas. As escolas particulares, por sua vez, encontraram nesta lei uma base sólida de sustentação para absorver parte significativa desta demanda que tinha condições de pagar pela educação.[43]

O ranço deixado pela intervenção dos militares na educação brasileira foi diminuindo paulatinamente com a redemocratização até o final dos anos 1990, como apontam os dados, quase quinze anos depois do fim do regime em 1985. Enquanto isso, a influência do neoliberalismo aumentava. Mas foram esses eleitores mais jovens, nascidos a partir de 1994, os mais capazes de identificar os aspectos do fascismo expressos no candidato Jair Bolsonaro e o rejeitar. O ano de 1994, último do governo de Itamar Franco, foi também o da eleição de Fernando Henrique Cardoso — quando o seu partido, o PSDB, ainda era considerado de centro (economicamente neoliberal e socialmente progressista). Membros mais jovens da geração Y nascidos a partir de 1994 começaram a cursar a escola por volta de 1998 ou 1999, quando já havia sido aprovada a Terceira e atual Lei de Diretrizes e Bases da Educação Nacional em 1996 — elaborada pelos senadores Darcy Ribeiro, Marco Maciel e Maurício Correa a modificar a anterior, de 1971. Indivíduos da geração Z os seguiram, e sua similar menor aderência ao fascismo poderia indicar que, durante o período de restabelecimento da democracia, o Brasil tivesse de alguma maneira revertido parte da deficiência educacional que existia desde ao menos aquele ano de 1961, da Primeira LDB. Ainda há muitas melhorias cruciais a serem feitas na educação no Brasil — a começar pela implementação de Paulo Freire —, principalmente após o interrompimento da redemocratização por um regime que deixará danos por muitos anos. É necessário que no sistema educacional brasileiro sejam inclusos temas e disciplinas que aproximem os estudantes da história, das ciências sociais e de algumas "certezas fixas" que fundamentam a ciência como um todo (especificamente razão, ética, fatos e a noção de verdade) — de forma a diminuir no país, com a renovação das gerações, o risco do retorno do irreal e da ascensão de regimes autocráticos. Continua procedente a preocupação de Émile Durkheim com "a forma como as sociedades podem manter sua integridade e coerência na modernidade", e isso deve se manifestar na educação.

Vila Velha, 24 de julho de 2021

Hoje, dia em que reviso este texto após retornar de mais uma manifestação contra o regime Jair Bolsonaro, deparo-me com a notícia de que a estátua de Borba Gato foi incendiada em São Paulo nos mesmos protestos:

> Defesa Civil diz que incêndio não comprometeu estrutura de estátua de Borba Gato em SP — Grupo desembarcou de um caminhão, espalhou pneus pela via e aos pés da estátua e ateou fogo no monumento na Zona Sul de São Paulo. Defesa Civil fez avaliação preliminar da estátua e diz que incêndio não comprometeu estrutura, mas deve realizar perícia detalhada.
>
> Por G1, em 24 de julho de 2021
>
> Uma avaliação preliminar da estátua de Borba Gato mostrou que a estrutura da estátua não foi comprometida pelo incêndio que ocorreu neste sábado (24) em Santo Amaro, na Zona Sul de São Paulo. A polícia ainda investiga quem são os responsáveis por atear fogo no monumento, que homenageia o bandeirante ligado à caça e à escravização de índios e negros. Um grupo desembarcou de um caminhão e espalhou pneus pela via e nos arredores da estátua e ateou fogo por volta das 13h30, segundo informações da Secretaria da Segurança Pública (SSP). Uma faixa com os dizeres "Revolução periférica" foi estendida em frente ao monumento em chamas. Não houve feridos e nem detidos. Policiais militares e bombeiros chegaram ao local, controlaram as chamas e liberaram o tráfego. A prefeitura de São Paulo disse que a Defesa Civil fez uma avaliação prévia da estátua na tarde deste sábado e que, a princípio, o fogo não comprometeu a estrutura. No entanto, será preciso fazer uma perícia detalhada pra avaliar o estado do monumento nos próximos dias. Policiais civis do 11º Distrito Policial (Santo Amaro) e do 1º Batalhão de Polícia Militar Metropolitano (BPM/M) devem realizar diligências em buscas de imagens e informações que possam ajudar na identificação e localização dos autores. A SP-Trans informou que 15 linhas de ônibus que passam pela Avenida Adolfo Pinheiro foram desviadas por conta do incêndio. Projetos contra bandeirantes — Bandeirantes como Borba Gato desbravaram territórios no interior do país e capturaram e escravizaram indígenas e negros. Segundo historiadores, muitos mataram índios em confrontos que acabaram por dizimar etnias. Também estupraram e traficaram mulheres indígenas, além de roubar minas de metais preciosos nos arredores das aldeias, conforme o livro "Vida e Morte do Bandeirante", de Alcântara Machado. Esta não é a primeira vez em que o monumento na Zona Sul de São Paulo é alvo de protestos. Em 2020, crânios foram colocados ao lado de monumentos de bandeirantes para ressignificar história de São Paulo. Alguns projetos de lei pedem a

proibição ou a retirada de monumentos que homenageiam escravocratas, como a estátua de Borba Gato. Há discussões na Câmara dos Vereadores da capital, na Assembleia Legislativa do estado e na Câmara dos Deputados, mas em nenhuma dessas casas legislativas os projetos foram votados ainda. Segundo o escritor Abílio Ferreira, esses projetos de lei colocam em discussão a presença desses monumentos nas cidades. "Eles reivindicam que esses monumentos sejam debatidos, que haja participação da sociedade civil na avaliação de que monumento fica onde e se os monumentos devem ser retirados, e se retirados pra onde vão. São projetos que reivindicam um debate, uma participação maior em relação maior a essas homenagens. Até agora isso não tem acontecido", disse Ferreira.[44]

O autor ou a autora do texto não assinado não se esforça para passar nem perto de uma suposta neutralidade jornalística, tampouco se aprofunda na História — seria mais honesto se tivesse sido um texto de opinião Ctrl c Ctrl v intitulado: "O bandeirante ligado à caça e à escravização de índios e negros deve vir ao chão". A ecoar Darcy Ribeiro sobre "a recolonização política e cultural do Brasil pela metrópole norte-americana" e o que escrevem Barbosa e Fagundes sobre "o próprio ensino de História ser moldado do jeito que o sistema quer", discordo desse revisionismo americanizado da história brasileira, intensificado após o movimento Black Lives Matter porém que vem de muito antes, e que se baseia no discurso dos jesuítas aqui preexistente. Creio que o texto do doutorando em história André Luan Nunes de Macedo, "O Borba Gato deve ir pro beleléu? Breves considerações sobre a política da história, o passado bandeirante e a brasilidade", de 24 de junho de 2020, seja importante porque traz luz à questão maior. O autor, de pronto, responde à pergunta posta no título do artigo:

Não. Explico-me: Para responder à pergunta, devemos perguntar, antes de mais nada, por que a fazemos. Quem dirige o sentido contestatório de nossa história? Afinal, existe um ente capaz de a dirigir? Existe um sentido nesta política da história e neste futuro presente que quer "ressignificar" suas amarras? Trata-se, portanto, de ver qual é a política da história (FONER, 2017) por detrás do ato em si. Do que tratamos quando falamos da política da história? Justamente, da correlação de *forças políticas que buscam se apropriar do passado e conduzir narrativas de sentido futuro*, condição *sine qua non* para a existência do debate e da eventual disputa por hegemonia.

O assassinato brutal de George Floyd "transbordou o copo" e levou milhares às ruas em todo o mundo. As grandes mobilizações de massa ocorridas nos Estados Unidos chegaram na antiga metrópole inglesa. Como expressão da revolta e de luta contra o racismo, foi apregoada uma marcha iconoclasta contra estátuas de antigos proprietários de escravos. Uma delas, de Edward Colston em Bristol — um escravocrata para os setores mais progressistas [1], um "filantropo" para conservadores [2] — hoje já não respira os ares do centro da cidade e não faz parte mais da camada superior da memória histórica. Hoje, ela se vê sucumbida à ruína. Seu futuro ativo como lugar de memória descendeu para o lugar da arqueologia. O tempo natural do fundo do rio haverá de decompor tamanha estrutura metálica. Não há dúvidas de que *a recente discussão sobre a queda ou não do Borba Gato é oriunda desta política da história inspirada num outro contexto que não o brasileiro*. Isso não quer dizer, por outro lado, que não existam trágicas semelhanças racistas com o contexto estadunidense. O fuzilamento à revelia, com 80 tiros, de uma família pelo Exército brasileiro no Rio de Janeiro em 2018 [3], assim como a recente morte do menino João Pedro [4] pela Polícia Militar não deixam dúvidas da brutalidade contra as maiorias populares, quase todas mestiças, pretas e pobres.

A diferença histórica entre Estados Unidos e Brasil também é abismal. O racismo brasileiro, constrangido, velado e violentamente silencioso possui outra chave de entendimento se comparada a um país que, ainda nos anos 1960, queimava casas de negros e praticava atos terroristas explícitos, assassinava perspicazes líderes da envergadura de um Malcom X e Martin Luther King Jr., e tinha o disparate de separar banheiros públicos pela cor da pele, tudo em nome de uma supremacia racial. Conforme aponta o historiador estadunidense Eric Foner (2017), antes mesmo de 2001 os EUA já praticavam terrorismo contra seu próprio povo. No Brasil, as elites foram mais espertalhonas. Perderam a luta pelo branqueamento e o evolucionismo racial advindo do ultramar. Gobineau não só era convidado por Dom Pedro II para promover palestras sobre sua visão antimestiça, como também seus livros eram cabeceira para parte desta elite, que subjugou o negro pós-abolição a uma cidadania de segunda classe, conforme descreve Florestan Fernandes (2008). No entanto, a luta do povo trabalhador na República Velha e a Revolução de 30 colocam, em nome da unidade nacional, uma vertente de pensamento que valoriza determinados aspectos culturais antes tratados como crime, como a capoeira e a valorização do samba como música popular nacional a partir dos instrumentos políticos de propaganda estatal (GOMES, 2005). Para Silvio Almeida, "a necessidade de unificação nacional e a formação de um mercado interno, em virtude do processo de industrialização, dão origem a toda uma dinâmica institucional para a produção do discurso da democracia racial, em que *a desigualdade racial — que se reflete no plano econômico — é transformada em diversidade cultural e, portanto, tornada parte da paisagem nacional*" (ALMEIDA, 2019).

O intelectual que promove tal deslocamento nada trivial, a nosso ver, é Gilberto Freyre. Ao entender as questões raciais sob o prisma cultural, o ensaísta de Apipucos fornece uma outra chave de interpretação, que afronta visões conservadoras e hierarquizantes da ideia de raça, seja à direita ou à esquerda. Do ponto de vista da esquerda, é preciso lembrar a visão de Caio

Prado Junior sobre os indígenas, segundo ele sujeitos oriundos de uma comunidade primitiva e atrasada (VAINFAS, 1999). Nada tão diferente da afirmação evolucionista presente nos materiais de educação Moral & Cívica da ditadura militar, formulados por intelectuais integralistas como Plínio Salgado e que explicitamente defendiam a superioridade portuguesa em detrimento das demais raças. Ou seja, num hiato de 40 anos entre Gilberto Freyre e a ditadura, as raças ainda são uma via de regra inatas para caracterizar por meio da taxonomia hierárquico-étnica o desenvolvimento da sociedade brasileira. Mesmo assim, o trabalho de Gilberto Freyre cria uma visão veladora dos conflitos raciais, na medida em que sua leitura se dispersa e adquire generalidade no conjunto da sociedade brasileira. Produz-se, com isso, uma metanarrativa própria, cuja base é a ideia de um país sem conflitos desta ordem, porque mestiça e harmoniosa. Se por um lado Freyre é acusado de ter sido o "pai" do mito da democracia racial, foi ele quem também influenciou intelectuais que combateram esta falácia, como Darcy Ribeiro. Ou, até mesmo, de intelectuais que compuseram o campo do trabalhismo, como Alberto Guerreiro Ramos (1963; 1996). Nesse sentido, não há uma interpretação unívoca sobre o pensamento de Gilberto Freyre. A afirmação de um país mestiço, na voz do antropólogo de Montes Claros, produziu um "paradigma da ninguemdade". *No encontro violento das três raças, de povos transplantados e originários, surgiu o brasileiro, com sua tragédia como povo mestiço, ao mesmo tempo criativo e dinâmico.* Tese essa também defendida pelo filósofo da fronteira Estados Unidos e Brasil, Roberto Mangabeira Unger (2018), que identifica no Brasil uma "anarquia criadora" original. Nesse sentido, a mestiçagem nos diferenciaria substancialmente da condição histórica dos Estados Unidos.

Retomo essa discussão para dizer que o Borba Gato se enquadra nessa história trágica, onde os bandeirantes — cristãos novos fujões da Inquisição e da Ordem Jesuíta portuguesa — foram os responsáveis pelo extermínio e escravização de milhares de indígenas. Ao mesmo tempo, também promoveram uma íntima interação com a cosmogonia e as línguas nativas, incorporando-as ao seu cotidiano. Nem mesmo o português era dito, mas a língua geral, uma confluência do tupi com o luso, fruto destes mundos em choque. Portanto, se por um lado o bandeirismo rememora essa trágica violência do colonizador, também deve ser lembrado que, sem o protagonismo indígena, não haveria a possibilidade de incursão nesse terreno, não sendo sequer possível a construção do que viria a ser chamado à época de "Ilha Brasil" (GOES FILHO, 2015). Além disso, o Borba Gato também faz lembrar que *parte da história que contamos sobre esse período é oriunda de inúmeras narrativas enviesadas de jesuítas, que encaravam os bandeirantes como crápulas sanguinários e bárbaros, afinal, muitos deles cristãos novos — judeus "impuros" — como o próprio Raposo Tavares, que segundo estudos anteriores e mais recentes, lutava contra a imposição de uma religião imposta pela força* [5]. É aqui que reside a visão da *leyenda negra contada pelos jesuítas, catequizadores e responsáveis pela brutal tentativa de dessujeitamento dos povos originários.* Aliás, segundo Novinsky, *os jesuítas seriam "os principais agentes da inquisição portuguesa" em solo americano*. Para onde se olha, portanto, na história do Brasil, a violência come para todo lado.

Um lugar de memória como o Borba Gato serve para gerar curiosidade, dar sentido de orientação prática no tempo. Mostra que é possível reivindicar a historiografia como forma de iluminar o sentido desse monumento das bandeiras, que convive com o maniqueísmo da "leyenda negra" feita por inquisidores na América portuguesa e, posteriormente, compartilhada por historiadores profissionais, ao mesmo tempo que é glorificada como monumento que quer produzir uma memória de excepcionalidade paulista com relação ao resto do Brasil, conforme desejou-se fazer o movimento sedicioso de 1932 e na criação da estátua em 1963. Anita Novinsky e Jaime Cortesão jogam ainda mais lenha na fogueira, mostrando que o buraco mal contado desta história é bem mais embaixo, onde *a luta entre jesuítas e bandeirantes foi uma luta entre inquisidores e judeus, cujo passado ativo contemporâneo disputa quem mais contribuiu para a barbárie contra os indígenas*. Não fosse a discussão sobre o Borba Gato, talvez nem aprofundaria sobre essa história, antes por mim desconhecida em seus detalhes. Cabe ao historiador a mediação e a intervenção cultural crítica. Porém, *em nosso momento, não cabe a iconoclastia, mas a edificação de uma política da história nacional que repense sua própria universalidade*.

Afinal, *caso o Borba Gato vá para o chão, alguém pode acusar o movimento pela sua derrubada* [6] *de seguir a tradição histórica antissemita contada sobre a expedição*. A frase "toda história é história contemporânea", dita por Benedetto Croce, já faz parte do senso comum acadêmico. E é sobre isso que gostaria de refletir com vocês hoje. *O Brasil vive uma crise de identidade e civilizatória que não é do "agora", que hegemoniza o pensamento reacionário dominante desde 2013*. Parafraseando Leonel Brizola, "isso vem de longe". Um sintoma desta tentativa de desconstrução da nacionalidade vem, ao menos na área do ensino de história, desde metade dos anos 1990, com a aprovação dos Parâmetros Curriculares Nacionais (PCNs), porém com outra vestimenta, de lógica liberal. Ali se tentou incorporar o pensamento multicultural como paradigma de ensino. Era preciso pensar não somente a fronteira que nos unia, mas "as fronteiras internas" que nos diferenciavam, conforme apontava à época Lana de Castro Siman (1999). *O resultado foi a constituição de um currículo orientado pela dicotomia semelhanças/diferenças, em detrimento de uma política histórica pautada pela dialética igualdade/desigualdade, cuja centralidade seria a interpretação de um sujeito histórico diverso a partir de um sujeito genérico, unido na diversidade: o cidadão*. Conforme aponta Carlos Eduardo dos Reis (REIS, 1999), a versão liberal da história a partir dos PCNs pulverizou o saber histórico enquanto conhecimento construído e esvaziou a ideia de cidadania. Do ponto de vista econômico, o país assistiu ao maior desmonte em meio século (entre 1930 e 1980) de sua estrutura estatal, pujante e, mesmo com todos os problemas, contradições e dificuldades, a principal "propriedade do povo brasileiro" que criou índices robustos de crescimento econômico. Segundo Gilberto Felisberto Vasconcellos, Fernando Henrique Cardoso privatizou mais em democracia do que Pinochet em uma sanguinária ditadura (VASCONCELLOS, 2014). O Brasil perdeu senso estratégico público e entregou ao capital internacional companhias constitutivas da luta do povo brasileiro contra o nazifascismo, como a Companhia Vale do Rio Doce e a Companhia Siderúrgica Nacional.

O mundo multicultural era reflexo de um mundo "multieconômico", "aberto" e de nova ordem oriunda da globalização. Os "nacionalistas jurássicos e antiquados" dos anos sessenta que sobreviveram ao exílio e que foram peças importantes para a construção da Carta Magna de 1988 pareciam falar para as paredes. Milton Santos (2018) remava contra a maré e expunha as falácias da globalização na geografia. Seguindo a mesma lógica topetuda, reclamava Darcy Ribeiro, exilado das universidades mesmo após seu retorno, amargurado ao fim da vida, assistindo à farra das elites com o patrimônio nacional. Por pouco a Petrobras não se torna Petrobrax naquele período. Não foi por falta de vontade. A resistência nas ruas conseguira segurar a marcha despudorada da desnacionalização econômica, política e cultural. Conforme aponta o ex-ministro da Casa Civil de João Goulart, *os anos 1990 foram expressão maior da marcha já em curso, segundo o autor em curso desde os anos 1970, de recolonização política e cultural do Brasil pela metrópole norte-americana* (RIBEIRO, 1978). A entrega econômica também possuía expressão intelectual e cultural: *as escolas acadêmicas do ultra-mar e estadunidenses foram importadas como produtos manufaturados para a explicação do Brasil*. Nesse sentido, a explicação do fenômeno da Englishness proposto por Stuart Hall foi concebida de forma protocolar como teoria política para a interpretação das fronteiras internas e das diferenças brasileiras. *Tratava-se de uma tradução canônica das teorias advindas de outras regiões como estrutura narrativa capaz de explicar e desconstruir o direito à nacionalidade.*

Não tenho absolutamente nada contra os postulados de Stuart Hall e seu pensamento progressista pós-colonial. Porém, os limites objetivos de interpretação das culturas periféricas na Europa diferem da produção cultural em outras experiências geográficas e políticas, como a Brazyleyra, essa profana maneira de escrever, sincrética e ousada do palavreado glauberiano dos anos 1960, perdida nas sombras da Tropicália. *Não se tratava de uma absorção, e sim de uma mecanização teórica.* O Brasil foi e ainda é compreendido em larga escala por meio da estrutura de reprodução metrópole-satélite. Não há espaço para o antropofágico, a deglutição e a produção de uma linguagem histórica. *Perdemos uma estratégia intercultural própria, admirada pelo mundo, de construir um mundo criativo, sincrético, numa ideia de brasilidade* antiessencialista [nota: o conceito de antiessencialismo referencia a filosofia pós-moderna; corresponde às nossas necessidades atuais a noção kantiana de universalismo de que o próprio historiador lança mão com base nas reflexões contemporâneas de Haider:*[**]] *dotada de uma universalidade peculiar.* Por um longo período, pensamos o mundo a nossa maneira, a partir dos nossos referenciais e significantes. *Hoje e nos anos 1990, a tradução dos raciocínios históricos tal qual descrita como princípio ético-político pelo indiano Sanjay*

---

* "Em filosofia, universalismo é a ideia de que coisas e fatos universais podem ser descobertos e, portanto, é entendido como em oposição ao relativismo" pós-moderno, que se baseia no antiessencialismo.

** HAIDER, Asad. *Armadilha da Identidade:* Raça e classe nos dias de hoje. Trad.: Leo Vinicius Liberato. São Paulo: Veneta, 2019.

Seth (2013) ocorre no Brasil quase como uma operação de Google Tradutor: joga-se a frase, ali ela é processada e, num conteúdo quase literal, tem-se a mensagem na língua nativa.

Não é um sintoma somente historiográfico: hoje nem mesmo temos direito a um liberalismo brasileiro. O chique e elegante é ser austríaco. Afinal, como é possível propor uma atividade criadora? Seria seu papel, como domador de passados práticos e mediadores do ocorrido, também propor futuros práticos? Afinal, qual é o futuro a ser construído pela história e seus profissionais no Brasil? Como a atividade industrial, criadora e inovadora por excelência, cabe ao historiador propor novas periodizações e novos temas que auxiliem a compreensão do tempo em que se encontra.

A proposta deve, em primeiro lugar, ir de encontro ao "mazombismo" denunciado por José Honório Rodrigues: uma história que centraliza em excesso a experiência europeia e fica de costas para a história de seu povo (RODRIGUES, 1978). Por isso, *quanto mais monumentos indígenas que remetam à resistência ao colonialismo, quanto mais incorporados à vida nacional e — por que não — em conflito com os antigos monumentos bandeirantes e jesuítas, melhor.* Legal seria se tivéssemos um indígena da nação guaicurus — conhecida por seu espírito rebelde — ao lado do Borba Gato. Mais fundamental é soerguer monumentos que incorporem o elemento da *mestiçagem*, não somente com fins de apresentação da diversidade, como também algo que remetesse ao *seu aspecto violento que cria a nossa brasilidade.* Retomar a questão nacional se identifica com dar vivacidade à história. Significa se aproximar das questões reais que impedem a libertação de nosso futuro a projetos criadores, autônomos e não alinhados para o porvir. Ao mesmo tempo, é uma história que apresenta os elementos para garantir a proteção social dos seus cidadãos, numa perspectiva problematizadora, crítica e não alienante.

Hoje, mais do que nunca, um dos monumentos mais importantes do país, utilizada como manto sagrado nas Copas do Mundo — a bandeira nacional — é colocada abaixo da bandeira de nossos recém-proprietários estadunidenses sem maiores problemas. Nosso presidente canta o hino nacional estrangeiro de forma despudorada. Diz em meio a uma reunião diplomática que ama o sujeito louro que governa a Casa Branca [Donald Trump], o terror de imigrantes mexicanos e das crianças negras em seu próprio país. O atual alinhamento completo ao governo estadunidense sem nenhuma contrapartida faz o Barão do Rio Branco — um expoente da construção de uma ideia moderna, autônoma e estratégica de Brasil — dançar break no caixão. *O período é de franca e aberta recolonização cultural.* Um tuíte do Trump logo é replicado como política a ser feita por Jair Bolsonaro. O Planalto tornou-se uma área estendida da Casa Branca.

Em tempos de colonialismo, é preciso retomar a luta dos nossos compatriotas africanos dos anos 1960. É preciso retomar a filosofia da libertação proposta na dialética senhor-escravo de Albert Memmi (1991) e Frantz Fanon (1961). Casar tais autores com a leitura de Brasil proposta por Miguel Arraes, um dos organizadores do pensamento político terceiro-mundista. E no meio dessa história toda, promover a releitura do *Povo Brasileiro* de Darcy Ribeiro. É reencontrar-se com os filmes de Glauber Rocha. É esse balacobaco, fruto da capacidade de ginga dos trópicos e o nosso direito de sermos brasileiros que vai, mais uma vez, nos salvar. E é desse encontro teórico — produzido por meio de uma universalidade contestatória (HAIDER, 2019) — que devemos pensar o nosso direito à edificação e ao monumento nacional. *Explorar o máximo que pudermos da contradição mestiça e suas dualidades, que se constrói entre o violento e o tolerante, entre o dinamismo anárquico-criador e o império do caos.* Afinal, é dessa substância material vista nas diferentes cores da nossa gente que edificamos a Ilha Brasil.[45][ix]

Há muitos anos venho pensando a respeito de todas as questões conceituais demolidas e deixadas vagas pelo pós-modernismo — desde ao menos meus tempos de faculdade, em que estudei com pós-modernistas tanto na Universidade Estadual de Londrina (UEL) como na School of the Art Institute of Chicago (SAIC). Na UEL, deparei-me com a alta aceitação da Escola de Frankfurt, debruçada sobre Lukács e Weber e assim penetrada por tentáculos nietzscheanos. Que Jacques Derrida seja similarmente inspirado (quase no sentido metafísico, cego, doutrinador) pelos trabalhos de Martin Heidegger e Edmund Husserl também é sintomático: acusações de que toda a *tradição intelectual* ocidental seja falocrática, patriarcal e masculinista são tão destruidoras quanto sensacionalistas; podemos entender Derrida como um dos inúmeros netos de Nietzsche. Esse autor, juntamente a outros pós-estruturalistas, desconstruiu os trabalhos de Saussure, Foucault, Lévi-Strauss e Freud, contudo não levou a nada além de destroços de milênios de pensamento e ao relativismo, como Roman Ingarden e outros apontariam desde cedo na recepção dos escritos originais de Husserl e de seu idealismo transcendental. É irônico que em 2002, na estreia de um documentário sobre sua vida, então ao fim, Derrida tenha dito que se sentia mais e mais próximo do trabalho de Guy Debord — ele próprio, que havia ajudado a guiar a filosofia em direção ao espetáculo criticado por Debord já em 1967. Nietzsche, Husserl, Heidegger, Weber, Derrida possuíam mesmo a luz de uma nova verdade ou abriram um buraco negro em que, uma vez imerso, alguém pensaria estar enxergando? David Foster-Wallace diria que "'desconstrucionista' e 'pós-estruturalista' significam a mesma coisa, aliás: 'pós-estruturalista' é o que você chama um desconstrucionista que não quer ser chamado um 'desconstrucionista'". Em Chicago, Shellie Fleming escreveu no roteiro de seu filme *leFt-HanDeD memories*, 16 mm, de 1989:

Mas ela caiu: em um escuro e longo buraco com bordas afiadas. ela caiu por anos e anos até que a sensação não mais fosse assustadora. ela aprendeu a ficar no meio, não tocando os lados não tocando nada. às vezes, no entanto, ela teria a noção de se segurar só para descansar por um minuto e os lados a rasgariam aberta. De algum lugar ela podia ouvi-lo gritar, "Não se segure, deixe-se levar." Mas tantos anos os haviam separado então que ela não podia ouvir claramente o que ele estava falando depois. ela rasgaria. derramando partes de si própria enquanto continuava a cair. levaria muito tempo eles disseram. A escuridão do buraco era diferente de qualquer coisa que ela havia conhecido antes. ela podia se lembrar pisando do outro lado da porta quando não podia dormir, a noite quente do sul a circundava. Mas ela estava segura… mesmo que estivesse tão negro que ela não pudesse ver nada em frente ou atrás de si mesma, não como agora. agora estava escuro mas de alguma forma ela podia ver claramente na escuridão. ela não estava segura. ela não conseguia parar. então, ela só assistia... como havia uma vez assistido. e ela continuava em sua queda.[*]

Shellie contou com a direção de fotografia de Will Hindle — seu primeiro companheiro — em seu filme *The Selves*, de 1982. E foi triste testemunhar sua despedida de seu segundo companheiro Zack Stiglicz, também cineasta experimental e professor na SAIC que narrou outro trabalho de Fleming, *Life/Expectancy*, de 1999 — por sua depressão, sempre tive a impressão de que Shellie sabia que não demoraria muito para partir depois dele (†2007). Para além de nossa relação pessoal, era muito complexa a interação aprendiz-mentor com Shellie Fleming, pois havia uma diferença entre nossos trabalhos que eu não conseguia muito bem compreender: seria geracional ou cultural, por eu ser brasileiro? Perguntei-me isso à época e por muito tempo. Eu não me encaixava na SAIC? Eu era comercial? Eu era "tradicional"? A despeito dessa diferença, Shellie e eu pensávamos de maneira muito semelhante e nos interessávamos por temas bastante próximos, e ela era um dos meus poucos pontos de encaixe na instituição.

Também me senti abraçado por Robert J. Loescher (Bob), [re]fundador do departamento de História da Arte da SAIC, que recebeu o título de Caballero pelo rei Juan Carlos I da Espanha em 1990 por seu foco em arte espanhola e latino-americana e que me incentivou a trazer a história da arte brasileira para a universidade, a qual ele muito acolheu a partir do Movimento Antropofágico em especial. À época, tentamos incluir a capoeira na grade curricular da SAIC, expressão cultural que usei em meu curta-metragem *Haitian Fungus* para criticar a política de drogas estadunidense — concebida de forma a manter a relação metrópole-colônia de consumidor-vendedor de substâncias ilícitas, Estados Unidos-Brasil (entre muitos outros países, vários latino-americanos): uma grande hipocrisia. Bob e eu, entretanto, deparamo-nos com muita resistência por parte de membros da universidade quanto à capoeira e ele faleceu também em 2007. Meu prêmio de consolação foi um programa na rádio sobre música brasileira, que tinha boa audiência e em que eu tocava de um tudo.

Simultaneamente, fui apresentado — pelo professor James Elkins — ao trabalho do linguista Noam Chomsky. Vejo como muito produtiva a contraposição das perspectivas de Chomsky, um tipo de [re]modernista por sua crença inabalável na ciência, e de Foucault {apesar de este ser contaminado por

---

[*] FLEMING, Shellie. *Five Films/Four Scripts*. 2013. Tradução minha. Minha mestra Shellie faleceria nesse mesmo ano. Disponível em: <http://www.saic.edu/~mflemi/Five_Films_Four_Scripts.pdf>. Acesso em: 24 de julho de 2021.

Nietzsche e de ter uma definição de "verdade" como "aquilo que embasa um discurso" [em vez do termo "verdade" neste contexto, eu usaria "interpretação": *uma interpretação em que se afirma um discurso* — interpretação esta escolhida e chancelada por um poder e dominante, ou outra e não dominante —; porque "verdade" faz referência a fatos, que podem ser distorcidos em um discurso que poderia ter partido de certa interpretação errônea ou mal-intencionada]}. Foucault, contudo, evitou entrar diretamente na questão abstrata e relativista do entendimento nietzscheano da verdade e também se encontrou na obra de Samuel Beckett: "Eu pertenço a uma geração que, como estudante, teve perante seus olhos, e foi limitada por um horizonte que consistia de marxismo, fenomenologia e existencialismo. Para mim, a ruptura primeira foi 'Esperando Godot' de Beckett, uma performance de tirar o fôlego" —* disse Foucault em 1983 sobre a peça que havia assistido trinta anos antes. No debate com o outro pensador, Chomsky, em 1971, nos Países Baixos, Foucault falou:

> Me parece que a real tarefa política em uma sociedade como a nossa é a de criticar os trabalhos de instituições, que parecem ser neutras e independentes; criticá-las e atacá-las de forma que a violência política que tem sempre sido exercida obscuramente através delas seja desmascarada, para que se possa lutar contra elas.

Nisto parece haver concordância com meu uso de "interpretação" devido a possíveis distorções dos fatos nos discursos. Chomsky se posicionou:

> Sim, eu certamente concordaria com isso não apenas em teoria, mas também em ação. Ou seja, há duas tarefas intelectuais: uma, que eu estava discutindo, é a de criar a visão de uma futura sociedade justa; isso quer dizer criar, por assim dizer, uma teoria humanística social que seja baseada, se possível, em algum conceito firme e humano da essência da humanidade ou da natureza humana. Essa é uma tarefa. Outra tarefa é entender muito claramente a natureza do poder e opressão e terror e destruição em nossa própria sociedade. E isso certamente inclui as instituições que você mencionou, e também as instituições centrais de qualquer sociedade industrial, nomeadamente as instituições econômicas, comerciais e financeiras e, em particular, no período que está por vir, as grandes corporações multinacionais, que não estão muito longe de nós fisicamente esta noite [ou seja, Philips na Universidade de Eindhoven]. Essas são as instituições básicas de opressão e coerção e domínio autocrático que parecem ser neutras a despeito de tudo o que dizem: "bem, nós estamos sujeitas à democracia do mercado", e que devem ser entendidas precisamente nos termos de seu poder

---

* MILLER, James. *The Passion of Michel Foucault.* Nova York: Simon & Schuster, 1993.

autocrático, incluindo a forma particular de controle autocrático que vem com a dominação das forças de mercado em uma sociedade não igualitária.[*]

Eu retificaria: "criar uma teoria humanística social que seja baseada, se possível, em algum conceito firme e humano da *universalidade* da humanidade ou da natureza humana". Um exemplo do que narrava Chomsky pôde ser encontrado na atuação da Volkswagen no Brasil entre 1976 e 1986 — não durante o fascismo, porém ainda assim em um período autoritário:

> Segundo a mídia alemã, as denúncias examinadas pela justiça brasileira alegam que a montadora utilizou "práticas análogas à escravidão" e "tráfico de pessoas" e acusam o grupo de ter sido cúmplice de "violações sistemáticas de direitos humanos" durante a ditadura militar. Na época, o projeto do grupo era construir um grande sítio agrícola nas margens do Amazonas para o comércio de carnes, a "Companhia Vale do Rio Cristalino". Para isso, centenas de diaristas e trabalhadores temporários foram contratados por meio de intermediários para trabalhos de desmatamento em 70.000 hectares de terra. Segundo a mídia alemã, é provável que a direção da empresa tenha consentido com essas contratações. A imprensa, que consultou mais de 2.000 páginas de depoimentos e relatórios policiais, indica que os trabalhadores às vezes eram maltratados por intermediários e guardas armados. Entre os documentos estão depoimentos sobre maus tratos a trabalhadores que tentaram fugir e até desaparecimentos suspeitos. A esposa de um trabalhador foi estuprada como punição, de acordo com a mídia alemã. Uma mãe ainda afirma que seu filho morreu como resultado do abuso. A Volkswagen já enfrentou a justiça brasileira no passado pela época da ditadura. Em 2020, o grupo concordou em pagar 36 milhões de reais para indenizar famílias de ex--trabalhadores torturados ou mortos nesse período. Os ex-funcionários e suas famílias disseram que o serviço de segurança da vw no Brasil colaborou com os militares para identificar possíveis suspeitos, que foram detidos e torturados. Esta colaboração foi confirmada por um relatório independente solicitado pela empresa em 2016.[46]

Ao tentar sempre ancorar a discussão em "conceitos firmes", Chomsky se esforçava para afastar certo relativismo que persistia em Foucault desde Nietzsche. Há dois tipos de relativização que julgo apropriados: o primeiro é a histórica (*descontinuidade*) — conforme Michel Foucault, "as coisas não são mais percebidas, descritas, expressadas, caracterizadas, classificadas e conhecidas da mesma maneira" de uma era histórica para a próxima —;[**] o segundo é a antropológica (*antievolucionismo*) — conforme Claude

---

[*] "Human Nature: Justice versus Power." Disponível em: <https://chomsky.info/1971xxxx/>. Acesso em: 2 de agosto de 2021. Tradução minha.

[**] FOUCAULT, M. *The Order of Things*: An archaeology of the human sciences. Nova York: Vintage Books, 1994. Edição reeditada. Tradução minha.

Lévi-Strauss, precisamos respeitar a diversidade cultural e nos esforçar para não julgar outras culturas através de nossa própria. De seu jeito, Foucault resistiu ao pós-modernismo, embora tenha tirado alguns conceitos úteis dele. Considero-o também um [re]modernista. Eventualmente, professor Elkins e eu tivemos um desentendimento a respeito do uso de trabalhos jornalísticos versus plágio em [re]escritos, e nos distanciamos.

Por fim, apenas hoje compreendo que a diferença entre o meu trabalho e o de Shellie Fleming talvez fosse geracional, não estritamente no sentido de geração baby boom versus geração Y [ela nasceu em 1954, entre minha mãe (1951) e meu pai (1956)[47]]; tampouco era meramente cultural. Flertei com a pura forma e também com a fragmentação e com a descontinuidade narrativa [que é diferente da descontinuidade histórica de Foucault] do cinema experimental estadunidense — que partia de uma questão modernista, porém foi crescentemente pós-moderno, ainda assim resistente ao mercado e crítico de Hollywood —, para o qual a SAIC serviu de berço [cito também Gregory Markopoulos e Stan Brakhage, que lecionaram na escola, Edward Owens que estudou lá e Maya Deren que a todos influenciou] e do qual Andy Warhol se beneficiou. Não pude evitar a fragmentação ou a descontinuidade até por ser tocado por tudo a que era exposto no ambiente universitário — no entanto, sempre houve uma resistência narrativa em mim ao que era aleatoriamente fragmentário ou extremamente descontínuo. Meu curta mais pós-moderno — *Dalva* (2003) — levava a uma unidade de ideia, em si reforçada pela canção de Dalva de Oliveira [("Que Será?"), apesar de não se tratar de clipe musical]. Em *Haitian Fungus* (2004), experimentei com a pura forma do meio físico — película 16 mm —, *utopia modernista* que resistia na SAIC, e do texto filmado ao som de Clementina de Jesus — e levei aos limites estéticos o "antes, agora, depois" pela degradação do rolo de filme, que foi literalmente devorado por fungos e refotografado. Em *Odara Oxum* (2006), que lidava com o tema esquizofrenia, reconstituí um surto psicótico, entretanto o real e o irreal em certo momento passaram a se diferenciar claramente — às avessas — pelo uso da cor (filmei em Eastman Kodak — tanto P&B, quanto colorido originalmente), uma crítica ao racismo institucionalizado; havia um forte fio narrativo e a forma resistia contra a fragmentação da ideia. Shellie Fleming habitualmente via minhas intenções com nitidez e aconselhava que eu não me forçasse em um sentido ou em outro na experimentação conceitual, para não reprimir o nascimento da narrativa. [O que significava essa sua visão através de mim?]

Segundo Ben Sachs, os trabalhos de Shellie "demonstram forte sensibilidade poética, entrelaçando observações íntimas e numerosas referências literárias e cinemáticas. Fleming desenvolve uma linguagem visual pessoal através da repetição de alusões específicas e de imagens (conchas são um tema); suas superimposições que se assemelham a colagens geralmente comunicam o mesmo pensamento introspectivo das caixas de Joseph Cornell. A abordagem se prova especialmente comovente em *'Life/Expectancy'*, cujo *voice-over* [o companheiro de Fleming, Zack Stiglicz, levou um modo de vida gay nos anos 1980 e 1990[48]] combina fragmentos de narrativa sobre uma mulher solitária e trechos de livros sobre psicologia para criar uma sensação de melancolia diuturna".[49] De acordo com o programa *Conversations at the Edge*, *Life/Expectancy* se assemelha a um estudo de caso psicanalítico.[50]

Curiosamente, Shellie diria o mesmo sobre meu curta *The Sea in Your Eyes* (2007) — um trabalho que lidava com os temas de incesto e repressão à sexualidade gay, que gerou acalorados debates na universidade e que viralizou no YouTube a partir de acessos do Oriente Médio e Índia. Sou bem versado no tipo de *experimentação subliminar* que se encaixa nas lacunas deixadas pelas leis [brasileiras, norte-americanas ou europeias]. Aprendi na escola. Não sou o único e nem sequer estaria envolvido em comunicação de massa se não conhecesse maneiras mais profundas de dialogar com o inconsciente do público, se não antecipasse suas necessidades catárticas e se não conseguisse gerar mais desejo ao mesmo tempo que lhes sacio parcialmente os anseios. Shellie Fleming — herdeira dos grandes nomes aqui citados do cinema experimental estadunidense —, durante uma discussão entre alunos revoltados que se seguiu à exibição de *The Sea in Your Eyes*, disse: "*Aaron knows his Freud*". E pôs um fim à discussão pois é verdade. Talvez o modernismo resistisse em si pela herança de seus mestres e ela o visse em mim.

A grande diferença entre o trabalho de Fleming [e seus textos sobre tela[51]] e minha tese de graduação é que neste filme eu já havia abandonado a tentativa de artificialmente me aproximar da fragmentação e da descontinuidade pós-modernas — que vinham naturalmente para Fleming, no entanto que não preenchiam seu vazio. Eu tampouco deixava de ousar. O curta quase participou do *San Francisco International* LGBTQ *Film Festival*, contudo fiquei nervoso durante a entrevista e ele não entrou na seleção [ademais, neste trabalho em particular estive muito descontente com a direção de fotografia — é difícil ser um aluno e ter de fazer quase tudo sozinho em um tempo de filmagem demasiadamente reduzido devido a fatores financeiros —; dessa maneira, falhei também na decupagem final]. Tendi a abandonar a fragmentação ao longo dos anos, embora a tenha utilizado em trabalhos justamente para representar a esquizofrenia contemporânea — e há trechos em episódios do *Vai que Cola* e em *Quando o Galo Cantar...* em que isso é bem explorado. Quanto à descontinuidade narrativa, ela para mim se tornou uma ferramenta, não uma forma em si. Ao tentar retornar ao Brasil em 2007 após minha graduação, encontrei-me com um produtor paulista que procurava um texto (para um diretor então em franca ascensão), e que leu um roteiro meu. Disse-me o produtor que "eu era o roteirista brasileiro que mais entendia de estrutura narrativa que ele tinha conhecido, mas que não podia me apresentar a tal diretor famoso porque ninguém me conhecia". Desiludido, retornei aos EUA. Quiçá se tivesse filmado meu texto, o diretor não seria hoje esquecido. Cursei comunicações integradas de marketing em meu MBA: concluí sobre meus aprendizados subliminares que é fundamental saber "virar a chave" na mente dos espectadores quando chegamos até eles e os impactamos. E trabalhei. Eu, *apenas por uma decisão sobre valores*, sempre usei as técnicas por mim dominadas para estimular o pensamento crítico e defender a diversidade e a democracia.

Comecei a fazer parte do Facebook em 2005, quando o mesmo mal havia saído de Harvard, ao receber um convite de uma atriz em Chicago; deixei de participar ativamente por volta de 2010 — quando a rede social já tinha se tornado um muro virtual de lamentações, um novo tipo de Orkut sem qualquer harmonia visual e que permitia postagens duvidosas, em tom popularesco. Havia passado a fazer parte do Twitter em 2007; nunca me adequei à contagem de caracteres. Quando retornei ao cinema e à TV, eu o fiz com o entendimento de que para se sobreviver às vezes é necessário ser "comercial" e de que, apesar de ser comercial, não é preciso que se abandone por completo a experimentação formal, ou os conteúdos que se afastam das interpretações em que se afirma o discurso presentemente dominante.

Por fim, retornei às redes sociais através do Instagram em 2015 em uma viagem a Diamantina, terra de Chica da Silva, Juscelino Kubitschek e Alice Dayrell Caldeira Brant, autora de *Minha Vida de Menina*. Já no final desse ano passei a fazer uso da rede social para transmitir mensagens de interesse público e conteúdo político de maneira leve, porém incansável ("Água mole, pedra dura..."). Quando percebi que era necessária uma intervenção profunda, a partir de meados de 2018 tornei minhas mensagens mais contundentes [vinha fazendo essa comunicação política de forma sutil e sustentável desde 2013, pela televisão — em que, ao menos, não era ameaçado de morte por meus chefes]. Era difícil lutar no campo do medo e do ódio e da fingida cegueira do empresariado e dos conglomerados de mídia, que jamais tiveram dúvida do que o monstro realmente se tratava e ainda assim optaram por ele, como se Bolsonaro fosse verdadeiro neoliberal. Por minha defesa ferrenha da democracia, dos direitos humanos e do Estado de Direito acima de interesses econômicos e de domínios territoriais, e talvez também por minha compreensão da subliminaridade, setores organizados na extremadireita me alvejaram contumazmente. Porque, além de reverberar o trabalho de jornalistas sérios que expõem as mentiras sórdidas e as práticas letais desses grupos, esforcei-me para revelar teorias conspiratórias e desmontar o discurso do medo e do ódio ao mesmo tempo que tentava imunizar o público por meio de mensagens simples que alcançavam a massa. Utilizava ferramentas que podiam ser tão básicas como os *stories* do Instagram. Nas redes sociais era considerado altamente influente por persuadir indivíduos — especialmente artistas e celebridades — que são, por sua vez, influenciadores e impactam milhões de seguidores diretamente, daí o trabalho como embaixador de marcas que exercia online havia alguns anos.

Pelo momento, eu tentava salvar o Brasil — aonde levava minha fantasia de salvamento. Os vídeos que eu produzia para Instagram, Facebook e, principalmente, WhatsApp circulavam o país e voltavam até mim em pouco mais de doze horas, sem que me utilizasse de nenhum tipo de "disparo de massa" ou financiamento. Aliás, sem que pagasse um centavo. Simples viralização. Tinha mestrado essa técnica em meus anos de trabalho. Foi desse jeito quando a bolsonarista Paula Toller apelou à Justiça para remover do ar milhares de contas de Facebook, Instagram e Twitter depois que fãs comuns fizeram e divulgaram uma brincadeira com a canção "Pintura Íntima", composta por ela e pelo antifascista Leoni — este, que divergia e defendia a apropriação da música pelos cidadãos na campanha do PT a favor da democracia. "A frase 'amor com jeito de virada' foi cantada por apoiadores do político [Fernando Haddad], véspera do segundo turno da eleição presidencial. Na época, o Tribunal Regional Eleitoral (TRE) determinou que todos os vídeos e as contas que continham o refrão da canção fossem retirados das redes sociais."[52] Curiosamente, essa mesma Justiça não investigou a fundo, até o tempo em que [re]trabalho este registro em 2021, os disparos de massa ilegais financiados por empresários bolsonaristas e denunciados pela *Folha de S.Paulo* ainda durante as eleições em 2018. Haveria, aliás, alguma participação da multinacional WhatsApp, ou conivência desta, no que ocorreu? Os tribunais operam sob dois pesos e duas medidas. Quando soube do evento acerca de "Pintura Íntima", imediatamente — no meio da noite — entrei em contato com Ney Matogrosso e pedi a ele autorização para utilizar sua imagem na canção "O Vira" para substituir o material deletado por Toller. Ney, que nunca foi petista mas compreendia que lidávamos com algo muito maior — perigosíssimo —, prontamente atendeu meu pedido. Editei e compartilhamos o vídeo em nossas redes sociais. Matogrosso dizia expressamente que "aprovava o uso de sua imagem na defesa da Democracia". O vídeo viralizou: "Vira, vira, vira homem... vira, vira... [a imagem do 13 sobre a estrelinha vermelha do PT sobre Ney]". Assim, Ney Matogrosso também se reafirmava como o ícone do movimento LGBT+ que sempre foi no Brasil, desde os anos mais sombrios da ditadura militar, e saiu na defesa dos seus perante o fascismo.

Anteriormente, eu já tinha sido forçado a agir por uma similar *questão de valores* em um caso no *Vai que Cola*, porém na ocasião procedi mais como um *naughty boy*. Havíamos fechado um *product placement* da Coca-Cola para o programa. Em nossa reunião com as equipes de marketing da Globosat e da marca, ficou decidido que faríamos um *merchand* extremamente discreto, sem precisar mostrar a logomarca do produto [é desnecessário justamente por ela ser tão conhecida], como tem ocorrido no cinema em filmes respeitados como *Dallas Buyers Club* — um projeto delicado sobre o HIV na década de 1980, lançado em 2013. Como realizador, reconheço a inevitabilidade de associação com marcas para que certas obras culturais possam sair das gavetas — principalmente em cinema e TV, em que os custos são tão elevados. Os anticapitalistas ortodoxos rejeitariam isso; por ser bastante heterodoxo, em minha visão as grandes multinacionais possuem o dever de retribuir à sociedade por seus altos lucros, a apoiar financeiramente trabalhos artísticos independentes que tragam mensagens socialmente relevantes. O *Vai que Cola* foi socialmente relevante e atuou de maneira relativamente independente, pois se empenhou desde seu lançamento, ao lado de seu público, por conquistas da comunidade LGBT+ e ganho de terreno. Entretanto, no dia da gravação do *merchand*, enquanto fazíamos o que havíamos combinado com a própria marca, o departamento de marketing da Globosat (que estava presente) exigia que fôssemos mais ostensivos a cada take. Extenuada, a humorista simplesmente pegou a garrafa de Coca, colocou ao lado de seu rosto e, a abrir um gigantesco sorriso falso, disse que iria beber um refrigerante para se refrescar [ou algo nesse sentido]. Fiquei revoltado com aquilo porque era grosseiro, justamente o oposto do que tínhamos combinado — mesmo com o sarcasmo —, e permaneci em dúvida se tal pedido para sermos tão descarados havia partido da marca, que teria voltado atrás em sua decisão. Tentei averiguar a tempo, sem sucesso. Precisava contrabalancear aquela falta de sutileza. Existe no YouTube um *mashup* de Valesca Popozuda e Lana Del Rey que utiliza a canção "Cola", de Del Rey. Chama-se "My Pepsi Cola É o Poder". No *mashup*, Valesca diz: "Amor, tá difícil de controlar... Há mais de uma semana que eu tento me segurar. Eu sei que você é casado. Como é que eu vou explicar? Essa vontade louca, muito louca... Eu posso falar?". Lana responde: *"My pussy tastes like Pepsi cola, my eyes are wide like cherry pies. I gots a taste for men who are older. It's always been, so it's no surprise. Harvey's in the sky with diamonds and he's making me crazy [I come alive, alive]. All he wants to do is party with his pretty baby. Come on, baby: let's ride. We can escape to the great Sunshine. I know your wife but you put in mine. We made it out to the other side. We made it out to the other side. We made it out to the other side. Come on, come on. Come on, baby. Come on, come on. Come on, baby. Woah-oh, woah-oh..."*. Valesca continua: "Por ela, o homem chora. Por ela, o homem gasssta. Por ela, o homem mata. Por ela, o homem enlouquece. Dá casa, apartamento, joias, roupas e mansão. Coloca silicone e faz lipoaspiração. Implante no cabelo com rostinho de atriz. Aumenta sua bunda pra você ficar feliz. Você que não conhece, eu apresento pra você... Sabe de quem tô falando? Minha buceta é o poder!". E Lana segue ao fundo... *"Come on, baby: let's ride"* ("Vamos cavalgar..."). Pois eu sabia que, no machismo que coloniza as mentes brasileiras, jamais seria permitido que se falasse a palavra "buceta" na TV — embora, se tivéssemos usado puramente a versão em inglês, del Rey dissesse exatamente isso: "Minha buceta tem gosto de Pepsi Cola". E Lana ia além: "Eu conheço sua esposa mas você mete na minha... [buceta]". Não careço emitir minha opinião, de que permitir que a palavra seja dita em inglês mas não em português consiste de pura hipocrisia. Certifiquei-me de que tínhamos os direitos de uso e pedi ao sonoplasta que soltasse o *mashup* ao vivo durante o giro 360° do palco, de forma que ele penetrasse todos os microfones e que fosse impossível retirar na pós-produção. E o fizemos. Eu antecipava que, ao revisar o episódio, o canal iria implicar com a palavra "buceta" e que eu responderia que "era impossível retirar porque estava em todos os microfones, ao vivo". E a pós-produção confirmaria, pois era o caso. Assim ocorreu. Tão distraídos no canal ficaram com seu machismo e a enunciação da palavra "buceta" que nem se deram conta de que Lana del Rey cantava a marca Pepsi em cima de um merchand da Coca-Cola...

como eu havia previsto. Logo após o acontecido, a dormir com um dos diretores de marketing da Coca-Cola no Brasil, contei a ele sobre o caso e indaguei se o pedido para fazer um *product placement* tão pouco sutil, o oposto do que tinha sido combinado, havia partido da marca. Ele ficou enfurecido com a desavisada mudança de planos [não, com minha intervenção artística]. Verificou e depois me informou que a iniciativa tinha sido do departamento de marketing da Globosat sem a aprovação da Coca-Cola, "porque achavam que estavam dando mais do que o pedido para o cliente e queriam mostrar serviço". Quem lida com marcas e tem um mínimo conhecimento de marketing sabe que se trata justamente do contrário: exposição de marca, o quanto mais ostensiva e injustificada, mais gera resistência no público — pior, inserida em um produto cultural. Dessa forma, ao introduzir o brilhante mashup de Lana del Rey com Valesca Popozuda, acabei por, paradoxalmente, resgatar o merchand. Pois foi tão espontâneo e a humorista dançou tão esquizofrenicamente com aquele ritmo alucinado que ficou hilário e, neste contexto, aquilo que havia sido tão escancarado se encaixou. O público veio abaixo em gargalhadas e aplausos. Se a maneira grosseira como nos tinham feito enfiar o produto na cara do espectador criava rejeição, a enunciação da palavra tabu "buceta" (vulgar) e da palavra "cola" — repetidas vezes — gerava desejo quase sexual, porém um desejo *deslocado* por refrigerante (em alemão, da teoria de Freud: *Verschiebung*). No Brasil, a Coca-Cola, que havíamos acabado de ver ao lado do rosto da humorista, ocupa 60% do mercado de refrigerantes — portanto, a menção da Pepsi não afetaria sua recepção. *Sex sells*. Acabei por me entregar — todavia, o conglomerado de mídia tenta há algum tempo me desqualificar, por outros motivos. Sempre me esforcei para construir camadas de significantes partindo do mais básico até o mais complexo, no caminho virando chaves de significados na cabeça do espectador sem que ele perceba que está sendo influenciado, e certas vezes transmitindo mensagens que apenas os indivíduos mais antenados e "vivos" irão compreender racionalmente. Na arte, lidamos com o inconsciente — e o mesmo é verdadeiro quando invertemos o *kitsch* na TV. [Aproveito o ensejo para escrever que vejo em parte do trabalho de Valesca Popozuda uma originalidade comparável à de Clementina de Jesus, a cantar sobre a realidade da mulher na favela carioca no início do século XXI. A história há de dizer se estou certo.]

Concluí que o que diferencia o meu trabalho do de minha mentora Shellie Fleming não é a experimentação, pois ambos fomos/somos capazes de narrativas não tradicionais, nem é algo cultural: é que ela, a despeito de seus mestres modernistas, havia sido pós-modernista e eu não sou mais.

Desconstrucionista, pós-estruturalista, relativista, pós-modernista, antimodernista, "tudo é ficção", tudo no chão. Concordo com o historiador André Luan Nunes de Macedo que em nosso momento [re]modernista não caiba a iconoclastia que nos deixou em meio a escombros no fascismo bolsonarista. Não podemos usar das mesmas ferramentas de apagamento da extremadireita para fazer um revisionismo da história do Brasil. Não podemos nos tornar homogêneos em comparação a outras regiões do planeta para facilitar nossa assimilação pelas multinacionais: recorramos ao antievolucionismo de Lévi-Strauss. Não podemos crer, como expressou Fleming, que somos capazes de enxergar no escuro — ela se deparou com as limitações do pós-modernismo em 1999 e nesse ano deixou de criar seus filmes experimentais [faleceria em 2013]. Nem podemos ler o passado em que viveu Borba Gato com os mesmos olhos com os quais lemos o presente que habitamos: é necessário lançar mão da descontinuidade de Foucault. Como aponta Nunes de Macedo, naquilo de que meu primo Manuel de Borba Gato é acusado [descendo de Belchior de Borba Gato e Manuel é neto da irmã dele, Beatriz], meus ancestrais indígenas também tiveram responsabilidade porque sobreviveram e deixaram geração: é sabido que muitos povos originários se valeram da pólvora dos portugueses para dizimar tribos rivais — foi assim que os lusos ingressaram por estas terras desde os idos de 1500, e pela África muito antes, por sinal —; não devemos ignorar a participação indígena e africana no desenrolar da história, com suas disputas próprias de poder — fazer diferente seria considerar os portugueses [e outros imperialistas] culturalmente superiores a esses povos, e nem é comprovado que o fossem em termos militares. Por aqui, quando portugueses tomaram índias por esposas — com o consentimento delas e de seus pais caciques —, penetraram literalmente e com prazer mútuo. Os nomes delas constam dos livros de história e das árvores genealógicas de famílias quinhentonas: Beatriz Tibiriçá Dias, Bartira M'bicy Tibiriçá (batizada Isabel Dias), Catarina Álvares Paraguaçu. E se apagássemos a história dos bandeirantes (cristão novos, protestantes, judeus), também precisaríamos rasurar tudo o que deixaram os jesuítas. A mecanização teórica e a aplicação da leitura histórica estadunidense ao Brasil não são formas adequadas de lidar com as particularidades de nossa cultura. Apagando tudo, seria como se não tivéssemos tido um passado próprio. Ou nos tornamos pela ditadura militar e pelo bolsonarismo oficialmente parte dos Estados Unidos? A solução da [re]tomada para a questão problemática é, como sugere o historiador, erguer contramonumentos de líderes indígenas e afro-brasileiros que se opuseram aos bandeirantes e os colocar em lados contrários a Borba Gato, ali na mesma praça, a remeter simbolicamente a seu período histórico único — algo artístico, didático e pedagógico, onde o espaço público contaria sobre a violenta formação do Brasil. Por que não erguer também a estátua de um jesuíta condescendente e antissemita, agente da Inquisição e contemporâneo deles, completando essa realidade tão antagônica do bandeirantismo de quatrocentos anos atrás? Além do mais, como aponta Kevin Lynch, monumentos servem de marcos desalienantes — ou, melhor posto, orientadores — da cidade, portanto a proposta iria de encontro a essa estruturação contextualizante, esclarecedora e norteadora do pensamento dos cidadãos no ambiente urbano — em oposição ao obscurantismo e à esquizofrenia resultantes da obliteração pós-modernista. A história "apresenta os elementos para garantir a proteção social dos cidadãos, numa perspectiva problematizadora, crítica e não alienante".

Não: eu não podia me submeter ao apagamento ideológico, recolonizante e homogeneizador de minha ancestralidade trágica e violenta, nem negar minha ascendência bandeirante composta de indígenas, portugueses, protestantes belgas, franceses, alemães e judeus "impuros" que lutavam contra a imposição de uma religião pela força e que falavam a língua geral. Por isso, desde que havia voltado a Mato Grosso do Sul, em setembro do ano anterior, 2019, eu mantinha a tiracolo um trabalho que resgatou, muitas vezes também pela oralidade da história, a genealogia de nossa família materna. Publicada alguns anos antes,[*] a linha vinha desde os Açores com o casal João Garcia Pinheiro e Maria Leal e se entrelaçava com a descendência do Cacique Tibiriçá e Potira — através de Beatriz Tibiriçá e Lopo Dias Machado —, e dos Borba Gato, de Raposo Tavares, dos Taques, dos Van der Borg, dos Paes, dos Leme, dos Bicudo, dos Beting, dos Barros, dos Galter, dos Rodrigues Velho, dos Fernandes, e de muitos outros.

> Era evidente que os campos circunvizinhos à vila de São Paulo de Piratininga eram muito povoados; sem isso São Paulo não poderia organizar os bandos de aventureiros que levaram a devastação até o Paraguai e exploraram o centro do continente americano.[**]

---

[*] BARBOSA GARCIA, Élio. *Desbravadores de Sertões*: Saga e genealogia dos Garcia Leal. Campo Gande: Instituto Histórico e Geográfico de Mato Grosso do Sul, 2009.

[**] SOUTHEY, Robert. *History of Brazil*, II. Londres: Longman, Hurst, Rees, Ormne and Brown, 1817.

Apegava-me também à genealogia de minha família paterna, quase por completo suprimida devido à perseguição aniquiladora a meu bisavô, Joaquim Gomes da Silva Torres — seu algoz Getúlio Vargas possuía os dois pés no fascismo, apesar de sua ideologia não ter sido implementada com sucesso no nível federal nas décadas de 1930 e 1940, em parte devido à resistência dos legalistas e constitucionalistas. Eu havia resgatado em registros civis e paroquiais os pais de Joaquim (Joaquim Gomes Torres — português — e Marcolina da Silva Braga — natural da Bahia) e cruzado os levantamentos com resultados de exames de DNA até chegar a meu *ancestral masculino direto mais distante conhecido* em Santo Emilião de Mariz, Barcelos, Braga, Portugal, nascido em meados de 1400: Rui Dias, ironicamente um administrador das terras da Igreja católica de Braga e possível descendente pela *linha paterna direta* de Afonso Nunes de Mariz e Roger I de Montgomery, e antes destes, certamente de Vikings [escrevo "ironicamente", pois a descendência de Rui se entrelaçou com inúmeros elementos resistentes à Igreja: não apenas meu avô materno Hugo, por sua mãe Zulmira, descende dos bandeirantes e indígenas paulistas que combatiam os jesuítas, mas também minha avó paterna Tereza, através de sua mãe Otília; em seu turno, minha avó materna Almira é descendente pela *linha feminina direta* de indígenas tupinaés ou tuxás que enfrentaram a Companhia de Jesus, a escravização e a ocupação portuguesa pela Casa da Ponte de Antônio Guedes de Brito na região da atual Macaúbas, Bahia]. Alcancei Rui por meio de seu bisneto ou trineto Pedro Dias, falecido em 21 de novembro de 1647 no mesmo local de Mariz. Em meu DNA está registrada não apenas a história pré-colonial do Brasil e de regiões da África e do Oriente Médio, como a história remota de Portugal, Espanha, França, Bélgica, Alemanha e Escandinávia.

Ademais, eu ouvia às gravações da história oral treslagoense que tinha obtido em entrevistas intimistas com meu avô Hugo, meu tio-avô Pedro e minha avó Tereza em 2004. A propósito, Três Lagoas — em vez de um Cristo deformado que recebe os que chegam — deveria introduzir a população ao núcleo dos Correia Neves, Trajano e Garcia Leal e sua disputa por território com os povos indígenas Caiapó e Ofaié; ¿por que não incluir o próprio Visconde de Taunay no monumento orientador, ele que andou por todas aquelas bandas do Rio Sucuriú por volta de 1867, e como escritor tão fidedigno deve ter participado da história que contou, e não apenas atuado como mero observador externo? Certamente encantou-se particularmente com Jacinta Garcia, sua Inocência, ou não teria criado seu maior trabalho de ficção nem a registrado em suas memórias. Seria um marco para a retomada de uma cidade hoje no auge de sua alienação. Ao lado de minha mãe, havia conversado em 2009 com alguns parentes mais velhos para nossa pesquisa genealógica, e deles havia colhido outras histórias como a de Aroldino Batista Fernandes, primo de meu avô, combatente de Três Lagoas na Força Expedicionária Brasileira que atuou na Segunda Guerra Mundial contra o fascismo italiano e que, por ser dos últimos sobreviventes do grupo, todos os anos era homenageado pela prefeitura municipal; por fim, recebeu em 2017 — aos 97 anos de idade — a Medalha da Vitória do então ministro da Defesa, Raul Jungmann. Eu recorria a essas gravações, anotações e leituras para tentar me localizar novamente no tempo e no espaço, porque o fascismo brasileiro tinha sido tão eficiente em deturpar não somente o presente como a escassa história compilada, que eu já ia perdendo noção de quem eu era. Buscava minhas raízes para tentar me relembrar do porquê de estar ali, e também do como. Por sorte, embora se possa cortar a árvore e atirá-la ao chão dentre muitas outras na vala comum, é mais difícil arrancar suas raízes. Por essas raízes ainda é possível reconstituir o que era a floresta antes da passagem dos indivíduos de olhos vácuos com suas serras elétricas a abrir o valão para o correr da água podre.

A genealogia pode desempenhar um papel conservador e ocultar ideologias e interpretação problemáticas da história quando praticada por indivíduos ingênuos ou mal-intencionados, é verdade. A própria história, contudo, é em muitos momentos problemática. Em um país como o Brasil, ainda há tão pouca pesquisa historiográfica e são tão raros outros tipos de registros — mesmo os artísticos — sobre o desenvolvimento da sociedade ao longo do tempo, que a disciplina genealógica, se exercida de maneira mais próxima possível da científica — no sentido da pesquisa documental meticulosa e de preservação da memória —, e sem manipulações de discurso, pode funcionar, sim, como uma importante auxiliar à história — ou ao que é possível se reconstituir desta através da oralidade, de registros paroquiais e civis e de exames genéticos. De que outra maneira, se não pela genealogia, teria sido possível comprovar que o núcleo fundador do estado de Mato Grosso do Sul provinha das antigas famílias bandeirantes, se restaram tão poucos assentos além daqueles deixados pelos padres nas igrejas sobre nascimentos, casamentos e óbitos, pelos juízes em testamentos e inventários dos cidadãos e, para não deixar de mencionar, por observadores-antropólogos em anotações de suas raras visitas? Como saberíamos sobre os Caiapós e Ofaiés se eles foram, se não completamente dizimados, totalmente deslocados de seus sítios originais? Até o presente momento tampouco foi conduzido qualquer trabalho arqueológico mais profundo no leste sulmatogrossense... A genealogia não pode ser uma ferramenta dialética a apontar contradições, conflitos e períodos sócio-históricos que necessitam ser mais bem investigados? Não serve para verificar, por exemplo, como e em quais contextos se deram os vários tipos de miscigenação e migração pela população brasileira, incluindo pelas ditas elites? A despeito do racismo, não é a mestiçagem um grande diferencial de nosso desenvolvimento daquele de outros países, como dos EUA? A afirmação mais racista que ouvi presencialmente na vida partiu de um professor jamaicano na SAIC, que disse: "Não é possível existir o amor entre uma pessoa preta e uma pessoa branca". Na aula, fui o único a me revoltar com essa fala — o que reforça nossa diferenciação cultural brasileira. Eu me nego a acreditar que nas inúmeras ocasiões de minha ancestralidade onde houve mestiçagem, dos povos originários com europeus ou com africanos ou com árabes ou com judeus, ou entre os filhos desses, em todas as combinações possíveis [que foi o que ocasionalmente aconteceu em minha árvore genealógica, à exceção até aqui de asiáticos], que tenha havido apenas interesse de ascensão social ou de "branqueamento" e nunca, amor. Claro que entre uma escravizada e o "senhor" que ela casou existiu atrito socioeconômico-cultural-fenotípico, não somente entre eles próprios como também entre o casal e sua descendência e a sociedade ao seu redor. Todavia, isso não deveria ser objeto de maior estudo? Ou nos daremos por satisfeitos apenas com a análise superficial de exemplos afamados em contextos específicos já conhecidos, como a relação entre Chica da Silva e João Fernandes na sociedade do Ciclo do Ouro? — cuja descendência, aliás, em sua maior parte tentou camuflar seu mulatismo e buscou se tornar incógnita para propiciar a ascensão social. Os bandeirantes raramente tentaram ocultar a mestiçagem — pelo contrário, usavam-na como método de conquista. Não encubro: descobri em minha ascendência ocorrências daqueles que se casaram endogamicamente para tentar evitar a miscigenação, que se daria mais cedo ou mais tarde. No Brasil, a mestiçagem é inevitável. Como discorri, eu também vinha tendo, desde 2009, todo o cuidado de contrastar os dados desses assentamentos genealógicos levantados com exames de DNA, então recentemente disponibilizados aos pesquisadores de famílias — e testei, com a identificação de parentes vivos, as linhas paternas (cromossomo Y) e maternas (DNA mitocondrial) diretas de todos os meus bisavós, da grande maioria dos meus trisavós e de muitos tetravós, somado ao que pude averiguar com o DNA autossômico; testei tudo o que consegui encontrar, sem distinção — e testaria todas as outras linhas cujos representantes vivos ainda não encontrei. As conclusões dos exames foram disponibilizadas publicamente: evitava ao máximo que as pesquisas fossem contaminadas por quaisquer motivações torpes [minhas ou de outros]; e os resultados que obtive ratificaram o que relatavam os rastros documentais *e* as histórias orais, possibilitando, muitas vezes, ir além do que permitiam os arquivos. Foi dessa forma que identifiquei inúmeras linhagens africanas, judaicas, árabes, europeias e indígenas (de povos que hoje não mais existem). Através do cruzamento do DNA com a genealogia pode-se também rastrear movimentos migratórios de milhares de anos que corroboram achados arqueológicos, como foi o caso da disseminação da cultura do vaso campaniforme pela Europa a partir da Península Ibérica no terceiro milênio a.C. — para mencionar apenas um.[*] Descobertas de semelhante importância poderiam haver quanto aos povos originais do Brasil se a testagem genética da população ocorresse de maneira massiva, mas isso depende de regulação da Anvisa e dos interesses ideológicos das instituições brasileiras. Por outro lado, tal confirmação de registros documentais pelo DNA não é uma regra — validação não foi o que houve quando comparei o DNA com a genealogia de outra aristocrática família do Sudeste brasileiro, da já citada Corrida do Ouro, os Caldeira Brant: os dados não comprovaram o que é clamado na história, pelo contrário, indicaram que tinha sucedido — no mínimo — o que os genealogistas genéticos chamam de um *evento de não paternidade* (o patriarca de certa linha não é quem os papéis designam); os exames foram refeitos, com o mesmo resultado; resta a se verificar se o que foi apurado diz respeito à linhagem como um todo ou a uma ramificação específica da família. Justamente por esse motivo, alguns grupos temem a genealogia genética: os Ávila, supostos descendentes por linha paterna direta de um membro da Casa da Torre de Garcia d'Ávila que se afirmou fidalgo, negaram-se a permitir qualquer testagem. Essas questões demonstram que uma disciplina usualmente manipulada pelo discurso da direita pode ser reapropriada pela academia [e pelo centro, e pela esquerda] através de metodologias verdadeiramente científicas. As informações genéticas que coletei, juntamente à história oral que sempre tento anotar, estão preservadas em bancos de dados para que historiadores desempenhem seu

---

[*] MYRES, Natalie M.; ROOTSI, Siiri; LIN, Alice A.; JÄRVE, Mari; KING, Roy J.; KUTUEV, Ildus; CABRERA, Vicente M.; KHUSNUTDINOVA, Elza K.; PSHENICHNOV, Andrey. A major Y-chromosome haplogroup R1b Holocene Era founder effect in Central and Western Europe. *European Journal of Human Genetics*, vol. 1, pp. 95-101, jan. 2011. DOI:10.1038/ejhg.2010.146. Acesso em: 25 de abril de 2021.

trabalho no futuro, quando as condições forem mais favoráveis — parte delas já deve constar de estudos acadêmicos, inclusive o da campaniforme.

Eu, considerado *uma boa sorte de excêntrico* (artista) pela sociedade antes de a água podre fascista tomar conta, ia aos poucos sendo silenciado. Intuía que tal processo se desenrolava com o objetivo final de que meu próprio lugar de fala fosse "cancelado" — a repetir uma gíria muito em voga redes sociais afora, sem que os internautas tenham noção de suas complexas e graves implicações. Na realidade, era provável que todas as ações contra mim, desde as primeiras ameaças de morte que recebi no bar e depois na delegacia do Leblon na noite de 21 para 22 de novembro de 2017, incluindo as três tentativas de execução (carro de aplicativo cercado, sujeito que dispararia contra mim no Jiba e queima no "micro-ondas") disfarçadas de quase sequestro na noite e madrugada de 4 e 5 de janeiro de 2020, respectivamente, assim como a exploração sexual/ ridicularização com câmeras escondidas, até o desaparecimento de três dias ("prisão em flagrante") em 9 de dezembro de 2020 e a conseguinte campanha midiática de destruição de reputação e credibilidade fizessem parte de algo muito mais amplo e orquestrado, comandado diretamente por alguém tão poderoso quanto perigoso, a quem eu causava imenso incômodo — esse alguém se encontraria neste texto, em algum lugar. Para tentar resistir ao menos na raiz, relembrava aquilo em que meus ancestrais se pautavam e o que viveram, e enxergava que suas histórias tampouco eram condizentes com a ideologia fascista ("*to remember*", em inglês: se re*membrar*).

> Aos primeiros acentos, que escutara,
> Guaçu (que este é seu nome) a frente empena;
> Atenta ao que ouve a orelha, e fixa a cara,
> Senão que co'a cabeça a tudo acena:
> Dos olhos mal se serve, que cegara,
> Bem que a vista pareça ter serena;
> As mãos de quando em quando estende, e toca,
> E pende atento da Sagrada boca.*

Folha de S.Paulo, 17 de junho de 2002 — por Paloma Varón[53]

Livro narra biografia da mulher de Caramuru, índia que passou por locais como Rio Vermelho e Itaparica — Salvador é cenário de romance sobre Catarina Paraguaçu

---

* Santa Rita Durão, Frei. *Caramuru*. Poema épico do descobrimento da Bahia. Lisboa: Imprensa Régia, 1781.

A índia tupinambá Catarina Paraguaçu tem o seu nome definitivamente ligado à história da formação do Brasil, que começa na Bahia. A importância da índia nas plagas baianas pode ser medida pelas referências à sua figura em Salvador. Catarina é a mãe de alguns dos primeiros mestiços entre brancos e índios do Brasil. É disso que trata o livro "Catarina Paraguaçu — A mãe do Brasil", do escritor e jornalista Tasso Franco. O livro conta, de forma romanceada, o encontro da índia com o náufrago português Diogo Álvares Correia, o Caramuru, e como, juntos, eles iniciaram a construção da cidade de Salvador. A história narrada por Franco começa em 1509, com o naufrágio do português na localidade de Maiririquiig (atual largo da Mariquita, no bairro do Rio Vermelho), próximo à baía de Todos os Santos (descoberta em 1501 por Américo Vespúcio). Correia foi acolhido pela tribo tupinambá, que habitava o local, e chamado de Caramuru, nome que designa uma espécie de moréia. Caramuru — que teve a sua história contada na série de TV e no filme "Caramuru — A invenção do Brasil", ambos de Guel Arraes — viveu com os índios tupinambás e teve filhos com muitas nativas, incluindo Moema, celebrizada no "Poema Épico do Descobrimento da Bahia" (1781), de Santa Rita Durão. No poema, o desespero de Moema, que, abandonada por Caramuru, tenta seguir a nado o navio que o leva à França (para se casar com Catarina Paraguaçu), é um dos pontos mais dramáticos. Após alguns anos na Bahia, integrado aos costumes indígenas e comercializando pau-brasil com navegadores franceses, Caramuru ajudou uma tribo da ilha de Itaparica a vencer uma batalha na ilha do Medo (ambas as ilhas ficam na baía de Todos os Santos, perto da capital baiana) e ganhou, como gratificação, o direito de se casar com a filha do cacique. Nascida em Itaparica, Catarina foi levada à aldeia onde Caramuru morava, que ficava no atual bairro da Barra. Lá passou a morar com ele e, juntos, tiveram muitos filhos. O português, que já tinha filhos de Moema e outras índias, levou Catarina para a França para que ela fosse batizada no catolicismo e eles pudessem se casar. Em 1528, Catarina Paraguaçu teria sido a primeira brasileira a ser batizada pela Igreja Católica (há uma cópia da sua certidão de batismo na Arquidiocese de Salvador). A índia foi batizada em Saint-Malo, na França, com o nome de Catherine du Brésil (Catarina do Brasil) e se casou com o português na mesma igreja. Ao voltar ao Brasil, a índia passou a vivenciar a fé católica e teria tido uma visão na qual a Virgem Maria lhe pedia a construção de uma capela em seu louvor. Catarina então construiu a igreja da Graça no bairro de mesmo nome, onde foi sepultada após a sua morte, em 1587. A visão é retratada num óleo de Manoel Lopes Rodrigues e faz parte do Arquivo Público do Estado da Bahia. Com a implantação das capitanias hereditárias em 1534, o donatário Francisco Pereira Coutinho passou a ameaçar a convivência dos índios e os negócios de Caramuru, cuja influência sobre os índios diminuiu. Em 1549, Tomé de Sousa — designado governador-geral do Brasil pelo rei de Portugal — chegou ao porto da Barra para fundar Salvador.

Embora meus também ancestrais Cacique Tibiriçá e Potira, assim como Paraguaçu, tivessem se aliado por sangue aos portugueses através de suas filhas — entre elas, Beatriz e Bartira —, o irmão e o sobrinho de Tibiriçá — Cacique Piqueroby e Jaguaranho, respectivamente — eram contra a cristianização e a presença dos jesuítas e bandeirantes na região da atual cidade de São Paulo. Essa família pertencia ao grupo chamado "tupiniquim", e embora muitos falassem a língua tupi, estudiosos como Robson Miguel — tradutor linguístico tupi-guarani do Instituto Histórico e Geográfico de São Paulo — afirmam que faziam parte do tronco Macro-Jê (o mesmo dos Ofaié), pois "tupiniquim" significa "vizinho dos Tupi"[*] e na verdade seriam membros da tribo Guaianá [estudos genéticos poderiam sanar a dúvida]. Isso explicaria a motivação política da aliança entre o cacique Tibiriçá, alguns de seus irmãos e seus descendentes com os portugueses para derrotar os tupis, e também a oposição de outros a esse acordo, como era o caso do cacique Piqueroby e de seu filho Jaguaranho — que preferiam se livrar da Companhia de Jesus. O cacique Tibiriçá era pajé e líder de uma parte das nações indígenas estabelecidas nos campos de Piratininga, especificamente do aldeamento de Inhapuambuçu em sua região central — que após a chegada dos jesuítas foi chamada de São Paulo de Piratininga, onde se estabeleceu o Colégio dos Jesuítas e ao redor do qual se ergueram as primeiras cabanas dos índios recém-convertidos; o exato local da residência de Tibiriçá foi onde, em 1600, levantou-se uma modesta igreja e posteriormente foi construído o atual Mosteiro de São Bento. O cacique Piqueroby, por sua vez, apesar de ter uma filha casada com o português António Rodrigues — "o língua de terra" — "era morubixaba (chefe guerreiro) da tribo Guaianá dos Hururahy, e suas terras iam da antiga Vila Nossa Senhora da Penha de França até a região que foi nomeada pelos jesuítas de São Miguel dos Ururaí (atual São Miguel Paulista), na zona leste de São Paulo, atravessando o antigo Cangaíva (Cangaíba) e Jaguaporeruba (Ermelino Matarazzo)".[**] Ao lado de seu filho Jaguaranho, o cacique Piqueroby foi um dos líderes da invasão chamada de Cerco de Piratininga,[54] ocasião em que índios das tribos guarulhos, guaianás e carijós se uniram em coligação e "atacaram os jesuítas instalados na Vila de São Paulo de Piratininga, em 9 julho de 1562. A Vila foi defendida pelo Cacique Tibiriçá e João Ramalho. Dias antes dos ataques, Jaguaranho se encontrou com Tibiriçá, tentando fazer com que seu

---

[*] MIGUEL, Robson. *Índios*. Uma história contada pelos verdadeiros donos do Brasil. São Paulo: Galeria das Letras, 2015.

[**] BONTEMPI, Sylvio. *O Bairro de São Miguel Paulista*. São Paulo: Secretaria da Educação e Cultura, 1970.

tio desistisse de defender a Vila de São Paulo e os padres, mas não foi atendido" —* "morreu em 9 de julho de 1562 após ser flechado na barriga enquanto forçava a entrada na igreja construída pelos jesuítas. Seu objetivo era roubar as mulheres (índias e mamelucas) que se refugiavam no local em vigília pela vitória daqueles liderados por Tibiriçá".[55] Piqueroby também foi morto pelo irmão e/ou companheiros dele nessa mesma data. O próprio cacique Tibiriçá morreria logo depois, "em 25 de dezembro de 1562, como atesta José de Anchieta em sua carta enviada ao padre Diogo Laínes",** devido à aglomeração de pessoas, à falta de comida, e "à peste desintérica que assolou a aldeia. Seus restos mortais encontram-se na cripta da Catedral da Sé".[56] Sua vitória de 9 de julho, contudo, "representou a continuidade da existência da Vila de São Paulo, o que se mostraria fundamental para a expansão colonial ocorrida nos séculos seguintes":[57] três dias após a morte de Tibiriçá, seu genro, Lopo Dias Machado, foi eleito Almotacel da Câmara da Vila; em 21 de fevereiro de 1564, Lopo prestou juramento como vereador; e muitas outras vezes Lopo Dias serviu à Governança de São Paulo.

O ato inacreditável do rei Dom Manuel, em 24 de Dezembro de 1495, eliminando do reino uma fração importante de seu capital material, intelectual e demográfico, levou a gente de Israel, os renomeados sefardin, a espalhar-se pela Europa. Mas, eles concentraram-se, de preferência, nos Países Baixos, fazendo com que aumentasse o ativo material, intelectual e demográfico dessa região. Isso tomaria imenso impulso na segunda metade do quinhentismo, justamente quando deveria estar produzindo conseqüências o impensado ato de Dom Manuel, que, nesse ponto, foi menos afortunado [1].

Assim sendo, deveriam existir nos Países Baixos os vestígios dessa gente luso-israelita, que a cegueira fanatizada de Dona Isabel de Castela induziu Dom Manuel a eliminar do seu reino. Em 1591, chega ao Brasil, mais exatamente a Salvador, Bahia, o flamengo, natural de Bruges, Flandres, Cornelius Harzing (nome aportuguesado para Cornélio de Arzão), trazido, junto com inúmeros outros técnicos, mestres de obras, construtores, engenheiros, arquitetos e pedreiros especializados, por D. Francisco de Sousa, o sétimo governador geral do Brasil. Tais profissionais haviam sido contratados para a construção de edifícios públicos e particulares em Salvador, técnicos cujos gabaritos eram somente encontrados na Inglaterra, França, Holanda e Flandres. Naturalmente, grande parte deles era de origem judaica, incluindo Cornélio de Arzão, mas tudo indica que haviam se convertido ao cristianismo.

---

* PREZIA, Benedito A. Genofre. Os Tupis de Piratininga: Acolhida, resistência e colaboração. 407 f. Tese (Doutorado) — Programa de Estudos Pós-Graduados em Ciências Sociais, Pontifícia Universidade Católica, São Paulo, 2008.

** ANCHIETA, José de. *Minhas Cartas (1554-1594).* São Paulo: Melhoramentos, 2004. p. 96.

O governador D. Francisco de Sousa era membro distinguido da côrte em Lisboa, tendo participado de batalhas no ultramar. Acompanhou o rei D. Sebastião em sua infausta jornada africana e foi um dos raros sobreviventes da elite portuguesa desaparecida na batalha de Alcácer-Quibir. Foi Governador--Geral do Brasil entre 1591 e 1602, em Salvador. Posteriormente, foi nomeado capitão-geral e superintendente das capitanias do Sul, entre 1608 e 1611.

Em 1609, D. Francisco de Sousa, já estabelecido em São Paulo de Piratininga, levou consigo grande parte dos técnicos vindos da Europa para a Bahia, entre eles Cornélio de Arzão, para a construção de engenhos e edifícios de São Paulo. Pedro Taques não cita Arzão entre os técnicos (ou companheiros) [2], mas tal fato é descrito diversas vezes por Francisco de Assis Carvalho Franco em "Os Companheiros de D. Francisco de Sousa" [3]. Silva Leme também confirma esta informação [4]. Segundo Taunay, um desses companheiros, citado como "mineiro", é Cornélio de Arzão [5]. Cornélio foi muito bem sucedido em sua missão, com salário elevado para os colonos da época, duzentos cruzados por ano. Casou-se com uma das moças de uma das mais respeitadas famílias de São Paulo, a filha do sevilhano Martim Rodrigues Tenório de Aguilar, D. Elvira Rodrigues. Foi o primeiro a introduzir em São Paulo, em 1613, a lavoura de trigo, construindo para sua indústria um moinho no Anhangabaú:

Em São Paulo, também um flamengo — Cornélio de Arzão — aparece entre os primeiros donos de moinhos. O seu, porém, era de água, provavelmente de roda d'água e, segundo a carta de data que lhe foi concedida em 1616, situou-se primeiramente nas beiradas do Anhangabaú entre a subida para Santo Antônio e o sítio que fica abaixo de São Bento. Doze anos mais tarde estava em Santo Amaro, às margens do Rio Pinheiros e perto do Engenho de Ferro. Do inventário de sua fazenda, mandado fazer em 1638 pela Inquisição, consta que esse "moinho de moer trigo moente e corrente se avaliou então em dez mil réis". Posto em pregão, alguns dias depois arrematou-o Diogo Martins da Costa "que nele lançou quatorze mil-réis que logo pagou em dinheiro de contado" [6].

O processo que sofreu, a partir de 1617/18, acusado que foi pela Inquisição de crimes (não pudemos constatar quais foram no relato de qualquer historiador e em nenhuma publicação encontramos qualquer referência a supostos delitos, o que leva a crer que "suas culpas eram despidas de gravidade, consistindo provavelmente em palavras levianas, de ortodoxia duvidosa"), levou-o à prisão, ocorrida em 1620.[x]

Anno do Nascimento de Jesus Cristo de mil seissentos e dezoito annos ao primeiro dia do mez de abril do dito anno no termo da villa de São Paulo capitania de São Vicente partes do Brazil no termo desta vila donde chamam Piratiabae roça e fazenda de Cornélio de Arzão [Cornelius Harzing] onde veio o Juiz ordinário da villa Francisco de Paiva trazendo comsigo a Miguel Ribeiro meirinho da Santa Inquisição por ordem e mandado do Senhor Inquisidor Luiz Pires da Veiga trazendo mais comsigo a mim Tabelião ao diante nomeado, e ao tabelião Simão Borges de Cerqueira, e sendo aqui nesta fazenda a meia-noite pouco mais ou menos chegando as portas da dita casa do dito Cornélio de Arzão logo o dito meirinho Miguel Ribeiro bateu a porta da dita casa dizendo que da parte da Santa Inquisição lhe abrissem a porta a qual foi aberta pela mulher do dito Cornélio de Arzão Elvira Rodrigues e juntamente com um irmão seu por nome Pedro Rodrigues Tenório e sendo aberta a porta da dita casa logo pelo dito meirinho Miguel Ribeiro e o dito Francisco de Paiva lhe foi mandado por parte da Santa Inquisição entregasse as chaves da dita casa e de todas as caixas que tivesse e declarasse toda a fazenda que nella havia a qual disse e declarou que na dita casa em que estava e nós todos entramos não havia mais que uma frasqueira em que estavam sete frascos juntamente duas tamboladeiras de prata e três digo uma maior e outra mais pequena e três colheres de prata, e que na dita casa não havia mais gente que gente de serviço, negros da terra e que em outra casa que junta estava estavam duas caixas em que tinha algumas coisas e que fossem ver, e logo se foi ver deixando na dita casa que primeiro vimos guardas e bom recado como o caso requeria e do que dentro estava se fez inventário seguinte perante o dito juiz e meirinho e a dita Elvira Rodrigues por não saber e assignou por ella Belchior de Borba[*] forasteiro que ahi se achou eu Fernão Rodrigues Cordova tabelião escrevi.

[Seguem as avaliações da frasqueira, tachos, todo o tipo de ferramentas, pratos de estanho, gado, porcos, um pano cozido com 9920 em dinheiro, relicário, roupas, tecidos, 27 grãos de ouro e quatro pérolas, louça, trinta e duas patacas, um esgaravatador sobredourado, um relicário e um óculo de Flandres de olhar ao longe, que se não avaliou por não se saber o que vale, facas e facões, uma negra da Guiné e seu filho, armas, plantações de algodão, mandioca, aves, gentio da terra.]

E logo no ditto mês e anno acima e atraz declarado sendo feito esse inventário foi dado juramento na Cruz da vara em nome dos Santos Evangelhos a mulher do preso Cornélio de Arzão a requerimento do meirinho do Santo Oficio. Aos dois dias do mez de Abril o dito Juiz Francisco de Paiva e o meirinho do Santo Oficio Miguel Ribeiro trazendo a mim tabelião nos partimos do sitio de Cornélio de Arzão atraz declarado e dahi fomos a uma casa que está na roça do dito Cornélio de Arzão para sabermos o que nella havia e achamos o abaixo declarado.

[Milho, moinho, casas, ferramentas, pouco mobiliário. Seguem avaliações das casas e de seus pertences na vila e o rol dos conhecimentos, i.e., devedores.]

Escripturas Carta de data de sesmaria de meia légua nos matos do Bihi; casas defronte à casa do Vigário; umas terras em Bohi; sessenta e seis braças de terras em Birapoera; chãos na banda de Santo Antônio; cinco braças de chãos em Santos; terras em Bohi compradas a Matias de Oliveira; uma légua no Covatão merim correndo para Piaçagoera; um conhecimento pelo qual Miguel Gonçalves Correia que era ido ao Peru, devia 16$000 ao dito preso; penhoras feitas aos oficiais da Câmara do ano de 1610, referentes ao que a Câmara devia ao preso Cornélio de Arzão pelo feitio da Matriz.

---

[*] Belchior de Borba Gato era, na verdade, genro de Elvira Rodrigues e esposo de Ana Rodrigues de Arzão.

Pagaram: Mathias de Oliveira Bento de Oliveira por seu irmão Gaspar de Oliveira por conta do inventário de Francisco da Gama; Catarina Dias por seu marido defunto Garcia Rodrigues; Manuel da Costa e Miguel Ribeiro como herdeiros de Belchior da Costa; Bernardo de Quadros, por ter sido oficial da Câmara em 1610.

[Segue o leilão de todos os bens em praça pública, exceto o ouro, prata, pérolas e moeda que foram direto para o bolso do meirinho. O meirinho também recebeu o dinheiro dos credores.]*

Cornelius Harzing foi levado para Portugal e permaneceu encarcerado em Setúbal, ao sul de Lisboa, por 6 anos. Quando foi libertado, ao se verificar a inconsistência das provas contra ele, foi autorizado a embarcar de volta ao Brasil, tendo saído direto da prisão para o navio. Não lhe foi permitido manter contatos com o povo da metrópole. Ao voltar, refez sua vida, retomou seus negócios regulares, honestos por sinal, recuperou sua honra, dignidade e o respeito que a população de São Paulo lhe devotava. Seu patrimônio, apenas em parte, foi reconstruído. Seus bens haviam sido seqüestrados pela Inquisição e levados à hasta pública pelo meirinho. Tal fato levou-o a uma pobreza tal que, possivelmente em 1627/28, solicitou uma sesmaria para sua sobrevivência. Isso revelou sua extraordinária capacidade de recuperação e empreendedorismo. Poucos de seus bens lhe haviam sido restituídos e teve de recomeçar praticamente do zero após a expropriação. Obteve sua sesmaria na região da atual Cubatão, onde trabalhou intensamente por alguns anos. Provavelmente em decorrência de seu trabalho ingente, profícuo, tenaz e também pelo estresse acumulado em anos de perseguição injusta, faleceu em 1638, deixando algum patrimônio aos seus herdeiros.[58]

Meu tio-pentavô, padre Manuel Rodrigues da Costa, participou da Inconfidência Mineira ao lado de Tiradentes e, depois do degredo de dez anos em Lisboa, recebeu em sua fazenda do Registro Velho, em Barbacena, a visita de Auguste de Saint-Hilaire. Também tomou ativamente parte nas ações que culminariam no Dia do Fico e na Independência do Brasil, recebendo então a visita de Dom Pedro I — quando foi condecorado com as Ordens de Cristo e do Cruzeiro e nomeado cônego da Capela Imperial. Devido a seu pensamento independente, "paradoxalmente, em 1833, o padre Manuel Rodrigues da Costa articulou na mesma fazenda o movimento que culminaria no 10 de junho da Revolução Liberal de 1842, as reações liberais ao primeiro Ministério Conservador de Dom Pedro II".

Meu avô Joaquim, em seu leito de morte, sabia muito pouco de seu pai, que tinha perdido aos oito anos de idade. Ali, aos meus dezesseis anos, jurei a mim mesmo que iria recuperar nossa história. Demorei dez anos para fazer

---

* Projeto Compartilhar. Bartyra Sette e Regina Moraes Junqueira. Disponível em: <http://www.projetocompartilhar.org/saespp/corneliodearzao1638.htm>. Acesso em: 13 de maio de 2021.

qualquer progresso e, três meses depois do primeiro exame de DNA realizado em 2009, encontrei os primeiros documentos de minha família não destruídos pelo varguismo, em Salvador: tratava-se do inventário de um primo de meu bisavô, o advogado João Gomes da Silva Torres, que havia falecido jovem sem deixar herdeiros, e nele se pronunciavam não somente meu bisavô Joaquim e seu irmão Antônio, como todas as suas tias desde Portugal (Helena, Emília, Angelina, Clementina, Thereza e Maria Josepha) — era uma mensagem do Universo apontando que eu estava no caminho certo. Depois da Queda de Alagoinhas, em 24 de outubro de 1930, último bastião legalista, o presiden-te constitucionalmente eleito, porém não empossado, Júlio Prestes, exilado também em Portugal, afirmou: "O que [os estrangeiros] não compreendem é que uma nação, como o Brasil, após mais de um século de vida constitucio-nal e liberalismo, retrogradasse para uma ditadura sem freios e sem limites como essa que nos degrada e enxovalha perante o mundo civilizado!". Era a primeira visão do inferno que se revelava para o Brasil. Foi uma experiência relativamente superficial com o fascismo, graças inicialmente aos legalistas e constitucionalistas e, depois, aos estadunidenses: sim, foram nossos pri-mos americanos do norte que exigiram que Vargas se posicionasse com os Aliados contra o Eixo nazifascista! De toda forma caçado pelo regime, meu bisavô Joaquim Gomes da Silva Torres sofreu tanto quanto eu sofri ou mais — pois ele morreu de pneumonia associada a depressão e eu sigo vivo, então *remembrando* e neste momento escrevendo. Após as descobertas de 2009, conversei com dona Canô por telefone e ela demonstrou memória viva de meu bisavô, filho de Santo Amaro como ela: seu pai era um escultor portu-guês e sua mãe, uma parenta dela — Marcolina. Canô tinha dezesseis anos quando meu bisavô Joaquim se mudou de Santo Amaro para Alagoinhas em 1923, e 23 anos quando do Golpe de 1930. Senti-me confortado ao ouvir as recordações dela — ouvi-las teria feito igualmente feliz meu avô porque rea-vivavam seu pai: D. Canô se lembrava de como ele era, de quem havia sido padrinho, da casa onde tinha vivido… Agradeci. Vargas não logrou apagá-lo da história. Aprendi que meu trisavô, Joaquim Gomes Torres, havia transfe-rido as raízes da família do distrito de Braga, Portugal, para Santo Amaro da Purificação, Bahia, com seus dois irmãos (Manoel e Bernardino), em 1856, para instalar a escultura do cruzeiro no Largo da Cruz em homenagem às vítimas da epidemia de cólera.

Gostaria de ter detalhes biográficos de minhas ancestrais como Mulata Ja-cinta, mãe dos filhos de meu trisavô Faustino Mendes da Silva, com quem não se uniu em matrimônio por supostamente ter sido prostituta — em vez disso, ele se casou com outra senhora, "distinta" na sociedade. Em seu turno, também a ancestralidade de Faustino pode apresentar circunstâncias de "filhos naturais" semelhantes à que viveu com Jacinta — se ele descende, como levam a crer os indícios, de Nicolau Mendes da Silva, que foi provedor da Alfândega da Bahia em 1687. Tampouco possuo bastantes dados acerca de Maria Efigênia de Oliveira, minha *ancestral materna direta mais distante conhecida* e representante dos povos originais de Macaúbas. É raro obter informações aprofundadas sobre ancestrais do sexo feminino em geral, porque dificilmente exerciam profissões ou conduziam negócios — atividades pelas quais chego a diversos esclarecimentos adicionais a respeito dos ascendentes de sexo masculino.

Minha bisavó Zulmira Maria de Jesus representou as causas do feminismo na primeira década do século XX, em Três Lagoas. Nessa mesma época, meu bisavô Ale Ahmad — um muçulmano — emigrou da Síria aos 22 anos, a fugir do imperialismo otomano e da Primeira Guerra Mundial; também no leste sulmatogrossense, casou-se com uma católica, descendente de bandeirantes, neta de uma afro-brasileira escravizada e filha de judeu, chamada Otília, como comprovaram os exames de DNA.

Deixo aqui de citar por nome, por desconhecê-los, meus ancestrais que teriam potencialmente sido gays, lésbicas, bissexuais ou transgêneros. Escrevo "potencialmente" porque provavelmente não puderam aceitar suas orientações sexuais ou suas identidades de gênero nem tiveram a oportunidade de serem aceitos por elas, e muito menos de adotar modos de vida LGBT+. Embora estudos do Datafolha e do Ibope realizados, respectivamente, em 1998 e 2013 indicassem que por volta de 14% da população brasileira tivesse atração por indivíduos do mesmo sexo, não tendo pesquisado acerca dos transgêneros, sabemos que é altamente provável que ao longo dos séculos muitos cidadãos de orientações outras que a heterossexual e com diferentes identidades de gênero tenham sido coagidos pela sociedade a se casar com alguém do sexo oposto e a produzir filhos, pois apenas as famílias abastadas eram capazes de enviar membros para a educação religiosa. [No Brasil, há uma interpretação errônea generalizada de que quando se é LGBT+ se vai/ia para o seminário ou para o convento. Talvez isso fosse uma opção para os gays mais contemporâneos, porém me parece ter sido uma escolha financeiramente inviável em termos históricos, pelos elevados custos desse tipo de educação até recentemente — como demonstra a própria história de São João Bosco. Outro ponto é que não se pode continuar a confundir nessas pesquisas, em pleno século XXI, identidade de gênero com orientação sexual — são duas questões absolutamente distintas.] De qualquer maneira, pressuponho que, refletindo as estatísticas incompletas disponíveis, por volta de 14% de meus ancestrais tenham se encaixado no grupo que hoje chamamos de LGBT+ e em que eu me encaixo também. Foram tão oprimidos que não puderam deixar vestígio sobre quem realmente eram. Se o Brasil é o país onde se cometem mais crimes violentos contra pessoas LGBT+ no mundo, Mato Grosso do Sul é o terceiro estado com maior índice dessas mortes por milhão de habitantes na federação, atrás apenas de Alagoas e Mato Grosso.[59] Não é aleatório, pois Alagoas é o estado nordestino que mais votos dedicou ao candidato fascista no primeiro turno das eleições de 2018, 34,4%, ao passo que Mato Grosso dedicou 60% dos votos a Bolsonaro e Mato Grosso do Sul, 55,1%.

Ocorre que meu histórico familiar tampouco era exceção em Mato Grosso do Sul quando das eleições de 2018, em que o fascismo foi *escolhido* pelo povo (em contraponto ao Golpe de 1930). [Se foi uma escolha racional, espontânea e livre, arrazoarei sobre isso adiante.] De fato, boa parte da população do estado descendia do núcleo original dos Garcia Leal em Paranaíba, assim como eu. Muitos sulmatogrossenses provinham igualmente do cacique Tibiriçá, de Cornelius Harzing e eram sobrinhos do cacique Piqueroby, do padre Manuel Rodrigues da Costa e primos de Zulmira Maria de Jesus e de Jaguaranho. Havia na unidade da federação, naquele período histórico da ascensão fascista, além disso, inúmeras famílias com antepassados migrantes baianos, mineiros e paulistas — muitos de sangue africano e indígena, como os meus: Joaquim, através de Marcolina e Paraguaçu... Jacinta, Jovino, Francisco, Ana, Otília, Alice, Maria Efigênia. MS também tinha grande concentração de descendentes de imigrantes sírios, libaneses e japoneses, como meu bisavô Ale. Por fim, o estado possuía a segunda maior população indígena do Brasil. Escrevo no passado porque a demografia de 2018 aparenta rápida modificação com a industrialização e a chegada de migrantes (cariocas, gaúchos) e imigrantes (haitianos, venezuelanos) que não faziam parte estatisticamente significativa da composição; o que importa é que o que exemplifiquei sobre minha família se aplicaria a toda uma população de uma unidade federativa do Centro-Oeste brasileiro quando da cimentação do fascismo. A genealogia, apoiada pela genética e pela história oral, corrobora que existiu imensa alienação por parte dos cidadãos durante essa consolidação da extremadireita, a provar discrepância até biológica entre os eleitores e a ideologia que alçaram ao poder: se o fascismo imperasse no Brasil quando do estabelecimento de seus ancestrais, eles não teriam sobrevivido — teriam sido abortados pelo racismo, pelo machismo, pela LGBTfobia, pela intolerância religiosa, pela *regionofobia* e pela xenofobia. Não foi por um acaso que Getúlio Vargas cessou com a imigração que sempre havia existido no Brasil. A história, quando for esmiuçada de forma mais compreensiva e profunda na academia e na literatura, poderá se valer da genealogia genética como sua auxiliar, e isso fará o contexto de 2018 ainda mais explícito.

Com relação à questão de identidade sexual e de gênero, trago novamente o trecho de Oscar Cirino — baseado em Foucault — para uma [re]flexão:

> Trata-se de uma forma individualizante de poder, que classifica os indivíduos em categorias e os fixa à sua própria identidade. Essa é uma forma de poder que "transforma os indivíduos em sujeitos. Entendendo que há dois sentidos para a palavra 'sujeito': sujeito submetido ao outro pelo controle e dependência e sujeito fixado à sua própria identidade pela consciência ou conhecimento de si. Nos dois casos, a palavra sugere uma forma de poder que subjuga e sujeita" [5]. [...] No início dos anos 80, Foucault, apesar de considerar a importância das lutas dos homossexuais para reconhecer sua identidade, apontava para o risco de tais movimentos ficarem confinados a uma noção definida pela "perspectiva médico-jurídica". Por isso, julgava importante ir além, ao propôr "novos modos de vida" [...].*

Devido a seu intrínseco fragmentarismo, o movimento identitário era pós-modernista antes de sua descoberta e de tentativas de retroaplicação filosófica e apossamento por parte de reconhecidos pensadores do pós-modernismo dos anos 1980 em diante.** [60] O trecho acima de Foucault de *Le Sujet et le Pouvoir* data de 1982 — portanto, ele já havia sido exposto à ideia cunhada originalmente pelo Combahee River Collective, uma organização de mulheres pretas, feministas, lésbicas e socialistas de Boston, em 1977*** — e, como o filósofo, reconheço que apesar de seus riscos o identitarismo permanece necessário para as causas LGBT+, feministas, pretas, dos povos originários, entre outras: este é o terceiro fruto do pós-modernismo que acredito que possa ser salvo (ao lado da descontinuidade histórica do próprio Foucault e da relativização antievolucionista de Lévi-Strauss).

---

* CIRINO, 2007.

** DUIGNAN, Brian. Pós-modernismo e relativismo. *Encyclopedia Britannica.*

*** SMITH, Barbara, ed. *Home Girls:* A black feminist anthology. Nova York: Kitchen Table: Women of Color Press, 1983. pp. 31-32.

A dificuldade maior com relação ao movimento identitário é sua proximidade com o multiculturalismo e a constituição "da dicotomia semelhanças/diferenças" em detrimento da "dialética igualdade/desigualdade", como mencionou Nunes de Macedo —[*] e essa, de fato, é a base de muitas das críticas que o identitarismo recebe por pensadores de esquerda. O jornalista Chris Hedges pontua *os perigos de a política identitária mascarar o capitalismo corporativo*, pois "nunca irá parar a crescente desigualdade social, o militarismo descontrolado, a evisceração das liberdades civis e a omnipotência dos órgãos de segurança e vigilância". O sociólogo Charles Derber e o teórico marxista David North chegam a afirmar que esses movimentos identitários fragmentados e isolados que permeiam a esquerda permitiram a ressurgência da extremadireita — o que é inexato devido a toda a genealogia do fascismo que pode ser traçada desde Nietzsche muito anteriormente a 1977. Mais apropriado seria dizer: *o pós-modernismo é a água podre, em que as larvas do fascismo rompem de ovos igualmente pútridos e se reproduzem*; ocorre que esse mesmo pós-modernismo deu à luz o movimento identitário[**] e que o identitarismo é *também* utilizado pela extremadireita. Por sua vez, o filósofo Cornel West alerta que o discurso acerca do sexo e da identidade de gênero, fenótipo e orientação sexual é crucial e indispensável.

---

[*] NUNES DE MACEDO, 2020.

[**] *"Don't throw the baby out with the bathwater"*, ou o tumor benigno com a metástase.

L

Em uma entrevista a Luciano Trigo [jornalista que defende que *moderação de conteúdo, combate a fake news* e *repressão ao discurso do ódio* se trata de censura e perseguição[61]], na ocasião do lançamento de seu livro *Sobre o Relativismo Pós-Moderno e a Fantasia Fascista da Esquerda Identitária*, em novembro de 2019, o antropólogo baiano Antonio Risério apresentou ao G1 inúmeras críticas que carecem de reflexão — as perguntas, como colocadas pelo jornalista, também demandam atenção:

"[…] Os identitários não têm uma percepção global da sociedade. Só sabem ver baias, guetos, nichos, escaninhos. Perderam a percepção da totalidade. Pensam e operam de forma fragmentária, canonizando seus próprios guetos. Suas reivindicações não levam em conta a população brasileira, mas apenas os desejos e interesses deles mesmos. Por exemplo: os neonegros se conduzem como se o problema do desemprego não fosse social, mas étnico; as neofeministas, por sua vez, se conduzem como se todo problema trabalhista fosse sexual. Não estão nem aí para o fato de o desemprego ser um problema geral da população brasileira".

A destruição de reputações com base em acusações levianas vêm se tornando um fenômeno frequente e assustador, em um verdadeiro tribunal inquisitorial. Não é paradoxal que essa prática venha ancorada em um discurso de defesa da tolerância? Risério: [...] "Tudo é legítimo para impor o 'bem' e destruir o 'mal'. É uma postura imediatamente comparável à dos evangélicos combatendo o candomblé. E é por isso mesmo que os identitários não demonstram a mínima hesitação em falsificar a História, em desprezar a realidade factual, em investir violenta e mentirosamente sobre quem não concorda com eles. Podemos listar facilmente exemplos de cada uma dessas coisas. Veja-se como os racialistas neonegros fecham os olhos para o fato de os negros de Palmares e os negros malês terem sido escravistas. Fecham os olhos para o fato de que, no sistema escravista brasileiro, até escravos compravam escravos. Do mesmo modo, as neofeministas se concentram exclusivamente no ataque a um Ocidente que não mais existe: um Ocidente 'patriarcal'. E não dizem nada sobre o resto do mundo: fecham os olhos para a barra pesada que as mulheres sofrem sob a opressão islâmica; fecham os olhos para a prática da extração do clitóris em culturas tradicionais africanas; fecham os olhos para a cruel dominação masculina sobre as mulheres que vemos no mundo indiano e mesmo ainda no mundo chinês".

Por medo, covardia ou complacência, são raríssimos os intelectuais que ousam criticar perseguições promovidas na universidade e fora dela. Como romper essa espiral de silêncio? Risério: "O silêncio e a covardia dos políticos são atestados de cinismo, evidentemente, mas também é até mais compreensível do que o silêncio e a covardia dos intelectuais, já que o cinismo é uma das peças principais da 'caixa de mágica' deles. Os intelectuais, ao contrário e ao menos em princípio, deveriam se manifestar com clareza contra o fascismo identitário e suas ações persecutórias. Em 1932, na Alemanha, Adolf Hitler lançou sua candidatura a chanceler. Em oposição a ele, a chamada 'coalizão de Weimar', reunindo sociais-democratas, católicos e liberais, apoiou a tentativa de reeleição do marechal Hindenburg. E os comunistas lançaram candidato próprio. A parada ficou para ser decidida então no segundo turno, entre Hitler e Hindenburg. Neste segundo turno, os comunistas votaram maciçamente em Hitler. Adiante, como sempre me lembra um amigo, o Pacto Molotov-Ribentrop consagrou o parentesco entre os dois totalitarismos... No meu livro, digo que *os stalinistas que levaram Mayakovsky ao suicídio são monstruosamente idênticos aos nazistas que levaram Walter Benjamin ao suicídio*. E ponto final. Agora, como romper a 'espiral do silêncio'? Entrando em campo com clareza e firmeza, sem abrir mão dos fatos, sem temor, botando os pingos nos is".

Os movimentos em defesa das minorias começaram para defender a diferença, a "outridade". Como foi possível que esses movimentos se tenham tornado, segundo você afirma, tão intolerantes com a divergência? Risério: "O melhor é recontar a história porque aí a deformação identitária vira fratura exposta. Esses movimentos — gays, mulheres, pretos etc. — surgiram ou ressurgiram ao longo da década de 1970, no horizonte de nossa luta geral pela reconquista da democracia no Brasil. Todas essas movimentações — na época, 'de minorias'; hoje, identitárias — se projetaram então, ganharam visibilidade política e social, no contexto da luta em defesa do outro. Da luta pelo reconhecimento do outro, pelo respeito ao outro. Foi o momento maior, pelo menos em nossa história recente, de defesa e afirmação da outridade. Agora, aí vem a contradição: vitoriosos em nome do reconhecimento do outro, a primeira coisa que esses identitários fizeram, ao se afirmarem na cena brasileira, foi justamente negar e combater o outro. [...] O que começou como uma luta pelo reconhecimento do outro termina agora como uma luta que rejeita o outro, a diferença, a outridade. É uma negação muito estranha, mas que deve ser entendida também como a luta por um monopólio da fala que se traduz, objetivamente, em reserva de mercado: só negros podem falar de assuntos negros; só mulheres podem abordar questões femininas. É a guetificação e a celebração da guetificação, inclusive porque isso assegura verbas, fontes de financiamento, controle político-ideológico etc.".

De forma sintética, quais são as suas críticas ao que você chama de "racialismo neonegro"? Risério: "O problema principal do nosso racialismo neonegro é pretender substituir a experiência histórica e social de um povo pela experiência histórica e social de outro povo. E assim substituem a formação histórico-social brasileira pela norte-americana, numa típica conduta de colonizados. Nossos processos configuradores são totalmente distintos. Além disso, em matéria de relações interraciais, os Estados Unidos não são exemplo nenhum para o mundo. Muito pelo contrário, são uma anomalia planetária: o único país do mundo a não reconhecer oficialmente a existência de mestiços de branco e preto. Outra coisa é que nossos racialistas fecham os olhos para a realidade do assassinato espiritual do negro africano nos Estados Unidos, sob a poderosíssima pressão do poder puritano branco. Tanto que lá inexistiam orixás, terreiros, babalaôs etc, até que eles começaram a chegar pelas migrações antilhanas, pela perseguição à 'santería' cubana, promovida por Fidel Castro. No Brasil, religião negra é candomblé. Nos Estados Unidos, é a variante negra do protestantismo branco. Martinho Lutero — em inglês, Martin Luther — King era um pastor evangélico, não um babalorixá. Sempre digo que, se tivesse acontecido, no Brasil e em Cuba, o que aconteceu nos Estados Unidos e na Argentina, não teríamos hoje um só deus africano, um só orixá, em toda a extensão continental das Américas... Outra coisa é que os racialistas neonegros idealizam ao extremo a tal da 'Mama África'. Daí, ficam surpresos quando dão de cara com a realidade mais ostensiva atualmente de países como a Nigéria e Angola, que é a realidade da exploração do negro pelo negro. A África negra se tornou um rosário de ditaduras corruptas, com elites negras multimilionárias e o povo negro na miséria. Nossas feministas neonegras também fecham os olhos para um aspecto essencial da vida de Ginga, a rainha de Matamba, que não só tinha escravas pretas, como as usava como poltronas, sentando-se durante horas sobre seus dorsos nus enquanto fazia tratativas políticas, comerciais ou militares. Apenas para tocar mais uma tecla, nossos neonegros, que são todos variavelmente mulatos, ficam perplexos quando tomam conhecimento do fortíssimo preconceito contra os mulatos que vigora em boa parte da África Negra. Costumo observar que Barack Obama jamais ganharia uma eleição na Nigéria ou em Angola: seria rejeitado pelas massas negras pelo simples fato de não ser preto, mas mulato. Aliás, em Angola, os mulatos são tratados pejorativamente como 'latons'."[62]

É exagero afirmar que a esquerda identitária seja "fascista" apesar de, reitero, *o movimento identitário se utilizar de ferramentas do pós-modernismo* e de ser fruto dele [este, em si, irmão do fascismo e condição *si ne qua non* para que ele exista, yīn-yáng]. Faz-se necessário notar, além disso, como Luciano Trigo deturpa as críticas de Risério ao identitarismo de esquerda para veladamente advogar por um discurso da extremadireita, em si identitário. Ocorre em qualquer esfera social: indivíduos de tendências autoritárias irão convenientemente tentar calar outros. No caso da política identitária de esquerda não há uma exceção, e existem aqueles autoritários que *se valem do "suprassumo da opressão" para*, por exemplo, *causar o silenciamento de seus pares* LGBT+: Marielle Franco usava esses termos para se referir a uma transexual cuja candidatura às eleições de 2018 foi indeferida pelo Psol e que posteriormente foi definitivamente desligada do partido por "desvios de conduta ética incondizentes com a prática partidária".[63] Aqui, julgo necessário trazer outro ponto de vista àquele expressado na entrevista de Risério para Trigo sobre a relação entre o identitarismo e a liberdade de expressão, que também tange à descrição de Marielle do silenciamento causado por sua colega, e que adiciona ainda outro nível de significado à tentativa de destruição da estátua de Manuel Borba Gato. Segue a entrevista publicada pela *Folha de S.Paulo*, da jornalista Naná DeLuca com a historiadora Elisabeth Roudinesco, intitulada "Identitarismo troca conceitos universais por marcas particulares, diz Roudinesco — Para historiadora francesa, movimentos emancipatórios derivam em posições hostis à liberdade de expressão":[64]

A historiadora francesa Elisabeth Roudinesco fala sobre como movimentos identitários abriram mão de conceitos mais amplos para privilegiar marcadores particulares. A historiadora e psicanalista francesa Elisabeth Roudinesco, 77, conhecida por biografar grandes pensadores como Sigmund Freud e Jacques Lacan, diz ter certeza de que "o mundo está se desfazendo para o nascer de outro". Para ela, isso é bom, mas o percurso errático dessa transformação a preocupa. Essa inquietação é o objeto do seu mais recente livro, "O Eu Soberano" (Zahar), que busca compreender as "derivas identitárias" — *o encerramento sistemático dos sujeitos em identidades fechadas* —, que hoje estão no centro do debate público em vários países. Para conduzir sua pesquisa, ela se pergunta: como os movimentos emancipatórios do século 20 se tornaram o que são hoje? Relendo clássicos do pensamento francófono, como Aimé Césaire, Frantz Fanon, Jacques Derrida e Michel Foucault, ao lado de importantes trabalhos atuais, como os de Judith Butler e Gayatri Spivak, a historiadora explora as mudanças nos conceitos de gênero, raça e identidade para explicar as transformações na militância e na produção acadêmica da esquerda. O livro também discute o identitarismo da extremadireita, baseado no nacionalismo e no ódio. Para Roudinesco, se compreende bem isso no Brasil de Jair Bolsonaro. Em entrevista à Folha, a historiadora também discute questões sobre o Estado de Direito, a laicidade, o fanatismo religioso e as mudanças linguísticas para apontar que o mundo está mudando, "mas ninguém pode dominar essa transformação."

Por que a sra. decidiu escrever "O Eu Soberano"? "É assunto em voga e um fenômeno que já existe há 30 anos. Os engajamentos identitários e o que chamo de suas derivas começaram após a queda do Muro de Berlim, com a substituição de questões de classe por aquelas da identidade. O que me interessava era olhar a questão do gênero e da raça. Como chegamos a esse ponto de grande deriva? *O que partia de uma boa posição emancipatória — para mulheres, negros e homossexuais — começou a derivar em direção a posições hostis à liberdade de expressão. Em nome dessas reivindicações, hoje se quer proibir textos e destruir estátuas*, por exemplo. Os autores atuais dos quais trato no livro se inspiram em grandes pensadores, como Aimé Césaire, que reivindicou a palavra 'negro' de forma positiva, para afirmar uma cultura negra; Frantz Fanon, que nunca adotou uma postura identitária, mas foi um anticolonialista refinado; em Edward Said e seu trabalho sobre o olhar do Ocidente para o Oriente; e também em Michel Foucault, Jacques Derrida, Gilles Deleuze e Jacques Lacan. Mas se inspiram em todos esses intelectuais para projetos que nada têm a ver nem com liberdade nem com emancipação. Quis entender como chegamos a essa deriva e olhar para o identitarismo de extrema-direita, que não tem nada de deriva, pois sempre foi a mesma coisa."

Qual foi a recepção do livro na França? "O livro foi lançado em um momento de enorme crise de deriva identitária no país, em março de 2021. Não foi minha intenção. Quando comecei a escrever, há três anos, o cenário era outro. O debate explodiu na França com ataques extremamente reacionários, de um lado, e ultra esquerdistas, de outro, em um contexto político bastante complicado. Algo que vocês entendem no Brasil, pois têm um identitário de extremadireita no poder, Jair Bolsonaro."

Como a identidade passa a ser central no debate público? "A partir da década de 1980, a identidade passa a ser entendida por 'eu sou eu, isso é tudo' — o sujeito se define, por exemplo, apenas pela cor de sua pele. Como explico no início do livro, a identidade não é mais 'eu sou como um outro' ou 'eu sou todo o mundo' — não são uma identidade e um sujeito abertos. A deriva identitária é se definir unicamente por um marcador particular. Ou seja, abandonar a subjetividade universal e também a subjetividade da diferença. Definir-se unicamente como negro, homossexual, transgênero etc. Não é uma reivindicação como aquelas ligadas à classe, pois é uma marcação territorial e limitada."

E o pensamento interseccional? A sra. o acha reducionista? "De início, é uma excelente ideia. A interseccionalidade já existia em todos os trabalhos contemporâneos por ser um método comparativo. O pensamento interseccional é a convergência de lutas. Não tenho nada contra. O que acho problemático é a manutenção da palavra 'raça', pois cientificamente não existe raça. Há pigmentações de peles, há culturas, mas não raça. A retomada dessa ideia não é mais como fez Aimé Césaire — 'negro sou, negro fico' —, que subverte o estigma racista e reivindica a negritude como cultura. *Agora passamos do ponto de reivindicar nossa cultura para reivindicar a raça e marcar uma identidade.*"

Como explicar a ideia de deriva de maneira mais ampla? "Essa ideia de deriva define um pouco nosso mundo. No sentido de Derrida, há a ideia de um velho mundo — das certezas ideológicas, da ordem do patriarcado — que não existe mais. Essa ordem do mundo foi desfeita. A deriva da esquerda é a flutuação que parte rumo a um destino, mas termina por chegar em seu ponto contrário. Muito diferente do identitarismo e do nacionalismo da extremadireita, que não deriva nunca, é estático. No caso das derivas à esquerda, há também a criação de um falar obscuro."

Por exemplo? "Palavras como racializado, decolonial, generificado, cisgeneridade, todo esse novo vocabulário, sistematizado para criar uma linguagem do pertencimento. Homi Bhabha, traduzido em todo o mundo, creio ser o autor de falar mais obscuro de que trato no livro. Mas também falo de Gayatri Spivak e mesmo de Judith Butler. Essa linguagem é complexa, mas interessante, pois permite dizer absolutamente tudo, incluindo o seu contrário."

O que a sra. acha dessas mudanças na linguagem? "Adotei uma posição de nuances. Antigamente, dizia-se sobre uma ministra de Estado, 'madame le ministre' [senhora o ministro]. Hoje, se utiliza o artigo feminino. Acho positivo, mas a feminização sistemática de palavras gera casos até ridículos. O mundo está se desfazendo para o nascer de outro, mas ninguém pode dominar essa transformação. É nesse ponto que critico as derivas identitárias à esquerda."

Dominar em que sentido? "Há algo que se desfez, simbólica e culturalmente, com a conquista de mais igualdade para mulheres, a descriminalização de homossexuais, toda a questão dos transgêneros emergiu também. Tudo isso é bom. O que critico é a posição militante de querer dominar aquilo que não se controla, como a língua. Uma vez que algo é incorporado à língua, é impossível controlar. Se tentamos, no fundo criamos novos dogmas e impomos um sistema autoritário. Para o intelectual, é preciso observar e deixar as transformações acontecerem em nossa sociedade e não buscar conquistas militantes. O que era vital nos grandes autores da década de 1960 — Césaire, Derrida, Foucault, Fanon, Deleuze — é essa característica de pensar profundamente naquilo que se desfazia na sociedade, sem tentar ordená-la. É por isso, inclusive, que foram muito atacados pela extremadireita e conservadores."

Qual é a diferença entre o identitarismo da extremadireita e o da esquerda? "O identitarismo da extremadireita é sempre baseado no medo de ser substituído, no nacionalismo e na afirmação arcaica de que pertencemos a um território e a uma identidade fixos. É também o ódio por qualquer outro — imigrante, judeu, árabe, indígena. Esse identitarismo se baseia na ideia de que nascemos com uma identidade que deve ser conservada. Isso não é comparável às derivas identitárias da esquerda, não há simetria. Embora esses identitarismos coabitem uma mesma época, são processos completamente distintos."

O identitarismo da extremadireita pode explicar a ascensão de políticos como Donald Trump ou Jair Bolsonaro? "Com certeza, é o medo de que o mundo mude. Medo do comunismo, dos homossexuais, de que o homem branco se apague. Algo interessante sobre o identitarismo da extremadireita no Brasil e nos EUA é que, muito diferente do caso da Europa, essas são sociedades miscigenadas. Historicamente, tanto em uma quanto em outra há o medo de que a população 'torne-se negra', o que é ridículo. A miscigenação é algo formidável."

Mas o Brasil é extremamente racista. O racismo é um problema econômico, social, cultural. "Evidentemente. Os EUA também. Eu diria que, quanto mais há miscigenação, mais há o medo do outro e, consequentemente, o racismo, porque a miscigenação rompe barreiras imaginárias. Vejamos o caso de Barack Obama. Ele é miscigenado. Culturalmente, no contexto dos EUA, é muito mais próximo de um Kennedy que de um homem negro da periferia. Obama é um puro produto das melhores universidades americanas, o que mostra que a questão não é a cor, é a cultura."

Para retomar a questão anterior: o que explica que a ascensão de políticos extremistas, ligada ao identitarismo da extremadireita, seja um fenômeno simultâneo em tantos países tão diferentes entre si? "O mundo é agora multipolar, em oposição ao mundo bipolar da Guerra Fria. Há uma crise nisso que chamamos de sociedades ocidentais e será preciso encontrar soluções para dividir as riquezas. *Não podemos deixar povos inteiros na pobreza, ou o nacionalismo e o populismo continuarão a se reproduzir. A principal oposição hoje é o mundo da democracia versus o mundo das ditaduras, e a democracia está muito frágil.* A França está fragilizada pelo aumento do islamismo radical, uma reivindicação identitária."

Em 1989, Lévi-Strauss afirmou em entrevista à Folha que sentia sua cultura ameaçada pelo islã. Esse sentimento de ameaça permanece na França? "Sua crítica não era à religião islâmica, mas à ideia de dominação. Primeiro, é preciso dizer que não se pode atacar muçulmanos, que hoje na Europa ocupam um lugar muito parecido com o que os judeus ocuparam outrora. O que é preciso criticar é o fanatismo religioso, uma deriva identitária. Na Europa, o islã é uma religião que integramos à nossa sociedade, diferente do Brasil, em que isso não é uma questão. Contudo, no Brasil vocês têm outro perigo, outra forma de fanatismo religioso: o evangélico. Para escapar ao fanatismo, é preciso integrar a religião e os religiosos à laicidade do Estado."

O modelo brasileiro de Estado laico é muito diferente da laicidade francesa. "Com certeza, a França tem um modelo único. Mesmo os EUA e a Inglaterra, do ponto de vista francês, não são países laicos. O presidente dos EUA faz seu juramento com a mão sobre a Bíblia. Na Inglaterra, há uma monarquia. Nada parecido com a França, onde cortamos a cabeça do rei e fundamos uma laicidade muito particular. O modelo de Estado laico francês não é exportável a outros países. Ele deve ser defendido, é parte de nossa tradição. Nesse sentido, sou próxima de Lévi-Strauss. Ele acreditava que não se devia perturbar a estrutura."

Qual é a diferença entre o identitarismo em países colonizados e em países colonizadores? "Essa pergunta está no coração do debate que proponho no livro. Há um movimento que começa a se desenhar, uma guerra da memória. *Nos países outrora colonizados, os povos oprimidos reivindicam agora sua própria memória, uma memória da perseguição. Contudo, não se pode destruir estátuas, censurar a história de um país. A história é complexa. Países colonizados tiveram colaboracionistas, e países colonizadores tiveram anticolonialistas. O que deve ser feito é olhar o passado por todos os lados.* É preciso fazer a memória compartilhada, algo que tentamos fazer na França em relação à Argélia. A memória compartilhada é a única solução, ainda que muito complexa."

No Brasil, discute-se o conceito de racismo estrutural. O que a sra. acha desse conceito? "Nós o chamamos de *racismo sistêmico.* Na França, não há racismo sistêmico no nível do Estado. É a lei. Eu não concordo com o posicionamento decolonial que afirma que o racismo seja estrutural ao Estado, pois essa afirmação não é precisa. Não se pode confundir a sociedade civil e o Estado."

Dados apontam que, em 2020, mais de 6.400 brasileiros foram mortos em intervenções policiais. Desses, 79% eram negros. Não faz sentido, então, falar de um racismo estrutural ou sistêmico? "Isso é muito distante da realidade francesa, onde se recorre à lei e ela funciona. *Se um policial mata alguém, ele é punido pela lei. Nos EUA, idem.* O policial que matou George Floyd foi condenado. Nesses casos, eu não acredito que o Estado produza o racismo. Neles, o racismo existe e ele está, também, na polícia. *Mas, no Brasil, está no poder um racista assumido. O Estado de Direito brasileiro é muito frágil. Mais que de democracia, essa é uma questão de Estado de Direito, um Estado neutro que condena a discriminação."*

Como superar esse tipo de violência? "Pelos livros e pela militância. O combate tem que ser feito pelas ideias, ao menos na Europa. *No Brasil, creio ser uma questão de Estado de Direito. Estive no Brasil quando Dilma Rousseff foi deposta, algo a que me opus fortemente. Para mim, estava claro que isso iria beneficiar a extremadireita.* Não há solução fácil ou imediata para o Brasil, mas Bolsonaro não pode continuar."

Por que a extremadireita é tão atraída por movimentos conspiracionistas, como o QAnon? "A extremadireita é essencialmente conspiracionista, imagina sempre um complô. Na França, mesmo antes da Revolução de 1789, já existiam conspirações de um complô judeu. O conspiracionismo caracteriza as ditaduras. Vladimir Putin, por exemplo, é um conspiracionista. Ele foi do comunismo para a extremadireita, e o complô é o mesmo: um mal que vem do estrangeiro. Hoje em dia, o conspiracionismo é ativado maciçamente pelas redes sociais, que são um lixo, sempre terreno fértil para conspirações. Vimos isso com os movimentos antivacina. Todo conspiracionismo ignora a realidade. Seja o pior dos conspiracionismos, como o antijudeu, que culminou no Holocausto, seja o movimento antivacina, todos se baseiam no medo e no terror de um estrangeiro, de um outro."

E o medo de uma ameaça comunista? "Também é um conspiracionismo. A extremadireita teme um comunismo que não existe mais. O que é fascinante é que não é necessária a presença da realidade, nem do objeto do ódio, para que o conspiracionismo floresça. Há, por exemplo, conspirações antissemitas em países onde não há judeus. É esta a grande característica da extremadireita: ela acredita em conspirações baseadas em coisas que não existem. Tem-se medo a vida toda do comunismo, que não existe mais. Temem a 'grande substituição' por uma outra raça, quando não existem raças. Na França, hoje, temem que haja menos igrejas que mesquitas, mas a explicação é simples: o país se descristianizou. Não há substituição. O que me causa mais receio é que a extremadireita não é acessível pela razão, pois se baseia no medo e, contra isso, não há pedagogia possível. O conspiracionismo, a meu ver, é uma doença mental."

No Brasil, há um problema sério de violência contra a população trans, com assassinatos brutais. Como combater essa violência sem cair em derivas identitárias? "Em primeiro lugar, é preciso combater, evidentemente, como se combate a violência contra a mulher e homossexuais. [...] Além disso, eu me questiono sobre outro fenômeno, relacionado ao sexo e ao gênero. É preciso tratar do assunto com humanidade, mas não é possível apagar o sexo em nome do gênero. O que é preciso combater são os excessos. É perfeitamente normal que alguém tome hormônios e adote um gênero diferente do nascimento, mas erra alguém que diz suprimir a biologia. As duas coisas podem conviver. Não se pode negar o gênero em detrimento do sexo, nem negar o sexo em detrimento do gênero."

O que diz Roudinesco reforça, entre outros, os pontos: 1- de Erik Baker (por ser descendente do pensamento nietzscheano, o movimento identitário à deriva pode ir contra o Universalismo, que é ferramenta fundamental para desarmar o pós-modernismo); 2- de Nunes de Macedo [o movimento identitário à deriva pode simplificar ou até apagar as complexas histórias de países individuais, porque "os povos oprimidos reivindicam agora sua própria memória (que acaba por não ser própria e, sim uma *comum* memória) da perseguição"]; 3- de Chomsky (o esquecimento por nações ocidentais ricas de povos inteiros na pobreza mina a democracia ao redor do planeta, ao permitir que entidades supranacionais autocráticas ajam); 4- de Risério (sobre o "racialismo neonegro"). Reitera-se também a questão de a diferenciação sistêmica da humanidade em "raças" ser o ato inaugural do próprio racismo que se tenta combater, e o movimento identitário de esquerda legitima tal racismo ao focar características fenotípicas para "encerrar indivíduos em identidades fechadas" com base nelas — problemática que eu trouxe na abertura desta obra e que, como tenho argumentado ao longo dela, não encontra respaldo na genética (eu sou fenotipicamente branco, mas meu DNA é ao menos 7% africano e 3% indígena, além de serem incontáveis meus ancestrais de origem não europeia). Roudinesco ainda vai de encontro a uma fala de Ney Matogrosso que foi espetacularmente deturpada (ou mal interpretada) por Johnny Hooker.[65] Matogrosso disse: "Me enquadrar como 'o gay' seria muito confortável para o sistema. Que gay o caralho. Eu sou um ser humano, uma pessoa. O que eu faço com a minha sexualidade não é a coisa mais importante na minha vida". O que Ney significava foi no sentido de *ser muito mais que simplesmente e somente gay*: o que expressou Foucault quando se opôs ao "sujeito fixado à sua própria identidade pela consciência ou conhecimento de si, uma forma de poder que subjuga e sujeita"; e justamente o que Roudinesco conceituou como a "deriva identitária" — "se definir unicamente por um marcador particular, ou seja, abandonar a subjetividade *universal* e a subjetividade da *diferença*, definir-se unicamente como negro, homossexual, transgênero". Uma pessoa precisa lutar, sim, pelos *direitos das minorias*, como Ney Matogrosso fez sua vida inteira; simultaneamente, essa pessoa necessita *ir além* de seus "marcadores particulares" e tampouco pode deixar de se perceber na *dialética igualdade/desigualdade da história única de seu país*.

Quanto às ameaças à liberdade de expressão dentro do identitarismo, levantadas por Risério, Roudinesco se posiciona de forma mais precisa do que ele [a excluir a possibilidade de adulteração do argumento pela extrema-direita]: "O que partia de uma boa posição emancipatória — para mulheres, negros e homossexuais — começou a derivar em direção a posições hostis à liberdade de expressão. Em nome dessas reivindicações, hoje se quer proibir textos e destruir estátuas, [...] inspiram-se em todos esses intelectuais para projetos que nada têm a ver nem com liberdade nem com emancipação". Já testemunhei o identitarismo de esquerda brasileiro incorrer em uma das mais graves características da extremadireita: a defesa do autoritarismo e da autocracia, neste caso de Stalin, Putin, Cuba, Venezuela... Cabe aqui similar observação àquela feita por Ronald Beiner sobre haver [algo] "que pode se distinguir da extremadireita apenas por uma decisão sobre valores, ao invés de uma diferença de visão de mundo profunda". Isso não diz mais respeito apenas ao liberalismo centrista... Como pode a própria esquerda derivar a um lugar tão próximo da extremadireita? É um tanto assustador, como se esquerda e direita, indo em direções completamente opostas, encontrassem-se na parte traseira/negativa da democracia ao completar, cada uma, um semigiro de 180°. Baker em sua crítica se incomodaria sobretudo com essa constatação: "Acharíamos perturbadoramente difícil, na prática, separar o [joio esquerdista] do joio de extremadireita". Por fim, Elisabeth Roudinesco explica que não apenas a democracia, como o próprio Estado de Direito está em xeque no Brasil, porque no comando de nosso Executivo encontra-se um racista, machista, *regionofóbico*, LGBTfóbico assumido que valida no discurso oficial as ações violentas da polícia e a normalização pela própria mídia dessas violações de direitos das minorias.

Jameson escreve que: "A mais dramática aproximação prática do debate sobre universais pode ser encontrado nas áreas do feminismo e orientação de gênero, pois reivindicar os direitos universais para mulheres é também necessariamente desafiar culturas em que um estatuto subordinado das mulheres é colocado. Tais culturas atribuem uma essência de subordinação à mulher, e são dessa forma essencialistas nas maneiras mais radicais. No entanto o problema filosófico está precisamente aqui, no fato de que a doutrina dos direitos humanos universais é ela mesma uma doutrina de universais e portanto implicitamente também essencialista".[*] Entretanto, o teórico cria uma distorção filosófica porque o entendimento universalista provém de Immanuel Kant (1724-1804), segundo quem:

> o universalismo epistemológico tem a ver com a unidade cósmica das coisas, e o universalismo político com a comunidade de nações que ele propôs com o objetivo de substituir o nacionalismo, cujo objetivo final era ganhar o consenso e a paz universal. Para Kant, esses dois universalismos estão interligados

---

[*] JAMESON, 2015.

no progresso científico que predispôs a humanidade à uma cultura mundial voltada à preservação da paz universal. [...] O universalismo político como o de Kant contraria o problema filosófico do "um e os outros", pois defende a substituição dos países soberanos por uma comunidade supranacional. O universalismo epistemológico refere-se à outra ideia de Kant de que todo o conhecimento acumulado forma um único *corpus*, governado por um único critério universal. Em "A Crítica da Razão Pura", Kant explicou o sistema de ideias que integram a verdade e que seria caracterizado pela coerência e pela estabilidade. Kant explicou ainda que a experiência ordenadora do mundo era uma só e portanto, todas as áreas do conhecimento estão interligadas. Essa ideia está contida na seguinte frase Kant sobre os estágios da ordem do mundo: "a sensação é o estímulo desorganizado, a percepção é a sensação organizada, a concepção é a percepção organizada, a ciência é o conhecimento organizado e a sabedoria é a vida organizada: cada um representando um grau de ordenação, sequência e unidade". Georg Hegel (1770-1831) também abraçou o universalismo epistemológico aceitando as inter-relações entre a ética, a estética e o conhecimento.

Hegel mostrou que o conhecimento, embora seja limitado, ganha um toque de infinidade através da ideia maior que ajuda a esclarecer. De acordo com o universalismo Hegeliano "as leis da lógica e as leis da natureza são uma unidade, pois a lógica e a metafísica se fundem". Foi nesse contexto que Hegel propôs a sua famosa dialética envolvendo o processo tríplice da tese, antítese e síntese — que Karl Marx (1818-83) mais tarde adaptaria para gerar a sua profecia socialista. O universalismo político de Kant apontou o caminho para a criação da Liga das Nações, e mais tarde, da Organização das Nações Unidas e da Declaração Universal de Direitos Humanos. O universalismo de Kant e de Hegel impulsionou os esforços para a compilação de uma enciclopédia universal ao estressar a necessidade de salvaguardar o conhecimento existente para facilitar o seu acréscimo pelas gerações futuras de cientistas.[66]

Por sua vez, o essencialismo é

a visão de que algumas propriedades dos objetos são essenciais a ele. A "essência" de uma coisa é compreendida como a totalidade de suas propriedades essenciais.[67]

Logo, é falso que o universalismo seja implicitamente essencialista — trata-se de um outro entendimento por completo —, ao passo que o antiessencialismo (em que se baseia o relativismo), por ser "anti", refere-se diretamente à noção do essencialismo. A proposição da universalidade é pertinente, sim, em oposição ao relativismo pós-moderno.

Sobre o fragmentarismo, por exemplo dentro do movimento LGBT+, chega ao extremo na defesa de alguns de que "transexuais, por lidarem na verdade com a questão de identidade de gênero e não [talvez somente com] identidade sexual, não deveriam estar inclusos no grupo LGB"... Tal discurso parte tanto de alguns transexuais quanto de outros radicais fragmentários que são gays ou lésbicas... E o fragmentarismo continua no discurso, que é repetido sobre os bissexuais. A sigla se reduz a LG... Poder-se-ia alegar ainda, sob tal óptica fragmentária, que as lésbicas têm um modo de vida diferente do dos gays, e que nem todos os gays compartilham do "modo de vida gay"... e seguir a se fragmentar até não existir mais do que a unidade individual encerrada em sua identidade fechada. Veja: no grupo LGBT+, os transexuais são os mais expostos e socioeconomicamente frágeis. Se nós, que somos gays ou lésbicas ou bissexuais e mesmo assim usufruímos de certo privilégio socioeconômico, não nos esforçarmos para dialogar com os/as transexuais e para defender também a sua inclusão na sociedade, quem o fará? A força de nosso movimento LGBT+, por mais fragmentário por sua origem pós-moderna que possa ser, jaz em nossa união como grupo — pois ninguém lutará pelos direitos da minoria se a própria minoria não se fizer coletiva.

Ademais, cada coletividade (preta, dos povos originários, feminista, LGBT+...) deve se unir à luta da outra para a defesa *em conjunto* dos *direitos universais das minorias*. O universalismo é o que salva o movimento identitário da fragmentação sem retorno — que age contrariamente a nossos interesses e necessidades —: "eu sou como um outro" e "eu sou todo o mundo" precisam sobreviver. [Re]cordo o que Hedges nos traz de Chomsky acerca da imensa ameaça à democracia de nações individuais posta pelas multinacionais autocráticas. Faz-se necessário nos lembrarmos constantemente de lutar pela realização das promessas do Modernismo: razão, democracia, liberdade... e igualdade! De maneira a evitar a neutralização das forças das minorias pela hiperfragmentação a que levam o pós-modernismo e o fascismo, é imprescindível, além de batalhar pelo universalismo, nunca esquecer que essas coletividades estão inseridas no capitalismo. Por exemplo, "sem a divisão política de trabalho, a luta contra o racismo fica reduzida à reparação de lesões individuais", observa Haider.* O filósofo Cornel West enfatiza que a resistência identitária "deve ser conectada à integridade moral e profunda solidariedade política que se atente a uma forma financializada de capitalismo predatório. Um capitalismo que está matando o planeta, pessoas pobres,

---

* HAIDER, op. cit.

pessoas trabalhadoras aqui [nos EUA] e no exterior".[68] De fato, Haider "propõe o que ele chama de 'universalidade insurgente', convergência composta [pela comunidade LGBT+, pelos povos originários,* e por que não por ambientalistas?], por mulheres, pobres e pretos rumo à emancipação coletiva, distante da ideia de um sujeito entendido como único e capaz de superar a individualização das políticas de identidade para transformá-las em [*construção coletiva maior*]. O autor discorre sobre um 'universalismo estratégico' apresentado como uma perspectiva de acolher as diversas identidades em torno de uma luta de classes".[69] Para além da Parada do Orgulho LGBT+, proponho uma *Parada da Resistência Universal* das Minorias, dos Trabalhadores e do Meio Ambiente do Brasil.

Nosso grande inimigo é o recorrente risco oferecido pelo discurso do ódio das extremadireitas nacionais e pela omnipresente ameaça das multinacionais supranacionalmente autocráticas, com seus mercados de ações e suas operações financeiras. Jameson complementa:

> O capitalismo se iniciou com a anexação e ocupação dos impérios asteca e inca; e está terminando com expulsão e despossessão, com a retirada do abrigo tanto no plano individual como no patamar coletivo, e com o desemprego exigido pela austeridade e pela subcontratação, o abandono das fábricas e cinturões de produção. Se você pensar nos abrigos e campos de refugiados, alguns deles durando o tempo de toda uma vida, ou na política de extração de matéria prima; se você pensar na expulsão de campesinos para a construção de parques industriais, ou da ecologia e destruição das florestas tropicais; seja se você pensar nas legalidades abstratas do federalismo, cidadania e imigração, ou a política de renovação urbana, e o crescimento das *bidonvilles*, favelas e municipalidades, para não falar dos grandes movimentos de sem-terra ou do Occupy — hoje tudo é sobre terra. Na longa corrida, todas essas lutas resultam da comodificação da terra e da revolução verde em tòdas as suas formas: a dissolução dos últimos resquícios do feudalismo e de seus campesinos, sua substituição pela agricultura industrial e o agronegócio e a transformação de camponeses em lavradores, junto com seu destino eventual como exército de reserva do desemprego ligado à agricultura. Espaço e terra: essa aparente reversão do modo feudal de produção é então espelhada na experimentação dos teóricos da economia com um retorno às doutrinas de arrendamento em conexão com o capital financeiro contemporâneo. Mas o feudalismo não incluía o tipo de aceleração ao centro da redução contemporânea ao presente. Como o último pode ser resumido como espacialização, melhor do que, como alguns já sugeriram, a abolição virtual do espaço (na verdade, o espaço que eles têm em mente é o espaço entre os vários

---

* Incluo a comunidade LGBT+ e os povos indígenas, que [por um lapso?] não foram mencionados.

comércios globais de ações), é um problema crucial de representação para compreender a pós-modernidade e o capitalismo tardio, e nada mais urgente do que o cálculo de possibilidades políticas.*

É essencial sustentar a disciplina de se manter a visão global da sociedade. Entendo que o atual capitalismo tardio e supranacional exige uma regulamentação pelo que ele é: global. Por um lado, o nacionalismo — ainda que deturpado — é uma das características primitivas do fascismo. Por outro lado, não mais bastam as constituições de países individuais que tentam se manter democráticos se corporações multinacionais persistem em atentar "do lado de fora", a se infiltrar via propinodutos e *lobbys*, contra uma e outra e mais outra democracia justamente por tais entidades serem, como diagnosticou Chomsky, autocráticas. Corporações que atuam em um nível planetário não podem continuar a ser acolhidas por seus *países de início* em um protecionismo que propicia ameaças na escala global. Jameson nota que "os autores [LiPuma e Lee, de *Financial Dreivatives and the Globalization of Risk*] concluem, de forma pessimista, que nunca haverá uma regulação genuína de transações do mercado de derivativos, já que uma é radicalmente diferente da outra: em outras palavras, não podem haver leis de verdade para moderar a dinâmica desse tipo de instrumento; o que nada menos que a autoridade de Warren Buffett chamou de equivalente financeiro da bomba atômica".[70] Rejeito o pessimismo.

Fascistas não fazem nem sequer bons neoliberais — porque sua finalidade é sempre a destruição massiva, um tipo de destruição que *se alastra*. Se, por um lado, *supranacionais*** "neoliberais" encaram esses fascismos nacionais da mesma maneira que um garimpeiro encara uma mina ("devo explorar tudo o mais rápido possível até que reste apenas o buraco"), por outro lado serão pouquíssimas as que lucrarão de forma estável em *destruição* tão drástica quanto velozmente *metastática*, pois em algum momento a cadeia será afetada e a rapidez da devastação será tamanha que não haverá tempo para que esses elos rompidos se refaçam. A miopia neoliberal é uma doença terminal, contudo, porque é muito tentador o grande lucro imediato proporcionado pelo fascismo para *supranacionais* e investidores estrangeiros, ainda que ele custe caro no médio e longo prazos: quando uma nação sucumbe e vira o oco em escombros, outra passa a ser o foco dos atentados antidemocráticos,

---

* JAMESON, 2015.

** A partir daqui, farei uso do termo "supranacional" em substituição a "multinacional".

e assim sucessivamente até que não haja mais "minas" e uma nova ordem das coisas surja nesse pós-apocalipse fascista, em que é difícil prever o que terá valor — certamente, não será o dinheiro.

Se cidadãos ao redor do globo pretendem impedir constantes genocídios, *resistir* e *viver,* resta ao povo pôr um basta. Retomo o *universalismo kantiano —* que foi estigmatizado como "utópico" — da "comunidade de nações com o objetivo de substituir o nacionalismo". A única resposta à altura dessas insistentes investidas antidemocráticas por parte de *supranacionais* ao redor do planeta é uma uma liga universal das nações democráticas. É necessário um *pacto global* de países — que se dizem ou que desejam permanecer democráticos — sobre a democracia, algo além da Organização das Nações Unidas, *para regular a atuação global de tais supranacionais* (incluindo os conglomerados de mídia, comunicação, internet e tecnologia), *seus mercados de ações e suas operações financeiras sob essa democracia universal,* a assegurar que atuem sob o mesmo conjunto de regras e leis em todos os países do planeta (signatários do pacto ou não) e a evitar que continuem a atentar repetidamente contra democracias individuais e contra a estabilidade e a paz mundiais; tal pacto da democracia universal subsequentemente permitiria que essas supranacionais pudessem ser julgadas em cortes internacionais por crimes locais, a despeito dos países onde elas se originaram [aprofundo-me nesta questão da penalização de pessoas jurídicas posteriormente]. Continuar a ser conivente com a desregulamentada atuação global de tais corporações é aceitar o eterno retorno do fascismo de Nietzsche e cenários internos cada vez mais instáveis — além de destruição ambiental, aniquilação socioeconômica e falta de dignidade humana inimagináveis. Sofri e continuo sofrendo pessoalmente com isso, o que o leitor no devido momento compreenderá — pois a Rocca Hotels é uma rede que atua em diversas nações.

Até a chegada desse futuro eu — que tentei me apegar ao passado, a registros de viagens, a um romance antigo, às disciplinas historiográficas e mesmo à genética para [re]entender meu lugar no mundo, e que explorei fendas em temas que me permitissem enxergar uma luz —, se não tinha razão para rir, tinha muito tempo para chorar. Aquele local de origem não mais me acolhia: o Brasil como um todo, entretanto em Mato Grosso do Sul a situação era ainda pior do que em São Paulo. Eu não reconhecia o estado como o lugar que um dia tinha sido meu. "Mestre, suplico-te que vejas meu filho, porque é o único; um espírito se apodera dele e, de repente, grita e o atira por terra, convulsiona-o até espumar e dificilmente o deixa, depois de o ter aquebrantado!" Sob frequentes olhares de julgamento, era impossível restabelecer laços afetivos cada vez mais enfraquecidos desde que muitos dos meus amigos e familiares apoiaram a ascensão do fascismo. De fato, possuo pouca esperança em que essas relações se fortaleçam até que haja, por parte deles, uma visão crítica do bolsonarismo — para que possam *começar a me compreender* como artista e ativista antifascista gay que sofreu constante e sistêmica perseguição desse regime, visando meu "cancelamento" e minha destruição; isso somente será possível depois que sua empatia se restabeleça após a remissão da sociopatia personificada e propagada pelo fascista-mor. Apenas assim poderiam apreender as profundas origens de minha depressão e, somente então, as consequências dela. Não, eu não estava doido — apenas gravemente deprimido havia quase dois anos e desesperançoso de uma melhora em curto prazo. Queria ir para longe para esconder minha tristeza e minha vergonha daqueles olhares — e, no Brasil, São Paulo era o quão longe desejava ir. Pois não queria me autoexilar novamente nos Estados Unidos e ainda pretendia entender através de João Bosco tudo o que havia acontecido. O obscurantismo e as vozes da culpa se alternavam com aquelas do desejo.

— Sim, a vontade tem poder sobre o entendimento e sobre a memória: porque das muitas coisas que o entendimento pode compreender ou das que a memória pode recordar, a vontade determina aquelas às quais quer que as suas faculdades se apliquem, ou das quais quer que se desviem. Como diz o Apóstolo: Eu faço, não o bem que quero, mas o mal que aborreço — do mesmo modo somos muitas vezes forçados a lamentar-nos, porque pensamos não no bem que amamos, mas no mal que detestamos.[*]

---

[*] SALES, op. cit.

— Minha mãe esforçou-se por seguir-me vários dias; levara-me três vezes à confissão durante a quaresma. — Joãozinho, disse repetidas vezes, Deus prepara um grande presente para ti; mas procura preparar-te bem, confessa-te, não cales nada na confissão. Confessa tudo, arrepende-te de tudo, e promete a Deus ser melhor para o futuro. — Tudo prometi; se depois fui fiel, Deus o sabe. E parece-me que desde esse dia houve alguma melhora na minha vida, especialmente na obediência e na submissão aos demais, coisa que antes me causava grande repugnância. Ninguém pode imaginar minha grande satisfação. O A* tornara-se um ídolo para mim. Amava-o mais que a um pai, rezava por ele, servia-o com gosto em tudo. Era uma grande alegria trabalhar para ele, e, diria, fazer tudo o que lhe agradasse. O homem de Deus se afeiçoara tanto a mim que disse várias vezes: — Não te preocupes com o futuro; enquanto eu tiver vida não te deixarei faltar nada; quando morrer, deixarei tudo bem acertado.*

— Assim como a abelha, nascendo dentro do mel, se nutre do mel e não voa senão para adquirir o mel, também o amor nasce da complacência, sustenta-se pela complacência, tende à complacência. O peso das coisas agita-as, dá-lhes movimento e fá-las parar. É o peso da pedra que a faz oscilar, deslocar-se e descer, logo que encontra os obstáculos removidos; é ele que a faz continuar o seu movimento, e deter-se quando chega ao seu lugar. O mesmo acontece com a complacência que estimula a vontade; move-a, e fá-la repousar no objeto amado, logo que este se lhe une. Por isso, quando tem por fim um bem presente, impele o coração, fixa-o, une-o, aplica-o ao objeto amado, e por este meio goza; e é então chamado amor de complacência, porque nasce do prazer de conhecer o bem e termina no prazer de o possuir. Mas quando o bem para o qual o nosso coração se sente inclinado ou atraído está afastado, ausente ou futuro, ou que a união não pode fazer-se tão perfeitamente como se deseja, então o movimento de amor pelo qual o coração se dirige e aspira a esse objeto ausente, chama-se desejo; porque o desejo não é outra coisa mais do que a avidez das coisas que não possuímos, mas que pretendemos possuir.**

[10/01/2020 13:00:16] Luciana: Tenta contato com aquele seu amigo p me entregar as minhas mercadorias que estão na sua casa
[10/01/2020 13:00:34] João Bosco: Deixa ele responder
[10/01/2020 13:01:15] Luciana:Tábomestouesperando.....................................

---

* BOSCO, op. cit.

** SALES, op. cit.

[10/01/2020 16:48:37] Luciana: Hildo tá puto
[10/01/2020 16:48:45] Luciana: Então kd as mercadorias?
[10/01/2020 16:48:53] Luciana: Ele deixou com vc pq vc pediu
[10/01/2020 16:48:58] Luciana: Vai fazer um mês
[10/01/2020 16:49:05] Luciana: E vc sabia do meu compromisso

— Nesse tempo tive outro sonho, no qual era severamente repreendido, porque havia depositado minha esperança nos homens e não na bondade do Pai celeste. Como seria feliz se pudesse conversar um pouco com o meu A*. Tinha esta satisfação com o A*; não a terei jamais?*

[11/01/2020 11:29:22] Kaliu: Não vai pra São Paulo?
[11/01/2020 11:29:26] Kaliu: O resto vc paga lá pra frente
[11/01/2020 11:29:31] Kaliu: Mas realmente preciso desses 2mil
[11/01/2020 11:29:35] João Bosco: Brasília, não sp kkk [Kaliu: Não vai pra São Paulo?]
[11/01/2020 11:30:01] João Bosco: Amigo, não entendi…
[11/01/2020 11:30:08] João Bosco: A tina você vai deixar em sp?
[11/01/2020 11:31:14] Kaliu: Sim, vou pra sp
[11/01/2020 11:31:25] João Bosco: Amigo estou deixando uma joia minha na mão de um cara
[11/01/2020 11:31:19] Kaliu: Então me encontra
[11/01/2020 11:31:23] Kaliu: Depois vai pra sp
[11/01/2020 11:32:32] João Bosco: Eu estou desesperado

Cachorros nos admiram. Gatos nos desprezam. Porcos nos olham como iguais.

— Admirei a caridade do colega, e pondo-me inteiramente em suas mãos, deixava-me levar para onde e como ele quisesse. Sabia convidar-nos com tamanha bondade, doçura e cortesia que era impossível escusar-nos. Os companheiros estavam muito afeiçoados a mim. Pode-se dizer que eu vivia para eles. Quem precisava fazer [X], recorria a Bosco. Quem precisava de um [X], de alguma [X], [X], procurava Bosco. Por isso, tornou-se dolorosíssima para mim a separação de um lugar onde vivera tanto tempo […].** A caridade e a doçura de São Francisco de Sales guie todas as minhas ações.***
— E ainda que alguns, para reduzir todas as conveniências à semelhança, tenham assegurado que o ferro atrai o ferro, e o íman atrai o íman, não têm

---

* BOSCO, op. cit.

** BOSCO, Ibidem.

*** BOSCO, São João. Memórias de 1841 a 1884-5-6.

sabido dar a razão porque o íman atrai com mais força o ferro, do que o ferro atrai o próprio ferro. Mas, dizei-me, que analogia existe entre a cal e a água, ou entre a água e a esponja? E todavia, a cal e a esponja absorvem a água com uma incomparável avidez, e manifestam um extraordinário amor insensível para com ela. Acontece o mesmo com o amor humano, que se encontra algumas vezes mais forte entre pessoas de qualidades opostas, do que entre aquelas que as têm semelhantes. Os acordes da música fazem-se pela discordância, por meio da qual as vozes dissemelhantes se correspondem, para todas reunidas fazerem uma só harmonia; e o mesmo sucede com a dissemelhança das pedras preciosas e das flores que produzem a agradável composição do esmalte e do matiz. Da mesma forma o amor não nasce sempre da semelhança e simpatia; nasce antes da correspondência e proporção, que consiste em que pela união dum objeto a outro, ambos possam tornar-se mutuamente mais perfeitos e melhores. Por isso os melancólicos e os joviais, os irascíveis e os pacíficos, amam-se algumas vezes pelas mútuas impressões que recebem uns dos outros, por meio das quais os seus temperamentos são mutuamente modificados.[*]

— Passei com ele todo aquele dia, que posso chamar dia de paraíso... O A, meu guia havia anos, foi também meu diretor espiritual, e se fiz alguma coisa bem feita, devo-o ao digno A[*], em cujas mãos coloquei minhas decisões, estudos e atividades. A primeira coisa que fez foi levar-me às prisões, onde pude logo verificar como é grande a malícia e a miséria dos homens. Ver turmas de jovens, de 12 a 18 anos, todos sãos, robustos, e de vivo engenho, mas sem nada fazer, picados pelos insetos, à míngua de pão espiritual e temporal, foi algo que me horrorizou. O opróbrio da pátria, a desonra das famílias, o aviltamento aos próprios olhos personificavam-se naqueles infelizes. Qual não foi, porém, minha admiração e surpresa quando percebi que muitos deles saíam com o firme propósito de vida melhor e não obstante voltavam logo à prisão, da qual haviam saído poucos dias antes. [...] — Mas eu não posso mais tolerar que o Sr. se mate. Tantas e tão variadas ocupações, queira ou não, prejudicam sua saúde e meus institutos. E depois, as vozes que correm acerca de sua saúde mental, a oposição das autoridades locais me obrigam a aconselhá-lo...[**]

[12/01/2020 11:05:00] João Bosco: Eu preciso mudar, agora chegando em sp começo a tomar remédios e antidepressivo pra cortar droga

---

[*] SALES, op. cit.

[**] BOSCO, 1873-1876.

[12/01/2020 11:05:04] João Bosco: Minha vida desandou depois do uso intenso
[12/01/2020 11:05:23] Kaliu: Eu uso tina a mais de 5 anos amigo
[12/01/2020 11:05:36] Kaliu: E nunca surtei
[12/01/2020 11:05:42] João Bosco: Eu uso desde 2009
[12/01/2020 11:08:08] Kaliu: Mas isso vai de cada um

— Já pensei. A minha vida está consagrada ao bem da juventude. Agradeço-lhe as ofertas que me faz, mas não posso afastar-me do caminho que a divina Providência me traçou.[*]

— Consideremos a atração que o íman exerce sobre o ferro. O ferro tem uma tal conformidade com o íman que, somente reconhece a sua virtude, volta-se logo para ele; depois começa prontamente a mover-se e agitar-se com pequenos estremecimentos, manifestando por esta forma a complacência que sente, e por isso se adianta e se dirige para o íman, procurando todos os meios para se unir a ele. Não estão nesta comparação representadas todas as partes dum vivo amor? O bem arrasta, prende e liga o coração pela complacência, mas pelo amor o seduz, e o atrai a si; a complacência é o despertar do coração, mas o amor é a sua ação; aquela obriga-o a levantar-se, este fá-lo andar; o coração abre as suas asas pela complacência, o amor é o seu vôo. E para falar clara e distintamente, o amor não é nada mais do que o movimento e o progresso do coração para o bem.[**]

— Quando nasceste eu te consagrei a Nossa Senhora; quando começaste os estudos, eu te recomendei a devoção à nossa Mãe: pois agora também recomendo-te que sejas todo dela: recomenda e propaga sempre a devoção a Nossa Senhora. Meu Deus, destruí em mim todos os maus hábitos. — *Induat te Dominus novum hominem, qui secundum Deum creatus est in iustitia et sanctitate veritatis!* Senti-me grandemente comovido e acrescentei de mim para mim: — Sim, meu Deus, fazei que neste momento eu me revista de um novo homem, isto é, que a partir de agora eu comece uma vida nova, toda conforme a divina vontade, que a justiça e a santidade sejam o objeto constante dos meus pensamentos, das minhas palavras e das minhas obras. Assim seja. Ó Maria, sede a minha salvação.[***]

Dessa maneira foi que João Bosco, nascido de mãe católica e pai adventista, educado em escola adventista onde foi perseguido por ser gay, em um surto

---

[*] BOSCO, Ibidem.

[**] SALES, op. cit.

[***] BOSCO, 1873-1876.

psicótico causado pela metanfetamina pôs-se nu na sacada do quarto 1385 do Moulineaux, diante de Copacabana e, com a colher suja de uma sobremesa que havia recebido como mimo na noite anterior, arrancou os próprios olhos. O olho esquerdo primeiro, depois o direito. Um caiu na calçada treze andares abaixo; o outro, a seus pés. Alucinou sobre sua relação com Deus e seguiu a luz que enxergava no escuro, vinda do outro lado da rua. Caminhou pelos corredores do hotel perante funcionários e hóspedes — ninguém tentou socorrer ou ao menos cobrir sua nudez, apenas o filmaram durante o trajeto com seus celulares. Chegou até o elevador e desceu ao térreo, acompanhado que já era por uma legião de seguidores — nenhuma pessoa interveio.

João Bosco é homossexual. À equipe de jornalismo, Shirley, tia da vítima, explica que após um surto psicótico, ele se despiu e saiu do hotel. João Bosco chegou a andar nu por cerca de 6 km, passando pelas principais ruas da Zona Sul da cidade.

Pele e osso, atravessou a curva onde a rua Francisco Otaviano se transforma na avenida Atlântica. Parou o trânsito e ali tampouco foi abordado pelos policiais que estavam ao lado de uma viatura estacionada, ou pelo soldado que guarda a entrada do Forte de Copacabana. Chamou a atenção dos membros do Clube dos Marimbás, que saíram se juntando à multidão do hotel, dos transeuntes, dos esportistas, dos praieiros e dos visitantes.

A situação foi filmada por vários moradores da cidade, turistas, passantes e frequentadores do clube (veja o vídeo acima). Em determinado momento, João Bosco aparece ao lado de uma viatura da Polícia Militar.
[...] Para a família, João Bosco foi vítima de omissão de socorro. Ele ainda foi alvo de piadas e comentários homofóbicos por parte dos populares (veja o depoimento completo no vídeo abaixo).

Muitos o seguiram ao interior do Forte. João Bosco continuou desimpedido até chegar à pequena Capela que guarda a imagem de Nossa Senhora de Copacabana, ou Virgem Morena. Ali, caiu de joelhos perante o ícone como se pudesse vê-la, baseada no talhe em madeira criado por Francisco Tito Yupanqui por volta de 1583 e levada ao Rio de Janeiro por comerciantes bolivianos, peruanos e portugueses na primeira metade do século XVIII. Parda, guardando ainda alguns traços indígenas, porém esbranquiçada, de cabeça caída a olhar para baixo em expressão melancólica com um menino Jesus altivo no braço esquerdo; seu manto era branco e europeizado, não mais trajava as vestimentas de uma princesa inca; realmente, de morena não possuía quase mais nada... A imagem, que em 1746 havia merecido uma bela igreja na rocha que separa Copacabana de Ipanema — em 1919 demolida para a construção do quartel —, jazia então em um espaço que de tão pequeno parecia uma gruta, onde a legião de perplexos não cabia com seus celulares a gravar. Naquele local, João apenas pôde chorar lágrimas de sangue dos buracos que tomaram os espaços de sua face quando notou que tinha se deixado contaminar pela água marron que tanto o desviou de seus ideais éticos.

Tem dias que a gente se sente
Como quem partiu ou morreu
A gente estancou de repente
Ou foi o mundo então que cresceu
A gente quer ter voz ativa
No nosso destino mandar
Mas eis que chega a roda-viva
E carrega o destino pra lá

Roda mundo, roda-gigante
Rodamoinho, roda pião
O tempo rodou num instante
Nas voltas do meu coração

A gente vai contra a corrente
Até não poder resistir
Na volta do barco é que sente
O quanto deixou de cumprir
Faz tempo que a gente cultiva
A mais linda roseira que há
Mas eis que chega a roda-viva
E carrega a roseira pra lá

Roda mundo, roda-gigante
Rodamoinho, roda pião
O tempo rodou num instante
Nas voltas do meu coração

é uma coisa tão linda a santinha com seu manto todo branco com as bordas cheias de brilho e esses olhos compridos nos cantos que nem de mamãe olhos de índia ela tem com aquela pele morena e os lábios grossos mamãe é parda loucura de papai que é bem branco a santinha tá mais branca também fica o tempo todo olhando pra baixo parece que tá tímida de olhar pra mim mamãe também parece tímida mas quem vê não pensa esperta ela de ter fisgado um homem bonito que nem papai tinha só dezenove anos papai é só um ano e pouco mais velho ela nem dirige carro mas ele depende dela pra tudo esperta ela que dá uma boa chave de buceta porque ele não sai do lado dela eu gosto também de homem branco assim ficava assistindo eles escondido pela fechadura da porta tem gente que se sente culpado eu não sinto nem um pouco papai é gato o pau dele parece com o meu é grande também a santinha tem o rosto fino que incrível parece mamãe até nisso sem tirar nem pôr quase nem tem bochecha o cabelo comprido preto mas o nariz de mamãe é mais brasileiro não é fino assim só o nariz que é diferente e a pele que já falei que mamãe tem a pele que nem a minha morena também ela até se converteu pra casar na Igreja adventista mas depois desconverteu levava a gente escondido na Igreja católica eu sempre ficava admirando as roupas das santas que eu não parava quieto e queria tocar já levei muita surra mamãe sempre diz que eu dou muito trabalho foi tão esperta que me deu nome de santo e papai nem desconfiou ela tem uma pintura também guarda escondida dentro da gaveta é Nossa Senhora Auxiliadora uma imagem muito bonita mas a Nossa Senhora é branca e quase gorda e o Jesusinho é corado bem loiro a gente nunca foi loiro papai *quizáz* quando era menino mas o cabelo dele também é muito liso o Jesusinho da N. Sra. Auxiliadora é todo cacheado o pintor é Tommaso Andrea Lorenzone decorei de tanto ver foi encomendado por Dom Bosco mamãe quis que meu nome fosse em homenagem a ele o quadro é bem equilibrado e simétrico em cima da cabeça da santinha tem uma pomba branca simbolizando o Espírito Santo e em cima da pomba tem o olho que é o olho de Deus Olho da Providência chama que observa todos nós eu odiava as aulas de religião imagina eu na escola o tanto que os meninos zombavam se pudesse escolher não seria gay teria sofrido muito menos imagina o quanto eu penei na escola adventista na aula de educação física principalmente mas era uma escola muito boa quando eu era criança a gente era pobre meus pais se esforçaram muito pra pagar depois mamãe pediu ajuda pra minha tia pra me tirar do Brasil porque eu ia me meter em encrenca aqui e eu fui pra Espanha mas Deus olha a gente aqui ou lá é indiferente acha que não viu o que eu tava fazendo no hotel mamãe me ligou no quarto disse que estava com o coração apertado preocupada comigo perguntou se eu tava bem eu disse que tava pedi um dinheiro pra pagar o povo aqui mas eu sabia que não tava bem e ela sabia que eu sabia mamãe teve um pressentimento mãe tem dessas coisas tô chorando muito desde que o Francisco foi embora mas aí eu fumo tina às vezes me dá muita raiva mano quando ela desligou eu ouvi a voz de Deus Ele mesmo disse assim que pra eu enxergar de verdade eu precisava abdicar dos meus olhos usou essas palavras era uma ordem abdicar *si es eso y no tengo la intención de renunciar a eso* saí na sacada e daí olhei pro céu e vi o clarão e lá Ele tava me olhando vi o triângulo ao redor do olho que nem na pintura Ele mandou e eu fiz porque precisava ver de verdade eu estava cego agora eu vejo não era só eu a humanidade tá perdida vi um pontinho da luz da santa lá de cima só tinha vindo aqui na capela uma vez senti a brisa na minha pele quando saí na rua andei um tanto mas pedi direção e cheguei direitinho e ela tava igualzinha da primeira vez Deus tava certo mesmo olhando pra baixo parece que ela me vê e sorri pra mim Deus tá me recebendo de volta porque eu mereço ser amado eu cobro muito de mim mesmo mas pra Ele não importa se eu errei[*]

A roda da saia, a mulata
Não quer mais rodar, não senhor
Não posso fazer serenata
A roda de samba acabou
A gente toma a iniciativa
Viola na rua, a cantar
Mas eis que chega a roda-viva
E carrega a viola pra lá

Roda mundo, roda-gigante
Rodamoinho, roda pião
O tempo rodou num instante
Nas voltas do meu coração

O samba, a viola, a roseira
Um dia a fogueira queimou
Foi tudo ilusão passageira
Que a brisa primeira levou
No peito a saudade cativa
Faz força pro tempo parar
Mas eis que chega a roda-viva
E carrega a saudade pra lá

---

* "O espetáculo é a reconstrução material da ilusão religiosa. A técnica espetacular não dissipou as nuvens religiosas onde os homens tinham colocado os seus próprios poderes desligados de si: ela ligou-os somente a uma base terrestre. Assim, é a mais terrestre das vidas que se torna opaca e irrespirável. Ela já não reenvia para o céu, mas alberga em si a sua recusa absoluta, o seu falacioso paraíso. O espetáculo é a realização técnica do exílio dos poderes humanos num além; a cisão acabada no interior do homem." (DEBORD, op. cit.)

Roda mundo, roda-gigante
Rodamoinho, roda pião
O tempo rodou num instante
Nas voltas do meu coração
Roda mundo, roda-gigante
Rodamoinho, roda pião
O tempo rodou num instante
Nas voltas do meu coração

Roda mundo, roda-gigante
Rodamoinho, roda pião
O tempo rodou num instante
Nas voltas do meu coração[*]

Eu assistia ao pôr do sol da sacada do apartamento de minha mãe em Campo Grande. Aquele dia choveu 12,4 mm e a água nos pegou de surpresa enquanto voltávamos da loja da empresa telefônica Voz, onde compramos um novo celular para mim e requisitei também um novo chip. Desde a ida anterior à loja, eu tinha cancelado o chip que havia sido clonado no Shopping Leblon — portanto, esperava que ao menos meus acessos à nuvem e aos aplicativos de mensagem estivessem livres de interceptação, mesmo que minha linha continuasse grampeada. Curiosamente, nem minhas corridas de Übe (a cancelada ou a realizada, em que eu tinha sido perseguido), nem a de 1001 Táxi (a cancelada) da noite entre os dias 4 e 5 de janeiro encontravam-se registradas nos respectivos aplicativos, indicando que haviam mexido, sim, e muito, em minhas diversas contas. De fato, eu não me sentia seguro para usar quase mais nada que fosse virtual, nem no aparelho novo, nem com cartões novos. Quem tinha me seguido desde o Moulineaux havia interceptado meus aplicativos antes ainda que eu entrasse no carro que tomei — dos três que pedi —, somente pude supor, e era provável que até o motorista de meu veículo fosse bandido, porque estava desde o início muito predisposto a fazer paradas para que eu sumisse... [Posteriormente retomo a esse assunto com uma descoberta que fiz, no devido tempo cronológico dos acontecimentos.]

A chuva se fazia escura no distante do horizonte. De cor azul-chumbo que tocava a terra se transformava em cinza e acima em um sutil rosa e ainda mais acima em alaranjado, no que restava de nuvens no céu alto. Conforme o sol se desviava de nuvens distantes que não podíamos ver, e seus raios perpassavam diretamente aquelas que estavam em nossa vista, elas então se iluminavam de

---

[*] BUARQUE DE HOLLANDA, Chico. "Roda Viva", 1967.

cores quase hipnóticas de tão lindas e vivas. Eu observava tão focadamente aquela rápida mudança de matizes pelo simples atravessar da luz que minha mente viajava a lugares distantes... mais especificamente ao Rio de Janeiro, embora mesmo em pensamento me recusasse a chegar lá. Pensava em Bosco, tinha saudades dele e simultâneo medo — por não saber de que lado estava e, justamente por isso, nem poder perguntar. Fazia alguns dias que ele não falava comigo e isso me preocupava — aprendi que quanto a ele existem coisas que nem sou capaz de imaginar; desdobra cada segundo de ócio em dez. Ao acessar sites de notícias, li sobre os eventos que narrei acima. A mídia fez um espetáculo do que houve com João. Repórteres publicaram vídeos editados dos vários celulares que o tinham seguido por Copacabana desde o hotel, e os voyeurs se alternavam gravando ao longo das ruas, pela volta que ele deu pela Lagoa, por Leblon e Ipanema, pelo Clube dos Marimbás, até o interior da capelinha no Forte. O pessoal do Samu tapou sua nudez com um cobertor térmico — que o fez até parecido com a imagem de Nossa Senhora de Copacabana que ele uma vez havia comentado comigo e que então se refletia nele. Uma outra, única matéria jornalística mais séria no meio da cobertura espetaculosa, relatava que João tinha sido enviado por sua família de jato particular a um dos melhores hospitais do DF, onde seria "submetido a uma cirurgia nos olhos". Depois, de algum outro acontecimento trágico se havia ocupado a mídia sensacionalista e os repórteres se esqueceram de Bosco. Fiquei triste e chocado ao ler sobre aquilo e enviei logo uma mensagem para meu ex. Não esperava uma resposta, afinal com que olhos ele iria ler? E que olhos tinham restado para que fosse realizada qualquer cirurgia? Haviam recuperado um deles? — porque o outro caiu treze andares abaixo, constava dos artigos noticiosos. Aliás, onde tinha estado eu que só naquele momento me deparava com os artigos noticiosos? Por certo, tão mergulhado em mim mesmo que os dias se emendavam e o presente era eterno. O tempo havia parado. Minhas caixas de e-mails, no entanto, estavam lotadas com trabalho, marketing de construtoras, planos de saúde, ONGs dedicadas ao meio ambiente, entre outras. Eu tinha acessado meus e-mails, mas não limpei as caixas por medo de que elas estivessem sendo monitoradas após a aparente invasão de meu celular e sistemas. Havia me dedicado a mudar todas as senhas e a estabelecer novos critérios de segurança e verificação para minhas várias contas — também de Instagram, Twitter, Facebook, WhatsApp etc. Não me dei ao trabalho com Übe e 1001 Táxi, pois supus que, como pelo estágio de metástase de um câncer, estivessem tomadas por dentro pela Rede — tampouco queria que quem as estivesse monitorando [se ainda estivesse] desconfiasse de que eu estava ciente; pedia que outros enviassem carros para mim quando eu precisava usar tais aplicativos. A propósito da live que eu tinha transmitido com a cara do VIP oleoso, como as corridas de carro ela havia sido deletada de meu Instagram — por sorte, uma amiga o reconhecera. Na caixa de e-mail, a última mensagem antes do grave acontecimento envolvendo os olhos de João Bosco.

Em sáb, 11 de jan de 2020 04:39, Francisco de Sales <salescisco@yahoo.com> escreveu:

João,

Você sempre valorizou bens materiais e "uma vida de luxo" mais do que tudo? Sua vida não irá ser plena e você não encontrará paz enquanto não estiver de bem com seu emocional e seu espiritual. Eu fico sem palavras porque esse não foi o cara com quem eu me conectei no primeiro olhar. Você está se perdendo de você mesmo? Me faz muito triste ver.
Em minha vida, os melhores momentos de luxo e riqueza sempre vêm acompanhados de paz interior e felicidade, sintonia com o universo. Dinheiro por dinheiro, luxo por luxo não fazem sentido porque o universo cobra. Uma vida íntegra o universo enxerga e dá presentes.
E quem são essas pessoas de quem você se cercou? Eu vivi momentos de intenso pânico aquela noite e no dia e noite seguintes. Você se importou? Para quem você me expôs? Ameaçaram meus amigos. Eu nunca teria feito algo semelhante com você. Sempre te protegi. Precisava ter ido tão longe? Foi tudo tão sórdido e violento. Bateram em minha cabeça com um martelo. Terrorismo psicológico. Até o Paulo, quem eu quase namorei... o que foi aquilo? A vida mostra.
Bastava que você abrisse o jogo comigo de verdade. Sempre fugindo, arranjando desculpas para ir para aqui ou ali ou ficar só. Você precisa disso? Eu rachando as contas (ou mais, se você precisasse) não seria suficiente? Momentos de cumplicidade e dureza (se necessário), porém eu não soltaria sua mão. Mas você possui esses pactos sórdidos que me antecedem (ao menos em importância). Se associar ao ~* para me amedrontar? Você que deveria defender seu companheiro.
Tantos erros, me jogando aos cães repetidamente. Mereci isso? Você sabe de tudo o que se passou. E você sabe que eu também sei. E eu pergunto: tem a consciência limpa depois de ter exposto um parceiro desse jeito?
Eu seria seu companheiro em tudo. Seguraria sua mão. Não mediria esforços para lhe ver bem. Mas lidei com sociopatas anteriormente e se você não é um por natureza, a droga está o tornando um. Você mente me olhando nos olhos. Enquanto isso, o brilho em seus olhos que um dia enxerguei eu vejo se esvair.
Se você possui alma, se verdadeiramente se importa com o outro, resgate-se. Você está indo por um caminho sem volta. Ou será tarde demais.
O destino nos colocou frente a frente por um motivo. Ouço repetidamente sobre o coração que tenho, que meus olhos são transparentes, que sou bom. Se você não soube ou não quis ser meu companheiro, se me atirou aos cães que te circulam, se seus pactos sórdidos têm mais importância do que a pessoa que havia se

comprometido a estar ao seu lado, se os segredos são mais importantes do que a transparência e a cumplicidade com um cara realmente do bem… que você consiga se resgatar sozinho. Não seja levado ao fundo pelos que circulam no limbo… Eu vivi os momentos mais apavorantes de minha vida inteira ao seu lado… Não surtei, não tive um transtorno psiquiátrico e nem tampouco agi por estar "drogado". Na própria delegacia avaliaram que eu estava sóbrio. Estava simplesmente em pânico. Você poderia ter me protegido, nunca deveria ter me exposto. Seu pai teria feito algo assim com sua mãe ou vice-versa? Hoje estou lidando com o risco do transtorno do estresse pós-traumático. Mas estou são – mesmo com tudo o que você circulou ao meu respeito. Não fui internado – não sou esquizofrênico. Apenas preciso de repouso após tamanho trauma, mas semana que vem já retorno ao trabalho.
E você se sente em paz com o que aconteceu?
E como você está? E como será sua vida? Esses que você valoriza logo te descartarão – se não fizerem pior – e eu tenho evidências de que mentem para você. Que esta mensagem se comunique com a sua alma e o que há ainda de bom em você. Que haja salvação.

De uma outra alma que veio ao mundo para resgatar pássaros feridos,

Francisco

Havia enviado essa mensagem para Bosco na madrugada do dia 11 de janeiro, e a última mensagem de WhatsApp entre João e o tal Kaliu aconteceu dia 12 às 11:08:08. Choveu 12,40 mm em Campo Grande (MS) na tarde do mesmo dia, 12 de janeiro. E eu ainda estava no dia 12 de janeiro. Assim, tinham se passado poucas horas desde o ocorrido com João quando fui impactado pelas notícias espetaculosas ["impactar": jargão de marqueteiros]. Não, o tempo não havia parado. O tempo não *pára*, mas ele é elástico — ao menos aqui dentro. Então, relendo o e-mail, era quase óbvio que eu havia subliminarmente implantado na cabeça de Bosco a ideia de arrancar seus próprios olhos.

On Wednesday, January 15, 2020, 09:03:41 PM GMT-4, João Bosco <joaobosco_df@gmail.com> wrote:

Continuo sem entender.
Qual a sua intenção?
Fique tranquilo com relação a minha alma…

Surpreendentemente, contudo, alguns dias depois de meu e-mail, obtive a resposta acima. No início, pensei que tivessem ativado o leitor no celular de Bosco e que ele tivesse ditado essa mensagem, ou que alguém tivesse lido minha mensagem para ele e digitado sua resposta. Mas acabamos por nos falar mais e então Bosco me contou: a família o havia resgatado a tempo de se preservar intactas as pontas de seus nervos ópticos e nelas tinham sido instalados olhos virtuais. Submeteu-se à cirurgia e foi se recuperar com a família no Guarujá. Ele havia tirado os tapa-olhos mais cedo naquele dia e já podia, inclusive, ler, como se quase nada tivesse se passado. "Incrível a tecnologia", fiquei admirado. Com saudades um do outro, combinamos que nos veríamos — sim, nos veríamos! — quando eu estivesse de volta a São Paulo, no dia 17 — ele já retornaria naquele dia 15 com seus pais, que se hospedariam no estúdio até o dia seguinte. "Sua família, sempre pronta a se livrar dele; e ele, a escapar" — pensei. "Se fossem meus pais, mante-riam-me contra minha vontade por uns seis meses se eu tivesse arrancado meus próprios olhos." Substituir os olhos biológicos por virtuais parecia a coisa mais comum do mundo...

O consumo espetacular que conserva a antiga cultura congelada, compreendendo nela a repetição remendada das suas manifestações negativas, torna-se abertamente no aspecto cultural o que ele implicitamente é na sua totalidade: a *comunicação do incomunicável.* A destruição extrema da linguagem pode encontrar-se aí insipidamente reconhecida como um valor positivo oficial, pois se trata de apregoar uma reconciliação com o estado dominante das coisas, no qual toda a comunicação é alegremente proclamada ausente. A verdade crítica desta destruição, enquanto vida real da poesia e da arte [contemporâneas], está evidentemente escondida, porque o espetáculo, que tem a função de *fazer esquecer a história na cultura,* aplica na pseudonovidade dos seus meios [pós-]modernistas a própria estratégia que o constitui em profundidade. Assim, uma escola de neoliteratura, tida como nova, simplesmente auto-contempla seus escritos. Aliás, ao lado da simples proclamação da beleza suficiente da dissolução do comunicável, a tendência mais [atual] da cultura espetacular — e a mais ligada à prática repressiva da organização geral da sociedade — procura recompor, através de "trabalhos de conjunto", um meio neo-artístico complexo a partir dos elementos decompostos; procurando integrar detritos ou híbridos estético-técnicos no urbanismo. Isto é a tradução, no plano da pseudocultura espetacular, do projeto geral do capitalismo desenvolvido que visa ocupar-se do trabalhador pulverizado como "personalidade bem integrada no grupo", tendência descrita pelos recentes sociólogos americanos (Riesman, Whyte, etc.). Trata-se, em toda a parte, do mesmo projeto — uma reestruturação sem comunidade.[*]

---

[*] DEBORD, op. cit. Colchetes meus.

Vila Velha, 21 de maio de 2021

Minha mãe me ligou. Perguntou o que eu estava fazendo.

Respondi que estava voltando do mercado.

Ela insistiu: "Não". O que eu estava fazendo?

Percebi, então, que havia lido o Primeiro Ato do livro que eu tinha enviado para impressão no cartório de meu irmão, para registro na Biblioteca Nacional.

"Você leu o livro, né? Eu pedi para não ler."

"Estava imprimindo e a folha ficou presa… na página que fala sobre seu irmão se vestir com as minhas roupas."

Minha mãe pensa que me engana com suas estórias. Eu havia enviado o original com a expressa orientação de que ela não lesse. Não se faz isso com o trabalho em progresso de um escritor, a não ser que ele dê permissão. É como se sentar atrás da tela e ler em tempo real enquanto alguém digita. Muito desconfortável.

Imagino eu que nas catacumbas da Biblioteca Nacional os originais fiquem escondidos do mundo para todo o sempre, por isso muitas vezes registro os escritos em partes — o trabalho ao longo de seu desenvolvimento, até que o todo venha a ser trazido à luz. Antes disso, apenas infinitamente profundas catacumbas… que possuem um propósito.

"Ninguém vai se importar com isso. Todas as crianças brincam nos armários dos pais" — argumentei. "É transgressor, é *avant-garde*."

"Por favor, não publique isso." Ela afirmava que iria gerar um cataclisma na família. "Não quero que mencione nossa família ou fale dos outros."

"Não estou falando dos outros. Apenas citei a passagem porque quem se vestiu foi ele, mas quem apanhou fui eu. Por isso, tenho o direito de falar de mim. E o livro é pura ficção."

"Não é ficção. Tudo o que está ali são verdades" — ela rebateu. "É um livro deprimente. Se as coisas estão mal agora, as pessoas vão achar que você é um depravado e drogado quando publicar."

"No mundo realmente reinvertido, o verdadeiro é um momento do falso."[*] As pessoas sempre irão buscar "o que o autor quis dizer" como convier à boa família cristã e dizer o que quiserem. "É ficção. Meu irmão nunca

---

[*] DEBORD, op. cit.

esteve brincando nos seus armários", menti. Até suprimi que era meu irmão do meio a quem me referia. Releia lá. Já está [re]escrito.

Ela demonstrou o desejo de comprar o livro para que eu não o publicasse: "Não é ficção. Só falta colocar seu CPF." A Biblioteca Nacional exige o CPF do autor para o registro, já consta.

E sempre tive bom desempenho ao escrever sobre personagens esquizofrênicos, basta ler as críticas sobre meu longa *Quando o Galo Cantar*... ¿Como não sou capaz de escrever um livro de ficção, se me acusaram de nem sequer estar apto para distinguir a realidade? [Novos laudos psiquiátricos virão.]

8

17 de janeiro de 2020: A caminho de São Paulo!

Parte I: A história do pensamento

A burguesia desenvolveu o seu poderio econômico autônomo no período medieval de enfraquecimento do Estado, no momento de fragmentação feudal de poderes equilibrados. Mas o Estado moderno que, pelo mercantilismo, começou a apoiar o desenvolvimento da burguesia, e que finalmente se tornou o seu Estado na hora do "laisser faire, laisser passer", vai revelar-se ulteriormente dotado de um poder central na gestão calculada do processo econômico. Marx pôde, no entanto, descrever no bonapartismo este esboço da burocracia estatal moderna, fusão do capital e do Estado, constituição de um "poder nacional do capital sobre o trabalho, de uma força pública organizada para a sujeição social", onde a burguesia renuncia a toda a vida histórica que não seja a sua redução à história econômica das coisas, e se presta a "ser condenada ao mesmo nada político que as outras classes". Aqui, estão já colocadas as bases sociopolíticas do espetáculo moderno.

Ainda que na fase primitiva da acumulação capitalista "a economia política não veja no proletário senão o operário" que deve receber o mínimo indispensável para a conservação da sua força de trabalho, sem nunca o considerar "nos seus lazeres, na sua humanidade", esta posição das ideias da classe dominante reinverte-se assim que o grau de abundância atingido na produção das mercadorias exige um excedente de colaboração do operário. Este operário, subitamente lavado do desprezo total que lhe é claramente feito saber por todas as modalidades de organização e vigilância da produção, reencontra-se, cada dia, fora desta, aparentemente tratado como uma grande pessoa, com uma delicadeza obsequiosa, sob o disfarce do consumidor. Então o humanismo da mercadoria toma a cargo os "lazeres e humanidade" do trabalhador, muito simplesmente porque a economia política pode e deve dominar, agora, estas esferas, enquanto economia política. Assim, "o renegar acabado do homem" tomou a cargo a totalidade da existência humana.

O espetáculo é uma permanente guerra do ópio para fazer aceitar a identificação dos bens às mercadorias; e da satisfação à sobrevivência, aumentando segundo as suas próprias leis. Mas se a sobrevivência consumível é algo que deve aumentar sempre, é porque ela não cessa de conter a privação. Se não há nenhum além para a sobrevivência aumentada, nenhum ponto onde ela poderia cessar o seu crescimento, é porque ela própria não está para além da privação, mas é sim a privação tornada mais rica. […] O resultado concentrado do trabalho social, no momento da abundância econômica, torna-se aparente e submete toda a realidade à aparência, que é agora seu produto.

A consciência do desejo e o desejo da consciência são identicamente este projeto que, sob a sua forma negativa, quer a abolição das classes, isto é, *a posse direta pelos trabalhadores de todos os momentos da sua atividade*. O seu contrário é a sociedade do espetáculo onde a mercadoria se contempla a si mesma num mundo que ela criou.

A sobrevivência da religião e da família — que permanece a forma principal da herança do poder de classe —, e, portanto, da repressão moral que elas asseguram, podem combinar-se como uma mesma coisa, com a afirmação redundante do gozo deste mundo, este mundo não sendo justamente produzido senão como pseudogozo que conserva em si a repressão. A aceitação beata daquilo que existe pode juntar-se como uma mesma coisa à revolta puramente espetacular: isto traduz o simples fato de que *a própria insatisfação se tornou uma mercadoria* desde que a abundância econômica se achou capaz de alargar a sua produção ao tratamento de uma tal matéria-prima.

Na imagem da unificação feliz da sociedade pelo consumo, a divisão real está somente suspensa até a próxima não-completa realização no consumível. Cada produto particular que deve representar a esperança de um atalho fulgurante para ascender, enfim, à terra prometida do consumo total, é, por sua vez, apresentado cerimoniosamente como a singularidade decisiva. Mas como no caso da difusão instantânea das modas de nomes aparentemente aristocráticos que se vão encontrar usados por quase todos os indivíduos da mesma idade, o objeto do qual se espera um poder singular não pôde ser proposto à devoção das massas senão porque ele foi tirado num número de exemplares suficientemente grande para ser consumido massivamente. O caráter prestigioso deste qualquer produto não lhe vem senão de ter sido colocado por um momento no centro da vida social, como o mistério revelado da finalidade da produção. O objeto, que era prestigioso no espetáculo, torna-se vulgar no instante em que entra em casa do consumidor ao mesmo tempo em que na casa de todos os outros. Ele revela demasiado tarde a sua pobreza essencial, que retira da miséria da sua produção. Mas é já um outro objeto que traz a justificação do sistema e a exigência de ser reconhecido.

O sistema econômico fundado no isolamento é uma produção circular do isolamento. O isolamento funda a técnica, e, em retorno, o processo técnico isola. *Do automóvel à televisão, todos os bens selecionados pelo sistema espetacular são também as suas armas para o reforço constante das condições de isolamento das "multidões solitárias". O espetáculo reencontra cada vez mais concretamente os seus próprios pressupostos.*

A leitura me fez lembrar de uma disciplina que cursei na School of the Art Institute of Chicago (SAIC) chamada History of Recorded Music, que tratava, entre outros temas, da mudança da relação das pessoas com a música desde a invenção do fonógrafo por Edison e as contribuições dadas pelo

---

* DEBORD, op. cit.

laboratório de Graham Bell e Berliner para a popularização do disco gravado. Com o advento do fonógrafo, apresentações de grandes artistas que somente podiam ser presenciadas ao vivo puderam passar a ser gravadas, o que levou à reprodução em massa de gravações específicas e, subsequentemente, à geração de memórias coletivas em torno dessas versões gravadas em particular [a ideia provém de Adorno e Horkheimer, da Escola de Frankfurt, e de seu conceito de consciência coletiva nas sociedades massificadas]. O exemplo didático é Enrico Caruso, cantor de ópera italiano muito admirado por suas apresentações, que gravou sua voz em Milão, em 1895, e, devido ao sucesso, em 1903 foi para Nova York gravar para a Victor Talking Machine Company, antecessora da RCA-Victor. O tema da "memória coletiva" (ou de grupo), fruto da consciência coletiva, referente a versões específicas de canções na música gravada continua a me interessar, pois se aplica não apenas à música, programas de TV etc., mas também a marcas. Dado o grande reconhecimento da música brasileira no exterior, apresentei nessa aula um pequeno trabalho sobre a influência de Dalva de Oliveira em Gal Costa e de Gal Costa em Cássia Eller [Gal, que é adorada pelos estadunidenses conhecedores de música]. Segundo o pesquisador, historiador, colecionador e crítico musical Ricardo Cravo Albin, Dalva de Oliveira é

a representante-mor da canção popular brasileira do período pós-guerra. "Dona de impressionante extensão de voz, que ia do contralto ao soprano, era também uma intérprete versátil, que encantava cantando samba-canção, tango ou marcha-rancho. Para mim, o que ela fez na versão de 'Hino ao amor' supera o original de Edith Piaf".[1]

Por minha vez, eu havia chegado até Dalva guiado pelos meus avós paternos, ambos grandes admiradores e conhecedores da música popular brasileira desde os anos 1920 — minha avó Tereza continua apaixonada por Dalva de Oliveira, e meu avô Joaquim havia sido, em sua juventude, baterista da banda de Nélson Gonçalves; assim, nos carros que adoravam dirigir [minha vó também sempre foi ágil motorista] ou em sua casa, sempre havia música tocando. Na minipalestra, após a exibição de meu curta-metragem *Dalva* (um trabalho experimental de edição em 16 mm em que dirijo a artista plástica Christiana Moraes sob o som de "Que Será?", de Marino Pinto e Mário Rossi, na voz de Oliveira), introduzi o assunto discutindo um pouco sobre como Billie Holiday, em 1927, havia se interessado pela música e aprendido a cantar ouvindo álbuns de Louis Armstrong e Bessie Smith, e como ela havia exercido influência artística sobre Nina Simone, que em 1958 regravou "I Loves You, Porgy" — seu único sucesso nos top 20 da *Billboard*. De Bessie para Billie para Nina. Estava estabelecida a analogia para o tópico "herança artística" [no Brasil] que tanto me interessa. Precisava dessa referência na cultura norte-americana, pois apresentaria canções em português para um público que não era falante de minha língua [poderia ter tomado a linhagem por Aracy Côrtes, "a primeira grande cantora brasileira", atuante desde a década de 1920, e dela ter partido para Dalva, mas meu tempo era limitado]. Então, toquei trechos da obra de Dalva de Oliveira comparando-os a momentos da obra de Gal Costa, demonstrando a clara influência [embora Gal habitualmente seja mais minimalista, reservando os agudos orgásmicos herdados de Dalva para os instantes de clímax e, nesse aspecto, Maria Bethânia represente mais essa certa pegada *over,* antiga, talvez provinda do fado, de Oliveira e de Gonçalves]. Encerrei a primeira parte da pequena palestra com a gravação de Gal Costa de "Fim de Caso", de autoria de Dolores Duran. Até então, a apresentação tinha sido um sucesso, e a perfeição dos músicos brasileiros foi aplaudida [não apenas pelo aspecto técnico, porque se assim fosse seria na verdade um "defeito" formal-conceitual na visão dominante na SAIC, mas também pela interpretação]. Depois, tratei da invasão da música em língua inglesa no Brasil permitida pela reprodução das gravações — tema da aula — por meio da indústria cultural, e como resposta-exemplo toquei "Geração Coca-Cola", composta por Renato Russo, na interpretação de Cássia Eller — com tradução simultânea para o inglês:

Quando nascemos fomos programados
A receber o que vocês nos empurraram
Com os enlatados dos U.S.A., de nove às seis

Desde pequenos nós comemos lixo
Comercial e industrial
Mas agora chegou nossa vez
Vamos cuspir de volta o lixo em cima de vocês

Somos os filhos da revolução
Somos burgueses sem religião
Somos o futuro da nação
Geração Coca-Cola

Depois de vinte anos na escola
Não é difícil aprender

Todas as manhas do seu jogo sujo
Não é assim que tem que ser

Vamos fazer nosso dever de casa
E aí então, vocês vão ver
Suas crianças derrubando reis
Fazer comédia no cinema com as suas leis

Somos os filhos da revolução
Somos burgueses sem religião
Somos o futuro da nação
Geração Coca-Cola
Geração Coca-Cola
Geração Coca-Cola
*Geração Coca-Cola**

Embora a canção de 1985 trate dos anos da ditatura militar, e Renato Russo, nascido em 1960, chame sua própria geração (*baby boom*) de "geração Coca-Cola", em meu entendimento no Brasil talvez faça mais sentido chamar a geração de meus avós, nascida entre 1909 e 1933, de "geração Coca-Cola", pois foram eles os tocados pela Primeira Guerra Mundial e, a partir da Segunda Guerra, passaram a ser diretamente afetados pela crescente hegemonia mercantil-cultural estadunidense — a Coca-Cola penetrou o Brasil em 1941, com o *Repórter Esso*. Foi a primeira geração a internalizar, dessa maneira, a "americanização" do mundo. Os mais velhos (nascidos em 1909) tinham 32 anos em 1941, e os mais novos, apenas oito. Sim, a geração *baby boom* já "nasceu comendo lixo", como afirma a música — e a partir dos *boomers* creio que essa divisão de gerações seja válida para todo o mundo ocidental. No entanto, a "geração Coca-Cola" de 1909 a 1933 foi quem "comeu lixo" primeiro — e o gosto musical de meus avós refletia essa clara influência que sofreram. Foi uma guinada no imperialismo europeu a que os brasileiros haviam sido submetidos até a geração nascida em 1908 ou antes — a derrocada do eurocentrismo se confirmou a partir da Primeira Guerra. Ando refletindo sobre o que pode ser chamado, no Brasil, a geração nascida entre 1934 e 1945 — e geralmente são pais da geração X. O termo usado nos EUA é "*silent generation*" para os nascidos entre 1928 e 1945 (a "geração silenciosa"), mas não faz sentido usar esse termo, mesmo com esse pequeno ajuste de datas de seis anos que mencionei acima, em terras tupiniquins. Antes de retornar à apresentação de meu trabalho, acho válido registrar que sempre apreciei muito

---

* RUSSO, Renato. "Geração Coca-Cola", 1985.

mais Cazuza do que Renato Russo, e fui eu mesmo imensamente influenciado pelo primeiro — o suposto herdeiro de Vinicius de Moraes e de idade bem próxima à de meu pai.

Em minha minipalestra, em si um exercício de "colagem musical" e de arte, a plateia não apreciou tanto essa segunda e última parte. Os estadunidenses se ofenderam com a letra traduzida de "Geração Coca-Cola" [certamente com a passagem "Vamos cuspir de volta o lixo em cima de vocês",* o que me causou certo prazer sádico, pois a confrontação e o choque desempenham papel importante na arte], além de não terem gostado da gravação em si — da instrumentação à interpretação de Cássia Eller. {Os estadunidenses em geral desdenham do "rock" feito (*copiado*) em outros países e eu, tendo morado lá por tanto tempo, entendo um pouco do porquê — apesar de também compreender o lado brasileiro [do que recebe o que é disseminado e imposto pela metrópole e que de alguma maneira precisa *se apropriar*, porém não copiar]. Como talvez dissesse o Movimento Modernista em nosso país [se Oswald de Andrade estivesse vivo nos anos 1970], ao comer lixo, vamos vomitar lixo, porque não mais nos alimentamos apenas de "nossa própria cultura" [mesmo, neste caso, "nossa cultura" se tratando de sobreposições heterogêneas, passageiras e locais das culturas imigrantes e de seu assimilar ao que restava dos povos originais, em um fio cada vez mais tênue], cultura esta que, se nos anos 1920 resistia à influência europeia, desde 1941 havia sido quase engolfada pela expansão e dominação militar-mercantil-cultural-ideológica estadunidense. Até hoje, a cultura brasileira é muito heterogênea, e eu argumentaria que a televisão possuiu um papel-chave em reforçar uma identidade nacional a partir da década de 1950, ainda que em muitos momentos tenha servido à dominação vinda do norte. Quiçá a

---

* Em e-mail pessoal, Henrique Lee — meu psicanalista e um dos revisores da filosofia deste trabalho — afirma que "o fato é que há uma contingência histórica no modo de nomeação por exemplo de uma 'geração Coca-Cola', na letra do Renato Russo. O movimento que a letra sugere é o movimento de toda modernidade tardia do mundo colonizado. Tanto na literatura como em outras artes, há uma apropriação de uma linguagem do colonizador que depois é subvertida pelo colonizado. A geração Coca-Cola [como Russo se refere aos baby boomers] foi alimentada pelo lixo cultural dos enlatados televisivos, mas em vez de uma pura adesão a este imaginário, a letra ventila um imaginário revolucionário e subversivo". Pontuo que: por modernidade tardia, pode-se ler "pós-modernismo"; o movimento subversivo proposto por Russo provém do Modernismo no Brasil, cristalizado na Semana de Arte de 1922, cuja primeira corrente — como argumentarei mais à frente — já possuía influências pós-modernistas; Roudinesco apontou que a questão da "identidade dos colonizados" posteriormente foi assimilada pelo movimento identitário; por fim, pode-se dizer que Carmen Miranda, nascida em 1909, de certa forma já tinha feito o que é proposto por Russo desde 1940, como seria admitido por Caetano Veloso em 1967 — esse é um dos motivos para eu defender que a geração nascida entre 1909 e 1933 seja a verdadeira geração Coca-Cola.

geração nascida entre 1934 e 1945 possa, aliás, ser chamada de geração Tupi, em referência à TV Tupi, que fez sua primeira transmissão em 4 de junho de 1950. "O Brasil foi o quinto país do mundo a ter televisão, depois de EUA, Inglaterra, Holanda e França."[2] Embora o dono da TV, Assis Chateaubriand, tenha nascido em 1892, as transmissões dessa primeira década ficaram a cargo da geração Coca-Cola, como Lolita Rodrigues, Homero Silva, Hebe Camargo, Nair Bello, Cassiano Gabus Mendes, Walter Forster, Lia de Aguiar e Vida Alves — os últimos quatro responsáveis pela primeira telenovela brasileira, *Sua Vida Me Pertence*, título, aliás, bastante sugestivo com relação ao papel que a telenovela exerceria na vida dos brasileiros}. Os presentes na palestra tampouco entenderam que "Cássia Eller foi beber em Gal, assim como foram beber todos os cantores e cantoras do pop e da MPB"[3] — para gerar essa compreensão, talvez eu tivesse de ter apresentado trechos em que Gal era mais agressiva e inovava nos anos 1970, mas faltava tempo.

Devido a instabilidades políticas históricas (revoluções, golpes, Getúlio Vargas, ditadura militar) e falhas graves na educação pública por motivações ideológicas impostas pela direita anticonstitucional e antidemocrática — direita esta que se beneficiou de tais instabilidades e falhas educacionais em que toquei brevemente em capítulos anteriores —, em minha concepção, o Brasil como nação não viveu as plenas consequências sociopolíticas propostas pela arte do primeiro impulso do Modernismo ou o abraçou como movimento nesse momento inicial; isso, além de o país ter sido — pelo viés fascista de Vargas alienado da vivência do que evoluiu para a Segunda Guerra. [Apesar de o regime ditatorial de Vargas não ter efetivamente instalado o fascismo no país, Getúlio disseminou a ideologia por sua máquina de propaganda; é necessário também recordar que apenas por pressão estadunidense o Brasil participou da guerra ao lado dos Países Aliados e lutou paradoxalmente, assim, contra os fundamentos de Vargas.] Dessa forma, o real significado da Segunda Guerra Mundial foi compreendido, em alguns aspectos, muito superficialmente pelos brasileiros. Os significantes foram se acumulando, entretanto, e acabamos por viver as consequências do pós-modernismo de forma mais profunda do que o próprio Modernismo, mesmo em tempos turbulentos. Uso aqui, ironia inclusa, a definição da *Encyclopedia Britannica* de pós-modernismo (tradução e grifos meus):

> Pós-modernismo, na filosofia Ocidental, um movimento do final do século XX caracterizado por amplo *ceticismo, subjetivismo, ou relativismo*; uma *suspeita generalizada da razão*, e uma sensibilidade aguda ao papel da ideologia para obter e manter poder político e econômico.

Pós-modernismo e a filosofia moderna — O pós-modernismo é, em grande parte, uma reação contra presunções intelectuais e valores do período moderno na história da filosofia Ocidental (aproximadamente, entre os séculos XVII e XIX). De fato, muitas das doutrinas caracteristicamente associadas com o pós-modernismo podem ser razoavelmente descritas como *uma franca negação de pontos de vista filosóficos gerais, que foram tomados como certos durante o Iluminismo do século XVIII*, apesar de não serem singulares a esse período. Os mais importantes desses pontos de vista são os seguintes. 1. *Há uma realidade natural objetiva*, uma realidade cuja existência e propriedades são logicamente independentes dos seres humanos — de suas mentes, suas sociedades, suas práticas sociais ou suas técnicas investigativas. Pós-modernistas rejeitam essa ideia como um tipo de *realismo ingênuo* (naïve). Tal realidade como ela existe, de acordo com pós-modernistas, é uma construção conceitual, um artefato da prática científica e linguagem. Este ponto também se aplica à investigação de eventos passados por historiadores e à descrição de instituições sociais, estruturas ou práticas por cientistas sociais. 2. Os pronunciamentos descritivos e explanatórios por cientistas e historiadores podem, em princípio, ser objetivamente verdadeiros ou falsos. A negação pós-moderna deste ponto de vista — que provém de uma rejeição a uma realidade natural objetiva — é, às vezes, expressa ao dizer que *não existe tal coisa como a Verdade*. 3. Através do uso da razão e da lógica, e com ferramentas mais especializadas fornecidas pela ciência e pela tecnologia, seres humanos podem se mudar, e às suas sociedades, para melhor. É razoável esperar que futuras sociedades serão mais humanas, mais justas, mais iluminadas e mais prósperas do que são agora. *Pós-modernistas negam essa fé iluminista na ciência e na tecnologia como instrumentos do progresso humano*. De fato, muitos pós-modernistas mantêm que buscas mal orientadas (ou não orientadas) por conhecimento científico e tecnológico levaram ao desenvolvimento de tecnologias para a matança em escala massiva na Segunda Guerra Mundial. Alguns chegam a dizer que *a ciência e a tecnologia — e mesmo a razão e a lógica — são inerentemente destrutivas e opressivas porque foram usadas por pessoas más, especialmente durante o século XX, para destruir e oprimir outros*. 4. A razão e a lógica são universalmente válidas — em outras palavras, suas leis são as mesmas, ou aplicáveis, para qualquer pensador e qualquer domínio do conhecimento. *Para os pós-modernistas, razão e lógica também são meramente conceitos construídos* e, portanto, são válidas somente dentro das tradições intelectuais em que são usadas. 5. Há uma tal natureza humana; ela consiste de faculdades, aptidões ou disposições que de alguma maneira estão presentes nos seres humanos ao nascimento, em vez de serem aprendidas ou instiladas através de forças sociais. *Os pós-modernistas insistem que todos, senão quase todos, os aspectos da psicologia humana são determinados socialmente*. 6. A linguagem se refere a uma realidade fora dela, e a representa. De acordo com pós-modernistas, a linguagem não é um "espelho da natureza", como o filósofo do pragmatismo Richard Rorty caracterizou a visão Iluminista. Inspirado pelo trabalho do linguista suíço Ferdinand de Saussure, pós-modernistas argumentam que *a língua é semanticamente autocontida, ou autorreferente*; o significado de uma palavra não é algo estático no mundo ou mesmo uma ideia na cabeça, mas em vez disso um espectro de contrastes e diferenças com os significados de outras palavras. *Porque significados são, desta forma, funções de outros significados* — que por sua vez são funções de outros significados, que são funções de outros significados, e assim por diante —, *eles não estão nunca inteiramente "presentes" naquele que fala ou no ouvinte, mas são protelados sem fim.* A autorreferência caracteriza não apenas línguas naturais como também "discursos" mais especializados de comunidades ou tradições em particular; tais discursos estão embutidos em práticas sociais e são refletidos em esquemas conceituais e morais e valores intelectuais da comunidade ou tradição em que são utilizados. A visão pós-moderna da linguagem e do discurso é devida majoritariamente ao filósofo e teórico literário francês Jacques Derrida (1930-2004), o criador e maior prático da desconstrução. 7. Seres humanos podem adquirir conhecimento sobre a realidade natural, e esse *conhecimento pode ser por fim justificado com base na evidência e princípios que são, ou podem ser, conhecidos imediatamente, intuitivamente, ou com outra forma de certeza. Os pós-modernistas rejeitam o fundacionalismo filosófico — a tentativa, talvez mais bem exemplificada pelo dizer do filósofo francês do século XVII René Descartes cogito, ergo sum ("penso, portanto sou", ou "penso, logo existo"), para identificar uma fundação de certeza na qual se construir um edifício de conhecimento empírico (incluindo o científico).* 8. É possível, ao menos em princípio, construir teorias gerais que expliquem muitos aspectos do mundo natural ou social dentro de um dado domínio de conhecimento — por exemplo, uma teoria geral da história da humanidade, como o materialismo dialético. Além do mais, deveria ser um objetivo da pesquisa científica e histórica construir tais teorias, mesmo que elas não sejam perfeitamente alcançáveis na prática. *Os pós-modernistas rejeitam essa noção como um sonho quimérico e mesmo como sintomática de uma tendência não saudável dentro dos discursos iluministas a adotar sistemas "totalizadores" de pensamento* (como o filósofo francês Emmanuel Lévinas os chamava), ou grandes "metanarrativas" do desenvolvimento biológico, histórico e social humano (como o filósofo francês Jean-François Lyotard argumentou). Essas teorias são perniciosas não apenas porque são falsas, mas porque elas efetivamente impõem conformidade em outras perspectivas e discursos, desta forma os oprimindo, marginalizando ou silenciando. O próprio Derrida igualou a tendência teórica no sentido da totalidade ao totalitarismo.

Pós-modernismo e relativismo — Como indicado na seção anterior, muitas das doutrinas características do pós-modernismo constituem ou implicam em alguma forma de relativismo metafísico, epistemológico ou ético. (Deve ser observado, no entanto, que alguns pós-modernistas rejeitam o rótulo relativista veementemente). *Os pós-modernistas negam que haja aspectos da realidade que sejam objetivos; que há afirmações sobre a realidade que são verdadeiras ou falsas; que é possível ter conhecimento de tais afirmações (conhecimento objetivo); que é possível aos seres humanos saberem algumas coisas com certeza; e que há valores morais objetivos, ou absolutos.* A realidade, o conhecimento e os valores são discursos construídos; dessa forma, podem variar com eles. *Isso quer dizer que o discurso da ciência moderna, quando considerado à parte dos padrões de evidência internos a ela, não possui mais verdade que perspectivas alternativas, incluindo (por exemplo) a astrologia e a bruxaria.* Os pós-modernistas às vezes caracterizam os padrões de evidência da ciência, incluindo o uso da razão e da lógica, como "racionalidade iluminista". O amplo relativismo aparentemente tão característico do pós-modernismo convida uma certa linha de pensamento a respeito da natureza e da função dos discursos de tipos diferentes. *Se pós-modernistas estão corretos que a realidade, o conhecimento e valor são relativos ao discurso, então os discursos estabelecidos do Iluminismo não são mais necessários ou justificados que discursos alternativos.* Mas isto levanta a questão de como vieram a ser estabelecidos *a priori*. Se nunca é possível avaliar um discurso com relação a se ele leva a uma Verdade objetiva, como os discursos estabelecidos se tornaram parte da visão do mundo prevalente da era moderna? Como esses discursos foram adotados ou desenvolvidos, ao passo que outros não foram? Parte da resposta pós-moderna é de que os discursos prevalentes em qualquer sociedade refletem os interesses e valores, amplamente falando, dos grupos dominantes ou de elite. Os pós-modernistas discordam sobre a natureza dessa conexão; enquanto alguns aparentemente endossam o dizer do filósofo e economista alemão Karl Marx que "as ideias predominantes de cada era têm sempre sido as ideias de sua classe dominante", outros são mais circunspectos. Inspirados pela pesquisa histórica do filósofo francês Michel Foucault, alguns pós-modernistas defendem a visão comparativamente com mais nuance de que *o que conta como conhecimento em uma dada era é sempre influenciado, em formas complexas e sutis, por considerações de poder.* Há outros, entretanto, que estão dispostos a ir ainda além do que foi Marx. O filósofo e teórico literário francês Luce Irigaray, por exemplo, tem argumentado que a ciência de mecânica sólida é mais bem desenvolvida do que a ciência de mecânica fluida, porque a instituição da física dominada por homens associa a solidez e a fluidez com os órgãos masculino e femininos, respectivamente. Similarmente, a psicanalista e escritora Julia Kristeva, nascida na Bulgária, culpou a linguística moderna por privilegiar aspectos da língua associados, em sua teoria psicanalítica, com o paterno ou a autoridade paterna (sistemas de regras e significado referenciais), em detrimento dos aspectos associados ao materno e o corpo (ritmo, tom e outros elementos poéticos). Porque os discursos estabelecidos do Iluminismo são mais ou menos arbitrários e injustificáveis, podem ser mudados; e porque refletem mais ou menos os interesses e valores dos poderosos, eles *devem* ser mudados. Desta forma, os pós-modernistas percebem sua posição teórica como unicamente inclusiva e democrática, porque permite a eles reconhecer a injusta hegemonia dos discursos iluministas sobre as perspectivas igualmente válidas de grupos da não elite. Nos anos 1980 e 1990, acadêmicos que advogam por vários grupos étnicos, culturais, raciais e religiosos abraçaram críticos pós-modernistas da sociedade Ocidental contemporânea, e o pós-modernismo se tornou a filosofia não oficial do novo movimento de "política de identidade".[4]

A respeito do ponto de vista número 5, de que "quase todos os aspectos da psicologia humana são determinados socialmente", é uma das fundamentações do movimento identitário — debatido anteriormente. Este é um dos âmbitos em que nos encontramos entre a cruz e a espada quanto à "política de identidade", e por isso a descrevi como *um dos três tumores benignos da metástase pós-modernista* que não podemos simplesmente arrancar. A espada usou Hitler, por exemplo, baseando-se em argumentos biológicos quando destinou judeus e gays ao Holocausto. A cruz é usada por grupos religiosos radicais, coligados dogmaticamente ao regime fascista de Bolsonaro que encaminha não somente dependentes químicos como jovens cidadãos LGBT+ a "curas gays"... Cito isso novamente mais adiante, contudo reforço o ponto de que o movimento identitário é necessário para a proteção dos direitos das minorias, e essa entrada enciclopédica me recorda de que seu embasamento se encontra sempre sobre uma corda bamba política: ora pendendo para a argumentação social, ora pendendo para a argumentação biológica. Sem me esquecer de que a política identitária *deve ser conectada à integridade moral e profunda solidariedade política que se atente a uma forma financiada de capitalismo predatório* e também ao universalismo, penso que sua fundamentação deva incorporar intrinsecamente o contraditório (ferramenta modernista): como o fato de que alguém fenotipicamente preto pode não ser majoritariamente africano em sua genética (quase o oposto de meu exemplo pessoal — o que desmonta a visão racista a que aponta Roudinesco); ou como o fato de que, ainda que cientistas descubram genes que apontem para a homossexualidade, tais genes não são carregados apenas por indivíduos em quem a LGBTividade se expressa, mas também por seus inúmeros parentes que são heterossexuais na superfície de seu dia a dia (o que desmonta a possibilidade de uma limpeza genética)... Sim, o contraditório e o paradoxo são ferramentas que podem [re]sgatar a política identitária para nosso universo contemporâneo, em que necessitamos ultrapassar o pós-modernismo.

Passei incontáveis tardes de minha infância e adolescência lendo volumes da *Encyclopedia Britannica*, comprada por meu pai e exposta com orgulho na estante de nossa sala; devo ter lido cada artigo dezenas de vezes. Há quem diga que os pós-modernistas tenham realizado uma leitura errônea de René Descartes (*cogito ergo sum*, "penso, portanto sou", ou "penso, logo existo") — a começar pelo pai do movimento, Nietzsche, após ter assistido ao Festival de Bayreuth e se desapontado com Richard Wagner, em 1876. Estaria aí o início de todo o seu grande equívoco de 150 anos...

Enquanto escrevo sobre algumas questões que prendiam minha atenção em um breve momento de leveza reflexiva do ano passado — um voo Campo Grande/ São Paulo —, no presente, por coincidência, acabo de assistir a uma palestra pelo aplicativo Zoom sobre a obra de Marcel Proust organizada pelo escritor Ricardo Lísias e que, portanto, trata de assunto correlacionado (o Modernismo). Dessa maneira, antes de levar adiante a discussão sobre o pós-modernismo de que estava tratando, creio que seja preciso falar um pouco mais a fundo sobre o Modernismo, movimento que teve a Semana de Arte Moderna de 1922, em São Paulo, como seu grande ponto de partida no Brasil. Por sua relevância, costurarei alguns trechos do encontro online aqui. Assim Lísias iniciou a sessão em 28 de junho de 2021, Dia do Orgulho LGBT+:

> Tem alguém que entrou aqui exatamente quando o cuco estava tocando [tinha sido eu]. Amanhã eu jogaria no bicho, não é, porque é um sinal bastante positivo. Eu desejo boa noite a todos... Hoje é dia do Orgulho LGBT, eu mando um abraço aí a todas as pessoas desse grupo, que são vários que estão aqui na nossa aula; vamos deixar alguma coisa positiva. Por falar nisso... outro dia eu achei — acho que foi ontem, não é? Eu li uma coisa muito engraçada sobre isso, na verdade... passaram acho que foi no Facebook — não sei mais, numa dessas redes sociais —, uma notícia: ... prenderam dois caras, um casal, numa suíte master premium de um motel... e era um casal de trambiqueiros, dois rapazes e eles eram trambiqueiros, não é?, eles faziam... acho que era clonagem de cartão; não entendi muito bem qual era o trambique, mas clonagem de cartões. A pessoa que passou falou assim: "Adorei essa notícia porque eu estou cansado de ver gente do nosso grupo... a notícia de gente do nosso grupo é só desgraça, só tragédia. Agora prenderam dois trambiqueiros e isso é ótimo pra saber que a gente é igual ao resto..." É muito bom. Procurem isso porque é bem engraçado.

A palestra online daquele dia se tratava, especificamente, do livro O Caminho de Guermantes — o terceiro volume de *Em Busca do Tempo Perdido* —, e Lísias pontuou o fato de que o volume poderia ser considerado lançado em 1922, mesmo ano de *Ulysses*, de Joyce, da Semana de Arte Moderna no Brasil, e *The Waste Land*, de T.S. Eliot. Lísias continuou a adentrar o assunto com uma recapitulação da história francesa desde a Revolução de 1789 e do caso do capitão Alfred Dreyfus, judeu heterossexual de origem alsaciana que foi retratado para o júri como homossexual, o que teve grande peso para sua condenação inicial.[5] Em síntese,[6]

> o caso Dreyfus é um grande conflito social e político na Terceira República, que ocorreu na França no final do século XIX, em torno da acusação de traição feita ao capitão Alfred Dreyfus, que ao final restou inocentado. O caso perturbou a sociedade francesa por doze anos, de 1894 a 1906, dividindo-a profunda e duradouramente em dois campos opostos: os "dreyfusards", defensores da inocência de Dreyfus, e os "antidreyfusards", defensores de sua culpa.

A condenação, no final de 1894, do capitão Dreyfus — por supostamente entregar documentos secretos franceses ao Império alemão — é um erro ou mesmo uma trama judicial com um fundo de espionagem, em um contexto social particularmente favorável ao antissemitismo e o ódio ao Império alemão após a anexação da Alsácia-Lorena em 1871. O caso teve uma resposta limitada desde o início. Antes de 1898, a absolvição do verdadeiro culpado e a publicação de um panfleto Dreyfusard por Émile Zola, "J'accuse...!", causam uma sucessão de crises políticas e sociais. No auge de 1899, o caso revelou as rachaduras da França na Terceira República, onde a oposição entre os campos de Dreyfusard e Antidreyfusard deu origem a polêmicas nacionalistas e antissemitas muito violentas, disseminadas por uma imprensa influente. Terminou em 1906, com um julgamento do Tribunal de Cassação que inocentou e definitivamente reabilitou Dreyfus.[*]

Ricardo Lísias relatou que, dado o protagonismo do Exército francês no país desde a década de 1870 — a partir da dizimação da Comuna de Paris —, em certo momento posterior, Proust, o escritor, começou a se incomodar, por exemplo, com o fato de, nos jantares que frequentava, as pessoas então mencionarem nomes de generais como antes falavam de atores famosos do teatro. Isso indicava, ao autor, um mau sinal. A França era, à época, um estado policialesco — e a questão Dreyfus no final do século XIX e início do XX trouxe uma consciência política a Proust que transpareceu em sua obra, segundo Lísias, porque ficou claro que Dreyfus era inocente e na verdade se tratava de um caso de antissemitismo (e, hoje se entende, de LGBTfobia também):

> O capitão Dreyfus era inocente, houve inclusive documentos falsificados, mas o que mais assustou, o que mais gerou muito debate, é o fato de que mesmo muita gente sabendo que os documentos eram falsificados, mesmo sabendo que ele era inocente, vejam o tamanho da... vejam o tamanho da violência, não é? Muita gente defendia que o processo não fosse revisto pela chamada "razão do estado", que é: erros do estado, da chamada máquina estatal, não necessariamente devam ser corrigidos por proteção ao Estado. Muita gente defendeu isso, que um homem inocente continuasse, enfim, pagando por algo que ele não tinha cometido, porque se isso não ocorresse haveria uma desmoralização do Exército francês, do Estado francês e do Sistema de Justiça francês — a chamada "razão do estado" que estaria sobre a vida de um homem individual.
>
> Dá para se observar que muito do interesse do Proust vem justamente sobre essa situação, já que o Proust percebe muito claramente, analisa com muita clareza e com muita ênfase, justamente o que esses grandes movimentos históricos

---

[*] Ler: BREDIN, Jean Denis. *L'Affaire*. Paris: Fayard, 1984.
DUCLERT, Vincent. *Biographie d'Alfred Dreyfus*. Paris: Fayard, 2006.
E discurso do ministro da Justiça, Pascal Clément, de 12 de junho de 2006.

(Napoleão, guerra franco-prussiana, depois militarização do Estado), o que esses grandes movimentos históricos vão causar na vida particular, na vida pessoal, particular também, mas na vida particular e pessoal de cada um. Isso — a macro-história — atingindo o nosso jantar de cada dia. E o jantar de cada dia ainda é muito pouco, não é? Porque atingiu a saúde mental, a saúde psicológica de uma certa parcela da população. E além disso, também é algo sempre muito importante pro Proust, além disso demonstrando a hipocrisia das relações, como as relações sociais são relações hipócritas, isso a gente pode tentar discutir daqui a pouco, mas como essas situações, em resumo, como essas situações acabam atingindo a vida particular de cada um e aqui o caso Dreyfus é absolutamente decisivo para isso.

Lísias prosseguiu:

Um dos grandes aspectos dessa literatura, uma das grandes preocupações é a observação, é a percepção de como esses grandes movimentos históricos lidam com a vida de cada cidadão, a vida de cada cidadão que não participa diretamente desses movimentos.

O Modernismo, ele é sempre ensinado — e corretamente, não há nenhum erro nisso —, mas uma coisa que sempre se fala, por exemplo, é a chegada do anti-herói, não é? É quando o Modernismo coloca o anti-herói — ou se não é o anti-herói, é o homem comum. E não vamos confundir o homem comum com o anti-herói... O anti-herói e o homem comum são um pouco diferentes, mas sempre se fala nisso e se esquece de uma questão, eu acho que o complemento disso. Que na verdade, o que o Modernismo faz ao trazer esse homem comum é justamente procurar compreender o que ocorre na vida desse homem comum a partir dos grandes acontecimentos históricos, das grandes modificações históricas. Oswald de Andrade mesmo... *O Rei da Vela*, por exemplo, *O Rei da Vela* tem acontecimentos, golpes, violência política muito grande na vida de uma pessoa comum. Essa é a questão. O Modernismo começa a se preocupar muito com esse anti-herói ou esse homem comum para justamente colocar essa nova figura, avaliar — melhor dizendo — essa nova figura nas consequências que terão os grandes acontecimentos históricos. Essa é a importância que se coloca na questão do homem comum.

Em 2021, [re]compreendo como extremamente importante a questão da representação do homem comum e do anti-herói na arte. Algo em que também concordo com Ricardo Lísias é que um dos principais feitos do Modernismo tenha sido ressaltar a forma como a situação macro-histórico-político-social impacta cada indivíduo em sua vida e que tratar desse assunto seja uma questão profundamente democrática. Lísias leu um trecho da obra *Tempos Modernos*, de Jacques Rancière — recém-lançada no Brasil, como ele próprio mencionou —, para tratar do que significa o tempo para o

Modernismo e de por que o modernismo fez a movimentação que levou o homem comum a tomar o lugar dos personagens "ditos ativos" (os trechos entre aspas são de Rancière; os entre chaves e colchetes, de Lísias):

"Essa própria distinção entre dois tipos de temporalidade se baseava na oposição entre dois usos do tempo e duas formas de vida. De um lado, o tempo dos homens ditos passivos, que vivem no universo cotidiano das coisas que acontecem umas depois das outras. [Quem são os homens ditos passivos? Os que vivem uma vida em que de manhã saem para trabalhar, depois eles param e almoçam, depois que eles almoçam eles voltam para o trabalho, depois do trabalho eles voltam para casa, eles dormem, no dia seguinte... Eles têm essa linearidade, eles têm essa vida contínua, realmente. O homem do trabalho. É o homem do trabalho.] De outro lado, o tempo dos homens ativos, que vivem no tempo dos fins projetados e dos meios que eventualmente produzem outros efeitos, diferentes daqueles que foram projetados. [Quem são os homens ativos? Acontecem outras coisas na vida dessas pessoas que foram atrás desses projetos e viveram outras situações. Aqui ele está se referindo a um determinado momento histórico.] A nova ficção [modernista, de Virginia Woolf, Joyce e Proust] reivindica, por sua vez, o tempo cotidiano feito de uma multiplicidade de eventos sensíveis microscópicos, todos de igual importância. [Vamos parar então de enxergar a vida do chamado homem passivo como uma vida que tenha essa continuidade. A gente pode descrever essa continuidade de outra forma. Como a gente descreve de outra forma? Pegando os eventos microscopicamente...] "os acontecimentos microscópicos que ligam a vida do indivíduo à grande vida anônima". {Vida anônima, aqui, é no sentido de um grupo maior "que não conhece nenhuma hierarquia". Se a gente parar aqui para refletir por um instante, esse é o Modernismo. Este é o Modernismo. Este é o tempo do Modernismo. Parar com esse negócio de considerar que o tempo linear é realmente linear, já que se a gente fatiar esse tempo linear essas pessoas vão fazer parte de grupos maiores, já que terão elas também as suas identidades colocadas junto com o grupo maior. Paralisar o tempo e não mais enxergar o tempo como um tempo contínuo, mas, sim, como um tempo microscópico, não é? Obviamente... A outra grande influência de tudo desses grandes escritores é muito obviamente o Freud, muito evidentemente... O retorno ao tempo do trauma, a reconstrução desses vários tempos em um momento diferente. É óbvio o que ele diz aqui. [...] Vou continuar a leitura porque isso é realmente importante.} "É por isso que a moldura do dia não troca simplesmente a sucessão empírica de pequenos fatos pelo encadeamento causal de grandes eventos." {Vejam bem o que ele diz aqui, atenção: esse que é o homem comum, o grande herói. [Colchete meu. Releu o trecho e cita a descrição em *Ulysses* de um dia, e dos anos passados em Proust.] É isso que eu estou tentando dizer. Esses grandes eventos não causam o encadeamento do dia de uma pessoa. Aqui ele diz:} "Mais profundamente, ela [essa ficção] troca o tempo da sucessão [*sucessão é presente passado futuro, é acreditar que as nove da manhã vem antes das nove da noite, acreditar que o meio-dia vem depois das nove da manhã, isso aí é obviamente uma coisa muito simplória*], que é o tempo hierárquico, pelo tempo igualitário da coexistência." [Em resumo, se a gente parar e for analisando os vários momentos através desses fatiados, desses recortes, isso está tudo igualitarizado, isso está tudo igualitário. É por isso que esta ficção traz, então, o homem comum. Não é? Porque:] "é esta democracia ficcional que as montagens…" {A análise dele continua, mas qual é a palavra que o Rancière usa? Ou seja, não sou eu, não fui eu que inventei que o Modernismo é um movimento democrático. Na minha opinião é o último movimento artístico, e não é só na minha opinião, não, na opinião do Rancière — não, nem é a minha opinião, eu simplesmente aderi a esse pensamento —, é o último momento em que a Arte se liga, formalmente falando, visceralmente falando, ou seja: uma questão formal, à Democracia, à promoção da Democracia. Há esse tempo contínuo, que é ele diz que é uma maneira de organizar esse tempo, e esse tempo contínuo é um tempo que acaba deixando as pessoas hierarquizadas. Por quê? Porque, sobretudo a classe mais baixa, não é?, a classe mais baixa está hierarquizada porque ela não tem necessariamente o controle — o Marx diz que é dos meios de produção —, o Rancière, também o Proust e o Modernismo em geral [dizem] que ela não tem o controle do seu tempo… O tempo dela não vai ser um tempo de incidentes, não vai ser um tempo em que ela vai projetar um futuro e quando ela for atrás desse projeto vão acontecer coisas na metade desse projeto que serão coisas novas que irão determinar um novo andamento à própria vida. O sujeito passivo tem um andamento fixo. O Modernismo diz: "não, isso é uma forma de enxergar as coisas. E essa forma de enxergar as coisas é uma forma de dominação". Este é um movimento político de igualitarização.}

O que destaquei em itálico seria em minha visão uma interpretação já pós-modernista por parte de Lísias. Busco mais luz sobre o Modernismo brasileiro no texto "A 'utopia estético-política' da arte: A arte como parte da estratégia revolucionária na obra de Mario Pedrosa",* de Larissa Costard, sobre o trabalho desse crítico de arte.

No Modernismo Brasileiro, a modernização é vista mais como atualização do que como ruptura com a tradição. A questão da brasilidade se impõe no modernismo como via de acesso para a universalidade, construindo a modernidade brasileira dentro do movimento de busca das raízes nacionais e do reencontro com a história de nossa cultura [1].

Quando a Semana de Arte Moderna acontece, em 1922, é inegável que a inspiração vinha de fora. Ao menos em parte, Mario Pedrosa, contrariando opiniões de Mário de Andrade de que o movimento em princípio foi uma importação {Pedrosa cita conferência em que Andrade, sobre a Semana de 1922, afirma: "Mas o

---

* COSTARD, Larissa. A "utopia estético-política" da arte: A arte como parte da estratégia revolucionária na obra de Mario Pedrosa. Dissertação (Mestrado) — Instituto de Ciências Humanas e Filosofia, Departamento de História, Universidade Federal Fluminense, Niterói, 2010. Ver nota xi.

espírito modernista e suas modas foram diretamente importados da Europa" [2]}, argumenta que os jovens, artistas e literatos da Semana de 1922 foram tomados por um estado de espírito novo, *universal* e revolucionário — o espírito do modernismo. Este estado de espírito surgiu na Europa, mas aqui fincou raízes a partir do contato com a obra de dois artistas, ainda na década de 1910: Anita Malfatti e Victor Brecheret. Estes foram a inspiração da geração de 1922, em especial pelos quadros e esculturas que rompiam com os cânones acadêmicos, característica primeira do modernismo quando do seu surgimento na Europa. A partir de então, acertadas as contas com a modernidade na arte, cumpria aos artistas modernistas a tarefa de criar uma cultura verdadeiramente nacional. O objetivo dos modernistas era atualizar o Brasil em Brasil, sem a cópia estrangeira. O espírito revolucionário de que Pedrosa falava era a esperança da criação de uma forma artística atual que dissesse respeito à especificidade brasileira. Não se deve confundir na obra do crítico esta esperança de comunicar o Brasil com o nacionalismo xenófobo, com que o modernismo seria identificado na geração da década seguinte.

[...] O diálogo, ou melhor, a dialética, entre internacional-local era fortemente valorizada por Pedrosa neste sentido. Tratar do regionalismo era tratar do internacionalismo, aproveitar as experiências já desfrutadas em alguns lugares e a possibilidade de reconduzi-las, percebendo como a nossa arte "em formação" poderia se transformar em uma arte verdadeiramente revolucionária — assim como nosso proletariado poderia transformar a revolução democrática em revolução socialista, se quisermos traçar um paralelo entre a concepção de transformação social de Mario Pedrosa, inelutavelmente internacionalista, e sua concepção de arte. A "Paulicéia Desvairada" de Mário de Andrade [1922] teve origem numa inquietude depois do grande choque de percepção de Malfatti e Brecheret, e não de qualquer teorização e adestramento da escrita. A iniciação modernista no Brasil não foi literária, mas sim através das artes não verbais. Pedrosa afirma: "E aqui está um dos traços originais e característicos do novo movimento e que tanto o distingue de outros movimentos e escolas literárias surgidas no Brasil. O movimento parte de uma experiência psíquica, de uma vivência mágica preliminar: o contato com a pintura moderna. O ponto de partida não é literário. O fogo divino não veio das leituras mas de uma experiência direta entre o jovem brasileiro ingênuo, bárbaro, e os poderes mágicos da expressão, de agressão das formas pictóricas até então ignoradas [3]".

A respeito do porquê de esse primeiro impulso do Modernismo não ter sido mais amplamente abraçado culturalmente no Brasil, Ricardo Lísias defendeu outras teorias que diferem de minhas postulações sobre as instabilidades políticas e as graves falhas no sistema educacional brasileiro. Porém, ele concordou comigo ao menos em parte:

Eu estava até pensando numa coisa outro dia, sobre essa questão do Modernismo, que eu sempre lamento muito. No geral, quando o Modernismo é ensinado, ele é ensinado no 2º grau. Isso é uma coisa importante, porque é para a maioria dos alunos o último momento que os estudantes terão acesso à Arte. Depois eles vão fazer outras, vão entrar na faculdade de outras áreas e aí não terão mais esse estudo. Os que se interessarem voltarão, mas muitos, não.

Argumentou que o Brasil é um país amplamente conservador [com o que concordo] e que a não assimilação social do Modernismo talvez se deva ao fato de que, "com a retomada dos estudos de teoria literária na academia a partir da década de 1980, após a interrupção feita pela ditadura militar, por acaso o autor escolhido como foco pelos acadêmicos tenha sido Machado de Assis, realista, em vez de — por exemplo — Mário de Andrade, modernista". O fato de Mário de Andrade ser gay contou para isso? Talvez. Sua homossexualidade não era admitida por si à época, contudo era "efeminado", e dessa forma sua orientação sexual foi simplesmente ignorada pelos seus contemporâneos [até seu rompimento com Oswald de Andrade, em 1929] e pela crítica literária por muito tempo. Lísias, por fim, ligou o Modernismo francês aos artistas brasileiros:

Evidentemente que aliar a política à morte, no caso do Proust, é uma clara demonstração de como ele vai começar a enxergar, como ele vai começar a enxergar o Estado francês. E os vários modernismos, nesse momento, eles vão de fato colocando essa questão. Pensem. Só para fazer uma analogia, que é uma analogia que eu não tenho nenhum tempo para continuar, e eu também não me aprofundei nunca nisso... Mas, dá para fazer esse raciocínio pensando no que o Mário de Andrade considerava o Estado brasileiro, a partir do *Macunaíma*. Não é? É interessante... qual era a observação: é um estado completamente leniente, enfim, permissivo, e por aí vai.

Sobre a obra *Macunaíma:* o herói sem nenhum caráter, de Mário de Andrade, "um dos maiores marcos do Modernismo literário brasileiro, se não o maior" (palavras de outra fonte), reproduzo aqui um texto retirado diretamente da Wikipédia,[7] fruto de colaboração coletiva e um "texto destacado":[*]

A obra de 1928 é de difícil classificação no sistema dos gêneros literários, sua estrutura tem elementos de muitos gêneros combinados, mas é muito elogiada como um experimento linguístico e literário extraordinariamente original e bem-sucedido, que esconde sua erudição na aparente facilidade com que integra modos de falar e elementos de crônicas, lendas, ditados e contos folclóricos de

---

[*] "Para que um artigo se torne de qualidade deve cumprir com os critérios de destaque, passando por uma análise e avaliação da sua precisão, integridade do conteúdo, referências e verificabilidade da informação, estrutura e neutralidade."

todo o Brasil em uma narrativa coerente, vigorosa, ágil e cativante. Também é admirada como uma penetrante reflexão sobre a cultura e sociedade brasileira, sua história, seu presente e seu destino. O mítico e o mágico fluem livremente ao lado da realidade concreta e muitas vezes a transfiguram, impregnando-a de novos significados. O protagonista é um personagem tão complexo, imprevisível e pouco definível quanto o formato da narrativa; alterna entre momentos de aguda perspicácia e estupidez, entre mansidão e *brutalidade*, entre grandeza e vilania; é, com efeito, um ser sobre-humano, dotado de poderes mágicos, e vive operando prodígios. Seu *caráter e moralidade fora dos padrões*, em particular, bem como sua sexualidade exuberante e irrefreada, têm sido objeto de intensa exploração crítica e debate.

O livro hoje é largamente conhecido no Brasil, e seu protagonista saiu das suas páginas para ir viver no imaginário coletivo da nação, tornando-se um ícone popular. Na mídia e na cultura popular formou-se uma persistente imagem de Macunaíma como um retrato do "brasileiro médio" e seu modo de viver e entender o mundo, geralmente enfatizando traços negativos de preguiça, inconstância, libertinagem, covardia e pouca confiabilidade, mas para a maioria dos críticos recentes essa visão é um estereótipo pouco fiel à realidade. É verdade que a acidentada e excitante carreira do herói acaba em uma grande derrota: ele perde tudo ao que dava valor e tudo que dava sabor à sua existência, perde seus amores, sua família, seu império, e toda sua tribo se extingue; no final, solitário e desiludido, deixa o mundo e vai para o céu, transformando-se numa constelação. Porém, reivindicando a diversidade e miscigenação que marcaram a formação do país, normalizando o imprevisto, e incorporando a liberdade, a imaginação, a poesia e o maravilhoso ao cotidiano, ele tem sido entendido pelos pesquisadores muitas vezes como um "anti-herói", *um símbolo da resistência ao colonialismo, à massificação,* à homogeneização e à higienização étnica e cultural, aos preconceitos e discursos hegemônicos; um contraponto ao racionalismo frio e desumanizante, ao mundo das convenções, das regras fixas, dos horários rígidos e dos valores supostamente eternos e universais, cuja mensagem permanece viva e pertinente para o presente. A controvérsia, de fato, cercou a obra desde seu lançamento em 1928, surgindo em um momento em que os intelectuais modernistas procuravam tanto descobrir como *redesenhar a "verdadeira" identidade nacional,* trabalhando num contexto conservador, enfrentando a herança ainda muito viva do passado monárquico e colonial, e lutando para abrir um caminho legítimo e novo para um futuro que não discerniam com clareza.

A volumosa bibliografia crítica que *Macunaíma* produziu e produz — sendo um dos livros brasileiros mais estudados de todos os tempos — é repleta de *polêmicas sobre* o seu significado, *seus aspectos estéticos e suas implicações morais, culturais, políticas, históricas e sociais.* Porém, a crítica o reconhece consensualmente como uma obra-prima e como um dos maiores marcos do Modernismo literário brasileiro, se não o maior. É obra muito estudada também por pesquisadores estrangeiros e foi traduzida para várias línguas.

Mário é reconhecido como um dos principais expoentes do Modernismo brasileiro, desenvolvendo carreira como intelectual e artista politicamente engajado, e exercendo grande influência. Acreditava que a arte devia não apenas servir à estética ("arte pela arte"), mas também cumprir uma função social, ser útil e construtiva. Isso se expressa também em seu interesse pela formação de uma cultura autenticamente nacional, e na crença de que o Estado tem um importante papel a desempenhar como organizador da sociedade, mas também pensava que o artista devia ter um preparo cultural consistente. Coerente com este pensamento, adquiriu ele mesmo uma vasta cultura, estudando filosofia, música, antropologia, psicologia, etnologia, estética, folclore, história e outros campos do saber.

Além dos princípios gerais modernistas, entre suas principais influências estão os estudos de Silvio Romero sobre o folclore, aproximando-se da sua abordagem antirregionalista, enfatizando a mestiçagem cultural; buscava a sistematização do estudo folclórico, e o entendimento da literatura como um instrumento de universalização da cultura. Com Johann Gottfried Herder estudou a influência da língua, do ambiente e da paisagem na definição da autenticidade e especificidade cultural de cada nação; da filosofia de Oswald Spengler colheu a concepção das culturas como organismos que passam por ciclos de ascensão e decadência; a tentativa de distinguir o que é essencial do que é circunstancial, e a dialética entre campo/cidade, cultura/civilização, história/natureza, nacional/internacional, intuição/razão. Com Hermann von Keyserling, que chegou a ser citado por Mário como a chave para a compreensão de *Macunaíma*, rejeitou a explicação exclusivamente burguesa e capitalista da história, apontando a incompletude da civilização americana, *o potencial destruidor do progresso e do conhecimento desvinculado da humanidade*, e a necessidade de encontrar um sentido espiritual para a civilização, pregando a preservação de uma relação orgânica, ainda que consciente e crítica, do presente e do futuro com o passado, onde as tradições ainda têm um papel a desempenhar como fios condutores da cultura e da história. Essa relação positiva com o passado foi um dos diferenciais de Mário em relação a outros modernistas mais radicais, para quem o passado devia ser simplesmente esquecido. Também deve ser assinalada sua relação com *Iracema*, de José de Alencar, a quem admirava, não tanto pela temática indígena — recusava o rótulo de obra indianista para *Macunaíma* —, mas pela tentativa de definir uma expressão nacional para a linguagem, chamando-o de "patrono santo da literatura brasileira". De certa forma os escritores românticos brasileiros em geral podem ser considerados como precursores de *Macunaíma* pelo seu interesse em estabelecer um cânone nacionalista.[xii]

Mário de Andrade, através de *Macunaíma*, propunha uma "grande narrativa". "A metanarrativa ou grande narrativa, em teoria crítica, é a narrativa sobre narrativas de significado, experiência ou conhecimento histórico, o que oferece à sociedade através da antecipada conclusão de uma ideia mestre [ainda não realizada]."[8] Seria ambicioso demais tentar unir todos os brasileiros sob apenas uma grande narrativa? Talvez. E é possível que tenha havido outras motivações ideológicas também, que contrariavam os próprios princípios do movimento modernista. Mário de Andrade iria adiante: "Estamos reagindo contra o preconceito da forma. Estamos matando a literatice. Estamos acabando com o domínio da França sobre nós. Estamos acabando com o domínio gramatical de Portugal. Estamos esquecendo a pátria-amada-salve-salve em favor duma terra de verdade que vá enriquecer com o seu contingente característico a imagem multifacetada da humanidade. O nosso primitivismo está sobretudo nisso: Arte de intensões práticas, interessada: arte sexual ou nacional ou filosófica (no bom sentido). Estamos fazendo arte muito misturada com a vida".[9]

Lísias continuou sua análise, fazendo menções ao segundo volume de seu *Diário da Catástrofe Brasileira*, também recém-publicado e que recebeu hoje:

> Se a gente pensar como uma figura como Proust, uma figura como Thomas Mann, uma figura como Kafka observam a sua própria macro-história — eu não sei se esses são os melhores termos, mas simplesmente os movimentos históricos, os donos do poder, vou falar assim para usar um termo do Brecht, não é? —, eles observam os donos do poder, todos eles de forma muito soturna, muito sombria, muito negativa, muito sem humor — por exemplo — também, quer dizer, com muito peso. Enquanto, aqui no Brasil, se a gente pega o Modernismo é o *Macunaíma* do Mário de Andrade, do Oswald, o poder é sempre observado como uma grande piada, uma presepada, uma gente patética. Não que no final isso não termine em tragédia, como eu estava dizendo na peça *O Rei da Vela*. Eu estou lembrando disso porque meu livro chegou e eu lembrei dessa análise que eu estava fazendo.

Concordo com Lísias que a jocosidade da relação entre os personagens de Mário de Andrade e Oswald com as altas esferas da sociedade e do poder tenha sido uma questão conceitualmente problemática — porque talvez aponte para implicações mais profundas, de influências não modernistas.

> Agora tem uma coisa que eu também vou dizer aqui, que eu estava defendendo no livro [segundo volume de *Diário da Catástrofe Brasileira*]. Acabou, não é? Essa história de, na minha opinião, de enxergar o poder... de zombar... de ser zombeteiro com o poder já teria terminado na ditadura. Se não terminou na ditadura, agora acabou. Agora, atualmente, hoje o Brasil realmente entrou... falta só aparecer aí o nosso Thomas Mann. Essa última frase é uma brincadeira, evidentemente, porque não daria certo. A gente está na era... em outro momento. Há aqui, realmente, no atual momento, uma transformação.

Não é só eles [Mário de Andrade e Oswald de Andrade]. Vários outros autores daquele momento enxergavam tudo num sentido duma blague que, claro, das consequências que seriam consequências muito sérias, as consequências acabam sendo sempre consequências muito sérias. Mas é tudo… um pessoal que vê uma grande piada. Não é assim que Proust enxerga o estado militar francês, não é assim que Thomas Mann enxerga também. Afinal, do Kafka não preciso nem falar. Isso me parece algo fundamental.

Por exemplo, pensem no Alcântara Machado, não é, que fazia aqueles contos da comunidade italiana… Era sempre uma coisa festeira, festeira com um final melancólico.

Trago outro trecho de Costard (2010) sobre o trabalho de Mario Pedrosa, que faz uma distinção, no eixo central do Modernismo brasileiro, entre uma corrente antes e outra corrente depois do Golpe de 1930 por Vargas, separando-o em dois momentos:

A periodicidade do movimento surge nas análises do crítico [Mario Pedrosa] no momento em que era criada uma atitude entre certos artistas que tomaria a descoberta da nação como um nacionalismo político mais estrito. A primeira corrente [4], que nasce com a movimentação que desembocou na Semana de 1922 e se estenderia até a década de 1930, estava ocupada da descoberta da nação pelos sentidos, incluindo as experimentações estéticas em cores, temas e formas que fossem especificamente tropicais — e qualquer acontecimento de 1924 é parte desta atitude do artista. Já a segunda corrente, nascida nos alvores da década de 1930, não tem presença de artistas que não estivessem envolvidos no mundo da arte verbal. Pedrosa situa aí sua secura e arte desencantada, dizendo sobre eles:

O traço mais revelador da esterilidade criadora dessa corrente está na ausência, no seu seio, de artistas plásticos e mesmo músicos, isto é, as artes cujo meio de expressão se conserva mais limpidamente puro do contato perigoso do mundo das ideias e dos conceitos, indissoluvelmente arraigados à palavra, matéria-prima da poesia, mas também do manifesto, da prédica, do discurso e do arrazoado. E o Brasil tornou-se para eles sobretudo uma abstração seca, um faz-de-conta, uma convenção, uma academia de conceitos e fórmulas estereotipadas, uma ideologia de importação [5].

É evidente que a questão do crítico com esta que ele categoriza como segunda corrente não diz respeito apenas às opções estéticas, mas referia-se aos intelectuais que mergulharam de cabeça no projeto de construir a nação do governo Vargas, com o qual Pedrosa tinha seríssimas divergências [foi exilado em 1936 e apenas retornaria com o fim do Estado Novo, em 1945]. Abandonando a premência de seu papel como vanguarda artística e assumindo mais estritamente a posição de intelectuais orgânicos, ou vanguarda exclusivamente política, estes intelectuais buscam levar a cabo um Brasil com o qual Pedrosa não concordava.

Pedrosa enxerga uma penetração da estética e da proposta do impulso modernista inicial, anterior a 1930 (primeira corrente), em membros da administração do regime Vargas — talvez até no próprio ditador, ainda que não completamente. Ainda assim, é necessário observar que esses indivíduos que faziam parte do regime, incluindo Getúlio, possuíam nível de instrução superior ao do restante da população brasileira à época — em 1920, o índice de analfabetismo era de 71,2% no Brasil. Isso corrobora meu entendimento de que a assimilação da proposta inicial desse primeiro impulso modernista (Oswald de Andrade, Mário de Andrade, Anita Malfatti, Menotti Del Picchia, Victor Brecheret, Guilherme de Almeida, Sérgio Milliet, Heitor Villa-Lobos, Tácito de Almeida, Di Cavalcanti) não se deu pelo brasileiro comum no tempo e na maneira em que surgiu, ao menos não quando nos referimos à "arte verbal", como os próprios Mario Pedrosa e Costard (2010) constatam mais adiante. Também é digno de nota que o regime Vargas, ao corromper os princípios artísticos do movimento para seus próprios fins, a permitir dessa forma que apenas parte das ideias modernistas — que exacerbava nacionalismo e até xenofobia — atingisse a população brasileira como um todo em sua segunda corrente, por meio da máquina do Estado, tenha focado na *arte verbal* — com a exceção de Villa-Lobos:

As ações do Ministério da Educação e Saúde do governo Vargas, além dos programas de educação, tiveram no campo da cultura investimento nas artes, como forma de forjar uma imagem de sociedade e uma identidade coesa e homogênea. Segundo Schwartzman, era necessário ter uma ação sobre os jovens e as mulheres que garantisse o cumprimento com os valores da nação que se construía, "era preciso, finalmente, impedir que a nacionalidade, ainda em fase tão incipiente de construção, fosse ameaçada por agentes abertos ou ocultos de outras culturas, outras ideologias e nações" [6].

Segundo o autor, a relação entre o modernismo e o Ministério de Vargas não é tão direta quanto se supõe, e não há indícios que Gustavo Capanema (o ministro em exercício durante os anos de 1934-1945) se identificasse com os sentimentos mais profundos do modernismo. No que tange ao ministro não nos cabe discutir seus gostos e admirações estéticas, mas no que diz respeito à assertiva sobre a relação turva entre os modernistas e o ministério cabe ressalva. Isto porque, ainda que não concordassem com todas as diretrizes do governo para a cultura e para a educação, como demonstra a correspondência (ibidem), é fato que modernistas notáveis e influentes no movimento, tais como Mário de Andrade e Carlos Drummond de Andrade, ocuparam durante anos cargos dentro do ministério (Carlos Drummond de Andrade foi chefe de gabinete de Capanema, e Mário de Andrade redigiu o decreto-lei que criava o Serviço do Patrimônio Histórico e Artístico Nacional, e posteriormente foi chefe da seção do

Dicionário e Enciclopédia Brasileira, no Instituto Nacional do Livro [7]). Além disso, tanto a política do Ministério quanto a dos modernistas tinha um ponto que lhes permitiu contato: a busca daquilo que pudesse unir experiências tão diversas (e por vezes opostas) para a construção de uma identidade comum entre todos os setores da sociedade brasileira [8]. Os intelectuais modernistas, muito conscientes do uso de suas obras e talentos, participaram, assim, ativamente do projeto de nacionalismo do governo Getúlio Vargas. O movimento que buscava as "raízes" da nacionalidade brasileira, para superar a cultura formal e erudita, permitiu interpretações variadas de sua produção, e em certos casos chegou a se aproximar do projeto mais duro e xenófobo do nacionalismo (Schwartzman recorda que Plínio Salgado, a expressão pública do integralismo, era identificado como uma vertente do modernismo brasileiro).

Além de Drummond, Mário de Andrade e outros, um modernista que merece destaque nas empreitadas culturais do Ministério é Heitor Villa-Lobos. Seu projeto de popularizar o canto orfeônico (coral) — posto em prática pelo Ministério de Capanema — tinha como pano de fundo a educação das massas, considerando que para o músico e compositor nenhuma forma de arte seria capaz de tocar os espíritos menos iniciados do que a música. Villa-Lobos formava corais para entoar hinos patrióticos, incutindo sentimentos cívicos (que ditos assim parecem neutros e absolutos, mas que no fundo se trata do respeito ao projeto de Estado varguista) nas populações do interior. O modernista dizia que a imagem do brasileiro como disperso, desorganizado, sem unidade de ação e espírito de cooperação seria transformada e corrigida pela educação e pelo canto. Dizia o educador, "com o absoluto interesse nacional a corresponder às respeitosas e elevadas ideias de nacionalização do Exmo. Sr. Presidente da República" [9]:

"O canto orfeônico, praticado pelas crianças e por elas propagado até os lares, nos dará gerações renovadas por uma bela disciplina da vida social, em benefício do país, cantando e trabalhando, e ao cantar, devotando-se à pátria." [10]

Inúmeros outros modernismos poderiam ser citados, mas isto foge ao tema direto deste estudo. O que cabe mencionar, que nos é pertinente para compreender a crítica de Mario Pedrosa ao movimento modernista pós-1930, é que entre os intelectuais modernistas e o ministério surgia um relacionamento utilitarista: enquanto para o último a proximidade com a cultura importava como arma política, para os primeiros o Estado funcionava como mecenas e realizador do projeto de nação modernista. Numa época em que o mercado "autônomo" para as artes não era bem consolidado no Brasil [11] o patrocínio do Estado era bastante conveniente para realizar a missão que estes intelectuais se imputavam. No entanto, ao se pôr como artistas deste mecenas específico não havia como fugir das determinações do patrocinador. A vantagem da obra de arte moderna, que era justamente a independência em relação à academia, à religião e ao Estado, quando de seu surgimento, se perdia nesta segunda vertente do modernismo.

A crítica a esta corrente do modernismo Pedrosa realiza pela comparação com o primeiro grupo do movimento. Na primeira fase o crítico identifica um nacionalismo totalizante, na segunda, totalitário. Traindo a si mesmo, o nacionalismo do modernismo à la propaganda varguista não passaria muito de uma importação de movimentos europeus, não escondendo seus *resíduos* (como generosamente qualifica Mario Pedrosa) *nazi-fascistas.*

Lísias apontava que o Modernismo no Brasil não foi superado:

Há um boato, há uma coisa que a extremadireita… que esses movimentos… inventaram é que a Arte é de esquerda [no Brasil, não é?], que a Universidade só tem comunista e maconheiro… Esta fala, como tudo que essas pessoas fazem, tem uma razão de ser real. Qual é a razão de ser real? De fato, verdadeiramente, existem princípios igualitários de Democracia — que não têm a ver com esquerda, basta a gente observar a Angela Merkel — na instituição Modernista. Quem diz disso aí é o Jacques Rancière: eu até circulei aqui para vocês verem, vocês devem estar enxergando aí, "democracia ficcional"; Bourdieu defende isso também. De fato isso existe no modernismo. Agora, um dos grandes problemas que não é observado, e talvez [o porquê de haver essa visão da Arte] no Brasil, é porque o Brasil não viveu o pós-modernismo de forma razoável — e, aí sim, eu estou dizendo isso, esta é a minha opinião. Mesmo as pessoas que inventam essa loucura, que Arte é uma coisa de esquerda no Brasil… contemporaneamente isso não tem nada a ver. Que a Universidade só tem comunista é mentira… isso pode se dar porque essas pessoas, na verdade, estão julgando o modernismo. Julgando, assim, de orelhada, porque evidentemente não sabem nada. O Modernismo, de fato, no Brasil, ele nunca foi superado. O Realismo nunca foi superado, diga-se, então, o Modernismo.

De meu ponto de vista, o Modernismo em si não apenas não foi superado, ele não foi profundamente vivido em âmbito nacional — foi experienciada *nacionalmente* apenas sua versão deturpada pelo regime Vargas. Discutindo especificamente a literatura, na "primeira corrente" talvez tenham sido o analfabetismo do brasileiro comum somado ao primitivismo e a essa forma de lidar com o poder dominante como "uma grande piada" justamente o que fez com que o movimento *não* conquistasse a identificação imediata do homem comum e *não* tivesse seu caráter político compreendido ainda na década de 1920 — pelo contrário, o Modernismo não apenas não foi compreendido como pode ter sido rejeitado em muitas áreas do país [e isso pode ser sentido, mesmo de acordo com Lísias, em como a extremadireita se refere à arte]. Seria reducionismo dizer que essa negação tenha se dado apenas devido à estética do movimento. Eu argumentaria que os mesmos motivos conceituais que levaram a "grande narrativa" *Macunaíma* a não ser tomada como tal pela maioria dos brasileiros acabaram fazendo com que o Modernismo fosse assimilado por um regime ditatorial, como demonstra Pedrosa.

Getúlio Vargas, que tomou o poder em 1930, perseguiu os comunistas — que tiveram de ir ao exílio — e conseguiu corromper a obra de Mário de Andrade e de outros para seus fins ufanistas e simpáticos ao fascismo.[*] Mário de Andrade acabou por trabalhar, dessa forma, contra o interesse do homem comum — que tanto defendia em teoria —, permitindo sua homogeneização. Por esse fracasso conceitual do eixo central do Modernismo no Brasil em seu primeiro impulso na década de 1920, e também pelas problemáticas consequências que esse eixo central permitiu que viessem à tona, talvez a escolha de Machado de Assis como "autor a ser adotado" pela teoria literária a partir dos anos 1980 não tenha sido tão aleatória — nem puramente um ato homofóbico. Aliás, o Brasil saía de uma ditadura militar e deveria existir, entre os acadêmicos, memória viva e resistência à maneira como Mário de Andrade e outros haviam sido assimilados por Getúlio Vargas [historiadores podem apurar isto]. "O Realismo nunca foi superado" — isso é verdade. Além dos motivos mencionados acima para a não adoção nacional do Modernismo, eu diria mais. É necessário ressaltar que o movimento de fato foi prolífico na literatura e gerou grandes nomes, além de Mário de Andrade e de Oswald de Andrade, Carlos Drummond de Andrade e de Manuel Bandeira. Outras correntes incluiriam Gilberto Freyre, Graciliano Ramos, José Lins do Rego, João Cabral de Melo Neto, Jorge Amado, Cecília Meireles, Vinicius de Moraes, Rachel de Queiroz, Erico Verissimo, Lygia Fagundes Telles, Guimarães Rosa, Clarice Lispector… Porém, como o próprio Lísias apontou [e eu havia escrito muitos destes parágrafos antes de assistir à palestra], eu aprofundaria: esses grandes nomes não são estudados na escola brasileira (segundo grau/ensino médio) de forma tão profunda quanto o Romantismo — de José de Alencar — ou o Realismo — de Machado de Assis. Diria mais, que raramente são estudados. Ao passo que a leitura dos autores românticos e realistas nacionais é obrigatória, de outra forma os alunos leem apenas resumos das obras modernistas e "o que estas querem dizer". Não são exploradas nas salas de aula as *grandes narrativas* do Modernismo. Apenas li os autores citados acima — e os internacionais — por meu interesse pessoal e, de fato, aos quinze anos montei e apresentei uma peça para comemorar a Semana de Arte Moderna em Três Lagoas por ver uma necessidade de os outros alunos também buscarem esses escritores por si próprios. Essa *não*

---

[*] "Tanto a política do Ministério [da Educação e da Saúde] quanto a dos modernistas tinha um ponto que lhes permitiu contato: a busca daquilo que pudesse unir experiências tão diversas (e por vezes opostas) para a construção de uma identidade comum entre todos os setores da sociedade brasileira."

leitura dos textos em si não é algo que ocorre apenas nas escolas brasileiras, como um fenômeno que piora fora das salas de aula. O brasileiro médio não lê — de todos os autores citados, os mais lidos no país "na fonte" são Jorge Amado, Clarice Lispector e Graciliano Ramos.[10, 11] Vinicius de Moraes foi o mais ouvido, por sua associação com a música. Eu traria ainda algumas considerações. Uma, mais óbvia e quase repetitiva, é que, a despeito da já mencionada prolífica produção literária modernista, ela alcançou uma menor parcela da população brasileira em sua primeira corrente do que alcançou sua versão deturpada, assimilada pelo varguismo, na segunda corrente. Outra é que, mesmo considerando os autores das outras correntes, essa literatura chegou majoritariamente aos cidadãos brasileiros por meio das adaptações para cinema e televisão — isso pode ser dito sobre *Macunaíma*, *Capitães da Areia*, *Grande Sertão:* Veredas, *A Hora da Estrela*, *O Tempo e o Vento*, *Vidas Secas*, *Memorial de Maria Moura*, *Ciranda de Pedra*, *O Feijão e o Sonho*... —, e possíveis distorções nas obras originais, a depender do viés ideológico do adaptador e do meio onde o *neotrabalho* foi apresentado, devem ser mais profundamente analisadas caso a caso.

É necessário registrar que as "correntes" utilizadas por Mario Pedrosa não são de modo unânime aceitas na academia brasileira. Esta divide o Modernismo no Brasil em gerações (a Heroica — de 1922 a 1930; a Geração de 30 — de 1930 a 1945; e a Geração de 45 — de 1945 a 1960). Não se pode confundir a segunda geração de modernistas (de 1930 a 1945) com o termo "segunda corrente" utilizado por Pedrosa (que também coincide com o regime Vargas e que continha Mário de Andrade e Carlos Drummond). De fato, considero que a divisão acadêmica do Modernismo no Brasil não o esclarece; a classificação criada por Pedrosa é mais didática e pedagógica. Por isso, chamemos a Geração de 30 de "terceira corrente" — que foi simultânea à segunda [que se atente a isso]. Ao se analisar a produção literária de José Américo de Almeida, Rachel de Queiroz, Erico Verissimo, Orígenes Lessa, Graciliano Ramos, Jorge Amado, José Lins do Rego, Vinicius de Moraes, Jorge de Lima, Augusto Frederico Schmidt, Murilo Mendes, fica evidente que, em um país tão heterogêneo como o Brasil, o propósito de Mário de Andrade da "preservação de uma relação orgânica, ainda que consciente e crítica, do presente e do futuro com o passado, onde as tradições ainda têm um papel a desempenhar como fios condutores da cultura e da história" tenha sido mais bem desempenhado pela chamada Geração de 30/ "terceira corrente". Como resposta "à massificação, à homogeneização e à higienização étnica e cultural, aos preconceitos e discursos hegemônicos", foram empregadas uma diminuição no escopo geográfico e histórico e a ênfase no regionalismo — isso ocorreu majoritariamente na Região Nordeste nessa fase do Modernismo. Na "terceira corrente", sim, o homem comum foi capaz de se identificar com os personagens e entender o aspecto político do movimento; pela obra de autores como José Américo de Almeida e dos já mencionados Jorge Amado, Rachel de Queiroz, Graciliano Ramos e José Lins do Rego, foi possível alinhavar uma *grande narrativa* modernista em uma região do Brasil de maneira que os cidadãos se enxergassem nela e a abraçassem; através dessa grande narrativa, o povo dos vários estados do Nordeste teria se localizado sócio-histórico-criticamente no tempo — em outras palavras, o povo nordestino pôde "unificar o passado, o presente e o futuro de sua própria experiência biográfica", como sugere Jameson com base em Lacan. Dessa forma, creio que o Nordeste tenha sido a única região do Brasil onde o Modernismo foi vivido de maneira profunda e plena, vindo a dar frutos, e esse seria outro motivo pelo qual os nordestinos conseguiram resistir em sua grande maioria à esquizofrenia que atingiria o restante do país com a ascensão *de fato* do fascismo em 2018. A resistência da literatura de cordel nessa área do país também precisa ser considerada neste contexto, pois ela é lida publicamente: "os autores, ou cordelistas, recitam esses versos de forma melodiosa e cadenciada, acompanhados de viola, como também fazem leituras ou declamações muito empolgadas e animadas para conquistar os possíveis compradores" do cordel, que vem acompanhado de xilogravuras — o que ajuda a driblar o analfabetismo de parte da população. Há outras *grandes narrativas*, como a de Erico Verissimo no Rio Grande do Sul — *O Tempo e o Vento* [os romances foram publicados entre 1949 e 1961] —, ou a obra de Guimarães Rosa em Minas Gerais — *Grande Sertão:* Veredas, de 1956. O que se fazer a respeito da não realização plena do Modernismo no restante do Brasil, entretanto, se seus efeitos (como o fascismo) são gravíssimos? Isso é algo a ser respondido. Lísias complementou em sua palestra:

> Eu não considero o discurso historiográfico, ou seja, o chamado contexto histórico, algo que seja definidor da literatura, mas também não considero a literatura algo que seja definidora do contexto histórico. Eu acho que tem um diálogo entre esses dois contextos e na verdade o que eu acredito é que um constitui o outro — um seja parte constitutiva do discurso do outro, mais ou menos de forma inseparável.

Se por uma esquizofrenia coletiva [aparentemente anacrônica, mas em verdade profundamente globalizada e nietzscheana] fomos jogados no fascismo em 2018 — que não tínhamos vivido junto da Itália ou da Alemanha ou da URSS a partir do Manifesto Fascista de 1919, ou da França a partir da década de 1890, nem conhecemos através da escola, apenas havíamos provado de forma dissimulada sob Getúlio Vargas —, a eleição de Jair Bolsonaro veio trazer a realização do legado nacionalista, centralizador, autoritário, corrupto e pré-miliciano de Vargas — até hoje representado, inclusive nas artes, como um grande herói brasileiro. Aproveito a deixa de Lísias para trazer o contexto histórico da arte em debate. Digo que Getúlio Vargas deixou um legado pré-miliciano porque sua guarda contava com "anjos negros" responsáveis por atentados, tal como a Polícia Federal faz hoje — de outras formas — com Renan Calheiros[12] ou tal como é feito pelas polícias Civil e Militar, e o caso Aaron Salles Torres é prova. Rebato também uma noção impregnada na imprensa e na academia de que Bolsonaro seja herdeiro do integralismo, e não do varguismo.

"No dia 29 de outubro de 1945, Getúlio Vargas, como o próprio ressalta em sua carta-testamento, renunciou como ditador ante a iminência de ser deposto por um golpe militar." Retornou à Presidência como o candidato democraticamente eleito "do PTB, nas eleições de 3 de outubro de 1950, derrotando a UDN [União Democrática Nacional], que tinha como candidato novamente Eduardo Gomes, e o Partido Social Democrático [PSD], que tinha como candidato o mineiro Cristiano Machado".[13] É necessário destacar que a principal liderança da UDN era o jornalista Carlos Lacerda (mencionado aqui no contexto educacional como representante dos interesses privados na formulação da 1ª Lei de Diretrizes e Bases, de 1961, e como crítico-mor do Cinema Novo, por Glauber Rocha, em 1965 — que surgirá em breve no texto —, pois Lacerda promovia "filmes de gente rica, em casas bonitas, andando em automóveis de luxo; filmes alegres, cômicos, rápidos, sem mensagens, e de objetivos puramente industriais"; ambos os eventos são historicamente posteriores a estes que narro agora). A segunda vez de Vargas na Presidência da República iria de 31 de janeiro de 1951 a 24 de agosto de 1954. Nesse retorno, contudo, o outrora ditador se desestabilizou cada vez mais a partir da Comissão Parlamentar de Inquérito (CPI) do jornal *Última Hora*, considerada a primeira da era moderna por utilizar a TV, o rádio e jornais para prender a atenção do país. Criada em 1953, a CPI tinha o objetivo de investigar o favorecimento do governo Getúlio Vargas, via Banco do Brasil, ao jornalista Samuel Wainer, criador do jornal *Última Hora*. A publicação revolucionou a imprensa brasileira na década de 50. Samuel era pobre de marré deci, mas montou um jornal milionário. TV era uma novidade naquela época. A maior emissora, a pioneira Tupi, pertencia a Assis Chateaubriand, adversário de Wainer. Ele abriu as portas para Lacerda atacar Wainer.[14]

Samuel Wainer foi acusado por Carlos Lacerda de receber dinheiro da estatal Banco do Brasil para apoiar Getúlio, pois o *Última Hora* era praticamente o único órgão de imprensa a apoiar o presidente. Depois da CPI, Vargas se enfraqueceu diante da opinião pública até cometer suicídio, deixando uma carta-testamento em tom populista:

> Mais uma vez as forças e os interesses contra o povo coordenaram-se e se desencadeiam sobre mim. Não me acusam, insultam; não me combatem, caluniam; e não me dão o direito de defesa. Precisam sufocar a minha voz e impedir a minha ação, para que eu não continue a defender, como sempre defendi, o povo e principalmente os humildes...

Como escreveu Umberto Eco, "os elementos do Fascismo Eterno não podem ser organizados em um sistema; muitos deles contradizem uns aos outros, e também são típicos de outros tipos de despotismo ou fanatismo. Mas basta que um deles esteja presente para permitir que o fascismo se organize em torno dele". O fascismo de Getúlio Vargas, que não foi instaurado oficialmente, mas existiu nos subtons, foi sepultado em 1954 para reencarnar em Jair Bolsonaro em 1955. O ex-presidente foi inscrito no *Livro dos Heróis da Pátria*, em 15 de setembro de 2010, pela Lei nº 12.326, o que demonstra que se faz necessário um retrabalho profundo de nosso livro de heróis, afinal entre os membros fundadores do movimento fascista em 23 de março de 1919 ao lado de Benito Mussolini também estavam os líderes sindicalistas Agostino Lanzillo, Michele Bianchi e Alceste de Ambris (este, um dos próprios escritores do Manifesto Fascista) — isso significa que ser creditado pela Lei da Sindicalização e pela criação do Ministério do Trabalho ou da Petrobras não deva ser o suficiente para colocar Vargas em qualquer rol de heróis. Pelo contrário, o legado destruidor do varguismo deveria ser equiparado ao da ditadura militar no que diz respeito aos danos ao ensino nas escolas brasileiras e também à liberdade de imprensa, à liberdade de expressão e aos direitos humanos. Resgatar o Brasil do fascismo de hoje, que quase veio à tona no varguismo de ontem, e que consome todas as nossas instituições democráticas, é reavaliar como lidamos erroneamente com a história e implica defender a arte, uma vez que o fascismo não sobrevive na arte verdadeira e na diversidade, ou os primeiros atos do autocrata Bolsonaro não teriam atentado contra a saúde da comunidade LGBT+ e contra a possibilidade de sobrevivência dos artistas e de todos aqueles envolvidos na produção cultural.

Nessa reavaliação histórica, abro um espaço no texto para tratar do integralismo de Plínio Salgado. Há historiadores e cientistas sociais que defendem que o integralismo tenha se tratado de fascismo e que seja, com seu lema "Deus, Pátria e Família", o verdadeiro ancestral do bolsonarismo — essa teoria se fortaleceu pelo fato de Bolsonaro ter repetido o slogan diversas vezes e porque "o mote também chegou a ser usado como slogan do partido que Bolsonaro pretendia criar, Aliança pelo Brasil".[15] Contudo, como ressalta Tales Pinto, apesar de "o autoritarismo e o nacionalismo dos integralistas [os terem aproximado] dos governos de Getúlio Vargas [e] apesar de o Estado Novo instituído em 1937 ter o centralismo na instituição estatal e o extremo autoritarismo como características, os integralistas foram perseguidos durante a ditadura de Vargas, que extinguiu os partidos. A partir desse momento, os integralistas não conseguiram mais se organizar com a mesma força [os filiados da Ação Integralista Brasileira chegaram a totalizar quase 1,2 milhão de pessoas no país e 6.300 indivíduos em núcleos no exterior]".[16] É incongruente que Vargas, que assimilou diversos modernistas em seu regime ufanista, tenha excluído justamente o também modernista Salgado — "a expressão pública do integralismo". Isso não teria ocorrido caso os dois realmente defendessem o fascismo. Segundo escreveu Sérgio de Vasconcellos, ex-secretário nacional de Doutrina da Frente Integralista Brasileira, no texto sob o título "Os Corporativismos Integralista e Fascista na Obra 'O Estado Moderno'":[17]

O Estado Fascista afirma-se Estado Totalitário, em que o indivíduo é apenas um meio através do qual o Estado atinge seus fins próprios. É o Estado absorvente, sintetizado na fórmula "Tudo no Estado, nada fora do Estado, nada contra o Estado". Ora, apesar dessas e de outras opiniões críticas — que, por brevidade, não abordamos —, Miguel Reale, com a largueza de vistas que sempre o caracterizou, assinala que existem vozes discordantes dentro do fascismo, que não concordam com o totalitarismo de Estado e que indicam outros rumos à revolução fascista, bem como tece elogios ao próprio Benito Mussolini. Tal atitude superior não pode ser aceita pelas mentes medíocres, que jamais conseguem ir além dos próprios preconceitos, que só vêem nas suas críticas uma dissimulação de sua verdadeira posição, a fascista. É triste, mas somos forçados a reconhecer que a deformação ideológica de certos indivíduos os incapacitam a ver os fatos como eles são. No entanto, só pelo que deixamos sintetizado neste parágrafo, qualquer pessoa inteligente já deduziria que o Estado Ético do Integralismo, o Estado Integral, não é idêntico ao Estado Totalitário do fascismo. Agora, verifiquemos o que diz sobre o Estado Corporativo Integralista: também no Integralismo, os Sindicatos deixam de ser instrumentos na luta de classes, e assumem, então, funções políticas, econômicas, éticas e culturais. Dos Sindicatos, de base Municipal, passa-se para as Federações, Confederações, Corporações até chegar-se à Câmara Corporativa Nacional. Todavia, a Nação não é unicamente vida econômica, logo, ao lado da representação econômica deve existir a representação das categorias não-econômicas. E aí encontramos outra diferença fundamental em relação ao fascismo, pois o corporativismo integralista não é exclusivamente econômico. O Integralismo não visa abolir a Democracia, pelo contrário, pretende instaurar o verdadeiro regime democrático. O Estado Integral é o Estado Ético, isto é, o Estado que é subordinado à moral, ao contrário do Estado hegeliano em que a moral é que se subordina ao Estado. O confronto entre os dois sistemas corporativos, o fascista e o Integralista — conforme a exposição de Miguel Reale, que estamos resumindo —, evidencia que são bastante dissemelhantes e que a acusação de que o Integralismo copia o corporativismo fascista é insustentável, falsa mesmo, e só pode provir ou da má-fé ou da ignorância.

Como fica explícito no trecho reproduzido, o integralismo não pode ser um tipo de fascismo porque se fundamenta em valores notadamente não nietzscheanos (ética, democracia, verdade). Seria mais apropriado dizer que o integralismo é uma vertente extremista do sindicalismo, e que este seja seu elo com o fascismo — discuti há poucos parágrafos o poder de sindicalistas na formação do fascismo. A propósito dessa influência do sindicalismo no fascismo, pode-se compreender daí também por que Getúlio Vargas tomou interesse "pela Lei da Sindicalização e pela criação do Ministério do Trabalho e da Petrobras" (seu aspecto corporativista). Tal influência hoje, entretanto, é muito desgastada. Tratou-se de oportunismo político de Jair Bolsonaro sua tentativa de assimilação do integralismo, assim como se tratou de oportunismo a "aproximação estratégica" de integralistas ao bolsonarismo:[18]

A partir de 2018, a [Frente Integralista Brasileira] aprofundou uma forte relação com o Partido Renovador Trabalhista Brasileiro (PRTB), chefiado por Levy Fidelix. Na ocasião das eleições daquele ano, o próprio candidato do presidenciável

Jair Bolsonaro ao Governo de São Paulo, Rodrigo Tavares, gravou um vídeo com o Presidente da FIB, ao final do qual gritou a saudação integralista "anauê". Levy Fidelix, por sua vez, usava, durante sua campanha para deputado federal, o slogan integralista "Deus, Pátria e Família". Nas eleições, o PRTB foi o único partido a se coligar com o Partido Social Liberal (PSL) de Bolsonaro, garantindo o vice-presidente de 2019 a 2022, o General Hamilton Mourão [1]. Durante o governo Bolsonaro, os integralistas se caracterizaram por uma aproximação do Ministério da Mulher, da Família e dos Direitos Humanos, comandado por Damares Alves. Apesar disso, a rejeição do liberalismo econômico e a desconfiança da aproximação aos Estados Unidos distanciou os integralistas do bolsonarismo, mantendo-se críticos do governo [2, 3]. Segundo o especialista Odilon Caldeira Neto, "o integralista está para além de lideranças e instituições, de acordo com os seus membros", e por isso "os integralistas não são bolsonaristas". Para ele, "o diálogo entre grupos integralistas e o bolsonarismo não é uma adesão, mas sim uma aproximação estratégica" [4]. Em 2021, lideranças da FIB filiaram-se ao Partido Trabalhista Brasileiro (PTB), afirmando que seu presidente, Roberto Jefferson, vem de família tradicionalmente integralista. Segundo a organização, o PTB consolidou-se como "importante opção para membros do movimento que queiram disputar as eleições de 2022 e de 2024" [5].

Nota-se que a confusão entre os conceitos do integralismo e do fascismo persiste, mesmo entre os próprios membros da Frente Integralista Brasileira. Sérgio de Vasconcellos, à sua maneira toda peculiar, enxerga com mais clareza as características definidoras dessa vertente extrema do sindicalismo que é o integralismo. Quanto a todos os demais, pego-me me perguntando como alguém pode pertencer a um movimento sem nem entender do que este consiste... De qualquer maneira, a escolha do PTB como o partido mais adequado para a filiação dos líderes da FIB, em vez de — por exemplo — o PDT (que em sua encarnação atual sob Ciro Gomes continua um legítimo representante do PDT varguista), funciona como uma dica de que as finalidades do integralismo divergem das finalidades fascistas — a despeito do [hoje velho e tênue] elo sindicalista. A presença do nietzscheanismo consiste de fato da maneira mais eficaz de diferenciar o integralismo do fascismo na teoria: o bolsonarismo não descende do integralismo porque, como o varguismo, baseia-se em conceitos nietzscheanos. Indo além do varguismo, a relação do bolsonarismo com o sindicalismo é assumidamente conflituosa: "uma das políticas do 'vitorioso' [Jair Bolsonaro] será criar uma muralha da China entre os trabalhadores formais e sindicalizados e os trabalhadores informais, desorganizados, desempregados e subutilizados. O bolsonarismo já afirmou em seu programa a ideia da pluralidade sindical. Porque, segundo eles, o trabalhador terá o direito de escolher o sindicato que o representa, de uma maneira anárquica. O movimento sindical deve, agora, recuperar a sua capacidade de ação unitária para resistir melhor a 'deforma' trabalhista, que precede o bolsonarismo no poder, e as investidas do bolsonarismo, cristalizadas nesses dois eixos: a carteira verde e amarelo e a pluralidade anárquica" — afirmou o consultor sindical João Guilherme Vargas Netto.[19] Pode-se até dizer que o regime da ditadura militar possuía relação mais próxima com o integralismo do que o bolsonarismo possui, uma vez que os integralistas apoiaram o Golpe de 1º de abril de 1964, e muitos deles ingressaram na ARENA, partido conservador de sustentação política da ditadura no bipartidarismo, em oposição ao Movimento Democrático Brasileiro (MDB).

Continuo a analisar a evolução da Arte no Brasil para melhor compreender nosso momento histórico. Enquanto a maior parte do Ocidente viveu o Romantismo seguido pelo Realismo seguido pelo Naturalismo seguido pelo Modernismo seguido pelo pós-modernismo, eu diria que o Brasil [com a exceção do Nordeste] viveu o Romantismo seguido pelo Realismo seguido pelo Naturalismo seguido por golpes e varguismo/quasifascismo seguidos pelo pós-modernismo em meio à ditadura militar. Como é possível afirmar que o Brasil viveu [ou foi invadido por] o pós-modernismo? Porque, na definição da *Encyclopedia Britannica* de "pós-modernismo" que reproduzi anteriormente, as características que grifei são também características do bolsonarismo. Quais sejam:

1. Pós-modernistas rejeitam essa ideia [de que há uma realidade natural objetiva] como um tipo de *realismo ingênuo (naïve)*. Resultado: Desvalorização da ciência através da visão, como ficou muito claro na CPI da COVID, em que especialistas que passaram anos estudando e pesquisando determinados assuntos e debruçados sobre eles foram considerados somente detentores de uma "opinião" [uma mera *opinião*], de igual valor à de qualquer indivíduo ou charlatão que tenha qualquer outra crença [ou interesse próprio, ou ideologia] sobre esse tema, baseada apenas nos achismos desse charlatão.

2. *Não existe tal coisa como a Verdade.* Resultado: Descredibilização do real. Um evento que foi testemunhado e até registrado e documentado pode ser negado simplesmente pelo seu "*desdizer*". Isso ocorre mesmo quando o bolsonarista assiste a uma gravação de si mesmo fazendo ou dizendo algo específico — ele desdiz o que houve, e o que passa a valer é sua nova [e muitas vezes temporária] "verdade", a ser

substituída por outra quando e conforme for conveniente. Palavras vazias possuem o mesmo valor de um *fato* que ocorreu.

3. *Pós-modernistas negam essa fé iluminista na ciência e na tecnologia como instrumentos do progresso humano.* Resultado: "Deteriorização das figuras de autoridade, banalização da opinião e demolição e descarte do conhecimento". Negacionismo científico. Todo o acúmulo de conhecimento técnico-científico de séculos não possui o menor valor — pelo contrário, ele é substituído pela religião e por crenças anacrônicas e individuais [o que realmente importa é a capacidade de retropropagação de tal conteúdo em um círculo de indivíduos]. O maior morticínio da história do Brasil, também em parte devido à corrupção bolsonarista. Genocídio.

4. *Para os pós-modernistas, razão e lógica também são meramente conceitos construídos.* Resultado: Domínio da irracionalidade, teorias conspiratórias e discursos gravemente deturpados — em que se acredita ou não em algo cegamente. Não existe a possibilidade de debate, pois não são aceitos questionamentos, além de não se ver na troca de ideias e de experiências qualquer valor. Não existe espírito crítico, tampouco pode haver discordância.

5. *Os pós-modernistas insistem que todos, senão quase todos, os aspectos da psicologia humana são determinados socialmente.* Resultado: Uma sociedade dominada pelo recolhimento de indivíduos em instituições psiquiátricas ou religiosas para "curas" (no caso da comunidade LGBT+ e de dependentes químicos, por exemplo). Jair Bolsonaro diz a uma jornalista (do sexo feminino): "Volta pra faculdade. Não, [volta] pro ensino primário". E continua: "Se sua avó der um chazinho pra você, que *você tem que nascer de novo*, e você não tiver indicação pra aquilo, a sua avó pega três anos de cadeia também".[20] Grifo meu em: "Você tem que nascer de novo". Chacinas em comunidades periféricas.

6. *A língua é semanticamente autocontida, ou autorreferente.* Resultado: Indivíduos se negam a ler os jornais porque não querem ser "contaminados ideologicamente" — adquirindo sua noção da realidade do WhatsApp, Facebook e Instagram que são retroalimentados com os disparos de massa das ideias bolsonaristas. "O erro da ditadura foi torturar e não matar." "Pela memória do [torturador] coronel Carlos Alberto Brilhante Ustra, o pavor de Dilma Rousseff, pelo exército de Caxias, pelas Forças Armadas, pelo Brasil acima de tudo e por Deus acima de todos, o meu voto é sim." "Através do voto você não vai mudar nada nesse

país, nada, absolutamente nada! Só vai mudar, infelizmente, se um dia nós partirmos para uma guerra civil aqui dentro, e fazendo o trabalho que o regime militar não fez: matando uns 30 mil, começando com o FHC, não deixar para fora não, matando! Se vai morrer alguns inocentes, tudo bem, tudo quanto é guerra morre inocente." "[O policial] entra, resolve o problema e, se matar dez, quinze ou vinte, com dez ou trinta tiros cada um, ele tem que ser condecorado e não, processado." "Somos um país cristão. Não existe essa historinha de Estado laico, não. O Estado é cristão. Vamos fazer o Brasil para as maiorias. As minorias têm que se curvar às maiorias. As minorias se adequam ou simplesmente desapareçam." "Essa turma, se quiser ficar aqui, vai ter que se colocar sob a lei de todos nós. Ou vão para fora ou vão para a cadeia. Esses marginais vermelhos serão banidos de nossa pátria."[21] "Os nossos ministros são como uma corrente que tem que puxar o Brasil pra frente. E não tem ministério mais forte que o elo mais fraco dessa corrente." "Olha só: trabalhando com nove, dez anos de idade na fazenda não fui prejudicado em nada. Quando alguém, um moleque, de nove, dez anos vai trabalhar em algum lugar, tá cheio de gente aí: 'trabalho escravo, não sei o quê, trabalho infantil'. Agora, quando tá fumando um *paralelepípedo* de crack, ninguém fala nada. Fique tranquilo, que eu não vou implementar nenhum projeto para descriminalizar o trabalho infantil porque eu seria massacrado." Em um farto jantar com taças de cristal, guardanapos de tecido, utensílios da melhor porcelana e talheres dispostos de fora para dentro em que seus ministros devoravam a comida, mal mastigando: "Falar que se passa fome no Brasil é uma grande mentira. Passa-se mal, não come bem, aí eu concordo. Agora, passar fome, não". "Lógico que é filho meu; pretendo beneficiar um filho meu, sim. Pretendo, tá certo? Eu não vou... Se eu puder dar um filé mignon pro meu filho eu dou, mas não tem nada... a ver com filé mignon." "Eu jamais ia estuprar você [deputada federal Maria do Rosário] porque você não merece." "Já falei que eu sou *inmorrível*, já falei que eu sou *imbrochável*, e também que eu sou *incomível*... e também *incorruptível*." "O mito."

7. Os pós-modernistas rejeitam que *o conhecimento pode ser justificado com base na evidência e em princípios que são, ou podem ser, conhecidos imediatamente, intuitivamente, ou com outra forma de certeza para identificar uma fundação de certeza na qual se construir um edifício de conhecimento empírico (incluindo*

o científico). Resultado: Não mais existem fatos, logo não existe verdade. Provas, evidências e pesquisas científicas não possuem o menor valor. Se não existe certeza de nada, exceto da própria ideologia, pode-se apenas "dizer" — há "a(s) versão(ões) [aceita(s)] do que são chamados fatos", cuidadosamente filtradas e propositalmente distorcidas. Juridicamente, pode-se apenas acusar alguém de cometer um crime e, sem qualquer prova, pela simples difusão e retropropagação da acusação, esse indivíduo é considerado culpado. Na ciência, as afirmações da comunidade científica baseadas em evidências e pesquisas são descartadas com base no que diz ou retropropaga o líder e as máquinas fascistas — ainda que essas ideias atentem contra a própria saúde de seus seguidores.

8. É possível, ao menos em princípio, construir teorias gerais que expliquem muitos aspectos do mundo natural ou social dentro de um dado domínio de conhecimento — *os pós-modernistas rejeitam essa noção como uma tendência não saudável dentro dos discursos iluministas a adotar sistemas "totalizadores" de pensamento.* Resultado: Uso do irracionalismo como ferramenta do totalitarismo. "Pensar é uma forma de emasculação". Perseguição, utilizando-se de interpretações corrompidas das leis e da aparelhagem do Estado, a artistas, pensadores, cientistas e jornalistas — apontados como inimigos que [inversamente] atentam contra a liberdade por questionar o irracionalismo e por tentar preservar o "edifício de conhecimento".

Se o pós-modernismo se encontra presente no bolsonarismo, o encadeamento lógico do pensamento é que de alguma maneira ele penetrou no Brasil de forma profunda, do mesmo modo que argumentei acerca da disseminação cultural das ideias nietzscheanas quando li o texto de Hanlon. E justamente devido à não vivência plena do Modernismo no país como um todo [como ocorreu, com a terceira corrente, somente no Nordeste], mas apenas sua versão adulterada (segunda corrente) propagada por Getúlio Vargas — "não escondendo seus *resíduos nazi-fascistas,* como generosamente qualifica Mario Pedrosa" —, talvez o pós-modernismo que aqui o seguiu tenha se prestado a distorções maiores do que em países que têm resistido ao fascismo.[*] Através do [re]sgate por Larissa Costard (2010), retomo a linha do tempo de Mario Pedrosa sobre a introdução do pós-modernismo no Brasil:

---

[*] Aqui, Lee pontua: "'Pós-modernismo' não é uma categoria homogênea; autores como Bruno Latour vão argumentar que nunca conseguimos atingir plenamente os potenciais e ideais da modernidade [de

Esgotava-se assim, de acordo com a concepção de arte e os elogios de Pedrosa, a confiança em uma arte transformadora a partir do modernismo [a autora e Pedrosa referem-se à primeira corrente e à segunda, deturpada]. Preocupados com os problemas da sociedade abandonaram, ou ao menos revelaram considerável desdém, pelas questões relativas à forma. A estética ficava em último plano, dada a necessidade puramente política da arte, como se a elaboração formal não fosse o que converte a arte em arte, pois, do contrário, é apenas política. O movimento perdia seu caráter de vanguarda artística. Em nome de uma arte política rejeitava-se o gênio criador [12] e a concepção de uma arte de vanguarda, acusando-a de experimentalismo e formalismo sem valor político. Nesta [corrente] modernista, para suprimir a distância entre a arte e o povo era necessário preconizar a dimensão política. O abandono das questões estéticas, no entanto, somente aproximava as massas da própria política — ainda assim de maneira problemática —, mas aumentava a distância entre estes e o mundo da arte, considerando que não cumpriam a função de elevar o nível cultural das classes populares. [Observação de Costard: Neste sentido a crítica de Trotsky e Pedrosa ao Realismo Socialista pode aqui ser de grande valia: *não é o suficiente rebaixar o nível da arte para incluir os elementos populares no seu processo de criação, mas sim elevar o nível cultural das massas para que estas possam participar livre e ativamente do processo artístico, incluindo não somente a fruição, mas sua própria confecção e exercício crítico.*]

[...] O abstracionismo no Brasil aparece, assim como na Europa, após 1945, com o término da guerra e da ditadura varguista — e por isso o consequente enfraquecimento [da segunda corrente do] modernismo, de quem o Estado Novo era patrocinador. Contudo, sua força maior é localizada na década de 1950, com o surto de otimismo modernizador uma grande abertura às trocas internacionais. Para os artistas brasileiros o abstracionismo se apresentava como rota de fuga para aqueles que, ou ainda enxergavam nas artes brasileiras traços do academicismo, ou buscavam escapar do isolacionismo modernista, com sua proximidade do projeto de nacionalismo autoritário de Vargas.

[...] Na década de 1950 o movimento abstracionista dava este passo adiante, alcançando força ainda maior em face de uma corrente de arte ousada e inovadora,

---

fato, este é um de meus pontos principais, acerca da interrupção abrupta da vivência do Modernismo planeta afora pelo pós-modernismo]. Para sua discussão, a questão fundamental é o problema da verdade e da pulverização de perspectivas [eu usaria 'interpretações']. Nesse sentido, creio que esses acontecimentos se relacionam por contiguidade temporal, certamente, mas afirmar uma relação causal acaba por varrer para debaixo do tapete as lutas específicas pelo direito à narrativa de diversos povos e da crítica a uma suposta noção de 'verdade universal', que por mais que possamos sentir falta dela hoje, foi e é bastante violenta em diversos aspectos". Na realidade, oponho-me à destruição da História — uma das bandeiras do pós-modernismo —, e desse modo acredito na validade de três frutos dele: a descontinuidade histórica de Foucault, o antievolucionismo antropológico de Lévi-Strauss, e o movimento identitário do Combahee River Collective. Não prego o apagamento do pós-modernismo: apenas o seu fim imediato, ou meramente constato que não pode mais render frutos sadios além dos mencionados. Acredito que já existiu por tempo suficiente (mais de cem anos), que foi o responsável justamente pelo não gozo dos 'potenciais e ideais da Modernidade' e que se trata da água podre onde o fascismo se prolifera. Precisa ser substituído por um movimento que traga [re]spostas às questões atuais, pois verifico que o pós-modernismo, por fatores intrínsecos, não possui em si tais ferramentas.

a paixão seguinte de Mario Pedrosa: a vertente concretista da arte abstrata. A definição do concretismo, de acordo com um de seus principais artistas, Max Bill, era a de que nada havia de mais concreto que um quadro, nada era mais real do que uma linha, uma cor, ou uma superfície. Os objetos são concretos em seu estado natural, mas são abstratos como pintura, são ilusórios e idealizadores.

[...] Morethy Couto faz um balanço do que se tem como principais razões para a grande penetração da arte concreta no Brasil nos anos 1950. Entre estas questões a autora destaca as análises que consideram o desejo de superar o estado de subdesenvolvimento e a adesão de uma concepção plástica que envolvesse a noção de progresso; além do período desenvolvimentista na cultura, ciência e economia; o esforço modernizador e o crescimento das cidades, que influenciam nas questões culturais; ou, como afirma Ferreira Gullar, um compromisso com a época moderna, com o planejamento e o conhecimento teórico da sociedade industrial [14]. De acordo com o próprio Mario Pedrosa, a arte concreta era otimista e dava ao Brasil a disciplina da forma no compromisso com o país de construção nova [15]. Já não seria mais possível escapar à era tecnológica. Os críticos internacionais, já em finais da década de 1950, estranhavam as exposições e galerias concretistas e neoconcretistas, já que na Europa da década de 1960 o tachismo [de Jackson Pollock] vinha como substituição à arte concreta. A moda internacional buscava encontrar aqui no Brasil o mesmo que encontravam na Europa, esquecendo-se que o mundo não é todo igual. Ao contrário,

... diante da internacionalização crescente do mundo, as paisagens verdadeiramente regionais vão sobressair. A criação artística não é uma criação irresponsável de artista isolado, desprendido de seu ambiente natural e cultural. Ela acompanha — sobretudo nos países novos, em formação, sem tradições profundas e cristalizadas como um dos seus fatores mais importantes — o processo de aculturação intensiva de todos os meios à região... [16]

A posição da crítica europeia diante da nossa arte, quando não era desdém pelo atraso com relação ao tachismo e o *pop*, era a de que chegariam ao Brasil e somente encontrariam o "típico", à procura de "papagaios, isto é, de cores berrantes, negros na lavoura, índios bravios, taperas, florestas, narrativas pitorescas" [17]. A sagacidade do crítico Jorge Lampe, de Viena, impressionou Pedrosa, ao afirmar que não se acham esses vestígios, mas sim o concretismo e a abstração, porque existe em curso uma reação à circunstância ameaçadora de país tropical — com tudo que disso se extrai —, e por esse motivo a obra dos concretistas não é formalismo e cálculo, mas sim fruto da mais pura vontade [18]. O concretismo era, por conseguinte, a arte daquele contexto do Brasil. A construção de Brasília, no momento auge do desenvolvimentismo, seria uma das grandes expressões do concretismo e era traço demasiado característico de uma arte brasileira.

[...] A arte concreta, no entanto, cedo se transmuta nos meios intelectuais, a partir de um confronto entre a vanguarda paulista e carioca. Seu incremento posterior se traduziria na arte neoconcreta, à qual Mario Pedrosa contribuiu em demasia para o estabelecimento, elogiando incessantemente seus artistas. Este desdobramento do concretismo teria ocorrido a partir da noção de alguns artistas de que esta corrente estaria muito matematizada, suas regras rígidas de composição de cor e movimento não condiziam com o papel da arte, que deveria ser o de livre expressão da realidade a partir da subjetividade do artista. O confronto entre os grupos paulista e carioca se deu justamente em torno dessa questão. Deste embate, que começou entre Ferreira Gullar e Pignatari, surge o neoconcretismo, que exigia, portanto, a reintegração da emoção e da criatividade intuitiva à obra de arte.

[...] A força do movimento neoconcreto foi tristemente interrompida no alvorecer da década de 1960. Seus artistas, de grande engajamento intelectual — ainda que com nenhuma filiação política revolucionária explícita, mas certamente com formas de pensar a experiência do sujeito de maneira nada conservadora — foram dispersados após o golpe militar de 1964.

[...] Ao lado da abstração gestual (tachismo), a Pop Art comporia o quadro de transformação nas artes após a década de 1950, e traria a radicalização na crítica de Mario Pedrosa às vanguardas artísticas, fazendo com que o crítico — que já tinha retomado a defesa de temas polêmicos em sua obra ao discutir o tachismo, tais como a figuração, o projeto político por trás da arte, entre outros — mudasse fortemente a direção de seu trabalho e suas concepções de uma arte necessária.

O contexto de surgimento da *pop art* era bastante específico e trazia novidades para a produção artística. Eric Hobsbawn localiza a transformação que as artes sofreram após a década de 1950 em dois motivos centrais: o triunfo da sociedade de massas e a decadência do modernismo (em todas as suas expressões de vanguarda). No que diz respeito ao primeiro motivo, um dos problemas residia na força que as determinações exógenas à arte exerciam no campo, em especial o desenvolvimento tecnológico. O desenvolvimento técnico possibilitava a reprodução em larguíssima escala da produção artística (retirando-lhe a "aura", como argumenta Benjamin) [19], e somado a isso o crescimento da indústria cultural transformava a maneira e as motivações de se confeccionar e perceber a arte (Theodore Adorno e Max Horkheimer definem indústria cultural como forma de ressaltar as determinações do mercado na cultura contemporânea, a produção desta como mercadorias para consumidores. O processo de criação e o conteúdo das obras, por isso, sofreriam interferência direta desse objetivo de comercialização, produzindo conformismo do gosto e esvaziamento de conteúdo das manifestações populares) [20]. Estes aspectos produziriam na nova geração de artistas e de espectadores uma nova relação com o objeto artístico e com o próprio ser do artista no mundo. Obviamente o impacto maior teria sido nas artes de diversão mais populares, mas o efeito nas chamadas "grandes artes", as mais tradicionais, não deixaria de ser sentido [21]. À vitória da sociedade de massas juntava-se, e ajudava a causar, a descrença nas vanguardas e na forma de produzir arte modernistas, que passavam a ser tidas como elitistas e anacrônicas — porque não eram dirigidas por um suposto apelo social popular, contribuindo para o surgimento de uma onda de "anti-arte", que alguns autores, entre eles o próprio *Mario Pedrosa, na década de 1960 chamam de "pós-moderna", iniciado com a pop art.*

A propósito da perda da "aura" do objeto artístico descrita por Walter Benjamin — que ele notou, por coincidência, simultaneamente à ascensão de novas formas de arte "tecnológicas" e reproduzíveis (fotografia, cinema, vídeo) que supostamente justificariam a transição do Modernismo para o pós-modernismo —, essa ideia marca um momento histórico, pois antecede em alguns anos o conceito de "indústria cultural" (de 1944). Termo apropriado por Benjamin em 1931, a "aura" se refere a *uma unicidade de uma obra de arte* e, portanto, *a sua autenticidade e tradição* — a um "*aqui e agora*". Segundo o autor, a "aura" da obra de arte estaria em decadência porque estava se tornando cada vez mais difícil discernir *o tempo e o espaço* em que uma obra de arte era criada. A questão da reprodutibilidade em si das obras certamente é a interpretação mais superficial do fenômeno descrito por Benjamin (e portanto também mais fácil de apreender), porém tal interpretação pode ser verdadeira em alguns casos e falsa em outros: posso mencionar ao menos dois meios artísticos, a literatura e a escultura, em que essa *originalidade do objeto* não existia havia muito tempo. Afinal, a revolução da imprensa de Gutenberg tinha desde os anos 1400 possibilitado não somente a reprodução em massa de livros impressos como desenvolvido um papel fundamental no Renascimento e na revolução científica. E a reprodução era um aspecto intrínseco da escultura de Rodin desde os anos 1800, sendo até tolo o trabalho da busca pelo "original". Antes de Rodin, a reprodução em escultura ocorria desde ao menos o tempo dos egípcios... Antes de Gutenberg, textos eram copiados e recopiados em mosteiros havia também milênios para que chegassem aos tempos contemporâneos. Mesmo dessa forma, muitos desses textos foram considerados "obras de arte" já no século XVIII; e nem assim se perdia a noção do tempo e do espaço em que tais trabalhos de arte haviam sido criados — logo, essa é uma questão mais profunda e não está ligada à possibilidade de reprodução em si; tal *alienação* encontra-se dentro da obra, é algo conceitual, intrínseco ao pós-modernismo que Benjamin já notava em 1931. Eu diria também que Rodin tenha sido um pós-modernista *avant la lettre* — e sua "colaboração" às escuras com outros artistas é outro indício disso. {A escultora Camille Claudel, sua "assistente" nessa colaboração que à época não se poderia declarar como tal, na verdade teve seus trabalhos apropriados e foi injustamente mantida em um manicômio para proteger o status de "gênio" de Rodin. Quando ganhará Claudel um museu próprio? [Interesso-me muito mais por seu trabalho do que pela "obra" de Rodin, que na verdade *não* é dele!]}. Rodin poderia facilmente ter sido Warhol e vice-versa, não haveria muita diferença — exceto que Warhol capturou uma verdade-chave de seu tempo que muitos críticos de arte não foram capazes de compreender até hoje, ao passo que Rodin não capturou nada. Peças da antiguidade, de autores desconhecidos [alguns, suponho, mesmo então], exerciam o mesmo papel catártico, pedagógico e didático para os povos para as quais foram criadas que o Modernismo contemporâneo exerceu para nós. Exercitemos a descontinuidade de Foucault e consideremos como exemplo estátuas e vasos do Egito antigo, que também eram extremamente reproduzidos e distribuídos pelo território... usados até como forma de propaganda pelos faraós [Vargas não foi o primeiro político a se apropriar da arte em benefício próprio]. O argumento da "aura" do objeto artístico, se interpretado apenas acerca de sua reprodutibilidade, favorece mais o seu valor de venda do que a própria reprodução favorece. A *unicidade de uma obra de arte*, em termos mais aprofundados, refere-se a sua característica não fragmentário-esquizofrênica, e era a regra antes da metástase pós-modernista. O que se dizer de uma pintura de Salvador Dalí, que compreende quase um universo em seu todo? Tais objetos artísticos revelam também algo sobre o processo de trabalho do artista; eu passava horas no Instituto de Arte de Chicago analisando as pinceladas de Dalí, e o que ele apagou/ incluiu/ mudou em seu processo de criação até o resultado final. Mas Jameson (2015) já apontou como até exibições em museus se tornaram *eventos* pós-modernos:

> Isso me habilita a afirmar não apenas que tais trabalhos [o tubarão morto de Damien Hirst, as projeções de Jenny Holze] pós-modernos são colagens, em simultaneidade; mas ainda mais, que são formas concentradas e abreviadas daquele tipo de trabalho artístico que quero apontar como paradigmático da prática artística pós-moderna, a instalação. O tubarão de Hirst é uma instalação acabada como qualquer um dos trabalhos de, digamos, Robert Gober, cuja excelente obra examinei em outra ocasião: em um "texto" que inclui uma moldura, uma colina, uma pintura de paisagem americana tradicional, e um tipo emoldurado de "escrita" pós-moderna. Nenhum desses objetos é o trabalho da arte; a lógica do último é relacional e presumivelmente jaz na construção do próprio espaço, em que várias dimensões ou traços de Americana confrontam-se e se questionam entre si.[*] Não se pode dizer que esse trabalho ainda tenha um estilo, aquela velha categoria modernista. Ele também sugere uma confluência de

---

[*] JAMESON, Fredric. *Postmodernism*: Or, the cultural logic of late capitalism. Durham: Duke University Press, 1991. pp. 161-72.

vários ramos de um velho sistema das belas artes, pintura, arquitetura, até de planejamento de espaço e design de interiores. (Só posso lamentar a ausência da fotografia no meu exemplo, já que a transformação da fotografia de uma arte menor a uma maior é uma das características mais significativas da emergência da pós-modernidade). Então de certa forma pode-se dizer que a instalação de Gober é uma alegoria não só da volatização do objeto artístico individual, ou da antiga obra de arte, mas também dos vários sistemas artísticos que o sustentam. Até aqui deixei de mencionar outra característica significativa, a que na verdade não se trata exatamente de uma instalação de Gober, mas sim de uma colaboração, em que vários artistas pós-modernistas contribuíram com um componente. Portanto é também um comentário sobre o lugar da coletividade no mundo contemporâneo: foi a solidariedade vanguardista que presidiu diversas exposições no passado. O relacionamento de um com o outro aqui não apenas implica o desaparecimento de tal vanguarda e de suas ambições quase-políticas, mas parece reencenar a distância e a indiferença entre uns e outros de itens em uma exposição de museu de qualquer tipo. E, na verdade, acredito que a instalação como uma forma é um tipo de réplica da forma do novo museu em que ela está abrigada, cujas transformações estão sendo discutidas por muitos outros autores, não apenas Baudrillard, destacando o inesperado apelo de massa, com ingressos e filas de espera, em novos prédios cujos arquitetos têm algo do glamour de estrelas de rock, e cujas exposições e eventos culturais são como concertos ou filmes ansiosamente aguardados. Nessa nova configuração, mesmo as pinturas de clássicos como Van Gogh ou Picasso ganham um novo brilho; não o de suas origens, mas no lugar a novidade das logomarcas propagandeadas por todo lado.

Essas curadorias que contrapõem ou justapõem [algumas vezes quase aleatoriamente] obras de arte de diferentes artistas e períodos geram novos contextos e interpretações e quiçá *insights*, é fato; são realmente *eventos culturais* únicos e de duração e localização limitadas, e fazem mais jus a um produto de determinado curador do que à arte dos diversos artistas inclusos, neste caso meros ingredientes de um todo outro; são, assim, odes ao fragmentário. O que ocorre em tais eventos pós-modernistas é que perdemos a noção da inter-relação da história com o objeto artístico — este é o fator alienador maior. Creio ser muito importante, especialmente neste momento atual, que artistas e suas obras sejam expostos de forma a se apreender seu contexto histórico original [ao lado de ou em oposição a outros artistas e suas respectivas obras do mesmo período, possivelmente incluindo textos que elucidem a situação sociopolítica-econômica e a atuação das instituições na nação e época em que os trabalhos foram criados] — isso traz um aspecto pedagógico e didático às exposições, e acontece em alguns museus: compreende-se o "aqui e agora" para cuja falta Benjamin aponta, sendo o objeto artístico "original" ou não. Talvez até grande parte da arte do pós-modernismo possa ser de certa forma desalienada se [re]sgatada em seu contexto histórico-dialético — afinal, em algum momento precisaremos explicar cultural e historicamente o que se passou entre 1909 e 2021. Com relação, especificamente, à literatura, Benjamin diz em "A Tarefa do Tradutor" que a tradução literária, por definição, produz deformações e má interpretação do texto original; além disso, no resultado deformado, aspectos escondidos do texto em sua língua original são elucidados, ao passo que aspectos previamente óbvios se tornam ilegíveis; tal modificação tradutiva do texto de origem é produtiva quando, colocada na constelação de trabalhos e ideias, novas afinidades entre objetos históricos aparecem e produzem verdade filosófica. É uma outra área que demanda estudo. A problemática posta perante a História da Arte se tornou ainda mais complexa com a Revolução Digital. Pois, se anteriormente era possível analisar o processo criativo de um escritor, por exemplo, por meio de seus rascunhos e manuscritos, hoje estes muitas vezes estão todos compreendidos em um único arquivo de Microsoft Word ou de Final Draft; a análise do processo de tais artistas seria possível apenas com uma perícia dos próprios documentos nas máquinas onde foram originados, pois até quando somente transferidos de uma máquina para outra arquivos perdem informações-chave de sua constituição. Aqui um dilema ético vem à tona: a que tipo de devassa pessoal seriam submetidos tais artistas se suas máquinas pessoais (computadores, telefones) e "nuvens" fossem entregues a instituições para os propósitos de história, teoria e crítica da arte após suas mortes? Pode parecer uma divagação, porém neste mesmo momento sofro com similar questão em vida, sob desculpa policialesca e com propósitos fascistas. Retomemos a descontinuidade foucaultiana para entender como o pós-modernismo era recebido naquele que tem sido de modo enganoso reconhecido como o seu momento de nascimento:

A mesma opinião descrente que emite sobre o tachismo Pedrosa dava sobre a pop art. Sendo a forma de arte que apenas pretende olhar para o mundo de fora, aceitava seu ambiente e não lhe impõe juízo de valor bom ou mau. O meio urbano era exaltado pelos *popistas*, e se houvesse paródia na interpretação das obras, esta parecia estar nos olhos do espectador, e não na intenção do artista (Lichtenstein e Warhol afirmam realmente gostar do meio em que vivem) [22]. A característica básica destes artistas era pertencer plenamente ao meio que retratavam, tendo muitos sido formados em propaganda, arte comercial e publicidade, e buscavam fugir de qualquer vestígio que lembrasse as "belas artes". Na avaliação de Mario Pedrosa, estes não eram sequer artistas, eram técnicos de produção de massa [23]. Sua forma de produzir arte tinha como foco central relativizar os valores da plástica então cristalizados. Queriam que a obra de arte perdesse o seu caráter algo sagrado de eterno e único, e por isso tanto em temas quanto em materiais eram radicalmente distintos. Pedrosa afirma que o material utilizado era renovável e não duradouro, a pretensão à originalidade e a reversão à cópia da realidade se perdiam sob a alegação de que buscavam romper com o isolamento social e moral a que as vanguardas artísticas estavam fadadas. Na opinião de Pedrosa, no entanto, no fundo, a "inovação" pop era da mesma qualidade da tachista, e o que buscavam em verdade era o retorno a uma época em que a sociedade e o artista eram mais integrados, em que o segundo era imprescindível à vida da primeira [24]. O custo disto para a arte *pop* foi eliminar a crítica e descaracterizar a própria arte. A avaliação de Hobsbawn sobre o pop nos ajuda a compreender Pedrosa, na medida em que ele afirma que a arte pós-moderna não era tanto um movimento, mas sim a negação disto, de qualquer critério preestabelecido de julgamento e valor nas artes e até mesmo da própria possibilidade de julgamento [25]. A arte pós-moderna não deve, portanto, ser considerada como mais um movimento entre as vanguardas, porque atacava o próprio estilo de fazer arte desta maneira. Temendo ser considerada hermética e aristocrática, a pop art era extrovertida e antiestética, e consoante com a sociedade de massas abria mão de qualquer valor artístico intrínseco pela necessidade de informar e comunicar [26].

Enquanto o pop vinha com o otimista *fun* urbano da sociedade de consumo, carente de críticas, o tachismo trouxe para Pedrosa o sabor amargo das vanguardas voltadas para o mercado, que cuidava de criar o novo totalitarismo para a arte, determinando regras. O grande representante da anti-pintura italiana, Alberto Burri, tinha no preço de suas obras um verdadeiro mercado de ações, sempre em alta, e Pedrosa ironizava que seu peito "andava tão coberto de medalhas quanto o de um general". Sua pintura composta por trapos, madeiras e "porcarias" (palavras de Mario Pedrosa) eram bem aceitas pela classe dominante, que *precisava consumir qualquer novidade antes da possibilidade de que se convertesse em crítica de combate. A diferença entre as vanguardas da década de 1960 e a Alemanha nazista ou a* URSS *stalinista era que enquanto nas últimas a burocracia determinava a qualidade da arte pelos princípios totalitários políticos, na primeira a liberdade que é totalitária e ilimitada.**

Simultaneamente à emergência da arte pop, preciso analisar como o que foi amplamente chamado de Tropicalismo — a resgatar a antropofagia de Oswald de Andrade — possuiu aspectos pós-modernistas. Além de Hélio Oiticica (vindo da arte neoconcreta), esse movimento incluiu Glauber

---

* COSTARD, op. cit.

Rocha, Cacá Diegues, Nelson Pereira dos Santos e Arnaldo Jabor no Cinema Novo — no qual a influência pós-modernista veio principalmente a partir da Nouvelle Vague francesa —; artistas como Caetano Veloso, Gal Costa, Gilberto Gil, Tom Zé e a banda Os Mutantes na música; e Zé Celso Martinez Corrêa no Teatro Oficina.

Começo pelo cinema — meu *métier*. A respeito da inspiração do Cinema Novo, a Nouvelle Vague tratou-se de "uma estética de fragmentos, da incorporação do acaso na filmagem, da polifonia narrativa"[*] de personagens transeuntes, do amoralismo, da falta de referências históricas, do enfoque técnico como forma de estilo. Em "Uma Estética da Fome" — manifesto escrito por Glauber Rocha em 1965 —, o cineasta argumenta que, apesar de beber na fonte pós-modernista, o Cinema Novo não foi apolítico, tampouco faltou aos artistas visão crítica: as inovações tecnológicas foram usadas não no sentido do tecnicismo, mas para firmar um "compromisso com a *verdade*" e uma relação entre a arte e seu momento histórico (o que nesses aspectos o difere da Nouvelle Vague). Também é importante observar no texto um tema que perpassa o Modernismo brasileiro, a crítica de Mario Pedrosa e a arte no Brasil de todo o século xx, de como "nos países outrora colonizados, os povos oprimidos reivindicam sua própria memória" (que Roudinesco apontou no movimento identitário):

> Dispensando a introdução informativa que se tem transformado na característica geral das discussões sobre América Latina, prefiro situar as relações entre nossa cultura e a cultura civilizada em termos menos reduzidos do que aqueles que, também, caracterizam a análise do observador europeu. Assim, enquanto a América Latina lamenta suas misérias gerais, o interlocutor estrangeiro cultiva o sabor dessa miséria, não como um sintoma trágico, mas apenas como um dado formal em seu campo de interesse. Nem o latino comunica sua verdadeira miséria ao homem civilizado nem o homem civilizado compreende verdadeiramente a miséria do latino.
>
> Eis — fundamentalmente — a situação das artes no Brasil diante do mundo: até hoje, somente mentiras elaboradas da verdade (os exotismos formais que vulgarizam problemas sociais) conseguiram se comunicar em termos quantitativos, provocando uma série de equívocos que não terminam nos limites da arte mas contaminam sobretudo o terreno geral do político. Para o observador europeu, os processos de criação artística do mundo subdesenvolvido só o interessam na medida em que satisfazem sua nostalgia do primitivismo; e este primitivismo se apresenta híbrido, disfarçado sob as tardias heranças do mundo civilizado, heranças mal compreendidas porque impostas pelo condicionamento

---

[*] MASCARELLO, Fernando. *História do Cinema Mundial*. 2. ed. São Paulo: Papirus, 2007.

colonialista. A América Latina (AL), inegavelmente, permanece colônia, e o que diferencia o colonialismo de ontem do atual é apenas a forma mais aprimorada do colonizador; e, além dos colonizadores de fato, as formas sutis daqueles que também sobre nós armam futuros botes. O problema internacional da AL é ainda um caso de mudança de colonizadores, sendo que uma libertação possível estará sempre em função de uma nova dependência.

Este condicionamento econômico e político nos levou ao raquitismo filosófico e à impotência, que, às vezes inconsciente, às vezes não, geram no primeiro caso a esterilidade e no segundo a histeria.

A esterilidade: aquelas obras encontradas fartamente em nossas artes, onde o autor se castra em exercícios formais que, todavia, não atingem a plena possessão de suas formas. O sonho frustrado da universalização: artistas que não despertaram do ideal estético adolescente. Assim, vemos centenas de quadros nas galerias, empoeirados e esquecidos; livros de contos e poemas; peças teatrais, filmes (que, sobretudo em São Paulo, provocaram inclusive falências). O mundo oficial encarregado das artes gerou exposições carnavalescas em vários festivais e bienais, conferências fabricadas, fórmulas fáceis de sucesso, vários coquetéis em várias partes do mundo, além de alguns monstros oficiais da cultura, acadêmicos de Letras e Artes, júris de pintura e marchas culturais pelo país afora. Monstruosidades universitárias: as famosas revistas literárias, os concursos, os títulos.

A histeria: um capítulo mais complexo. A indignação social provoca discursos flamejantes. O primeiro sintoma é o anarquismo pornográfico que marca a poesia jovem até hoje (e a pintura). O segundo é uma redução política da arte que faz má política por excesso de sectarismo. O terceiro, e mais eficaz, é a procura de uma sistematização para a arte popular. Mas o engano de tudo isso é que nosso possível equilíbrio não resulta de um corpo orgânico, mas sim de um titânico e autodevastador esforço no sentido de superar a impotência: e, no resultado desta operação a fórceps, nós nos vemos frustrados, apenas nos limites inferiores do colonizador: e se ele nos compreende, então, não é pela lucidez de nosso diálogo, mas pelo humanitarismo que nossa informação lhe inspira. Mais uma vez o paternalismo é o método de compreensão para uma linguagem de lágrimas ou de mudo sofrimento.

A fome latina, por isto, não é somente um sintoma alarmante: é o nervo de sua própria sociedade. Aí reside a trágica originalidade do Cinema Novo diante do cinema mundial: nossa originalidade é nossa fome e nossa maior miséria é que esta fome, sendo sentida, não é compreendida.

De *Aruanda* a *Vidas Secas*, o Cinema Novo narrou, descreveu, poetizou, discursou, analisou, excitou os temas da fome: personagens comendo terra, personagens comendo raízes, personagens roubando para comer, personagens matando para comer, personagens fugindo para comer, personagens sujas, feias, descarnadas, morando em casas sujas, feias, escuras: foi esta galeria de famintos que identificou o Cinema Novo com o miserabilismo, hoje tão condenado pelo Governo do Estado da Guanabara, pela Comissão de Seleção para Festivais do Itamarati, pela crítica a serviço dos interesses oficiais, pelos produtores e pelo público — este último não suportando as imagens da própria miséria. Este miserabilismo do Cinema Novo opõe-se à tendência do digestivo, preconizada pelo crítico-mor da Guanabara, Carlos Lacerda: filmes de gente rica, em casas bonitas, andando em automóveis de luxo; filmes alegres, cômicos, rápidos, sem mensagens, e de objetivos puramente industriais. Estes são os filmes que se opõem à fome, como se, na estufa e nos apartamentos de luxo, os cineastas pudessem esconder a miséria moral de uma burguesia indefinida e frágil, ou se mesmo os próprios materiais técnicos e cenográficos pudessem esconder a fome que está enraizada na própria incivilização. Como se, sobretudo, neste aparato de paisagens tropicais, pudesse ser disfarçada a indigência mental dos cineastas que fazem este tipo de filmes. O que fez do Cinema Novo um fenômeno de importância internacional foi justamente seu alto nível de compromisso com a verdade; foi seu próprio miserabilismo que, antes escrito pela literatura de '30, foi agora fotografado pelo cinema de '60; e, se antes era escrito como denúncia social, hoje passou a ser discutido como problema político. Os próprios estágios do miserabilismo em nosso cinema são internamente evolutivos. Assim, como observa Gustavo Dahl, vai desde o fenomenológico (*Porto das Caixas*), ao social (*Vidas Secas*), ao político (*Deus e o Diabo...*), ao poético (*Ganga Zumba*), ao demagógico (*Cinco Vezes Favela*), ao experimental (*Sol sobre a Lama*), ao documental (*Garrincha:* Alegria do Povo), à comédia (*Os Mendigos*), experiências em vários sentidos, frustradas umas, realizadas outras, mas todas compondo, no final de três anos, um quadro histórico que, não por acaso, vai caracterizar o período Jânio-Jango: o período das grandes crises de consciência e de rebeldia, de agitação e revolução que culminou no golpe de abril. E foi a partir de abril que a tese do cinema digestivo ganhou peso no Brasil, ameaçando, sistematicamente, o Cinema Novo.

Nós compreendemos esta fome que o europeu e o brasileiro na maioria não entendeu. Para o europeu, é um estranho surrealismo tropical. Para o brasileiro, é uma vergonha nacional. Ele não come, mas tem vergonha de dizer isto: e, sobretudo, não sabe de onde vem esta fome. Sabemos nós — que fizemos estes filmes feios e tristes, estes filmes gritados e desesperados onde nem sempre a razão falou mais alto — que a fome não será curada pelos planejamentos de gabinete e que os remendos do tecnicolor não escondem, mais agravam seus tumores. Assim, somente uma cultura da fome, minando suas próprias estruturas, pode superar-se qualitativamente: e a mais nobre manifestação cultural da fome é a violência.

A mendicância, tradição que se implantou com a redentora piedade colonialista, tem sido uma das causadoras de mistificação política e da ufanista mentira cultural: os relatórios oficiais da fome pedem dinheiro aos países colonialistas com o fito de construir escolas sem criar professores, de construir casas sem dar trabalho, de ensinar o ofício sem ensinar o analfabeto. A diplomacia pede, os economistas pedem, a política pede: o Cinema Novo, no campo internacional, nada pediu: impôs-se pela violência de suas imagens em vinte e dois festivais internacionais.

Pelo Cinema Novo: o comportamento exato de um faminto é a violência, e a violência de um faminto não é primitivismo. Fabiano é primitivo? Antão é primitivo? Corisco é primitivo? A mulher de *Porto das Caixas* é primitiva?

Do Cinema Novo: uma estética da violência antes de ser primitiva é revolucionária, eis aí o ponto inicial para que o colonizador compreenda a existência do colonizado; somente conscientizando sua possibilidade única, a violência, o colonizador pode compreender, pelo horror, a força da cultura que ele explora. Enquanto não ergue as armas, o colonizado é um escravo; foi preciso um primeiro policial morto para que o francês percebesse um argelino.

De uma moral: essa violência, contudo, não está incorporada ao ódio, como também não diríamos que está ligada ao velho humanismo colonizador. O amor que esta violência encerra é tão brutal quanto a própria violência, porque não é um amor de complacência ou de contemplação, mas um amor de ação e transformação.

O Cinema Novo, por isto, não fez melodramas: as mulheres do Cinema Novo sempre foram seres em busca de uma saída possível para o amor dada a impossibilidade de amar com fome: a mulher protótipo, a de *Porto das Caixas*, mata o marido; a Dandara de *Ganga Zumba* foge da guerra para um amor romântico; Sinhá Vitoria sonha com novos tempos para os filhos: Rosa vai ao crime para salvar Manuel e amá-lo em outras circunstâncias; a moça do padre precisa romper a batina para ganhar um novo homem; a mulher de *O Desafio* rompe com o amante porque prefere ficar fiel ao mundo burguês; a mulher em *São Paulo S.A.* quer a segurança do amor pequeno-burguês e para isto tentará reduzir a vida do marido a um sistema medíocre.

Explicação: Já passou o tempo em que o Cinema Novo precisava explicar-se para existir: o Cinema Novo necessita processar-se para que se explique, à medida que nossa realidade seja mais discernível à luz de pensamentos que não estejam debilitados ou delirantes pela fome. O Cinema Novo não pode desenvolver-se efetivamente enquanto permanecer marginal ao processo econômico e cultural do continente latino-americano: além do mais, porque o Cinema Novo é um fenômeno dos povos novos e não uma entidade privilegiada do Brasil: onde houver um cineasta disposto a filmar a verdade, e a enfrentar os padrões hipócritas e policialescos da censura intelectual, aí haverá um germe vivo do Cinema Novo. Onde houver um cineasta disposto a enfrentar o comercialismo, a exploração, a pornografia, o tecnicismo, aí haverá um germe do Cinema Novo. Onde houver um cineasta, de qualquer idade ou de qualquer procedência, pronto a pôr seu cinema e sua profissão a serviço das causas importantes de seu tempo, aí haverá um germe do Cinema Novo. A definição é esta e por esta definição *o Cinema Novo se marginaliza da indústria porque o compromisso do Cinema Industrial é com a mentira e com a exploração.* A integração econômica e industrial do Cinema Novo depende da liberdade da América Latina. Para esta liberdade, o Cinema Novo empenha-se, em nome de si próprio, de seus mais próximos e dispersos integrantes, dos mais burros aos mais talentosos, dos mais fracos aos mais fortes. É uma questão de moral que se refletirá nos filmes, no tempo de filmar um homem ou uma casa, no detalhe que observar, na moral que pregar: não é um filme mas um conjunto de filmes em evolução que dará, por fim, ao público a consciência de sua própria miséria.

Não temos por isto maiores pontos de contato com o cinema mundial, a não ser com suas origens técnicas e artísticas.

O Cinema Novo é um projeto que se realiza na política da fome, e sofre, por isto mesmo, todas as fraquezas consequentes de sua existência.[*]

Sei bem sobre a indigência mental de artistas, coquetéis de monstros "oficiais" da cultura, mendicância a conglomerados de mídia e excesso de sectarismo (principalmente na esquerda e na luta LGBT+). Também compreendo que "filmes [e livros] feios e tristes" são *impossíveis de não se fazer* quando se está inserido em uma realidade feia e triste — não somos nós, artistas comprometidos com a verdade, quem inventamos tal realidade; apenas a digerimos de maneira não alienadora. A resultante "violência, contudo, não está incorporada ao ódio". Saliento a importância do "quadro histórico [pintado pelo Cinema Novo do] período Jânio-Jango: o período das grandes crises de consciência e de rebeldia, de agitação e revolução que culminou no golpe [de 1º] de abril [de 1964]"; e ressalto a necessidade de "enfrentar os padrões hipócritas e policialescos da censura intelectual". É pertinente também notar a crítica ao primitivismo, ao passo que "quase todos os criadores da primeira corrente modernista possuíram uma dimensão primitivista" — justamente de onde partiu o conceito artístico da antropofagia. "A tradição modernista da antropofagia é uma das matrizes das imagens do passado da memória cultural brasileira."[**] Em *Como Era Gostoso o Meu Francês* (de Pereira dos Santos, 1971), o protagonista é sequestrado e literalmente comido por canibais ao mesmo tempo que é "sugerido que os índios (ou seja, o Brasil) devam metaforicamente canibalizar seus inimigos estrangeiros, apropriando-se de sua força sem serem dominados por eles" [o leitor enxerga uma conexão com a Coca-Cola de Renato Russo e Cássia Eller, de catorze anos mais tarde?]. "No início dos anos 1970 há o deslocamento do legado modernista, evidenciando o uso público do passado na narrativa cinematográfica durante o regime civil-militar."[***]

---

[*] ROCHA, Glauber. Uma Estética da Fome. 1965.

[**] SANTIAGO JÚNIOR, Francisco das C. F. Antropofagia, passado prático e usos do passado em *Como Era Gostoso o Meu Francês* (1971), de Nelson Pereira dos Santos. *História da Historiografia,* Ouro Preto, n. 20, abr. 2016, pp. 157-175. DOI: 10.15848/hh.v0i20.983

[***] Ibidem.

No que tange à música, Caetano Veloso registraria em seu livro *Verdade Tropical*:*

Sua própria construção (o nome tropicalismo) — por jornalistas ingênuos a partir de uma sugestão de Luís Carlos Barreto por causa da obra de Oiticica — tem a marca do acaso significativo, do acercamento inconsciente a uma verdade.

Atente o leitor para como Caetano aponta à "ingenuidade [realista]" dos jornalistas do final da década de 1960 e ao "acaso" (similar ao do tachismo/ expressionismo abstrato, da transição academicamente aceita entre o Modernismo e o pós-modernismo). É necessário observar, ainda, o papel exercido pela televisão para a compreensão do fenômeno pós-modernista no Brasil, uma vez que — no que diz respeito à música — o Tropicalismo surgiu "no contexto dos Festivais de Música Popular Brasileira promovidos pela TV Record, em São Paulo, e TV Globo, no Rio de Janeiro".

Em outubro de 1967, quando "Alegria, Alegria" e "Domingo no Parque" foram lançadas no III Festival da Música Popular Brasileira, da TV Record de São Paulo, não se apresentavam como porta-vozes de qualquer movimento. Contudo, destoavam das outras canções por não se enquadrarem nos limites do que se denominava MMPB (Moderna Música Popular Brasileira). Ao público consumidor desse tipo de música — formado preponderantemente por universitários — tornava-se difícil reconhecer uma postura política participante ou certo lirismo, que davam a tônica à maior parte das canções da época. A novidade — o moderno de letra e arranjo —, mesmo que muito simples, foi suficiente para confundir os critérios reconhecidos pelo público e sancionados por festivais e crítica. Segundo tais critérios, que associavam a "brasilidade" das músicas dos festivais à carga de sua participação político-social, as músicas de Caetano e Gil eram ambíguas, gerando entusiasmos e desconfianças. Acima de tudo, esta ambigüidade traduzia uma exigência diferente: pela primeira vez, apresentar uma canção tornava-se insuficiente para avaliá-la, exigindo-se explicações para compreender sua complexidade. Impunha-se, para crítica e público, a reformulação da sensibilidade, deslocando-se, assim, a própria posição da música popular, que, de gênero inferior, passaria a se revestir de dignidade — fato só mais tarde evidenciado.

Nesta primeira música tropicalista ["Alegria, Alegria"], surpreendem-se — no procedimento de enumeração caótica e de colagem, tanto na letra quanto no arranjo — indicações certeiras do processo de desconstrução a que o Tropicalismo vai submeter a tradição musical, a ideologia do desenvolvimento e o nacionalismo populista. Nos versos: "uma canção me consola" e "no coração do Brasil" — o

---

* VELOSO, Caetano. *Verdade Tropical.* São Paulo: Companhia das Letras, 1997.

primeiro, uma reminiscência ambígua do iê-iê-iê: dívida de amor à primeira ruptura no círculo bem-comportado da música brasileira e, ao mesmo tempo, reconhecimento das implicações românticas e industriais daquele movimento; o segundo, uma imagem complexa que ressalta alegoricamente as assincronias do país — tais indicações são marcantes. A canção produz uma sensação indefinida, pois nela não fala um sujeito que deteria, por exemplo, a verdade sobre o Brasil, mas uma deriva que dissolve o sujeito enquanto o multiplica.

O Tropicalismo surgiu, assim, como moda; dando forma a certa sensibilidade moderna, debochada, crítica e aparentemente não empenhada. De um lado, associava-se a moda ao psicodelismo, mistura de comportamentos hippie e música pop, indiciada pela síntese de som e cor; de outro, a uma revivescência de arcaísmos brasileiros, que se chamou de "cafonismo". Os tropicalistas não desdenharam este aspecto publicitário do movimento; sem preconceitos, interiorizaram-no em sua produção, estabelecendo assim uma forma específica de relacionamento com a indústria da canção. Sobre esta versão do nascimento do Tropicalismo, disse Gilberto Gil: "Na verdade, eu não tinha nada na cabeça a respeito do Tropicalismo. Então a imprensa inaugurou aquilo tudo com o nome de Tropicalismo. E a gente teve que aceitar, porque tava lá, de certa forma era aquilo mesmo, era coisa que a gente não podia negar. Afinal, não era nada que viesse desmentir ou negar a nossa condição de artista, nossa posição, nosso pensamento, não era. Mas a gente é posta em certas engrenagens e tem que responder por elas".[*]

Em "Do teatro de revista ao Tropicalismo: Figurações do Brasil em duas versões de 'Yes, Nós Temos Bananas'",[**] [22] Sara Mello Neiva fez uma aprofundada leitura do contexto histórico-econômico-social de composição, lançamento, regravação e reutilização (por Zé Celso, no Teatro Oficina e por Caetano Veloso, no programa de TV *Discoteca do Chacrinha*), de uma canção do regime varguista, composta por Braguinha e Alberto Ribeiro em 1937:

O Teatro de Revista servia muitas vezes como propaganda oficial, mesmo que a partir de caricaturas risíveis de Getúlio Vargas.

Retratava-se Getúlio pela figura do malandro, carregado de ambiguidade, por pretender sobrepor os golpes da esperteza aos conflitos de interesses divergentes das forças sociais. Essa imagem do ditador reforçava sua identificação com estereótipos originados na cultura popular, que causavam um efeito simpático imediato nas plateias e, ao mesmo tempo, serviam para reforçar a estratégia de marketing do presidente de destacar suas características pessoais acima de suas posições políticas (Pereira, 1998, p. 86) [1].

---

[*] FAVARETTO, Celso. *O Surgimento* — Uma Explosão Colorida. Extraído de *Tropicália*: Alegria, Alegoria. Cotia: Ateliê Editorial, 1996.

[**] NEIVA, Sara Mello. Do Teatro de Revista ao tropicalismo: Figurações do Brasil em duas versões de "Yes, Nós Temos Bananas". *Urdimento* — Revista de Estudos em Artes Cênicas, Florianópolis, v. 2, n. 41, set. 2021. Ver nota xiii.

A Revista, da empresa de Manoel Pinto, teve como primeira figura Aracy Côrtes. De acordo com Neyde Veneziano (2011, p. 66) [2], a artista "carioca e mestiça, imperou gloriosa no Teatro de Revista com seu exuberante tipo brasileiro". Artista versátil, que podia interpretar "a caricata, a vedete exuberante, a vedete grã-fina, a vedete mulata, a vedete cantora". Num momento de exaltação do tipo brasileiro, Aracy Côrtes aparecia como "a artista que melhor sente a melodia dos morros, interpretando sozinha o ritmo inigualável da nossa canção" (Mauricio, 1937, p. 15) [3]. A figura cômica masculina que dividiu o palco com ela foi Oscarito. A dupla Aracy Côrtes e Oscarito, ambos vindos do circo, marcou história naquelas décadas. Com tantos elementos de peso (além das estrelas, os autores também já eram famosos como compositores), a Revista foi um sucesso tremendo, assim como a marchinha que estourou no carnaval daquele ano.

O alcance é tanto que em 1939 estreia o filme *Banana da Terra*, de Wallace Downey, roteiro do mesmo Braguinha, agora em parceria com Mário Lago, com participação de Oscarito e Carmen Miranda. A atriz, que logo em seguida se tornará uma espécie de símbolo da brasilidade, ficou consagrada internacionalmente a partir do filme, sobretudo por sua interpretação da canção "O que é que a baiana tem?", de Dorival Caymmi.

Apoteose do Brasil — A marchinha que encerra a Revista foi uma resposta a um *fox* de 1923, "Yes, we have no bananas", de Frank Silver e Irving Cohn, sucesso no Brasil nos anos 30. "Yes, nós temos bananas" difere da versão americana, mas mantém algo dessa atmosfera de feira. A adaptação brasileira parte de uma aproximação temática e melódica, repete a mesma estrutura do verso inicial, inclusive melodicamente, mas inverte o sentido. É como se dissesse que a vendinha de Nova York não tinha a desejada banana, mas nós a temos.

Foi nesse período que alguns gêneros musicais foram transformados em marcas registradas da música popular nacional, em detrimento de outros, que passaram a ser classificados como regionais, sertanejos ou folclóricos. O melhor exemplo foi o samba, elevado à categoria de música brasileira por excelência, enquanto o carnaval do Rio era promovido a símbolo do país (Oliveira, 2002, p. 354) [4].

O fato de usar do estrangeirismo "*yes*" para comemorar uma especificidade nacional revela um tipo de nacionalismo que absorvia a particularidade mercadológica da cultura, seu caráter de exportação. Mantendo a analogia da feira, o samba também figura como vendável, um elemento de exportação. Na releitura brasileira, o uso do "*yes*" seguido do pronome pessoal "nós" indica que o eu-lírico da canção expande a situação ficcional da feira — nós que vendemos (as bananas) — e faz referência ao coletivo, ao próprio país, nós, brasileiros; nós, nação brasileira, em interlocução com um estrangeiro. Simultaneamente, ao tomar para si a alcunha de República das Bananas, que de maneira geral, e um tanto indiscriminada, se referia a diversos países da América Latina, esse eu-lírico nacional inverte o sinal e transforma em vantagem a desvantagem depreciativa que a alcunha possuía. Ser a bananolândia torna-se maravilhoso, motivo de orgulho e caminho para o progresso.

Na segunda parte da canção há um momento em que o eu-lírico assume o pronome pessoal da primeira pessoa no singular: "Zombo da crise, se ela vier/ Bananas para quem quiser" (Barros e Ribeiro, 1938, p. 46) [5]. Naquele momento, zombar da crise não era exatamente algo fora da realidade, afinal o Brasil de alguma forma passara incólume pela crise de 30 que atingiu boa parte das economias capitalistas [6]. Essa exaltação ao Brasil pela marchinha, sugerindo uma grande coletividade em torno da nação, obscurece a verdade sobre um país cuja base é a exploração. O exemplo novamente é de "Temos bananas para dar e vender". Essa ideia evoca uma expressão do nacionalismo getulista, que dizia ser o Brasil o celeiro do mundo. O uso do verbo "ter" no presente, na primeira pessoa do plural — temos banana, café, mate e algodão, como se fossem tesouros nossos — apaga as relações produtivas internas do país. O que não se diz nessa exaltação nacional é que o setor base da produção não *tem* as tais "bananas pra dar e vender". Por conseguinte, o que o país tem é à custa de uma produção com base numa mão de obra intensamente explorada, reproduzindo relações violentas e arcaicas de trabalho.

Luiz Tatit (2000, p. 3) [7], em artigo para a *Folha de S.Paulo*, comenta que no refrão das marchinhas há "síntese entre som e sentido" e que se trata do momento de euforia, de integração, quando todo mundo dança e canta junto. Para ele, enquanto gênero, a marchinha "não vai a lugar nenhum. Irradia para todos os lados, mas jamais perde o centro. Só conhece um caminho, o de volta. Refrão, refrão e mais refrão". O gênero, que ele chama de música-centro, pode até comentar algo, mas rapidamente retorna ao centro, assim como os foliões que ao final do cordão voltam ao ponto inicial e fazem brincadeiras enquanto se exaltam contagiados pelo refrão.

Para o crítico e historiador da música José Ramos Tinhorão (1974, p. 121) [8], diferentemente do samba, embora praticamente contemporâneo a ele, a marchinha é uma "criação típica de compositores da classe média da década de 1920". A Revista *Yes, nós temos bananas!* é também representativa da visão de mundo das camadas médias da sociedade brasileira. Os tipos sociais fixados na Revista dão exemplo disso, como as mocinhas de família, trabalhadores do serviço público e uma casa típica de classe média com sua indefectível empregada doméstica; como também as cenas em que se mistifica em abstrato do povo, se positiva a miscigenação ou os momentos de generalizada e racista sexualização da mulher negra. Ainda assim, o público das Revistas e das comédias era o mais heterogêneo dentre os gêneros de teatro existentes, com parcelas da classe média e baixa.

Em paralelo, nas primeiras décadas do século xx, o Teatro de Revista era tido como um gênero rebaixado entre artistas interessados na modernização artística do teatro brasileiro. Mais ainda a Revista Carnavalesca, que na cabeça dos ideólogos da arte séria estava ligada à vulgaridade e ao divertimento inconsequente, apenas comercial. Havia uma demanda da intelectualidade artística por uma reestruturação no modo de produção do teatro profissional. Para eles, o modelo empresarial comercial impunha um padrão rebaixado, com um tipo de cena apelativa, além de um repertório viciado em modelos pouco abertos à inovação, marcado pelo estrelismo e pela vedetização. Nos anos seguintes, tal expectativa de modernização artística foi ganhando terreno. Por outro lado, esta modernização teatral que se deu no território brasileiro foi de tipo elitizante, com uma reorganização dos setores sociais que passaram a compor tanto o público quanto os artistas dos teatros e companhias. E o que se verifica, grosso modo, é a desqualificação em bloco da cena popular, do gosto do público e do saber dos artistas que se formavam nos circos, nas Revistas, operetas e comédias musicadas.

De volta ao conjunto espetáculo-canção "Yes, nós temos bananas", na visão efusiva do Brasil que ele evoca, a solução de uma possível crise econômica estaria na banana, no produto primário. À primeira vista, a ideia parece entrar em contradição com o ciclo getulista de industrialização e urbanização. Contudo, a contradição é só aparente. Naqueles anos, o motor da economia continuava sendo o agrário. Ainda assim, não consta na Constituição de 1937 [após novo Golpe de Vargas em 10 de novembro daquele ano] nenhuma regulação do trabalho rural, tampouco qualquer transformação em sua estrutura arcaica de superexploração, muito pelo contrário. Para que a modernidade industrial avançasse e a lei que instituiu o salário mínimo vigorasse era necessário manter a produção agrícola a baixos custos. O Brasil se modernizava, conservando as mesmas e velhas estruturas, combinando vontade de atualização cosmopolita com produção agrária de bens primários para exportação.

Em alguma medida, a canção "Yes, nós temos bananas" torna evidente no campo do simbólico uma figuração dessa justaposição. Na versão gravada por Almirante, a própria marchinha constitui expressão de modernidade urbana, com sofisticada orquestra de sopros e enorme capacidade de reverberação pelas ondas do rádio, integrando o país com a nova tecnologia. Com efeito, ao assimilar o estrangeirismo para encontrar uma expressão de "cor local", ao inverter o sentido da dependência colonial, nota-se na canção e no texto dramatúrgico de Braguinha e Alberto Ribeiro aquele espírito do modernismo antropofágico de Oswald de Andrade. Não por acaso há uma aproximação institucional capitaneada pelo Ministro de Educação e Saúde, Gustavo Capanema, entre o Estado Novo e expoentes do primeiro modernismo, como Cassiano Ricardo e Menotti Del Picchia, autores de empenho mais marcadamente nacionalista (Velloso, 1987; Oliveira, 2002, p. 339-384) [9].

Pelo viés eufórico e nacionalista, na justaposição entre o Brasil moderno e o arcaico, a canção aparentemente endossa e torna positivo (ainda que contra a vontade) o caráter conservador da modernização brasileira. Por outro lado, dá indícios de ironia e sarcasmo diante dessa vocação pressentida.

A primeira apresentação da versão de Caetano ocorreu provavelmente em 9 de abril [de 1968], no programa televisivo *Discoteca do Chacrinha*, no especial Noite da Banana. O palco da Rede Globo foi coberto com bananas, Chacrinha estava com bananas penduradas na roupa e no chapéu e Caetano entrou vestido com uma bata pintada com bananas, desenhada por sua amiga Regina Helena, especialmente para aquela apresentação [10]. Não era suficiente ainda. Durante o programa, bananas foram jogadas ao público e houve um prêmio de

100 cruzeiros novos para quem comesse mais bananas e 200 cruzeiros novos para quem ficasse mais tempo plantando bananeira. Para completar, horas antes da gravação, caminhões carregados distribuíram a fruta para quem passasse na frente da sede da TV Globo [11].

No meio dessa overdose de bananas, além da nova versão da marchinha, Caetano cantou também "Tropicália", mostrando a forte conexão entre essa performance musical e o nascente tropicalismo. Pouco antes desse evento, Caetano Veloso tinha ficado bastante impactado com a peça *O Rei da Vela* que estreou em 1967 no Teatro Oficina, com direção de José Celso Martinez Corrêa. O cantor baiano tinha acabado de gravar "Tropicália" e encontrara no espetáculo de Zé Celso um equivalente para suas proposições musicais. Disse ele em entrevista para um jornal: "Quando vi *O Rei da Vela*, encontrei tudo que eu também estava tentando mostrar. O Brasil mais sujo, mais real, um tanto cafona mesmo, uma face irreal da cultura brasileira" (Veloso, 1968c, p. 3) [12].

A peça, escrita por Oswald de Andrade em 1933 e publicada em 1937, estreou em setembro de 1967, um intervalo de 30 anos entre a publicação e a encenação, assim como os 30 anos que separam a versão original de "Yes, nós temos bananas" da gravação de Caetano de 1968. Zé Celso [13] comenta que no carnaval de 1967, quando preparava a montagem da peça, ouviu a gravação de Almirante para a marchinha e pouco depois leu uma reportagem na revista estadunidense *Time* sobre o então presidente Costa e Silva — capa da edição de 21 de abril de 1967 — na qual as fotografias e desenhos do mandatário militar vinham sempre acompanhadas de um cenário tropical pintado de palmeiras e bananeiras. A conjunção entre a marchinha e a reportagem na revista *Time* teria "engravidado" Zé Celso "para parir *O Rei da Vela* (Corrêa, 2017, p. 203) [14].

A peça de Oswald de Andrade retrata o Brasil como uma sociedade intrinsecamente atrasada, corrupta e dependente do capital estrangeiro. Segundo Fernando Peixoto, é sobre como "se alimenta e se mantém esse imenso cadáver gangrenando" (Peixoto, 1967, p. 4) [15], que é o Brasil. A montagem do Oficina sublinhava isso, mas, ao mesmo tempo, apresentava também uma estética efusiva que fazia sobressair uma espécie de força da desordem local. O cenógrafo Hélio Eichbauer criou para o ato II, que se passa numa Ilha Tropical na Baía da Guanabara, um "telão pintado *made in states*, verde e amarelo" (Corrêa, 2017, s/n), com palmeiras e bananeiras. Zé Celso incorporou a referida marchinha nesse ato, que evocava o Teatro de Revista, absorvendo-lhe a atmosfera apoteótica e escrachada. Não por acaso, o espetáculo foi elevado a um tipo de manifesto de um novo momento do Teatro Oficina. Em um só tempo, com *O Rei da Vela*, o grupo criticava e festejava essa nossa "chacriníssima realidade nacional" (Corrêa, 2017, s/n). A forma paródica presente nos Teatros de Revista (caricaturas dos tipos sociais, de políticos etc.); os cacos e improvisações cômicas foram reativados nesse momento, ressignificando o popularesco, associado comumente ao mau gosto (Pereira, 1998).

Nesse mesmo sentido, alguns meses depois, Caetano Veloso faria sua performance televisa e gravaria seu single "Yes, nós temos bananas", transformando a banana em um tipo de emblema do movimento que despontava em várias artes, o tropicalismo.

Na verdade, Caetano muda o estilo da canção original que deixa de ser marchinha, sendo, no entanto, ainda possível reconhecê-la. O arranjo de jazz e samba jazz de Rogério Duprat é sofisticado, feito com metais e, no acompanhamento, baixo elétrico e bateria. Aqui, a justaposição entre o moderno e o arcaico é elevada à categoria central. O contraste entre a estrutura moderna do jazz e o assunto da letra evidencia um Brasil exótico, entre o caos e a festa. A canção faz conviver sofisticação musical com um tom de deboche ainda mais escancarado. Às vezes, quando os sopros glissam pra baixo, eles evocam o som de banana sendo esmagada (ou melhor, da estilização circense de bananas sendo esmagadas), também quando a canção narra sobre as exportações há como que um comentário dissonante dos instrumentos de sopro, que não seguem exatamente a melodia. As referências ao circo — na sugestão de bananas sendo esmagadas e no arranjo cujos sons lembram o de um picadeiro — remetem ao clima da apresentação de auditório no programa do Chacrinha e à montagem de *O Rei da Vela*, em que há, por sua vez, uma referência explícita ao universo urbano comercial-popular do Teatro de Revista, das chanchadas, do carnaval.

Na retomada positiva desses materiais comumente considerados expressões menores e rebaixadas da cultura, buscava-se reativar também aquele espírito modernista das primeiras décadas do século xx, que quis fazer do atraso do país a chance para projetar um mundo pós-revolucionário. A conexão entre o nascente tropicalismo e o modernismo antropofágico torna-se marcante no espetáculo *O Rei da Vela* e na regravação de "Yes, nós temos bananas". Mais do que isso, essa conexão ganha estatuto programático, já com ares de manifesto. Assim como outrora, Caetano parece assinalar uma possível redenção explosiva e revolucionária a partir da revelação agressiva e arcaica do país. A percepção da barbárie profunda e sistemática seria também, dialeticamente, o material para uma expansiva transformação de nossas consciências e da sociabilidade tropical. Novamente, a banana transforma-se de sinal depreciativo em afirmação entusiasmada de um tipo de alegre brasilidade. Melhor dizendo, a canção faz conviver esses dois aspectos. Durante a performance no programa de auditório de Chacrinha, o clima foi abertamente festivo, com um Caetano sorridente que parecia anunciar um novo horizonte estético para a arte brasileira.

Não por acaso, naquela noite, a contraparte de "Yes, nós temos bananas" foi justamente a apresentação da canção "Tropicália", a música que se tornou um emblema e um manifesto do tropicalismo. "Tropicália" se organiza a partir de uma justaposição vertiginosa e incessante entre termos antagônicos ou disjuntivos: aviões/caminhões; carnaval/planalto central; papel crepom/prata; primavera/urubus; acordes dissonantes/cinco mil alto-falantes; monumento sem porta/rua estreita e torta. Trata-se de uma constante que simbolizaria um país formado por este amálgama: a sofisticada "bossa nova", por exemplo, aglutina-se à triste "palhoça" e se nas veias "corre muito pouco sangue", também "o coração balança um samba de tamborim". Carmen Miranda aparecia na canção ecoando o movimento vanguardista Dada e a Dadá, famosa companheira do cangaceiro Corisco, estes dois últimos personagens reais e figuras centrais de *Deus e o Diabo na Terra do Sol* [filme de Glauber Rocha] (Veloso, 1997, p. 187) [16]. Ao combinar esses elementos, o artista não apenas juntava alguns universos aparentemente inconciliáveis como também, ao fazê-lo, apresentava uma figuração alegórica do país antropofágico e celebrava o resultado. Carmen Miranda foi uma das figuras que os tropicalistas elegeram como um tipo de emblema. A artista, que havia sido deixada mais ou menos de lado por uma fração da esquerda cultural, uma vez que ficou fortemente associada à cultura de exportação de um Brasil estereotipado e também à política da boa vizinhança, entre o governo de Roosevelt e o de Getúlio Vargas (Garcia, 2003), foi alçada novamente a símbolo nacional.

Aquela figura caricata, hipersexualizada, ao mesmo tempo que "andrógena", ligada à indústria de massas e que causava "vergonha" para o grupo social a que Caetano pertencia (como ele disse em *Verdade Tropical*) transformava-se agora em um monumento para aqueles artistas tropicalistas. Ela voltava a ser a cara do Brasil, pois dali emergia nossa tragédia e nossa força incompreendida. Ao lado de Carmen Miranda, a figura hipercolorida de Chacrinha também despontava para os tropicalistas como símbolo de um fenômeno de massas: "Era o programa que as empregadas domésticas não perdiam". E assim como a cantora, Chacrinha era visto como "um fenômeno de liberdade cênica — e de popularidade", "como se fosse uma experiência Dadá de massas": "perigoso [...] absurdo [...] energético" (Veloso, 1997, p. 167). Ainda, em entrevista para a revista *inTerValo* (1968a) [17], Caetano diz que "Chacrinha é uma realidade estética. É mais nova beleza da nossa televisão. Tudo o que ele faz é válido, porque comunica e o povo entende" (p. 6). A imagem que Caetano constrói sobre Chacrinha espelha algo do que ele próprio procurou elaborar naquele período com sua participação no programa televisivo, isto é, uma canção para consumo em massa (com refrãos que lembram jingles, vinhetas comerciais), mas com elementos estranhos a esse mesmo consumo. Em síntese, sofisticação, crítica, adesão e deboche conjugam-se nesse absurdo, "divino, maravilhoso" chamado Brasil. Sobre a escolha de Carmen Miranda como símbolo, Caetano escreve:

> O lançar-se tal bomba significava igualmente a decretação da morte dessa vergonha pela aceitação desafiadora tanto da cultura de massas americana (portanto da Hollywood onde Carmen brilhara) quanto da imagem estereotipada de um Brasil sexualmente exposto, hipercolorido e frutal (que era a versão que Carmen levava ao extremo) — aceitação que se dava por termos descoberto que tanto a *mass culture* quanto esse estereótipo eram (ou podiam ser) reveladores de verdades mais abrangentes sobre cultura e sobre Brasil do que aquelas a que estivéramos até então limitados (Veloso, 1997, p. 268).

Foi tão autorreferente como Caetano, em "Tropicália", citou o dadaísmo, e como a encenação de Zé Celso, em 1967, de *O Rei da Vela*, de Oswald de Andrade, tornou-se o espetáculo-manifesto emblema do movimento tropicalista

— ambos unidos pelo uso da canção do regime varguista "Yes, Nós Temos Bananas" no teatro e no programa de TV do Chacrinha, um inspirado pelo outro —, que *I rest my case* sobre a penetração do pós-modernismo na música e no teatro brasileiros. Ademais, é extremamente intrigante a escolha de palavras de Caetano ao dizer que encontrou na encenação de Zé Celso "uma face irreal da cultura brasileira".

Eu tomo uma Coca-Cola
Ela pensa em casamento
E uma canção me consola
*Eu vou**

Havia pedido o refrigerante à aeromoça, que finalmente o trouxe para mim. Lia ao laptop no avião, ou agora mesmo, um artigo de Cláudio Novaes Pinto Coelho intitulado "Cultura, Arte e Comunicação em Guy Debord e Cildo Meireles",** de 2014:[xiv]

Os situacionistas de Guy Debord rejeitam as formas de comunicação existentes na sociedade do espetáculo, propondo a sua substituição pela comunicação dialógica. A defesa situacionista da comunicação dialógica direta é coerente com a proposta de democracia direta, que serviu de inspiração para a ocupação dos espaços públicos urbanos, das universidades e das fábricas na França em 1968. {De acordo com o texto apresentado por Debord, na I Conferência da Internacional Situacionista em julho de 1957, a criação de situações nos ambientes urbanos é o que produziria a realização/supressão da arte: "Nossa ideia central é a construção de situações, isto é, a construção concreta de ambiências momentâneas da vida, e sua transformação em uma qualidade passional superior. Devemos elaborar uma intervenção ordenada sobre os fatores complexos dos dois grandes componentes que interagem continuamente: o cenário material da vida; e os comportamentos que ele provoca e que o alteram. Nossas perspectivas de ação sobre o cenário chegam, no seu último estágio de desenvolvimento, à concepção de um urbanismo unitário. O urbanismo unitário (UU) define-se, em primeiro lugar, pelo emprego do conjunto das artes e técnicas, como meios de ação que convergem para uma composição integral do ambiente. Deverá conter a criação de formas novas e o desvio das formas conhecidas da arquitetura e do urbanismo — assim como o desvio da poesia ou do cinema antigos" [1]. Através do urbanismo unitário aconteceria a superação da arte, com o fim da distinção arte/vida. É este o sentido da construção de situações, conforme argumenta Debord em artigo publicado em 1958 no primeiro número da revista

---

* VELOSO, Caetano. "Alegria, Alegria", 1967.

** PINTO COELHO, Cláudio Novaes. Cultura, Arte e Comunicação em Guy Debord e Cildo Meireles. *Líbero*, São Paulo, v. 17, n. 33, pp. 75-86, jan./jun. 2014. Ver nota xvi.

da Internacional Situacionista. Para Debord, na sociedade do espetáculo há uma pseudocomunicação. Os meios de comunicação estão totalmente subordinados à lógica mercantil, sendo eles mesmos mercadorias, ou agindo a serviço da divulgação das mercadorias, principalmente por intermédio da produção e do consumo de imagens. A construção de situações seria uma ruptura com a comunicação espetacularizada, que reduz o público à condição de espectador. Segundo os situacionistas, "é necessário levar à total destruição todas as formas de pseudocomunicação. A fim de chegar um dia a uma comunicação real direta (em nossa hipótese de utilização de meios culturais superiores: a situação construída)" [2].}

Se há uma coerência entre as propostas situacionistas e o contexto histórico francês do final da década de 1960, também existe uma coerência entre as propostas de Cildo Meireles e o contexto histórico brasileiro do final da década de 1960 e início da década de 1970. Esse contexto era marcado pela ampliação da dimensão repressiva da ditadura militar, do desenvolvimento capitalista (inclusive dos meios de comunicação de massa), e pela defesa por grupos sociais contrários à ditadura e ao desenvolvimento capitalista de que era necessário agir contra ela e contra o capitalismo. O apelo à ação era comum tanto aos movimentos contraculturais, adeptos de uma revolução comportamental, quanto às organizações guerrilheiras, que se propunham a realizar ações armadas capazes de derrubar a ditadura.

Na semana da Inconfidência, em Belo Horizonte, no ano de 1970, Meireles faz a performance erigindo seu totem. O totem se constitui também como uma instalação onde madeira, tecidos, galinhas vivas e gasolina são queimadas em uma performance. A destruição dos animais vivos tem como objetivo tornar evidente os crimes cometidos contra os presos políticos. Em uma estaca de madeira de 2,50 m são amarradas dez galinhas vivas, sobre as quais derrama-se gasolina e ateia-se fogo. O emprego desta violência tem como objetivo denunciar a situação de repressão política [3].

Artur Freitas, no livro *Arte de Guerrilha*, analisa, dentre outras intervenções, o projeto Coca-Cola, que faz parte das *Inserções em Circuitos Ideológicos*. Para ele, as intervenções promovidas eram caracterizadas por uma indeterminação das fronteiras entre arte e vida, e não foram capazes de suprimir a distância entre elas, permanecendo na condição de arte, ainda que de uma arte de guerrilha:

Baseada no mito nuclear da fusão entre arte e vida, a "arte de guerrilha" reservou-se o direito de explorar as mais variadas formas de contágio com os sentidos do real, assumindo assim uma postura experimental específica a que eu gostaria de chamar de teste de fronteiras. Isso não significa, por outro lado, que essa indeterminação de fronteiras, característica das ações da "arte de guerrilha", tenha enfim suprimido a distância entre a arte e a vida e assim cumprido o grande *telos* histórico das vanguardas. Ao contrário, tal indeterminação de limites não apenas não levou à tomada épica da vida pela arte, como, aliás, demarcou, talvez por isso mesmo, a própria necessidade de fronteiras entre ambas [4].

Especificamente quanto ao projeto Coca-Cola, Artur Freitas questiona a desproporção entre a intenção do projeto e a sua realização e o retorno aos museus e galerias, já que Cildo Meireles promoveu exposições com garrafas de Coca-Cola no Museu de Arte Moderna de Nova York e na Petite Galerie no Rio de Janeiro. Nesse mesmo local, o crítico Frederico Morais organizou a exposição *Nova Crítica*, da qual fazia parte uma exposição-comentário sobre o projeto de Cildo Meireles. Essa exposição-comentário é utilizada para sustentar o argumento de Artur Freitas, de que *"há um desnível evidente entre intenção e efeito"*:

Nesse sentido, as 15 mil garrafas de *Nova Crítica* cumpriam um papel ao mesmo tempo literal e metafórico. Literal porque, *como uma gota no oceano as (duas) garrafas marcadas de Cildo, agora imersas no mar de Cocas comuns, não apresentavam qualquer diferença estética fundamental frente às demais* — ao que a mensagem ideológica, diluída, se perdia. E metafórico porque, *face ao sistema real de circulação de mercadorias, as próprias 15 mil garrafas cedidas pela fábrica eram uma simples gota no oceano sublime do capitalismo internacional* — uma alegorização possível dos limites sociais da arte, de vanguarda ou não.

Segundo Artur Freitas, o retorno à instituição-arte seria uma evidência dos limites sociais da proposta de Cildo Meireles, em especial da busca pela integração arte/vida mediante uma intervenção política direta:

De resto, importa mesmo fazer do retorno paulatino de projeto Coca-Cola à instituição-arte, este nosso lugar cultural, uma medida realmente possível de comparação — uma medida perversa admito, mas ainda possível. Afinal, é somente nesse sentido que a alegoria circular, política, da obra, ganha aqui e há tempos um estatuto estético exemplar; um estatuto — lembremos disso — cuja reverberação tem ainda hoje um alcance que *Nova Crítica* jamais sonhou ter.

Segundo Debord, a sociedade capitalista do espetáculo se intensificou nos países centrais e passou a se manifestar nos países periféricos:

Como os acontecimentos de maio de 1968, que se estenderam a diversos países nos anos seguintes, não destruíram em nenhum lugar a organização social existente, o espetáculo, que dela parece brotar espontaneamente, continuou a se afirmar por toda parte. Alastrou-se até os confins e aprofundou sua densidade no centro [5].

O pensador marxista Fredric Jameson, autor que pensa criticamente o contexto contemporâneo, entende que não é mais possível pensar numa separação entre a dimensão econômica e a dimensão cultural:

O que ocorreu é que a produção estética hoje está integrada à produção das mercadorias em geral: a urgência desvairada da economia em produzir novas séries de produtos que cada vez mais pareçam novidades (de roupas a aviões), com um ritmo de *turn over* cada vez maior, atribui uma posição e uma função estrutural cada vez mais essenciais à inovação estética e ao experimentalismo [6].

Embora Jameson defenda o ponto de vista de que não há mais separação entre o econômico e o cultural, de que há uma integração entre a produção mercantil e o experimentalismo estético, para ele o fim da autonomia da cultura não significa o fim da Cultura, estaríamos diante de uma explosão cultural, pois tudo teria se tornado cultural:

Mas o argumento de que a cultura hoje não é mais dotada da autonomia relativa que teve em momentos anteriores do capitalismo não implica, necessariamente, afirmar o seu desaparecimento ou extinção. Ao contrário, o passo seguinte é afirmar que a dissolução da esfera autônoma da cultura deve ser antes pensada em termos de uma explosão: uma prodigiosa expansão da cultura por todo o domínio do social, até o ponto em que tudo em nossa vida social — do valor econômico e do poder de Estado às práticas e à própria estrutura da psique — pode ser considerado como cultural, em um sentido original que ainda não foi teorizado.

Essa "explosão cultural" é a base para o argumento defendido por Jameson, de que ainda é possível uma arte com vocação crítica, embora ele reconheça a dificuldade para a arte, ou qualquer manifestação do pensamento humano, representar a realidade contemporânea do capitalismo global em sua totalidade. Jameson entende que a arte ainda mantém uma dimensão pedagógica e cognitiva:

A nova arte política (se ela for de fato possível) terá que se ater à verdade do pós-modernismo, isto é, seu objeto fundamental — o espaço mundial do capital *supranacional* —, ao mesmo tempo que terá que realizar a façanha de chegar a uma nova modalidade, que ainda não somos capazes de imaginar, de representá-lo, de tal modo que nós possamos começar a entender nosso posicionamento como sujeitos individuais e coletivos e recuperar nossa capacidade de agir e lutar, que está, hoje, neutralizada pela nossa confusão espacial e social. A forma política do pós-modernismo, se houver uma, terá como vocação a invenção e a projeção do mapeamento cognitivo global, em uma escala social e espacial.

A eventual retomada do projeto de superação da arte, sem dúvida, depende de um questionamento do papel desempenhado pela cultura no contexto do capitalismo contemporâneo, em especial de uma luta contra a importância da dimensão cultural dentro do planejamento estratégico das cidades, agora transformadas em produtos que competem entre si no mercado mundial. De acordo com Otília Arantes existe um "culturalismo de mercado", sendo que a cultura tornou-se essencial para a divulgação da imagem das cidades:

E como o planejamento estratégico é antes de tudo um empreendimento de comunicação e promoção, compreende-se que tal âncora identitária recaia de preferência na grande quermesse da chamada animação cultural. Inútil frisar nesta altura do debate — quase um lugar-comum — que o que está assim em promoção é um produto inédito, a saber, a própria cidade, que não se vende, como disse, senão se fizer acompanhar por uma adequada política de *image-making* [7].

A "revitalização" das cidades, em especial das suas regiões centrais, torna-se fundamental dentro desse processo de valorização da imagem das cidades, o que coloca os espaços urbanos sob o controle das grandes corporações. Mas, se são as grandes corporações que "fazem" a cidade, a produção de uma imagem positiva depende da identificação dos seus moradores com ela. As atividades culturais são decisivas para essa identificação. Dentro desse contexto de apropriação capitalista das cidades e das suas imagens, não é nenhuma surpresa que Debord e os situacionistas exerçam influência em movimentos sociais e culturais questionadores dessa apropriação.

Por exemplo, existem na cidade de São Paulo vários grupos teatrais, como o Teatro da Vertigem, que "constroem situações" em espaços públicos. Se essas intervenções artísticas podem modificar a relação entre os moradores da cidade e os espaços públicos, por outro lado contribuem para a associação entre São Paulo e atividades culturais, que é um "mantra" repetido pelos mais diferentes veículos de comunicação, colaborando para uma imagem positiva que é apropriada economicamente pelas grandes corporações capitalistas. Além disso, as próprias corporações também são "construtoras de situações", como os eventos organizados pela AMBEV para a promoção da marca Skol, o "SkolSensations".

A atualização das propostas situacionistas se defronta com a consolidação e o crescimento da sociedade do espetáculo apontado pelo próprio Debord.

Mal via a hora de chegar em São Paulo!

Na literatura, além do também já citado Ferreira Gullar, como representantes do pós-modernismo podemos trazer Hilda Hilst, Caio Fernando Abreu, Rubem Fonseca, "Márcia Denser, Roberto Drummond, Antônio Torres e Moacyr Scliar",[*] entre outros que retrataram a fragmentação da realidade contemporânea. É interessante como mesmo nessa área da arte, Gullar, um dos grandes pensadores do pós-modernismo no Brasil, reconheceu uma função para a televisão em prol da arte brasileira — entre suas muitas considerações e reconsiderações, em uma nítida dificuldade em digerir todos os aspectos do pós-modernismo e elaborar qual seria sua função em um país subdesenvolvido que vivia sob uma ditadura. Costard (2010) retoma a linha histórica:

> Se a expressão artística é uma das formas de se colocar as questões históricas de determinada sociedade, a conclusão de Gullar é que a arte de vanguarda respondeu a determinados questionamentos da realidade europeia. No entanto, isso não significaria afirmar sua validade para o Brasil. Para tentar esclarecer esta questão, o autor coloca a seguinte reflexão: concordando com Marcuse, é possível que o *niilismo* de sua época fosse uma resposta crítica "positiva" à sociedade tecnológica, mas, num país subdesenvolvido, onde o desenvolvimento tecnológico ainda não se concretizara, a mensagem cumpria apenas a função de *paralisar a luta por uma vida melhor*. O mesmo aconteceria com a arte: o excesso de preocupação formalista superaria a linguagem comum, distanciando o público da obra e eliminando os problemas sociais ainda não resolvidos de enorme importância no Brasil. Assim, qualquer busca por novas linguagens deveria ser feita no contexto histórico-social brasileiro, e não a partir de fórmulas europeias. A noção de vanguarda — imprecisa em si pela dificuldade de se definir o que é mais avançado — não corresponderia, deste modo, a uma necessidade da realidade brasileira.

A mudança mais visível no posicionamento do crítico é, portanto, a defesa de uma arte de vanguarda. O fato está ligado intimamente a outra mudança radical na postura com relação ao internacionalismo na arte. Sendo a cultura defendida, além

---

[*] BERTO PUCCA, Rafaella. O pós-modernismo e a revisão da história. *Terra Roxa e Outras Terras* — Revista de Estudos Literários, Londrina, v. 10, pp. 1-106, 2007.

de popular, nacional, Gullar passaria a ver com bastante receio o internacionalismo. Não que o autor proponha qualquer forma de cultura xenófoba, mas argumenta que a relação do subdesenvolvimento com o internacionalismo é bastante complexa e complicada. Em *Vanguarda e Subdesenvolvimento* o autor afirma que a arte de vanguarda é a representação do novo, que é fundamental para a transformação radical que necessitam os países periféricos. Entretanto, a chegada desse novo se dá, invariavelmente, como uma transplantação de uma realidade externa, ainda que assumida antropofagicamente. *Estes movimentos não surgiriam como uma necessidade interna da arte brasileira*, mas como instrumento de afirmação de certos setores intelectuais. O problema disto estaria, então, na perda do que a obra de arte tem de mais essencial, que é a particularidade de uma experiência específica. O artista deveria exprimir a realidade em que vive. A questão, a partir destas premissas estaria no seguinte ponto: como lidar com a necessidade deste novo que o subdesenvolvimento necessita, na medida em que ele ao mesmo tempo representa libertação e submissão. Segue a explicação do próprio autor acerca desta complexidade:

Essas "vanguardas" trazem em si, embora equivocadamente, a questão do novo, e essa é uma questão essencial para os povos subdesenvolvidos e para os artistas desses povos a necessidade de transformação é uma exigência radical para quem vive em uma sociedade dominada pela miséria e quando se sabe que essa miséria é produto de estruturas arcaicas. A grosso modo, somos o passado dos países desenvolvidos e eles são o "espelho de nosso futuro". Sua ciência, sua técnica, suas máquinas e mesmo seus hábitos aparecem-nos como a demonstração objetiva de nosso atraso e de sua superioridade. Por mais que os acusemos e vejamos nessa superioridade o sinal de uma injustiça, não nos iludimos quanto ao fato de que não podemos permanecer como estamos, e estamos "condenados à civilização". Não podemos iludir-nos tampouco tomando as aparências da civilização como civilização, as aparências do desenvolvimento como desenvolvimento, as aparências da cultura como cultura. No entanto, somos presas fáceis de tais ilusões. Mas por causas complexas. Temos necessidade do novo e o novo "está feito". O velho é a dominação, sobre nós, do passado e também do presente, porque o nosso presente é dominado por aqueles mesmos que nos trazem o novo. Precisamos da indústria e do *know-how*, que eles têm, mas com essa indústria e esse *know-how*, de que necessitamos para nos libertar, vem a dominação. Assim, o novo é, para nós, contraditoriamente, a liberdade e a submissão. Mas isso porque o imperialismo é, ao mesmo tempo, o novo e o velho. O novo é a ciência, a técnica, as invenções, que são propriedade da humanidade como um todo, mas ainda estão em grande parte nas mãos do imperialismo, que é o velho. *Por isso mesmo é que a luta pelo novo, no mundo subdesenvolvido, é uma luta imperialista*. E isso é tanto verdade no campo da economia, como no da arte. A verdadeira vanguarda artística, num país subdesenvolvido, é aquela que, buscando o novo, busca a libertação do homem, a partir de sua situação concreta, internacional e nacional. [27]

A justaposição de velho e novo, especificamente com relação a trazer estilos de períodos passados e os reciclar na arte contemporânea e fora de seu contexto original, é uma característica comum do pós-modernismo, que quebrou a barreira entre as belas/"altas" artes e a chamada "arte baixa" e a cultura popular. Segundo o pós-modernismo, todas as posições são instáveis e insinceras; portanto, a ironia, a paródia e o humor são as únicas posições que a crítica ou a revisão não podem contrariar. Pluralismo e diversidade são outras características definidoras. Costard (2010) prossegue:

O cuidado deveria ser sempre o de evitar qualquer transferência mecânica de padrões das vanguardas europeias, vigiando sempre a realidade e as necessidades nacionais. Ainda que não negue completamente o internacionalismo como princípio, a mudança na perspectiva de Gullar teria como implicação prática evitar ao máximo estas influências, se somarmos sua opinião sobre o internacionalismo e a nova visão sobre as vanguardas. Completamente descrente da noção de vanguarda — propondo em lugar disso a concepção da *obra aberta* de Umberto Eco [a obra de arte é aberta na medida em que seu sentido não é unívoco, não é um conceito lógico. Discutindo o conceito, Gullar chega à conclusão de que "obra aberta se funda precisamente na dialética concreta do mundo real e que o caráter aberto da expressão estética decorre da necessidade que tem o artista de apreender o particular, que é determinado e contraditório"] —, ciente de que seu papel social era buscar a libertação do homem a partir de sua situação concreta, com a perspectiva de uma arte mais didática e sem valorização do formalismo, o internacionalismo sobrevivia como um princípio existente, mas utilizado com reservas. O autor afirma que agir no âmbito nacional significava influenciar, dialeticamente, no campo internacional, e que a pretensão de atuação internacional era um princípio abstrato e *despido de realismo* [28]. Conhecer a própria realidade era possibilidade de a comparar e suas diferenças com as demais, e dessa forma modificá-la. A mudança é radical se pensarmos o papel de Gullar à época (no neoconcretismo) e a *teoria do não objeto*, onde o vanguardismo e a preocupação formalista e a atualização da arte brasileira em acordo com a internacional estavam na ordem do dia. A nova arte necessária seria diversa disto, pelo próprio contexto em que vivia o Brasil, recolocando de maneira dura questões ligadas ao seu papel social.

Assim, na perspectiva de construir esta nova arte nacional e popular, Gullar revê também pontos que estariam ligados à originalidade e unicidade da obra de arte. *Apesar de reconhecer o caráter esquemático, conservador e alienante da cultura de massas, o artista maranhense acreditava ser possível extrair dela pontos positivos: permitia o alcance de um número grande de indivíduos, podendo assim transmitir-lhe noções de liberdade política, igualdade, independência e etc., bastando que os artistas se empenhassem para lutar por ela e dela poder tirar o melhor proveito.*

Trata-se da mesma conclusão de Caetano e Zé Celso acerca de "Yes, Nós Temos Bananas" e Chacrinha. Assim foi que Ferreira Gullar trabalhou na televisão ao lado de Dias Gomes, um dos maiores dramaturgos brasileiros. Entre 1944 e 1964, Gomes havia adaptado peças teatrais para o rádio. Em 1960, o autor lançou a peça *O Pagador de Promessas* — considerada seu maior trabalho, adaptada ao cinema por Anselmo Duarte em 1962 e premiada com a Palma de Ouro no Festival de Cannes. Com o golpe militar, Dias Gomes foi demitido da Rádio Nacional por seu envolvimento com o Partido Comunista. Migrou então para a TV Globo, para onde também levou, a partir de 1969, o Surrealismo inserido na realidade das pequenas cidades do interior da Bahia e de Pernambuco. Refletia como o macropoder impactava a vida das pessoas comuns durante a ditadura militar — com clara influência da terceira corrente do movimento modernista brasileiro. O exemplo mais didático seria *Saramandaia*, mas algo semelhante se verifica em *O Bem Amado* e *Roque Santeiro* — os trabalhos possuem, além disso, um forte elemento de paródia diante da impossibilidade de se tratar diretamente de certos assuntos devido à censura do Estado. A propósito, o corroteirista de Dias Gomes em *Roque Santeiro*, Aguinaldo Silva, foi um dos grandes adaptadores das obras de Jorge Amado para a televisão. Em outras telenovelas, Silva também fez amplo uso de ideias surrealistas. Influenciado pela dialética marxista, por Sigmund Freud e pelos trabalhos de Walter Benjamin e Herbert Marcuse [estudante de Heidegger, que de certa forma o ultrapassou], o surrealismo seria uma das mais fortes linhas condutoras do Modernismo ao pós-modernismo da Internacional Situacionista de Guy Debord — embora este fosse crítico do surrealismo, artistas que participaram do movimento usaram explicitamente técnicas e métodos surrealistas. Quanto ao Modernismo, Rafaella Berto Pucca (2007), da Revista de Estudos Literários da Universidade Estadual de Londrina — que conheço bem —, a se basear em Nestor Garcia--Canclini afirma[xv]

> as peculiaridades do movimento modernista na América Latina, portador de características completamente diversas daquelas adotadas pelos grandes centros, já incorporando certos pressupostos que serão posteriormente rotulados de pós-modernos, tais como: visão desmistificadora do passado (em "Macunaíma", de Mário de Andrade, já percebemos a retomada de uma tradição com o olhar dessacralizador, envolto em um outro tempo distante do cronológico, o tempo mítico) e início de uma preocupação anti-evolucionista que atestava a quebra do paradigma de "eterna dependência cultural", já apontando para uma perspectiva não hierarquizada (vimos, no Brasil, o movimento Antropófago). Todavia, o modernismo, mesmo o latino-americano, ainda clama por uma representação da origem, busca um ideal de identidade nacional calcado em uma matriz oculta pela dominação cultural.

Berto Pucca leva em consideração apenas a primeira corrente do Modernismo e não se debruça sobre a terceira corrente, em que ele frutificou de maneira plena no Nordeste do Brasil (embora de forma regional). Ela dá continuidade:

Já o pós-modernismo nega a existência de uma origem, pois não existe uma essência, verdade sobre a qual fundamentam-se todas as coisas, posto que tudo, incluindo os discursos, é uma questão de perspectiva, uma construção cultural.

Para [Irlemar] Chiampi, *a "contaminação"* mútua do erudito com o popular (via cultura de massa) é vista como uma das principais características pós-modernas da cultura latino-americana. A autora chama a atenção para a forma como essa hibridação ocorre no território, capaz de deslocar o material da cultura popular-massiva (composta por elementos antes considerados "espúrios", "alienantes", "adulterados") para reutilizá-los em outros contextos miscigenados com a Literatura, as artes plásticas, a arquitetura e outras formas de socialização ou produção da nomeada cultura erudita que possam adquirir novas funções em um processo de incorporação. Chiampi (1996: 83), assim, destaca a "despragmatização", inserção de conteúdos e códigos da cultura popular-massiva na produção canônica, e a "repragmatização", que visa retirar do objeto erudito seu efeito estético para transcodificá-lo em um novo contexto. Nesse processo não há, pois, fronteiras, "sua identidade e legitimidade ficam comprometidas pelo contágio". Tal fenômeno é característico do momento hoje denominado o "pós-boom" do romance latino-americano. Trata-se, na verdade, de composições que assumem os conteúdos transmitidos via cultura de massa como expressão legítima do imaginário social, com seu conceito de hibridação calcado numa matriz binária erudito-popular. Essas obras incorporam o repertório melodramático (musical e televisivo) e lançam mão de apropriações popular--massivas para inseri-las no enunciado culto do romance.

Berto Pucca lista os já mencionados Caio Fernando Abreu, Márcia Denser, Roberto Drummond, Antônio Torres e Moacyr Scliar e escreve que

no romance "A mulher que escreveu a Bíblia" (1999), [Scliar] utiliza como forma de construção da narrativa o mais comum dos clichês da atualidade: "terapia de vidas passadas".

Na obra de Caio, por exemplo, as apropriações são as mais diversas. Em "Onde andará Dulce Veiga?" (1990) o autor faz uso da estrutura dos romances policiais, tais como os que consagraram a escritora Agatha Christie, centrando a narrativa em uma busca detetivesca do paradeiro de uma antiga cantora das épocas áureas do rádio. Nesse percurso, as referências fílmicas e musicais pontuam o trânsito cultural, possibilitando a aparição de anacronismos, bem como uma tentativa de reconstrução identitária do próprio narrador. A estratégia é a mesma em "Morangos Mofados" (1982), uma coletânea de contos precedidos por epígrafes com trechos da música popular brasileira (como o repertório de Ângela Rô Rô), dedicatórias a amigos anônimos ou escritores, além de outras referências como o cantor e compositor de tangos Carlos Gardel, nome do canário de uma das personagens no conto "Aqueles Dois".

Quanto à obra de Márcia Denser, as referências vão desde a citação de produtos e marcas publicitárias amplamente conhecidas e veiculadas pela mídia, neologismos, estrangeirismos e epígrafes com conotação erótica (uma prática constante na ficção da autora), como a música "Desabafo" de Roberto Carlos que abre o conto "O Animal dos Motéis" (1981). Há igualmente a citação de grandes nomes canônicos como Hemingway, Cortázar ou outros populares como Noel Rosa, Carmen Miranda, Gil e Caetano.

Já as obras de Roberto Drummond e Antônio Torres evidenciam declaradamente o hiper-realismo pop e a fragmentação pós-moderna, responsáveis pelos efeitos de *destemporização* (o tempo esquizofrênico, não cronológico do eterno presente, que mescla passado e alucinações de futuro em focos narrativos dispersos entre fluxo da consciência, rememoração, experiência e alucinação), *desreferencialização* (perda da referência, do ideal de representação da essência, arte do simulacro, ou seja, a cópia da cópia porque não existe original) e *destotalização* (não obediência às imagens canônicas instituídas como representação da essência), conceitos que foram desenvolvidos por Gumbrecht (1988), recuperando as obras de Lyotard e Baudrillard.

Em "A morte de D. J. em Paris" (1983), a personagem Dôia, do conto "Dôia na Janela" de Drummond, se recolhe num refúgio de segurança, de onde olha para o mundo feito de imagens e objetos de consumo. Anúncios luminosos fazem-se presentes na narrativa que incorpora uma nova diagramação quando se apropria de slogans da Coca-Cola ou dos pneus Firestone. Segundo a narrativa, "certas noites, o único consolo de Dôia era aquela garrafa enchendo um copo de Coca-Cola" (DRUMMOND 1983: 21), assim como no dia em que seu inconsciente simulou a crucificação de um homem, tal como o ocorrido com Salvador do mundo que, na imaginação da personagem, tinha a idade, os cabelos e a barba de Cristo, mas "usava uma calça Lee desbotada e um quedes azul, sem meia. Sua blusa Dôia imaginou como sendo 'Adidas', comprada em Buenos Aires [...] achou-o parecido com Alain Delon" (DRUMMOND 1983: 23).

Vemos, portanto, que na cena vislumbrada por Dôia os limites entre realidade e fantasia são questionados, mesclando elementos do imaginário religioso com imagens da cultura de massa e fragmentos do mundo exterior. Colocam-se, dessa forma, no mesmo patamar os discursos formadores do repertório cultural da personagem e, assim, desconstrói-se a noção de sagrado, pois se desmascara a fonte humana (e não divina) de criação dos discursos.

O romance "Um táxi para Viena d'Áustria" (1991) de Antônio Torres é também um exemplo significativo da composição pós-moderna. Além das infinitas citações e alusões tanto ao repertório popular massivo quanto à tradição literária, o foco narrativo oscila entre a terceira e a primeira pessoas, modificando igualmente o tom da narração (em alguns momentos temos fluxo da consciência, em outros percebemos uma voz como a de um locutor de rádio transmitindo suas impressões da vida cotidiana, bem como vemos também anúncios publicitários, manchetes, o senso-comum e, certas vezes, um discurso autoritário que julga a trajetória do protagonista). Cada capítulo constitui uma narração à parte, todos compilados em um processo de bricolagem que muito evidencia o individualismo cotidiano representado na fragmentação da ficção pós-moderna.

Por fim, Berto Pucca sumariza, como outras características do pós-modernismo, a

> *eliminação da fronteira entre erudito e popular*, o que nos remete a um hibridismo de culturas causado principalmente pela interferência da comunicação de massa; presença de diálogos, *apropriações e intertextualidade*, de caráter muitas vezes paródico, que contestam a idéia de origem e originalidade; *eliminação de fronteiras entre estilos artísticos*, uma mistura constante e consciente das mais variadas formas de composição existentes; *revoluções minimalizadas em pequenos grupos* do cotidiano (as mulheres, os homossexuais, etnias diversas, classes sociais, etc.); e, finalmente, *retomada do passado como meio de subversão e desconstrução* do mito (questionar para reavaliar).[*]

Pelos vários exemplos debatidos, é seguro dizer que a literatura, a escultura, o teatro, o cinema, a música, a televisão [através das telenovelas, dos programas de auditório e dos "enlatados"] e a indústria cultural, entre outros, propagaram as ideias pós-modernistas no Brasil. É fácil racionalizar um momento histórico quando ele já se tornou passado e, dessa forma, arremessar tudo ao chão. Contudo, mesmo que ainda historicamente imerso no fascismo, aqui necessito fazer um [re]pensamento do pós-modernismo nas artes, pós-modernismo este condenado por Debord [que, paradoxalmente, é profundamente pós-modernista, e suas "intervenções" são evidência disso] e questionado por Jameson [sobre quem, também curiosamente, o pós-modernismo continua a exercer uma espécie de fascínio]. O historiador, em 1996, ponderou:

> Considere-se, por exemplo, um ponto de vista diferente, e bastante prestigiado, segundo o qual, em si mesmo, o pós-modernismo é pouco mais do que um estágio do próprio modernismo (se não for até mesmo do romantismo mais antigo); de fato, é possível admitir que todas as características do pós-modernismo que vou enumerar [uma nova *falta de profundidade*, que se vê prolongada tanto na "teoria" contemporânea quanto em toda essa cultura da imagem e do simulacro; um consequente *enfraquecimento da historicidade* tanto em nossas relações com a *história pública* quanto em nossas novas formas de *temporalidade privada*, cuja estrutura "esquizofrênica" (seguindo Lacan) vai determinar novos tipos de sintaxe e de relação sintagmática nas formas mais temporais de arte; um *novo tipo de matiz emocional básico* — a que denominarei de "intensidades" —, que pode ser

---

[*] BERTO PUCCA, op. cit.

mais bem entendido se nos voltarmos para as teorias mais antigas do sublime; a *profunda relação* constitutiva de tudo isso *com a nova tecnologia*, que é uma das figuras de um novo sistema econômico mundial] podem ser detectadas, já plenamente desenvolvidas, neste ou naquele modernismo que o procedeu {incluindo aí precursores genealógicos surpreendentes, como Gertrude Stein, Raymond Roussel ou Marcel Duchamp [ou Mário de Andrade], que seriam considerados verdadeiros pós-modernistas *avant la lettre*}.

Essa concepção, entretanto, não leva em conta a posição social do primeiro modernismo, ou melhor, não leva em conta o seu repúdio contundente pela burguesia vitoriana e pós-vitoriana, que consideravam suas formas e *ethos* feios, dissonantes, obscuros, escandalosos, imorais, subversivos e, de modo geral, antissociais. Meu argumento aqui, porém, é que uma mutação na esfera da cultura tornou tais atitudes arcaicas. Não é somente que Picasso e Joyce não são mais considerados feios; agora eles nos parecem bem realistas e isso é resultado da canonização e institucionalização acadêmica do movimento moderno, processo que remonta aos fins dos anos 50. Essa é, certamente, uma das explicações mais plausíveis para o aparecimento do pós-modernismo uma vez que a geração dos anos 60 vai se confrontar com o movimento moderno, que tinha sido um movimento oposicionista, como um conjunto de velhos clássicos, que 'pesam na cabeça dos vivos como um pesadelo', como disse Marx, em um contexto diferente.

Nem para Marx, nem para Lenin o socialismo era uma questão de volta a um sistema menor (e portanto menos repressivo e abrangente) de organização social; ao contrário, as dimensões a que chegou o capital em sua época eram entendidas como a promessa, a moldura e a precondição para chegar a um socialismo novo e mais abrangente. Não será isso o que se dá com esse espaço ainda mais global e totalizante do novo sistema mundial, que demanda a intervenção e elaboração de um internacionalismo de um tipo radicalmente novo? O realinhamento desastroso da revolução socialista com os velhos nacionalismos (e não apenas no Sudeste Asiático), cujos resultados têm necessariamente gerado várias reflexões recentes da esquerda, é um exemplo em apoio a essa proposição.

Mas, se tudo isso é verdade, os produtores e teóricos culturais de esquerda — em especial aqueles formados pela tradição cultural burguesa, que vem do romantismo e valoriza as formas do "gênio" criativo, espontâneo ou instintivo, mas também por razões históricas bem óbvias, como o jadnovismo e as tristes consequências de intervenções políticas e partidárias nas artes — têm, por reação, se deixado intimidar, indevidamente, pelo repúdio da estética burguesa e, em especial, do "alto modernismo", a uma das mais antigas funções da arte: a pedagógica e a didática. A função educativa da arte, no entanto, sempre foi sublinhada nas eras clássicas (ainda que tomasse principalmente a forma moralista). O modelo cultural que proponho, do mesmo modo, coloca em evidência as dimensões cognitivas e pedagógicas da arte e da cultura políticas, dimensões que foram enfatizadas de modos bem diferentes por Lukács e Brecht (para os diferentes momentos do realismo e do modernismo, respectivamente)[*][**].

Embora faça considerações muito importantes, Jameson entra em contradição ao dizer que chegou a "uma das explicações mais plausíveis" para o aparecimento do pós-modernismo quando diz que este se deu por artistas dos anos 1960 considerarem as obras modernistas "um conjunto de velhos clássicos". Isso porque tal explicação é incompatível com outro fato que ele próprio observou, de que *obras "pós-modernistas" teriam surgido ainda em 1916/1917* [Jameson se referia ao dadaísmo, a Duchamp, todavia não chegava à raiz do problema]. Havia, sim, nos anos 1960, uma rejeição dos artistas ao Modernismo [mais especificamente, de 1941 em diante], mas não pelo fato de o Modernismo ter se tornado "velho" ou pelo fato de ter sido neutralizado: *a rejeição foi da própria ideia modernista* em si. O Modernismo foi um movimento não completo, interrompido precocemente pelos acontecimentos da Segunda Guerra Mundial. A guerra se iniciou formalmente em 1939, ao passo que grandes clássicos modernistas haviam desabrochado em 1922, apenas dezessete anos antes [lembremos de O Caminho de Guermantes, o terceiro volume de *Em Busca do Tempo Perdido*, *Ulysses*, a Semana de Arte Moderna no Brasil, e *The Waste Land*, de T.S. Eliot]. Depois da Segunda Guerra, o Modernismo foi prontamente substituído, de maneira equivocada, pelo pós-modernismo. Para entender o pós-modernismo, é preciso recuar a 1916, na verdade a 1909, e então a um passado um pouco mais distante: à famosa decepção de Nietzsche com Richard Wagner, em 1876. É necessário que se compreenda que *a Segunda Guerra foi a "Guerra Total"* que representou um imenso abalo na Modernidade: o nazifascismo que a causou e, portanto, a própria Segunda Guerra *foram em si frutos de uma filosofia reacionária e continuaram a propagar tais retrocessos na filosofia e na arte, e em todas as outras áreas, até hoje* — ao ponto em que nos encontramos, a viver em um presente eterno e instável de tão esquizofrênico, por não possuir mais quaisquer pilares. Voltemos no tempo em nosso devido tempo.

Por agora, precisamos considerar, sobretudo, que muitos *artistas* pós-modernistas foram *bem-intencionados de coração romântico* que tentaram usar as ferramentas do Modernismo, o inimigo errado, contra ele próprio — e Debord continua a ser um excelente exemplo. Artistas são, por natureza, os

---

[*] Pode-se mencionar, também, o naturalismo de Taunay — a "radicalização do realismo".

[**] JAMESON, 1996. Aspas minhas em "alto modernismo".

primeiros a *sentir* determinado momento histórico que está a raiar* [embora filósofos e cientistas sociais talvez já o tenham previsto racionalmente]. Nossa resposta (pessoal ou como grupo) não é racional, ela é visceral. A arte que criamos vem do inconsciente, do âmago... a partir do que recebemos [e recebemos muitas vezes intuitivamente]. Antecedemos, assim, o entendimento emocional da sociedade como um todo e o influenciamos profundamente. Se antevemos um momento histórico confuso, nós artistas passaremos por um período conflituoso de elaboração desse futuro próximo. *Tomemos, por exemplo, o alastramento do nazifascismo e a Segunda Guerra Mundial que já raiavam no horizonte em 1922: foi por isso que o movimento Modernista focou no homem comum, nos fatos, na verdade, na ciência e na Democracia.* O restante da sociedade, entretanto, vive somente no presente, olha para o passado e tenta se preparar para o amanhã ideal — incluindo aqui críticos, certos historiadores e políticos. Como recorda Fredric Jameson, o Modernismo sofreu com o "repúdio contundente pela burguesia vitoriana e pós-vitoriana, que consideravam suas formas e *ethos* feios, dissonantes, obscuros, escandalosos, imorais, subversivos e, de modo geral, antissociais". Ainda vivendo o trauma da Segunda Guerra, no "alto modernismo" [que eu chamaria mais apropriadamente, *por enquanto*, de pré-pós-modernismo] do tachismo/ expressionismo abstrato dos anos 1940, via-se já a arte reduzida ao seu próprio meio de expressão e o enfoque naquilo que era essencial a esse meio, rejeitando as funções dessa arte: "a pedagógica e a didática". Ultrapassemos, então, a expansão mercantil estadunidense pós-guerra, o início da Guerra Fria, da globalização e da gigantesca propagação das marcas pela publicidade (*Mad Men* é uma ótima referência): nos anos 1960, veio à superfície com força o "pós-modernismo" propriamente dito através da arte pop, retomando o dadaísmo de 1916 em todas as características listadas por Berto Pucca e Jameson, principalmente, *em todo o seu antimodernismo* — tornando-se mais palatável, dessa forma, às alienantes estética e finalidade burguesas. Bem pontuou Pedrosa: os trabalhos do pós-modernista italiano Alberto Burri "eram bem aceitos pela classe dominante, que precisava consumir qualquer novidade antes da possibilidade de que se convertesse em crítica de combate". Costard complementou, de acordo com o crítico, que "a diferença entre as vanguardas da década de 1960 e a Alemanha nazista ou a URSS stalinista era

---

* "O presente raramente lhes é suficiente, porque na maior parte das vezes não preenche sua consciência, na medida em que é demasiado insignificante" (SCHOPENHAUER, Arthur. *Metafísica do Belo*. São Paulo: Editora Unesp, 2003).

que, à medida que nas últimas a burocracia determinava a qualidade da arte pelos princípios totalitários políticos, na primeira a liberdade que é totalitária e ilimitada". Isso é para confirmar que se algo não foi bem encaminhado no âmbito socioeconômico-cultural-filosófico, artistas irão refletir essa disfunção, porque o resultadoproblemamaior daquilo estará a raiar no horizonte. Mas a disfunção não está apenas na arte ou no retrato por ela criado; e, ainda que contestável, esse reflexo continua sendo útil para se chegar a um diagnóstico social. Críticos vêm crescentemente e há alguns séculos tentando proferir seus julgamentos sobre a arte no momento em que ela está sendo gerada, numa velada tentativa de intervenção nesta em tempo real. Artistas, por outro lado, facilitam essa dominação ao absorver a crítica em seu processo criativo — esse é o método da chamada escola experimental, ou da contracultura. Para que o retrato artístico seja fidedigno (no sentido de socialmente construtivo), contudo, a arte deve seguir livre de interferências — comerciais ou ideológicas. Filósofos, por sua vez, devem tomar por base como esse futuro próximo chega a eles emocionalmente elaborado por meio da arte, entre outros meios, e fazer propostas para melhorar aquilo que ainda está por raiar: "filósofos têm até aqui apenas interpretado o mundo em várias maneiras; o ponto é mudá-lo". Porque, se algo não vai bem, filósofos devem fazer propostas de *intervenção para a sociedade de forma a melhorar seu porvir*, e não para a arte em si: esse foi fundamentalmente o erro socialmente bem-intencionado de Debord — e é sintomático. Sobretudo, foi fato complicador no pós-modernismo na arte que ele nunca foi livre — pelo contrário, esteve desde o princípio sujeito ao domínio ideológico e comercial burguês, de multinacionais da indústria cultural e de vários estados nacionais [mesmo os conflitos entre seus artistas e os interesses dominantes eram mais superficiais do que aparentavam, como os críticos e historiadores da arte têm testemunhado aqui].

Como artista, neste momento sinto como se estivesse caminhando por um estreitíssimo trieiro que beira um despenhadeiro. Um trieiro constituído de areia muito seca, desprendida da terra, e que possui pedras soltas que deslizam — sobre as quais necessito pisar para seguir a caminhada; qualquer passo em falso pode me fazer cair no abismo. No dia 28 de outubro de 2018, imediatamente após a eleição de Bolsonaro, postei uma foto minha a despencar no Instagram: "O Brasil caiu de costas no abismo do fascismo! Mar calmo não faz bom marinheiro. Vamos enfrentar". As pedras deslizantes que fizeram meu país escorregar pelo despenhadeiro foram desafixadas da areia, por sua vez desagregada da terra, pela mesma filosofia *in*verdadeira que havia feito outras nações caírem no mesmo fosso e que levou à morte de milhões de pessoas: judeus, eslavos, ciganos, deficientes físicos e mentais, gays. Na Chapada dos Veadeiros, em outubro de 2020, pisei de fato em uma pedra solta e lisa, escorreguei e quase caí literalmente no abismo poucos dias antes de minha visita à Serra da Baliza. Em 9 de dezembro de 2020, a filosofia *in*verdadeira — que tinha levado à morte milhões de pessoas e que induziu ao erro gerações inteiras de pensadores e artistas — me levou à prisão através do crime organizado, que é sócio do fascismo brasileiro. Ela continua a matar. Por isso, peço mais uma vez perdão ao leitor por minha prolixidez. Isto é porque, no caminhar deste trabalho de *fixão*, digo ficção, devo verificar cada pedra antes de pisar nela — a conferir se não está solta. E são muitos os narradores-testemunhas do que tem ocorrido. Afinal, o próprio Lacan, em seu último Seminário, "renega a influência do surrealismo, reconhecendo-se mais próximo do dadaísmo".[*][23] O pós-modernismo tem pisado desde sempre em falso.

> Extraímos do ensino de Lacan um parentesco entre saber, gozo e verdade, o qual é tributário da constituição do sujeito e do delineamento de a enquanto lócus de gozo. É justamente enquanto lugar do não sabido sobre o gozo acerca do corpo do Outro — aquele a quem falta ao menos um significante — que *a verdade se instala como a ficção* que protege o sujeito do *nonsense* traumático. Mas, como "a verdade, nunca se pode dizê-la a não ser pela metade", ela também dá margem a outras tentativas de engendrar saberes sobre o corpo, em diferentes formas de discursos.[**][24]

Algo continua a me incomodar com relação a certas ideias de Guy Debord, entretanto. Não consigo ainda colocar o dedo em que, exatamente... Pois bem, através de Debord chego ao dadaísmo:

> O dadaísmo e o surrealismo são as duas correntes que marcaram o fim da arte moderna. Elas são, ainda que só de um modo relativamente consciente, contemporâneas do último grande assalto do movimento revolucionário proletário; e o revés deste movimento, que as deixava encerradas no próprio campo artístico de que elas tinham proclamado a caducidade, é a razão fundamental da sua imobilização. O dadaísmo e o surrealismo estão, ao mesmo tempo, historicamente

---

[*] SIMANKE, Richard Theisen. A Ficção como Teoria: Revisitando as relações de Lacan com o surrealismo. Revista *Estudos Lacanianos*, Belo Horizonte, vol. 1, 2008.

[**] BRITO, Nelly. A verdade e o nariz ou A ficção do sujeito entre corpo e linguagem. *Opção Lacaniana*, nova série, ano 4, n. 12, nov. 2013.

ligados e em oposição. Nesta oposição, que constitui também para cada um a parte mais consequente e radical da sua contribuição, aparece a insuficiência interna da sua crítica, desenvolvida unilateralmente tanto por uma como por outra. O dadaísmo quis suprimir a arte sem a realizar; e o surrealismo quis realizar a arte sem a suprimir. A posição crítica elaborada posteriormente pelos situacionistas mostrou que a supressão e a realização da arte são os aspectos inseparáveis de uma mesma superação da arte.[*]

O filósofo romeno Ştefan-Sebastian Maftei complementa a respeito do dadaísmo, do ponto de vista do anarquismo nietzscheano:

Dada é representado por uma forte crítica social, que pode ser sumarizada em cinco pontos: antropomorfismo, como dirigido contra o criacionismo; dinamicidade do mundo, simultaneamente destrutivo e produtivo; *pensamento anti-progressista, favorecendo o modelo cíclico de Nietzsche do Eterno Retorno*; vitalismo dirigido *contra o* utilitarismo e o *racionalismo*; crítica contra a visão racionalista-utilitarista da linguagem.

Na estética, Dada compartilha conosco um radicalismo de questões e problemas que está se tornando mais e mais agudo no surgimento desta longa época pós-modernista: *a falta de um entendimento coerente do mundo, a alienação do artista* de seu público, *o aspecto incompreensível de sua arte* — estas são questões que têm ecoado crescentemente em tempos recentes.[**] [25]

Anselm Jappe, por sua vez, em "Os Situacionistas e a Superação da Arte",[***] [26] explica a relação entre o próprio Debord e o dadaísmo:

A história das vanguardas artísticas, as quais tencionavam mudar o mundo e a vida, sendo que isso justamente mediante a mudança da linguagem das formas [*Formensprache*], e não por meio de conteúdos supostamente revolucionários das antigas formas, foi uma história curta, durando pouco mais de sessenta anos. Indubitavelmente, teve seu início com o Manifesto Futurista, de Marinetti. Por mais questionáveis que os conteúdos deste último possam hoje se nos apresentar, é preciso reconhecer, todavia, o fato de que a estrutura e a auto-compreensão das vanguardas já são amplamente definidas por Marinetti, e, nesse sentido, os dadaístas, surrealistas, letristas e situacionistas não lhes acrescentaram muito mais coisas.

Voltemos, porém, alguns passos, remontando ao ano de 1946. O jovem Isidore Isou, recém-chegado da Romênia, fundou o Letrismo em Paris. Ele tencionava

---

[*] DEBORD, 1967.

[**] MAFTEI, Ştefan-Sebastian. A cultural revolution for the "Free Spirits": Hugo Ball's Nietzschean anarchism. *Art, Emotion and Value*: 5th Mediterranean Congress of Aesthetics, 2011. Tradução minha.

[***] JAPPE, Anselm. Os situacionistas e a superação da arte. O que resta disso após cinquenta anos? *Baleia na Rede*, Marília, v. 1, n. 8, ano VIII, dez. 2011.

completar a destruição da linguagem das formas — a qual já tinha sido iniciada havia um século {"Isou investigou primeiro as fases [*amplique* e *ciselante*] através de uma examinação da história da poesia, mas o aparato conceitual que desenvolveu poderia ser muito facilmente aplicado à maioria dos outros ramos da arte e da cultura. Em poesia, percebeu que a fase *amplique* tinha sido iniciada por Homero. De fato, Homero criou uma planta baixa do que um poema deveria ser. Poetas subsequentes desenvolveram essa planta baixa, investigando através de seu trabalho todas as coisas diferentes que poderiam ser feitas dentro dos parâmetros homéricos. Eventualmente, entretanto, tudo que poderia ser feito com aquela abordagem já havia sido feito. Em poesia, Isou descobriu que esse ponto já havia sido atingido por Victor Hugo (e na pintura com Eugène Delacroix, e na música com Richard Wagner)", [todos artistas do movimento Romântico]} —, reduzindo a expressão ao mais simples elemento, ou seja, às letras (*lettre*) e ao mero som. Dessa extrema *negatividade*, retomada uma vez mais pelo próprio dadaísmo, dever-se-ia seguir, então, a fundação de uma nova civilização, baseada na criatividade universal e na juventude. Em 1951, então com dezenove anos, Debord associa-se ao pequeno movimento, e, de pronto, apresenta seu primeiro filme: "Uivos para Sade", um filme sem qualquer imagem e que tem, como áudio, uma colagem de citações. Logo em seguida, funda um grupo ainda mais marginal, a Internacional Letrista, cujos participantes, à medida que procuram furtar-se a todas as coerções da sociedade do pós-guerra, terminam por desenvolver mais elementos no intuito de traçar uma nova cultura, cuja fundamentação, em vez de residir no trabalho, deveria ser o jogo universalizado: a prática da "dérive" ["deriva"], a "errância" que conduz à psicogeografia, sendo que os mapas psicogeográficos das cidades prestam testemunho disso.

Em 1957, junto com mais alguns artistas e intelectuais — tais como, por exemplo, o pintor dinamarquês Asger Jorn, o pintor italiano Pinot Gallizio e o inglês Ralph Rumney — Debord fundou a Internacional Situacionista, à qual se juntaram, de imediato, o arquiteto holandês Constant, o grupo de pintores Spur, de Munique, e ainda outros mais.

Sobre o fato de as derivas não chegarem a lugar nenhum, Roudinesco já falou muito bem. Aprofundo-me aqui nas ideias do "fim da distinção arte/ vida", da "superação da arte", e do "fim da arte/ arte suprimida", que são muito intrínsecas a Debord, que me causam o maior incômodo e que Anselm Jappe ajuda a compreender:

Em sua "Teoria Estética", Theodor Adorno resume que, mesmo 150 anos após o prognóstico de Hegel, não se consumou um fim da arte. "Porque no mundo não há nenhum progresso, há um progresso na arte. 'Il faut continuer' ['cumpre continuar']. Com efeito, a arte continua enredada naquilo que Hegel chama de espírito universal e, por isso, é dele cúmplice, mas ela só poderia escapar a essa culpa na medida mesma em que se suprimisse, promovendo, com isso, a dominação sem linguagem e cedendo terreno à barbárie" (ADORNO, Th. W. Ästhetische Theorie. Frankfurt e Main: Suhrkamp, 1970, pp. 309-310). Para Adorno, o pensamento de uma superação da arte era algo completamente atual, sendo que, a seu ver, a arte não apresentava nenhuma figura eterna da existência humana. Mas, em certa medida, por conta daquilo que ele chamava de "contexto universal de cegueira", a arte mesma constituía, no seu entender, o menor dentre todos os males. Eis o que os situacionistas não queriam admitir de modo algum nos anos sessenta.

O gigantesco desenvolvimento das forças produtivas desempenhou um papel central para a nova civilização que os situacionistas tencionavam introduzir. A seu ver, era a automatização que deveria possibilitar a travessia rumo a uma civilização do jogo, em vez do trabalho. A "construção de situações" e de sua decorrente ambiência material deveria revolucionar o dia-a-dia — e isso no sentido de elevá-lo ao patamar que se tornara possível a partir do desenvolvimento técnico consoante aos anos do pós-guerra. Sua ideia de que a arte como expressão das paixões estaria ultrapassada, porque as paixões mesmas poderiam, agora, ser vividas imediatamente, nos termos de uma "arte da vida" de tipo mais elevado, significava, pois, que isso se tornara possível apenas à sua época, i. e., naquele momento histórico determinado. A partir daí, os progressos do domínio da natureza teriam tornado a arte supérflua, "defasada", do mesmo modo como outrora ocorrera com a religião.

Hoje, a arte poderia, pois, expor o último resíduo possível de liberdade — apenas em sua mera "aparência superficial", é claro, mas isso ainda seria melhor do que a completa ausência de liberdade. Os situacionistas, em contrapartida, acreditavam que a arte seria "muito pouco" em vista daquilo que denominavam "o grandioso desenvolvimento possível". O defeito de sua crítica estava na fixação dessa crítica ao capitalismo numa ideologia do progresso, a qual eles haviam herdado do marxismo tradicional e a qual se baseava, em última análise, na crença num desenvolvimento benéfico das forças produtivas.

A ligação entre arte e vida, quer dizer, a integração da arte na vida e/ou a integração da vida na arte eram a grande aspiração de uma parte das vanguardas, de Rimbaud a Duchamp, das vanguardas russas aos situacionistas, e também do movimento Fluxus, de Beuys e assim por diante. O capitalismo pós-moderno terminou por concretizar, finalmente, essa pretensão supostamente revolucionária sob a forma de uma integração da arte na publicidade e na moda, no estilo de vida [*lifestyle*] e na pedagogia social.

Noto imediatamente que: 1- "a redução da expressão ao mero som de Isou" me soa primitivista (uma das características do futurismo, listado por Jappe como antecessor do dadaísmo: "Com frequência, encontramos nos manifestos e nas obras futuristas reivindicações de possuir uma espécie de primitivismo elementar, significando a faculdade de poder olhar a realidade com olhos novos, de poder perceber o mundo através de todos os sentidos");[*] e que 2- Mário de Andrade também falava sobre "arte na vida". Observo, ademais, que, apesar de o Cinema Novo renegar esse primitivismo, traz dele a antropofagia e essa tal "faculdade de poder olhar a realidade com olhos novos".

Esclareço que não acredito na superação da arte no sentido do "fim da distinção arte/vida". Não somente não se provou viável o que foi proposto por Debord e pelos Situacionistas, de que na "civilização do jogo" intervenções artísticas estivessem em toda direção que um cidadão tomasse em uma cidade; o que houve, além da "integração da arte na publicidade e na moda, no estilo de vida…", na realidade, foi uma assimilação mercadológica dessa cultura de forma que as cidades em si fossem mais vendáveis ao se tornarem destinos culturais. Nem sequer existiu uma "civilização do jogo" que adviria do progresso tecnológico, pois o capitalismo tem transformado tudo aquilo que é suplantado pela tecnologia em desemprego — e nessa situação os cidadãos precisam encontrar outros meios de se integrar à economia para não morrerem de fome, criando eles mesmos novas possibilidades mais baratas ao sistema [aumentando, assim, eles próprios a mais-valia], enquanto os capitalistas legitimam essas posições mais instáveis de subemprego no mercado de trabalho porque precisam, de alguma forma, manter seu mercado consumidor de massa (entregadores de iFood ou motoristas de Übe, que são meros prestadores de horas intermináveis de serviços sem quaisquer direitos trabalhistas, são excelentes exemplos do que se faz hoje com esses desempregados, que — quanto mais explorados — paradoxalmente se enxergam "como seus próprios patrões" e se distanciam do trabalhismo). Se não acredito em superação da arte, tampouco enxergo como seria possível uma "arte na vida", e muito menos creio que a arte possa ser suprimida. Por simples motivos. Para que exista uma sociedade, é necessário que os direitos de um cidadão terminem onde começam os do seu igual, ou seja, é imprescindível que haja limites individuais. Tais limites, no entanto, não são aqueles previstos na teoria marxista, que advêm da exploração do trabalhador ou de sua transformação em consumidor, nem dizem respeito à "crítica da mercadoria e do valor, do dinheiro e do trabalho, do fetichismo e da alienação" — trata-se de limitações outras, que impedem que as pessoas coloquem em prática todos os seus desejos na vida social. Escrevo que é impossível que

---

[*] BERGMAN, Pär. Breve panorama do movimento futurista. Tradução: Júlio Bernardo Machinsk. Revista *Ágora*, Vitória, n. 20, pp. 215-243, 2014.

os cidadãos vivam "todas as suas paixões agora" em sociedade, pois isso implica a abolição de todos os limites e porque o não estabelecimento desses limites significa, efetivamente: comportamento antissocial, sociopatia, autoritarismo e, por fim, degradação da democracia — seria puramente o fim da vida em sociedade, pois derrubaria o princípio básico do "contrato social" [vastamente debatido desde Hobbes, Locke e Rousseau e que, apesar da crítica de Hegel e da concepção idealista, encontra amplo respaldo na teoria de Freud, como se vê]. A propósito, não pode ser coincidência que Hegel seja o maior crítico do conceito do pacto social e que também parta dele a ideia do fim da arte, sendo profunda a sua influência no pós-modernismo dessa forma, talvez por meio do idealismo em si. Se, por um lado, para que a vida em sociedade seja possível, é preciso que cada pessoa abdique de realizar certos desejos individuais incompatíveis com o respeito aos direitos de seus iguais e com a manutenção desses, por outro, a repressão desses desejos gera recalque, que "consiste simplesmente em afastar determinada coisa do consciente, mantendo-a à distância".[*] De forma que tal recalque, por sua vez, não crie insatisfações pessoais intoleráveis — o que também seria uma ameaça à vida social —, a sociedade necessita oferecer, em troca da abdicação do cidadão a certos desejos, a possibilidade de catarse. "Para que uma pessoa experimente catarse em relação a um conflito, é necessário que uma oportunidade de resolução se apresente" — seja por meio de terapia psicanalítica, seja pela arte ou outros meios que provoquem "descargas de sentidos e emoções"[**] que resolvam, ao menos momentaneamente, seus recalques, que se chegassem a extremos frustrados incontidos igualmente representariam impeditivos para a vida em sociedade (as atitudes e promessas do bolsonarismo, e atiradores em massa em escolas estadunidenses vêm à mente). Assim, haverá sempre — para a maioria dos cidadãos — a necessidade da arte; ela está presente, como uma parte não mencionada, na própria elaboração do contrato social. Isso não quer dizer, contudo, que a arte deva ser de qualquer maneira cúmplice do capitalismo, ou cega — se faz necessário que a arte siga agindo segundo suas leis e métodos e acredito, sim, que a arte seja uma "figura eterna da existência humana", ao menos no que diz respeito a sua vida em sociedade. Pontuo que, a despeito da obsessão com o fim da arte por certos pensadores

---

[*] FREUD, Sigmund. *Repressão* (1915). *Edição Standard Brasileira das Obras Psicológicas Completas de Sigmund Freud*. Rio de Janeiro: Imago, vol. XIV, p. 152, 1996.

[**] FREUD, Sigmund. *Totem et Tabou* (1912-13). Tradução francesa por S. Jankélévitch. Paris: Presses Universitaires de France, 1965.

como Hegel, Debord, e por futuristas/ dadaístas/ letristas/ pós-modernistas, há marxistas que têm uma visão um tanto mais ampla e acolhedora e que enxergam a razoabilidade de uma coexistência:

O marxismo conquistou sua significação histórica universal como ideologia do proletariado revolucionário porque não rechaçou de modo algum as mais valiosas conquistas da época burguesa, mas, ao contrário, por ter assimilado e reelaborado tudo o que houve de mais valioso em mais de dois mil anos de desenvolvimento do pensamento e cultura humanos.[*]

O marxismo consiste antes em uma interpretação de cunho filosófico-político dos fatos de cultura, e não propriamente em um *modus operandi* da própria criação artística, isto é, o marxismo, diante do fato artístico, se atém antes à interpretação e ao entendimento das ideias do que à produção ativa e criativa das formas.[**]

A arte e a política não podem ser abordadas do mesmo modo. Não porque a criação artística seja uma cerimônia ou uma mística, mas antes porque possui suas regras e seus métodos, suas leis próprias de desenvolvimento, e sobretudo porque na criação artística os processos subconscientes desempenham um papel considerável, e tais processos são mais lentos, mais indolentes, mais difíceis de serem controlados e dirigidos, precisamente por serem subconscientes.[***]

É perfeitamente exato que nem sempre se pode seguir somente os princípios marxistas para julgar, rejeitar ou aceitar uma obra de arte. Uma obra de arte deve-se julgar, primeiramente, segundo suas próprias leis, isto é, segundo as leis da arte. Mas só o marxismo pode explicar por que e como, num determinado período histórico, aparece tal tendência artística; em outras palavras, quem expressou a necessidade de certa forma artística, e não de outras, e por quê.

Mayakovsky quis, sinceramente, ser revolucionário, antes mesmo de ser poeta. Na realidade, ele era acima de tudo um poeta, um artista, que se afastou do velho mundo sem romper com ele. [****]

Sensível, Trotsky faz justiça a Mayakovsky, cujo suicídio foi aqui mencionado por Antonio Risério. Poderia ter dito o mesmo sobre Debord, exceto que a meu ver este foi filósofo primeiro, artista segundo. Descoberto e superado o incômodo específico que encontrei nos escritos de Debord, parece-me, afinal, que o melhor entendimento do que havia de sincero [e,

---

[*] LENIN, Vladímir Ilyich. *La literatura y el arte*. Moscou: Editorial Progreso, 1979.

[**] MENEZES, Flo. Arte e cultura em Trotsky. 2020.

[***] TROTSKI, León. *Sobre arte y cultura*. Madrid: Alianza Editorial, 1973.

[****] Ibidem.

simultaneamente, de historicamente útil e razoável] no nietzscheanismo pós-moderno artístico pode ser obtido neste curto trecho que retirei da *Encyclopedia Britannica*:

[...] muitos pós-modernistas mantêm que buscas mal orientadas (ou não orientadas) por conhecimento científico e tecnológico levaram ao desenvolvimento de tecnologias para a matança em escala massiva na Segunda Guerra Mundial.

Vale explicitar já neste momento, segundo aponta Jappe, que o pós-modernismo na arte teve seu suspiro inicial em 1909, com o Manifesto Futurista do poeta italiano Fillippo Marinetti. Reencontrou forças no dadaísmo em 1916, como uma reação à Primeira Guerra Mundial (1914-18). Então, silenciou-se [*em termos artísticos*] em meados da década de 1920 até ressurgir nos anos 1940, como a ponta do iceberg no tachismo e no letrismo, e, por completo, dos anos 1960 em diante pelo situacionismo e pela arte pop. É paradoxal que muitos críticos, artistas e mesmo historiadores tenham enganadamente acreditado que o pós-modernismo teria se originado do horror causado pela guerra, pela morte, pelo Holocausto: o pós-modernismo denunciou as verdadeiras origens quando acabou por se assemelhar, na visão de Pedrosa e Costard, em muito ao nazismo e ao stalinismo. O próprio termo "pós-modernismo" engana. Continuemos a regressar, então, nessa genealogia artística e na história do pensamento a ela associada:

Em 1916, um ano antes da Revolução Russa e 100 anos atrás, nascia em Zurique, Suíça, o dadaísmo. Naquele período, muitos artistas, escritores e intelectuais buscavam refúgio do alistamento militar nesse país. Alguns dos que estavam em Zurique eram desertores do exército (como o próprio escritor Hugo Ball que recusou o serviço militar na Alemanha em 1914), perseguidos políticos de várias estirpes ou mesmo viajantes. Hungria, Romênia, França, Rússia, eram os países de origem de alguns... Zurique virou um "caldeirão" para esses exilados e foi lá, em 5 de fevereiro, que Ball e sua parceira Emmy Hemmings abriram o Cabaret Voltaire.

Este local surgiu como do cruzamento entre uma discoteca e um centro de artes. Os artistas exibiam o seu trabalho num cenário de música experimental, poesia, leituras e dança. As performances iniciais dos artistas eram relativamente convencionais, mas se tornaram cada vez mais profanas e anárquicas em resposta à carnificina da Primeira Guerra Mundial (1914-1918). Em seu protesto contra a guerra e em sua oposição à ordem ideológica vigente, eles se uniram sob um grito de batalha: o dadaísmo. As armas foram o confronto e a provocação. Suas obras baseavam-se no acaso, no caos, na desordem, desconstruindo conceitos da arte tradicional. No entanto, os fundadores do dadaísmo sabiam que não podiam lançar suas ideias de forma aleatória. Sobretudo, eles precisavam encontrar apoio dentro do mundo artístico. Dessa maneira, os dadaístas se inspiraram no Futurismo e lançaram o primeiro manifesto.

Tristan Tzara, Marcel Janco, Hugo Ball, Hans Arp, Emmy Hennings e Huelsenbeck pretendiam revolucionar as artes desde sua raiz: a linguagem. Teatro, poesia, música, dança, artes plásticas e diversas experimentações irrotuláveis ocuparam os espaços do Cabaret Voltaire. O dadaísmo foi uma espécie de antiarte (como os dadaístas diziam), ou seja, contra as convenções artísticas que doutrinavam as linguagens, contra a arte burguesa, contra o controle sobre os artistas... Para além dos dadaístas, Vladimir Lenin e sua companheira Nadejda Konstantnovna Krupskaya também estavam exilados em Zurique e se encontravam nas redondezas do Cabaret Voltaire. Dizem que Lenin e Krupskaya se encontraram com artistas dadá. E seria de lá também que Lenin, Krupskaya e outros bolsheviques seguiriam no trem blindado em direção a Petrogrado depois do início da Revolução Russa. [...] Para os artistas, o importante era que o dadaísmo não perdesse a essência de irracionalidade diante das guerras e, seguindo o significado encontrado no dicionário por Tzara, com elementos "sem sentido", Ball completou a leitura do manifesto:

Dada não significa nada: Sabe-se pelos jornais que os negros Krou denominam a cauda da vaca santa: Dada. O cubo é a mãe em certa região da Itália: Dada. Um cavalo de madeira, a ama-de-leite, dupla afirmação em russo e em romeno: Dada. Sábios jornalistas viram nela uma arte para os bebês, outros Jesus chamando criancinhas do dia, o retorno ao primitivismo seco e barulhento, barulhento e monótono. Não se constrói a sensibilidade sobre uma palavra; toda a construção converge para a perfeição que aborrece, a ideia estagnante de um pântano dourado, relativo ao produto humano.[28]

No seu esforço para expressar a negação de todos os valores estéticos e artísticos correntes, os dadaístas usaram, com frequência, métodos deliberadamente incompreensíveis. Nas pinturas e esculturas, por exemplo, tinham por hábito aproveitar pedaços de materiais encontrados pelas ruas ou objetos que haviam sido jogados fora. Foi na literatura, porém, que o ilogismo e a espontaneidade alcançaram sua expressão máxima: no último manifesto que divulgou, Tzara disse que o grande segredo da poesia é que "o pensamento se faz na boca".

Entre 1916 e 1920, dada se espalhou para Berlim e o grupo dadaísta atraiu muitos tipos diferentes de artistas, incluindo Raoul Hausmann, Hannah Höch, Johannes Baader, Francis Picabia, Georg Grosz, John Heartfield, Max Ernst, Marcel Duchamp, Beatrice Wood, Kurt Schwitters, Luis Buñuel e Hans Richter. Entre os principais artistas plásticos brasileiros que vestiram a camisa dos dadaístas estão Flávio de Carvalho e Ismael Nery.

Flávio foi um dos artistas que trouxeram o dadaísmo para o Brasil, afinal, viveu na Europa por tempo suficiente para conhecer e entender o que era o movimento e seus ideais. Foi um dos principais artistas brasileiros aplicando os conceitos e as características do dadaísmo em suas obras. Além das obras de pintura, as características do dadaísmo estão presentes em outras produções de Flávio de Carvalho, entre elas o teatro. Fundador do Teatro da Experiência (1933), na peça experimental "O Bailado do Deus Morto", é um exemplo do uso das referências dos elementos dadaístas. Nesta obra, o artista também inclui atributos da arte surrealista. Mais tarde,

Flávio se tornaria um precursor, também, da arte multimídia no Brasil, bem como um relevante artista de performance.

Ismael Nery foi outro importante artista dadaísta brasileiro, pelo menos na última e mais marcante fase de sua produção artística. Relevante artista modernista, o pintor também circundou o surrealismo, enquanto se apropriava das características dadaístas e ajudava na construção de um legado para o dadaísmo no Brasil. Além da pintura, outro importante campo da arte moderna que adotou as características do dadaísmo no Brasil, em larga escala, foi a literatura.

Nesse campo, dois nomes são proeminentes entre os demais: Manuel Bandeira e Mário de Andrade. Você pode se assustar ao ver o nome de Manuel Bandeira como um artista do dadaísmo no Brasil, entretanto, a influência do movimento dentro dos poemas-piada do escritor era notória. De toda forma, quando falamos de dadaísmo dentro da literatura brasileira, o nome mais engajado é o de Mário de Andrade. Com características da linguagem brasileira livre e com o uso estratégico e abusado de paródias, Mário, um dos fundadores do Modernismo no Brasil, usou e abusou das características dadaístas em seus poemas. Em "Paulicéia Desvairada" são claros os sinais do dadaísmo, em especial, no poema "Ode ao Burguês":

> *Eu insulto o burguês! O burguês-níquel,*
> *o burguês-burguês!*
> *A digestão bem feita de São Paulo!*
> *O homem-curva! o homem-nádegas!*
> *O homem que sendo francês, brasileiro, italiano,*
> *é sempre um cauteloso pouco-a-pouco!* [...][29]

O surrealismo surge, fortemente influenciado pelas teorias psicanalíticas de Freud, entre artistas anteriormente ligados ao dadaísmo e teve o francês André Breton como principal articulador.[*][30]

Vê-se que a influência do dadaísmo (segunda corrente do pós-modernismo) sobre os artistas da primeira corrente do Modernismo brasileiro é relativamente bem-aceita. Antes ainda do dadaísmo, porém, temos o futurismo (primeira corrente do pós-modernismo) — daí, torna-se mais compreensível o porquê da impressão de o pós-modernismo conter traços em comum com o nazismo e o stalinismo:

MANIFESTO FUTURISTA
(Publicado em 20 de fevereiro de 1909, no jornal francês *Le Figaro*)

1. Nós queremos cantar o amor ao perigo, o hábito da energia e da temeridade.
2. A coragem, a audácia, a rebelião serão elementos essenciais de nossa poesia.

---

* PIMENTEL, Jonas. 100 anos do dadaísmo: Uma revolta artística se inicia. 2016.

3. A literatura exaltou até hoje a imobilidade pensativa, o êxtase, o sono. Nós queremos exaltar o movimento agressivo, a insônia febril, o passo de corrida, o salto mortal, o bofetão e o soco.

4. Nós afirmamos que a magnificência do mundo se enriqueceu de uma beleza nova: a beleza da velocidade. Um automóvel de corrida com o seu cofre enfeitado com tubos grossos, semelhantes a serpentes de hálito explosivo... um automóvel rugidor, que parece correr sobre a metralha, é mais bonito que a Vitória de Samotrácia.

5. Nós queremos glorificar o homem que segura o volante, cuja haste ideal atravessa a Terra, lançada também numa corrida sobre o circuito da sua órbita.

6. É preciso que o poeta prodigalize com ardor, esforço e liberdade, para aumentar o entusiástico fervor dos elementos primordiais.

7. Não há mais beleza, a não ser na luta. Nenhuma obra que não tenha um carácter agressivo pode ser uma obra-prima. A poesia deve ser concebida como um violento assalto contra as forças desconhecidas, para obrigá-las a prostrar-se diante do homem.

8. Nós estamos no promontório extremo dos séculos!... Por que haveríamos de olhar para trás, se queremos arrombar as misteriosas portas do Impossível? O Tempo e o Espaço morreram ontem. Já estamos vivendo no absoluto, pois já criamos a eterna velocidade omnipotente.

9. Nós queremos glorificar a guerra — única higiene do mundo —, o militarismo, o patriotismo, o gesto destruidor dos libertários, as belas ideias pelas quais se morre e o desprezo pela mulher.

10. Nós queremos destruir os museus, as bibliotecas, as academias de toda natureza, e combater o moralismo, o feminismo e toda a vileza oportunista e utilitária.

11. Nós cantaremos as grandes multidões agitadas pelo trabalho, pelo prazer ou pela sublevação; cantaremos as marés multicores e polifônicas das revoluções nas capitais modernas; cantaremos o vibrante fervor nocturno dos arsenais e dos estaleiros incendiados por violentas lutas eléctricas; as estações esganadas, devoradoras de serpentes que fumam; as fábricas penduradas nas nuvens pelos fios contorcidos de suas fumaças; as pontes, semelhantes a ginastas gigantes que cavalgam os rios, faiscantes ao sol com um luzir de facas; os piróscafos aventurosos que farejam o horizonte, as locomotivas de largo peito, que pateiam sobre os trilhos, como enormes cavalos de aço enleados de carros; e o vôo rasante dos aviões, cuja hélice freme ao vento, como uma bandeira, e parece aplaudir como uma multidão entusiasta.

A escritora e filósofa Paula Ignácio publicou em 2009 seu artigo "Nietzsche e o Futurismo Italiano",* [31] no respeitado site de Miguel Duclós:

---

* IGNÁCIO, Paula. Nietzsche e o Futurismo Italiano. 2009.

O Movimento ~~Modernista~~ [?] Futurista deu-se no início do século xx. Nessa época, a civilização ocidental passava por um constante crescimento industrial, principalmente na Inglaterra e nos Estados Unidos. A Itália avançava a passos curtos, pois passava por um momento delicado, não havia emprego para todos, e a população vivia a ignorância de massa. Alguns artistas abastados da burguesia italiana, que tinham acesso a culturas de outros países, como a França, por exemplo, que era a capital cultural ocidental, desejaram o avanço econômico, industrial e cultural para seu país também. O poeta e escritor Filippo Tommaso Marinetti decidiu então publicar num jornal em Paris um manifesto de fundação do Futurismo italiano. O Manifesto foi publicado em 1909, no jornal de grande circulação *Le Figaro*. É um manifesto curto, mas contém 11 pontos cruciais para a implementação do futurismo como necessário a uma nova arte italiana. A Itália, principalmente depois do renascimento, sempre foi um país reconhecido por preservar sua cultura, e principalmente, sua "grande arte". O Futurismo veio para propor uma nova arte, aliada à nova situação econômica, a uma nova maneira de ser, agir, ver, no início do fervor do capitalismo no mundo. O Futurismo era o movimento dos homens de um novo tempo, de uma vida industrializada, mecanizada, uma vida do homem que corria contra o tempo, do homem que agora agia sobre a natureza e a conseguia controlar através da máquina.

A Influência do Pensamento de Nietzsche:

O Movimento Futurista não comportava uma visão simples do futuro. Os futuristas pensavam o tempo agora de uma nova maneira, ~~como os outros movimentos modernistas~~ [?]. Eles rejeitavam o passado e se preocupavam com o futuro, mas através de ações agressivas no presente. Era uma nova consciência de tempo, a consciência do que o agora é capaz de proporcionar, e da rapidez do desenvolver da história a partir dessa consciência de tempo. Eles adotaram uma retórica mais agressiva exatamente para que o novo pudesse surgir, ao mesmo tempo em que se destruía aquilo que era antigo. Eram agressivos em todas as artes, e isso estendia-se para a vida como um todo, pois a imposição daquilo que era novo e tecnológico se fazia presente o tempo inteiro. Por isso a exaltação de uma estética da guerra, da limpeza através da destruição do antigo, tudo pelo progresso, tudo para o avanço, para a mecanização, dominação da natureza, na tentativa de alcançar a transcendência e tornar-se um súper-homem. Essa postura anárquica, tentativa de destruição da própria cultura, moral e arte, condiz com o pensamento do filósofo alemão Friedrich Nietzsche, e reconhecemos nitidamente a influência de alguns dos seus principais conceitos para a elaboração do manifesto de fundação do futurismo.

Vontade de Poder — No livro "Genealogia da Moral", o filósofo mostra em um primeiro plano a necessidade de desconstruir a moral já dada do homem ocidental, a fim de descobrir como seria a moral ideal, de acordo com a natureza humana. Para isso, ele analisa e critica a historiografia da moral do homem ocidental, o valor que têm todos os valores construídos até então. Questiona o uso de ideologias, de crenças, pois essas estabelecem valores falsos e ofuscam a realidade. E nos mostra que por trás dos valores construídos pelo homem, tais como a justiça, liberdade, igualdade, esconde-se a Vontade de Poder pervertida. A sua moral nada tem a ver com efetividade, como a moral aristotélica, por exemplo. A moral que Nietzsche nos apresenta procura elevar em muito a verdadeira natureza dos homens, que, para ele, é pura Vontade de Poder. A Vontade de Poder é inata, segundo ele. A civilização ocidental destruiu e fez com que o homem internalizasse sua força. Todos os homens são naturalmente agressivos, e por causa das leis e da vida em sociedade, da sociedade de paz, foram obrigados a reprimirem seus instintos agressivos. Segundo ele, disso resultou um masoquismo, que sente certo prazer ao provocar a dor em si mesmo, já que a crueldade que seria destinada a outros homens foi reprimida para dentro de si mesmo. No Livro "A Vontade de Poder", Nietzsche exalta que não necessariamente existe uma cartilha para se tornar um Súper-Homem, mas existem aspectos básicos que podem fazer com que se destrua a moral já dada e cada um daqueles que buscarem o Além-Homem podem tentar. Em primeiro lugar, o homem que age segundo a sua própria força não é um homem do ressentimento. Ele carrega consigo um extremo orgulho de si mesmo. A moral que conhecemos até então exalta a obediência e o quietismo, tudo o que representa a fraqueza. A Vontade de Poder faz com que os homens ajam racionalmente, mas exaltando seus instintos, e disso resulta um sentimento de força. A ação impele a esse sentimento. E a ação agressiva, ainda mais. A crueldade externalizada é a ação e de certo a dominação. E dominar faz parte desse orgulho, desse sentimento de força, que deve ser único. Segundo ele, é também inato que nenhuma Vontade de Poder pode se sobrepor à do outro, pois não sabemos ao certo como ela deve ser para cada um. Mas certos aspectos da Vontade de Poder podem ser universais. Os homens da "nova moral" nietzscheana deveriam ter almas frias e rudes, e o distanciamento de qualquer tipo de afetuosidade. Seria de extrema importância a estima por si próprio. Esse homem deveria deixar-se guiar apenas pelas "paixões afirmativas", que são as maiores fontes de força, tais como o orgulho, a saúde, a hostilidade, a misoginia, o amor pela guerra e a Vontade de Poder. O manifesto de fundação do futurismo nos mostra uma proposta adaptada e muito parecida com essa. Para o filósofo, o maior dentre os instintos dos homens é o desejo de atacar. E isso foi reprimido na sociedade de paz. O homem forte tem instinto belicoso. A subordinação, a submissão e a obediência não fazem parte dessa alma belicosa. No entanto, Nietzsche questiona a impulsividade. Os fortes agem conforme os instintos, buscando as paixões afirmativas, mas não necessariamente com pressa nas suas tomadas de decisões. Os homens do futurismo exaltavam a impulsividade, na medida em que deveriam ter pressa tanto no pensar como no agir, os "homens mecanizados, da velocidade". Era uma pressa voltada para a ação, e a ação voltada para o futuro, principalmente o futuro imediato. A Vontade de Poder age sobre os homens como uma força acumulada que precisa ser desprendida, mas que, para isso, precisa encontrar algum tipo de resistência para se efetivar. No caso do movimento futurista, a maior resistência que encontravam era contra o passado. A Itália preservava a sua arquitetura, a sua arte, a sua resistência ao novo, ao moderno. As paixões afirmativas buscam declarar-se contra as coisas, atacá-las com crueldade. E era essa a proposta de Marinetti. Ser rude para com outros homens, além de satisfazer o desejo de poder, também colocava os outros à prova, o que faria com que eles também pudessem demonstrar sua força e tentativa de auto-superação.

Súper-Homem, Além-Homem — A demonstração da força, a destruição de um passado para o desenvolvimento do novo também coincidia com o conceito de Súper-Homem nietzscheano. A consciência da força do homem e a elevação dessa consciência traziam à tona a Vontade de Poder. Mas isso exigiria uma auto-superação contínua, a busca pelo Além-Homem. O Súper-Homem seria a tentativa de re-naturalização do homem da Vontade de Poder. No seu livro "Assim Falou Zaratustra", Nietzsche diz que Deus morreu. E que o homem deve morrer também. Se Deus não o criou, o homem não pode continuar estagnado, como se fosse criação divina. O homem deve tentar buscar a auto-superação. A proposta do primeiro manifesto futurista coloca à prova os homens da velocidade. Estes deveriam deixar de lado todo o passado recente e buscariam freneticamente o agora e o futuro imediato, deixando-se guiar pelos instintos agressivos de destruição, procurando também destruir a antiga noção de tempo constantemente. Era necessário transcender-se a todo momento.

O Apolíneo e o Dionisíaco — Nietzsche, em seu livro "O Nascimento da Tragédia", descreve a arte e os artistas como apolíneos ou dionisíacos. O apolíneo é uma referência ao deus da mitologia grega Apolo, [identificado como o] sol, ou seja, tudo o que trazia a luz, e era símbolo principalmente de racionalidade que sobrepunha tudo o que fosse instintivo. Portanto, o apolíneo dizia respeito à racionalidade, à moral antiga que deveria ser respeitada. No entanto, o dionisíaco, numa referência a outro Deus grego de natureza oposta, Dionísio, era o artista destacado e exaltado por ele, era aquele que mergulhava profundamente nas forças caóticas da vida, o "Súper-Homem", súper-artista, que deveria transcender as limitações e mediocridade da vida cotidiana e mesmo da racionalidade. Dionísio era o Deus que exaltava as forças instintivas do homem, e exatamente por isso estimulava a criatividade. Não seguia a moral já dada, pelo contrário, era amoral. Nesse caso, para Nietzsche, o artista dionisíaco também poderia, com a nova representação da realidade, destruir completamente o passado.

A arte, na versão que Nietzsche oferece das coisas, é o produto de uma alma dionisíaca inquieta e trágica que recria constantemente o mundo em forma estética, e, assim fazendo, destrói os resíduos mortais do passado. O artista tece uma rede infinita de formas ilusórias, que, enfim, torna-se o hábito dos demais (HUMPHREYS, R. *Futurismo*. São Paulo: Cosac Naify, 1999. p. 17).

E não havia nada que o artista que se embrenhava freneticamente nas linhas futuristas quisesse mais do que ser um artista dionisíaco. Deixar-se guiar pelas forças destrutivas e agressivas de um instinto que se fazia presente a todo momento, recriar uma nova forma de agir e de pensar, dominar a natureza através das máquinas e com isso destruir Deus, exaltar a sua natureza belicosa através da Vontade de Poder na busca pelo Súper-Homem. Vontade de Potência, diz Nietzsche, significa "criar", "dar" e "avaliar". Nesse sentido, a Vontade de Potência do Súper-Homem nietzscheano o situa muito além do bem e do mal e o faz desprender-se de todos os produtos de uma cultura decadente.

Os Artistas "Dionisíacos" do Futurismo Italiano — Os principais representantes da arte futurista italiana são Umberto Boccioni, Giacomo Balla e Carlo Carrà, todos pintores. Todos os três procuraram em suas pinturas revelar o inconsciente através das cores, os movimentos e a rapidez com que se desenvolvia o tempo através das técnicas cubistas e expressionistas. São pinceladas rápidas, que revelam rapidez nas ações executadas tanto no que retratavam nas telas, como na própria ação de pintar. Também retratavam a iluminação nas ruas das cidades, os trens, as indústrias, tudo o que revelava o novo, e a manifestação nova do olhar. Seria necessário entregar-se a uma nova maneira de observar o tempo, a imagem e a cor. Somente um novo homem seria capaz de captar uma nova imagem. Uma tentativa de transcender o próprio homem e antiga maneira de enxergar as coisas. Houve também a tentativa de pintar, além do estado psicológico do novo homem do "progresso", as novas imagens que se apresentavam nas cidades, a percepção dos novos cheiros, dos barulhos. Luigi Russolo não era músico, mas tentava a todo custo reproduzir os novos barulhos da nova cidade, criando instrumentos próprios. Podemos perceber uma tentativa de transcender até mesmo a sensorialidade humana, uma tentativa de aguçar tudo aquilo que era completamente novo. Era a destruição da grande arte, da grande música que antes exaltava a imobilidade, a inação, o êxtase. Umberto Boccioni criou uma escultura chamada "Formas Únicas de Continuidade no Espaço":

É uma imagem quase barroca do homem do futuro, apresentado não só como uma forma musculosa a deslocar-se no espaço com temível poder, mas também como um novo tipo de ser em evolução no tempo, rumo a algo além do humano (ibidem).

Foram inúmeras tentativas de materialização de Súper-Homens transcendentes, de homens da ação, do movimento agressivo, de destruição, de captação de instintos, durante o futurismo, que foi muito discutido até o ano de 1920. Mas estes não durariam muito, uma vez que precisavam buscar a auto-superação do tempo, o tempo todo. A Vontade de Poder, e seu constante vir-a-ser.

Marquei duas passagens do texto com pontos de interrogação e depois as suprimi: a primeira, quando a escritora se refere ao futurismo como um "movimento Modernista" — ao passo que ele verdadeiramente se trata da instauração do nietzscheanismo artístico/pós-modernismo (Jappe correlaciona o futurismo aos "dadaístas, surrealistas, letristas e situacionistas", nesta ordem, e corretamente exclui o Modernismo da lista) —, e a segunda, quando Ignácio escreve que "os futuristas pensavam o tempo agora de uma nova maneira, como os outros movimentos modernistas" — pois os modernismos em países que não a Itália e ao menos parcialmente a Rússia, apesar de "pensarem o tempo agora de uma nova maneira", como também apontou Ricardo Lísias, não eram destrutivos quanto ao passado, nem mesmo no Brasil. Pelo contrário, aqui se usou do primitivismo para se fazer um resgate desse passado e o assimilar à identidade nacional através da antropofagia. Para que não restem dúvidas, vou mais a fundo no contato que tiveram os modernistas brasileiros com o futurismo:

> Na Europa, Oswald de Andrade conviveu com intelectuais, artistas e boêmios e, por intermédio deles, entrou em contato com o Manifesto Futurista. Oswald não ficou nem um pouco chocado com a radicalidade. Ao regressar, naquele mesmo ano de 1912, trouxe na bagagem o *futurismo*, colocando o Brasil na rota da vanguarda [grifo meu]. Mário da Silva Brito, um importante historiador do Modernismo no Brasil, comenta que a descoberta do verso livre veio a calhar a Oswald, um poeta incapaz de metrificar. O crítico literário Haroldo de Campos, por sua vez, aproximou Oswald de Mayakovsky, para quem "é dever do poeta desenvolver em si mesmo o sentido do ritmo, e não decorar métricas alheias".[32]
>
> Os "futuristas" brasileiros — Em 1920, o grupo divulgador das ideias modernas no Brasil recebe a designação genérica de "futurista", termo extraído da vanguarda italiana de Marinetti. De certo modo, "futurismo" é a palavra que reúne toda a ideia de modernização de que estava carecendo a cultura nacional naquele momento. Um trecho do primeiro manifesto da estética Futurista, de 1909, ajuda a apreender sua elaboração conceitual: "Admirar um velho quadro é verter nossa sensibilidade numa urna funerária, em vez de lançá-la adiante pelos jatos violentos da criação e ação". O Futurismo de Marinetti é, portanto, essa tendência de negação da arte do passado; significando um corte violento na tradição, só interessava desenvolver uma estética análoga dos novos empreendimentos tecnológicos, numa direção exclusivamente prospectiva.
>
> A atitude vanguardista daquele grupo admirador de Anita Malfatti fez com que fosse identificada ao ideário da escola *futurista* [ela, integrante da primeira corrente do Modernismo brasileiro; grifos meus]. Serão assim tratados como *futuristas* os artistas plásticos Victor Brecheret, Anita Malfatti, Vicente do Rego Monteiro, Di Cavalcanti e o suíço no Rio, John Graz, pela razão de trazerem elementos inovadores em suas obras (BRITO, Mário da Silva. *História do Modernismo Brasileiro*: antecedentes da Semana de Arte Moderna. Rio de Janeiro: Civilização Brasileira, 1978. pp. 162-163). Mas a aceitação do rótulo pelo próprio grupo não foi pacífica, apenas acontecendo depois de muita relutância, numa fase posterior do movimento.
>
> É São Paulo que vai ser a fonte de inspiração e o assunto principal do segundo livro de poemas de Mário de Andrade, "Pauliceia Desvairada", escrito em 1921. E "Pauliceia Desvairada" é esse primeiro livro radicalmente moderno. Nele, utilizam-se os recursos defendidos pelas artes de vanguarda europeia, principalmente o verso livre, com seu correlato nas "palavras em liberdade" de natureza futurista. Todavia, o ponto mais delicado do livro é exatamente sua vinculação à escola de Marinetti, a qual Mário de Andrade de pronto recusou.[*]

---

[*] NASCIMENTO, Evandro. A Semana de Arte Moderna de 1922 e o Modernismo Brasileiro: Atualização cultural e "primitivismo" artístico. *Gragoatá*, Niterói, n. 39, pp. 376-391, 2º sem. 2015.

Nota-se historicamente, portanto, o mesmo engano — ou confusão — de Paula Ignácio, quando chama o movimento futurista italiano de modernista: o futurismo ovacionava a modernidade, mas em um sentido muito mais interligado com o ideário fascista do que com o Modernismo em si, como comprova a relação estabelecida pela própria Ignácio entre o Manifesto de Marinetti e as ideias de Nietzsche; o futurismo realmente representou, ainda que de forma deturpada, o modernismo na Itália e na Rússia, porém não esteve alinhado com o Modernismo no restante do planeta; vale lembrar que Jappe *tampouco* liga o futurismo ao Modernismo em termos conceituais. Dessa maneira, onde não houve confusão quanto ao uso do termo "futurista" para se referir a "Modernista", então houve ingenuidade ou certamente malícia. Simplesmente devido a suas viagens internacionais, Anita Malfatti foi associada a um *futurismo* — à época, no Brasil e em outros países, a dicotomia era entre ser "passadista" (parnasiano) ou ser "futurista" ("aquele que aprecia a modernidade", o que demonstra uma falta de entendimento daquilo que esse termo passaria a simbolizar, afinal, o fascismo era uma ideia nascente; o apreço pela modernidade depois foi mais bem denominado "Modernista"). No Brasil dos anos 1910, pode se ser generoso e supor que poucos tenham tido profunda noção do que estava contido no Manifesto Futurista de imediato: havia ciência da importância da definição "da estrutura e da autocompreensão das vanguardas" por Marinetti, mas não da gravidade que a soma das ideias no contexto da própria publicação viria a representar. Se Oswald de Andrade acessou o Manifesto de Marinetti somente em 1912 (três anos depois de sua publicação) e o trouxe ao Brasil consigo, é plausível, contudo, supor que, com o passar do tempo, mais e mais pessoas tenham tido contato com o texto original em sua íntegra — tornando-se cientes de sua carga fascista. A cada ano depois disso, por mais generoso que se possa ser, fica menos crível que as associações a esse texto tenham sido fruto de confusão ou de ingenuidade, e mais verossímil que significassem cegueira intencional ou até apoio a suas ideias fascistas. De fato, até o artigo da *Folha de S.Paulo* de 2009 se demonstra [intencionalmente?] cego quanto ao conteúdo fascista do Manifesto, quando diz sem qualquer ponderação que Oswald "não ficou nem um pouco chocado com a radicalidade" [das ideias que levariam ao fascismo e ao Holocausto] — trata-se de uma afronta à memória de Oswald de Andrade. Em 2015, a situação se repete quando Evandro Nascimento, em seu artigo sobre a Semana de Arte Moderna, menciona quatro vezes o termo "futurismo", define-o como "a palavra que reúne toda a ideia de modernização de que estava carecendo a cultura nacional naquele momento" e não cita a palavra "fascismo" nenhuma vez, nem sequer quando faz menção a um conteúdo que revela clara implicação fascista do significante "futurismo" ("admirar um velho quadro é verter nossa sensibilidade numa *urna funerária*, em vez de lançá-la adiante pelos jatos *violentos* da criação e *ação*"). Vejo que Oswald compreende o termo "futurista", mas absorve do futurismo apenas as chamadas "palavras em liberdade" — de onde se permite tão somente a métrica livre. É nítido, também, que Mário de Andrade está muito bem situado quanto ao que significava ser futurista, por sua pronta recusa do termo. A "aceitação não pacífica do rótulo" pelo grupo de Malfatti indica que ali existiam mais indivíduos situados — embora não fique explícito quem. Um texto de João Cezar de Castro Rocha para a *Folha*, escrito em maio de 2002 sobre as visitas do criador do futurismo ao Brasil, em 1926 e 1936, demonstra que, diferentemente do que poderia ter sido o caso no início da década de 1910, as relações entre o futufascista Marinetti e os artistas — e mesmo a imprensa — brasileiros não eram mais nem um pouco ingênuas ou vazias de significado:

O Brasil Mítico de Marinetti [xvi]

Série de conferências que o poeta deu na América do Sul foi um sucesso comercial que ajudou a modificar a relação cordial entre artistas e mecenas e a minar a fronteira entre o popular e o erudito

João Cezar de Castro Rocha especial para a *Folha*

No dia 13 de maio de 1926, a bordo do transatlântico Giulio Cesare, Filippo Tommaso Marinetti e sua mulher, Benedetta, desembarcaram no Rio de Janeiro para uma turnê de conferências no Brasil, Argentina e Uruguai. A recepção contou com a presença de renomados escritores, que esperavam o casal no porto. Marinetti descreve a cena em "Velocità Brasiliane", um poema-reportagem escrito segundo o método futurista de palavras-em-liberdade (associação livre de idéias, que dispensa a pontuação e as regras sintáticas tradicionais, a fim de expressar o dinamismo da vida moderna). Após exaltar a beleza da baía de Guanabara, o italiano foi distraído por outro tipo de espetáculo: "Enquanto os gritos de Viva o Futurismo! Viva Marinetti! vêm do píer, onde o maior carro grua elefantescamente plantado com as patas largas sobre o trilho emoldura sob sua rígida tromba levantada todo o grupo dos futuristas brasileiros. Em meio aos poetas Carvalho, Olanda, Almeida, Moras, Bandeira, Pongetti, Silveira, Grieco, aparece Graça Arãnha". Apesar dos inúmeros (e previsíveis) erros ortográficos, a lista impressiona, pois reúne a elite da intelectualidade da época: Ronald de Carvalho, Sérgio Buarque de Holanda, Renato Almeida, Prudente de Morais Neto, Manuel Bandeira, Henrique Pongetti, Tasso da Silveira, Agrippino

Grieco, Graça Aranha. A posição de destaque atribuída ao autor de "Canaã" reflete a aliança que será estabelecida entre o italiano e o brasileiro. Aliás, o centenário de publicação de "Canaã" se comemora neste ano, e a tradução francesa da obra foi cuidadosamente lida e extensamente anotada por Marinetti, como se verifica em sua biblioteca, hoje sob a custódia da Beinecke Library, na Universidade Yale (EUA). Em 1936, Marinetti voltaria à América do Sul para uma nova visita, agora como representante do governo italiano. Nesse mesmo ano, Sérgio Buarque lançou "Raízes do Brasil", obra fundamental para o entendimento da cultura brasileira e cujo conceito de "homem cordial" talvez ajude a compreender os bastidores da primeira viagem de Marinetti ao Brasil.

A turnê de Marinetti em 1926 não tem sido pesquisada com o mesmo cuidado com que as viagens de Blaise Cendrars foram estudadas por Aracy Amaral, Alexandre Eulálio e Carlos Augusto Calil. Afinal, a crítica sempre considerou a viagem de Marinetti um malogro, ecoando a visão de Mário de Andrade, difundida em sua correspondência e relatada em sua coluna no "Diário Nacional", de 11 de fevereiro de 1930. Contamos, portanto, com duas versões. De um lado, o relato triunfante de Marinetti; de outro, a narrativa cética de Mário de Andrade. Além da maior proximidade com a posição do brasileiro, o vínculo do italiano com o fascismo transformou-o numa figura incômoda nos círculos modernistas. Entretanto, em ensaio pioneiro, "A Bibliografia Latino-Americana na Coleção Marinetti", Jorge Schwartz apresentou uma lista completa desses livros na biblioteca marinettiana, incluindo alguns dedicados por autores tão variados como Mário de Andrade, Guilherme de Almeida, Graça Aranha, Renato Almeida, Manuel Bandeira, Ronald de Carvalho. Foi um primeiro passo, complementado pelo indispensável trabalho de Annateresa Fabris sobre o Futurismo e sua presença no Brasil.

Fabris reconstruiu o "momento futurista" da modernidade brasileira, segundo a expressão cunhada por Renato Poggioli. Tal perspectiva levou a autora a sugerir a existência de um "futurismo paulista", ou seja, do momento de aglutinação das forças modernistas que estrategicamente se apropriaram de princípios futuristas como instrumento de choque. Em "O Futurismo Paulista" (Perspectiva/Edusp), no capítulo "Abaixo Marinetti", Fabris apresentou o primeiro estudo aprofundado de sua viagem. Apesar desses trabalhos pioneiros, a interpretação dominante considera a turnê de Marinetti um fracasso. Tal juízo, ainda que fosse correto, teria exclusivamente como referência os acontecimentos ocorridos em São Paulo, o que constitui um claro problema metodológico.

Mesmo num importante livro, como o volume organizado por Ana Maria Belluzzo, "Modernidade — Vanguardas Artísticas na América Latina" (Memorial da América Latina/Unesp), o leitor encontra uma curiosa entrada cronológica: "1926 — Brasil: A Visita e as Palestras de Marinetti em São Paulo". A estada do futurista no Rio de Janeiro é simplesmente ignorada. Não se pode, contudo, deixar de valorizar a extraordinária recepção que Marinetti teve no Rio de Janeiro por parte de escritores e autoridades. Por exemplo, na noite de 22 de maio estiveram presentes no estúdio da rádio Sociedade Manuel Bandeira, Graça Aranha, o vice-presidente da República, Estácio Coimbra, e outros políticos. Ronald de

Carvalho apresentou o italiano, sem poupar elogios. Eis a descrição do telegrama enviado para a Itália pelo próprio Marinetti: "Público seleto considerável marinetti pronunciou eficaz interessante discurso para todo brasil depois brilhante discurso inaugural poeta ronald carvalho sobre grande impacto artístico político do futurismo" [1]. Além de contar com um público numeroso e receptivo em suas conferências no Rio de Janeiro, Marinetti usufruiu de um privilégio raro: Manuel Bandeira assumiu o papel de cicerone e levou o casal italiano a um passeio no Jardim Botânico, que verdadeiramente encantou o poeta da técnica e da velocidade. Também surpreendemos Bandeira na bucólica fotografia de Marinetti e Benedetta no Corcovado. No entanto a onipresença de Marinetti na imprensa terminou por precipitar oposições no interior do movimento modernista. Por isso mesmo, em São Paulo a hostilidade de grupos antifascistas e a indiferença de alguns modernistas, tipificada na reação de Mário de Andrade, teriam consagrado a versão do fracasso da viagem.

Na verdade, o italiano pode ter sido um simples instrumento de uma disputa local. Graça Aranha seria o verdadeiro alvo. Mário de Andrade já o havia atacado na "Carta Aberta", publicada em 12 de janeiro de 1926, em "A Manhã", na qual o considerava um "passadista" disfarçado em trajes modernos. Mário não procurou ser gentil: "Você confundiu a função de orientar com a de tiranete e chefe político de comarca". Graça Aranha, então, tentaria recuperar a liderança do modernismo no papel de anfitrião do criador do Futurismo. No discurso inaugural da primeira conferência de Marinetti no Rio de Janeiro, no teatro Lírico, em 15 de maio, Aranha esclareceu: "Marinetti iniciou e organizou a ação libertadora [...]. Diante desta grandeza, como é pueril discutir-se se o futurismo de Marinetti já é passadismo". Em seguida, analisou a cena brasileira, sugerindo um padrão idêntico para a avaliação de seu papel na Semana de Arte Moderna. Mário compreendeu a estratégia, aceitando o raciocínio, mas invertendo suas consequências. Graça Aranha bem poderia ser o Marinetti brasileiro. No entanto, dado o princípio de "tal pai, qual filho", se Marinetti não passava de uma imagem retrospectiva de si mesmo, Aranha seria inevitavelmente "passadista". Com esse astucioso raciocínio, Mário reforçava sua liderança ao mesmo tempo em que desautorizava o grupo reunido em torno do autor de "Canaã", grupo disposto a recuperar a hegemonia do movimento modernista.

Um livro-arma — A disputa prosseguiria mediante o aparecimento de um intrigante livro, publicado em 1926: "Futurismo — Manifestos de Marinetti e Seus Companheiros". O promotor da iniciativa foi o empresário Niccolino Viggiani, que organizou a viagem do italiano à América do Sul. A editora responsável foi a Pimenta de Mello & Cia., a mesma que publicou o livro de Ronald de Carvalho, "Toda a América". Aliás, suas dedicatórias a Marinetti são sempre entusiasmadas. "Pequena História da Literatura Brasileira" traz a seguinte inscrição: "A F.T. Marinetti/ com toda a admiração pelo seu heroísmo intelectual". Em "Toda a América", encontra-se esta dedicatória: "A Marinetti/ gerado na alegria e no gênio de uma grande Raça". Talvez Ronald de Carvalho tenha facilitado a aproximação com a editora. Manuel Bandeira, é verdade, foi mais contido. Ao dedicar "Poesias", saído em 1926, limitou-se ao protocolar "A F.T. Marinetti/ homenagem de Manuel Bandeira". Como vimos, ele foi muito mais expansivo no convívio direto. Ainda assim, decidiu presentear o italiano com sua própria cópia de "Pau-Brasil", de Oswald de Andrade. Na coleção marinettiana, o leitor surpreso encontra a inscrição de Oswald não a Marinetti, mas "Ao Manuel Bandeira da Geração/ o Oswald". De igual modo, Bandeira cedeu "Losango Cáqui", de Mário de Andrade, com a inscrição: "Prá alma querida de Manuel Bandeira/ o Mário".

Nesse contexto, "Manifestos de Marinetti e Seus Companheiros" é um livro importante. O prefácio, "Futurismo", assinado por Graça Aranha, reproduz na íntegra o discurso de apresentação proferido na primeira conferência do italiano no Rio de Janeiro. Na sequência, sempre em francês, 11 manifestos são reunidos. Tratava-se de fornecer aos intelectuais brasileiros a súmula futurista — talvez uma resposta ao aparecimento, no ano anterior, da mais importante declaração de princípios do modernismo brasileiro, "A Escrava que Não É Isaura". As palavras de Graça Aranha não deixam dúvidas sobre o alvo da operação: "Se [o modernismo] foi somente uma renovação estética para desta resultar alguns poemas, algumas músicas, algumas obras plásticas, foi muito restrito e de fôlego curto este movimento. [...] Se o modernismo brasileiro é uma verdadeira força, que vá para diante. Renove toda a mentalidade brasileira. Estenda a sua ação aos costumes, ao direito, à cooperação das classes, à filosofia, à política. Um pensamento novo, atividade nova". Salvo engano, Aranha está propondo para o modernismo o modelo de politização do futurismo, que, a partir de 1924, com a publicação de "Futurismo e Fascismo", passou a identificar-se sempre mais com o regime de Mussolini. Curiosamente, trata-se do padrão adotado durante o governo de Getúlio Vargas. E não é tudo, pois o livro-arma reserva outra surpresa. Três personalidades são representadas mediante ilustrações. Na página 33, um belo desenho de Giacomo Balla expressa o dinamismo de Marinetti. Na página 97, num esboço de traços rígidos, encontra-se o perfil de Mussolini. Entretanto entre o agitador futurista e o líder fascista aparece, na página 65, a caricatura de Graça Aranha, decididamente transformado em companheiro do líder futurista.

Marinetti e Mário de Andrade — Entretanto um confronto inesperado aguardava o italiano. No final de 1922, Mário de Andrade enviou-lhe "Paulicéia Desvairada", com uma dedicatória sedutora: "A F.T. Marinetti/ com (sic) viva simpatia e ammirazione". Ágil na prática cordial da reciprocidade, o italiano respondeu no ecumênico manifesto "O Futurismo Mundial", publicado em 1924. Em meio a Blaise Cendrars, Jean Cocteau, Jorge Luis Borges, Vicente Huidobro, entre tantos outros "futuristas", surgem mais dois nomes, "[...] De Andrade, D'Almeida Prado (sic)". Yan de Almeida Prado e Mário de Andrade descobriram-se então discípulos do italiano. A surpresa não parece tê-los agradado. Já Marinetti acreditava ter encontrado uma base sólida para futuros empreendimentos. A calculada indiferença de seus "amigos" deve tê-lo desarmado. Yan de Almeida Prado descreveu com bom humor as grandes expectativas nutridas pelo italiano: "Um belo dia chegou-me comunicação de outro empresário com aviso que Marinetti ia empreender turnê na América do Sul e contava naturalmente com o meu auxílio". Mário de Andrade também recebeu mensagens de Viggiani, como se depreende do irônico bilhete enviado a Prudente de Moraes Neto: "Chego no Rio a bordo do Zelândia. Vá me esperar no cais para combinar tudo. Não sei pra que Hotel vou. Arranje pois pra estar no cais e me abraçar. Vou buscar o Marinetti. Quá! Quá! Quá! O Viggiani é que paga. Quá! Quá! Quá! Sinão eu não ia. Quá! Quá! Quá! Buscá o Marinetti. Quáquá! Quá! Quá! (Isto é ûa modinha)". Na última hora, porém, Mário desistiu da viagem. Por que teria as despesas pagas? Sua presença representaria uma excelente propaganda, sobretudo após a "Carta Aberta". A reconciliação dos líderes do modernismo brasileiro, na recepção ao criador do futurismo, garantiria manchetes em importantes jornais. Por isso, jornalistas mais afoitos incluíram um Mário de Andrade virtual em suas reportagens.

Antes que a versão se transformasse em fato, Mário reagiu em carta enviada a Luís da Câmara Cascudo: "Os jornais falaram que fui no Rio esperá-lo. É mentira, não fui não. Pretendi ir depois desisti e estou convencido que fiz bem". Mas não pôde evitar o encontro com o adversário. A carta prossegue: "Depois dele estar já três dias em S. Paulo é que fui visitá-lo. Não podia deixar de ir embora esse fosse meu desejo porque desde a Itália e desde muito que tem sido gentil pra comigo. Fui e a primeira coisa que falei pra ele é que tinha deixado de ir à conferência porque discordava dos meios de propaganda que estava usando. Ficou sem se desapontar e pôs a culpa no empresário. E falou dizendo coisas que eu já sabia e me cansando. Me despedi e espero que se tenha desiludido do Mário que ele imaginava futurista. [...] A segunda vez que o vi foi num chá no salão moderno de Dona Olívia Penteado". No final do tenso encontro, Mário sacou uma arma cuja sutileza tem passado despercebida. Ofereceu ao italiano "A Escrava que Não É Isaura", inscrevendo com malícia macunaímica: "A F.T. Marinetti/ o agitador futurista". Ora, menos do que poeta, Marinetti seria um reclame de si mesmo. E o próprio conteúdo do livro é bastante desfavorável à obra de Marinetti. Mas o italiano era um mestre no jogo de disputas entre grupos de vanguarda. Em aparência, o autêntico presente de grego permaneceu intacto e ainda hoje se encontra com as páginas ostensivamente coladas, sem nenhuma marca de leitura.

No dia 29 de maio, Marinetti foi recebido na casa de Olívia Penteado a fim de conhecer o famoso "salão modernista". Em seu "Diário", descreveu sem entusiasmo algumas das telas da anfitriã. Na verdade, reservou a verve para um acerto de contas particular: "Declamo Bombardamento. Mário de Andrade um tipo rude alto com aspecto de bom negro branco declama suspirosamente e leitosamente um de seus noturnos". O brasileiro é descrito como um autêntico passadista, cuja decadência explicaria sua hostilidade ao arauto do futuro. Pelo menos, essa é a versão legada por Marinetti à posteridade. A vitória final, contudo, coube ao autor de "Macunaíma". Graça Aranha nunca recuperou a posição de liderança do modernismo. Marinetti retornou à América do Sul em 1936, mas, dessa vez, a natureza política da viagem foi dominante, logo, as repercussões no mundo literário não tiveram importância. Por fim, por meio de um metódico sistema epistolar e de uma constante colaboração jornalística, Mário de Andrade transformou sua versão dos fatos na memória das gerações futuras. Êxito que, como poucos, o criador do futurismo sabia apreciar.

No terreno da política literária local, Marinetti não tinha como compreender a complexidade do momento e escolheu a aliança que lhe foi oferecida. Ironicamente, o líder futurista privilegiou nomes que o modernismo transformou em passadistas. Já no campo da autopromoção e da inserção do homem de letras num mercado muito mais amplo do que o propiciado pelas redes de contato lastreadas em relações pessoais, pelo contrário, o italiano tinha muito a ensinar aos brasileiros. A fim de contribuir para um renovado entendimento dessa viagem, é necessário recuperar sua natureza comercial. Leia-se uma passagem do contrato que trouxe o futurista à América do Sul, assinado em 16 de dezembro de 1925: "O poeta F.T. Marinetti compromete-se a empreender uma turnê de conferências (mínimo de oito conferências), incluindo Rio de Janeiro, São Paulo, Montevidéu e Buenos Aires, com início previsto para junho de 1926. O Sr. Viggiani compromete-se a organizar as mencionadas conferências nos melhores teatros daquelas cidades [...], estando implícito que sete dias é o período mínimo de permanência em cada cidade (para assegurar o êxito das conferências mediante entrevistas etc.)" [2]. Esse contrato e os registros da soma total ganha por Marinetti demandam a reavaliação da viagem.

Quem foi o empresário que trouxe o futurista à América do Sul? Niccolino Viggiani organizava grandes espetáculos teatrais no Rio de Janeiro e em São Paulo. Ele não dispunha de sólidos contatos com homens de letras, mas não parece ter investido muito tempo para obtê-los. Pelo contrário, preferiu divulgar as conferências de Marinetti como se fossem uma atração comparável a concertos de pianistas e a recitais de cantoras líricas. A seção de anúncios do "Jornal do Comércio" é reveladora. Os eventos da Companhia Niccolino Viggiani eram anunciados com grande destaque. As conferências de Marinetti foram divulgadas como as demais promoções do empresário, como atrações teatrais. Afinal, em ambos os casos o público deveria pagar ingressos para assistir à performance dos artistas. Marinetti receberia 20% do lucro líquido resultante da bilheteria. As seis conferências realizadas no Brasil renderam para Marinetti seis contos — aproximadamente US$ 25 mil, em valores atuais. A tumultuada conferência de 27 de maio em São Paulo, realizada no teatro Cassino Antártica e na qual Marinetti não conseguiu discursar, sempre foi julgada, por isso mesmo, como a "prova" definitiva do fracasso da viagem, embora tenha sido a mais bem-sucedida do ponto de vista financeiro. De fato, em nenhuma outra apresentação o italiano lucrou tanto. Por isso, na Argentina, em entrevista concedida a "La Prensa" em 8 de junho, Marinetti declarou que tinha ficado "muito satisfeito com [sua] estada no Brasil, cujos resultados ultrapassaram todas as expectativas". No restante da turnê, o êxito foi menor, mas ainda considerável. Marinetti realizou pelo menos 13 conferências na Argentina e uma no Uruguai. A soma total por ele angariada chegou a 1.373

pesos. Considerando que o salário anual de um professor de escola secundária, no mais alto nível de qualificação, correspondia a 3.330 pesos, o futurista amealhou uma quantia nada desprezível.

O futurismo no cotidiano — Além do sucesso econômico, é muito importante destacar a assimilação paródica de técnicas futuristas por parte da imprensa. Esse fenômeno sugere a difusão dos princípios marinettianos numa amplitude sonhada por todos os grupos de vanguarda. Em 23 de maio de 1926, "O Estado de S. Paulo" estampou uma caricatura do italiano com a legenda: "A arte futurista da careca de Marinetti". A "careca" transforma-se num palco, cuja extensão é atravessada pelo nome: "Guaraná espumante". Ao lado, versos interpretam as qualidades do produto numa chave futurista: se o guaraná é uma bebida estimulante, por que não associá-lo ao apóstolo da velocidade? Afinal, em 1916, Marinetti publicou o manifesto "La Nuova Religione-Morale della Velocità". Na Argentina, chegou-se a ensaiar um "periodismo futurista". O artigo em questão, publicado em 28 de junho de 1926, em "La Fronda", termina de forma característica: *"El público recuerda entonces que el orador no sabe castellaño y se retira del sótano cantando: "Non e vero ch'è morto Marinetti pum!/ Marinetti pum!/ Marinetti pum!/ È vero, è vero che Filippo non nos capice pum!"*. No Uruguai, as notícias sobre a viagem de Marinetti seguiram idêntico padrão. No "Imparcial", em 7 de junho de 1926, acompanhando uma entrevista com o futurista, publicou-se uma deliciosa paródia, "Ripiorragia sin Adjetivos ni Verbos". A primeira e a última estrofes demonstram como o método futurista das palavras-em-liberdade havia penetrado na imaginação popular: *"Marinetti! !!!!/ Paso./ Velocidad, velocidad./ Puerto. Niebla./ Remocladores./ Opacidad./ [...]/ "Y a Marinetti?/ Paso. Exhaltación./ Desaparición./ Marinetti! Hurrah! Verbo en libertad. Velocidad, velocidad, velocidad./ Qué barbaridad!"*.

A turnê de Marinetti produziu inovações que talvez ainda não tenham sido devidamente avaliadas. De um lado, a natureza comercial da viagem representava uma clara ameaça ao circuito de conferências sul-americano; circuito esse predominantemente cordial, ou seja, lastreado por contatos pessoais e movido pela dinâmica do favor, analisada com argúcia em "Raízes do Brasil". O italiano não veio ao Brasil com as despesas pagas por um mecenas, como Blaise Cendrars, que, em 1924, foi convidado por Paulo Prado. Além de arcar com os custos da viagem, ele organizou conferências com amigos dispostos a colaborar com o francês. Esse era o sistema dominante no meio intelectual (e não só brasileiro). A operação desencadeada pela viagem de Marinetti não somente ignorava a importância do mecenato como revelava um aspecto nada inovador das vanguardas. Em seu importante "Institutions of Modernism — Literary Elites & Public Culture" ("Instituições do Modernismo — Elites Literárias & Cultura Pública", Yale University Press), Lawrence Rainey demonstrou como as vanguardas foram muito pouco revolucionárias no tocante à própria sobrevivência, recorrendo sem pudor aos mecenas disponíveis. Em breve, o mecenato vanguardista seria assegurado por meio de uma paradoxal instituição: o Museu de Arte Moderna.

De outro lado, a assimilação da estética futurista tanto em paródias jornalísticas quanto em estratégias de propaganda sugere que, em alguma medida, a rejeição da teoria da "grande divisão" já se encontrava esboçada na prática nada ortodoxa de Marinetti. Compreender esse aspecto significa renovar os estudos sobre as vanguardas da década de 1920. Em "After the Great Divide — Modernism, Mass Culture, Postmodernism" ("Depois da Grande Divisão — Modernismo, Cultura de Massa, Pós-Modernismo", publicado pela Indiana University Press), Andreas Huyssen questionou a definição das vanguardas com base na diferença entre arte erudita e cultura de massa — questionamento decisivo para o resgate do talento performático de Marinetti. No caso brasileiro, essa separação também é problemática, pois os modernistas se associaram tanto à "cultura popular" quanto à nascente cultura de massa dos centros urbanos na década de 1920. Em "O Mistério do Samba" (Jorge Zahar Editor), Hermano Vianna resgatou o inusitado encontro, também ocorrido em 1926, entre Gilberto Freyre, Sérgio Buarque de Holanda, Prudente de Morais Neto, Pixinguinha, Donga e Villa-Lobos. Um exemplo perfeito de rejeição à teoria da "grande divisão"! Durante muito tempo, o futurismo permaneceu um corpo estranho no horizonte das vanguardas. Afinal, Marinetti introduziu no domínio da produção artística técnicas de comunicação de massa e estratégias da economia de mercado, reunindo, sem nenhum pudor, arte erudita e cultura de massa. No que se refere à viagem de Marinetti, portanto, a abordagem de Huyssen permite duvidar de juízos críticos consagrados que consideram fracassada a turnê.

Como vimos, a assimilação jornalística de princípios futuristas revela uma relação muito mais complexa e fecunda. Por exemplo, em 1921, durante uma turnê teatral, Ettore Petrolini escreveu a Marinetti: "Saiba que aqui no Brasil tu és popularíssimo. A imprensa se ocupa de ti com frequência e com simpatia" [3]. Por sua vez, em "Fascist Modernism — Aesthetics, Politics and the Avant--Garde" ("Modernismo Fascista — Estética, Política e a Vanguarda", Stanford University Press), Andrew Hewitt evidenciou o princípio dominante nos estudos sobre as vanguardas: o binômio vanguarda política/ vanguarda estética como "naturalmente" defensor de posições esquerdistas. A consequência imediata desse pressuposto é o mal-estar causado pelo futurismo ou por poetas e escritores como Ezra Pound, Gottfried Benn, Ernst Jünger, entre outros. Não surpreende, portanto, que, no clássico "Teoria da Vanguarda", Peter Bürger ignore o futurismo, pois como pensá-lo sem necessariamente refletir sobre o fascismo? Em seu livro, o futurismo é relegado a uma única referência: a nota de rodapé número quatro do segundo capítulo.

Trata-se, devo dizê-lo com clareza, de uma operação antes ideológica do que intelectual. A reticência da crítica brasileira em relação à viagem de Marinetti reflete atitudes como a de Peter Bürger. Porém, a fim de renovar os estudos sobre as vanguardas, precisamos olhar para a frente. Em primeiro lugar, as vanguardas políticas identificadas com posições de esquerda desenvolveram práticas tão autoritárias quanto qualquer grupo fascista. Em segundo lugar, a exclusão do futurismo implica um sério empobrecimento da análise crítica, já que os manifestos inaugurais do movimento propiciam um material capaz de estimular tanto o debate teórico quanto a prática artística. Por fim, a vocação performática de Marinetti contém uma possível arqueologia da contemporaneidade. Futurismo e fascismo: a coincidência dos termos é incômoda; mais perturbadora, contudo, é a dificuldade de refletir sobre ela.

No fio da navalha — O livro "Futurismo — Manifestos de Marinetti e Seus Companheiros" expressa perfeitamente a ambiguidade que marcou a primeira viagem de Marinetti à América do Sul. O leitor encontra, nas três últimas páginas (113-115), uma análise do então recente lançamento de Marinetti, "Futurismo e Fascismo". Este se define como "um movimento político", já aquele se considera "pelo contrário um movimento artístico e ideológico que se torna político nas horas mais graves da nação". Entretanto o livro se encerra com uma longa declaração do Duce, precedida da explicação: "Durante sua visita às fábricas de Roma, Mussolini pronunciou esse discurso futurista [...]". Ora, nesse caso, por que o esforço em estabelecer distinções entre futurismo e fascismo? Em 1926, ainda era possível ocupar as duas posições alternativamente e derivar proveito da dualidade. Daí, assim que chegou a Buenos Aires, depois dos fortes protestos antifascistas em São Paulo, Marinetti declarou que sua viagem tinha como único objetivo divulgar o futurismo. Tratava-se de uma iniciativa artística, e não política. Porém, ao embarcar de volta para a Europa, levou consigo uma carta do embaixador italiano no Brasil, Giulio Cesare Montagna, na qual solicitava-se à alfândega em Gênova que facilitasse os trâmites legais, pois o "Poeta F.T. Marinetti [...] levara a cabo uma missão de propaganda nacional na América do Sul". De igual sorte, o embaixador em Montevidéu enviou para Roma um relatório elogioso sobre as atividades do futurista no tocante à promoção do regime italiano. Em 1936, o panorama transformou-se radicalmente. Marinetti retornava como importante membro da academia fascista, num tempo de homens partidos e de posições rígidas. O líder futurista representava oficialmente o governo de Mussolini. E continuou atraindo um público respeitável. Como se vê na fotografia da conferência em São Paulo, o teatro está virtualmente lotado. E a imprensa concedeu generoso espaço para divulgar suas aparições. Mas algo se perdeu. O acadêmico Marinetti devia ser tratado por "sua excelência". Sintomaticamente, a imprensa abandonou o "periodismo futurista", assumindo um tom sóbrio no relato da nova viagem à América do Sul. Sem dúvida, algo havia se perdido na adesão incondicional ao fascismo. As palavras-em-liberdade.

O que o Brasil representou para o futurista? No dia 20 de maio de 1926, o "Jornal do Comércio" registrava as impressões favoráveis do colunista que se assinava C.A. sobre a turnê de Marinetti. Talvez motivadas por uma esperança: "É verdade que o Sr. Marinetti prometeu louvar a nossa natureza com literatura futurista. Mas isso são coisas futuras. [...] Temos, porém, ai de nós, o terror do estrangeiro que sombrio nos olha lá de cima, com severidade de crítico. Que dirá o malvado a respeito de nossos céus e de nossos mares? Que dirá da nossa gente?". Como vimos, Marinetti cumpriu a promessa com "Velocità Brasiliane", poema-reportagem sobre a natureza tropical e os contatos que manteve com a intelectualidade brasileira. Aliás, na primeira conferência realizada no Rio de Janeiro, uma versão inicial do poema foi lida. Ao aliado Graça Aranha, o futurista reservou a revelação: "Caro Arãnha (sic), Rio de Janeiro é um fruto tropical que tem um suco delicioso: a velocidade dos seus automóveis".

A cobra e a arma — De um lado, a exuberante natureza; de outro, o progresso tecnológico. Por fim, a fusão dos opostos, obedecendo ao impulso técnico-primitivo das vanguardas. Eis o Brasil de Marinetti: uma oportunidade de exercitar os músculos de uma sensibilidade italiana nascida no Egito, como na fotografia em que segura uma cobra como se portasse uma arma. Não há porém certeza sobre o local da reveladora cena. No seu verso, lê-se a inscrição "photo (?) à San Paol - Brasil". É possível: o Instituto Butantã encantou o futurista assim como o Jardim Botânico, no Rio de Janeiro, conforme se depreende dos seus "Diários". Provavelmente não: nesses casos, a geografia se dilui ante o estereótipo. Na verdade, o Brasil de Marinetti se assemelha ao Brasil das recentes exposições que viajam pelo mundo: uma natureza avassaladora disfarçada por eventuais cidades planejadas. A alquimia oswaldiana ainda não se cumpriu. Como transformar pau-brasil em poesia de exportação? [4]

É sintomático que, em um texto em que se poderia chegar a questões e conclusões riquíssimas, Castro Rocha tenha alcançado estas: a mudança da "relação cordial entre artistas e mecenas" e a erosão da "fronteira entre o popular e o erudito" — o que revela muito sobre a posição ideológica do autor. Quanto à relação artista/ mecenas, uma das batalhas que o Modernismo brasileiro lutou foi justamente contra a valorização do estrangeiro em detrimento ao nacional. Nesta realidade, que vivemos ainda hoje, é comum encontrar o interesse de empresários nacionais em trazer palestrantes e celebridades estrangeiras popularescas para tirar proveito de um sucesso midiático no Brasil, enquanto artistas e intelectuais brasileiros sofrem com falta de verbas para projetos, nossas universidades definham e nossos estudantes vivem em semimendicância. Glauber Rocha escreveu: "Nós compreendemos esta fome que o europeu e o brasileiro na maioria não entendeu. Para o europeu, é um estranho surrealismo tropical. Para o brasileiro, é uma vergonha nacional. Ele não come mas tem vergonha de dizer isto: e, sobretudo, não sabe de onde vem esta fome". Anitta, a cantora mais financeiramente bem-sucedida do Brasil na atualidade, dá o exemplo:

Em uma live nesta quarta-feira (25), Anitta falou sobre os seus próprios investimentos na carreira. "A gravadora só me dá dinheiro para investir em alguma coisa depois que está viralizando", ela afirmou. "Foi o que aconteceu com 'Gata' (faixa do novo álbum), eles queriam fazer algo, estava indo super bem, mas depois decaiu. Só investem depois que dá resultado na internet. A gente tem que esperar os resultados. Infelizmente é assim. As gravadoras se ligam muito no TikTok, o que viraliza na internet. E se não tem um sucesso logo de cara, eles dão tchau e foda-se."[33]

João Cézar talvez tenha se baseado em sua própria atuação como enxadrista profissional para se manter durante seus estudos para afirmar que "as vanguardas foram muito pouco revolucionárias no tocante à própria sobrevivência". A sugestão de que artistas brasileiros (nos anos 1920 ou 2020) vivam por meio da "própria iniciativa" ou se conectem à "iniciativa privada" e renunciem ao mecenato também é encontrada recorrentemente no discurso de extremadireita do bolsonarismo, que valoriza o mérito sem levar em consideração as desigualdades socioeconômicas, a alta concentração de renda, a atitude antiartística do fascismo no país e as imposições ideológicas feitas pela tal iniciativa privada sobre os artistas. Foi a mesma ideologia que destruiu o Ministério da Cultura e desfigurou a Ancine e a Lei do Mecenato, ao passo que encorajou prefeituras de pequenos municípios a pagar diretamente cachês milionários a cantores sertanejos — não coincidentemente também bolsonaristas, para shows consequentemente ideologizantes —, em processos facilmente corrompíveis. "'É dinheiro para o público, não é dinheiro público', afirmou o cantor sertanejo [bolsonarista] Sérgio Reis, [seguindo lógica característica] ao se referir à contratação de shows de artistas sertanejos pelas prefeituras"[34] — adianto-me: trata-se de esquema semelhante ao imposto pelo Ministério da Saúde de Bolsonaro para comprar vacinas contra a COVID-19 apenas por meio de intermediários, e não diretamente dos fabricantes que seguem os mesmos termos de contratação em todos os países do planeta. "Saiba que aqui no Brasil tu és popularíssimo. A imprensa se ocupa de ti com frequência e com simpatia" — ok, mas por quê? Aplaudir o sucesso comercial de Marinetti na América do Sul, seu aspecto performático e "destacar a assimilação paródica de técnicas futuristas por parte da imprensa" sem levar em consideração que muito desse êxito pode ter tido explicações ideológicas, pelo fato de o sujeito ser um propagandista do fascismo acima de tudo e estar em um país com grande imigração italiana [como esclareço logo mais, o movimento artístico futurista em si já tinha acabado na Itália em 1915], também "constitui um claro problema metodológico". Sobre o uso de "técnicas de comunicação de massa" e a erosão da "fronteira entre o popular e o erudito", estas consistem em características do pós-modernismo/nietzscheanismo: de fato, o futurismo foi o primeiro suspiro do nietzscheanismo na arte. Porém o Romantismo já fazia exercícios nesses âmbitos no século XIX, como será demonstrado um pouco mais adiante. As atitudes dos artistas modernistas brasileiros e da imprensa do país para com o fascista Marinetti são esclarecidas, contudo, e fiquei aliviado ao ler sobre as posturas de Oswald e Mário, ainda que mais uma vez desapontado com a mídia — as palavras falam mesmo quando elas calam. Abri um sorriso quando li sobre os antifas de 1926 — e me imaginei entre eles.

Em síntese, uma vez que a Itália entrou na Primeira Guerra Mundial, em maio de 1915, isso foi usado como disfarce para o fato de que o futurismo italiano na arte já havia se acabado [o grupo de Florença tinha se retirado no final de 1914 e Carrà abandonou o tema da velocidade para se envolver com o metafísico em 1915]. Marinetti, Boccioni e vários outros futuristas se alistaram no Battaglione Lombardo Volontari Ciclisti Automobilisti; Gino Severini também abandonou o futurismo e começou a pintar em um estilo naturalista. O movimento artístico foi sepultado junto de Boccioni em Verona, após este ter caído de um cavalo [e não, de uma motocicleta], em 1916 — que modo de morrer tão antiquado para quem valorizava a tecnologia, o dinamismo e a velocidade![35] Filippo Tommaso Marinetti fundou em 1918 o Partito Politico Futurista, que não surpreendentemente apenas um ano depois se fundiu com o *Fasci Italiani di Combattimento*, de Benito Mussolini. Nesse mesmo ano, surge o segundo futurismo, com uma forte ligação com o pós-cubismo e o construtivismo. Em 1919, Marinetti escreveria com o sindicalista Alceste de Ambris "Il manifesto dei fasci italiani di combattimento", mais simplesmente conhecido como Manifesto Fascista. Quanto ao *Fasci Italiani di Combattimento*, em 1921 ele se reorganizaria no *Partito Nazionale Fascista*. A partir de então, apesar de usar a arte como desculpa para suas viagens e existência, e fingir para si e entregar como pronta desculpa para a imprensa que o futurismo italiano era um sucesso, Marinetti viveu realmente para espalhar o fascismo aos quatro cantos do planeta — como Castro Rocha não escreve, mas se pode concluir de outras leituras.

Entre 1910 e 1912, o futurismo se estabeleceu também na Rússia e um de seus artistas notáveis foi justamente o poeta Vladimir Mayakovsky, que coassinou o Manifesto do Futurismo Russo, intitulado "Пощёчина общественному вкусу" ("Um tapa na cara do gosto público"). Embora, através de sua experimentação formal, Mayakovsky fosse veementemente contra o massacre da Primeira Guerra, pode-se considerar que a Revolução Russa de 1917 tenha sido a primeira revolução bem-sucedida ao estilo do que é descrito no artigo 11 do Manifesto de Marinetti. Nos anos imediatamente posteriores à chegada dos bolcheviques ao poder, o grupo de Mayakovsky foi de fato muito influente. Porém, Mayakovsky se encontrou em crescente confrontação com o Estado soviético devido à censura cultural desde a tomada do poder, em 1922, por Joseph Stalin e ao desenvolvimento do estilo chamado realismo socialista, e foi duramente criticado pelos órgãos governamentais como a Associação Russa de Escritores Proletários (RAPP); a falta de um programa de seu grupo também passou a ser execrada e, em 1928, o Partido Comunista deixou claro que a presença do futurismo na literatura soviética era indesejável. Em fevereiro de 1930, as duas exibições em homenagem aos vinte anos de trabalho de Mayakovsky — o mais famoso poeta russo —, uma organizada pelo grupo REF e a outra, pelo Clube dos Escritores, foram amplamente ignoradas por membros da RAPP e do partido, especificamente por Stalin — cuja presença era esperada. A partir de então, Mayakovsky passou a sofrer uma campanha de destruição de reputação e credibilidade ao ser politicamente acusado pelo crítico Vladimir Yermilov de possuir uma ligação intelectual com a Oposição de Esquerda, "que reuniu grande parte dos dirigentes do Partido Comunista — e seu líder *de facto* Leon Trotsky — e que confrontou a política desenvolvida por Josef Stalin a partir de 1923". A acusação pública, que poderia ser uma sentença de morte em um estado autoritário, ecoou na imprensa soviética — que pediu "Abaixo com Mayakovshchina!" — e entre os estudantes, até que Mayakovsky cometeu suicídio em 14 de abril de 1930, com um tiro no coração. Qualquer semelhança com as campanhas de destruição de reputação e credibilidade no fascismo brasileiro não terá sido mera coincidência.

Já discuti na primeira corrente do Modernismo brasileiro as influências do futurismo (primeira corrente do nietzscheanismo artístico) — através das "palavras em liberdade" e da erosão da "fronteira entre o popular e o erudito" —, e do dadaísmo (segunda corrente do nietzscheanismo artístico) — que por meio do primitivismo resgatou algo que já estava presente desde o futurismo, porém a excluir a carga destrutiva e abertamente fascista deste, e que também trouxe o *nonsense*. Rafaella Berto Pucca (2007) se baseia em Canclini para argumentar ainda que as correntes do pós-modernismo/ nietzscheanismo teriam se infiltrado nas artes brasileiras desde tão cedo "por conterem características muito próximas ao processo de formação cultural desses povos [2]. A hibridação é, pois, uma prática constante nas relações latino-americanas e, sendo assim, apropriações e adaptações fazem parte do processo de criação dessas sociedades".

O conceito de que a primeira corrente do movimento modernista brasileiro, em Mário de Andrade e na Antropofagia de Oswald, nos anos 1910, possuía características do futurismo (com muita reserva) e do dadaísmo (que de certa forma decantou o futurismo), características as quais depois foram associadas ao pós-modernismo/nietzscheanismo como evento mais abrangente, é bastante intrigante, especialmente ao considerarmos: 1- a influência do romance romântico *Iracema*, de José de Alencar, sobre *Macunaíma* — e dos escritores do Romantismo em geral sobre Mário; 2- que Jameson (1996) diz que "o pós-modernismo é pouco mais do que um estágio do Romantismo mais antigo".[*][36] Essa fenda na primeira corrente do Modernismo brasileiro encontra-se em algum ponto com a fenda observada pelo próprio Lísias (2021) quando ele diz: "Se a gente pensar como uma figura como Proust, uma figura como Thomas Mann, uma figura como Kafka [figuras do Modernismo internacional] observam a sua própria macro-história — eles observam os donos do poder, todos eles de forma muito soturna, muito sombria, muito negativa, muito sem humor, com muito peso. Enquanto, aqui no Brasil, se a gente pega o Modernismo é o *Macunaíma* do Mário de Andrade, *O Rei da Vela* do Oswald, o poder é sempre observado como uma grande piada, uma presepada, uma gente patética". Preciso retroceder ainda mais nos anos, antes de retornar ao pós-guerra. Se refletirmos sobre o Romantismo no país,

> Joaquim Manuel de Macedo é a primeira grande referência. "'A Moreninha' [1844], produção que em verdade honra o seu autor, é uma aurora que nos promete um belo dia. O estilo é fino, irônico e singelo. Ordem, luz, graça e ligação o tornam de uma transparência cristalina" (MARTINS, Wilson. *História da Inteligência Brasileira*. São Paulo: T.A. Queiroz, 1992. p. 308):[**][37]
>
> Filipe, Leopoldo, Augusto e Fabrício, estudantes de medicina, passam o feriado na casa da avó de Filipe, na Ilha de Paquetá, no Rio de Janeiro. Um deles apostou que se ficasse apaixonado por uma mulher por mais de quinze dias, escreveria um romance contando a história desta paixão. A partir daí, Augusto conhece Carolina ('a Moreninha') por quem se apaixona.

---

[*] Observo que Caetano Veloso abre a canção-emblema "Tropicália" em 1967 com o trecho "Quando Pero Vaz de Caminha descobriu que as terras brasileiras…". A carta do escrivão da frota de Pedro Álvares Cabral também é parodiada em *Macunaíma* (MACHADO, Áurea Maria Bezerra; FÉLIX, Idemburgo Pereira Frazão. Macunaíma: Uma proposta para a língua brasileira. *Cadernos do* CNLF, vol. 16, n. 4, t. 1). Na canção, Veloso também faz menção ao romance *Iracema*, contrapondo-o liricamente com Ipanema.

[**] REIS, Ana Lúcia Silva Resende de Andrade; BRAGA, Claudia (6 de fevereiro de 2012). O romance de folhetim no Brasil do século 19. *Vermelho*.

Considerado o primeiro romance romântico brasileiro propriamente dito, "A Moreninha" segue a tendência do romance-folhetim, alcançando grande repercussão por apresentar os quesitos necessários para satisfazer o gosto do leitor da época — o namoro difícil ou impossível, *a comicidade*, a dúvida entre o desejo e o dever, a revelação surpreendente de uma identidade, *as brincadeiras* de estudantes e uma linguagem mais inclinada para o tom coloquial.[*]

Reis e Braga (2012) continuam a respeito de Joaquim Manuel de Macedo e sobre o conceito [romantismo], o formato [folhetim] e até o meio [jornal] que ele estreou no Brasil:

> Considerando-se o nível de analfabetismo no Brasil fica uma pergunta: até que ponto as classes populares podiam consumir os romances ditos populares que lhes eram destinados 'naturalmente'? É verdade que, neste país formado pelos padrões da oralidade, onde, nos primórdios do folhetim, dominavam as famílias extensas e casas recheadas de serviçais e, mais tarde, as habitações populares coletivas, cortiços e vilas operárias, há de se levar em conta o efeito multiplicador de uma oitiva coletiva durante os serões (MEYER, Marlyse. *Folhetim* – Uma história. São Paulo: Companhia das Letras, 1996, p. 382).
>
> Tanto na França, onde nasceu em 1836, quanto aqui no Brasil, o romance folhetim alcançou proporções extraordinárias, passando a compor o cotidiano e o imaginário dos leitores. Este fenômeno se deu concomitantemente à abertura e publicação de jornais, daí a dificuldade de se saber quem mais se beneficiou da importância do outro: o veículo ou o instrumento, pois se tratou de uma importante relação de troca.
>
> O romance "A Moreninha" pode parecer ingênuo e superficial nos dias de hoje; ele traz, porém, procedimentos literários inovadores que influenciarão algumas obras posteriores de outros autores nacionais, em especial José de Alencar.

Origina-se aqui o muito debatido "uso de técnicas de comunicação de massa", que é outra característica do nietzscheanismo, o qual João Cezar de Castro Rocha erroneamente credita a Marinetti. Similarmente à relação descrita por Reis e Braga que existiu no período romântico entre o folhetim e o jornal, podemos pensar no período pós-moderno brasileiro a telenovela (herdeira direta do folhetim romântico) e a televisão [grande ícone pós-moderno que sucedeu ao jornal: ao mesmo tempo bem de consumo e matéria-prima, segundo Jameson (2015)]. Conceito: pós-modernismo, formato: telenovela, meio: televisão.

---

[*] FARACO, EMILIO; MOURA, Francisco de. *Língua e Literatura*. Joaquim Manuel de Macedo (1820-1882). São Paulo: Ática, 1993.

Segundo Terry Eagleton, a política do pós-modernismo significou ao mesmo tempo um enriquecimento e uma evasão. Lançaram em pauta questões políticas novas e vitais, mas o fizeram porque escaparam das discussões políticas antigas, que atualmente [2010] se mostram intratáveis. As "novas" lutas pós-modernistas, não necessariamente anticapitalistas — ou quase nunca anticapitalistas —, coexistem bem com a ordem econômica atual. Desta forma, se mantém viva apenas no nível do discurso uma radicalidade que foi varrida das ruas.

A perspectiva de que uma "cultura pela cultura" contribui largamente para o projeto hegemônico, na medida em que quando não o defende também não estimula crítica. [Essa perspectiva] parece óbvia neste contexto de "inexorabilidade histórica".*

Berto Pucca (2007) continua:

Vale a pena ressaltar que, no Brasil, o conceito de pós-modernismo foi utilizado pela primeira vez em 1946 por Alceu Amoroso Lima, que já apontava para uma análise do fenômeno em expansão dentro da realidade própria do país. Hoje, Eduardo Coutinho [1], em um segundo momento mais amadurecido e completamente distinto do vivido por Lima, destaca a necessidade de se pensar o fenômeno fora das academias "primeiro-mundistas", como algo importado por nós. Para o autor, fazíamos "pós-modernismos" antes mesmo que este conceito adquirisse tal nome.

Convém, neste momento, fazer *por definitivo* as devidas *correções de nomenclatura* das várias fases/correntes do *nietzscheanismo na arte*, dada a confusão que o uso das expressões "pós-modernismo" e "pós-modernista" gera — simplesmente porque *o nietzscheanismo antecedeu o Modernismo em si*. Essas fases/correntes foram [e passarão a ser referidos daqui por diante como]: futurismo nietzscheano (primeira corrente do nietzscheanismo na arte); dadaísmo nietzscheano (segunda corrente do nietzscheanismo na arte); surrealismo [por possuir muitas características modernistas, seria desqualificar o Modernismo associar o surrealismo intrinsecamente a Nietzsche, apesar de os dadaístas terem se entrelaçado com os surrealistas]; letrismo nietzscheano (terceira corrente do nietzscheanismo na arte); situacionismo nietzscheano (quarta corrente do nietzscheanismo na arte); arte pop nietzscheana (quinta corrente do nietzscheanismo na arte); *nietzscheanismo pós-moderno* (a sexta corrente do nietzscheanismo, o nietzscheanismo geral que se estabeleceu a partir da arte pop na década de 1960).

---

* COSTARD, op. cit.

A comunicação de massa viria a ser incorporada definitivamente ao nietzscheanismo no pós-guerra. Todavia a comicidade — observada por Lísias e por Faraco e Moura — já representava outro elo entre o Romantismo (ancestral direto do nietzscheanismo, seu filho pródigo), o dadaísmo nietzscheano e os trabalhos dos modernistas Oswald de Andrade e Mário. Pode-se concluir, já aqui, que o maior elemento de estranheza no Modernismo brasileiro quando comparado ao Modernismo de Proust, Joyce, Thomas Mann e Kafka seja justamente o fato de ele já ser, ao menos parcialmente, nietzscheanista: a primeira corrente (nos termos de Pedrosa) do Modernismo brasileiro não foi puramente Modernista; e muito menos foi a segunda corrente, que trazia heranças mais diretas do futurismo nietzscheano, como o nacionalismo e mesmo aspectos claramente fascistas — o que não foi uma coincidência, por ter sido essa corrente controlada por Vargas. Se Mário de Andrade recusou o rótulo de "futurista nietzscheano" na década de 1920, infelizmente não mais o poderia fazer na década seguinte: foi cúmplice.

Sigo a cavoucar no sítio da arqueologia do nietzscheanismo, do fio condutor que representou Debord para mim. Se o nietzscheanismo se trata de um estágio degradado do Romantismo, poderíamos dizer que Nietzsche não passou de um romântico desiludido, então a desestabilizar filosoficamente tudo aquilo [a realidade moderna] que ele culpou por isso, exatamente como ocorre nas desilusões amorosas? Caso sim, poderíamos estender esse pensamento para os filósofos e artistas nietzscheanistas desiludidos pela Primeira e Segunda Guerras Mundiais, que equivocadamente trataram de demolir o Modernismo e a Modernidade por os acusarem de serem os causadores dos horrores dessas guerras. Escrevi que o ponto de partida desses nietzscheanistas era equivocado porque já estabeleci — com a ajuda de Erik Baker — que a origem dos pensamentos fascistas de Marinetti, Mussolini, Stalin e Hitler foi Nietzsche. Assim, se Nietzsche não passou de um romântico desiludido pela Modernidade, que em um ataque de fúria quebrou toda a casa moderna e a deixou em escombros, o verdadeiro culpado pelos horrores da Segunda Guerra Mundial [ou da Primeira] não foi o Modernismo, nem a Modernidade:

Analisando o contexto histórico do romantismo, Habermas afirma que já no século XVIII havia uma perspectiva de uma nova mitologia em que se colocava a poesia como a educadora da humanidade. Segundo ele, os filósofos românticos dentre eles, [Friedrich] Schlegel em seu "Discurso Sobre a Mitologia", já apontava para a necessidade de uma mitologia, aos moldes dos antigos, para a poesia moderna. O programa sistemático de 1796-7 apresentava a ideia de que uma nova mitologia substituiria a filosofia, mostrando a intuição estética como ato supremo. [Friedrich] Schelling chegou a apontar a arte como algo supremo para o filósofo, pois ela acaba por "abrir-lhe o santuário onde, em unidade eterna e originária, arde, por assim dizer em uma única chama o que na natureza e na história está separado, e o que na vida e na ação, assim como no pensamento, escapa-nos eternamente" (SCHELLING apud HABERMAS, 2000, p. 129-130). Diante da posição de Nietzsche que aponta o futuro em direção a Dioniso e os românticos que clamam uma nova mitologização, Habermas pergunta, "em que se diferencia o dionisíaco do romântico?" (HABERMAS, 2000, p. 128).

De acordo com Habermas, no romantismo as modernas reflexões em torno da razão são levadas ao extremo, sendo a arte e não a filosofia vista como a meta e o futuro de um processo novo de mitologização. Neste momento, há uma pequena diferença entre Schelling e Hegel, pois para este é a astúcia da razão a responsável pelo desenvolvimento do mundo. Há, portanto, sutis diferenças entre Schelling, Hegel e Schlegel; contudo, ambos os projetos almejam o mesmo fim. Todos vêem na poesia o objeto dos seus sistemas. Entretanto, a criação de um novo mito à moda romântica parece ter fracassado quanto a sua execução. Entra em cena então, um novo protagonista: Dioniso, o deus do êxtase, da loucura, das paixões, o conspirador.

Filho de Zeus, o deus dos deuses, com uma simples mulher mortal, Dioniso passa a ser perseguido por Hera, mulher traída de Zeus. A partir daí, Dioniso é levado à loucura e passa a perambular pelo mundo em companhia de sátiros, sendo conhecido como um deus forasteiro. Mas um dia ele irá voltar, esta é a crença daqueles que o esperam (HABERMAS, 2000). Habermas questiona a originalidade nietzscheana no que concerne a sua consideração dionisíaca da história. Para ele, o culto a Dioniso na modernidade teve seu auge no primeiro romantismo. A prova disso é a comparação entre Dioniso e Jesus Cristo realizada por pensadores como Hölderlin, Novalis e Schelling. No romantismo, o recurso a Dioniso devia tornar acessível apenas aquela dimensão da liberdade pública em que as promessas cristãs teriam de se cumprir do lado de cá, a fim de que o princípio da subjetividade, simultaneamente aprofundado e levado de modo autoritário à dominação por meio da Reforma e do Iluminismo, pudesse perder suas limitações (HABERMAS, 2000, p. 134). Segundo Habermas, *Nietzsche identifica a raiz do romantismo moderno na pessoa de Richard Wagner*, por quem tinha grande admiração, e o viu voltar-se para o cristianismo. *Tendo Wagner como ponte de acesso, assim nasce a decepção de Nietzsche com a modernidade. O vínculo romântico do dionisíaco com o cristianismo se sedimenta e é em meio a tal desapontamento que Nietzsche elabora sua crítica.*

Ao olhar para trás, Nietzsche acusa os gregos de terem supervalorizado Apolo com toda sua beleza e moderação, o que acabou por encobrir o som do êxtase proveniente das festas dionisíacas. Em outras palavras, para Nietzsche, a vida ficou limitada e a criação fora suspensa. Neste sentido, o fenômeno estético em que Nietzsche acredita manifesta-se a partir do relacionamento consigo mesmo, voltado exclusivamente para a percepção e para a ação. Ao perder-se nas experiências pragmáticas do tempo e do espaço, o homem é tomado pelo choque do repentino, se perde em si mesmo e é consumido pelo instante. Desta forma, *as categorias do pensamento sensato, as normas da vida diária e a aparência da normalidade* que se apresenta como uma cadência militar *são enfim, suprimidas.* É então, que se dá o mundo do imprevisto, o mundo do absolutamente surpreendente, fantástico, estético. Tal mundo não encobre nem revela, não é fenômeno nem essência, apenas possibilidade.

Para Habermas, é com Nietzsche que a modernidade vê a razão centrada no sujeito se confrontar com aquilo que o próprio Habermas chama de "o outro da razão" (HABERMAS, 2000, p. 137). *A razão tradicional* que seguiu por toda a história da filosofia *agora é criticada e questionada.* São as experiências que outrora, na Grécia arcaica, conferiram ao homem o poder de uma subjetividade descentrada e liberta de limitações morais, que agora são recorridas. Nietzsche propõe um regresso às forças emancipadoras que um dia fizeram dos gregos homens nobres, senhores de si mesmos. Ainda segundo Habermas: "*Nietzsche arranca o momento estético da razão, que se faz valer na especificidade do domínio radicalmente diferenciado da arte de vanguarda, no nexo com a razão teórica e a razão prática e empurra-o para o irracional transfigurado metafisicamente*" (HABERMAS, 2000, p. 37). A leitura da obra nietzscheana "O Nascimento da Tragédia" possibilita a compreensão de que somente por trás da arte encontra-se a vida. Para Habermas, esta premissa apresenta uma teodiceia na qual o mundo só pode ser justificado mediante o fenômeno estético. Pois, em Nietzsche a dor e a crueldade, bem como o prazer, eram nas sociedades gregas primitivas, resultado de uma ação criadora que não precisava obedecer nem responder a valores preestabelecidos tal como conhecemos hoje. Nesse contexto, o mundo se configura como um espaço livre de arbitrariedade onde a potência criadora junta-se à sensibilidade e se deixa afetar pelo núcleo estético da vontade de poder. A arte é então considerada como a mais sublime ação metafísica a ser realizada pelo homem.

Habermas assevera que, para chegar a tal objetivo, *Nietzsche terá que reduzir tudo ao campo da estética*, ou seja, a uma instância completamente desprovida de fenômenos ônticos e morais. *Sua história obedece a um percurso natural da moral em que não há diferença entre verdadeiro e falso, bem e mal, as coisas simplesmente são.* Tudo o que há é a preferência por aquilo que é salutar à vida, aquilo que é nobre. Aquilo que um dia os gregos antigos constataram, mas que a tradição socrático--platônica e a modernidade perverteram. A modernidade é vista por Nietzsche como uma época doente que se degenera. No "Crepúsculo dos Ídolos" (1889), Sócrates já é apontado como sintoma dessa decadência, mostrando assim que o processo de degeneração já vem de longe e não é um fenômeno tipicamente moderno. Para Habermas, o pensamento de Nietzsche configura o que ele chama de uma teoria da *vontade de poder* (HABERMAS, 2000, p. 139), em que são explicadas e justificadas as ficções de um mundo doente e do bem, além da ilusória identidade de um sujeito capaz de agir segundo leis da causa e efeito. Sujeito esse que na modernidade adquire a capacidade de fundamentar o princípio da realidade. *O real passou a ser aquilo que pode ser representado pelo sujeito.*

Para Habermas, a crítica nietzscheana é passiva de certa sugestividade, *pois ao requerer o resgate de uma cultura estética, esta crítica toma como base — mesmo que implicitamente — critérios adotados pela própria modernidade, especialmente aqueles propostos pelos românticos.* Aqui Habermas parece elaborar a crítica da crítica ao afirmar que Nietzsche não pode legitimar os critérios do juízo estético que retém, sem que antes reconheça a relação entre a sua crítica à modernidade com a própria arte moderna. Ao contrário, Nietzsche recorre ao que Habermas chama de "o outro da razão" e o acesso ao dionisíaco é então negado à razão moderna. A leitura de "O Nascimento da Tragédia", para Habermas, confessa *a ingenuidade do jovem Nietzsche em transplantar a ciência para o terreno da arte, ou seja, ver a ciência do mesmo ponto de vista que um artista. E mesmo na maturidade, Nietzsche não havia adquirido clareza suficiente sobre o significado de exercer uma crítica ideológica que atacaria os seus próprios fundamentos.* Portanto, segundo Habermas, *a crítica de Nietzsche à modernidade, pelo fato de recorrer a uma experiência estética já anunciada pelo romantismo, não constitui um pensamento puramente genuíno.*[*] [38]

Nietzsche foi um romântico desiludido no sentido de haver "identificado a raiz do romantismo moderno na pessoa de Richard Wagner; assim nasceu a decepção de Nietzsche com a modernidade; é em meio a tal desapontamento que Nietzsche elabora sua crítica". "Embora como trabalhos recentes têm muito enfatizado, Nietzsche tenha tido um impacto na ideologia e na teoria francesa de esquerda, isto não deveria obscurecer o fato de que seu trabalho foi crucial para a direita, e também para o desenvolvimento do fascismo":[**] *efetivamente, o redesenhar-se da esquerda e da direita na França e a formação da extremadireita durante o caso Dreyfus, com seus típicos elementos antissemíticos, homofóbicos e se baseando em um nacionalismo por sua vez fundado em xenofobia antigermânica desenvolvida no caso Boulanger de 1889, provavelmente trata-se da primitiva fusão da teoria nietzscheana com um discurso extremista para a formação do fascismo moderno — datando da década de 1890* e culminando em 1940 na França de Vichy. A despeito da "ingenuidade do jovem Nietzsche [e mesmo na maturidade, Nietzsche não havia adquirido clareza suficiente] em transplantar a ciência para o terreno da arte, ou seja, ver a ciência do mesmo ponto de vista que um artista", isso tampouco comprometeu sua assimilação pela academia. Simultaneamente, aproximadamente 150 mil cópias de *Assim Falou Zaratustra* foram distribuídas como presentes para os soldados alemães na Primeira Guerra.[***] Max Weber "alertava um público em 1917 'que

---

[*] LIMA, Márcio José S. *O Nietzsche de Habermas*: Uma breve consideração acerca do quarto capítulo de "O discurso filosófico da modernidade" (1985). São Paulo: Martins Fontes, 2000.

[**] WITT, Mary Ann Frese. *The Search for Modern Tragedy*. Ithaca: Cornell University Press, 2001. p. 137.

[***] ASCHHEIM, Steven E. *The Nietzsche Legacy in Germany, 1890-1990*. Berkeley e Los Angeles: University of California Press, 1992. p. 135.

a Alemanha lutava por sua própria vida contra um exército composto de negros, Ghurkas, e toda espécie de bárbaros que saíram de seus esconderijos por todo mundo e estão, agora, amontoados nas fronteiras da Alemanha, prontos para dar cabo de nossa nação'". Não é necessário relembrar o leitor de como Nietzsche fundamentou todas as formas de fascismo que se seguiram cronologicamente à francesa e que desembocaram na Segunda Guerra. Dessa maneira, é possível escrever conclusivamente que o verdadeiro culpado pelos horrores da Primeira e Segunda Guerras Mundiais foi o romantismo degradado ingênuo, o nietzscheanismo furioso em sua desilusão e inconsequente em suas ações, desestabilizador de certezas e de tudo que era racional e moderno no real. "Nietzsche terá que reduzir tudo ao campo da estética, ou seja, a uma instância completamente desprovida de fenômenos ônticos e morais. Sua história obedece a um percurso natural da moral em que não há diferença entre verdadeiro e falso, bem e mal, as coisas simplesmente são."

Por sorte, no Brasil havíamos vivido profundamente o movimento que sucedeu o Romantismo: o Realismo de Machado de Assis e até sua veia mais contundente, o Naturalismo do Visconde de Taunay, ambos que também usufruíram do formato do folhetim para se propagar nacional e internacionalmente (já toquei no sucesso de *Inocência* em outras línguas). Não fosse pelo Realismo e pelo Naturalismo, creio que teríamos caído, ainda na década de 1930, profundamente no abismo fascista de Getúlio Vargas, ao mesmo tempo que a Itália de Mussolini, a Alemanha de Hitler e a URSS de Stalin — isso de acordo com os próprios pensadores trotskistas. Cito novamente o trecho da entrada "pós-modernismo" na *Encyclopedia Britannica*: "Há uma realidade natural objetiva, uma realidade cuja existência e propriedades são logicamente independentes dos seres humanos — de suas mentes, suas sociedades, suas práticas sociais ou suas técnicas investigativas. Pós-modernistas rejeitam essa ideia como um tipo de *realismo ingênuo*". Lísias argumenta que o "realismo ingênuo" seja um sintoma da não vivência do Modernismo — e o leitor não consegue entender completamente que o que está compreendido em um livro [do suposto gênero de ficção] seja fruto de criação artística, ainda que o escritor tenha se inspirado neste ou naquele ingrediente real para o desenvolvimento de seu trabalho. Assim surgem reportagens e documentários que "seguem os passos" (literalmente) que o escritor teria dado e que teriam levado à realização do trabalho — como "a trajetória que o autor [Guimarães Rosa] fez para escrever o romance [*Grande*

Sertão], por onde, em 1952, seguiu a célebre boiada de 300 cabeças de gado, capitaneada por Manuelzão" — ou que buscam os "personagens dos livros" na vida real. Outro exemplo é o "'Bloomsday, celebração realizada anualmente (do dia 16 de junho de 1904, 'a data em que Leopold Bloom caminha pelas ruas de Dublin no *Ulysses*'), em homenagem a James Joyce e sua obra. [...] A celebração, organizada em 16 de junho de 1954 por cinco admiradores de Joyce, consistia na realização de *uma romaria pelas ruas de Dublin, imitando o trajeto de Leopold Bloom*"* No Brasil, a data é celebrada na Casa Guilherme de Almeida e no Finnegan's Pub. Um exemplo extremo é quando uma atriz apanha na rua devido ao papel [de vilã, ou moralmente questionável] que interpreta em uma telenovela — e o espectador não consegue diferenciar a personagem da intérprete. O conceito do "realismo ingênuo", contudo, funciona em oposição à *intrínseca ingenuidade nietzscheana* de que "o real passou a ser aquilo que pode ser representado pelo sujeito".

Momentaneamente, enquanto continuamos a lidar com o problema da não vivência do Modernismo em sua plenitude que possa nos proteger dos males trazidos pelo nietzscheanismo (romantismo degradado ingênuo) nas artes, na filosofia e no neoliberalismo globalizado, temos ao menos o Realismo e o Naturalismo em que nos apoiar. É intrigante como a não vivência profunda de movimentos artísticos leva a graves distorções na sequente filosofia de toda uma civilização.

> É justamente por analisar os meios que fariam o homem moderno resgatar os tempos áureos da Grécia arcaica que levam Habermas a colocar Nietzsche como ponto de inflexão na entrada da pós-modernidade, pois a modernidade em si parece ter, para Nietzsche, sido esvaziada, esgotada, superada. [...] A modernidade para Nietzsche — comenta Habermas — tornou-se uma barreira no caminho de volta à restauração. Segundo ele, Nietzsche vê nas imagens metafísico-religiosas das civilizações passadas uma racionalidade tão em demasia a ponto de ser impossível para a modernidade. Ao invés de imaginar um progresso, Nietzsche nivela a história e caracteriza a modernidade como a última etapa da razão que começou a se desfragmentar com a quebra dos valores arcaicos e com o processo de desmitificação. São fatores que levam Habermas à reflexão sobre os pressupostos nietzscheanos que causaram uma série de rupturas no pensamento moderno e que filósofos como Heidegger, Deleuze, Derrida e Foucault deram continuidade.**

---

* PRADO BELLEI, op. cit.

** Ibidem.

Apesar da *falta de um entendimento coerente do mundo*, se Warhol regurgitou [fortemente influenciado por Duchamp (dadaísta nietzscheano), e de forma comercialista] o tal momento em meados da década de 1960 da expansão mercantilista da publicidade estadunidense em suas representações da garrafa de Coca-Cola ou da sopa Campbell, estava transparecendo um movimento espontâneo e instantâneo do artista — por mais que *reduzisse tudo ao campo da estética* e fizesse uma apologia às marcas, essa redução apologético--comercialista-estética do pop nietzscheano não era sem significado. Havia algo de mais profundamente problemático a que o artista apontava, se fosse feita uma leitura crítica menos superficial e também menos ideologicamente motivada [de direita ou de esquerda] do trabalho de Warhol. Se ele se beneficiou financeiramente quase de pronto de suas explorações ou não, isso apenas joga mais um ingrediente no contexto das questões relevantes que levantou. Da mesma maneira aparentemente puramente estética [e apologético-comercialista na superfície], *Warhol capturou o momento em que Marilyn Monroe também foi transformada em marca* — uma documentarização-chave. [Vêm à mente — como analogia — as imagens dos primórdios da fotografia, em que o registro dos cavalos em movimento permitiu pela primeira vez a explicação de como articulavam suas patas em corrida, derrubando o senso comum anterior, errôneo, aliás.] Justamente devido a sua redução de tudo ao campo da estética, a elaboração artística no nietzscheanismo pós-moderno se refere comumente a "uma imagem" (no sentido de Debord), mas uma imagem de registro documental — aquilo não significa, portanto, que o registro que consta dessa imagem seja de simples compreensão. Esse aspecto artedocumentário e sismológico do funcionamento e da evolução da fase nietzscheana do capitalismo pelo nietzscheanismo pós-moderno não pode ser ignorado — tampouco poderia ter sido gerado se o artista (Warhol) não tivesse chegado muito perto do epicentro dos eventos. Esse processo de "documentarização" no nietzscheanismo pós-moderno de sua respectiva fase do capitalismo ocorreu com incontáveis outros artistas de outras ideologias, em outras artes e em outras partes do planeta mais distantes dos acontecimentos centrais — como é o exemplo de Ferreira Gullar, ao mesmo tempo artista idealista e crítico. Reitero que o letrismo, o situacionismo e o nietzscheanismo pós-moderno foram tentativas — por artistas na maioria das vezes de corações românticos [induzidos ao erro por uma filosofia *inverdadeira*] — feitas na direção de se evitar uma nova crise, enganadamente. Debord defendia algo mais radical: um corte na própria carne, e chegou a acreditar, como Hegel, que a própria arte, em vez de "apenas" o Modernismo, precisava [e poderia] ser superada ou suprimida. Cildo Meireles, em seu esforço também idealista de seguir o tipo de contracultura defendido por Debord, caiu, com sua Coca-Cola em 1970, num lugar muito próximo a Warhol — apesar de serem de gerações e origens muito diferentes [Cildo, baby boomer brasileiro, nasceu em 1948, e Warhol, *silent* estadunidense, em 1928] e de possuírem finalidades opostas também. Pois, mesmo tendo Warhol se entregado ao comercialismo de direita no epicentro capitalista e Cildo permitido a dominação de sua arte pela crítica de esquerda na então periferia desse capitalismo, ambos acabaram por levar a Coca-Cola para dentro de um museu estadunidense. O nietzscheanismo pós-moderno tratou-se, realmente, de uma etapa sismográfica da arte no terremoto planetário que tem sido o capitalismo desde que o liberalismo foi injetado de nietzscheanismo por Max Weber e pela Escola de Frankfurt, e então pela "Escola Austríaca de economia, a pedra angular intelectual do movimento neoliberal do século 20". Se a *imagem* de Meireles foi assimilada pelo novo centro financeiro e artístico do Ocidente, deveu-se ao fato de ter sido um registro de alguma maneira útil: sismógrafos sempre resultam em simples imagens — é a leitura dessas imagensregistros que constitui uma tarefa complexa. Mal sabiam esses artistas que, *na tentativa de evitar uma nova crise*, estavam efetivamente fazendo o contrário: estabeleciam o contexto cultural para que o fascismo retornasse em ciclos recorrentes com intervalos cada vez menores ao redor do planeta.

Discutamos o próprio museu, o Art Institute of Chicago, ou mais uma vez a escola do museu, esse exemplo que eu melhor conheço: a School of the Art Institute of Chicago, considerada a "mais influente escola de artes dos Estados Unidos"* [39] por possuir entre seus ex-alunos pintores como Georgia O'Keeffe e Grant Wood e cineastas como Orson Welles e Walt Disney (também um dos expoentes mais antigos da instalação), e por haver abraçado desde cedo não apenas a própria instalação desde Duchamp [ou a "intervenção", na terminologia de Debord, meio também utilizado por Meireles] e o vídeo e as novas mídias, como também o Modernismo e o surrealismo. Meu ponto é que a SAIC está no centro da arte conceitual e experimental estadunidense desde 1866, e assim foi também propagada com a expansão mercantil, cultural e ideológica dos EUA a partir de 1941. O próprio Orson Welles — modernista,

---

* SZÁNTÓ, András. *The Visual Arts Critic*. Nova York: NAJP/Columbia University, 2002. p. 50.

expressionista[40] — esteve no Brasil em 1942, onde filmou, deu palestras sobre tópicos incluindo artes visuais e, através de duas transmissões intercontinentais de rádio, *informou* os estadunidenses *que o Brasil sob Vargas estaria participando da Segunda Guerra com os Aliados*. A influência da SAIC foi muito além daquela trazida diretamente nos aviões por alunos — chegou através dos trabalhos deles e de outros membros, que viajaram por várias mídias e outros museus planeta adentro, e também pela disseminação de suas ideias e conceitos. Stan Brakhage já vinha produzindo seus filmes experimentais modernistas desde 1952, lidando tanto com a influência de autores "modernistas" (o fascista Ezra Pound, Gertrude Stein — "considerados verdadeiros pós-modernistas *avant la lettre*") quanto com o expressionismo abstrato (transição entre o Modernismo e o nietzscheanismo pós-moderno, já influenciado pelo dadaísmo), e em 1969 passaria a lecionar na SAIC. "Como [W. J. T.] Mitchell aponta em sua introdução a '*Picture Theory*', não há artes *puramente* visuais ou verbais, apesar de o impulso de purificar as mídias ser um dos gestos utópicos centrais do modernismo."* [41] Ainda nos anos 1950, a bossa nova por meio de Johnny Alf misturaria o samba com o jazz. A cultura dos EUA vinha invadindo diretamente não apenas o Brasil (Roberto Carlos com Tim Maia em The Sputniks de 1957 e o iê-iê-iê são um exemplo), como a própria Europa: o rock dos Beatles, banda formada exatamente em 1960, originou-se nos Estados Unidos no fim da década de 1940 e início dos 1950. A Europa então respondia através de seus artistas, que por sua vez pressionavam Ferreira Gullar, Glauber Rocha e seus contemporâneos brasileiros. Por isso, acho curioso que Gullar e Rocha, em plenos anos 1960, continuassem a mencionar em seus textos *somente* a influência europeia na arte brasileira, e não a estadunidense. Seria uma questão de negação ou de subestima com relação a esta última? Ou, talvez, acreditassem que, ao se cegar quanto ao imperialismo estadunidense, este não se tornaria a nova realidade histórica. Não tento desqualificar a arte ou a crítica europeias, apenas acompanhar o movimento do pensamento [e da indústria cultural] na história, que havia se deslocado: já na década de 1960, a Europa respondia em peso ao que vinha dos Estados Unidos, inclusive por meio de artistas e pensadores europeus radicados na América do Norte devido à guerra. Talvez, no Brasil, o europeu ainda representasse o erudito e o "*avant garde*" — o que seria posto em xeque ao longo das décadas seguintes e do capitalismo tardio. [Qual a diferença entre a instalação de Walt Disney (*Disneyland*, 1955) e a de Cildo Meireles (*totem de*

---

* WILCZEK, Emily. The "problem" of language in the films of artist Stan Brakhage. *Screen Aesthetics*, 22 e 23 de junho de 2007, University of Wolverhampton. Tradução minha.

galinhas queimadas vivas, 1970)? Uma serviu como imersão no capitalismo, e a outra como protesto da contracultura à ditadura militar brasileira — por sua vez, instaurada com apoio/ por intervenção estadunidense contra o comunismo e de forma a proteger o capitalismo. No mais, ambas tiveram o mesmo ponto de partida e o mesmo ponto de chegada: a redução de tudo ao campo da estética. Se Gullar e Rocha se cegavam à influência estadunidense na arte brasileira, a partir de 1º de abril de 1964 isso se tornaria cada vez mais difícil, como Caetano Veloso corroboraria com "Yes, Nós Temos Bananas".] Ainda no ano de 1969, quando Brakhage passou a lecionar na SAIC, o filme *Watersmith* de Will Hindle receberia homenagem por convite nos festivais de Cannes e Moscou.[42] A SAIC, dessa maneira, inspirou fortemente as artes visuais através do Modernismo — mantendo-o vivo de certa forma até ao menos o período quando ali estudei —, como também lidou com as correntes nietzscheanas que passaram em certo momento a afogar a arte moderna.

O caminhar da sociedade é progressivo, e às vezes até regressivo ou preso em um presente eterno, e o artista, embora um tanto à frente de seu tempo, continua dentro de certos confinamentos desse tempo. A arte, dessa forma, caminha em passos. O Romantismo foi um, o Realismo foi outro, o Naturalismo foi além, o Modernismo foi outro; o nietzscheanismo pós-moderno consistiu de vários contrapassos que saíram da linha reta. Não há artista hoje criando arte de 3021 [se houver, a arqueologia o encontrará então]. Há artista hoje criando arte de 2071 ou talvez de 2121 ou 2122... tomando por base o que vê no horizonte e se livrando, menos ou mais, das amarras do tempo presente em que se encontra a sociedade. Marinetti foi um contrapasso. Duchamp foi outro. Mário de Andrade foi outro. Isou foi outro. Disney foi outro. Debord foi outro. Warhol foi outro. Cildo foi outro... A impressão que se tem é a de que, apesar de todos os esforços, não foi obtida uma direção no caminhar. Criaram talvez um círculo na areia. Curupiras nietzscheanos. Tampouco a arte de guerrilha caiu muito longe dos resultados de Cildo Meireles. Quinze anos depois da Coca de Cildo, em 1985 Renato Russo descreveria seu próprio processo de regurgitação, ainda doloroso, da Coca-Cola. Cássia Eller deu eco a essa dor. Trinta anos após a Coca de Renato, nós abraçamos a Coca-Cola como parte de nosso mundo no *Vai que Cola*, mas jogamos a Pepsi na cara dela, em um projeto que lidou com o *kitsch* fazendo uso de paródia, mas também de um humor às vezes sardônico, meu tipo de humor. Foi um "choque de monstros", como diziam os personagens do programa. Mas, para isso, tive de ir contra o canal — que, apesar de lidar com produtos culturais, muitas vezes não compreendia atos mais puramente artísticos que por vezes vinham à tona [o abstrato "canal" é composto de uma mistura de pessoas de negócios e certo tipo de burocratas nepotistas, não por artistas, logo sua visão social é mais amarrada a conceitos rasos]. Eu não estaria aqui se não tivesse existido o nietzscheanismo pós-moderno, ou o experimentalismo modernista da School of the Art Institute of Chicago, ou mesmo o processo de "naturalização" das marcas a que me submeti quando estudei Marketing. Graduado pela SAIC em 2007, meu trabalho atinge uma questão conceitual que historicamente já tende a abranger tanto a posição de Cildo quanto a de Warhol, ou a de Renato. Assumo a Coca-Cola em memórias ternas com meu avô, mas não crio aqui apenas uma imagem [talvez nostálgica], como diria Debord, tampouco rejeito a marca como fizeram Meireles e Russo, ou olho para ela sem crítica como Warhol. A Pepsi, por exemplo, a partir de 1947 passou a representar a comunidade afrodescendente nos EUA como cidadãos de classe média confiantes, de uma maneira não estereotipada, o que era um grande avanço para a época na sociedade racista estadunidense — e ganhou mercado com isso (conseguiu vender mais do que a Coca em Chicago); já em 2017, foi acusada de banalizar o movimento Black Lives Matter. A Coca-Cola alcança lugares do mundo, em 2021, onde ainda não existe acesso a água potável — portanto, nesses locais as pessoas bebem Coca em vez de água e evitam a cólera, assim como nas caravelas que vieram para o Novo Mundo não se podia beber a água contaminada dos navios e a substituíam por cerveja. Indo além de Andy Warhol, Cildo Meireles e Renato Russo, em vez de achocolatado, falo nescau, em vez de cueca, falo zorba, em vez de refrigerante, falo coca [ou guaraná, por uma questão de paladar], em vez de alvejante, falo qboa. Porque as marcas não mais são nomes próprios: elas viraram substantivos comuns — e se em algum momento nas décadas de 1960 e 1970 as colocamos em pedestais, hoje já não são os entes admiráveis que eram antes, são apenas mais elementos do real do capitalismo tardio, talvez monstros, e insistimos em criar arte a despeito da globalização, até nos utilizando de seus ingredientes; coca com c minúsculo.

Em 2012, participei da direção do esperado comercial de Natal da coca-cola — ao lado de Marta Jourdan e Breno Silveira — na comunidade de Suspiro, em Betânia do Piauí. Nunca havia ido ao Piauí e fiquei um tanto impressionado com o terreno tomado por pedras — quase não se podia encontrar pedacinhos de terra em que se plantar. Sempre imaginei que a superfície da

Lua seria parecida. Ali cresciam, entre uma pedra e outra, cactos e cabras — e a população era e continua sendo muito pobre [sob o regime Bolsonaro, tristemente sofre mais uma vez com a fome]. Nas casas havia cômodos, mas não móveis — apenas esteiras de estopa esticadas e folhas de bananeira. As pessoas se sentavam na maioria das vezes no chão. Bebiam água limpa porque o governo Lula do PT havia criado a política da construção de "Um Milhão de Cisternas", que acumulavam as águas das raras chuvas que escorriam pelos telhados. Professores e alunos esforçavam-se para ter internet na escola e mesmo na hospedaria onde fiquei, das melhores da região, tudo era muito simples. O banho era frio. Sentei-me à mesa da cozinha após um dia cansativo de trabalho para jantar, e a dona do estabelecimento me serviu com cuscuz de milho — que me apresentou ao virar a cumbuca sobre o prato, deixando no cuscuz o formato da cumbuca. Olhei para o alimento sinceramente, como alguém que nunca o havia visto antes [até então, nunca tinha visto o cuscuz como é servido de Goiás ao Nordeste do Brasil]. A dona da hospedagem, embaraçada por achar que eu fazia algum julgamento, lamentou: "Você está com fome, né? Vixe. Vai continuar com fome…". E me trouxe um bocado de manteiga para derreter sobre o cuscuz, quentinho. Notei que a manteiga era escassa — passei muito pouca, apenas para que minha anfitriã não se sentisse ainda pior. Envergonhei-me por minha posição de privilégio ser tão facilmente notável. Comi e tentei demonstrar grande satisfação, apesar de ter realmente continuado com fome [nos *sets* de cinema e TV sempre fazem piadas a respeito de meus "pratos de pedreiro", pois, quando estou filmando e emocionalmente bem, como um quilo ou mais no almoço — assim como o pessoal "da pesada", da maquinaria; não me constranjo: tenho o metabolismo acelerado e não tenho tempo para perder com boas maneiras ou pratos leves]. Não me lembro do que bebi — certamente não foi coca-cola, porque não conseguiria dormir depois; deve ter sido água. Ao fim da refeição, a despeito de minha atuação, a dona da hospedaria percebeu — como ela já previa — que continuei faminto. Disse que matariam uma cabra no dia seguinte, que aquela tarde não haviam tido tempo ou arranjado uma. Eu teimei que não era necessário [na verdade, deveria ser vegetariano; os únicos animais que hipocritamente compactuei em comer são galinhas e vacas, pouquíssimo peixe ou camarão]; a anfitriã me informou que todas as vacas da região tinham morrido de fome na última seca, havia um ano ou mais. Calei *minha* fome com rivotril e dormi. De toda forma, quando cheguei para comer no dia seguinte havia cuscuz, manteiga e carne de bode. Mas comer animais, outros que os mencionados acima, de fato é um tabu para mim — e me senti péssimo tanto por terem matado um bode para que *eu* me alimentasse quanto por ter rejeitado o gesto de uma dona de hospedagem tão modesta. Sobre o comercial, após imenso esforço para destravar o caminhão que ficou encavalado em uma subida/descida extremamente íngreme da estrada [literalmente, um V], o respeitado produtor Tim Maia (apelidado em homenagem ao cantor) conseguiu fazer com que o Papai Noel da coca-cola alcançasse Suspiro. Filmamos de vários ângulos as crianças impressionadas naquele primeiro momento da chegada do caminhão todo iluminado, e logo saiu "o velhinho" — que escolhemos minuciosamente no teste de elenco, perfeitamente vestido e maquiado pelas mais capacitadas profissionais — e abriu o caminhão de brinquedos. A filmagem em si foi toda muito rápida, feita no lusco-fusco de uma vez só para captar a espontaneidade daquelas crianças inocentes diante de tamanho espetáculo. No entanto, os brinquedos que o caminhão da coca-cola trazia eram de tão baixa qualidade, feitos de um plástico tão barato… mais fino do que o plástico usado para envasar produtos de limpeza, que a equipe inteira se chocou. A supranacional pensou que as crianças, por serem de origem desprivilegiada, iriam se contentar com aquela porcariada após tamanha demonstração de poderio financeiro? A decepção na cara da meninada era tanta que nem sequer pudemos usar o material na edição — nem Breno, nem Marta, nem eu, nem o editor conseguimos; utilizamos a chegada do veículo e "a bela singeleza" do lugar aos últimos raios de sol apenas até a parte em que o velhinho abria o caminhão. Muitas crianças jogaram imediatamente as porcarias no chão. "Uma Estética da Fome", de Glauber Rocha, aqui se encaixaria bem — nosso erro artístico foi pensar que poderíamos fazer algo bonito a partir de uma realidade triste (por ser tão pobre). Nós artistas, "vagabundos que mamamos nas tetas do governo", de forma a balancear nossa renda entre trabalhos no cinema ou na TV, em que os cachês são menores, encaixamos em nossa agenda os comerciais. Para sobreviver: esse é o único motivo de realizarmos comerciais, toda a equipe — do diretor ao produtor à pessoa da limpeza. Porém, sentíamo-nos particularmente humilhados daquela vez, pois havíamos diminuído outros e derrubado lixo plástico no interior do Piauí onde antes existia a frugalidade de crianças, pedras, cactos, cabras e cisternas. Contaminamos o lugar e as pessoas com aquele consumismo. Nunca vi moral tão baixa em uma equipe de filmagem — antes ou depois: a vergonha era profunda e geral na equipe e alcançou a produtora (pessoa física e sua direção, responsáveis pela pessoa jurídica). Retornamos ao Rio de Janeiro extremamente culpados por termos explorado as crianças e a realidade daquele local de tal maneira, num espetaculoso especial de Natal, sem nem lhes ter dado em troca os tão amplamente propagandeados e ansiosamente aguardados presentes. Marta e eu contamos as crianças e, com seu próprio cachê e dinheiro da conspiração, o produtor Tim Maia comprou prendas de qualidade para a criançada e também computadores para a escola (3) — porque havia recém-chegado a internet, contudo não computadores com os quais os professores e as crianças pudessem acessá-la. Enviou, então, o real caminhão de Natal dos artistas para Suspiro, no Piauí. Por isso, como Renato Russo, também nutro certo rancor pela coca-cola, apesar de a consumir por gosto [são sentimentos paradoxais] — e foi outro motivo para ter jogado a pepsi em sua cara em algo pelo que a supranacional havia pagado caro. Sei que a ética é quase inexistente nas multinacionais e nos conglomerados empresariais. Logo, por que tratá-los com deferência?

Nós já ultrapassamos a idolatria, a antropofagia e a rejeição regurgitativa: nos apropriamos. Foi um dos legados do nietzscheanismo pós-moderno. Precisamos continuar fazendo nossa arte por meio dessas apropriações, criticamente, ou os atentados autocráticos que chegam com as multinacionais através da globalização nos matarão em genocídios cada vez maiores. Ultrapassamos o momento histórico comentado por Debord (o automóvel, a televisão, a publicidade, a marca, o consumismo, o produto objeto) e damos outro passo [aliás, simultâneo à continuada propagação do nietzscheanismo pós-moderno pela televisão e outros meios] — todavia, sempre através da arte: ainda que em nossa resistência artística sejamos presos por milicianos, descredibilizados por conglomerados de mídia que vão contra a liberdade de imprensa ou percamos individualmente a vida, a arte nunca deverá ser "superada" ou morrer. Sim, é triste ver como ela sofre com a truculência fascista.

Essa atitude do c minúsculo, a propósito, é bastante parecida com experimentações estéticas feitas por mim nos livros publicados em 2009 e 2012, muito influenciado por Joyce e Lispector. "Não é mais possível pensar numa separação entre a dimensão econômica e a dimensão cultural." O artista não é um indivíduo que pode se mudar para a Lua para se manter "puro" com relação ao capitalismo — se fizesse isso, aí sim, sua arte seria verdadeiramente alienada. Entretanto, posso com quase certeza argumentar que o processo criativo de Meireles tenha sido mais doloroso que o de

Warhol, tentando antecipar em si a crítica. A dor é a verdadeira diferença entre o idealista de esquerda e o comercialista de direita: Cildo Meireles é um expoente da arte conceitual no Brasil (estudou na Fundação Cultural do Distrito Federal, em Brasília, e na Escola Nacional de Belas Artes, no Rio de Janeiro); Warhol possuiu formação técnica em "arte comercial" no Instituto de Tecnologia de Carnegie, em Pittsburgh; já eu, tive meus anos de formação como artista em uma instituição (SAIC) que similarmente nos educou a internalizar — ainda durante nosso processo de criação — a crítica contemporânea e a história da arte e a considerar esses fatores com muito peso, como ferramentas antidominação no eixo formal-conceitual. É, sim, um trabalho criativo mais árduo do que o comercialista [e quase menos espontâneo, por passar por filtros da consciência] — esforçamo-nos para sermos mais autoanalíticos e questionadores. Eu tampouco consigo fazer algo comercial sem também sentir dor, ainda que de outra origem. E qual seria o ponto, se o destino final no nietzscheanismo pós-moderno de propósitos tão distintos acaba por ser o mesmo: levar a coca-cola para dentro do museu? "Desta forma, se mantém viva apenas no nível do discurso uma radicalidade que foi varrida das ruas." "A democracia, expressão da decadência e fraqueza da Modernidade, assim como o arrebanhamento do homem em seu projeto são, para Nietzsche, dois problemas que demonstram o debilitamento político a que a sociedade se encontrava submetida".[*][43]

Assim, porque a arte nietzscheanista pós-moderna não está à altura da luta contra os aspectos autocráticos da globalização [de caráter também nietzscheanista], mas apenas de registrar tais aspectos, ela está superada. Enxergo a necessidade de resgatar conceitos muito importantes do Modernismo, que foram tão equivocada quanto rapidamente descartados no caminho, e determinar um novo momento para a Arte. Pois, hoje ela, a história e a filosofia não mais conseguem cumprir suas funções.

> É neste ponto que devo lembrar ao leitor o óbvio, a saber, que a nova cultura pós-moderna global, ainda que americana, é expressão interna e superestrutural de uma nova era de dominação, militar e econômica, dos Estados Unidos sobre o resto do mundo: nesse sentido, como durante toda a história de classes, o avesso da cultura é sangue, tortura, morte e terror.[**]

---

[*] JUNGES, Márcia. A crítica de Nietzsche à democracia. *Revista do Instituto Humanitas Unisinos*, São Leopoldo, ed. 304, nov. 2006.

[**] JAMESON, 1996.

Vivemos um tempo da história que é particularmente desafiador — e suas contradições e paradoxos são imensamente difíceis de trabalhar. Escrevi há pouco: "é intrigante como a não vivência profunda de movimentos artísticos leva a graves distorções na sequente filosofia de toda uma civilização". Conquanto eu compreenda que haja muitos elementos do nietzscheanismo nos fascismos contemporâneos e no processo de globalização como um todo, também entendo que não podemos nem devemos apagar a história dos movimentos artísticos nietzscheanos. Passamos neste presente eterno por uma tentativa de assassinato da arte pelo fascismo no Brasil — e é necessário ter em mente como ela é inseparável de nossa vida em sociedade. Talvez, ainda por isso, eu esteja sendo pedagógico e didático demais. Sobretudo, há inúmeros resgates a se fazer e é necessário separar o joio do trigo da arte e do pensamento nietzscheanistas pós-modernos — principalmente neste país, porque, se houve influência nietzscheana na primeira corrente modernista, pode-se dizer que houve muito mais forte influência modernista ao longo de todo o nietzscheanismo pós-moderno.

Nossos vizinhos do Norte não compreendem o apreço que os brasileiros têm por Cássia Eller — e, nesse aspecto, também não entendem Ney Matogrosso [e ignoram o fato de a banda Kiss ter plagiado o rosto pintado em máscara de Ney nos Secos & Molhados; máscara estilizada com fortes influências da pintura corporal tupinambá[44]]. Sobre isso, Ney diz:

> Secos & Molhados já era um estrondo no Brasil e fomos ao México [em março de 1974]. O sucesso lá foi tanto que ficamos mais uma semana. A *Billboard* tinha publicado uma foto nossa de página inteira e dois empresários americanos quiseram me levar para os EUA. Recusei a oferta: "Estou começando uma história no meu país e quero dar sequência a isso". Não queria acabar como Carmen Miranda. Inclusive disseram que minha imagem era boa, mas que o som tinha que ser mais pesado. Eu não ia mudar nosso som por causa disso. Viemos embora. Uns seis meses depois começou o Kiss, com uma maquiagem como a nossa e um som mais pesado.[*] [45]

Os estadunidenses continuam a não compreender, em sua maioria, as questões colocadas por esses artistas relacionadas à identidade de gênero, e em um primeiro momento pensam que Cássia é homem e que Ney é mulher. Quando descobrem que se trata do inverso, desdenham de ambos,

---

[*] Artigo: Afinal, o Kiss copiou o Secos e Molhados para criar suas máscaras? *Rolling Stone*. Por Da Redação. 28 de julho de 2019.

embora tenham abraçado a androginia de Annie Lenox. Curiosamente, foi do discurso da androginia que a TV Globo se utilizou para fazer a homossexualidade de Ney aceita [pelos militares e pelo público conservador] através do *Fantástico*, em 1973. Em outra entrevista, Ney (nascido em 1941, pertencente ao que chamo de geração Tupi) afirma:

> Não estava preocupado com androginia ou não androginia. O que não queria era ser simplesmente um *crooner* de banda. Queria ser outra coisa, ter liberdade e, ao mesmo tempo, conseguir andar na rua. Porque ouvia falar que artista não podia andar na rua e não queria isso para mim.
>
> E, paradoxalmente, na hora em que tapei minha cara, fiquei nu. Adquiri uma coragem de exposição física que não sabia que existia em mim. Quando via as primeiras fotos do Secos & Molhados, pensava: "Mas esse não sou eu!". Parecia que um outro tinha me ocupado. A psicanálise explica isso. No momento em que você não tem rosto, você não é ninguém.
>
> Eu era uma pessoa muito problemática com meu corpo. Naquela época já bem menos, mas fui uma criança enrustidinha, ficava ali no cantinho desenhando, com vergonha de tudo, de mim. Na adolescência, não havia hipótese de eu tirar a camisa na frente de alguém. Me achava um ser horroroso, vivia com a mão no bolso, porque tinha vergonha das minhas mãos, dos meus pés, das minhas pernas. Não queria que ninguém me visse. Começou a mudar quando fui para o quartel. Ali, eu tinha que tomar banho na frente de 20 homens e entendi que teria um problema com eles. Se não tirasse a roupa naquele lugar, minha vida ia virar um inferno. Aí comecei a notar que tirava a camisa e ninguém me apontava como monstro. Hoje, tenho a consciência de que não tenho um corpo perfeito, mas mostro como se fosse. E aí é muito louco, porque as pessoas acreditam.
>
> Eu tinha uma negação de pai que carreguei por muito tempo, porque não tinha a consciência de que aquilo existia. Sempre fui um espinho atravessado em sua garganta sem eu nem saber por quê. Ele me perseguia. Até que, na época em que tomava Daime, tive uma memória absurdamente reveladora. Lembrei que, quando tinha 6 anos, ele me chamou de viadinho. Não entendi nada, nem sabia o que isso queria dizer. Aos 13, fez isso de novo. Só que aí eu já sabia responder e disse: "Não sou, não. Mas quando for, o Brasil inteiro vai saber". Por isso, passei muito tempo sem saber receber amor. Já era famosíssimo e ainda carregava isso comigo. Eu me fechava quando me aplaudiam. Eu não sabia receber. Transar, tudo bem, mas nunca existia uma segunda vez. Agora, eu me abro. Eu já chego aberto.[*][46]

Ao negar a androginia, Ney negava também a cultura machista brasileira para quem o gay precisava ser afeminado para ser aceito [no sentido de não

---

* MALTA, Roberto (25 de setembro de 2019). Ney Matogrosso — "Sempre fui um espinho atravessado na garganta do meu pai". *Marie Claire*.

ser morto, apenas "devidamente" achincalhado]. Dessa forma, apresentava-se como homem gay *cisgênero* e começava a quebrar em 1973 um dos grandes tabus para o movimento LGBT+ no Brasil, que finalmente cairia por terra com a chegada do HIV — como discuti anteriormente. Ney, de fato, sobreviveu à epidemia da aids, e sua afirmação masculina como pessoa gay continuou de maneira linear século XXI adentro — e o movimento LGBT+ no país muito se beneficiou dos avanços feitos por esse artista historicamente. A "indústria cultural" (TV globo) havia lhe aberto as portas — por essas e outras, não acredito na radical oposição arte × indústria. Isso não quer dizer que a arte deva aceitar viver pela indústria, ou em nome da indústria ou da cultura de massas. A arte se expressou, sim, dentro do *Vai que Cola* entre 2013 e 2018, no canal multishow — um fenômeno cultural, um produto supostamente industrial — ao usar a comédia, a contraposição com o *kitsch* e o sardonicismo para levantar questionamentos e bandeiras que foram abraçados pela sociedade, em especial pelos cidadãos LGBT+ em sua luta política. Há, sim, uma possibilidade de mobilização crítica por certos artistas ou projetos que rompem as portas da indústria. Embora essa mobilização pontual não seja suficiente, ela nos [me] trouxe até aqui. Esse exemplo corrobora que é, sim, possível que a arte opere dentro do capitalismo, como aponta Jameson, contudo já estamos além desse momento histórico que se deu entre 1960 e os anos 2010: "A nova arte política terá que se ater à verdade *do nietzscheanismo globalizado pós-moderno*, isto é, seu objeto fundamental — o espaço mundial do capital supranacional —, *ao mesmo tempo que terá que realizar a façanha de chegar a uma nova modalidade*, que em 2014 não éramos capazes de imaginar, de tal modo que possamos começar a entender nosso posicionamento como sujeitos individuais e coletivos e recuperar nossa capacidade de agir e lutar, que está, hoje, neutralizada pela nossa confusão espacial e social" — escreveu Novaes Pinto. Ney Matogrosso já é uma outra história. Assumo os pecados.

O lugar descrito por Novaes foi aonde nos levou o nietzscheanismo: se, em um cone, acumularmos açúcar cristal até o topo, e fizermos um furo no fundo desse cone, por uns instantes, na superfície, tudo continuará a aparentar estabilidade; os grãos escorrerão lentamente pelo buraco ao fundo e eventualmente criar-se-á uma cratera que acabará por desbarrancar e consumir todos os seus arredores (incluindo os passos em círculo), até que tudo se esvaia. *Nietzsche criou o buraco no fundo desse cone ao arrancar as certezas fixas* (especificamente a ética, os fatos, a noção de verdade) *e a democracia*, como resultado de seu grave e profundo equívoco por não ter vivido plenamente o Romantismo. *Esse outrora cone de conhecimento acumulado então se transformou em funil, que está a consumir todo o pensamento, toda a arte e toda a democracia modernos.* O funil de Nietzsche:

> Em 1938, Breton e Trotsky irão redigir o Manifesto da FIARI que é referência teórica sobre a arte livre e independente. Mas mesmo antes, o revolucionário bolchevique já criticava a forma como o stalinismo relacionava de maneira mecânica as questões culturais e econômicas e reivindicava a anarquia na produção artística e intelectual. No livro "Literatura e Revolução" (1922-1923), Trotsky irá escrever: "Isso quer dizer que o Partido, contradizendo seus princípios, adota uma posição eclética nos domínios da arte? O argumento que parece fulminante é meramente infantil. O marxismo oferece diversas possibilidades: avalia o desenvolvimento da nova arte, acompanha todas as suas mudanças e variações por meio da crítica, encoraja as correntes progressistas, porém não faz mais que isso. A arte deve abrir por si mesma seu próprio caminho. Os métodos do marxismo não são os mesmos da arte".*

A conclusão de Trotsky acima é um reflexo no espelho daquela a que chegaria Habermas em 1985, sobre o erro fatal de Nietzsche: se a ciência não pode ter o mesmo ponto de partida da arte, igualmente, a arte não pode ter o mesmo ponto de partida da ciência. Berto Pucca (2007) argumentaria que,

> segundo Linda Hutcheon, "o [nietzscheanismo pós-moderno] é um fenômeno contraditório, que usa e abusa, instala e depois subverte, os próprios conceitos que desafia" [3]. Trata-se, então, de uma continuação do passado moderno, ao mesmo tempo que é uma subversão do mesmo na medida em que o revisita com ironia, de maneira não inocente. Em outras palavras:
>
>> Invariavelmente o debate começa pelo significado do prefixo 'pós' — um enorme palavrão de três letras. A relação do pós-modernismo com o modernismo é contraditória. Ele não caracteriza um rompimento simples e radical nem uma continuação direta em relação ao modernismo: ele tem esses dois aspectos e, ao mesmo tempo, não tem nenhum dos dois. E isso ocorreria em termos estéticos, filosóficos ou ideológicos. (HUTCHEON, 1991: 36)
>
> Nesse sentido, vemos que o fenômeno vai muito além de ser apenas uma escola literária ou um movimento das artes; o nietzscheanismo pós-moderno é um acontecimento histórico (próprio da sociedade tecnológica) e por que não dizer político e econômico. Mesmo assim, estamos longe de afirmar, assim como fez Jameson (1997), que o evento refere-se a uma dominante cultural da lógica do capitalismo tardio, uma espécie de paródia branca ou cópia vazia, sem original

---

* PIMENTEL, 2016.

ou análise crítica, pois ao aceitar tal definição estaríamos condicionando o fenômeno exclusivamente às estruturas econômicas que regem a sociedade e confirmaríamos o pressuposto de que se trata de uma arte que só viabiliza a criação de um produto cultural objetivando a venda; negaríamos, assim, seu caráter de expressão, criação e representação do imaginário popular.

Em vez disso, preferimos acreditar que o nietzscheanismo pós-moderno não é apenas produto das atuais exigências do mercado, é antes um movimento de apropriação das diversas linguagens e culturas circulantes que irremediavelmente são veiculadas e influenciadas pelas mídias: o nietzscheanismo pós-moderno é "como um processo ou atividade cultural em andamento, e creio que precisamos mais do que uma definição estável e estabilizante, é de uma 'poética', uma estrutura teórica aberta, em constante mutação, com a qual possamos organizar nosso conhecimento cultural e nossos procedimentos críticos" (HUTCHEON, 1991: 32). O que Hutcheon aponta é a necessidade de se conceber uma nova teoria que dê conta dos recentes produtos culturais, uma teoria não estável, mas aberta a inserções e apropriações diversas, assim como são compostas muitas das atuais produções.

Se era considerado, em 1991 ou em 2007, que o nietzscheanismo pós-moderno pudesse dar luz a uma teoria que o tornasse compreensível ou lógico, em 2021 se entende que isso não é viável: não precisamos de mais instabilidade; sabemos que o nietzscheanismo foi um passo em falso (filosófico, científico, jurídico, político e artístico) e que em 146 anos (2021-1876) de filosofia, ciência, jurisprudência e política e em 112 anos (2021-1909) de arte rendeu pouquíssimos bons frutos para compensar pelos milhões de vidas que ceifou e pela destruição que causou; o nietzscheanismo não traz respostas verdadeiras porque em si nem sequer comporta a verdade — "não há diferença entre verdadeiro e falso, bem e mal, as coisas simplesmente são". A interpretação de Rafaella Berto Pucca da leitura de Fredric Jameson tampouco parece acampar as contradições e paradoxos do próprio, pois Jameson é um nietzscheanista que, ao rejeitar o nietzscheanismo pós-moderno, abraça-o de forma que ele não fuja enquanto se esforça — talvez inconscientemente — para atentar os pensadores às urgentes necessidades de a arte, a filosofia, a ciência, a política e o jurismo: 1- reencontrarem suas respectivas histórias e genealogias do ponto anterior à incorporação das linhagens do nietzscheanismo; 2- basearem-se em pilares fixos; 3- forjarem novas ferramentas; 4- e se renovarem, porque "como durante toda a história de classes, o avesso da cultura é sangue, tortura, morte e terror". O pensamento de Debord se torna incompatível com essas necessidades em diversos aspectos, assim como parte do pensamento de Hegel. Acaba por não ser surpreendente, nesta arqueologia, a relação entre Nietzsche e Hegel:

> Nietzsche tivera um contato direto com a escola hegeliana por meio de seu relacionamento com Bruno Bauer. Nele, olhando retrospectivamente para o *Exce homo*, Nietzsche tivera, desde seu ataque a Strauss, um de seus mais atentos leitores. Em cartas a Taine, Brandes e Gast, elogiava Bauer como sendo seu único leitor, e *mesmo* como "todo seu público", ao lado de Wagner, Burckhardt e G. Keller. Até agora não se pôde determinar se Nietzsche, com exceção do escrito de Bauer "Para uma orientação na era bismarckiana", tivera conhecimento também dos escritos teológicos dos anos 1840. Mas a probabilidade não pode ser rejeitada; além disso, Overbeck seguiu os trabalhos de crítica religiosa de Bauer e os resenhou, em parte. Seja como for, as correspondências entre O *Anticristo*, de Nietzsche, e o *Cristianismo Descoberto*, de Bauer, são tão óbvias que elas indicam, pelo menos, uma marcha subterrânea no curso do século XIX e não menos sugestivas são as concordâncias entre a crítica do cristianismo de Bauer e aquela dos escritos teológicos da juventude hegeliana.[*][47]

"A compreensão nietzscheana de que somente por trás da arte encontra-se a vida" se relaciona com os conceitos que podem ser traçados a Hegel de superação da arte, de arte na vida e de fim da arte. Maurice Merleau-Ponty escreveu que "todas as grandes filosofias do século passado — as filosofias de Marx e Nietzsche, fenomenologia, existencialismo alemão, e psicanálise — têm seus inícios em Hegel",[**] que em si possui raízes no Romantismo. "Para autores como Rüdiger Safranski ('O Romantismo'), Andrew Bowie ('Do Romantismo à Teoria Crítica'), Maurice Blanchot (seus ensaios sobre o Athaeneum, por exemplo), ou Phillippe Lacoue-Labarthe ('O Absoluto Literário'), devemos ressaltar a importância da cultura romântica alemã, em especial do Romantismo de Jena, em negociações e delimitações decisivas da condição moderna. Essa influência, que se estende a movimentos estéticos de caráter neo-romântico, como é o caso do surrealismo ou do expressionismo, instaura-se de forma bastante curiosa em autores aparentemente alheios ou mesmo críticos com respeito a qualquer impulso romântico. Esse é o caso de Hegel e Marx".[***][48] "A ligação

---

[*] LÖWITH, Karl. *From Hegel to Nietzsche*. Nova York: Columbia University Press, 1964. pp. 187 e 232.

[**] MERLEAU-PONTY, Maurice. *Sense and Nonsense*. Evanston: Northwestern University Press, 1964. p. 63. Trad.: Herbert L. e Patricia Allen Dreyfus.

[***] FERREIRA, Jonas. Hegel, os Hegelianos, Marx e o Romantismo Alemão: A herança estética na crítica à fragmentação da vida moderna. *Estudos de Sociologia*, Recife, v. 1, n. 23, 2017.

entre arte e vida era a grande aspiração de uma parte das vanguardas, de Rimbaud a Duchamp, das vanguardas russas aos situacionistas…"

Rimbaud e sua paixão, Paul Verlaine, deram grandes contribuições para o Simbolismo — descendente do Romantismo que reagiu ao Realismo e ao Naturalismo —, que por sua vez influenciou o Expressionismo e, juntamente do Cubismo e do pensamento freudiano, foi um precursor do Surrealismo, associado a Guillaume Apollinaire. Da mesma maneira que o cubismo se infiltrou no futurismo nietzscheano, o dadaísmo nietzscheano se infiltrou no surrealismo. Este é um dos motivos de eu ter escrito, anteriormente, que o Surrealismo não pode ser caracterizado como nietzscheano: pois foi uma linha que transpassou tanto o Modernismo quanto o nietzscheanismo, todavia teve seu ponto de partida efetivo na concepção da modernidade.

Se houve clara penetração de Hegel em Nietzsche, em seu tempo, foram inúmeros os que tentaram forjar vestígios de Nietzsche em Freud. A. H. Chapman é um exemplo. Escreveu que, embora Freud

> tenha afirmado que nunca leu Nietzsche, evidências que contradizem isto são encontradas em suas referências a Nietzsche e suas citações e paráfrases dele, em conversa casual e em sua agora publicada correspondência, assim como em seus escritos mais antigos e mais recentes. Conceitos de Nietzsche que são similares àqueles de Freud incluem: a) o conceito do inconsciente; b) a ideia de que a repressão leva sentimentos e pensamentos inaceitáveis para o inconsciente e portanto faz o indivíduo mais emocionalmente confortável e eficiente; c) a concepção de que emoções reprimidas e motivações instintivas são depois expressadas de maneiras disfarçadas (por exemplo, sentimentos e ideias hostis podem ser expressados como sentimentos e atos altruístas); d) o conceito de sonhos como "ilusões de ilusões" complexas e simbólicas, e o próprio ato de sonhar como um processo catártico que possui propriedades saudáveis; e) a sugestão de que a projeção de sentimentos hostis e inconscientes em outros, que então são percebidos como perseguidores do indivíduo, é a base do pensamento paranoico. Alguns dos termos básicos de Freud são idênticos aos usados por Nietzsche.[*]

Catorze anos depois de Chapman, em absoluto contraponto — porque *Freud teria evitado Nietzsche justamente por suas ideias navegarem em águas muito próximas* —, Daniel Berthold esclareceu e isentou o criador da psicanálise dessa herança:

---

[*] CHAPMAN, A. H.; CHAPMAN-SANTANA, Mirian. The influence of Nietzsche on Freud's ideas. *The British Journal of Psychiatry*, Cambridge, vol. 166, n. 2, pp. 251-3, fev. 1995. Tradução minha.

No mínimo no que diz respeito a suas concepções da natureza e da ciência — a psicanálise de Freud e a ciência "feliz" de Nietzsche —, Freud nunca "retornou" a Nietzsche em absoluto, pelo contrário, deve ser colocado em uma posição de significante afastamento ou ruptura. Conquanto profunda possa ter sido a atração de Freud por Nietzsche, ele permaneceu profundamente distante deste. Freud escreve em "História do Movimento Psicanalítico" que "eu me neguei o grande prazer de ler os trabalhos de Nietzsche, com o objeto deliberado de não ter dificultado o meu trabalho de interpretação das impressões recebidas na psicanálise por quaisquer ideias antecipatórias". E em minutos de um encontro em 1908 da Sociedade Psicanalítica de Viena voltada para a discussão de Nietzsche, a secretária anota que: "Prof. Freud gostaria de mencionar que ele nunca foi capaz de estudar Nietzsche... parcialmente devido à riqueza das ideias dele, a qual sempre impediu que Freud passasse da primeira metade de página sempre que tentou lê-lo". Evidentemente sobrecarregado pela mera riqueza dos *insights* de Nietzsche, e cauteloso quanto a ser inadvertidamente entravado por ideias parentes não derivadas de seu próprio trabalho científico, Freud reprime seu desejo de abordar o predecessor que morreu no ano da publicação de "A Interpretação dos Sonhos". De fato, as afinidades invocadas tão rotineiramente entre Nietzsche e Freud com frequência tendem a *obscurecer as [des]afinidades de longo alcance.*[*] [49]

Dando continuidade a seu texto, que reflete acriticamente o nietzscheanismo pós-moderno, Berto Pucca entra nesse território muito perigoso de concepção da ciência "feliz" no que diz respeito à história — o que já se poderia prever —, assim como é demasiadamente problemática *a mera aceitação* do historiador Jurandir Malerba de que "o pós-modernismo dilui a história em uma espécie de literatura e faz do passado nada mais nada menos que um texto".[50] Pois isso leva à problemática e escorregadia conclusão de Pucca de que

> não estamos abandonando a História, apenas estamos dispostos a encará-la como narrativa de acontecimentos que podem conter mais de um ponto de vista. Nesse sentido, a historiografia (os textos escritos da História) perde seu caráter progressistalinear (reducionista e determinista), para ganhar o estatuto de discurso concebido por enunciadores não isentos de imparcialidade. Em suma, hoje já se pode afirmar que não há mais a História, e sim histórias, narrativas sobre o passado, uma plurifocalidade de enunciadores que responde às tendências e aos questionamentos da atualidade: "Tal expediente permitiria uma interpretação do conflito histórico em termos de um conflito de interpretações. Para permitir que as 'vozes variadas e opostas' da morte sejam novamente ouvidas, o historiador necessita, como o romancista, praticar a heteroglossia" [4].

---

[*] BERTHOLD, Daniel. Nietzsche and Freud: Disaffinities. *Journal of European Studies*, vol. 49, n. 1, pp. 3-17, 2019. Tradução minha.

O que pretendemos mostrar é, portanto, que, assim como o que tem ocorrido com a literatura, as antigas formas de composição do discurso histórico são inadequadas já que privilegiam determinados pontos de vista. Tal como o expediente ficcional do "narrador nada confiável em primeira pessoa", a historiografia precisa assumir sua postura de não imparcialidade, propondo-se a ser um conjunto de textos que abrigam muitas vozes entre outras tantas. Assim, fechos alternativos tornam a obra "aberta" encorajando os leitores a chegarem a suas próprias conclusões.*

Tal noção, baseada em autores, além de Peter Burke, como Frank R. Ankersmit e, por que não, Hayden White — por sua vez influenciados por Heidegger e Nietzsche — é extremamente perigosa por colocar o romantismo degradado dentro da historiografia. Repete *ipsis litteris* "a ingenuidade do jovem Nietzsche [e mesmo na maturidade, Nietzsche não havia adquirido clareza suficiente] em transplantar a ciência para o terreno da arte, ou seja, ver a ciência do mesmo ponto de vista que um artista". Como artistas, escritores de literatura possuem um único compromisso: com sua arte. Como cientistas, historiadores possuem compromissos com os *fatos* e, assim, um compromisso ainda maior com a *verdade*. Sabemos que nenhum ser humano é neutro; tampouco o são historiadores. Contudo, *por uma decisão de valores* e, acima de tudo, *por seu papel científico*, historiadores não podem simplesmente aceitar essa "sua postura de não imparcialidade" — pelo contrário, devem lutar para serem o mais imparciais possível e resistir a interesses que distorçam os resultados de seu trabalho. A verdade histórica não é simples e possui diversas perspectivas e camadas porque se encontra em contextos específicos; há também dois tipos de pontos de vista históricos: o ponto de vista do presente sobre o passado e, segundo a descontinuidade foucaultiana, o ponto de vista existente nesse próprio passado; porém, nem o ponto de vista sobre o passado nem o existente no passado são necessariamente verdadeiros — e o mesmo se pode dizer sobre as perspectivas, e sobre os contextos. Por esse motivo, necessita-se sempre buscar a verdade — e ela independe do sujeito [ao contrário do que Nietzsche defenderia]. A verdade talvez desagrade alguns interesses e não esteja alinhada com certos discursos, ou com essas ou aquelas interpretações; no entanto, ela existe. Existiu o Holocausto ou não existiu? Não há um "deste ponto de vista, ou desta perspectiva o Holocausto não existiu". Quem disser isso estará pisando sobre uma pilha de 6 milhões de corpos de judeus, eslavos, ciganos, deficientes físicos e mentais, e gays, e estará *cego* a ponto de não notar ou o sabendo

---

* BERTO PUCCA, op. cit.

e não querendo *admitir* a verdade. Talvez da perspectiva de alguém que more em uma ilha relativamente isolada, o Holocausto não tenha tido maiores consequências. Pode haver, também, da perspectiva de alguém que hipoteticamente permaneceu trancado em um quarto sem portas ou janelas entre 1939 e 1945, a afirmação de que "não testemunhei o Holocausto, nem ouvi falar dele" — porém o historiador sabe, pois o acontecimento histórico foi imensamente documentado fora daquele quarto, que o Holocausto existiu. Pode haver, por fim, da perspectiva de um soldado nazista, a seguinte frase: "eu fui forçado a trabalhar no Holocausto de milhões de pessoas porque me matariam e minha família se não o fizesse" — essa é uma perspectiva cuja relevância e validade se poderiam questionar, entretanto apenas adicionaria um *fato* sobre o Holocausto, não muda a verdade de que ele existiu. Ao mesmo tempo que historiadores lutam contra suas parcialidades, deveriam também registrar *disclaimers* sobre suas propensões ideológicas [e isso nos deixou de legado o nietzscheanismo pós-moderno] — assim como são obrigados por lei cientistas que são pagos pela indústria do cigarro para realizar estudos sobre os efeitos da prática de fumar, por exemplo —, haja vista que, se conflitos de interesses pessoais podem deturpar a leitura e a interpretação dos *fatos* e interferir na *verdade* que os historiadores (por definição de seu papel) devem buscar, é de interesse público saber disso.[*] Trata-se de uma *solução* ética. Aplicaria a mesma solução a juristas e jornalistas.

Faço uso de uma ideia muito básica de ética, baseada na compreensão daquilo que causa dano ao outro ou ao grupo maior no tempo histórico e na sociedade deles *e/ou* cria e propaga *in*verdades. Por ser tão simples, não creio que a ética seja o consenso de várias morais (que provêm de aspectos culturais dentro de uma sociedade ou mais): trata-se de um ato da consciência intrinsecamente relacionado à empatia, "um mecanismo neuronal básico nos humanos".[**] Agir eticamente ou não depende de uma decisão

---

[*] Henrique Lee nota que: "O movimento do pós-modernismo foi absolutamente necessário para reivindicar outras vozes; a 'verdade universal', filosófica e cientificamente falando, comete a impostura de estabelecer como universal um ponto de vista específico, branco e eurocêntrico. E as questões epistemológicas que essa suposta 'universalidade' nos coloca são urgentes; não estamos aqui defendendo um relativismo puro, mas a ideia de que se é preciso operar com um conceito de universalidade. Precisamos ampliar a discussão histórica de construção desse conceito. Na Antropologia contemporânea, autores como Latour, Viveiros de Castro, Philippe Descola, vêm argumentando em favor de uma universalidade possível, contra uma tirania do relativismo absoluto, pois este também é perigoso". Que se amplie a discussão historiográfica sobre a universalidade, de diversas perspectivas. O que não é possível é que se continue a relativizar os fatos e a verdade.

[**] ASHAR, Y. K.; ANDREWS-HANNA, J. R.; DIMIDJIAN, S.; WAGER, T. D. Empathic Care and Distress: Predictive brain markers and dissociable brain systems. *Neuron*, Cambridge (Massachusetts), vol. 94, n. 6, pp. 1263-1273, 21 de junho de 2017.

de valores, mas *independentemente da decisão tomada, para a maioria dos cidadãos a questão ética posta é clara* porque "com exceção de sociopatas e determinados autistas, todos os humanos são seres empáticos".[*][51] Então, retomo uma frase acima, resgatando outra das principais certezas fixas desestabilizadas por Nietzsche: *por uma questão ética e pelo compromisso com seu próprio papel científico, historiadores devem o tempo todo lutar contra sua parcialidade* ainda que também realizem *"disclaimers"* a respeito de suas propensões ideológicas e de seus possíveis mecenas. Esses cientistas sociais não são artistas, nem filósofos, nem juristas, nem políticos — e é necessário que haja uma nítida diferenciação dos papéis. O nietzscheanismo, com suas não respostas, não está à altura dos problemas que enfrentamos no presente eterno do fascismo que cavou. Pois, além da relativização da ética, também leva à relativização de todas as ciências — e seu consequente descarte como meras "opiniões" de igual valor às opiniões do "mito". Ao simplesmente abraçar a não isenção de parcialidade por parte da ciência, *ao contrário* do que esses historiadores afirmam sobre o "resgate do passado como meio de subversão e desconstrução do mito", *se está* justamente *permitindo a construção do "mito"*! Não, história *não é* literatura. E ciência *não é* arte. E elas precisam caminhar separadas, embora se comuniquem em um contexto porque, de outra maneira, estaremos fundamentando autocracias [de extrema direita ou de extrema esquerda — Vargas Llosa se assustou tanto ao vivenciar a última que se voltou à primeira]. Como artista, dedico-me a uma análise crítica sócio-histórico-cultural para entender como nos trouxemos a este ponto fascista de minha história: nos trouxemos porque não viemos parar — caminhamos em massa até aqui. Não sou historiador nem cientista — embora em minha vida tenha coletado registros historiográficos para sua futura e devida análise científica; e apesar de ter estudado história da arte e ciências sociais. Como artista, deixo expressa a necessidade de que filósofos e historiadores repensem sua atual posição no romantismo degradado. O filósofo Jameson, em seu *affair* com a arte nietzscheana pós-moderna e simultânea rejeição dela, cobra da arte uma posição menos submissa de mera aceitação do culturalismo tardio. Ele demanda ação e respostas. Eu, como artista debruçado sobre a tentativa de buscar pedras firmes nas quais pisar, à beira do abismo em que estou, enquanto elaboro minha [re]sposta cobro de volta dos historiadores, dos filósofos, dos juristas, dos jornalistas, dos políticos e dos cientistas que abandonem sua

---

[*] Ibidem.

ingenuidade. Trotsky escreveu que "a arte deve abrir por si mesma o seu próprio caminho"* porque ela sempre estará uns passos à frente da sociedade. Há diversos movimentos artísticos, alguns dos quais *avant gardes*. Certos *avant gardes* podem sair à deriva... via de regra, arte e sociedade caminharão para o mesmo lugar, pois o futuro é um só. Isso não é fatalismo se partirmos do pressuposto de que construímos esse futuro juntos e que ele pode ser mais ético, democrático, livre, igualitário, racional, enfim, melhor do que o presente — a depender de nossos esforços coletivos. É importante relembrar que a arte também se alimenta da história, da filosofia, da ciência, do jornalismo, da justiça, da política; portanto, para evitar que vivamos outros holocaustos — o horror ao qual nos encaminhou a infiltração do nietzscheanismo/romantismo degradado ingênuo no pensamento e na arte, gerador de inúmeros fascismos —, é necessário que a história e a filosofia e a ciência e o jornalismo e a justiça e a política do mesmo modo constantemente se questionem e cobrem a si mesmos; ou viveremos sob o constante risco de recorrentes ciclos retroalimentadores cujos fins provavelmente serão novamente a morte, como a água que sempre gira ao redor de si mesma antes de escorrer ralo abaixo rumo ao esgoto.

O próprio valor do Novo e da inovação (pois são refletidos em tudo, desde as formas herméticas do Primeiro Mundo ao grande drama do Velho e do Novo, representado variadamente nos países de Segundo e Terceiro Mundos) claramente pressupõe de forma suficiente a excepcionalidade do que é sentido como ser "moderno". A memória profunda em si, que inscreve em forma de cicatrizes a diferenciação de experiência no tempo e evoca algo como a intermitência de mundos alternativos, também pareceria depender de um "desenvolvimento desigual" de um tipo existencial, físico e econômico. A Natureza é relacionada à memória não por razões metafísicas, mas porque ela vomita o conceito e a imagem de um modo mais velho de produção *agricultural* que você pode reprimir, lembrar vagamente ou nostalgicamente recobrar em momentos de perigo e vulnerabilidade. Implícito nisto tudo está o ruído surdo do previsível segundo passo, nomeadamente, o apagar da Natureza e de suas agriculturas pré-capitalistas a partir do pós-moderno, a homogeneização essencial de um espaço e de uma experiência sociais agora uniformemente modernizados e mecanizados (onde o *gap* geracional passa entre os modelos de produtos em vez de entre as ecologias de seus usuários), e a conquista triunfante de um tipo de padronização e conformidade temido e fantasiado nos anos 1950 — contudo, agora não mais um problema para as pessoas moldadas por ele com sucesso (e que não mais podem reconhecê-lo ou tematizá-lo como tal). *Este é o motivo de termos sido levados anteriormente a definir o modernismo como a experiência*

---

* TROTSKY, Leon. *Literatura e Revolução*. Rio de Janeiro: Zahar Editores, 1980.

e o resultado da modernização incompleta, e a sugerir que o pós-moderno começa a fazer sua aparição em qualquer lugar onde o processo de modernização não mais tem características e obstáculos arcaicos a superar e tem triunfantemente implantado sua própria lógica autônoma (para a qual, claro, nesse ponto, a palavra modernização se torna um termo impróprio, uma vez que tudo já é "moderno").

A memória, a temporalidade, a própria emoção do "moderno", do novo e da inovação são então casualidades deste processo em que não apenas o Antigo Regime residual de Mayer é obliterado, mas mesmo a cultura burguesa clássica da Belle Époque é liquidada. A proposição de Akira Asada é então ainda mais sombriamente profunda do que engraçada, de que a configuração usual para os estágios do capitalismo (inicial, maduro, tardio e avançado) é imprópria nos termos e tem de ser colocada ao reverso: os anos mais antigos agora sendo designados como capitalismo senil, porque ainda é o caso de tradicionalistas entediantes de um mundo antigo; o capitalismo maduro ou adulto então reteria sua caracterização, de forma a refletir a realização dos grandes barões ladrões e aventureiros; enquanto o nosso próprio, até aqui tardio, período pode então ser conhecido como "capitalismo infantil" no sentido de que todo mundo já nasceu nele, o normaliza, e nunca conheceu nada diferente: a fricção, a resistência, o esforço de períodos anteriores dá lugar à brincadeira livre da automação e à fungibilidade maleável de públicos consumidores e mercados múltiplos — skates e multinacionais, processadores de Word e arranha-céus pós-modernos não familiares que surgem da noite pro dia. Desta forma, entretanto, nem o espaço nem o tempo são "naturais" no sentido em que podem ser pressupostos metafisicamente (tanto como ontologia ou como natureza humana): ambos são as consequências e pós-imagens projetadas de um certo estado ou estrutura de produção e apropriação, da organização social de produtividade. Portanto, para o moderno, nós temos lido uma certa temporalidade de seu espaço caracteristicamente desigual; porém, a outra direção não pode ser menos produtiva, que leva a um sentido mais articulado do espaço pós-moderno através da fantástica historiografia pós-moderna, como aquela que é encontrada tanto em ferozes genealogias imaginárias e em romances que embaralham figuras históricas e nomes como várias cartas de um baralho finito.

Se faz sentido evocar um certo "retorno ao contar de estórias" no período pós-moderno, o "retorno" pode ao menos ser testemunhado aqui em sua aparição completa (ao lado da qual a aparição da narrativa e da narratologia da produção teórica pós-moderna também pode ser identificada como um sintoma cultural de mudanças mais básicas que a mera descoberta da nova verdade teórica). Nesse ponto, todos os precursores da nova genealogia se encaixam no lugar: as lendárias linhas generacionais dos escritores do Boom, como Asturias ou García Márquez; as fabulações entediantes e autorreferenciais do "novo romance" anglo-americano que teve vida curta; a descoberta, por historiadores profissionais, de que "tudo é ficção" (veja Nietzsche) e que nunca pode haver uma versão correta; o fim das "grandes narrativas" em sentido muito semelhante, junto ao resgate de histórias alternativas do passado em um momento quando alternativas históricas estão em um processo de desaparecimento, e se você quer ter uma história, há, daqui por diante, apenas uma em que participar.*

A esta altura, já vivemos o nietzscheanismo — tanto artístico, quanto filosófico, científico, jurídico, político, econômico e jornalístico — profundamente, inclusive em todas as suas nefastas consequências. Podemos colocar fim ao romantismo ingênuo dessa forma, do qual o "pós-modernismo" [todo o nietzscheanismo, na verdade] não passa de um estágio degradado — Habermas e Jameson, e até Löwith no que tange à herança de Hegel que Nietzsche aceitou, estavam corretos. "Este é o motivo de termos sido levados anteriormente a definir o Modernismo como a experiência e o resultado da modernização incompleta..." O primeiro passo é colocar o nietzscheanismo na estante, onde ele irá acumular a devida poeira dos ventos que sopram de seus destroços. A pergunta que resta ao artista, então, é o que fazer a respeito do Modernismo, que foi interrompido precoce e equivocadamente, antes que pudesse frutificar. [Re]tomá-lo?

O ponto de Retomada proposto seria o Modernismo *que não foi tocado pelo dadaísmo, muito menos pelo futurismo, ou outra corrente provinda de Nietzsche*, pois se tratou do último momento sincero da arte em seu desenvolvimento saudável (que *focou no homem comum, nos fatos, na verdade, na ciência*), em que não havia errônea decepção com a modernidade, em que a astúcia lógica continuava responsável pelo desenvolvimento, em que havia anseio por liberdade, razão, igualdade e democracia e em que se buscava satisfação no moderno. Alguns dos pensadores que podem trazer luz são: Baker, Habermas, Chomsky, Ribeiro, Freire, Pedrosa, Trotsky, Freud, Marx, Kant, Darwin; com as devidas atualizações, os filósofos do contrato social (Hobbes, Locke, Rousseau); e com ressalvas Foucault, Lévi-Strauss e os filósofos do identitarismo, como Roudinesco e Risério. Os suicídios de Mayakovsky, Benjamin e Debord carecem ser estudados conjuntamente, porque representam três contextos distintos (extrema esquerda, extrema direita e globalização) de hegemonia do nietzscheanismo, embora tenham sido eles próprios representantes desse pensamento — e também principalmente por isso.

---

* JAMESON, 1991. p. 367. Tradução minha.

Parte II: O funil

Ao pousar em solo paulista, segui direto com minha mala azul samsonite e minha bolsa também azul com detalhes em couro escuro banana republic para uma reunião de trabalho. Ambas haviam sido recém-trazidas pelo pai de Paulo do Rio de Janeiro para Campo Grande e estavam reviradas por dentro — eu mal tinha tido tempo de as organizar. Eram quase as mesmas roupas dentro daquela mala — mesmas cuecas, mesmas meias, mesmas camisetas, mesmas calças jeans, à exceção das sungas (da ocasião de 4 de janeiro) que eu havia substituído por polos para o trabalho. Eu vestia uma calça diesel, não me lembro de qual camiseta usava, e meus tênis fila de uma campanha que fiz para o e-commerce shop2gether no instagram. Disseram que voltei americanizado... João Bosco estava em constante contato comigo, aguardando *ansiosamente* minha chegada. Eu, entretanto, não tive coragem de o encontrar tão prontamente ao sair da reunião. Em primeiro lugar, não saberia o que veria quando olhasse em seus olhos — tinha medo do que havia sido daquela cirurgia. Em segundo lugar, assim que, por sua vez, pisou os pés em São Paulo no dia 15, vindo do Guarujá, João sem pestanejar mergulhou de cabeça na tina e no G — apesar de ainda estar em recuperação da cirurgia. Aliás, antes ainda de chegar já estava assegurando as entregas das drogas, como demonstraram suas conversas com os traficantes Jotta e Deh, que eu acompanhava pelo aplicativo espião no telefone da diarista, desde logo cedo:

[15/01/2020 07:56:15] João Bosco: Jotta, você tem algo
[15/01/2020 07:56:37] João Bosco: Amoreee chego em sp hj
[15/01/2020 07:56:40] João Bosco: Deu certo?

[15/01/2020 07:59:18] João Bosco: Deh me manda sua conta meu ex vai falar contigo
[15/01/2020 07:59:22] João Bosco: Vou falar pra ele fazer
[15/01/2020 07:59:28] João Bosco: Mas não diga que eu peguei

Tentou convencer um "amigo" a reservar outra suíte cara para uma festinha, a que o amigo respondeu: "Deixa quieto. [Valor] muito alto pra hj", e então João foi planejar com JM algo com mais antecedência. Recebeu as drogas na rua Santo Antônio e deixou seus pais no estúdio para se hospedar em um hotel da rocca próximo ao Ibirapuera. Não tendo encontrado ninguém com quem rachar os custos fora o "ex" Sotto, que pagou por algo que não sabia o que era ou para que fim seria usado — provavelmente manipulado ou enganado —, Bosco colocou o grindr para bom uso. À noite, checou se tudo estava bem com a mãe antes de ela dormir:

[15/01/2020 22:26:34] João Bosco: Pra ligar na portaria e só discar *55 ou esse número <contato>
[15/01/2020 22:26:56] João Bosco: Tem o interfone do lado da orquídea
[15/01/2020 22:28:16] João Bosco: Fico constrangido de ter que ser assim mais e o que tenho
[15/01/2020 22:28:46] João Bosco: Eu até tentei arrumar um colchão
[15/01/2020 23:10:05] João Bosco: Te amo e obrigado sempre pelo seu amor que me mantém forte!
[16/01/2020 07:44:24] Mãe: Bom dia meu filho, vamos esperar Vc para tomar café!!!

Deprimente a situação de João, a passar a noite fumando metanfetamina em um quarto de hotel, recebendo eventuais visitantes "ativos" de aplicativo — quiçá, garotos de programa em busca de droga. No dia 16, não foi sequer se despedir dos pais, virado que estava de tina e G.

[16/01/2020 12:07:18] João Bosco: Nossa mãe qual o problema ? Eu nunca vi mais ruim que o Benedito e o Pai...
[16/01/2020 12:12:12] Mãe: Nós te amamos, tá bom, busque as pessoas certas, escolha seus amigos. Isso fará tremenda diferença em sua vida!
[16/01/2020 12:15:42] Mãe: Obrigado por tudo!
[16/01/2020 12:18:29] João Bosco: Eu amo vocês
[16/01/2020 12:41:09] Mãe: Foi Deus quem deu Vc pra mim, e Eu sei irá cuidar de Vc. Pra gente. Te amamos muito tmbm.
[16/01/2020 12:32:17] Mãe: Viu pedir pra Vc se alimentar melhor...
[16/01/2020 13:49:11] Mãe: Dormiu mais um pouco?
[16/01/2020 13:51:56] João Bosco: Nada
[16/01/2020 13:52:39] Mãe: Descanse a tarde mais um pouco. Filho Eu só quero que vc seja feliz pra Eu ser tmbm, e um pouquinho de pé no chão, faz bem né? Kkkk. A gente não é rico.

Ao longo do dia 16, Bosco conversou comigo várias vezes — estava extremamente deprimido e preocupado com dívidas. Pedia dinheiro, no entanto, eu era escorregadio. Era nítido, também por sua voz, que se encontrava quimicamente alterado [e sem dormir] fazia um tempo já — recordo-me até hoje daquele som tão frágil, mais fino e ao mesmo tempo áspero do que o usual. Apesar dos mal-entendidos que continuavam a existir entre nós, disse que sentia saudades de mim e que não conseguia ficar sem me ver. Eu lhe informei que estava por retornar a São Paulo a trabalho e que gostaria de conversar com ele pessoalmente — ainda que fosse apenas para buscar minhas coisas que haviam ficado em seu apartamento. Gostaria mesmo era de tirar todas aquelas bizarrices do Rio de Janeiro a limpo; não sabia se seria possível. Tudo continuava extremamente nebuloso em minha cabeça. De qualquer maneira, assegurei-o de que resolveria todos os problemas — financeiros e de outra ordem — assim que eu chegasse, e pedi que parasse de usar drogas para não continuar a meter os pés pelas mãos como eu vinha acompanhando pelo telefone espião, ou nossa conversa seria sem proveito. Ele concordou comigo em palavras, mas eu seguia em tempo real suas incursões no aplicativo de sexo [o que até certo ponto relevava] e no whatsapp. E, mesmo após eu ter confirmado a compra de meu bilhete aéreo e dito que voltaria na manhã do dia seguinte e que nos veríamos para colocar os pingos nos is, João continuava a marcar um "a 3" com Henrique e seu marido JM:

[16/01/2020 18:44:14] João Bosco: Oie
[16/01/2020 18:44:17] João Bosco: <chamando>
[16/01/2020 19:48:42] Henrique: Vamos dar uma saída agora depois queremos passar aí pra te ver
[16/01/2020 19:48:59] João Bosco: Pode ser
[16/01/2020 19:49:10] João Bosco: Perfeito
[16/01/2020 19:49:18] João Bosco: Que horas mais ou menos?
[16/01/2020 19:49:31] Henrique: Só se estiver livre tb
[16/01/2020 18:49:40] Henrique: Umas 22, um pouco antes
[16/01/2020 19:50:06] João Bosco: Blz

Todavia, Henrique cancelou o encontro, devido à prática de *slam* que tinha dado errado em alguma putaria anterior:

[16/01/2020 21:03:02] Henrique: <imagem do braço> Lindao, to com uma mega dor no braço... acho q vamos pra casa direto!
[16/01/2020 21:03:21] Henrique: Vamos nos ver no fds
[16/01/2020 21:03:26] João Bosco: Sussa
[16/01/2020 21:03:43] João Bosco: Melhoras e qlqr coisa

Bosco também continuava, a despeito de tudo o que havia vivido, a insistir em depositar sua fé em traficante que se passava por salvador da pátria — como se resgatar alguém da metanfetamina fosse algo fácil.

[16/01/2020 21:04:11] Kaliu: ajudo
[16/01/2020 21:05:30] Kaliu: De boa
[16/01/2020 21:05:33] Kaliu: Na moral
[16/01/2020 21:05:50] Kaliu: Fora isso não posso fazer mais nada por vc
[16/01/2020 21:05:59] Kaliu: Se quer ajuda com uso excessivo de t
[16/01/2020 21:06:06] Kaliu: Eu te tiro disso rapidamente

[16/01/2020 21:06:11] Kaliu: Já tirei vários
[16/01/2020 21:06:18] Kaliu: Quando vc precisar mesmo, vai procurar

Desapontado, voltei a conversar com João, esperando alcançar sua consciência ou seu coração e que um desses lhe fizesse mudar de atitude. Porém, a metanfetamina atua diretamente em regiões do cérebro que lidam com a empatia[*] e com as noções de ética, responsabilidade, autoconfiança e perigo.

A metanfetamina pode dar aos usuários a sensação de prazer, autoconfiança e energia além do que eles normalmente experienciam. A euforia é a sensação tentadora que a maioria daqueles que usam metanfetamina vem a desejar. Em contraste, algumas pessoas descobrem que suas emoções são "atenuadas" quando usam meth — o que quer dizer que se tornam menos cientes de seus sentimentos. Isto pode ser um fator motivador para pessoas que querem escapar de memórias dolorosas ou de circunstâncias de vida difíceis. Pesquisas mostram que muitas pessoas que se viciam em metanfetamina sofreram abuso na infância.

A desorganização e o caos podem aumentar rapidamente nas vidas desses indivíduos. Enquanto estão sob a influência de meth, podem ter a ilusão de serem mais poderosos e produtivos do que realmente são. Enquanto essa experiência pode ser prazerosa no momento, ela pode causar problemas na realidade. A meth pode fazer as pessoas se sentirem mais extrovertidas, falantes e autoconfiantes, mas também pode simultaneamente fazer com que se comportem de maneira bizarra.[**]

Por ter ciência disso, não posso dizer que de fato acreditava que João Bosco fosse repensar suas atitudes; eu tinha somente uma vaga esperança — também era egoísta e agia mais motivado pela necessidade de tirar um peso de minha própria consciência, porque já previa que João não pararia com a metanfetamina e muito menos com o G, tampouco deixaria de buscar sexo com estranhos aquela noite — portanto, ele colocava toda a minha boa vontade, que continuava realmente a existir, a perder:

[16/01/2020 21:34:53] Francisco: <imagem do bilhete aéreo> Eu já comprei este vôo.
[16/01/2020 21:35:13] Francisco: Está aí a hora que chego.

---

[*] KIM, Y. T.; LEE, J. J.; SONG, H. J.; KIM, J. H.; KWON, D. H.; KIM, M. N.; YOO, D. S.; LEE, H. J.; KIM, H. J.; CHANG, Y. Alterations in cortical activity of male methamphetamine abusers performing an empathy task: Functional magnetic resonance imaging (fMRI) study. *Human Psychopharmacology*: Clinical & Experimental, Southampton, vol. 25, n. 1, pp. 63-70, jan. 2010.

[**] HARTNEY, Elizabeth. What a Meth High Feels Like. Verywell Mind. Atualizado em 22 de junho de 2022. Ver nota xvii.

[16/01/2020 21:35:20] Francisco: Vou fazer exatamente o que te disse [resolver todas as pendências financeiras e de outra ordem].

[16/01/2020 21:37:42] João Bosco: Te aguardo

[16/01/2020 21:37:50] João Bosco: Pra completar essa cachorra começou a vomitar

[16/01/2020 22:09:41] Francisco: João, me escute: tome remédio e vá dormir. Amanhã tudo será melhor

[16/01/2020 22:09:55] Francisco: Estarei aí e vamos resolver todos esses problemas juntos

[16/01/2020 22:10:01] Francisco: Estou indo para cuidar de você — em todos os sentidos

[16/01/2020 22:10:11] Francisco: Vou cuidar de tudo. Fique tranquilo

[16/01/2020 22:10:23] Francisco: Apenas durma e descanse seu corpo e mente. E faça uma oração antes <emoji de coração vermelho>

Eu era inconscientemente jocoso, até sardônico, ao sugerir que Bosco orasse a um Deus que havia lhe instigado a arrancar os próprios olhos — Deus este cuja luz, somente então, João tinha sido capaz de enxergar no escuro. Bosco não me escutou nem se deu ao trabalho de me responder — muito menos se atentou à promessa bem-intencionada que fiz de que cuidaria dele. O efeito contínuo da metanfetamina era devastador e o induzia a um erro após o outro — e já fazia mais de mês que havia começado esse *binge*,* desde ao menos sua demissão no início de dezembro, aliás. A droga pode permanecer no organismo por três dias, e ele tinha estado em Brasília ao lado de seus pais por um tempo mais curto do que isso para a cirurgia de substituição das vistas — surpreendentemente. Não queria saber de dormir. O GBL o fazia ainda mais endemoniado por sexo. Em seu perfil no grindr (Dot 35 <emoji de gotinha>) com foto tirada no Moulineaux, às mesmas 22h10 em que eu falava com ele, diversas mensagens para "Gss", ATV/VERS — GOUT", " ", "M", "Junior", "Welligton", "DOT", "FUDEDOR 24cm", "Dot-26cm", "Tourist 42" … Talvez eu não devesse me surpreender mais. Não sabia por que não tinha Arthur no aplicativo ou por que não o contactava via mensagem comum aquela noite — quiçá, seu convívio era tão próximo que soubesse que ele não se encontrava em São Paulo —; tampouco sabia por que não havia convidado Túrio — quiçá, tivesse momentaneamente se cansado dele. João Bosco, simultaneamente a mim nas conversas e a outros no aplicativo de sexo, também chamava por whatsapp um vizinho "urso" que morava no prédio.

---

* *"Binge"* é um termo da língua inglesa que designa o uso de comida, álcool ou droga de forma compulsiva e ininterrupta, por um longo período, até que o físico de alguém desmorone.

[16/01/2020 21:36:33] João Bosco: João aqui seu vizinho do 812!
[16/01/2020 21:44:12] Digo: Mudou de número?
[16/01/2020 21:45:44] Digo: Terminando de ver um filme
[16/01/2020 22:04:28] Digo: Kkkk
[16/01/2020 22:05:02] João Bosco: <foto de pau>
[16/01/2020 22:05:07] João Bosco: <foto do tubo de gel para ser comparado com a espessura de seu membro>
[16/01/2020 22:15:44] Digo: <vídeo se masturbando e gozando>
[16/01/2020 22:16:04] João Bosco: Quanto leite
[16/01/2020 22:16:10] Digo: De manhã

Bosco respondeu com um vídeo próprio: "Tô de pau duro" — como era seu costume fazer com vários outros caras. Às 22h15, enviou no grindr a mesma foto do pau ao lado do tubo de gel para "Ativo no tzao" e mais fotos de rola e mais fotos de corpo e rola... A resposta do rapaz foi: "Curto cu cara. Nao rola" [rôla ou rola? As reformas da língua portuguesa têm retirado acentos demais]. Se o demônio existisse, estaria ou ao lado de João ou mesmo dentro de seu corpo naquela noite. Como se não bastasse tudo o que eu estava testemunhando, Bosco pendurou *meu* escapulário no pescoço, vestiu *minha* jockstrap e se fotografou para enviar a um sujeito que pediu as imagens pelo aplicativo. Na verdade, *ele* incitava os vários homens com ideias que eram intrinsecamente ligadas a minha pessoa para que os indivíduos fizessem tais pedidos. Circulou essas fotografias de bunda recém-feitas, mostrando-se virtualmente, inclusive encaminhando-as para "Ativo no tzao" — que, quiçá, possa ter se interessado. Decepcionei-me ainda mais, printei a tela do telefone espião e reenviei a João a foto como se um conhecido meu a tivesse recebido pelo grindr e me repassado, o que era possível, uma vez que há tantos gays num raio de cinquenta metros do Studio 1984.

[16/01/2020 22:28:26] Francisco: <foto de Bosco com escapulário e jockstrap diante do espelho>
[16/01/2020 22:30:08] João Bosco: Hahaha
[16/01/2020 22:30:12] João Bosco: Que sex

Intrigante o fetiche de se caracterizar com itens meus para se oferecer para outros homens.

Meu desapontamento superava minha curiosidade psicanalítica:

[16/01/2020 22:30:48] Francisco: <imagem de detalhe do escapulário>
[16/01/2020 22:31:03] Francisco: Com meu escapulário...
[16/01/2020 22:31:06] Francisco: Enfim
[16/01/2020 22:31:09] Francisco: Boa noite
[16/01/2020 22:31:52] João Bosco: Boa noite

[16/01/2020 22:32:01] João Bosco: Qual seu objetivo?
[16/01/2020 22:32:04] João Bosco: Me perseguir?
[16/01/2020 22:34:12] Francisco: Eu te comeria amanhã direitinho
[16/01/2020 22:34:15] João Bosco: Oi?
[16/01/2020 22:34:23] Francisco: Deixa pra lá
[16/01/2020 22:35:14] João Bosco: Além do escapulário tem outras coisas. É o máximo

Como o ignorei, alguns minutos depois Bosco me ligou dizendo que tudo não passava de uma brincadeira no aplicativo de sexo que não pretendia levar adiante. Não acreditei. Tentei dormir; não consegui porque as galhas que cresciam em minha cabeça doíam e faziam barulho. Sentei-me na cama novamente, apesar de ter de acordar muito cedo para tomar o avião, e me pus a ouvir o que o microfone do telefone espião captava ao vivo. João estava na rua, a conversar com alguém em espanhol. Então, começaram a caminhar e o aparelho perdeu sinal. Quando a conexão foi restabelecida, ouvi sons de indivíduos se beijando, gemendo e começando a transar. Não me segurei e liguei para Bosco nesse exato instante, por vídeo. Ele, por motivos óbvios, não atendeu na primeira vez — somente na segunda, um tempo depois. Quando questionado sobre com quem falava [inventei que havia ouvido uma voz ao fundo], respondeu que era com um argentino amigo de Walter, amigo que estaria com ele. Sem notar uma possível falta de nexo de minha isca por estar quase irracional, João confirmava que existia alguém no estúdio. Perguntei, então, se estavam trepando. Ele negou e após muita insistência mostrou o quarto: estava vazio — Walter e o outro rapaz teriam tido muito tempo para escapar àquele momento. A estória não fazia sentido e a única conclusão lógica a que cheguei era ou que João e o argentino transavam com Walter, ou que João e o argentino transavam na frente de Walter, ou que Walter e o argentino transavam na frente de João [o telefone sempre muito próximo] — mais não saberei. Falamos longamente e Bosco jurou que não faria nada aquela noite, argumentou que estava apenas "brincando" no app de sexo. Todavia, uma vez que eu demonstrava uma ciência quase sobrenatural das coisas, ele plantou ideia fixa na cabeça de que eu assistia a ele de um hotel do outro lado da rua do 1984, o Denver, a noite inteira — mesmo tendo em seu celular a minha passagem marcada para o dia seguinte. Às 00h36 do dia 17, enviei a seguinte mensagem:

[17/01/2020 00:36:31] Francisco: Talvez você tenha ganhado meu amor fácil demais, e por isso não valorize. Talvez eu não seja quem você procura e nunca tenha te satisfeito. Talvez por isso suas frequentes escapadas... Amor é algo que a gente conquista e nutre. Mas precisamos fazer por merecer. Eu vou até aí para lhe provar o meu amor e para estar ao seu lado e cuidar de você, a despeito de tudo o que aconteceu. Espero que você encontre valor nesse amor. "Eu quero a sorte de um amor tranquilo com sabor de fruta mordida..." Mas no momento que eu achar que não sou correspondido em minha entrega e lealdade, vou embora quando você menos esperar. Não passarei por aquilo de novo. Eu cuido de você mas você, por favor, cuide do meu amor. <emoji de coração vermelho>

Ele me ligou à 01h19, mas não atendi. Apesar de minhas palavras, um profundo desapontamento já se havia estabelecido.

[17/01/2020 01:22:46] João Bosco: Que seja amor.

A tentar compreender o meu conhecimento dos fatos, entretanto, João passou a madrugada mexendo no celular até descobrir como o aplicativo espião funcionava e tentou desativar essa função. Ainda assim, continuou a crer convictamente que eu me encontrava no hotel do outro lado da rua. Existia um complicador adicional — Bosco vinha desde o dia 15 me aterrorizando porque, por algum motivo, Carlos Ahola havia me contactado:

[14/01/2020 21:35:11] + 55 21 XXXX XXXX: Hey
[14/01/2020 21:51:21] Francisco: Perdi minha agenda, perdão. Ahola?
[14/01/2020 21:53:42] + 55 21 XXXX XXXX: Opa
[14/01/2020 21:53:42] + 55 21 XXXX XXXX: Sim

No dia 15 ainda cedo, Théo mexera no celular de Ahola e logo pediu que João averiguasse do que se tratava — e ele me questionou. Apenas enviei print de tela da conversa e explanei que não tinha entendido o que Carlos desejava. Théo e João continuaram a discutir a respeito, de toda forma.

[15/01/2020 12:25:31] Théo: Bicha hahaha
[15/01/2020 12:26:12] João Bosco: Não entendi nada da msg
[15/01/2020 12:26:18] Théo: Eu tb n sei o contexto pq ela ta bem lokona aqui comigo
[15/01/2020 12:30:52] Théo: Mas tava morto de curiosidade
[15/01/2020 12:31:35] João Bosco: Sim
[15/01/2020 12:31:50] João Bosco: Falando de lua de mel
[15/01/2020 12:32:15] João Bosco: Eu achei que ele estivesse bem, me ligou super sobreo

[15/01/2020 12:35:26] João Bosco: Fala pro Carlos parar de dar corda tbm
[15/01/2020 12:35:46] Théo: Ele fla q n da corda

Falaram como se eu houvesse enviado mensagem para Carlos ainda que o print comprovasse que foi o rapaz quem tomou a iniciativa de me buscar. Fato era que — na ocasião em que liguei por vídeo para Bosco e Théo se escondeu atrás da poltrona, no Moulineaux — João tinha me dito que o casal havia "terminado" e que Théo não queria voltar para casa —, por isso estaria ali com ele. Haja vista que Carlos Ahola regularmente vinha atrás de mim em busca de sexo e me abordava sobre outros assuntos também, enviei um inocente e breve texto para ele a expressar que sentia muito por seu término de relacionamento e que entendia pelo que passava — pois, naquele momento, eu vivia algo parecido. Ahola, então, perguntou quem havia me contado a respeito daquilo e fui honesto: que tinha sido Bosco. Foi o suficiente para que ele pegasse Théo em suas mentiras, porque aparentemente não haviam terminado coisa alguma e seu namorado fazia algo às escondidas na companhia de João. Dessa forma, durante todo o [breve] tempo em que estive no Moulineaux, Carlos perguntava para mim sobre o paradeiro de seu namorado — que, a propósito, foi embora do hotel minutos antes de eu chegar e nunca reencontrei, porém que tinha ido e vindo inúmeras vezes antes de minha chegada. Eu respondia a verdade: que não sabia. Por outro lado, tendo em vista que eu não possuía nenhuma confiança em João Bosco, deixei claro que não duvidava que Théo e Bosco transassem. À época, eu não sabia da nova preferência de ambos por serem passivos, e posteriormente descobriria que os "amigos" ao menos nunca se penetraram: poderia ter acontecido qualquer outro tipo de combinação com terceiros — inclusive envolvendo NovoA e/ou A* — antes de minha chegada ao hotel ou depois de minha quase execução, durante todo o tempo em que João permaneceu lá. Théo se fazia de vítima no relacionamento, alegava que era perseguido por Ahola, e interpretou que eu havia enviado minhas condolências a seu namorado por maldade [qual seria minha motivação?] — e passou a nutrir por mim ódio, ou recalque. Mais um a fazer isso. De todo jeito, ele e Bosco temiam muito que eu e Carlos Ahola mantivéssemos algum contato, pois não desejavam que trocássemos informações — uma vez que essa comunicação tinha o grande potencial de expor as mentiras contraditórias que os amigos contavam a seus respectivos "namorados". E, realmente, Théo e João trabalharam para minar qualquer diálogo que existisse entre Ahola e mim — embora nos conhecêssemos anteriormente a eles —, criando mal-entendidos e nos colocando um contra o outro: do tipo de coisa mais baixa que acontece comumente no meio gay. Eu enxergava com clareza o jogo, mas não sei se Carlos o percebia. Após ser atordoado por Bosco, apenas enviei a seguinte mensagem para Ahola:

[16/01/2020 21:39:50] Francisco: Cuidado porque o Théo está mexendo em seu celular e lendo todas as suas mensagens.

Carlos Ahola nunca mais falou nada e, a propósito, bloqueou-me no whatsapp. Quiçá Théo o tivesse prometido que, se Carlos fizesse isso, seria fiel a ele e o amaria para sempre... Desde essa ocasião, entretanto, Ahola passou a assediar João pelo instagram — certamente por continuar pensando que ele fosse ativo, numa tentativa de se vingar de Théo com seu amigo. Ainda assim, fiquei muito curioso a respeito do que o loiro tinha para me dizer naquele dia 14. E o que me deixou mais intrigado foi o desespero de Bosco e Théo para impedir que nos falássemos. Sofri assédio, insistiam em saber do que Ahola e eu conversávamos. Minha curiosidade ganhava força, pois de todas as festinhas e putarias eu já sabia, ou possuía muito material com que construir os cenários — não era nenhuma novidade —; o que eu gostaria de descobrir de fato era se Théo havia sido introduzido à Rede em suas visitas ao Moulineaux.

Da sala de embarque do aeroporto em Campo Grande no dia 17, logo cedo eu tinha assistido à movimentação de João no "celular da diarista": desativou o google chrome, excluiu o grindr e limpou o cache, excluiu os dados da pasta Arquivos, excluiu os dados e mais uma vez limpou o cache dos aplicativos *fotos* e whatsapp, e por fim desabilitou o backup do aparelho em sua conta do google... Por mais esse estranho comportamento de Bosco (que se somou ao assédio fora de proporções a respeito de meu contato com Carlos Ahola), depois de ter pousado em São Paulo e saído de minha reunião de trabalho, eu quis postergar ao máximo meu encontro com ele; considerei até não ir. Porque, após refletir sobre os fatos da noite, mesmo a levar em consideração os efeitos da metanfetamina e do G, eu já achava "que não estava sendo correspondido em minha entrega e lealdade". Encontrava-me extremamente decepcionado com o que havia testemunhado virtualmente na noite anterior e não existia clima de romance nenhum de minha parte. Talvez em seu delírio João acreditasse que houvesse... Em meu turno, não queria lidar com fluidos frescos deixados por estranhos... Algumas de minhas palavras em 00:36:31 tinham sido vazias, então, quando as havia escrito; muito mais depois de ter *dormido sobre o assunto*. Eu somente gostaria de pegar minhas coisas que haviam ficado em seu estúdio e alugar outro apartamento. Com minha mala e bolsa, hospedei-me em um hotel porque tinha dormido muito pouco e aproveitei para refletir. Existia também muito receio de retornar ao Studio 1984 — as memórias do Rio de Janeiro continuavam vivas em minha cabeça. Eu me dava conta de que tinha superestimado minha melhora. Ao mesmo tempo, sentia muita vontade de me vingar de Bosco por tudo o que havia feito sexualmente na noite anterior — e ainda que nunca descobrisse exatamente o que, seria também uma forma de me distanciar emocionalmente dele e por consequência evitar que aquelas "traições" me doessem ainda mais, pois essa dor aumentaria, eu sabia, quanto mais refletisse sobre aquela madrugada. Era um "método" antigo que já tinha utilizado com Tiago e em outras rebordosas de relacionamentos; é possível se dizer que possuía base em meu antigo vício em sexo — em si um sinal de imaturidade — e também se pode fazer 1 milhão de outras críticas, todavia o recurso era eficaz em me ajudar a desviar o foco emocional, em tirar alguém do pedestal. Desejava fazer aquilo de maneira secreta; contudo, ao mesmo tempo, meu inconsciente quase consciente gostaria que Bosco sentisse o mesmo que eu havia sentido. Por esse motivo, entrei no whatsapp e soltei a seguinte mensagem em um grupo de sexo no qual tinha sido incluído:

[17/01/2020 11:40:12] Francisco: Alguém disponível nos Jardins agora?

Levando-se em consideração tudo o que havia vivido na primeira oportunidade em que entrei no grindr na cidade de São Paulo na rua Frei Caneca, não poderia esperar que tal chamado passasse desapercebido — muito menos vindo de meu número de telefone. Acabei por me encontrar com um amigo [sim, assimilei a terminologia gay] que nem membro do grupo era, e transamos a tarde toda. Pus para bom uso minha energia acumulada. Alexandre era casado (com um homem), porém seu relacionamento era aberto. Tínhamos ótima química. Recebi insistentes mensagens em meu celular tanto de João Bosco, que buscava saber sobre meu paradeiro, quanto de Hélder — um GP que tentava se aproximar de mim havia anos pelas redes sociais e que tinha se deparado com meu convite. Eu disse a Bosco que estava "resolvendo coisas de banco"; e chamei Hélder a se juntar a mim e a Alexandre — no entanto, depois de tanto afinco para falar comigo, o garoto simplesmente sumiu ao receber o endereço do hotel. Não fez falta, pois sempre me decepcionava em ação — era uma típica imagem que me atraía; a despeito disso, não possuía pegada no sexo; eu me esquecia e dava uma segunda chance quando ele me buscava com insistência, apenas para me decepcionar novamente; aquela foi a última vez. Após muito nos divertirmos — no quarto existia um espelho ótimo acima de tudo —, Alexandre precisava ir e eu também — apesar de desejarmos passar a noite inteira juntos. No fim da tarde nos despedimos e fiz check-out no hotel para ir ter com Bosco, caso uma reviravolta acontecesse e decidisse dormir em seu apartamento. Em retrospectiva, o check-out foi um erro, porque eu continuava extremamente ansioso a respeito desse encontro e minha intuição pedia para cancelá-lo — meu coração palpitava e minhas mãos estavam geladas. Senti medo ao embarcar no übe rumo ao Studio 1984, e quase tremia quando vi o prédio surgir na distância. Com coragem, desci do carro e entrei no edifício. Ao passar pelos seguranças, a sensação foi de certo alívio e comecei a me acalmar — eu não poderia transparecer nada do que estava sentindo a João. Assim, quando saí do elevador e toquei a campainha de seu apartamento, tentei demonstrar o máximo de calma e naturalidade.

João Bosco vestia seu roupão azul-marinho e parecia assistir à TV — pelas marcas no lençol, ele estava deitado do lado da cama próximo à porta de vidro da sacada não fazia muito tempo; a roupa de cama estava intacta. Nós nos cumprimentamos — sem um beijo, mal nos olhamos no rosto, e ele se dirigiu imediatamente para as cortinas, abrindo-as. Voltei a ficar tenso por isso, antecipando já o mesmo comportamento bizarro de antes. Quem assistia a nós dois? Bosco se deitou do lado oposto da cama, próximo ao banheiro, de uma maneira atravessada, enquanto eu, exposto pela vidraça, deixava minhas coisas na sala e o via através da estante vazada. Sentei-me na cabeceira da cama — do mesmo lado de João. Verifiquei que a roupa de cama de fato havia sido trocada recentemente, pois cheirava a secadora e amaciante. Ele disse que estava com fome — afirmou que havia me esperado a tarde toda. Duvidei [não da fome, e sim, da espera], no entanto pedi desculpas — menti que eram muitas coisas de banco a resolver. Ele sugeriu que pedíssemos algo para comer pelo aplicativo, o que achei ótima ideia. Bosco insistiu que eu ficasse à vontade e que me despisse. Tirei os tênis e a camiseta. Repentinamente, contudo, ele olhou para o mesmo ponto fixo de sempre na estante (que tinha um lado voltado para a sala e outro, para a cama) — senti um frio no estômago. Foi somente então que me lembrei a respeito de seus olhos — outro frio no estômago. Mirei neles profundamente, a ver se achava algo de diferente: os olhos virtuais se assemelhavam aos reais — possuíam quase alma. Era uma alma programada, todavia, assim como o comportamento de João era uma encenação na tentativa de transmitir normalidade, como se houvesse dormido a noite toda e tivesse tido um dia saudável e regulado, sem sexo com estranhos. Entretanto, eu estava certo pelo tom fino e áspero de sua voz e também por seu aspecto desidratado — que sob a luz acima da cama eu notava —, que ele continuava "virado" em seus hábitos de tina e G. Não me enganava. Posicionou-se de maneira ainda mais atravessada — sua cabeça próximo à TV ligada e seus pés na direção da mesa de cabeceira. Propositalmente, abriu o roupão e revelou sua nudez — pau à mostra, semiereto. Para quem se mostrava? Era para mim? Passou a encarar o espelho do banheiro — que refletia o lado de fora — e o ponto fixo da estante de sempre [o ângulo de seu olhar não era natural, porque eu me encontrava do lado oposto desse ponto fixo]. Fiquei cada vez mais apreensivo, voltei a suar frio. "O que vim fazer aqui?" — me perguntei. "Estou perdido; ele não vai me deixar sair. Eu caí na armadilha". Bosco percebia e indagava se estava tudo bem, ao passo que eu matutava em como sair daquele prédio, então que era noite — no escuro, os indivíduos de olhos vácuos circulam com mais confiança do que à luz do dia. De repente, como que para tornar as coisas ainda piores, João questionou se eu tinha em minha posse seu telefone. "Claro que não", rebati — acreditava que aquela era uma questão pacificada. Ele passou a mão por minha perna, por meu bolso. Levantei-me bruscamente e peguei minha bolsa azul, que continha meu laptop. Passei a mantê-la a tiracolo. Retornei à cama e me pus ao telefone. Bosco quis saber com quem eu falava — respondi que era com a assistente de pós-produção da série —, e eu quis saber de volta para quem ele exibia sua nudez daquela maneira. Ele falou que nem havia notado que algo estava à mostra e eu engolia em seco; tentava enxergar o que existia na escuridão da cobertura. Enviei mensagem a Alexandre, pois ele morava nas redondezas, para saber se poderia me encontrar rapidamente e guardar o laptop. O rapaz me inquiria sobre o motivo, e em meu nervosismo eu não conseguia inventar uma desculpa. Meu medo era de que A Rede, insatisfeita com o paradeiro do celular de João ou a suspeitar que eu tivesse acesso a algum material de meu telefone destruído [ou outra coisa de interesse deles], então quisesse meu computador. Contudo, minha vida estava naquela máquina — roteiros que vinha escrevendo havia anos, rascunhos de livros, trabalho... Não gostaria que o laptop tivesse o mesmo fim que meu velho celular — e comecei a me desesperar ao me ver sem saída. Para piorar, Bosco mudou de ideia: queria comer fora, em um dos restaurantes da rua Avanhandava. Nesse momento, comecei a perder o controle de minha ansiedade, que ameaçava se tornar pânico. Apenas ao considerar caminhar naquelas ruas do entorno da praça Roosevelt à noite eu tinha quase uma crise — recordava de tudo o que havia sofrido nas ruas do Leblon na madrugada do dia 5 de janeiro, doze dias antes. Tinha medo de discordar de João, não obstante ter insistido um pouco na ideia antiga de pedir algo pelo ifood. Eu tentava ganhar tempo enquanto ele se vestia — e combinar algo com Alexandre. Mas Bosco se compôs rapidamente e não tive tempo de concluir um plano sequer. "Vamos?" — ele sorriu e não transpareceu sinceridade. Notei nesse instante que um de seus olhos era vácuo também — era um tom de marron mais claro do que o outro e parecia que não estava ali naquele mesmo tempo presente que nós; era programático. Verdadeiramente amedrontado, concordei em ir. Quando me pus de pé, passei a alça da bolsa por meu pescoço e João me perguntou com espanto se eu a levaria comigo. Respondi que sim, uma vez que "havia combinado com a assistente de pós-produção que ela carregaria algo em meu laptop para revisão". Negava-me a deixar meu computador naquele estúdio, cuja fechadura tinha uma senha que podia ser compartilhada a qualquer momento com qualquer um e que metade de São Paulo já conhecia. Bosco demonstrou estranheza perante minha atitude, aproximou-se de mim e tateou meu bolso novamente — um ato menos sutil do que o anterior; era como se procurasse algo, talvez ainda não estivesse acostumado aos seus novos olhos, ou se tivesse acostumado com uma mania da cegueira. Colocamo-nos a caminho do restaurante, e o tempo inteiro João fazia a mesma pergunta: "por que eu levava aquela bolsa comigo?" O terror se instaurava em mim porque sua voz começava a ser tomada por um tom de crueldade que já me era familiar. O que eu havia feito? Por que tinha posto os pés naquele prédio? Por que me havia colocado de novo sob o alcance de Bosco?

Quando saímos pela Martinho Prado sob os olhos atentos dos seguranças, continuei a me apavorar de uma maneira crescente, com rapidez vertiginosa. A rua era escura e tínhamos de atravessar aquela ponte sobre a avenida Nove de Julho. As pessoas que passavam por nós aparentavam ter olhos vácuos iguais aos de João — justamente o que eu temia, o mesmo que eu havia encontrado no Rio de Janeiro — e me encaravam sem desviar o olhar por um só momento. Eu pensava que um deles iria puxar minha bolsa e sair correndo — e a segurava firmemente, colada em meu corpo, pois meu laptop continha minha vida —, ou que sacariam a qualquer hora uma arma para me matar, terminando o trabalho que não puderam concluir no Rio com a mesma perversidade. Um indivíduo em particular se destacou — vestia uma camisa social amarela e tinha escárnio em sua feição. Ao celular, eu insistia para deixar a bolsa na portaria de Alexandre, e ele finalmente concordou. Era tarde demais — João e eu já virávamos a esquina da Avanhandava. Bosco me indagou a respeito de qual restaurante eu preferia e eu dizia que "era tudo igual" [de fato, pertenciam aos mesmos donos]; queria parar no primeiro que cruzássemos e simplesmente entrar. Não possuía mais palavras. Ele quis caminhar até a fonte da esquina e me aterrorizei quando vi dois sujeitos caminhando em nossa direção, somado à forma como os seguranças da rua me fitavam. Davam a impressão de que sabiam que algo estava prestes a acontecer. O medo de um assalto à mão armada ou de uma execução se fazia cada vez mais forte em mim e secamente falei: "Não quero mais andar. Quero voltar ao restaurante". João achou meu modo grosseiro e se ressentiu. Não me importei — dei meia-volta e caminhei, veloz. Chegamos ao primeiro restaurante que havíamos passado — o Olyntho, que tinha a fila menor — e pedi para que anotassem nossos nomes. Surpreendi-me com o tempo de espera. Pessoas do nada começaram a se acumular ali. Eu não queria estar do lado de fora. Perguntei a João se ele não mudaria de opinião para comer em casa; ele insistiu em que permanecêssemos — deu a alternativa de irmos a outro restaurante. "Não, vamos ficar aqui." Eu não me sentia nada confortável naquele ambiente — algumas pessoas me olhavam querendo o meu mal, ou eu achava. Pareciam representantes da boa família cristã, e isso me pôs mais medo ainda — como quando Bolsonaro foi eleito e eu saía a caminhar pelo Leblon e examinava cada indivíduo da rua questionando-me se essa pessoa parecia ou não fascista. Não quis restar em pé na calçada e me sentei ao peitoril de uma janela do restaurante a tentar me esconder, entre aquela multidão, dos carros que passavam, porque temia que de um deles alguém sacasse uma arma e disparasse. Bosco queria saber o que se passava comigo e me tateava, o que me incomodava — eu não diferenciava se era a cegueira que o havia deixado com aquele costume, ou se realmente procurava algo. O quê? Ele pediu bebidas. Por um instante, pensei que tudo fosse ficar bem — o álcool haveria de me inebriar —, porém as pessoas começaram a abrir o espaço a nossa frente de forma que fôssemos novamente expostos à rua. Os seguranças me olhavam estranho — aqueles próximos a nós, e também os posicionados do outro lado da rua. Pedi para que entrássemos e fôssemos esperar no bar. Continuava a ter a sensação de que os indivíduos me encaravam como havia sido na saída do Moulineaux. Encostei no balcão ao passo que me atentava à movimentação: as famílias com crianças eram removidas do interior do recinto e substituídas pela figuração que repentinamente tinha preenchido a Avanhandava. João pediu aperitivos; prensava-me contra o bar e me tateava mais. "Por que eu havia trazido a bolsa?" — queria saber o que eu escondia. "Não estou escondendo nada." Interrogou-me sobre o paradeiro de seu celular. "Já falei. Meu amigo foi ameaçado de morte no Rio e teve de entregar 'ao verdadeiro dono'." Aquilo não fazia sentido, ele rebatia, e saiu por alguns instantes a me deixar só. Até hoje não tenho certeza sobre quais pessoas realmente queriam o meu mal e quais viam o terror em meus olhos. Comecei a ligar para meus amigos e a conversar com eles de forma a mantê-los na linha caso alguma coisa acontecesse comigo — assim, saberiam imediatamente. Também meus amigos julgaram meu comportamento inusual. Ney perguntava se estava tudo bem e eu repetia, com a voz fraca e sem convicção, que sim. Minha boca estava seca. Bosco retornou: havíamos conseguido uma mesa. Sentamo-nos e pedi que apressassem a comida. Todavia, não possuía a mínima fome. Estava prestes a vomitar. João estava faminto: "Por que eu não comia?" Arranjaram-nos assentos aos fundos do restaurante, em um lugar parcialmente isolado. Eu tinha medo daquele lugar, do que poderia ocorrer ali. Telefonei para meu pai. Não me lembro do que disse a ele — eu estava simplesmente apavorado. Apenas me recordo de sua surpresa ao saber que eu me encontrava com Bosco, afinal eu havia jurado que nunca mais o veria. Meu pai pediu que passasse o telefone a ele, o que fiz, e foi extremamente ríspido com João, a fazer exatamente o que eu havia lhe pedido e a mandá-lo embora. Bosco se levantou da mesa com lágrimas nos olhos — profundamente ferido — e partiu. Mal dei atenção: não discernia se era meu amigo ou meu inimigo. Eu não conseguia fazer nada ou sentir nada mais — tinha muito medo de morrer, que a situação do Rio de Janeiro se repetisse. Via apenas maldade nas pessoas. Pedi a meu pai que mandasse alguém me buscar e sondava os poucos amigos que possuía na cidade se poderiam vir me encontrar. Eu alegava que pressentia correr risco de vida, e os paulistanos — que já são excessivamente individualistas — inventavam inusitados motivos para não comparecer.

Por fim, levantei-me da mesa e retornei ao bar — continuava a recear que algo me acontecesse naquele canto isolado, alguma coisa que fosse facilmente encoberta. Os garçons também me olhavam de um jeito esquisito — talvez eu agisse esquisito. Não sabia mais, sou um narrador nada confiável em primeira pessoa. A impressão era que os clientes normais do restaurante Olyntho, os que não eram de "boa família cristã", continuavam a ser substituídos por uma figuração semelhante àquela do bar Giba. "Que famiglia infernal", pensei. Os garçons já quase riam de mim. Não sei se foi meu pai ou algum de meus irmãos — alguém me informou de que meu advogado viria me acompanhar. Eu pedia que tivessem cuidado, pois era possível que eu corresse risco de vida. Nunca me deixariam em paz? Aguardei; o local ia se esvaziando — restavam apenas os indivíduos de olhares vácuos. Existia a sensação de que alguém queria me cobrar pela conta, entretanto não haviam se dado ao trabalho de levar aquele teatro tão adiante. Perguntaram-me se eu gostaria que embrulhassem a comida para viagem e disse que sim; ela permaneceu no mesmo canto da mesa. Em um dos apartamentos daquele prédio, justamente em cima do restaurante, morava Arthur Scalercio — foi a única coisa de que me lembrei. Realmente não cria que teria a sorte de escapar com vida, como tinha sido o caso no Rio. Não pensar é uma coisa; não acreditar é pior. Olhava para a vidraça da frente e, através dela, via a rua que de uma hora para outra havia ficado vazia. Tinha vontade desesperadora de sair dali. Para onde? Não cometeria novamente o erro de pedir um übe. [Havia encontrado um áudio de João sobre os eventos que se seguiram à minha fuga do Moulineaux e ele comentava a respeito de minha rota que "foi descobrindo no übe pelo cadastro do número porque Francisco só tinha um celular" — o que significava que minha conta era hackeada e por isso sumiram dali todas as viagens e os pedidos de carro referentes àquele dia.] Eu era alvo fácil, de novo. Esperei; conversava sem parar com amigos e conhecidos — todos os que me vinham à mente. Wagner Strauss, meu advogado e amigo de meus irmãos, surgiu à porta do Olyntho. Wagner sofreu de hipóxia perinatal, e a falta de oxigênio no parto desencadeou atraso em seu desenvolvimento motor — embora não houvesse nenhum comprometimento cognitivo. Eu me senti aliviado ao vê-lo, o que não significava que sobreviveríamos — haja vista que ele não tinha a mínima noção do que era A Rede. Lidávamos com uma gigantesca e corrupta teia de perversão. Não fiz sequer a gentileza de pagar a conta; fui me encontrar com o sócio de Strauss à porta. Uma vez que eu tinha comunicado que corria risco de vida, eles haviam chamado escolta policial confiável. Nem isso me acalmava. Do lado de fora, aguardei que Wagner resolvesse a questão da conta para que fôssemos embora dali. Entrei no carro dirigido pelo sócio dele — éramos sempre seguidos pelo carro da polícia à paisana. Eu insistia em saber para onde íamos e Strauss debatia o assunto acaloradamente com meu irmão caçula; meu medo era de que fôssemos cercados por criminosos e alvejados em algum semáforo da Nove de Julho, como na Vieira Souto. Eu fazia uma live em meu instagram para mostrar os carros ao nosso redor; os espectadores não compreendiam bem o que se passava. Finalmente, decidiram nosso destino — que esconderam de mim. E a bateria de meu celular acabou. [Esse parece ser um tema recorrente nesta narrativa, nada proposital.] Gritei com Wagner e seu sócio, que estava irritado e colocava no amigo de meus irmãos a culpa por estar naquela situação. No ponto final, após muito terror, fui cercado por oito pessoas, que me seguraram e deram duas injeções doloridas em minha coxa rígida. Se fosse a morte, ela teria sido mais bem recebida. Eu fui institucionalizado.

> Não será jamais possível saber [quem é o autor], pela simples razão de que a escritura é a destruição de toda voz, de toda origem. A escritura é esse neutro, esse composto, esse oblíquo pelo qual foge o nosso sujeito, o branco-e-preto em quem vem se perder toda identidade, a começar pela do corpo que escreve.*

Mantiveram-me sedado e amarrado até o dia seguinte — os nós eram tão fortes que danificaram o nervo de meu antebraço direito e perdi parte da sensação dos dedos e da mão. Eu semiacordava vez ou outra, e me injetavam mais medicamento. Suplicava para que afrouxassem um pouco os nós, pois meus braços tinham já um tom púrpura, mas não me davam ouvidos. Entravam e saíam. Nem sequer percebiam que minhas extremidades estavam roxas. Um jovem psiquiatra dizia que "sua mãe está chegando, Francisco". Despertei levemente quando outra pessoa entrou no quarto e insisti que afrouxasse os nós, porque não sentia minhas mãos e pés. "Mas precisou juntar oito de nós pra te segurar ontem. Você não vai fazer nada?" Não vou fazer nada. "Jura?" Eu juro. E a enfermeira saiu e voltou. Saiu e voltou. Atendeu ao meu pedido. Pouco depois, entrou no quarto minha mãe, com lágrimas nos olhos. "Francisco, sua mãe." "Oi, meu amor" — ela disse e veio me abraçar. Não me lembro se conseguiu me abraçar, se eu estava ainda amarrado ou não. Não me recordo se estava nu ou vestido — creio que existia uma camisola; não sei como a puseram em mim. Rasgaram minha camiseta — aquela cuja cor ou marca não memoro. As drogas que nos aplicam nas instituições psiquiátricas causam grandes danos à memória. Eu fui institucionalizado.

> O sentido que apreendemos do autor implícito inclui não apenas os significados obtidos do texto, mas também o conteúdo moral e emocional de cada elemento de ação e de sofrimento de todos os personagens. Inclui, em resumo, a apreensão

---

* BARTHES, Roland. *A Morte do Autor*. O rumor da língua. São Paulo: Martins Fontes, 2004b.

de um todo artístico completo; o valor maior legitimado por esse autor implícito, a despeito das posições ideológicas do autor na vida real, é aquele expresso pela forma total.*

O jovem médico chegava na sala sempre acompanhado por uma mulher igualmente jovem — não era claro para mim qual a função dela. Falavam coisas sobre mim e me perguntavam coisas de que não me lembro — as drogas que nos aplicam nas instituições psiquiátricas realmente causam grandes danos à memória. Eu explicava o que havia acontecido na noite anterior e me questionavam ainda mais. Eu argumentava que Bosco talvez quisesse roubar meu laptop e que pensei que minha vida corresse risco. Era dolorido contar, assim como dói escrever. Eles inquiriam mais. Eu falava que havia sido filmado e que quase fui executado no Rio de Janeiro. Dopado, como elucidar tudo o que me levou [neste presente rascunho do livro] 307 páginas de word — em fonte Calibri, tamanho 11 — para comunicar até aqui? Agora já são 370. Agora já são 470. Agora já são 583. O jovem médico concebeu que eu portava alguma condição muito intrigante — e ansiava me manter como seu objeto de estudo (descobri que a mulher que mal falava era sua chefe). No entanto, minha família decidiu que a instituição antiga de tijolinhos à vista não apresentava infraestrutura adequada para nos atender: minha pobre mãe, minha acompanhante, não tinha onde dormir. Não podíamos sequer usar o banheiro sem que alguém estourasse porta adentro — afinal, não havia trancas porque estávamos em uma instituição psiquiátrica. Ela também não tinha o que comer ali dentro porque não era costumeira a presença de acompanhantes. Apesar da medicação, eu começava a me dar conta de que havia tido uma simples crise de pânico — acionada propositalmente ou não —, pois eu me aprofundava em um transtorno do estresse pós-traumático desde o episódio carioca. Pedia para ser liberado; ninguém conversava comigo sobre o que de fato acontecia, nem minha mãe. Ela mantinha distância de seu celular porque João Bosco o bombardeava com mensagens. Devido a minha insistência, o jovem médico veio me dizer que eu não mais possuía poderes sobre mim, que eu era um tipo de pertence de minha família e/ou do Estado. E afirmou ter muito interesse em ir mais a fundo em minha "condição mental": para explicar o que havia ocorrido, eu tinha mencionado "câmeras" — o que, na visão dele e de sua chefe, automaticamente fazia de mim um paranoico esquizofrênico; para além disso, eu lidava com câmeras em minha profissão, o que tornava o caso psiquiatricamente muito mais "curioso". O médico insistiu: eu permitiria que

---

* BOOTH, W. C. *The Rhetoric of Fiction*. Chicago: The University of Chicago Press, 1983.

ele me fizesse de seu objeto de estudo? Agradeci por seu interesse [como dizer na cara de um psiquiatra que sempre nutri absoluto desprezo pela psiquiatria?], contudo expressei — se minha vontade valesse ainda de alguma coisa — que eu preferiria ser transferido a um lugar que se parecesse ao máximo com um hotel. O sistema havia decidido que eu não era digno de minha liberdade ou sequer dono de minha pessoa. E não tinha nada que eu pudesse fazer. Eu era um cativo. Restava-me não me permitir ser um rato de laboratório. O jovem médico ia e voltava com minha mãe, conversavam coisas do lado de fora que eu não podia acompanhar por não ser "capaz" [e eu tinha vergonha de os seguir de camisola], e me comunicaram que haviam conseguido vaga "no melhor *spa*" de São Paulo. Eu imaginava uma velha casa de cor creme em uma fazenda, cercada por área verde onde eu pudesse me recompor — reforço: a ideia vendida foi a de um "spa". Fui enfiado em uma ambulância — que alardeava com sua sirene ligada que eu era maluco por todas as ruas por que passávamos pela cidade — e colocado em um lugar de paredes brancas de oito metros de altura onde nem sequer existiam janelas. Nesse ponto, minha mãe deixou de me acompanhar. Eu fui institucionalizado.

> "[O leitor] é o espaço mesmo onde se inscrevem, sem que nenhuma se perca, todas as citações de que é feita uma escritura: a unidade do texto não está em sua origem, mas no seu destino, mas esse destino já não pode ser pessoal: o leitor é um homem sem história, sem biografia, sem psicologia; ele é apenas esse *alguém* que mantém reunidos em um mesmo campo todos os traços de que é constituído o escrito." (BARTHES, 2004b, p. 64)

Muito embora haja aqui um esforço para esvaziar esse leitor das marcas clássicas do humanismo tradicional (a sua biografia, história e psicologia), não deixa ele de se constituir precisamente como o autor: um sujeito definido como origem e centro produtor de sentidos a serem *unificados* em um processo de leitura que deve cobrir *todos* os traços do texto a ser lido. Não é outra, diga-se de passagem, a função do leitor que constitui o "autor implícito" em Booth. Assassinado na porta de entrada do ensaio [de Barthes], o autor, por assim dizer, retorna pela porta dos fundos. Sua condição é menos a de um morto que a de um morto-vivo ou de um espectro que retorna.[52]

Sentindo-me preso e observado em casa de minha família em Mato Grosso do Sul, eu queria ser [ou me sentir?] um lixo em outro lugar. Consegui. Meu resumo de alta da primeira instituição lia [a nada disto tive acesso no tempo real]:

RESUMO DE ALTA
Data e Hora de Saída: 19/01/2020 16:01
Proced. da Alta: *** Conferir se houver mudança em relação ao procedimento da AIH da internação oficial *****

Diagnóstico Principal/cid: F29 – Psicose não orgânica e não especificada
Diagnóstico Secundário/Cid:

Funcionalidade atual (higiene pessoal, vestir-se, locomover-se, tomar banho, uso do vaso sanitário, alimentar-se, subir degraus, sentar em poltrona sozinho): Independente

Resumo da Internação (descrever motivo da entrada, evolução e intercorrências, especificar tratamentos realizados): Paciente iniciou discurso persecutório e autorreferente em 24/12. Iniciou tratamento com psiquiatra particular em Campo Grande com escitalopram. Mãe refere que antes desses episódios paciente nunca apresentou nenhuma alteração psiquiátrica. Em sua internação neste serviço, foi avaliado pelas equipes de clínica médica e neurológica, que descartaram causas orgânicas do quadro.

Principais Exames: Vide anexo

Planejamento Terapêutico Pós Alta (incluir medicamentos e horários de tomada): Transferência de cuidados

Consultas ambulatoriais e data sugerida:

Presença de dispositivos: ( ) Sonda ( ) Gastrostosmias/ostomias ( ) Traqueostomia ( ) Sonda Vesical de Demora (X) Não se aplica

MÉDICO(A): XXX

CRM: XXX

A inexperiente doutora que me atendeu no "spa" fez perguntas idênticas às dos outros profissionais e registrou todo o meu relato à mão — e demorou uma eternidade para isso. Faz anos que não escrevo à mão; digito na velocidade da fala de qualquer ser humano, a enxergar o teclado apenas de modo periférico — minha mãe me ensinou a prática na velha máquina de datilografia, e a usar os dedos certos para cada tecla. Certa vez, minha antiga professora de quinta série, Léa Nádia Garcia Bardí — severa ao extremo —, disse que eu tinha boa caligrafia, caligrafia esta que algumas pessoas criticavam para me injuriar. Depois de meu primeiro laptop, raramente usei caneta ou lápis para escrever; hoje, eu também levaria uma eternidade para escrever à mão qualquer coisa, mesmo na lapiseira 0.7. Até a caligrafia da aprendiz de psiquiatra era infantil. E quanto mais ela ia se demorando, mais eu retirava de meu discurso qualquer menção a câmeras. Já havia ocorrido comunicação entre ela e o outro jovem profissional da instituição anterior, de toda maneira, à exclusão do psiquiatra mais experiente que diagnosticou meu TEPT — logo, do segundo médico vinha o diagnóstico errôneo, que diferia daquele do psiquiatra de Campo Grande, que defendia que eu sofria de transtorno do estresse pós-traumático (do qual a crise de pânico é um sintoma). [In]consequentemente, que mantivessem *todos os celulares* longe de mim. Que não mencionassem, em qualquer hipótese, que existiam *câmeras* no recinto. Que não tirassem *fotos* de mim. *Eu era um psicótico com problemas com câmeras.* Havia pouco [ou nada] que eu podia dizer para que me levassem a sério, uma vez institucionalizado. Nem em meu estado depressivo eu conseguia ignorar o aspecto piadístico daquela situação, pois me deparava com câmeras em cada canto do spa — bem propositalmente à vista. Se a raiz de meu problema realmente fosse "câmeras", teria imergido em psicose eterna. A psiquiatria é mesmo quase dadaísta de tão nietzscheana. Era um domingo e o técnico de enfermagem Edgar, um gay afeminado que se apresentou para mim muito educadamente, escoltou-me até meu quarto. Passei pelos outros cativos no caminho, no entanto, não tive muita coragem de mirá-los na cara. Tomei um banho e me deitei com a nova medicação que tive de ir buscar na hora exata — de tudo com o que podiam me dopar, fizeram questão de negar justamente o rivotril! Dessa forma, não consegui dormir; devido à exaustão, baixei as pálpebras. Eu ainda não sabia se A Rede de fato queria fazer algo comigo, ou mesmo se o que havia vivido no restaurante Olyntho era real. Às sete da manhã alguém bateu à minha porta. Creio que tenha sido às sete, não me lembro claramente — as drogas que nos dão nas instituições psiquiátricas causam grandes danos à memória. Era Edgar, que tinha dormido a noite toda na cadeira do lado de fora: eu estava em observação por suspeita de risco de suicídio. Ele me informou que precisava me levantar, tomar um banho e ir buscar minha medicação. Depois disso, retornei para o quarto. Cheguei a sonhar quando os remédios ficaram mais brandos. Era exatamente o conto *The Tell-Tale Heart* de Edgar Allan Poe,[*] e eu era o narrador; em vez do velho, dono do olho "recoberto por uma película nevoenta", era João Bosco, com seu olho vácuo marron mais claro. A tomar o espaço do quarto do velho, estava o estúdio do 1984. Porém, continuava a ser o coração que batia. Eu gritava com os policiais: eram milicianos e riam de minha cara. Quando comecei a perceber que tinham os olhos vácuos assim como os de João, a quem eu havia acabado de matar e esquartejar, acordei e mais uma vez me dei conta da realidade irreal. Eu tinha matado João Bosco! Em meu sonho, matei João Bosco.

Richard Wilbur sugere que o conto é uma representação alegórica do poema de Poe "À Ciência", que trata de uma luta entre a imaginação e a ciência. Em "O Coração Delator", o velho então pode representar a mente racional e científica, ao passo que o narrador pode representar a imaginação.[**][53]

---

[*] POE, Edgar Allan. *O Coração Delator* (1843). Trad.: S. de M. Texto publicado originalmente na *Gazeta da Tarde*, Rio de Janeiro, em 24 de abril de 1890.

[**] BENFEY, Christopher. "Poe and the Unreadable: 'The Black Cat' and 'The Tell-Tale Heart'". *In*: SILVERMAN, Kenneth. *New Essays on Poe's Major Tales*. Cambridge: Cambridge University Press, 1993. p. 30. Tradução minha.

Atentamente, comecei a ouvir o que se passava nos cômodos ao redor.

HISTÓRIA CLÍNICA

19.01.2020 – consulta de emergência [não consigo diferenciar as letras maiúsculas das minúsculas na caligrafia]:

(17:10)

*Id: Franciscu (sic), 36 anos, natural de Três Lagoas - MS, procedente de São Paulo, solteiro, homossexual, formado em cinema e TV e novas mídias, trabalha como diretor de cinema, mora sozinho (desde 26/12/2019 está na casa da mãe em Campo Grande), católico não praticante.

*HDMA: Paciente vem de remoção hospitalar da Santa Casa de Misericórdia de São Paulo, vem acompanhado pela mãe. Aparenta-se calmo e colaborativo. Há 03 meses conheceu um homem traficante e usuário de metanfetamina onde chegou a fazer uso associado com GHB em 2019. Conta que começou a desconfiar que o companheiro estava filmando o sexo dos dois e transmitindo ao vivo em um site especializado há cerca de um mês. Apresentou o primeiro surto em 24/12/19. Fala que o vizinho dele que mora na cobertura estava assistindo tudo e que seu companheiro faz parte de uma rede de voyeurs. Chegou a ir subitamente ao Rio de Janeiro para conversar com o parceiro que estava hospedado na suíte presidencial do hotel e, ao chegar, percebeu que existia toda uma preparação que o hotel estava fazendo para transmitir a todos o ato sexual dele. Ele muito desconfiado saiu correndo do hotel no meio dos carros e dizia que estava fugindo das pessoas que estavam o filmando. Teve outros dois episódios semelhantes, em uma delas ele foi jantar com a família e cismou que um dos clientes estava filmando ele e que fazia parte de uma rede de voyeurs. Nesta ocasião precisou sair correndo, muito desesperado. Na outra ele estava no carro com os pais e passou a falar baixo e depois em mímicas alegando que haviam colocado escutas lá. Nega queixas.

*AP: 1) Intolerância a glúten

2) Foliculite

*F/F: Nega

*Com uso de: 1) Risperidona 2mg (0-0-1)

*F/S: uso de metanfetamina associado a GHB (2019).

Nega uso de demais substâncias

*HD: F29 (primeiro episódio psicótico)

*EP: autocuidado preservado, vigil, calmo e colaborativo, atenção e memória preservados, humor ansioso, afeto ressoante, congruente, hipomodulante, pensamento de curso normal, agregado, delirante (persecutório e autorreferente), sem alteração de sensopercepção e psicomotricidade, sem ideação suicida no momento, com crítica e noção de doença prejudicados.

*CD: 1) internação hospitalar

2) dieta VO para intolerância ao glúten/ síndrome do intestino irritável

3) SSVV + CCGG

4) risperidona – 1 mg (0-0-1)

5) cloridrato de loperamida – 2mg, 02 cp após as refeições

6) patz SI 5mg – se insônia, 01 cp.

CARIMBA E ASSINA: DOUTORA QUE ESCREVE À MÃO.

Intrigante a construção do discurso e a divergência dos fatos sobre os quais já discorri aqui — os mesmos que a psiquiatra ouviu de minha própria boca e que ainda assim escolheu distorcer. Conclui-se que a doutora possuía outras fontes cuja *versão* da verdade era para si mais válida do que a minha (eu, que havia vivido tudo em primeira pessoa), afinal, eu tinha sido institucionalizado. Julgo relevantes de destaque por serem particularmente inverídicos, entre outros trechos: "há 03 meses conheceu um homem traficante", "ele muito desconfiado saiu correndo do hotel no meio dos carros e dizia que estava fugindo das pessoas que estavam o filmando", "nesta ocasião precisou sair correndo, muito desesperado", "passou a falar baixo e depois em mímicas alegando que haviam colocado escutas lá", "com crítica e noção de doença prejudicados". Com relação ao patz, medicamento enfiado nos pacientes pela instituição, é "vedado ao médico exercer a profissão com interação ou dependência de farmácia, indústria farmacêutica, óptica ou qualquer outra organização destinada a manipulação, promoção ou comercialização de produtos de prescrição médica, qualquer que seja sua natureza. Quando isso ocorre, a isenção médica fica comprometida e o paciente, a sociedade como um todo, ficam vulneráveis aos interesses da indústria",[54] afirmou a coordenadora do mestrado e doutorado em direito da Faculdade de Direito de Vitória e pós-doutora em saúde coletiva Elda Bussinguer em entrevista à *folha de s.paulo*.

Dos dois medicamentos psiquiátricos, um era opcional; o outro era obrigatório. O que era para dormir não funcionava (patz, injustamente o opcional); o outro, que eu tive de engolir de manhã desde a Santa Casa, desencadeava terrível efeito colateral em mim. Passava o dia extremamente sonolento e ainda mais agoniado à noite — como os outros zumbis que vagavam por aquele lugar que atendia "doentes" de classe alta. Em uma conversa com o psiquiatra-chefe e dono do local, que somente me atendeu na segunda-feira ao fim do dia após ter lido o relato à mão feito no dia anterior pela doutora principiante, falei sobre a atuação horrível da medicação — risperidona: era como ser torturado pela angústia. Ele não me deu ouvidos. Logo, não ousei pedir meu medicamento de costume contra a insônia, por receio de que me rotulasse como mais doente ainda. O médico, que dormia de olhos abertos enquanto conversávamos com ele — tão dopado quanto seus pacientes —, havia ficado famoso por suas entrevistas, a tocar violão no programa do Jô Soares na TV. Fez-me as mesmas perguntas superficiais que os anteriores. Contei mais uma vez sobre o motivo de ter sido feito cativo ali. Exatamente a mesma história. "Você acha que está sendo filmado o tempo inteiro?" "Você deve permanecer longe de celular." Em nenhum momento eu tinha dito que cogitava estar sendo filmado o tempo inteiro. Quem criou essa relação entre "ser filmado" e "problema com celular" o fez por estupidez ou com o propósito de me fazer enfiar em um quadro clínico psiquiátrico específico? [O termo seria me enquadrar.] Em minha história, não eram os celulares que filmavam — eles apenas continham as provas dos crimes. Eu lidava com o reducionismo de mentes simples ou com uma ideologia que deturpava os fatos e se manifestava através da arma que é a psiquiatria, sob a qual eu havia sido feito refém, ou com ambos? Com relação ao doutor em si, eu não sabia se o reducionismo estava ligado *apenas* a sua incompetência ou *também* a essa ideologia que deturpava a verdade, e que escondia conveniência — pois ele, por ser o dono da instituição, ganhava diretamente por cada dia que eu permanecesse institucionalizado ali; existia um nítido conflito de interesses. Quis gritar com o infeliz, todavia não podia. Limitei-me a discordar: reafirmei o que para mim ficava cada vez mais claro: que havia experienciado uma crise de pânico decorrente do transtorno do estresse pós-traumático. Mais uma vez, não me deu ouvidos; pestanejou. Eu o encarei em silêncio por um minuto ou mais, tentando constrangê-lo em seu sono. Tic, tac, tic, tac... Acordou. Perguntou-me se "estava tudo bem, então". Escreviam nas fichas que eu estava "calmo", mas era encenação minha: queria esganá-los. Sinalizei com a cabeça que sim, "tudo bem, então", e ele me acompanhou até a porta dupla que o protegia dos insanos — e, depois, até o portal que separava definitivamente o mundo dos normais do mundo dos doidos. Justamente naquele portal, no dia em que cheguei, tinha cruzado com um indivíduo muito conhecido que recebia alta da clínica, como o doutor completamente anestesiado, grogue pela quantidade de remédios — ou era um blogueiro do mundo da fama (tão famoso que talvez participe de reality shows) ou um cantor do filão da música chamado "universitário" (também ultrailustre) ou um funkeiro (similarmente célebre). Não sabia qual das possibilidades era a correta porque não acompanho o mundo paralelo das celebridades — prefiro lidar com artistas —, e dessa forma não as reconheço na vida real. Além disso, estava me despedindo de minha mãe naquele momento e me dando conta do que significava ser depositado em um hospital psiquiátrico, o que em qualquer pessoa normal geraria grande abalo.

Ouvi alguém dizer outro dia na TV que "quem é normal no Brasil de hoje não está bem. Porque se se é normal não se está bem. Porque *quem está bem no Brasil de hoje não é normal*". Pode ter sido um jornalista ou um humorista, não me recordo. Não faz muita diferença se foi um ou se foi outro. Não que a maioria dos jornalistas, depois do lavajatismo, não tenha se portado recentemente com mais ética e profissionalismo diante do genocídio e dos perigos postos à democracia pelo fascismo; as coisas que têm sido obrigados a reproduzir, dia após dia, são tão absurdas que somente poderiam sair da boca de um comediante muito ilógico. Os comediantes e humoristas, por sua vez, andam pelo twitter e pelo instagram fazendo ativismo para que "divas gays" como Ivete Sangalo finalmente se posicionem contra o fascismo, como relata um texto de Tony Goes, de junho de 2021 na *folha*, intitulado "Com Ivete Sangalo, artistas formam frente anti-Bolsonaro que a oposição não teve — União da classe artística ajudou a derrubar a ditadura militar".[55] O problema é que o conteúdo está atrasado em três anos, ao menos. O jornalista baiano André Santana parece entender a situação como eu:

"Não gosto de politicagem. Isso já está claro para todos que me acompanham. Cada um deve saber das suas responsabilidades." Essa foi a resposta dada pela cantora Ivete Sangalo à cobrança por maior engajamento em "questões sociais" feita pelo secretário de Saúde da Bahia, Fabio Vilas-Boas.

Não se sabe, ao certo, o que significa politicagem no dicionário de Ivete. A palavra pode servir para definir bem o que acontece no Carnaval de Salvador quando os artistas, de cima do trio elétrico, rendem animadas homenagens ao prefeito e ao governador, responsáveis por bancarem a festa mais lucrativa para as estrelas do axé music. Politicagem também poderia ser aceitar participar da despedida do ex-prefeito de Salvador ACM Neto (DEM), que pretendeu realizar uma megafesta de Réveillon na cidade, em 31 de janeiro de 2020, em pleno surto de COVID-19. Projeto apenas desestimulado pela desistência de emissoras de televisão em transmitir a festa por não verem motivos de comemoração no país.

A mesma cobrança por posicionamento da cantora foi feita durante as eleições de 2018, quando todos os indícios dessa tragédia que é o governo Bolsonaro já haviam sido anunciados e o grito de "Ele Não" ecoou pelas ruas, shows e redes sociais Brasil afora, mobilizando engajamento de muitos artistas. Na oportunidade, Ivete escolheu também ficar de fora. Mesmo com os movimentos passando, literalmente, em frente à sua janela no Largo do Campo Grande, em Salvador, com cartazes e gritos que já denunciavam as violações de direitos e as ameaças à democracia e à liberdade que agora se concretizam. "Há momentos em que ficar em silêncio é mentir. Pois o silêncio pode ser interpretado como aquiescência." — escreveu em sua rede social a cantora Daniela Mercury, citando um trecho de Miguel Unamuno, reitor da Universidade de Salamanca, Espanha, que se opôs ao regime do ditador Francisco Franco entre 1939 e 1975.[56]

Em acordo com Santana, escrevo que o texto de Goes nasceu obsoleto porque essa união da classe artística deveria ter se dado ainda em 2018, antes da ascensão fascista quando "todos os indícios dessa tragédia que é o governo Bolsonaro já haviam sido anunciados e o grito de 'Ele Não' ecoou pelas ruas". É necessário ressaltar que nesse mesmo ano Ivete Sangalo cantava em festas privadas para políticos e empresários apoiadores do candidato fascista[57, 58]... Os empresários que apoiavam Ivete e Bolsonaro são os mesmos, e os políticos também eram os mesmos, e Santana apenas citou um, ACM Neto, neto do aliado de mesmo sobrenome do velho inimigo — militar Juracy Magalhães — de meu bisavô. {A propósito, em 2005 Antônio Carlos Magalhães apresentou no Senado uma "moção de saudade" a Juracy,[59] ativo não apenas no Golpe de 1930, como também primeiro presidente da Petrobras no regime Vargas e ministro da Justiça *e* das Relações Exteriores na ditadura militar iniciada em 1964. Existiram muito mais coisas em comum entre a Revolução de 1930 e o Golpe de 1º de abril de 1964, e não é preciso ir muito além da própria wikipédia para encontrar: "Em 20 de setembro de 1930, foram lançados os candidatos da Aliança Liberal às eleições presidenciais: Getúlio Vargas como candidato a presidente e João Pessoa, como candidato a vice-presidente contra Júlio Prestes. Apoiaram a Aliança Liberal intelectuais como José Américo de Almeida e Lindolfo Collor, membros das camadas médias urbanas e a corrente político-militar chamada Tenentismo (que organizou, entre outras, a Revolta Paulista de 1924), na qual se destacavam Cordeiro de Farias, Eduardo Gomes, Siqueira Campos, João Alberto Lins de Barros, Juarez Távora, Miguel Costa, Juracy Magalhães e três futuros ditadores (Geisel, Médici e Castelo Branco)".[60] Como já escreveu a história, Getúlio Vargas perdeu as eleições para Júlio Prestes e foi colocado no poder como ditador.} Segundo Rodrigo Maia, ex-presidente da Câmara dos Deputados expulso do DEM, partido liderado por ACM Neto, este último "tem todos os defeitos do avô".[61] Consequentemente, não é coincidência que os apoiadores de Bolsonaro façam apologia à ditadura militar. Ainda durante as eleições de 2018, participava de manifestações da Frente Democrática e do #EleNão e realizei articulações com membros do movimento LGBT+, de que Daniela Mercury faz parte, para pressionar a "diva gay" Ivete Sangalo a se manifestar a respeito, ao menos, da homofobia do candidato Bolsonaro de que grande parte de sua base de fãs seria vítima — sem mencionar os perigos que ele oferecia à democracia —; não obtivemos sucesso. O Brasil é o país onde mais se comete violência contra a comunidade LGBT+ no mundo — os números dos crimes contra transexuais e travestis são ainda mais alarmantes[62] —; por isso, a cantora Anitta respondeu ao desafio de Mercury e se juntou ao movimento #EleNão, atiçando outras como Sangalo, Claudia Leitte e Preta Gil para entrarem no debate — novamente, sem sucesso. À época, uma humorista que hoje pressiona Sangalo me abordou: "Aaron, *pára* de constranger a Ivete a se pronunciar politicamente se ela não quer, cara". Pouco depois, estive em contato com essa mesma humorista em outro contexto, a fim de criar um movimento e gerar uma pressão interna, por parte de artistas da globosat/ TV globo, para que o conglomerado de mídia fosse mais a fundo — ainda no decorrer das eleições — na divulgação dos "novos locais por onde passou o carro utilizado no crime" de execução da vereadora Marielle Franco,[63] mencionados pelo Ministério Público Estadual do Rio de Janeiro no dia 11 de outubro de 2018 (pouco após o primeiro turno). A humorista parou de me seguir no instagram quando desse meu convite de ativismo — sinal dos tempos. {Após o segundo turno de 28 de outubro, seria revelado que um "dos locais onde passou o carro" dos assassinos foi justamente o condomínio onde morava Jair Bolsonaro, "o mito":

"Pode ficar tranquilo, que ele não vai me intimidar, porque não sou porteiro." Em bate-boca na CPI da COVID, nesta quarta (16), o ex-governador Wilson Witzel provocou o senador Flávio Bolsonaro (Patriota-RJ), fazendo uma alusão ao episódio do porteiro do condomínio Vivendas da Barra, que havia citado o nome do presidente Jair Bolsonaro em investigação da execução de Marielle Franco e Anderson Gomes e, depois, voltou atrás.

Posteriormente questionado pelo presidente da CPI, Omar Aziz (PSD-AM), por mais informações sobre o caso, Witzel afirmou que poderia falar, mas apenas em sessão sigilosa da comissão, pois "os fatos são graves". Nos dias 7 e 9 de outubro de 2020, o porteiro do condomínio localizado na Barra da Tijuca, no Rio, havia dito à Polícia Civil que um dos suspeitos de cometer o crime, o ex-policial militar Élcio de Queiroz, interfonou para a casa de Jair Bolsonaro, tendo a sua entrada autorizada por alguém que ele identificou como "seu Jair". Era 14 de março de 2018, dia das execuções de Marielle e de seu motorista Anderson Gomes. E contou que, depois que teve a entrada autorizada, Élcio foi à casa do ex-policial e miliciano Ronnie Lessa — acusado de ser o autor dos disparos que mataram Marielle e Anderson. Ambos estão presos.

No dia da morte de ambos, Bolsonaro não estava no Rio de Janeiro, mas em Brasília, em sessão da Câmara dos Deputados. Mais de um mês depois, em 19 de novembro, o porteiro mudou o depoimento. Afirmou que havia anotado errado no registro do condomínio a casa para onde Élcio de Queiroz estava indo, marcando a de número 58 (do presidente) no lugar de 66 (de Ronnie). Disse à Polícia Federal que para compensar o erro escrito inventou a história da ligação para o "seu Jair". Por que a citação de Witzel sobre intimidação? Só ele vai poder responder.

Mas, no dia 30 de outubro de 2019 o então ministro da Justiça, Sergio Moro, pediu à Polícia Federal e à Procuradoria-Geral da República que investigassem o porteiro após o depoimento que ele deu à Polícia Civil. Na época, a decisão levou a críticas da oposição no Congresso Nacional e entre juristas. A avaliação foi de que Moro estava usando seu cargo para o benefício do presidente da República no que foi considerado uma intimidação da testemunha de um caso sob investigação. Na época, o deputado federal Marcelo Freixo [então do Psol, hoje do PSB] afirmou que a atuação de Moro no episódio mostrou que ele "assumia de vez o papel de advogado particular do clã presidencial". E que ele não se constrangia em "usar o aparato policial do Estado brasileiro para intimidar um porteiro, homem humilde que mora numa área controlada por milícia, transformando uma testemunha em réu, para proteger a família Bolsonaro".

Ironicamente, Sergio Moro deixou o cargo no dia 24 de abril de 2020 alegando interferência política de Bolsonaro sobre a Polícia Federal. Em seu discurso de demissão, denunciou pressão do presidente da República para manipular a PF em nome de seus interesses no Rio de Janeiro e indicou a tentativa de Bolsonaro em influenciar investigações. Wilson Witzel, que sofreu impeachment, em abril, por crime de responsabilidade por corrupção na pandemia, afirmou, no depoimento desta quarta, que Bolsonaro passou a persegui-lo quando ele mandou investigar o caso Marielle. "Quando foram presos os dois executores da Marielle, o meu calvário e a perseguição contra mim foi inexorável. Ver um presidente da República em uma live, lá em Dubai, acordar na madrugada, pra me atacar, pra dizer que eu estava manipulando a polícia do meu estado. Ou seja, quantos crimes de responsabilidade esse homem vai ter que cometer até que alguém pare ele?"[64]

Em reportagem publicada na fase de revisão final deste trabalho, Ronnie Lessa — que foi de "chefe da segurança do bicheiro Rogério de Andrade" a "integrante relevante dos negócios do contraventor", segundo investigação do MPRJ — afirmou ter sido vítima de uma armação.[65]

O sargento reformado insistiu que nunca foi próximo do presidente, apesar de ter sido vizinho dele e do filho Carlos em um condomínio na Barra da Tijuca. "É um cara esquisito. Se vi cinco vezes na vida, foi muito. Um dia cumprimenta, outro não, e mesmo assim só com a mãozinha."[*]

---

[*] Os melhores mentirosos são aqueles que escoram suas mentiras em um pé fincado na verdade. Analisando-se o discurso e suas esquivas, Lessa realmente pode nunca ter sido próximo de *Carlos Bolsonaro*, porém ter se associado a ele, em uma empreitada, por meio de *alguém próximo em comum*.

Se Jair Bolsonaro se encontrava em Brasília durante a morte de Marielle, o matador Élcio de Queiroz — que, segundo inicialmente dito pelo porteiro, passou *primeiro* pela casa do candidato — foi recebido por quem? Carlos Bolsonaro demonstrou muito interesse no caso à época — "o que lhe rendeu acusações de invasão de privacidade e interferência na investigação". "Segundo o jornalista Kennedy Alencar, da rádio CBN, a Polícia Civil do Estado do Rio de Janeiro trabalhava com a hipótese de participação de Carlos no caso; o jornalista não deu mais detalhes e a Polícia Civil não confirmou a veracidade da informação dada por ele."[66] A residência vizinha, de Lessa, foi a *segunda* visitada por Élcio.

> Por que, dois dias antes do crime, buscou o endereço do ex-marido de Marielle que constava como o dela em um portal da polícia — e onde a vereadora esteve naquele dia, horas antes? Na versão dele, porque recebera uma ligação com oferta de permuta de um imóvel naquele exato local.

Embora saiba de toda a verdade, o miliciano Ronnie Lessa se cala porque recebeu muito dinheiro, tanto para realizar o trabalho quanto para se silenciar, e prefere permanecer preso a revelar seu contratante e ser executado como Adriano da Nóbrega, chefe do escritório do crime. Quando a eleição de Jair Bolsonaro — "o mito" — ainda era algo evitável, de todo modo: 1- já era fato notório que a milícia responsável pelo crime era a mesma que possuía próxima associação ao clã Bolsonaro; 2- a mencionada humorista me tratou como se eu fosse louco ao sequer sugerir tal pressão interna de artistas para que a TV globo divulgasse melhor mais este crime que possivelmente envolveria o candidato fascista e sua família — uma posição um tanto mais proativa a TV globo/ globosat apenas adotou após a ascensão de Bolsonaro. Não somente isso, minha consciência me obriga a registrar, por fim, que na madrugada de 5 de janeiro de 2020 essa mesma humorista teve oportunidade única de me salvar da polícia miliciana que tentou me executar e que me torturou, contudo se negou a fazer isso. Ouvi alguém pensar "discurso vazio"...} Por que, então, tal humorista espera tanto de Ivete Sangalo? Dizem que, com esse recente "ativismo", ganhou 1 milhão de seguidores. "Quem está bem no Brasil de hoje não é normal." Só pode ser comédia.

> "A ideologia existe", explica didaticamente Terry Eagleton, "porque há certas coisas que não devem ser ditas" (EAGLETON, 1976, p. 91).*

---

* PRADO BELLEI, op. cit.

En este lugar estuvo el palacio del conde de Lemos, mecenas de Miguel de Cervantes y editor de la segunda parte del Quijote.*

EVOLUÇÃO CLÍNICA
20.01.20
Paciente conta que em um relacionamento afetivo está sendo exposto em sua intimidade sexual. Descreve que percebeu, *por ser diretor de cinema*, que seu parceiro olhava fixamente para alguns pontos específicos onde estavam as câmeras. Diz que melhores atores não conseguem deixar de olhar para as câmeras. Outra evidência parece ser um vizinho da cobertura que aparece em momentos em que está na intimidade com seu ex-namorado. Acha que eles combinam e se falam por celular enquanto F. está com B. pois este tem um iphone 11 que tem dois chips e por isso pode ter duas contas de Whatsapp (aplicativo pelo qual se comunica). Conta sobre a situação ocorrida no Rio de Janeiro em que percebeu que haviam mais pessoas envolvidas pois o perseguiram de Copacabana até o Leblon. Na delegacia os policiais queriam pegar a senha do seu celular. Questiona quem seriam as pessoas envolvidas, diz que não sabe quem são mas acredita que seu ex-namorado está falido financeiramente, pois foi demitido no começo de dezembro de 2019. Ele deve estar exibindo esses vídeos em aplicativos como o "cam4", *site* canadense que exibe para voyeuristas pessoas que fazem sexo e não sabem que estão sendo filmadas. [Há outra falta de compreensão aqui: no mencionado site, os participantes necessariamente dão consentimento quanto a sua participação – apenas usei como um exemplo de streaming de sexo.] Diz já ter lido em blogs que os sites mais caros são os que exibem as pessoas que não sabem que estão sendo filmadas. Lembra de uma artista sul-coreana que se suicidou porque seu namorado divulgou vídeos íntimos seus. Fala que acredita que porque seu namorado está mal financeiramente, está expondo ele para obter dinheiro. Questiona como alguém desempregado conseguiria alugar uma suíte no hotel Moulineaux em Copacabana com diárias de 5.500 reais. Acredita que através dessas transmissões é que tem obtido dinheiro. Não quer mais contato, apenas quer pegar os seus pertences que ainda estão na casa dele.
CD: mantida e agendar horário com os pais.
CARIMBA E ASSINA: PSIQUIATRA QUE TOCA VIOLÃO.

Quando o doutor passou a chave na porta atrás de mim, segui para o local do tal spa onde são servidos os lanches da tarde e ali me deparei com um indivíduo que vou chamar de Tenório. Era cortador de cana. Fiquei surpreso em encontrar alguém que os classistas brasileiros chamariam de "humilde" ["ele é um homem claramente humilde, basta olhar para ele, o jeito que ele se veste"] em um spa para os malucos ricos e famosos. Ademais, Tenório tinha uma prosa cativante de gente da roça que me interessou. Assim, em minha maneira muito etnográfica de explorar o mundo, eu lhe fiz várias perguntas sobre a lida no canavial. Ele possuía as mãos calejadas e resposta sobre cada

---

* Registro no chão de Madrid.

detalhe — falava sobre o que vestia, o que comia, sobre o tamanho da usina que com seu trabalho e o de seus companheiros alimentava e sobre como matava cobras quando as encontrava no campo. Era de Araras, se não me engano, na região de Campinas, e havia se internado ali voluntariamente para se livrar do hábito de fumar maconha, costume do qual seu pai discordava; Tenório pontuava que já completava uma semana de internação e que deveria sair em breve. Era possivelmente o motivo mais idiota para alguém ser institucionalizado que eu já conheci, afora o meu — porém, eu havia sido depositado ali contra minha vontade. O pai dele nunca tinha ouvido falar dos hippies? Campinas, como Três Lagoas, tampouco havia vivido as décadas de 1960, 1970? Pior: Tenório tinha se autoinstitucionalizado. Evitei me aprofundar. A cadeira era desconfortável e ficávamos espremidos uns contra os outros, a menos de um metro de distância, ali naquele ambiente. Resolvi me retirar para meu quarto. No corredor, topei com Edgar, que era sempre muito solícito, apesar de cumpridor das regras. Alertou que eu não havia estado presente "nas atividades" aquele dia porque tinha acabado de chegar, contudo estabeleceu que isso não se repetiria no dia seguinte. Receoso de ser taxado como "o mais doido entre os doidos", sorri e concordei com ele. Perguntei sobre chocolate, que vi na mão de uma moça, e ele me levou até um armário: entretanto, eu "poderia comer chocolate somente após o jantar". Vendeu-me escova e pasta de dentes, que não estavam inclusos "no pacote" da instituição spa. Levei as compras e, enquanto escovava os dentes, outro técnico de enfermagem, este macho estereotipado e bombado, bateu à porta: minha mãe estava ali. "Oi, meu amor" — ela disse como sempre. Trocamos beijos nas bochechas e fechei a porta. Demasiado privado, eu não queria expor minha mãe aos outros loucos que andavam pelos corredores. Conversamos pouco. Ela perguntou como eu estava; respondi que estava bem; ela informou que havia trazido algumas roupas e outros itens pessoais que teriam de passar por inspeção antes de chegarem até mim. Era nítido que minha mãe continuava em choque por me ver naquela situação — na qual minha própria família me tinha colocado, na verdade, por não compreender que minha crise de pânico teria sido resolvida com rivotril e um pouco de privacidade. Tempo passado. Minha mãe me contou que, no dia em que tive a crise de pânico na rua Avanhandava, meus dois irmãos haviam passado mal e também os cachorros deles. Não era exagero — minha situação afetava profundamente minha família, que não entendia [e talvez até hoje não entenda] pelo que passei. Quiçá se lerem esta obra... Minha mãe me conhece muito bem e rapidamente deixei transparecer minha angústia e revolta. Ela argumentou que aquilo era o melhor para mim, do que prontamente discordei. Eu queria sair dali. Foram muitos silêncios e em certo momento o técnico de enfermagem bombado, extremamente gentil com minha mãe para que eu notasse, veio avisar que o horário de visitas havia acabado. Despedimo-nos e ela me inteirou de que meu irmão do meio viria no dia seguinte e de que meu pai viria até o final da semana. Arregalei os olhos ao ouvir que permaneceria naquele lugar ao menos até o final da semana! Era um inferno branco. Meu pai também estava muito mal, ela comentou, sem descrever seu próprio estado. E se foi.

Ouvindo a televisão ligada, segui o som até a sala de TV. Transmitia a edição das 18h da *globonews* e se tratou da primeira vez que ouvi falar em coronavírus — o surto ocorria em Wuhan e existia medo de que se espalhasse. Leilane Neubarth apresentava e eu possuía carinho por ela desde o *Bom dia, Brasil*, ao lado de Renato Machado — assistia sempre aos dois antes de partir para a escola em minha adolescência. Ao pesquisar a jornalista para a escrita, descobri neste momento que em março de 2019 tanto ela quanto Mônica Waldvogel (outra pela qual nutro carinho) foram punidas pela TV globo e tiradas do ar por cinco dias[67] por criticarem a escatologia de Jair Bolsonaro, "o mito", por seu infame vídeo do *golden shower* de Carnaval. [Na ocasião, foliões fantasiados gritavam em protesto país afora: "Hey, Bolsonaro, vai tomar no cu".[68] De forma a desviar o foco das massivas críticas que o fascista recebia, seu Gabinete do Ódio — usando-se de fragmentarismo esquizofrênico contumaz — havia compartilhado o vídeo para os bolsonaristas "tomarem conhecimento sobre os blocos de carnaval", utilizando-se de conta presidencial nas redes sociais e de suas milícias virtuais.] A punição a Leilane e Mônica exemplifica a postura do grupo globo no decorrer da eleição de Bolsonaro e nos dois anos seguintes, postura a qual a humorista não mencionada tinha medo de questionar. De fato, segundos depois de minha ciência sobre o coronavírus, uma apresentadora posicionada ao lado de Leilane teceu um elogio ao fascista e me vi obrigado a me retirar de volta para meu quadrado. A diretoria da globo não havia se dado conta, ainda, dos graves perigos oferecidos pela extremadireita? Tampouco "se deu conta", ao longo da ditadura militar, da periculosidade daquele regime — à exceção daqueles que burlavam o *Fantástico* com Ney Matogrosso, como eu burlei o *Vai que Cola* com o mashup de Lana del Rey e Valesca Popozuda. De qualquer forma, eu havia sido institucionalizado.

Busco Foucault:

É preciso estudar a *função autoral* como força discursiva capaz de constituir uma pluralidade de posições autorais que permite diferenciar em um romance, por exemplo, "o relato de um narrador" enquanto um "*alter ego*" (FOUCAULT, 2009, p. 279).

O texto traz sempre consigo certo número de signos que reenviam para o autor. Esses signos são muito conhecidos dos gramáticos: são os pronomes pessoais, os advérbios de tempo e de lugar, a conjugação verbal. Mas importa notar que esses elementos não atuam da mesma maneira nos discursos providos da função autor e nos que dela são desprovidos. Nestes últimos, tais "embraiadores" reenviam para o locutor real e para as coordenadas espaçotemporais do seu discurso (ainda que se possam produzir algumas modificações: como por exemplo os discursos na primeira pessoa). Nos primeiros, pelo contrário, o seu papel é mais complexo e variável. Sabemos que num romance que se apresenta como uma narrativa de um narrador o pronome de primeira pessoa, o presente do indicativo, os signos de localização nunca reenviam exatamente para o escritor, nem para o momento que ele escreve, nem para o gesto da sua escrita; mas para um "*alter ego*" cuja distância relativamente ao escritor pode ser maior ou menor e variar ao longo da própria obra. Seria tão falso procurar o autor no escritor tal como no locutor fictício; a função autor efetua-se na própria cisão — nessa divisão e nessa distância. Dir-se-á talvez que se trata somente de uma propriedade singular do discurso romanesco ou poético: um jogo que respeita apenas a esses "quase discursos". De facto, todos os discursos que são providos da função autor comportam esta pluralidade de "eus".

Com respeito a esta última função autoral, diga-se de passagem que Foucault, consciente ou inconscientemente, valoriza e legitima percepções teóricas anteriores que, em Barthes, são ignoradas. A descrição de um "*alter ego*" do autor no interior de uma narrativa assemelha-se ao que Booth chamara anteriormente de "*implied author*".*

Se "em terra de cego, quem tem um olho é rei", em terra de esquizofrênicos quem consegue se situar no contexto passado-presente-futuro é taxado de doido — porque vai inevitavelmente levantar questões "problemáticas". Sempre estive alguns passos à frente dos outros, e isso gerava incompreensão de minha pessoa por muitos, admiração de alguns e ódio de outros. Foi no *Vai que Cola* que tive a noção mais clara do que isso significava. Justamente por estarmos à frente do desejo da massa no que dizia respeito à produção cultural, conseguimos dar às pessoas algo pelo que ansiavam, mas não sabiam que queriam. O sucesso provinha de todas as inovações

---

* PRADO BELLEI, op. cit.

que trazíamos e da liberdade que tínhamos como coletivo artístico. Do multishow eu ouvia regularmente que se tratava de um programa para a classe C e abaixo, do que eu discordava. Eles deveriam ter estudos de audiência que não compartilhavam conosco da direção, e nós tínhamos nossa intuição artística e o que recebíamos de feedback no Leblon, em Ipanema e nas ruas da Zona Sul do Rio de Janeiro, e de amigos, conhecidos e familiares pelo Brasil. Fazia constantemente muitas experimentações musicais, como Ferdinando (Marcus Majella) saindo do armário ao som de "Bohemian Rhapsody", do Queen, ou Terezinha (Cacau Protásio) fazendo macumba sob "Fui Pedir às Almas Santas", uma regravação que ouvi no canal brasil — e à qual tive acesso — por Gaby Amarantos do clássico de Clementina de Jesus. Dado o grande sucesso do projeto, contraintuitivamente começaram a nos impor ordens de que tipo de música deveríamos usar: aquelas canções que estavam tocando nas rádios — e, quanto mais populares, melhor.* Novamente, eu discordava. Porque éramos um programa que gerava desejo no público, trazíamos respostas a perguntas ainda latentes, quebrávamos barreiras. Não repetíamos o que tocava nas rádios: o público não buscava o mesmo, ele apreciava nosso diferencial, justamente o de estarmos à frente. Era uma compreensão conjunta da direção: César Rodrigues, João Fonseca e eu. Em nossa divisão de trabalho, geralmente me responsabilizava pela música [João também opinava] e edição [Cesinha opinava]. João focava na marcação dos atores e Cesinha, na decupagem das oito câmeras simultâneas; minhas interferências eram profundas nos giros do palco e, na pós-produção, no uso das câmeras como me aprouvesse. Eu igualmente opinava em tudo — além de tratar das grandes "pendengas" de bastidores, e figurino e maquiagem com nossos assistentes, principalmente Carla Villa-Lobos (o sobrenome em comum com o compositor não é coincidência). Um contraponto, que usa Shakespeare e seu trabalho no teatro como exemplo, fornece um interessante *insight* sobre a forma como a equipe do *Vai que Cola* operou entre 2013 e 2018 — enquanto estive lá:

No século XVI e no início do século XVII, o produtor [ou diretor ou escritor nos dias de hoje] de peças teatrais não era um "autor" no sentido atual do termo,

---

* Esta é uma discussão antiga, que já foi trazida por Costard (2010) — "Neste sentido a crítica de Trotsky e Pedrosa ao Realismo Socialista pode ser aqui de grande valia: não é o suficiente rebaixar o nível da arte para incluir os elementos populares no seu processo de criação, mas sim elevar o nível cultural das massas para que estas possam participar livre e ativamente do processo artístico, incluindo não somente a fruição, mas sua própria confecção e exercício crítico".

mas um membro acionário do *Globe Theatre*, atuando como um colaborador na empreitada coletiva de produzir obras dramáticas que, com raras exceções, eram reproduzidas a partir da Idade Média e da Renascença.[*]

Curioso que tenhamos alcançado uma forma de trabalhar similarmente descentralizada e coletiva em pleno século XXI — e acredito que isso tenha sido decisivo para a vitória do projeto. Por esse motivo, acabei me acostumando: as canções que escolhia para o programa, se não eram novas, ganhavam nova vida — muitas vezes ressurgindo das cinzas —, e voltavam para as rádios e entravam na lista de hits do Carnaval de Salvador do ano seguinte. Foi assim com "Haja Amor", de Luís Caldas, que usei para surpreender em cena Tatá Werneck (Eloísa) e Paulinho Serra (Zélio), e "Samba do Blackberry", de Ney Matogrosso. Meus amigos Catarina Abdalla e Emiliano d'Ávila tinham personagens menos musicais, todavia fizemos inúmeras brincadeiras com reggae, axé e canções melodramáticas das telenovelas de Manoel Carlos. Entre os hits que saíram de *Vai que Cola* esteve "Baile de Favela", de MC João — uma canção de "letra controversa" [da qual gostei justamente por esse motivo quando ouvi pela primeira vez] que foi a mais tocada no Réveillon de 2016 e que "embalou a prata da ginasta Rebeca Andrade" nas Olimpíadas de Tóquio em 2021.[69] Quando não estava gravando ou editando ou decupando, eu estava descobrindo ou redescobrindo canções para trazer ao programa. Com Fiorella Mattheis, possuía um "combinado" porque ela apreciava Lana del Rey tanto quanto eu — Lana é considerada das melhores compositoras estadunidenses vivas, tanto pela crítica especializada[70] quanto por artistas renomados como Bruce Springsteen.[71] Quando Fiorella e eu fizemos nosso primeiro experimento, fui à loucura na edição — e quebrei com a regra da linearidade temporal do projeto. [Nós sempre fazíamos duas gravações, uma sem e outra com plateia. E mesclávamos as duas cuidadosamente na edição, de forma que os espectadores nunca desconfiassem disso, porque muitas vezes o *timing* do ator na gravação sem público era melhor do que com a presença da plateia (a exatidão sem público era geralmente maior). Dessa forma, através de uma edição hipercontrolada e manipulada que levava vários dias — o recorde foi doze dias de catorze horas de trabalho cada, na montagem de um episódio —, criávamos a sensação anárquica que os espectadores tinham ao assistir ao programa em casa. Era tudo minimamente construído na ilha de edição, a ponto de ser imperceptível.] Com

---

[*] PRADO BELLEI, op. cit.

Lana, entretanto, coloquei Fiorella dançando em *reverse* (seus planos tocavam de trás para a frente). E ficou ótimo. Porém, para não quebrar o simulacro do "espetáculo ao vivo" sem intromissões, usamos essa brincadeira na edição em apenas dois ou três episódios. Ainda assim, eu frequentemente equilibrava Lana del Rey no repertório, entre muita música brasileira como Maria Bethânia [Paulo Gustavo fez uma ótima entrada como Mãe Menininha ao som de "Yayá Massemba"], Dalva de Oliveira, Clementina de Jesus, Adriana Calcanhotto, Gal Costa, Tim Maia, Gilberto Gil, Rita Lee, Caetano Veloso, Elza Soares, Clara Nunes, Dolores Duran, Anitta, Valesca Popozuda, Carol Conká, Jorge Ben... e clássicos internacionais de Edith Piaf, Billie Holiday, Beyoncé, Rihanna, Shakira, Amy Winehouse, Noir Désir, Sheryl Crow. Uma vez, criamos um episódio temático apenas com "Don't Let Me Be Misunderstood" nas versões de Nina Simone, Santa Esmeralda e Lana del Rey — nesta ordem, episódio centrado na participação especial do ator Marcos Oliveira. O canal, contudo, insistia que o público não entendia, que as escolhas musicais eram sofisticadas demais — embora o sucesso fosse arrebatador tanto presencialmente quanto nos resultados do ibope. E, quando certa burocrata descobriu a respeito de minha admiração especial por Lana entre as artistas de língua inglesa contemporânea, o discurso se tornou de que "ninguém a conhecia", de que seria refinada além do ponto e de que estaríamos afastando nosso público classe C. Esse argumento nunca encontrou respaldo nos estudos de audiência, que eu saiba, logo eu insistia em discordar — porque via imensa penetração do programa nas classes A e B, e porque Lana também era abraçada pela classe C.

Saio em uma curta tangente que fará sentido em breve: quando Lana del Rey lançou seu álbum *Lust for Life*, em 2017, apaixonei-me instantaneamente pela canção "Get Free", que veio no turbilhão de meu relacionamento com Tiago. Produzi um vídeo de pouco mais de quarenta segundos, bastante artesanal — em que escrevia a letra com os dedos, em tons flúor, digitalmente sobre minha calça jeans —, e lancei a canção em minha conta do instagram. Foi a primeira vez que um conteúdo meu foi banido da rede social. Quis entender o porquê, pois se tratava de *fair use* (um entendimento de "uso razoável" na legislação estadunidense, pois eu 1- promovia o lançamento do álbum; 2- usava um trecho curto; 3- não possuía qualquer ganho comercial). Descobri, através da rede social, que o pedido de remoção havia sido feito pela international federation of the phonographic industry (IFPI), uma organização que representa os interesses das gravadoras mundialmente. Entrei em contato e repassei a autorização que tinha da universal music group, a gravadora possuidora dos direitos para o uso da canção em meu vídeo. A IFPI não ficou satisfeita e se dizia acima dessa autorização, pois a UMG é uma de suas signatárias. Retornei à universal, que obteve nova autorização, desta vez do empresário de Lana del Rey — provavelmente com consentimento da própria —, para meu vídeo. Ainda assim, a IFPI não retirou sua queixa junto ao instagram. Algum tempo depois, descobri que Lana del Rey estava sendo processada pela banda Radiohead — que a acusava de ter plagiado "Creep" —; Radiohead exigia de Lana 100% dos valores de publicação de "Get Free", em vez dos 60% que teriam de ser pagos caso Lana del Rey tivesse simplesmente regravado "Creep".[72] Estava explicado o porquê da posição autoritária da IFPI mesmo diante de duas autorizações da UMG. Retorno da tangente.

Foi anunciado que Lana del Rey estaria no Lollapalooza, em São Paulo, em março de 2018. Eu, obviamente, não pude ir porque estava gravando ou editando, e em vias de término com Tiago — no entanto, Fiorella foi, como influenciadora. Ainda assim, fiquei nervoso por Lana, que já recebeu muitas críticas por sua performance no palco [tenho comigo que, como eu, ela está em algum lugar no espectro da Síndrome de Asperger]. A contrariar toda essa ansiedade, o público esteve eufórico e a apresentação de Lana foi considerada das melhores, senão a melhor do festival. As pessoas sabiam todas as letras na ponta da língua e em algum momento pediram "Get Free". Lana disse: *"Are you saying 'Get Free?'"* (Vocês estão dizendo 'Get Free'?). Pensou um segundo: *"My lawsuit's over, I guess I can sing that song any time I want"* (Meu processo acabou, acho que posso cantar essa música quando tiver vontade). Como espectador, quase pulei do sofá, pois diante da negativa da IFPI [uma organização de ideologia de extrema direita] em aceitar as autorizações da UMG, eu havia usado o argumento de *fair use* e, em retaliação, eles denunciaram vários de meus conteúdos do instagram, injusta e aleatoriamente (fotos e vídeos de propriedade 100% minha). Meus posts foram indevidamente removidos, ferindo minha liberdade de expressão, e tive de questionar um a um para que fossem restabelecidos. Por fim, venci. Infelizmente, o vídeo que fiz para "Get Free" (uma das canções cuja letra e melodia sempre me levam ao nirvana) continua banido. Independentemente disso, o show de Lana no Lollapalooza era transmitido pelo multishow. Dessa forma, com a letra de cada canção na boca do público, caiu por terra o argumento de que os espectadores não conheciam o trabalho da artista, ou que ela era "sofisticada demais" para o *Vai que Cola*, ou que o programa não atingia as classes A e B. Provou-se o oposto e creio que o *Vai que Cola* contribuiu crucialmente para a divulgação da artista no Brasil — Lana não se trata de uma cantora pop, é considerada alternativa [e nas composições costuma ir na contramão do que exigem as gravadoras, que querem que ela seja menos anticlimática e mais rentável; é censurada também, e "Get Free" é um exemplo disso: "*shut up, shut up*"]. Dessa maneira, em meu entendimento, como pesquisas de opinião que mensuram a popularidade de um presidente da República refletem o que a mídia faz desse presidente, o sucesso de Lana del Rey no Brasil se deve em grande parte ao *Vai que Cola* — e sua apresentação no Lollapalooza acabou por se tornar um selo de aprovação em massa de nosso trabalho — que estava estética e conceitualmente na dianteira. A única coisa de que me arrependo é de não ter estado no baixo Leblon quando Lana del Rey foi passear em um carrinho de compras por lá — dos raros momentos em que eu não me encontrava pela rua Dias Ferreira (ficcionalmente, sou tentado a escrever que estava).

Na comédia, é possível dizer que Asdrubal Trouxe o Trombone e o Teatro besteirol, com seus descendentes na comédia televisiva — a TV *Pirata* e o *Casseta & Planeta* —, tenham sido expoentes do nietzscheanismo pós-moderno. Pode-se afirmar também que o *Vai que Cola* — apesar de conter traços nietzscheanos (sua intrínseca relação com a cultura de massas, com a música gravada, com as novas tecnologias, além de seus aspectos de paródia e de "colagem") — trouxe um reencontro da comédia com o realismo e contrapôs a estética burguesa, que se fez presente somente por meio de sua negação e do refinamento que fui acusado de trazer (quebrando na direção inversa a barreira entre a chamada "arte baixa"/ cultura popular e as "altas" artes). O projeto foi ambientado por Leandro Soares em uma pensão no Méier; tentou realizar um fortalecimento da historicidade através de um posicionamento sócio-político-econômico crítico no Brasil dos anos 2010; possuiu profundidade de afeto; devido a um aspecto formal-conceitual do giro do palco em 360°, era incompatível com a fragmentação narrativa; através da relação com a indústria cultural dominante, dialogou com o internacionalismo; foi irônico com o *kitsch*; foi sarcástico com o romantismo das telenovelas; e foi até capaz de representar a esquizofrenia pós-moderna com sardonicismo. Por não ter sido apenas o projeto de maior sucesso da história da TV a cabo brasileira, mas uma peça de teatro gravada e editada como cinema, apresentou inúmeras inovações estético-conceituais. Em muitos momentos, aproximou-se das lutas identitárias (particularmente LGBT+ e feministas), combateu o classismo e tentou subverter o capitalismo —

o que permitiu algo além do simulacro. Por fim, permitiu uma reaproximação com "as mais antigas funções da arte: a pedagógica e a didática". Foi cultura e em diversos momentos foi arte. Tristemente, a resposta do canal foi uma crescente centralização sobre as decisões, contrariando os princípios de nosso método de trabalho coletivo. Como tudo que irrompe o mercado capitalista globalizado com espontaneidade e frescor, nossa força inicial renovadora após 2018 foi completamente absorvida pela indústria, *antes da possibilidade de que se convertesse em crítica de combate*, reproduzida e reapresentada como mera imagem do que por um momento foi — inconscientemente, era a isso que eu resistia. O diretor César Rodrigues repetidamente brincava que um dia eu escreveria sobre os bastidores "do fracasso de maior sucesso da história da TV brasileira". Excluo o que interesse às revistas de fofoca; ao meu jeito, escrevo. Concluo a analogia com o teatro de Shakespeare:

> O complexo processo histórico que vai, aos poucos, reinventando o adaptador de histórias tradicionais como um autor de obras originais e um gênio universal deve, de acordo com [Mark] Rose, ser entendido como inseparável de outros processos históricos, como o que leva à criação de leis de direitos autorais. Estas são constituídas com o objetivo de estabelecer mecanismos de controle comercial da intensa proliferação de livros nos séculos XVII e XVIII e dependem, para tanto, da institucionalização do autor proprietário de sua obra e da consolidação dos conceitos de "originalidade" e "cópia". Um reforço ao conceito de autor proprietário de obras originais apareceria mais tarde, com a utilização da categoria romântica de "gênio", a ser atribuída a alguns proprietários de obras com a finalidade de valorização máxima dos produtos, tanto em termos literários como mercadológicos, muito embora estes últimos não pudessem ser confessados abertamente.* **

Bellei (2014) complementa que

> a necessidade do autor está, portanto, associada à fobia cultural da proliferação e disseminação desordenada e descontrolada de sentidos. Constituindo-se como proprietário de uma obra em que limites são precisamente definidos por comunidades de poder institucional (como, por exemplo, aquelas formadas por editores, críticos e acadêmicos), "o autor torna possível uma limitação da proliferação cancerígena, perigosa das significações em um mundo onde se é parcimonioso não apenas em relação aos seus recursos e riquezas, mas também aos seus próprios discursos e significações" (FOUCAULT, 2009, p. 287).

---

* PRADO BELLEI, op. cit.

** ROSE, Mark. *Authors and Owners*: The invention of Copyright. Cambridge: Harvard University Press, 2002.

Foucault, por fim, interpela-me:

Seria puro romantismo imaginar uma cultura em que a ficção circularia em estado absolutamente livre, à disposição de cada um; desenvolver-se-ia sem atribuição a uma figura necessária ou obrigatória.[*]

Passei o início da noite toda no quarto, atrás da porta fechada. Muitas vezes eu chorava. Pensava em minha história, em minha biografia, repensava e contrastava com o presente naquele lugar. Um lugar para "doidos". Era difícil guardar dentro de mim toda a revolta de ter sido colocado em um "spa", e mais difícil ser erroneamente diagnosticado como psicótico. Cada vez mais eu realizava que tinha sofrido uma crise de pânico, porque o que ocorreu na rua Avanhandava era semelhante demais ao que havia acontecido no Rio de Janeiro, evento originador de meu transtorno do estresse pós-traumático. Não me encontro mais institucionalizado, desde então não sou obrigado a tomar nenhum remédio e escrevo com toda a clareza: o que vivi foi real. Somava-se a isso toda a angústia de estar não somente removido, mas fisicamente preso. Existia apenas branco. Tudo branco. Fechava os olhos e refletia o branco. Não podia ver o verde das árvores. Não podia respirar ar fresco. Eu precisava tanto sentir a natureza, ter algum tipo de contato com a realidade, ver o céu. As pessoas não valorizam o simples luxo de ver o verde e de ver o céu — levantei agora e saí à sacada. Vi as nuvens que pairam, o azul do horizonte e as ondas que quebram na areia da praia. Volto para escrever. Aquilo ali dentro era um mundo em suspenso, um presente eterno ainda pior do que o que vivíamos do lado de fora. Eu desejava estar do lado de fora em um estado não incluso — ali dentro eu era contido física e quimicamente. Não tinha o direito de me governar, não podia sequer ter vontade, logo não era mais um cidadão. Teria gostado de cessar de existir. No mundo. Chegar ao fim. Preto. Pois, para tentar escapar da angústia da clausura, quanto mais eu pensava na vida que me havia sido retirada, mais eu me deprimia. E mais me revoltava. Ao mesmo tempo que queria espalhar murros, eu me entregava. O que fazer? Impossível não guardar rancor. Não há como descrever a sensação de ser privado de liberdade e enxergar tudo branco. João Bosco tinha cometido os pecados; eu pagava por eles por ter sido capaz de os enxergar claramente: era impossível não entender aquilo como uma punição por ter

---

[*] FOUCAULT, Michel. *O Que É um Autor?* Estética, Literatura e Pintura, Música e Cinema. Rio: Forense Universitária, 2009.

visto as coisas como elas eram. Minha angústia era tanta, eu precisava de um rivotril, eu precisava escapar. Tudo branco: existiam muitas trancas. Eu pensava constantemente em morrer: tudo preto, a liberdade eterna. Não me alongarei neste parágrafo.

But I'm a creep
I'm a weirdo
What the hell am I doin' here?
*I don't belong here**

Hipóstase, substantivo feminino: segundo a reflexão moderna e contemporânea, equívoco cognitivo que se caracteriza pela atribuição de existência concreta e objetiva (existência substancial) a uma realidade fictícia, abstrata ou meramente restrita à incorporalidade do pensamento humano.

A concepção de autor é, nesse contexto, conveniente e necessária para a atividade do crítico que tem como objetivo "descobrir o Autor (ou as suas hipóstases: a sociedade, a história, a psique, a liberdade) sob a obra" (BARTHES, 2004b, p. 63). A existência da crítica depende da autoridade do autor: "encontrado o autor, o texto está explicado, o crítico venceu" (BARTHES, 2004b, p. 63). Morto o autor e suas hipóstases, essa ética interpretativa entraria em crise e deveria ser substituída por uma outra que, para Barthes, poderia ser definida em termos da lógica de leitura que evita controlar o sentido (e, portanto, produzir interpretações) e procura o "prazer do texto".

Nosso objetivo não é encontrar *o* sentido, nem mesmo *um* sentido do texto, e nosso trabalho não se apresenta como uma crítica literária do tipo hermenêutico (que procura interpretar o texto segundo a verdade que ela acredita estar escondida nele) como é o caso, por exemplo, da crítica marxista ou da crítica psicanalítica. Nosso objetivo é chegar a conceber, a imaginar, a viver o plural do texto, a abertura da significância. (BARTHES, 2001, p. 304-305)

O que está em jogo é uma prática da leitura que, porque quer respeitar o plural do texto, deve desrespeitar duas tradições poderosas na cultura ocidental: a da mimese, que postula a possibilidade de representação ou imitação de aspectos do mundo perceptível, e a da hermenêutica, que propõe teorias possíveis do conhecimento válido. Enquanto para Barthes a pergunta a respeito de quem fala no texto deve ser respondida em termos da ausência de uma origem, para Foucault essa ausência não pode ser apenas constatada, mas deve ser também examinada enquanto um espaço vazio problemático porque trata-se de esvaziamento que tem consequências importantes em termos de um deslocamento de poder. A pergunta apropriada a ser feita não é "quem fala?", mas antes "o que importa quem fala?", extraída de um texto de Beckett (FOUCAULT, 2009, p. 265).

---

* HAMMOND, Albert; HAZLEWOOD, Mike. "Creep", 1992. [Serei eu também processado?]

E a pergunta é de fundamental importância porque "é preciso descobrir, como lugar vazio — ao mesmo tempo indiferente e obrigatório —, os locais onde sua função é exercida" (FOUCAULT, 2009, p. 265).[*]

Ao morto-vivo autor deste livro restaria então perguntar: o leitor estará fazendo um desserviço à obra ao tentar buscar relações entre a narrativa ficcional criada pelo *alter ego* do escritor e as coincidências autobiográficas que, vez ou outra, possam surgir; a arrancar pedaços da estória, como faz uma coruja buraqueira com a carne de sua presa no Cerrado, corujas ao redor das quais eu cresci? Estória ou um pedaço da história? "O que importa quem fala?" O que é o real que vivemos hoje? É tão esquizofrênico, já nem sei. Averigua se o que narro aqui realmente vivi? Mais uma vez, importa? Qual o leitor mais admira, ou qual mais odeia: o narrador [se sim, qual deles], o escritor [se sim, qual deles], ou o autor? "Quem vos fala agora?" É segredo. O que sei neste momento em que escrevo não posso contar nesta linha que você lê. O meu presente de escritor se constitui de vários tempos presentes neste livro — como se pode verificar se tomarmos apenas este parágrafo por exemplo —, que é um presente diferente do seu. São todos tempos presentes, mesmo que eu os transforme em passado como acabei de fazer? O presente foi eterno? Este trabalho literário é um todo artístico completo em si, autorreferente? Ou ainda se faz necessário entender como este todo se insere no todo maior? Eu falo de qual lugar?

Athene cunicularia!

Está parado na faixa de pedestres! Deve ir no sentido oposto do que diz a placa. Siga Foucault.

O facto de vários textos terem sido agrupados sob o mesmo nome indica que se estabeleceu entre eles uma relação seja de homogeneidade, de filiação, de mútua autentificação, de explicação recíproca ou de utilização concomitante. Em suma, o nome de autor serve para caracterizar um certo modo de ser do discurso: para um discurso, ter um nome de autor, o fato de se poder dizer "isto foi escrito por fulano" ou "tal indivíduo é o autor", indica que esse discurso não é um discurso quotidiano, indiferente, um discurso flutuante e passageiro, imediatamente consumível, mas que se trata de um discurso que deve ser recebido de certa maneira e que deve, numa determinada cultura, receber um certo estatuto.

Chegaríamos finalmente à ideia de que o nome de autor não transita, como o nome próprio, do interior de um discurso para o indivíduo real e exterior

---

[*] PRADO BELLEI, op. cit.

que o produziu, mas que, de algum modo, bordeja os textos, recortando-os, delimitando-os, tornando-lhes manifesto o seu modo de ser ou, pelo menos, caracterizando-os. Ele manifesta a instauração de um certo conjunto de discursos e se refere ao estatuto desses discursos no interior de uma sociedade e de uma cultura. O nome de autor não está situado no estado civil dos homens nem na ficção da obra, mas sim na ruptura que instaura um certo grupo de discursos e o seu modo de ser singular. Poderíamos dizer, por conseguinte, que, numa civilização como a nossa, uma certa quantidade de discursos é provida da função "autor", ao passo que outros são dela desprovidos. Uma carta privada pode bem ter um signatário, mas não tem autor; um contrato pode bem ter um fiador, mas não um autor. Um texto anônimo que se lê numa parede da rua terá um redator, mas não um autor. A função autor é, assim, característica do modo de existência, de circulação e de funcionamento de alguns discursos no interior de uma sociedade.

No século XVII ou no XVIII produziu-se um quiasma; começou-se a receber os discursos científicos por si mesmos, no anonimato de uma verdade estabelecida ou constantemente demonstrável; é a sua pertença a um conjunto sistemático que lhes confere garantias e não a referência ao indivíduo que os produziu. Apaga-se a função autor, o nome do inventor serve para pouco mais do que para batizar um teorema, uma proposição, um efeito notável, uma propriedade, um corpo, um conjunto de elementos, uma síndroma patológica. Mas os discursos "literários" já não podem ser recebidos se não forem dotados da função autor: perguntar-se-á a qualquer texto de poesia ou de ficção de onde é que veio, quem o escreveu, em que data, em que circunstâncias ou a partir de que projeto. O sentido que lhe conferirmos, o estatuto ou o valor que lhe reconhecermos dependem da forma como respondermos a estas questões. E se, na sequência de um acidente ou da vontade explícita do autor, um texto nos chega anônimo, imediatamente se inicia o jogo de encontrar o autor. O anonimato literário não nos é suportável; apenas o aceitamos a título de enigma. A função autor desempenha hoje um papel preponderante nas obras literárias (é claro que seria preciso matizar tudo isto: a crítica começou, desde há um certo tempo, a tratar as obras segundo o seu gênero e o seu tipo, partindo dos seus elementos recorrentes, de acordo com as suas próprias variações decorrentes de uma invariável que deixou de ser o criador individual).

Importa realçar que esta propriedade foi historicamente segunda em relação ao que poderíamos chamar a apropriação penal. Os textos, os livros, os discursos começaram efectivamente a ter autores (outros que não personagens míticas ou figuras sacralizadas e sacralizantes) *na medida em que o autor se tornou passível de ser punido*, isto é, *na medida em que os discursos se tornaram transgressores*. Na nossa cultura (e, sem dúvida, em muitas outras), o discurso não era, na sua origem, um produto, uma coisa, um bem; era essencialmente um ato — um ato colocado no campo bipolar do sagrado e do profano, do lícito e do ilícito, do religioso e do blasfemo. Historicamente, foi um gesto carregado de riscos antes de ser um bem preso num circuito de propriedades. Assim que se instaurou um regime de propriedade para os textos, assim que se promulgaram regras estritas sobre os direitos de autor, sobre as relações autores-editores, sobre os direitos de reprodução, etc. — isto é, no final do século XVIII e no início do século XIX —, foi nesse momento que a possibilidade de transgressão própria do acto de escrever adquiriu progressivamente a aura de imperativo típico da literatura. Como se o autor, a partir do momento em que foi integrado no sistema de propriedade que caracteriza a nossa sociedade, compensasse o estatuto de que passou a auferir com o retomar do velho campo bipolar do discurso, praticando sistematicamente a transgressão, restaurando o risco de uma escrita à qual, no entanto, fossem garantidos os benefícios da propriedade.

Quando nos referimos à tradição textual, o nome não é suficiente como marca individual. Então como atribuir vários discursos a um só e mesmo autor? Como pôr em ação a função autor para saber se estamos perante um ou vários indivíduos? São Jerónimo apresenta quatro critérios: se entre vários livros atribuídos a um autor, houver um inferior aos restantes, deve-se então retirá-lo da lista das suas obras (o autor é assim definido como um certo nível constante de valor); do mesmo modo, se alguns textos estiverem em contradição de doutrina com as outras obras de um autor (o autor é assim definido como um certo campo de coerência conceitual ou teórica); deve-se igualmente excluir as obras que são escritas num estilo diferente, com palavras e maneiras que não se encontram habitualmente nas obras de um autor (trata-se aqui do autor como unidade estilística); finalmente, devem ser considerados como interpolados os textos que se referem a acontecimentos ou que citam personagens posteriores à morte do autor (aqui o autor é encarado como momento histórico definido e ponto de encontro de um certo número de acontecimentos). Ora, a crítica literária moderna, mesmo quando não tem a preocupação de autentificação (o que é a regra geral), não define o autor de outra maneira: o autor é aquilo que permite explicar tanto a presença de certos acontecimentos numa obra como as suas transformações, as suas deformações, as suas modificações diversas (e isto através da biografia do autor, da delimitação da sua perspectiva individual, da análise da sua origem social ou da sua posição de classe, da revelação do seu projecto fundamental). O autor é igualmente o princípio de uma certa unidade de escrita, pelo que todas as diferenças são reduzidas pelos princípios da evolução, da maturação ou da influência. O autor é ainda aquilo que permite ultrapassar as contradições que podem manifestar-se numa série de textos: deve haver — a um certo nível do seu pensamento e do seu desejo, da sua consciência ou do seu inconsciente — um ponto a partir do qual as contradições se resolvem, os elementos incompatíveis encaixam finalmente uns nos outros ou se organizam em torno de uma contradição fundamental ou originária. Em suma, o autor é uma espécie de foco de expressão, que, sob formas mais ou menos acabadas, se manifesta da mesma maneira, e com o mesmo valor, nas obras, nos rascunhos, nas cartas, nos fragmentos, etc. Os quatro critérios de autenticidade, segundo São Jerónimo (critérios que parecem insuficientes aos exegetas de hoje), definem as quatro modalidades segundo as quais a crítica moderna põe em ação a função autor.

A função autor está ligada ao sistema jurídico e institucional que encerra, determina, articula o universo dos discursos; não se exerce uniformemente e da mesma maneira sobre todos os discursos, em todas as épocas e em todas as formas de civilização; não se define pela atribuição espontânea de um discurso ao seu produtor, mas através de uma série de operações específicas e complexas; não reenvia pura e simplesmente para um indivíduo real, podendo dar lugar a vários "eus" em simultâneo, a várias posições-sujeitos que diferentes indivíduos podem ocupar.[73]

Esvaziado de seu lugar tradicional, o autor continua a atuar em um campo de distribuição de poder em que a prática da violência ou da opressão só desaparece em certos aspectos para reaparecer em outros. Ou então de forma talvez mais insidiosa, aparece e desaparece no espaço por excelência de seu desparecimento, ou seja, na escrita. "Na escrita", diz Foucault, "não se trata da amarração de um sujeito em uma linguagem; trata-se da abertura de um espaço onde o sujeito que escreve não para de desaparecer" (FOUCAULT, 2009, p. 268). Como ler um texto em que o autor é uma força ativa que, aparecendo e desaparecendo sem cessar, na realidade torna-se imortal? Como responder a esse poderoso desaparecimento que nunca deixa de se manifestar em exercícios de poder de inclusão e de exclusão a respeito, por exemplo, de quem pode escrever e de quem pode somente ler, ou sobre quem decide a respeito de cada um dos casos? O leitor atento a essas armadilhas de poder e controle poderia ser talvez caracterizado como um leitor curioso, desconfiado (inclusive de si mesmo) e dedicado a uma prática de leitura sempre marcada pela suspeita. É que a leitura passa a ser vista, nesse contexto, como o que Foucault chamou de "tecnologia de dominação", ou seja, aquela que, dispersa em mecanismos de normalização que saturam qualquer grupo social, "determina a conduta de indivíduos com o objetivo de direcioná-los para certas finalidades" (FOUCAULT, 1988, p. 18). Boa parte da obra de Foucault é dedicada ao estudo desses mecanismos que operam de forma disciplinar em discursos e instituições: nas prisões, nos hospitais, nas escolas, nos discursos da medicina, da psiquiatria e da loucura. E operam também nas práticas de leitura definidas em campos normativos de poder que produzem sujeitos-leitores através do uso sistemático de tecnologias disciplinares de controle. A ética da leitura da suspeita que Foucault pratica em seus escritos, e que deveria motivar os que nela acreditam, supõe um leitor em constante questionamento da sua condição enquanto sujeito-leitor, das formas que o constituíram como tal, do relacionamento que estabelece com um texto.

A curiosidade foi estigmatizada pelo cristianismo, pela filosofia, e até mesmo por uma certa concepção da ciência. A curiosidade é entendida como futilidade. Mas eu gosto da palavra. Para mim, sugere algo bem diferente. Lembra "cuidado"; faz pensar no cuidado que se tem com o que existe e com o que poderia existir; um senso apurado da realidade, mas que não é jamais imobilizado diante dela; uma prontidão para perceber que o que nos cerca é estranho e singular; uma certa determinação para descartar os caminhos familiares do pensamento e para olhar as mesmas coisas de forma diferente; uma paixão para captar o que acontece agora e o que desaparece; uma falta de respeito pelas hierarquias tradicionais a respeito do que é importante e fundamental. (FOUCAULT, 1988a, p. 325)

Essa apologia da curiosidade, certamente uma das características principais do pensador que reflete sobre as funções autorais, aponta para uma ética de leitura que não deveria ser esquecida, se não por outro motivo, pelo menos porque, comprovadamente, já surtiu bons efeitos em pensadores por ela influenciados. Se, por outro lado, a importância de Barthes não foi tão significativa, não deve, entretanto, ser ignorada. A ética de leitura do autor de "O Prazer do Texto" poderia talvez ser entendida como uma ética do prazer, contanto que se tenha um certo cuidado na definição do termo. Em Barthes, o prazer nunca é simplesmente o prazer do corpo de quem escreve, mas um prazer voltado para uma revolução na cultura, no saber, no ensino e nas práticas de leitura. E, se esquecermos por um momento o gesto iconoclasta que acompanha tal prazer, não estaria ele muito distante do que Foucault chamou de "curiosidade".[74]

Enquanto escrevo, continuo a receber pressão de minha mãe [escritora] para jogar tudo isto fora, ou vender a ela os originais e não publicar nada por "estar me expondo" entre este *alter ego* e uma certa proximidade do personagem a mim. Alega que não voltarei a dirigir. Em Vitória, estou dirigindo material comercial, na prática inexistência da Ancine. Gera gratificação que não a mínima financeira para justificar dedicação a tal atividade? Não — por isso, sou um *ghost director*. Meu pai, por sua vez, argumenta que escrever é "fazer nada" [ele é advogado]. Diz que devo "ir atrás", que devo revolucionar a forma de fazer cinema no país abrindo mão do mecenato por completo — tendo em mente que o antimecenatismo é um dos focos do bolsonarismo e que a cinematografia brasileira independente dos conglomerados de mídia multinacionais foi quase por completo aniquilada sob o regime fascista. Essa sugerida revolução aconteceria através de um coletivo de equipe em que cada membro abriria mão de seu respectivo cachê e racharia igualmente todos os investimentos em produção, finalização e distribuição e, além disso, de alguma maneira sobreviveria (tendo o que comer, o que vestir, pagando aluguel e contas) ao longo de todo o processo artístico até que o filme chegasse às salas de cinema — competindo com longas-metragens estadunidenses e europeus que, além de usufruírem das leis de mecenato locais, também recebem grandes aportes de investidores privados —; o filme fruto desse coletivo, por fim, teria de gerar lucro suficiente para recompensar cada membro por seus investimentos de tempo, dinheiro e trabalho e também cobrir os custos da próxima produção. Trotsky se orgulharia do modelo de negócio de meu primeiro longa-metragem, se apenas ele soubesse. Miguel Barbieri Jr., da *Veja*, escreveu que "com produção modesta, o diretor estreante Aaron Salles Torres faz milagre com pouco".[75] "O diretor consegue construir em apenas uma hora e dez uma obra-prima da cinematografia brasileira nos aspectos técnicos. O modo como a história é construída combina perfeitamente com a mente ensandecida do personagem, provocando no público a sensação de que está ele próprio enlouquecido e preso na família disfuncional", complementou Luana Feliciano na Rota Cult.[76] No Almanaque Virtual, Raíssa Rossi finalizou: "A história vai crescendo e se tornando cada vez mais claustrofóbica tanto para os personagens quanto para o público, que não sabe de que lado ficar e de quem é a culpa por toda aquela situação-limite, já que Inácio e Zaira, tomados por uma aura de infelicidade, amargura e solidão, sofrem de falta de empatia mútua com os sentimentos um do outro nessa complicada convivência diária. Catarina Abdalla e Fernando Alves Pinto interpretam mãe e filho de forma visceral com uma química incrível em cena. O final, com uma virada surpreendente, insere de vez *Quando o Galo Cantar Pela Terceira Vez Renegarás Tua Mãe* na ótima seara brasileira de filmes de gênero que vem surgindo nos últimos anos".[77] Questiono-me se é possível nos anos 2020 me tornar uma espécie de Mazzaropi — um Disney brasileiro dos anos 1960 e 70 —, que aparentemente conseguiu desenvolver um método completo de produção e distribuição cinematográficas, todo único e altamente lucrativo. Deixei a televisão para desenvolver projetos próprios, por conselho de consultores de carreira. No cinema, não me vejo capaz de desenvolver trabalhos que não sejam autorais — isso me faz retornar à questão inicial sobre "me expor". Ademais, como apontariam todos os meus ex-chefes, sou conhecido por meu refinamento; Mazzaropi, em seu turno, criava filmes populares. Ainda que eu conseguisse criar refinados filmes populares, necessitaria de uma média de cinco anos para a elaboração de cada roteiro, mesmo desenvolvendo os projetos em paralelo — como já faço. Meu laptop de trabalho, onde se encontram todos os meus roteiros em desenvolvimento, entretanto, foi tomado pela Polícia Civil do Rio de Janeiro quando esta me levou em 9 de dezembro de 2020 — ali dentro, há anos de trabalho. Isso levanta, ao menos para mim, outra pergunta: ¿os fatos que narro neste texto são assim realmente tão isolados e banais que eu teria sanidade suficiente para sustentavelmente me dedicar a outros projetos que demandariam alto investimento financeiro e emocional, ignorando tudo isso que vivi e vivo — toda a destruição de reputação e credibilidade, toda a oposição ideológica que sofro — e que somente por meio da escrita consigo eficientemente digerir? Tento enxergar através de outros olhos revolucionários, contudo não vejo a mínima possibilidade de dar continuidade à minha vida de outra forma que não através do que faço por meio desta escrita. Trata-se de uma imensa carga que aqui elaboro. Portanto, creio que terei de viver o paradoxo: "fazer o nada que me expõe". Sinto-me como uma espécie de Rimbaud trigenário dos dias atuais.

Há duas noções que acabaram por se entrelaçar quase que por completo. A primeira noção se refere a "o que importa quem fala?". Hoje, em reposta a Foucault, digo que o próprio "lugar de fala" é que importa. Neste caso, a discordar do filósofo, é a verdade atual que *o autor tende a reenviar mais pura e simplesmente para um indivíduo real* e é quase impossível se livrar disso — se devemos ou não é outra questão, porém sei que não seria uma batalha proveitosa. Como apontou Ricardo Lísias, o "lugar de fala" já era discutido desde Marcel Proust [quiçá, por influência do caso Dreyfus?] — e, apesar de o conceito talvez datar de um período ainda anterior, parece ter se fortalecido significativamente com a política identitária a partir do final dos anos 1970. Como afirmou colericamente Antonio Risério, hoje "só negros podem falar de assuntos negros; só mulheres podem abordar questões femininas". Não me julgo particularmente autobiográfico — todavia, represento claramente um "lugar de fala". O paradoxo do "fazer o nada que me expõe" vai além da *in*compreensão segundo a qual "escrever = fazer nada", pois quando eu de fato *não* falo/escrevo ("não escrever/não falar = *não* fazer nada") restam cobranças e dúvidas: por que eu *não falo*? Ou seja, meu próprio silêncio me expõe. Assim, há *os que compreendem demais* que existe um apetite público por meu lugar de fala — e isso gera interesse *sobre o que* eu falo. Quanto a esses que compreendem demais, seu entendimento profundo foi comprovado justamente por sua orquestração da campanha de minha destruição de reputação e credibilidade, visando *me silenciar de uma forma que o silêncio me constrangesse* — estratégia que teve seu ápice na "prisão" em dezembro de 2020. Desde muito antes, no entanto, sofria tentativas de desqualificação: qual exemplo melhor disso do que o fato de o meu nome ser o único que não consta dos créditos de roteiristas de *Vai que Cola — O filme*, roteiro este que foi reestruturado e reescrito por César Rodrigues e por mim, em post-its coloridos colados no armário de minha sala de jantar e em meu próprio final draft em 2015? Jamais um rapaz LGBT+, cisgênero, caipira de Mato Grosso do Sul (i.e., não carioca), de trinta anos poderia receber crédito por um dos maiores sucessos do cinema nacional, ainda que parcialmente. Seria "uma falta de respeito pelas hierarquias tradicionais"! Não havia nenhum acordo para que eu fosse um *ghost writer* naquela ocasião… Estranhamente surgiu nos créditos o nome de outro indivíduo, que não mexeu em atos, nem escreveu uma cena nem muito menos uma frase de diálogo, nem sequer tocou em meu software final draft — onde todo o roteiro foi refeito. Quando perguntei o que acontecia nos créditos, alguém me respondeu dubiamente: "Todos sabem quem faz o que e todos sabem quem não faz". O que isso significaria? Já foram narrados os pedidos para que eu crescesse uma barba para aparentar mais idade e as reprimendas pelo aparecimento acidental de uma nesga de cueca em uma foto ou por imagens de sunga na praia… Tudo isso gerou um efeito contrário em mim: de contestação, de batalha pelo direito de expressar minha sexualidade gay, de não ter de entrar de volta no armário de onde saíam os post-its. Cada pequena luta vencida gerou ainda mais validação de meu lugar de fala, com reconhecimento da juventude LGBT+ e até dos membros mais seniores da comunidade, e para além do movimento identitário — daí a necessidade de uma campanha tão completa de minha destruição de reputação e credibilidade por parte de setores organizados na extrema direita e mesmo no crime organizado.

"Eu gostaria de te perguntar: como você escreve a história de uma vida? Porque… as coisas verdadeiras quase não circulam… geralmente são as coisas falsas [que circulam]. Se você tiver uma dessas coisas e quiser perguntar, eu te conto: todas essas coisas vêm da verdade. Sabia? Porque é difícil saber onde começar, se você não começar pela verdade" — diria Marilyn Monroe. Por que o autor hoje tende a reenviar mais pura e simplesmente para um indivíduo real? Para chegar à segunda noção, é necessário fazer uma nova menção a Debord de algo que está cada vez mais atual:

> Stalin, como a mercadoria fora de moda, é denunciado por aqueles mesmos que o impuseram. Cada nova mentira da publicidade é também a confissão da sua mentira precedente. Cada derrocada de uma figura do poder totalitário revela a comunidade ilusória que a aprovava unanimemente e que não era mais do que um aglomerado de solidões sem ilusões.
>
> Ao concentrar nela a imagem de um possível papel a desempenhar, a vedete, a representação espetacular do homem vivo, concentra, pois, esta banalidade. A condição de vedete é a especialização do vivido aparente, o objeto da identificação à vida aparente sem profundidade, que deve compensar a redução a migalhas das especializações produtivas efetivamente vividas. As vedetes existem para figurar tipos variados de estilos de vida e de estilos de compreensão da sociedade, livres de se exercerem globalmente.[*]

O papel da "vedete", apesar de sua evolução para a configuração atual, data de muito antes da "era do espetáculo": foi ocupado por faraós do Egito; majestades maias e incas; lordes vikings; reis e rainhas europeus; então

---

[*] DEBORD, op. cit.

aristocratas e artistas cujas intimidades polêmicas podiam ser divulgadas em folhetos ilustrados a causar escândalo; depois membros da burguesia que inspiraram os autores românticos (o romance folhetim surgiu simultaneamente aos jornais — quem não se lembra de Aurélia Camargo, da "casa térrea de Santa Tereza", de José de Alencar?); já na era do espetáculo, por Stalin, Dalva de Oliveira, Marilyn Monroe, Amy Winehouse. No *capitalismo infantil* da era das redes sociais do nietzscheanismo globalizado (romantismo ingênuo degradado), o papel da "vedete" tornou-se muito mais difuso do que durante o Romantismo legítimo; hoje é ocupado, além de por políticos e artistas [algumas vezes involuntariamente], também por celebridades e "influenciadores". As celebridades vêm do velho tabloide, da televisão, da época da morte de Diana, em que os paparazzi perseguiam as vedetes para saber de suas vidas pessoais. A partir de um certo momento, a direção se inverteu e sujeitos que por algum motivo ganhavam notoriedade passaram a perseguir os paparazzi atrás de expor suas vidas pessoais e se tornar celebridades — este é um momento histórico alongado no Brasil, e programas como *Big Brother* (há vinte anos no ar) e outras versões ainda mais dantescas continuam em pleno 2021 a provar isso. Os influenciadores vêm com Gabriela Pugliese e seu amigo Giordano, que se utilizaram das redes sociais para se abrir e vender exatamente como "o objeto da identificação à vida aparente sem profundidade" descrito por Debord. "Figuram tipos variados de estilos de vida e de estilos de compreensão da sociedade, livres de se exercerem globalmente." São vedetes, cada qual em sua objeto-personalização literal. A categoria "celebridade" tende, por isso mesmo, a se fundir com a categoria "influenciador". Os paparazzi não mais são necessários. Independentemente de serem políticos, artistas, celebridades, influenciadores ou uma mistura desses e mais, a evolução do papel das vedetes caminhou no século XX em simultâneo com o conceito do "lugar de fala".

Não se trata de um assunto óbvio porque não sou celebridade, sou um mero diretor e escritor. E por muito tempo refleti, em meu caso, sobre o que havia vindo primeiro: se o interesse por meu lugar de fala ou se meu papel de vedete. O fator complicador maior é que a noção filosófica do "lugar de fala" se fortaleceu quando os sapatos da "vedete" já estavam muito bem estabelecidos historicamente, e consequentemente em inúmeros casos a vedete se confunde com o lugar de fala mesmo quando vem depois [existem, claro, indivíduos com lugares de fala socialmente aceitos que não são eleitos vedetes]. Hoje, a determinação de quem possui um lugar de fala legítimo se dá por uma qualificação ao mesmo tempo espontânea e mercadológica (classe, raça, gênero, orientação sexual, profissão, origem regional, idade, país) — esse lugar de fala, em seu turno, confere ao discurso uma "validade", uma "relevância" e uma "autoralidade" antes que haja um todo mais homogêneo da obra, ou antes que haja sequer uma fala; alguém pode decidir permanecer mudo ("fazer nada"). Já a exposição da vedete, uma vez que ela é escolhida, não depende apenas dela — porque os sapatos da vedete estarão sob seus pés, queira ela calçá-los ou não; neste caso, "não fazer nada" implica também a intencionalidade daqueles que a circulam, em termos da significação de seu silêncio e das decisões desses atores socais ao redor sobre como levar a público detalhes da vida da vedete, a despeito da vontade dela. Descobri que em 2013 já era vedete — quando, a decupar roteiros na praia de Ipanema, falavam a meu respeito com vivacidade e interesse e me acompanhavam, de certa forma registrando por aplicativos de mensagens meu cada passo (sem meu conhecimento). Seria nesse contexto que conheceria Anderson, e também que Giordano se referiria pela primeira vez a minha pessoa a seu então namorado: "Nós vamos tirar proveito desse trouxa". Os sapatos estavam sob meus pés. Meu lugar de fala somente foi conquistado quando lutei para garantir o direito de expressão de minha sexualidade gay, dois anos depois. Conclui-se que o objeto de consumo hoje é o próprio ser humano e o que ele representa. Se eu possuía qualquer dúvida a respeito disso, não possuo mais depois de vivenciar o que a Polícia do Rio, NovoA (possivelmente, A*), Arthur Scalercio e os seus fizeram comigo, e de entender seus métodos e motivos. De todo jeito, como artista não enxergo a realização de meu trabalho separada da pessoa que sou. Sei que tentarão elaborar análises antimodernistas/ românticas degradadas ingênuas desta obra, apesar de meus apelos. O que fazer? Não dirigir? Não escrever? Não falar? Não transar? Não criar? Simplesmente parar tudo a tentar me distanciar do interesse do público por minha vida pessoal? Constranger-me pelas críticas em tempo real? Dar-me por vencido pelas tentativas de destruição de minha reputação e credibilidade por parte da aparelhagem do estado policialesco bolsonarista [e mais cedo ou mais tarde chegaremos narrativamente lá]? Isolar-me em uma ilha deserta? Não, porque a significação de meu silêncio por terceiros serviria — como serviu — a propósitos ideológicos deturpados. Assim, acredito que a busca de "quem eu sou" na vida real pelo público está relacionada à própria recepção crítica de minha produção artística. Seria inocência ignorar que minha arte está intrinsecamente ligada a minha biografia. Foucault fala da futilidade da tentativa do anonimato literário: a linha entre quem eu sou como artista (pessoa pública) e pessoa física (atrelagem a este personagem dentro da obra) é igualmente borrada. Minha vida pessoal desde muito antes de minha reincursão nas redes sociais, após Diamantina, em 2015, já era alvo de bastante especulação coletiva — primeiramente no Rio de Janeiro, depois a se expandir. Elaborou-se uma narrativa social acerca daquilo que era íntimo da pessoa física, que foi acidental ou propositalmente vazado por outros de meu entorno, e daquilo que foi criado por mim (artista) para a plateia. Achavam mesmo que cobrir uma viagem a um destino rústico no Brasil era revelar minha vida íntima? Há que se observar também que o público *simplesmente* se interessa pela intimidade de determinados artistas — havendo eles sido predeterminados pelo sistema a permanecerem à frente das câmeras ou atrás delas. Mesmo quando me esforço para manter minha vida o mais privada possível, surge fofoca; as pessoas se esforçam para estar entre minhas quatro paredes. O que alguns setores usam como justificativa para suas críticas é o fato de eu ser diretor, pretexto que acaba por apontar para a verdadeira causa do ressentimento: o inesperado perante aquilo que havia sido predeterminado pelos interesses dominantes para mim. Conforme expliquei, minha vedetização não foi algo que planejei: notei que estava em curso e tentei ao máximo moldar o discurso que me envolvia para que se adequasse a meus princípios, legitimando dessa maneira meu lugar de fala próprio. É possível dissociar a vida pessoal de Ingmar Bergman de seu trabalho? Ali estava outra vedete atrás das câmeras. Por que eu, entre tantos indivíduos no coletivo do *Vai que Cola* [à exceção dos atores e humoristas], gerei tanto interesse a ponto de ser feito vedete e conquistar a validação de um lugar de fala? Os que não lutam contra o sistema são vedetes que nem fala elaborada possuem... o discurso dominante os significa. Apenas a sociedade poderia responder *por que eu*, mas o canal foi um dos muitos que se incomodaram com isso: eu aparecia demais, mais do que outro que havia sido pensado pelos burocratas para ser "o dono do programa" — indivíduo esse que, apesar de todos os esforços, "não colou". O que gerou ressentimento ainda mais profundo foi que nem meu discurso, nem o que eu representava estavam alinhados ideologicamente ao desejo do conglomerado — e me danariam por isso, fazendo de mim um exemplo. Tamanha demonstração de força e encenação, como em meu caso, em vez de intimidar para que não haja casos semelhantes, quiçá incite revolta [não tenho ainda o desfecho, trata-se de um momento que estou vivendo]. O que sei é que somente na posição de *mártir não realizado* é permitido que certas minorias ideológicas alcancem o gosto popular, tal o exemplo feito de Marielle Franco.

Dalva de Oliveira foi uma vedete que ocupou seu lugar de fala com a música — através dessa música, polemicamente alimentava as fofocas que corriam nos tabloides, e acabava por vender mais álbuns. Não questionou, desse modo, o discurso a ela imposto pelos interesses dominantes: foi a mulher frágil, submetida e sofredora. A Marilyn Monroe foi reservado um lugar de fala semelhante: tratava-se de uma imagem imposta como representante-mor da beleza estadunidense, previsivelmente frágil e submetida também. No lugar de fala cunhado artificialmente à vedete Marilyn não cabiam nem sua inteligência nem sua verdadeira vocação de atriz. Foi manuseada como uma boneca sexual, tendo seus sentimentos e suas posições ideológicas de esquerda esmagados. Acabou sendo levada ao suicídio por toda a desconsideração emocional e intelectual que sofreu — e há provas de que foi desrespeitada e manejada mesmo após a morte, de forma que continuasse a contar no pós-vida a estória que não comprometia os que a tinham dominado. Nina Simone não foi eleita vedete; era dona de um lugar de fala, contudo por ser preta não permitiram que falasse — e, quando insistiu, a indústria fonográfica a rejeitou a ponto de destruir sua carreira. Transformou-a em vedete póstuma, através da triste história de sua vida, pela pobreza e exclusão a que foi reenviada. O caso lembra o de Marielle: Simone não foi aceita porque suas questões não eram comercialmente lucrativas. Que sua aniquilação servisse de exemplo! "Somente como mártir não realizado é permitido que certas minorias ideológicas alcancem o gosto popular." A Amy Winehouse novamente foi alocado um lugar de fala parecido em muitos aspectos com aquele de Oliveira, e ela confortavelmente o ocupou por meio de sua música [diferentemente de Nina, que se empenhou em ter voz contestadora para além do canto e em ser politicamente ativa]; como Dalva, Amy não se constrangeu em aceitar os sapatos de vedete. Embora a artista fosse altamente lucrativa, a indústria fonográfica — tentada pelo lucro *a curto prazo* — compactuou com a fome de tragédia da sociedade e lidou com Winehouse com sadismo mais extremo do que aquele que havia direcionado a Monroe, satisfazendo-se com ela estampada nas capas dos tabloides completamente autoconsumida. O caso demonstra que, ainda que haja aceitação do discurso que é imposto pelos interesses dominantes, a perversidade extrema persiste. Talvez já esteja a ocorrer, historicamente, uma atividade catártica nos consumidores quando se dá a mera ocupação do lugar de fala em si, o que de uma maneira estranha desencadeia a consumação brutal das vedetes por suas conturbadas e públicas vidas pessoais.

Trata-se do calvário e danação dos lugares de fala, independentemente até dos sapatos da vedete (que são calçados em morte). Faraós e majestades representavam discursos, entretanto não eram destroçados em vida a não ser por guilhotinas muito pontuais. Hoje, finais trágicos são cada vez mais desejados e aplaudidos — seja por overdose, morte violenta, destruição de reputação, miséria ou qualquer outro tipo de avassalador sofrimento. Que tipo de sociedade compactua com tais espetáculos? Trata-se de imolações contemporâneas ao deus do capital global.

Se estivéssemos em uma sauna juntos, eu e Foucault, qual de nós não seria reconhecido? Vivo aprisionado em minha identidade e não posso ser apenas um corpo. Já me dei conta, mencionei vários acontecimentos que exemplificam isso e provavelmente mencionarei mais. Em minha arte, tento criar algo além da imagem, tento explorar todas as possibilidades de meu lugar de fala e ultrapassar de alguma forma o que é esperado, tento ser pedagógico — quase didático. A despeito desses esforços, minha conta de instagram pode ser considerada um tipo de diário contemporâneo, a ser publicado a qualquer momento após minha partida, se não for banida por interesses ideológicos contrários até lá; soma-se minha conta de twitter, apesar da irregularidade de minhas publicações… Diários virtuais. Existirão novas redes sociais também. Acredito que, em breve, inauguraremos um novo tipo de literatura como arte visual (como o cinema foi para a fotografia) — de livros que não possam somente ser lidos digitalmente, mas que contenham imagens, inclusive em movimento, e áudio; isso conferirá mais possibilidades formais e conceituais ao artista [não me satisfaz tecnologicamente sequer a maneira como hoje a fotografia é incorporada à literatura impressa, pois não é tecnicamente integrada ao texto de modo fluido ou esteticamente aprazível ou conceitualmente elucidatório, e por isso não a utilizo]. Pelo momento, estou impedido de publicar no instagram, porque continuo a viver em um tipo de masmorra de comunicação (um anexo de Anne Frank, no fascismo contemporâneo) — que, se o leitor ainda não entende por não conhecer minha biografia, logo entenderá. Como tratei brevemente, esse silenciamento forçado também possui significação. De qualquer jeito, ali no instagram está quem fala ocupando devidamente um lugar — ao menos enquanto minha conta não for removida. Aqui está a fala. Meu ponto é que vivemos um momento histórico em que o autor virou meramente o dono de um lugar de fala, e — como já apontei — tal lugar independe até de a fala existir ou não: basta o que o lugar representa; no caso de esse lugar ser ocupado por uma vedete, basta a possibilidade de a vedete ter os sapatos para calçar. Com base nisso, a questão é: *se sou vedete independentemente de minha vontade e ocupei um lugar de fala que importa "porque interessa", o que posso oferecer de verdadeiro valor como artista?* Deve ser algo único, que apenas eu possa criar, a ter como fundamento a minha biografia e a confirmar o meu comprometimento político, crítico, pedagógico e didático com a arte; algo que tenha "como vocação a invenção e a projeção do mapeamento cognitivo global, em uma escala social e espacial". Pois o que se passa comigo — neste mundo globalizado — e o fato de eu criar minha arte em língua portuguesa não são mais empecilhos para uma identificação internacional. Certa vez, ouvi de um historiador de arte bem afamado da SAIC: "Sabe qual o problema da arte brasileira? O mesmo problema da arte holandesa. Ninguém entende a língua que diabos estão falando!". Tradutores têm hoje a função de intercambiar as palavras, porque vivemos todos, cada vez mais, um contexto macro globalmente: trata-se do momento histórico homogeneizado. Resta unir internacionalmente as forças dos movimentos sociais. Não tenho dúvidas de que o que ocorre hoje no Brasil, inclusive em nossas particularidades, reflita o que se dá no nível planetário: o fascismo é uma ameaça constante em inúmeros países. NovoA, as polícias Civil e Militar do Rio de Janeiro e os conglomerados de mídia poderiam bem soltar uma nota à imprensa: "a Coreia do Sul é aqui".

Uma vedete havia sido institucionalizada por enxergar o sadismo extremo e apontar para ele. Edgar veio me chamar em meu quarto, pois eu "andava muito isolado" e deveria assistir a um filme — era noite de cinema no spa. Tenório e os outros tinham escolhido *Coringa*, não tão novo assim; eu não havia assistido à película até então por falta de interesse. Tive de encontrar uma maneira de me aconchegar na apertada sala de TV. Não entrarei no mérito do filme porque, apesar de ele ter de fato me ajudado a esquecer um pouco da minha realidade naquele momento — de que eu não podia fisicamente escapar —, apenas me recordo que existia valor de choque (um assassinato brutal que envolvia um anão) e que o final era demasiado alongado; a estória sugeria "o fim do mundo tal qual o conhecemos" por meio de uma revolução às avessas trazida à tona por um anti-herói da DC comics. O personagem interpretado por Joaquin Phoenix, no entanto, foi mais profundamente investigado sob o viés psicológico no produto — em um projeto anterior, tinha sido vivido por Heath Ledger. Coringa, como foi apresentado, sofria de "doença mental" [creio eu, esquizofrenia, veja a ironia], e o filme é categorizado como *thriller* psicológico. É curioso que

Phoenix tenha ficado marcado em sua carreira por uma polêmica entrevista a David Letterman no canal estadunidense CBS no dia 11 de fevereiro de 2009, a que assisti em sua transmissão original. Ao final da entrevista, Letterman disse: "Joaquin, lamento que você não pôde estar aqui esta noite" — a plateia riu e aplaudiu. Tudo fazia parte de um *mockumentary*, *I'm Still Here*. Porém, grande parcela do público e da mídia estadunidense acreditou que Phoenix estava de fato sofrendo de problemas mentais e abusando de drogas — ele chegou a ser diagnosticado com uma condição rara por um médico-celebridade na TV. Uma mistura de realismo e nietzscheanismo pós-moderno? A entrevista afetou a recepção posterior de Phoenix (o artista) pelos espectadores, devido à interpretação confusa de sua interação com Letterman — na verdade, não era a pessoa física na entrevista e sim, o artista/ personagem do *mockumentary* ali falando, o que é pouco usual para o formato. Não obstante Phoenix ter concorrido ao Oscar por seu papel em *The Master,* em 2012, e ter atuado no filme *Her,* em 2013, e em um projeto de Woody Allen, em 2015, entre outros, seu retorno aos braços do grande público se deu em *Coringa,* dez anos após a controversa entrevista — justamente no papel de um "doente mental". O papel caiu como uma luva, pois o ator — por um erro de cálculo em um projeto fracassado (no sentido de ter sido conceitualmente incompreendido) — havia forjado para si *o lugar de fala* de um esquizofrênico. É válido mencionar adicionalmente que, segundo a lenda urbana, o personagem Coringa teria interferido na saúde mental do ator Heath Ledger: supostamente piorou sua preexistente insônia, o que possivelmente agravou uma infecção respiratória que ele tinha contraído em um *set* de filmagem e levou a um abuso de drogas tarja preta prescritas por médico; a situação caminhou ao rompimento de seu relacionamento com a atriz Michelle Williams e à sua morte, em 22 de janeiro de 2008, por overdose devido à mistura de remédios controlados. Era mais uma daquelas trágicas histórias das vedetes de Hollywood, uma Monroe dos anos 2000. Trago uma passagem de Jameson que faz uma crítica do filme *Body Heat* (1981) e que diz respeito a uma geração de atores que tenta fazer o oposto do que fizeram Ledger, Phoenix e Monroe, isto é, renunciar aos sapatos da vedete e tampouco ocupar um lugar de fala:

> Enquanto isso, um jogo de conotações bem diferentes é ativado por alusões complexas (mas puramente formais) à instituição do sistema do estrelato. O protagonista de *Body Heat*, William Hurt, pertence à nova geração de estrelas do cinema cujo status é muito diferente do da geração precedente de *superstars*

masculinos, tais como Steve McQueen ou Jack Nicholson (ou, ainda mais distante, Brando), para não mencionar momentos ainda mais longínquos na evolução
da instituição das estrelas de cinema. A geração imediatamente anterior a essa
projetava seus vários papéis por meio de suas bem divulgadas personalidades de
fora da tela, as quais sempre tinham conotações de inconformismo e rebeldia.
A geração mais jovem de atores de primeira linha continua desempenhando as
funções convencionais do estrelato (mais claramente, a da sexualidade), mas na
total ausência de "personalidade" no seu sentido anterior, e com algo do anonimato da atuação conforme a personagem. Mas agora essa "morte do sujeito"
na instituição do estrelato abre a possibilidade de um jogo de alusões históricas a papéis muito mais antigos — nesse caso aos papéis associados a Clark
Gable — de tal modo que o próprio estilo de atuar pode servir de "conotador"
do passado.[*]

A implicação do pensamento de Jameson sob a luz do que eu vinha debatendo é que a negação dos sapatos da vedete — oferecidos pela sociedade
através da mídia e redes sociais a seus escolhidos — por parte do ator leva
a uma alienação dentro do próprio trabalho do artista, antes que este fru-
tifique em uma obra de arte: porque os sapatos da vedete representam em
muitos casos um lugar de fala condizente, quando não há legitimamente
um ou quando o artista não consegue impor o seu às forças dominantes,
como foi o caso de Monroe (muito mais inteligente e melhor atriz do que a
superficialidade do que podia externalizar). Qual a diferença entre Marilyn e
Marlon, para que ele tenha logrado instituir um lugar de fala próximo de seu
real e ela, não? Quiçá, simplesmente o fato de Brando ter sido do sexo masculino, em uma sociedade machista. Sem os sapatos da vedete, a pergunta
"que importa quem fala?" fica atualmente sem resposta se no lugar de fala
similarmente houver um vácuo (em vez de, por exemplo, um silêncio ou um
silenciamento); o trabalho artístico é diminuído a uma imagem — aí, como
Debord acusava — verdadeiramente vazia, sem pé na realidade. Depois do
nietzscheanismo, o lugar de fala se transformou no pouco que ainda resta
de referente ao real em uma arte tão fragmentada. Muitos artistas acabaram
por se transformar, em sua vida pessoal, na "representação espetacular do
homem vivo", uma versão vendável do homem comum que o Modernismo
tentava constituir. Calçar os sapatos da vedete é mais fácil do que garantir
um lugar de fala próprio (mais profundo, complexo e questionador do que
é socialmente decretado); a obstinada luta do artista ou do político contra

---

[*] JAMESON, 1996.

os interesses dominantes neste quesito pode antecipar um final destruído e trágico, como provam os casos de Simone, Marilyn, Ledger, Marielle, Chico Mendes. Em seu turno, a legitimação desse lugar é algo relativamente democrático e espontâneo, a despeito de deturpações e violências ideológicas, mercadológicas e por parte do crime organizado — por isso, ocorre mesmo na morte. A respeito da questão que se me apresentou: se é possível ser vedete sem ocupar um lugar de fala, seria possível que *artistas* exerçam seu lugar de fala rejeitando os sapatos de vedete? No momento, aparentemente não. Marlon Brando, como citei, foi bem-sucedido em ambos os aspectos e sua participação no Movimento dos Direitos Civis é prova — Brando, a propósito, era bissexual. Em uma reportagem de 8 de agosto de 2018, o *el país* publicou um artigo a respeito: "O apagamento bissexual é a tendência a ignorar, eliminar, falsificar ou reexplicar as evidências de bissexualidade nos registros históricos. Esse foi o caso de algumas estrelas conhecidas do grande público". Segundo Darwin Porter no livro *Brando Unzipped*, "o grande amor de sua vida foi o amigo Wally Cox, que morreu em 1973 e com o qual supostamente suas cinzas foram espalhadas no Taiti. De acordo com Porter, Cox foi um amor de juventude de Brando. O ator manteve suas cinzas em uma urna durante mais de trinta anos e ordenou que, após sua morte, fossem misturadas às suas. Brando disse uma vez que nenhuma mulher o tinha feito feliz. Também confessou que se Wally Cox tivesse sido do outro sexo, o relacionamento teria terminado em casamento". Além de Brando, são mencionados Billie Holiday, Freddie Mercury, entre outros.[78] A respeito de Holiday, a atriz Tallulah Bankhead somente não foi claramente registrada na autobiografia *Lady Sings the Blues* devido a "algumas cartas venenosas" que enviou a Billie, e "no final a atriz foi retratada no livro como 'uma amiga que às vezes vinha em casa para comer espaguete'". Através do lugar de fala, toda uma conotação é trazida para o trabalho de arte no período nietzscheanista pós-moderno. Portanto, apesar do fracasso profundo do experimento de *mockumentary* de Joaquin Phoenix em 2009 pelo nietzscheanismo ingênuo dele e do diretor (os dois foram simultaneamente roteiristas do projeto) *e* pelo realismo ingênuo por parte dos espectadores que testemunharam o trabalho em seu processo de feitura, o ator por um acaso encontrou seu personagem Coringa, dez anos depois, cumprindo efetivamente seu trabalho. Os institucionalizados assistindo ao filme pareceram concordar com o sucesso do projeto; os homens se demonstraram extremamente satisfeitos com o produto e realizados. Eu, nem tanto, contudo havia me distraído no cárcere com algo tão irreal quanto o que vivia ali.

Havia entre os internos uma jovem moça, Lúcia, de dezenove anos e que sofria de depressão, havendo tentado o suicídio algumas vezes, que além disso era dependente química (como Ledger, de remédios prescritos por médicos) e que havia sido estuprada por seu ex-namorado ainda durante a adolescência. Entrava e saía das instituições desde seus quinze anos, aproximadamente, nos Estados Unidos — onde vivia sua mãe —, e no Brasil. Desta forma, era contraditório que estivesse a ser "curada" pelo mesmo tipo de profissional que prescrevia as drogas nas quais ela se havia viciado: um psiquiatra. Havia também Gláucia, uma psicóloga de por volta de uns 45 anos do Tribunal de Justiça, que passava por um processo dissociativo após a perda do pai e o subsequente assédio de seu irmão pela herança. Gláucia praticava análise lacaniana havia muitos anos e acabou por se tornar minha amiga, mesmo dopada que estava pelos medicamentos. Em uma oportunidade, perguntei se ela acreditava realmente "naquela merda ali". Ela me respondeu que tinha chegado a um tal momento crítico de estresse em que a análise não bastava para lidar com a fase aguda de suas questões, e que a medicação a ajudava — entendia, também, que aquele era um ambiente "protegido" do restante do mundo, que a julgaria em seu estado [ela, uma profissional conhecida]. Refleti sobre isso, se aquele lugar estava me protegendo de crises de pânico, e cheguei à conclusão de que não. Eu gostaria mesmo era de estar em alguma fazenda, apenas eu e a natureza, uma vez que a medicação que me havia sido empurrada foi drasticamente reduzida em um curso de quatro ou cinco dias e eu não possuía sequer rivotril para tornar aquela prisão palatável. Em mim só crescia a revolta, revolta e angústia. Lúcia, por sua vez, sonhava em ser atriz — e me pedia vários conselhos; também chamava Gláucia de mãe, papel que esta aceitou. Até a proximidade física das duas era de mãe e filha. Com a exceção delas e de uma senhora mais velha que não deixava seu quarto "nem para as atividades" e que entrava e saía das instituições havia muitos anos já — desde a traição e separação do marido —, o restante dos cativos era formado por homens. Um deles era músico, extremamente sensível e de ótima índole, jovem também — tinha uns 23 anos, e havia acabado de ter sua primeira filha. Doía-me vê-lo dopado caindo pelos cantos daquela clausura; não conseguia nem assistir a um filme violento. Como Lúcia, ele havia se viciado em algum remédio vendido apenas sob prescrição médica e era recorrente no vício. O outro grupo circulava ao redor de Tenório e estava ali por motivos diversos — havia um que era usuário de cocaína e outro que não conseguia conter a própria violência.

Aquela noite, após o filme, Edgar me vendeu chocolate e tomei um chá; novamente, não consegui dormir com o remédio sublingual que haviam me prescrito: minha insônia é muito antiga — sofro com ela desde minha pré-adolescência, senão desde minha infância. Revirei na cama em angústia, que era tanta que me dava calor, e ao mesmo tempo um frio no estômago. Era um profundo mal-estar como se nenhum de meus problemas tivesse resolução. Encerrado por aquelas paredes brancas claustrofóbicas, sentia-me enterrado vivo em um caixão sabendo que meu oxigênio iria acabar. Havia também movimentações no andar de cima que me faziam abrir os olhos quando pestanejava. Creio que consegui cochilar por uns trinta minutos após as quatro da manhã, e logo às cinco houve uma nova movimentação que me despertou — quiçá tenha sido de funcionários. Acordei e já comecei a suar imediatamente, a despeito de o ar-condicionado estar ligado. Minha angústia me fazia fisicamente doente! Tentava me acalmar, tentava focar em meus mantras; nada me tirava o peso do peito, a sensação de que o futuro era algo horrível assim como tinha sido o passado recente. Pestanejei e às sete Edgar bateu à porta: eu *deveria* participar das "atividades" do dia. Minha falta não mais seria tolerada. Repenso agora o papel de Edgar: era portador de verdades apesar de eu ter entendido errado, inicialmente, sua motivação. Ele trabalhava naquela instituição havia cinco anos, se me lembro bem, e tinha visto muitos irem e voltarem. No entanto, atrás de sua fachada de "representante da disciplina", trazia uma mensagem que não poderia ser confundida: eu *deveria* participar das "atividades". Dever, não no sentido de ter obrigação de fazer algo — como ele fazia parecer para preservar seu próprio emprego. Dever no sentido de: "se você quiser receber alta, pois o psiquiatra que toca violão usa a não participação como medida para justificar sua estadia prolongada a seus familiares". A insistência do técnico de enfermagem, que poderia ser mal interpretada, era sinal de que gostava de mim. Edgar logo sugeriu — na maneira seca de sua sensibilidade — que eu tomasse banho para ir tomar café da manhã. E apenas então me perguntou se eu havia dormido bem. Respondi que não. Ele, nesse momento, recomendou que eu pedisse para que trocassem o medicamento sublingual — aquele pelo que o psiquiatra provavelmente exercia interação financeira com a indústria farmacêutica para "comercializar produtos de prescrição médica" — pelo rivotril. Eu lhe indaguei se aquilo "não ficaria mal em minha ficha", haja vista que existia tanta gente viciada em medicamentos ali. Edgar disse que não, e baseado em sua experiência acreditei nele. Compreendi prontamente o que significavam as tais "atividades", embora apenas agora eu note a profundidade de Edgar. Quando saí do quarto para tomar café, na cantina o grupo de Tenório falava do técnico de enfermagem com muito ressentimento — justamente por essa sua postura de disciplinador, apesar do complexo contexto menos superficial. Sem demora os homens, com exceção do jovem músico, passariam a planejar algum tipo de violência física contra Edgar por ele ser um gay afeminado. Associar-se-iam ao outro técnico de enfermagem, o bombado — que era igualmente machista, que também desgostava de Edgar, e que recebia dinheiro para trazer maconha e talvez outras drogas para que Tenório consumisse na calada da noite. Descobri que eram esses os sons que me mantinham acordado durante a madrugada — não se tratava de funcionários se movimentando, esses quase todos dormiam; tratava-se do "cortador de cana" e seu grupo agindo, incluindo talvez o bombado. Tenório não era quem parecia ser.

O leitor poderá ter a impressão de que muitas coisas neste enredo sejam demasiadamente condizentes para serem verdadeiras, mas não descrevo nada além da realidade que vivi. Tenho, aliás, dificuldades em escrever também este trecho e mais uma vez a sensação de que somente relato os fatos acontecidos com a máxima rapidez possível, para me ver livre deles na linha do tempo. Isso vem ocorrendo repetidamente ao longo deste livro. A necessidade de me livrar do tema [livro — livrar] como um todo de modo célere é outro motivo para eu manter uma cronologia narrativa mais ou menos tradicional: início, meio e fim, apesar de os detalhes em si talvez também serem complexos e confusos demais até para mim — ainda mais se eu me utilizasse de expedientes artificialmente impostos e espetaculosos. Pensei em terminar o parágrafo acima de forma descontraída: "não saia daí, voltamos já, já" — porque há um gancho parecido com um de final de bloco de folhetim/ novela, que por sua vez coincidiu com minha necessidade de deixar o computador para comer. No entanto, a refletir à sacada a perder minha vista no mar, não achei de bom-tom. Gostaria de fazer uma piada, trazer uma menção mais brincalhona à cultura de massas, todavia não consigo aplicar beleza ou leveza a nada. As próprias memórias me causam repulsa. Não existe nada de belo ou engraçado aqui. Outros escritores já trataram desse aspecto contemporâneo de nossa profissão. Questiono-me se faço jus a personagens como Edgar, ou Lúcia, ou Gláucia, ou ao músico, entretanto, possuo tanta pena deles quanto de mim mesmo, pois estávamos inseridos no mesmo horror juntos. Dessa maneira, tenho a ilusão de que, quanto mais rápido isto acabar, mais cedo sairemos dali — embora racionalmente eu saiba que Edgar continua naquele local [se não foi morto por um homem violento em mais um crime LGBTfóbico no Brasil, após eu ter sido feito liberto], e que

Lúcia e o músico provavelmente permanecem lá, ou se saíram já voltaram várias vezes desde então... isto é, se não foram para lugares piores. A verdade é que não quero pensar neles. Não porque eu não tenha empatia, ou porque não tenha gostado deles, mas porque não consigo: trata-se de uma limitação pessoal do escritor. É difícil demais simplesmente relembrar de toda a angústia para a descrever aqui; seria ainda mais intolerável esmiuçá-la. É o trabalho diante de mim: registrar minimamente os fatos para que a narrativa contenha nexo. Autoduvido-me se a sugestão de minha mãe de colocar tudo em terceira pessoa facilitaria em qualquer aspecto do processo, contudo creio que tampouco seria a resposta. Eu necessitaria, de qualquer forma, escrever. E, além do mais, transpor para a terceira pessoa talvez retirasse o poder terapêutico que esta escrita em particular possui em mim. Estaria a sofrer, ao longo do processo, em vão. Pois já sou o "narrador nada confiável em primeira pessoa". Porém quem, por livre e espontânea escolha, escreveria sobre isto — não somente sobre o conteúdo deste capítulo, como sobre muitos dos assuntos deste livro e deste presente em que vivo? A escrita me escolheu.

Aquela terça-feira foi um dia sombrio. Passei a noite em branco e mais uma vez me dei conta da dura irrealidade. Meu processamento do mundo ao redor e a falta de atividade física em poucos dias tinham se transformado em uma terrível dor nas costas, na região da lombar, que fazia com que eu andasse arcado. Parecia um velho de cem anos, idade do fascismo. Não possuía um travesseiro alto, com que estou acostumado a dormir entre as pernas, que asseguraria um bom posicionamento de minha coluna durante o sono. Tampouco havia sido autorizado a utilizar tênis que elevassem meus calcanhares, porque os cadarços poderiam ser utilizados para que alguém se enforcasse [a preocupação era a respeito de outros indivíduos mais do que comigo, não mais sob observação por risco de suicídio]. Eu sentia vergonha de novo, vergonha de mim mesmo quando bateram à porta para me despertar, embora eu já estivesse acordado. Era impossível não ser imediatamente chacoalhado com minha condição de subcidadão ao abrir a porta daquele banheiro que não possuía espelho sobre a pia (similarmente pelo risco de suicídio): nem poder se ver [para se arrumar] antes de sair em público é de uma humilhação difícil de comunicar para alguém que nunca vivenciou essa situação. Esperanço que reviver toda essa dor não seja um esforço em vão, pois a mensagem é importante a ponto de me motivar a escrever. Não tinha sequer controle sobre minha própria imagem. Minha pele estava muito ressecada dado o tratamento para acne com isotretinoína (roacutan). Meus lábios começaram a rachar. Não possuía hidratante. Dirigi-me ao espelho que existia na sala central — onde os rapazes jogavam — para tentar me arrumar minimamente diante de todos sem deixar transparecer futilidade, algo associado ao feminino a que aqueles sujeitos tanto nutriam ojeriza. Utilizava saliva para remover a pele ressecada ao redor da boca. Minha barba por fazer estava horrível. Meus cabelos, ao mesmo tempo finos e encaracolados, também tinham péssima aparência porque fazia frio e eu havia tomado banho na água quente e lavado a cabeça com sabão, na falta de xampu — qualquer oleosidade que desse peso e contorno aos meus fios, removida na lavagem. Gláucia notou todo o meu incômodo e perguntou se eu aceitaria um pouco de hidratante. Respondi que sim. Edgar, em seu turno, observava tudo atentamente. Quando ela veio me trazer o produto, ele impediu que me passasse: seria contra as regras; a instituição forçava seus próprios produtos em nós. Ao perceber isso, neguei-me a me submeter. Gláucia entendeu e moveu os lábios que me entregaria às escondidas depois.

Após o desconfortável café [sou particularmente antissocial de manhã, principalmente antes de a cafeína fazer efeito], segui à "atividade". Edgar me pastoreou — como se faz com uma ovelha. Abriu a porteira e a fechou atrás de mim. Nas atividades precisávamos transparecer normalidade e nos abrir perante o grupo. Permaneci sentado na incômoda cadeira, calado, pois estava cansado demais e também medicado — mesmo com uma dose baixa, era extremamente difícil me manter acordado. Era nítido que os outros sofriam do exato problema com dosagens mais altas de misturas de variados medicamentos. Naquela atividade, havia uma psicóloga que trabalhava algum assunto de forma muito superficial — o que não era exceção. Quando o psiquiatra que toca violão entrou na sala, todos logo fingiram que estavam despertos, a tentar passar a impressão de que estavam vivenciando "a realidade", porque sabiam que dependiam do julgamento do doutor. Não eram seres vivos, eram seres em suspensão; isso era visível por suas roupas e cabelos desgrenhados. Todos, vivos-mortos como eu. Tudo, uma representação de cúmplices. Lúcia, que sonhava em ser atriz, era das que mais se empenhavam — haja vista que era tão jovem e, dessa forma, extremamente influenciável. O psiquiatra exercia uma função de poder também sobre a psicóloga, sua funcionária, e, quando desembestou em achismos, positividade, coisas da psiquiatria e da autoajuda, a profissional acatou com uma falsa euforia — era evidente que mesmo ela, em toda a sua limitação, julgava-o ainda mais limitado. Contudo, ele havia tocado violão no Jô Soares e era sua interpretação dos fatos que nos mantinha cativos ali — e era o nosso dinheiro, por meio do cárcere perpetuado por ele, que mantinha todos empregados. Ele também era dono de um talão de receitas de drogas controladas, o que reforçava seu status naquela prisão de conveniência. Ainda assim, pestanejei mirando em seus olhos e minha cabeça quase tombou — a partir de um momento, não tentei mais esconder. Quando deu a hora — creio que 10h45 —, retirei-me de pronto para meu cubículo, sem teatralizar. Edgar me seguiu e indagou se eu não gostaria de socializar. *Socializar com quem? A maioria parecia bem mais doente do que eu, e os que não pareciam eram.* Respondi a ele que precisava me deitar porque não havia dormido à noite. Ele reforçou sua opinião de que eu deveria pedir ao psiquiatra meu rivotril, e roborou que isso não seria mal interpretado. Confirmei que seguiria seu conselho e pedi licença. Deitei-me.

Alguém bateu à minha porta — era o outro técnico de enfermagem, que participava do grupo de Tenório, a me acordar. Ele tentava ser demasiado simpático comigo, apesar de ser muito claro que não tínhamos quase nada em comum: eu preferia a secura sincera de Edgar. Todavia, fui simpático de volta, político — posso dizer —, e pedi para que me desse uns instantes para lavar a cara e escovar os dentes. Sou raramente político no sentido de esconder minhas reais motivações ou opiniões — em vez disso, estabeleço códigos, especialmente com colegas de trabalho, para pontuar onde há discordâncias de modo que tratemos delas em particular. Posso afirmar que esse método tem funcionado ao longo do tempo. No *Vai que Cola*, para retomar um tema do livro, as grandes amarrações de bastidores passavam diretamente por mim. Costumava usar a seguinte alegoria: dentro da globo, o ator Antônio Fagundes seria como um elefante dentro de um jumbo; no multishow, Paulo Gustavo era como um elefante dentro de uma kombi. Havia outros igualmente grandes, e muitas vezes seu poder era maior do que o dos próprios burocratas do canal. Quando surgiam questões, eu possuía um método e uma maneira de me comunicar com cada um. Com Paulo, essas questões diziam respeito, em grande parte, a assuntos relacionados ao desenrolar do programa; com outros membros do elenco, chegavam a dizer respeito a pontos contratuais. PG era bastante intuitivo e impulsivo; portanto, somente após a temperatura esfriar eu lançava mão de argumentos racionais para defender assuntos-chave. Nos bastidores, eu me dirigia a ele na sala do figurino: "Paulinho, lembra de tal ocasião, assim e assado? Nós, da direção, propomos X pelos motivos Y e Z

— não é simplesmente por capricho". Ele compreendia e dizia: "Obrigado, Aaron". Preservávamos uma ótima relação, que era bastante descontraída, diversas vezes. Paulo gostava muito de me provocar, pois eu sustentava uma aparência séria, porém tenho uma timidez natural: ele se divertia quando conseguia me fazer corar. Sempre fui muito honesto quanto a todos os meus posicionamentos e, por isso mesmo, quando discordávamos o fazíamos com respeito mútuo. As coisas não funcionavam desse jeito em meu lidar com o técnico de enfermagem bombado, que já se tinha revelado homofóbico e até chegava a tramar contra seu próprio colega de trabalho, Edgar. O técnico tentava claramente puxar meu saco, era simpático além do normal — ocorre que reajo a bajuladores com extrema desconfiança. Maquiavel já havia escrito em 1513 sobre eles, em *O Príncipe*:

> Não quero deixar de tratar de um ponto importante, de um erro do qual os príncipes só com muita dificuldade se defendem, se não são de extrema prudência ou se não fazem boa escolha. Refiro-me aos aduladores, dos quais as cortes estão repletas, dado que os homens se comprazem tanto nas suas coisas próprias e de tal modo se iludem, que com dificuldade se defendem desta peste e, querendo defender-se, há o perigo de se tornar menosprezado. Não há outro meio de se guardar da adulação, a não ser fazendo com que os homens entendam que não te ofendem dizendo a verdade; mas, quando todos podem dizer-te a verdade, passam a faltar-te com a reverência.
>
> Portanto, um príncipe prudente deve proceder por uma terceira maneira, escolhendo em seu Estado homens sábios e somente a eles deve dar a liberdade de lhe falar a verdade daquilo que ele pergunte e nada mais. Deve consultá-los sobre todos os assuntos e ouvir as suas opiniões; depois, deliberar por si, a seu modo, e, com estes conselhos e com cada um deles, portar-se de forma que todos compreendam que quanto mais livremente falarem, tanto mais facilmente serão aceitas suas opiniões. Fora aqueles, não querer ouvir ninguém, seguir a deliberação adotada e ser obstinado nas suas decisões. Quem procede por outra forma, ou é precipitado pelos aduladores, ou muda freqüentemente de opinião pela variedade dos pareceres; daí resulta a sua desestima.
>
> Um príncipe, portanto, deve se aconselhar sempre, mas quando ele queira e não quando os outros desejem; antes, deve tolher a todos o desejo de lhe aconselhar alguma coisa sem que ele venha a pedir. Mas deve ser grande perguntador e, depois, acerca das coisas perguntadas, paciente ouvinte da verdade; antes, notando que alguém por algum respeito não lhe diga a verdade, deve mostrar aborrecimento.[*]

Além de nunca ter sido eu próprio um adulador [e os profissionais com quem trabalho são gratos por isso, pois estão cercados de gente que lhes falta com

---

[*] MAQUIAVEL, Nicolau. *O Príncipe* (1513). Publicado em 1532.

a verdade], sempre desconfiei de puxa-sacos — afinal, para mais de não permitirem que alguém enxergue as próprias fraquezas, geralmente buscam algo em troca ao passo que são desleais. Com relação ao técnico de enfermagem bombado, o que efetivamente atinava a meu respeito que o levava a me tratar de forma tão diferenciada? Por não conhecer o que aquela turma tinha de informação sobre minha pessoa, guardava distância maior. Parecia a mim, sobretudo, que o bombado se disponibilizava para sexo caso eu me motivasse — isso em si me era ofensivo, porque a somar à óbvia pergunta [¿por qual motivo, haja vista que ele era "hétero" e casado e homofóbico?], eu tampouco compreendia como poderia supor que eu desejasse sexo em absoluto, havendo sido institucionalizado. Achava-se irresistível? Ele não era. Nunca transei com ninguém por essa pessoa ser irresistível; sim, por eu estar psicologicamente apto. Ainda que o técnico fosse bonito [não, a meu ver] e que eu estivesse bem, nem beleza me deixa automaticamente interessado — o que é recebido através do cheiro me parece ter peso até entre indivíduos do mesmo sexo. Segundo um artigo de Francisco J. Esteban Ruiz, na BBC: "Do ponto de vista neurobiológico, as imagens de ressonância magnética mostraram que, quando cada participante cheira suas próprias partículas imunológicas, uma região específica do cérebro é ativada: o córtex frontal medial direito. E isso indica que o ser humano também tem uma estrutura que nos ajuda, levando em consideração o cheiro, a decidir qual parceiro escolher. Em outras espécies, o órgão responsável é o chamado órgão vomeronasal. Por meio dele são detectados feromônios, por exemplo".[79] A despeito de a presença do órgão vomeronasal [ou similar] em humanos ser atualmente contestada pela ciência, se trato da detecção de feromônios ou de compostos químicos outros, ouço regularmente de parceiros e de candidatos a parceiros que meu cheiro é sexualmente enlouquecedor. Costumo fazer o seguinte experimento: após transar, saio para tarefas rotineiras sem me banhar — e especificamente indivíduos do sexo feminino ficam ensandecidos, conseguem me farejar do outro lado da rua, a vinte ou trinta metros de distância, e dão sinais de interesse, senão de disponibilidade. Naquele spa, embora eu já acordasse de estômago embrulhado, meu próprio desinteresse não me impedia de perceber que, no grupo de Tenório, os homens sentiam falta de sexo, e isso era como gasolina que se espalhava cada vez em maior quantidade pelo ambiente, a aguardar apenas uma faísca. Lúcia também notava e temia esse lugar inflamável. A considerar tudo isso, eu era cuidadosamente cordial com o técnico de enfermagem bombado, pois apreendia que ele era propenso à violência [em meu caso, refiro-me a outros tipos de violência e por outros motivadores que aqueles com os quais Lúcia se preocupava; talvez me refira ao recalque]; também estava ciente de que o técnico tinha envolvimento com alguma facção do tráfico de drogas paulista — uma das quais, o PCC, possui íntima ligação com a milícia que já me havia ameaçado de morte.

Adicionalmente, àquela altura continuava obscuro para mim o que tinha acontecido na rua Avanhandava. Eu havia vivido uma crise de pânico, sim, mas tinha existido um gatilho que foi puxado ao longo de duas ou três horas para que a crise se instalasse. Se esse gatilho havia sido puxado propositalmente, eu ainda não sabia, muito menos entendia se restava intenção de me matar, como tinha ficado claro no Rio de Janeiro, quando o plano era me encaminhar para o micro-ondas da Rocinha — esquema que foi mudado de última hora porque "minha sorte era eu ser conhecido"; então, fui encaminhado à delegacia do Leblon. Para que haja uma compreensão do momento histórico que vivo e para que o leitor não descarte minha preocupação como "mania persecutória" [a incorrer no mesmo erro dos psiquiatras], trago um artigo da agência lupa, da revista *piauí* — "Caso Amarildo quatro anos depois", de 14 de julho de 2017:

Em 14 de julho de 2013, o pedreiro Amarildo Dias de Souza, de 43 anos, foi levado por policiais da Unidade de Polícia Pacificadora (UPP) da Rocinha para uma "averiguação" e nunca mais foi visto. O caso ocorreu após as manifestações de junho de 2013 e mobilizou a opinião pública. Exatos quatro anos depois do desaparecimento, a Lupa voltou às manifestações feitas pelas autoridades durante e após as investigações.

"Estamos comprometidos em descobrir onde está o Amarildo" — ex-governador Sérgio Cabral, em 24/07/2013, no YouTube. Falso: A promessa do então governador do Rio Sérgio Cabral não foi cumprida. Não há nenhuma investigação em andamento e o corpo de Amarildo jamais foi encontrado. Em fevereiro de 2016, a juíza Daniella Alvarez, da 35ª Vara Criminal do Rio, condenou 12 policiais militares pelos crimes de tortura e ocultação de cadáver. A sentença apontou o major Edson Raimundo dos Santos, então comandante da UPP da Rocinha, como o responsável pelos choques elétricos, afogamentos e sessões de asfixia de Amarildo. Após a morte de Amarildo, ocorrida dentro da unidade da UPP, o major deu instruções para ocultação do corpo, que, segundo a Justiça, foi "envolvido em uma capa de motocicleta da Polícia Militar" e levado "para local não apurado". Em junho do ano passado, o Estado do Rio foi condenado a pagar indenização à família de Amarildo. Pela decisão, a viúva do pedreiro, Elizabete Gomes da Silva, e seis filhos dele receberiam do estado R$ 500 mil cada. Além disso, receberiam também uma pensão de ⅔ do salário mínimo — até os filhos completarem 25 anos, e até a viúva completar 68. O governo recorreu e, desde o mês passado, o caso está pronto para ser julgado em segunda instância.

"Esses policiais, sem dúvida nenhuma, vão pagar pelo que fizeram" — ex-secretário de Segurança, José Mariano Beltrame, em entrevista à CBN, em 02/02/2016. Verdadeiro, mas: A sentença da juíza Daniella Alvarez realmente condenou 12 policiais pelo envolvimento no caso Amarildo. Juntos somam 126 anos e 6 meses de prisão. A mesma decisão também determinou que todos fossem expulsos da Polícia Militar. Até o momento, no entanto, nem todos perderam a farda. O major Edson Santos, por exemplo, foi condenado a 13 anos e sete meses de prisão. Segundo sua advogada, Tatiana Fadul, ele ainda faz parte dos quadros da PM e responde a um processo no Conselho de Justificação da instituição. O major cumpre pena em regime semiaberto desde maio. De acordo com o Tribunal de Justiça, ele pediu para trabalhar fora da cadeia, mas aguarda autorização judicial. Em nota, a PM informou que sete policiais foram expulsos. Sobre o caso do major Edson, a corporação indicou que já terminou o procedimento disciplinar, e que a decisão sobre a expulsão cabe à Justiça.

"O Amarildo também fazia parte do tráfico de drogas" — Ruchester Marreiros, ex-delegado adjunto da 15ª DP (Gávea), em entrevista à CBN, em 08/08/2013. Falso: A juíza Daniella Alvarez considerou "fantasiosa" a tese de que o pedreiro era traficante. A sentença descreveu que o delegado Ruchester Marreiros forjou a transcrição de uma escuta telefônica para incriminar Amarildo e ocultar a responsabilidade dos policiais no crime. Em outro processo aberto devido à tentativa de corrupção de testemunhas, a promotora do Ministério Público Carmen Eliza Bastos também apontou o problema. "Modificou-se o conteúdo de escuta telefônica para imputar a autoria da morte de Amarildo a integrantes do tráfico" [na Rocinha, sob o Comando Vermelho, facção inimiga da Milícia]. Ruchester foi alvo de investigação na Corregedoria Geral Unificada das Polícias (CGU), mas o procedimento foi arquivado em 2015. Hoje, ele trabalha em uma delegacia cartorária do Rio. A CGU informou que Ruchester não foi condenado por falta de provas.

"A gente sabe o quanto é importante a UPP (da Rocinha), acabando com o poder paralelo, com bandido de fuzil" — Sérgio Cabral, em 24/07/2013, no YouTube. De olho: O Instituto de Segurança Pública (ISP) mostra que o número de homicídios dolosos registrados na área da UPP da Rocinha aumentou após a instalação da unidade, em setembro de 2012. Nos cinco anos anteriores à unidade, foram 18 mortes. Nos quatro anos seguintes, 20.[80]

Sabemos qual foi o resultado histórico da implantação das UPPs nas comunidades do Rio de Janeiro: o fortalecimento da milícia. Sabemos também o que se deu com o fortalecimento da milícia: a associação com o Terceiro Comando Puro. Sabemos, por conseguinte, o que houve com o fortalecimento do Terceiro Comando Puro: a associação com o Primeiro Comando da Capital. E a Capital em respeito era justamente aquela em que eu me encontrava: São Paulo. Minha intuição me dizia para tomar cuidado com o técnico de enfermagem bombado; hoje, sei que ela não estava errada. Continuava a me intrigar a submissão dele a Tenório, um humilde "cortador de cana" do interior — eu logo enxergaria a verdade por trás disso.

De dentes escovados, quando saí do quarto e me dirigi à sala de jogos, pouco antes do almoço, Gláucia me trouxe o hidratante que havia prometido: uma porção em um copinho de café. Agradeci e retornei a meu quadrado para espalhar em minha pele, sem poder me ver. Edgar, entretanto, descobriu e veio bater à minha porta: informou-me que possuía a chave do armário dos produtos e me questionou se eu precisava de hidratante. Fingi que sim — afinal, a pergunta dele havia partido de um lugar insincero —, e o acompanhei até o tal armário. Eu era um cativoconsumidor e me enfiavam produtos, além de remédios. Retornei com um pote de nivea — nunca há hidratante suficiente perante a isotretinoína — e fui mijar. O técnico bombado mais uma vez me surpreendeu: abriu a porta sem bater e foi entrando no cômodo, a me flagrar com minha mão ocupada com meu pau. Sem simular embaraço, ele reiterou o convite para que eu fosse comer e permaneceu ali, em pé. Respondi que estaria a caminho em breve e pedi licença para terminar de urinar. Apenas assim ele se retirou.

O almoço era igualmente constrangedor. Em vez de formarmos fila para sermos servidos, sentávamos às mesas e nossos nomes eram chamados pela cozinheira ou pelo técnico de enfermagem presente. Quando Edgar era o encarregado, tudo corria de acordo com as restrições de dieta de cada um, de forma minimamente ordenada. Quando o técnico de enfermagem bombado estava em serviço, o primeiro a ser chamado era Tenório, depois seu grupo e, então, os outros. Ainda que eu desconsiderasse esses fatos, tratava-se de uma hora do dia especialmente vexatória naquele lugar por si tão depreciativo, porque nos ensinavam algum conceito tosco de "boas maneiras" de um jeito quase militar. Era particularmente difícil para mim, pois sempre fui reconhecido por minha educação e meus modos, mesmo ao lidar com gente grosseira. Sentava-me à mesa com Gláucia, Lúcia, o músico e por vezes a senhora que não saía do quarto — dona de um apetite impressionante, ela nunca faltava às refeições. Consegui desenvolver conversas interessantes com esse grupo. Certa vez, o músico e eu começamos a falar de política e ficou nítido que todos à mesa éramos de esquerda [nos posicionávamos contra a pena de morte]; isso não foi bem-visto pelo grupo de Tenório, que calou as matracas cheias para ouvir atentamente nosso diálogo. O técnico de enfermagem bombado tampouco gostou do que escutou e, subserviente ao cortador de cana tal como era a cozinheira, ofereceu-lhe outro prato abarrotado e sobremesa dupla. A notícia de eu ser intolerante a glúten e não comer carne de porco gerou um burburinho, porque no ambiente homofóbico isso era "frescura".

Perdão. Acabo de me dar conta de que falhei em mencionar um personagem — as drogas que nos dão nas instituições psiquiátricas realmente causam grandes danos à memória. Era um médico muito inteligente, preto, de meia-idade, que geralmente permanecia mudo e participava pouco das atividades, chamado Lauro. Estava ali por sofrer de depressão profunda e hipocondria e havia se internado por iniciativa própria; recebia com frequência visitas de outros especialistas: médicos, fisioterapeutas, acupunturistas; e tomava medicação prescrita por seu médico particular e não, pelo psiquiatra que toca violão. Portanto, tinha escolhido estar naquele local por ser muito solitário e também por precisar ser assistido. Ele e Gláucia falaram dos grandes psicanalistas lacanianos de São Paulo com profundo conhecimento de causa — haviam sido pacientes de todos eles e eu ouvi atentamente a conversa, apesar de não me recordar dos nomes desses terapeutas [certos registros daquele período continuam vagos em minha mente — creio que o trauma e a medicação atuaram no processo de formação das memórias —; somente posso discorrer superficialmente sobre certos temas]. O médicopaciente, quase sempre calado, quando começava a tagarelar não parava tão cedo. Lauro discursava com propriedade sobre contratos e planos de saúde e dissertava a respeito de como estes funcionam em seus arranjos financeiros no Brasil: detalhava valores de vários produtos hospitalares (a quantia paga pelo SUS comparada à quantia superfaturada cobrada por um hospital da classe AA ao plano de saúde). Nunca fui de internações. Lauro, por sua vez, adorava hospitais particulares tanto quanto João Bosco idolatrava hotéis. Rapidamente, eu perdia o foco. Edgar interpelava o médicopaciente a lembrá-lo de que não era permitido conversar durante as refeições (uma das boas maneiras institucionais). Eu desdenhava dessas instruções de tom militaresco. Não possuo qualquer admiração ou respeito por militares, nem confiança neles — apenas guardo ressentimento histórico, extrema cautela e uma grande necessidade de distância, pois representam várias coisas das quais discordo profundamente. Desejaria inocentemente, aliás, que o planeta fizesse um grande acordo de paz universal e se livrasse de vez do peso e do perigo que são as Forças Armadas em todas as nações — o dinheiro jogado fora em seus salários e vultosas aposentadorias e pensões seria muito mais bem gasto em educação. De resto, o que há de importante a se relatar é que o fato de Lauro ser gay era perceptível por ele ser afeminado, e quando abriu inicialmente a boca, Tenório e todo o seu grupo novamente paravam para escutar — sem demora, passaram a zombar dele tanto quanto zombavam de

Edgar. Racismo e homofobia juntos. Era ódio mesmo o que nutriam. Fiquei pessimamente impressionado e ainda mais cuidadoso.

Somos covardes, mesquinhos e indolentes,
Velhos, cobiçosos e maldizentes,
Vejo apenas loucas e loucos
O fim se aproxima em verdade
*Tudo vai mal.**

Retirei-me para a sala de TV. A globonews estava sintonizada e transmitia mais notícias a respeito do coronavírus: o primeiro caso nos EUA foi registrado aquele dia. Após o almoço, haveria uma aula de educação física, em uma sala igualmente branca imediatamente acima de onde eu me encontrava. Supus que seria a ocasião em que a LGBTfobia viria à tona com força e faltei, a despeito da insistência dos técnicos de enfermagem. [Mesmo em criança e na adolescência, nunca frequentei as aulas de educação física porque ali transparecia todo tipo de preconceito e bullying; não era o tipo de ambiente que me fazia bem. Por isso, realizava longos e maçantes trabalhos de pesquisa para compensar e recebia a nota mínima: 6, sempre a menor de toda a minha caderneta escolar — geralmente cheia de notas 9,5 ou 10.] No caso do spa, com o passar dos dias eu perceberia que havia dois professores de educação física que prestavam serviços ali — um que acolheu o grupo LGBTfóbico e inclusive vinha para aulas particulares com Tenório e com o rapaz viciado em jogatina (que tinha problemas também com cocaína); e outro que era bastante interessante e que deixava o restante das pessoas mais confortável, embora eu somente tenha me atentado a ele posteriormente, quando pessoalmente veio insistir para que eu participasse de uma aula. Pelo momento, permaneci à frente da TV. Foi quando o técnico de enfermagem bombado escoltou minha mãe e meu irmão recinto adentro. Eu ficava sempre muito envergonhado quando minha família vinha me visitar, sentindo-me ainda mais humilhado diante deles. Mais cedo, havia recebido as roupas e outros pertences que minha mãe tinha trazido — camisetas, moletom, uma cinta para a coluna e um par de sandálias ipanema —, mas pouca diferença havia entre mim e alguém em um presídio. Levei os meus para meu quarto, de forma que tivéssemos privacidade. Meu irmão do meio demonstrava estar mexido em me ver daquela maneira e me entregou uma carta feita por meu pequeno sobrinho [e por minha cunhada], desejando minha breve recuperação. Ele e minha mãe me

---

* DESCHAMPS, Eustache. *Oeuvres* (século XIV). Ed. Saint-Hilaire de Raymond. Paris: Firmin-Didot, 1878-1903. I, p. 203.

perguntaram como eu estava; não escondi minha revolta em estar ali. Já era mais capaz de articular minhas ideias, que os meus pareciam assimilar — sem, talvez, elaborar. Como sempre, nossa conversa em família foi mais marcada pelos não ditos do que pelos ditos. Meu irmão tampouco era ele mesmo. Depois, meu pai me diria que ele se encontrava muito mais abalado com tudo aquilo do que eu poderia imaginar, porém meu irmão nunca me disse isso pessoalmente. Para minha surpresa, após algum tempo entrou o psiquiatra que toca violão:

EVOLUÇÃO CLÍNICA
21.01.20 (13h)
Medio conversa do paciente com seu irmão e sua mãe. Paciente insiste em que passou mal devido a seu "trauma" [aspas do doutor] diante de descoberta de estar sendo filmado [distorção dos fatos: "passei mal" por ser lembrado daquilo a que fui submetido no Rio de Janeiro]. Nega ter problemas e quer fazer uso do celular e laptop para trabalhar na série que está trabalhando. Seu irmão e mãe contam que o seu ex-namorado está assediando-os em busca de dinheiro. Diz que vai bloqueá-lo e irmão aponta que isso não será suficiente. Concluímos que o irmão fará contato com o ex-namorado para pegar os pertences de F. e que na próxima quinta-feira faremos uma conversa para ver se é possível ou não a liberação do uso do celular e do laptop.
CD: Mantida.
CARIMBA E ASSINA: PSIQUIATRA QUE TOCA VIOLÃO.

Tudo era decidido à minha revelia — havia sido engolido pela psiquiatria. Minha família acreditava que era meu contato com João Bosco que me levava a surtos, à "loucura" — de certa forma, era: o propósito das ações dele eu viria a compreender mais tarde. A aderir ao discurso profundamente distorcido pelo psiquiatra, os meus desejavam me manter completamente associal.

Foi a loucura que as últimas palavras de Nietzsche e as últimas visões de Van Gogh despertaram. É sem dúvida ela que Freud, no ponto mais extremo de sua trajetória, começou a pressentir: são seus grandes dilaceramentos que ele quis simbolizar através da luta mitológica entre a libido e o instinto de morte. É ela, enfim, essa consciência, que veio a exprimir-se na obra de Artaud, nesta obra que deveria propor, ao pensamento do século XX, se ele prestasse atenção, a mais urgente das questões, e a menos suscetível de deixar o questionador escapar à vertigem, nesta obra que não deixou de proclamar que nossa cultura havia perdido seu berço trágico desde o dia em que expulsou para fora de si a grande loucura solar do mundo, os dilaceramentos em que se realiza incessantemente a "vida e morte de Satã, o Fogo".

É evidente que o internamento, em suas formas primitivas, funcionou como um mecanismo social, e que esse mecanismo atuou sobre uma área bem ampla, dado que se estendeu dos regulamentos mercantis elementares ao grande sonho burguês de uma cidade onde imperaria a síntese autoritária da natureza e da virtude. Daí a supor que o sentido do internamento se esgota numa obscura finalidade social que permite ao grupo eliminar os elementos que lhe são heterogêneos ou nocivos, há apenas um passo. O internamento seria assim a eliminação espontânea dos "a-sociais"; a era clássica teria neutralizado, com segura eficácia — tanto mais segura quanto cega — aqueles que, não sem hesitação, nem perigo, distribuímos entre as prisões, casas de correção, hospitais psiquiátricos ou gabinetes de psicanalistas.

Ignorada há séculos, ou pelo menos mal conhecida, a era clássica teria começado a apreendê-la [a loucura] de modo obscuro como desorganização da família, desordem social, perigo para o Estado. E aos poucos esta primeira percepção se teria organizado, e finalmente aperfeiçoado, numa consciência médica que teria formulado como doença da natureza aquilo que até então era reconhecido apenas como *mal-estar da sociedade*.

O internamento do homem social preparado pela interdição do sujeito jurídico significa que pela primeira vez o homem alienado é reconhecido como incapaz e como louco; sua extravagância, de imediato percebida pela sociedade, limita — porém sem obliterá-la — sua existência jurídica.

Assim, enquanto o doente mental é inteiramente alienado na pessoa real de seu médico, o médico dissipa a realidade da doença mental no conceito crítico de loucura. De modo que nada mais resta, fora das formas vazias do pensamento positivista, além de uma única realidade concreta: o par médico-doente no qual se resumem, se ligam e se desfazem todas as alienações. E é nessa medida que toda a psiquiatria do século XIX converge realmente para Freud, o primeiro a aceitar em sua seriedade a realidade do par médicodoente, que consentiu em não separar do par nem seus olhares, nem sua procura, que não procurou ocultá-la numa teoria psiquiátrica bem ou mal harmonizada com o resto do conhecimento médico. O primeiro que seguiu rigorosamente todas as conseqüências desse fato. Freud desmistificou todas as outras estruturas do asilo: aboliu o silêncio e o olhar, apagou o reconhecimento da loucura por ela mesma no espelho de seu próprio espetáculo, fez com que se calassem as instâncias da condenação.

Doravante, e através da mediação da loucura, é o mundo que se torna culpado (pela primeira vez no mundo ocidental) aos olhos da obra; ei-lo requisitado por ela, obrigado a ordenar-se por sua linguagem, coagido por ela a uma tarefa de reconhecimento, de reparação; obrigado à tarefa de dar a razão desse desatino, para esse desatino. A loucura em que a obra soçobra é o espaço de nosso trabalho, é o caminho infinito para triunfar sobre ela, é nossa vocação, misto de apóstolo e de exegeta. É por isso que pouco importa saber quando se insinuou no orgulho de Nietzsche, na humildade de Van Gogh, a voz primeira da loucura. Só há loucura como instante último da obra, esta a empurra indefinidamente para seus confins; ali onde há obra, não há loucura; e no entanto a loucura é contemporânea da obra, dado que ela inaugura o tempo de sua verdade. *No instante em que, juntas, nascem e se realizam a obra e a loucura, tem-se o começo do tempo em que o mundo se vê determinado por essa obra e responsável por aquilo que existe diante dela.*

---

* FOUCAULT, Michel. *História da Loucura na Idade Clássica* (1972). São Paulo: Perspectiva, 1978.

Tendo sido condenado a ser "associal" e "ajurídico", eu simplesmente preferia cessar de existir. Pois sempre validei a saúde de meu ego por meu trabalho e por meu ativismo político — e meu trabalho e ativismo político exigiam que mantivesse contato com um grande número de pessoas, de equipes. Era minha maneira de pertencer a algo maior — eu, que apesar da aparência extrospectiva, sou um indivíduo extremamente privado e ranzinza; porém, nunca havia sido associal.

Por ser de lá
Do sertão, lá do cerrado
Lá do interior do mato
Da caatinga, do roçado
Eu quase não saio
Eu quase não tenho amigos
Eu quase que não consigo
Ficar na cidade sem viver contrariado

Por ser de lá
Na certa por isso mesmo
Não gosto de cama mole
Não sei comer sem torresmo
Eu quase não falo
Eu quase não sei de nada
Sou como rês desgarrada
Nessa multidão boiada caminhando a esmo[*]

Em Ipanema de 2013 diziam que eu era quase um misantropo, um eremita do Leblon. Tendo sido eleito vedete, aprendi a usar meu corpo de forma política como maneira de resguardar minha privacidade. Seria algo análogo ao que fez Ney Matogrosso, que cobriu o rosto para descobrir o corpo. O que demonstrei ao mundo foi muito filtrado, entretanto, e minhas formas de socialização foram quase que totalmente reduzidas a meu trabalho e a meu ativismo, justamente para diminuir minha exposição — a exceção foi durante o período em que Tiago viveu em meu apartamento, quando diversos indivíduos tiveram acesso a mim. De outra forma, as pessoas realmente acreditavam que conheciam minha intimidade enquanto eu, na realidade, resistia parcialmente à função de vedete por meio de meu lugar de fala político. Ainda assim, nem a intimidade de meu sexo era respeitada — Tiago me filmou nu inesperadamente em momentos descontraídos e me chantageou

---

[*] GIL, Gilberto; DOMINGUINHOS. "Lamento Sertanejo", 1975.

com o material quando de nosso término, chamando-me de "asqueroso"; antes dele, peguei no flagra três ou quatro indivíduos a tentar me filmar durante os atos sexuais de maneira escondida com seus celulares, e os obriguei a deletar os materiais. Aparentemente, A Rede havia encontrado uma maneira de burlar tudo isso — e me explorar sexualmente sem meu consentimento era uma maneira de perverter *meu corpo político*, inclusive ideologicamente. Depois, acabou por fazer com que eu fosse assocializado e, consequentemente, descredibilizado e silenciado. Ser reservado é muito diferente de ser removido da sociedade contra a própria vontade. Do spa eu poderia minimamente ter tocado meu trabalho sem qualquer contato com meu "ex"; contudo, em minha falta de autonomia, minha família e o psiquiatra — além de me separarem do mundo — me retiraram até a possibilidade de trabalhar, que em um momento tão difícil poderia ter sido uma salvação. Sofria mais um doloroso e público golpe — público, sim, porque meus colegas sabiam que me encontrava afastado do trabalho e especulavam os motivos. Perante a sociedade, meu silêncio me expunha. Afinal, que justificativa existia para eu ser mantido internado se minha crise de pânico tinha ocorrido havia já vários dias e tinha sido pontual? Que tipo de psiquiatria era aquela? "Proteção do mundo exterior?" Não. Manter-me entre aquelas paredes brancas contra a minha vontade se traduziu no pior tipo de degredo, foi contra a dignidade de minha pessoa humana. Eu era engolido pela revolta acima de tudo, todavia minha indignação dentro daquele quadrado sem cor não possuía nenhuma válvula de escape — tampouco as drogas que me enfiavam eram capazes de me possibilitar um convívio harmônico com tamanha angústia. Por que eu havia sido preso se quem tinha feito as coisas erradas havia sido João Bosco? — perguntava-me repetidas vezes. Eu precisava parar de existir, sem nem mesmo me dar ao trabalho de me matar. Aqui no texto possuo uma válvula de escape — neste momento em que fui novamente silenciado por outros meios. E aqui também me lembro de que naquele contexto tinha feito um juramento a mim mesmo: que faria o meu máximo para que outras pessoas não fossem depositadas nas instituições de psiquiatras que tocam violão e que cantam aos espectadores que "as coisas vão melhorar". Cumpro com essa promessa: leitor, não aceite o discurso de psiquiatras que tocam violão em aparições de TV. Quando não estão no ar, eles dormem de olhos abertos sob o efeito de remédios de suas próprias receitas controladas ao tempo que mantêm seus cativos silenciados e não donos de si. Em seu acúmulo de funções de donos de instituição e "médicos", eles possuem um imenso conflito de interesses [não vê quem não quer]: seu desejo é estender as estadias e satisfazer as famílias, assim aumentando seu lucro, à custa da verdadeira saúde mental dos pacientes — cuja melhoria deveria ser seu principal objetivo. O psiquiatra em realidade é o antiFreud, pois a psiquiatria não é uma área que faz jus nem à medicina nem às ciências humanas. Quisera eu ter acesso a um gabinete de psicanalista naquele momento. As instituições privadas de psiquiatria não deveriam sequer existir sem uma regulamentação extremamente rígida e um acompanhamento da internação de cada paciente por parte de um agente público que fizesse parte da medicina, mas que não fizesse parte do mesmo esquema financeiro do psiquiatra. De outra forma, os "associais" e "ajurídicos" permanecem sob os desmandos de conluios entre psiquiatras e famílias. Essa moderação não se daria sem que os fatos se tornassem públicos... — argumentou meu pai. Que os fatos se tornem públicos! Remover os direitos sociais e jurídicos de alguém é algo que somente deveria ser feito à luz do dia — sob a vista de todos. As razões "médicas" objetivas [elas não existem, porém sendo antinietzscheano é necessário lutar para que elas se aproximem ao máximo disso] ao menos precisam estar disponibilizadas ao escrutínio público — não, escondidas na mancomunação entre juiz, psiquiatra e familiares entre paredes brancas. Insisto: que motivo havia para me manter não dono de mim vários dias após o término da crise de pânico que eu havia tido, que tinha durado três horas? O spa do psiquiatra que toca violão era pior do que a morte. Eu preferia o preto ao branco, deixar de existir. Como num clique. O preto são todas as cores; o branco não é nenhuma. Fiquei sozinho novamente no quarto, tomado por minha angústia como um paciente de câncer é tomado pela metástase, e não demorou muito para que o técnico de enfermagem bombado voltasse para indagar se eu não faria parte da atividade de educação física. Eu disse que não, que tinha muita dor nas costas, e ele foi pessoalmente atrás de almofadas em formato de rolinhos para que eu pudesse me deitar. Agradeci e gostaria de gostar dele; minha desconfiança acerca de tanta solicitude falava mais alto. Sobretudo, eu continuava a não entender o porquê de ele buscar tanto minha aprovação se era tão homofóbico. Permaneci deitado.

Em algum momento, alguém novamente bateu à minha porta para que eu fosse tomar o chá da tarde. Por obrigatoriedade, pois os técnicos de enfermagem faziam anotações que repassavam ao psiquiatra que toca violão, fui. Na volta, passei pela sala de TV e Tenório estava ao telefone, revoltado com sua mãe. Sentei-me por curiosidade, para entreouvir: as evidências indicavam que aquele personagem que se tinha apresentado para mim era bem mais complexo do que clamava ser: seu pai deveria ter vindo buscá-lo havia algum tempo e nunca aparecia — nem para visitas —, tampouco fazia contato e se negava a atender suas ligações. Tenório acordava a afirmar que receberia alta naquele mesmo dia e se frustrava repetidamente; assim, os dias iam passando. Em um tom incongruentemente antigo de filho que pede bênção, o rapaz ameaçava sua mãe veladamente, a argumentar que aquele não era o acordo que haviam fechado quando ele se internou voluntariamente ali para se livrar da maconha — "se ela fosse sábia, repassaria a mensagem ao pai". A mãe nada podia fazer, mulher submissa que era, e esclarecia que a mudança de posição do marido tinha sido fruto da opinião do outro filho do casal, que convenceu o pai de que Tenório deveria permanecer mais tempo institucionalizado. Este último reiterou que a mãe "era sábia" e que "repassaria sua mensagem ao pai porque conhecia" o filho: ele queria sair dali e faria uma besteira se não fosse libertado imediatamente. Quando o rapaz desligou o telefone, bufava e jurou que a primeira coisa que faria quando deixasse o spa seria matar o irmão. Inquiri se falava aquilo de brincadeira e ele me respondeu que não. Eu me perguntava que instituição era aquela que nos tornava assim. Enxerguei uma oportunidade de o conhecer melhor; tentei me aproximar, acalmá-lo: mais cedo ou mais tarde, seu pai apareceria para tirá-lo dali. Tenório, entretanto, premeditava o crime que cometeria. Contava que teria o melhor comportamento na instituição para que o psiquiatra que toca violão recebesse o dinheiro de seu pai e o deixasse ir; e que, ao retornar para Campinas, seria amigável e feliz e se convidaria para um jantar na casa do irmão. Pormenorizava que, lá chegando, confrontaria este com tudo o que ele havia feito para prolongar sua institucionalização e mataria o irmão e a esposa dele a tiros ali mesmo, sobre os pratos de comida. Pouco se importava se fosse para a prisão, pois tinha estado preso antes por roubo de carga e outros delitos, e havia cometido dois assassinatos pelos quais não tinha sido pego! Tenório confirmou que não era um mero cortador de cana: era o filho do dono da indústria que, por punição a seu comportamento, tinha colocado o rapaz na lida entre os homens comuns. Era mais do que eu poderia esperar descobrir a respeito dele, no entanto, fazia todo sentido. As pessoas na sala, inclusive Lúcia e um rapaz do próprio grupo dele, ficaram tão alarmadas quanto eu. A partir de então, Tenório discorreria confortavelmente sobre os homicídios para quem quisesse ouvir — e, para os mais chegados [eu entre eles], narrava-os em detalhes. Não obstante, sobre os assassinatos eu não quis saber mais: questionava a mim próprio se ele havia realmente cometido os crimes ou se apenas gostava de encher o peito para clamar a autoria das mortes; de qualquer maneira, era um indivíduo feroz e eu não gostaria de lhe instigar ainda mais a violência, que borbulhava naquele spa. Hoje, possuo pouca dúvida de que Tenório de fato assassinou ao menos os dois sujeitos mencionados, e talvez um terceiro. Assistindo à globonews que estava, passei a entrevistá-lo sem que ele percebesse, e o rapaz admitiu fazer parte de um grupo que roubava maquinário agrícola. Ele sabia dar partida nos sistemas [algo difícil nos equipamentos de ponta, aparelhados com complexos softwares antirroubo] e manobrar essas gigantescas máquinas para as albergar em caminhões no interior de São Paulo para que fossem levadas em veículos fechados e vendidas no norte de Mato Grosso, na fronteira do desmate com a Amazônia — onde a polícia não questionaria as origens do maquinário, haja vista que seus compradores (poderosos agricultores, muitos deles bolsonaristas[*][81]) sabiam que os equipamentos eram furtados. É intrigante como tudo no bolsonarismo forma um círculo, por mais insustentável e autodestrutivo. Tenório estava irritado demais para continuar a explanação, porém, e voltei a simplesmente tentar acalmá-lo. No fim das contas, estávamos todos trancados ali dentro com ele e, se ele fosse realmente esse indivíduo que demonstrava ser, os possíveis alvos do psicopata éramos nós e os enfermeiros e não, o psiquiatra que toca violão, livre do outro lado da maciça porta que nos separava do mundo dos sociais e jurídicos. A submissão do técnico de enfermagem bombado a Tenório deveria se dar, em parte, pelo fato de o subordinado já ter esse conhecimento sobre o criminoso. Quando o humilde assassino se levantou, extremamente irritado e a socar as paredes — fez um furo em uma, de gesso —, Lúcia me confidenciou que tinha medo também de estupro e se dirigiu a seu quarto — cuja porta não possuía tranca.

Jantamos e eu, que queria mesmo era levar um tiro na cabeça, sentei-me para assistir a um filme — toda noite virou noite de cinema, porque um dos rapazes havia descoberto o código da TV por assinatura. Lúcia, infantilizada, queria ver o novo *O Rei Leão*, do que o grupo de Tenório se ressentiu, e restamos somente ela, Gláucia e eu na sala — a moça, deitada com a cabeça no colo de "sua mãe"

---

* "A Polícia Federal (PF) cumpriu, em 20 de agosto de 2021, 29 mandados de busca e apreensão em endereços de deputado Otoni de Paula, cantor Sérgio Reis, dono de canal no YouTube Marcos Antônio Pereira Gomes/Zé Trovão, jornalista Wellington Macedo, presidente de associação que reúne produtores de soja, Antonio Galvan, presidente da Associação Brasileira dos Produtores de Soja, entre outros. As ações foram autorizadas pelo ministro Alexandre de Moraes, relator do inquérito no Supremo Tribunal Federal (STF) que apura manifestações contra democracia."

e acariciada por esta. Em dado momento, Gláucia não conseguiu permanecer acordada — dopada que estava — e se retirou para o quarto, seguida por sua filha Lúcia. Assediado por minha insônia rotineira que cresceria em meu quadrado, fiquei ali, e logo volveu Tenório, acompanhado do rapaz viciado em jogatina. Disse a eles que poderiam assistir ao que quisessem, e Tenório se dividiu entre um jogo de futebol e a notícia, mas acabou se decidindo pela notícia, pelo que dei graças a Deus. Puxei conversa e queria obter outras informações dele. O que ouvi nessa noite foi um relato parecido com o esteticamente violento *Cidade de Deus*: tratava-se da história oral recente do tráfico de drogas na região de Campinas, também com suas favelas e muitos assassinatos. Quanto mais eu perguntava, mais detalhes Tenório dava — a ponto de seu companheiro similarmente temê-lo e passar a evitá-lo. As histórias eram verdadeiras pelo que aferi, e ele contava e recontava e não caía em contradições — as quais encontro com facilidade. Como sempre antropologicamente interessado na história — não cursei ciências sociais à toa —, fazia com que o homicida se sentisse à vontade para se abrir. Eram ascensões, quedas, prisões e mortes de chefes do tráfico, um após o outro, com muitas emboscadas, policiais corruptos, prisões e armadilhas. Tenório sabia o motivo da queda de cada sujeito — e alguns ele chamava de tolos ou sem caráter, ao passo que com outros se identificava [considerava-os inteligentes, seus "amigos"]. Ocorre que, além do roubo de cargas e maquinário, ele era intimamente ligado ao tráfico e, de acordo com meus levantamentos, os dois grupos se beneficiam de ambos os tipos de malfeitoria e são intimamente ligados, se não compõem uma organização criminosa maior. Então, o rapaz revisitou um de seus assassinatos: estava na moto de um amigo, abordou um desafeto na rua e o executou ali mesmo, fugindo em seguida — o motivo havia sido uma mera provocação, para a grande parte dos cidadãos algo a se relevar, dois dias antes do homicídio. Tenório possuía de fato grande dificuldade em lidar com a própria violência. Era nada menos do que um membro do PCC, conhecido até dos traficantes-chefes da comunidade onde morava o técnico de enfermagem bombado — daí o outro motivo para a submissão deste indivíduo, que trazia drogas para o assassino e servia para ele de elo com o lado de fora. O pai de Tenório tinha usado da ingenuidade do filho (ao aceitar se internar por uso de maconha) para se livrar dele por meio de uma instituição psiquiátrica, uma vez que nem sequer o sistema judiciário [por corrupção através do PCC?] afastava o homem de forma definitiva da sociedade pelos crimes que havia cometido. O psiquiatra que toca violão era alguém cujo valor o pai do homicida podia pagar para o manter ajurídico e associal — uma forma peculiar de corrupção. Tenório me confidenciou que gostaria de se afastar do PCC, pois havia ficado extremamente abalado com a execução dois meses antes de um líder do tráfico que era muito próximo seu — "um cara jovem e inteligente, apesar de não possuir nenhuma instrução". Contavam dinheiro, bebiam cerveja e comiam churrasco juntos — ele me confessou — todos os sábados, quando deveria estar na igreja [era uma sorte de evangélico, adventista ou neopentecostal]. Era complicado sair daquela organização, lamentou. Eu o incentivei, a despeito de não acreditar em minhas próprias palavras, afinal Tenório era jovem e desejava constituir uma família. Ele entrou no tópico do envolvimento de partidos políticos de São Paulo com o PCC e me perguntou se eu era ingênuo a ponto de ignorar que isso acontecia. Referia-se ao seguinte caso:

El País, 5 de abril de 2016 — por Carla Jiménez[82]

"É fácil fazer teoria da conspiração, mas a morte de Celso Daniel não foi política" — Lima estudou Monstro, que comandou sequestro e morte do prefeito e garante que o crime foi comum.

Marcos Carneiro Lima, que trabalhou na Divisão Anti-Sequestro entre os anos 90 e 2000, trabalhou também na Corregedoria da Polícia e no Departamento Estadual de Homicídios e de Proteção à Pessoa (DHPP), depois como delegado geral em São Paulo, comandando a Polícia Civil. Ele conhece muito bem um personagem central do assassinato de Celso Daniel, prefeito de Santo André, que volta ao noticiário pelas mãos da Lava Jato. Monstro, líder da quadrilha que sequestrou, torturou e matou Daniel, era objeto de estudo de Lima há muito tempo, quando o crime aconteceu. Atualmente dando aulas na Academia de Polícia, o delegado, agora aposentado, diz que se incomoda com as ilações políticas sobre o caso, que coincidem com períodos eleitorais.

Pergunta. Qual é sua ligação com o caso do assassinato de Celso Daniel em 2002?

Resposta. Em 2000 eu era da delegacia Anti-Sequestro em São Paulo (atual Divisão Anti-Sequestro — DAS), onde fiquei sete anos. Vimos uma quadrilha fazendo sequestros de forma diferenciada, porque a vítima ficava pouco tempo no cativeiro, lhe roubavam pouco dinheiro, e muitas vezes o crime nem era denunciado à Polícia Civil. Descobrimos a partir do sequestro da esposa de um diretor do banco Itaú, que foi pega perto da praça Panamericana [Alto da Lapa, zona oeste de São Paulo, bairro nobre da capital paulista]. Ela trabalhava em uma ONG na favela Pantanal, na divisa com Diadema. Descobrimos ali que havia um chefe do crime, o Monstro (Ivan Rodrigues da Silva), o mesmo que liderou a quadrilha que matou Celso Daniel. E começamos a estudar seu modus operandi.

P. Havia muitos sequestros nessa época?

R. Em 2000 ainda havia poucos, eram 25 ou 30 ocorrências no Estado de São Paulo. Mas a partir de 2001 estouraram os sequestros. Mais de 200, fora os que não eram notificados. E as vítimas passaram a ser agredidas. Houve uma cartilha escrita no antigo presídio do Carandiru pelos sequestradores do empresário Abílio Diniz (sequestrado em 1989). Eram bandidos ligados ao Movimento Izquierda Revolucionaria (MIR, guerrilha que atuou no Chile na época da ditadura). Essa cartilha previa que a vítima fosse preservada. Algumas quadrilhas usaram bem essa orientação. Mas criminosos violentos agrediam muito e até cortavam pedaço de orelha.

P. Onde a morte de Celso Daniel se encaixa?

R. Saindo de 2001, ano crítico em número de sequestros, chegou janeiro de 2002. A quadrilha do Monstro sai da região deles e vai atrás de um empresário do Ceasa (centro de abastecimento hortifrúti), perto da praça Panamericana. Ele estava numa Dodge de suspensão alta. Os sequestradores estavam com um Santana. O empresário que eles perseguiam conseguiu fugir. Quando estavam voltando para a região de Diadema, trombam com um Mitsubishi importado, com Celso Daniel de passageiro, e o fazem parar.

P. Por que Sombra não ofereceu resistência se era carro blindado?

R. Eles tinham armamento caríssimo, fuzis, e ainda que fosse um carro blindado, não havia como lidar com esse tipo de arma cara. Para os sequestradores, só interessava a vítima, ou seja, o Daniel, não o Sombra que parecia ser o motorista.

P. Mas por que não levaram o Sombra?

R. Era um padrão, que havíamos detectado desde o sequestro da mulher do diretor do Itaú. O modus operandi era ir atrás de vítimas que andavam em carros importados. Em alguns casos só pegavam o carro, quando descobriam que quem estava dentro era apenas o motorista do endinheirado, ou só levavam a vítima, caso ele estivesse com motorista, e extorquiam 10.000, ou 20.000 reais. Nessa época eu saí da DAS e fui para a Corregedoria e continuava monitorando os sequestros.

P. Por que mataram o Celso Daniel se não era padrão matar a vítima?

R. Eles não sabiam que era o Celso Daniel. Como já eram experientes, e planejavam pegar o empresário do Ceasa, que fugiu naquela noite, tinham já um local para usar de cativeiro, uma chácara na região de Juquitiba, na BR-116 [onde Daniel foi morto]. Tiveram de ficar ali porque naquele momento havia polícia na favela do Pantanal. Quando o Monstro viu a repercussão do sequestro na mídia, mandou liberar o prefeito. "Dá linha no cara", pediu para seus comparsas, mas foi mal entendido por um integrante, que era o menor de idade, e esse menor matou o Celso. Essa foi a tragédia.

P. E então, como nascem as teses de crime político organizado?

R. Quando acontece o crime, há o impacto de uma coincidência. Daniel foi sequestrado no dia 18 de janeiro, e morto dois dias depois. No dia 17, ou seja, um dia antes do prefeito ser pego, dois presos de uma penitenciária de Guarulhos, entre eles, Dionísio Severo, saíram de helicóptero do presídio numa fuga espetacular. Eles haviam sequestrado o funcionário de um banco. Severo era um ladrão que roubava, mas que começou a fazer sequestros. A primeira vez que o prendi, em 1998, ele me disse que ia fugir. Tinha dinheiro guardado, era um sujeito articulado. Tanto que o prendi no litoral, Praia Grande, onde tinha até um programa de rádio. Mas ele estava articulando uma facção de contraponto ao Primeiro Comando da Capital, e estava jurado de morte. Por isso ele fugiu, com ajuda do filho dele, que deveria tê-lo resgatado uma semana antes, mas bebeu demais e perdeu o horário. Ele não tinha nada a ver com o sequestro. E precipitaram essa relação, o que foi um erro crasso da polícia, trabalhando teorias como se fossem verdadeiras.

P. Mas esse tal Severo teria relação com o sequestro de Celso Daniel?

R. Quando ele foi preso, Severo diz que sabia de muita coisa sobre o caso de Celso Daniel e que só responderia em juízo. Mas diz isso para ganhar tempo. Com medo do PCC. Daí se comete um erro crasso do sistema Judiciário, de deixá--lo detido num lugar onde havia outros presos. Uma pessoa de cadeira de rodas se levanta e o mata. Era um preso ligado ao PCC.

P. Essa teoria de que o crime foi cometido a mando de alguém nasce em 2002?

R. A quadrilha que sequestrou Celso confessou o crime e sua participação na época, era ano de eleição. O PT pediu ao presidente Fernando Henrique Cardoso para que a Polícia Federal acompanhasse a investigação. E foi assim, distribuíram o caso e tudo foi resolvido. Mas veio a eleição e o "Sapo barbu-do" ganhou. E o sequestro de Daniel volta a ser questionado. Com Lula no Governo, vem a teoria de que o Sombra seria o mandante do crime [Sombra chegou a ser preso, mas foi liberado por um *habeas corpus* que chegou até o Supremo]. O Sombra, na verdade, era arrecadador de Celso Daniel. Era o cara que passava na empresa de ônibus para arrecadar dinheiro. Aí está o crime. Quando os irmãos de Celso Daniel se manifestam todo mundo estranha. Eles não se falavam. E aí vieram com a tese de crime feito a mando de alguém. E associaram várias mortes com a de Celso Daniel. Ainda que investigadores tenham falado perante Comissões Parlamentares de Inquérito que se tratava de um crime comum.

P. Mas efetivamente morreram testemunhas deste caso.

R. Aí entra a teoria de seis graus de separação. Eu conheço o governador de São Paulo. O governador conhece o presidente da República. Que por sua vez conhece Barack Obama. Sou próximo de Obama? Entre a criminalidade e bandidos haverá sempre ligações muito próximas.

P. Mas morreram testemunhas...

R. O Dionísio, que falou que sabia de tudo para fugir do PCC e foi morto. Um garçom que viu Celso, Ronan [Pinto] e Klieger [ex-secretário dos Transportes de Santo André] conversando. Voltou para casa, dois suspeitos foram tentar assaltar. O ladrão deu pontapé na garupa. Ele bateu com a cabeça e morreu. Nem desenho do *Chaves*... A testemunha que viu esse fato foi morto. Era um ex-monitor da Febem jurado de morte por maus-tratos. Houve um investigador de polícia do Denarc. Ele tinha um grampo num celular da cadeia, celular este que foi usado uma vez por Dionísio. Quem matou o investigador? Ele voltava de uma festa. Quando chegou no prédio, havia dois caras que se apresentaram como policiais federais. Mas eram bandidos, queriam dinheiro e arma. Prenderam ele e a namorada no apartamento. Ele se desvencilhou. Foi atrás de dois. Mas ele não sabia que havia um terceiro dando cobertura e foi alvejado. Crime de mando com alguém correndo atrás do algoz?

P. Mas o médico-legista [perito criminal Carlos Delmonte Printes, que examinou o corpo de Celso Daniel e que morreu em circunstâncias que foram questionadas]?

R. Foi suicídio. Estava com depressão porque havia perdido o filho. Fez todo esquema, era um homem muito inteligente. Conhecia o coquetel de remédios. Tive aula com ele na academia de Polícia. Todas as mortes que ocorreram no entorno são muito bem explicadas.

P. Se era um sequestro comum, por que ele foi morto?

R. Uma semana, ou dez dias antes do Celso Daniel, uma travesti foi sequestrada num carro importado perto da região da favela, onde ela fazia ponto ali perto. Avisou que não tinha dinheiro. Gastou com drogas, mas que iria recuperar e levantaria o prazo. Mas ficaram com medo, executaram e jogaram o corpo numa estrada, a mesma coisa que Celso Daniel.

P. Você acha que a leitura de um crime político então é por conveniência?

R. Exatamente. Houve uma comissão parlamentar, chamaram os presos que cometeram o crime, e eles falaram a verdade. O que mais querem? O assunto aparece sempre próximo a eleição. Mandaram desarquivar inquérito para Elizabeth Sato [em 2005]. Para provar que foi crime de mando. Fez toda investigação e disse que foi sequestro seguido de morte. Desenterraram Celso Daniel de uma forma covarde. Para colocar a pecha de que é partido de bandidos.

P. Mas isto lembra o episódio do sequestro do empresário Abílio Diniz, em 1989, quando descobriram o cativeiro e os sequestradores apareceram com camisetas novas, com marcas de vinco inclusive, de campanha do PT.

R. É isso mesmo. Para um crime de mando nunca se contrata um grupo de sequestradores. A polícia que acusa sabe que é assim. Se era para matar de cara, por que não mataram? E para o PT? Por que matar o coordenador e futuro ministro da Fazenda?

As notícias falsas a respeito de uma ligação entre o PT e o PCC são úteis aos oponentes do partido e superficialmente críveis, porque outros elos, semelhantes, encontram-se em vários contextos da realidade brasileira, inclusive nos que narro aqui. Segundo já explicado neste livro nas palavras da Polícia Federal, o PCC se aliou ao TCP, por sua vez, braço no tráfico da milícia carioca. Jair Bolsonaro se elegeu sob a bandeira anticorrupção, apesar de ter praticado rachadinha por mais de três décadas, e sob a bandeira anticrime, a despeito de suas acentuadas ligações com a milícia e, subsequentemente, com o tráfico [e tudo isso se aplica a seus filhos também] — esse apagamento nietzscheano de suas origens e essa falta de nexo que toma conta das mentes bolsonaristas continuam a embaçar a visão pelos brasileiros comuns da verdadeira conexão. Mais profundamente, a ideia de uma associação entre PT e PCC vai contra a lógica: pois, hoje é correto dizer que PCC ⊃ TCP ∩ milícia e jogo do bicho cariocas ⊃ família Bolsonaro. O fato de um membro confesso do PCC ser bolsonarista corrobora esse vínculo. De outro modo, Tenório não teria se sentido tão ofendido quando o músico e eu criticávamos a pena de morte e a Lava Jato ou elogiávamos o PT. Não se trata somente de uma distorção inflacionária, militaresca e fascista do país sob Bolsonaro. Fato é que, cada vez mais, tem havido uma mexicanização do Brasil — com organizações criminosas infiltradas no Palácio do Planalto e no Congresso e execuções sumárias de defensores do Meio Ambiente e dos Direitos Humanos. Não é coincidência que o PCC hoje opere garimpos ilegais até nas terras Yanomami. Tampouco é coincidência a defesa bolsonarista do agronegócio do MT e da destruição da Amazônia, assim como não é coincidência que grandes empresários do agronegócio do MT, na fronteira do desmate com a Amazônia, comprem equipamentos de última linha roubados pelo PCC na região de Campinas.

Em seguida, Tenório me revelou seu plano: se seu pai não viesse tirá-lo dali até quinta-feira, ele já havia combinado com membros da facção criminosa, através do técnico de enfermagem, que eles viriam removê-lo. Fuzilariam o único segurança, explodiriam janelas e portas, e entrariam. Tenório faria questão de matar Edgar antes de ser por eles libertado, afirmava. Tal era o grau de irresponsabilidade e ganância do dono da instituição ao acolher no meio de nós, meros doidos pela conveniência de nossos familiares, um sujeito de tamanha periculosidade. As ferramentas da psiquiatria não lhe permitiram avaliar o grau de violência do "paciente"? Contudo, o homicida preferia crer que não necessitaria pôr em prática a estratégia da força, que sua família não o tinha depositado naquele spa para sempre: "Eles não vão me esquecer aqui dentro". Após mais essa história de horror, retirei-me ao meu quarto para me deitar. Quis acreditar que Tenório me visse apenas como um pensador confiável atrás de meus óculos: talvez ele desconfiasse que sou gay, o que não seria um problema tão grande desde que eu não fosse mais afeminado do que qualquer outro intelectual. A despeito de todo o terrorismo psicológico criado pelo assassino, minha maior preocupação voltava a ser acerca do que A Rede havia traçado para mim. Eu duvidava profundamente que ela não soubesse onde eu me encontrava. A pergunta era: A Rede queria me exterminar naquele momento? De uma forma ou de outra, eu tinha deixado claro para Tenório que não lhe traria problemas [e nem poderia]. Entretanto, constantemente passava pela minha cabeça que, se A Rede quisesse mesmo se livrar de mim, possuía ao menos dois indivíduos ali dentro aptos a "me suicidar": ele e o técnico bombado. Porque, se A Rede era ligada à milícia do Rio, o fio da meada a levava também ao PCC. Aquela noite não consegui dormir, não somente por essa inquietação, mas por barulhos que pareciam vir imediatamente de cima de meu quarto, como se coisas sólidas fossem arrastadas.

Na manhã seguinte, Tenório e seu grupo riam demais. Orgulhavam-se do feito da madrugada: haviam furado o telhado do fumódromo e apenas não fugiram por terem sido pegos por um funcionário — não tinha sido o turno nem do técnico bombado nem de Edgar. Era razão de tanta graça para eles, e contavam tudo em tantos detalhes ao técnico bombado diante de todos, sem nenhuma repreensão, que se atrasaram para a atividade matutina. A psicóloga insistia para que falássemos de nós. Eu resisti. Logo, uma moça abriu a boca — não era cativa, porém havia sido uma no passado, e continuava a ser obrigada pelo psiquiatra que toca violão a frequentar as atividades e a participar delas. Estava imersa em depressão desde a morte de sua mãe por um câncer e não conseguia funcionar socialmente: tinha se afastado do emprego havia quase dois anos, algo relacionado a informática, e tentava, sem sucesso, ser a mulher da casa — sua comida não possuía o gosto da que era feita pela mãe e não satisfazia seu pai. Para quem escutava com atenção — e eu estava desperto aquele dia —, existiam gritantes conotações incestuosas em sua relação paterna; ela se ressentia, ademais, do fato de o único irmão (mais novo) a ter rejeitado ao se casar e deixar o lar; também odiava a cunhada e enumerava os motivos: o não mencionado e, assim, o mais grave deles era por esta ter sido peça no desmantelamento do núcleo familiar. Clarissa não conseguia compreender como o irmão havia sido capaz de se casar depois da morte da mãe com uma mulher que "não tinha nada a ver com ele" e "o dominava"; acreditava que, se ele retornasse para casa, finalmente conseguiria ocupar o lugar de mãe e desse jeito sua psicologia se restituiria; ela pedia para que ele voltasse. Enquanto isso não ocorria, Clarissa admitia que era cada vez menos funcional e, não fosse a obrigatoriedade de ir à instituição todos os dias, não cuidaria da própria higiene pessoal; repetia que o psiquiatra que toca violão deixava crescentemente claro que ela estava sujeita a uma nova internação involuntária — e eu gostaria de saber se aquele indivíduo continuaria a atuar como uma guilhotina sobre meu pescoço mesmo quando eu conseguisse ir embora dali. Clarissa não aparentava nenhuma autopercepção durante sua longa eulogia, talvez devido aos remédios. Minha conclusão foi de que ela precisava do divã de uma psicanalista e não, dos achismos, do *dopping* e da pressão de um psiquiatra inescrupuloso. Em dada altura de seu monólogo, entraram Tenório e um dos seus: justamente quando a psicóloga se entediou com a repetição de Clarissa, simplesmente a interrompeu e usou de sua autoridade para fazer com que Lúcia se voluntariasse a falar. Esta começou a descrever um relacionamento abusivo de sua adolescência com um homem seis anos mais velho, que a haveria levado ao vício em medicamentos controlados enquanto vivia nos Estados Unidos; esse sujeito foi preso, ela revelou; no entanto, o psiquiatra que toca violão neste ponto também entrou na sala, e na presença dele a psicóloga instigou Lúcia a ir mais fundo... cada vez mais fundo, apesar de a garota demonstrar extremo desconforto. Lúcia era muito jovem e manipulável, todavia, e foi dessa forma que acabou por narrar nos mínimos detalhes seu estupro pelo ex-namorado. Tenório e os seus ficaram revoltadíssimos com o que ouviram: o rapaz não somente expressou sua opinião de que estupradores mereciam a pena de morte — e discorreu alongadamente sobre o que se faz com eles nas prisões e minuciou uma punição "exemplar" e brutal —, como se enojou com a maneira com que a profissional da instituição manipulou Lúcia a se expor, algo que ele considerava inadmissível, porque era o tipo de assunto que deveria ser discutido entre médico e paciente privadamente. Para deixar ainda mais claro seu descontentamento, Tenório e os seus se retiraram em massa no meio da atividade. O psiquiatra que toca violão também desapareceu do outro lado da porta que nos separava da sociedade jurídica, a se pôr a salvo.

O ambiente no spa permaneceu demasiadamente tenso. Lúcia sentiu-se publicamente repreendida. Diante de mim e de Gláucia, chorou e nos perguntou se havia falado demais, pois a repulsa que partia de certos indivíduos do sexo masculino era quase palpável. Sem ter aonde ir, eles rondavam. O almoço foi mais desconfortável do que de costume e a moça, uma pós-adolescente de constituição psíquica muito frágil, deixou a mesa aos prantos sem conseguir comer. Após a refeição, Tenório continuou a andar para cima e para baixo, cheio de ira — eu me questionava se em algum momento restringiriam seus movimentos, pois Edgar estava presente e o rapaz focava sua fúria nele. Com a irresponsabilidade de sempre, os funcionários da instituição nos obrigaram a seguir para a atividade da tarde, psicodrama, em que Tenório dispôs-se a se utilizar do "palco" para exibir a todos sua periculosidade. Ele trataria de "seu maior ato de violência". Errou ao pensar que as psicólogas lhe permitiriam discursar sobre esse "grande ato" com superficialidade. Dizia respeito a uma ocasião em que Tenório tinha traído uma ex-namorada e seu então cunhado informou a irmã do acontecido, o que levou ao término do relacionamento; indignado, porque o cunhado jamais poderia tê-lo caguetado — em vez disso, deveria ter anuído que a própria irmã continuasse a ser traída —, o homicida invadiu a casa do homem e o esmurrou. Assim como a profissional da manhã havia feito com Lúcia, as psicólogas da tarde colocaram Tenório em uma posição em que ele teve de esmiuçar o ocorrido. "Com que intenção, senão o sensacionalismo?" — perguntei-me. Eu estava cansado daquela metodologia apelativa dos profissionais. "Tinham sido apenas murrinhos?" O rapaz aos poucos desnovelou a barbárie que cometeu, até deixar o ex-cunhado em quase coma. A despeito do espanto das psicólogas — que, como de praxe, desconheciam as verdadeiras dimensões dos pacientes com que lidavam — e do medo que alguns sentiram ao ouvir o relato, muitos de nós sabíamos que não havia sido "o maior ato de violência" já cometido por Tenório como alegava, pois o próprio nos tinha contado com bastantes mais minúcias sobre crimes bem mais graves de sua autoria. Se a intenção era fazer jus às ações daquele sujeito, teríamos de eleger um entre seus três homicídios. O psiquiatra que toca violão punha todos em risco ao nos obrigar a compartilhar o mesmo quadrado branco que um indivíduo como aquele. Por se tratar de uma atividade de psico*drama*, uma das profissionais me indagou, como diretor, sobre minha opinião profissional quanto à "performance" de Tenório; minha resposta foi completamente vazia e anticlimática, e percebi quando a mulher — que se diz diretora — tomou-me por um "companheiro de profissão" medíocre. Queriam que eu comentasse o trabalho de Tenório como se fosse uma obra de arte, porém não há arte na violência ou em execuções; se eu fosse adepto do sensacionalismo, seria diretor no sbt ou na recordtv. Ademais, aquilo para mim era uma noção deturpada de tratamento, a fazer os pacientes se abrirem diante de outros sob o pretexto de que tais atos públicos os levariam à prometida cura. Essas tragédias pessoais não deveriam ser jogadas pelos psicólogos nos colos dos outros — já tínhamos muitos horrores próprios com os quais lidar; nisso eu concordava com Tenório. Eram quase julgamentos em tribunal, e escutávamos vítimas e culpados sem qualquer juízo ou desfecho. O assassino se tornou uma pessoa melhor por, na verdade, gabar-se de um ataque virulento a outra pessoa? Não; posou de macho, quando nunca passou de um covarde, e se achou esperto porque as profissionais ficaram convencidas com a atuação de seu suposto maior ato de violência. Gláucia concordava comigo e nunca emitiu um som nessas sessões. Sobretudo, ressentíamo-nos por ter de elaborar mais aqueles traumas, consumidos já por nossas angústias pessoais. Embora essas desgraças alheias me fizessem sentir pior, era obrigado a ouvir, ou minhas ausências nas atividades seriam usadas para justificar uma extensão de minha "estadia".

Saí da sala diretamente para a enfermaria. Pedi que algum doutor competente [no sentido de tecnicamente responsável, não no sentido de capaz] revisasse minha medicação e prescrevesse o tão necessário rivotril. O que se seguiu à performance de Tenório foi silêncio generalizado e tensão, pois o próximo alvo de um surto de ira seu poderia ser qualquer um de nós. Diferentemente dos responsáveis, conhecíamos seu real potencial. De personalidade também dominante, por minha vez, apropriei-me da televisão e assisti às notícias — precisava ver o mundo do lado de fora, ainda que através de uma visão manipulada. A clausura me sufocava. Por sorte, o homicida se beneficiava do mesmo tipo de fuga que eu, e por alguns minutos se sentou ao meu lado diante da TV. Depois, foi novamente tomado pela angústia e voltou a andar de cima a baixo, mal conseguindo conter sua violência. Insisti em falar com o psiquiatra.

EVOLUÇÃO CLÍNICA
22.01.20
Paciente queixa de estar internado. Se sente prejudicado duas vezes, teve o "trauma" [aspas do "doutor"] com a descoberta da filmagem e está privado de exercer sua função. Nunca ficou parado e digo que não está parado, está se recuperando na sua saúde. Diz não ter nada além das consequências do trauma. Tento explorar seus relacionamentos afetivos e diz que foram todos tranquilos. Cito que conversei com o irmão, e este me disse que situação de turbulência são comuns no histórico de relacionamentos dele. Fica incomodado com o assunto e sua mãe diz que ele reclamou do irmão ter revelado isso a mim. Bastante defendido [?, deve ter dormido aqui] e sem crítica sobre seu estado [... não consigo discernir a caligrafia, porque esse psiquiatra também escreve à mão]. Pede a mim seu diagnóstico e prefiro não revelar pois parece disposto a romper o "tratamento" [aspas minhas]. Sua mãe diz que ele pediu para os familiares o tirarem de alta pois não está gostando daqui. Queixa de insônia e modifico medicação para insônia.
CD: Suspendo Patz SL 8 mg e introduzo Rivotril 2 mg 1/2 cp às 22h30.
CARIMBA E ASSINA: PSIQUIATRA QUE TOCA VIOLÃO.

Do jantar não me recordo muito bem. Os heterossexuais reclamavam em voz alta da falta de sexo e isso amedrontou as mulheres, especialmente Lúcia — a mais moça, a que havia sido violentada, e a que pediu para ser transferida de quarto. Ficou uma porta após a minha. Apesar de Tenório e seu grupo defenderem a pena de morte para estupradores, sabíamos que sua ética era muito maleável [como a de qualquer sociopata] e que conseguiriam justificar um momentâneo reenquadramento de sua visão. À noite, Gláucia, Lúcia e eu terminamos de assistir a *O Rei Leão*, a ignorar a enorme insatisfação demonstrada por esses sujeitos, porque eu já tinha dominado a TV. Fomos repetidamente interrompidos, entretanto, e Tenório e os outros rapazes, com a exceção do músico, desligaram o sistema de alarme e as luzes de emergência. O assassino quebrava uma parte do piso da sala para usar como algum tipo de ferramenta ou arma. Tudo vimos, nada dissemos: gostaríamos mesmo que ele fosse capaz de fugir. O técnico de enfermagem bombado também testemunhou tudo, sem nada reportar. Quando o filme acabou, retiramo-nos para nossos quartos. Tenório e os seus prontamente tomaram conta da sala; não viram nada no aparelho, apenas falavam muito alto. Eu temia que usassem de violência aquela noite, e realmente a movimentação foi tão intensa que nem com o rivotril consegui pegar no sono. Era um medo real aquele meu, talvez exagerado pelo pós-trauma, de que A Rede tivesse braços dentro daquela instituição — se ela assim desejasse, eu seria facilmente morto depois de as luzes terem sido apagadas. Continuava a não saber se me queriam morto, no entanto, a não morte lentamente me levava a compreender que o homicídio em si não era o fetiche. Por precaução, coloquei um copo de plástico descartável próximo à porta de meu quadrado para que fizesse barulho caso alguém entrasse no escuro. Preocupava-me igualmente com as mulheres, especialmente com Lúcia — no quarto ao lado —, e por ter uma audição muito aguçada permaneci desperto, como havia sido no apartamento de Paulo no Rio de Janeiro. Por volta das quatro da manhã, eu me entreguei ao efeito da exaustão, da boa droga e do sono. Acordei com o técnico de enfermagem bombado me chamando: eu estava atrasado para o café. Ele me perguntou sobre o copo estranhamente disposto próximo à porta: inventei que estava organizando o armário e que o iria jogar fora, que o tinha esquecido ali. Fui deliberadamente irresponsável e tomei meu demorado banho, a despeito da possibilidade de ser punido por estar atrasado para a primeira refeição do dia.

Quando cheguei ao refeitório, os funcionários me olharam atravessado; não me importei, levei meu tempo. Após o café, apressaram-me para a aula de música. Os institucionalizados escolhiam canções que o professor e psicólogo tocava no youtube. O paciente músico pediu uma canção que tratava dos orixás; senti pena dele. Lúcia escolheu "Quando a Chuva Passar"; devo admitir que meus olhos se encheram de lágrimas, pois a letra me remetia à liberdade e a uma esperança de que aquele pesadelo tivesse fim. Eu não aguentava mais. Senti saudades de João Bosco. O professor de música era dos mais sensíveis entre os indivíduos que trabalhavam naquele local e me notou; disse: "Alguém está apaixonado…". Devo ter ficado corado. Ele, um cara agradável, quis saber se eu gostaria de escutar algo. Pedi "Sangue Latino", dos Secos & Molhados:

Jurei mentiras e sigo sozinho[*]

Ney, na comemoração de seu aniversário de 76 anos, havia me apresentado a Paulinho Mendonça — diretor do canal brasil e compositor daquela canção que sempre adorei. Paulinho na época não me reconheceu como alguém além do ser que acompanhava Ney, porém meu filme *Quando o Galo Cantar…* fazia muito sucesso em seu canal e estava no ar constantemente. Na ocasião, não me apresentei como diretor do longa — de que ele deveria pessoalmente gostar também —, da mesma forma que não expus minha vida pessoal quando o psiquiatra que toca violão, que estava presente na atividade musical, tentou arrancar de mim algo a respeito de Ney ou de meu próprio trabalho. Neguei-me a me abrir. O doutor, então, fez o desfavor de puxar o instrumento que aqui lhe dá nome e tocou seu sucesso sobre as coisas que vão melhorar, que havia composto com algum nome do iê-iê-iê; não somente isso, pediu que cantássemos juntos: tínhamos de conhecer sua obra. Indispus-me novamente, porque de fato não conhecia a canção, mas o professor e os outros presentes se sentiram constrangidos a participar daquilo. Em poucos momentos de minha institucionalização minha angústia atingiu um nível tão alto como naquela aula, pois as canções me lembravam do lado de fora ao mesmo tempo que o psiquiatra me remetia ao cativeiro. Quis gritar ou explodir ou parar de existir.

Ao final, saí desesperadamente a buscar a maior distância possível de tudo e fui abordado pela psicóloga responsável pela atividade da tarde: ela esperava que eu me abrisse em sua sessão, haja vista que todos relatavam que eu nunca falava nada. "Claro", sorri sem sinceridade. Segui para almoçar. A comida entalava em minha garganta; minha vontade era de chorar. Depois da refeição, minha mãe veio me visitar. Meu irmão tinha pegado minhas coisas com Bosco, e ela "lavava tudo para tirar as más energias". No processo, jogou fora várias das zorbas mais velhas, não por acaso as mais confortáveis que eu possuía. Senti-me invadido. Não se usa peças íntimas velhas à toa: os fabricantes de cuecas não entendem que homens precisam de espaço para seus testículos, e os meus são grandes; a maioria das zorbas espremem meus *huevos* a ponto de eles terem de se esconder em minha cavidade abdominal, o que causa grande desconforto. Minhas marcas

---

[*] RICARDO, João; MENDONÇA, Paulo. "Sangue Latino", 1973.

preferidas são hugo boss, 2(x)ist e armani, as melhores para homens colhudos: elas aparecem no *Galo*, quando o protagonista de Nando Alves Pinto revira a gaveta de peças íntimas do personagem *stalkeado*. Estavam limpas para a cena, todavia certas pessoas gostam de cheirar cuecas usadas. À época, algum jornalista indagou se eu havia sido vítima de *stalking* desse tipo e respondi que não; hoje, sei que a resposta correta teria sido sim: começou quando ainda namorava Tiago e processei algumas vezes a pessoa que cheirava minhas zorbas, contudo a obsessão comigo continua até hoje. Talvez quando escrevi o roteiro do filme eu já intuísse... Outro crítico acusou, em tom esnobe, a cena de se tratar de merchand; achei isso engraçado, porque era uma passagem importantíssima da narrativa — a única maneira de não mostrar marcas naquele caso, sem remeter a elas, teria sido mandar costurar peças para o projeto, opção que estava fora de meu orçamento. [Em cenas com computador, cuja marca está coberta por *silver tape*, a ausência da maçã faz pensar mais nela do que quando ela é mostrada: ou pensamos "maçã" ou pensamos "3m".] De todo modo, as pessoas sabem quais são as marcas de cueca que visto: estão em minhas redes sociais — as incluir em cena era uma forma de me inserir imageticamente no filme, de remeter ao meu cheiro, de manifestar minha sexualidade gay. Constituiu-se, assim, de motivação um pouco mais elaborada do que o crítico apreendeu.

Peço desculpas ao leitor. Como narrar estes fatos sem me ater à manhã que é seguida pela tarde que vira noite e que se torna novamente manhã? Um passar infernalmente lento das horas sem fim. À tarde, a atividade era algo relacionado a educação artística. Na escola, sempre havia odiado educação artística, pois no ensino brasileiro se associa isso a trabalhos manuais e a desenho — e eu, tal qual minha mãe, não possuo o menor talento para artesanato, nem a mínima paciência. No spa, a atividade era chamada "terapia ocupacional"; de qualquer jeito, tínhamos que fazer trabalhos manuais. Creio que para mim isso seja mais difícil do que para o restante das pessoas, porque os outros presentes pareceram se sentir bem à vontade; recordava-me precisamente das aulas de minha meninice e me senti no inferno uma vez mais, desta feita infantilizado. Foi primeiro pedido que criássemos uma árvore. Eu, com minha falta de habilidade, fiz algo tosco; os outros produziram belos desenhos enfeitados. A terapeuta pediu que todos ao redor da mesa redonda discorressem sobre seus feitos coloridos; falavam com orgulho. Deixou-me por último, apesar de eu estar sentado ao seu lado. De novo, fui muito sucinto e simplesmente disse que tinha desenhado uma árvore com folhas, galhos, tronco e raízes presas ao solo: nada lúdico. Era muito duro para mim participar daquilo; tratavam-me como um deficiente mental por ter tido uma crise de pânico — jamais imaginaria que minha família e a psiquiatria lidariam com o tema com tamanho despreparo, como se algo relativamente comum fosse "o grande desconhecido". Que tivessem dificuldades para curar a sociopatia de Tenório seria mais compreensível no ano de 2020... A profissional questionou o significado das raízes que eu havia rabiscado; curto, respondi que sem ter como referência minhas origens não saberia para onde ir. Ela observou que eu tinha sido o único no grupo a representar raízes [não somente isso, estavam ancoradas no solo], e discursou sobre a necessidade de termos algo em que nos firmar psicologicamente. Depois, deu sequência a outros trabalhos manuais; eu focava em reduzir meu nível de crítica para não ter uma síncope nervosa. A profissional me aconselhou a me dedicar mais à terapia ocupacional, sem demonstrar ciência de que minha terapia ocupacional consiste justamente de meu trabalho, que é artístico e do qual eu era privado — ele em nada se assemelha ao artesanato, embora eu adore comprar cestas de capim em feiras de praça, em finais de semana de clima ameno.

Dou-me conta de que, embora a vivência no spa tenha sido absolutamente neutralizadora do meu eu, os sonhos que experiencio no momento da escrita são tão pertinentes à história como se os houvesse sonhado na instituição — o que não sonhei, pois o quadrado branco me fazia morrer a não morte. Nestas noites, tenho tido alguns sonhos interessantes. Em um deles, estava na casa de meu avô e eu possuía, simultaneamente, três visões do espaço sobrepostas umas às outras: a visão de minha infância, a visão da reforma feita por meu pai e a visão da decadência dos ambientes tanto antes quanto depois da reforma. Eu passeava de um cômodo a outro tentando encontrar-me em minha criancice — e ali descobria meu avô. Era lembrado da não constância de sua presença. Então, a alegria de ver a casa ainda intacta em tons de ouro e cobre se transformava em desespero ao assistir à idade tomar conta de tudo em opacidade, em lodo e em oxidação. Diversos dourados, ocres, brilhos e verdes. As cores eram demasiadamente vivas. Achava-me no banheiro e as arandelas marcavam o posicionamento do espelho — no entanto, parado diante dele, não podia me ver.

> Mas depois de tudo e sobretudo depende de quem é morto, quem louco, quem epilético ou paralítico: um homem ordinário e sem inteligência, em cuja doença qualquer aspecto intelectual ou cultural é não existente; ou um Nietzsche ou Dostoyevsky. No caso deles algo sai da doença que é mais importante e condusivo à vida e ao crescimento do que qualquer saúde ou doença garantidas pela

medicina… em outras palavras: certas conquistas feitas pela alma e pela mente são impossíveis sem doença, loucura, crime do espírito.[*]

Argumentaria que a loucura de Nietzsche conduziu à morte de milhões de seres humanos, para não mencionar a destruição de outras formas de vida — tão ou mais importantes. Fui resgatado da atividade de terapia ocupacional por Edgar, porque eu teria de me encontrar com o psiquiatra que toca violão. O doutor pestanejou muito, como de costume, e eu disse o mínimo, pois não tinha o desejo de estar presente em outro diálogo unilateral:

EVOLUÇÃO CLÍNICA
23.01.20 (15h)
Paciente refere ter dormido melhor na última noite. Como tinha dito o Rivotril lhe cai melhor. Gostaria de ir embora pois completou 7 dias internado e acha que isso está prejudicando sua vida profissional. Ficamos de fazer uma reunião com seu pai e sua mãe amanhã às 14h.
CD: Mantida a reunião familiar às 14h.
CARIMBA E ASSINA: PSIQUIATRA QUE TOCA VIOLÃO

Não me recordo — as drogas que nos dão nas instituições psiquiátricas realmente causam grandes danos à memória — se, ao sair da saleta do psiquiatra, retornei ou não à atividade da tarde — sou bom moço, portanto talvez, sim, se tiver sido constrangido a tal; simultaneamente, sou *bad boy* à sulmatogrossense, logo, é possível que não. É bem mais provável que não, haja vista que estava na sala de TV quando fui abordado pelo professor de educação física — o gentil —, que me disse que haviam lhe contado sobre minhas dores nas costas e que isso poderia ser devido à falta de exercícios naquele ambiente fechado. Ele tinha razão, respondi e, como o rapaz parecia esclarecido e não homofóbico, segui com ele à academia — Lúcia e o músico nos acompanharam. De fato, noto que quando deixo de fazer exercícios abdominais isso põe mais estresse em minhas costas; estimulado por esse instrutor, foi nessa região do corpo que comecei a trabalhar. Conversei bastante com ele; gostaria de lembrar o seu nome para trocar por um pseudônimo aqui. Era casado, fisicamente atraente (sem anabolizantes), e corredor, como eu. De acordo com uma amiga que foi quase minha namorada nos tempos de adolescência, em uma ocasião em que flagramos um ao outro "secando" um belo rapaz que passava de bicicleta em nossa frente, "os olhos não têm dono" e "olhar não faz mal a ninguém". O professor se

---

[*] MANN, Thomas; WARNER ANGELL, Joseph (ed.). *The Thomas Mann Reader*. Nova York: Knopf, 1950. p. 443. Tradução minha.

exercitava conosco ao mesmo tempo que dava várias dicas. O jovem músico se dedicava aos exercícios aeróbicos. Lúcia tentou me acompanhar, entretanto rapidamente se cansou — é um tanto hipocondríaca e estava acima do peso devido a toda a medicação —; retirou-se para seu quarto. O instrutor passou uma série de alongamentos que muito me fez bem e, uma vez que eu já havia feito exercícios abdominais, senti uma semi-instantânea melhora da dor nas costas. Eu o comia com os olhos o tempo inteiro, discretamente. Lembro-me de suas coxas morenas e quase sem pêlos — gosto muito de coxas grossas com poucos pêlos. {Muitos homens heterossexuais parecem temer que os gays os ataquem por se acharem absolutamente irresistíveis, ainda que vários não passem nem de perto pelo crivo de muitos gays, que tendem a ser mais exigentes do que as mulheres em geral — estas que, para cumprir papéis sociais, têm de aceitar qualquer malcuidado que lhes apareça pela frente. Por exemplo, sou completamente a favor do nudismo: apesar de eu só me sentir à vontade nu em casa, em minha opinião os livres de corpo e mente não deveriam ser obrigados a usar roupa em lugar nenhum, porque não enxergo qualquer associação essencial entre a nudez e o sexo. Porém, quem me conhece sabe que digo verdades através não somente da linguagem verbal, como da corporal. Por exemplo, muitos "ursos" insistem em manter pêlos nas costas — um dos motivos de eu ter brochado com o urso da Lagoa e de não compartilhar do gosto de João pelos ursos em geral, como o tal Digo e outros. Curioso, não, que pêlos nas costas e na bunda me brochem automaticamente? É um absurdo estar correndo na orla de Ipanema-Leblon e me deparar com um homem sem camisa, com tufos de pêlos nas costas inteiras. Onde está a boa moral? Deve constar em algum ponto do Novo Testamento que laser e cera são recomendados para casos críticos. [Escrevo "pêlo" com acento propositalmente; por favor, word, não me corrija. Sou contra essas reformas da língua portuguesa que distanciam a escrita das palavras de sua fonética ou de sua raiz — querem transformar nossa língua no inglês? O que houve com o trema de "freqüentemente"? "Pêlo": do latim *pilus*, diferente de "por + o", também diferente de "pôr o". A escrita mais próxima da fonética *e* que diferencia as raízes torna uma língua mais acessível para seus falantes e menos alienante. Sou, por fim, contrário à adaptação da escrita de palavras estrangeiras à fonética do português às custas de sua raiz (ou raízes) na língua original, a criar confusão também na língua portuguesa: *abajour*. "*Jour*" significa dia em francês; "jur" é a raiz do verbo jurar em português: perde-se o encadeamento lógico que levou à construção da palavra quando se escreve "abajur"; teria mais nexo a escrita "abadia". *Jeep*, por sua vez, uma palavra que se reduz a uma junção de fonemas em inglês, pode ser grafado jipe em português sem demérito algum (e as duas grafias devem datar praticamente da mesma época). Mas não escreverei "leizer" em vez de laser (*light amplification by stimulated emission of radiation*).] Saio em uma tangente do fluxo de consciência estimulado por um software: a tecnologia, hoje, faz parte também da criação em literatura, não apenas da criação em fotografia ou em cinema. Retomo: talvez o motivo de homens heterossexuais se acharem irresistíveis para os gays seja pura projeção de seu próprio desejo homoerótico no gay, desejo este que gera *paúra* socialmente inflamada; essa *paúra* leva à negação do desejo homoerótico que possuem enjaulado e, então, à homofobia — que é o desejo reprimido travestido em ódio. Aqui repito que raríssimos homens são belos e que não existem homens irresistíveis. Portanto, os homofóbicos podem guardar seu ódio para si: nós não os desejamos. Do mesmo jeito que os machistas enchem a boca para criticar uma mulher feia, existem inúmeros homens feios, vários deles heterossexuais.} O professor de educação física não era feio nem homofóbico, pelo contrário — percebia e aceitava generosamente o passear de meus olhos por seu rosto e por seu corpo, belos; não se sentia ofendido, tampouco se exibia; aliás, por que não tomar a admiração como um elogio? Eu o apreciava de maneira muito sutil e cortês. Sou gay, contudo, quando viro as cabeças das mulheres ou recebo comentários delas, sinto-me bem. Gabo-me: acontece com frequência — fazem comentários dos carros que passam, mulheres e homens —; não procuro isso. O professor tinha uma mente livre e aberta. Eu não desrespeitava nem a ele, nem a sua esposa porque em nenhum momento fiz qualquer avanço, ou mesmo o encarei de forma constrangedora. Saí dali sentindo-me liberado — tanto sexualmente, sem ter feito sexo, quanto em relação a minhas costas, destravadas. Talvez tenha sido a melhor aula de educação física que tenha tido! Gostaria de me lembrar do nome do instrutor para substituir por um pseudônimo.

Desci da academia a conversar com o músico e no caminho nos deparamos com Tenório. Nós dois paramos para ter com ele — o músico era quase tão ousado quanto eu, por ser um rapaz ético e de personalidade. Puxamos assunto a respeito da tentativa de fuga do homicida na madrugada anterior, motivo de tanto barulho de que o rivotril acabou por me salvar. Ele e outro haviam quebrado o mecanismo da porta que separava nós doidos dos sãos e fizeram um técnico de enfermagem de refém, no entanto, a chegada de um terceiro indivíduo fez com que desistissem do plano. Não sofreram qualquer tipo de punição pelo psiquiatra que toca violão. Tinham propositalmente escolhido o dia em que o técnico bombado não estaria trabalhando, para não o prejudicar profissionalmente em seu turno, apesar de ele ter tido ciência de tudo de antemão e até ajudado com materiais. Tenório se gabava de toda a história e se esquecia, por um momento, de que seus pais continuavam a lhe deixar depositado ali no fim das contas... Por minha vez, percebi que ele não representava um risco a minha pessoa — pois seus tais comparsas de PCC, a despeito do pedido de ajuda feito, não haviam comparecido para explodir as portas da instituição pelo lado de fora. Isso Tenório não mencionava, mas eu concluía que o rapaz não deveria ter tanta relevância para o grupo em São Paulo quanto tinha na região de Campinas, ou que a morte de seu amigo chefe do tráfico uns meses antes o havia enfraquecido. Não obstante esses fatos, o técnico bombado ainda representava uma preocupação para mim, porque independentemente do PCC era facilmente corrompível e poderia ser utilizado pela Rede caso esta quisesse. O músico logo se cansou da história — estava dormindo em pé, devido às drogas do psiquiatra — e se retirou ao seu quarto. Eu quis saber de Tenório se poderia lhe fazer uma pergunta. Ele disse que sim. Contei a respeito de algo "que havia ouvido falar", de um iphone com um sistema operacional Ruth/Raquel. Perguntei a ele se já tinha se deparado com algo parecido. Para minha surpresa, ele respondeu que sim, porém que não era entendido da área; que, como membro da facção, havia entregado seu próprio aparelho para um colega hacker responsável; a partir de então, quando logava no celular ia aos "ajustes gerais" (*general settings*) e ali encontrava a opção do modo em que queria que o aparelho operasse: "Ruth" ou "Raquel". Um era completamente distinto do outro, tanto no que se referia a aplicativos quanto a arquivos. Em Ruth, guardava as fotos de paisagem: em Raquel, guardava os nus; em Ruth, tinha o whatsapp com que falava com os pais: em Raquel, o whatsapp com que falava com a facção; em Ruth funcionavam os aplicativos comuns: em Raquel, os ilegais. Afirmou que me faria uma demonstração se pudesse ter acesso a seu telefone, todavia me daria mais informações quando saíssemos daquele lugar; anotei seu número. O sistema de Bosco deveria ser mais sofisticado, haja vista que exigia, para a troca de modos, que ele usasse a digital e que olhasse diretamente para a câmera do celular por um período ininterrupto. Senti-me, de qualquer forma, realizado, pois era um dado relevantíssimo para mim — eu não estava doido *mesmo*! [Para um leitor que seja hacker, ou um leitor do futuro, tais peças do quebra-cabeça poderão parecer óbvias; contudo, embora eu tenha considerável conhecimento tecnológico, não tinha — até ser exposto à situação que narro aqui — qualquer noção do tema, nem da *deep* nem da *dark web*. Busco um hacker.] Ruth e Raquel de fato existiam.

A maioria dos domínios da dark web são compostos por *strings* (correntes) de letras e números sem o menor sentido, e apenas quem possui os domínios e credenciais completos é autorizado a entrar nesses sites. Na dark web, há sites associados a tráfico de drogas, exploração infantil, serviços de assassinos de aluguel, sites com vídeos reais de pessoas sendo torturadas até a morte, domínios voltados a tráfico humano, sites de sexo voltados a preferências geralmente perturbadoras para a maioria das pessoas, e por aí vai...[83]

O texto acima foi escrito por Ronaldo Gogoni, formado em análise de desenvolvimento de sistemas e tecnologia da informação pela Faculdade de Tecnologia de São Paulo, em 2019. Consequentemente, o que eu havia escutado na madrugada inteira de terror que passei no apartamento de Paulo não estava tão distante da realidade: uma mulher sendo barbarizada e uma serra elétrica constante. Eu não exagero.

Do restante daquele dia na clausura não tenho nada mais a mencionar, a não ser que eu temia menos por minha vida — ainda que continuasse a acreditar que o risco de estupro a Lúcia fosse real. Dormi bem com rivotril, e no dia seguinte meu pai cumpriu com sua palavra de vir me buscar. Foi dirigindo de Três Lagoas a São Paulo, setecentos e tantos quilômetros.

EVOLUÇÃO CLÍNICA
24.01.20
Paciente mantém idéias persecutórias mas seus familiares preferem que ele seja assistido pelo Dr. xxx de Campo Grande – MS. Por conta disso é preenchido todos os trâmites de alta a pedido.
CARIMBA E ASSINA: PSIQUIATRA QUE TOCA VIOLÃO.

O doutor dormiu acordado na frente de meus pais. Eles viram o que meu irmão também já tinha notado. Além do mais, meu pai havia já percebido, por conversas telefônicas, que o psiquiatra era demasiadamente — e, parecia-lhe, também propositadamente — vago a respeito de minha "doença mental" e que possuía, sobretudo, nítido conflito de interesses: em bom português, desejava me manter ali sem justificativa médica por tempo indeterminado para fazer dinheiro. O psiquiatra que toca violão ficou visivelmente ressentido quando, apesar de seus clamores para que eu permanecesse ali depositado por mais tempo, meu pai insistiu que eu deveria ir embora. O advogado acreditava em mim — compreendia que eu não teria tido uma crise de pânico sem motivo e, além disso, sabia que eu não era louco; muito menos achava que eu devesse ser dopado. Meu pai nunca foi nem um pouco burro. Minha mãe diz que somos tão parecidos que deveríamos ter sido irmãos gêmeos.

Eu não era Alice; não podia aceitar viver naquela sorte de terra dos tormentos, pavorosa e ilógica — que existia não no buraco do coelho, mas abaixo do funil; que consumia não apenas o Brasil, mas o globo capitalista como um todo, até a Coreia do Sul. Eu estava mais para um Dom Quixote cavaleiro andante lutando contra os moinhos de vento do inferno.

Quando a vida parece tão lunática, quem sabe onde está a loucura? Talvez ser prático demais seja loucura. Renunciar a sonhos — isto pode ser loucura. Sanidade demasiada pode ser loucura — e a mais louca de todas: ver a vida como ela é, e não como deveria ser![*]

---

[*] WASEMAN, Dale; DARION, Joe; LEIGH, Mitch. *Man of La Mancha*. Nova York: Random House, 1966. Tradução minha.

Vitória, 3 de julho de 2021

Visto a mesma camisa amarela de linho que João Bosco vestia quando fomos presos. De alguma maneira, vim me encontrar no meio da ala LGBT+ da passeata. Eles não estavam ao meu redor quando comecei — acho que me alcançaram quando um bolsonarista tentou passar por cima dos manifestantes com sua SUV e eu me demorei um pouco gritando contra ele.

Um casal de namorados abraçados sob a bandeira LGBT+ caminha bem a minha frente. Atrás de mim, um rapaz com uma voz forte adiciona seu canto ao meu quando eu puxo as palavras de ordem: "Fora, Bolsonaro!" e todos cantam juntos conosco e batem palmas. Ele veste uma camiseta com um arco-íris em formato de coração, cheio de adesivos colados, e parece tão forte na luta quanto eu; preenche o vazio quando preciso recuperar o fôlego. Fazemos uma boa dupla.

No dia 29 de maio, usei minha camiseta da world wildlife fund com o ursinho panda pela natureza; no dia 19 de junho, usei rosa — a mesma camiseta que havia usado na Parada Gay de Chicago alguns anos antes, quando um amigo estadunidense mais velho me disse: "Ah, Deus te abençoe por usar cor-de-rosa por nós gays". No dia 19, João Bosco carregou uma faixa pedindo mais educação ao meu lado; ele é ótimo em puxar cantos: "Doutor, eu não me engano. O Bolsonaro é miliciano". Disse que vinha porque não confiava em mim para me deixar só.

Hoje estou só. Estou rouco, mas é como se os 520 mil mortos da pandemia usassem a minha garganta para manifestar sua indignação e dor. Eu não me calo. Meus tios que se foram, amigos… entre eles. Gritam e cantam através de mim. Minha voz não se entrega. Ela insiste em permanecer forte e parece que toma conta da Reta da Penha. Inteira, até o convento que vejo sentado no belo morro. Eu canto a plenos pulmões.

Junto-me a outro rapaz que puxa: "Recua, fascista, recua! É o poder do povo que está na rua!"

E quando há silêncio, eu não deixo que ele vença: "Fora, Bolsonaro! Fora, Bolsonaro!". É porque tenho ainda uma certa forma de liberdade. Posso ver o céu e o verde das árvores e sentir o ar puro passar por meus pulmões. Respiro a natureza na cidade.

Os ônibus cheios de trabalhadores que voltam do trabalho passam por nós do outro lado da avenida. Eu sinalizo para eles, peço que se juntem a nós e canto ainda mais alto: "Fora, Bolsonaro!" — rasgo o tempo e o espaço com estas palavras com tanta vontade! Os trabalhadores se levantam, batem palmas e tiram fotos e gravam para compartilhar em suas redes.

A maioria dos motoristas dos carros diminui a velocidade e buzina em apoio; os motoristas dos ônibus também: eles veem nossa força. Muitos gravam, com o mesmo intuito de compartilhar. Os motoboys do ifood também buzinam, mas não podem gravar ou se desequilibram. Um trombou com um carro.

Passamos em frente à igreja universal do reino de deus. Eu grito: "Edir Macedo, vai tomar no cu!". O rapaz atrás de mim hesita. Ouço: ele ri. Acho que é seu primeiro ato. Eu insisto. Pela quinta vez, ele e uma menina — que segura um cartaz e usa um lenço do arco-íris amarrado no cabelo — se unem a mim. Sem demora, a ala inteira atrás de nós entoa: "Edir Macedo, vai tomar no cu!" em afronta ao dono da fascista recordTV. Obviamente, eles trancaram a igreja, por achar que invadiríamos. Fazem por merecer — Bolsonaro há pouco indicou o "bispo" Marcelo Crivella a embaixador do Brasil na África do Sul para que ele controle os escândalos da igreja em Angola e Moçambique que envolvem lavagem de dinheiro, evasão de divisas e associação criminosa. A transformar a África do Sul em posto avançado da universal do reino de deus, Bolsonaro garante seu tempo de televisão.

Quando passamos por militares, eu puxo: "Não acabou, tem que acabar. Eu quero o fim da polícia militar". Eles seguram suas escopetas tentando nos intimidar. Não conseguem.

Meus óculos se embaçam com o vapor que rebate na máscara PFF2, o suor escorre por minhas costas apesar de estar fresco aqui nas ruas. As pessoas se impressionam com minha energia e se contagiam. Eu não paro um segundo — levanto o meu punho esquerdo quando não estou batendo palmas.

Hoje, eu tenho tanta vida. Acho que os mortos merecem que eu use um pouco dela para cantar tudo o que eles calaram com tubos em suas gargantas.

9

Recolhi minhas coisas muito rapidamente. Sou extremamente veloz em fazer malas, ainda mais naquele dia. Não tive tempo de me despedir de ninguém — por sorte, havia pegado o contato de Gláucia no dia anterior. Nem vi Lúcia ou o músico. Quando saí, Tenório e seu grupo me olharam de soslaio, ressentidos — permaneceriam ali por quanto mais tempo? Temi que matassem alguém lá dentro. A vítima desse homicídio não seria eu.

Do outro lado da porta que separa os doidos da sociedade virtuosa, de imediato fiz questão de reaver meu aparelho celular. Ao deixar a clínica, agradeci por sentir em minha pele a brisa fresca — o ar do quadrado branco é parado, tem um quê de mofo, é tão pesado quanto o que se passa em seu interior. Mirei o céu: em São Paulo ele é muito azul. Por alguns segundos, eu me permiti apenas sentir. No entanto, foram breves segundos porque meu pai tem sempre pressa, muita pressa. Entramos no jipe rumo a Vila Madalena. Minhas coisas, que meu irmão tinha resgatado de João Bosco, encontravam-se no apartamento de minha cunhada lá, onde minha mãe esteve hospedada. Ao ter acesso às mensagens com que Bosco havia bombardeado o celular dela desde minha associalização, dei-me conta da indignação dele ao saber que eu tinha transado com outra pessoa ao passo que deveria ter ido encontrá-lo logo após o trabalho no dia 17 de janeiro [sobre isso, João criou em sua mente diversas versões paranoides] e também fui lembrado de sua apreciação do dinheiro — que aumentava proporcionalmente a seu ódio por mim. A despeito de ter ele próprio mantido relações com vários outros sujeitos horas antes de minha chegada, Bosco não achava justo que esse direito se estendesse a minha pessoa — além de seu sentimento de posse sobre mim, existia a metanfetamina que mexia diretamente com sua empatia, sua mínima capacidade de se colocar no lugar no outro. Aliás, muitas vezes a tina interferia em sua habilidade de criar sentidos, mesmo para si próprio. Ainda assim, tentei encontrar sua real preocupação e seu sentimento para comigo, apesar de suas expressões raivosas e comunicação frenética que a todos chocava:

[18/01/2020 10:57:11] João Bosco: Ola
[18/01/2020 10:59:02] João Bosco: Aqui e o João Bosco
[18/01/2020 10:59:13] João Bosco: Por acaso alguém de vocês tem notícia do Francisco?

[18/01/2020 11:02:20] João Bosco: Me ajudem com isso, ontem desde que o senhor [pai dele] me pediu para não estar com ele que não tenho noticiasn

[18/01/2020 11:21:40] João Bosco: Só me responda se está tudo bem ? Sou amigo dele e só quero o bem

[18/01/2020 11:42:45] João Bosco: Lavo minhas mãos, estou avisando e ninguém me responde

[18/01/2020 16:01:46] João Bosco: Pessoal descukpe, mas já sei por onde ele esteve

[18/01/2020 16:02:35] João Bosco: Os detalhes vocês precisam acertar pois dede ontem ele dizia que estava ai, mas não

[18/01/2020 16:02:41] João Bosco: Estava num hotel na esquina do meu prédio

[18/01/2020 16:06:57] João Bosco: <PTT-20200118-WA0039.opus> (arquivo anexado: foto do hotel Denver)

[18/01/2020 16:07:02] João Bosco: Seu escroto

[18/01/2020 16:07:05] João Bosco: <IMG-20200118-WA0031.jpg> (arquivo anexado: print de minha mensagem no grupo de sexo)

[18/01/2020 16:09:10] João Bosco: A Catarina tá preocupada eu vou avisa-la

[18/01/2020 16:15:55] João Bosco: Vou fazer o seguinte: ele precisa tirar tudo dele em 10 minutos caso contrário eu queimo os papéis e doou as roupas

[18/01/2020 16:15:56] João Bosco: São 16:15

[18/01/2020 16:16:45] João Bosco: Já tenho todos os papéis reunidos numa sala apenas doar e incinerar

[18/01/2020 16:17:32] João Bosco: E eu aqui na merda pq paguei hotel 5 estrelas pra você

[18/01/2020 16:53:42] João Bosco: Olha só

[18/01/2020 16:53:44] João Bosco: Chega

[18/01/2020 16:54:22] João Bosco: Estou dando um fim em tudo que e seu aqui

[18/01/2020 16:54:24] João Bosco: Ah ficou on line

[18/01/2020 16:55:43] João Bosco: Minto farei diferente

[18/01/2020 16:55:49] João Bosco: Mal caráter

[18/01/2020 16:56:12] João Bosco: Mentiroso

[18/01/2020 16:56:17] João Bosco: Bem que no centro [espírita] me disse

[18/01/2020 16:56:21] João Bosco: O que e seu tá guardado

[18/01/2020 16:56:30] João Bosco: Paz

[18/01/2020 16:57:18] Francisco Família: Cara, o Francisco nem está em SP, chegar em 10 minutos voando?

[18/01/2020 16:57:23] João Bosco: O que a mala dele está aqui

[18/01/2020 16:57:29] João Bosco: O hotel onde ele estava

[18/01/2020 16:57:35] João Bosco: Ele está aqui tem dias

[18/01/2020 16:57:39] João Bosco: Hotel na frente da minha casa

[18/01/2020 16:58:20] João Bosco: Onde ele foi tenho aqui provas de que ele saiu de um hotelzinho de esquina

[18/01/2020 16:59:46] João Bosco: Sério, Quem.estiver com ele peça pra vir buscar as coisas dele

[18/01/2020 16:59:51] João Bosco: Nem falarei com ele

[18/01/2020 17:00:08] João Bosco: Hélder que está com você ?

[18/01/2020 17:01:43] João Bosco: O Hélder que está aí ? Foi ele que mandou eu ir pra casa no jantar ?

[18/01/2020 17:01:49] João Bosco: Ainda bem que tenho tudo registrado até o check out dele

[18/01/2020 17:02:03] João Bosco: Pra família ver o que ele é

[18/01/2020 17:02:06] João Bosco: Enfim chega

[18/01/2020 17:02:09] João Bosco: O catador de papéis está chegando em 5

[18/01/2020 17:10:24] Francisco Família: <IMG-20200118-WA0052.jpg> (arquivo anexado: pagamento de R$1.600,00 em transferência do banco do brasil ao Moulineaux)

[18/01/2020 17:10:26] João Bosco: Que isso ?

[18/01/2020 17:11:12] Francisco Família: Mais 1000 Amex + 600 em dinheiro Moulineaux.

[18/01/2020 17:14:57] João Bosco: 600 você me traferiu blz

[18/01/2020 17:15:11] João Bosco: Não quero contas

[18/01/2020 17:15:13] João Bosco: Quero sossego

[18/01/2020 17:15:46] João Bosco: Se for por na ponta do lápis

[18/01/2020 17:15:49] João Bosco: Hotel Santa Tereza

[18/01/2020 17:15:51] João Bosco: Lavagens

[18/01/2020 17:15:54] João Bosco: Condomínio

[18/01/2020 17:15:59] João Bosco: Aluguel

[18/01/2020 17:16:01] João Bosco: Diarista

[18/01/2020 17:16:04] João Bosco: Celular

[18/01/2020 17:16:07] João Bosco: E por aí vai

[18/01/2020 17:18:40] João Bosco: Hahaha voando de madrugada

[18/01/2020 17:18:43] João Bosco: Pra vir cuidar de mim

[18/01/2020 17:18:50] João Bosco: Sério

[18/01/2020 17:21:33] João Bosco: Fidelildade, amor, como consegue falar, sério? Pscicopata que chama ?

[18/01/2020 17:21:38] João Bosco: Você e a maior farča da vida

[18/01/2020 17:22:17] João Bosco: Sua família e todo mundo precisa saber disso

[18/01/2020 17:22:21] João Bosco: Mas não serei eu que vou contar

[18/01/2020 17:25:47] João Bosco: Vai vir buscar suas coisas, remédio roupas e etc ?

[18/01/2020 17:26:45] João Bosco: Responde, não e homem?

[18/01/2020 17:26:53] João Bosco: Bata no peito e seja maduro ,,,

[18/01/2020 17:31:48] João Bosco: Esse print e incrível

[18/01/2020 17:32:22] João Bosco: Sem contar os prints de grindr

[18/01/2020 17:36:54] João Bosco: Não precisa ficar inseguro em vir buscar suas coisas

[18/01/2020 17:36:59] João Bosco: Eu não farei nada, estou na minha casa e já passei muito vexame

[18/01/2020 17:37:04] João Bosco: Por sua culpa,

[18/01/2020 17:37:09] João Bosco: Vem falar com a cobertura

[18/01/2020 17:37:10] João Bosco: E o 604

[18/01/2020 17:39:33] João Bosco: E eu preocupado pedidndona cata pra ligar pra sua família

[18/01/2020 17:39:39] João Bosco: Pra ter notícias suas

[18/01/2020 17:40:12] João Bosco: Contando do jantar de ontem.. seu pai não deve ter entendido nada

[18/01/2020 17:41:27] João Bosco: E eles acham que eu sou o vilão da história

[18/01/2020 17:42:18] João Bosco: Enfim foda se não vou ficar perdendo tempo aqui

[18/01/2020 17:42:24] João Bosco: Tchau

[18/01/2020 17:43:56] João Bosco: Vai transar

[18/01/2020 17:47:14] João Bosco: Põe alguém pra atenser já que você e tão inteligente

[18/01/2020 17:48:41] João Bosco: Põe a mulher na linha

[18/01/2020 18:00:04] João Bosco: Me sinto muito idiota preocupado que iria che-gar

[18/01/2020 18:01:10] João Bosco: Vai vir ou não buscar suas cpisasn

[18/01/2020 18:01:13] João Bosco: Eu vou sair

[18/01/2020 18:26:49] João Bosco: Vou dividir com sua amiga os e-mail mentirosa que mandava

[18/01/2020 18:27:16] João Bosco: Por isso seua paia não sabem de vôo

[18/01/2020 18:28:28] João Bosco: Correria de banco, mentira do caralho

[18/01/2020 18:29:57] João Bosco: E eu me passando por infiel mentiroso

[18/01/2020 18:32:30] João Bosco: Sabe o que e pior, seu pai me dizer que não iria me pagar pois estava focado na sua integridade mental

[18/01/2020 18:36:40] João Bosco: Vamos falar de integridade mental. Ou você resolve comigo agora e vem pegar suas coisas ou veremosn

[18/01/2020 18:39:07] João Bosco: KD você cara, tá trepando ainda, eu vou jogar essas roupas (que eu lavei s que custam 7 reais a lavavam no lixo)

[18/01/2020 19:12:29] João Bosco: O nome da sua mãe está no sedex com esse telefone

[18/01/2020 19:12:37] João Bosco: Só quero saber que dia você saiu de casa

[18/01/2020 19:13:14] João Bosco: Tô aqui perdendo meu sábado ... Parei

[18/01/2020 19:14:47] João Bosco: Quando você for homem o suficiente vc me liga ok?

[18/01/2020 20:05:18] João Bosco: Podemos dizer um mal caráter

[18/01/2020 21:14:28] João Bosco: Porra

[18/01/2020 21:14:33] João Bosco: Não seja injusto mais ainda

[18/01/2020 21:15:45] João Bosco: Vc sabe que estou passando por necessidade

[18/01/2020 21:15:48] João Bosco: Faz o que faz

[18/01/2020 21:15:51] João Bosco: Tenho que pedir na rua ?

[18/01/2020 22:06:12] João Bosco: Sim, irei mudar: não há nada que quero mais do que confiar em você plenamente. Sem mais pequenas mentiras ou omissões – precisamos cuidar dessa confian-ça assim como você cuida de suas plantinhas.
Mas nosso pacto agora é de extrema transparência por-que sei de tudo e iremos sair de todas essas complicações juntos - inclusive as financeiras. Combinado?
E você não ficará sozinho um minuto!
Beijos,
Francisco

[18/01/2020 22:07:05] João Bosco: Meu sentimento por você é maior do que tudo. E às vezes Deus nos tira tudo para nos dar algo de real valor. Se você já percebeu isso, confia em meu amor para lhe resgatar?
[18/01/2020 22:14:46] João Bosco: Você me desafia já foram os papéis
[18/01/2020 22:14:50] João Bosco: Para irem as roupas não demora muito

"E eu me passando por infiel mentiroso" — leio repetidamente o que ele escreveu. Nessa ocasião, o ódio de João Bosco custou R$ 6 mil aos meus cofres — transferidos no dia 22 de janeiro por meu irmão de forma que pudesse receber meus pertences, pois me encontrava associal além de ajurídico. A bipolaridade de João somada às oscilações causadas pela metanfetamina, combinada com GBL e GHB, também requereram muita paciência a meu irmão — por incompreensão dessas alternâncias e de sua sede por dinheiro, minha família a partir desses eventos criou ainda mais aversão a Bosco. Nosso relacionamento foi com sucesso reduzido a uma transação. Preciso elucidar que, contrariando as afirmações de meu ex, ficou provado que eu já havia pagado por toda a minha estadia no estúdio do 1984 no mês de dezembro e quaisquer outras despesas, portanto, no final das contas o argumento se reduziu ao montante devido por mim pela estadia em Santa Tereza [que teria sido ressarcido caso tivéssemos viajado a Buenos Aires] e ao valor do telefone misteriosamente levado das mãos de Deco. João Bosco é muito hábil em manipular números e em confundir como as faturas são divididas para posteriormente cobrar importâncias inteiras [a tentar me fazer desembolsar $1,5 \times$ o total]. Entretanto, como eu já havia provado a Tiago, embora não tenha esse apego material, nego-me a representar somente uma cifra.

No dia 24 de janeiro de 2020, pouco depois de entrar no jipe, quase tive uma nova crise de pânico ao cogitar que poderíamos estar sendo perseguidos e que eu podia ser alvejado se A Rede o desejasse. Meus pais notaram que havia algo de errado; eu, para não retornar ao "spa", arranjei uma maneira de manter minha compostura: foi a primeira vez que fiz esse exercício de suprimir meu pânico sem rivotril. Ao alcançar o apartamento, meu pai manteve sua pressa, não queria que chegássemos em Três Lagoas muito tarde. Eu tampouco fazia questão de permanecer em São Paulo, haja vista que não tinha ainda compreendido o que havia ocorrido na rua Avanhandava — entenderia muito depois. Ajudei minha mãe a organizar meus objetos e nos colocamos a caminho de Mato Grosso do Sul. Apenas na estrada consegui me acalmar de verdade; nada de mau tinha acontecido: os motoqueiros ou motoristas de outros carros que paravam ao nosso lado nos semáforos não haviam sacado pistolas. Tal foi o resultado do gigantesco trauma que vivi no Rio de Janeiro. Nesse momento inicial de des-associalização, simplesmente era grato por ter sido retirado do sistema que nos torna pessoas a-humanas. Aceitava até ser uma criança novamente: meus pais rediziam que haviam assinado um termo em que se faziam responsáveis por mim, por isso eu necessitaria "me comportar". No Brasil de 2020, era possível e lógico alguém perder os direitos jurídicos, tornar-se um acidadão por ter sofrido uma crise de pânico; eu tinha de admitir aquilo. Quem era eu para questionar tamanha falta de nexo e inépcia de doutores e juízes, ou os interesses financeiros de psiquiatras que tocam violão na TV? Nem sequer nutria rancor de minha família por ter me obrigado a passar por mais um trauma de gigantescas proporções como aquele, de ser institucionalizado — pesava que haviam sido mal aconselhados e que não possuíam nenhuma apreensão real dos assuntos da mente humana. O rancor veio depois, avassalador e incessante e eterno, em forma de evasão. Será sempre para mim algo imperdoável.

Ainda no carro, coloquei-me a verificar minhas mensagens; gostaria de entender as dimensões do escândalo que meu novo sumiço havia causado: era uma das questões que eu queria e poderia ter evitado em tempo real se tivesse tido acesso a meu telefone na instituição, mas o doutor e minha família não julgaram isso aconselhável. Em meu whatsapp encontrei, entre outras coisas, inúmeras comunicações de conhecidos e amigos, aflitos com meu paradeiro — algumas delas originadas por várias mensagens disparadas por Hélder sobre mim, a referenciar a provocação que eu havia feito no tal grupo de sexo:

[17/01/2020 11:40:12] Francisco: Alguém disponível nos Jardins agora?

Hélder afirmava que tinha tido com meu "ex-namorado", de quem havia coletado as [des]informações que propagava no grupo e aos quatro ventos: a principal delas, que eu tinha sido internado devido a um vício em metanfetamina; alegava, simultaneamente, extrema preocupação quanto a meu longo desaparecimento. Refletindo logicamente, não seria então um desaparecimento, mas sim, uma ausência por ele próprio justificada (ainda que falsamente). Tentava gerar mistério, alimentá-lo com inverdades e instalar grande burburinho a meu respeito. Terminou sua divulgação da estória da seguinte maneira — "Resumindo: a tina está acabando com a vida dele junto com as pessoas ao redor dele". "Quanta fofoca! O meio gay de São Paulo é tão provinciano", pensei. Eu havia sido assocializado: não por qualquer vício ou verdadeira loucura; mas sim por manipulação conveniente do fato de ter estado sóbrio demais em uma sociedade de valores demasiadamente *in*vertidos ou até *in*existentes — entrei em pânico diante da possibilidade de que olharia para dentro do funil novamente. Meu mais puro mal-estar social foi censurado. Quisera eu ter estado coberto por cristais de metanfetamina em um frasco, imerso em um tipo contemporâneo de ópioformol do povo, e dessa forma alheio à ascensão, ao domínio e à metástase do fascismo; minha desilusão ainda haveria existido, pois eu continuaria vendo *through a glass darkly*, todavia ela teria sido de menor grau. Ruminava: "uma pessoa como Hélder, que faz programas a troco de tina, aprecia-se no direito de defender os 'bons costumes' de que posição?" O GP havia escrito que tinha se encontrado com João e, inclusive, declarado este sua fonte. Era confuso, porque o próprio Bosco — nas mensagens ao número de celular de minha mãe — indagava se eu e o garoto de programa estávamos juntos. Hélder queria criar alvoroço. Seria mera avidez por agito de qualidade questionável? Criava fofoca pela fofoca? Foi o que pensei à época. Ele e João viriam a negar terminantemente que se conhecessem — foi a primeira e a última de algumas versões dessa estória. "Como entraram em contato um com o outro sem se conhecerem?", perguntei em um momento inicial. Posteriormente, eu descobriria que Hélder e João trocavam pornografia autoral com frequência desde ao menos novembro de 2019; tornava-se difícil desacreditar na existência de encontros. Também leria parte das comunicações entre Bosco e ele (aquilo que não havia sido deletado): o garoto de programa mentiu que tinha transado comigo no dia 17. Qual seria a verdadeira relação dos dois? *Amigas & Rivais*, mesmo caso de João Bosco e Paulo? Minha apuração mais sensata foi a de que habitualmente participavam de orgias juntos e que Hélder havia levado a Bosco minha mensagem no grupo e a falsa notícia de que teríamos nos visto, quando João o teria convidado para trepar a troco de crystal, em vingança; nessa conjuntura, João teria dito atrocidades sobre mim; por fim, Hélder partiu e Bosco supôs que ele tivesse ido se reencontrar comigo, motivo das incessantes mensagens para o celular de minha mãe. Escapou-me também, à época, que Lico — outro GP, amigo de João, comissário de bordo desempregado, dealer e alguém que eu viria a decifrar como muito mais perigoso do que Hélder — tinha sido adicionado por alguém ao mesmo grupo de sexo. Ainda em 2019, Lico havia enviado um aviso a Bosco: "Não se deve dinheiro no tráfico. Não se deixa dívidas e eu tenho q prestar contas até a noite. Eu confiei em vc qdo falou ontem até as 14hs". Não posso reclamar demais, pois enderecei a mensagem ao tal grupo com a intenção de que

João Bosco descobrisse sobre minha escapada — eu somente continuava a subestimar a maldade alheia.

Em nenhuma parte do mundo por mim percorrida vi tamanho número de prostitutas como em São Paulo; eram de todas as cores; as calçadas ficavam, por assim dizer, cobertas de mulheres. Caminhavam devagar ou esperavam os fregueses nas esquinas; mas, cumpre dizer, nunca abordavam os homens, nem costumavam injuriá-los ou injuriar-se entre si; olhavam apenas quem passava, conservando uma espécie de pudor exterior, e nada demonstravam de cínico despudor que, na mesma época, era tão frequentemente revelado pelas prostitutas parisienses de baixa classe. É desagradável, para um viajante sério, descer a tão tristes detalhes; mas deve ter a coragem de fazê-lo, quando tem oportunidade de mostrar a que estado de degradação podem chegar as classes pobres, inteiramente abandonadas, se lhes não é ministrada uma educação. Os filhos dessas numerosas mulheres, apenas vindos ao mundo, têm ante os olhos exemplos dos vícios; [...] — Deixae vir a mim as criancinhas — Essas pobres criaturas crescem e parecem com as mães. Honra seja feita à administração atual, que se ocupa carinhosamente da educação das crianças dos dois sexos! Por dilatado tempo encontrará obstáculos de várias espécies; mas deve perseverar, pois acabará por obter completo triunfo, e, pouco a pouco, é lícito esperá-lo, uma feliz mudança operar-se-á nos hábitos das classes inferiores.[*]

Saint-Hilaire, se nascido no século XX, provavelmente teria sido um documentarista. De Hélder eu nunca havia esperado nada, ou seria um próximo seu a despeito de sua ocupação ou classe. Jamais fui classista; e creio em ética acima de moral. Porém, Hélder não fez "nada"; ele fez o mal. Possuía minhas suspeitas acerca da ética do sujeito e, então, elas foram confirmadas. Independentemente, eu desenvolvi muito mais ressentimento por João, porque era parcialmente verdadeiro o que disse Hélder, quanto às informações falsas haverem partido de Bosco. Tinha sido com João Bosco que eu havia compartilhado minha real intimidade, e ele novamente me tinha traído. Sabia que João era muito mais lascivo do que se descrevia, no entanto, decepcionei-me que continuasse a espalhar versões de estórias a meu respeito para qualquer um. Por mais que depois tenha jurado que não o fizesse, seu estado mental era absolutamente caótico. Sempre esperei muito mais de Bosco do que ele poderia me oferecer.

[24/01/2020 14:10:20] Francisco: Olá a todos. Apenas para esclarecer: a tina não destruiu minha vida. Dessa droga mantenho distância saudável, justamente por ver muitas vidas destruídas por ela.

---

[*] SAINT-HILAIRE, op. cit.

>Essa pessoa, que se passa por meu ex e diz ter preocupação por mim, eu não mais reconheço como a pessoa com quem me envolvi – parece uma entidade transmitindo mensagens de outras pessoas de quem está rodeado, e minhas palavras... [Hélder: Resumindo: a tina está acabando com a vida dele junto com as pessoas a redor dele]
>
>[24/01/2020 14:13:56] Sous: Mano pelo amor de deus... só da um toque... oq vc faz da sua vida tanto faz. Mas ficamos bem preocupados. Bom fds aí! Graças a Deus está bem. [Francisco: Olá a todos. Apenas para esclarecer...]
>
>[24/01/2020 14:29:31] Francisco: Agradeço a preocupação. Beijo
>
>[24/01/2020 14:27:11] Sous: Blz <três emojis de carinhas com olhinhos de coração>
>
>[24/01/2020 14:37:02] Allen: Que tudo se resolva da melhor forma possível! Fica bem! <emoji de beijo com coração>

Repetia-se o que havia ocorrido no Rio de Janeiro. Todas as vezes em que eu tentava golpear A Rede, levava um golpe muito mais forte. E conseguiam fazer com que cada pancada doesse tanto quanto a anterior, porém de maneira diferente. Hoje não me resta dúvida de que Hélder possuía intenções ulteriores ao espalhar boatos mentirosos a meu respeito, não era fofoca pela fofoca — pois, de outra forma, mesmo tendo sido institucionalizado por minha família e silenciado por uma semana, teria garantida a minha privacidade, tal qual Gláucia apontava. Como constatei narrativamente aqui, por conclusão cronologicamente posterior a esses eventos, até meu silêncio era usado contundentemente contra mim: foi a maneira maquiada que A Rede encontrou de me atingir publicamente de novo, dessa feita por meio de um GP que nem sequer era de meu convívio. Uso a expressão "maquiada" porque Hélder se deu ao trabalho de mentir a João Bosco que havia dormido comigo para obter dele frases raivosas a meu respeito, telas que poderia printar, a criar um fio aparentemente natural e crível de transferência de informações. Restou a pergunta-chave da lógica: haja vista que nem minha família nem Strauss mencionaram a qualquer pessoa que eu tinha sido removido da sociedade, e considerando também que Bosco projetava que eu participava de uma maratona de sexo com alguém — com Hélder —, de onde surgiu esse pulo do gato, por parte do garoto de programa, para a conclusão de que eu havia sido "internado"? Não foi mero provincianismo do meio gay de São Paulo, pois nunca fui usuário de metanfetamina como eram outros afamados indivíduos — tanto que, no próprio grupo de sexo, estranharam as afirmações do GP, e meu celular foi lotado de mensagens que demonstravam preocupação com meu *desaparecimento*; não, com um suposto "vício" ou internação causada por um. A difamação de Hélder não colou, todavia me colocou na difícil posição de ter de me explicar. Celebridades possuíam a seu dispor assessorias de imprensa a prontamente desmentir tais falsidades publicadas nos tabloides; eu possuía somente a mim, nos grupos de whatsapp que substituíram os tabloides. Não posso senão deduzir que A Rede sabia de minha institucionalização e que, da mesma maneira que espalhou no Rio de Janeiro — na ocasião do Moulineaux — que eu teria tido um surto psicótico, dessa vez se esforçou para adicionar outra camada na direção de minha descredibilização, ao disseminar em São Paulo que eu teria sido internado por um vício — como eu havia temido, o encadeamento lógico corroborava que tinham me seguido de carro desde o restaurante, como foi no caso do hotel no Rio; eu não havia imaginado coisas, ainda que tivesse estado em pânico. Representantes da Rede que me acompanharam da rua Avanhandava em meio à polícia à paisana provavelmente gostariam de saber, inicialmente, se eu possuía provas com que fazer uma denúncia embasada à polícia e se eu estava me encaminhando a uma delegacia, contudo acabaram se deparando com minha institucionalização. Nesse caso, a intenção passou a ser de que *qualquer um* — em cujos ouvidos chegassem minhas suspeitas sobre o que de fato estava a acontecer no meio gay paulistano — *questionasse* minha saúde mental: de acordo com A Rede, eu era um paranoico esquizofrênico *e* drogado. Ainda assim, apesar do novo rumor danoso a minha imagem, o personagem montado continuava incongruente aos olhos dos "espectadores" — e os questionamentos levantados no whatsapp eram prova disso. Sempre fui sóbrio, centrado, alguém de credibilidade: não era aquele maluco viciado pintado pelos perversos. Gostaria de saber o quanto Hélder e Lico receberam pelo feito, apenas por curiosidade.

No caminho, eu admirava coisas bobas, coisas que para alguém que não havia sido trancado em um quadrado branco não tinham importância. O céu preto da noite, as indústrias de etanol que reluziam de amarelo às margens da rodovia — filmei e *uploadei* no instagram. Atravessamos o rio Paraná, o que é sempre um prazer, e me esforcei para avistar a Ponte Francisco de Sá, em que enxergo singela e sólida beleza. Chegamos a Três Lagoas por volta das dez da noite, exatamente como havia calculado meu pai, por isso sua constante pressa (ele faz o trajeto Três Lagoas-São Paulo de carro frequentemente, com paradas em diversas comarcas no caminho para defender os interesses de seus clientes da advocacia). Passamos em frente ao escritório na avenida Capitão Olyntho Mancini (meu pai fazia isso toda vez que eu retornava à cidade, para que matasse minhas saudades) — aquela avenida que, por sua natureza ao desembocar na Lagoa Maior, deveria ser a verdadeira porta de entrada para Três Lagoas e para o Mato Grosso do Sul através de uma ampla e arquitetonicamente relevante ponte rodoferroviária que atravessasse o "Paranazão", paralela à ancestral Francisco de Sá e de onde se tivesse a devida distância para admirá-la em toda a sua magnificência dos anos 1920. Pensei em meu avô — ele plantou dois coqueiros defronte ao número 830 da avenida, poucos anos antes de falecer, e os regava todo fim de tarde. Ali em frente à antiga casa de meu avô, também existia uma velha *Adenanthera pavonina* Linnaeus, aos pés da qual brincava com os tentos vermelhos durante minha infância, na companhia de meu primo e de meus irmãos. Enxerguei aquela avenida no futuro, reurbanizada: palmeiras imperiais, ipês de todas as cores e árvores nativas do Cerrado e da Mata Atlântica, alternando-se até a Lagoa Maior nas calçadas de pedra portuguesa. Entre o escritório [minha pena era que meu pai não tivesse preservado a arquitetura original da construção] e a Lagoa Maior, a Igreja Matriz completamente restaurada, com suas torres e ameias imponentes, como era antes do rolo compressor fascista. Vislumbrei, por fim, a continuação da avenida depois de passar subterraneamente por um parque que protegesse o corpo-d'água e os outros dois, adjacentes a ele (as três lagoas unidas, importantíssimas para espécies endêmicas), a ampliar os planos originais de Oscar Guimarães sem perder sua singularidade de urbanismo democrático. Fomos diretamente para casa, tomar banho e dormir. O ar de Três Lagoas é muito mais seco que o de São Paulo, mesmo no verão, e toda a região é mais quente.

No dia seguinte, acordei e me deparei com o buraco que as araras haviam feito na palmeira da frente da casa — elas removem todo o topo das árvores para se aninhar e, por serem supostamente monogâmicas, voltam ao longo dos anos para criar novos filhotes. A palmeira dos fundos servia de ninho para um casal mais velho fazia um tempo. Creio que, com a destruição de seus biomas naturais, as aves acabaram por retomar o ambiente urbano arborizado. Ao olhar para cima, entretanto, dei-me conta da vergonha que sentia de mim mesmo. Ela, a vergonha, tinha voltado com a elaboração durante o sono. Vergonha, então, de ser um desassocializado: esse fato tanto me abalou que quase me reduziu a nada. Meus pais me culpavam por ter ido me encontrar com João Bosco, a adicionar algo mais de reprovável a meu já existente mal-estar. Eu absorvia toda aquela culpa, porém insistia que precisava tentar entender o que havia se passado no Rio de Janeiro e o que ocorria como um todo. Os meus sabiam dessa necessidade muito bem, fingiam que não compreendiam, pois alguns deles eram/ são bolsonaristas; eu era ingênuo ao pensar que *todos* colocavam o meu bem-estar acima de sua admiração pelo fascismo brasileiro. Tinha sido outro erro de cálculo meu supor que, em menos de duas semanas, estivesse preparado para enfrentar o assunto; já me era cada vez mais claro que A Rede havia se utilizado disso para propositadamente me induzir a entrar em pânico na rua Avanhandava. A crise de pânico em si não teria sido, nesse sentido, algo tão indigno — eu poderia ter me entendido com Wagner Strauss e seu sócio depois de tomar um rivotril; poderia ter pedido desculpas e haver sido vexado apenas perante eles. A institucionalização [equivocada e/ou conveniente], contudo, foi algo que trouxe consigo um estigma tão grande que colocou a minha existência em xeque: porque pôs no mesmo patamar uma crise de pânico e a loucura. A Rede tentou fazer com que o mundo questionasse minha sobriedade através de Hélder e Lico, sobriedade esta que até aquele instante ia de forma privada contra os interesses de minha família somente — nenhum ato que expusesse o bolsonarismo (no caso, seu perverso esquema de exploração sexual e sua associação com a milícia) seria por alguns dos meus bem-vindo. O que é a loucura senão a irrealidade pessoal? Aqui, meu mais veemente protesto: não era eu quem sofria de irrealidade; sim, o mundo ao meu entorno. Minha mãe, que desgosta de confrontos, não quer que eu escreva. Em meu ponto de vista, esmiuçar todos os fatos que se derramaram sobre mim é a única maneira de colocar tudo às claras para quem quiser analisar — sim, estes escritos revelarão todas as minhas fraquezas e todos os meus erros, entretanto também deixarão registrado tudo de sórdido com o que me deparei, a lama de que tive de me salvar. Hão de colocar em um prato da balança minha lucidez e, no outro, os fatos que aqui meramente relato. Sei que minha linguagem pode não ser suficiente para descrever este toduniverso que vivi(o), em que a irrealidade se infiltra. Assim, tento incorporar outras linguagens. Cervantes e Dom Quixote de La Mancha.

Antes de seguir para Campo Grande — pois eu teria de me encontrar novamente com o psiquiatra de lá e meu pai tinha pressa —, paramos rapidamente para que eu pudesse estar com minha avó. Adoramo-nos mutuamente e ela possui muito orgulho de mim, porém entre nós estava erguida uma nova parede. A primeira parede havia sido o fato de eu ser gay, que meu pai pediu que eu nunca revelasse a sua mãe. Minha avó Tereza, no entanto, é muito sagaz e sabe de todos os meus "amigos". Visitou-me, depois de muitos anos de resistência de meu pai, em meu apartamento do Leblon, conheceu meu ex-companheiro M. e passamos, entre outras, uma bela tarde no Copacabana Palace. O Brasil não tinha sido tomado pela podridão quando demoli aquela parede. Nesse retorno de São Paulo havia outra parede entre nós, a da institucionalização — essa eu não conseguiria derrubar porque ainda me enclausurava. Enquanto conversávamos (ela me chama de "meu menino"), sentia-me péssimo por não estar à altura de seu orgulho. Fiz o meu melhor para não transparecer nada. Eu devia a ela não permitir que a dúvida que pairava sobre minha sanidade contaminasse o que de bom ela enxergava em sua obra no mundo; eu devia a ela não permitir que a dúvida que pairava sobre minha sanidade *me* contaminasse. Costuma dizer que sou muito bonito e que deveria ter sido ator, em vez de me esconder atrás das câmeras. Explico que sou demasiadamente controlador para confiar na visão de qualquer um por obrigação; apenas me entrego como ator a convites de amigos, em cujo olhar já confio. [Não se pode controlar tudo — fui feito vedete nua e alucinada pela Rede. Ali, quem me dirige?]

Devido ao desentendimento que meu pai havia tido com sua família quando eu tinha por volta de meus dois anos de idade — época em que morávamos vizinhos a minha vó Tereza —, fui distanciado dela e de meu avô Joaquim. Depois de alguns anos, meu pai restabeleceu certo diálogo com meu avô e uma vez ao ano Joaquim vinha nos visitar — todo vestido de branco, como seu pai, em seu Dodge Magnum 1979 marron Sumatra — a nos trazer presentes de Natal dele e de minha avó. Assim foi, ano a ano, até que tivemos autorização para ir com ele visitar minha vó — nossa babá Cá nos vestiu. Para mim, naquela altura de nosso distanciamento de anos, minha avó era uma mulher de extrema imponência. De fato, Tereza é alguém de personalidade muito forte, altiva — meu pai diz "sistemática". Nada obstante, nunca tivemos qualquer questão, porque além [ou apesar?] de sermos muitos parecidos e geniosos, separa-nos por sorte uma geração, e isso significa paz. Aliás, nunca me desentendi nem com meu vô Hugo nem com meu vô Joaquim nem com minha vó Tereza — minha vó Almira faleceu antes que eu completasse três meses de vida, por isso Hugo se apegou tanto a mim. Jamais ralharam comigo. Toda Três Lagoas conhece Tereza, gosta dela e a respeita — haja vista que é muito atenciosa com as pessoas, adora andar de cima a baixo e sempre ajudou quem pôde, como pôde. Agora que reflito a respeito, ela sempre demonstrou extrema compreensão da desigualdade de cor que existe no Brasil, e de questões de classe também — e possui amigos de toda cor e de todo o espectro social. O pai de minha avó Tereza era sírio, e sua mãe, neta de escrava e filha de judeu. Ela possui olhos verdes como meu bisavô muçulmano e pele muito clara como meu trisavô judeu, mas é católica como minha bisavó afrodescendente. Cresceu no meio da garotada — o único pedido que o pai árabe fazia às filhas era que não andassem de bicicleta nem na cidade nem na fazenda do Jupiá, depois inundada pela represa. Brincou com Ramez Tebet, treslagoense de sua mesma geração e vindo como ela de família árabe-brasileira, ex-presidente do Senado Federal que deu posse a Luiz Inácio Lula da Silva e cujo trabalho levou à renúncia do então senador Antônio Carlos Magalhães. Tebet é pai de Simone, que como ele foi prefeita de Três Lagoas e hoje também é senadora, tendo desempenhado relevante papel na CPI da COVID. É Tereza quem possui há muitos anos a cabeleireira trans, muito antes de isso se tornar *cool*, o que me permitiu confrontar meus tios a respeito da LGBTfobia. Possui muitas histórias, todavia acho uma particularmente hilária. Nos idos dos 1980, um irmão de meu pai desenvolveu um caso extraconjugal com uma mulher vulgar que, além de fazer sofrer minha pobre tia — que naquele mês de dezembro estava grávida de nove meses do segundo filho —, tinha óbvios interesses financeiros em meu tio. Acima de tudo, essa mulher ousou desafiar minha avó Tereza, que já lhe havia ordenado se distanciar de nossa família. Foi um grande erro da concubina. Minha avó tomou seu revólver [sim, tinha um], colocou minhas tias em seu carro [a outra, irmã de meu pai, grávida de sete meses de sua primeira filha], e a mil por hora foi confrontar a amante na casa dela. Enfiando-lhe a arma na cara, ameaçou a rameira: se ela não se afastasse de meu tio, prestes a ser pai novamente, dar-lhe-ia um tiro ali mesmo. Minha tia — a esposa traída —, que teria seu filho poucos dias mais tarde, acabou por passar mal e pediu a minha vó que se fossem embora. Minha avó colocou todas no carro de volta e retornaram para casa. A atitude de Tereza não resolveu o problema, pois meu tio abandonou a família pela amante mesmo assim — mulher que muito o humilhava e o levou à morte precocemente. Tristezas à parte, ao escrever esta história dou risadas ao computador. Não acho a violência engraçada — minha vó nunca fez nem mandou fazer mal a ninguém, pelo contrário. A história simplesmente explicita o temperamento de nossa família. De toda forma, foi o maior susto que aquela mulher mau-caráter passou na vida — nas décadas seguintes, meu pai fez questão que ela devolvesse, através da Justiça, o montante total que havia expropriado dos filhos de meu falecido tio, e conseguiu. Tereza sempre foi uma mulher de muita ação e nada submissa, como se nota. Matriarca da geração baby boom, em certo momento resolveu simplesmente "fechar a fábrica", algo raro naqueles anos: pediu que o médico realizasse uma histerectomia total com anexectomia bilateral. Não imaginaria ela que, quase sessenta anos depois, seu neto estaria a doar esperma a bancos de sêmen planeta afora — sou bastante fértil e, por não saber se um dia constituirei uma família com crianças, o que sempre quis, fui precavido e garanti que seus bisnetinhos surjam em alguma(s) família(s) lésbica(s) por aí. Se as crianças tiverem curiosidade em saber a nosso respeito, encontrarão facilmente nosso DNA espalhado em projetos e estudos acadêmicos. Hão de ser sagazes como nós.

Meus pais e eu partimos brevemente, e fiz a promessa de sempre a minha vó — de que voltaria para visitá-la em breve —, promessa a qual nunca consigo cumprir. Como em muitos trechos não há sinal de 4G na estrada até Campo Grande, carreguei páginas de artigos escritos mais de um ano depois para ler durante a viagem. Um deles foi: "Políticos do centro têm muito a aprender com o 'BBB', diz doutor em ciência política" — por Octavio Guedes em 1º de maio de 2021 no g1:

> O blog andava intrigado. Por que o "BBB", programa para o qual a intelectualidade sempre torceu o nariz, tem chamado tanta atenção de quem acompanha a política? É um olho nos bastidores de Brasília, outro no paredão. A curiosidade aumentou quando o blog recebeu pesquisas de popularidade digital dos integrantes do "BBB", enviadas pelo professor Felipe Nunes, doutor em ciência política pela University of California Los Angeles (UCLA). Especialista em comunicação política e diretor da Quaest Consultoria e Pesquisa, Felipe acompanha a política pela dimensão pop de seus atores, a popularidade dos políticos no mundo virtual. Daí a definição "política pop". Felipe antecipa: os políticos, em especial os do centro, têm muito a aprender com o "BBB".
>
> O que o "Big Brother [Brasil]" e a política atual, que você define como pop, têm em comum? "Na política pop e no 'BBB', o posicionamento nas polêmicas é decisivo. Como quem decide é o público, *vence quem se posiciona ou age conforme as tendências predominantes* do público. Não à toa, eu acho que é mais difícil disputar o 'BBB' do que uma eleição. No 'BBB', o voo é às cegas. Nas campanhas, os políticos têm acesso a pesquisas. Um dos aprendizados que a política deve tirar a partir do 'BBB' é que o segredo do sucesso na era pop está na capacidade de atrair e fixar audiência, atenção. Por ser um produto de entretenimento, o 'BBB' precisa atrair e fixar o público para cem dias de audiência contínua. Poucas coisas geram mais isso do que polêmicas. As polêmicas são fundamentais para alimentar a

atenção e o *interesse no consumo*. Não é sem motivo que o programa possui um dia específico para provocar discórdias entre os confinados. *Os políticos polêmicos são os que mais obtêm popularidade digital* nos índices que a Quaest calcula. São os que chamam nossa atenção, os que paramos para assistir. Pelo mesmo motivo que a Juliette e o Gil se transformaram em protagonistas da atual temporada do 'BBB': adoram uma confusão!"

Quais são os outros aprendizados? "O 'BBB' tem conseguido se transformar em um microcosmo das grandes questões do debate público. Questões civis fundamentais na atualidade, como raça e gênero, acabam sendo levadas para o campo do entretenimento. Afinal, elas geram polêmica, polêmica gera audiência, likes, comentários, reportagens, e toda essa audiência direta e indireta gera lucro. Indústria do entretenimento é isso. *O 'BBB' ensina para a política que atenção e audiência vêm com entretenimento, que por sua vez é alimentado por polêmicas,* discussões e debates. No fundo, podemos dizer que os dois são fenômenos pop: geram resultado (financeiro ou político) através de entretenimento."

O que é preciso para ser campeão no "Big Brother" e na política pop? "Não há fórmula mágica. Existe sorte, existe estratégia. Mas podemos pensar que a postura e a reação diante das polêmicas pautadas é um elemento central de sucesso. Numa polêmica, a chance de consenso é mínima. A polêmica é a cisão, é a ruptura, é a polarização. Nesse ambiente, duas coisas não ajudam a vencer: ficar indiferente e querer agradar a ambos os lados."

Pelo que você está dizendo, não há mais espaço na política para uma postura moderada nem de centro? "Pode haver moderação, sim, mas ela precisa ser parte da estratégia. Eu costumo dizer que o centro e a moderação precisam ser radicalmente de centro para conseguirem atenção. Encontrar essa postura é uma questão fundamentalmente de timing. É preciso saber quando entrar em uma polêmica, e o quanto, até mesmo para poder mostrar a 'irracionalidade' dos outros dois lados. Moderação e radicalização não são certas nem erradas em si mesmas. É preciso ser pragmático, esperto. Há momentos em que é válido ter posicionamento firme. Às vezes, o desgaste de uma briga faz bem. Em outros momentos, é melhor mostrar que os dois lados estão errados."

Ficar em cima do muro não vale? "Juliette no 'BBB' é um fenômeno justamente porque não deixa de enfrentar as suas brigas, e não deixa de ter posição na briga dos outros. Ela faz isso nem que seja para desagradar alguém. Aliás, uma característica fundamental na política de hoje: ser capaz de arriscar a própria pele em polêmicas que podem lhe trazer prejuízo de imagem. Essa é uma qualidade que é sinônimo de *autenticidade, ou o inverso da mentira.* Em nosso tempo, predomina a lógica do *posicionamento diante das polêmicas* que surgem. É essa combinação *que está gerando mais engajamento.*"

Dentro desta lógica de política "BBB" ou pop, qual a diferença de Lula e Bolsonaro para os candidatos do centro? "A diferença está nos atributos de seus seguidores. Explico. 'Fã' é uma abreviação de 'fanático'. Não é só um entusiasta, mas um devoto, um dogmático. No extremo, um apaixonado cego, sem capacidade crítica. O fã também é uma peça indispensável do universo pop, é o fã que defende, divulga, espalha a mensagem de seu objeto de devoção. E vemos isso na era da política pop. Políticos viraram popstars. Possuem não só eleitores, mas fãs. Vemos isso com Bolsonaro e Lula. Uma parte expressiva do eleitorado de ambos age como membros de um fã-clube. Defendem, divulgam, espalham tudo o que dizem, nem sempre com olhar crítico, mas como verdades inquestionáveis. Além de Bolsonaro e Lula, Ciro tem potencial para popstar. Ele tem várias características essenciais para a manutenção de um fã-clube. Seu desafio é outro, é que o fã-clube seja numeroso."

E os candidatos de centro? "Os candidatos de centro não conseguiram ainda contar com essa adesão fervorosa. Não contam com uma legião de pessoas dispostas a defendê-los, como fãs, nem para atacá-los, como haters. Veja o Doria, por exemplo. Na minha avaliação, Doria não tem esse fã-clube porque tudo que ele faz parece ser muito combinado, arquitetado, planejado. Na política pop, isso é sinônimo de não autêntico ou interesseiro. Não cola! *Bolsonaro das tiradas constantes* e o *Lula da coragem de enfrentar o juiz* polarizam o debate porque conseguem ativar seus fãs por meio dos conflitos que eles participam diariamente".[1] [grifos meus]

A entrevista não traz novidades, contudo faz relevantes constatações da atualidade para quem possa ler este trecho de *flashforward* em um futuro em que o contexto já tenha sido perdido por também ter se tornado passado — julgo-a pertinente porque tais ideias fazem parte de algumas discussões que já levantei e continuarei a levantar aqui; porque aponta para a inquietação dos conglomerados de mídia para que "algum candidato *de centro*" desponte, dando-lhe inclusive dicas para "gerar engajamento"; porque insiste na falsa equiparação entre Lula e Bolsonaro como dois extremos com seguidores acríticos (no sentido irracional dos apoiadores do Übermensch), ao passo que na realidade Bolsonaro é o único entre os dois fora do campo democrático; porque enfatiza que um político precisa "entreter"; e também porque fundamenta a conclusão de Guedes e da globonews de que a CPI da COVID deve ser [e tem sido] acompanhada "como uma novela" ou como "um reality show". [É válido registrar que no atual momento as novelas propriamente ditas, que os brasileiros adoram seguir, não têm sido gravadas regularmente devido à pandemia — exceto por uma anomalia bíblica chamada *Gênesis* na recordTV, de qualidade particularmente vergonhosa —, e por isso a televisão anda cheia de "vale a pena ver de novos" que têm contribuído ao tédio generalizado enquanto centenas de milhares de vidas são ceifadas. Paradoxo. Como é possível se sentir entediado enquanto ocorrem repetidos e deliberados crimes contra a humanidade? Alienação extrema, senso de irrealidade coletivos. O jornalismo tem "entretido" mais do que a ficção como parte que se tornou da "indústria cultural", para usar os termos do cientista político entrevistado — que, a propósito, deveria se atualizar no marxismo de Fredric Jameson. Em primeiro lugar, é necessário ressaltar que Felipe Nunes induz a uma conclusão enganosa. A polarização da política no Brasil entre extrema direita e social-democracia (um falso extremo) não se deu porque "a política se tornou pop" ou pelo fato de Bolsonaro e Lula serem os únicos capazes de terem "fãs", mas porque o jornalismo corporativo brasileiro — como o realizado pelo grupo globo — caminhou progressivamente ao longo de décadas, e a passos bem largos durante o lavajatismo, em rumo a um discurso de direita devido a seu classismo/ elitismo, atingindo o limite da direita extrema — a legitimar Bolsonaro para quem desse um passo a mais, a atravessar o limiar, e a rotular de "ladrão" ou "radical" quem se aproximasse dos social-democratas. O centro político cessou de existir. Neste aspecto, o suposto candidato *de centro* que o grupo globo se esforça para que surja seria mais bem caracterizado como um neoliberal com um pé exatamente em cima dessa linha que separa a direita extrema da extremadireita. Pontuo o discurso estabelecido na entrevista: Lula não apenas "teve a coragem de enfrentar o juiz" (que estranhamente também exercia a função de acusador); enfrentou a mídia colérica que o apedrejou publicamente — mídia que se fundamentou em acusações sem provas, em telefonemas ilegalmente vazados de ninguém menos que a própria presidenta da República, e em apresentações danosas de power point dos acusadores lavajatistas. Sobre políticos "*pop star*", são o que Debord chamou em 1967 de vedetes — e ele provou com seu suicídio que não somente o termo, como sua própria pessoa vedete já haviam virado clichês antes mesmo de sua morte. As vedetes simplesmente aceitaram os assentos que lhes foram talhados pela mídia, a ocupar esses espaços com seus lugares de fala. Rememoro que Bolsonaro passou a ser exposto — pelo jornalismo dos conglomerados — como sendo de uma extremadireita execrável apenas com o genocídio já em andamento; a exceção foi o trabalho da *folha de s.paulo* a rejeitar tal "mito" desde a deturpação das eleições por meio do facebook e whatsapp em 2018. A respeito da "política pop", ela não é nenhuma novidade: tem se construído desde Stalin, como também nos informou Debord, o que se acentuou a partir dos casos dos irmãos Kennedy com Marylin, de Warhol, da televisão e das redes sociais. É parte do nietzscheanismo. Em 2021, talvez simplesmente vivamos um tenebroso clímax dessa forma de fazer política, a que de pronto abdico. Como brasileiros e civilização global estaremos nos sabotando ao nos permitir uma "redescoberta" coletiva tão rasa neste ponto abissal, tal qual sugere o cientista político entrevistado. Esta obra se trata precisamente de uma tentativa de ultrapassar esta fase e corrigir o curso, [re]escalar a montanha: o ponto alto do nietzscheanismo na verdade significa o ponto mais baixo de uma civilização. Quanto à CPI ser acompanhada como uma novela ou reality show, isso é a esta altura uma contribuição — veja aonde chegamos — do jornalismo corporativo em sua atual luta contra o fascismo, que essa mesma imprensa permitiu que emergisse — no mínimo por ser conivente; principalmente, por muito inflamar a sociedade com ódio e medo. Mesmo estando no futuro, não sei se o jornalismo dos conglomerados permitirá a eleição de Lula em 2022 (como é a vontade do povo expressa nas pesquisas pré-eleitorais de intenção de voto); de todo modo, é impreterível que a imprensa séria e bem-intencionada realize uma profunda autocrítica e saia de seu atual lugar de ingenuidade: afinal, o entrevistado diz que "não há fórmula mágica", entretanto correlaciona a política ao "interesse no consumo" e estimula a "política polêmica" em prol da "popularidade digital". Em suma, a entrevista propõe que *toda a política* — que seria "a atividade dos cidadãos que se ocupam dos assuntos públicos com seu voto ou com sua militância" no sentido da democracia — se transforme em entretenimento consumível e siga a estratégia de marketing estabelecida pela extremadireita, dos horrores que partem da boca do Übermensch e que geram ultraje social diário ("engajamento"). [Em 2022, André Janones apresentaria uma resposta melhor ao ocupar os *ativistas políticos* com esse tipo de engajamento (a contrabalancear as fakenews da extremadireita), para que os *políticos* em si pudessem se dedicar aos assuntos verdadeiros.] Além disso, na entrevista, o político (presidente da República) ideal não é um líder, senão um sujeito que age conforme as tendências predominantes do público — segundo tal noção, o movimento abolicionista brasileiro jamais teria realizado sua vitória na lei assinada em 13 de maio de 1888, por exemplo, simplesmente porque essa não era a tendência predominante do público à época e, consequentemente, o imperador ou a regente não validariam o documento; o político promoveria, destarte, aquilo que é retrógrado — em descompasso com o progresso e com os direitos humanos e das minorias. Pela própria natureza deste estágio tão degradado do romantismo, vivemos um momento em que é extremamente difícil diferenciar a ingenuidade da malícia. Se nada mudar, viveremos ciclos fascistas recorrentes. Se algo ocorrer [como um assassinato ou golpe de Estado, cujos traçados se tornam cada vez mais visíveis como a ponta de um iceberg] que efetivamente derrube o que é esboçado nas pesquisas de intenção de voto, isso apenas demonstrará que um trabalho de literatura nunca deixará de ser algo que, como toda arte, possui suas limitações históricas — não sou Nostradamus, apesar de ter intuição. No fim das contas, o possível mérito de meu trabalho deverá continuar intacto — ao menos, através deste mergulho, estou recuperando o *meu* senso da história. Tenho reorganizado os fatos no passado-presente-futuro e tornado o presente menos eterno e a realidade menos irreal. Para fins de registro: discordo de que o governador de São Paulo João Doria represente qualquer centro — ele é bastante de direita (permitiu que o bolsonarismo se infiltrasse no PSDB e o destruísse) e não há nada mais "coxinha" que as *turtle necks* pretas que costuma usar em sua imagem óbvia e completamente controlada. Eu as vestia nos idos de 1999. Doria talvez fizesse uma vedete se saísse do armário como fez Eduardo Leite, também do PSDB bolsonarista, com seu namorado novinho de Vitória. Sendo um indivíduo tão mediano, o lugar de fala de Doria hoje não interessa nem à direita, nem à esquerda, nem ao centro [dos eleitores]; nem a São Paulo, nem à Bahia [de onde vem sua família aristocrática à brasileira]; faz-me lembrar do colonialismo — somente o jornalismo dos conglomerados poderia insistir nele como tábua de salvação, assim como desesperadamente tenta se cegar diante de Gomes. Quanto a Ciro Gomes (PDT), trata-se de outro egocêntrico sem medida de inclinações claramente fascistas, que pôs muita coisa a perder nas eleições de 2018 e pelo que deve ter excessivamente lucrado. Atualmente, Gomes posiciona-se a favor do voto impresso a questionar, ao lado do outro fascista, o sistema eleitoral brasileiro — uma das táticas golpistas de Bolsonaro, a copiar o que Trump fez nos EUA. Ciro Gomes tenta se embalar como "político de centro" por meio da indolência da imprensa corporativa, porém é descendente direto do varguismo. Ir de Bolsonaro a Gomes seria ir de uma ponta do fascismo a outra, sem nunca sair dele. Por fim, é demasiado perigoso o cientista político equiparar a autenticidade ao "inverso da mentira" — pois Bolsonaro sempre foi autenticamente miliciano e fascista, todavia nunca deixou de mentir: a grande imprensa alega que tomou suas "tiradas" por "bravatas", em nenhum momento como reais ameaças, conquanto nunca tenha trazido seu passado à luz do dia [à exceção de raros jornalistas como Juliana dal Piva e Luiz Maklouf]. Mero desinteresse ou conivência? A condescendência com tudo o que ocorre ao nosso redor continuará até quando? Corremos o risco de o círculo nos trazer de volta a um outro Bolsonaro. Verdade ≠ mentira. A *noção de verdade* precisa ser resgatada com urgência. Sobre o BBB, é um "reality" show minuciosamente roteirizado — e as "questões civis" representadas ali são tratadas de maneira muito mais superficial do que eram no *Vai que Cola* em 2018, que fazia esse trabalho pela arte. Quando me convidaram a fazer parte de espetáculo semelhante em 2017 como enclausurado, não aceitei porque não acreditava que tal exposição escatológica de minha pessoa traria qualquer legitimação de meu lugar de fala — pelo contrário, haveria uma nítida contrariedade a essa pessoa real, o que não escaparia à percepção do público. Os barracos de que participo tendem a ocorrer em circunstâncias um pouco mais privadas, a despeito de invariavelmente serem levados à atenção geral.

Então, li "Golpe dos bilhões para o fundo eleitoral é alerta de que dias piores virão — Dinheirama estimula empreendedorismo partidário e dá mais poder aos empresários das legendas de aluguel", de Vinicius Torres Freire na *folha de s.paulo*, em 15 de julho de 2021:

> A "nova política" está por toda parte. Chegou ao poder federal com Jair Bolsonaro ("sem partido!") e ao governo de vários estados, como o Rio de Janeiro de Wilson Witzel, que pelo menos já foi para a cadeia. Neste ano, os "homens novos" assumiram de vez o comando da Câmara, com Arthur Lira (PP-AL), cúmplice maior do presidente, seu premiê e regente da avacalhação nacional. Esse casamento de inconveniência acaba por gerar uma cambulhada de indignidades, tal como o golpe do fundão eleitoral.
>
> Lira foi eleito com a promessa de dar poder "às bases", ao baixo clero [a que sempre pertenceu Bolsonaro como deputado]. Mais poder, na verdade, pois essa turma se tornou cada vez mais proeminente, predominante e poderosa com a multiplicação de partidos negocistas (a partir de 2007, também com a ajuda do STF) e com a degradação decisiva da Presidência da República. Essa rebelião das massas parece agora desembestada. O aumento do fundo eleitoral de R$1,8 bilhão para R$5,7 bilhões em 2022 é apenas um sintoma, embora caríssimo (o dinheiro extra equivale a 11% do Bolsa Família). A dinheirama estimula o empreendedorismo partidário e dá mais poder aos empresários de legendas de aluguel (quase todas das três dúzias), o que incentiva ainda mais a fragmentação partidária, em um efeito bola de lama.
>
> Com tamanho fundão eleitoral e partidário à disposição, por que não abrir a sua franquia e até mesmo alugar a cobertura para um candidato a presidente? Pode dar rolo, como aconteceu entre o dono do PSL e os Bolsonaro. Mas isso é da vida, certo? Negócios têm algum risco, bem o sabiam os piratas que dividem butim. Os parlamentares avançam sobre a definição do Orçamento como hienas, pois o fazem por meio de emendas picadinhas, obrigatórias e pouco transparentes, em vez de também redefinirem grandes prioridades de despesa. No ano que vem, essa mumunha vai continuar, a julgar pelo que está escrito na Lei de Diretrizes Orçamentárias, aprovada nesta quinta-feira (15).

Os apaniguados de Lira também preparam uma reforma política ou eleitoral que pode perverter ainda mais o sistema partidário. Pretende-se dar uma avacalhada nas cláusulas de barreira (exigência de votação ou conquista mínima de cadeiras para que o partido tenha certas regalias). Discute-se até a criação do distritão (os votos vão só para os candidatos, não para partidos), com o que as eleições parlamentares vão se tornar uma corrida de celebridades, ricos e representantes do crime (do crime não regulamentado, quer dizer, como facções e milícias). O empresário partidário, porém, continuaria com o poder de alugar cômodos, ceder vaga na legenda para essa dança dos famosos eleitoral.

Se ninguém prestar atenção, vai ser aprovada uma mixórdia sórdida, como era de prever com a chegada ao poder da "nova política", esse projeto de ruína final do país. O pacote de jabutis gordos que passou na lei de privatização da Eletrobras e a palhaçada dinheirista que foi a votação do Orçamento de 2021 são outros exemplos da degradação. Não há liderança maior, poderosa e com vergonha na cara para conter a farra. O governo Bolsonaro não tem projeto político e líderes para negociar um programa legislativo. Não é mesmo capaz de propor projetos com um mínimo de competência técnica e compostura — considere-se o papelucho bisonho que Paulo Guedes quis passar como "reforma do IR" [Imposto de Renda]. Quanto ao Congresso, Bolsonaro apenas arrumou um centrão para chamar de seu e evitar o impeachment. Em troca, Lira e sua turma entregam umas "reformas" mambembes e ficam à vontade para tocar a balbúrdia, para não dizer outra coisa.[2]

A preocupação acerca do tema da política de "celebridades" é a mesma do texto de Guedes, porém com mais reserva em relação a abraçar conceitos pós-modernos — tudo o que se diz "neo" ou que se autoproclama "novo" cheira a nietzscheanismo. Uma aflição está no fato de, no Brasil, existir um número enorme de legendas (33) — muitas delas administradas por oligarquias, como a dos Abreu (partido Podemos) —; outra está nas frequentes trocas de nomes dessas legendas para tentar refletir o que se dá politicamente nos EUA (*Yes, we can!*, lema de Barack Obama) ou na Europa, o que cria confusão quanto ao que realmente está por trás de tais significantes: o Podemos é do chamado "centrão" — de direita ou de interesse —, em contrapartida, o Partido Democrata sob Obama lutou pela social-democracia à estadunidense. Como indica Torres Freire em seu texto, aí está o x da questão da chamada "fragmentação partidária": os numerosos partidos políticos nem sequer têm ideologia — o que em si é um grande paradoxo —, a ordem financeira do momento prevalece [seria o "interesse mercadológico no consumo da política de entretenimento", política que ao invés de servir à democracia passa a servir à extremadireita?], e as legendas abrigam um grande leque de eleitos — que representam somente interesses próprios e manipulam a verdade de acordo com tais interesses. Isso deixa o país à deriva por enfraquecer a governabilidade e as instituições democráticas no sistema presidencialista de coalisão. Partidos históricos que possuíam ideologia identificável — como o PSDB (Partido da Social Democracia Brasileira) de Fernando Henrique Cardoso — hoje se curvam ao bolsonarismo [o ex-ator pornô Alexandre Frota se elegeu pelo PSL, na onda bolsonarista, foi quase secretário da Cultura e hoje se encontra no PSDB. Depois de Regina Duarte, "a queridinha (das novelas) do Brasil" e filha de militar, o atual secretário da Cultura é um ex-ator de novela adolescente que anda armado pela Secretaria a gritar com funcionários — "escândalos e ofensas"[3]]. No Congresso, o PSDB orientou sua bancada a votar "não" à PEC do voto impresso — atentado contra as urnas eletrônicas, tática golpista dos Bolsonaro —, mas, de 32 deputados federais do partido, catorze votaram a favor.[4] Como Frota fez, políticos trocam de partido rotineiramente — Bolsonaro abandonou o PSL pelo que foi eleito para se afirmar sem partido, ou apolítico; logo, história reescrita, nunca pertenceu a nenhum grupo, nem sequer à política. Incontáveis bolsonaristas se espalharam por outras legendas. Por sua vez, o MDB, criado originalmente como oposição consentida durante a ditadura militar, por sempre ter sido guarda-chuva de ideologias diversas, poderia ser creditado como membro-fundador do centrão. A alienação é causada pela impossibilidade de se ligar, na mente dos eleitores, uma ideia ou até uma proposta política que seja a um partido. Essa alta maleabilidade ideológica dos políticos é possível pois, se hoje para manter um lugar de fala considerado legítimo uma pessoa raramente consegue rejeitar os sapatos da vedete, por outro lado, a vedete pode apenas representar um lugar de fala — fala esta que pode ser, inclusive, "desdizente". Se fatos e ditos podem ser simplesmente "desditos", isso é o mesmo de nunca terem ocorrido. Politicamente, não é mais necessário um comprometimento com a verdade e, pelo visto, nem a imprensa dá importância a ela — dessa maneira, a verdade deixa de existir no real, porque o questionável êxito da fenomenologia de Husserl assimilado pelo nietzscheanismo é o de que "o real passou a ser aquilo que pode ser representado pelo sujeito", neste caso, aquilo que o político quer representar. O relativismo nietzscheano antimoderno ejaculou a "autenticidade política". Se estivesse vivo, Hitler, inquestionavelmente autêntico, poderia hoje vir a público dizer que o Holocausto nunca aconteceu e toda a gente acreditaria nele, porque essa seria sua verdade que interessa [como se a verdade, em si, pudesse ser várias] — e o nazista poderia continuar matando milhões pois, *como dito*, se não houve Holocausto, essas mortes seriam "fantasiosas". Jair Bolsonaro disse: "Fui, mais uma vez, ao Museu do Holocausto. Nós podemos perdoar, mas não podemos esquecer".[5] Bolsonaro, que por 27 anos foi político do centrão ("baixo clero") e que, além de seu salário, fez fortuna com rachadinhas[6] (recebendo de volta boa porção dos salários de seus assessores), concorreu ao cargo de presidente do Brasil carregando a bandeira anticorrupção e se dizendo apolítico neoliberal. Mais de 50% dos eleitores brasileiros acreditaram nele, ou fizeram que acreditaram, ou o próprio não teria sido eleito. Mesmo confrontado com um vídeo de si próprio coletando parte do salário de um assessor seu para depositar em dinheiro vivo em sua própria conta bancária, o político vedete diria que "não, nunca fez aquilo". E isso seria aceito sem questionamentos por sua legião de fanáticos: afinal, ele se afirma anticorrupto e apolítico neoliberal. Fica o dito pelo desdito. Sim, a tal ponto chegou o relativismo contemporâneo. Entretanto, ao nos encontrarmos no centro de um regime fascista, a testemunhar novos tipos de crimes contra a humanidade e o meio ambiente [porque a autocracia sempre estará atrelada fortemente à morte e à destruição], a democracia e a vida exigem que renunciemos a esse relativismo. *Os fatos políticos existem. A verdade política existe. A ideologia existe* porque ela fica registrada na história. E *a história existe! — pedaços da história vividos e documentados* no contexto de determinada(s) ideologia(s), ao se emendarem uns aos outros, constroem um todo como um mosaico. Somente o fim da relativização nietzscheana possibilitará ressuscitar a política verdadeiramente democrática, que por sua vez trará o fim do obscurantismo e do eterno retorno autocrático.

Por 423 votos a 35, o modelo chamado distritão foi rejeitado pelo plenário da Câmara pela terceira vez — as duas vezes anteriores ocorreram em 2015 e 2017.[7]

Partidos que não conseguiram grandes resultados nas eleições de 2020 terão que se movimentar para não caírem na chamada cláusula de barreira e perderem acesso aos recursos do fundo partidário e propagandas em rádio e televisão. Entre os que estão ameaçados, destaque para o Psol, de Guilherme Boulos, a Rede, de Marina Silva, e o PCdoB, de Manuela D'Ávila. As três legendas têm posições ideológicas relevantes, mas podem ver seus projetos morrendo se não encontrarem uma forma de ganhar representatividade.[8]

Não deixa de ser uma triste coincidência que a tentativa de redução do número de partidos ocorra no momento em que há uma aderência tão grande à extremadireita e à apolítica, ou "nova política", no país, e isso acabe por afetar os poucos partidos com ideologia clara. Se o grande número de partidos implica corrupção, essa corrupção é agravada pela falta de ideologia dos partidos do chamado centrão — que são alugáveis e negocistas. No texto "Emendas de relator-geral: somos todos responsáveis", escreve Orlando Neto:

Depois da CPI do Orçamento de 1993, conhecida como a CPI dos Anões, o Congresso permanecia refém do Poder Executivo com relação à execução orçamentária. Ficaram famosas as trocas de apoio em votações pela execução de emendas ao Orçamento, tanto de congressistas da oposição, quanto da base. Na época, um amigo criou uma frase de efeito que resumia bem aquela situação: "Em termos orçamentários, o Congresso é como um elefante preso pelo Poder Executivo a um pé de alface". Pesava em seu argumento que o Orçamento foi criado exatamente para retirar o poder absolutista do rei e que o Congresso tinha competência constitucional para mudar a situação. O tempo passou e o elefante foi percebendo que poderia levantar a pata e arrancar o pé de alface. Nesse caminho, vieram as emendas impositivas. Antes disso, porém, as emendas de relator-geral, bloqueadas por mais de 10 anos em decorrência da CPI, já haviam sido desenterradas. O jornal *O Estado de São Paulo* publicou em maio de 2021 uma série de reportagens sobre o "Orçamento Secreto".

Na primeira, de 8 de maio, afirma que o presidente Jair Bolsonaro criou em 2020 um orçamento paralelo de R$ 3 bilhões em emendas. O que o *Estadão* chamou de "Orçamento Secreto" é, na verdade, uma parte do orçamento programada por meio de emenda de relator-geral [senador Marcio Bittar, MDB — Acre]. Em síntese, a programação de recursos ao orçamento pelo relator não é uma invenção do governo Bolsonaro, mas nesse período atingiu patamares nunca antes observados; não R$ 3 bilhões, como afirma a reportagem, mas R$ 30 bilhões, no orçamento de 2020. Esse valor representa 22,22% das despesas primárias discricionárias do Orçamento fiscal e da seguridade social. Além disso, o valor do investimento dessas emendas de relator (R$ 8,79 bilhões) em 2020 corresponde a 33,68% do investimento do conjunto desses orçamentos.

O relatório da CPI dos Anões fez um alerta em relação às emendas de relator-geral: "A chamada 'emenda de relator' era componente vital do esquema. Não se prendendo às formalidades da publicação prévia, era forte instrumento de poder do Relator-Geral, que centralizava todas as decisões até, praticamente, o término do prazo disponível". O fato é que, desconsiderando o Orçamento de 2019, com R$ 2,76 bilhões, os valores das emendas de relator só cresceram ao longo dos últimos anos: R$ 5,83, R$ 7,05 e R$ 30,12 bilhões respectivamente em 2017, 2018 e 2020. O de 2021 é um caso especial. O valor aprovado das emendas de relator foi de R$ 29,01 bilhões, mas o governo vetou uma parte; assim, o valor das emendas de relator ficou em R$ 18,52 bilhões. A pergunta que se faz é: como financiar o aumento dos valores dessas emendas ao longo dos anos?

Antes o mecanismo era a reestimativa da receita durante o processo orçamentário, às vezes conjugado com cortes das despesas do projeto de lei orçamentária. Então, com a crise econômica, veio o Novo Regime Fiscal, mais conhecido como teto de gastos. O Congresso poderia reestimar as receitas, mas, em função do teto, não seria permitido aumentar as despesas. Então, o interesse pelas reestimativas dissipou-se e o jeito foi aumentar os cortes. A fome de recursos continuou crescendo e, no Orçamento de 2021, aconteceu um novo fato. O parecer preliminar permitiu ao relator-geral o cancelamento de despesas obrigatórias, aquelas impostas pela constituição ou pelas leis. Mais uma vez a Comissão Mista votou essa autorização. Então, o relator propôs e o Congresso aprovou o orçamento com o corte dessas despesas obrigatórias. O governo ficou em uma situação difícil: não haveria como executar as despesas obrigatórias. Encurralado, o presidente vetou parte do orçamento aprovado pelo Congresso, incluindo R$ 10,48 bilhões das emendas de relator-geral. Emendas individuais e uma parte das emendas de bancadas estaduais são impositivas, de execução obrigatória. Diferentemente, emendas de relator são executadas em função de negociação política.

Com relação à execução das emendas de relator, um novo embate político foi travado na elaboração da Lei de Diretrizes Orçamentárias (LDO) para 2020. O Congresso tentou inserir um artigo, aparentemente inofensivo, que permitiria aos autores as "indicações e priorizações das programações das emendas com identificador de resultado primário derivado de emendas". Evidentemente, o alvo eram as emendas de comissão e de relator aprovadas com base nas autorizações do parecer preliminar. Essas emendas são obrigatoriamente aprovadas com localização "nacional", durante a elaboração do orçamento, não se pode definir a cidade ou o estado destinatário do gasto. A especificação da localização ocorre durante a execução, no âmbito do ministério executor da despesa, onde os convênios são realizados.

Além da especificação, o dispositivo concedia ao presidente da comissão e ao relator, por meio da priorização, o poder de determinar quais emendas deveriam ou não ser executadas. Já a indicação de qual congressista é o beneficiário de cada emenda só é acessível por meio de ofícios como os que o Estado de São Paulo obteve com base na Lei de Acesso à Informação. Evidentemente, como apontam as notícias veiculadas recentemente, as ações do relator-geral estão ligadas a muitos interesses. Ele não está sozinho nisso.[9]

Um dos primeiros escândalos envolvendo o "orçamento secreto", o "tratoraço"

sugere a compra explícita de apoio político. Pode ser caracterizado também como uma espécie de "mensalão" disfarçado de emendas parlamentares. Segundo o jornal *O Estado de São Paulo*, o esquema envolveu em 2020 a destinação de [R$ 3 bilhões como corrige Orlando Neto, R$ 30 bilhões] em emendas do Orçamento federal a alguns parlamentares escolhidos, que puderam definir onde seriam aplicados esses recursos. Ainda conforme o *Estadão*, parte significativa dessa verba teria sido destinada à compra de tratores e outros maquinários a preços superfaturados. Além disso, a destinação de recursos aconteceu em dezembro de 2020, pouco antes das eleições que escolheram os novos presidentes da Câmara e do Senado, no início de fevereiro.[10]

Uma de minhas conclusões a respeito desse olhar para o futuro durante o trajeto entre Três Lagoas e Campo Grande foi de que o Brasil precisará eventualmente fazer as pazes com seu passado: em vez de imitar sem reflexão os Estados Unidos, aceitar que é um país com DNA *quase* parlamentarista (como ocorreu entre 1847 e 1889, durante o império de d. Pedro II); reformular sua Constituição e empreender uma reforma política profunda para que desenvolva um sistema de partidos identificáveis. O país se tornaria, assim, mais estável e governável, porque se diminuiriam tanto o risco de golpes de Estado passivos (com o consentimento de congressistas comprados) quanto variados crimes de corrupção praticados na relação entre executivo e legislativo. Essa reforma, no entanto, deveria ser feita não de uma maneira abrupta, às vésperas de uma eleição (como alguns sugeriram para usurpar os poderes de Lula, prevendo que ele seria eleito em 2022, o que se trataria de outro tipo de golpe), mas após a devida elaboração e mediante debates com a sociedade, dado o seu escopo. Uma República semipresidencialista. Quando o conselho de ministros escolhido pelo presidente responde perante o Poder Legislativo, fica transparente para o homem comum a relação entre seu voto e o que é feito tanto na Presidência da República quanto no Congresso Nacional — fortalecem-se os partidos ideológicos e a verdadeira política, que passa a ser menos alienante e mais democrática. Em um ponto da viagem em que meu celular teve sinal, acessei um texto do site do Senado Federal que diz o seguinte sobre o período de d. Pedro II:

> Na Inglaterra realizavam-se, primeiramente, eleições para a Câmara, e o partido que obtivesse a maioria escolhia o primeiro-ministro, que formava o gabinete de ministros, passando a exercer o Poder Executivo. Já no Brasil, ao contrário, era o Poder Moderador, exercido por dom Pedro II, que escolhia o presidente do conselho de ministros, e o primeiro-ministro indicava os demais ministros para formar o ministério, que deveria ser submetido à aprovação da Câmara.[11]

O Poder Moderador de d. Pedro II constituía um chefe do poder executivo forte, que respeitava a constituição e o parlamento eleito, mais próximo da concepção inicial da monarquia constitucional e do conceito moderno de semipresidencialismo* do que do modelo inglês estabelecido pela Rainha Vitória, no sentido de que não se tratou de parlamentarismo com uma figura decorativa no executivo. O historiador britânico Roderick J. Barman, amigo pessoal e um dos principais biógrafos de d. Pedro II [*Imperador Cidadão*** foi um livro de história que me fez chorar copiosamente, ao esclarecer que um dos maiores estadistas que o Brasil já teve caiu por suas ideias progressistas], coloca a questão desta maneira:

> O fato de d. Pedro II usar seus poderes com cautela, atendo-se à estrutura da Constituição e com um olho na opinião pública (conforme ele a interpretava), de modo algum diminuía seu controle sobre o sistema político do país. Era dele a iniciativa em assuntos públicos e se revelou hábil em aproveitar ou criar oportunidades para atingir os objetivos que buscava.***

Certas amarras impostas pela sociedade são impossíveis de desfazer a despeito de toda a iniciativa, contudo. Se d. Pedro II pudesse exercer todo o controle, teria posto um fim à escravidão décadas antes de 13 de maio de 1888 — como sempre desejou —; mesmo tão tardio e apesar de assinado pela princesa Isabel, o fim que o imperador impôs ao trabalho escravo no Brasil causou o repúdio dos escravocratas e levou ao golpe que instituiu a república. A estudar o papel inquestionável [porém historicamente ignorado] de d. Pedro II na abolição da escravatura, o historiador brasileiro Mauro Henrique Miranda de Alcântara analisa a obra de Barman e as de outros quatro historiadores [Lilia Moritz Schwarcz (*As Barbas do Imperador*), José Murilo de Carvalho (*D. Pedro II*), Paulo Napoleão Nogueira da Silva (*Pedro II e o Seu Destino*) e Lídia Besouchet (*Pedro II e o Século XIX*)]. Alcântara começa:**** 12 xviii

> Vejamos o que o autor Roderick Barman fala sobre a relação do monarca com o processo abolicionista. A primeira vez que a mão do Imperador é sentida em relação ao tema foi na crise entre Brasil e Inglaterra, devido ao fim do tráfico

---

* "O termo 'semipresidencialista' foi introduzido pela primeira vez em um artigo de 1959, pelo jornalista Hubert Beuve-Méry, e popularizado pelo trabalho escrito em 1978, pelo cientista político Maurice Duverger, ambos com a intenção de descrever a Quinta República Francesa":
Le Monde, 8 de janeiro de 1959.
DUVERGER, Maurice. *Échec au Roi*. Paris: A. Michel, 1978.

** BARMAN, R. J. *Imperador Cidadão* (1999). São Paulo: Editora Unesp, 2012.

*** Ibidem, p. 8.

**** ALCÂNTARA, Mauro Henrique Miranda de. *D. Pedro II e a Emancipação da Escravidão*. 164 f. Dissertação (Mestrado) — Programa de Pós-Graduação em História, Universidade Federal de Mato Grosso, Cuiabá, 2013. Ver nota xvi.

negreiro. Para Barman, é impossível não ver a importância do monarca na resolução dessa crise e na extinção do tráfico negreiro:

Na resolução bem-sucedida dessa crise, d. Pedro II desempenhou um papel central. Ele incentivou o Gabinete conservador a se comprometer com a imediata extinção do comércio e resistiu a todas as pressões para destituir o Gabinete do poder. Em julho de 1850, ele [então com 25 anos] permitiu que seu apoio ao projeto de lei do governo fosse publicamente conhecido, ao informar D. José de Assis Mascarenhas, seu indiscreto camareiro, sobre seu ponto de vista. Acima de tudo, ele deu apoio indispensável à efetiva supressão do comércio ilegal. Ninguém que estivesse envolvido direta ou passivamente no contrabando de escravos poderia a partir daquele momento contar com qualquer honraria governamental ou cargo oficial [1].

É possível perceber, lendo o trecho do livro de Barman, a importância do monarca na supressão do tráfico. d. Pedro II assegurou a manutenção do Gabinete, que para o historiador havia se comprometido em pôr fim a esse comércio. De forma dissimulada, o Imperador permitiu que sua posição sobre o assunto fosse conhecida [2]. Não é possível perceber no livro os motivos que levaram o monarca a apoiar o fim do tráfico negreiro. Mas como um "modelo de cidadão", a concepção de progresso disseminada na Europa provavelmente constituiu importante justificativa para tal atitude. Em cartas enviadas ao cunhado, Fernando, rei consorte de Portugal, d. Pedro II explicou que possuía um programa ("meu programa"), que visava o "melhoramento e progresso do país":

Como governante e cidadão-modelo do Brasil, d. Pedro II incorporava a garantia e a promessa não do que a jovem nação era, mas do que poderia e deveria ser. Por abraçar a cultura europeia e a nova tecnologia, ele representava o futuro. O imperador desejava então converter o sonho em realidade, lançar o Brasil aos benefícios do progresso. [...] Desse modo, o país seria a França da América do Sul. Tudo isso devia ser alcançado sem qualquer ruptura da ordem social vigente, exceto pelo fato de que a introdução dessas melhorias baniria a escravatura [3].

Com a eclosão da Guerra Civil e, posteriormente, criação de emenda constitucional que pôs fim à escravidão nos Estados Unidos, a questão escravista passou a ser preocupação para o Brasil. Barman descreve que foi o Imperador o primeiro a se preocupar sobre tal situação. Afinal, findando a escravidão nos EUA, só se matinha esse regime nas colônias espanholas e no Brasil, e segundo o historiador, "a Espanha não estava em posição de resistir a pressões para o fim da escravidão em suas possessões" [4]. Vejamos as recomendações que o monarca escreveu para Zacarias de Góes e Vasconcelos, presidente do Conselho de Ministros, em 1864:

O sucesso da União Americana exige que pensemos no futuro da escravidão no Brasil, para que não nos suceda o mesmo que a respeito do tráfico de africanos. A medida que me tem parecido profícua é a da liberdade dos filhos dos escravos, que nascerem daqui a um certo número de anos. Tenho refletido sobre o modo de executar a medida; porém é da ordem das que cumpre realizar com firmeza, remediando os males que ela necessariamente originará, conforme as circunstâncias permitem. Recomendo diversos despachos do nosso ministro em Washington, onde se fazem mais avisadas considerações sobre este assunto [5].

A mensagem de Barman é bem próxima da exposta por Ricardo Salles (SALLES, Ricardo. *E o Vale Era Escravo*. Vassouras, século XIX. Senhores e escravos no coração do Império. Rio de Janeiro: Civilização Brasileira, 2008). A preocupação do monarca com a pressão externa está evidente neste trecho. Impedir a crise com a Inglaterra e uma guerra civil é a justificativa para antecipar o processo. É também instigante a solução apontada pelo monarca, que acabou por se efetivar anos mais tarde. Tanto conservadora, seguia o lema de um progresso com moderação. No entanto, as circunstâncias não permitiram ação em prol de uma legislação abolicionista. A guerra contra o Paraguai se iniciou e foi necessário esperar.

Mauro Alcântara concorda com a interpretação de Barman de que a luta pelo fim da escravidão foi a grande ocasião em que d. Pedro II mostrou sua face autoritária, quando da Lei do Ventre Livre:

Antes da promulgação da lei, d. Pedro II conseguiu aprovação do Parlamento para sua viagem à Europa. Para Barman, mais uma vez o monarca agiu estrategicamente:

Ao se retirar do país durante a discussão da proposta de lei que dava liberdade aos filhos nascidos de escravos, ele impediu que os oponentes da medida alegassem que sua presença impedia uma franca discussão no Legislativo. Sua ausência também servia para desencorajar a oposição. Foi amplamente propalado que, se o projeto não fosse aprovado, o imperador abdicaria e não retornaria ao Brasil, dessa forma deixando o país nas mãos de uma mulher inexperiente que ainda não completara 25 anos [6].

A resposta à civilizada Europa foi dada: o Brasil caminhou para o fim da escravidão. Ao menos no papel. "Sem a influência e insistência de d. Pedro II a lei de 1871 não teria passado" [7], assim era como tanto os Liberais quanto os Conservadores viam a aprovação dessa lei. Este foi o momento mais clarividente em que o Imperador mostrou a sua face autoritária para ambos os partidos. Se o seu prestígio cresceu no exterior, decaiu fortemente dentro de seu país. Enquanto isso, os escravistas procuravam ganhar tempo. Buscavam evitar as revoltas escravas; quem podia vendia seus escravos; outros concediam alforrias de forma gradual, tentando manter a prerrogativa sobre o direito de conceder a liberdade aos seus escravos, em detrimento da ação do Estado. As regiões mais "progressistas" [aspas minhas], como o oeste paulista, buscavam na importação da mão de obra da Europa a solução para esse fim iminente. Todavia, a classe de proprietários, segundo José Murilo de Carvalho foi "fundamentalmente pragmática: usar o escravo até o fim e, ao mesmo tempo, procurar alternativas" [8].

Alcântara conclui, após narrar incontáveis tentativas de d. Pedro II para findar com a escravidão, seguindo sua análise do texto de Roderick Barman:

Devido à questão de saúde, d. Pedro II seguiu para Europa em 1887. De longe, e pelo que descreve Barman, sem participação, o monarca viu sua filha e regente se desentender com o barão de Cotegipe, pois para ela era imediata a necessidade de uma lei que pusesse fim à escravidão. Deste modo, a Princesa forçou a saída do barão e convocou João Alfredo, simpático à causa, para a presidência do Conselho de Ministros. No dia 8 de maio de 1888, o projeto que previa a abolição imediata da escravidão foi apresentado à Câmara. Em 13 de maio, a Princesa assinou a conhecida Lei Áurea. Para Barman, se o Imperador estivesse no lugar da Princesa, talvez "pudesse ter empregado seu prestígio e habilidade política para manobrar o governo de Cotegipe a tomar uma atitude contra a escravidão" [9]. E dessa maneira poderia ter mudado o curso dos acontecimentos. Porém, a história não permite suposições. E a abolição, como se procedeu, levou à ira dos fazendeiros, principalmente da decadente região do Vale do Paraíba do Rio de Janeiro, e suas filiações ao Partido Republicano, segundo o historiador, na esperança de, com a mudança do regime, conseguir a tão sonhada indenização. Curiosa nota de rodapé demonstra a importância que Barman visualiza na abolição da escravidão no reinado de d. Pedro II:

> Do mesmo modo, se d. Pedro II tivesse falecido no momento em que a lei da abolição da escravatura foi promulgada, a medida seria agora considerada a suprema realização de um reinado dedicado ao progresso e à justiça. Em vez disso, a Lei Áurea é geralmente tida como um ato precipitado que alienou os proprietários de terras e, por conseguinte, derrubou o Império [10].

O imperador foi um indivíduo muito aberto a novas ideias — e, portanto, ao progresso — que lidava com uma realidade brasileira e um Legislativo (seu reflexo) demasiadamente conservadores, estivesse no poder o partido Conservador ou o Liberal. Pedro II não conseguiu implementar muitas de suas ideias justamente por respeitar a Constituição; foi amarrado pelo conservadorismo, e Barman discorre sobre inúmeros exemplos disso em seu trabalho. É famosa a inimizade entre o imperador e o romancista e político José de Alencar, escravocrata por quem Pedro II tinha ojeriza; e é de fato bastante triste e vergonhoso que a república no Brasil tenha nascido de um golpe reacionário devido ao fim da escravidão e por uma "busca de indenização" de fazendeiros. Na verdade, é um dado revelador de como o país sempre lidou com a questão da desigualdade de cor. O imperador sofreu o que se pode chamar de retaliação histórica pela abolição da escravatura: foi expulso, invadiram sua residência, espoliaram seus objetos pessoais, ignoraram-no nos livros… muito mais se fala de seu pai, que administrou o Brasil por nove anos, do que dele, que administrou por 58… "A historiadora Lídia Besouchet afirmou que 'raramente uma revolução havia sido tão minoritária'."[13] No entanto, Pedro II tinha ética: negou-se a se impor pela força.

Planejou ferrovias que somente seriam construídas um século, um século e meio depois... algumas nem sequer foram ainda tiradas do papel. O velho imperador escrevia em seu diário sobre os sonhos que tinha em que lhe era permitido retornar ao Brasil. Morreu de pneumonia, a doença associada à depressão, por volta de três anos após a abolição da escravatura sem poder ver novamente seu país. E parece ter sido um mau presságio o incêndio que devastou o Palácio da Quinta da Boa Vista (Museu Nacional), sua antiga residência, quase que exatamente um mês antes do primeiro turno da eleição do racista Jair Bolsonaro. "A maior parte do acervo, de cerca de 20 milhões de itens, foi totalmente destruída. Fósseis, múmias, registros históricos e obras de arte viraram cinzas. Pedaços de documentos queimados foram parar em vários bairros da cidade."[14] Admito que essa destruição me abalou imensamente, mais um golpe em minha própria e já profunda depressão. Apesar da truculência de que foi vítima,

> Dom Pedro II não era contra o movimento republicano, a ponto de afirmar em seu diário: "Abdicaria como meu Pai se não me achasse ainda capaz de trabalhar para a evolução natural da república". Segundo ele, esse era um estágio superior ao império, mas os brasileiros ainda precisavam receber uma educação de base para serem capazes de votar. A simpatia era tamanha que Dom Pedro II chamava republicanos para ocuparem cargos no governo desde que fossem os mais preparados.[15]

Após a expulsão do imperador devido ao fim da escravidão, os fazendeiros republicanos buscaram suas desejadas indenizações, entretanto os ex-escravizados foram abandonados à própria sorte. Não seriam eles, que trabalharam por décadas submetidos a todo tipo de violência, expropriados de seu próprio corpo, quem verdadeiramente deveriam ser indenizados? Pela república foram descartados e acumulados naquelas que se tornariam favelas, sem prospectos de vida. A república rompeu com a democracia existente no país e não apresentou melhorias para os cidadãos a justificar a demolição do Império constitucional. Rompimentos desse tipo são sempre grandes traumas para uma nação, especialmente porque golpes tendem a estilhaçar sistemas políticos fundamentados em aspectos culturais de um povo e a deixar pontas soltas. Um fator agravante é que não foi meramente um "golpe republicano": o Golpe de 1889 foi um *golpe militar* liderado pelo Marechal Deodoro da Fonseca. Acabou-se com o semiparlamentarismo e foram colocados militares e uma oligarquia em seu lugar; movimentos populares eclodiram, como Canudos e o Contestado.

Entre 1906 e 1909, a Escola Militar dividiu-se entre o Rio Grande do Sul e o Realengo. Em 1909, ambas se transferiram para o Rio e, em 1911, o [sobrinho de Deodoro e também presidente do Brasil] Hermes da Fonseca reuniu as escolas no Realengo. A aplicação prática do regulamento de 1905 quanto à ênfase no ensino profissional parece não ter dado bons resultados, pois em 1913 novo regulamento foi aprovado, insistindo nesse mesmo ponto. O regulamento de 1913 introduziu uma novidade que rompeu com a tradição vigente desde 1810. Após mais de cem anos, as Armas passaram a ser consideradas linhas específicas de estudos, deixando de representar apenas níveis diferentes de estudos militares. Essa disposição é a que vigora até hoje, variando apenas o valor relativo de um curso em relação aos outros, já que as durações continuavam diferentes: após dois anos comuns a todas as Armas, tinha-se mais um ano para infantes e cavalarianos e dois para artilheiros e engenheiros. Quanto ao regime militar, o de 1913 repetiu o de 1905: "Os alunos constituirão uma ou mais companhias, sujeitas ao regime militar, com a denominação de 'companhias de alunos'.[1]"*

Simultaneamente, escreveu Samuel Robes Loureiro sobre o embrutecimento do Estado:

No que se refere à ideia de PM [Polícia Militar], força reserva do Exército, por conta dos problemas enfrentados nos conflitos de Canudos e do Contestado, o próprio Estado-Maior do Exército Brasileiro [EB] entendeu ser necessário ampliar seus efetivos; com isso surgem as ideias de força reserva em 1915 (Decreto nº 11.497, 1915) e polícias militarizadas em 1917 (Lei nº 3.216, 1917). Por fim, em 1920, a Brigada Policial do Distrito Federal foi transformada em PMDF (Decreto nº 14.508, 1920), primeira organização policial militar com as características de ser força auxiliar do EB, o que, na época, implicava controle da corporação por meio da nomeação de oficiais do EB como instrutores e comandantes. [Vale ressaltar que, então, o Distrito Federal era o Rio de Janeiro, e que em 1922 nasceria oficialmente o Tenentismo com a Revolta dos 18 do Forte de Copacabana — "uma série de rebeliões de jovens oficiais de baixa e média patente do Exército Brasileiro (tenentes), de camadas médias urbanas" — que pavimentou o caminho para o golpe de 1930.]

A partir de fontes como a revista A Defesa Nacional (ADN), foi detectado que alguns oficiais do EB consideravam que a existência de forças militares estaduais representava uma ameaça para a integridade do território nacional. Nesse sentido surgiu um grupo que planejava a extinção dessas forças. Por outro lado, a partir do exemplo da PMDF [Polícia Militar do Distrito Federal], na década de 1930, surge outro grupo que defendia a transformação das forças militares estaduais em PMS, forças auxiliares do EB. Seria um mecanismo de manutenção dessas corporações, executando o serviço de policiamento, sendo custeadas pelos governos estaduais,

---

* CASTRO, Celso. *O Espírito Militar*: Um estudo de antropologia social na Academia Militar das Agulhas Negras (1990). 2. ed. revista. Rio de Janeiro: Zahar, 2003. Ver nota xix.

mas subordinadas ao EB. Com isso, os militares assumiriam o controle de grande parcela das forças policiais no Brasil. O modelo para essa mudança já existia, a PMDF, que exercia a atividade de policiamento, com a instrução e o comando da corporação sendo controlados por oficiais do EB. Esse projeto passou pela constitucionalização das PMS, por meio do Art. 167 da Carta Magna de 1934 ("Constituição de 1934"), e pela sua regulamentação (Lei nº 192, 1936).

O estudo dos processos legislativos, que geraram essas normas, trouxe à tona a disputa que envolveu o tema, inclusive relativizando a força do projeto do próprio EB quanto ao controle das PMS. O grupo favorável à transformação das forças militares estaduais em PMS articulou-se junto ao Poder Legislativo, com o apoio de deputados como Odon Bezerra Cavalcanti. As corporações estaduais também se organizaram e atuaram politicamente, por meio de deputados como Campos do Amaral e Arruda Câmara. Nesse embate, as normas relativas às PMS, especialmente o regulamento de 1936, foram muito mais favoráveis às corporações estaduais do que os projetos originais encaminhados pelo Estado-Maior do EB. A atuação conjunta de oficiais da FPESP [Força Pública do Estado de São Paulo] e da PMDF, nas articulações políticas durante a Assembleia Constituinte de 1933/34 e a elaboração do regulamento das PMS de 1936, mostra que grupos de oficiais dessas corporações trabalharam para construir um novo modelo de instituição. Percebe-se claramente que, para parcela dos integrantes das forças militares estaduais, a proposta de se transformar em uma PM seria mais interessante. Com isso ganhariam um forte aliado, o EB, e executariam uma função mais relevante para a sociedade, o policiamento.

Isso garantiria a sobrevivência das corporações, visto que a condição de pequeno exército estadual era cara e, para a população, pouco útil. A condição de "pequeno exército" estadual só interessava realmente aos governadores, que estavam perdendo poder após a Revolução de 1930 no Brasil. A disputa entre a extinção e a federalização das forças militares estaduais teve seus reflexos na FPESP entre 1930 e 1938. Para avançar nesse projeto, alguns oficiais do EB atuaram direto na escola de oficiais da milícia paulista, contando com o apoio de alguns integrantes da corporação. Tal reforma deveria incentivar os futuros oficiais da FPESP a serem comandantes de uma Polícia Militar, força reserva e auxiliar do Exército Brasileiro responsável pelo serviço de policiamento. Também deveria promover uma integração cultural entre eles e os oficiais do EB e evitar que novas rebeliões, como a de 1924, voltassem a ocorrer.

A resposta já havia sido dada na EMR [Escola Militar do Realengo] em 1931: a reforma José Pessoa. Nesse sentido, foi escolhida uma equipe de oficiais para promover essas alterações. Deve ser destacado ainda nessa equipe o então capitão Oromar Osório, que havia trabalhado com José Pessoa na EMR durante a Reforma de 1931 a 1934 e atuou na reforma do CIM [Centro de Instrução Militar] da FPESP entre 1935 e 1938. A partir da atuação desses oficiais, a transformação do CIM da FPESP em uma Academia de Polícia Militar evoluiu. Foram implementadas as tradições do uniforme histórico e do espadim e as disciplinas policiais adquiriram a primazia nos currículos. Uma das etapas importantes do projeto de transformação do CIM da FPESP em uma APM [Academia de Polícia Militar] foi a inauguração das novas instalações da escola na invernada do Barro Branco, em 1944, mesmo ano de inauguração das novas instalações da escola de oficiais do EB na cidade de Resende, atual Academia Militar das Agulhas Negras (AMAN).

Com isso, podemos concluir que a primeira APM, seguindo a cultura do EB e currículos voltados para a atividade policial da PMDF, foi o CIM da FPESP. Entre 1951 e 1958 o curso profissional da PMDF passa por uma reforma que inclui a adaptação das tradições do uso de um uniforme exclusivo e de um espadim pelos seus alunos. Para tal, foi criado em 1956 o espadim de Tiradentes (Decreto nº 38.908, 1956). Um aspecto desse processo foi a participação do, agora, general Oromar Osório na consolidação desse novo modelo de escola. Com isso, a ideia de APM aplicada ao CIM da FPESP em 1936 estava sendo aplicada no curso profissional da PMDF, transformando-o na ESFO [Escola de Formação de Oficiais]. Tal qual havia ocorrido com a FPESP na década de 1930, esse processo na PMDF terminou com o sistema de carreira única, agora vigorava o sistema dicotômico de carreiras do EB. Incluindo um processo seletivo que, ao mesmo tempo, é excludente dos sujeitos indesejados e facilita o ingresso de apadrinhados.

Esse modelo de APM foi difundido por todo o Brasil, incluindo as tradições e os currículos voltados para a atividade policial. Os chefes da atividade de policiamento e da repressão imediata a movimentos populares deveriam sentir-se membros de uma elite. Isso dificultaria o desenvolvimento de simpatias por parte desses oficiais com relação a reivindicações populares e da própria tropa que comandavam. Para tal foram usados mecanismos como a construção de uma cultura elitista a partir da invenção de tradições, o regime de internato e o processo seletivo. Esse modelo de APM foi disseminado para todo o Brasil, por oficiais do EB que exerceram funções de comando e de instrução junto às PMs. Isso impactou na assimilação e extinção de todos os modelos anteriores de cursos de formação de oficiais das forças militares estaduais e profundas mudanças na cultura e na estrutura dessas instituições.[*][16]

"Raramente uma revolução [que instituiria a república] havia sido tão minoritária", de fato. É sintomático do racismo e do classismo brasileiros: em vez de se concentrar esforços políticos, econômicos e intelectuais na integração socioeconômica da população marginalizada após a abolição da escravatura (cujos sofrimentos originavam as revoltas populares), decidiu-se pelo caminho de fortalecer o Exército e uma Polícia Militar que, além de ser "excludente dos sujeitos indesejados e facilitar o ingresso de apadrinhados", também usava o elitismo como arma contra o povo. Veja: o movimento tenentista que desembocou no Golpe de 1930 tampouco representou os interesses populares, mas sim aqueles das "camadas médias urbanas". Ademais, é flagrante

---

* LOUREIRO, Samuel Robes. A Invenção da Academia de Polícia Militar (1809-1956). 328 f. Tese (Doutorado) — Faculdade de Educação, Pontifícia Universidade Católica, São Paulo, 2017.

que "a constitucionalização das Polícias Militares" para "a repressão imediata a movimentos populares" tenha se dado por meio da Carta Magna de 1934, a Constituição do Regime Varguista — de viés fascista. Um texto redigido para alunos do ensino médio relembra aspectos do ditador que os democratas brasileiros tendem a esquecer:

Assim que chegou ao poder, Getúlio Vargas tomou ações que aproximaram seu papel político das classes trabalhadoras do país. Analisando o conteúdo da Constituição de 1934, observamos a conquista da jornada de trabalho de oito horas diárias, as férias remuneradas, o descanso semanal obrigatório, a licença para gestantes e a proibição do trabalho para menores de 14 anos. Em termos comparativos, todas essas ações firmavam um grande avanço aos desmandos da República Oligárquica. Entretanto, não podemos aqui encerrar a relação entre Vargas e os trabalhadores como uma parceria em que o primeiro assume a tarefa de defender os interesses do segundo.

O oferecimento de todos esses direitos foi seguido de uma contrapartida que custou a autonomia organizacional e ideológica dos trabalhadores brasileiros naquela época. Inaugurava-se assim o emprego do corporativismo, doutrina que impediria o conflito de interesses entre os trabalhadores e os donos de indústria. Para que o corporativismo fosse viável, Getúlio Vargas assumia a função de árbitro entre o interesse desses grupos sociais. Compondo a maioria, os trabalhadores teriam suas atividades políticas e sindicais controladas pelas leis governamentais. Munidos de tal garantia, os representantes do empresariado se mostravam dispostos a arcar com os vários custos que a legislação trabalhista produziria ao longo do tempo. Em março de 1931, a Lei de Sindicalização impunha que os sindicatos só entrariam em funcionamento a partir da aprovação oficial. Além disso, esses espaços de organização da causa trabalhista deveriam contar com ⅔ de filiados nascidos no Brasil. Com isso, o governo afastaria a participação dos vários trabalhadores imigrantes que disseminavam os ideais socialistas e anarquistas em tais instituições. Nesse instante, já podemos ver os interesses de controle do Estado junto aos trabalhadores.

De fato, vemos que o controle sobre a atividade estatal transformou vários dos sindicatos em locais nos quais a disciplina e a cooperação davam lugar a lutas e ao debate de ideias. O trabalhador deveria se reconhecer enquanto parte integrante de um sistema que funcionava em prol do desenvolvimento e da modernização do país. Ao mesmo tempo, a ocupação em uma atividade profissional passou a ser valorizada enquanto elemento formador de uma moral elevada. Não dispensando ações de cunho repressor, o próprio regime varguista perseguiu e prendeu todos os líderes trabalhistas que estavam ligados a qualquer atividade política de esquerda. Em seu lugar assumiam lideranças que utilizavam os sindicatos como espaço de divulgação da propaganda oficial e que, em alguns casos, reforçavam seu elo junto ao governo através do controle exercido sobre os recursos financeiros arrecadados pelo imposto sindical. Ao longo do tempo, vários líderes sindicais se transformavam em "pelegos" que elogiavam forçosamente os ditames estabelecidos por Vargas. Em contrapartida, vários trabalhadores se desmobilizaram da defesa de seus interesses para observarem no presidente a figura de um "herói" ou "provedor" suficientemente apto para atender as suas demandas. Dessa forma, o corporativismo se tornou uma palavra de ordem naturalmente incorporada nas relações de trabalho do período.[17]

Em sua carta-testamento, Vargas argumentaria que "precisavam sufocar sua voz e impedir a sua ação, para que não continuasse a defender, como sempre teria defendido, o povo e principalmente os humildes...". O velho ditador ignorava o fato de toda a história do Brasil, de 1888 em diante, poder ser resumida em sucessivas tentativas de manter as "classes baixas" abaixo das outras. "Após o suicídio de Vargas, uma nova geração passa a fazer o Partido Trabalhista Brasileiro (PTB) crescer. Esta geração liderada por João Goulart tornou o PTB num partido de 'feições reformistas', num sentido que veio a se radicalizar até 1964. Para ter poder como Presidente do PTB, Jango passou a concentrar no Diretório Nacional pessoas leais a si, assim transformando o PTB num dos partidos 'mais antidemocráticos e centralizados no quadro político brasileiro', nas palavras do historiador Jorge Ferreira. Ainda durante o governo de Juscelino Kubitschek (PSD, 1956-1961), o PTB começou a discutir um conjunto de propostas que visava promover alterações nas estruturas econômicas, sociais e políticas que garantissem a superação do subdesenvolvimento e permitissem uma diminuição das desigualdades sociais no Brasil. Naquele momento, a definição dessas medidas e de seu alcance ainda era pouco clara. Ao final do governo, a economia ficou instável e, na dificuldade da implantação de medidas que ajudariam os setores mais pobres da população, Jango passou a acreditar que a Constituição de 1946 havia deixado de representar a realidade social. Foi apenas com a chegada do presidente João Goulart à presidência da República, em setembro de 1961, que as chamadas 'reformas de base' se transformaram em bandeiras do novo governo e ganharam maior consistência. Grande parcela dos grupos sociais oriundos das mais diversas origens discutia a forma de evoluir para uma sociedade dita mais justa. Esse movimento notadamente progressista procurava uma maneira de implantar as reformas de base."[18] Sob acusações de comunismo, João Goulart foi removido da Presidência da República pelo golpe de 1º de abril de 1964 — cujo regime instituído, militar e autoritário, aumentou exponencialmente as desigualdades socioeconômicas no Brasil, a concentração de renda, a inflação e a violência. "As propostas da Reforma de Base inspiraram a Constituição brasileira de

1988 [durante a redemocratização], que adotou uma parte das suas propostas, como a função social da propriedade, o voto dos analfabetos, a medida provisória e as intervenções do Estado na economia."[19] A redemocratização seria interrompida pelo golpe de 31 de agosto de 2016 — que retirou Dilma Rousseff (PT) do poder — e pela eleição de Jair Bolsonaro, em um movimento reacionário que se fundamentou na *teoria conspiratória da suposta ameaça que a integração socioeconômica dos pobres representava para a autoproclamada elite brasileira*, instalando efetivamente o fascismo no país — o bolsonarismo, não incongruentemente, é avesso ao sindicalismo como era o varguismo. O caso brasileiro se trata, desse modo, de um excelente estudo do fascismo como impedimento à satisfação das promessas da modernidade de razão, igualdade, liberdade e democracia.

A respeito das Forças Armadas brasileiras, Celso Castro dá prosseguimento a seu texto:

> Stepan e Barros [2] destacaram a diminuição de status de origem social dos cadetes entre as décadas de 1940 e 1960, com um aumento de indivíduos oriundos da "classe baixa". No entanto, o pólo de recrutamento continuava sendo a "classe média". A superficialidade e pouca consistência dos dados acima expostos levou Stepan a procurar outro indicador da origem social dos cadetes: o nível de escolaridade dos pais dos cadetes que entraram na Aman em 1963-1965. O último grau concluído era: superior, em 29,6% dos casos; segundo grau, em 9,5%; primeiro grau, em 60,9%. Esses resultados levaram o autor a afirmar que "o ingresso na Academia Militar é um meio de mobilidade ascensional para os 61% dos cadetes cujos pais freqüentaram oito ou menos anos de escola. Isto indica que o centro de gravidade do recrutamento reside na classe média baixa. [3]" Como já foi dito, essas informações são muito imprecisas, a começar pela falta de definição do que essas "classes" significam. Há uma outra série de dados mais precisos e por isso mais relevantes. Eles referem-se à porcentagem de pais de cadetes civis e militares. No Quadro 5 é feita uma reorganização do quadro de Stepan, ao qual acrescento dados relativos aos anos de 1984-1985 e de 2000-2002, obtidos na Aman. Fica assim mantida uma periodicidade de aproximadamente duas décadas entre os dados.

O "quadro 5" traz as seguintes informações a respeito da porcentagem de cadetes filhos de civis e militares, em quatro períodos:

Filiação*/ Anos	1941-1943	1962-1966	1984-1985	2000-2002
Civis	78,8%	65,1%	48,1%	54,6%
Militares	21,2%	34,9%	51,9%	45,4%

* Inclui 5 mães militares

Duas observações importantes podem ser feitas em relação a este quadro. Em primeiro lugar, é grande o peso percentual do componente militar na separação por "classes" de Stepan. Tendo em vista que, como já foi dito, a categoria "militar" abrangia todas as graduações, seu alocamento em bloco na "classe média" pode gerar distorções significativas. Os dados que permitem um detalhamento dessa categoria infelizmente não são disponíveis para os períodos cobertos por Stepan. A segunda observação importante que pode ser feita em relação ao Quadro 5 é sobre a crescente tendência ao recrutamento endógeno ocorrida até meados da década de 1980, já apontada para o período entre 1941-1943 e 1962-1966 por Stepan e José Murilo de Carvalho [4]. Os dados referentes aos anos de 1984-1985 confirmam completamente essa tendência. Os dados para 2000-2002 mostram uma tendência de lenta reversão desse quadro, embora ainda com um percentual bastante alto de filhos de militares — mais do dobro da década de 1940. Além disso, os números [apresentados nos Quadros 1 e 2] sobre a origem escolar dos cadetes potencializam essa tendência, pois mostram que cerca de 90% dos cadetes que ingressaram na Aman em meados da década de 1980 já possuíam experiência de vida militar anterior. Refletindo durante a década de 1970 sobre a tendência endógena do recrutamento de oficiais do Exército, Stepan e Barros chegaram a conclusões gerais semelhantes. Para o primeiro,

o crescente auto-recrutamento dos militares brasileiros, aliado à intensificação do programa educacional militar, favoreceram sem dúvida alguma a crescente tomada de consciência corporativa dos militares e o afrouxamento de seus laços com os civis no período anterior e posterior à tomada do poder em 1964 [5].

Barros acredita que: "... existe o risco de que a maior clivagem na nação possa vir a ser entre civis e militares. A endogenia e a especificidade do padrão de socialização são processos que se reforçam mutuamente. [6]"*

Muito se tem discutido a respeito de como membros das Forças Armadas, formados já durante a redemocratização ["os generais de 1985 foram os cadetes de 1945-55; os cadetes de 1985 serão os generais da década de 2020"**] e que recebem não apenas ensino gratuito, como também soldo desde seus ingressos como cadetes na Academia Militar, possam apoiar ideias autocráticas do regime fascista atual. A preocupação é sintetizada pelo defensor público do estado do Rio de Janeiro, mestre em direito Eduardo Januário Newton, em seu artigo de 17 de junho de 2021, que também foi baixado do futuro:

O seminal estudo de Celso Castro sobre a vida na caserna se deu a partir de pesquisa de campo realizada na Academia Militar das Agulhas Negras no final da década de 1980. Dentre os aspectos trazidos pelo antropólogo, há de se

---

* CASTRO, 2003.

** Ibidem.

destacar a constituição de uma visão binária e maniqueísta de mundo, sendo certo que o contraponto da realidade militar residia naquela vivenciada pelos civis, os chamados "paisanos". Dessa forma, as qualidades que são esperadas de um integrante da sociedade são atribuídas aos militares justamente em contraposição às que os civis apresentam. A partir de entrevistas realizadas com os cadetes do Exército Brasileiro, o antropólogo apresenta um cenário marcado por antagonismos. De acordo com o "espírito militar, o jovem formado na caserna é, dentre outros aspectos, marcado pela disciplina, ordem, maturidade e seriedade, enquanto um civil apresenta as seguintes características: displicência, desordem, infantilidade e falta de seriedade" [cita Castro]. Essa contraposição, que indica uma construção de superioridade do militar, até mesmo em razão da forma como se desenvolve a sua carreira e sociabilidade, não é enfraquecida com o decorrer do tempo.

Ainda que cause certo espanto inicial, a verdade é que as Forças Armadas brasileiras, apesar de inseridas em um Estado Democrático, não conseguiram assimilar a democracia como valor cívico. Dito de outra forma: são instituições públicas que ainda não compreenderam a ordem democrática instituída em 5 de outubro de 1988. Não por outra razão demonstram tanta resistência à incidência de institutos próprios da justiça de transição e o receio de que a efetivação do direito à memória represente uma postura revanchista. Essa oposição deve ser ainda compreendida pelo fato de os atuais Oficiais-Generais terem sido formados no curso da ditadura militar instaurada no dia 1º de abril de 1964.

Mas, de que modo pensar no espírito militar como atual e importante chocadeira do autoritarismo brasileiro? De um lado, não se pode ignorar, tal como apontado, a existência de uma cultura que não prima pela tolerância. De outra banda, não se pode perder de vista a militarização da sociedade: quer seja com a expansão das chamadas escolas cívico-militares, quer seja com o expressivo número de fardados afastados das unidades militares para ocuparem cargos na Administração Pública.* [20]

Celso Castro explica que "a preocupação dos oficiais é 'homogeneizar' os cadetes o mais rapidamente possível".

> "O tenente grita com você, esculacha contigo, acaba com você, bota você lá embaixo … a moral, tudo, tudo vai embora… Tudo isso faz parte do jogo. É como se fosse um jogo, isso aí faz parte da regra. Mas é aquele lance: ele grita lá e você… entra por um ouvido e sai pelo outro. Se você esquentar a cabeça você vai embora. Mas dá estresse no pessoal, muita gente chora, sente a maior falta… ainda mais no período de adaptação, [em] que você não pode ir embora pra casa [de licenciamento]. A impressão que dá é que o tenente quer que você saia dali de qualquer jeito. É o momento em que eles põem à prova a pessoa para ver se ela realmente vai continuar ou não. Então você tá com o sapato brilhando, o tenente vem na sua cara… Pô, isso não é força de expressão não, eu já vi a obturação no dente do cara gritando comigo: 'Seu cagalhão! Você tem que sair daqui! Olha que sapato

---

* NEWTON, Eduardo Januário. O "espírito militar" como a atual e importante chocadeira do autoritarismo brasileiro. Empório do Direito.

imundo!' Você chega na Aman e se assusta com o tipo de tratamento que você leva. Acaba com tudo, frescura de família, não tem mais aquele carinho dos pais, dos irmãos, não tem proteção. Você tá sozinho ali, tá jogado… É uma época em que eles procuram ver se o cara realmente gosta da vida militar. O oficial fica gritando, falando alto demais, te humilhando… chega até certo ponto de te humilhar, dependendo da situação, pra ver se você agüenta e se era realmente aquilo que você queria ou se você foi lá influenciado pelos pais."

Um cadete do 1º ano que foi reclamar de um trote para o oficial ouviu como resposta: "Por que você não vai reclamar pro aspirante que te deu o trote?". Sobre outro "bicho" que reclamou de trote, um cadete do 3º ano, também bicho à época da ocorrência, conta que

"a própria turma fez tanta pressão em cima dele que ele se mandou. Foi embora, não tinha mais clima para ele aqui. O cara fica desunido. É aquele negócio: aqui na Academia é lugar pra homem, não é lugar pra criança nem viadinho. Então o cara quando vem pra cá… pô, o cara tem que virar homem de qualquer maneira. Eu cheguei aqui acostumado à comidinha da mamãe, roupa passada, roupa lavada… Eu cheguei aqui e tive que me virar, pô, entendeu?"

Esse cadete parece sugerir que o trote é uma espécie de "prova de fogo", na qual o bicho tem que provar que merece ser militar, que "é homem", ainda que — paradoxalmente — *sua masculinidade tenha de ser provada através da aceitação resignada de situações vexatórias*. Após um trote, é comum rolar uma conversa entre o bicho e o aspirante na qual este deixa claro que não tem nada contra o caráter pessoal do bicho, que ele leva trote porque é bicho — porque está, então, num status inferior para o qual *o único direito é não ter direitos*". O trote humilha aquele que almeja um status superior e lhe ensina que, *antes de subir, é preciso descer à posição mais baixa*. E contribui também para desacreditar qualquer auto-estima que o bicho tenha em função de sua vida pregressa e que queira trazer para a vida militar. Reduzidos simbolicamente a um estado pré-humano (de "bichos"), os novatos só reencontrarão sua dignidade se estiverem de acordo com as exigências da nova situação de vida a que aspiram. Para Dornsbuch, as academias militares constituem-se no "exemplo extremo" de uma "instituição assimiladora" (*assimilating institution*): "Ela isola os cadetes do mundo de fora, ajuda-os a se identificar com um novo papel, e, assim, muda sua autoconcepção. [7]" Vidich e Stein [8] vêem o processo de tornar-se um soldado como uma "dissolução" da identidade civil anterior e a aquisição de uma nova identidade militar. Num sentido próximo, Mills afirma que a "iniciação severa" nas academias militares revela a tentativa de romper com os antigos valores e sensibilidades civis, para implantar mais facilmente uma estrutura de caráter o mais nova possível. É essa tentativa de romper a sensibilidade adquirida que determina a "domesticação" do recruta, e a atribuição, a ele, de uma posição muito inferior no mundo militar. Ele deve perder grande parte de sua identidade anterior para que então se torne consciente de sua personalidade em termos de seu papel militar. [9]

As NGA [Normas Gerais de Ação] pretendem regular também o comportamento do cadete fora da Aman, contendo prescrições do tipo: "Quando dançando, deverá evitar exibicionismo, fugindo sempre do ridículo ou das atividades incompatíveis com a seriedade do uniforme e dignidade do próprio militar". Ou então: "Será proibido, ao cadete licenciado, perambular pela rodovia Presidente Dutra, insinuando-se para conseguir transporte de 'carona'". Entre muitas outras coisas, os cadetes ficam também sabendo pelas NGA, atualizadas todo ano, que deverão cortar o cabelo semanalmente, não poderão usar barba ou bigode nem afixar cartazes, fotos ou similares nos apartamentos.

O capitão, comandante da companhia, não deixa de ter uma certa proximidade com os cadetes, mas num grau inferior aos tenentes. Exerce mais funções administrativas que os tenentes e possui contato com o conjunto dos pelotões, não com um pelotão em particular. Com o coronel comandante do Curso Básico o contato pessoal dos cadetes é ainda menor. Uma das razões apontadas para isso, além da maior distância hierárquica, é que a sala de comando do Curso fica localizada no "parque", enquanto os tenentes e capitães ocupam salas localizadas na entrada das alas, pavilhões de alojamentos onde estão os apartamentos. A hierarquia militar — ou melhor, a hierarquia do corpo de oficiais — apresenta uma característica fundamental: ela fraciona um grupo de pares. Um capitão, um coronel ou um general já foram cadetes; pode-se dizer que, de certa forma, eles são cadetes com alguns anos de experiência e de idade a mais. Todos são oficiais e comungam o mesmo espírito militar. Os cadetes sabem que, ao concluírem o curso da Academia, passarão a ter a mesma condição social que seus superiores, e que a distância entre as posições hierárquicas ocupadas por uns e outros será, basicamente, uma questão de "quantidade" de tempo.

Eu não podia deixar de equiparar a dissolução da identidade dos cadetes, mencionada pelo autor, com o que eu vinha sofrendo "do lado de fora", desde a impossibilidade de obter auxílio da polícia quando sob risco de vida no Rio de Janeiro — pelo contrário, a ser torturado pela autoridade policial —, até minha associalização quando de uma crise de pânico. Os boatos que circulavam visando minar minha reputação e credibilidade — as afirmações de João Bosco, de que eu era psicótico, e as de Hélder, de que eu era drogado — vinham imediatamente acompanhados, quiçá adiantados, por essa piora no tratamento a mim conferido como cidadão brasileiro. "Ele grita com você, esculacha contigo, acaba com você, bota você lá embaixo… a moral, tudo, tudo vai embora… Tudo isso faz parte do jogo. É como se fosse um jogo, isso aí faz parte da regra." A sociedade fascista demostrava que me encontrava de várias maneiras aquém dos "cidadãos virtuosos" — e, portanto, que eu era indigno de direitos civis e, posteriormente, de direitos humanos. "O único direito é não ter direitos." Eu perdia minha identidade de artista respeitado e mesmo de pessoa humana; era transformado, aos poucos, em um bicho. Nesse ínterim, Bosco, Hélder e Lico ganhavam pontos na rede rocca: iam de status gold a platinum a diamond. Terminei a leitura e pus fim ao *flashforward* olhando para o objeto em si. Em Campo Grande, o apartamento fica justamente de frente a um quartel do Exército, e eu todos os dias acordava às 5h50 da manhã com os cânticos dos cadetes e oficiais. Não podia parar de pensar que o "mito" fascista Jair Bolsonaro tinha sido capitão e que havia deixado [ou sido levado a deixar] o Exército de uma maneira que não fora devida ou amplamente esclarecida. Publicado em 15 de maio de 2017, "O artigo em VEJA e a prisão de Bolsonaro nos anos 1980 — em 1986, na seção 'Ponto de Vista', capitão se queixava do salário. No ano seguinte, VEJA revelava plano de oficiais para provocar explosões em quartéis":

O deputado federal Jair Bolsonaro (PSC-RJ), pré-candidato à Presidência da República, admitiu em 1987 ter cometido atos de indisciplina e deslealdade para com seus superiores no Exército, segundo revelação feita nesta segunda-feira em reportagem no jornal *Folha de S. Paulo*. A admissão ocorreu em uma investigação interna conduzida pelo Exército com base em um artigo e uma reportagem publicados por VEJA — o primeiro, escrito pelo próprio Bolsonaro, foi publicado em 1986 e nele o capitão reclama que "o salário está baixo"; a segunda em 1987, revela que ele elaborou um plano que previa a explosão de bombas em quartéis e outros locais estratégicos no Rio de Janeiro.

"Como capitão do Exército brasileiro da ativa, sou obrigado pela minha consciência a confessar que a tropa vive uma situação crítica no que se refere a vencimentos. Uma rápida passada de olhos na tabela de salários do contingente que inclui de terceiros-sargentos a capitães demonstra, por exemplo, que um capitão com nove a oito anos de permanência no posto recebe — incluindo soldo, quinquênio, habitação militar, indenização de tropa, representação e moradia, descontados o fundo de saúde e a pensão militar — exatos 10.433 cruzados por mês", escreveu no artigo publicado na edição de VEJA de 3 de setembro de 1986. "Esse quadro é a causa sem retoques da evasão, até agora, de mais de oitenta cadetes da Aman [Academia Militar das Agulhas Negras]. Eles solicitaram desligamento. Não foram expulsos, como sugere o noticiário", escreve Bolsonaro, citando notícias que relatavam que dezenas de militares haviam sido expulsos por "homossexualismo, consumo de drogas e uma suposta falta de vocação para a carreira". "Em nome da verdade: é preciso esclarecer que, embora tenham ocorrido efetivamente casos residuais envolvendo a prática de homossexualismo, consumo de drogas e mesmo indisciplina, o motivo de fundo é outro. Mais de 90% das evasões se deram devido à crise financeira que assola a massa dos oficiais e sargentos do Exército brasileiro." No final do artigo, Bolsonaro diz que "torna público este depoimento para que o povo brasileiro saiba a verdade sobre o que está ocorrendo". "Corro o risco de ver minha carreira de devoto militar seriamente ameaçada, mas a imposição da crise e da falta de perspectivas que enfrentamos é maior. Sou um cidadão brasileiro cumpridor dos meus deveres, patriota e portador de uma excelente folha de serviços. Apesar disso, não consigo sonhar com as necessidades mínimas que *uma pessoa de meu nível cultural e social* poderia almejar." Após a publicação do artigo, Bolsonaro foi preso por "transgressão grave", acusado de "ter ferido a ética, gerando clima de inquietação no âmbito da organização militar" e também "por ter sido indiscreto na abordagem de assuntos de caráter oficial".

Bombas — Em 1987, na edição de 25 de outubro, VEJA publicou a reportagem "Pôr bombas nos quartéis, um plano na Esao [Escola Superior de Aperfeiçoamento de Oficiais]", mostrando que Bolsonaro e outro militar, Fábio Passos, tinham um plano de explodir bombas em unidades militares do Rio para pressionar o comando. "Só a explosão de algumas espoletas", brincou Bolsonaro, instado a responder se planejava alguma operação para mostrar a insatisfação da categoria. "Sem o menor constrangimento, Bolsonaro deu uma detalhada explicação sobre como construir uma bomba-relógio. O explosivo seria o trinitrotolueno, o TNT, a popular dinamite. O plano dos oficiais foi feito para que não houvesse vítimas. A intenção era demonstrar a insatisfação com os salários e criar problemas para o ministro do Exército Leônidas Pires Gonçalves", relatava VEJA. "De acordo com Bolsonaro, se algum dia o ministro do Exército resolvesse articular um golpe militar, 'ele é que acabaria golpeado por sua própria tropa, que se recusaria a obedecê-lo'. 'Nosso Exército é uma vergonha nacional, e o ministro está se saindo como um segundo Pinochet'".

Assim que a reportagem foi publicada, "o ministro do Exército, numa entrevista de 40 minutos na porta do Palácio do Planalto, defendeu a estabilidade do governo, assegurou que detém o comando de sua tropa e acusou VEJA de ter fraudado uma notícia publicada em sua última edição", relatou a edição seguinte de VEJA, de 4 de novembro de 1987. "Os dois oficiais envolvidos, eu vou repetir isso, negaram peremptoriamente, da maneira mais veemente, por escrito, do próprio punho, qualquer veracidade daquela informação", disse o ministro. "Quando alguém desmente peremptoriamente e é um membro da minha instituição e assina embaixo, em quem eu vou acreditar?". Em seguida, respondeu à própria pergunta, esclarecendo que acredita "nesses que são os componentes da minha instituição — e eu sei quem é minha gente".

Reportagem de VEJA, contudo, reproduziu croquis feitos à mão pelo próprio Bolsonaro que mostrava a adutora Guandu, que abastece o Rio de Janeiro, e o rabisco de uma carga de dinamite detonável por intermédio de um mecanismo elétrico instalado num relógio. A reportagem também desmentiu afirmação de Bolsonaro de que não conhecia a repórter Cássia Maria, autora dos textos, ao relatar dois encontros da jornalista na casa do capitão, onde conversou com ele, na presença de testemunhas. Segundo a reportagem da *Folha,* uma perícia da Polícia Federal foi inequívoca ao concluir que as anotações eram mesmo dele. Os coronéis responsáveis pela investigação decidiram, por unanimidade, pela condenação. "O Justificante [Bolsonaro] mentiu durante todo o processo quando negou a autoria dos esboços publicados pela revista VEJA, como comprovam os laudos periciais." Segundo documento assinado por três coronéis, Bolsonaro "revelou comportamento *aético* e incompatível com o pundonor militar e o decoro da classe, ao passar à imprensa informações sobre sua instituição".

Bolsonaro — que sempre negou a autoria de plano para colocar bombas em unidades militares — recorreu ao Superior Tribunal Militar (STM). A Corte, por 8 votos a 4, considerou Bolsonaro "não culpado" dessa acusação, já que havia dois laudos inconclusivos em relação à autoria dos esboços publicados por VEJA. Sobre o artigo publicado na revista em que Bolsonaro reclamava dos salários, o STM decidiu que "o justificante assumiu total responsabilidade por seu ato e foi punido com 15 dias de prisão".* [21]

Em 2019, o jornalista Luiz Maklouf Carvalho lançou pela editora todavia o livro *O Cadete e o Capitão* — A vida de Jair Bolsonaro no quartel, em que tenta elucidar os fatos narrados pela *veja* e pela *folha de s.paulo*. Falecido em 16 de maio de 2020, o escritor concedeu uma de suas últimas entrevistas a César Fraga, do site extra classe, antes de sua morte:[22]

Extra Classe — Como o senhor situa a importância do seu livro-reportagem "O Cadete e o Capitão", sobre o julgamento de Jair Bolsonaro, que resultou em sua saída do Exército, e que aborda também a cobertura da imprensa na época? Luiz Maklouf — A gente tem um presidente da República que foi eleito sem que episódios e fatos importantes da sua vida, de uma maneira geral, fossem examinados, aprofundados e discutidos. Seja pelo motivo que for, essas histórias nunca foram esclarecidas. Depois levou aquela fakada. Houve recusa em participar dos debates que poderia ter participado. O período eleitoral foi pequeno. Antes disso, ele era um deputado federal do baixo clero sem muita visibilidade. Então, sabia-se das histórias, que a mídia publicou várias vezes sobre esse período militar e sobre essas encrencas em que ele se envolveu no período em que foi do exército, mas tudo era muito confuso. Ou seja, uma ótima história mal contada, contada de maneira confusa ou, diria até, contada parcialmente.

EC — E que tipo de oficial Bolsonaro era? Maklouf — Ele era um oficial que se destacava pelas atividades físicas e atléticas. Do ponto de vista das disciplinas de conteúdo ele foi um aluno razoável. Poucas notas boas, na maioria razoáveis. Era um ilustre desconhecido como outro qualquer, que estava lá para cumprir suas obrigações como militar. Isso, até o artigo dele publicado na revista *Veja*, em setembro de 1986, intitulado "O salário está baixo". Aquilo, do ponto de vista do regulamento militar, foi considerado um atrevimento e uma desobediência. Era algo inadmissível dentro da hierarquia militar. Nesse período, ele já era capitão, paraquedista, casado e com três filhos. Trata-se de um artigo assinado na última página da revista de maior circulação do país. Foi um deus-nos-acuda.

---

* Artigo: O artigo em VEJA e a prisão de Bolsonaro nos anos 1980 — em 1986, na seção "Ponto de Vista", capitão se queixava do salário. No ano seguinte, VEJA revelava plano de oficiais para provocar explosões em quartéis. Por Da Redação. 15 de maio de 2017.

Bolsonaro ganhou seus primeiros 15 minutos de fama. E lhe rendeu também uma prisão disciplinar por 15 dias.

EC — O contexto da época era de pós-abertura, metade do Governo Sarney e o caldo político não era tranquilo. Maklouf — Sim, era o primeiro governo democrático depois da ditadura. Era um momento importante da história do país. A ditadura, de uma maneira ou de outra havia sido derrotada e não existia mais. E neste artigo a que me refiro há um ataque direto à política econômica do governo e à autoridade do Ministro do Exército que se chamava Leônidas Pires Gonçalves. Era um momento de algumas manifestações pontuais aqui e ali. Em 1986, a publicação do artigo foi algo que se destacou por si só e não teve paralelo. Um ano depois, a *Veja* publicou em uma matéria que Bolsonaro havia contado para sua repórter Cássia Maria Rodrigues que, ainda descontente com os soldos baixos, tinha um plano terrorista chamado Beco sem Saída em que ele ameaçava explodir bombas em unidades militares em protesto contra esses baixos salários. *Veja* publicou isso. A matéria fez muito barulho.

EC — Inicialmente Bolsonaro teria pedido sigilo e a reportagem e editores da *Veja* acharam que era fato de interesse público. O que dá para entender a partir daí? Maklouf — Segundo relato da jornalista, em seu depoimento, tudo leva a entender que [a partir do artigo, em 1986] Bolsonaro seria uma fonte. E numa dessas conversas, mais para 1987, ela conta que, em se tratando de uma ameaça terrorista de alta gravidade, era obrigação de um jornalista divulgar, e *eu concordo com essa avaliação de não compactuar com esse segredo tenebroso*. *Veja* reafirmou a denúncia em uma segunda reportagem depois de ter sido desmentida, tanto pelo capitão Bolsonaro e pelo colega dele, que era copartícipe do plano, segundo a versão de *Veja*, quanto pelo Ministro do Exército da época. A revista, então, publicou os dois croquis do plano, reafirmando que os mentirosos eram os dois oficiais, e que o Ministro do Exército acreditava em dois mentirosos, revalidando a denúncia de sua repórter. Só restava uma forma de apurar os fatos, que era judicializar militarmente o caso. Foi o que ocorreu.

EC — E o General Newton Cruz nisso tudo? Afinal existem relatos de encontros dele com Bolsonaro e seus parceiros. Inclusive, de jantares na casa do general. E que ele, Newton Cruz, era simpático à causa do capitão. Se falava em criar uma situação ideal para uma eventual candidatura para João Figueiredo nas eleições seguintes. Como essa história é abordada no livro? Maklouf — Essa judicialização militar teve uma sindicância que não deu em nada e teve um julgamento por um Conselho de Justificação (uma espécie de primeira instância) em que Bolsonaro perdeu por três a zero, que dizia que quem mentiu foi o capitão Bolsonaro e que *Veja* dizia a verdade. Tudo porque dois laudos grafotécnicos acusavam o capitão de maneira peremptória como sendo o autor dos mesmos, inclusive do croqui da bomba que seria colocada na adutora do Guandu, no Rio de Janeiro. Baseado nesses dois laudos grafotécnicos, que constam como prova nos autos, ele foi condenado. Nessa instância aparece o nome dessa figura citada na pergunta, o general Newton Cruz. Na época, ele se encontrava na reserva e notoriamente conhecido pelas suas atividades no período da Ditadura, controversas e autoritárias.

EC — Inclusive, ele respondeu pelo assassinato do jornalista Alexandre Von Baumgarten e chegou a ser acusado de participação no atendado a bomba do Rio Centro [de 30 de abril de 1981] em 2014, que prescreveu. E na caserna, Newton Cruz era contrário ao General Leônidas? Maklouf — Sim. O generalato que tinha sido derrotado pela Democracia que estamos falando. Isso inclui o Newton Cruz. É essencial para entendimento dos desdobramentos do caso, porque Bolsonaro arrolou Newton Cruz como testemunha de defesa. Bolsonaro quando esteve em Brasília, participando de um exercício, pegou uma turma de capitães e levou até a casa do general para conhecê-lo. O general Newton Cruz então considerou ter sido uma noite "retemperante", por ter se sentido homenageado. Isso demonstra mais uma vinculação, já naquela época, ao espírito militar da ditadura que foi derrotado pela democracia. E que vai ser essencial na terceira fase do caso. Ele perdeu por três a zero e o caso subiu para uma instância superior, que é o Superior Tribunal Militar (STM), a maior instância dessa área. Subiu o endosso de mérito — que não precisava ter dado, mas deu — do general Leônidas ao resultado adverso para o capitão Bolsonaro. Ou seja, o Ministro do Exército assinou embaixo, concordando com o resultado.

EC — Em algum momento, Bolsonaro teria comparado Leônidas a Pinochet. Procede essa informação? Maklouf — Chamou de Pinochet, de racista e mais alguns adjetivos pesados. Segundo relato da repórter, ele ofende bastante o general Leônidas, que foi uma espécie de pivô da história, porque ficou em uma situação difícil. Em determinado momento, ele veio a público e disse, "acredito nos meus oficiais". Ou seja, acreditou no desmentido do Bolsonaro. Quando o Conselho de Justificação o condena, baseado nos laudos grafotécnicos conclusivos, o ministro passa vergonha. Inclusive, tem a dignidade de vir a público naquele momento e pedir desculpas. Fez uma autocrítica, dizendo que revista *Veja* é que estava certa e que ele estava errado. Assim, ele endossou no mérito dessa sentença de três a zero. Mas, por força de lei subiu para o STM e de lá, e essa é, digamos, a parte mais importante do livro, o Bolsonaro reverteu essa derrota por um resultado favorável a ele de nove a quatro.

EC — Dá para dizer que seu livro coloca esse resultado final em xeque? Maklouf — O meu livro questiona esse resultado de absolvição. Ele afirma baseado nessa documentação, que o STM julgou de forma contrária às provas dos autos. Trata-se uma documentação em papel, com mais de 700 páginas, tudo oficial e carimbado como "reservado" e disponível no STM, e mais áudio da sessão secreta em que Bolsonaro foi julgado em 16 de junho de 1988, quase 32 anos atrás. Para um repórter, é como você encontrar um tesouro. É ter acesso a uma coisa secreta de um tribunal militar. A maioria dos ministros foi indicada durante a ditadura militar, portanto esse espírito de corpo que o Bolsonaro pertenceu foi determinante no julgamento. E pelo fato de terem feito vistas grossas de maneira ostensiva à prova técnica dos autos, que são os laudos. Então, o Bolsonaro levou para o Tribunal, ele próprio, sem advogado, uma ideia estapafúrdia de que havia um empate entre quatro laudos. Esse empate dois a dois, *In Dubio Pro Reo*, o beneficiaria. O que era uma falácia e o Tribunal acatou essa falácia. Eu demonstro, no livro, com essa documentação, que o Tribunal julgou contra a prova dos autos e cometeu um erro grave. Deveria tê-lo considerado culpado e não o absolvido.

EC — Existe algum momento do julgamento que torne isso mais evidente. Que demonstre algum tipo de acordo ou negociação que levasse a esse resultado? Ou é mais uma daquelas coisas que não dá para afirmar, mas que fica no ar? Maklouf — Olha, eu uso, no livro, o verbo aventar. Aventar significa que, baseado nessa documentação farta, que foi bastante trabalhada por mim; nesse áudio, ouvido por mim diversas vezes, você fica se perguntado: mas poxa, e os dois laudos contra o capitão, por que os ministros não falam nisso? Por que eles ignoram? E com todas essas outras interpretações, as ligações dele com o general Newton Cruz foi a resposta que eu dei para essa pergunta. Eu avento que houve um grande combinado para preservá-lo, para não o condenar, desde que ele saísse do Exército, onde aliás ele não iria muito longe porque ele já tinha uma prisão e o currículo não era lá essas coisas. Inclusive, ele se candidatou naquele mesmo ano a vereador na Câmara do Rio de Janeiro. Ele concorreu na eleição de 1988 e, só depois de eleito, pediu para entrar para a reserva. E até é possível cogitar que se ele não tivesse sido eleito, permaneceria militar.

EC — E parece que fica muito claro, no próprio livro, que desde sempre ele tenta criar em torno dele uma aura de mito, para se tornar mais aceito. Também teve o episódio das bolsas fabricadas com tecido de paraquedas pertencente ao Exército. Maklouf — O livro mostra que ele tinha uma certa dificuldade e que em alguns momentos tinha uma preocupação com ganhar dinheiro. Num determinado momento ele fazia bolsas com os paraquedas usados. Eles mandavam o alfaiate do quartel fazer essas bolsas para vender. E isso era proibido. Ele foi advertido e parou. Depois ele foi para a fronteira do Brasil, no Mato Grosso do Sul, que é um período obscuro ainda desse período militar. O que ele foi fazer lá ninguém sabe. Mostro no livro apurações de que ele uma época tentou plantar arroz, não deu certo. Plantou melancia e funcionou. Fez contrabando para o Paraguai. Ele tinha dessas coisas. E tem esse coronel Pelegrino, que fez a crítica por escrito sobre a excessiva ambição do Bolsonaro. E isso foi em 1983. Cinco anos depois, no processo, ele não só mantém as críticas, como ainda agrava suas críticas, acrescentando tratar-se Bolsonaro de um oficial com problemas de comando. Que achava que era o rei da cocada preta, mas não era. E esse coronel foi para Bolsonaro sempre uma pedra no sapato.

EC — Mas ele tinha também no generalato quem o protegesse. Se fala que tinha um general que era mais amigo dele e que pesava nas decisões contra ele. Quem seria esse general na época? Maklouf — Não há um levantamento preciso sobre isso. Os que vêm a público são notórios. Um é este que você mencionou, o general Newton Cruz. Também, João Batista Figueiredo, que foi o último presidente da ditadura, e depois que o Bolsonaro foi eleito vereador no Rio, mandou uma carta de congratulações. Evidentemente, que neste caldo aí tinham outras viúvas da ditadura. Do outro lado da hierarquia há o episódio, que é público, do conceito que o general Ernesto Geisel, que foi o penúltimo presidente da ditadura, tinha do capitão. Ele afirmou que Bolsonaro era um mau militar.

EC — Bolsonaro aposta na confusão e na ficção sobre si? Maklouf — Uma das coisas que iguala ele lá atrás e ele hoje é que, *tanto o capitão quanto o presidente tem extrema dificuldade de lidar com o contraditório. Parece que ele faz questão da confusão sobre isso.* Ficou ofendendo a jornalista dizendo que ela era incompetente, que tinha sido demitida da *Veja*. E provo no meu livro que isso não é verdade. Ele nunca falou de uma forma transparente sobre o fato, como foi criando uma série de histórias ficcionais sobre si próprio. Uma dessas histórias, e que salta mais à vista, é a que ele diz que ajudou o exército a combater e capturar o capitão Carlos Lamarca no vale da Ribeira. Isso é uma coisa que não tem a menor evidência de que seja real. É uma bazófia a rigor. Há outras histórias que ou são exageradas ou simplesmente não são verdadeiras. *O que o livro mostra é que, neste período, esta característica do atual presidente já era muito evidente.*

EC — Tem um momento que Bolsonaro reencontra o Ali Kamel durante o debate para as eleições presidenciais em que manifesta que a revista *Veja* o catapultou para a política. Maklouf — É um episódio que conto, que é bem atual. De quando Bolsonaro foi participar da entrevista com os presidenciáveis [na TV globo], com a Renata Vasconcellos e com o William Bonner. Nessa ocasião, ele encontrou muitas pessoas da emissora em uma sala. Entre essas pessoas, o Ali Kamel, diretor de jornalismo. E ele mesmo, o Bolsonaro, virou-se para Kamel e falou: "Ali, a gente já se conhece né, de 1987?" Então, o Kamel lembrou-se da história e disse: "Sim, eu tinha 25 anos na época". Nesse momento, Bolsonaro teria dito, conforme a pessoa que me contou essa história, "não tem problema, sem mágoas". Nisso, Kamel rebate, "como assim sem mágoas? Não fosse aquele episódio o senhor não teria aparecido para a política". Isso mostra que essa história ainda está muito presente na cabeça dele e foi importante na sua vida. E, mais uma vez, ele faz uma referência torta ao caso. O que o meu livro prova, no final das contas, é que a *Veja* estava certa ao atribuir a ele o croqui da bomba.

EC — Com o livro, deixa de ser uma história mal contada e passa a ser bem documentada. Pena que alguns personagens, entre eles o próprio Bolsonaro, não quiseram lhe conceder entrevistas? Maklouf — O principal deles, o hoje presidente. Usei todos os meios que um repórter pode usar para conseguir uma entrevista com alguém. Ele não concedeu. O mesmo ocorreu com a repórter Cássia Maria, da *Veja*, que também não deu. Tentei da maneira que pude e tanto ela quanto o fotógrafo da revista, que participou da reportagem na ocasião. Nenhum dos dois quis dar entrevistas. No caso da Cássia Maria, eu tenho interlocutores que falam com ela e ela tem dito a essas pessoas que não toca mais no assunto porque tem medo.

EC — Ela chegou a receber ameaças de morte na época, não? Maklouf — Mas aí tem os dois lados. Ela diz que o capitão fazendo esse gesto da arminha, que ele adora fazer até hoje, por trás de um vidro, a ameaçara. Que dava para ver de outra sala quando ele a teria ameaçado de morte, enquanto ela foi prestar depoimento. Por outro lado, o capitão Bolsonaro negou peremptoriamente que tenha feito ameaça.

Inclusive, pediu de maneira formal, que fosse feita uma perícia no vidro da sala, porque segundo ele seria um vidro canelado, e que, portanto, ela não poderia vê-lo fazendo esse sinal. O fato é que essa perícia estranhamente nunca foi feita. O coronel que comandou esse processo entendeu que não era necessário. Objetivamente falando, ficou uma palavra contra a outra. Aliás, seria um bom assunto, se ela tivesse dado a entrevista. E, com ele também. Seria uma chance de esclarecer algumas lacunas que ainda ficam sobre essa história. Uma pergunta que certamente eu faria, seria: "mas, poxa, como é que o senhor conseguiu convencer o tribunal de que havia um empate entre esses quatro laudos?" Eu colocaria a íntegra dos laudos na mesa bem na frente dele e diria, "me mostre onde existe empate aqui. Aqui tem um dois a zero contra o senhor". Continuo bastante curioso quanto a isso.

EC — Inclusive, havia laudo da Polícia Federal? Maklouf — Sim, o laudo decisivo foi o laudo do órgão que sabe fazer laudo, o Instituto de Criminalística da Polícia Federal.

EC — Muita gente não tem clara essa trajetória política de Bolsonaro e nem de suas ligações com a política do Rio e no Congresso. Maklouf — Reforça minha ideia de que temos um presidente cujo conhecimento público sobre ele é muito pequeno, sobre as atividades que ele se envolveu ao longo da vida, né? Seja porque durante muitos e muitos anos ele foi um deputado que realmente nunca se destacou, a não ser nos momentos em que vinha ameaçar as pessoas e elogiar a tortura. Essas coisas abomináveis. Fazendo um paralelo com o Trump, lá nos EUA, a transparência foi maior. Aqui tivemos muito pouco. Acho que grande parte da vida dele precisa ser mais bem esclarecida, começando com a carreira parlamentar. Acho que é preciso fazer livros ou reportagens aprofundadas sobre isso. Inclusive, que tipo de vereador ele foi. Como foi sua trajetória como deputado. Quando ele começa a acrescentar na biografia essas alusões à tortura? Acho que isso daria um retrato muito mais completo dele. Tem mais essa coisa da atividade no Rio de Janeiro, essa estranha ligação com esses milicianos. Alguns deles condenados, e até hoje não há transparência sobre isso. Como eu já disse. O presidente tem problemas em sentar para conversar e enfrentar temas contraditórios e perguntas difíceis. Qual é o problema de sentar com o repórter que está fazendo um livro sobre ele? Ele foi fartamente avisado de que eu estava fazendo o livro. Por que não sentar e dizer, olha isso não foi assim, foi de outra forma, que isso ou aqui não é verdade? Óbvio que diria, não, presidente, mas está aqui o documento que prova a verdade. Entendeu?

EC — Essa esquiva parece uma tentativa de *não legitimar*, não seria isso? Maklouf — Eu acho que mais do que isso, essa esquiva é no sentido de *aproveitar a confusão*. Porque, parece que ele entende que essa confusão tira votos de um lado, mas coloca votos de outro. Em vez de dizer, como ele foi perguntado algumas vezes ao longo da vida, foi o senhor que desenhou o croqui com a ameaça de bomba? Ele podia dizer que não. As respostas são sempre curvilíneas. Já foi perguntado a ele se a repórter mentiu e ele não respondeu de maneira clara.

EC — Sobre isso, ele afirmava em seu artigo para *Veja* que muitos cadetes estavam abandonando a Academia por conta dos baixos salários. E a revista afirmava que também havia questões ligadas a homossexualismo e drogas e ele rebateu que a revista mentia sobre esses pontos. Maklouf — Esses motes já eram daquela época, essa questão preconceituosa mesmo, são um pouco a origem do artigo. E depois dessa prisão ele se recolheu. Ele ficou satisfeito ali com a repercussão que deu. Virou uma pessoa famosa, ao menos no ambiente dele, mesmo que não com unanimidade. Mas com certeza obteve alguns apoios por suas posições. Nesse segundo momento de 1987 já havia outros focos de rebelião militar, isolados. Teve o caso de Apucarana, em que o capitão, colega dele, invadiu a prefeitura. Havia um momento de ebulição que deixava o general Leônidas em palpos de aranha com a hierarquia dos quartéis. Essa questão do Leônidas é uma questão-chave, porque quer goste dele ou não, ele era o primeiro ministro do Exército na era democrática. Ele teve uma série de problemas. Se bateu com a Constituinte algumas vezes, mas dentro de um regime democrático. Ameaçava. O doutor Ulisses Guimarães vinha e reagia. Há uma grande diferença entre uma ditadura e uma democracia, mesmo que problemática e insuficiente como a nossa, naquele momento. Mas é uma diferença de qualidade essencial. E *esse pessoal todo do Bolsonaro representava esse espírito derrotado dessa direita militar que havia sido colocada para fora do poder*. E, naquele período ali, eles estavam inconformados. Tudo que pudessem fazer para atrapalhar eles faziam.

EC — E esse espírito revanchista dessa ala da caserna, o senhor não sente ainda muito forte neste Governo? Maklouf — Acho que virou uma coisa mais retórica do que de fato. Essa turma que está aí hoje é outra turma, mas claro, uma turma bastante fiel àquele espírito de um golpe que derrubou um presidente constitucionalmente eleito. Acho que não é correto fazer uma transposição mecânica desses dois momentos, 1964 e agora. Há semelhanças, mas esse pessoal de hoje também foi pouco estudado e não se sabe exatamente as conexões todas.[*][23] Nunca vi nenhum desses oficiais, desses generais, que estão com ele no governo falar, por exemplo, sobre essa história do artigo da *Veja*, da ameaça de bomba. O livro, desde o lançamento, não recebeu nenhuma palavra de contestação do outro lado. Talvez por este livro ter essa característica de ser um livro sóbrio e em cima de fatos. Sempre é muito melhor a gente colocar os fatos. Simples assim, depois do trabalho feito as pessoas têm um bom material para saber mais sobre um determinado fato e isso ajuda a esclarecê-lo. É este o espírito do jornalismo. Enfim é isso que devemos continuar perseguindo.

Talvez a conclusão mais importante a que nos leva o livro de Maklouf é que, em 1987, Bolsonaro comprovava ser bastante versado no relativismo e na "pós-verdade" do nietzscheanismo — possuía "extrema dificuldade de lidar com o contraditório. Parece que ele faz questão da confusão sobre isso". O "contraditório" é bem conduzido no Modernismo; ser

---

[*] Em contraponto a Luiz Maklouf, o antropólogo Piero Leirner discordaria "da crença geral de que os militares abertamente bolsonaristas do governo são uma minoria descolada do pessoal da ativa. Para ele, a ascensão de Jair Bolsonaro à Presidência é resultado de uma estratégia das Forças Armadas, como bloco".

nietzscheanista significa não saber administrar essa noção. Conquanto não saibamos como o fascista foi introduzido ao nietzscheanismo — como o próprio jornalista aponta, há inúmeros aspectos da biografia do "mito" que continuam sombrios —, é inquestionável, por sua manipulação dos fatos, que ele dominava habilidades específicas a essa filosofia já na década de 1980. "Mas, poxa, como é que o senhor conseguiu convencer o tribunal de que havia um empate entre esses quatro laudos? Eu colocaria a íntegra dos laudos na mesa bem na frente dele e diria, me mostre onde existe empate aqui. Aqui tem um dois a zero contra o senhor." "A jornalista Cássia Maria diz que o capitão fazendo esse gesto da arminha, que ele adora fazer até hoje, por trás de um vidro, a ameaçara. Que dava para ver de outra sala quando ele a teria ameaçado de morte, enquanto ela foi prestar depoimento. Por outro lado, o capitão Bolsonaro negou peremptoriamente que tenha feito ameaça." Não podemos descartar essas mentiras como usuais, de qualquer tipo de sociopata [embora Jair Bolsonaro seja claramente um] — segundo a *oxford dictionaries*, "o termo 'pós-verdade' com a definição atual foi usado pela primeira vez em 1992 pelo dramaturgo sérvio-americano Steve Tesich"[* 24] em um artigo da *the nation*. Porém, como estabelecido neste livro, o conceito vem se aprimorando desde Nietzsche. Resta saber a qual genealogia do pensamento deste filósofo "o mito" teve acesso durante sua formação militar como "uma pessoa de seu nível cultural e social" — em suas próprias palavras. No artigo de 1992, "Um governo de mentiras", Tesich escreveu que:

> As revelações de que o Presidente Nixon e membros do seu Gabinete eram um bando de bandidos baratos corretamente enojaram e causaram repugnância na nação. Mas a verdade prevaleceu e a uma vez mais orgulhosa nação orgulhosamente deu tapinhas em suas costas; apesar de os crimes cometidos no mais alto escritório de nossa terra, nosso sistema de governo funcionava. A Democracia triunfou. Mas no despertar desse triunfo algo totalmente inesperado ocorreu. Ou porque as revelações de Watergate foram tão dolorosas e seguiram nos passos da guerra no Vietnam, que era repleta de crimes e revelações próprias, ou porque Nixon foi tão rapidamente perdoado, nós começamos a evitar a verdade. Passamos a equiparar a verdade com más notícias e não queríamos mais más notícias, a despeito de quão verdadeiras ou vitais para nossa saúde como nação. Nós procuramos que nosso governo nos protegesse da verdade.

---

* KREITNER, Richard (30 de novembro de 2016). Post-Truth and Its Consequences: What a 25-year-old essay tells us about the current moment. *The Nation*. Tradução minha.

Steve Tesich complementou que: "Nós estamos rapidamente nos transformando em protótipos de uma gente sobre quem monstros totalitários poderiam apenas babar em seus sonhos". De fato. Fecho aqui o círculo.

Marcha, soldado
Cabeça de papel
Quem não marchar direito
Vai preso pro quartel

O quartel pegou fogo
Francisco deu sinal
Acode, acode, acode
A bandeira Nacional.

Permaneci em meu quarto, deitado como sempre em posição fetal, a olhar para o claro céu de Campo Grande. Vez ou outra, uma nuvem ou uma arara-vermelha barulhenta cruzavam a vista, ou urubus pairavam no horizonte. Era o que eu tinha para ver enquanto tentava me esconder do estigma que havia vindo comigo. Eventualmente, tive a coragem de encarar João Bosco e abri minha caixa de e-mails. Havia uma corrente de comunicações com ele que vinha desde antes de minha desassocialização:

Em seg, 13 de jan de 2020 22:27, Francisco de Sales <salescisco@yahoo.com> escreveu:

João,

Tudo bem?

Amanhã lhe enviarei um email sobre valores. Mas gostaria de falar um pouco ao telefone, se possível. Erramos mutuamente e eu entrei em pânico. Não sei se você sabe o que se passou comigo. Das consequências do que seus "amigos" fizeram... Fico muito triste porque você deveria ter me protegido, senão por amor ao menos por humanidade. Mas isso falarei olhando nos seus olhos um dia porque meus olhos se enchem de lágrimas. E meu amor é maior do que qualquer rancor.

Eu te amo. Há tantas coisas que acho lindas em você. Mas não acho que você está se tratando com o respeito que deveria, nem se cercando de pessoas que querem o seu bem de verdade. Eu tenho coisas que preciso lhe contar, pois me preocupo com sua segurança. Coisas de que fui informado e que te dizem respeito (portanto, não conte a NINGUÉM que estamos falando; não confie nessas pessoas). Peço que acredite em mim.

E como eu disse desde o início, gostaria de te apoiar quando você resolver deixar a tina. Essa droga está destruindo sua vida e quem você é... Acho muito triste ver o que te aconteceu apenas no último mês, desde o início de dezembro. Não quero mais ver isso... quero te ver curado e próspero.

Meu sentimento por você é maior do que tudo. E às vezes Deus nos tira tudo para nos dar algo de real valor [eu usava as palavras de Kaliu]. Se você já percebeu isso, confia em meu amor para lhe resgatar?

Você sabe que eu sou um cara do bem. Nos desentendemos duas vezes pelo mesmo motivo. Esse motivo não mais existirá. Você é espírita - eu sou filho de Oxalá e Iemanjá: drogas e eu não nos damos. Não posso circular entre energias baixas, ou o universo me cobra. E você sabe o dano que está se causando ao permitir que a droga tome conta da sua vida. Você precisa de alguém que cuide de você - e eu sei de tudo, não há nada que você precise esconder de mim. Confia em meu amor para te cuidar?

Podemos falar? Se sim, me informe seu número para que eu possa lhe ligar amanhã? Lhe enviarei uma mensagem antes, é claro. Mas se de mim apenas quiser o silêncio, eu não lhe procurarei mais.

Apenas quero te ver bem - isso seria meu maior prêmio. Beijos de um coração que lhe guarda com todo o amor desta vida,

Francisco

Em seg, 13 de jan de 2020 22:43, João Bosco <joaobosco_df@gmail.com> escreveu:

Oi. Segue meu telefone 21 96596-8691

Não sei do que está falando com relação a te proteger dos meus amigos. Neste momento eu me encontro em rehab com minha família. Desde o que aconteceu que tenho averso a droga. Estou depressivo e sob cuidados da minha família.

Me liga e falamos . Até

On Tuesday, January 14, 2020, 09:40:24 AM GMT-4, João Bosco <joaobosco_df@gmail.com> wrote:

Oie,

Meus pais estão indo para minha casa comigo, me diz por gentileza onde vocês escondeu os becks que estavam na gaveta pliiiiii... Obrigado !!!

Em ter, 14 de jan de 2020 11:27, Francisco de Sales <salescisco@yahoo.com> escreveu:

Oi, João

Eu não mexi em nada disso… estava em uma das três gavetas existentes, que estavam reviradas como lhe informei.

Mas não tirei dali.

Abs Francisco

....

Em ter, 14 de jan de 2020 11:50, João Bosco <joaobosco_df@gmail.com> escreveu:

A C. encontrou obrigado

....

On 20 Jan 2020, at 17:49, João Bosco <joaobosco_df@gmail.com> wrote:

Ola,

Acredito que você tenha fugido para o EUA.

O dinheiro que você poderia me ajudar com as despesas que vc morou pagou para michê. Para recuperar o perdido estou montando um bazar com tudo seu para pagar a dívida que me deixou. Isso se chama amor? Isso e provar sua decência? Adeus.

Ah documentos entregues na delegacia junto com o BO

[Creio que se referisse a um BO sobre o desaparecimento de seu telefone, que nunca foi registrado]

....

On Monday, January 27, 2020, 05:36:43 PM GMT-3, Francisco de Sales <salescisco@yahoo.com> wrote:

João,

Não fugi para lugar algum.

Apenas estive muito mal. Por favor, me desbloqueie ou me ligue?

Preciso muito falar com você.

Francisco

Sent from my iPhone

"Me desbloqueie ou me ligue?" havia se tornado um padrão. Bosco acreditava de fato que eu havia pagado Hélder e estado com ele, contudo nunca constituiu meu tesão alugar alguém para transar. João também dava a entender que cria na existência de meu amor e que eu tinha alguma decência que provar. Por fim, afirmava que desde sua saída do Moulineaux, em 12 de janeiro, cirurgia nos olhos e viagem com sua família para se recuperar no Guarujá, encontrava-se em reabilitação: "Neste momento eu me encontro em rehab com minha família. Desde o que aconteceu que tenho aversão a droga". Finalmente estaria começando a seguir o regime indicado por seu psiquiatra em dezembro… Eu poderia protelar a narrativa e criar um gancho romanesco a respeito, porém adianto que não era verdade — Bosco nunca deixou de fazer uso da metanfetamina e do GHB e quando sua família veio com ele do litoral paulista para o Studio 1984; ele se hospedou em um hotel para consumir as drogas. Apenas se consultaria novamente com o especialista sobre o assunto no dia 30 de janeiro de 2020, e me informou que cessou tudo definitivamente nesse dia — outra inverdade. O psiquiatra da USP voltou a lhe receitar oxcarbazepina 1200 mg (para transtorno bipolar) e quetiapina 100 mg (para esquizofrenia, transtorno bipolar e depressão) diários — o mesmo que havia prescrito em dezembro, receita à qual João Bosco se havia negado a aderir porque planejava usar metanfetamina pelo restante do ano de 2019. Quanto a mim, o psiquiatra em Campo Grande havia feito promessas de um exame caríssimo que revelaria, finalmente, "se eu era ou não psicótico": o psicodiagnóstico de Rorschach, a que me submeti. Fiz todo o esforço do mundo para ser o mais opaco e obtuso possível, a utilizar mínima criatividade e tentar simular os resultados de um indivíduo de QI 40. A especialista que realizou o exame escreveu sobre sua percepção:

> Em qualquer circunstância o probando percebe os dados do ambiente, predominantemente, captando os dados concretos e imediatos das situações, porém esse dado nos mostra que o probando precipita-se em atuar no ambiente, pois se fixa nas áreas que atraem mais facilmente sua atenção, exigindo menor elaboração e capacidade de abstração. Quando em situações do cotidiano consegue perceber a configuração global do estímulo, reconhecendo padrões visuais já percebidos em objetos do seu ambiente. Esse reconhecimento também é imediato, correspondendo a generalizações indutivas e indicando inteligência concreta e fuga do envolvimento direto nas situações. Já quando estimulado afetivamente tende a inverter a situação e dar maior significado ao que é considerado como não pertinente à maioria. Apresenta seletividade na atenção, que exige maior esforço na medida em que opera uma inversão

no modo de observar o ambiente, ressaltando o caráter crítico e de oposição em sua atitude frente às situações. De forma geral, esse estilo perceptual compromete a reflexão mais ampla dos fatos, capacidade de organização e planejamento e a capacidade analítica.

[...] Francisco está mais voltado para as condições objetivas para o exame das condições ambientais e eventos externos. Entretanto, em um nível em que chega, como forma de funcionamento, à rigidez mental, quando da análise perceptiva direta. A flexibilidade do pensamento, então, fica detida em determinantes que envolvem os aspectos subjetivos. E, também, aparece em intensidade semelhante à rigidez mental, mas diante do impacto imediato dos estímulos. Aos poucos, Francisco consegue se organizar e não se deixar levar pelos estímulos, de forma "reflexa". E o resultado é que, enquanto envolvido afetivamente, não consegue combinar, abstrair e generalizar o significado das experiências, demonstrando dificuldade na organização dos perceptos, na elaboração racional das vivências, por confusão psíquica.

[...] O probando tem dificuldade na comunicação dos processos mentais, fixando-se aos elementos concretos das observações e com prejuízo na capacidade de abstrair, transformar o símbolo em um conteúdo e expressá-lo sem a interferência de aspectos irracionais. Prende-se ao concreto, à observação imediata, perseverando no conteúdo e no tema de suas respostas, o que afeta a ligação emocional espontânea com o ambiente ou com o convívio interpessoal. Esta característica ocorre em função da necessidade de defesa extrema de Francisco em relação ao contato. Para que se organize mentalmente, tende a perseverar diante da estimulação.

[...] No conjunto de elementos que fazem parte do processo adaptativo, destaca-se a atenção adequada aos estímulos externos que permitem o controle do processo perceptivo e o julgamento imparcial da realidade. Porém, diante de qualquer situação o probando expressa rigidez mental e autocontrole no julgamento ou toma tudo ao seu redor como conteúdo dinâmico, ao qual percebe a si mesmo ou atribui significado idiossincrático aos estímulos; ou seja, há projeção arbitrária de significados pessoais. Há instabilidade no pensamento devido à escassa ligação emocional ao ambiente, por dispersão, superficialidade de interesse e perseveração, o que indica preocupação dominante na personalidade, restringindo seu contato com a realidade. Diante do impacto afetivo fica mais instável e o raciocínio lógico e a capacidade de abstração — que permitem assimilar as normas e valores coletivos dominantes — acham-se preservados, mas Francisco com eles não se identifica, pois, quando envolvido em experiências, não se apoia no pensamento convencional.

[...] Francisco revela sensibilidade exagerada às experiências de ordem afetiva, que se expressam como traço de hiper-emotividade da personalidade, com elevada pressão dos afetos.

[...] 1- Série de Molly Harrower para distúrbios psicógenos: baixa responsividade, baixa autonomia, baixo controle afetivo, choque afetivo e fantasias primárias (positividade);

2- Série de Piotrowski para desorganização mental decorrente de lesões cerebrais: ansiedade diante dos estímulos, baixa autonomia, liberação intensa do afeto, repetição de resposta por perseveração e baixa adesão aos padrões coletivos (positividade).

Achei curioso que, em sua necessidade de dizer tudo, a psicóloga acabava por não dizer nada. Sua análise me soou como um composto de frases soltas e autodenegatórias, talvez copiadas e coladas. Por vezes, encontrou um interessante fio de mim em fraturas contraditórias do personagem apresentado, todavia logo se desviava em suas próprias contradições e se perdia novamente. De qualquer forma, a profissional se reuniu com o psiquiatra e determinaram juntos que eu não possuía traços psicóticos em minha personalidade, o que era compatível com a prévia leitura por parte do médico de nossas conversas — naquelas ocasiões, francas —, de que eu realmente havia sofrido um trauma gigantesco que me levava a desenvolver PTSD (TEPT), que por sua vez tem crises de pânico entre os sintomas. O psiquiatra recomendou que eu concluísse a caixa de risperidona 1 mg que havia iniciado (útil no combate ao transtorno do estresse pós-traumático), e continuou a me receitar clonazepam 1 mg (contra a ansiedade e possíveis crises de pânico, e para a melhoria do sono) e escitalopram 10 mg (para contrabalancear a depressão); de resto, que eu me mantivesse distante da fonte do trauma.

Iniciei psicanálise — no entanto, estava mais interessado em trazer às sessões aspectos incongruentes da personalidade de João Bosco, para jogar luz sobre a questão de ele ser um sociopata, do que nos mistérios de minha própria mente. No final das contas, a psicanalista compartilhou comigo que era difícil dissociar o uso de metanfetamina para *assessar* a sociopatia dele, mas que encontrava traços desta no comportamento descrito. Outros especialistas que eu tinha consultado haviam dito a mesma coisa. Talvez esse não devesse ser o foco de minha própria análise. Havendo esclarecido psiquiatricamente que o problema não era propriamente eu, ou minhas elaborações do real, ou coisas que eu teria criado, esforçava-me para compreender como me inseria na irrealidade que estava à minha volta. Sobretudo, ao lado de Bosco eu tinha vislumbrado o inferno, como se o vento houvesse soprado a cortina e eu tivesse visto o fogo arder através de uma janela, brevemente; necessitava saber se tal inferno era verídico ou não. João a tudo negava; eu tinha ao menos uma resposta parcial: que não se tratava de algo "de minha cabeça". Portanto, algum meio-termo haveria de existir entre aquela visão do inferno e o concreto que Bosco narrava, em que nada daquilo se passaria. Havia algo de profundamente existencial naquela resposta que eu buscava, porque dizia respeito imediato ao mundo em que me encontrava — e a minha relação com ele. Abaixo do funil de Nietzsche, no contexto de Bosco, eu tinha me deparado efetivamente com o inferno? Como me conduzir, sabendo que estava [estou?] nesse âmbito do cosmos? Como *ser* no inferno? Conhecendo-me, eu não poderia simplesmente me afastar, pois assim jamais obteria uma certeza e não poderia conviver comigo próprio. Como é possível viver na dúvida sobre algo tão grave? Eu não possuía respostas de manual para essas perguntas que surgiam diante da visão desoladora que havia tido. Precisava mergulhar naquele mundo porque, pelo pouco que havia visto dele, perpassava tudo como uma teia que ia de uma ponta a outra da sociedade — não foi por acaso que escolhi o termo "rede" para me referir à tal organização criminosa. *Era o fascismo do século XXI em como ele lidava diretamente comigo e com outros como eu, aqueles que por serem pensadores livres deveriam definhar socialmente.* Toda a exposição, toda a humilhação, toda a crueldade… as novas tecnologias tinham permitido que novos tipos de tortura psicológica e física viessem à tona? Muitas vezes o choque, a depressão e a ansiedade me traziam anorexia e eu não conseguia me alimentar. Perdi quilos. O sadismo mais perverso se expressava de uma forma completamente nova, pelo pouco que àquela época eu era capaz de compreender — nem sofrer em minha intimidade era permitido. Para o caso de eu haver sido "encomendado" a João Bosco pela Rede, não adiantaria tentar fugir — enviariam outro se eu me desfizesse dele [e passei desde então a ter profunda dúvida sobre quem fosse que se aproximasse de mim]. A retornar a ele — e sob a possibilidade de que tudo o que eu temia fosse verdade — eu estaria me sujeitando àquele prazer sádico e, por suposto, declarando-me masoquista em meias-palavras. Meu entendimento era exatamente o oposto. Não encontro prazer em sofrer; sofrimento maior viria com a aceitação do fato de que o inferno que se tinha revelado a mim era real, ou deixar o sim ou o não de sua existência em suspenso, e acatar que eu não poderia nem sequer resgatar uma pessoa [no caso, João] dessas trevas. Isso tudo iria contra minha filosofia mais básica de vida. Ciente de que sou piegas como um romântico — o que, pelo lado bom, é sinal de que vivi o movimento por completo —, tudo o que tenho feito no mundo desde meu nascimento tem sido no sentido de trazer algum tipo de contribuição construtiva ao Universo. Nunca fui perfeito; tampouco ajo com más intenções. Eu acreditava no amor como arma contra o ódio — e o discurso do ódio impera no fascismo. Se Bosco tivesse se vendido a tal ódio, que minha demonstração do mais puro amor fosse capaz de fazer com que abandonasse aquilo e que viesse comigo: que visse que no longo prazo teria mais a ganhar ao trilhar um caminho ético. Era um pensamento idealista e eu estaria a me entregar na tentativa de resgatar o outro daquele sequestro; João dava sinais de querer ser libertado. Eu sabia dos riscos envolvidos — a exposição, a perversidade extrema —; acima de tudo, mesmo que tal resgate não fosse possível, eu queria a verdade: o inferno que eu havia visto por sob a cortina pela janela de João Bosco estava por toda parte ao meu redor? A cortina seria então feita de hipocrisia.

No dia 31 de janeiro, fui com meus pais à festa de aniversário de minha cunhada — era difícil olhar as pessoas nos olhos; eu não sabia o que se falava a meu respeito e tinha muita vergonha do que pensariam sobre minha institucionalização. É péssimo não conseguir levantar a cabeça e se manter altivo. Meu pai dirigiu-se a mim: sentia como se as pessoas falassem por nossas costas. Não creio que elas fizessem isso, pois eram amigáveis conosco; todavia, esse fato fez com que me sentisse pior: meu pai também se envergonhava de mim. Eu era o nível mais baixo a que havia chegado nossa família e nosso DNA? Tentei ficar próximo a meu sobrinho recém-nascido, porque ele não me julgaria, mas não queria que os pais temessem que eu podia lhe fazer qualquer mal em um "surto psicótico" — afinal, apesar dos pareceres atestando minha saúde psíquica, eu tinha acabado de sair de uma instituição. Deveriam ter tantas dúvidas a meu respeito... e se essa, em específico, existisse, ferir-me-ia mortalmente. Por não poder saber o que se pensava de mim, retirei-me para a piscina e fiquei a refletir sobre meu ultraje. Soprava uma brisa agradável. Eventualmente, meu pai e irmão vieram me procurar e se uniram a mim — meu pai dizia que tampouco se sentia bem para estar em público em um festejo. Sentaram-se ao redor da mesa, muito embora meu irmão caçula não consiga permanecer muito tempo sentado. Falávamos pela primeira vez mais abertamente sobre o que havia acontecido. Não entendiam o porquê de eu ter ido me encontrar com Bosco novamente e eu tentava explicar tudo sobre o que discorri no parágrafo acima. Não obstante, para meu pai, alguém que já havia traficado drogas não poderia ser recuperado — era curioso que ele aceitasse a sociopatia de outro que havia planejado ataques terroristas a bomba, entretanto não a de uma pessoa que tivesse cometido um erro que eu preferia crer que havia sido pontual. Para eles, João Bosco era a pior pessoa do mundo; eu tentava defendê-lo aqui e ali... nem sequer possuía tanta convicção de que não fosse uma pessoa má em sua essência. O que eu sabia naquele momento era que eu o amava e que esperava poder estender meu braço a ele de forma que saísse do poço de depressão em que se encontrava — contudo, eu não podia admitir meu sentimento. Para os meus, tal amor por uma pessoa tão condenável era inaceitável, ainda que eles compreendessem ainda menos do que eu o que tinha realmente se passado na rua Avanhandava. Na verdade, colocavam como se eu fizesse uma escolha entre Bosco e eles próprios, minha família — os dois não seriam compatíveis. Eu não via dessa maneira e gostaria de eventualmente tentar provar a eles que João se tratava de uma pessoa boa, bem-intencionada — nem disso podia falar. Em minha família, há muitas coisas que não podem ser ditas, e assim fui me sentindo ao longo de minha vida: que para ser eu mesmo tinha de ir me retirando, de forma a também evitar a omissão. Haveria o mesmo tipo de intromissão em minha vida pessoal se eu fosse heterossexual? — eu me perguntava. Não caberia discordar deles: João tinha me feito muito mal, em poucos meses pior até do que os dois sociopatas com quem tinha me relacionado anteriormente — Giordano e Anderson. Não posso expressar em palavras, de toda forma, o grau de dificuldade de se identificar um sociopata (que consegue se tornar tudo o que uma pessoa procura quando lhe interessa). São camaleões. Quando eu discutia com os especialistas certos traços de João, queria que eles me afirmassem definitivamente que ele era um sociopata para que me distanciasse de maneira final; ao mesmo tempo, meu amor pedia que não fosse a verdade; não obtive essa resposta categórica. Infelizmente, eu aprendi, não é possível resgatar sociopatas: eles não sentem nada mesmo, apenas manipulam. Ao partir no início de 2019 para Chicago e permitir que Giordano, desalojado em sua queda socioeconômica devido a suas trapaças, permanecesse em meu apartamento, ouvi a confissão de que ninguém de sua família havia sido capaz de fazer aquilo por ele e a jura de que jamais faria qualquer mal contra mim. Dois meses depois de minha chegada ao Brasil, estava Giordano a enviar e-mails para meus colegas de trabalho, amigos e familiares alegando que eu teria estuprado um rapaz e que eu estava a disseminar o HIV, além de fazer todo tipo de acusações — isso ocorreu quando me neguei a seguir lhe servindo de fonte financeira. Eu somente podia esperançar que Bosco não fosse mais um sociopata em minha história; quanto a isso, não poderia fazer muito senão aguardar, pois é observando-se os padrões de comportamento que se identifica um sociopata — e a verdade eventualmente viria à tona quando eu não mais servisse para ele. Certa vez, assisti a um documentário que tratava justamente do assunto: por que pessoas inteligentes são enganadas por sociopatas? A resposta era simples: em um primeiro momento, a expressão corporal deles nos causa estranhamento e nos leva a nos distanciar; no entanto, questionamos esse nosso comportamento automático e nos sentimos mal por julgar o outro; então, damos ao sociopata uma segunda chance, e quando ele nos faz cair em sua lábia [não há melhor expressão] estamos perdidos — porque é racionalmente que o sociopata nos envolve primeiro. Recentemente — em nova ocasião enquanto escrevo —, João me relatou que havia trazido a torta de limão à casa de Duda, após nosso primeiro encontro, especialmente para mim; porém, desapontou-se quando me viu deitado, nu, na cama com Henrique. Durante a festinha, quase não trocamos palavras. Falamo-nos depois e ele me cativou de forma certeira quando de meu estado desolado com Paulo, no evento da praça General Osório. Como é estranho que eu ainda me lembre da primeira vez que mirei seus olhos pretos: vi ali uma alegria de viver; a escuridão estava ali também. Cometi o erro sobre o qual Shellie Fleming tinha alertado: acreditei que pudesse enxergar naquela escuridão. Essa escuridão, típica dos olhos vácuos, cresceria progressivamente após seu olhar ter se tornado virtual. Seria insincero de minha parte se não admitisse: ali, sentado na piscina ao lado de meu pai, sendo forçado a jurar que me distanciaria dele, eu tinha saudades de João Bosco. Queria estar em um lugar onde pudesse amá-lo sem ser julgado e quase já me esquecia do mal que ele havia feito a mim. Releio o laudo da psicóloga. Ela escreveu: "Francisco revela sensibilidade exagerada às experiências de ordem afetiva, que se expressam como traço de hiper-emotividade da personalidade, com elevada pressão dos afetos". Se nem a criar um personagem fui capaz de esconder isso, imagine a ser eu mesmo... sou presa fácil para aqueles que me veem utilitariamente. Não era isso o que eu gostaria de pensar sobre João naquele momento; continuava a evitar prejulgá-lo.

No dia seguinte à comemoração, fiz um passeio de carro com meus pais pelo Parque dos Poderes — meu pai gosta de dirigir por ali e toda vez falamos sobre a rica fauna silvestre. Mais tarde, compartilhei pelo instagram um texto de Regina Navarro sobre a ministra Damares Alves, "advogada, pastora evangélica, fundamentalista religiosa e política brasileira, filiada ao Progressistas (PP) e ministra da Mulher, da Família e dos Direitos Humanos do governo Jair Bolsonaro" — "Abstinência como política: Por que achamos que sexo é sujo e perigoso?". A imagem que ilustrava o texto era de alguém sentado só em um parque: poderia ser eu. Mais à noitinha naquele sábado, tirei uma foto de Oliver deitado sobre meus pés na cama: sempre foi um gatinho doce. Pena que no apartamento em Campo Grande eu sempre me sinta dentro de uma caixa de fósforos porque sou remetido a um lugar de infância que sou crescido demais para ocupar. No outro dia, compartilhei com Bosco uma mensagem simples de um filme de ficção científica de Hollywood sobre a natureza que então completava dez anos: "*I see you* — Eu te respeito, eu te saúdo, eu te amo, eu te reconheço, eu te recebo, eu me conecto com você. Você não está só". Novamente piegas. Contudo, ele dizia estar péssimo, deprimido, a evitar metanfetamina e companhias de sexo, e a sentir minha falta. Supostamente, havia no dia anterior por fim aderido ao tratamento prescrito pelo psiquiatra da USP, originalmente criado na segunda quinzena de dezembro — o segundo alarme falso sobre o assunto tinha sido quando esteve com sua família no litoral paulista. ~~Não sabia eu naquele momento que era tudo novamente uma grande mentira: deprimido ele poderia até estar, isso não o impedia de se drogar e transar com estranhos (sem preservativos ou PrEP) em festinhas, como sempre, fevereiro adentro. Às vezes, o sexo pode ser, sim, sujo e perigoso. Por volta desses dias, pagou até um GP com um dote de 24 cm com quem topou no grindr, ao passo que me dizia estar precisando de dinheiro para comer, que eu lhe enviava quase que diariamente. O curioso é que sempre repetia que "odiava garotos de programa", do verbo odiar, da palavra ódio — ETIM lat. odĭum,ĭi 'ódio, aversão, repugnância, antipatia'; o discurso era forte. Assim mesmo, o GP o comeu e satisfez — afinal, eu o havia ensinado a dar; deixou João sorridente ao menos até o próximo sujeito aparecer. Devo fazer dois esclarecimentos: em primeiro lugar, não era uma mentira óbvia — Bosco se esforçava para que eu acreditasse que estava se resguardando e que sentia algo por mim; em segundo lugar, até o presente momento de 2021 em que escrevo, metanfetamina, GHB/GBL e drogas do gênero são apenas facilmente disponibilizadas no Rio de Janeiro e em São Paulo, que seja do meu conhecimento — eu, sim, respeitava meu corpo fazia um bom tempo.~~

Durante a tarde, tirei uma foto da linda gatinha de nossa família, Letícia [mais conhecida como Monroe, por sua bela pinta acima do lábio, seus magníficos olhos azuis e seu temperamento fácil] e fiz inúmeros registros de Oliver, o gordo, de barriga para cima. Tentava tirar fotos de Morena (Hilda), a irmã de Monroe, mais arisca. Enviei um vídeo para João em que batia em meu peito com a mão esquerda e dizia "Você está aqui dentro": eu era verdadeiro. Na segunda-feira, voltei ao psiquiatra — que disse que eu continuava bem —, trabalhei e postei algo engraçado no instagram: "Todo mundo é meio bi. Se não for bissexual ou bipolar, é no mínimo biscate". ~~A João se aplicavam os dois últimos adjetivos — eu somente não sabia do último, ou não teria me dedicado tanto a ele. Era mais cafajeste do que eu poderia ter suposto à primeira vista — minha intuição não estava tão errada.~~ Na terça-feira, mais trabalho e uma foto engraçada de Emília sentada em uma cadeirinha de minha infância; e terminei o dia a enviar um vídeo com um grande beijo para Bosco, apaixonado que eu estava. Na quarta-feira, 5 de fevereiro, continuei a me dedicar à pós-produção da série — a avaliar o último corte — e houve um chuvaréu em Campo Grande. Retomei contato com Gláucia e mais uma vez não fui dormir antes de enviar uma foto ingênua, de transparente sorriso de amor, para João: eu me baseava no preceito alimentado por ele de que existia sentimento mútuo. No dia seguinte, voltei a treinar — gostaria de ficar forte e bonito para quando me encontrasse com João de novo, e nos vídeos minhas pernas continuavam ótimas. Fui resolver o último presente de Tiago para minha pessoa — inúmeras multas de trânsito no carro [não mais em meu nome] que fariam com que eu perdesse a carteira de habilitação; tive de recorrer à última instância do DETRAN-MS (Departamento Estadual de Trânsito de Mato Grosso do Sul) para explicar o caso. Tomava conta de mim, trabalhava, mandava fotos de beijos apaixonados que derreteriam metade do mundo ~~— menos quem eu realmente gostaria de acertar com minha flecha~~. No sábado, postei uma capa de *Ulysses*, de Joyce, com o seguinte dizer: "Se passar anos aprendendo inglês e a única coisa que fizer com esse aprendizado for ler este livro em sua versão original, já terá valido a pena. #breakthrough". Nessa noite, publiquei uma foto minha na academia em que — modéstia à parte — estava lindo: olhos alongados, lábios semiabertos, queixo quadrado, cabelo e barba perfeitos. ~~Precisava enxergar beleza em mim mesmo naquele e neste momentos.~~ Não dei atenção a ninguém que me bombardeou por inbox; eu pensava em uma só pessoa. Também tirei fotos na frente do espelho para acompanhar minha própria evolução: minha estrutura muscular recuperava seu aspecto maciço rapidamente. Em 9 de fevereiro, fui visitar meu sobrinho e finalmente consegui me sentir bem e o fotografar sorrindo. Nessa mesma noite, assisti a um filme chamado *Marriage Story,* que muito me remeteu a *Scener ur ett äktenskap*, de Ingmar Bergman, que adoro, e apreciei a referência. Tive uma conversa franca com João Bosco: perguntei se estávamos em um relacionamento e, se estivéssemos, se era um relacionamento monogâmico; ele respondeu que sim às duas perguntas, e adicionou que não sentia vontade de ficar com ninguém, que cada um deveria seguir sua consciência. ~~Tratou-se do mais cruel truque de ilusionismo, pois por essa época ele andava fazendo vários a três — aos quais seu "amigo" Túrio assistia. Toda noite. Túrio, que explanava em seu perfil no aplicativo de sexo que era voyeur e que adorava filmar, "cuidava da bunda de Bosco" (de um furúnculo) e também convidava caras passivos para o estúdio com quem transar, para João olhar. Dividiam os sujeitos entre si e faziam outras possíveis combinações, neste caso tendo Bosco como passivo também — sobre os lençóis de […] centos fios egípcios que meus pais me haviam dado de presente e que eu tinha trazido comigo quando decidimos morar juntos, sobre a "nossa" cama.~~ No dia 10, fui fazer meus exames de rotina e pegar três vidros de PREP, haja vista que nunca deixei de me cuidar, apesar de meu estado monogâmico. Gravei um vídeo comparando a história da PREP à do anticoncepcional, em que fui muito educativo. Postei uma foto de minha mão com o vidrinho e a pílula azul, um retrato de Tito ao fundo — minha maneira de lembrar dele, porque nos últimos dias vinha postando fotos de todos os felinos. Às 17h43, João me enviou um vídeo cheio de efeitos de coraçõezinhos em que afirmava que me amava e fazia cara de anjo doce — vestia uma blusa minha. Nossas conversas eram constantes e eu fazia o meu máximo para que ele se sentisse bem e lembrado, ainda que à distância. Uma amiga, personal trainer, Carol, convidou-me para treinar com ela e o fiz com a maior felicidade — Bosco sempre me ligava para dizer quanta falta sentia de mim e que me amava, a fazer muitas vezes com que eu interrompesse minhas séries de exercícios. Na manhã posterior, publiquei vários vídeos do treino em que era possível ver meus cabelos um tanto grisalhos — continuava a recuperar minha forma de maneira surpreendentemente rápida e minhas pernas estavam bastante torneadas. Nesse mesmo dia, enviei rosas para João, que me pediu um vídeo me masturbando no chuveiro — fiz isso; ele falava que adorava ver meu pau e que batia várias punhetas se lembrando dele. ~~Hoje não sei dizer ao certo qual o real uso que fez do material.~~ Sonhei com Tchaikovsky essa noite, uma paixão musical. Em 12 de fevereiro de 2020, eu reiterei a Bosco quanto acreditava em seu potencial; pedi que ele não se abalasse com o momentâneo desemprego, que não se entregasse às drogas; e escrevi que planejava algo de longo prazo com ele, que desejava que compartilhássemos uma vida juntos. Ele me retornou um vídeo aos prantos: "É muito louco quando você fala essas coisas. Eu fico até emocionado, sabe? Porque eu sempre fui muito sozinho. Eu nunca tive uma pessoa que pensasse dessa maneira, sabe? Mas é um choro de alegria, assim, de emoção mesmo. A gente nunca tem ninguém pela gente, né? Enfim". ~~Estava maquiado para que eu não percebesse que não dormia havia dias. No dia em que recebeu as rosas e também nesse dia, ele e Túrio viraram com um conhecido meu fumando tina, trepando e filmando, duas noites — a pessoa, um médico chamado Zeni, posteriormente veio me contar, pois "não achava correto o que meu namorado tinha feito comigo". Toda São Paulo sabia, menos eu — cria no que me era dito e espontaneamente expressado.~~ No dia 13, estive com a psicanalista, que concordava que eu estava bem, no entanto, temia meu reencontro com Bosco. Recebi um convite para fazer uma promoção em meu perfil da rede social de um hotel em Bonito e chamei João para passar uns dias comigo lá; meu pai temia por meu bem-estar, que eu tivesse uma crise de pânico [por mais improvável que fosse que isso acontecesse em um ambiente rural], e pediu para que eu cancelasse o passeio; desisti. Trabalhei como sempre e fui me exercitar com Carol — meu corpo estava forte e definido. Na outra noite, por alguma intuição, desconfiei de algo e me deparei com Túrio "voyeur" no grindr. O perfil de Bosco também estava online: a legenda era "tentando". De algum jeito, João me convenceu de que apenas passava o tempo e me enviou um clipe com uma canção de amor, feito com fotos nossas tiradas em Santa Tereza — sua mãe havia lhe dado seu iphone usado ao comprar um novo. Encaminhei a ele uma segunda foto de minha mão forte, apertada contra o peito. No dia 16, um amigo me enviou um print — Bosco tinha mudado o texto de seu perfil no aplicativo de sexo: "Não busco nada. Se eu não te respondi é pq vc não tem fotos ou é pq não curti mesmo. Curto caras ACIMA dos 30. Não tenho pressa. TENHO CRITÉRIO. Não curto coisas bizarras. Não sou 100% Ativo e se for para ser passivo, tem que rolar um troca troca". Passei a tarde com meu irmão e sobrinho e sua cachorra Beth e não me recordo o porquê: mesmo depois de ter lidado mais uma vez com a explícita mentira de João [a explicação dele era novamente de que se tratava de um passatempo de trocar fotos], ainda assim aquela noite escolhi embarcar para São Paulo. Fui de ônibus, para economizar uma grana. Creio que precisava tanto acreditar em João Bosco naquele ponto porque não estava preparado para enxergar a realidade como ela era, com tudo o que de mais profundamente problemático que a verdade trazia; hoje, dela não posso mais fugir, tento elaborar. "Garotos sensíveis fazem besteiras de vez em quando" — aprendi em algum lugar. ~~Neste caso, o único garoto realmente sensível era eu.~~ Simplesmente queria muito encontrar algo de verdadeiramente bom. Participaria do Projeto Caminho de Cura Noke Koî com Vento — mulher branca que tinha um marido indígena — no litoral de São Paulo, a praticar a Medicina do Kambo. João iria me buscar na rodoviária e me levar até o local; disso, minha família não soube. Eu dava mais um passo no sentido de uma "vida de perjúrio".

Não podia segurar minha ansiedade na viagem — acordei cedíssimo no ônibus. Meu coração palpitava toda vez que pensava em abraçar a pessoa que amava. Àquela altura, eu já havia explicado a Bosco que tinha sofrido uma crise de pânico na rua Avanhandava devido ao seu comportamento errático e outras estranhezas do momento, porém nunca me aprofundei no assunto ou lhe contei a respeito da associalização — somente disse que me havia recolhido e que não tinha estado a trepar com toda a cidade de São Paulo como ele havia projetado [e sempre projetava] em mim. Por isso, ao menos João teve a sensibilidade de me tratar com delicadeza. Alugamos um carro e ele trouxe Maga com ele, que felicidade era revê-la. ~~Apenas hoje sei quanto o pobre animal é traumatizado pelos eventos que presencia — São Francisco de Assis choraria como eu muitas vezes chorei;~~ e ela sempre muito alegre em me rever também — eu era uma figura sadia, estável e sempre confiável em sua vida. Bosco durante todo o nosso relacionamento repetia à exaustão e a todos que a cachorrinha era "um grude" comigo e que preferia a mim que a ele, e era fato. Durante a viagem, Maga fazia questão de dormir em meu colo, enquanto João dirigia a mil quilômetros por hora. Chegamos a Juquehy e ficamos hospedados na casa que Bosco dizia ser sua e de seu ex, Sotto. ~~Hoje, sei que ele carregou algumas mobílias para o quarto de baixo da casa de Sotto, um dentista, e que levava seus *affairs* de maior interesse para o local, no golpe final da conquista. Foi assim com outros e foi da mesma maneira comigo.~~ Não posso, entretanto, reclamar daqueles dias em si: João aparentava ser real comigo e era aprazível; havia deixado seu celular de lado. Íamos à praia, estendíamos toalhas à sombra para piqueniques, levávamos champagne e frutas, dávamos banho em Maga no mar... víamos o tempo passar calmamente. ~~A encenação era perfeita.~~ Eu acreditava ~~nela~~ e fazia minha cura e aos poucos sentia o retorno da brisa da liberdade que tanto tinha almejado — ou do que eu gostaria de crer que fosse a liberdade. Tentávamos restabelecer confiança. Transávamos — era uma entrega para mim, ~~pois não sabia então que Bosco havia trocado fluidos com outros tantos até a própria madrugada de meu retorno.~~ João dava magnificamente bem ~~— e havia treinado muito; toda vez, eu ficava impressionado com quão abertos seus esfíncteres interno e externo conseguiam constantemente permanecer e hoje entendo o porquê; não pretendo ser mais literal a esse respeito. A mim foi apresentado um simulacro de uma conexão que nunca existiu, haja vista que ele era comigo assim como era com todos os outros. Confesso que se soubesse de toda a atividade sexual recente do rapaz, sentiria imensa repulsa e nem sequer teria aceitado sua companhia, pois não era esse nosso combinado. Cada casal tem o livre-arbítrio para seguir a vida sexual que estipular conjuntamente e que trouxer tesão para ambos; nunca constituiu meu desejo ter uma relação na qual meu parceiro se deite com uma metrópole inteira sem o meu conhecimento ou aval. Jamais fiquei de pau duro por ser um motivo de piada. Não era isso o que eu buscava e não era isso o que havíamos expressamente definido. Eu era enganado. Ainda que fizesse parte do pacto, os direitos que Bosco reservava a si não se estenderiam a mim — eu era simplesmente* o traído* e nem sequer podia confessar que um ator pornô me parecia interessante, porque João recebia uma fantasia como uma traição; muito menos eu poderia externalizar que um indivíduo da vida real fosse bonito, e menos ainda qualquer um poderia encostar em mim.~~ De fato, eu não queria ser de todos — já tinha tido meus momentos de solteirice e, no final, sempre restava um vazio. Eu tentava estabelecer o que João Bosco e eu havíamos acordado em diálogo ~~[de meu lado franco]~~: um relacionamento monogâmico sobre o qual pudéssemos construir algo juntos. ~~Aquele restabelecimento de confiança, infelizmente, não passou de uma farsa. Foi algo programado para me envolver. Até o momento em que comecei a escrever sobre esses dias, lembrava-me daquela semana com carinho. Não mais. Não consigo tratar do assunto sem sentir muita repugnância, tendo em mente que não passei de uma vítima e que odeio ocupar esse lugar. Durante o processo de escrita, sou acordado por pesadelos desconcertantes diariamente. Repentinamente, dou-me conta de que um capítulo inteiro de imensa devoção de minha vida não passou de uma impostura.~~ João chegou a mencionar outros que havia levado àquela casa de praia e citou dois casos específicos, além da ocasião com Iran H.: uma situação em que foi com um namorado e em que, perante sua negativa de sexo com este, o namorado comeu um amigo de João em sua presença; um a três em que era filmado por um terceiro indivíduo, cujo vídeo me mostrou; existiram várias outras situações de pegação geral com famosos da elite gay com as quais me deparei ao longo do tempo. Como fui capaz de acreditar que comigo seria diferente, não sei explicar — devo assumir a culpa de querer muito crer que Bosco quisesse constituir uma vida diferente da que tinha vivido até aquele momento, ter fé em que aquela vista passageira do inferno estava ficando para trás. Quiçá eu tenha sido humanista no exato sentido colocado por Albert Camus:

> Em outras palavras, eram humanistas: não acreditavam nos flagelos. O flagelo não está à altura do homem; diz-se então que o flagelo é irreal, que é um sonho mau que vai passar. Mas nem sempre ele passa e, de sonho mau em sonho mau, são os homens que passam, e os humanistas em primeiro lugar, pois não tomaram suas precauções.[*]

"Esperançar: amar é um ato de coragem" — foi escrito em um prédio de São Paulo no centenário de Paulo Freire. Mesmo ao me colocar em perigo por minha necessidade de negar o mal e tentar restaurar o bem, ao menos para um indivíduo que fosse, como escritor saliento que: houve um relacionamento abusivo desde o princípio, que me subjugou para além do que eu estava preparado para lidar; e que, talvez em um aspecto específico, residisse minha maior vulnerabilidade, de sempre ter sido muito aberto acerca de minhas experiências sexuais (justamente porque elas haviam sido significantes, pois estive a maior parte da vida em relacionamentos monogâmicos). Partia do princípio de que compartilhar esses momentos e tesões faria bem a uma relação. João, contudo, pouco se abria e nada admitia. Dessa forma, passou a se utilizar crescentemente do discurso de que eu "era sem critério" por ter dormido com quantidade x de pessoas em meus 36 anos de vida ~~ao passo que, em apenas uma semana, ele batia todos os meus recordes. Naquele tempo, eu não sabia.~~ Apontava o dedo e fazia com que sentisse vergonha de mim e de minha sexualidade: eu supostamente era devasso e criava nojo, sendo assim *inferior*. Pôs-se na posição de juiz como se ocupasse um lugar magnânimo e neutro — representante que se dizia do meio gay paulistano e de seus valores; eu, por muito tempo, não tive elementos com que questioná-lo, haja vista que não sabia de toda a verdade nem pertencia a tal meio — as informações não chegavam até mim; ~~eu era publicamente enganado, tanto por Bosco quanto pelos inúmeros com quem ele se dava, e a todos interessava sustentar a mentira.~~ A maneira

---

[*] CAMUS, Albert. *A Peste* (1947). Paris: Gallimard, 1972.

de crescer à sua suposta altura era ser absolutamente crente, entregue, transparente e fiel — nem poderia questionar atos eventualmente nebulosos seus, porque isso constituía uma grande ofensa. Como aquela vez em que ele não saía do celular e que eu tinha percebido que marcava algum encontro, incentivando-o a convidar o indivíduo para se juntar a nós, e João Bosco explodiu: alegou que não acreditava em minha seriedade e me acusou de "somente querer oba-oba" — apesar de eu explicitar que preferiria participar de um a três a ser traído; ele, então, mentiu que jamais havia tido tesão em outro indivíduo desde que me conhecera. Em outro momento, quando apontei um comportamento similar seu que ele não podia negar, pois eu havia lido as mensagens, ele chorou muito e disse que se cobrava demais — e, dessa forma, ser contestado por mim era muito doloroso; eu não deveria fazê-lo. A mim, naquele relacionamento, realmente cabia apenas o papel do que cria cegamente; dessa maneira, eu estaria me melhorando, tornando-me um respeitado membro do meio gay paulistano. ~~De outra forma, eu seria sempre "o maluco" — minha assertividade seria por todos prontamente negada. Minha masculinidade e sanidade tinham de ser provadas "através da aceitação resignada de situações vexatórias".~~ No entanto, não havia retornado a São Paulo com o propósito único de acertar a mão em um relacionamento — isso apenas aconteceria se eu resgatasse João do inferno ou se provasse a mim mesmo que tal inferno nunca tinha existido. Estava ali primeiramente para me infiltrar — muitas vezes me fazendo de cego e até aceitando o papel de masoquista — para descobrir do que consistiam, no fundo do funil, os fatos. ~~Tudo isso faz parte do jogo. É como se fosse um jogo, isso aí faz parte da regra.~~ Era humanista em minha constituição; todavia, a verdade estava para mim acima de qualquer coisa, até do meu próprio bem-estar, doesse a quem doesse ~~— geralmente mais a mim. A despeito de ter de me submeter a essa relação horrorosamente bárbara e extremamente chocante e traumática, posteriormente as peças se encaixariam.~~ Sem essa sujeição, não saberia o que sei hoje, não poderia deixar este registro. Deparei-me com indivíduos assustadoramente doentes. Logo, sim: me sacrifiquei de forma consciente para ter uma visão clara do inferno. O sonho mau não era passageiro. Sou acordado por ele todos os dias.

Novamente, peço perdão por adiantar a fevereiro de 2020 conhecimento que vim acumulando até meu recente e final esclarecimento, em setembro de 2021 (trechos que achei por bem incluir nos devidos momentos, ~~porém rasurar por representarem pedaços de verdade descobertos posteriormente aos fatos descritos~~). É persistente a tentação de seguir uma tática narrativa romanesca de apenas apresentar somente as informações que eu possuía àquele tempo, em ordem fidedignamente cronológica, e terminar toda a obra com uma grande revelação; para ler o que eu era/ sabia à época, basta ignorar os trechos rasurados. Tudo o que eu fiz, desde fevereiro do ano passado, foi acreditando no que Bosco me contava: que era fiel e leal a mim, e que desejava o meu melhor — isso gerava em minha mente frequente confusão, por demonstrações dele que eram contrárias a esses princípios. Tal confusão também é representada pela ~~rasura~~. Por mais que eu saiba lidar com a contradição, há tantos outros elementos sombrios nesta narrativa, que aqui faço uma escolha como escritor: alimentar a desorganização não seria produtivo na elucidação do ódio e do modo como ele opera no inferno do fascismo, que existe abaixo do funil de Nietzsche. A me utilizar de uma ferramenta do Romantismo, eu perderia a possibilidade de elaborar outros tipos de discussões que deverão surgir ao longo da trama. Como foi mencionado, no processo de escrita deste capítulo 9 fui confrontado com a grande verdade em 7 de setembro de 2021, e o que ainda eram dúvidas em minha mente se tornaram certezas nessa data. Isso interferiu definitivamente no desenvolvimento desta história. Portanto, o que sei como narrador e o que o leitor sabe como participante desta ficção, o personagem Francisco não sabia. ~~João sempre traiu, não a partir de fevereiro e sim, do princípio, constantemente — em escadas, em apartamentos vizinhos, em hotéis, na academia do prédio, na piscina, na sauna, em banheiros de mercado, em banheiros de restaurantes, em banheiros de shopping centers, em carros "de aplicativo", nas ruas e em inúmeros outros locais públicos.~~ Que isso fique aqui estabelecido: o leitor será meu cúmplice como escritor; por não poder me alertar no passado sobre o que sei no presente, tampouco o leitor poderá interferir no destino do personagem. Talvez em momentos será difícil porque Francisco tende a ~~sofrer, ele cria em ideias que não trouxeram um final feliz: que o amor poderia vencer o ódio impregnado, que João o amava (ou estava aprendendo a amar) e que respeitava o princípio monogâmico do relacionamento ou que, no mínimo, não queria seu mal. Francisco não poderia encarar de uma vez só a cruel realidade.~~ Em outros momentos, é mais fácil se colocar nos sapatos do personagem ~~e aceitar as traições veladas: de nossa chegada a São Paulo no final de fevereiro em diante, não possuo maiores detalhes a respeito dos passos sexuais de João — apenas sei que o sexo compulsivo nunca deixou de existir e logo em breve o leitor descobrirá como tomei conhecimento.~~ Quando eu escrever que algo fazia me sentir inseguro ou que alguma coisa não se encaixava, não seja o leitor incrédulo a descartar tais sensações como pensamentos persecutórios do personagem. Quantas vezes deixei Bosco só, a sentir que algo estranho estava acontecendo? Ciente de que era impossível me dividir em dois, eu entregava a Deus. Nosso inconsciente é responsável por grande parte do trabalho de nosso sistema nervoso ("99% de nossa atividade mental") — há coisas que captamos sem notar como, e na maioria dos momentos seguimos em piloto automático. Entretanto, quando certas coisas não "colam", nosso consciente ("com o domínio de apenas 1% de nossos pensamentos") é alertado, e a isso chamamos de intuição: porque continuamos incapazes de produzir uma explicação racional para aquela percepção ou para a ocorrência ligada a ela. "Quando Herschel sonhou com Urano, o seu inconsciente já tinha registrado dados que o levavam a este conhecimento, mas foram ignorados pelo seu consciente." Para tratar da intuição é por vezes necessária a suspensão da descrença; apesar disso, trago o máximo de elementos possível para apoiar as suposições. Não desejo, destarte, focar nas traições e tornar Francisco um mártir com base nisso, ou um contemporâneo Bentinho com Capitu, ou mesmo um Marcel com sua Albertine, por mais que ele pudesse ter sido contaminado com HIV ou hepatite C, por exemplo [não sei se foi, esperarei três meses para me testar] — ~~tomo as traições como dados certos e frequentes e sigo adiante~~. As questões que desejo explorar nesta obra são a crueldade, a exposição indevida e ilegal, a humilhação, a tortura psicológica, o comportamento abusivo, as ameaças à integridade física, as agressões verbais, a deturpação dos fatos, o relativismo, a pós-verdade, a homofobia, enfim o sadismo sem limites no contexto do fascismo dos anos de 2020. Tomo mais uma vez o incidente ocorrido no final de dezembro de 2019, em que João disse que iria buscar um controle remoto na residência de Duda, porém foi fotografado por mim na sacada do apartamento 604 do Studio 1984 com um rapaz — e, mesmo assim, com os minúsculos detalhes das meias que vestia impressos no registro fotográfico, negou categoricamente que fosse sua pessoa. Em muitos pontos, isso se assemelha às táticas utilizadas por Bolsonaro (quando da discussão dos laudos grafotécnicos em seu julgamento pelo planejamento do atentado a bombas) e ao inconformismo do jornalista Luiz Maklouf que escreveu um livro sobre o assunto. "Poxa, como é que o senhor conseguiu convencer o tribunal de que havia um empate entre esses quatro laudos? Eu colocaria a íntegra dos laudos na mesa bem na frente dele e diria, me mostre onde existe empate aqui. Aqui tem um dois a zero contra o senhor." Foi o exato inconformismo que senti quando confrontei Bosco com as próprias fotos na varanda do sujeito — e João jurava que não era sua pessoa.

[24/12/2019 21:37:54] Francisco: <imagem da porta do apartamento 604>
[24/12/2019 21:37:58] João Bosco: ??? [imagem da porta do apartamento 604]
[24/12/2019 21:38:12] Francisco: 604 <imagem de João Bosco e do rapaz na sacada do apartamento 604>
[24/12/2019 21:38:14] João Bosco: Que?
[24/12/2019 21:38:16] Francisco: Vc no 604
[24/12/2019 21:38:21] João Bosco: Com quem vc acha que está falando?
[24/12/2019 21:39:51] João Bosco: <localização ao vivo [falsa] do apartamento de Duda que expirou em um minuto>
[24/12/2019 21:40:02] João Bosco: Você tá me tirando né ?
[24/12/2019 21:41:25] Francisco: Caiu
[24/12/2019 21:41:35] João Bosco: Não pode ser uma coisa dessa ... nem sei o que dizer
[24/12/2019 21:41:44] João Bosco: Como você pediu, paciência
[24/12/2019 21:46:08] João Bosco: O que você foi fazer no 604 ?
[24/12/2019 21:47:32] João Bosco: Vou passar lá pra entender isso...
[24/12/2019 21:47:40] João Bosco: De verdade estou confuso !!!
[24/12/2019 21:52:02] Francisco: Haha
[24/12/2019 21:54:16] João Bosco: Você deve me achar um idiota mesmo. Um pouco mais de respeito comigo, pliiiiis
[24/12/2019 21:55:13] João Bosco: Me deixe quietinho

"Essa esquiva é no sentido de aproveitar a confusão." Depois de minha retirada para o hotel e o perfil de Túrio ter entrado online, outro perfil surgiu na mesma localização de Bosco: "DotAfim (emoji de diamante, berinjela, emoji de gotas) — Dotado (21 cm) E um belo rabao guloso. To afim de dar pra geral. Curto adtv! (Diamante/ símbolo de crystal e raio/ símbolo de cocaína)". Alegava fazer uso da Prep. O texto, contudo, é mais próximo da maneira de escrever de Túrio. As corridas de carros de aplicativo indicavam uma às 21:35:33 do dia 24 de dezembro, no valor de R$ 26,50, com origem no Studio 1984 e destino final lá também — ou seja, o controle quebrado com que João retornou ao apartamento poderia ter vindo de qualquer lugar, mesmo do próprio edifício (corridas circulares são uma velha tática para esconder rastros). Outro pedido, cancelado, foi feito à 01:08:51 da madrugada de 25 de dezembro do 1984 com destino à avenida Brigadeiro Luís Antônio, 2791 — quando eu já me encontrava no hotel, não localizado nesse endereço. Por fim, mais uma corrida foi realizada à 01:23:44, com origem no Studio 1984 e destino final mais uma vez lá, no valor de R$ 42,84 — Bosco parecia ter ido mais longe ou deixado o motorista com o taxímetro rodando, para uma rapidinha neste caso. Fato foi que ficou sem se comunicar comigo por quase quarenta minutos. O "belo rabão" havia recebido o que pedia. A discussão cessou enquanto rolou o sexo; depois, João continuou tentando me convencer de que eu estava louco:

[25/12/2019 02:24:24] Francisco: Eu ouvi o cara falando atras de vc
[25/12/2019 02:24:31] Francisco: A acústica de um übe é totalmente diferente da acústica da sacada de um apartamento
[25/12/2019 02:24:34] Francisco: Ouvi isqueiro
[25/12/2019 02:24:35] Francisco:...
[25/12/2019 02:24:42] Francisco: Não minta mais
[25/12/2019 02:24:45] Francisco: É feio
[25/12/2019 02:24:55] João Bosco: Fique com seus súper olhos de quem queria vazar e não tinha argumento
[25/12/2019 02:25:02] Francisco: Você sabe que eu sei. Não desvirtue os argumentos
[25/12/2019 02:25:10] João Bosco: Eu idiota até controle de tv fui buscar depois de ser rejeitado
[25/12/2019 02:25:26] Francisco: Para provar que tinha ido...
[25/12/2019 02:25:30] João Bosco: Pare de ser ridículo que nunca vou assumir isso [Francisco: Você sabe que eu sei. Não desvirtue os argumentos]

Então:

[25/12/2019 03:03:01] Francisco: Boa noite. Deixe minhas coisas na portaria como pedido. O hipercalórico também.
[25/12/2019 03:03:03] Francisco: Agradeço
[25/12/2019 03:03:07] João Bosco: Blz.
[25/12/2019 03:08:12] Francisco: Que sadismo bizarro...
[25/12/2019 03:09:17] João Bosco: Você não vai conseguir me deixar maluco
[25/12/2019 03:09:24] Francisco: Estou chamando um Übe para você. Vem ou não?
[25/12/2019 03:10:11] João Bosco: Eu não vou
[25/12/2019 03:10:14] João Bosco: Estou deixando suas coisas na portaria
[25/12/2019 03:10:17] João Bosco: Eu quis ajudar
[25/12/2019 03:10:20] João Bosco: Lavo minhas mãos
[25/12/2019 03:10:23] Francisco: O hipercalórico também
[25/12/2019 03:10:29] João Bosco: Beijos

A resistência dizia respeito a me entregar o celular desligado quando viesse me encontrar onde me hospedei na Augusta, condição imposta por mim para retomarmos: o aparelho iria diretamente para análise. Por fim, houve a corrida às 03:29:19 da madrugada do Studio para me buscar no hotel, no valor de R$ 13,70. O restante da história é sabido, especificamente no que tange à corrida de Bosco ao banho, à exigência dele de ter seu celular de volta e ao nosso rompimento. Já do Rio de Janeiro, no final da tarde do dia 26, João se empenhou em deturpar o ocorrido:

[26/12/2019 16:18:12] João Bosco: Sério processa, vai que ele [o vizinho da cobertura] tem muitos vídeos
[26/12/2019 16:21:02] Francisco: OK, João. Se afaste. Você está tomando uma decisão certíssima.
[26/12/2019 16:21:08] João Bosco: Você está me afastando de você. Isso é muita maluquice aceita
[26/12/2019 16:21:12] João Bosco: Investigue e tenha provas
[26/12/2019 16:22:30] João Bosco: Para de achismo
[26/12/2019 16:22:34] João Bosco: Deixe de ser infantil
[26/12/2019 16:22:40] João Bosco: De fotos amadoras com zoom
[26/12/2019 16:22:46] João Bosco: Seja homem
[26/12/2019 16:22:49] João Bosco: Vai a fundo
[26/12/2019 16:23:00] João Bosco: Tem medo de querar a cara?
[26/12/2019 16:23:13] Francisco: Eu tentei de todos os meios. Queria que voê colocasse a cabeça no lugar.
[26/12/2019 16:26:39] João Bosco: Você deveria colocar a cabeça no lugar. Se você realmente acha que isso existe investiga. Você tá sendo muito amador, pare de me acusar e tenha fatos
[26/12/2019 16:26:46] João Bosco: Seja homem
[26/12/2019 16:27:01] João Bosco: Pare de mi mi mi
[26/12/2019 16:27:30] Francisco: João, eu tenho fatos. E algumas provas. Posso angariar mais. Eu sou homem. Mas não estou aqui te atacando.
[26/12/2019 16:27:38] João Bosco: Provas de fato. Investigação
[26/12/2019 16:27:41] João Bosco: Ena sua imagem
[26/12/2019 16:27:49] Francisco: Estou aqui dizendo que eu gostaria de ficar do seu lado
[26/12/2019 16:28:03] João Bosco: Não escândalo
[26/12/2019 16:28:09] João Bosco: Isso é coisa de gente que quer aparecer
[26/12/2019 16:28:18] Francisco: Aparecer para quem?
[26/12/2019 16:28:19] João Bosco: Você me ataca com essas bizarrice que me diz
[26/12/2019 16:28:26] Francisco: Eu não apareci para ninguém.
[26/12/2019 16:29:10] João Bosco: Só eu né ? Que tenho fama de traficante no prédio
[26/12/2019 16:29:19] João Bosco: Queimou minha imagem
[26/12/2019 16:29:27] João Bosco: Você foi e está sendo abusivo
[26/12/2019 16:29:28] Francisco: Então corte esse elo. Resolva. Coloque as coisas numa balança. [João Bosco: Você me ataca com essas bizarrice que me diz]
[26/12/2019 16:30:02] João Bosco: <mensagem de áudio>
[26/12/2019 16:31:13] Francisco: Se você acha que estou sendo abusivo, vou parar aqui. Estou com saudades, queria arranjar um jeito de

encontrar um caminho bom. Não consegui ouvir seu áudio porque seu bluetooth deve estar ligado.

[26/12/2019 16:31:17] João Bosco: Esquece

[26/12/2019 16:31:22] João Bosco: Não aceito essas maluquice. Você tá falando merda

[26/12/2019 16:32:10] Francisco: Vou fazer minha mala e sair do seu apartamento. Depois peço para você separar o restante porque você guardou e eu não vou revirar as suas coisas.

[26/12/2019 16:32:12] João Bosco: Blz

[26/12/2019 16:32:18] João Bosco: Se você realmente gosta de mim, investiga e me prova !

[26/12/2019 16:33:29] João Bosco: Quero uma investigação policial

[26/12/2019 16:33:34] Francisco: Obrigado. Sentirei sua falta. A falta do João que quer o meu bem

[26/12/2019 16:33:42] João Bosco: Quero seu bem, quero você sem loucura

[26/12/2019 16:33:44] João Bosco: Sem surtar

[26/12/2019 16:33:47] João Bosco: Imaginar merda

[26/12/2019 16:34:03] João Bosco: Aceita

[26/12/2019 16:34:21] Francisco: Não haverá escândalo, nem investigação policial. Por favor, pare de subestimar minha inteligência e minha sanidade mental.

[26/12/2019 16:34:29] João Bosco: Tá com medo de investigar?

[26/12/2019 16:35:02] João Bosco: Não paro pq eu te falo com certeza que não tenho nada

[26/12/2019 16:35:06] João Bosco: É pro seu bem

[26/12/2019 16:35:14] João Bosco: Estou te falando muito sério, acredite e confie em mim

[26/12/2019 16:35:17] João Bosco: Não existe nada

[26/12/2019 16:36:11] Francisco: Bom. Estou perdendo tempo aqui. Eu sei o que vi. Mais uma vez você se contradiz. Não conseguimos seguir adiante.

[26/12/2019 16:36:20] João Bosco: Você vai me deixar sem ter provas e certeza de nada. Tudo que você me acusou não é verdade.

[26/12/2019 16:36:24] João Bosco: Vai lá. Se trate

[26/12/2019 16:36:28] João Bosco: Só te digo isso

[26/12/2019 16:36:23] Francisco: Não me ofenda. Eu não estou te ofendendo.

[26/12/2019 16:37:28] João Bosco: Eu não fiz nada do que me está acusando

[26/12/2019 16:37:32] João Bosco: Não é ofensa

[26/12/2019 16:37:34] João Bosco: Você está errado

[26/12/2019 16:37:38] João Bosco: Me julgando de uma coisa que não fiz

[26/12/2019 16:37:43] João Bosco: Por isso te digo que está maluco

[26/12/2019 16:37:49] Francisco: Está bem. Então estou cometendo uma grande injustiça… o tempo dirá.

[26/12/2019 16:37:50] João Bosco: Sim. [Francisco: Está bem. Então estou cometendo uma grande injustiça… o tempo dirá.]

[26/12/2019 16:38:00] João Bosco: O tempo e a vida te dirá

[26/12/2019 16:38:05] João Bosco: Não posso acreditar

[26/12/2019 16:38:08] João Bosco: Más ok

[26/12/2019 16:38:15] João Bosco: Vai lá
[26/12/2019 16:39:14] Francisco: Preciso fazer as malas e sair. Ou perderei meu vôo. Saiba que sou um grande cara. Saindo pela sua porta.
[26/12/2019 16:39:19] João Bosco: Adeus. Você está sendo muito injusto conosco
[26/12/2019 16:40:04] João Bosco: Te digo isso do fundo do meu coração
[26/12/2019 16:40:12] João Bosco: Por isso afirmo que isso é uma alternativa pra me deixar
[26/12/2019 16:40:16] João Bosco: Infantil, não posso acredita
[26/12/2019 16:40:17] João Bosco: <emoji de lágrima>
[26/12/2019 16:41:03] João Bosco: Injusto
[26/12/2019 16:41:07] João Bosco: Não vou te perdoar nunca por isso.
[26/12/2019 17:05:06] João Bosco: Segue meu e-mail. Espero seus depósitos pois estou precisando. Não quero mais contato algum contigo
[26/12/2019 17:08:20] João Bosco: joaobosco_df@gmail.com

Ao insistir na questão da investigação policial, Bosco era malicioso e me encaminhava para uma armadilha que nem eu era tão tolo para não enxergar. Bateria nessas mesmas teclas muitas vezes posteriormente. João desdizia a própria fotografia na sacada do 604 e tinha voltado atrás em nosso acordo, único motivo para eu ter seguido com ele ao Studio 1984 na madrugada do dia de Natal: sem o celular a ser enviado para análise, eu jamais teria acesso a suas comunicações, ao sistema operacional duplo, a suas imersões na dark web... eu nada poderia provar! Desde minha saída do estúdio, escoltado pela polícia no dia 25, até meu retorno no dia 26, qualquer aparato haveria sido obviamente desmontado, ademais. Bosco, em seu turno, poderia me processar, uma vez que sua imagem teria sido publicamente arranhada por minhas acusações — nessas circunstâncias, "infundadas". "Pare de ser ridículo que nunca vou assumir isso." A interação de João comigo em muito me lembra a relação de Bolsonaro com a jornalista Cássia Maria da *veja* — ameaçada de morte —, e a reação do fascista à publicação da matéria com os croquis. Além disso, para Bosco, minha masculinidade necessitaria ser provada através de incursão *voluntária* em situação vexatória — um escândalo a ser deflagrado por minhas próprias acusações materialmente "infundadas" e por um pedido de "investigação" meu. Seria eu contra A Rede — que, então, teria como distribuir material farto para a mídia sensacionalista. Neguei-me. Minha solução para o impasse foi o acordo com Elyas de interceptar o aparelho no Rio e enviá-lo para Israel; diante do fracasso desse plano, a solução acabou sendo minha imersão no dia a dia de João.

Mereço o rótulo de ingênuo, tanto o de realista ingênuo quanto o de romântico degradado ingênuo? É extremamente complicado quando alguém lhe mira nos olhos a jurar uma "verdade" que não se encaixa nos fatos convividos, a retrucar que a realidade registrada é que está errada, que a imagem está pixelada por ter muito zoom. E o que meus olhos viram? Bosco também me traiu após o incidente de meu roupão levado à piscina, quando fui fazer compras... Assim como Jair Bolsonaro, João Bosco se trata de um indivíduo incapaz de sentir qualquer empatia e é mestre na manipulação e na pós-verdade. Não me restam quaisquer dúvidas. ~~Admitiu além do mais que, na diária em que estive no Moulineaux, suas saídas não eram para "corres" de drogas, mas para sexo com outros hóspedes com quem vinha se relacionando.~~ Em suma, qualquer situação bizarra narrada aqui em que levanto a possibilidade de que João tenha me traído pode ser tomada pelo leitor como fato: é mais provável que tenha ocorrido do que não. A propósito, repensemos a noção de Bosco como um inocente que foi abordado pela Rede para instalar câmeras em seu apartamento depois de eu ter sido encomendado: sempre foi uma "maria celebridade". Utilizava seus trabalhos em restaurantes e na publicidade para recorrentemente atrair artistas, influenciadores e outras vedetes para sua teia — por isso, creio que sentia, sim, imenso prazer em expor o(s) outro(s) sem o conhecimento deste(s) e que fazia parte dessa "sociedade" desde, no mínimo, quando foi filmado transando na janela do The Standard, *High Line* com seu ex não famoso, porém rico, por volta de 2015. Sempre foi um indivíduo extremamente [bem?] relacionado no meio gay paulistano e muitas vezes me fez ameaças de destruir a reputação com base nessas relações. Logo, não acreditemos que foi um qualquer na Rede: era alguém com ativa participação nela por mais que metesse os pés pelas mãos, diferentemente de outros distintos membros. Muito do que fez foi por iniciativa, sadismo, exibicionismo e falta de ética próprios e antecedeu nosso encontro — apenas me levei a pensar que se tratasse de um coitado que agisse por coação, incapaz que eu era de encarar a verdade. Enfim, adianto o *plot*; faltam poucas páginas para o fim deste volume e tudo em breve fará sentido. A última questão: por que eu? Ou porque de fato alguém da Rede me odiava particularmente, ou porque Bosco acreditava que eu seria mais lucrativo financeiramente para ele ou porque cria que eu renderia mais para a narrativa do "maluco do pedaço", ou porque eu era sexualmente aprazível e transparente e ingênuo o suficiente para manter seu sustentado interesse — ou por qualquer combinação dessas.

No dia 19 de fevereiro, fizemos uma bela sessão de fotos juntos na praia de Juquehy que poderia render um álbum de casal — se existisse sinceridade de ambas as partes. Hoje revejo esses registros e sinto João como uma sombra em meu cangote. Na tarde que se seguiu, por algum motivo eu printei uma foto de Henrique e JM em Copacabana, no Réveillon — eu intuía que havia ocorrido mais do que João tinha me contado. Em 20 e 21 de fevereiro, passeamos por Ilhabela e eu me sentia tão feliz! Sentei-me na igreja por alguns instantes para agradecer e Maga veio se sentar em meu colo. Bosco insistia que ela saísse porque as pessoas ralhariam, e que ficasse com ele do lado de fora; todavia, ela fazia questão de voltar — e algum fiel mencionou São Francisco de Assis. Dali, seguimos para São José dos Campos: eu levava João para fazer o que ele mais gostava — viajar — e pagava por tudo. Ele mencionou para mim que já tinha tido "alguns namorados" naquela cidade [a expressão era usada por ele assim mesmo, vagamente; eram pessoas endinheiradas como haviam sido os casos de todos os seus ex]. Tiramos inúmeras fotos juntos, contudo ele publicou uma apenas com Maga; ela olhava para ele, esperando que algo de bom viesse. Naquela mesma noite, saímos para jantar. Fui tomado por melancolia — Bosco espremia de mim cada centavo, eu me dei conta. Era sempre o melhor hotel, o mais caro restaurante, o doce mais raro, o vinho da mais alta qualidade, o veículo de aluguel de maior preço, até o café da manhã mais luxuoso — não se tratava em nenhum momento do apreço por minha companhia. Usava um casaco meu de casimira importada e minhas roupas de marcas conhecidas. Senti falta de sinceridade na felicidade dele com minha presença e cheguei a lhe perguntar se estava mesmo contente ao meu lado e ele me disse que sim, no entanto, em meu âmago, não acreditei. Ainda assim, apeguei-me àquela alegria. Curiosamente, durante a noite no hotel, sumiu o "telefone da faxineira" e nunca mais foi encontrado — suponho que João o tenha enterrado no mato dos arredores porque, se analisado, poderia lhe render prisão por tráfico.

Na manhã seguinte, retornamos para São Paulo e eu incorreria de vez na vida de perjúrio, que era bem conhecida dos homossexuais de décadas anteriores. Apesar de ser assumidamente gay desde meus 24 anos, doze anos depois — em nome de minha relação com João Bosco —, escondi de minha família com quem e onde eu morava.

Filhos sem mãe, a quem são obrigados a mentir mesmo à hora de lhes fechar os olhos; amigos sem amizades, apesar de todas as que inspira o seu encanto reconhecido com freqüência e das que seu coração, em geral bondoso, sentiria; porém, podem chamar-se amizades essas relações que só vegetam a favor de uma mentira e de onde os faria rejeitar com desgosto o primeiro impulso de confiança e de sinceridade que se sentissem tentados a ter, a menos que se dirijam a um espírito imparcial, e até mesmo simpático, mas que então, perturbado a respeito deles por uma psicologia da convenção, fará derivar do vício confessado o mesmo afeto que é mais alheio a ele, assim como alguns juízes pressupõem e desculpam mais facilmente o assassínio entre os invertidos e a traição entre os judeus por raridades extraídas do pecado original e da fatalidade da raça? Enfim (pelo menos conforme a primeira teoria que à conta deles eu esboçava então, teoria que a seguir veremos modificar-se, e na qual isso os irritaria mais que tudo se essa contradição não se ocultasse a seus olhos pela própria ilusão que fazia ver e viver), amantes a quem está quase fechada a possibilidade desse amor, cuja esperança lhes dá forças para suportar tantos riscos e solidões, visto que justamente estão apaixonados por um homem que não teria nada de mulher, por um homem que não seria invertido e que, por conseguinte, não pode amá-los; de modo que o seu desejo permaneceria eternamente insaciável se o dinheiro não lhes entregasse verdadeiros homens e se a imaginação não acabasse por fazê-los tomar por homens de verdade os invertidos a quem se prostituíam. Sem honra, senão precária, sem liberdade, senão provisória, até a descoberta do crime; sem posição que não seja instável, como para o poeta, festejado na véspera em todos os salões, aplaudido em todos os teatros de Londres e, no dia seguinte, expulso de todos os quartos, sem poder achar um travesseiro onde repousar a cabeça, dando voltas à pedra de amolar como no verso do Poema "A cólera de Sansão", de Alfred de Vigny (1797-1863), e que como Sansão, ele fica repetindo: "Os dois sexos morrerão cada qual por seu lado"; excluídos até, salvo nos dias de grande infelicidade, em que a maioria se reúne ao redor de sua vítima, como os judeus ao redor de Dreyfus, de toda simpatia — às vezes da sociedade de seus semelhantes, aos quais dão o desgosto de ver o que são, pintados num espelho que, não os adulando mais, acusa todas as marcas que não tinham desejado notar em si mesmos e que os faz compreender que aquilo a que denominam amor (e a que, brincando com a palavra, haviam anexado, por sentido social, tudo quanto a poesia, a pintura, a música, a cavalaria, o ascetismo têm podido acrescentar ao amor) decorre não de um ideal de beleza que tenham escolhido, mas de uma enfermidade incurável; como ainda os judeus (salvo uns poucos que só desejam conviver com os de sua raça, e têm sempre nos lábios as palavras rituais e os gracejos consagrados), fugindo uns dos outros, buscando os que lhes são mais contrários, que não querem saber deles, perdoando as suas zombarias, embriagando-se com suas complacências; mas ainda assim unidos a seus semelhantes pelo ostracismo que os fere, o opróbrio em que caíram, tendo acabado por adquirir, graças a uma perseguição idêntica à de Israel, os caracteres físicos e morais de uma raça, às vezes bela, não raro espantosos, encontrando (apesar de todas as troças com que o mais mesclado, mais assimilado à raça adversa, e relativamente, em aparência, o menos invertido, cobre aquele que simplesmente continuou a sê-lo) um descanso no convívio de seus semelhantes, e até um apoio na existência, até que, negando sempre formarem uma raça (cujo nome é a maior injúria), os que conseguem ocultar que a ela pertencem os desmascararão de bom grado, não tanto para lhes causar dano, coisa que não detestam, quanto para se desculparem, e indo buscar, como um médico pesquisa a apendicite, a inversão até na História, tendo prazer em lembrar que Sócrates era um deles, como os israelitas dizem que Jesus era judeu, sem pensar que não havia anormais quando a homossexualidade era a norma, nem anticristãos antes de Jesus Cristo, que só o opróbrio faz o crime, pois só deixou de subsistir para aqueles que eram refratários de toda pregação, a todo exemplo, a todo castigo, em virtude de uma distinção inata e de tal modo especial que repugna mais aos outros homens (ainda quando possa vir acompanhada de altas qualidades morais) do que vícios que se contradizem, como o roubo, a crueldade, a má-fé, mais compreendidos e, portanto, mais desculpados pelo comum dos homens, formando uma francomaçonaria bem mais extensa, mais eficaz e menos suspeitada que a das Lojas, pois repousa numa identidade de gostos, de necessidades, de aparências, de hábitos, de perigos, de aprendizagem, de saber, de tráfico, de vocabulário, e na qual os próprios membros que aspiram a não ser conhecidos logo se reconhecem por traços naturais ou de convenção, involuntários ou intencionais, que assinalam ao mendigo um de seus semelhantes no grão-senhor a quem fecha a portinhola do carro; ao pai, no noivo da filha; ao que desejara curar-se, confessar-se, defender-se, no médico, no sacerdote, no advogado a quem recorreu; todos forçados a proteger o seu segredo, mas tendo a sua parte num segredo dos outros, de que o restante da humanidade não suspeita e que faz com que os mais inverossímeis romances de aventuras lhes pareçam verdadeiros; pois, nessa vida romanesca, anacrônica, o embaixador é amigo do preso, o príncipe, com uma certa liberdade dos que lhe confere a educação aristocrática e que um pequeno-burguês medroso não teria, ao sair da casa da duquesa, vai se entender com o marginal; parte reprovada da coletividade humana, porém parte importante, que não se suspeita onde não está, ostensiva, insolente, impune, onde não se adivinha; contando com adeptos por toda a parte, no povo, no exército, no templo, na penitenciária, no trono; vivendo enfim, ao menos um grande número, na intimidade cariciosa e arriscada dos homens da outra parte, provocando-os, brincando com eles ao falar do seu vício como se não fosse seu, jogo que se torna fácil pela cegueira ou pela falsidade dos outros, já que pode se prolongar durante anos até o dia do escândalo, em que domadores são devorados; até então obrigados a ocultar a sua vida, a virar os olhos de onde gostariam de fixá-los, a fixá-los onde gostariam de desviá-los, a mudar o gênero de muitos adjetivos em seu vocabulário, o freio social leve em comparação com o freio interior que seu vício, ou o que denomina impropriamente desse modo, lhes impõem, não mais em relação a outros mas a si mesmos, e de maneira que a eles próprios não pareça vício. Porém alguns, mais práticos, mais apressados, que não têm de pechinchar e de renunciar à simplificação da vida e a esse ganho de tempo que pode resultar da cooperação, formaram duas sociedades, das quais a segunda é composta exclusivamente de criaturas semelhantes a eles. Isto é chocante naqueles que são pobres e vêm da província, sem relações de amizade, sem outra coisa a não ser a ambição de um dia se transformarem num médico ou advogado célebre, cujo espírito ainda está vazio de opiniões, cujo corpo é destituído das maneiras que eles esperam tornar bem depressa, assim como comprariam móveis para seu quartinho do Quartier Latin, de acordo com o que notassem e copiassem dos que já venceram na profissão útil e séria em que sonham se encaixar e tornar-se ilustres; nestes, seu gosto especial, herdado sem que soubessem, como a inclinação para o desenho, para a música, para a cegueira, é talvez a única originalidade viva, despótica, e que em certas noites força-os a não comparecerem a determinada reunião, proveitosa à sua carreira, com pessoas das quais, para o resto, adotam os modos de falar, de pensar, de se vestir, de se pentear. Em seu bairro, onde sem isto só convivem com colegas, mestres ou algum conterrâneo já triunfante e que os protege, descobriram logo outros rapazes de quem o mesmo gosto especial os aproxima, como numa aldeia se ligam o professor secundário e o tabelião, ambos amantes da música de câmara e do marfim da Idade Média; aplicando ao objeto de sua distração o mesmo instinto utilitário, o mesmo espírito profissional que os norteia em sua carreira, reencontram-nos em sessões onde não se admite nenhum profano, como os que congregam amadores de antigas caixas de rapé, de estampas japonesas, de flores raras, e onde, devido ao prazer de se instruir, da utilidade das trocas e do temor das competições, reinam há um tempo, como numa Bolsa de Selos, a estreita harmonia dos especialistas e as ferozes rivalidades dos colecionadores. Aliás, ninguém no café onde eles têm sua mesa sabe que reunião é aquela, se se trata de uma sociedade de pesca, se é de secretários de redação, ou de filhos do Indra, de tal modo sua compostura é correta, o seu aspecto reservado e frio, e a tal ponto que não ousam olhar senão às escondidas para os rapazes da moda, os jovens "gomosos" que, a poucos metros de distância, fazem estardalhaço de suas amantes, e entre os quais os que os admiram sem ousar erguer a vista saberão, vinte anos depois, quando uns estiverem às vésperas de entrar para uma academia, e outros forem sisudos homens de clube, que o mais sedutor, agora um corpulento e grisalho Charlus, era de fato igual a eles, mas em outra parte, em outro mundo, sob outros símbolos externos, com sinais estranhos, cuja diferença os induziu em erro. Porém, os agrupamentos são mais ou menos avançados; e, como a União das Esquerdas difere da Federação Socialista e determinada sociedade de música de Mendelssohn da Schola Cantorum, assim, certas noites, em outra mesa, há extremistas que deixam aparecer um bracelete sob os punhos das camisas, às vezes um colar pela abertura do colarinho, forçam, com seus olhares insistentes, seus cacarejos, carícias entre si, um grupo de colegiais a fugir rapidamente, e são servidos com uma polidez em que se incuba a indignação, por um garçon que, como nas noites em que serve a dreyfusistas, ficaria satisfeito em chamar a polícia se não lhe fosse conveniente guardar as gorjetas.[*]

Para que não cortassem laços comigo por estar dividindo teto "com um traficante", menti aos meus pais que compartilharia apartamento com uma conhecida de Londrina [que, não dito, era "amiga" de Bosco]. Uso aspas por

---

[*] PROUST, Marcel. *Em Busca do Tempo Perdido* — Sodoma e Gomorra. Paris: Gallimard, 1922.

um motivo. Essa personagem me intrigava, porque João costumeiramente implorava por sua atenção; ela nunca possuía tempo para ele, nem sequer para um café — apenas nos encontrávamos acidentalmente quando íamos a Higienópolis. Moraram juntos por um tempo antes de ele se mudar para o Studio 1984 e se trata de uma moça muito reservada; por essa razão, creio que sabia quem João Bosco verdadeiramente é; não obstante, por medo de se indispor com ele, protelava encontros e fazia bom uso da necessidade que ele tinha [e continua a ter] de sua aprovação. Por certo, ele possuía câmeras instaladas no quarto em que vivia no apartamento dela; para lá, levou vários indivíduos cuja vida sexual seria de interesse dos perversos; boba nem nada, a amiga deve ter se dado conta, entretanto evitou qualquer conflito. Não sei o que ela aceitou em troca de que eu declarasse minha residência como sendo ali com ela, se houve gorjeta.

Passamos muito rapidamente pelo estúdio: João usava minha aclimatação pós-crise de pânico como desculpa para me fazer pagar por mais um hotel, mesmo em São Paulo. Dessa vez, insistiu que nos hospedássemos em uma unidade da rocca — apesar de meu profundo trauma com essa rede —, próxima ao Parque do Povo. Foi uma estadia leve comparada à do Moulineaux. Durante meus banhos e em algumas ocasiões, João descia ao bar; no entanto, não me deixou por períodos prolongados de tempo. Ele *somente* fazia questão de que, no sexo, deixássemos todas as cortinas abertas — e o ambiente inteiro do quarto era exposto a um edifício de escritórios. Eu tinha receio daquilo, e em certos momentos resisti. Bosco argumentava que não haveria ninguém trabalhando à noite ou naquele período de Carnaval; cedi, para não ser paranoico; por que manter as cortinas abertas, se nossa única vista era da escuridão das janelas fechadas dos escritórios? João ficou com ciúmes quando fiz um vídeo em *slow motion* de meu pau duro na cama; inferiu que eu enviaria para alguém, como era costume dele — deu-me uma ideia, enviei a um músico. Vez ou outra, eu me permitia arroubos telefônicos próprios, por desforra.

No dia 27, fizemos compras para a varanda: mesa e cadeiras, na loja de maior qualidade e mais alto preço. Teimei para que dividíssemos igualmente o montante, porém acabei pagando mais. Compramos novas plantas e flores, valor que similarmente desembolsei. E arquei com as contas referentes ao mês inteiro. Quis pensar que estivéssemos construindo algo nosso, e estive feliz. Frequentei a academia do Studio 1984 no início da noite, enquanto Bosco foi nadar; compartilhei, via instagram, o segredo para o músculo lateral do abdômen sobre a crista ilíaca (de uma de minhas fotos mais famosas), músculo cuja sensualidade leva algumas amigas à loucura. Confesso que tive medo de dormir naquele lugar; fui capaz de me acalmar, pois o ambiente pareceu familiar — afinal, haviam se passado quase quinze dias desde a última festinha ali, e a energia tinha se renovado com a desocupação de gente e com a ocupação das plantas. No dia seguinte, fomos à barbearia e achei um tanto íntimo demais o contato de João com um dos barbeiros; guardei para mim a dúvida e não fiz observações sobre os olhares trocados. A partir de então, a vida foi se assentando. No dia 1º de março, fomos a uma feirinha que Bosco gostava de frequentar e me entretive fotografando os coloridos temperos. Íamos muito a Higienópolis e tirei uma foto em que João se encontrava absolutamente cadavérico: deveria ser a falta de metanfetamina, que teve de fingir, do dia para a noite — tão logo cheguei —, que não estava mais a usar. No dia 5 de março, sentei-me para tomar sol no deck do 1984, na mesma cabana em que Bosco e eu havíamos estado no dia do incidente com o roupão, e dali podia-se ver claramente o janelão de Arthur Scalercio, do apartamento sobre o restaurante Olyntho — aquele virado no sentido oposto da rua Avanhandava. Atentei-me ao fato porque Bosco, da sacada do estúdio, comunicava-se com alguém da direção do janelão rotineiramente. Confiei em João, que ficou no apartamento. Curiosamente, nesse momento exposto, recebi uma ligação ameaçadora, de tão agressiva, de Lidy — dita representante de uma tal financeira para quem "o investigador Elyas tinha vendido meus dois cheques, totalizando R$ 40 mil". Fiquei chocado — com o preenchimento abusivo do valor em minha ausência e com o escambo. A pessoa pressionava muito para que eu realizasse o pagamento integral da quantia e se negava a informar qual "financeira" representava; eu replicava que não havia sido realizado um trabalho, portanto não existia "valor a pagar": Elyas tinha tomado um empréstimo com base em nada (serviço nulo = pagamento nulo); os títulos deveriam ter sido rasgados, e não passados adiante. Em meu PTSD e em meu pânico, no mês posterior à tomada dos cheques de minhas mãos, jamais havia cruzado minha mente sustá-los porque sequer considerei que pudesse ser lesado daquela maneira pelo detetive. Não obstante, o que restava da história eram títulos executivos meus com assinaturas supostamente minhas. Arthur e os seus provavelmente assistiam a mim e se divertiam com Bosco ao me ver penar, a contestar uma inexistente dívida tão alta com uma sujeita tão propositalmente hostil. Talvez A Rede houvesse estado em contato com Elyas quando da situação no Rio de Janeiro e dele tivesse obtido a informação de que o celular estaria sob a posse de Deco, que em seguida foi ameaçado de morte. Eu deveria pagar material e psicologicamente — de forma continuada — por meu atrevimento de atentar contra gente tão poderosa. ~~João e Arthur poderiam estar juntos naquele instante, pois não se levaria mais de três minutos do apartamento de um para o do outro.~~ Atordoado, não quis subir ao estúdio prontamente, e eles devem ter tido tempo para gozar de seu sadismo juntos. Recordo-me que alguém veio várias vezes ao janelão olhar para mim; fiz registros fotográficos. Temi sair à rua novamente e passei o dia seguinte recolhido. Em 6 de março, Bosco me levou para tomar café no Estadão — dei bastante pão de queijo a Maga, e ele se injuriava: eu sempre realizava os desejos dela. Na mesma manhã, partimos de volta para Ilhabela — dessa vez, para um hotel que eu promoveria nas redes sociais. A rever as imagens da viagem enquanto escrevo, João estava absolutamente exausto — era a fase de abstinência da droga. Comportava-se de maneira estranha comigo, como que se ressentindo de minha presença — o que meu sentimento por ele impedia que eu visse claramente à época. Eu estava tão verdadeiramente feliz, que isso o deve ter contagiado em algum ponto. Aparentemente, não havia no hotel ninguém com quem ele pudesse me trair, e insisto em acreditar que João tenha desfrutado de minha companhia por umas poucas dezenas de horas. Meu corpo estava belo, talhado pelos treinos com Carol, e isso eu havia mantido na academia do 1984. {Acabaram por usar, fora de contexto, uma das imagens de divulgação dessa viagem quando fui levado pela polícia em dezembro de 2020, para sustentar o falso discurso de que eu "dava golpes em hotéis de luxo utilizando-me de cartões clonados para ostentar". Curiosamente, é uma das fotos mais *femininas* existentes em minhas redes sociais; subliminarmente, disponibilizavam-me para a violação sexual. Na realidade, eu trazia publicidade a um destino rústico e prestava serviços ao hotel.

Por Paolla da Silva Serra 11/12/2020 - 09:13: A Polícia Civil do Rio investiga um grupo de criminosos que, usando cartões clonados, desfrutam da estadia de hotéis cinco estrelas na cidade. Um casal gay foi preso acusado de aplicar o golpe em pelo menos dois estabelecimentos de alto luxo em Copacabana, na Zona Sul, e em Santa Teresa, na Região Central. PUBLICIDADE Aaron Salles Fernandes Silva Torres, hospedado em hotel de alto luxo - Foto: Reprodução. Aaron Salles Fernandes Silva Torres, hospedado em hotel de alto luxo - Foto: Reprodução. De acordo com as investigações da 13ª DP (Ipanema), João Bosco, de 35 anos, e Aaron Salles Fernandes Silva Torres, de 37, passaram o Reveillon hospedados em um hotel em Copacabana e prorrogaram a estadia até dia 12 de janeiro. Eles estavam em um quarto equipado com banheira de hidromassagem com diárias em torno de R$ 1.500 e pagaram a conta com diversos cartões clonados. Meses depois, o hotel foi notificado da fraude e comunicou o fato à delegacia. Aaron e João escolhem quartos de alto luxo - Foto: Reprodução. Aaron e João escolhem quartos de alto luxo - Foto: Reprodução. [Nas imagens, apenas eu em meus trabalhos de promoção de hotéis e destinos rústicos pelo país.] Na última semana, novamente o casal fez uma reserva em um estabelecimento da rede, dessa vez em Santa Teresa. Ao efetuar o check-in, no valor de aproximadamente R$ 6 mil, foram presos em flagrante. Os policiais constataram que a dupla montava cartões digitais com dados de terceiros e pagava as tarifas pela internet. Segundo a delegada Natacha Oliveira, responsável pelo inquérito, Aaron e João Bosco irão responder por estelionato e organização criminosa. Em depoimento, eles negaram que tenham praticado golpes. Outros membros da quadrilha continuam sendo investigados. *O Globo*, um jornal nacional.[25]

"Um casal gay" funciona sintaticamente como "um grupo de criminosos", e "dupla" funciona sintaticamente como "quadrilha"* no texto extremamente homofóbico, em que sou tratado como um condenado membro de uma "organização criminosa".** Este leitor sabe que não estive no Rio de Janeiro no Réveillon de 2020, assim como tem conhecimento de vários outros detalhes a respeito desse período; também pode deduzir que nunca "montei cartões digitais com dados de terceiros". As informações falsas, propaladas originalmente pela Polícia Civil do Rio de Janeiro e pela matéria reproduzida, foram replicadas em incontáveis blogs, sites, jornais e programas de TV sensacionalistas e/ou bolsonaristas por semanas a fio, sem qualquer apuração ou verificação dos fatos pelos jornalistas. Nunca fui ouvido nem prestei depoimento, diferentemente do que é afirmado. Na recordTV, do bispo Edir Macedo, acusaram-me diariamente em matérias que traziam novas entrevistas com a delegada mencionada, mas nenhuma prova — estima-se que apenas uma dessas reportagens noticiosas tenha tido 137 milhões de visualizações, como consta do processo indenizatório movido por mim contra a rede de TV. Adicionalmente, o conteúdo inverídico foi traduzido para o inglês em questão de minutos, muito mais rapidamente do que qualquer crítica de um trabalho meu. "Relações promíscuas entre imprensa e

---

* Segundo o Dicionário Brasileiro da Língua Portuguesa Michaelis, quadrilha é um "grupo de malfeitores associados, dirigidos por um chefe e dedicados especialmente ao roubo e latrocínio".

** De acordo com a Lei nº 12.850, de 2 de agosto de 2013, uma organização criminosa se trata da "associação de quatro ou mais pessoas estruturalmente ordenada e caracterizada pela divisão de tarefas, ainda que informalmente, com objetivo de obter, direta ou indiretamente, vantagem de qualquer natureza, mediante a prática de infrações penais cujas penas máximas sejam superiores a quatro anos, ou que sejam de caráter transnacional".

poder não são novidade. Colaboraram com *vazamentos seletivos, renunciaram à obrigação ética de fazer suas próprias investigações* e *fecharam os olhos para os métodos.*"* [26] A quais interesses serviam tais jornalistas promíscuos e a polícia miliciana? Eu obviamente incomodava muito a extremadireita. Em minha infância e adolescência, sempre dizia que teria sido preso, torturado e desaparecido se tivesse nascido durante a ditadura militar. Fui torturado, desaparecido por três dias e preso durante o regime fascista, acusado falsamente de crimes que não cometi; fui levado a um presídio, onde policiais estimularam os encarcerados a me estuprarem, por eu ser gay; fui condenado na *côrte* da opinião pública porque não havia provas para se fazer isso na *côrte* da Justiça; fui apedrejado publicamente e perseguido politicamente e pela imprensa. Doeu. Entretanto, se eu não tivesse contrariado tanto os fascistas e A Rede, me sentiria extremamente desapontado comigo mesmo em minha biografia. Não me prolongarei por agora neste tema; para cada coisa há seu devido tempo. "Não é o melhor jornalismo que ganha o maior alcance. Na realidade, são as mentiras que ganham o maior alcance."** [27]}

Meu peitoral estava gigantesco — João comentou um dia, enquanto eu o comia e ele me alisava; realmente, as fotos da viagem são bonitas. Bosco tinha ciúmes que eu me exibisse no instagram... ~~O que aconteceria se utilizasse cada mensagem que recebia por inbox para trair, como ele fazia?~~ Fomos a uma praia e ele me convenceu de que conhecia a dona de uma das casas, de que era ok nos sentarmos em sua varanda — poucos minutos depois, a proprietária chegou e quase chamou a polícia. Fiquei envergonhadíssimo. Quando retornamos, João não fazia questão de estar em minha presença; mantinha-se no quarto quando eu estava na hidromassagem ou vice-versa. No dia seguinte, quis ficar só na piscina, ao telefone. Tirou algumas selfies — ao menos, sua disposição física estava melhor. Ainda usava meu escapulário, que carregava no pescoço desde o Rio de Janeiro. ~~Neste momento, recordo-me de que esse escapulário e outras peças de meu vestuário estiveram presentes em suas inúmeras traições.~~ Bosco se irritou crescentemente: desejava se hospedar em um hotel mais caro que havia sido recém-inaugurado e flertou abertamente com o *concierge* ruivo em minha presença. Senti-me desrespeitado, rejeitado e triste, pois foi uma visão breve de quem João realmente era — uma pessoa volúvel —; saí imediatamente do local para não

---

* SERRA, Cristina. Ver adiante.

** RESSA, Maria. Ver adiante.

assistir à continuação da cena. Neguei-me a pagar o valor daquela estadia e João se ressentiu também disso; eu deveria cegamente o satisfazer ~~enquanto ele passava de mão em mão por minhas costas~~. Tentei explicar que seria inescrupuloso abandonar a pousada em que estávamos acomodados, com cuja proprietária eu tinha fechado negócio, e nos mudar para outro lugar, apenas porque era mais luxuoso ou porque o *concierge* possuía uma rola mais rosada do que a minha. Com ética, João Bosco nunca se importou tanto. A partir de então, não quis cooperar na produção do material que eu precisava criar para a pousada Terra Madre. No dia seguinte, fizemos uma trilha. Permaneceu apartado de mim — deitou-se sozinho na pedra da cachoeira. Com quem gostaria de estar? Tirou selfies nu na queda-d'água e me tapava com seu corpo nas fotos (eu estava bem atrás, era um ponto no horizonte). Para quem enviaria as imagens? Somente no surgimento daquele pensamento [de para quem enviaria as imagens] brotou um sorriso no rosto de João. Reconheço ao analisar as fotografias: era seu sorriso de segundas intenções; brincava com meu escapulário. Não era comigo que desejava estar — aquele escapulário, embora meu, representava para ele ocasiões sexuais com outro sujeito, e era esse indivíduo o destinatário desejado das selfies. Em um dos registros, seu pau ficou duro com o que lhe vinha à mente. Eu me perdia na água... Bosco era absolutamente indiferente a mim — quanto mais eu desaparecia na lonjura do celular, mais seu sorriso de prazer sádico crescia. Aprendi a temer aquele sorriso. Pedi que ele me fotografasse nu também e, apesar de meu corpo estar em perfeitas condições, não teve o menor interesse em interagir comigo. Fizemos a caminhada de volta. Ele se isolava, continuava a se negar a me ajudar na captação do material que eu devia ao hotel e ao destino. Seu maior prazer foi pilotar a motocicleta que aluguei.

Retornamos à capital e, em 13 de março, já existia transmissão comunitária do coronavírus em São Paulo. O iphone que sua mãe havia lhe dado era antigo e eu lhe presenteei com outro, o qual tampouco aguentou o tranco do que João tentou baixar nele. Ruth/Raquel. Dessa forma, a apple do Morumbi Shopping acabou por me/lhe ressarcir com um terceiro iphone, completamente novo. Com relação a meu aniversário no dia 31, Bosco bateu os pés: eu deveria conhecer Inhotim. Planejou que voaríamos pela matal para Belo Horizonte e, de lá, dirigiríamos um veículo da adivom para o museu, com estadia em um hotel da rocca. Chegou a comprar as passagens no dia 15, mas eu me neguei: argumentei que não queria ficar em Belo Horizonte [o problema não era a cidade, era aquela rede] e que o trajeto programado não fazia sentido; preferiria ir de carro para apreciar o caminho e me hospedar em alguma pousada histórica em Ouro Preto, situada suficientemente no caminho. Eu pressentia sordidez em dose tripla e evitaria a qualquer custo o passeio como pensado por João. Não me pergunte o leitor sobre o como ou o porquê de minha intuição; também previa que entraríamos em isolamento até então devido à pandemia. Bosco se ressentia de mim por minha rejeição a seus planos e mesmo pela conjuntura planetária. Eu não podia imaginar, naquele momento, que a pandemia do coronavírus seria usada como ensejo para crimes contra a humanidade no Brasil, ou que os acontecimentos seriam tão graves. Inicialmente, apenas enxerguei a singular oportunidade de João e eu estarmos isolados juntos como algo bom. ~~Tampouco podia imaginar que os problemas em nosso relacionamento eram tão medulares, ou que Bosco me traía em quaisquer dez minutos que tinha para si.~~ Saí para comprar lysoform, máscaras de tecido, brinquedinhos sexuais para curtirmos juntos enquanto estivéssemos fechados... Contudo, já no dia 21, quando eu estava no sexshop e tentei ligar para João para perguntar qual brinquedo ele preferia, ele não me atendeu. Voltei o mais rápido possível para o apartamento. Lá, dei-me conta de que o que haveria por se fazer já estava feito — o cheiro de sexo é identificado por nosso inconsciente. A tristeza e a decepção tomaram conta de mim de imediato. Desci com meu laptop para trabalhar em um banco do deck, a esconder minha vergonha sob uma árvore... Bosco teria dessa vez o tempo que quisesse sozinho, mas já tinha tido o suficiente e me enviou mensagem em poucos minutos, desconfiado de que eu estivesse a agir como ele. "Mentirosos nunca acreditam em ninguém", pensei. [Re]percepção. João Bosco decidiu que, uma vez que estaríamos isolados durante meu aniversário, abriríamos uma exceção em nosso acordo de sermos construtivos: comemoraríamos fumando tina, "pois havíamos ficado tanto tempo sem usar...".

Vila Velha, 9 de julho de 2021

Saí do apartamento da rua Itaoca, em Praia de Itaparica, por volta das dez da manhã. Uso minha camiseta azul que carrega o escrito "*cité des anges*" — "cidade dos anjos" é o que Vila Velha se tornou para mim ao oferecer guarida na perseguição de que sou vítima, pelas polícias Militar e Civil do Rio de Janeiro, pela imprensa marron e pelas milícias virtuais bolsonaristas.

Rachel, nossa faxineira, diz que a milícia chegou até aqui — e que Marcos do Val, que vergonhosamente ocupa o cargo de senador pelo estado do Espírito Santo, a defender na CPI da COVID ferrenhamente todos os crimes praticados pelo regime fascista, seria um dos maiores exemplos disso. Por estes lados, passo quase desapercebido: fui propositalmente afastado das redes sociais quando levado pela polícia e preso, e dessa forma deve ser mais difícil aos milicianos [reais e virtuais] e perseguidores políticos me reconhecerem atrás da máscara PFF2 e da barba com a qual venho fazendo diversos experimentos durante a pandemia. Mesmo assim, algumas pessoas ainda me identificam e fotografam quando vou ao shopping, o qual evito.

Caminho até o Tartarugão, apelido dado ao Ginásio Poliesportivo Presidente João Goulart, para tomar minha vacina contra o coronavírus. Estou curioso por saber que tipo de plataforma vacinal será, mas não nego nenhuma — consegui agendar a vacinação de João Bosco para a última segunda-feira e ele tomou a injeção da astrazeneca. Já no primeiro quarteirão após atravessar a Rodovia do Sol, que liga Vila Velha a Vitória através da Terceira Ponte, uma extensíssima via em que — segundo a síndica de meu prédio — é proibido que se plantem árvores, vejo um lindo beija-flor verde-floresta, quase do tamanho de minha mão — portanto, grande —, a namorar umas flores roxas dos pés de maracujá que crescem em treliças, colocadas para as trepadeiras em um muro amarelo na calçada. Que imponente seria a Rodovia do Sol se todo o seu comprimento fosse adornado com palmeiras imperiais, nas estreitas calçadas laterais e no vão que separa as duas mãos do tráfego! Seria um gesto à natureza e um item alienante a menos no ambiente urbano a arborização dessa via.

Hoje é aniversário da Revolução Constitucionalista. Em breve, no dia 23 também serão completados 89 anos da morte de minha bisavó Zulmira Maria de Jesus e de Santos Dumont, o famoso aviador brasileiro que muitos se preocupam em afirmar que *não era gay afeminado* e que, a favor da ordem constitucional no país e contra Getúlio Vargas, cometeu suicídio ao testemunhar o uso militar dos aviões — que eram de sua invenção. Dumont encontrava-se sob observação de seu sobrinho no Guarujá, litoral paulista, já por risco de suicídio, e é provável que tenha visto os aviões de combate varguistas sobrevoando a região antes de atacarem o Campo de Marte, na capital São Paulo, o que teria lhe aprofundado a angústia. Isso haveria levado Santos Dumont a usar a gravata que carregava ao redor do pescoço para outro fim. Diz-se que se matou mesmo por sofrer de depressão e de transtorno bipolar e que Vargas teria inventado a associação de seu suicídio ao uso militar do avião para dar ao aviador um caráter mítico; embora eu acredite no uso da propaganda varguista para esse propósito, as evidências indicam que a lenda foi baseada em fatos reais.[28]

Chego ao Tartarugão e recebo a senha 570 — o número de óbitos evitáveis no morticínio do Brasil, ao multiplicarmos por mil, caso tivéssemos começado a vacinar os brasileiros em dezembro de 2020 e se houvéssemos tomado outras ações pró-ciência. A história teria sido outra se o bolsonarismo não tivesse boicotado a capitalização da vacina do Instituto Butantan e tampouco houvesse negado a assinatura do contrato com a pfizer, de forma a possibilitar arranjos corrompidos — entre atravessadores pilantras e o Ministério da Saúde [dominado por partidos do centrão de Davi Alcolumbre e Ricardo Barros] — e a permitir a políticos lucrarem bilhões de dólares com a pandemia. As ofertas do Butantan, de 60 milhões de doses em julho de 2020, e da pfizer, de 70 milhões de doses nesse mesmo mês, foram sabotadas por interesses financeiros mascarados de negacionismo científico. Sim, o genocídio [tecnicamente receberia esse nome no fascismo pós-moderno? Nem os juristas se entendem] no Brasil foi também motivado pela corrupção. Para ser mais exato, os pesquisadores estimam que 90 mil vidas teriam sido salvas caso o Brasil houvesse iniciado a vacinação em dezembro de 2020 e que 480 mil pessoas não teriam morrido se o país tivesse refletido a média mundial de perdas de vidas humanas — o regime brasileiro adotou "uma estratégia institucional de propagação do vírus, promovida sob a liderança da Presidência da República. Os resultados da pesquisa do Centro de Pesquisas e Estudos de Direito Sanitário (Cepedisa) da Faculdade de Saúde Pública (FSP), da Universidade de São Paulo (USP), e da Conectas Direitos Humanos, uma das mais respeitadas organizações de justiça da América Latina, afastam a persistente interpretação de que haveria incompetência e negligência de parte do governo federal na gestão da pandemia. Bem ao contrário, a sistematização de dados, ainda que incompletos em razão da falta de espaço na publicação para tantos eventos, revela o empenho e a eficiência da atuação da União em prol da ampla disseminação do vírus no território nacional, declaradamente com o objetivo de retomar a atividade econômica o mais rápido possível e a qualquer custo".[29]

Dias atrás, Mônica Waldvogel — sóbria, inteligente e afiada, no auge de sua carreira de jornalista e comentarista política — estava indignada no programa *Em Pauta*, da globonews, a respeito de por que os brasileiros perceberem o crime de corrupção como sendo algo mais grave do que um crime contra a humanidade — o genocídio praticado pelo bolsonarismo, que naquela data já tinha vitimado mais de meio milhão de cidadãos, incluindo indígenas. Compartilho de sua indignação e neste ponto de minha investigação possuo uma hipótese. Nos últimos anos, e intensificadamente via uma complexa e cabulosa manipulação das massas (parte considerável, inclusive, da esquerda ampla) a partir das Manifestações dos 20 Centavos de 2013, a mídia brasileira fez um trabalho de associar a imagem da "esquerda" à corrupção, demonizando-a — e isso pôde ser observado de maneira pedagógica com o chamado "lavajatismo jornalístico", que levou à eleição de Jair Bolsonaro, da extremadireita, como *o anticorrupto*. No dia 8 de fevereiro de 2021, a jornalista Cristina Serra escreveu o artigo "A praga do jornalismo lava-jatista — A operação corrompeu e degradou amplos setores do jornalismo", publicado na *folha de s.paulo*:

> Quando começou, em 2014, a Lava Jato gerou justificadas expectativas de combate à corrupção. Revelou-se, no entanto, um projeto de poder e desmoralizou-se em meio aos abusos e ilegalidades cometidas por Moro, Dallagnol e a força-tarefa. Além de afrontar o ordenamento jurídico e ajudar a corroer a democracia, a Lava Jato também corrompeu e degradou amplos setores do jornalismo; em alguns casos, com a ajuda dos próprios jornalistas, como a Vaza Jato já havia mostrado e agora é confirmado nas conversas liberadas pelo ministro do STF, Ricardo Lewandowski.
>
> Relações promíscuas entre imprensa e poder não são novidade. No caso da operação, contudo, as conversas mostram que repórteres na linha de frente da apuração engajaram-se no esquema lava-jatista e atuaram como porta-vozes da força-tarefa, acumpliciados com o espetáculo policialesco-midiático. Jay Rosen, professor de jornalismo da Universidade de Nova York, cunhou o termo "jornalismo de acesso" para definir como jornalistas sacrificam sua independência e abandonam o senso crítico em troca do acesso a fontes, que passam a ser tratadas com

simpatia e benevolência. A Lava Jato é um caso extremo de "jornalismo de acesso", no qual repórteres aceitaram muitas convicções sem as provas correspondentes. Colaboraram com o mecanismo de delações e vazamentos seletivos, *renunciaram à obrigação ética de fazer suas próprias investigações e fecharam os olhos para os métodos da força-tarefa*. Nas empresas, tiveram retaguarda.

O jornalismo corporativo participou abertamente do projeto lava-jatista. Em março de 2016, por exemplo, Moro vazou o conteúdo do grampo que captou ilegalmente conversas entre a então presidente Dilma Rousseff e o ex-presidente Lula. O grampo, que sabidamente atendia a interesses político-partidários, foi reproduzido por muitos veículos sem a necessária crítica quanto a isso. [Vale relembrar que o grampo levou à decisão monocrática do ministro do STF Gilmar Mendes, que suspendeu nomeação de Lula como ministro-chefe da Casa Civil; que Dilma sofreria impeachment inconstitucional em consequência desse fato, por sua inabilidade política; e que, em plena candidatura pela presidência do país em que demonstrava ampla vantagem sobre Jair Bolsonaro, Lula acabou por ser preso por Sérgio Moro — o que levou à vitória do candidato fascista, que por sua vez nomeou Moro seu ministro da Justiça.]

A relação pervertida entre poder e imprensa fere a dignidade da profissão. É uma praga a ser sempre evitada e combatida.[30]

Somente discordaria de Cristina Serra quando ela escreve que o tal grampo "foi reproduzido por muitos veículos *sem a necessária crítica* quanto a isso". Eu argumentaria que a ação do jornalismo corporativo foi deliberada, com o propósito de interferir na democracia brasileira.

UOL, 14 de julho de 2022 — por Maurício Stycer[31]

Pesquisadora vê JN como "ator político" e cita "narrativa" anti-PT em 2015

Em um estudo acadêmico recém-lançado, a jornalista e linguista Eliara Santana busca demonstrar que o "Jornal Nacional" foi "um suporte relevante" na implementação e consolidação de alguns processos políticos recentes da história brasileira, como o impeachment da presidente Dilma Rousseff (PT). Na visão da pesquisadora, a chamada "mídia corporativa", que o principal telejornal da Globo integra, também exerceu um papel na situação que se seguiu ao afastamento de Dilma, "inserindo o país num quadro de grande polarização social e também de desestruturação política e econômica, estendendo-se ao processo eleitoral de 2018 e posteriormente". No livro "Jornal Nacional: Um ator político em cena" (Editora Meraki, 192 págs., R$ 46), Santana afirma que o desenrolar do processo de impeachment seria diferente "se não fosse amparado e legitimado pela mídia corporativa".

Ela defende a ideia de que os meios de comunicação "construíram uma narrativa" que levou as pessoas a associarem o PT a "uma corrupção nunca vista antes" e a responsabilizar o governo Dilma por "uma crise econômica sem precedentes". Para demonstrar a tese, a pesquisadora busca exemplos em diferentes edições do "Jornal Nacional". Em 13 de março de 2015, ao noticiar manifestações a favor de Dilma, o JN enfatiza que os organizadores são sindicalistas da CUT. Três dias depois, ao falar de protestos contra a presidente, o telejornal não identifica os organizadores, o que, segundo ela, daria uma ideia de "espontaneidade do movimento". A divulgação no JN de áudios vazados de uma conversa de Dilma com o ex-presidente Lula, em março de 2016, "induz os telespectadores à emoção, à comoção, que não é necessariamente positiva, mas também de raiva e indignação".

Isso ocorre, segundo Santana, pela forma como a notícia foi "encenada, com a dramatização da ação e representações dos personagens e a intervenção de narradores" (William Bonner e Renata Vasconcellos). A representação gráfica das notícias sobre acusações de corrupção no JN neste período — um duto por onde sai dinheiro com um fundo vermelho — busca "despertar a emoção do espectador", diz. Some-se a isso, aponta, a "modalização da voz e da entonação (mais grave e circunspecta em alguns momentos, efusiva em outros)" dos apresentadores do telejornal.

A pesquisadora enxerga também um "processo de ressignificação" do noticiário econômico, no qual "problemas conjunturais passam a ser abordados como questões gravíssimas" e notícias positivas sofrem o efeito do "silenciamento". São os casos do anúncio, em 2014, que o Brasil saiu do mapa da fome da ONU, noticiado em 38 segundos, e o registro de que o país atingiu o mais baixo índice de desemprego na história (4,8%), em dezembro de 2014, que mereceu 30 segundos do JN. A título de comparação, Santana registra uma notícia de janeiro de 2018, no governo Temer, quando o índice de desemprego chega a 12,7%, o pior em cinco anos, e a ênfase do telejornal é nos "sinais de recuperação da economia ainda discretos, mas suficientes para estimular mais pessoas a procurarem empregos".

A pesquisadora vê abordagens diferentes em relação ao ex-presidente Lula e ao então candidato presidencial Jair Bolsonaro, em 2018. Os dois passam pelo que ela chama de um processo de "silenciamento" — as notícias evitam exibir as falas de ambos. No caso de Lula, ainda preso, é com "viés negativo", pois ignora as muitas entrevistas que dá e a movimentação política que ocorre em torno dele no período. No caso de Bolsonaro, é com "viés positivo", pois seria uma forma de "não expor um candidato controverso e declaradamente homofóbico". Por fim, Santana analisa o que ela enxerga como "a desconstrução do presidente Bolsonaro", a partir da eleição e posse. O "silenciamento" ocorrido na campanha eleitoral dá lugar, diz, a um "embate frontal" a partir de 2019, com denúncias de corrupção e notícias sobre a morte de Marielle Franco e, em 2020, com a exposição do discurso negacionista do presidente sobre a pandemia de coronavírus.

Ainda que sustentada por registros objetivos, a análise de Eliara Santana reproduz, em várias passagens, uma visão consolidada há tempos no campo da esquerda de que a Globo persegue o PT. O estudo ganharia mais solidez se recuasse até, pelo menos, o final dos anos 1980 e mostrasse como o "Jornal Nacional" noticiou episódios-chave da vida política e econômica em outros governos.

Sobre Stycer apontar que "a análise de Eliara Santana reproduz uma visão consolidada há tempos no campo da esquerda", o fato de essa interpretação ter sido anteriormente consolidada não significa que ela esteja errada, pelo contrário, como provou a pesquisadora "por registros objetivos". A sugestão de que "o estudo ganharia solidez se recuasse até, pelo menos, o final dos anos 1980" é interessante; porém, o foco do livro em questão é o período de ascensão mais acentuada da extremadireita no Brasil, quando ela se tornou visível, desde 2013 (a Lava-Jato surgiu em 2014, como recordou Cristina Serra): lidar com dois outros momentos históricos seria carga de trabalho para novos volumes de uma possível obra ampliada. Quanto ao que há de mais urgente, concordo com o colunista de TV no sentido de que resta um vácuo na historiografia brasileira que diz respeito, especificamente, ao que se deu no subterrâneo de nossa sociedade entre a eleição da social-democracia de Fernando Henrique Cardoso, em 1994, e a emersão da extremadireita, a partir de 2013: entender rigorosamente que tipo de manipulação do discurso existiu no telejornal de maior alcance no Brasil ao longo desse período, em paralelo à massificação das redes sociais, seria extremamente útil a nossa democracia [como a social-democracia deixou de satisfazer os eleitores e como, posteriormente, mesmo o neoliberalismo deixou de ser suficiente?]. O lavajatismo foi apenas o ápice de um movimento que os jornalistas brasileiros faziam havia duas décadas, a adotar cada vez mais o discurso de direita das corporações que os empregam. É didática a radicalização do jornal *o estado de s. paulo*, que muito antes dos anos 2000 já se identificava com o pensamento conservador e neoliberal no Brasil. Onze anos atrás, "em 25 de setembro de 2010, em um editorial intitulado 'O mal a evitar', o jornal *O Estado de S. Paulo* declarou abertamente o seu apoio ao candidato José Serra na eleição presidencial no Brasil em 2010, afirmando que o candidato é 'o que tem melhor possibilidade de evitar um grande mal para o País', e criticando o presidente Luiz Inácio Lula da Silva pelas suas acusações de que a imprensa brasileira estaria se comportando 'como um partido político' e pela 'escandalosa deterioração moral' de seu governo".[*] Tratava-se da disputa eleitoral que elegeria Dilma Rousseff. Poucos dias depois, em 2 de outubro do mesmo ano, a então colunista Maria Rita Kehl, do mesmo *estadão*, publicou o icônico artigo "Dois pesos…":

---

[*] De contribuições públicas à Wikipédia com base em: "Editorial — O mal a evitar". *O Estado de S. Paulo*. Consultado em: 25 de setembro de 2010.

Este jornal teve uma atitude que considero digna: explicitou aos leitores que apoia o candidato Serra na presente eleição. Fica assim mais honesta a discussão que se faz em suas páginas. O debate eleitoral que nos conduzirá às urnas amanhã está acirrado. Eleitores se declaram exaustos e desiludidos com o vale-tudo que marcou a disputa pela Presidência da República. As campanhas, transformadas em espetáculo televisivo, não convencem mais ninguém. Apesar disso, alguma coisa importante está em jogo este ano. Parece até que temos luta de classes no Brasil: esta que muitos acreditam ter sido soterrada pelos últimos tijolos do Muro de Berlim.

Na TV a briga é maquiada, mas na internet o jogo é duro. Se o povão das chamadas classes D e E — os que vivem nos grotões perdidos do interior do Brasil — tivesse acesso à internet, talvez se revoltasse contra as inúmeras correntes de mensagens que desqualificam seus votos. O argumento já é familiar ao leitor: os votos dos pobres a favor da continuidade das políticas sociais implantadas durante oito anos de governo Lula não valem tanto quanto os nossos. Não são expressão consciente de vontade política. Teriam sido comprados ao preço do que parte da oposição chama de bolsa-esmola. Uma dessas correntes chegou à minha caixa postal vinda de diversos destinatários. Reproduzia a denúncia feita por "uma prima" do autor, residente em Fortaleza. A denunciante, indignada com a indolência dos trabalhadores não qualificados de sua cidade, queixava-se de que ninguém mais queria ocupar a vaga de porteiro do prédio onde mora. Os candidatos naturais ao emprego preferiam viver na moleza, com o dinheiro da Bolsa-Família.

Ora, essa. A que ponto chegamos. Não se fazem mais pés de chinelo como antigamente. Onde foram parar os verdadeiros humildes de quem o patronato cordial tanto gostava, capazes de trabalhar bem mais que as oito horas regulamentares por uma miséria? Sim, porque é curioso que ninguém tenha questionado o valor do salário oferecido pelo condomínio da capital cearense. A troca do emprego pela Bolsa-Família só seria vantajosa para os supostos espertalhões, preguiçosos e aproveitadores se o salário oferecido fosse inconstitucional: mais baixo do que metade do mínimo. R$ 200 é o valor máximo a que chega a soma de todos os benefícios do governo para quem tem mais de três filhos, com a condição de mantê-los na escola. Outra denúncia indignada que corre pela internet é a de que na cidade do interior do Piauí onde vivem os parentes da empregada de algum paulistano, todos os moradores vivem do dinheiro dos programas do governo. Se for verdade, é estarrecedor imaginar do que viviam antes disso. Passava-se fome, na certa, como no assustador *Garapa*, filme de José Padilha. Passava-se fome todos os dias. Continuam pobres as famílias abaixo da classe C que hoje recebem a bolsa, somada ao dinheirinho de alguma aposentadoria. Só que agora comem. Alguns já conseguem até produzir e vender para outros que também começaram a comprar o que comer.

O economista Paul Singer informa que, nas cidades pequenas, essa pouca entrada de dinheiro tem um efeito surpreendente sobre a economia local. A Bolsa-Família, acreditem se quiserem, proporciona as condições de consumo capazes de gerar empregos. O voto da turma da "esmolinha" é político e revela consciência de classe recém-adquirida. O Brasil mudou nesse ponto. Mas ao contrário do que pensam os indignados da internet, mudou para melhor. Se até pouco tempo alguns empregadores costumavam contratar, por menos de um salário mínimo, pessoas sem alternativa de trabalho e sem consciência de seus direitos, hoje não é tão fácil encontrar quem aceite trabalhar nessas condições. Vale mais tentar a vida a partir da Bolsa-Família, que apesar de modesta, reduziu de 12% para 4,8% a faixa de população em estado de pobreza extrema. Será que o leitor paulistano tem ideia de quanto é preciso ser pobre, para sair dessa faixa por uma diferença de R$ 200?

Quando o Estado começa a garantir alguns direitos mínimos à população, esta se politiza e passa a exigir que eles sejam cumpridos. Um amigo chamou esse efeito de "acumulação primitiva de democracia". Mas parece que o voto dessa gente ainda desperta o argumento de que os brasileiros, como na inesquecível observação de Pelé, não estão preparados para votar. Nem todos, é claro. Depois do segundo turno de 2006, o sociólogo Hélio Jaguaribe escreveu que os 60% de brasileiros que votaram em Lula teriam levado em conta apenas seus próprios interesses, enquanto os outros 40% de supostos eleitores instruídos pensavam nos interesses do País. Jaguaribe só não explicou como foi possível que o Brasil, dirigido pela elite instruída que se preocupava com os interesses de todos, tenha chegado ao terceiro milênio contando com 60% de sua população tão inculta a ponto de seu voto ser desqualificado como pouco republicano.

Agora que os mais pobres conseguiram levantar a cabeça acima da linha da mendicância e da dependência das relações de favor que sempre caracterizaram as políticas locais pelo interior do País, dizem que votar em causa própria não vale. Quando, pela primeira vez, os sem-cidadania conquistaram direitos mínimos que desejam preservar pela via democrática, parte dos cidadãos que se consideram classe A vem a público desqualificar a seriedade de seus votos.

O *estadão* não tinha feito nada senão realizar um *disclaimer*. As correntes de e-mail acima mencionadas pela jornalista e psicanalista Maria Rita Kehl são as ancestrais dos disparos de fake news pelo whatsapp; e "os indignados da internet" se transformariam nas milícias virtuais bolsonaristas poucos anos depois. O artigo gerou grande repercussão online.[*] Essa "relação pervertida entre poder e imprensa que fere a dignidade da profissão" de jornalista levou a muito mais do que à já mencionada progressiva caminhada da imprensa brasileira para a direita da política, seguindo as corporações: porque indivíduos da classe AAA usaram os conglomerados sob seu controle — como *estadão*, *veja* e *globo* — para consistentemente deslegitimar os cidadãos das classes D e E — que haviam saído da extrema pobreza por meio de programas sociais como o Bolsa Família, do PT, e que desejavam preservar seus direitos mínimos conquistados *pela via democrática* —, ao desqualificar seu

---

[*] Ibidem: KEHL, Maria Rita (2 de outubro de 2010). Dois Pesos... *O Estado de S. Paulo*. Consultado em: 7 de outubro de 2010.

pensamento e seus votos. Provas de que o jornalismo corporativo agia desde 2010 na direção de algo mais profundamente sinistro foram a demissão de Maria Rita Kehl pelo *estadão* — por destoar do rebanho no artigo acima — e a punição de Mônica Waldvogel e Leilane Neubarth pela globonews — já sob o regime Bolsonaro, ocasião anteriormente citada neste livro. Ou seja, se nos anos 1930 e 1940, Getúlio Vargas havia "livrado" o Brasil do elemento externo ao inviabilizar a imigração estrangeira com a qual o país havia até aquele ponto sido identificado — em termos práticos, a impossibilitar a xenofobia —,* nos anos 2000 e 2010 "amplos setores do jornalismo" já eram "corrompidos e degradados" no sentido fascista desses termos: acataram o discurso de seus conglomerados contratantes [que, por classismo, negavam-se a aceitar a assimilação socioeconômica das classes excluídas], fizeram das classes D e E as inimigas, passaram a tratar os social-democratas como Lula (nordestino, não educado em universidade, de origens "baixas") e mesmo FHC como "radicais perigosos" da "extrema esquerda", "comunistas", e criaram nada menos do que o discurso conspiratório amplamente propagado de que "tiram de nós para dar para vagabundos". A mídia dos conglomerados conseguiu fazer uma lavagem cerebral profunda nos brasileiros e atentou contra a própria via democrática que garantia — entre inúmeras outras coisas — a cidadania mínima às classes D e E, como apontou Kehl. A teoria conspiratória que levou o fascismo ao poder pela via democrática se tratou da deturpação das Manifestações dos 20 Centavos de 2013 pelos conglomerados de mídia, que meticulosamente manobraram demandas legítimas das classes D e E e iniciativas das esquerdas e as reencaminharam contra si próprias: forjou-se um inimigo interno (as classes mais baixas) e foram apontados seus "cúmplices" (as minorias, os movimentos identitários, a esquerda ampla, políticos envolvidos no projeto de governo do Partido dos Trabalhadores); embalou-se o lavajatismo em uma vasta campanha de destruição de reputações, fundamentando o *dito* apolítico, o *dito* anticorrupto e o o *dito* neoliberal Bolsonaro e legitimando execuções sumárias de políticos, ativistas

---

* Devido ao que se observou no bolsonarismo de rejeição ao Nordeste do Brasil (por seus votos antifascistas, entre outros motivos), alguns têm chamado esse fenômeno de "xenofóbico". O uso desse termo nesse contexto turva o debate, porque nem sequer se questionou cientificamente até o atual momento se a xenofobia clássica (aversão a estrangeiros) não estaria normalizada no Brasil desde o semifascismo varguista [¿por que, de outra forma, governantes democráticos que sucederam Vargas não voltaram a simplificar as regras de imigração para o país, comparáveis em nível de complexidade àquelas dos Estados Unidos?]. O termo mais apropriado para descrever o que é praticado pelos bolsonaristas seria *regionofobia*, pois se trata de um fenômeno novo: aversão a um elemento interno com base no regionalismo.

e pensadores que colocassem em xeque seu maniqueísmo conveniente. Essa atuação inquisitória dos jornalistas, criticada por Lula (jornalistas esses que se resumiam em simples divulgadores de propaganda ideológica cada vez mais alinhada à direita extrema), resultou em algo ainda mais grave para a democracia do que a simples não existência de uma imprensa "independente e neutra": políticos antes considerados de centro, ao irem contra o pensamento crescentemente maniqueísta, passaram a ser empurrados a uma tal "esquerda radical", demonizada e "perigosa"; esses mesmos políticos, que fizeram parte dos governos do PT, foram então perseguidos pela Lava Jato, não um movimento que deturpou a imprensa, mas uma caça às bruxas midiática que brotou dela; e — como progressão óbvia da teoria conspiratória de que "tiram de nós para dar para vagabundos" — todos os políticos "que tiram de nós" passaram a ser chamados de "ladrões". *Ladrões tiram de nós para dar para vagabundos das classes D e E.* Isso ocorreu ao passo que políticos que não queriam levar tal rótulo migraram para a direita, a deixar o centro político vazio. Tanto foi assim, que o resultado foi a ascensão do fascismo, surgido do centro (centrão) apodrecido que restou — algo muito similar ao que se observou na França de 1890. O analista Octavio Guedes atestou esse movimento hoje de manhã na TV [dia do retrabalho do texto, 13 de julho de 2021] quando comparou o atual ambiente político brasileiro de aparente convergência da esquerda, do "centro"* e da direita contra o fascismo à união de diversos setores da política brasileira durante as Diretas Já: "Na época, todo mundo de centro, direita se uniu pedindo as Diretas — Tancredo, Brizola, Roberto Freire… Hoje todos esses são de esquerda, né?". Anotei a fala rapidamente; o conteúdo está aí. Não foi obra do acaso que muitos políticos considerados de centro e de direita em 1985 atualmente sejam ditos "de esquerda" — e, similarmente, que outros tenham ido ao limiar da extremadireita, como ocorreu com políticos de partidos como o PSDB, a se afastar dos conceitos da social-democracia europeia, a perder identidade ideológica e a legitimar o monstro fascista. Essa análise de Guedes fica mais explícita em outro texto seu, em que escreve que a oposição (novamente, partidos de direita, "centro" e esquerda atuando mais ou menos unidos contra o fascismo, a tentar seguir um tal exemplo francês) deveria se apropriar da palavra "ladrão" para se referir a Jair Bolsonaro — a engatilhar nos brasileiros o ódio irracional, previamente implantado pela mídia nas mentes dos cidadãos

---

* Uso "centro" entre aspas porque pouco restou do ideológico centro político que se diferencie do vulgar "centrão".

contra o PT e os seus, desta vez contra o fascista. Datado de 4 de julho de 2021, o artigo é intitulado "Oposição, enfim, encontra um xingamento que todos entendem":[32]

A foto de um casal de manifestantes segurando um cartaz onde lia-se "genocida, miliciano e ladrão", publicada pela jornalista Lu Lacerda, ilustrou a novidade nas manifestações contra o presidente Jair Bolsonaro (sem partido) no sábado (3). Pela primeira vez desde que Bolsonaro pisou no Palácio do Planalto, a oposição achou um xingamento que todos entendem. Até então, os termos utilizados na guerra política contra o presidente precisavam de tecla SAP. "Genocida" é o menos popular de todos. Pode funcionar para youtuber de classe A, mas pesquisas qualitativas indicam que nem todos sabem o que significa. "Miliciano" está mais na boca do povo, mas sofre restrição regional. Faz mais sentido e é mais compreensível no Rio de Janeiro. Já o termo "ladrão" dispensa explicação. Ainda mais, ladrão de vacinas.

No alto de sua sabedoria, o ex-senador Nelson Carneiro costumava dizer: "Xingamento em política só cola se for testado na geral do Maracanã". Nelson Carneiro era do tempo em que Maracanã era Maracanã e a geral, com ingressos mais baratos, era a única possibilidade de acesso do "povão", da "galera". De fato, ninguém imagina os gritos "genocidaaaaa!, genocidaaaaa!" vindos da geral ou da arquibancada para protestar contra o juiz. Nem miliciano. Mas ladrão todo mundo grita, da classe A à Z. Não há dúvidas de que essa tem sido a maior contribuição da CPI da COVID à oposição. Está fornecendo munição para arranhar a imagem vendida na eleição de 2018, e sustentada até hoje, de que Bolsonaro não é político, ou, pelo menos, não é do sistema, portanto, não é ladrão.

Nem o fato de ter sido de partidos do Centrão a vida inteira, nem as revelações de rachadinha de Queiroz depositando dinheiro na conta da primeira-dama ou de filho comprando mansão de R$ 6 milhões abalaram tanto a imagem de honesto quanto as suspeitas de um esquema de propinas para comprar vacinas supostamente montado no ministério mais militarizado de seu governo, o da Saúde. O leitor pode imaginar: a extrema-direita não está gostando nada do rumo dessa prosa de ladrão, enquanto a esquerda está em festa. Engano. Antes de partir para a explicação, uma reflexão do gênio Benito de Paula: "Nem tudo pode ser perfeito, nem tudo pode ser bacana. Quero ver o cara sentar numa praça, Assobiar e chupar cana".

Assobiar e chupar cana é tão sofrido para setores da esquerda quanto condenar os abusos da Lava-Jato e retomar o discurso da moralidade. O blog é viciado em fatos e não em teorias. Vamos a eles. O deputado Marcelo Freixo, recém-filiado ao PSB, postou nas suas redes sociais: "Não era negacionismo. Era corrupção". Pronto. O debate começou. Alguns militantes acusaram Freixo de usar uma retórica lavajatista, de adotar um discurso moralista ao xingar o governo Bolsonaro de ladrão. "O discurso moral não é secundário. É autoritarismo achar que esse tipo de debate não é importante para a população. A esquerda vai fazer o quê? Dar o monopólio dessa discussão para a direita? O problema da Lava Jato não foi o combate à corrupção, que é necessário. O problema da Lava Jato foi ter se transformado num projeto de poder ilegal", defende Freixo. Vice-presidente da CPI, o senador Randolfe Rodrigues acrescenta que condenar o discurso pela moralidade pública é coisa de quem não é vocacionado para o poder: "Isso é coisa de quem não conversa com o sentimento do povo".

Incorro aqui no paradoxal risco de adiantar a trama ao mesmo tempo que posso soar repetitivo. Ao ser levado pela polícia em 9 de dezembro de 2020, o nível de orquestração da ação foi nítido: quando ressurgi ao terceiro dia, blogueiros bolsonaristas seguiram um sinal e unissonamente passaram a me chamar de "hipócrita" porque eu havia "falado em 'corrupção' e 'ética' ao atacar Bolsonaro" em minhas redes sociais. Referiam-se, mais especificamente, a um vídeo de 28 de junho daquele ano (questionadamente, também "dia do #forabolsonaro mundial"), em que eu disse: "Hoje, há exatos 51 anos da Revolta de Stonewall e em que eu também celebro meu orgulho LGBTQ+, eu tiro uns segundos do meu dia para dizer: 'Pare Bolsonaro, fora Bolsonaro, fora Bolsonaros, stop Bolsonaro'. Esse indivíduo e essa corja que foram eleitos pelo ódio: o ódio daqueles que semeiam a intransigência, a exclusão social; o ódio daqueles que semeiam o racismo, o classismo e o preconceito; o ódio daqueles que não admitem que o porteiro vá trabalhar de metrô ou que a empregada compre na mesma loja da madame; o ódio daqueles que idealizam os Estados Unidos, mas que não conseguem conciliar que o Brasil tenha uma economia inclusiva; o ódio daqueles que preferem andar 20 anos para trás, do que 5 anos para a frente. E olhando para a história mundial, nós entendemos que do fascismo e do ódio nada de bom veio. Do fascismo veio a guerra, do fascismo veio a exclusão, do fascismo veio a doença, do fascismo veio a pobreza. E não é coincidência que a história se repita. Desde a eleição de Bolsonaro, não temos uma boa notícia no Brasil. As famílias foram separadas, tudo o que era progresso tentou ser desfeito. Houve um alastramento do preconceito, um alastramento do ódio, um alastramento da intransigência, um alastramento da corrupção na mão de milicianos do Rio de Janeiro que agora ocupam Brasília. Não acho que seja nenhuma coincidência que agora coronavírus nos assole, porque energia é uma coisa cíclica e aqueles que votaram em Bolsonaro e que continuam a apoiar Bolsonaro sabem que estão indo contra a sua ética e a sua religião também. Do ódio, nada bom pode brotar; do ódio, a gente somente vai colher pobreza, divisão, subtração, doença e morte. Enquanto não dissermos juntos 'pare Bolsonaro', 'fora Bolsonaro', nós iremos continuar sofrendo neste país com tudo o que é andar para trás, com tudo aquilo que nos assola como as pragas da Bíblia. Embora eu não seja um indivíduo religioso, eu acredito que a gente está colhendo o que plantou — e a gente vai continuar colhendo notícias ruins, e a gente vai continuar navegando na pobreza, na doença e na morte enquanto não tirar o ódio do poder". Desde a data inicial de publicação de meu vídeo, tinham-no replicado em seus próprios nichos bolsonaristas, de forma a insuflar ódio contra mim, e circularam amplamente — por grupos de aplicativos de conversas — fotos minhas com legendas mentirosas que me acusavam de ter ameaçado "matar Bolsonaro", de maneira que qualquer radical de direita armado me alvejasse na rua a qualquer momento. Meu uso do argumento da "corrupção" — a virar do avesso a teoria conspiratória criada pela mídia brasileira para fazer ascender o fascismo, desta feita para combater o fascista — culminou no que foi posteriormente chamado pela polícia carioca, pelo crime organizado, pela imprensa sensacionalista e marron e por blogs entrincheirados na extremadireitade minha "prisão em flagrante", na campanha de destruição de reputação e credibilidade de que fui vítima. Tomaram como parâmetro e comando, para a construção de outros artigos de meu *character assassination*,[*] a matéria por Paolla Serra — publicada na revista *época* (grupo globo) *apenas quando ressurgi* em 11 de dezembro de 2020. Fato foi que minha inversão do discurso havia vindo um ano e uma semana antes da "descoberta" comemorada por Octavio Guedes na mesma mídia, e por isso eu tinha sido punido.

Com respeito às falas de Luiz Inácio Lula da Silva sobre a imprensa estar se comportando "como um partido político", ele se referia, em 2010, à noção de a mídia ter se tornado historicamente um Quarto Poder no país e em democracias planeta afora e de, neste sentido, ela necessitar ser regulamentada e se comportar como tal, de forma a evitar o terrorismo de discurso e a insegurança institucional que se materializaram nas campanhas de destruição de reputação do lavajatismo, sua consequência galopante no Brasil. Tanto, que poucos anos depois

a disseminação de notícias não mais é o monopólio das instituições da mídia. Blogueiros, cidadãos jornalistas e usuários de mídias sociais também estão colocando suas notícias e informações à disposição, por vezes viralizando. Para

---

[*] *Character assassination* é um esforço deliberado e prolongado para arruinar a reputação e credibilidade de um indivíduo. O conceito, como objeto de estudo científico, foi introduzido por Jerome Davis em 1950. DAVIS, Jerome; *Character Assassination*. Nova York: Philosophical Library, 1950.
ICKS, Martijn; SHIRAEV, Eric. *Character Assassination Throughout the Ages*. Londres: Palgrave Macmillan, 2014.

complicar o assunto, *trolls* estão postando fake news e desinformação na internet. Conforme a internet se torna a plataforma principal para as instituições da mídia disseminarem notícias, estas descobrem que precisam compartilhar o campo com milhões de outros. Já se foram os dias quando jornais e emissoras de televisão e rádio tinham controle do fluxo das notícias e da informação, a ponto de até regular a agenda nacional.

Ao passo que a paisagem é bombardeada com notícias falsas e desinformação, a presença da mídia que pratica o bom jornalismo se torna mais importante do que nunca. Se a democracia tem sofrido nos anos recentes, uma explicação se deve ao declínio da capacidade da imprensa em cumprir o seu papel de Quarto Poder. Em sua luta para sobreviver e permanecer relevante, muitas instituições de mídia e jornalistas têm abandonado seu papel de "cão de guarda". Ao reclamar seu papel com o Quarto Poder da Democracia, a imprensa precisa saber que seu futuro não depende apenas de sua capacidade de levantar as finanças necessárias e desenvolver modelos de negócios apropriados ao mundo digital, mas, sobretudo, de sua habilidade para manter a confiança e o apoio públicos. Esse papel não é dado de graça. Jornalistas precisam se manter verdadeiros a sua profissão, e à ética que vem com a profissão, de servir as pessoas e à Democracia".* [33]

Diferentemente da desregulamentação que pode ter sido interessante aos conglomerados de mídia nos anos 1960, 1980, 1990, ou em 2013 ou em 2015, hoje se presencia um cenário absolutamente adverso, em que a insegurança não somente institucional, como constitucional do Quarto Poder não mais atende nem aos interesses de tais conglomerados, nem às necessidades de um povo democrático. Conforme Endy Bayuni, editor do *jakarta post*: "Não faz muito tempo, antes da era da internet, que a imprensa podia reclamar seu lugar de quarto pilar da democracia. Ela era os olhos e os ouvidos do público na manutenção da responsabilidade dos outros três pilares — o executivo, o legislativo e o judiciário. A Democracia não pode funcionar sem uma imprensa livre e independente, que por sua vez obtém seu poder do povo".** Como, em um país como o Brasil, tão recente quanto profundamente traído por sua imprensa — que o levou diretamente ao fascismo através do lavajatismo jornalístico —, poderia se convencer o povo a compactuar com a regulamentação dos meios de comunicação e a devolver à imprensa o seu poder, de forma que ela não se iguale a outros *trolls* nas redes sociais? Ela deve reafirmar publicamente seu compromisso com a verdade para recuperar

---

* BAYUNI, Endy (9 de fevereiro de 2022). Reclaiming the role of the press as the fourth pillar of democracy. *The Jakarta Post*. Traduzido por mim.

** Ibidem.

a confiança dos cidadãos e retomar o seu poder que deles emana: a Imprensa necessitará se contrapor ao nietzscheanismo, ao passo que setores de Inteligência precisarão se contrapor ao pesadelo previsto por Orwell (que constitui a proposição da extremadireita). A imprensa se afastará historicamente do relativismo, da especulação e de teorias conspiratórias porque seu trabalho tende a ser cada vez mais eticamente diferenciar *o falso do verdadeiro*, os fatos dos absurdos, em contraste com os atentados por parte da extremadireita supranacional — que devem ser tão mais frequentes quanto rasteiros. Em "Plataformas de internet estão destruindo a democracia, diz Nobel da Paz", Patrícia Campos Mello publicou na *folha de s.paulo* que "Jornalista Maria Ressa diz que sociedade brasileira vai ter que se engajar para evitar que Bolsonaro desacredite processo eleitoral":

As plataformas de internet acabaram com a realidade compartilhada e estão destruindo a democracia, alerta a jornalista filipina Maria Ressa, vencedora do Prêmio Nobel da Paz de 2021. Cofundadora do site Rappler, ela é alvo de diversos processos e chegou a ser presa em 2019 pelo governo de Rodrigo Duterte após uma reportagem. "Os fatos são entediantes, eles não se alastram — é por isso que a estrutura de incentivos das plataformas de mídia social está completamente errada", diz em entrevista à *Folha*. Ela argumenta que, nesse contexto, cada pessoa vive em seu feed de notícias personalizado, e o que ganha maior alcance são as mentiras e discurso de ódio, e não a verdade. A jornalista adverte que não é possível haver integridade de eleições, se não há integridade de fatos, referindo-se à "guerra de informações" de líderes como Ferdinand Marcos Junior, sucessor de Duterte, Jair Bolsonaro e Donald Trump. A vencedora do Nobel indicou, em palestra no Deutsche Welle Global Media Forum, na segunda-feira (20), estar muito preocupada com a versão de Bolsonaro para o movimento de Trump de desacreditar o processo eleitoral. Segundo ela, para reagir a isso toda a sociedade brasileira vai ter que se engajar, com checagem de fatos, pesquisa sobre desinformação, litigância estratégica e ação das organizações não governamentais.

Ativistas de extremadireita se dizem censurados pelas plataformas de internet quando há moderação de conteúdo. Qual é o significado de liberdade de expressão em uma era em que a mídia social é usada por líderes populistas como arma? "Os feeds personalizados das redes sociais fazem com que os vieses cognitivos de todas as pessoas sejam amplificados, usando essas escolhas algorítmicas. É uma radicalização dos pontos de vista em relação a tudo, desde democracia até vacinas até mudança climática, diretamente para a terra plana. O impacto começa como um reforço individual dos vieses, mas, no final, o que acontece é que a liberdade de expressão acaba sendo utilizada para sufocar a liberdade de expressão. Você e eu já sentimos na pele esses ataques seletivos exponenciais, e entre as primeiras pessoas visadas estavam jornalistas, organizações de imprensa, políticos oposicionistas. Quando você é atacada 1 milhão de vezes, quando a desinformação de gênero está num ponto em que você é martelada até ser reduzida ao silêncio, o passo seguinte é substituir sua narrativa, certo? É uma estratégia que já funcionou da Crimeia à Ucrânia, das Filipinas ao Brasil, nos Estados Unidos e além. No discurso do Nobel, descrevi as mídias sociais como uma bomba atômica que explodiu em nosso ecossistema de informação. O que estamos vendo acontecer hoje — o colapso da lei e ordem, o colapso dos freios e contrapesos da democracia —, isso é o que acontece quando há impunidade no mundo virtual. Ela leva à impunidade no mundo real."

Como se explica a vitória de Ferdinand Marcos Jr e Sara Duterte para presidente e vice nas Filipinas? "É possível haver integridade de eleições se não há integridade de fatos? Não. Qual é a linha que separa a guerra de informação contra cidadãos e o livre-arbítrio? Nas Filipinas, as eleições ocorreram em um momento crucial, após o *lockdown* devido à pandemia levar dezenas de milhões de filipinos a perder seus empregos, quando ainda havia um grande clima de medo e incerteza, após seis anos de Duterte e uma guerra às drogas muito brutal. Marcos Jr pegou muitos dos mesmos temas de seu pai [o ditador Ferdinand Marcos, que liderou o país de 1965 a 1986] e prometeu unidade. Mas a faísca que realmente fez a diferença foi a tecnologia, as plataformas de mídia social. O momento em que a história de Ferdinand Marcos Jr mudou diante de nossos olhos foi em 2014, não por coincidência o mesmo momento em que a Rússia transformou a realidade da Crimeia — e, aliás, as metanarrativas plantadas em 2014 são as mesmas razões apresentadas para invadir a Ucrânia hoje. Assim, em 2014, Ferdinand Marcos Jr começou a usar o YouTube e o Facebook para aumentar seu alcance. Eu me recordo de um vídeo em que ele era um guerreiro de 'Star Wars' com o sabre de luz, um Obi-Wan Kenobi, e o vídeo teve desempenho fenomenal no TikTok. Venho falando disso há seis anos. Essa tecnologia precisa ser contida. Ela está roubando o livre-arbítrio. Uma vez democraticamente eleitos, eles demolem a democracia de dentro para fora. Quero dizer, vejam, Hitler foi democraticamente eleito, não? Não preciso dizer nada ao Brasil."

Quão eficiente precisa ser uma operação de informação para você apagar o passado de uma ditadura como nas Filipinas? As pessoas simplesmente esqueceram ou nunca souberam que houve uma ditadura? "Eu adoro uma frase do escritor tcheco Milan Kundera que usei muito no dia das eleições nas Filipinas: 'A luta do homem contra o poder é a luta da memória contra o esquecimento'. Eu me tornei jornalista porque acredito que informação é poder, mas éramos responsáveis por esse poder e as coisas avançavam muito mais devagar. Hoje, não. Criaram uma ferramenta de inteligência artificial que redige 30 mil artigos de ódio em menos de 24 horas. Uma máquina de ódio."

Líderes que usam as redes sociais como armas — como Narendra Modi, na Índia, Viktor Orban na Hungria, que também faz aparelhamento da mídia tradicional, e Rodrigo Duterte — todos foram reeleitos ou conseguiram eleger o sucessor. O que isso significa? O que funciona contra essas operações de informação? "Neste exato momento, estamos impotentes. No longo prazo, é preciso educação. No médio prazo, é legislação. E, no curto prazo, é preciso ação coletiva. Precisa ser uma abordagem de toda a sociedade para tentar redefinir o que significa engajamento cívico hoje. Foi o que tentamos fazer para nossas eleições em maio. É o que Brasil vai precisar fazer para as eleições de vocês. É preciso perguntar se as pessoas realmente querem viver num mundo onde se pode manipular todas as pessoas ou onde a democracia é destruída e não vivemos numa realidade compartilhada. Estamos em 2022 e a situação está piorando. Eu estou apostando minha liberdade nisso, na ideia de que podemos fazer alguma coisa."

Qual é o tipo de regulamentação mais urgente no mundo? "A reforma ou revogação da Seção 230 da Lei de Decência das Comunicações dos EUA, que essencialmente conferiu impunidade a essas plataformas. Elas podem injetar porcaria tóxica, ódio, teorias conspiratórias diretamente em nosso sistema nervoso, com impunidade, e isso levou à ruptura dos freios e contrapesos e do Estado de Direito no mundo real. Portanto a primeira: é preciso haver responsabilização. Há a outra parte que anda de mãos dadas com isso: as organizações de notícias também têm sido forçadas a fazer parte desse modelo de capitalismo de vigilância, ou seja, esse mesmo modelo está determinando qual jornalismo sobrevive, e não é o melhor jornalismo que ganha o maior alcance. Na realidade, são as mentiras que ganham o maior alcance."

Como você encara a relação de Bolsonaro com a imprensa? "Bolsonaro era um candidato de extremadireita, marginalizado, até que o YouTube o trouxe para o *mainstream*. A estrutura de incentivo das redes sociais favorece mentiras, ódio e teorias conspiratórias. Jornalistas e organizações noticiosas não temos uma chance nesse mundo. Então Bolsonaro vira *mainstream* e seu comportamento autorizou as pessoas a darem vazão ao pior lado delas. Duterte, nas Filipinas, e Trump, nos EUA, também fizeram isso. A tática de Bolsonaro em relação à imprensa é igual ao que acontece nas Filipinas. Marcos não concedeu entrevistas de verdade, em que ele tivesse que responder a perguntas duras de jornalistas. O que Marcos e Bolsonaro fizeram foi criar sua rede própria de blogueiros e influenciadores. E isso está ligado ao fato de as plataformas de mídia social terem transformado os guardiões da informação, os jornalistas, em influenciadores."[34]

Maria Ressa fala do controle das novas tecnologias pela extremadireita (que, ao mesmo tempo, faz o aparelhamento da imprensa tradicional), de ação coletiva, legislação, educação e do alcance cada vez maior do mau jornalismo — que já venho debatendo aqui. Todavia, não toca na necessidade de se legislar no âmbito internacional as empresas de tecnologia da comunicação — menciona uma lei estadunidense que permitiu que certas plataformas injetassem "porcaria tóxica, ódio, teorias conspiratórias em nosso sistema nervoso", mas o tiktok, que Ressa usa como exemplo de ferramenta para a ascensão do radical de extremadireita nas Filipinas, em 2014, é chinês. Não mais podemos olhar para tais plataformas como meras multinacionais, ou como entes que devam/ possam ser regulados somente em seus países de origem. O kantianismo é essencial para escaparmos do funil em que caímos, porque somente um pacto democrático universal poderá proteger os povos de atentados especulatórios e conspiratórios da extremadireita — de outro jeito, puxões de tapete virão crescentemente dessas entidades supranacionais autocráticas de comunicação, como previsto por Chomsky, e democracias serão balançadas até tombarem, em efeito dominó. O diálogo entre órgãos nacionais de Inteligência, dedicados à privacidade de seus cidadãos e às novas tecnologias da comunicação, no contexto planetário do nietzscheanismo, será indispensável para manter as nações inteiradas sobre as constantes inovações antidemocráticas (tecnológicas e estratégicas) e, consequentemente, mais seguras. As leis válidas para a proteção da democracia de um país terão de ser válidas para todas, e os riscos e a ética, igualmente compartilhados.

Se a discussão sobre a participação da sociedade na construção de políticas públicas de comunicação deveria ter acontecido setenta anos atrás e foi futilmente estorvada a ponto de o bom jornalismo e a própria imprensa se tornarem quase obsoletos, por outro lado a responsabilização penal de pessoas jurídicas tem ares de tema completamente contemporâneo. Veja, o Brasil chegou muito próximo do genocídio pelo bolsonarismo — isto é, se não tecnicamente chegou. É necessário que haja investigação séria dos fatos [porque, sim, eles existem] que levaram o Brasil a tal situação, uma nação como qualquer outra no planeta globalizado, e a essa investigação devem se seguir julgamentos e condenações de vários indivíduos pertencentes ao governo, às Forças Armadas, ao empresariado e a gabinetes paralelos do ódio e do medo. Que se faça um exemplo do caso brasileiro, com relação inclusive ao tema da lavagem cerebral. Os Estados Unidos, que se julgam o maior bastião da democracia do planeta, também flertaram proximamente com a morte e com o apartheid sob Donald Trump. Foram igualmente responsáveis por esses acontecimentos as administrações de redes de comunicação supranacionais, como facebook, whatsapp, instagram, twitter e tiktok? Se sim, por que não podem ser responsabilizadas as próprias empresas? Neste contexto, não se pode ignorar, *no início de tudo*, os *disparos em massa de conteúdo fascista que foram realizados através do whatsapp* no caso brasileiro. Aqui argumento que pessoas jurídicas — supranacionais inclusas — também precisam ser penalmente responsáveis por crimes contra o meio ambiente, contra os direitos humanos (incluindo crimes contra a privacidade, contra a honra e contra a dignidade da pessoa humana), contra a liberdade de imprensa, contra a ciência, contra a verdade, contra a democracia e contra a vida. Isso não apenas no Brasil, como perante um novo tribunal penal democrático universal — ainda de acordo com a noção defendida por Kant.

Sanções administrativas a pessoas jurídicas[*], que impliquem multas substanciais, atingiriam diretamente investidores e acionistas dessas empresas, que sentiriam financeiramente as consequências de suas decisões quanto a em quais entidades fazer aplicações e se tornariam mais socialmente responsáveis com relação a seus investimentos. Sobre a responsabilidade criminal verdadeira,[**] é crucial que acionistas de fatias significativas de tais empresas também possam ser pessoalmente responsabilizados, em vez de apenas aqueles que ocupam cargos administrativos e/ou que seriam os autores físicos dos crimes (o modelo da autorresponsabilidade: alguém puxou o gatilho da empresa, porém, para que a arma tivesse balas no cartucho a disparar, estas tiveram de ser financeiramente carregadas por outrem). Enxergo diversos motivos para penalização criminal — em todos os âmbitos: governamental, empresarial e civil — no complexo caso das violações originadas pelo fascismo brasileiro e, se isso não acontecer, vamos nos aprofundar internacionalmente na normalização dos genocídios: o agravante é que, enquanto não determos o nietzscheanismo, a tendência é que os morticínios se alastrem junto aos fascismos para o planeta democrático como um todo. Já foi traçada neste trabalho a relação entre a inação jurídica contra os criminosos do regime militar e o estímulo a crimes contra o meio ambiente e os direitos humanos no regime Bolsonaro (que incluem campanhas de destruição de reputação e credibilidade, prisões, variados tipos de tortura, execuções, chacinas, genocídio e generalizada aniquilação): isso através do racismo, da *regionofobia* e de ataques à ciência, ao bom jornalismo, à verdade, à democracia e de uma idealização dos extermínios em massa entre os bolsonaristas. Seria hipocrisia não admitir que nos acostumamos a assistir a genocídios na África e a não fazer nada a respeito; isso não significa que devamos continuar a não fazer nada com relação à África ou ao Oriente Médio ou à Ásia, pelo contrário: a ação brasileira poderia representar um primeiro passo no sentido do pacto democrático universal.

---

[*] TIEDEMANN, Klaus. Responsabilidad Penal de las Personas Jurídicas. *In*: Anuario de Derecho Penal 1995. De contribuições coletivas à Wikipédia.

[**] GÓMEZ TOMILLO, Manuel. Aula Aberta — Responsabilidade Penal da Pessoa Jurídica. YouTube IBCCRIM, 29 de setembro de 2021. De contribuições coletivas à Wikipédia.

Há espécies de aranhas em que os filhotes devoram a mãe ao eclodirem dos ovos — assim como há veículos de imprensa que consomem a liberdade de imprensa, e tecnologias de comunicação que "usam a liberdade de expressão para sufocar a liberdade de expressão". Muitos jornalistas contribuíram para a perda da "dignidade da própria profissão" ao se tornarem cúmplices do "espetáculo policialesco-midiático" que levou ao impeachment de Dilma Rousseff e que posteriormente catapultou a milícia carioca a Brasília e o PCC a terras Yanomami. Pergunto-me se esses jornalistas corporativos, inquisidores e lavajatistas, refletem sobre terem propagado por duas décadas a noção de que "os votos das classes baixas não são expressão consciente de vontade política". Fazem autocrítica a respeito de os conglomerados para os quais prestam serviços terem sido responsáveis pela criação e alastramento da teoria conspiratória contra as classes D e E, que permitiu a ascensão do fascismo no Brasil? Certamente alguma coisa de sua participação nisso esses jornalistas veem, pois neste momento temem ser devorados pela extremadireita e tentam desesperadamente direcionar contra ela (filhote que eles mesmos gestaram) os termos "ladrão" e "corrupto", manipulados por si para gerar na classe média ódio e medo irracionais com relação aos pobres, à "esquerda", às minorias, aos nordestinos e aos políticos. Poucos têm coragem de admitir — ainda que silenciosamente para si ou na frente do espelho —, como fizeram Patrícia Campos Mello, Maria Rita Kehl, Cristina Serra e Mônica Waldvogel. Porque, se houve generalizada renúncia do verdadeiro trabalho e responsabilidade que vêm com a profissão "jornalista", eu escreveria que o bolsonarismo é *O Bebê de Rosemary* da imprensa dos conglomerados brasileiros.

O dano está feito — e o esvaziado centro político brasileiro hoje é bichado por Arthur Lira, Davi Alcolumbre, Ricardo Barros, Ciro Nogueira e outros amigados dos Bolsonaro que não possuem convicção ideológica e que demonstram baixíssimo comprometimento com a democracia, apenas preocupações com benefícios próprios. A imprensa não pode consentir com uma nova anistia, como a que levou ao não julgamento de militares pelas barbáries cometidas durante a ditadura. Ao termos dividido toda a culpa igualmente entre algozes de farda e cidadãos vitimados pelo Golpe de Estado, perdemos como nação a oportunidade de nos posicionar firmemente em relação aos direitos humanos no Brasil: "A CNV [Comissão Nacional da Verdade] brasileira não julgou os crimes cometidos durante a ditadura e perdoou crimes de motivação política. Ao contrário, países como Alemanha, Peru, Argentina, entre outros, tiveram seus processos julgados e as pessoas punidas, a fim de evitar o esquecimento, pela população, de parte importante da história".[35] Por consequência, a ditadura militar será sempre um assunto mal resolvido no Brasil — um profundo corte que não levou pontos —, e os militares continuarão sendo as sombras que tememos, a emergir em blocos de apoio a uma autocracia aqui e outro autoritarismo ali. ¿Ou poderíamos aprovar legislação para julgamentos no pós-morte em casos de crimes contra a democracia, contra a humanidade e contra o meio ambiente, em que os acusados teriam direito a defesa, contudo poderiam ser condenados de dentro de suas tumbas, para fins de reparação simbólica, cultural e histórica? Faz-se necessário um pacto. A imprensa não pode decidir algo hoje e "desdecidir" em um ano, levando-nos de volta à instabilidade institucional. Ou os jornalistas querem a extremadireita e o fascismo ou querem a estabilidade da regulamentação e da social-democracia pelo Estado de Direito — e terão de engolir seu classismo até entenderem que o fato de a empregada comprar na mesma loja de sapatos da patroa não significa o fim do mundo. Permitir a existência de um país menos desigual sem ameaçá-lo de golpes midiático-direitistas a cada três anos é o que talvez possibilitará o resgate de identidade de partidos como PSDB, a permitir maior equilíbrio político e uma alternância de poderes saudável como ocorre na Europa — quase sempre dentro do espectro da social--democracia, a propósito. O grau de neoliberalismo dependerá de cada partido... todavia, é justo que isso ocorra. Pois, de meu ponto de vista, o verdadeiro inferno é fascista. Abraçar a social-democracia, de FHC a Lula, e sustentar o pacto democrático proposto por ambos — na famosa foto do toquinho de mãos da semana de 10 de maio de 2021 — é a única maneira de direcionarmos o Brasil a uma estabilidade institucional prolongada que poderá manter vivo o nosso Estado de Direito. Outro dia no ar, mesmo a comentarista do *estadão*, Eliane Cantanhêde, disse que "procurou comunismo atrás da porta, não encontrou; procurou comunismo debaixo da cama, não encontrou; procurou comunismo dentro do armário, não encontrou". Portanto, é muito possível vivermos bem em uma alternância de poderes sem maiores interferências do Quarto Poder que causem novas rupturas. Todo veículo de imprensa é movido a dinheiro, e todo dinheiro vem de algum lugar. Mas o fascismo, como ficou claro, faz bem a muitos poucos — financeiramente ou de outra forma. A despeito de seus patrões, os jornalistas terão de se esforçar um tanto mais para cumprir com suas "obrigações éticas" e não se transformarem em influenciadores, ou continuaremos a reviver a Lava Jato, a ditadura, o fascismo, a inquisição… em um ciclo esquizofrênico sem fim.

Sento-me aqui no centro do ginásio enquanto indivíduos da Marinha do Brasil, a apoiar a prefeitura de Vila Velha e tendo atrás de si imensa bandeira do Brasil [nunca vi maior, símbolo máximo da máquina de propaganda do bolsonarismo, tão grande que os antifascistas se sentem constrangidos ao vê-la e se negam a usá-la], chamam os números das senhas — apesar de o agendamento ter sido online, em um sistema instável. Dias atrás, cheguei a vir ao Tartarugão para perguntar por que uma dose de vacina parecia disponível, mas eu não havia conseguido agendar. Furioso, segui então à Secretaria de Saúde da cidade para perguntar o porquê de haverem aberto a vacinação para uma nova faixa etária (de trinta a 34 anos) se a faixa etária anterior (de 35 a quarenta anos, da qual faço parte) não havia sido imunizada ainda. Perguntei se não estaria por trás disso um desejo midiático do prefeito a ventar que o município está em estágio de imunização avançada, o que é uma inverdade. Alegaram que esse não era o objetivo do referido político, entretanto eu estava correto, pois foi exatamente o que aconteceu nos meios jornalísticos. Deixei, assim, registrado meu protesto junto à Ouvidoria do município. Ocorre que Vila Velha é administrada por um prefeito do Podemos, mesmo partido do centrão a que pertencem Marcos do Val e Eduardo Girão — pertinazes defensores do genocídio na CPI que, além de serem fascistas, são igualmente ligados à área de "segurança". A propósito, o prefeito de Vitória — cidade irmã de Vila Velha ligada a ela por várias pontes —, também vem da área de segurança pública e similarmente pertence a um partido político (Republicanos) que faz parte da base aliada do bolsonarismo. Sim, como diz Rachel, a milícia está aqui — o fato de esses políticos todos virem do setor de segurança (pública ou privada) não é uma coincidência. Daí o motivo de os policiais militares empunharem armas contra os manifestantes dia 3 de julho em Vitória, algo que não foi noticiado.

Ao esperar, observo que os moradores aqui de Vila Velha são profundamente miscigenados. Quem mora em Vitória se gaba do alto IDH do município e gosta de repetir que os moradores da cidade vizinha pertencem à classe C. Não deixa de ser verdade, no entanto Vitória, como o Rio de Janeiro, também possui inúmeras favelas — o estado brasileiro que tem menos favelas é mesmo Mato Grosso do Sul, segundo estudo do IBGE divulgado em 2020.* [36] De qualquer forma, as praias de Vitória são muito poluídas pela vale [antiga do rio Doce], ao passo que de meu apartamento em Vila Velha posso sair e ir dar um mergulho no oceano a qualquer momento, ou correr na orla no final da tarde ou simplesmente sentar na areia para tomar um pouco de sol e uma água de coco — sou americanizado, porém carrego costumes cariocas. Vila Velha possui muitos canais, antigamente usados pelos indígenas, colonizadores portugueses e jesuítas para deslocamento de pessoas e mercadorias, que hoje servem de valões para correr esgoto — porque aqui existe muito pouco saneamento básico —; por sorte, os valões seguem na direção da Baía de Vitória e livram as praias de Vila Velha, em si, da sujeira.

Continuo atento [quando cheguei, chamavam a senha 425; é tudo muito rápido] e vejo daqui dois rapazes bem bonitos, fortes, a aguardar como eu, embora eu não possa ver o rosto deles por debaixo das máscaras descartáveis — muitos usam ainda máscaras de tecido ou sobrepõem estas a outras, a despeito de as autoridades recomendarem PFF2. Além de minha camiseta azul, visto shorts de cor azul-marinho feitos de PET reciclado e os mesmos tênis fila que usei nos dias da fuga do Moulineaux e de minha associalização na rua Avanhandava. Finalmente chamam meu número 570 e sou vacinado com a primeira dose da vaxzevria, criada pela Universidade de Oxford com o laboratório astrazeneca em parceria com a Fiocruz. [A "Capitã Cloroquina", bolsonarista investigada pela CPI da COVID, jura que as torres do Castelo da Fundação Oswaldo Cruz se trata de pênis: "Um dos momentos mais constrangedores do depoimento da secretária de Gestão do Trabalho e Educação do Ministério da Saúde, Mayra Pinheiro, à CPI da COVID, na última terça (25), se deu quando ela insistiu que havia 'um pênis na porta da Fiocruz' (a logomarca da instituição representando as torres, parêntese meu). O senador Omar Aziz, presidente da CPI, até cogitou que ela tivesse dito 'tênis', mas a 'Capitã Cloroquina', confirmou: referia-se, de fato, a um falo".[37] A deturpação sexual dos bolsonaristas impressiona.] Registro: hoje, está sendo uma delícia levar o pênis da Fiocruz. Filmo a agulha entrando para compartilhar nas redes sociais quando tiver novamente acesso a meu celular e computador.

Ao sair, sou abordado por um rapaz que me pergunta "que vacina estão aplicando" — é daqueles que gostam de escolher a marca de imunizante.

---

* "Comparando-se com outras Unidades da Federação, MS tem a menor proporção do país em domicílios em aglomerados subnormais: 0,74%. A maior proporção está no Amazonas (39,5%) seguido pelo Espírito Santo (26,1%) e Amapá (21,6%)." O Rio de Janeiro fica em quinto lugar, com 12,63%.

Respondo que são várias e que não se pode escolher — pois, uma vez lá dentro, ele não terá escapatória senão se vacinar. A caminhar de volta, desenrolo a manga de minha camiseta que havia levantado ainda no trajeto ao Tartarugão, ansioso que estava por ser vacinado. Passo por uma smart fit, uma das empresas que apoiaram financeiramente a campanha do candidato fascista através dos disparos massivos de whatsapp — apesar de a academia possuir no público LGBT+ grande parte de seus clientes, daí minha cruzada para que os gays usem o tal *pink money* de maneira inteligente e que não sustentem tais companhias. Refletindo-me nas vidraças, sinto-me mal por estar magro; não ouso colocar os pés em uma academia antes de o índice de transmissão do coronavírus baixar significativamente no Brasil. Continuo a caminhar e por mim passa outro lindo homem, dessa vez sem máscara e também sem camisa, suado de sua corrida na praia — forte, ele obviamente não abriu mão dos anabolizantes, nem da smart fit. Deve ser adepto do bolsonarismo.

Passo por um edifício em construção — em Vila Velha, o boom imobiliário tem sido enorme a despeito da crise. Estão em fase de concretamento (dos alicerces e dos níveis subterrâneos) e bombeiam a água, provavelmente salobra do lençol freático muito raso, para as galerias pluviais. Uma pessoa que trabalha comigo, morador de Vitória e daqueles que se gabam de ela ser um município superior a Vila Velha, repete que nunca construirão metrô por aqui por esse motivo, do lençol freático superficial. De todo modo, construíram o Eurotúnel sob o Canal da Mancha e o próprio metrô no Leblon, que tem geologia muito semelhante à daqui. [Os reacionários moradores da Gávea, entre eles a mãe de Tiago, impediram a finalização da construção da estação no bairro, que se seguiria à do Leblon e que por sua vez poderia ser ligada ao metrô da Tijuca, passando poucos quilômetros por baixo do Parque Nacional da Tijuca, que separa a rica Zona Sul carioca da empobrecida Zona Norte. As dondocas da Gávea preferem que os trabalhadores continuem a dar uma volta de quase uma hora em forma de ferradura pela cidade para chegarem ao trabalho em vez de simplesmente pegarem um metrô na Tijuca e chegarem à Gávea e ao Leblon em cinco minutos, ou à Barra em vinte minutos. Temem também que a classe C invada a praia do Leblon aos fins de semana, como argumentam que ocorre em Copacabana e Ipanema desde a implantação das estações de metrô por lá. "Crioulinhos" — referem-se assim aos cidadãos da Zona Norte. Dessa maneira, a estação da Gávea permanece há quase seis anos inacabada, preenchida por água para evitar que o entorno desabe,[38] ao passo que o tatuzão (*tunnel-boring machine*) alemão de R$ 100 milhões que perfurava o metrô carioca ("o maior equipamento já usado em uma obra na América Latina", que "foi planejado e construído especificamente para a obra no Rio de Janeiro para perfurar uma rocha de granito muito dura e também um terreno arenoso")[39] enferruja sob o Morro Dois Irmãos — uma vez que não foi projetado para ficar parado. O custo das obras em suspenso é de aproximadamente R$ 3,5 milhões ao mês em valores de 2017,[40] e tal paralisia somente é do interesse de madames bolsonaristas e de políticos corruptos que, aliás, são profundamente interligados e que assim podem desviar altas somas mensalmente.]

Chego em casa, tiro a camiseta e para me refrescar saio à sacada. Um vizinho do prédio do outro lado da rua, bonito, observa-me por detrás de uma cortina, a crer que não é visto — é jovem, forte e alto também; quiçá, desconfortável com suas propensões homoeróticas [tem o costume de me olhar sempre e gosto de o provocar, o que significa que não sigo tão mal sem a smart fit]. O Espírito Santo é um estado ainda bastante homofóbico. No final da tarde, o céu daqui toma belos tons de alaranjado e lindo roxo. Os periquitos então fazem sua revoada para se empoleirarem nas castanheiras da orla, como as araras e os papagaios fazem em Mato Grosso do Sul nas árvores que restam do Cerrado e da Mata Atlântica. O som me acalma. À noite, novamente na globonews, o sociólogo Demétrio Magnoli comenta sobre os aspectos políticos do assassinato de Roberta da Silva, mulher trans de 32 anos, moradora de rua, que foi queimada viva por um adolescente no Recife[41] — cidade onde houve seis crimes violentos contra pessoas trans em um mês. Demétrio fala sobre os perigos do bolsonarismo, no qual indivíduos que ocupam cargos públicos — incluindo o próprio Jair Bolsonaro — discursam "como arautos dos valores cristãos" e incentivam esses tipos de violências contra gays e trans. Trata-se do risco ao dobro da LGBTfobia sistêmica, apontado também por Roudinesco. Repito que tudo isso já era patente quando da campanha presidencial de 2018 — a imprensa simplesmente resolveu fingir cegueira diante da gravidade do assunto, desejosa que estava de se livrar "da esquerda" que tanto demonizou, ainda que isso significasse abraçar a extremadireita. Hoje, jornalistas e seus conglomerados querem se ver livres desse abraço; muito já se sujaram com ele. O bom jornalismo precisa ser praticado novamente: "as organizações de notícias não podem continuar a fazer parte desse modelo de capitalismo de vigilância". Não caiamos pela terceira vez na ingenuidade do romantismo degradado. Cobro dos jornalistas o mesmo que cobro dos artistas.

Vou dormir, tendo chegado à conclusão de que o Brasil apenas será um país verdadeiramente democrático quando estações de metrô como a da Gávea puderem ser construídas e interligadas a estações como a da Tijuca, a despeito de todo o racismo e de todo classismo; quando a Rodovia do Sol puder ser arborizada com lindas palmeiras imperiais e a cidade de Vila Velha possuir espaços públicos que funcionem como marcos que possam ser usados para a socialização de seus cidadãos; quando cidades irmãs como Vitória e Vila Velha possuírem um mínimo sistema de metrô interligado [talvez, reaproveitando-se do próprio tatuzão carioca para sua construção], que favoreça os trabalhadores que passam horas de seus dias em ônibus lotados na congestionada Rodovia, a se expor a epidemias e pandemias, pois trabalham em uma cidade, mas moram na outra; quando indivíduos que ocupam cargos públicos não mais possam legalmente defender o indefensável — o genocídio, a destruição da natureza e dos povos indígenas, o racismo, a misoginia, a regionofobia, a LGBTfobia —; quando rapazes do Espírito Santo e país afora, como esse que mora do outro lado da rua, puderem admitir para si próprios que sentem atração por outros homens; quando pessoas trans não mais forem alvo de violência; quando Santos Dumont e Mário de Andrade puderem ser gays efeminados; quando os jornalistas recuperarem a dignidade de sua profissão; quando militares, nem da ativa nem da *passiva*, não puderem mais ocupar cargos civis na administração pública sem abdicarem de suas patentes e dos salários que vêm com estas; quando a estrutura que financia a máquina da milícia, que se apodera da política dos estados brasileiros, for desmantelada; quando indivíduos como Marcos do Val, Eduardo Girão, Arnaldo Borgo Filho e Lorenzo Silva de Pazolini não mais forem eleitos; quando os canais de Vila Velha e do Brasil deixarem de ser valões e voltarem a ser canais, riachos e rios cheios de vida; quando a natureza no país for preservada; quando os Yanomami e outros povos indígenas não mais forem assolados em suas próprias terras ou tiverem estas roubadas por garimpeiros e fazendeiros; quando artistas, cientistas, pensadores e ativistas não mais forem perseguidos por suas ideias; quando o bolsonarismo chegar a um fim e tivermos registrado e compreendido como e por que surgiu, de forma a evitar que reapareça em outra geração — assim como o bolsonarismo é filho do varguismo, não podemos permitir que surjam outros fascismos tropicais; quando todos os responsáveis pelo bolsonarismo, incluindo aqueles que possam ter lucrado com ele [centrão, facebook, whatsapp, google, empresas em geral, atravessadores de vacinas, jornalistas corrompidos, membros do crime organizado, Rogério de Andrade, Bolsonaro…], forem permanentemente condenados por seus crimes. Quando for feita justiça ao genocídio que levou as vidas de tantos indígenas e de: Emílio, ex-marido de minha tia Hercy; Irineu, ex-marido de minha tia Mida; dona Maria, que costumava lavar nossas roupas; Valter, marido da Joelma do cartório; Paulo Gustavo; Joãozinho e esposa, filho e nora de nossa prima Yolanda; meu tio-avô Ahmad, que se negou a tomar a vacina por ter sido influenciado pelo presidente da República; e centenas de milhares de outros brasileiros e brasileiras.

Então, Vila Velha será uma verdadeira Cidade dos Anjos. E o Brasil será um país digno.

Pensei muito em como terminar o primeiro volume deste livro. Talvez fosse um fim idílico, algo que sugerisse que João Bosco e eu seríamos felizes para sempre a partir de nosso reencontro em março de 2020 em São Paulo, apenas para — no volume posterior — mergulhar de cabeça na podridão que se seguiu. Eu havia imaginado que, do 7 de setembro de 2021, deveria esperar o que de fato foi notícia:

> 199 anos após a Independência do Brasil, a celebração em 2021 foi marcada por atos com pautas inconstitucionais e antidemocráticas. Apoiadores do presidente Jair Bolsonaro foram às ruas ignorando a pandemia de COVID e pedindo a saída de ministros do STF, o fechamento do Congresso e uma intervenção militar. Bolsonaro discursou com mais ameaças golpistas ao STF e, em especial, ao ministro Alexandre de Moraes. Após os atos de 7 de Setembro, Rodrigo Pacheco, presidente do Senado, fez declaração em vídeo para criticar "arroubos antidemocráticos".[42]

Invasão de caminhoneiros bolsonaristas na Esplanada dos Ministérios... Entretanto, o que me aguardava era, como de costume, bastante mais perverso do que eu poderia supor, e acabou por interferir em parte da escrita do capítulo 9 em si — discorri sobre minhas escolhas como escritor há poucas páginas.

Na última terça-feira de agosto, o novíssimo laptop apple do também recém-conquistado emprego de João Bosco sofreu uma pane. A máquina não possuía mais de três meses de uso [ele tinha sido seu primeiro "dono"] e, segundo João, que havia sido contratado no final de maio, queimou-se a placa-mãe. Assim, foi necessário que se deslocasse até São Paulo para que o departamento de tecnologia da agência tomasse conta do aparelho. Devido à pandemia, seu trabalho até aquele momento havia sido remoto, de Vila Velha. Bosco, por sua vez, já foi disposto a se hospedar na residência de Henrique — viajou numa quarta-feira à tarde de ônibus e a possibilidade de retornar até sexta, antes do expandido final de semana de festinhas, eu sabia, era baixa. Já esperava muitas negações e mentiras. João insistiu que entre ele e Henrique existia "respeito" e que o rapaz nem sequer dormiria em seu apartamento — que passaria as noites na residência do novo namorado. No primeiro dia, em uma ligação de vídeo, vi outro laptop e vários apetrechos abertos sobre uma bancada da residência, o que me indicava que Bosco não estava só. O que realmente vivenciou João não posso relatar, apenas supor. Nessa mesma tarde de quinta-feira [tinha chegado cedo, deixado seu computador na empresa e seguido para a casa de Henrique], retornou ao local de trabalho por volta das 16h para buscar a máquina. Ao entrar por seu celular em uma reunião da agência, teve um desentendimento grave com seu chefe, que fez inúmeras reclamações. Bosco me enviou uma mensagem em que dizia que provavelmente seria demitido, pois seu superior havia pedido um encontro presencial para o próximo dia cedo. Liguei a ele por vídeo: encontrava-se dentro de um carro de aplicativo e tinha esquecido seu carregador de telefone em algum lugar, portanto sua bateria poderia acabar a qualquer momento. Estava absolutamente fora de si — eu, conhecendo-o, supus que houvesse consumido metanfetamina durante toda a tarde antes de retornar à agência; embora ele me jurasse que Henrique não fizesse mais isso, poderia ter feito com qualquer outro. De minha parte, sabia que a alteração química seria a única explicação para tamanha exaltação com seu chefe que levasse João a uma sumária demissão — a reunião do dia seguinte seria diretamente com o departamento de recursos humanos, apesar de ele ainda negar. Tal agressividade não era costumeira sem a droga, mesmo com sua bipolaridade: estava hostil comigo também. O mais intrigante, naquele momento, foi a hipótese levantada pelo próprio superior, de que Bosco havia propositalmente destruído sua máquina — do que eu sabia que ele era capaz [tem o conhecimento para fazer isso, através de *malware*], porém os outros não sabiam; tal desconfiança ter partido de seu novo chefe era absolutamente reveladora. Indignado até comigo por ter lhe telefonado, e afirmando que eu não me preocupava com ele, somente com suas possíveis traições, desligou o telefone. Como tinha acontecido em sua demissão anterior, João evitava conversar sobre o assunto e buscava motivos para fugir. Dizia que não queria realmente aquele emprego. Eu antecipava que nada de bom poderia vir da situação.

De minha parte, fazia umas três semanas que havia pedido para extravasarmos juntos — porque eu trabalhava havia sete meses sem parar, de dez a doze horas por dia; ele, nos últimos três meses, também trabalhava umas dez horas (incluindo intervalos de duas horas, duas horas e trinta minutos) e dormia outras catorze. Eu queria comemorar o fim do processo [aquele que nunca foi] que veio de nossa "prisão", por mais que esse não tivesse acabado ainda. Pedi que bebêssemos aperol juntos — João Bosco nunca se predispunha. Nos tempos relativamente leves que vivi em Vila Velha e que resultaram neste trabalho, havia descoberto por volta de fevereiro que João tinha começado a fazer uso de cocaína, uma droga que eu havia deixado claro que não gostaria de ter de enfrentar novamente e de que ele, no discurso inicial de nosso relacionamento, alegava também desgostar. Entretanto, cheguei a encontrar cinquenta pinos vazios em sua mochila quatro dias após eu próprio tê-la limpado — o que me levou a calcular que estivesse a cheirar duzentos pinos por mês, no mínimo. Cocaína é uma droga relativamente barata; ainda assim, ele gastava mais de R$ 2 mil mensais naquilo, quase metade de seu novo pagamento como recém--contratado. Suas narinas sangravam sem parar, e os pinos que eu não encontrava eram jogados por ele pela sacada para que eu não visse... As funcionárias do prédio descobriam no jardim abaixo e me contavam. Naqueles tempos em que o trabalho o consumia bastante, seu celular jazia na maior parte do tempo esquecido em algum lugar. Contudo, Bosco me confessava que *padê* lhe trazia desejo — eu, por minha vez, repetia que seu uso da droga "me brochava", devido ao meu histórico com Tiago. João temia minhas negativas por ele estar sempre cheirado — eu, de fato, não gostaria de ser abordado por alguém assim. Não me procurava para sexo, com medo de eu o rejeitar — e eu tampouco ia atrás dele. Nunca perguntei a Bosco o que ele fazia com todo aquele "tesão no cu" que ele dizia sentir; queria na verdade ficar longe daquilo, pois, mesmo à distância, eu sentia o odor acentuado da droga. Por vezes, eu saía para ir ao mercado ou treinar, e ele criava elaboradas histórias paranoides de traições minhas — a cocaína fazia isso; eu não traía. A depressão advinda do choque da prisão o havia deixado vários quilos acima do peso; todavia, o padê o colocou de volta no corpo de sempre. Eu acordava às 7h e começava a trabalhar. Ele acordava — e imediatamente começava a trabalhar — às 10h30, parava às 11h00 e fazia uma viagem diária de übe até a zpet, próxima ao Shopping Vila Velha, para comprar orelhas bovinas desidratadas para Maga, sua cachorrinha ignorada, que eu exercitava em corridas pela orla e que voltou a ficar em forma e com o pelo brilhoso com a cartilagem que eu lhe alimentava todos os dias às 18h. Eu tinha iniciado a tradição das orelhas — ele a usava como desculpa para sair diariamente. Maga se tornou minha maior amiga na ausência de Oliver e Emília, e eu a chamava carinhosamente de Tchuca — as pessoas gostavam desse apelido e nos amamos desde o primeiro instante, no pesadelo que foi o Studio 1984. Eu imaginava que, nessas sumidas, Bosco fosse até "a boca" — onde alegava buscar maconha, não obstante sempre voltasse com cocaína. Cheirava pelas ruas, perdia máscaras PFF2, chinelos... Era uma tristeza, nada menos do que isso. Mas ele se estendia até as 13h, 13h30... E, quando não tinha justificativa para passar por ali pela "boca" — porque Maga possuía orelhas de sobra para mascar —, inventava que precisava ir ao banco. Sempre tinha algo que resolver na rua nesses alongados almoços — jamais trazia algo de volta para mim. Por um motivo ou por outro, seus desaparecimentos de quase três horas eram diários e confesso que, desde que ele não quebrasse o apartamento inteiro — como havia feito Tiago —, ou que não desse para geral, decidi que não o importunaria sobre seu consumo insaciável de padê. Experimentaria exatamente a estratégia oposta da que tinha usado no caso de meu ex: não daria a mínima atenção ao vício. Pois, apenas queria paz para trabalhar. Claro, eu achava aquilo tudo demasiado deprimente. No entanto, esperava que, com o estresse diminuído ao absorver todas as técnicas necessárias para o novo emprego e com meu apoio em vez de julgamento, a necessidade de João pela droga aos poucos se esvaísse. Não possuíamos momentos de intimidade e, mesmo aos fins de semana, Bosco somente dormia — levantava-se para "ir à padaria". A despeito disso, ele não comia — não possuía qualquer apetite. Quando começou a terminar o serviço mais cedo, passou a sair aos finais de tarde sozinho para "caminhadas". Jamais extravasávamos nem bebendo um aperol juntos, nem conversando: disso eu sentia falta. Quando João se esquecia da desculpa de "ir à boca" — porque o traficante vinha lhe entregar a mercadoria —, eu ia com Maga até a loja comprar as *zureias* e voltávamos andando: ela ditava meu passo ao cair do sol na praia e, quando chegávamos em casa, ganhava seu prêmio. Esses eram meus momentos de felicidade genuínos: aqueles da rotina companheira que criei com Tchuquinha, que sabia quando eu estava despertando e me acordava com felizes lambidas, e que dormia aos meus pés até as 23h assistindo a séries da netflix, quando eu a carregava nos braços para a cama. Com relação a humanos, sentia-me o tempo todo só: não queria colocar pressão em Bosco que levasse a mais desequilíbrio em seu emprego e a sua demissão, que eu antevia e temia havia algum tempo. A adaptação para ele parecia extremamente difícil e eu me movia mais como um fantasma a não trazer novos elementos de estresse. Nos últimos tempos, João tinha diminuído um pouco o consumo de pó — o que foi um alento.

Desde que havíamos sido levados pela polícia em dezembro de 2020, pensava que aquele trauma gigantesco, de que tratarei posteriormente, unir--nos-ia para sempre — ou que, ao menos, tivesse criado um laço único entre nós. Eu estava errado.

Em fevereiro, comprei um novo celular para João, pois nossos aparelhos até este momento em que escrevo se encontram sob o poder policial, injustificadamente — e diversos advogados me afirmam que já foram invadidos mesmo sem permissão judicial, porque é praxe. Logo, descobri que Bosco havia transformado seu perfil no twitter em uma ferramenta para sexo — com seu rosto à mostra, corpo exposto de sunga e inúmeros ativos da área adicionados. Decepcionei-me, haja vista que todos sabiam que éramos namorados e ele expunha não apenas a si próprio, mas a mim como "o traído". Seu interesse no aplicativo me levou a criar uma conta anônima própria — não por sexo, somente para assistir a pornografia e monitorar seu comportamento. Em março, eu o tinha encorajado a ir a Brasília em busca de emprego, pois ele sempre se referia a Vitória/Vila Velha como "um buraco" onde não seria contratado nunca e demonstrava intensa infelicidade. Conhecedor de João, sabia que seria infeliz em qualquer lugar; ali, ao menos, eu me sentia seguro. Quando ele viajou, senti desejo de colocar em prática toda a minha sexualidade represada. Ele me disse: "Sei que não posso controlar o que você vai fazer, apenas não faça aqui em casa". Deixei Maga com uma amiga e peguei um voo no dia 13 de março para São Paulo, para me encontrar com alguém. No entanto, ao chegar lá, eu e esse alguém acabamos por ter uma conversa franca, que me demoveu de transar. Permaneci na capital paulista não mais do que um dia e meio: encontrei-me com um policial (uma fonte) para uma entrevista e retornei para Vitória no primeiro voo do dia seguinte. Passei quase a metade desse tempo no aeroporto. Bosco, entretanto, possui íntimo contato com todos os gays de São Paulo e soube de minha viagem. Diferentemente da carta branca que tinha me dado ao partir, obcecou-se com minha quase traição, ficou absolutamente furioso! — ele, que possuía ciúmes até de um ator pornô que eu viesse a admirar quando assistíamos juntos a uma cena. Não admiti meu erro de pronto, porque me envergonhava de minha atitude e isso me bastava para não a repetir; tampouco a havia tomado com o intuito de o ferir. Depois de um período turbulento, abri-me sobre o equívoco que eu tinha cometido e que meu conhecido paulista havia me ajudado a compreender: eu deveria ter conversado com meu namorado sobre minha insatisfação sexual antes de sair em busca de uma aventura. Assim, tentei reconstruir a confiança no relacionamento; João se demonstrava mortalmente ferido. Fiz de tudo para provar real arrependimento por meu erro, contudo não é possível voltar no tempo. Eu tinha sido fiel a ele desde nossa viagem à Chapada dos Veadeiros em outubro de 2020, quando reatamos; de todo jeito, Bosco sempre projetava em mim traições que não haviam acontecido. Tampouco existia diálogo: João não se permite conversar com um parceiro sobre assuntos sexuais; não nos comunicávamos. Foi a esse silêncio agravado que eu acabei cedendo entre março e setembro. Como forçar alguém a uma troca? Ademais, Bosco tinha me confessado sobre uma ocasião em que pagou a um capanga de seu pai para que "quebrasse as pernas" de um funcionário da globo de São Paulo, na manhã seguinte a uma festa de empresa. Dias antes, o rapaz supostamente "o havia deixado desmaiado de GHB/GBL, com um corte na testa, em seu apartamento e saído para transar" — ocasião em que Maga correu desesperada pelo Studio 1984 a buscar ajuda para seu tutor. Era meados de 2019; creio que o rapaz teve a mandíbula quebrada em alguns pontos. Eu, por conhecer João, perguntava-me se o corte atribuído ao outro indivíduo não teria sido causado por meu próprio namorado, que consome propositalmente quantidades altas de G e se debate demais, e caminha, e cai, e quebra objetos e faz coisas das quais posteriormente não se recorda. Mais provavelmente, o moço o havia deixado dormindo com a porta entreaberta após ele ter "capotado" — pois o pacto deveria ter sido trepar e não, dormir — e João despertou sozinho e se feriu. Quando Tchuquinha testemunhou o perigo, fugiu pela porta deixada aberta e correu pelo prédio atrás de socorro, até ser encontrada na recepção, oito andares abaixo. Algo que corrobora esses acontecimentos rotineiros é um print de um GP enviado a um conhecido de Bosco e reenviado a ele:

Conhecido: Sai do App vai meter
Boy Grosso: to em casa
Conhecido: kkk
Boy Grosso: ele caiu de gi
Conhecido: O João? De novo?
Boy Grosso: novidade neh

Não importava se Jr. havia ou não sido o responsável pelo corte. João Bosco é um indivíduo vingativo e o rapaz, quando saiu para passear com o próprio cachorro, pagou, com a surra que levou, pelo corte que Bosco provavelmente criou em si. Vivia eu também sob a ameaça de violência física caso ele, em sua psicologia instável piorada pela cocaína, a qualquer momento julgasse que eu deveria sofrer uma punição por algum motivo.

Por minha vez, não confiava na fidelidade de João e, desde que ele havia chegado em São Paulo, sabia que valia tudo, independentemente de minha tentativa de fuga em 13 de março. Depois da nova demissão, de volta ao apartamento de Henrique, Bosco mudou seu discurso: queria me convencer de que eu não tinha motivos para temer uma traição, "porque, minutos antes de ele viajar, eu o havia comido duas vezes e gozado dentro e ele tinha feito questão de viajar leitado". Segundo ele, estava satisfeito. Minha intuição me dizia o contrário, João insinuava, além disso, que preparava algo para que extravasássemos juntos. Queria me provar que eu era tudo de que ele necessitava e prometeu que se abriria para termos um diálogo sobre sexualidade... Trocamos putarias por mensagens. Gozei litros e mandei vídeo.

[29/08/2021 20:45:50] Francisco: <VID-20210829-WA0012.mp4>
[29/08/2021 20:45:55] João Bosco: Vou gozar
[29/08/2021 20:47:16] João Bosco: Achei que já soubesse minha paixão por vc me arrombando
[29/08/2021 20:48:01] Francisco: Eu sei que vc gosta. Mas quando estiver com vontade pode me atacar
[29/08/2021 20:48:09] Francisco: Minha rola fica dura rapidinho por vc
[29/08/2021 20:48:13] João Bosco: Fica dura em segundos. Nunca vi igual juro
[29/08/2021 20:48:15] Francisco: Gozou?
[29/08/2021 20:49:07] Francisco: Curto atolar inteira
[29/08/2021 20:50:30] Francisco: Igual engatar a marcha
[29/08/2021 20:51:14] Francisco: O q vc está fazendo?
[29/08/2021 20:57:51] João Bosco: Sim
[29/08/2021 20:57:57] João Bosco: Ela tem uma conexão imensa com meu rabo
[29/08/2021 20:58:03] Francisco: O que houve? Vc gozou?
[29/08/2021 20:58:07] João Bosco: Ainda não
[29/08/2021 20:58:22] João Bosco: Quero metendo no meu rabo
[29/08/2021 20:59:30] João Bosco: Vc vai socar e eu vou pedir mais
[29/08/2021 21:00:00] Francisco: Combinado
[29/08/2021 21:00:04] João Bosco: Quero que ela more no meu cu
[29/08/2021 21:00:07] Francisco: Pare de andar de rola dura por aí
[29/08/2021 21:00:11] João Bosco: Tô no sofá
[29/08/2021 21:00:17] João Bosco: Não consigo para de imaginar
[29/08/2021 21:00:23] Francisco: <emoji de diabinho>
[29/08/2021 21:01:04] João Bosco: Essa cabeça fazendo estrago
[29/08/2021 21:01:09] Francisco: Estou morrendo de vontade
[29/08/2021 21:01:14] João Bosco: Eu sempre estou
[29/08/2021 21:01:18] Francisco: Já estou babando de novo
[29/08/2021 21:01:20] João Bosco: Quero mais vídeo
[29/08/2021 21:01:22] Francisco: Adianta esse ônibus aí
[29/08/2021 21:02:05] João Bosco: Adoro quando vc mete de cima pra baixo
[29/08/2021 21:02:06] Francisco: Já gozei 2 vezes. Agora vou guardar p vc
[29/08/2021 21:02:09] João Bosco: Ela vai no fundo
[29/08/2021 21:02:17] Francisco: 90 graus, quer dizer?
[29/08/2021 21:02:19] João Bosco: Eu de costa
[29/08/2021 21:02:28] João Bosco: Vc segura por trás
[29/08/2021 21:03:02] Francisco: É um tesão
[29/08/2021 21:03:09] João Bosco: E vc vai acelerando a socada
[29/08/2021 21:03:18] Francisco: Adoro meter assim e de frango
[29/08/2021 21:03:40] João Bosco: Quando eu vejo ela tá entrando e saindo inteirab
[29/08/2021 21:03:51] Francisco: Aprende o caminho

[29/08/2021 21:04:13] João Bosco: Sua rola sabe o caminho e o destino da sua rola é no meu rabo
[29/08/2021 21:04:46] Francisco: É um tesão ver entrando
[29/08/2021 21:04:50] Francisco: Eu fico de olho haha
[29/08/2021 21:05:08] João Bosco: E eu só sentindo a leitada chegar
[29/08/2021 21:05:46] João Bosco: A porra ela vaza quente no meu cu
[29/08/2021 21:05:53] Francisco: Sente quando treme lá dentro?
[29/08/2021 21:06:11] João Bosco: Sinto
[29/08/2021 21:06:27] João Bosco: Quente
[29/08/2021 21:06:40] Francisco: Tesão e eu fico uns 30s gozando
[29/08/2021 21:06:49] João Bosco: Ela pulsa
[29/08/2021 21:07:08] Francisco: Sim
[29/08/2021 21:07:16] João Bosco: Eu fico com vontade de levar mais forte
[29/08/2021 21:07:44] João Bosco: Vc com seu gemido
[29/08/2021 21:07:52] João Bosco: Que já sei tá vindo o leite
[29/08/2021 21:07:59] Francisco: Haha eu gemo?
[29/08/2021 21:08:11] João Bosco: Baixinho
[29/08/2021 21:08:19] João Bosco: Eu fico maluco
[29/08/2021 21:08:28] Francisco: Gosta de mim respirando na sua nuca?
[29/08/2021 21:09:04] João Bosco: Você é um homem bonito, inteligente
[29/08/2021 21:09:14] João Bosco: Esse seu jeito foi paixão a primeira vista
[29/08/2021 21:09:21] Francisco: Vc sempre fala que não foi paixão a primeira vista…
[29/08/2021 21:10:12] João Bosco: Foi sim
[29/08/2021 21:10:15] João Bosco: Já sabia que essa rola ia ser minha
[29/08/2021 21:10:39] Francisco: Imagino que muita gente tenha feito isso haha qual meu diferencial?
[29/08/2021 21:10:48] João Bosco: O difercial e que vc sabe tirar ela inteirab
[29/08/2021 21:12:28] João Bosco: Quero que vire rotina sua rola no meu cu
[29/08/2021 21:12:41] João Bosco: Se eu fosse mulher já estaria grávida
[29/08/2021 21:12:54] Francisco: Está todo dia aqui. Só não é rotina porque vc não quer
[29/08/2021 21:13:13] Francisco: Ainda bem que não é mulher haha
[29/08/2021 21:13:18] João Bosco: Vc aprendeu a gozar lá no fundo
[29/08/2021 21:13:21] João Bosco: Eu queria ficar [João Bosco: Se eu fosse mulher já estaria grávida]
[29/08/2021 21:14:18] João Bosco: Ter nosso filho
[29/08/2021 21:14:23] Francisco: Sempre gozei lá no fundo
[29/08/2021 21:14:31] Francisco: E sei que vc gosta
[29/08/2021 21:14:38] João Bosco: Sim só que agora vc empurra mais
[29/08/2021 21:14:49] João Bosco: Atolado
[29/08/2021 21:14:54] João Bosco: E leite voando lá dentro
[29/08/2021 21:14:59] Francisco: Na hora de meter gosto de meter da cabeça até o talo. Na hora de gozar, lá dentro
[29/08/2021 21:15:15] João Bosco: É surreal de gostoso
[29/08/2021 21:15:19] Francisco: Sei que vc gosta de ficar atolado, então eu atolo mais
[29/08/2021 21:15:24] Francisco: <emojis de três carinhas de diabinho>

[29/08/2021 21:15:35] Francisco: Vôa pra cá vai haha
[29/08/2021 21:15:40] João Bosco: Quem dera
[29/08/2021 21:16:18] João Bosco: Eu tô aqui que só consigo pensar. Vc me comendo
[29/08/2021 21:16:22] Francisco: Morrendo de tesão.
[29/08/2021 21:16:27] Francisco: Vou tomar rivotril para conseguir comer algo. Falando de sexo não consigo
[29/08/2021 21:17:34] João Bosco: Essa rola vai ser pra sempre do meu rabo
[29/08/2021 21:17:39] Francisco: Assim o tempo passa mais rápido
[29/08/2021 21:17:47] Francisco: <emoji de diabinho> só vc parar de ficar ameaçando ir embora o tempo inteiro [João Bosco: Essa rola vai ser pra sempre do meu rabo]
[29/08/2021 21:17:51] João Bosco: Jamais
[29/08/2021 21:18:12] João Bosco: Vamos priorizar
[29/08/2021 21:18:28] João Bosco: Não tem nada que melhorar
[29/08/2021 21:18:39] Francisco: Uhmm
[29/08/2021 21:19:06] João Bosco: Vc já dita o ritmo muito bem
[29/08/2021 21:19:28] Francisco: Eu gosto bem devagarinho. Me deixa duraço. Aí eu meto forte
[29/08/2021 21:19:33] Francisco: Só meter forte perde a graça
[29/08/2021 21:19:39] Francisco: Tem que sentir deslizar
[29/08/2021 21:19:46] João Bosco: Na segunda leitada
[29/08/2021 21:19:48] João Bosco: Ela desliza
[29/08/2021 21:19:57] Francisco: Sentir as sutilezas do seu rabo com o pau
[29/08/2021 21:20:18] João Bosco: É uma sintonia inexplicável
[29/08/2021 21:20:27] Francisco: Para mim ela desliza sempre. Pq passo bastante gel e seu rabo já está acostumado
[29/08/2021 21:21:21] Francisco: Estou super babando aqui
[29/08/2021 21:21:30] Francisco: Quando vc chegar vou passar rola
[29/08/2021 21:21:39] João Bosco: Nossa mas quando vc mete com meu rabo leitado e muito bom
[29/08/2021 21:21:46] Francisco: Sim, é um tesão
[29/08/2021 21:21:50] Francisco: Escorre porra
[29/08/2021 21:21:54] João Bosco: Tá fudido que vou chegar guloso
[29/08/2021 21:22:14] Francisco: Vc vai estar fodido haha
[29/08/2021 21:23:19] João Bosco: Eu fico aberto mas sinto ela latejar
[29/08/2021 21:23:25] João Bosco: Com tina ainda
[29/08/2021 21:23:29] João Bosco: Quero muita rola
[29/08/2021 21:23:38] Francisco: Sim, quando vejo no espelho fico impressionado com o quanto minha rola é grossa
[29/08/2021 21:23:46] João Bosco: Vou fazer um booty e vou te suplicar de joelho tb
[29/08/2021 21:24:27] Francisco: Haha não precisa suplicar
[29/08/2021 21:24:33] João Bosco: E a cabeça vai abrindo as paredes laterais
[29/08/2021 21:24:37] Francisco: Só rezar
[29/08/2021 21:24:43] João Bosco: E vc sabe o timing
[29/08/2021 21:24:48] João Bosco: Ainda tira sarro
[29/08/2021 21:24:55] Francisco: O gostoso é abrir pra começar

[29/08/2021 21:25:12] Francisco: Deixar bem relaxado com vontade de levar
[29/08/2021 21:25:19] João Bosco: Essa parte dói um pouco
[29/08/2021 21:25:24] João Bosco: Mas eu vou melhorar
[29/08/2021 21:25:34] Francisco: Dói? Então preciso ir mais devagar
[29/08/2021 21:25:38] João Bosco: Pra ela se sentir mais em casa
[29/08/2021 21:25:51] Francisco: A ideia é não doer
[29/08/2021 21:25:55] João Bosco: Não eu gosto
[29/08/2021 21:25:59] João Bosco: De qlqr jeito
[29/08/2021 21:26:01] Francisco: Tem que ir relaxando aos poucos até estar pronto
[29/08/2021 21:26:05] Francisco: Para entrar
[29/08/2021 21:26:14] João Bosco: Sua rola foi feita pro meu rabo
[29/08/2021 21:26:20] João Bosco: Falo e vc não acredita
[29/08/2021 21:26:24] Francisco: <emojis de 3 diabinhos>
[29/08/2021 21:26:38] Francisco: Acredito
[29/08/2021 21:27:17] João Bosco: Não penso em outra rola no rabo
[29/08/2021 21:27:24] João Bosco: Ela é ideal
[29/08/2021 21:27:29] João Bosco: E uma metida sensacional
[29/08/2021 21:27:35] João Bosco: Eu fico dormente nas mãos
[29/08/2021 21:28:12] Francisco: Tesão
[29/08/2021 21:28:19] João Bosco: Não consigo explicar
[29/08/2021 21:28:32] Francisco: Curto muito meter
[29/08/2021 21:28:38] Francisco: Faço com vontade
[29/08/2021 21:28:41] João Bosco: Vamos tentar um recorde de quanto tempo vc metendo
[29/08/2021 21:28:50] João Bosco: Amanhã
[29/08/2021 21:28:52] Francisco: Vamos
[29/08/2021 21:29:03] João Bosco: Vai estar com tina vai demorwr
[29/08/2021 21:29:14] Francisco: Sim, para sempre
[29/08/2021 21:29:19] João Bosco: Vai deixar meu rabo reaberto
[29/08/2021 21:30:02] Francisco: Uff
[29/08/2021 21:30:04] João Bosco: Eu rebolar nela amanha
[29/08/2021 21:30:10] João Bosco: Quero ela no talo
[29/08/2021 21:30:12] Francisco: Vou comprar um espelho
[29/08/2021 21:30:18] João Bosco: Quero recorde de leite no meu cu
[29/08/2021 21:31:09] Francisco: Combinado
[29/08/2021 21:31:18] João Bosco: Tô possuído desde ontem pelo sua rola
[29/08/2021 21:31:29] João Bosco: Bati duas ontem
[29/08/2021 21:31:31] Francisco: Vai ter que segurar. Vc foi praí
[29/08/2021 21:31:39] Francisco: Eu só bati hj pra vc
[29/08/2021 21:31:44] Francisco: Geralmente não bato punheta
[29/08/2021 21:31:51] João Bosco: Sempre bato pra vc
[29/08/2021 21:32:01] João Bosco: Gosto de te ver pelado
[29/08/2021 21:32:08] Francisco: Jura?
[29/08/2021 21:32:13] Francisco: Haha nunca fala nada
[29/08/2021 21:32:17] João Bosco: Mas eu fico observando
[29/08/2021 21:32:22] Francisco: Safado haha
[29/08/2021 21:33:03] Francisco: Eu coloco roupa por causa dos vizinhos

[29/08/2021 21:33:08] João Bosco: Quando vc sai do banho
[29/08/2021 21:33:12] João Bosco: Tenho vontade de endurecer ela na minha bocab
[29/08/2021 21:33:19] Francisco: Acho um tesão isso
[29/08/2021 21:33:36] João Bosco: Gosto dela dura igual pedra
[29/08/2021 21:34:18] Francisco: É só botar na boca e deixar que ela endurece naturalmente
[29/08/2021 21:34:24] João Bosco: E vc tirando sarro empurrando pra cima
[29/08/2021 21:34:29] João Bosco: Ela vai. Outra direção
[29/08/2021 21:34:31] João Bosco: Não sei explicar
[29/08/2021 21:34:42] Francisco: Empurrando pra cima como
[29/08/2021 21:34:39] Francisco: Na boca?
[29/08/2021 21:35:17] João Bosco: Não
[29/08/2021 21:35:23] Francisco: Ah no rabo
[29/08/2021 21:35:30] João Bosco: Jeito que vc empurra
[29/08/2021 21:35:34] João Bosco: Que ela arromba de outro jeito
[29/08/2021 21:35:39] Francisco: Na hora de meter. Eu sei
[29/08/2021 21:35:44] Francisco: <emoji carinha com linguinha>
[29/08/2021 21:35:48] João Bosco: Sabe
[29/08/2021 21:36:03] Francisco: É gostoso brincar
[29/08/2021 21:36:09] João Bosco: Eu vou querer muita rola amanhã
[29/08/2021 21:36:17] Francisco: Vai ter
[29/08/2021 21:36:26] João Bosco: Não vai ter brake
[29/08/2021 21:36:31] Francisco: Eu não preciso muito de break
[29/08/2021 21:36:45] João Bosco: Se tiver que gozar 5x quero 5 leitadas
[29/08/2021 21:37:09] Francisco: Vc é que pede break e fica no celular
[29/08/2021 21:37:13] Francisco: Só não vale gozar e querer parar
[29/08/2021 21:37:15] João Bosco: Eu ando sedento pela sua rola
[29/08/2021 21:37:19] Francisco: Que bom
[29/08/2021 21:37:28] João Bosco: Até sonhei
[29/08/2021 21:37:37] João Bosco: Ela nasceu para um propósito
[29/08/2021 21:38:03] Francisco: Sonhou o que?
[29/08/2021 21:38:22] João Bosco: Ela tem um tamanho ideal
[29/08/2021 21:38:30] João Bosco: Cabeçuda
[29/08/2021 21:38:38] João Bosco: Acho linda
[29/08/2021 21:39:02] João Bosco: Ela e grossa
[29/08/2021 21:39:09] João Bosco: Acho que nunca tinha te falado o quando eu adoro a sua rola
[29/08/2021 21:40:02] Francisco: Não. Pode aproveitar mais. Ela está aqui para isso.
[29/08/2021 21:40:09] Francisco: Vc sonhou o que?
[29/08/2021 21:40:18] João Bosco: Feedback de como sua rola me completa
[29/08/2021 21:40:41] Francisco: <emoji de carinha com linguinha>
[29/08/2021 21:40:52] João Bosco: Pra vc ficar tranquilo que eu não aceito outra rola no meu cu
[29/08/2021 21:41:11] Francisco: Vc tb pode ficar tranquilo com relação a mim
[29/08/2021 21:41:10] João Bosco: Sonhei que dormi com ela dentro
[29/08/2021 21:41:13] Francisco: Uhmm já dormimos assim

[29/08/2021 21:41:21] João Bosco: Já
[29/08/2021 21:42:42] João Bosco: E aí se sua rola ficar dura 10 vezes eu vou querer socada todas as vezes
[29/08/2021 21:42:49] Francisco: Combinado.
[29/08/2021 21:42:53] João Bosco: Amanhã quero pirocada de todo jeito
[29/08/2021 21:43:02] Francisco: Tá. Vem logo, então
[29/08/2021 21:43:09] João Bosco: Se vc conseguir me distrair eu quero
[29/08/2021 21:43:11] João Bosco: Fistar
[29/08/2021 21:43:18] Francisco: Vai ficar largão
[29/08/2021 21:44:01] Francisco: É só relaxar e parar de preconceito
[29/08/2021 21:44:05] João Bosco: Não é preconceito não
[29/08/2021 21:44:21] João Bosco: Quero que vc se ofereça
[29/08/2021 21:44:26] Francisco: Me ofereça em qual sentido?
[29/08/2021 21:45:04] João Bosco: Quero ficar arregaçado pra lembrar por três dias
[29/08/2021 21:45:10] Francisco: Haha tá bom. No bom sentido
[29/08/2021 21:45:12] João Bosco: Peça pra me fistar
[29/08/2021 21:46:09] Francisco: Sim, eu me amarro em brincar com seu rabo. Olhar para ele. Fico duraço só de olhar
[29/08/2021 21:46:39] João Bosco: eu vou demonstrar pra vc que não precisa desconfiança
[29/08/2021 21:46:48] Francisco: Com brinquedo, a mão...
[29/08/2021 21:46:52] João Bosco: Quer que eu deixe lisinho
[29/08/2021 21:47:04] Francisco: Sim <emoji de coração>
[29/08/2021 21:47:13] João Bosco: Como vc quer?
[29/08/2021 21:47:19] Francisco: Sim, eu curto lisinho. Mas sem gilette. A não ser que vc prefira gilette
[29/08/2021 21:47:26] João Bosco: Vc vai sentir que eu realmente sou seu
[29/08/2021 21:47:35] Francisco: Tesão
[29/08/2021 21:48:40] Francisco: Tem um vid nosso transando um dia que a gente brigou que eu digo isso para vc. Não sei se se lembra.
[João Bosco: Vc vai sentir que eu realmente sou seu]
[29/08/2021 21:48:46] João Bosco: Vai deixar marca registrada
[29/08/2021 21:48:50] Francisco: Eu lembro muito bem.
[29/08/2021 21:49:02] João Bosco: Lembro
[29/08/2021 21:49:09] João Bosco: Sempre foi
[29/08/2021 21:49:18] Francisco: A marca já está registrada, não?
[29/08/2021 21:49:27] João Bosco: De verdade, não imagino outra rola no meu cu
[29/08/2021 21:49:33] Francisco: Tesão
[29/08/2021 21:49:46] Francisco: Estou com muita vontade
[29/08/2021 21:49:52] João Bosco: Vai fazer o que quiser com ele
[29/08/2021 21:49:57] Francisco: Uhmmm
[29/08/2021 21:50:02] Francisco: Delícia
[29/08/2021 21:50:07] Francisco: Já faço, mas podemos fazer mais e brigar menos
[29/08/2021 21:50:13] João Bosco: Essa vai ser a estratégia
[29/08/2021 21:51:12] João Bosco: Vai levar surra de rola e rabo
[29/08/2021 21:51:16] Francisco: <IMG-20210829-WA0011.jpg>

[29/08/2021 21:51:17] Francisco: <IMG-20210829-WA0012.jpg>
[29/08/2021 21:51:20] Francisco: O espelho que estou negociando
[29/08/2021 21:51:24] Francisco: Assim é que é bom
[29/08/2021 21:52:03] João Bosco: Fiquei esses dias pensando
[29/08/2021 21:52:10] Francisco: No que?
[29/08/2021 21:52:19] João Bosco: Que eu preciso de mais rola sua
[29/08/2021 21:53:03] João Bosco: Que isso vai mudar nossas brigas bestas
[29/08/2021 21:53:09] Francisco: Sim, vc aproveita muito pouco
[29/08/2021 21:53:16] João Bosco: Pq vc nunca pede
{De fato, com cocaína eu não pedia.}
[29/08/2021 21:53:25] Francisco: Rola deixa a vida mais feliz
[29/08/2021 21:53:33] João Bosco: Não quero ser oferecido demais
[29/08/2021 21:53:42] Francisco: Vou melhorar nisso. Sou tímido nesse aspecto
[29/08/2021 21:53:48] Francisco: Para mim não existe isso [João Bosco: Não quero ser oferecido demais]
[29/08/2021 21:53:59] João Bosco: Eu quero vc escrachado
[29/08/2021 21:54:01] Francisco: Tá bem. Mas essa é uma área em que eu preciso trabalhar
[29/08/2021 21:55:16] Francisco: Estou com muito tesão mesmo
[29/08/2021 21:55:21] João Bosco: Vou gozar no banho
[29/08/2021 21:55:29] Francisco: Punheta não me satisfaz
[29/08/2021 21:56:05] Francisco: Está bem
[29/08/2021 21:56:18] João Bosco: Quero muito leite
[29/08/2021 21:56:22] João Bosco: Será que tem que comer algo específico?
[29/08/2021 21:56:25] Francisco: Vai ter. Hj jorrou. Amanhã não vou bater punheta.
[29/08/2021 21:57:12] Francisco: Estou tomando BCAA. Acho que influencia
[29/08/2021 21:57:18] João Bosco: Tá guarda leite
[29/08/2021 21:57:29] Francisco: Sempre guardo p vc
[29/08/2021 21:57:42] Francisco: Acho que vc percebe
[29/08/2021 21:58:03] João Bosco: Nossa a duas últimas leitadas tinha muito
[29/08/2021 21:58:08] Francisco: Sim. A de hj fiquei impressionado. Não sei se dá para ver no vid
[29/08/2021 21:58:14] Francisco: Vai ser bom extravazar
[29/08/2021 21:59:04] João Bosco: Quero que vc me faça o que quiser
[29/08/2021 21:59:15] Francisco: Como sempre
[29/08/2021 21:59:19] João Bosco: Qero é rola
[29/08/2021 21:59:26] Francisco: Tá. Vai tomar banho senão vou ter uma crise de ansiedade haha
[29/08/2021 21:59:33] João Bosco: Vai meter até de cabeça pra baixo
[29/08/2021 22:00:00] Francisco: Vamos fazer estripolias haha
[29/08/2021 22:00:03] João Bosco: Juro tô de rola dura desde aquela hora
[29/08/2021 22:00:04] João Bosco: Não abaixa
[29/08/2021 22:00:07] Francisco: Eu tb - e eu gozei 2 vezes
[29/08/2021 22:00:14] João Bosco: Já vi o seu vídeo 20x
[29/08/2021 22:00:19] Francisco: Dá para ver quanto leite?
[29/08/2021 22:01:06] João Bosco: Fico vendo a anatomia dessa rola linda
[29/08/2021 22:01:12] Francisco: Foi uma fonte

[29/08/2021 22:01:19] Francisco: Vai tomar banho. Vou tomar remédio p dormir ou o tempo não passa

[29/08/2021 22:02:13] João Bosco: Seu leite foi o primeiro que tomei [não o último?]

[29/08/2021 22:02:20] João Bosco: Tava bebendo toda semana

[29/08/2021 22:02:24] João Bosco: Antes de dormir

[29/08/2021 22:02:32] João Bosco: Vc leita minha garganta

[29/08/2021 22:03:13] Francisco: Toda vez que eu bato punheta eu bebo

[29/08/2021 22:03:21] Francisco: Desde adolescente <emoji carinha com linguinha>

[29/08/2021 22:03:27] Francisco: Não faz bagunça

[29/08/2021 22:03:34] João Bosco: Eu nunca tive a proatividade e vontade

[29/08/2021 22:04:11] Francisco: Dos outros não. Só o meu mesmo

[29/08/2021 22:04:15] Francisco: Mas acho gostosa a idéia

[29/08/2021 22:04:27] João Bosco: Toda vez que vc me leita é como se vc construisse algo a mais dentro de mim

[29/08/2021 22:05:13] Francisco: Hehe

[29/08/2021 22:05:19] Francisco: Não sabia que gostava tanto assim. Prefere na boca ou no rabo?

[29/08/2021 22:05:28] João Bosco: Prefiro vc de qlqr jeito

[29/08/2021 22:06:13] João Bosco: Quero chupar seu rabo

[29/08/2021 22:06:24] Francisco: Tenho o maior tesão.

[29/08/2021 22:07:09] Francisco: Vc aprendeu a gostar que chupe o seu?

[29/08/2021 22:07:14] João Bosco: Mas amanhã eu vou relaxar que eu quero vc me fistar

[29/08/2021 22:07:16] João Bosco: Pra eu me sentir mais seu

[29/08/2021 22:07:21] João Bosco: Se eu aguentar né

[29/08/2021 22:07:27] Francisco: Sim, é só relaxar. Acho que aguenta.

[29/08/2021 22:07:34] João Bosco: Não sei

[29/08/2021 22:08:12] Francisco: Te ensino

[29/08/2021 22:08:19] João Bosco: Vai ser um desafio. Quero transar 2 dias

[29/08/2021 22:09:21] Francisco: Sim, é essa a intenção. Eu não paro

[29/08/2021 22:09:30] João Bosco: Eu quero é mais. Não vou pedir arrego não

[29/08/2021 22:10:13] João Bosco: Eu ando com muita vontade de vc

[29/08/2021 22:10:18] Francisco: Pensei que quisesse ficar longe de mim

[29/08/2021 22:11:45] João Bosco: Jamais. Bato punheta todo dia pra vc

[29/08/2021 22:12:12] Francisco: Não sabia. Deveria se aproveitar mais de mim

[29/08/2021 22:12:36] Francisco: Só colocar minha rola na sua boca e deixar crescer

[29/08/2021 22:12:43] João Bosco: Sempre quiz que partisse de vc pra eu me sentir desejado

[29/08/2021 22:13:04] João Bosco: Minha rola não abaixa

[29/08/2021 22:14:10] João Bosco: Quero sexo livre

[29/08/2021 22:14:18] Francisco: Ah mas vc é desejado

{Quando não usava cocaína.}

[29/08/2021 22:14:20] Francisco: Bastante. Eu é que sou tímido. Fico observando sua bunda haha

[29/08/2021 22:14:22] Francisco: Vou melhorar nisso

[29/08/2021 22:14:19] João Bosco: Se sentir vontade de cuspir que cuspa na minha boca
[29/08/2021 22:14:33] Francisco: Sexo tem de ser livre
[29/08/2021 22:14:42] Francisco: OK
[29/08/2021 22:14:49] João Bosco: Foi o que falamos. Quero um entrosamento
[29/08/2021 22:15:02] Francisco: Tomei rivotril porque não estou aguentando de ansiedade
[29/08/2021 22:15:13] João Bosco: O nosso sexo antes da viagem me fez pensar muita coisa
[29/08/2021 22:15:18] Francisco: De minha parte sempre houve entrosamento. Vc que me deixa para ficar no telefone
[29/08/2021 22:16:19] Francisco: No que?
[29/08/2021 22:17:02] João Bosco: Quero que vc se sinta meu dono mesmo
[29/08/2021 22:17:19] Francisco: Vou me sentir
[29/08/2021 22:17:44] João Bosco: Quero chuva de rola
[29/08/2021 22:17:53] Francisco: Te fez pensar o que?
[29/08/2021 22:18:05] João Bosco: Maneira de vc sentir segurança
[29/08/2021 22:18:13] Francisco: Tem duas rolas. Vai ter [João Bosco: Quero chuva de rola]
[29/08/2021 22:18:19] João Bosco: Que sou exclusivo seu [Francisco: Te fez pensar o que?]
[29/08/2021 22:18:21] Francisco: Sim <emoji de piscadinha>
[29/08/2021 22:19:06] João Bosco: Não tenho vontade de outro
[29/08/2021 22:19:19] Francisco: Foram aquelas questões passadas que trazem insegurança mesmo. Deixaram cicatriz
[29/08/2021 22:19:27] Francisco: De vez em quando eu lembro
[29/08/2021 22:19:35] João Bosco: As leitadas que vc me dá até as mais rápidas são incríveis
[29/08/2021 22:20:26] Francisco: Na boca ou no cu?
[29/08/2021 22:20:45] João Bosco: A que vc deu duas vezes eu fui cheio
[29/08/2021 22:20:59] Francisco: Sim. É ótimo parar para desopilar e a gente dar uma extravazada
[29/08/2021 22:21:02] João Bosco: Até na hora de jantar tava vazando
[29/08/2021 22:21:22] Francisco: Haha
[29/08/2021 22:21:28] João Bosco: As vezes eu passava o dedo e sentia o cheiro
[29/08/2021 22:21:30] Francisco: Safado
[29/08/2021 22:21:34] João Bosco: Eu não. Gosto de deixar escorrendo devagar
[29/08/2021 22:21:40] Francisco: Que bom. Eu gosto aberto
[29/08/2021 22:22:02] João Bosco: Ponho um pouco de papel
[29/08/2021 22:22:09] Francisco: Tem todo um esquema
[29/08/2021 22:22:22] João Bosco: Eu sei que vc gosta aberto
[29/08/2021 22:22:29] João Bosco: Tipo absorvente
[29/08/2021 22:23:14] João Bosco: Vou estar fechado e vc vai me deixar todo aberto
[29/08/2021 22:23:19] Francisco: É bom quando sai a rola que vc está tão aberto que não consegue segurar
[29/08/2021 22:23:23] Francisco: Pode ficar tranquilo. Vc vai ficar bem aberto!
[29/08/2021 22:23:40] João Bosco: Não vou ter pudor

[29/08/2021 22:23:55] Francisco: Não precisa ter. Não vou te julgar em momento algum
[29/08/2021 22:24:03] João Bosco: Eu sei que não
[29/08/2021 22:25:25] João Bosco: Vou ser sua putona
[29/08/2021 22:25:31] João Bosco: Já tô com esse propósito
[29/08/2021 22:26:02] Francisco: Esse é o propósito <emoji de carinha de diabinho>
[29/08/2021 22:26:10] João Bosco: Eu vou comer antes
[29/08/2021 22:26:17] Francisco: Pass não come haha
[29/08/2021 22:27:11] João Bosco: Vai ser histórico
[29/08/2021 22:27:19] Francisco: Vamos ver. Criamos uma expectativa bem grande. Delícia. Merecemos.
[29/08/2021 22:27:23] João Bosco: Eu planejei desde sexta
[29/08/2021 22:27:32] Francisco: Estamos sendo bons meninos
[29/08/2021 22:28:12] Francisco: Planejou o que?
[29/08/2021 22:28:19] João Bosco: Essa estratégia na nossa mudança de comportamento
[29/08/2021 22:28:28] Francisco: E como ela deve ser? Vc não falou
[29/08/2021 22:29:32] João Bosco: Eu descobri que o sexo pode ser uma boa saída pra nosso próximo passo
[29/08/2021 22:29:39] João Bosco: Não é que tenho ciúmes
[29/08/2021 22:29:46] João Bosco: Eu quero que vc faça essas coisas comigo
[29/08/2021 22:30:18] Francisco: Ah sim. No quesito segurança/insegurança
[29/08/2021 22:30:12] João Bosco: Vc vai esvaziar em mim toda sua necessidade de safadeza
[29/08/2021 22:30:19] Francisco: Eba!!!
[29/08/2021 22:30:33] João Bosco: Sim
[29/08/2021 22:30:44] Francisco: É o que eu preciso
[29/08/2021 22:31:09] João Bosco: Eu precisava deixar claro e te contar e mostrar como e importante essa nossa troca
[29/08/2021 22:32:30] João Bosco: Vamos incluir muito sexo na nossa vida. Vou viver xucado
[29/08/2021 22:32:40] Francisco: Sim. Porque a questão é a gente não se sentir julgado. É poder fazer qualquer coisa sabendo que o outro nào irá usar contra nós
[29/08/2021 22:33:02] João Bosco: E sentir nossa conexão e que temos o controle da nossa situação
[29/08/2021 22:33:14] Francisco: Sim
[29/08/2021 22:33:20] João Bosco: O sexo é o termômetro da nossa relação
[29/08/2021 22:33:39] Francisco: Verdade, mas nem sempre - como quando estamos trabalhando muito
[29/08/2021 22:34:02] Francisco: Mas é uma válvula de escape para o estresse
[29/08/2021 22:34:12] João Bosco: E faz a gente mais confiante no outro
[29/08/2021 22:35:39] Francisco: Sim. É verdade. Sem sexo não temos confiança
[29/08/2021 22:35:46] João Bosco: Quero que veja a necessidade que tenho e o tanto que eu gosto do nosso sexo
[29/08/2021 22:36:12] Francisco: <emoji de carinha de diabinho> eu tb gosto demais

[29/08/2021 22:36:24] João Bosco: Vou fazer vc enxergar que eu não busco outro e o que me satisfaz é vc

[29/08/2021 22:36:39] Francisco: Vc tb precisa ver isso

[29/08/2021 22:37:15] João Bosco: Mas é que o que vc fez em sp é muito recente

[29/08/2021 22:37:21] João Bosco: Vc foi muito filho da puta

[29/08/2021 22:37:29] João Bosco: Mas eu tô tentando passar a régua

[29/08/2021 22:38:47] João Bosco: Vc vai transar tanto comigo que não vai ter tempo de fuga

[29/08/2021 22:38:56] João Bosco: Pra twitter

[29/08/2021 22:38:59] João Bosco: Whatsapp de putaria

[29/08/2021 22:39:01] Francisco: Eu sei. Mas, como te disse, eu entendi qual foi o meu erro: eu precisava extravazar e fiquei com medo de te dizer e ser julgado. Por isso bato na mesma tecla que não pode haver julgamento.

[29/08/2021 22:39:09] Francisco: Eu tenho muito medo inconsciente de ser julgado e levar um não.

[29/08/2021 22:39:16] João Bosco: Eu estava voltando e poderia fazer comigo

[29/08/2021 22:39:40] Francisco: Por este aprendizado, desta vez eu fui objetivo com vc e estou te falando a mesma coisa há quase um mês – que a gente tome um aperol, que seja.

[29/08/2021 22:40:11] João Bosco: Ou a gente melhora ou enjoa

[29/08/2021 22:40:18] João Bosco: Eu gosto muito e sei que não voi enjoar

[29/08/2021 22:40:20] Francisco: Eu estava com vergonha e na verdade não joguei sujo. Apenas não queria te ferir. Desculpe.

[29/08/2021 22:40:34] João Bosco: Me use e abuse

[29/08/2021 22:41:20] Francisco: Por isso acho importante que haja um canal de comunicação sem censura. Ou não há comunicação clara e incorremos em erro

[29/08/2021 22:41:25] Francisco: Combinado [João Bosco: Me use e abuse]

[29/08/2021 22:42:17] João Bosco: Estou disposto a me entregar e te deixar louco de tesão

[29/08/2021 22:42:25] Francisco: Eu tb estou sempre

[29/08/2021 22:42:42] Francisco: Acho que tudo é jogo entre 4 paredes

[29/08/2021 22:42:49] João Bosco: Vamos construir essa relação com muito sexo comunicação e sendo verdadeiros

[29/08/2021 22:43:18] Francisco: Na verdade, estou louco de tesão agora hhaha

[29/08/2021 22:43:24] João Bosco: Quero que faça o que queira

[29/08/2021 22:43:48] Francisco: Sim. Exatamente. Você também pode falar o que quiser

[29/08/2021 22:43:59] João Bosco: Quero fudelança com beijo

[29/08/2021 22:44:04] João Bosco: Vai brincar com meu cu até *fistar*

[29/08/2021 22:44:09] Francisco: <emoji de carinha de diabinho>

[29/08/2021 22:44:12] João Bosco: Quero chupar esse cu tb

[29/08/2021 22:45:19] Francisco: Combinado

[29/08/2021 22:45:27] Francisco: E esteja preparado

[29/08/2021 22:46:02] João Bosco: Quero ser muito realizado

[29/08/2021 22:46:19] Francisco: Vou ver se acho uma manta de som para colocar na porta haha porque estamos bem de frentee ao elevador

[29/08/2021 22:46:28] Francisco: Vai ser

[29/08/2021 22:46:37] João Bosco: Eu sou já [João Bosco: Quero ser muito realizado]

[29/08/2021 22:46:40] Francisco: <emoji de coração> eu tb. Boa noite. Bateu o rivotril

[29/08/2021 22:47:03] João Bosco: Vamos ver

[29/08/2021 22:52:11] João Bosco: Meu pau tá duro até agora tá

[29/08/2021 22:52:19] Francisco: O meu tb está

[29/08/2021 22:53:02] João Bosco: Nossa o Henrique tá dormindo desde as 18

[29/08/2021 22:53:10] João Bosco: Eu durmo no sofá

[29/08/2021 22:53:19] Francisco: Não deixe ele te ver de rola dura

[29/08/2021 22:53:29] Francisco: Beijo

[29/08/2021 22:54:46] Francisco: Fala beijo

[29/08/2021 22:54:52] João Bosco: Existe um respeito aqui

[29/08/2021 22:54:56] Francisco: Entendi

[29/08/2021 22:54:59] Francisco: Beijo. Eu te aguardo ansiosamente

[29/08/2021 22:56:12] João Bosco: Bju

Não consegui dormir, por ansiedade de encontrar João Bosco no dia em que ele retornou. Realmente o amava. Acompanhei-o pela localização em tempo real — temia que os milicianos fizessem maldade com ele quando passasse pelo Rio de Janeiro, no meio do caminho. No entanto, quando abri a porta para que entrasse em casa, ele virou as costas para mim e foi abraçar Maga — assumidamente, havia fumado tina e usado G no banheiro do ônibus. Um de seus olhos virtuais — o marron mais claro — estava vácuo e coberto por uma névoa espessa; no outro, havia escuridão profunda. Ele tinha me dito que gostaria de provar *fisting*. Após recebê-lo, ansioso que eu continuava, tentei mostrar a ele um vídeo pornô para explicar o que estava envolvido na prática, e a maneira correta de *fistar* para não o machucar. Era um vídeo de dominação, assunto no qual Bosco também havia tocado tantas vezes na conversa que tivemos: "Vc vai sentir que eu realmente sou seu"; "vai deixar marca registrada;" "quero que vc se sinta meu dono mesmo"; "vou ser sua putona"; "me use e abuse"; "vc vai esvaziar em mim toda sua necessidade de safadeza"; "quero que faça o que quiser". Ocorre que, na tela, o rapaz *fistado* em algum momento foi imobilizado por uma corda — *shibari*, uma atividade repleta de técnicas, incorporadas dos japoneses pelos dominadores americanos justamente para não machucar o submisso em sua entrega; era parte da prática sadomasoquista pela qual Foucault se apaixonou em São Francisco na década de 1980; até o tipo de amarradura peculiar foi incorporado a essa subcultura. Pensei que, com a referência, fôssemos expandir nossa troca sobre sexualidade, pois João havia demonstrado inclinação a se abrir a esse tipo de conversa que nunca tivemos. Pelo contrário, após ter me chamado de "amigo" várias vezes por lapso freudiano, Bosco interrompeu prontamente minha apresentação sobre a prática de *fisting* e iniciou uma inquisição de seis horas — afirmava que aquele vídeo o lembrava da escravidão de africanos e me remeteu ao início de nosso relacionamento em meados dezembro de 2019, quando começou a parecer que participávamos de um programa de auditório da pior qualidade com direito a muito julgamento [e vaias, se a plateia fosse assumida]: a origem de minhas suspeitas a seu respeito e da existência da Rede. João não era a mesma pessoa da extensa conversa acima — fiquei bastante chocado com o que me deparei também porque já sabia, embora não tenha tido oportunidade de narrar aqui, que ele se dava a práticas masoquistas muito mais extremas do que a apresentada por mim aquele dia. O discurso era acusatório e completamente deturpado, e ele me surpreendeu ainda mais ao afirmar que aquela brincadeira consentida de dominação do vídeo poderia "levar alguém a se inspirar a te sequestrar [no caso, a mim] e lhe estuprar e lhe enfiar cacos de vidro no ânus". Rebati que esse seria um caso de homofobia, e portanto indivíduos que praticassem esse tipo de crime não se inspirariam em filmes gays de fisting e dominação em que, além do mais, não existe dor real — ou ao menos dor maior do que a combinada —, muito menos ferimentos; no trecho que lhe havia exibido existiam técnicas e métodos muito específicos envolvidos e os atores tinham *know-how* e prazer em participar: aquele era o nicho deles. Foi pesada e fora de lugar a comparação com escravidão, que não era em absoluto do que se tratava o vídeo aleatório — a existência de uma corda foi obra do acaso; eu queria mesmo era uma boa mostra de fisting; aliás, o ator preto era quem estava no comando da brincadeira. Parecia haver, sobretudo, uma intenção de João Bosco de distorcer as coisas de forma a aparentar [para quem?] que eu anuía com o que foi a escravidão. Quanto à ideia do "estupro com objetos perfurocortantes", esta me soou elaborada demais para ter sido algo trazido espontaneamente à tona pelo clipe, que em nada referenciava algo forçado ou violento. Era visível o prazer de ambos os participantes, sempre igualmente de paus duros. Haja vista que seu argumento torpe foi desconstruído por mim, João desviou o assunto para informar que havia tido uma conversa com Henrique sobre um tema que eu tinha levantado após meu retorno de São Paulo.

Eu havia aproveitado a viagem de março para entrevistar um membro da polícia paulistana a respeito de averiguações sobre A Rede. O policial, apesar de não ser um *insider* no caso em específico, sabia que se desenrolava uma investigação e relatou que A Rede tinha sido momentaneamente tirada do ar. Porém, o tal médico Caio e seu amigo JM, o próprio Henrique (por consequência) e um sujeito próximo deles, Khan — alguém da indústria audiovisual, que já me havia pedido emprego anteriormente, e cuja participação em todo este enredo é também importante, embora eu não deva me alongar sobre ela neste momento — continuavam a ser monitorados. Por esse motivo, um casal também atrelado ao caso das câmeras escondidas tinha deixado São Paulo — Féo e Lá [eu os mencionarei posteriormente, com o restante das bestas]. Em suma, o policial confirmou minhas suspeitas a respeito da forma de operação da Rede e, ao retornar a Vila Velha, compartilhei com Bosco essas notícias antes de todo o nosso turbilhão particular — tentando tirar dele algum tipo de reconhecimento de que a sociedade anônima existia, pois ele sempre soube que eu sabia que ele sabia, mas a tudo negava. Dessa vez, em que havia sido João quem voltara de São Paulo, ele atrelou a velada ameaça de sequestro e estupro com objetos perfurocortantes a minha persistência em me inteirar sobre o assunto, e simultaneamente trouxe novas informações. Khan tinha sofrido uma emboscada por um grande vendedor de G de São Paulo, Lucimar [que tem costas quentes com a polícia], e passou preso dez dias. Contudo, Khan também possui um parente policial e havia conseguido se livrar da cadeia; Bosco admitiu que existiam câmeras na residência deste — e na de outros, inclusive na de JM e Henrique, onde ele esteve hospedado entre agosto e setembro de 2019 e em que aconteciam inúmeras festinhas. De acordo com o discurso de João: em primeiro lugar, toda a informação que ele possuía partia de Henrique; em segundo lugar, "o que Henrique lhe havia contado era fofoca"; em terceiro lugar, era mais grave um vídeo pornográfico de *shibari,* leve dominação e fisting realizado sob as leis estadunidenses (em que maiores de dezoito anos faziam tudo com seu conhecimento e consentimento, sem se ferir, com inúmeros disclaimers), do que um inocente ser levado a um *hub* da Rede no apartamento de outro alguém como Khan, ou JM, ou Féo e Lá, ou o do próprio Bosco, e ali ser filmado sem seu conhecimento ou consentimento em seus momentos mais íntimos.

Eu não acreditei no primeiro argumento de que toda a informação que ele possuía vinha de Henrique, porque Bosco contou em detalhes sobre o funcionamento da Rede: o endereço de dark web muda constantemente, o material gravado às escondidas chega a ser editado e então é codificado de forma que "vire letrinhas" e gere um arquivo de extensão .xyz [do word seria .doc; ele mencionou a extensão exata, perdão por não me lembrar deste detalhe] e então o membro pagante recebe um CD em sua residência, onde em seu aparelho pode decodificar o conteúdo com um software específico. João fez questão de frisar que não existia áudio nos vídeos, do que eu por experiência própria duvidei. Ali há material de atores, atrizes, cantores sertanejos, modelos, jornalistas, apresentadores... inúmeros superfamosos e "globais", "gente de esquerda". Perguntei a ele se o interesse da Rede fascista era de acabar com a reputação do filho do maior galã da TV globo, ou do filho de uma das maiores entrevistadoras do país, ou de um dos maiores galãs jovens das novelas atuais, ou de ativistas, influenciadores, políticos de esquerda, designers... Inicialmente, Bosco respondeu que o interesse era meramente sexual. Após certa relutância, disse que, talvez, sim: que os bolsonaristas tinham interesse em circular tal material em suas redes. Eles, perversos, hipócritas, donos de grandes empresas, CEOs, investidores do mercado financeiro, sujeitos grotescos, casados que se excitam com o sexo (gay) daqueles que são ilegalmente transmitidos, julgados, gravados e editados; homens gostosos, todavia, que tais indivíduos de poder não poderiam fisicamente tocar — manipulavam João secretamente, que havia pessoalmente tido acesso aos desejáveis. No banco de dados da Rede, um perverso pagante pediria acesso a todo o material referente a mim — e seria espectador, talvez, de transmissões ao vivo, e obteria inúmeros CDs em seu endereço, ou o que mais fosse disponibilizado na dark web; ou encomendaria os vídeos de tal atriz, ou de tal cantora que critica o fascismo, ou de tal galã, ou de tal jornalista da *folha* ou da globonews... Poderia vazar tudo na internet aberta para nos apedrejar publicamente quando bem quisesse, como se fôssemos pervertidos apenas por termos vidas sexuais que haviam sido tiradas de contexto. Entendi que existe um elemento de *sex appeal* das vítimas mais cobiçadas — cidadãos cuja prática da sexualidade gera tesão. Afinal, segundo a extremadireita, quase todos os artistas, ativistas, cientistas e pensadores são "comunistas" e voltamos ao passado, a uma época em que ser artista era ser associado à prostituição — Dercy Gonçalves saberia discorrer sobre a documentação das prostitutas. "E aí, já retirou sua carteirinha de puta?" Não desdenho das prostitutas ou dos GPs — prefiro os que exercem um trabalho e cobram claramente por ele do que aqueles que aparentam ser gratuitos, entretanto depois exigem preços que nem com a alma se pode pagar. Ocorre que até mesmo as residências desses profissionais mais procurados pelos famosos tornaram-se *hubs* da Rede, certamente em São Paulo, provavelmente no Rio. Não temos mais direito à privacidade. Engana-se quem crê. A Coreia do Sul é aqui. A infraestrutura é montada de antemão ou permanente e esses trabalhadores do sexo recebem pontos de fidelidade, dinheiro, facilidades ou "honrarias" por sua exposição alheia. Não menciono nomes de vítimas, pois todos sabem de suas vidas sexuais — principalmente aqueles que mais buscam privacidade. Todos sabem por onde andaram. Todos sabem em que hotéis se hospedaram. Todos sabem se transaram com alguém particularmente profissional ou relativamente suspeito... Todos os que ficaram com João, ou com outros dos seus, sabem: nas casas deles ou nas próprias; com celulares, botões de camisa ou calça aparentemente inofensivos, deixados ali de canto... transmitindo ao vivo áudio e vídeo por radiofrequência, a serem gravados em locação remota. TC, CR, LS, S, ZC, CM, BF, A...

Questionei a noção de tudo o que havia supostamente sido dito por Henrique ser "fofoca". Porque, desde ao menos 2019, há uma epidemia na capital paulista de indivíduos que acreditam que estão sendo gravados às escondidas e que fazem acusações, geram "escândalos", chamam a polícia, são internados por psicóticos... Bosco insistiu que tudo se deve à metanfetamina. Eu dei um exemplo de uma doença para contestá-lo. Tomemos a COVID — que é um dos temas atuais, recorrentes nesta obra. A COVID pode apresentar os sintomas A, B, C, D, E, F, G, H, I, J, K, L, M, N, O... ou qualquer combinação desses ou nenhum deles. Que seja de meu conhecimento, *não existe doença com um único sintoma* comum a *todos os contaminados* ao redor do planeta. Em São Paulo, os frequentadores de festinhas gays são constantemente acometidos pelo mesmo exato efeito colateral, um tipo de "paranoia" extremamente peculiar, de todas as outras paranoias possíveis: afirmam que estão sendo secretamente filmados. Argumentei com João que nem se todos fizessem uso da metanfetamina [não fazem], e nem se esta possuísse nanopartículas futuristas programadas para causar esse efeito preciso no cérebro [não possui], que ainda assim seria muito difícil de se gerar um sintoma adverso tão específico, com tanto sucesso e de forma tão massiva. Não nos encontramos nos EUA ou na URSS durante a Guerra Fria, em que a espionagem seria um tema a habitar nossos inconscientes. Uma das primeiras histórias que ouvi ao me mudar a São Paulo foi justamente de um rapaz que havia sido internado por acreditar que existiam câmeras e microfones por toda parte na festinha de que participava. Logo depois, o tal médico Caio foi pego no flagra por seus companheiros, com câmeras e tudo mais. Em setembro de 2020, após nosso rompimento, Bosco foi buscar Henrique em um bacanal que ele frequentava com Khan, em que um rapaz acusou este último e o dono da residência de o estarem gravando sem sua permissão e chamou a polícia. No Studio 1984, um jovem pediatra avisava constantemente o condomínio acerca dessa prática no edifício até que "cometeu suicídio". O argumento do psiquiatra que toca violão de que eu tinha tido tal "alucinação" porque trabalhava com câmeras não pode se aplicar a tantas pessoas que têm feito essas mesmas afirmações no meio gay paulistano, pois para eles câmeras não são um objeto da lida diária. João Bosco me trouxe a informação de que o próprio Ximenez, dealer seu amigo, que havia recebido a seguinte mensagem...

[07/01/2020 09:12:45] Leo: Ximenez. Eu espero que nunca mais... cara eu to destruído. Esse ano que entrei nisso [da tina], minha vida desabou. E não tem um dia sequer que eu não pense em tirar da minha vida. Preciso sair disso definitivamente. Papo bad, desculpe. Mas eu to precisando de ajuda. Um beijo. E por favor, tome cuidado tb! Vc é um cara do bem.

... e que respondeu assim:

[07/01/2020 10:26:18] Ximenez: Oi Léo, vc manda esse texto pra mim 9:30hr depois de uma noitada maravilhosa com slam Tina e agora bate o arrependimento. Se isso fez um vício. Tem q q se internar.
[07/01/2020 10:33:14] Ximenez: Vc deveria pedir ajuda para as 8 pessoas q estavam dentro do seu apt
[07/01/2020 10:39:44] Leo: Isso nunca aconteceu meu querido
[07/01/2020 10:39:49] Leo: 8 pessoas no meu apt
[07/01/2020 10:40:22] Leo: Quanta grosseria
[07/01/2020 10:41:36] Ximenez: Se não era 8 era 6
[07/01/2020 10:41:41] Ximenez: Ai Léo
[07/01/2020 10:41:49] Ximenez: Vc faz a putaria toda agora pela Manhã vem com sermão
[07/01/2020 10:41:51] Ximenez: Eu heim

Bem, Ximenez também tinha tido um "surto psicótico" e começou a quebrar todas as lâmpadas em uma festinha, a afirmar que estava sendo filmado. Duda havia se deslocado de Niterói a São Paulo para ajudá-lo a se mudar de volta para seu estado de origem no sul. Contrapus que um traficante como Ximenez, ciente de tudo o que ocorre no mundo da metanfetamina e das orgias em São Paulo, não teria tido um episódio desse tipo se não soubesse que as câmeras escondidas são uma prática comum pela cidade através da Rede; que, se fosse o caso do tal surpreendente efeito colateral unânime, Ximenez — como usuário havia anos — teria tido o autocontrole e a noção para refutar as próprias suspeitas como simplesmente tolas e infundadas. Ademais, o próprio João, em uma de suas primeiras frases para mim acerca de sua conversa com Henrique sobre o assunto, tinha acabado de relatar a existência e funcionamento da Rede; havia se aprofundado em um rico nível de detalhes, detalhes que até então não eram de meu conhecimento; tinha duvidado, inclusive, que essa houvesse sido retirada do ar, e declarado que talvez apenas haviam mudado seu endereço na dark web ou que a haviam reduzido momentaneamente à entrega dos CDs. ¿Como, instantes depois, estava a negar tudo, mesmo a ampla compreensão da operação que ele próprio tinha comprovado ter, a alegar que aquilo não passava de "sintomas adversos" de usuários de metanfetamina alucinados? Era difícil lidar com esse grau de relativismo e pós-verdade, porém a metanfetamina e o GBL que ele próprio havia consumido quiçá o tivessem tirado do controle de suas faculdades argumentativas e o fizessem derrapar nas mentiras. Era mais difícil ainda, após o que tinha me contado com tamanho conhecimento de causa, eu acreditar que "o que Henrique havia dito, em sua interpretação, era fofoca". Eu o questionei repetidas vezes. Retorquiu com outra pergunta, de forma ameaçadora, "se eu desejava insistir em *investigar* o assunto?". Já intimidado porque ele tinha chegado em casa com a elaborada ideia do "estupro com objetos perfurocortantes", respondi-lhe que não realizava investigação alguma e que não desejava expor ninguém — que, quando fui atrás de ter com o policial em março, apenas gostaria de provar a mim mesmo que não estava louco. Apesar disso, fui desafiador e lhe indaguei se seu estúdio no 1984, assim como os apartamentos dos garotos de programa e dos outros indivíduos mencionados, possuía câmeras e tinha funcionado como um *hub* da Rede. Mesmo extremamente acelerado, Bosco parou por um segundo, sorriu cinicamente de leve, olhou ao redor no quarto e disse: "nunca tive câmeras na minha casa". "Se não em sua casa, onde?" — eu o enfrentei mais uma vez e desacreditei que essas informações tivessem todas partido de Henrique, talvez somente as referentes aos acontecimentos mais recentes, pois ele havia acabado de esmiuçar o funcionamento daquele submundo e especificado as extensões dos arquivos gerados. Pedi para que repetisse a extensão dos vídeos codificados; João se fez de desentendido. Mencionou a do adobe illustrator, ai, com a qual trabalha oficialmente.

Por fim, foquei em seu terceiro argumento — e perguntei se Bosco de fato acreditava que uma cena de filme pornô, que é feita seguindo as normas de determinado país, representa algo "mais grave" do que levar uma pessoa para um encontro em um local onde ela será filmada e exibida sem seu conhecimento ou consentimento. Ele reiterou, mirando em meus olhos com seus olhos virtuais, que sim. Simples assim: não via problemas éticos em se transmitir e gravar e expor alguém em seus momentos privados nessas circunstâncias tenebrosas.

Uma hora, meu namorado estava imerso em seu telefone — que claramente tinha sido novamente colonizado com o software da Rede —, como que a esperar ansiosamente que algum sinal surgisse na tela [provavelmente, um comando ou confirmação de horário de transmissão, para que pudéssemos começar a transar], e eu o chamei: "João Bosco". Ele me interpelou com seu olho vácuo, para que eu "não o chamasse por esse nome". Indaguei, então, por qual nome deveria chamá-lo. *Meu Nome Não É Johnny* passava na TV. Ele não me informou que nome eu poderia usar para me referir a ele.

João espontaneamente retomou o assunto e confirmou que o intuito da Rede é expor indivíduos, malquistos pelo fascismo, em sua autodestruição. Uma vida sexual se tornou autodestrutiva porque o que é intimamente prazeroso pode ser publicamente humilhante. Pessoas dizem e fazem coisas por taras momentâneas, entre quatro paredes, a pensar que se trata de instantes privados que desaparecerão no tempo; no entanto, tais instantes, gravados e editados, tornam-se minutos eternos que serão usados contra elas por milícias digitais; essas vítimas serão expostas a milhares ou a milhões de juízes. "Hoje é dia de rock, bebê!" Você se torna a imagem que fazem de você. Artistas: libertinos, drogados, prostituídos — odiados pela boa família brasileira. Pelas palavras de Bosco, existe um enfoque homofóbico específico em nosso caso: "A polícia não interfere porque quer ver até onde esse povo gay vai se destruir. A Rede não está fora do ar". Não duvidei dele nesse aspecto — de que a polícia paulistana, homofóbica que é, aliada que está ao fascismo como grande parte da polícia brasileira, e a atuar no tráfico de metanfetamina e de GBL/GHB na cidade, lucre também com A Rede. Esta última nem sequer pode ser investigada a fundo, ou cairão dos maiores empresários e dos heterossexuais mais distintos do Brasil; não apenas do Brasil: cairão os donos das maiores fortunas de vários outros países — certamente, da França e da América Latina. Pois, onde se monta um esquema tão complexo para se transmitir às escondidas o sexo entre homens vedetes, ou mesmo o sexo hétero, igualmente há tráfico de pessoas, zoofilia, pedofilia, bebês que são usados até a morte, tortura, esquartejamento e outros fetiches horrendos. Damares Alves e seus pastores conhecem muito bem[43]: trata-se do universo dos sádicos doentios. Os reprimidos e enrustidos fazem sempre os sujeitos mais perversos.

Teria nexo mesmo essa visão mais simplista, de que a polícia não age contra os operadores da Rede porque quer "ver esse povo gay se destruir", ainda que esses gays constituam seus consumidores de metanfetamina e G. {Escrevo "simplista", pois considero, neste cenário, apenas as palavras [propositalmente?] superficiais de João Bosco. Não obstante, possuo evidências de que a alta hierarquia da Rede possui um poderio econômico gigante, de tal forma a os tornar inalcançáveis, riqueza material imensamente superior à dos assinantes e associados citados acima. João saberia muito bem disso, através de NovoA, Arthur Scalercio e dos que andam ao redor deles. "Ver esse povo gay se destruir" possui um significado muito mais profundamente LGBTfóbico sistêmico. Heterossexuais de armário milionários fazem clientes mais valorizados porque, em festinhas durante "viagens de negócios" em que fogem das esposas, esbanjam com tina, GBL e garotos de programa muito mais do que jovens consumidos, de trinta e poucos anos.} Seria isso o que Pedro Lume havia dito aos policiais quando os chamou ao lado de fora do apartamento de Bosco, na ocasião em que acusei seu amigo de tráfico: que ele fazia parte da Rede e que "queria me ver ser consumido", ainda que isso destruísse João junto? Pois Lume, imediatamente após essa fala misteriosa, sumiu edifício adentro. Quiçá, pelo mesmo motivo, os próprios oficiais tenham me desaconselhado a seguir com a denúncia, no caso também por meu próprio bem — porque seria eu contra vários Golias. "Você não sabe com quem está mexendo" — Bosco repetia. Eu não sobreviveria, assim como quase não sobrevivi no Rio, dias depois. Questionei João sobre quem é o grande responsável por transmitir o material, distribuir os CDs, enfim, por operar A Rede. Ele pausou por um momento, mirou-me virtualmente novamente nos olhos e mentiu que não sabia. Pergunto-me se a ponta desse iceberg surgirá no Inquérito das Fake News. Há um documentário, *Quarto 2806: A acusação*, que é extremamente ilustrativo dos interesses políticos e econômicos que circulam tais temas — foi derrubado um presidenciável francês em um dos quartos do hotel Sophie, contudo nunca mencionaram que tal material do interior do cômodo [de uma suposta tentativa de estupro] foi gravado; talvez por um único motivo o vídeo não circulou abertamente, pois exporia A Rede em seus fundamentos. Posteriormente, no próprio documentário, faz-se um levantamento da vida sexual do político — entretanto, outros atos não dizem diretamente respeito àquele fato, embora tenham sido utilizados narrativamente como indícios de tendências do ex-presidenciável. A verdade é uma só: ou existiu a tentativa específica de estupro naquele quarto do hotel Sophie de Nova York naquela data ou não. Isso não foi esclarecido publicamente até hoje.

> "Pertenço à geração de artistas que ainda tirou carteirinha de prostituta na polícia. Naquela época, artista era prostituta, viado ou gigolô. Quem tirou essa obrigatoriedade foi a Dulcina de Moraes", disse Fernanda Montenegro à revista 'Época', referindo-se ao ícone do teatro brasileiro. Fernanda contou ainda o motivo de ter aceitado participar do 'Programa Rio Sem Preconceito', idealizado pela Coordenadoria Especial da Diversidade Sexual, da prefeitura do Rio de Janeiro. "Aceitei o convite porque todos nós sofremos preconceitos. Isso faz parte do ser humano, mas a gente tem que, pelo menos, alertar. É preciso saber separar opinião de preconceito. O preconceito leva à morte; contra os judeus, levou ao holocausto." Apesar de ter enfrentado dificuldades ao longo da carreira para garantir seu espaço, a estrela se esqueceu de tudo isso e passou a se importar apenas com o sucesso. "Minha própria família tinha vergonha, mas depois calha de dar certo e você vira um herói. Mas, se não dá, você continua sendo um louco."[44]

Sobre ser louco, João Bosco patinava com seu olho cada vez mais vácuo no terceiro ponto de sua argumentação: muito insistia que, quando se engaja em qualquer ato sexual com alguém, se está consentindo com tudo o que aquela pessoa traz — celulares etc. — e o que ela possui instalado em sua residência — câmeras e microfones escondidos. Reprisou que não via nada de errado no comportamento desses que transmitem e gravam — o erro é dos que aceitam ficar com eles [ainda que sem saber que serão filmados]. Repetiu incontáveis vezes que esse comportamento de expor outros sem o conhecimento deles é, para ele, mais aceitável do que um vídeo pornô produzido obedecendo às leis de uma nação. Argumentei que é bem provável que mesmo indivíduos-chave que não participam da Rede, porém são consumidos por ela, tenham equipamentos desta em sua residência, pois é fácil se subornar um trabalhador mal pago para fazer os serviços de instalação em vinte minutos, quando o morador não está presente. [Disclaimer: fui acusado anteriormente de focar em um tal "voyeurismo de classe" em minha obra.] Enfureceu-me a falta de ética de João. Ele voltou a ficar desesperado, debruçado sobre seu celular, como na época posterior a meu aniversário em 2020 — sobre a qual ainda não tive a oportunidade de discorrer.

Bosco ia do quarto à sala, sentava-se no chão a esperar que novas informações ou mensagens surgissem em sua tela. Realmente, surgiam e desapareciam coisas rapidamente em seu aparelho. Olhava para uma conversa de whatsapp em branco e saltava de aplicativo em aplicativo [rocca, adivom, ippar, matal, emailg, app de sexo perverso, outros], onde pululavam conteúdos. A essa altura, quase não sei mais quais empresas participam da Rede e quais tiveram seus softwares desvirtuados; confio que possuo uma boa noção. Por fim, eu disse que aquilo de se amarrar ao telefone não era o que havíamos acordado, que a intenção quando ele planejou tudo era termos um momento íntimo de casal, e fui dormir.

Duas coisas me chamaram a atenção sobre a aparência de João. Em primeiro lugar, seus membros superiores não possuíam tônus muscular algum, uma das consequências do uso de metanfetamina — que consome a massa muscular magra —; ele havia voltado de São Paulo daquele jeito, portanto tinha usado em alta quantidade e por um período estendido — muito provavelmente, desde a quinta-feira da chegada, pelo que acabou se desentendendo com seu chefe e foi demitido [desapareceu por quatro horas entre 16h43 e 20h45 naquele dia 26 de agosto, evitando assim conversar comigo acerca da demissão, e argumentou que tinha ido "tomar um café com a japa" — a moça de Londrina que havia dividido apartamento com ele em Higienópolis e que, apesar de sempre evitá-lo, costumeiramente era usada como um álibi que eu não poderia verificar —, e que tinha ficado sem bateria]. Uma das poucas comunicações que encontrei entre ele e a moça foi de julho de 2018. "Tadinha é uma filhote congelando. Deixa ela aí debaixo das cobertas", a que Bosco respondeu sobre Maga: "Ela é adulta, amor … 5 (sic) anos na cara"; "Nossa parece uma neném", continuou a moça e João concluiu: "Preguiça mesmo". E posteriormente, em maio de 2019: "Ai meu puff", escreveu a moça; "Pelo amor", e Bosco rebateu: "Mudar de lugar não estraga"; "Fora no way", ela retrucou, "Só peço pra tomar cuidado com as coisas… já q não tem". Na segunda-feira, João havia acordado absolutamente atordoado, aparentemente sonâmbulo, falando coisas sem nenhum sentido sobre documentos — não deveria ter dormido desde que tinha chegado à cidade. Deixou-me preocupado; pedi para falar com Henrique.

[30/08/2021 08:10:01] Francisco: Bom dia.
[30/08/2021 08:21:02] João Bosco: Buenos días Aaron
[30/08/2021 08:21:09] Francisco: Foi dormir tarde?
[30/08/2021 08:31:00] Francisco: Vc está dormindo?

[30/08/2021 08:35:02] João Bosco: Não

[30/08/2021 08:35:02] João Bosco: <ligação recebida>

[30/08/2021 08:36:19] Francisco: Está dormindo acordado. De que documentos está falando? Está sonâmbulo?

[30/08/2021 08:37:03] João Bosco: Não mãe já te explico

[30/08/2021 08:42:17] João Bosco: E

[30/08/2021 08:42:20] Francisco: Vc está sonâmbulo

[30/08/2021 08:44:45] João Bosco: Não

[30/08/2021 08:46:20] Francisco: <mensagem de áudio>

[30/08/2021 08:46:45] João Bosco: Eu acordei e estou tentando preencher os números digitais da habilitação do Aaron

[30/08/2021 08:46:50] Francisco: Coloca o Henrique no telefone, por favor

[30/08/2021 09:04:12] João Bosco: <imagem de documento>

[30/08/2021 09:04:19] João Bosco: Eu acordei e fui gerar minha passagem

[30/08/2021 09:05:30] João Bosco: Quando eu entrei o meu título de eleitor tinha deslogado

[30/08/2021 09:05:46] João Bosco: E não lembravab

[30/08/2021 09:07:38] João Bosco: <Arquivo de mídia oculto: CNH Digital>

[30/08/2021 09:08:14] João Bosco: Eu acordei achando que estava atrasado

[30/08/2021 09:08:19] João Bosco: E meu celular apagado

[30/08/2021 09:08:46] Francisco: Ok

[30/08/2021 09:08:51] João Bosco: Meus docs tinham feito log out

[30/08/2021 09:09:02] João Bosco: Apenas

[30/08/2021 09:09:18] João Bosco: Já resolvi

[30/08/2021 09:09:29] Francisco: Agora dá uma cochilada ou tome um café. Vc me deixou preocupado

[30/08/2021 09:09:44] João Bosco: Acordei achando que estava atrasado

[30/08/2021 09:09:57] Francisco: Já entendi

[30/08/2021 09:10:11] João Bosco: Desesperado pra gerar minha passagem

[30/08/2021 09:10:20] Francisco: Consegue dar uma cochilada agora?

[30/08/2021 09:10:17] João Bosco: Precisava de ajuda pois não lembrava

[30/08/2021 09:10:33] João Bosco: Somente

[30/08/2021 09:10:47] Francisco: Tudo bem. Agora que sabe que não está atrasado, dê uma cochilada ou tome um café

[30/08/2021 09:11:16] João Bosco: Preciso de um monte de documentos agora

[30/08/2021 09:11:20] Francisco: Quais montes de documentos?

[30/08/2021 09:11:26] João Bosco: Pra resolver meu PIS

[30/08/2021 09:12:18] Francisco: Vc já tem título de eleitor e CNH. Do que mais precisa?

[30/08/2021 09:12:37] Francisco: Tome um café, por favor

[30/08/2021 09:13:13] João Bosco: <arquivos anexados>

[30/08/2021 09:13:21] João Bosco: Não posso

[30/08/2021 09:13:32] João Bosco: Precisava de todos

[30/08/2021 09:13:44] João Bosco: Já resolvi

[30/08/2021 09:15:19] João Bosco: Eu acordei confuso sem meus dados digitais

[30/08/2021 09:15:46] João Bosco: Pra gerar um documento

[30/08/2021 09:15:50] João Bosco: Só isso

[30/08/2021 09:15:52] João Bosco: Bjus

[30/08/2021 09:15:56] João Bosco: No estava conseguindo me explicar
[30/08/2021 09:16:04] Francisco: OK
[30/08/2021 09:16:16] Francisco: Está melhor? Tome um café
[30/08/2021 09:18:11] João Bosco: Sim
[30/08/2021 09:18:20] Francisco: OK
[30/08/2021 09:18:27] Francisco: Não saia pela rua desorientado. Tome um café
[30/08/2021 09:19:12] João Bosco: Lindo eu já me orientei
[30/08/2021 09:19:28] João Bosco: Tô correndo contra o tempo
[30/08/2021 09:19:44] João Bosco: <imagem do bilhete de retorno para Vila Velha>

Possivelmente, naquela madrugada, a recolonização pelo software da Rede — pelas mãos dele próprio, porque Bosco tem *know-how* de hacker — tenha mexido em outros aplicativos no telefone e, por conseguinte, em seus documentos digitais. Era óbvio que havia feito alguma mistura química aquela noite e nas anteriores [ainda na segunda, dia 30, acabou por retornar para Vila Velha], e que vinha passando dias sem dormir — a se tornar cada vez mais confuso e a perder completamente a empatia.

Em segundo lugar, João voltou com as pernas cheias de marcas de agressões — roxos e verdes por toda parte, das coxas para baixo, como se tivesse sido atingido repetidamente com uma vara, cassetete ou muleta. Haja vista que, em dois anos, eu jamais havia presenciado algo semelhante, pois sua constituição genética raramente o leva a gerar hematomas, perguntei do que se tratava. Ele me contou que o cachorro de Henrique o teria abraçado e que haveria caído de uma mureta. Não aceitei a estória de que aquelas marcas em 360° em ambas as pernas poderiam ter sido causadas por algo parecido com o que ele narrava — a não ser que o cachorro fosse um urso que tivesse lhe dado uma surra apenas da cintura para baixo, rolando de um morro, a fazer com que se chocasse com inúmeros arbustos [mais uma vez, somente na região das pernas] até atingir o fundo de um vale. Indaguei se havia sido torturado — com ou sem o seu consentimento — e ele me negou definitivamente, assim como sempre me negou tudo. Interpretei que tinha, sim, apanhado ao retornar aos braços da Rede nessa sua recente viagem a São Paulo: ou por seu masoquismo (não surpreendentemente) elevado; ou como punição por tê-la abandonado desde outubro de 2020, quando viajamos juntos à Chapada; ou porque ele ou outros circularam a informação de que eu havia andado averiguando esse submundo da dark web quando estive na cidade em março. Em certo aspecto, Bosco era responsável por meus atos, pois por ele eu tinha sido exposto à Rede, e através do padrão de comportamento dele eu havia levantado o modus operandi criminoso dela — por esse exato motivo, eu tinha temido que fossem executá-lo no Rio, em janeiro de 2020. Talvez naquela ocasião ele tenha apanhado ou sido torturado fisicamente também quando fugi com seu celular, o que explicaria seu sumiço do hotel por algumas horas após ter pedido encarecidamente que eu retornasse na tarde de domingo. Porque, de todos os indivíduos que levantaram suspeita a respeito da "existência das câmeras escondidas", eu fui — pelo que parece — o que até o atual momento vim mais longe; não sei por quanto tempo permitirão que eu continue "a ir"... Ou teria ido mais longe o pediatra que "cometeu suicídio"? Como os *insiders* se referem à Rede? Ademais, é extremamente intrigante o fato de o histórico de navegação de Bosco, durante os cinco dias em que esteve na capital paulista, haver tido incontáveis acessos e logins à rede da rocca, especificamente o Hotel Noveaux no Morumbi — ali, eu tinha passado uma das piores noites de minha vida em 11 de agosto de 2020 e, naquela rede de hotéis, eu seria levado pela polícia quatro meses depois; João havia esquecido de apagar essa parte dos rastros.

Por fim, vivemos uma semana muito estranha em que escrevi pouco e mais cuidei das plantas, de Maga e da casa. Bosco se encontrava absorto em seu celular. Continuamente presenciei aplicativos de mensagens secretas, mensagens de whatsapp que desapareciam, whatsapps duplos... A Rede havia vindo com ele para Vila Velha. Saía com frequência para ir "à padaria" ou "à zpet comprar orelhas para Maga" ou para "caminhar na praia" e voltava... Pediu a seu traficante de preferência de São Paulo, Jota, que enviasse mais metanfetamina, que chegou pelos correios. Deixou claro que não desejava sexo comigo: queria "curtir só". Que dizer, baseado na longa conversa acerca de suas intenções quando retornasse para mim, exposta algumas páginas acima? Não consegui entender absolutamente nada daquela discordância radical entre o discurso de dias antes e seu comportamento desde que tinha chegado. Deveria ter escrito para mim enquanto participava de alguma festinha, *high* de tina, a se divertir a minha custa enquanto outros que participavam liam — haveria de ser a graceta. Quanto a seu aviso, fui curto: ninguém deveria ser obrigado a se relacionar sexualmente com qualquer pessoa; eu não o procuraria; jamais me imporia sobre ele, como nunca fiz com ninguém. Meu tesão é o desejo do outro por mim.

Quando veio a droga, João pediu que eu lhe comprasse um vidro de 30 ml de GBL de um jovem dentista, "umprofissionaldesucesso", que distribui o produto em Vila Velha com sua SUV branca — e, então, algo bizarro, que mais uma vez me remeteu aos tempos de São Paulo, ocorreu. Vi uma foto de um homem sem camisa surgir no celular de Bosco e notei que quem falava com ele não era apenas o dealer dentista por aquele whatsapp. Era outro indivíduo, ou mais de um — pois, também havia o aplicativo de sexo secreto, um tipo de "grindr perverso", que parece ser a base dos encontros da Rede. Bosco queria se ver livre de mim — ou que eu descesse para esperar o produto, ou que ele descesse e que eu permanecesse no apartamento. Eu resisti: ficaria ao seu lado o tempo todo. Ele saiu à sacada e mirou na direção de um prédio de escritórios. Acenou com a cabeça. Descemos e nos sentamos ao jardim. O traficante dentista primeiro disse que estava no Nordeste; depois, escreveu que um amigo chamado Max enviaria o material; posteriormente, informou que ele próprio despacharia por übe… João olhou quase ininterruptamente para uma janela específica de um andar do edifício de escritórios — era como se estimulasse alguém a se masturbar, a encarar o indivíduo que se escondia de mim no escuro. Aquela deveria ser a verdadeira padaria. Finalmente, após uns vinte minutos, surgiu o carro a entregar o frasco — placa MTZ1543, supostamente de aplicativo. Recebi o material, já ciente do tipo de pessoa asquerosa com quem João se dava em São Paulo: o motorista parecia com eles. Abri a sacola — justamente, da zpet. Dentro, um pedaço de papel higiênico cheio de porra. O vidro lia: "João Victor B. Figueredo" (sic). Subimos e discutimos; nada fazia com que Bosco saísse do celular. Ele passou a mirar fixamente certos pontos novamente — uma lata de gás líquido e um cigarro eletrônico (*vape*), que havia esquecido na residência de Henrique quando deixara a capital paulista no ano anterior e que tinha trazido ao Espírito Santo em sua última viagem. Tenho trauma daquele *vape*. Saiu à sacada: as luzes do andar do prédio de escritórios se acenderam. Prestou-se a transar comigo. Em nenhum momento me beijou — quando tentei, virou a cara. "Quero fudelança com beijo"; "quero um entrosamento". Nada daquilo valia — era como se eu fosse uma britadeira. Mas, diferentemente de uma britadeira, eu fazia perguntas. Foi assim que, durante a transa, João admitiu que havia comido Henrique diversas vezes "para ver se ele sentia sua rola ou não". A segunda vez tinha sido no dia 30 de dezembro de 2019 no Moulineaux — ocasião em que JM foi apenas espectador e que saiu com raiva —; foram horas a fio de sexo, no entanto, a sensação teria sido "como jogar baralho". [A versão real da história parece ser que, nessa ocasião, Bosco e Henrique transaram por vinte horas depois de este e JM terem se dado em outra festinha — nada de conversa, como foi previamente escrito aqui; não sei se Duda se envolveu ou o que mais.] Provavelmente, treparam também naquela última estadia de Bosco na residência do rapaz, eu pensei, e em ensejos em São Paulo quando estávamos juntos, ao longo de 2020 — esse era o "respeito" que existia entre João e Henrique que, a propósito, havia terminado seu mais recente relacionamento antes da ida de João à cidade para consertar o tal laptop. Mais uma mentira descarada de Bosco. João também me contou que dava para JM, o que foi novidade para mim, antes de ter comido o namorado dele pela primeira vez — o que, neste exato momento, faz com que outras peças se encaixem em minha mente; relatarei depois. E fez questão de dizer que Henrique me odiava. Eu me posicionei: "Por quê? Por que todos os seus amigos me odeiam? Eu já li você escrevendo coisas horrorosas a meu respeito para eles. Não fala nada do quanto eu cuido de você e da Maga, do quanto me sacrifico, do bem que eu te faço?". Fiquei sem resposta.

Bosco pediu que eu o fistasse. Eu o fiz e ele recebeu a mão com surpreendente facilidade. João tinha costume de alegar que tudo era sua primeira vez, o que raramente era verdade, e que eu havia lhe ensinado a dar... Depois que o ensinei a dar em Santa Tereza [nisto eu acredito, embora ele tenha tentado insistentemente antes, com muita dor e pouco prazer], e mesmo quando éramos um casal, ele muito usufruiu com outros. GP de 24 cm, pago com meu dinheiro. Em várias ocasiões, ao levar os dedos para sentir seu cu durante as preliminares, eu o percebia bastante aberto, como se já houvesse dado aquele dia — não seria um problema se nosso relacionamento não fosse pretensamente monogâmico e se ele usasse proteção, todavia nenhuma das duas opções era o caso [com relação à proteção, nem camisinha, nem PrEP].

Interrompemos algumas vezes nossa "sessão" para que ele voltasse ao celular. Sempre tive a impressão de que ele quisesse que eu o traísse efetivamente para que se utilizasse disso no meio gay paulistano como o motivo de nosso término — não a tentativa abortada e discreta que eu havia feito. Eu disse que precisaria partir dele a atitude de terminar porque quem amava não se comportava daquela maneira — ele claramente não queria estar com minha pessoa. Tinha dito que não queria transar comigo, mas havia mudado de ideia devido ao fisting; eu fraquejei. Virava a cara para evitar me beijar, nem sequer me abraçava, constantemente me largava pelo celular com seu olho vácuo. Bosco disse que chamaria um terceiro. Respondi que somente tinha curiosidade em saber quem havia sido o "homem tão maioral" que tinha gozado no papel que havia vindo no embrulho do dealer dentista. Na conversa de whatsapp, o homem tinha escrito que gostaria de "fidelizá-lo" e João respondeu: "já sou seu". Negou-se a me confidenciar de quem se tratava. Argumentei que, se ele possuísse um fetiche, poderia se abrir comigo, *desde que eu não fosse o grande motivo da piada*. O real fetiche era me humilhar publicamente, como havia sido em São Paulo [o rapaz encostado na fachada foi a primeira demonstração disso, que eu questionei por não crer na possibilidade de tamanho sadismo] — o prazer mais tirano era eu ser apontado como "o traído" por todos, sem saber do fato por confiar em meu namorado. A piada era eu, com meu sofrimento — essa crueldade levava ao gozo. Não podia nem sofrer em paz porque estava sempre sendo observado — principalmente, nos piores momentos. Bosco tomou mais G: ele tinha me publicado na Rede assim como Dom Bosco exponenciou São Francisco de Sales para as massas. Debateu-se e chorou, a se perguntar "Por quê, por quê?", repetidamente. "Por que o quê?" — eu perguntava de volta, desesperado. Voltou a me procurar para que eu o fistasse. Eu o fiz e, após algumas horas de prazer, de repente interrompeu tudo e começou a me insultar com coisas que nunca tive a capacidade de dizer a alguém — nem havia ouvido, tão execráveis eram. Não vou repeti-las. João Bosco dizia algo e desdizia oito minutos depois — sempre, ao celular. Revelou que *nunca me amou*; que *tinha desprezo por mim*; que *meu erro era ter nascido*. Fiquei perplexo. Precisei de tempo para absorver aquelas palavras em seu verdadeiro significado. Chorei.

Voltou a se contorcer. Deixei clara minha preocupação acerca de ele estar tendo um surto psicótico. Nada possuía nexo. Ele fazia novos comentários perversos a desvalorizar meu corpo, como ninguém jamais fez, e me ameaçava dizendo que compartilharia momentos íntimos meus — ou montagens — para me humilhar ainda mais. Eu respondia que era desnecessário, pois ele havia me levado para a cadeia. João quebrou vidros e caminhava sobre eles, cortando-se. Eu me preocupei que aquilo tivesse um fim violento — ele não deixava a tina ou o G de lado; eu tentava, de alguma maneira, chamá-lo para si. Entretanto, seu olho marrom claro estava quase branco e o outro era de profundo ódio. Existia apenas ódio. Com medo, liguei para uma unidade de remoção de uma clínica de psiquiatria. Bosco estava fora de sua pessoa, a repetir "por quê?" aos prantos, a bater os pés no chão como um bebê, a se chocar contra o piso, contra as paredes e os objetos e a insistir que meu erro era ter nascido. Digladiava consigo mesmo e com sua ideia de mim. Acalmou-se e pedi que somente me mostrasse a realidade — argumentei que, desde meu ímpeto frustrado de traição seis meses antes, eu havia feito de tudo para recuperar sua confiança, que me dedicava a ele, que tinha sido fiel todo o tempo ao reatarmos em 9 de fevereiro de 2020 e vivermos juntos em São Paulo. Eu gostaria de entender se ele havia descoberto, por fim, que aquela minha tentativa abortada de sexo com outro em março de 2021 era imperdoável, ou se eu tinha feito algo novo para merecer tamanho ódio, algo de que eu próprio não tinha ciência, ódio que ele externalizava desde seu retorno da capital paulista. Ele reiterou que *nunca me amou* — desta vez, muito sóbrio, com o olhar extremamente vácuo — e me informou que *sempre me traiu*, desde o início de nosso relacionamento, incontáveis vezes, e com gente de que nem sequer se lembrava. Tudo passou a fazer sentido, a despeito de meu estado de choque — e mudou os rumos deste capítulo 9. Admitiu que, no dia anterior, havia dado a um indivíduo em um banheiro e a intenção, quando da entrega do GBL, era se livrar de mim para dar para esse mesmo indivíduo, pela segunda vez em menos de oito horas. Por isso, João gostaria ou que eu descesse e ele permanecesse ou que eu ficasse no apartamento e ele fosse buscar o G, que de qualquer maneira nos separássemos — pois, em dez minutos de "espera", tinha prometido a esse sujeito que daria para ele novamente. É bem provável que fosse um morador do condomínio, ou como poderia entrar no prédio a cruzar por mim pela portaria para "fidelizar" meu então namorado, sem chamar atenção? Possivelmente, usariam o banheiro da piscina ou a escada, ou nosso próprio apartamento. Apenas falou que o sujeito era "feio". Uma vez que não permiti que ficasse só, o desconhecido lhe enviou o papel da punheta que bateu admirando-nos em nossa miséria, do escritório onde trabalhava do outro lado da rua. Desde abril, creio que Bosco estivesse dando com regularidade ao novo dealer de cocaína — um rapaz que me adicionou no whatsapp, sem supostamente ter meu número, e sem propósito vez ou outra me enviava mensagens totalmente fora de contexto, sem nunca revelar quem era; eu jamais atinei que estivesse traçando meu namorado e que fazia aquilo das mensagens provavelmente a pedido de João, para zombar de mim após terem trepado. Nessa noite, em sua ira, Bosco — que sempre foi extremamente racista, apesar de se autodeclarar "pardo" — assumiu que "andava dando para uma rola preta", o que era compatível com a foto de perfil desse dealer. Fiz essa conexão agora, pelo apelido do traficante no aplicativo picpay ter surgido recentemente no perfil até então incógnito do whatsapp [eu acompanhava no picpay os pagamentos de João, toda vez que ele saía durante o almoço]. Somente exclamei: "Que bom para você, que aprendeu a gostar de uma rola preta". Nessa mesma noite, ficou claro que meu namorado possuía algo com o dentista do G, pelo tom da conversa com este, e que Bosco adicionalmente tinha um amante de quarenta anos aproximadamente que morava nas redondezas, cujas fotos havia encontrado em seu celular em fevereiro (creio que fosse o mesmo do escritório). Reconheceu a existência do amante. Havia ao menos quatro motivos para João passar todos os dias mais de duas horas fora, além do que poderia eventualmente encontrar nos aplicativos de sexo. Perguntei o porquê de ter se agarrado a mim como um vampiro uma vez que eu era, segundo ele, um ser absolutamente desprezível. Ele me disse que eu era *ingênuo e vulnerável*, alguém de quem poderia fazer uso financeiro, e que eu *pedia para ser traído e maltratado porque eu não era a pessoa que aparentava ser.*

Surgiu a grande resposta: tudo remontava ao dia 1º de dezembro de 2019, dia anterior à "sua primeira demissão" [não deve ter sido a primeira da vida dele, apenas a primeira que acompanhei], em que — ao sair da produtora, por compulsão — eu acabei em uma festinha deprimente e comi todos, incluindo Henrique e JM, pois era o único ativo que se tinha apresentado e não me deixaram sair. Imediatamente ao colocar os pés no lugar, arrependi-me de ter ido, antes ainda de começarem a me despir, mas gozei em Henrique. Poucas horas depois, expressei a Bosco minha vergonha por esse fato, mesmo que não estivéssemos namorando ainda. No dia seguinte, ele me sugeriu "esquecer de vez essa história e ir atrás do objetivo" — contudo, passou uma semana se vingando de mim. Seis dias de vingança aparentemente não haviam sido suficientes e João nunca tinha me perdoado; tudo, desde aquele dia 1º, havia sido feito visando meu mal, gastar meu dinheiro e me achincalhar. Quando de sua ida até meu flat para buscar minhas coisas para morar com ele, em 10 de dezembro, não existia príncipe nenhum — talvez, uma cobra de olhos negros a preparar um horrendo bote. Eu estava certo sobre minha percepção de sua mudança em meados daquele mês, pois, uma vez que já estava vivendo com ele e pagando as contas, ele precisava atuar menos — notei, quiçá, com pequeno atraso. Nenhum de meus esforços em dois anos de relação — nem minha fidelidade, nem minha lealdade, nem nosso sexo, nem nossa suposta amizade, nem meu cuidado, nem meu estímulo positivo, nem minha proteção, nem meu amor, nem flores —, nem nosso desaparecimento juntos pela polícia surtiu qualquer efeito positivo ou mudou a noção de Bosco.

> Em nós sempre a generosidade se opõe ao movimento da avareza, como o cálculo razoável à paixão. Nós não podemos nos entregar cegamente à paixão, que oculta tão bem a avareza, mas a generosidade ultrapassa a razão e é sempre apaixonada. Algo existe em nós de apaixonado, de generoso e de sagrado que excede as representações da inteligência: é por este excesso que somos humanos. Nós não poderíamos senão inutilmente falar de justiça e de verdade num mundo de autômatos inteligentes.[*]

---

[*] BATAILLE, Georges. *A Literatura e o Mal* (1957). Porto Alegre: L&PM Editores, 1989.

Necessito trazer aqui uma única memória que solidifique, ainda que superficialmente, o tipo de experiência com a qual lidei após meu retorno aos braços de João Bosco, em 17 de fevereiro de 2020 (reatamos dia 9 e embarquei rumo a São Paulo no dia 16). Entediado com a pandemia, no dia 12 de julho daquele ano João desejava fazer algo diferente. Paguei para que ficássemos hospedados no hotel Mull, da rocca — e, em pouco tempo, realizei não apenas que éramos monitorados, como que havia uma festinha em outro quarto, em que homens distintos e casados pagavam garotos de programa de forma que eram entretidos enquanto assistiam a Bosco e a mim em nossa intimidade. João saía frequentemente para "fumar" — o que logo deduzi que eram suas "participações especiais" na tal orgia, situações em que ele era manuseado pelos pagantes. Não podiam tocar em mim, ficavam com quem me tinha tocado. O tesão consistia em: depois de eu e Bosco termos transado, pelas telas me acompanharem solitário no quarto, a aguardar a vinda de meu namorado, enquanto o consumiam; então, João voltava adulterado para que eu, sem saber, transasse de novo com ele e lidasse com os fluidos corporais que outros haviam deixado para trás. O sadismo, como de costume, jazia em minha extrema humilhação. Bosco em um momento desceu à piscina, fez uma live no instagram, sempre a checar se eu continuava no quarto, e ao final dela recebeu uma notificação de seu aplicativo de sexo, a qual correu para atender antes de retornar para mim. Nessa ocasião, eu trouxe todo o meu entendimento do que se passava à tona, em uma discussão. João Bosco e A Rede reagiram violentamente, esforçando-se para criar situações que me levassem a uma nova crise de pânico, semelhantes à da Avanhandava — todavia, àquela altura eu me encontrava versado em ser torturado sem dar maiores demonstrações de sofrimento. Voltamos ao Studio 1984 na segunda-feira e o motorista do übe fabricou um bate-boca com João, a usar termos homofóbicos quando este pediu para que parássemos no Parque Buenos Aires para buscar Maga — a intenção era que eu defendesse meu namorado e apanhasse por ele; calei-me. Eu, que nunca tinha me silenciado perante a homofobia, sabia que A Rede procurava um motivo para me punir física e psicologicamente, e me neguei a participar do jogo, antevendo-o. O motorista nos abandonou a um quarteirão do edifício em que morávamos e Bosco saiu correndo na frente com sua mala e a cachorra — eu mancava, devido a um problema na coluna, e havia sido gerado um sugestionamento de que poderia ser vítima de violência a qualquer momento. Não cedi ao pânico. Cheguei ao apartamento e tomei rivotril, até que apaguei. Infelizmente, a semana inteira foi de tortura e piorou a partir de quinta. João não saía de seus aplicativos e tampouco permitia que eu dormisse. Na noite de sexta para sábado, insisti em saber o que acontecia em seu celular. Ele repetiu a famosa frase de que "eu não sabia com quem estava mexendo" e adicionou que "o que aconteceu no Rio vai acontecer novamente" [no Rio, ele havia dito que "eu não sabia com quem estava mexendo" antes de tudo o que ocorreu]. Eu o pegava no flagra, a se disponibilizar para sexo através de banners que surgiam enquanto ele navegava compulsivamente pelo aplicativo roxo, voar. com, no modo Raquel de seu telefone. Não me segurei e tomei seu aparelho em minhas mãos — segui para o banheiro, onde me tranquei. Ele interfonou para alguém. Atrás da porta, quando eu clicava nos banners altamente sugestíveis, eu era redirecionado para uma página que expirava porque era necessário que Bosco olhasse para a câmera para que o sistema funcionasse. Mantive o celular em mãos por horas, a pensar em como lidar, a mexer com todas as funções. Descobri que o Studio 1984 era um hub da Rede, assim como era a padaria da esquina da Santo Antônio. Dois homens chegaram ao apartamento e João os conduziu à varanda. Ouvi suas vozes. Saí quando os indivíduos já tinham ido, e Bosco me disse que havia mexido em meu telefone também — ele estava extremamente quente; supus que tivessem plantado mais *bugs* no aparelho. Devolvi o aparelho de João, que imediatamente recebeu ligação da "mãe", às cinco da manhã, a perguntar se ele estava bem; na sequência, conversou com "o pai". Dei-me conta de que existiam conversas gravadas que ele poderia responder com palavras-chave. O volume era alto para que eu ouvisse e acreditasse, entretanto, havia escutado a exata conversa anteriormente. Certamente seria para saber se eu tinha decifrado demais e se deveriam dar cabo de mim, como tentaram em terras cariocas. O papel do pai era interpretado por seu amante, a partir de dado ponto. Tomei rivotril, tentei dormir, não consegui. Bosco não me permitia. No sábado, subia e descia — imaginei que estivesse a fazer aparições pelo prédio todo. Permaneci na cama. Fiz uma postagem no instagram para que as pessoas soubessem onde eu me encontrava, pois não me sentia seguro no 1984. Com o cair da noite, tudo piorou. João tomou a cama e mexia em todos os aplicativos deturpados do modo de operação Raquel do celular, com o maior descaramento, exibindo-se para a TV — área onde calculo que existissem três câmeras. Mudei-me para o sofá, no entanto ele escancarou as cortinas de maneira que eu pudesse ser visto do janelão de Arthur Scalercio e dos apartamentos vizinhos, alguns dos quais poderiam participar do aplicativo perverso de sexo. Retornei para a cama. Ali, privado de sono havia já três dias e exposto, Bosco deitou-se ao meu lado. De pau duro sob a cueca branca, ficava de frango, esfregava o cu e se exibia para a TV, a ler comentários do celular e fazer sinais costumeiros de fumaça com seu *vape* para as câmeras. Virava o aparelho em minha direção para me filmar (justamente o objeto que posteriormente esqueceu na casa de Henrique, e que trouxe recentemente, dia 31 de agosto). Uma vez que João estava similarmente privado de sono, não percebia com seu olho vácuo que eu lia o que se passava em sua tela. No aplicativo ippar, pedia uma pizza e um sujeito a oferecia com condições x — onde deveria estar o preço surgia "um oferecimento de", o nome do membro da Rede e seus termos. Após navegar por algumas, Bosco aceitou uma pizza em específico. Um indivíduo veio trazê-la a nossa porta — pelo som, nitidamente sem máscara, apesar da pandemia. Passava-se por entregador do aplicativo, que jamais eram autorizados a subir no prédio: "Senhor João Bosco, sua pizza do ippar". Não sei se o sujeito estava nu, se João foi dedado por ele ou se o chupou — não quis verificar. Quando meu namorado reentrou no apartamento, comeu a pizza com prazer histriônico, a fazer caras e bocas e a gemer para a câmera "inativa" de seu celular: era esse o termo colocado pelo sujeito que patrocinou a pizza grátis e que ele tinha aceitado pelo app. Neguei-me a provar. Rolava uma festinha algumas portas abaixo no mesmo oitavo andar; homens entravam, saíam e se banhavam no apartamento imediatamente acima do nosso; desciam e subiam de volta — a porta da escada de incêndio não parava de bater; não existem câmeras nos andares, podiam estar circulando nus. Bosco estava ciente, porque participantes da festa entravam no aplicativo de sexo perverso — alguns até usaram o grindr, o software dos inocentes. Concluí que a pizza tivesse sido uma oferta de alguém daquela festinha e não posso estar muito distante da verdade: deveria estar temperada com uma chuva de porra de vários machos. João não parava de me provocar, e eu expressei que, se ele estivesse a fim de sexo, que poderia ir — que, pelo amor de Deus, deixasse-me só. Ele disse que não queria ir, porém que havia ficado com vontade de fumar seu cigarro sabor melão. Inventei que deveria ir a Mato Grosso do Sul me consultar com minha dermatologista, responsável por minhas receitas de roacutan. Ele continuava a se esfregar na frente da TV. Perguntou em voz alta: "o que vou fazer quando você estiver fora?" [Até então, planejava uma viagem para São José dos Campos comigo, Henrique e JM, pela qual eu sem dúvidas pagaria caro.] Bosco se comunicou com Duda e, a usar o aplicativo carteira de seu iphone, marcou festinhas para a semana seguinte; cada uma era promovida por uma empresa — segundo minha compreensão, quando eu não me encontrava para torná-lo o centro das atenções nas participações especiais, João era somente mais um serviçal do sexo, um garçon/GP, assim como eram Duda, Lico e outros, e recebia R$ 300 por diária. Sei porque Duda deu-lhe as dicas "do que estaria rolando aquela semana" na minha frente; eu lia tudo — Bosco já se esquecia de esconder o celular de mim. Eu ainda estava presente aquela noite — João, pelo momento, podia ser mais. Tentou fazer pedido de cigarro pelo mesmo aplicativo ippar mas, segundo ele, "não deu certo". Explodi: disse que iria embora no primeiro voo do dia seguinte e que não regressaria. Ele imediatamente ficou de quatro na cama, com a bunda direcionada para a TV, e falou diretamente para o vape, cuja luz estava acesa (sinal de que estava transmitindo): "Aaron falou que vai embora e não volta mais". Saiu supostamente para comprar o cigarro na padaria. Ouvi a porta da escada bater [ele deveria ter ido de elevador se fosse realmente descer ao térreo] e, em menos de dois minutos, alguém era currado no apartamento de cima. Tamanha foi a violência, para mim aquilo se assemelhou a um estupro. Um móvel se chocava contra a parede com tremenda força e velocidade de coelho. Visualizei mentalmente. Nunca presenciei sexo tão animalesco, nem em pornografia. Ao final de uns seis minutos, assopraram fumaça do cigarro sabor de melão, por mim tão conhecido, da varanda de cima para "a nossa", de forma que eu ficasse ciente do gozo alheio: fumaça branca, Bosco havia sido leitado. Logo depois, retornou João — carregava uma barra de chocolate nas mãos. Despiu-se na cozinha. Passava o chocolate no cu gozado e se deleitava, comendo-o — ofereceu-me, "estava delicioso". Cobri-me com o lençol: não tinha direito a privacidade perante tamanha humilhação. Bosco deitou-se de frango na cama ao meu lado, novamente, somente de camiseta, a mostrar o cu que escorria, aberto, para a televisão e a se dedar — ali, onde obviamente havia câmeras, nela e no roteador. Cheirava a porra e a colônia barata de que, lamentavelmente, lembro-me até hoje. Nunca senti tanta repugnância em minha vida — além de tudo, tratava-se de prazer doentio fundamentado em meu mais profundo mal-estar, em algo que não fazia de jeito algum parte do combinado do relacionamento. Desliguei as luzes. João riu de mim — eu, então, dei-me conta da luz infravermelha. Ligou a lanterna do celular, enfiou em minha cara e gargalhou: "aí, se esconde". Cobri-me com o lençol. Bosco caiu no sono imediatamente, altamente flatulento, para meu continuado nojo. Passei mais uma noite em branco, sob o tecido. Suava; temia que entrassem no estúdio, injetassem-me algo e me jogassem dali de cima, como tinham feito com o jovem pediatra do 23º andar no mês anterior. Tampouco conseguia lidar com o asco daquele odor. Dormi com o raiar do sol e acordei próximo ao horário de pegar o avião no dia 19 de julho, cuja passagem meu irmão do meio comprou para mim — eu não possuía condições mentais nem para isso. Foi melhor ter feito as coisas meio dormindo, porque não conseguiria gerenciar o pânico de possivelmente ser abordado a caminho do aeroporto. Nunca houve dúvida de que tinha sido João o currado e de que eu era monitorado enquanto assistia a uma série e ouvia todo o escândalo que vinha do andar de cima, obrigado a fingir que nada se passava. Antes de sair, perguntei a Bosco a respeito do que tinha testemunhado, ouvido e cheirado. Ele se espantou e calou: talvez não imaginasse que eu escutasse com tanta clareza, ou que houvesse inalado e visto a fumaça do cigarro sabor melão, ou que tivesse sentido o fedor do esperma e da colônia, ou que possuísse a cena com a barra de chocolate em minha mente, ou que o tivesse observado ao meu lado na cama, ou que estivesse tão atento aos detalhes, ou que houvesse cronometrado suas atividades no relógio; talvez tivessem sido provocações que, em seu devaneio, acreditasse que passariam desapercebidas. Ele havia estado fora de si. Alguns segundos depois de seu choque, como de costume, João a tudo negou: argumentou que o apartamento do andar de cima estava para alugar pelo site oitavo andar e apresentou um recibo da dita padaria. Chacoalhei a cabeça. Eu sabia muito bem dos objetos de cena produzidos para A Rede. Um serviçal havia providenciado a nota fiscal e o cigarro, assim que ele aceitou os termos no ippar; existiam garçons/GPs servindo a festinha. Fui verificar a área da escada: ela estava cheia de gotículas de esperma de incontáveis encontros, de passados remotos e recentes — muitas, provavelmente, do próprio Bosco, de todo o tempo que eu trabalhava em home office de nosso apartamento. Parti. Evitei carros de aplicativo. Peguei um táxi comum na rua e, apenas quando embarquei, minha família se sentiu melhor — eu tinha compartilhado que não me sentia em segurança. Ainda não conseguia crer em mim mesmo, por nunca ter vivido algo tão vil. João Bosco, sempre a desdizer tudo olhando em meus olhos, como se eu houvesse tido um prolongado e detalhado surto psicótico: uma alucinação visual, auditiva, olfativa e sensorial de horas. Deprivava-me de sono com o fim de me desorientar. Era esse o tipo de nojeira que eu necessitava usualmente conciliar com a pessoa que alegava que me amava e que me era leal e fiel e que queria o meu melhor e que desejava construir um futuro feliz comigo, pessoa que vivia ao meu lado, o motivo de eu questionar minha lucidez. Para não perder a crença na humanidade, minha psicologia me levava a recorrentemente desacreditar em mim mesmo. Tais vivências, tão chocantes e traumáticas e irreais, se enfumaçam como miragem quando repenso sobre o tema. Escrevo e registro os detalhes: meu estômago se embrulha, como agora. Tudo se materializa com força e retorna por meio de sonhos maus. Todas as noites tenho pesadelos.

O Mal parece compreensível, mas é na medida em que o Bem é sua chave. Se a intensidade luminosa do Bem não desse seu negror à noite do Mal, o Mal não teria mais seu encanto. Esta verdade é difícil. Alguma coisa se excita naquele que o ouve. Nós sabemos, no entanto, que os golpes mais fortes da sensibilidade decorrem de contrastes. Em seu movimento, a vida sensual está baseada no medo que o macho inspira à fêmea e no brutal dilaceramento que é o acasalamento (é menos uma harmonia que uma violência, que talvez leve à harmonia, mas por excesso). Primeiramente, é necessário dobrar, a união é o resultado de combates de que a morte é o núcleo. Sob alguma forma, um aspecto dilacerante do amor ressalta desses avatares múltiplos. Se o amor às vezes é rosa, o rosa combina com o negro, sem o qual ele seria o signo do insípido. Sem o negro, o rosa teria o valor que atinge a sensibilidade? Sem a infelicidade a ele ligado como a sombra à luz, uma imediata indiferença responderia à felicidade. Isso é tão verdadeiro que os romances descrevem indefinidamente o sofrimento, quase nunca a satisfação. Finalmente, a virtude da felicidade é feita de sua raridade. Fácil, seria desdenhada, associada ao tédio. A transgressão da regra tem sozinha o irresistível encanto que falta à felicidade durável.[*]

Sem mim, chafurdava em ordinária infelicidade de R$ 300 por diária até que se cansassem dele. Aliás, a sífilis poderia ter vindo de qualquer um — não apenas de Henrique — em uma de inúmeras festinhas em que Bosco participou com ele, entre outras. Minha suspeita inicial sobre o sujeito veio de um aviso que João enviou a ele e a seu ex JM, assim quando de sua descoberta da doença, o que me levou a concluir que houvessem transado e também se dado a outros entre si, quando o abandonei em julho, agosto e setembro de 2020.

[14/05/2021 10:16:14] João Bosco: Amigo, aquela época, setembro
[14/05/2021 10:16:22] João Bosco: Eu peguei sífiis
[14/05/2021 10:16:30] João Bosco: Fui fazer os exames de prep tava lá em cima
[14/05/2021 10:16:35] João Bosco: Dá uma olhada no seu vdr (sic)
[14/05/2021 10:16:40] João Bosco: Nunca tive sintoma
[14/05/2021 10:35:18] Henrique: Eu faço sempre [João Bosco: Eu peguei sífiis]

[14/05/2021 10:18:20] João Bosco: JM sabe que esqueci de falar
[14/05/2021 10:18:24] João Bosco: Em setembro peguei sífilis
[14/05/2021 10:18:31] João Bosco: Fui olhar agora pro prep. Meu vdrl tava lá em cima
[14/05/2021 10:18:34] João Bosco: Dá uma olhada no seu

---

[*] BATAILLE (1957).

[14/05/2021 10:18:42] João Bosco: Tinha feito aí pro prep. E tava zero, depois ele apareceu
[14/05/2021 10:20:56] JM: Oi lindao
[14/05/2021 10:21:04] João Bosco: Apesar de nem ter nos tocado
[14/05/2021 10:21:22] JM: na próxima semana vou ter quê fazer os meus exames. Já vou fazer VDRL
[14/05/2021 10:21:39] João Bosco: Mas dizem que pega tão fácil [João Bosco: Apesar de nem ter nos tocado]
[14/05/2021 10:21:47] JM: Faço a cada três meses
[14/05/2021 10:21:55] João Bosco: Já tomei 6 Benzetacil.

Ou a fonte pode ter sido o próprio Bosco, que poderia ter a doença havia muito tempo, a espalhá-la e não saber, pois nunca se testou ou cuidou com a frequência que afirmava. "Tinha feito aí pro prep. E tava zero, depois ele apareceu" — é uma inverdade; a primeira vez que foi a um Centro de Testagem e Aconselhamento (CTA) se consultar para a PrEP foi comigo, em Vila Velha. Anteriormente a mim, dizia que comprava a profilaxia de um amigo, médico — R$ 300 por frasco de trinta comprimidos —, sem fazer exame algum. Segundo uma infectologista com quem me consultei, sua titulação de VDRL de 1:256 (muito alta) indica que pode já ser o caso de neurossífilis [uma recomendação segura é "que se faça punção lombar para todo paciente com titulação de VDRL maior do que 1:32"]. O resultado de meu exame foi 1:4, considerado baixo [neste caso, é possível que haja sífilis; sigo acompanhando]. No entanto, fiquei preso em um debate comigo mesmo de aspecto ético: se devo contar a João o que minha médica disse — que ele deve realizar uma punção lombar —, ou se devo fazer minha justiça e omitir a informação, a deixar que a neurossífilis o consuma vagarosamente.

Eu era, sim, quem dizia ser. Paguei por sua comida, quando ele e Maga passavam fome e ninguém se importava; e, em 17 de setembro de 2020, comprei suas passagens de avião de volta a Brasília — quando o meio gay de São Paulo, incluindo A Rede que ele tanto idolatrava, juntamente com sua própria família, viraram as costas para ele, mais uma vez. Não consigo parar de explicar para que eu mesmo possa acreditar: tudo se reduziu a um (singular) erro cometido antes sequer de termos um relacionamento, erro pelo qual eu já tinha demonstrado demasiado arrependimento e vergonha. Bosco usava aquilo como desculpa para o fato de ser ninfomaníaco e um sociopata profundamente cruel. Naquilo também baseou sua decisão de me entregar para A Rede, uma sociedade anônima cujo extremo sadismo eu não desejaria a ninguém. Por isso, quando repenso sobre inúmeros momentos sórdidos que vivi ao lado de João, o trauma faz com que em minha mente eles fiquem enfumaçados — como miragens que nunca existiram realmente. Duvido do mal. Porém, ao ter novamente essa sensação de irrealidade, retorno aos fatos no papel e os releio em detalhes. Quando o vento soprou a cortina da janela em dezembro de 2019, eu havia visto um mundo infernal que parecia estar estilhaçado. Em julho de 2020, tive uma visão mais clara dessa realidade, mesmo que passageira. A cortina era tecida por mentiras. Ao ser finalmente verdadeiro comigo no Dia da Independência em 2021, João Bosco escancarou a cortina: o mundo estava de fato em pedaços do outro lado da janela, ardendo nos fogos do inferno. Chego à tristeza de enxergar novamente com clareza.

Definição de Ninfomaníaco
Classe gramatical: substantivo masculino
Separação silábica: nin-fo-ma-ní-a-co
Plural: ninfomaníacos
Feminino: ninfomaníaca
Adjetivo
Que sofre de ninfomania; cujo desejo sexual se apresenta de maneira anormal, excessiva e recorrente; ninfômana: pessoa ninfomaníaca.

Definição de Sociopata
Classe gramatical: substantivo masculino e feminino
Separação silábica: so-cio-pa-ta
Plural: sociopatas
Adjetivo
Que sofre de sociopatia, distúrbio mental definido por comportamentos antissociais, pela falta de consciência, de remorso e de noção de responsabilidades éticas: um sociopata não consegue sentir empatia por ninguém.

Finally…
I'm crossing the threshold
From the ordinary world
To the reveal of my heart
Undoubtedly…
That will for certain
Take the dead out of the sea
And the darkness from the arts

This is my commitment
My modern manifesto

I'm doing it for all of us
Who never got the chance
For Amy and for Whitney (shut up, shut up)
And all my birds of paradise (shut up, shut up)
Who never got to fly at night (shut up, shut up)
'Cause they were caught up in the dance

Sometimes it feels like I've got a war in my mind
I want to get off, but I keep riding the ride
I never really noticed that I had to decide
To play someone's game, or live my own life

And now I do
I wanna move
Out of the black (out of the black)
Into the blue (into the blue)
Finally…
Gone is the burden
Of the Crowley way of being
That comes from energies combined

Like my part was I
Was not discerning
And you, as we found out
Were not in your right mind
There's no more chasing rainbows
And hoping for an end to them
Their arches are illusions
Solid at first glance
But then you try to touch them (touch, touch)
There's nothing to hold on to (hold, hold)
The colors used to lure you in (shut up, shut up)
And put you in a trance (ah, ah, ah, yeah)

Sometimes it feels like I've got a war in my mind
I want to get off, but I keep riding the ride
I never really noticed that I had to decide
To play someone's game, or live my own life

And now I do
I wanna move
Out of the black (out of the black)
Into the blue (into the blue)
Out of the black (out of the black)

Into the blue (into the blue)
Out of the black (out of the black)
Into the blue (into the blue)*

Bosco fez questão também de externalizar que se arrependia de não ter namorado Álvaro ao invés de mim, outra pobre vítima qualquer que se negou a ter relações com ele sem camisinha. "Dizei uma só palavra e serei salvo": camisinha. João nunca deixou de ser sexualmente reprimido ao extremo e consegue justificar internamente todas as suas ações e piores brutalidades. É mais um perverso. São dois pesos e duas medidas, completamente distintos: um peso e uma medida para os outros; dissonante peso e dissonante medida para si, por "nada" — porque tudo é *desdito*. Transar com vários indivíduos por semana sem qualquer proteção é "ter critério". Cheguei a crer que ele acreditasse nas próprias mentiras; hoje, sei que se trata de pura hipocrisia. Jamais aceitou ter fetiche nenhum que envolvesse exibicionismo ou sexo com terceiros para compartilhar comigo; sempre praticou isso das mais grotescas e antiéticas maneiras possíveis — e quanto mais mal me fizesse para que todos soubessem, maior o seu tesão. "Meu erro era ter nascido." João exige de alguém que não o questione jamais, de modo que não reflita sobre sua sordidez e seus atos asquerosos. Como eu havia dito meses antes, "talvez você tenha ganhado meu amor fácil demais, e por isso não valorize". Todas as inúmeras vezes em que lhe indaguei sobre as coisas mais degeneradas que ele parecia ter cometido, respondia que se sentia extremamente ofendido por eu sequer pensar que seria capaz daquilo. Entretanto, a responder à pergunta que faço desde que conheci Bosco, e cuja conclusão busquei desde o princípio deste livro: eu nunca fui doido, louco ou maluco. Tudo o que está aqui realmente ocorreu, em todas as mentiras vazias e em todas as palavras chulas, em seus aspectos mais atrozes e nauseantes. Chamou-me de "vulgar". João foi levado para a clínica psiquiátrica, onde a doutora me comunicou que ele tinha forjado o surto psicótico e "brincado" comigo ao dizer e desdizer coisas a cada oito minutos, a fingir não saber o que havia dito — tratou-se de um show que me custou R$ 3 mil, pois seu plano de saúde não cobriu a remoção ou a consulta. Foi liberado, haja vista que, segundo a especialista, a sociopatia ou a ninfomania não são motivos para internação. Retornamos

---

* GRANT, Elizabeth (Lana del Rey); NOWELS, Rick; MENZIES, Kieron. "Get Free", 2017.

ao apartamento juntos — sob a constante ameaça de que algo de muito ruim poderia acontecer comigo. Mais uma vez, fiz as malas. Tomei um banho. Despedi-me de Maga. Rezei para que ela fosse de alguma forma resgatada daquele ambiente terrível — ela tremia, tremia muito. Fui para um hotel.

O choque e a crueldade foram tamanhos que nem sequer era capaz de fechar os olhos para começar a elaborar. Quando alguém morre, eu durmo em descrença e só *sinto* no dia seguinte. Neste caso, a descrença era tamanha que me mantinha acordado — meu organismo me impedia de dormir. O que enxerguei foi uma visão tão hedionda, uma imagem que me faz questionar meu motivo de existir. Que sociedade é esta? Realmente, em minha ingenuidade eu nunca poderia ter previsto. Como continuar respirando se eu coopero com a sordidez com minha mera existência? O que fazer se meu sofrimento mais profundo causa tanto gozo sádico? Como coexistir, se com meu dinheiro contribuo com empresas imundas que participam da Rede? Ela opera com o apoio de indivíduos que consentem com sua corrupção e nojeira. Senti-me um crápula por deixar minha querida Maga exposta àquela sorte de podridão — não pude salvá-la, a cachorrinha mais sensível do universo, que chacoalhava de horror de Bosco e vinha ao meu colo mesmo quando ele exigia que ela fosse com ele. Chorei novamente. Rezei novamente. Pedi a São Francisco de Assis novamente. No quarto ao lado, alguém foi currado a noite toda. Imagino que tenha sido João, como havia ocorrido em São Paulo em algumas ocasiões. Arrastavam móveis no andar de cima sem parar. Eu temia ser exposto. Temia padecer da mesma privação de sono de que tinha sofrido no Rio de Janeiro. Por fim, uma caixa de rivotril inteira me derrubou e consegui cair no sono por poucas horas. Cheguei em Campo Grande, são e salvo. Bosco substituiu-me por um novo namorado, um advogado, em três dias — provavelmente, seu amante do escritório vizinho.

Sei que sofrerei todo tipo de retaliação ao publicar esta história, e ainda nem sequer tratei das bestas. Já fui desaparecido, preso e exposto. Foi tudo verdade. Para que servirá este livro? Sofro de profundo mal-estar social. Doido não estou. Portanto, quando narrar o que vivi entre meu aniversário em 2020 e minha prisão, não me questionarei mais. Difícil será confiar em alguém depois disso tudo. Mais difícil ainda será continuar a escrever esta obra sem trazer ao leitor incredulidade ou repugnância — mas isso indicará que aquele com quem troco estas palavras é alguém emocionalmente sadio.

Afinal, escrevo de um momento em que já decaí de artista respeitado a cidadão questionável a sujeito sem direitos a bicho. Minha identidade foi completamente aniquilada pelo fascismo — transmitir isso a quem não viveu essa involução na pele é desafiador.

Antes de fechar a porta, disse a Bosco que seu maior erro foi crer que, por meu amor por ele, eu sacrificaria a confiança em minha própria saúde mental. Tampouco vou cometer suicídio. Descobri que o ódio talvez seja uma versão do amor e não, o oposto dele.

Um amor assim delicado
Você pega e despreza
Não devia ter despertado
Ajoelha e não reza

Dessa coisa que mete medo
Pela sua grandeza
Não sou o único culpado
Disso eu tenho a certeza

Princesa, surpresa, você me arrasou
Serpente, nem sente que me envenenou
Senhora, e agora me diga aonde eu vou
Senhora, serpente, princesa

Um amor assim violento
Quando torna-se mágoa
É o avesso de um sentimento
Oceano sem água

Ondas, desejos de vingança
Nessa desnatureza
Batem forte sem esperança
Contra a tua dureza

Princesa, surpresa, você me arrasou
Serpente, nem sente que me envenenou
Senhora, e agora me diga aonde eu vou
Senhora, serpente, princesa

Um amor assim delicado
Nenhum homem daria
Talvez tenha sido pecado
Apostar na alegria

Você pensa que eu tenho tudo
E vazio me deixa
Mas Deus não quer que eu fique mudo
E eu te grito essa queixa

Princesa, surpresa, você me arrasou
Serpente, nem sente que me envenenou
Senhora, e agora me diga aonde eu vou
Amiga, me diga*

Esta é uma obra de depressão. Qualquer semelhança com nomes, pessoas ou acontecimentos reais não terá sido mera coincidência.

---

* VELOSO, Caetano. "Queixa", 1982.

Notas e Referências Bibliográficas

Epígrafe [p. 5]

Leia mais em: <https://tvhistoria.com.br/10-tradicoes-globo-sumiram-telinha/>. Acesso em: 6 de março de 2021.

Capítulo 1 [pp. 9 – 34]

[1] Vídeo disponibilizado ao R7 em 15 de dezembro de 2020: <https://recordtv.r7.com/cidade-alerta/videos/diretor-de-tv-e-companheiro-sao-presos-acusados-de-usar-cartoes-clonados-em-hoteis-de--luxo-15122020>. Acesso em: 6 de março de 2021. Arquivado em 21 de junho de 2021: <https://web.archive.org/web/20210621074121/https://recordtv.r7.com/cidade-alerta/videos/diretor-de-t-v-e-companheiro-sao-presos-acusados-de-usar-cartoes-clonados-em-hoteis-de-luxo-15122020>.

[2] Meme de WhatsApp.

[3] Leia mais em: <https://veja.abril.com.br/politica/claudio-castro-muda-secretario-da-policia-civil-e--mais-tres-pastas-no-rio/>. Acesso em: 6 de março de 2021.

[4] Leia mais em: <https://extra.globo.com/casos-de-policia/novo-secretario-de-policia-civil-do-rio--muda-titulares-de-68-unidades-rv1-1-24647658.html>. Acesso em: 6 de março de 2021.

[5] NADDEO, André (23 de janeiro de 2013). "Sou mãe solteira de dois filhos, e já sou delegada há 10 anos. Acho que isso já diz tudo." *Blog Flit Paralisante*. Disponível em: <https://flitparalisante.com/2013/01/23/sou-mae-solteira-de-dois-filhos-e-ja-sou-delegada-ha-10-anos-acho-que-isso-ja--diz-tudo/>. Acesso em: 6 de março de 2021.

[6] GUIMARÃES, Cleo (18 de julho de 2016). Delegada denuncia perfis falsos criados em seu nome no Facebook: "Monique boladona". *Blog Gente Boa*. Disponível em: <https://blogs.oglobo.globo.com/gente-boa/post/delegada-denuncia-perfis-falsos-criados-em-seu-nome-no-facebook-monique-bola-dona.html>. Acesso em: 6 de março de 2021.

[7] Leia mais em: <https://g1.globo.com/rj/rio-de-janeiro/noticia/2021/06/18/jacarezinho-sem-si-nais-de-confronto-em-alguns-imoveis-e-locais-nao-foram-preservados-aponta-pericia.ghtml>. Acesso em: 18 de junho de 2021.

[8] CARVALHO, Bárbara (7 de maio de 2021). ONU pede que MP faça investigação independente e cita tendência de "uso desproporcional" da força em favelas. *GloboNews*. Disponível em: <https://g1.globo.com/rj/rio-de-janeiro/noticia/2021/05/07/operacao-no-jacarezinho-representante-de-direitos-humanos-da-onu-pede-investigacao-independente.ghtml>. Acesso em: 7 de maio de 2021.

[9] Leia mais em: <https://odia.ig.com.br/rio-de-janeiro/2021/06/6161245-e-uma-batalha-entre-o-estado-do-rio-e-uma-faccao-criminosa.html>. Acesso em: 6 de junho de 2021.

[10] Souza Alves explica em entrevista à Ponte Jornalismo: <https://ponte.org/milicia-e-beneficiada--por-operacoes-policiais-e-escolhe-lado-na-disputa-de-faccoes/>. Acesso em: 29 de julho de 2021.

[i] A morte do autor: um retorno à cena do crime. Sérgio Luiz Prado Bellei, 2014. Disponível em: <https://www.revistas.usp.br/criacaoecritica/article/view/69866>. Acesso em: 25 de junho de 2021.

> Referências:
> BARTHES, R. Análise textual de um conto de Edgar Allan Poe *In*: BARTHES, R. *A Aventura Semiológica*. São Paulo: Martins Fontes, 2001.
> BARTHES, R. *Sobre Racine*. Trad. Antonio Carlos Viana. Porto Alegre: L&PM, 1987.

BARTHES, R. *Sade, Fourier, Loyola*. São Paulo: Brasiliense, 1971.

BARTHES, R. Da obra ao texto. *In*: BARTHES, R. *O Rumor da Língua*. São Paulo: Martins Fontes, 2004a.

BARTHES, R. A morte do autor. *In*: BARTHES, R. *O Rumor da Língua*. São Paulo: Martins Fontes, 2004b.

BENNET, A. *The Author*. Nova York: Routledge, 2005.

BOOTH, W. C. *The Rhetoric of Fiction*. Chicago: The University of Chicago Press, 1983.

EAGLETON, T. *Criticism and Ideology*. Londres: Verso, 1976.

EAGLETON, T. *Literary Theory: An Introduction*. Londres e Minneapolis: The University of Minnesotta Press, 1983.

FOUCAULT, M. The Masked Philosopher. *In*: FOUCAULT, M. *Politics Philosophy, Culture*. Nova York: Routledge, 1988.

FOUCAULT, M. *Technologies of the Self*. Amherst (Massachusetts): University of Massachusetts Press, 1988.

FOUCAULT, M. O que é um autor?. *In*: FOUCAULT, M. *Estética, Literatura e Pintura, Música e Cinema*. Rio de Janeiro: Forense Universitária, 2009.

IGOE, V. Early Joyceans in Dublin. *Joyce Studies Annual*, Nova York, vol. 12, verão, p. 81-99, 2001.

LACAN, J. *Écrits I*. Paris: Éditions du Seuil, 1966.

MARX, K.; ENGELS, F. *A Ideologia Alemã*. São Paulo: Martins Fontes, 2001.

PERRONE-MOISÉS, L. Prefácio. *In*: BARTHES, R. *O Rumor da Língua*. São Paulo: Martins Fontes, 2004c.

ROSE, M. *Authors and Owners:* The Invention of Copyright. Cambridge: Harvard University Press, 2002.

WHITE, H. "The Culture of Criticism". *In*: HASSAN, I. *Liberations*. Middletown (Connecticut), Wesleyan University Press, 1972.

Capítulo 2 [pp. 35 – 80]

[1] MACAULAY, Neill. *A Coluna Prestes*. Rio de Janeiro: Difel, 1977.

[2] *"The apple doesn't fall far from the tree."* Ditado da língua inglesa.

[3] BARATA, Agildo. *Vida de um Revolucionário:* Memórias. São Paulo: Alfa Ômega, 1978. p. 142.

[4] FREITAS, Alexandre Cerqueira. Alcance e limites do Movimento Tenentista na Bahia: a conspiração revolucionária de 1930. Dissertação (Mestrado) — Faculdade de Filosofia e Ciências Humanas, Programa de Pós-Graduação em História, Universidade Federal da Bahia, Salvador, 2010. Disponível em: <https://repositorio.ufba.br/bitstream/ri/13692/1/ALCANCE%20E%20LIMITES%20DO%20MOVIMENTO%20TENENTISTA%20NA%20BAHIA.pdf>. Acesso em: 24 de outubro de 2021.

[5] GUEIROS, José Alberto. *O Último Tenente*. Rio de Janeiro: Record, 1996. p. 44. (Memórias de Juracy Magalhães).

[6] BATISTA, Eliana Evangelista. A "Revolução de 30" no interior da Bahia: Da queda da última barreira legalista, à formação dos primeiros partidos políticos (Alagoinhas, 1930-1934). *XXVIII Simpósio Nacional de História*. Florianópolis, 2015. Disponível em: <http://www.snh2015.anpuh.org/resources/anais/39/1434423563_ARQUIVO_TEXTOAnpuh2015Eliana.pdf>. Acesso em: 24 de outubro de 2021.

[7] KLINGER, Bertholdo. Memorial de Klinger. *Revista Brasileira*, n. 2, pp. 225-33.

[8] GRECO, Maria Madalena Dib Mereb (14 de outubro de 2020). 9 de julho de 1932 — A participação do sul de MT. Instituto Histórico e Geográfico de Mato Grosso do Sul. Disponível em: <https://ihgms.org.br/artigos/9-de-julho-de-1932-a-participacao-do-sul-de-mt-22>. Acesso em: 24 de outubro de 2021.

[9] "Revolução Constitucionalista de 1932". Wikipedia, colaboração pública: <https://pt.wikipedia.org/wiki/Revolu%C3%A7%C3%A3o_Constitucionalista_de_1932>. Acesso em: 30 de março de 2022.

[ii] Referências:

CAMPESTRINI, Hildebrando; GUIMARÃES, Acyr V. *História de Mato Grosso do Sul*. Campo Grande: Instituto Histórico e Geográfico de Mato Grosso do Sul, 2002.

CARVALHO E SILVA, Herculano. *A Revolução Constitucionalista de 1932*. Rio de Janeiro: Civilização Brasileira, 1932.

FIGUEIREDO, Euclides de Oliveira. *Contribuição para História da Revolução Constitucionalista*. São Paulo: Martins Fontes, 1954.

MIRANDA, Alcibíades. *A Rebelião de São Paulo*. Curitiba: Scipione, 1934.

PARREIRA, Luiz Eduardo S. (9 de julho de 2010). E o sul do Mato Grosso foi às armas! *Correio do Estado*. Disponível em: <https://www.correiodoestado.com.br//noticias/e-o-sul-do-mato-grosso-foi-as-armas/5281>. Consultado em: 31 de maio de 2018.

Telegrammas: serviço especial d'O Matto Grosso. *O Matto Grosso*: página 1. Bela Vista, 30 de outubro de 1932. Disponível em: <http://web.archive.org/web/20190417093119/http://memoria.bn.br/>. Arquivado do original em 17 de abril de 2019.

[10] Disponível em: <https://www.tvpop.com.br/17613/reporteres-fazem-video-com-piadas-dubias-e-causam-mal-estar-na-globo/>. Acesso em: 24 de julho de 2021. Vídeo disponível em: <https://youtu.be/3RTWzPJxUnk>.

[11] ROSSI, Pedro; BIANCARELLI, André. Do industrialismo ao financismo. *Revista Política Social e Desenvolvimento*. Edição 13: A Virada Neoliberal do Governo Dilma, ano 3, jan. 2015. Disponível em: <https://plataformapoliticasocial.com.br/wp-content/uploads/2015/02/Revista_13.pdf>. Acesso em: 13 de abril de 2021.

[12] ZAHLUTH BASTOS, Pedro Paulo (2 de fevereiro de 2015). *A Carta ao Povo Brasileiro*, de Dilma Rousseff. Brasil Debate. Disponível em: <https://brasildebate.com.br/a-carta-ao-povo-brasileiro-de-dilma-rousseff/>. Acesso em: 8 de abril de 2021.

[13] Disponível em: <https://www1.folha.uol.com.br/poder/2018/10/empresarios-bancam-campanha-contra-o-pt-pelo-whatsapp.shtml>. Acesso em: 6 de março de 2021.

[14] Mais em: <https://simaigualdaderacial.com.br/site/e-preto-ou-negro/>. Acesso em: 20 de agosto de 2021.

[15] Contribuição coletiva. Wikipedia: <https://pt.wikipedia.org/wiki/Ra%C3%A7a_(categoriza%C3%A7%C3%A3o_humana)>. Acesso em: 13 de maio de 2021.

[iii] Raça (categorização humana).

Referências:

A American Anthropological Association faz um disclaimer sobre "raça" em seu website: "Evidências obtidas com a análise genética (p.ex., DNA) indicam que a maioria das variações físicas origina-se dentro dos assim chamados grupos 'raciais'. Isto significa que há uma variação muito maior dentro de grupos 'raciais' do que entre eles". Disponível em: <https://www.americananthro.org/ConnectWithAAA/Content.aspx?ItemNumber=2583>. Acesso em: 13 de maio de 2021.

FERNANDES, Florestan. *A Integração do Negro na Sociedade de Classes*. São Paulo: FFCL/USP, 1964.

GUIMARÃES, A. S. A. *Racismo e Anti-Racismo no Brasil*. Disponível em: <https://edisciplinas.usp.br/pluginfile.php/2128310/mod_resource/content/1/ASG_racismo_e_anti_racismo_NE%2043_1995.pdf>. São Paulo, *Novos Estudos* Cebrap, n. 43, nov. 1995. Arquivado do original (PDF) em 3 de março de 2016.

HASENBLAG, C.; SILVA, N. V. *Relações Raciais no Brasil Contemporâneo*. Rio de Janeiro: Rio Fundo Editora, 1992.

KEITA, S. O. Y.; KITTLES, R. A.; ROYAL, C. D. M.; BONNEY, G. E.; FURBERT-HARRIS, P.; DUNSTON, G. M.; ROTIMI, C. N. Conceptualizing Human Variation. *Nature Genetics*, Nova York, vol. 36, n. 11, pp. 17-20, 2004. Disponível em: <https://www.nature.com/articles/ng1455>.

THOMPSON, William; HICKEY, Joseph. *Society in Focus*. Boston: Pearson, 2005.

SEGAL, Daniel A. The European: Allegories of racial purity. *Anthropology Today*, Londres, v. 7, n. 5, pp. 7-9, out. 1991. DOI:10.2307/3032780. Disponível em: <https://www.jstor.org/stable/3032780>. Acesso em: 13 de maio de 2021.

[16] AZARIAS, Emily Almeida; SANTANA, Pamela Mariana Queiroz. Raça, classe e a "universalidade insurgente". *Políticas Culturais em Revista*, Salvador, vol. 24, n. 2: Dossiê Guerras Culturais, 2021. DOI: 10.29146/ecopos.v24i2.27771. Disponível em: <https://revistaecopos.eco.ufrj.br/>. Acesso em: 20 de novembro de 2022.

[17] Disponível em: <https://www1.folha.uol.com.br/cotidiano/2018/11/secretario-diz-que-policia-i-dentificou-participantes-do-assassinato-de-marielle.shtml>. Acesso em: 6 de março de 2021.

[18] Disponível em: <https://entendendobolsonaro.blogosfera.uol.com.br/2020/06/30/por-que-o-bol-sonarismo-e-um-fascismo/>. Acesso em: 6 de março de 2021.

[iv] Nota do autor: O texto foi escrito antes de se tornar público que a negativa de compra de vacinas contra a COVID-19 por parte do Governo Federal a partir de meados de 2020 — corrupção disfarçada de negacionismo científico — levou diretamente à morte de 600 mil pessoas durante a pandemia, nos anos de 2020 e 2021.

Capítulo 3 [pp. 81 – 165]

[1] FERREIRA, Victor (8 de setembro de 2001). O programa brasileiro contra a AIDS. Leia mais em: <http://www.joseserra.com.br/artigo-1/>. Acesso em: 16 de junho de 2022. Wayback Machine: <https://web.archive.org/web/20220701012244/http://www.joseserra.com.br/artigo-1/>. Arquivado em: 1º de julho de 2022.

[2] Leia mais em: <http://www.giv.org.br/Not%C3%ADcias/noticia.php?codigo=1674>. Acesso em: 16 de junho de 2022.

[3] Leia mais em: <https://www.uol.com.br/universa/noticias/redacao/2019/01/18/fui-considerada--inadequada-diz-medica-de-hiv-demitida-apos-cartilha-trans.htm>. Acesso em: 16 de junho de 2022.

[v] *O Desejo, os Corpos e os Prazeres em Michel Foucault.* Oscar Cirino, 2007.
Referências:
[1] FOUCAULT, Michel. *História da Sexualidade 1:* A vontade de saber. 3. ed. Rio de Janeiro: Graal, 1980, p. 100.
[2] Ibidem, p. 119.
[3] Ibidem, pp. 68-9.
[4] Ibidem, p. 43.
[5] FOUCAULT, Michel (1982). "Le sujet et le pouvoir". *In: Dits et Écrits*, vol. IV (1980-1988). Paris: Gallimard, 1994. p. 227.
[6] FOUCAULT, Michel (1981). "De l'Amitié comme mode de vie". *In: Dits et Écrits*, op. cit., pp. 163-5.
[7] FOUCAULT, 1978, apud ERIBON, Didier. *Michel Foucault e Seus Contemporâneos*. Rio de Janeiro: Jorge Zahar, 1996. p. 168.

[4] Leia mais em: <https://tvefamosos.uol.com.br/noticias/redacao/2021/06/09/emicida-burguesia--luciano-huck.htm>. Acesso em: 9 de junho de 2021.

[5] ELHAJOUI (11 de outubro de 2014). *Transgressions:* A Journal of Urban Exploration [1995-2001]. Situationniste Blog. Disponível em: <https://situationnisteblog.wordpress.com/2014/10/>. Acesso em: 14 de julho de 2017.

[6] Ler mais em: <https://noticias.uol.com.br/politica/ultimas-noticias/2022/02/15/bolsonaro-e-gabinete--do-odio-usam-facada-e-adelio-para-tentar-manter-base.htm>. Acesso em: 15 de fevereiro de 2022.

[7] Leia mais em: <https://noticias.uol.com.br/colunas/chico-alves/2021/04/17/votacao-do-impeach-ment-de-dilma-revelou-outro-brasil-diz-professor.htm>. Acesso em: 16 de junho de 2022.

Capítulo 4 [pp. 167 – 220]

[1] De contribuição coletiva na Wikipédia baseada em BOSI, Alfredo. *História Concisa da Literatura Brasileira*. São Paulo: Cultrix, 1994. pp. 144-5.

[2] TAUNAY, Visconde de. *Inocência* (1872). São Paulo: Edições Melhoramentos, 1944.

[3] Instituto Brasileiro do Meio Ambiente e dos Recursos Naturais Renováveis.

[4] De minhas próprias contribuições à Wikipedia quando retornei ao Brasil em 2007.

[5] Idem.

[6] Leia mais em: <https://social.rsb.org.br/Informe-e-noticia/212/Hospital-Auxiliadora-e-seleciona-do-e-participa-de-projeto-do-Ministerio-da-Saude>. Acesso em: 20 de maio de 2021.

[7] Disponível em: <https://www1.folha.uol.com.br/folha/brasil/ult96u10642.shtml>. Acesso em: 20 de maio de 2021.

[8] Disponível em: <http://www.portaldaeducativa.ms.gov.br/ex-proprietario-das-terras-do-assenta-mento-itamarati-tera-fazenda-leiloada-com-preco-milionario/>. Acesso em: 20 de maio de 2021.

[9] Disponível em: <https://www2.senado.leg.br/bdsf/bitstream/handle/id/327331/complemento_1.htm?sequence=2>. Acesso em: 20 de maio de 2021.

[10] Ibidem.

[11] Leia mais em: <http://mecestl.blogspot.com/2013/01/hoje-em-campo-grande-o-padre-valerio.html>. Acesso em: 1º de maio de 2021.

[12] THOMAZ, Danilo (25 de maio de 2021). FHC e Lula: uma história de mais de 40 anos. *Guia do Estudante*. Disponível em: <https://guiadoestudante.abril.com.br/atualidades/fhc-e-lula-uma-historia-de--mais-de-40-anos/>. Acesso em: 25 de maio de 2021.

[13] GOERTZEL, Ted (5 de janeiro de 2003). O legado de FHC e o Brasil de Lula. *Folha de S.Paulo*. Disponível em: <https://www1.folha.uol.com.br/folha/brasil/ult96u44443.shtml>. Acesso em: 1º de maio de 2021.

[14] Lula diz que herança é mais que maldita e promete cargos. *Folha de S.Paulo*. 30 de abril de 2004. Disponível em: <https://www1.folha.uol.com.br/fsp/brasil/fc3004200402.htm>. Acesso em: 1º de maio de 2021.

[15] Congresso em Foco, 14 de junho de 2021. Disponível em: <https://radar.congressoemfoco.com.br/governismo/camara>. Acesso em: 15 de junho de 2021.

[16] Leia mais em: <https://istoe.com.br/pressionado-presidente-do-psdb-sai-do-muro-em-relacao-a-bolso-naro/>. Acesso em: 15 de junho de 2021.

[17] Confira em: <https://www.brasildefato.com.br/2018/12/17/turma-do-paulo-guedes-quer-aprofundar-a--cartilha-neoliberal-diz-leda-paulani>. Acesso em: 15 de junho de 2021.

[18] MARANHÃO, Émerson (21 de julho de 2019). Mudanças na Ancine foram sugeridas em relatório feito por grupo conservador. OPOVO. Disponível em: <https://www.opovo.com.br/vidaear-te/2019/07/21/mudancas-na-ancine-foram-sugeridas-em-relatorio-feito-por-grupo-conservador.html>. Acesso em: 1º de maio de 2021.

[19] Leia mais em: <https://www.uol.com.br/universa/noticias/redacao/2021/01/29/brasil-e-o-pais-que--mais-mata-pessoas-trans-175-foram-assassinadas-em-2020.htm>. Acesso em: 13 de maio de 2021.

[20] Leia mais em: <https://www.straitstimes.com/asia/east-asia/untouched-yet-ruined-toll-of-south--korea-spycam-epidemic>. Acesso em: 20 de maio de 2021.

[21] Leia mais em: <https://www.bbc.com/news/world-asia-50535937>. Acesso em: 20 de maio de 2021.

[22] Veja: <https://www.bhphotovideo.com/c/buy/Hidden-Cameras/ci/18682/N/4045021092>;<https://www.amazon.com/Best-Sellers-Electronics-Hidden-Cameras/zgbs/electronics/12909791>. Acesso em: 20 de maio de 2021.

[23] Disponível em: <https://ciclovivo.com.br/planeta/meio-ambiente/cerrado-bioma-brasileiro-taxa--desmatamento/>. Acesso em: 21 de maio de 2021.

[24] Disponível em: <https://deolhonosruralistas.com.br/2020/06/11/destruicao-do-cerrado-em-2019-foi--mais-rapida-que-na-amazonia-e-avancou-sobre-areas-protegidas/>. Acesso em: 21 de maio de 2021.

[25] Disponível em: <https://www.uol.com.br/ecoa/reportagens-especiais/ricardo-galvao-fala-sobre-importancia-do-inpe-e-da-ciencia-contra-o-desmatamento/#page2>. Acesso em: 21 de maio de 2021.

[26] Leia mais em: <https://www.sosma.org.br/noticias/desmatamento-da-mata-atlantica-cresce-em-dez-estados/>. Acesso em: 21 de maio de 2021.

Capítulo 5 [pp. 221 – 277]

[1] Disponível em: <https://extra.globo.com/economia/crise-economica-do-rio-buraco-bem-profundo-mas-ainda-existe-saida-23933357.html>. Acesso em: 21 de abril de 2021.

[2] Disponível em: <https://epoca.globo.com/rio/o-nascimento-da-milicia-em-rio-das-pedras-pela-visao-de-um-morador-23831103>. Acesso em: 21 de abril de 2021.

[3] MELLO FRANCO, Bernardo (11 de julho de 2021). República de Rio das Pedras: Bolsonaro e a cultura das milícias. Disponível em: <https://blogs.oglobo.globo.com/bernardo-mello-franco/post/republica--de-rio-das-pedras-bolsonaro-e-cultura-das-milicias.html>. Acesso em: 21 de abril de 2022.

[4] De colaborações coletivas à Wikipédia: <https://pt.wikipedia.org/wiki/Marielle_Franco>. Acesso em: 21 de abril de 2021.

[5] Disponível em: <https://www.brasildefato.com.br/2020/03/14/marielle-bolsonaro-e-a-milicia-os--fatos-que-escancaram-o-submundo-do-presidente>. Acesso em: 15 de junho de 2021.

[6] Disponível em: <https://noticias.uol.com.br/politica/ultimas-noticias/2021/06/14/ditadura-militar-presos-politicos-internacao-manicomios.htm>. Acesso em: 14 de junho de 2021.

[7] Leia mais em: <http://www.tribunadonorte.com.br/noticia/iremos-crescer-mais-de-10-este-ano-diz-presidente-da-tra-s-coraa-a-es/433235>. Acesso em: 24 de julho de 2021.

[8] Disponível em: <https://www.bbc.com/portuguese/noticias/2016/04/160415_bolsonaro_ongs_oab_mdb>. Acesso em: 28 de abril de 2022.

Capítulo 6 [pp. 279 – 354]

[1] FEUERBACH — Prefácio à segunda edição de *A Essência do Cristianismo* (1841). Petrópolis: Vozes, 2007.

[2] LOPES JR., Aury. *Direito Processual Penal*. 14. ed. São Paulo: Saraiva, 2017. p. 485.

[3] IZQUIERDO, Ivan. *Memória*. Porto Alegre: Artmed, 2014.

[4] FERREIRA, Mariana Suzart Paschoal. Neudireito da memória: a fragilidade da prova testemunhal e de reconhecimento de pessoas. Dissertação (Mestrado) — Departamento de Direito e Processo Penal, Universidade Federal de Minas Gerais, Belo Horizonte, 2019.

[5] ÁVILA, Gustavo Noronha de; GAUER, Gabriel José Chittó; FILHO, Luiz Alberto Brasil Simões Pires. "Falsas" memórias e processo penal: (Re)discutindo o papel da testemunha. *RIDB*, Lisboa, Ano 1, n. 12, pp. 7170-1, 2012.

[6] GLEZER, Raquel. São Paulo e a elite letrada brasileira no século XIX. *Siglo xix. Revista de História. Segunda Época*, Tandil, pp. 149-60, jun. 1992.

[7] NOGUEIRA DE MATOS, Odilon. A cidade de São Paulo no século XIX. *Revista de História*, São Paulo, v. 10, n. 21-22, pp. 89-125, 1955. DOI : 10.11606/issn.2316-9141.v10i21-22p89-12.

[vi] Citação de:

MORSA, Richard M. Raízes oitocentistas da Metrópole. *In: Anais do Museu Paulista*, tomo XIV, 1950. p. 462.

[8] BAILEY, J. Michael; VASEY, Paul; DIAMOND, Lisa; BREEDLOVE, S. Marc; VILAIN, Eric; EPPRECHT, Marc (2016). Sexual Orientation, Controversy, and Science. *Psychological Science in the Public Interest*, Newbury Park (California), vol. 17, n. 2, pp. 45-101, 2016.

[9] LEVAY, Simon. *Gay, Straight, and the Reason Why:* The science of sexual orientation. Oxford: Oxford University Press, 2017. pp. 8-9.

[10] BALTHAZART, Jacques. *The Biology of Homosexuality*. Oxford: Oxford University Press, 2012. pp. 9-10.

[11] BAKER, Eric (2 de janeiro de 2019). Why the Alt-Right loves Nietzsche. *Jacobin*. Trad.: Gabriel Carvalho, disponível em: <https://medium.com/@offtopic.mvc/por-que-a-direita-alternativa-ama-nietzsche-d-c9a16e3c695>. Original disponível em: <https://jacobin.com/2019/01/neitzsche-heidegger-ronald--beiner-far-right/>. Acesso em: 28 de julho de 2021.

[12] Da Wikipédia, traduzido por mim: <https://en.wikipedia.org/wiki/Influence_and_reception_of_Friedrich_Nietzsche#Nietzsche_and_fascism>. Acesso em: 28 de julho de 2021.
Referências:
RODDEN, John. *Repainting the Little Red Schoolhouse:* A history of Eastern German education, 1945-1995. Oxford: Oxford University Press, 2002. p. 289.
SLUGA, Hans D. *Heidegger's Crisis:* Philosophy and politics in Nazi Germany. Cambridge (Massachusetts): Harvard University Press, 1993. p. 179.

[13] HANLON, Aaron (31 de agosto de 2018). O pós-modernismo não causou Trump. Ele o explica. *The Washington Post*. Disponível em: <https://www.washingtonpost.com/outlook/postmodernism--didnt-cause-trump-it-explains-him/2018/08/30/0939f7c4-9b12-11e8-843b-36e177f3081c_story.html>. Tradução minha. Acesso em: 3 de agosto de 2021.

[14] Disponível em: <https://revistaladoa.com.br/2016/03/noticias/100-frases-homofobicas-jair-bolsonaro/>. Acesso em: 3 de agosto de 2021.

[15] Veja a pesquisa na íntegra: <http://media.folha.uol.com.br/datafolha/2013/05/02/sexualidade_18011998.pdf>. Acesso em: 28 de agosto de 2021.

[16] Disponível em: <https://www.cartacapital.com.br/politica/quem-sao-os-empresarios-que-ovacionaram-bolsonaro-em-jantar/>. Acesso em: 28 de agosto de 2021.

Capítulo 7 [pp. 355 – 478]

[1] HOJILLA JC, SATRE DD, GLIDDEN DV, et al. Cocaine Use and Pre-Exposure Prophylaxis: Adherence, care engagement, and kidney function. *JAIDS Journal of Acquired Immune Deficiency Syndromes*, Philadelphia: Lippincott Williams & Wilkins, 2019. Disponível em: <https://www.researchgate.net/publication/330982047_Cocaine_Use_and_Pre-Exposure_Prophylaxis_Adherence_Care_Engagement_and_Kidney_Function>. Acesso em: 28 de agosto de 2021.

[2] Unipsico Ribeirão Preto.

[3] ODDO, Marco Vito (31 de dezembro de 2012). Unicamp, *Observatório da Imprensa*: Jornal de Debates, ed. 727. Disponível em: <http://www.observatoriodaimprensa.com.br/jornal-de-debates/ed727-o--mito-do-bom-jornalismo/>. Acesso em: 28 de agosto de 2021. Wayback Machine: <https://web.archive.org/web/20170912121651/http://observatoriodaimprensa.com.br/jornal-de-debates/ed-727-o-mito-do-bom-jornalismo/>. Arquivado em: 12 de setembro de 2017.

[4] Disponível em: <https://www.linkedin.com/in/paolla-serra-045a018a/>. Acesso em: 28 de agosto de 2021.

[5] Disponível em: <http://g1.globo.com/rio-de-janeiro/noticia/eike-cabral-e-adriana-ancelmo-viram--reus-na-lava-jato.ghtml>. Acesso em: 9 de maio de 2022.

[6] GRANT, Elizabeth (Lana del Rey); DAWES, Zachary; PARKFORD, Tyler. LANE, Miles. HUMPHREY, Loren Shane. "Dealer", 2021.

[7] Leia mais em: <https://valor.globo.com/eu-e/noticia/2020/12/11/dos-baroes-ao-exterminio-pesquisa-as-origens-da-violencia-e-das-milicias-no-rio.ghtml>. Acesso em: 29 de julho de 2021.

[8] Maior investigação da história do crime organizado denuncia 175 do PCC. *O Estado de S. Paulo.* 11 de outubro de 2013. Disponível em: <https://www.estadao.com.br/sao-paulo/maior-investigacao-da--historia-do-crime-organizado-denuncia-175-do-pcc/>. Acesso em: 6 de junho de 2014.

[9] FELLET, João (11 de janeiro de 2018). "PCC financia igrejas e pode influenciar eleição", diz ex-desembargador. BBC. Disponível em: <https://www.bbc.com/portuguese/brasil-42643310>. Acesso em: 13 de junho de 2021.

[10] Disponível em: <https://noticias.uol.com.br/colunas/josmar-jozino/2021/06/09/avanco-do-pcc--nos-presidios-e-comunidados-do-rio.htm>. Acesso em: 9 de junho de 2021.

[11] Leia mais em: <https://ponte.org/marcelo-freixo-milicia-nao-e-poder-paralelo-e-estado-leiloado/#/>. Acesso em: 13 de junho de 2021.

[12] Disponível em: <https://www.diretodaciencia.com/2019/05/29/a-metodologia-cientifica-do-ministro-osmar-terra-o-rolezinho/>. Acesso em: 15 de junho de 2021.

[13] Wikipédia: <https://pt.wikipedia.org/wiki/Ilona_Szab%C3%B3>. Acesso em: 13 de junho de 2021.

[14] Disponível em: <https://istoe.com.br/mudei-de-pais-depois-de-sofrer-de-ataques-diz-ilona-szabo--cientista-politica-nomeada-por-sergio-moro/>. Acesso em: 13 de junho de 2021.

[15] WALLIN, Claudia (20 de dezembro de 2017). Ao invés de punir, Noruega oferece tratamento a viciados. RFI*: As vozes do mundo.* Disponível em: <http://br.rfi.fr/europa/20171220-ao-inves-de-punir-noruega-oferece-tratamento-viciados>. Acesso em: 1ª de novembro de 2018.

[16] Disponível em: <https://www.redebrasilatual.com.br/mundo/2021/03/noruega-prepara-ampla--descriminalizacao-das-drogas/>. Acesso em: 11 de abril de 2021.

[17] Idem.

[18] Leia mais em: <https://sul21.com.br/ultimas-noticias-politica-areazero-2/2020/08/marcelo-freixo-a-milicia-e-o-crime-organizado-mais-perigoso-a-ordem-democratica-brasileira/>. Acesso em: 15 de junho de 2021.

[19] Leia mais em: <https://g1.globo.com/rj/rio-de-janeiro/noticia/2018/12/14/marcelo-freixo-diz--que-a-milicia-nao-e-enfrentada-como-deveria-ser-no-rj.ghtml>. Acesso em: 15 de junho de 2021.

[20] Leia mais em: <https://congressoemfoco.uol.com.br/seguranca-publica/milicia-tinha-planos-de--assassinar-marcelo-freixo-afirma-policia-civil-do-rio/>. Acesso em: 15 de junho de 2021.

[21] Leia mais em: <https://congressoemfoco.uol.com.br/legislativo/freixo-milicias-digitais-bolsonaro/>. Acesso em: 15 de junho de 2021.

[22] Leia mais em: <https://brasil.elpais.com/brasil/2016/07/21/politica/1469127440_448651.html>. Acesso em: 15 de junho de 2021.

[23] Disponível em: <https://www.bbc.com/news/technology-47638919>. Acesso em: 13 de junho de 2021.

[24] Ver mais em: <https://congressoemfoco.uol.com.br/saude/estados-bolsonaristas-lideram-mortes-por-covid-19/>. Acesso em: 19 de junho de 2021.

[25] Disponível em: <https://veja.abril.com.br/brasil/evangelicos-devem-ultrapassar-catolicos-no-brasil-a-partir-de-2032/>. Acesso em: 21 de junho de 2021.

[26] ALVES, José Eustáquio; CAVENAGHI, Suzana; BARROS, Luiz Felipe; CARVALHO, Angelita A. de. Distribuição espacial da transição religiosa no Brasil. *Tempo Social*, São Paulo, v. 29, n. 2, pp. 215-42, 2017.

[27] De minhas contribuições para a Wikipédia, em 2007.

[28] Leia mais em: <https://g1.globo.com/politica/eleicoes/2018/eleicao-em-numeros/noticia/2018/10/08/bolsonaro-tem-mais-da-metade-dos-votos-validos-em-12-estados-e-no-df-haddad-em-4.ghtml>. Acesso em: 21 de junho de 2021.

[29] Leia mais em: <https://infograficos.gazetadopovo.com.br/educacao/taxa-de-analfabetismo-no-brasil-por-estados/>. Acesso em: 21 de junho de 2021.

[30] CALÇADE, Paula. (21 de agosto de 2018). Existe método Paulo Freire nas escolas públicas?. Disponível em: <https://novaescola.org.br/conteudo/12896/existe-metodo-paulo-freire-nas-escolas-publicas>. Acesso em: 21 de junho de 2021.

[31] Só um livro brasileiro entra no top 100 de universidades de língua inglesa. 17 de fevereiro de 2016. G1 Educação. Leia mais em: <http://g1.globo.com/educacao/noticia/2016/02/so-um-livro-brasileiro-entra-no-top-100-de-universidades-de-lingua-inglesa.html>. Acesso em: 25 de junho de 2021.

[32] NEVES, Thiago (3 de junho de 2016). Pesquisador faz levantamento sobre os livros mais citados nas ciências sociais. Painel Acadêmico. Leia mais em: <http://painelacademico.uol.com.br/painel-academico/6806-pesquisador-faz-levantamento-sobre-os-livros-mais-citados-nas-ciencias-sociais>. Acesso em: 25 de junho de 2021.

[33] SILVA FAGUNDES, Raphael; BARBOSA, Wendel (3 de janeiro de 2019). O saber sob ataque — Por que o sistema educacional brasileiro nunca adotou Paulo Freire na prática?. *Le Monde Diplomatique Brasil*. Leia mais em: <https://diplomatique.org.br/por-que-o-sistema-educacional-brasileiro-nunca-adotou-paulo-freire-na-pratica/>. Acesso em: 25 de junho de 2021.

[34] Da página "Paulo Freire" na Wikipédia. Disponível em: <https://pt.wikipedia.org/wiki/Paulo_Freire>. Acesso em: 21 de junho de 2021. Ver nota vii.

[vii] Referências:

ARANHA, Maria Lúcia de Arruda. *História da Educação e da Pedagogia*. 3. ed. São Paulo: Moderna, 2006. p. 336.

HECK, Selvino (23 de novembro de 2009). Paulo Freire, Cidadão Brasileiro. Instituto Paulo Freire. Arquivado do original em: 18 de outubro de 2011. Disponível em: <https://web.archive.org/web/20111018151850/http://www.paulofreire.org/Noticias/NoticiaPauloFreireCidadaoBrasileiro>. Acesso em: 26 de novembro de 2022.

Paulo Freire: Patrono da Educação Brasileira. Instituto Paulo Freire. Disponível em: <https://www.paulofreire.org/12>. Consultado em: 12 de maio de 2017.

PELANDRÉ, Nilcéa Lemos. Efeitos a longo prazo do método de alfabetização Paulo Freire. Tese (Doutorado) — Curso de Pós-Graduação em Letras/Linguística, Universidade Federal de Santa Catarina, Florianópolis, vol. I e II, pp. 33-48, 1998.

TRIVIÑOS, Augusto Nibaldo Silva; ANDREOLA, Balduino Antonio. *Freire e Fiori no Exílio:* Um projeto pedagógico-político no Chile. Porto Alegre: Editora Ritter dos Reis, 2001. p. 118.

[35] CALÇADE, op. cit.

[viii] O Saber sob Ataque — Por que o sistema educacional brasileiro nunca adotou Paulo Freire na prática?. Raphael Silva Fagundes e Wendel Barbosa, 3 de janeiro de 2019. *Le Monde Diplomatique Brasil*.

Disponível em: <https://diplomatique.org.br/por-que-o-sistema-educacional-brasileiro-nunca-adotou-paulo-freire-na-pratica/>. Acesso em: 25 de junho de 2021.

Referências:

[1] CUNHA, Luiz Antonio. *Educação e Desenvolvimento Social no Brasil*. 2. ed. Rio de Janeiro: Francisco Alves, 1977. p. 22.

[2] FREIRE, Paulo. *The Politics of Education*: Culture, power, and liberation [A política de educação: cultura, poder e libertação]. Westport: Bergin and Garvey, 1985. p. 125.

[3] VITORINO, Fabrício (8 de novembro de 2018). Brasil cai para último lugar no ranking de status do professor. G1. Disponível em: <https://g1.globo.com/educacao/noticia/2018/11/08/brasil-cai-para-ultimo-lugar-no-ranking-de-status-do-professor.ghtml>. Acesso em: 26 de novembro de 2022.

[4] PALHARES, Isabela (24 de junho de 2018). Só 2,4% dos jovens brasileiros querem ser professor. *O Estado de S. Paulo*. Disponível em: <https://www.estadao.com.br/educacao/so-2-4-dos-jovens-brasileiros-querem-ser-professor/>. Acesso em: 26 de novembro de 2022.

[5] GOUVEIA, Marcelo (31 de dezembro de 2015). O fracasso da educação brasileira é justamente porque nunca se aplicou Paulo Freire. *Jornal Opção*. Disponível em: <https://www.jornalopcao.com.br/entrevistas/o-fracasso-da-educacao-brasileira-e-justamente-porque-nunca-se-aplicou-paulo-freire-55562/>. Acesso em: 26 de novembro de 2022.

[6] BOMENY, Helena *Quando os Números Confirmam Impressões*: Desafios da educação brasileira. Rio de Janeiro: FGV CPDOC, 2003. p. 4.

[7] MARTINS, Marcos F. *Ensino Técnico e Globalização:* Cidadania ou submissão? Campinas: Autores Associados, 2000. p. 10.

[8] GADOTTI, Moacir. *Concepção Dialética da Educação:* Um estudo introdutório. 14. ed. São Paulo: Cortez, 2003. p. 83.

[9] FREIRE, GADOTTI e GUIMARÃES, 1986, p. 123, apud SANTOS, Aparecida de Fátima Tiradentes dos Santos. *Desigualdade Social e Dualidade Escolar:* Conhecimento e poder em Paulo Freire e Gramsci. 2. ed. Petrópolis: Vozes, 2000. p. 46.

[10] LIBÂNEO, José Carlos. *Didática*. São Paulo: Cortez, 1990. p. 200.

[11] FREIRE, Paulo. *Educação e Mudança*. Rio de Janeiro: Paz e Terra, 1979. p. 17.

[12] BITTENCOURT, Circe. Capitalismo e cidadania nas atuais propostas curriculares de História. *In: O Saber Histórico na Sala de Aula*. São Paulo: Contexto, 2006. p. 21.

[13] FREIRE, Paulo. *Educação e Mudança*. Paz e Terra: Rio de Janeiro, 1979. p. 19.

[36] Ver nota viii.

[37] MORAES FERNANDES, Helena de. Fredric Jameson e a Educação na Lógica Cultural do Capitalismo Tardio. Dissertação (Mestrado) — Departamento de Educação, Universidade de Passo Fundo, 2007. Leia mais em: <http://tede.upf.br/jspui/bitstream/tede/629/1/2007HelenadeMoraesFernandes.pdf>. Acesso em: 23 de junho de 2021.

[38] Leia mais em: <https://www.otempo.com.br/politica/presidente-da-fundacao-palmares-diz-que-brasil-tem-racismo-nutella-1.2267054>. Acesso em: 23 de junho de 2021.

[39] KLÖCKNER, Luciano. O Repórter Esso e a Globalização. XIV *Congresso Brasileiro da Comunicação*. Campo Grande (Mato Grosso do Sul): INTERCOM — Sociedade Brasileira de Estudos Interdisciplinares da Comunicação, 2001.

[40] Leia mais em: <https://g1.globo.com/politica/eleicoes/2018/eleicao-em-numeros/noticia/2018/10/26/datafolha-de-25-de-outubro-para-presidente-por-sexo-idade-escolaridade-renda-regiao-religiao-e-orientacao-sexual.ghtml>. Acesso em: 22 de junho de 2022.

[41] SILVA, Wanderlei Sérgio da; FERNANDES, Maria Aparecida Ventura. *Estrutura e Funcionamento da Educação Básica*. São Paulo: Editora Sol, 2011. p. 104. Disponível em: <https://adm.online.unip.br/img_ead_dp/37283.pdf>. Acesso em: 22 de junho de 2022.

[42] BOMENY, Helena (27 de março de 2010). O sentido político da educação de Jango. Disponível em: <https://cpdoc.fgv.br/producao/dossies/Jango/artigos/NaPresidenciaRepublica/O_sentido_politico_da_educacao_de_Jango>. Acesso em: 22 de junho de 2022.

[43] SILVA; FERNANDES, op. cit.

[44] Disponível em: <https://g1.globo.com/sp/sao-paulo/noticia/2021/07/24/defesa-civil-diz-que--incendio-nao-comprometeu-estrutura-de-estatua-de-borba-gato-em-sp.ghtml>. Acesso em: 24 de julho de 2021.

[45] NUNES MACEDO, André Luan (24 de junho de 2020). HH Magazine: Humanidades em Rede. Disponível em: <https://hhmagazine.com.br/o-borba-gato-deve-ir-pro-beleleu-breves-consideracoes-sobre-a-politica-da-historia-o-passado-bandeirante-e-a-brasilidade/>. Acesso em: 24 de julho de 2021.

[ix] Referências:

ALMEIDA, Silvio. *Racismo Estrutural*. São Paulo: Pólen Livros, 2019.

FANON, Frantz. *The Wretched of the Earth*. Nova York: Grove Press, 1968.

FONER, Eric. *Battles for Freedom:* The use and abuse of American history — Essays from the Nation. Nova York: I.B. Taurus, 2017.

GOES FILHO, Synesio Sampaio. *Navegantes, Bandeirantes, Diplomatas:* Um ensaio sobre a formação das fronteiras do Brasil. Brasília: Fundação Alexandre de Gusmão, 2015.

GOMES, Ângela de Castro. *A Invenção do Trabalhismo*. 3. ed. Rio de Janeiro: FGV, 2005.

HAIDER, Asad. *Armadilha da Identidade:* Raça e classe nos dias de hoje. Trad.: Leo Vinicius Liberato. São Paulo: Veneta, 2019.

MEMMI, Albert. *The Colonizer and the Colonized*. Boston: Beacon Press, 1991.

RAMOS, Alberto Guerreiro. *A Redução Sociológica* – Introdução ao estudo da razão sociológica. Rio de Janeiro: Editora UFRJ, 1996. Ver também: *Mito e Verdade da Revolução Brasileira*. Rio de Janeiro: Zahar Editores, 1963.

REIS, Carlos Eduardo dos. Ensino de história e a pulverização da história enquanto conhecimento construído. *In:* SIMAN, Lana de Castro Mara. Os currículos e as novas fronteiras da história. *In: XX Simpósio Nacional de História*, Florianópolis. História — Fronteiras, São Paulo, ANPUH, vol. 1, pp. 245-58, 1999.

RIBEIRO, Darcy. *As Américas e a Civilização*. Rio de Janeiro: Civilização Brasileira, 1970.

RIBEIRO, Darcy. *A Universidade Necessária*. Rio de Janeiro: Civilização Brasileira, 1978.

RODRIGUES, José Honório. *Teoria da História do Brasil* — Introdução metodológica. 5. ed. São Paulo: Companhia Editora Nacional, 1978.

SANTOS, Milton. *Por uma Outra Globalização:* Do pensamento único à consciência universal. 28. ed. Rio de Janeiro: Record, 2018.

SETH, Sanjay. Razão ou Raciocínio? Clio ou Shiva?. *Revista de História da Historiografia,* Mariana, n. 11, pp. 173-89, 2013.

UNGER, Roberto Mangabeira. *Depois do Colonialismo Mental:* Repensar e reorganizar o Brasil. São Paulo: Autonomia Literária, 2018.

VAINFAS, Ronaldo. Colonização, Miscigenação e Questão Racial: Notas sobre equívocos e tabus da historiografia brasileira. *Tempo* — Revista de História da UFF, Niterói, n. 8, pp. 1-12, 1999.

VASCONCELLOS, Gilberto Felisberto. *Gunder Frank:* O enguiço das ciências sociais. Florianópolis: Editora Insular, 2014.

Notas:

[1] Disponível em: <https://www.sul21.com.br/opiniaopublica/2020/06/homenagear-quem--por-caroline-silveira-bauer/amp/>.

[2] Disponível em: <https://brasilsemmedo.com/churchill-esta-preso/>.

[3] Disponível em: <https://g1.globo.com/rj/rio-de-janeiro/noticia/2019/04/08/dez-militares-sao-presos-apos-acao-do-exercito-que-fuzilou-carro-de-familia-no-rio-com-80-tiros.ghtml>.

[4] Disponível em: <https://g1.globo.com/rj/rio-de-janeiro/noticia/2020/05/20/o-que-se-sabe-sobre-a-morte-a-tiros-de-joao-pedro-no-salgueiro-rj.ghtml>.

[5] Artigo disponível em: <https://congresojudio.org/uploads/coloquio/139/coloquio_version_descarga.pdf>.

[6] Ler mais em:<https://www1.folha.uol.com.br/colunas/robertodias/2020/06/o-futuro-do--passado-do-revisionismo-historico.shtml>

46 Disponível em: <https://economia.uol.com.br/noticias/afp/2022/05/29/volkswagen-e-acusa-da-de-praticas-de-escravidao-durante-a-ditadura-no-brasil.htm>. Acesso em: 30 de maio de 2022.

47 Ann Arbor Film Festival: <https://www.cccb.org/en/activities/file/the-written-screen-the-films--of-michele-fleming/228037>. Acesso em: 2 de agosto de 2021.

48 Leia mais em: <https://www.chicagotribune.com/news/ct-xpm-2007-10-11-0710100957-story.html>. Acesso em: 2 de agosto de 2021.

49 Leia mais em: <https://www.chicagoreader.com/chicago/films-by-shellie-fleming/Film?oid=13360120>. Acesso em: 2 de agosto de 2021. Tradução minha.

50 Leia mais em: <https://sites.saic.edu/cate/2001/10/11/michelle-fleming-zack-stiglicz/>. Acesso em: 2 de agosto de 2021.

51 Leia mais em: <https://www.cccb.org/en/activities/file/the-written-screen-the-films-of-michele--fleming/228037>. Acesso em: 2 de agosto de 2021.

52 Disponível em: <https://observatoriodemusica.uol.com.br/noticia/web-cancela-paula-toller-por--suposto-apoio-a-jair-bolsonaro-sera-verdade>. Acesso em: 21 de maio de 2021.

53 Disponível em: <https://www1.folha.uol.com.br/fsp/turismo/fx1706200217.htm#:~:text=Em%201528%2C%20Catarina%20Paragua%C3%A7u%20teria,o%20portugu%C3%AAs%20na%20mesma%20igreja>. Acesso em: 9 de julho de 2021.

54 Contribuições coletivas, Wikipedia: <https://pt.wikipedia.org/wiki/Piquerobi_(cacique)>. Acesso em: 23 de julho de 2020.

55 Contribuições coletivas, Wikipedia: <https://pt.wikipedia.org/wiki/Jaguaranho>. Acesso em: 23 de julho de 2020.

56 São Paulo — 460 anos — Parte 1. Disponível em: <https://www.al.sp.gov.br/noticia/?20/01/2014/sao-paulo---460-anos---parte-1>. Consultado em: 23 de junho de 2020.

57 Contribuição coletiva, Wikipedia: <https://pt.wikipedia.org/wiki/Cerco_de_Piratininga>. Acesso em: 23 de julho de 2020.

x OLIVEIRA CORREIA, Antônio Carlos de (3 de abril de 2013). A Saga de Cornélio de Arzão. Disponível em: <http://retratosdefamiliabh.blogspot.com/2013/04/a-saga-de-cornelio-de-arzao.html>. Acesso em: 27 de janeiro de 2021.

Referências:

[1] D'AZEVEDO, João Lúcio. *História dos Cristãos Novos*. Lisboa: Livraria Clássica Editora, 1921; SIMONSEN, Roberto C. *História Econômica do Brasil 1500-1820*. São Paulo: Companhia Editora Nacional, 1937.

[2] ELLIS JÚNIOR, Alfredo. *Meio Século de Bandeirismo*. São Paulo: Companhia Editora Nacional, 1948. p. 34.

[3] CARVALHO FRANCO, Francisco de Assis. *Os Companheiros de D. Francisco de Sousa*. Rio de Janeiro: Imprensa Nacional, 1929.

[4] Ibidem.

[5] CALMON, Pedro. *História do Brasil*. vol. II. Rio de Janeiro: José Olympio Editora, 1959. p. 429.

[6] *Inventários e Testamentos, XII*. São Paulo: Arquivo Público do Estado de São Paulo (APESP), 1921. pp. 90-118.

58 Ver nota x.

59 Disponível em: <https://correiodoestado.com.br/cidades/ms-e-o-3-estado-com-maior-indice-de--mortes-de-pessoas-lgbti/400027>. Acesso em: 13 de maio de 2022.

60 Disponível em: <https://www.britannica.com/topic/postmodernism-philosophy/Postmodernism--and-relativism>. Acesso em: 2 de agosto de 2021.

61 Ver: <https://www.gazetadopovo.com.br/vozes/luciano-trigo/o-twitter-era-o-tumulo-da-liberda-de-de-expressao/>. Acesso em: 13 de maio de 2022.

62 Disponível em: <https://g1.globo.com/pop-arte/blog/luciano-trigo/post/2019/11/11/em-livro--polemico-antonio-riserio-ataca-o-fascismo-identitario.ghtml>. Acesso em: 3 de agosto de 2021.

63 Disponível em: <https://psol50.org.br/nota-da-executiva-nacional-do-psol-sobre-o-desligamento--da-filiada-indianara-siqueira/>. Acesso em: 28 de agosto de 2021.

64 Disponível em: <https://www1.folha.uol.com.br/ilustrissima/2022/03/identitarismo-troca-con-ceitos-universais-por-marcas-particulares-diz-roudinesco.shtml>. Acesso em: 26 de março de 2022.

65 Disponível em: <https://observatoriog.bol.uol.com.br/noticias/johnny-hooker-rebate-declara-coes-de-ney-matogrosso-vai-ter-gay-pra-carho-sim>. Acesso em: 20 de agosto de 2022.

66 PIRES O'BRIEN, Jo (21 de janeiro de 2014). O Universalismo na filosofia. Disponível em: <https://jopireso-brien3.wordpress.com/2014/01/21/o-universalismo-na-filosofia/>. Acesso em: 15 de junho de 2021.

67 *Encyclopedia Britannica*. Disponível em: <https://www.britannica.com/topic/essentialism-philoso-phy>. Acesso em: 15 de junho de 2021. Tradução minha.

68 De contribuições coletivas para a Wikipedia: <https://en.wikipedia.org/wiki/Identity_politics>. Acesso em 3 de agosto de 2021, com base em:
HEDGES, Chris (5 de fevereiro de 2018). The Bankruptcy of the American Left. Truthdig. Acesso em: 9 de fevereiro de 2018.
WEST, Cornel (3 de dezembro de 2020). Bernie Was Crushed by Neoliberalism. *Jacobin*. Acesso em: 7 de dezembro de 2020.

69 AZARIAS, SANTANA, 2021.

70 JAMESON, 2015.

Capítulo 8 [pp. 479 – 714]

1 Ver: <https://www.correiobraziliense.com.br/app/noticia/diversao-e-arte/2018/05/14/interna_di-versao_arte,680416/cantora-dalva-de-oliveira-que-morreu-em-1972-ainda-encanta-legiao-de.shtml>. Acesso em: 24 de junho de 2021.

2 Leia mais em: <https://agenciabrasil.ebc.com.br/geral/noticia/2020-09/tv-brasileira-programacao--primeira-decada>. Acesso em: 24 de junho de 2021.

3 NASSIF, Luís (30 de junho de 2002). O Nome é Gal. *Folha de S.Paulo*. Disponível em: <https://www1.folha.uol.com.br/fsp/dinheiro/fi3006200209.htm>. Acesso em: 30 de junho de 2021.

4 DUIGNAN, Brian. "Postmodernism". *Encyclopedia Britannica*, 4 Sep. 2020. Disponível em: <https://www.britannica.com/topic/postmodernism-philosophy>. Acesso em: 27 de junho de 2021.

5 Ver: <https://www.cairn-int.info/article-E_RHMC_551_0125--a-re-assessment-of-the-secret-file.htm>. Acesso em: 28 de junho de 2021.

6 Ver: <https://pt.wikipédia.org/wiki/Caso_Dreyfus>. Acesso em: 30 de junho de 2021.

xi A "Utopia Estético-Política" da Arte: A arte como parte da estratégia revolucionária na obra de Mario Pedrosa. Larissa Costard, 2010.
Referências:
[1] FACINA, Adriana. Artífices da Reconciliação. Intelectuais e vida pública no pensamento de Mário de Andrade. Dissertação (Mestrado) — Programa de Pós-Graduação em História Social da Cultura, Pontifícia Universidade Católica, Rio de Janeiro, 1997.

[2] PEDROSA, Mario. "Semana de Arte Moderna". *In*: *Acadêmicos e Modernos*. Textos Escolhidos III. São Paulo: Edusp, 2004. pp. 135-152. Conferência publicada pela primeira vez em 1952, por ocasião da comemoração dos 30 anos da Semana de Arte Moderna.

[3] Ibidem, p. 136.

[4] FACINA, op. cit.,1997.

[5] PEDROSA, op. cit., 2004, p. 145.

[6] BOMENY, Helena Maria Bousquet; COSTA, Vanda Maria Ribeiro; SCHWARTZMAN, Simon. *Tempos de Capanema*. São Paulo: Paz e Terra/Fundação Getulio Vargas, 2000. p. 97.

[7] Ibidem.

[8] FACINA, op. cit.

[9] Villa-Lobos em carta a Capanema apud BOMENY; COSTA; SCHWARTZMAN, op. cit., p. 109.

[10] Conferência de Heitor Villa-Lobos em Praga apud BOMENY; COSTA; SCHWARTZMAN, op. cit., p. 108.

[11] COUTO, Maria de Fátima Morethy. *Por uma Vanguarda Nacional*. Campinas: Editora da Unicamp, 2004.

[12] Ibidem, p. 31.

[13] PEDROSA. "A atualidade do abstracionismo". *In*: *Modernidade Cá e Lá*. Textos escolhidos IV. São Paulo: Edusp, 2000. p. 179. Publicado originalmente em 1951.

[14] COUTO, op. cit.

[15] Mario Pedrosa em entrevista a Aracy Amaral apud COUTO, op. cit.

[16] PEDROSA, "Pintura brasileira e moda internacional", op. cit., 2004. p. 316.

[17] PEDROSA, "Paradoxo da pintura moderna brasileira", ibidem, p. 318.

[18] Idem.

[19] BENJAMIN, Walter. "A obra de arte na época da reprodutibilidade técnica". *In*: *Obras Escolhidas*. Volume I. São Paulo: Brasiliense, 1994.

[20] HOCKHEIMER, Max; ADORNO, Theodore: *Dialética do Esclarecimento*. Rio de Janeiro: Zahar, 2006.

[21] HOBSBAWN, Eric. *A Era dos Extremos*. O breve século XX. 1914-1991. São Paulo: Companhia das Letras, 1995. A discussão sobre arte e conhecimento se encontra nos capítulos 17 e 18.

[22] PEDROSA, Mario. *"Quinquilharia e Pop Art"*. *In*: Op. cit., 2004. pp. 261-267.

[23] Idem, p. 264.

[24] PEDROSA, Mario. "Do Porco Empalhado ou Os critérios da crítica". *In*: *Mundo, Homem, Arte em Crise* (1968). São Paulo: Perspectiva, 1975.

[25] HOBSBAWN, op. cit., 1995. p. 498.

[26] PEDROSA, Mario. "Do *pop* americano ao sertanejo Dias". *In*: Op. cit., 2004. pp. 365-72.

[27] GULLAR, Ferreira — "Vanguarda e Subdesenvolvimento" (1969) e "Teoria do não objeto" (1959). *In*: GULLAR, Ferreira. *Vanguarda e Subdesenvolvimento*. Rio de Janeiro: Civilização Brasileira, 1978.

[28] Idem, p. 42.

[7] Disponível em: <https://pt.wikipédia.org/wiki/Macuna%C3%ADma>. Acesso em: 28 de junho de 2021.

[xii] Sobre *Macunaíma* (<https://pt.wikipédia.org/wiki/Macuna%C3%ADma>). Acesso em: 29 de junho de 2021:

AGUIAR, Daniella. "Do modernismo literário de Macunaíma para o herói: experimentos sem nenhum caráter". *In*: Anais do XIV Congresso Abralic. Universidade Federal do Pará, 24-26 de setembro de 2014.

BICHUETTE, Stela de Castro. Brasileiramente Macunaíma: a estilização do nacional. *Boitatá* — Revista do GT de Literatura Oral e Popular da ANPOLL, Londrina, vol. 3, n. 6, pp. 92-107, 2008.

CHILDERS, J.; HENTZI, G. (ed.). *The Columbia Dictionary of Modern Literary and Cultural Criticism*. Nova York: Columbia University Press, 1995. p. 186.

DAUFENBACK, Vanessa. Mário de Andrade e a cultura popular brasileira. 162 f. Dissertação (Mestrado) — Faculdade de Ciências e Letras, Universidade Estadual Paulista, Araraquara, 2008. pp. 45-75.

FARIA, Daniel. As meditações americanas de Keyserling: um cosmopolitismo nas incertezas do tempo. *Varia Historia*, Belo Horizonte, vol. 29, n. 51, pp. 905-23, 2013.

FERNANDES, Maria Lúcia Outeiro. *Contrabandistas do Pensamento*: Crítica e literatura no Brasil. São Paulo: Opção, 2017.

PIRES JÚNIOR, Sidney Oliveira. Nacionalismo e projeto nacional em Mário de Andrade. *Revista de Teoria da História*, Goiânia, vol. 10, n. 2, 2013.

RAMOS JÚNIOR, José de Paula. A fortuna crítica de Macunaíma. *Revista USP*, São Paulo, n. 65, pp. 197-203, 2005.

MERLO, Hugo Ricardo. Cultura, civilização e mal-estar: as possibilidades spenglerianas de Macunaíma e do Retrato do Brasil. Revista *Ágora*, Vitória, n. 21, pp. 77-97, 2015.

PROENÇA, Manuel Cavalcanti. *Roteiro de Macunaíma*. Rio de Janeiro: Civilização Brasileira, 1969. pp. 44-8.

RODRIGUES, Fábio Della Paschoa. "Macunaíma e a formação da cultura brasileira". Instituto de Estudos da Linguagem da Unicamp, 2007.

SCHERER, Marta Eymael Garcia; ALMEIDA, Luiz Alberto Scotto de. Silvio Romero, um crítico do século XX. *Terra Roxa e Outras Terras* — Revista de Estudos Literários, Londrina, n. 16, pp. 15-25, 2009.

SILVEIRA, Sirlei. A Brasilidade Marioandradina. *Polifonia*, Cuiabá, vol. 17, n. 22, pp. 38-44, 2010.

SOUZA NETO, Vanda Luíza de. A busca do amuleto perdido em Macunaíma: Uma releitura antropofágica. 116 f. Dissertação (Mestrado) — Centro de Ciências Humanas e Naturais, Universidade Federal do Espírito Santo, Vitória, 2007.

[8] CHILDERS, J./ HENTZI, G. (ed.). *The Columbia Dictionary of Modern Literary and Cultural Criticism*. Nova York: Columbia University Press, 1995. p. 186.

[9] FERNANDES, Maria Lúcia Outeiro. Contrabandistas do pensamento: Crítica e literatura no Brasil. *Revista Letras*, Curitiba, n. 55, p. 29-54, jan./jun. 2001.

[10] Leia mais em: <https://www1.folha.uol.com.br/folha/ilustrada/ult90u16304.shtml>. Acesso em: 3 de maio de 2021.

[11] Veja mais em: <https://blog.saraiva.com.br/mais-lidos-brasil/>. Acesso em: 3 de maio de 2021.

[12] Eu novamente me antecipo, mas leia em: <https://g1.globo.com/politica/blog/octavio-guedes/post/2021/07/03/renan-alertou-ha-um-mes-que-pf-agiria-contra-a-oposicao.ghtml>. Acesso em: 3 de julho de 2021.

[13] De contribuições coletivas à Wikipédia: <https://pt.wikipédia.org/wiki/Get%C3%BAlio_Vargas>. Acesso em: 3 de maio de 2021.

[14] GUEDES, Octavio (3 de maio de 2021). Primeira CPI também teve investigação ampliada, distribuição de ministérios e até o polêmico PowerPoint. *Blog do Octavio Guedes*. Disponível em: <https://g1.globo.com/politica/blog/octavio-guedes/post/2021/05/03/primeira-cpi-tambem-teve-investigacao-ampliada-distribuicao-de-ministerios-e-ate-o-polemico-powerpoint.ghtml>. Acesso em: 3 de maio de 2021.

[15] Disponível em: <https://noticias.uol.com.br/colunas/reinaldo-azevedo/2020/10/01/eleicoes-bolsonaro-repete-lema-do-integralismo-deus-patria-familia.htm>. Acesso em: 10 de maio de 2021.

[16] Disponível em: <https://brasilescola.uol.com.br/o-que-e/historia/o-que-e-integralismo.htm>. Acesso em: 10 de maio de 2021.

[17] VASCONCELLOS, Sérgio de. "Os Corporativismos Integralista e fascista na obra 'O Estado Moderno'". Frente Integralista Brasileira. Disponível em: <http://www.integralismo.org.br/?cont=907&tx=14>. Acesso em: 18 de maio de 2017.

[18] De contribuições coletivas à Wikipédia: <https://pt.wikipédia.org/wiki/Frente_Integralista_Brasileira>.

Referências:

[1] SEGALLA, Vinícius (25 de outubro de 2018). Representante do fascismo raiz no Brasil, Frente Integralista Brasileira adere à candidatura de Bolsonaro. *Diário do Centro do Mundo*. Disponível em: <https://www.diariodocentrodomundo.com.br/representante-do-fascismo-raiz-no-brasil-frente-integralista-brasileira-adere-a-candidatura-de-bolsonaro/>. Acesso em: 26 de janeiro de 2019.

[2] GONÇALVES, Leandro Pereira (8 de maio de 2021). Pai do aerotrem, Levy Fidelix foi uma das vias entre tradição fascista e Bolsonaro. *Folha de S.Paulo*. Disponível em: <https://www1.folha.uol.

com.br/ilustrissima/2021/05/pai-do-aerotrem-levy-fidelix-foi-uma-das-vias-entre-tradicao-fascista-e-bolsonaro.shtml>. Acesso em: 24 de julho de 2021.

[3] GONÇALVES, Leandro Pereira. *O Fascismo em Camisas Verdes*: Do integralismo ao neointegralismo. Rio de Janeiro: FGV Editora, 2020. p. 195.

[4] Fauzi prepara terreno para sua volta ao Brasil ao acenar para movimento neointegralista?. *Sputnik Brasil*. 21 de janeiro de 2022. Disponível em: https://br.sputniknews.com/20220121/fauzi--prepara-terreno-para-sua-volta-ao-brasil-ao-acenar-para-movimentos-neointegralistas-21112320.html Acesso em: 23 de janeiro de 2022.

[5] Integralistas planejam participar de eleições pelo PTB do bolsonarista Roberto Jefferson. *Folha de S.Paulo*. 25 de julho de 2021. Disponível em: <https://www1.folha.uol.com.br/colunas/painel/2021/07/integralistas-planejam-participar-de-eleicoes-pelo-ptb-do-bolsonarista-roberto-jefferson.shtml>. Acesso em: 25 de julho de 2021.

[19] Disponível em: <http://sindimetalcanoas.org.br/novo/noticias/a/quais-as-tarefas-do-sindicalismo--diante-de-um-governo-bolsonaro/>. Acesso em: 10 de maio de 2021.

[20] Leia em: <https://www.metropoles.com/brasil/politica-brasil/bolsonaro-volta-a-perder-a-linha-com--jornalistas-nascam-de-novo>. Acesso em: 1ª de julho de 2021.

[21] Leia mais em: <https://www.cartacapital.com.br/politica/bolsonaro-em-25-frases-polemicas/>. Acesso em: 1ª de julho de 2021.

[22] Disponível em: <https://www.revistas.udesc.br/index.php/urdimento/article/download/20463/13402/79244>. Acesso em: 22 de junho de 2022. Ver nota iv.

[xiii] Do Teatro de Revista ao Tropicalismo: Figurações do Brasil em duas versões de "Yes, Nós Temos Bananas". Sara Mello Neiva, 2021.

Referências:

[1] PEREIRA, Victor Hugo Adler. *A Musa Carrancuda* — Teatro e poder no Estado Novo. Rio de Janeiro: Editora Fundação Getulio Vargas, 1998.

[2] VENEZIANO, Neyde. *O Teatro de Revista no Brasil*. Dramaturgia e convenções. Campinas: Pontes, 1991.

[3] MAURICIO, Augusto (31 de dezembro de 1937). "'Vamos entrar com o pé direito': disse-nos Araci Cortes, referindo-se a 'Yes, Nós Temos Bananas', no Recreio". Entrevista com Aracy Côrtes. *Jornal do Brasil*, p. 15.

[4] OLIVEIRA, Lucia Lippi. "Cultura e identidade nacional no Brasil do século XX". *In*: GOMES, Angela de Castro; PANDOLFI, Dulce Chaves; ALBERTI, Verena (coord.). *A República do Brasil*. Rio de Janeiro: Nova Fronteira, 2002.

[5] BARROS, João de; RIBEIRO, Alberto. Yes, nós temos bananas!: revista em 2 actos e 20 quadros. Rio de Janeiro, s.n., 1938. [49] f. datilograf.

[6] OLIVEIRA, Francisco de. *A Economia Brasileira*: Crítica à razão dualista, o ornitorrinco. 1. ed. São Paulo: Boitempo Editorial, 2003.

[7] TATIT, Luiz (6 de março de 2000). Marchinha e samba enredo. *Folha de S.Paulo*, Série Tendências e Debates, pp. 1-3.

[8] TINHORÃO, José Ramos. *Pequena História da Música Popular (da modinha à canção de protesto)*. Petrópolis: Vozes, 1974.

[9] VELLOSO, Mônica Pimenta. *Os Intelectuais e a Política Cultural do Estado Novo*. Rio de Janeiro: Centro de Pesquisa e Documentação de História Contemporânea do Brasil, 1987.

[10] MAFFEI, Evangelina (19 de dezembro de 2020). Caetano Veloso …en detalle. Disponível em: <http://caetanoendetalle.blogspot.com/search/label/1968>. Acesso em: 7 de janeiro de 2021.

[11] CALADO, Carlos (26 de outubro de 1997). A síndrome das bananas. *Folha de S.Paulo*.

[12] VELOSO, Caetano. Sobre Corações. Entrevista concedida a José Carlos Oliveira (Fatos e Fotos). *Jornal do Brasil*, caderno B, Rio de Janeiro, p. 3, 15 de março de 1968c.

[13] CORRÊA, Zé Celso Martinez. *Primeiro Ato*. Cadernos, Depoimentos, Entrevistas (1958-1974). São Paulo: Editora 34, 1998.

[14] CORRÊA, Zé Celso Martinez. "O Rei da Vela no carnaval de 1967". *In*: ANDRADE, Oswald. *O Rei da Vela*. São Paulo: Companhia das Letras, 2017.

[15] PEIXOTO, Fernando. De como se alimenta e se preserva um cadáver gangrenado. *Suplemento Literário*, São Paulo, ano 11, n. 546, p. 4, 23 de setembro de 1967.

[16] VELOSO, Caetano. Das bananas aos amigos. Revista *inTerValo*, ano VI, n. 277, Editora Abril, p. 7, 1968b.

[17] Entrevista concedida a Carlos Coelho. Revista *inTerValo*, ano VI, n. 277, Editora Abril, pp. 3-8, 1968a.

[xiv] Cultura, Arte e Comunicação em Guy Debord e Cildo Meireles. Cláudio Novaes Pinto Coelho, 2014.

Referências:

[1] DEBORD, Guy. "Relatório sobre a construção de situações e sobre as condições de organização e de ação da tendência situacionista internacional". *In*: JACQUES, Paola Berenstein (org.). *Apologia da Deriva*: Escritos situacionistas sobre a cidade. Rio de Janeiro: Casa da Palavra, 2003a. pp. 43-59.

[2] DEBORD, Guy. "Teses sobre a revolução cultural". *In*: JACQUES, Paola Berenstein (org.). *Apologia da Deriva*: Escritos situacionistas sobre a cidade. Rio de Janeiro: Casa da Palavra, 2003b. pp. 72-3.

[3] CAVALCANTI, Jader Dias. Artes plásticas: Vanguarda e participação política (Brasil anos 60 e 70). Tese (Doutorado) — Departamento de História, IFCH/ Unicamp, 2005.

[4] FREITAS, Artur. *Arte de Guerrilha*: Vanguarda e conceitualismo no Brasil. São Paulo: Edusp, 2013.

[5] DEBORD, Guy. *A Sociedade do Espetáculo* — Comentários sobre a sociedade do espetáculo. Rio de Janeiro: Contraponto, 1997.

[6] JAMESON, Fredric. *Pós-modernismo, a Lógica Cultural do Capitalismo Tardio*. São Paulo: Ática, 1996.

[7] ARANTES, Otília B. F. "Uma estratégia fatal: A cultura nas novas gestões urbanas". *In*: *A Cidade do Pensamento Único*: Desmanchando consensos. ARANTES, Otília; VAINER, Carlos; MARICATO, Ermínia. Petrópolis: Vozes, 2000. pp. 11-74.

[xv] O Pós-Modernismo e a Revisão da História. Rafaella Berto Pucca, 2007.

Referências:

CHIAMPI, Irlemar. O romance latino-americano do pós-boom se apropria dos gêneros da cultura de massas. *In*: *Revista Brasileira de Literatura Comparada*, Salvador, vol. 3. n. 3, pp. 75-85, 1996.

DRUMMOND, R. *A Morte de D. J. em Paris*. 5. ed. São Paulo: Ática, 1983.

GARCÍA-CANCLINI, Nestor. *Culturas Híbridas*: Estratégias para entrar e sair da modernidade. Trad.: Heloísa P. Cintrão e Ana Regina Lessa. São Paulo: EDUSP, 1997.

GUMBRECHT, Hans. Entrevista. *34 Letras*, Rio de Janeiro, n. 2, pp. 97-115, 1998.

[23] Disponível em: <http://pepsic.bvsalud.org/pdf/rel/v1n2/v1n2a08.pdf>. Acesso em: 10 de agosto de 2021.

[24] Disponível em: <http://www.opcaolacaniana.com.br/pdf/numero_12/A_verdade_o_nariz.pdf>. Acesso em: 10 de agosto de 2021.

[25] Disponível em: <https://www.um.es/vmca/download/docs/stefan-maftei.pdf>. Acesso em: 10 de agosto de 2021.

[26] Disponível em: <https://revistas.marilia.unesp.br/index.php/baleianarede/article/view/1767>. Acesso em: 22 de junho de 2022.

[27] Disponível em: <https://aterraeredonda.com.br/arte-e-cultura-em-trotsky/>. Acesso em: 28 de agosto de 2021.

[28] Disponível em: <https://www.educamaisbrasil.com.br/enem/artes/dadaismo>. Acesso em: 10 de agosto de 2021.

[29] Disponível em: <https://laart.art.br/blog/dadaismo-brasil/#:~:text=Ismael%20Nery%20foi%20outro%20importante,para%20o%20dada%C3%ADsmo%20no%20Brasil>. Acesso em: 10 de agosto de 2021.

[30] Disponível em: <https://www.esquerdadiario.com.br/100-anos-do-dadaismo-uma-revolta-artistica--se-inicia>. Acesso em: 10 de agosto de 2021.

[31] Disponível em: <http://www.consciencia.org/nietzsche-e-o-futurismo-italiano>. Acesso em: 1º de maio de 2021.

[32] Disponível em: <https://www1.folha.uol.com.br/folha/ilustrada/ult90u505985.shtml>. Acesso em: 1º de maio de 2021.

[xvi] CASTRO ROCHA, João Cezar (12 de maio de 2002). O Brasil mítico de Marinetti. *Folha de S.Paulo*.

Notas:

[1] Telegrama enviado em 23 de maio de 1926. "Filippo Tommaso Marinetti Papers". General Collection, Beinecke Rare Book and Manuscript Library, série 3ª, caixa 7, pasta 76.

[2] "Filippo Tommaso Marinetti Papers". General Collection, Beinecke Rare Book and Manuscript Library, série 10ª, arquivos especiais, caixa 53, pasta 1978. Além do contrato, essa pasta contém a documentação referente ao número de ingressos vendidos e à remuneração de Marinetti.

[3] Idem, série 3ª, caixa 15, pasta 876. Carta enviada em 3 de dezembro de 1921, grifo do autor.

[4] A pesquisa em que se baseia este texto foi concluída graças à bolsa John D. and Rose H. Jackson, concedida pela Beinecke Library da Universidade Yale (Estados Unidos). Agradeço a Vincent Giroud pelo auxílio na pesquisa, a K. David Jackson e Josefina Ludmer pela oportunidade de debatê-la. A Jeffrey Schnapp, agradeço a valiosa orientação inicial, na Universidade Stanford (Estados Unidos). Este artigo foi escrito sob os auspícios de uma "Overseas Visiting Scholarship", concedida pelo St John's College da Universidade de Cambridge (Reino Unido).

[33] Disponível em: <https://g1.globo.com/pop-arte/musica/noticia/2022/05/26/halsey-florence-a-nitta-e-mais-artistas-expoem-pressao-de-gravadoras-por-virais-no-tiktok.ghtml>. Acesso em: 26 de maio de 2022.

[34] Disponível em: <https://valor.globo.com/politica/noticia/2022/05/26/srgio-reis-diz-a-jornal-que--dinheiro-da-prefeitura-no-pblico.ghtml>. Acesso em: 26 de maio de 2022.

[35] Umberto Boccioni: <https://web.archive.org/web/20120728120549/http://www.guggenheim.org/new-york/collections/collection-online/show-full/bio/?artist_name=Umberto%20Boccioni>. Arquivado em 28 de julho de 2012 na Wayback Machine. Nova York: The Solomon R. Guggenheim Foundation. Acesso em: 26 de maio de 2021.

[36] Disponível em: <http://www.filologia.org.br/xvi_cnlf/tomo_1/071.pdf>. Acesso em: 26 de maio de 2021.

[37] Disponível em: <https://vermelho.org.br/2012/02/06/o-romance-de-folhetim-no-brasil-do-seculo-19/>. Acesso em: 8 de agosto de 2021.

[38] Disponível em: <https://www.redalyc.org/journal/5766/576664910017/html/>. Acesso em: 8 de agosto de 2021.

[39] Disponível em: <http://www.columbia.edu/cu/najp/publications/researchreports/tvac.pdf>. Acesso em: 22 de junho de 2022.

[40] Leia mais em: <https://www.criticsatlarge.ca/2014/08/orson-welles-modernist-and-elegist.html>. Acesso em: 26 de agosto de 2021.

[41] Disponível em: <https://eprints.lincoln.ac.uk/id/eprint/14595/>. Acesso em: 26 de agosto de 2021.

[42] Ouça palestra de Stan Brakhage sobre Will Hindle na SAIC: <https://digitalcollections.saic.edu/islandora/object/islandora%3A53181>.

[43] Disponível em: <https://www.ihuonline.unisinos.br/artigo/589-marcia-junges-1>. Acesso em: 11 de junho de 2021.

[44] Veja a apresentação dos Secos & Molhados na TV Tupi em 1973: <https://youtu.be/-zLicyzaH5A>. E compare <http://www.cult.ufba.br/enecul2005/AndersondosSantosPaiva.pdf> e pintura do século XVI <https://pt.wikipédia.org/wiki/Tupinamb%C3%A1s#/media/Ficheiro:Brazil_16thc_tupinamba.gif>.

[45] Disponível em: <https://rollingstone.uol.com.br/noticia/afina-o-kiss-copiou-o-secos-e-molhados--para-criar-suas-mascaras/>. Acesso em: 22 de junho de 2022.

[46] Disponível em: <https://revistamarieclaire.globo.com/Noticias/noticia/2019/09/ney-matogrosso--sempre-fui-um-espinho-atravessado-na-garganta-do-meu-pai.html>. Acesso em: 22 de junho de 2022.

[47] Disponível em: <https://docero.com.br/doc/e801xn5>. Acesso em: 22 de junho de 2022.

[48] Disponível em: <https://periodicos.ufpe.br/revistas/revsocio/article/download/235793/28593>. Acesso em: 22 de junho de 2022.

[49] Disponível em: <https://journals.sagepub.com/doi/pdf/10.1177/0047244118818994>. Acesso em: 22 de junho de 2022.

[50] MALERBA, J. *Teoria e História da Historiografia*. A História escrita: teoria e história da historiografia. São Paulo: Contexto, 2006. pp. 11-26.

[51] Veja também: <https://brasil.elpais.com/brasil/2017/06/14/ciencia/1497446709_900902.html>. Acesso em: 22 de julho de 2021.

[xvii] What a Meth High Feels Like. Elizabeth Hartney. Disponível em: <https://www.verywellmind.com/what-does-it-feel-like-to-get-high-on-meth-22357>. Acesso em: 16 de agosto de 2021.

Referências:

MEADE, C. S.; WATT, M. H.; SIKKEMA, K. J. *et al.* Methamphetamine use is associated with childhood sexual abuse and HIV sexual risk behaviors among patrons of alcohol-serving venues in Cape Town, South Africa. *Drug and Alcohol Dependence*, vol. 126, n. 1-2, pp. 232-9, 2012. DOI:10.1016/j.drugalcdep.2012.05.024. Disponível em: <https://www.sciencedirect.com/science/article/abs/pii/S0376871612001871?via%3Dihub>.

PRAKASH, M. D.; TANGALAKIS, K.; ANTONIPILLAI, J.; STOJANOVSKA, L.; NURGALI, K.; APOSTOLOPOULOS, V. Methamphetamine: Effects on the brain, gut and immune system. *Pharmacogical Research,* vol. 120, pp. 60-67, 2017. DOI:10.1016/j.phrs.2017.03.009.

RADFAR, S. R.; RAWSON, R. A. Current research on methamphetamine: Epidemiology, medical and psychiatric effects, treatment, and harm reduction efforts. *Addict Health,* vol. 6, n. 3-4, pp. 146-54, 2014. Disponível em: <https://www.ncbi.nlm.nih.gov/pmc/articles/PMC4354220/>.

ZARRABI, H.; KHALKHALI, M.; HAMIDI, A.; AHMADI, R.; ZAVARMOUSAVI, M. Clinical features, course and treatment of methamphetamine-induced psychosis in psychiatric inpatients. *BMC Psychiatry*, vol. 16, n. 44, 2016. DOI:10.1186/s12888-016-0745-5. Disponível em: <https://bmcpsychiatry.biomedcentral.com/articles/10.1186/s12888-016-0745-5>.

[52] PRADO BELLEI, 2014.

[53] De contribuições coletivas à Wikipédia.

[54] Leia em: <https://www1.folha.uol.com.br/poder/2021/07/produtora-de-kit-covid-bancou-anuncios-de-associacao-pro-tratamento-precoce-e-que-atua-no-gabinete-paralelo.shtml>. Acesso em: 17 de agosto de 2021.

[55] Leia em: <https://f5.folha.uol.com.br/colunistas/tonygoes/2021/06/com-ivete-sangalo-artistas-formam-frente-anti-bolsonaro-que-a-oposicao-nao-obteve.shtml>. Acesso em: 25 de junho de 2021.

[56] Leia mais em: <https://noticias.uol.com.br/colunas/andre-santana/2021/04/04/neutralidade-de-ivete-sangalo-e-sim-posicionamento-politico.htm>. Acesso em: 25 de junho de 2021.

[57] Leia mais em: <https://heloisatolipan.com.br/musica/carnaval-fora-de-epoca-ivete-sangalo-antecipa--fim-da-licenca-maternidade-para-puxar-trio-eletrico-em-salvador/>. Acesso em: 24 de junho de 2021.

[58] <http://comunicacao.salvador.ba.gov.br/index.php/todas-as-noticias/53359-acm-neto-curte-parte--do-festival-virada-salvador-no-meio-do-povo>. Acesso em: 25 de junho de 2021.

[59] Ver mais em: <https://www12.senado.leg.br/noticias/materias/2005/08/03/acm-propoe-mocao-de-saudade-a-juracy-magalhaes>. Acesso em: 24 de junho de 2021.

[60] Disponível em: <https://pt.wikipédia.org/wiki/Revolu%C3%A7%C3%A3o_de_1930>. Acesso em: 21 de junho de 2021.

[61] Leia mais em: <https://noticias.r7.com/prisma/christina-lemos/rodrigo-maia-volta-a-criticar-acm-neto-tem-todos-os-defeitos-do-avo-31052021>. Acesso em: 21 de junho de 2021.

[62] Leia mais em: <https://catracalivre.com.br/cidadania/o-que-mudou-apos-1-ano-da-criminalizacao-da-lgbtfobia-no-brasil/>. Acesso em: 24 de junho de 2021.

[63] Ver mais em: <https://g1.globo.com/jornal-nacional/noticia/2018/10/11/mp-rj-diz-ter-descoberto-biotipo-do-assassino-de-marielle-franco.ghtml>. Acesso em: 24 de junho de 2021.

[64] Leia mais em: <https://noticias.uol.com.br/colunas/leonardo-sakamoto/2021/06/16/na-cpi-witzel-insinua-intimidacao-a-porteiro-de-bolsonaro-no-caso-marielle.htm>; <https://www.redebrasilatual.com.br/politica/2021/06/cpi-covid-witzel-bomba-colo-bolsonaro/>; <https://valor.globo.com/politica/noticia/2021/06/16/witzel-promete-revelar-a-cpi-fatos-graves-sobre-caso-do-porteiro-de-condominio-de-bolsonaro.ghtml>. Acesso em: 16 de junho de 2021.

[65] Disponível em: <https://veja.abril.com.br/brasil/ronnie-lessa-confirma-ajuda-de-bolsonaro-em-entrevista-exclusiva-a-veja/>. Acesso em: 4 de março de 2022.

[66] Disponível em: <https://istoe.com.br/policia-civil-investiga-participacao-de-carlos-bolsonaro-no-caso-marielle-diz-radio/>. Acesso em: 23 de junho de 2021.

[67] Leia em: <https://noticiasdatv.uol.com.br/noticia/televisao/apresentadoras-da-globo-saem-do-ar-apos-bate-boca-com-bolsonaro-no-twitter-25841>. Acesso em: 21 de junho de 2021.

[68] Veja em: <https://www.youtube.com/watch?v=OJ1hxr7cRJk>. Acesso em: 21 de junho de 2021.

[69] Ver em: <https://g1.globo.com/pop-arte/musica/noticia/2021/07/29/baile-de-favela-conheca-a-historia-da-musica-que-embalou-a-prata-de-rebeca-andrade.ghtml>. Acesso em: 29 de julho de 2021.

[70] Leia mais em: <https://pitchfork.com/reviews/albums/lana-del-rey-norman-fucking-rockwell/>. Acesso em: 23 de julho de 2021.

[71] Disponível em: <https://www.nme.com/news/music/bruce-springsteen-lana-del-rey-simply-best-songwriters-us-2728878>. Acesso em: 23 de julho de 2021.

[72] Leia mais em: <https://pitchfork.com/news/radiohead-sue-lana-del-rey-for-allegedly-copying-creep/>. Acesso em: 23 de julho de 2021.

[73] FOUCAULT, 2009.

[74] PRADO BELLEI, op. cit.

[75] Disponível em: <https://vejasp.abril.com.br/atracao/quando-o-galo-cantar-pela-terceira-vez-renegaras-tua-mae/>. Acesso em: 15 de junho de 2021.

[76] Disponível em: <https://rotacult.com.br/2017/11/quando-o-galo-cantar-retrata-a-realidade-de-doencas-esquizofrenicas/>. Acesso em: 15 de junho de 2021.

[77] Disponível em: <http://almanaquevirtual.com.br/quando-o-galo-cantar-pela-terceira-vez-renegaras-tua-mae/>. Acesso em: 15 de junho de 2021. Arquivado em 16 de junho de 2021: <https://web.archive.org/web/20210616084103/http://almanaquevirtual.com.br/quando-o-galo-cantar-pela-terceira-vez-renegaras-tua-mae/>.

[78] Disponível em: <https://brasil.elpais.com/brasil/2018/08/08/album/1533730063_975064.html#foto_gal_2>. Acesso em: 19 de junho de 2021.

[79] Disponível em: <https://www.uol.com.br/vivabem/noticias/bbc/2022/01/09/como-perfume-influencia-na-escolha-de-parceiros-e-o-que-isso-tem-a-ver-com-o-sistema-imune.htm>. Acesso em: 19 de janeiro de 2022.

[80] Leia mais em: <https://piaui.folha.uol.com.br/lupa/2017/07/14/caso-amarildo-quatro-anos-depois/>. Acesso em: 24 de julho de 2021.

[81] Leia mais em: <https://oglobo.globo.com/politica/de-deputado-bolsonarista-lider-de-produtores-de-soja-veja-quem-sao-os-outros-alvos-da-operacao-contra-sergio-reis-1-25163714>. Acesso em: 21 de agosto de 2021.

[82] Disponível em: <https://brasil.elpais.com/brasil/2016/04/02/politica/1459619861_766410.html>. Acesso em: 20 de junho de 2021.

[83] Leia mais em: <https://tecnoblog.net/282436/deep-web-e-dark-web-qual-a-diferenca/>. Acesso em: 13 de agosto de 2021.

Capítulo 9 [pp. 715 – 879]

[1] Disponível em: <https://g1.globo.com/politica/blog/octavio-guedes/post/2021/05/01/politicos-do-centro-tem-muito-a-aprender-com-o-bbb-diz-doutor-em-ciencia-politica.ghtml>. Acesso em: 25 de janeiro de 2020.

[2] Disponível em: <https://www1.folha.uol.com.br/colunas/viniciustorres/2021/07/golpe-dos-bilhoes-para-o-fundo-eleitoral-e-alerta-de-que-dias-piores-virao.shtml>. Acesso em: 25 de janeiro de 2020.

[3] Disponível em: <https://www.uol.com.br/splash/noticias/2021/05/25/mario-frias-anda-armado-grita-e-assusta-funcionarios-da-cultura.htm>. Acesso em: 25 de maio de 2021.

[4] Leia mais em: <https://www.poder360.com.br/congresso/saiba-como-votou-cada-deputado-na-pec-do-voto-impresso/>. Acesso em: 26 de agosto de 2021.

[5] Disponível em: <https://www.dw.com/pt-br/israelenses-condenam-fala-de-bolsonaro-sobre-holocausto/a-48320616>. Acesso em: 26 de agosto de 2021.

[6] Ver em: <https://noticias.uol.com.br/colunas/juliana-dal-piva/2021/07/05/jair-bolsonaro-rachadinha-ex-cunhado.htm>; <https://noticias.uol.com.br/colunas/juliana-dal-piva/2021/07/05/mulher-de-queiroz-mensagem-bolsonaro-01-rachadinha.htm>; <https://noticias.uol.com.br/colunas/juliana-dal-piva/2021/07/05/coronel-do-exercito-hudson-andrea-valle-gravacoes-rachadinha-bolsonaro.htm>. Acesso em: 26 de agosto de 2021.

[7] Disponível em: <https://www1.folha.uol.com.br/poder/2022/02/modelo-para-eleicao-ao-legislativo-completa-90-anos-ainda-sob-disputa.shtml>. Acesso em: 27 de fevereiro de 2022.

[8] Leia mais em: <https://veja.abril.com.br/blog/matheus-leitao/os-partidos-marcados-para-morrer-ou-se-fundir/>. Acesso em: 25 de janeiro de 2020.

[9] Disponível em: <https://www.poder360.com.br/opiniao/congresso/emendas-de-relator-geral-somos-todos-responsaveis-escreve-orlando-neto/>. Acesso em: 25 de janeiro de 2020.

[10] Disponível em: <https://economia.uol.com.br/noticias/bbc/2021/05/12/tratoraco-entenda-o-suposto-orcamento-secreto-de-bolsonaro-que-devera-ser-investigado-pelo-tcu.htm>. Acesso em: 25 de janeiro de 2020.

[11] Disponível em: <https://www12.senado.leg.br/noticias/materias/2008/01/22/brasil-teve-parlamentarismo-no-imperio-e-apos-renuncia-de-janio-quadros>. Acesso em: 25 de janeiro de 2020.

[12] Disponível em: <https://ri.ufmt.br/bitstream/1/1389/1/DISS_2013_Mauro%20Henrique%20Miranda%20de%20Alcantara.pdf>. Acesso em: 26 de agosto de 2021.

[xviii] ALCÂNTARA, Mauro Henrique Miranda de. D. Pedro II e a Emancipação da Escravidão. Dissertação (Mestrado) — Programa de Pós-Graduação em História, Universidade Federal de Mato Grosso, Cuiabá, 2013.

Referências:

[1] BARMAN, R. J. *Imperador Cidadão*. São Paulo: Editora Unesp, 2012. pp. 186-7.

[2] Segundo Barman, essa era uma "artimanha" muito utilizada pelo imperador para "deliberadamente revelar sua opinião sobre um assunto a um ou mais de seu círculo íntimo, ele garantia que essa informação seria rapidamente repassada fora da corte". Dessa maneira, seus ministros já iam preparados a não contrariar a sua opinião, o que, quando faziam, raramente tinham sucesso. Ver BARMAN, R. J., op. cit., p. 211.

[3] Ibidem, pp. 239-240.

[4] Ibidem, p. 284.

[5] Rascunho de recomendações de 14 jan. 1864, de AHMI POB maço 134 Doc. 6.553 *In*: BARMAN, R. J., op. cit., p. 284.

[6] Ibidem, p. 337.

[7] Ibidem, p. 371.

[8] CARVALHO, J. M. "A construção da ordem: A elite política imperial". *In: Teatro de Sombras*: A política imperial. 3. ed. Rio de Janeiro: Civilização Brasileira, 2007. p. 318.

[9] BARMAN, R. J., op. cit., p. 481

[10] Ibidem, p. 562.

[13] BESOUCHET, Lídia. *Pedro II e o Século XIX*. 2. ed. Rio de Janeiro: Nova Fronteira, 1993.

[14] Disponível em: <https://g1.globo.com/rj/rio-de-janeiro/noticia/2018/09/02/incendio-atinge-a--quinta-da-boa-vista-rio.ghtml>. Acesso em: 26 de agosto de 2021.

[15] Leia mais em: <https://veja.abril.com.br/especiais/dom-pedro-ii-o-que-a-escola-nao-ensina/>. Acesso em: 26 de agosto de 2021.

[xix] *O Espírito Militar*: Um estudo de antropologia social na Academia Militar das Agulhas Negras. Celso Castro (1990), 2003.

Referências:

[1] MOTA, Jeová. *Formação do Oficial do Exército*. Currículos e regimes na Escola Militar, 1810-1944. Rio de Janeiro: Companhia Brasileira de Artes Gráficas, 1976. p. 301.

[2] a) STEPAN, Alfred. *Os Militares na Política*. Rio de Janeiro: Artenova, 1975. p. 29. b) BARROS, Alexandre de Sousa Costa. The Brazilian Military: Professional Socialization, Political Performance and State Building. Tese (Doutorado) — Ciência Política, The University of Chicago, 1978. pp. 60-2.

[3] STEPAN, 1975, p. 30.

[4] STEPAN, 1975, p. 34; CARVALHO, 1978, p. 188.

[5] STEPAN, 1975, p. 35.

[6] BARROS, 1978, p. 66.

[7] RADCLIFFE-BROWN, Alfred Reginald. *Estrutura e Função na Sociedade Primitiva*. Petrópolis: Vozes, 1973. p. 142. Mauss [MAUSS, Marcel. "Parentescos de gracejos". *In: Ensaios de Sociologia*. São Paulo: Perspectiva, 1981] trata os "parentescos de gracejos" de forma semelhante à de Radcliffe-Brown, embora pretenda colocá-los no quadro mais geral dos "sistemas de prestações totais".

[8] VIDICH, Artor; STEIN, Maurice. "The Dissolved Identity in Military Life". *In*: VIDICH, A. J.; STEIN, M. R.; WHITE D. M. (org.). *Identity and Anxiety*. Nova York/ Londres: Free Press of Glencoe/ Collier-MacMillan, 1960.

[9] MILLS, Charles Wright. *A Elite do Poder*. Rio de Janeiro: Zahar, 1975.

[16] Disponível em: <https://www.encontro2018.sp.anpuh.org/resources/anais/8/1531320976_ARQUIVO_LOUREIRO,S.R.(2018).AInvencaodaAPM.pdf>. Acesso em: 28 de agosto de 2021.

[17] GONÇALVES SOUSA, Rainer. Disponível em: <https://mundoeducacao.uol.com.br/historiadobrasil/o--corporativismo-na-era-vargas.htm>. Acesso em: 9 de novembro de 2021.

[18] De contribuições coletivas à Wikipédia: <https://pt.wikipédia.org/wiki/Jo%C3%A3o_Goulart> e <https://pt.wikipédia.org/wiki/Reformas_de_base>. Acesso em: 25 de junho de 2021.

Referências:
[1] FERREIRA, Jorge. *João Goulart*, 3. ed. Rio de Janeiro: Civilização Brasileira, 2011. p. 203.
[2] <http://cpdoc.fgv.br/producao/dossies/Jango/artigos/NaPresidenciaRepublica/As_reformas_de_base>. Acesso em: 14 de maio de 2016.

[19] Ibidem.

[20] Disponível em: <https://emporiododireito.com.br/leitura/o-espirito-militar-como-a-atual-e-importante-chocadeira-do-autoritarismo-brasileiro>. Acesso em: 25 de janeiro de 2020.

[21] Disponível em: <https://veja.abril.com.br/blog/reveja/o-artigo-em-veja-e-a-prisao-de-bolsonaro-nos-anos-1980/>. Acesso em: 30 de agosto de 2021.

[22] Artigo: A grande farsa que absolveu Bolsonaro. César Fraga. 25 de maio de 2020. Disponível em: <https://www.extraclasse.org.br/politica/2020/05/grande-farsa-absolveu-bolsonaro/>. Acesso em: 30 de agosto de 2021.

[23] Veja mais em: <https://noticias.uol.com.br/colunas/chico-alves/2022/11/13/militares-querem-manter-pressao-sobre-governo-lula-diz-antropologo.htm>. Acesso em: 13 de novembro de 2022.

[24] Disponível em: <https://www.thenation.com/article/archive/post-truth-and-its-consequences-what-a-25-year-old-essay-tells-us-about-the-current-moment/>. Acesso em: 30 de agosto de 2021.

[25] Disponível em: <https://oglobo.globo.com/epoca/rio/casal-preso-no-rio-apos-pagar-hoteis-cinco-estrelas-com-cartoes-clonados-24792206>. Acesso em: 18 de setembro de 2021. Arquivado em <https://web.archive.org/web/20220223020537/https://oglobo.globo.com/epoca/rio/casal-preso-no-rio-apos-pagar-hoteis-cinco-estrelas-com-cartoes-clonados-24792206>.

Não recebi nenhum centavo pelos direitos autorais de minhas fotografias, sobre as quais se lucrou com publicidade.

[26] Disponível em: <https://www1.folha.uol.com.br/colunas/cristina-serra/2021/02/a-praga-do-jornalismo-lava-jatista.shtml>. Acesso em: 3 de julho de 2021.

[27] Disponível em: <https://www1.folha.uol.com.br/poder/2022/06/plataformas-de-internet-estao-destruindo-a-democracia-diz-nobel-da-paz.shtml>. Acesso em: 22 de junho de 2022.

[28] Leia mais em: <https://www1.folha.uol.com.br/fsp/turismo/fx2108200810.htm>. Acesso em: 9 de julho de 2021.

[29] Leia mais em: <https://brasil.elpais.com/brasil/2021-01-21/pesquisa-revela-que-bolsonaro-executou-uma-estrategia-institucional-de-propagacao-do-virus.html>. Acesso em: 22 de junho de 2022.

[30] Disponível em: <https://www1.folha.uol.com.br/colunas/cristina-serra/2021/02/a-praga-do-jornalismo-lava-jatista.shtml>. Consultado em: 3 de julho de 2021.

[31] Disponível em: <https://noticias.uol.com.br/colunas/mauricio-stycer/2022/07/14/pesquisadora-ve-jn-como-ator-politico-e-cita-narrativa-anti-pt-em-2015.htm>. Acesso em: 14 de julho de 2022.

[32] Disponível em: <https://g1.globo.com/politica/blog/octavio-guedes/post/2021/07/04/oposicao-enfim-encontra-um-xingamento-que-todos-entendem.ghtml>. Acesso em: 22 de junho de 2022.

[33] Disponível em: <https://www.thejakartapost.com/opinion/2022/02/08/reclaiming-the-role-of-the-press-as-the-fourth-pillar-of-democracy.html>. Acesso em: 30 de junho de 2022.

[34] Disponível em: <https://www1.folha.uol.com.br/poder/2022/06/plataformas-de-internet-estao-destruindo-a-democracia-diz-nobel-da-paz.shtml>. Acesso em: 22 de junho de 2022.